LA CHUTE DES GÉANTS

KEN FOLLETT

LA CHUTE DES GÉANTS

Le Siècle *

Traduit de l'anglais par Jean-Daniel Brèque, Odile Demange,
Nathalie Gouyé-Guilbert, Viviane Mikhalkov

ÉDITIONS FRANCE LOISIRS

Titre original : FALL OF GIANTS

Édition du Club France Loisirs,
avec l'autorisation des Éditions Robert Laffont.

Éditions France Loisirs,
123, boulevard de Grenelle, Paris.
www.franceloisirs.com

ISBN : 978-2-298-04518-5

À la mémoire de mes parents,
Martin et Veenie Follett

Les personnages

Américains

Famille Dewar
Cameron Dewar, sénateur
Ursula Dewar, sa femme
Gus Dewar, leur fils

Famille Vialov
Josef Vialov, homme d'affaires
Lena Vialov, sa femme
Olga Vialov, leur fille

Autres
Rosa Hellman, journaliste
Chuck Dixon, camarade de classe de Gus Dewar
Marga, chanteuse de night-club
Nick Forman, voleur
Ilia, gangster
Theo, gangster
Norman Niall, comptable véreux
Brian Hall, responsable syndical

Personnages historiques
Thomas Woodrow Wilson, 28e président des États-Unis
William Jennings Bryan, secrétaire d'État
Joseph Daniels, ministre de la Marine

Anglais et Écossais

Famille Fitzherbert
Comte Fitzherbert, dit Fitz

Princesse Elisabeta, dite Bea, sa femme
Lady Maud Fitzherbert, sœur du comte Fitzherbert
Lady Hermia, dite tante Herm, leur tante pauvre
La duchesse du Sussex, leur tante riche
Gelert, chien de montagne des Pyrénées
Grout, majordome du comte Fitzherbert
Sanderson, femme de chambre de Lady Maud

Autres
Mildred Perkins, locataire d'Ethel Williams
Bernie Leckwith, secrétaire de la branche d'Aldgate du parti travailliste indépendant
Bing Westhampton, ami du comte Fitzherbert
Marquis de Lowther, dit Lowthie, prétendant éconduit de Lady Maud
Albert Solman, agent d'affaires du comte Fitzherbert
Docteur Greenward, bénévole à la clinique pédiatrique
Lord «Johnny» Remarc, sous-secrétaire d'État au ministère de la Guerre
Colonel Hervey, aide de camp de Sir John French
Lieutenant Murray, aide de camp du comte Fitzherbert
Mannie Litov, propriétaire d'un atelier de couture
Jock Reid, trésorier du parti travailliste indépendant d'Aldgate
Jayne McCulley, femme de soldat

Personnages historiques
George V, roi de Grande-Bretagne et d'Irlande
Reine Mary, son épouse
Sir George Mansfield Smith-Cumming, dit C., chef de la section étrangère du Bureau des services secrets (futur MI6)
Sir Edward Grey, député, ministre des Affaires étrangères
Sir William Tyrrell, secrétaire particulier de Sir Grey
Frances Stevenson, maîtresse de Lloyd George
Winston Churchill, député
H.H. Asquith, député, Premier ministre
Sir John French, commandant de la force expéditionnaire britannique

Français

Gini, entraîneuse
Colonel Dupuys, aide de camp du général Gallieni

Général Lourceau, aide de camp du général Joffre

Personnages historiques
Général Joffre, commandant en chef des armées françaises
Général Gallieni, commandant de la garnison parisienne

Allemands et Autrichiens

Famille von Ulrich
Otto von Ulrich, diplomate
Susanne von Ulrich, sa femme
Walter von Ulrich, leur fils, attaché militaire à l'ambassade d'Allemagne à Londres
Greta von Ulrich, leur fille
Comte Robert von Ulrich, cousin issu de germain de Walter von Ulrich, attaché militaire à l'ambassade d'Autriche à Londres

Autres
Gottfried von Kessel, attaché culturel à l'ambassade d'Allemagne à Londres
Monika von der Helbard, meilleure amie de Greta von Ulrich

Personnages historiques réels
Prince Karl von Lichnowsky, ambassadeur d'Allemagne à Londres
Paul von Hindenburg, feld-maréchal
Erich Ludendorff, général d'infanterie
Theobald von Bethmann-Hollweg, chancelier
Arthur Zimmermann, ministre des Affaires étrangères

Russes

Famille Pechkov
Grigori Pechkov, ouvrier métallurgiste
Lev Pechkov, palefrenier

Usine de mécanique Poutilov
Konstantin, tourneur, président du groupe de discussion bolchevique
Isaak, capitaine de l'équipe de football
Varia, ouvrière, mère de Konstantin
Serge Kanine, surveillant de la section fonte
Comte Malakov, directeur

Autres
Mikhaïl Pinski, policier
Ilia Kozlov, son acolyte
Nina, femme de chambre de la princesse Bea Fitzherbert
Prince Andreï, frère de Bea Fitzherbert
Katerina, petite paysanne
Michka, propriétaire de bar
Trofim, gangster
Fiodor, policier corrompu
Spiria, passager de l'*Ange Gabriel*
Iakov, passager de l'*Ange Gabriel*
Anton, employé de l'ambassade de Russie à Londres, espion à la solde de l'Allemagne
David, soldat juif
Sergent Gavrik
Lieutenant Tomtchak

Personnages historiques
Vladimir Ilitch Oulianov, dit Lénine, chef du parti bolchevik
Lev Davidovitch Bronstein, dit Léon Trotski

Gallois

Famille Williams
David Williams, responsable syndical
Cara Williams, sa femme
Ethel Williams, leur fille
Billy Williams, leur fils
Gramper, père de Cara Williams

Famille Griffiths
Len Griffiths, athée et marxiste
Mrs Griffiths, sa femme
Tommy Griffiths, leur fils, meilleur ami de Billy Williams

Famille Ponti
Mrs Minnie Ponti
Giuseppe « Joey » Ponti, son fils aîné
Giovanni « Johnny » Ponti, frère cadet de Joey

Mineurs
David Crampton, dit Dai Ouin-ouin
Harry Hewitt, dit Graisse-de-rognon

John Jones, dit l'Épicerie
Dai Côtelette, fils du boucher
Patrick O'Connor, dit Pat Pape, encageur du niveau principal
Michael O'Connor, dit Micky Pape, son fils
Dai Cheval, palefrenier
Bert Morgan

Administration minière
Perceval Jones, président de Celtic Minerals
Maldwyn Morgan, directeur des houillères
Rhys Price, sous-directeur des houillères
Arthur Llewellyn, dit Grêlé, commis de bureau aux houillères

Personnel de Tŷ Gwyn
Peel, majordome
Mrs Jevons, intendante
Morrison, valet de pied

Autres
Dai Gadoue, vidangeur
Mrs Dai Cheval
Mrs Roley Hughes
Mrs Hywel Jones
Soldat George Barrow, compagnie B du bataillon d'Aberowen
Soldat Robin Mortimer, officier dégradé, compagnie B
Soldat Owen Bevin, compagnie B
Sergent Elijah Jones, dit Prophète, compagnie B
Sous-lieutenant James Carlton-Smith, compagnie B
Capitaine Gwyn Evans, compagnie A
Sous-lieutenant Roland Morgan, compagnie A

Personnage historique
David Lloyd George, député libéral, Premier ministre

Prologue

Initiation

I

22 juin 1911

Le jour où le roi George V fut couronné à l'abbaye de Westminster à Londres, Billy Williams descendit pour la première fois à la mine, à Aberowen, dans le sud du pays de Galles.

En ce 22 juin 1911, Billy fêtait ses treize ans. Son père le réveilla. La méthode de Da était plus efficace que tendre. Il lui tapota la joue, à un rythme régulier, fermement, avec insistance. Billy dormait à poings fermés et, pendant quelques instants, il essaya de l'ignorer, mais les petites claques continuaient impitoyablement. Il éprouva un élan de colère puis se rappela qu'il devait se lever, qu'il voulait même se lever. Il ouvrit les yeux et s'assit d'un bond.

« Quatre heures », annonça Da avant de sortir de la chambre et de descendre bruyamment l'escalier de bois.

Aujourd'hui, Billy commençait à travailler. Il serait apprenti mineur, comme la plupart des hommes de la ville l'avaient été à son âge. Il regrettait de ne pas se sentir tout à fait dans la peau du personnage. Mais il était bien décidé à ne pas se ridiculiser. David Crampton avait pleuré la première fois qu'il était descendu au fond et on l'appelait encore Dai Ouin-ouin, alors qu'il avait déjà vingt-cinq ans et était la vedette de l'équipe de rugby de la ville.

En ce lendemain du solstice d'été, la petite fenêtre laissait passer la lumière claire de l'aube. Billy se tourna vers son grand-père, allongé à côté de lui. Les yeux de Gramper étaient ouverts. Il était toujours éveillé quand Billy se levait ; il disait que les vieux, ça ne dort pas beaucoup.

Billy sortit du lit. Il ne portait que son caleçon. Par temps froid, il gardait sa chemise pour dormir, mais cette année-là, la Grande-Bretagne bénéficiait d'un bel été et les nuits étaient douces. Il tira le pot de chambre rangé sous le lit et en ôta le couvercle.

La taille de son sexe, « sa bite » comme il l'appelait, n'avait pas changé : toujours riquiqui comme celle d'un gosse. Billy avait espéré qu'elle se mettrait à pousser dans la nuit qui précédait son anniversaire, ou même qu'un unique poil noir surgirait dans les parages, en vain. Son meilleur ami, Tommy Griffiths, qui était né le même jour que lui, avait déjà la voix rauque, un duvet foncé sur la lèvre supérieure et un sexe d'homme. C'était humiliant.

Tout en se servant du pot, Billy regarda par la fenêtre. Il ne voyait que le crassier, une montagne de résidus de broyage gris ardoise, déchets de la mine de charbon, essentiellement composés de schiste et de grès. Le visage du monde au second jour de la Création, songea-t-il, avant que Dieu ne dise : « Que la terre se couvre de verdure. » Une brise légère soulevait la fine poussière noire du terril qui se déposait sur les rangées de maisons.

Il y avait encore moins de choses à voir à l'intérieur de la pièce, une chambre exiguë au fond de la maison, sans miroir, où tenaient à peine un lit d'une personne, une commode et la vieille malle de Gramper. Sur le mur, une broderie au point de croix proclamait :

CROIS AU
SEIGNEUR JÉSUS-CHRIST
ET TU SERAS
SAUVÉ

Une porte ouvrait sur le palier, l'autre sur la chambre de devant, à laquelle on accédait en traversant celle-ci. Elle était plus vaste, assez spacieuse pour abriter deux lits. C'était là que dormaient Da et Mam, et les sœurs de Billy, bien des années plus tôt. L'aînée, Ethel, avait quitté la maison à présent; et les trois autres étaient mortes, l'une de la rougeole, la deuxième de la coqueluche et la dernière de la diphtérie. Il y avait eu un grand frère aussi, qui avait partagé le lit de Billy avant l'arrivée de Gramper. Il s'appelait Wesley, et avait été tué au fond de la mine par une berline emballée, un des wagonnets qui transportaient le charbon.

Billy enfila sa chemise, celle qu'il avait portée la veille pour aller à l'école. On était jeudi, et il n'en changeait que le dimanche.

Mais il avait un pantalon neuf, ses premières culottes longues, coupées dans de la « moleskine », une épaisse cotonnade imperméable : le symbole de son entrée dans le monde des hommes. Il l'enfila fièrement, appréciant le toucher lourd et viril de l'étoffe, il passa une solide ceinture de cuir et mit les grosses chaussures qu'il avait héritées de Wesley. Puis il descendit.

La plus grande partie du rez-de-chaussée était occupée par la salle de séjour, un carré de quatre mètres cinquante de côté, avec une cheminée, une table au milieu et un tapis grossier pour réchauffer le sol de pierre. Assis à la table, Da lisait un vieux numéro du *Daily Mail*, ses lunettes perchées sur l'arête de son long nez pointu. Mam préparait le thé. Elle posa la bouilloire fumante, embrassa Billy sur le front et dit : « Bon anniversaire, Billy. Comment va mon petit homme ? »

Billy ne répondit pas. « Petit » était blessant parce qu'il l'était effectivement, « homme » l'était tout autant parce qu'il n'en était pas un. Il passa à l'arrière-cuisine. Il plongea une cuvette de fer-blanc dans le tonneau rempli d'eau, se lava la figure et les mains, et vida la bassine dans l'évier de pierre peu profond. L'arrière-cuisine contenait aussi une cuve à lessive sur une grille de cheminée, mais on ne s'en servait que le soir du bain, le samedi.

On leur avait promis l'eau courante pour bientôt et certaines maisons de mineurs en étaient déjà équipées. Billy trouvait miraculeux de pouvoir remplir une tasse d'eau propre en tournant simplement un robinet, sans avoir à porter un seau jusqu'à la colonne d'alimentation dans la rue. Mais cette commodité moderne n'était pas encore arrivée jusqu'à Wellington Row, où habitaient les Williams.

Il retourna dans la salle et s'assit à table. Mam plaça devant lui une grande tasse de thé au lait déjà sucré. Elle coupa deux grosses tranches dans une miche de pain de ménage et alla chercher un morceau de graisse dans le garde-manger, sous l'escalier. Billy joignit les mains en fermant les yeux : « Merci, Seigneur, pour cette nourriture. Amen. » Puis il but son thé et étala la graisse sur son pain.

Da leva ses yeux bleu pâle de son journal. « Mets du sel sur ton pain, conseilla-t-il. Tu vas transpirer au fond. »

Le père de Billy était représentant des mineurs, employé par la fédération des mineurs de Galles du Sud, le plus puissant syndicat de Grande-Bretagne, comme il ne manquait pas de le préciser à la moindre occasion. On le surnommait Dai Syndicat. Beaucoup d'hommes ici s'appelaient Dai, que l'on prononçait *Daï*, un diminutif de David, ou Dafydd en gallois. Billy avait appris à l'école que ce prénom était populaire au pays de Galles, parce que c'était le nom de son saint patron, comme Patrick en Irlande. Pour distinguer tous ces Dai, on n'utilisait pas leurs patronymes – dans la ville, il n'y avait presque que des Jones, des Williams, des Evans ou des Morgan –, mais des sobriquets. Il était bien rare qu'on les appelle par leur vrai nom quand on pouvait faire un peu d'humour à leurs dépens. Billy s'appelant William Williams, il était devenu Billy Deux-fois. Dans certains cas, on donnait aux femmes le surnom de leur mari ; ainsi, Mam était Mrs Dai Syndicat.

Gramper arriva au moment où Billy entamait sa deuxième tartine. Malgré la chaleur, il portait une veste et un gilet. Après s'être lavé les mains, il s'assit en face de Billy. « Ne te fais pas de cheveux, va, dit-il. Je suis descendu à la mine quand j'avais dix ans. Et figure-toi que mon père n'avait que cinq ans quand son propre père l'a porté en bas, sur son dos. Il travaillait de six heures du matin à sept heures du soir. D'octobre à mars, il ne voyait jamais la lumière du jour.

— Je ne m'en fais pas », mentit Billy qui en réalité était mort de peur.

Gramper était gentil et n'insista pas. Billy l'aimait bien. Mam le traitait comme un bébé, Da était sévère et sarcastique, mais Gramper était tolérant et parlait à Billy comme à un adulte.

« Écoutez ça », lança Da. Il n'aurait jamais acheté le *Mail*, une feuille de droite. Il lui arrivait d'en rapporter un numéro que quelqu'un avait laissé traîner et d'en lire des articles tout haut d'une voix méprisante, persiflant la stupidité et la mauvaise foi de la classe au pouvoir. « Lady Diana Manners a été critiquée pour avoir porté la même robe à deux bals différents. La benjamine du duc de Rutland a remporté le concours du "plus beau costume féminin" au bal du Savoy pour sa robe à corsage bustier sur une jupe à paniers, concours doté d'un prix de deux cent cinquante guinées. » Il baissa son journal pour préciser : « Ce qui fait au moins cinq ans de ton salaire, Billy boy. » Il reprit sa lecture : « Mais elle s'est attiré les foudres des connaisseurs en portant la même tenue à la réception donnée par Lord Winterton et F.E. Smith au Claridge's. Il ne faut pas abuser des bonnes choses, a-t-on observé. » Il leva les yeux au-dessus de son journal. « Tu devrais changer de robe, Mam. Tu ne voudrais tout de même pas t'attirer les foudres des connaisseurs. »

Cela ne fit pas rire Mam. Elle portait une vieille robe de laine brune aux coudes rapiécés, décolorée aux aisselles. « Si j'avais deux cent cinquante guinées, j'aurais plus d'allure que Lady Diana de Crotte, marmonna-t-elle non sans amertume.

— C'est sûr, approuva Gramper. Cara a toujours été jolie fille, comme sa mère. » Le prénom de Mam était Cara. Gramper se tourna vers Billy. « Ta grand-mère était italienne. Elle s'appelait Maria Ferrone. » Billy le savait, mais Gramper aimait répéter les mêmes histoires. « C'est d'elle que ta mère tient ses cheveux noirs brillants et ses beaux yeux sombres, ta sœur aussi. Ta grand-mère était la plus jolie fille de Cardiff – et c'est moi qui l'ai eue ! » Son visage se rembrunit. « C'était le bon temps », dit-il tout bas.

Da esquissa une grimace de réprobation – ces propos évoquaient les plaisirs de la chair –, mais le compliment fit plaisir à Mam qui sourit en posant son petit déjeuner devant son père. « Oh oui, renchérit-elle. On passait pour des beautés, mes sœurs et moi. On pourrait leur montrer, à tous ces ducs, ce que c'est qu'une jolie fille si on avait l'argent pour s'acheter de la soie et des dentelles. »

Billy fut surpris. Il n'avait jamais pensé que sa mère puisse être belle. Tout de même, quand elle s'habillait pour aller à la réunion du temple le samedi soir, elle était drôlement bien, tout particulièrement avec son chapeau. Après tout, elle avait peut-être été jolie un jour, même s'il avait du mal à l'imaginer.

« Remarque, reprit Gramper, que dans la famille de ta grand-mère, on avait aussi de la cervelle. Mon beau-frère était mineur, mais il a quitté l'industrie pour ouvrir un café à Tenby. Une vraie vie de cocagne : la brise marine, et rien à faire de toute la journée sauf préparer du café et compter tes sous. »

Da lut un autre article. « Dans le cadre des préparatifs du couronnement, Buckingham Palace a publié un recueil d'instructions de deux cent douze pages. » Il reposa le journal. « Raconte-leur ça à la mine tout à l'heure, Billy. Les gars seront soulagés d'apprendre qu'on n'a rien laissé au hasard. »

La famille royale n'intéressait pas beaucoup Billy. Ce qu'il aimait, c'étaient les récits d'aventures que le *Mail* publiait régulièrement, des histoires d'anciens élèves d'écoles privées, de rudes joueurs de rugby, qui capturaient de fourbes espions allemands. À en croire le journal, la Grande-Bretagne en était infestée, mais il ne semblait pas y en avoir à Aberowen, ce qui était vraiment dommage.

Billy se leva. « Je descends la rue », annonça-t-il. Il se dirigea vers la porte d'entrée et sortit. « Descendre la rue » était un euphémisme familial pour dire qu'on allait aux cabinets, lesquels se trouvaient à mi-parcours de Wellington Row. On avait bâti une petite cahute de brique couverte d'un toit en tôle ondulée au-dessus d'un trou profondément creusé dans le sol. La cabane était divisée en deux compartiments, un pour les hommes, l'autre pour les femmes. Chaque compartiment possédait un double siège, si bien qu'on allait aux toilettes deux par deux. Personne ne savait pourquoi les constructeurs avaient choisi cette disposition, mais tout le monde en prenait son parti. Les hommes regardaient droit devant eux et se taisaient, alors que les femmes – comme Billy l'avait souvent constaté – bavardaient cordialement. L'odeur était suffocante, même pour ceux qui la supportaient tous les jours. Billy essayait toujours de retenir son souffle quand il était à l'intérieur, et ressortait, haletant. La fosse était régulièrement vidangée par un homme qu'on surnommait Dai Gadoue.

En revenant dans la maison, Billy fut enchanté de voir sa sœur Ethel assise à table. « Bon anniversaire, Billy ! s'écria-t-elle. Je suis venue t'embrasser avant que tu descendes à la mine. »

Ethel avait dix-huit ans, et Billy n'avait aucun mal à voir qu'elle était belle, elle. Ses cheveux acajou encadraient son visage de boucles rebelles, ses yeux bruns étincelaient d'espièglerie. Peut-être Mam lui avait-elle ressemblé un jour. Ethel portait une seyante tenue de bonne, une robe noire unie avec une coiffe de coton blanc.

Billy adorait sa sœur. En plus d'être jolie, elle était drôle, intelligente et courageuse : elle n'hésitait pas quelquefois à tenir tête à Da. Elle expliquait à Billy des choses dont tout le monde refusait de lui parler, ce que les femmes appelaient leurs « règles » par exemple, ou en quoi consistait le crime d'attentat à la pudeur qui avait obligé le pasteur anglican à quitter précipitamment la ville. Elle avait été première de sa classe pendant toute sa scolarité et sa rédaction sur « Ma ville ou mon village » avait remporté le premier prix à un concours organisé par le *South Wales Echo* qui lui avait valu de gagner un exemplaire de l'*Atlas du monde* de Cassell.

Elle embrassa Billy sur la joue. «J'ai dit à l'intendante, Mrs Jevons, que nous allions être à court de cirage et qu'il fallait que j'aille en ville en chercher.» Ethel vivait et travaillait à Tŷ Gwyn, le château du comte Fitzherbert, à un peu plus d'un kilomètre de la ville, dans la montagne. Elle tendit à Billy un petit paquet emballé dans un chiffon propre. «J'ai volé un bout de gâteau pour toi.

— Oh, merci, Eth ! » Billy adorait les gâteaux.

« Tu veux que je le mette dans ta gamelle ? proposa Mam.

— Oui, s'il te plaît. »

Mam sortit une boîte métallique du placard et l'y déposa avec deux tranches de pain tartinées de graisse et saupoudrées de sel. Tous les mineurs avaient une gamelle en fer-blanc. S'ils emportaient dans la fosse leur repas enveloppé d'un chiffon, les souris dévoraient tout avant la pause de la matinée. Mam dit : « Quand tu me rapporteras ta paye, tu auras une tranche de lard bouilli dans ta gamelle. »

Billy ne toucherait pas grand-chose au début, mais cela ferait tout de même une petite différence pour sa famille. Il se demanda combien Mam lui laisserait d'argent de poche et s'il arriverait à économiser assez pour s'acheter la bicyclette de ses rêves.

Ethel s'assit à la table. « Comment ça va, au château ? demanda Da.

— C'est bien calme. Le comte et la princesse sont à Londres pour le couronnement. » Elle regarda la pendule posée sur la cheminée. « Ils ne vont pas tarder à se lever : il faut qu'ils soient à l'abbaye de bonne heure. Ça ne va pas lui plaire, à elle – ce n'est pas une lève-tôt –, mais elle ne peut pas se permettre d'être en retard un jour comme aujourd'hui. » La femme du comte, Bea, une princesse russe, se donnait de grands airs.

« Ils voudront avoir des places devant, pour mieux voir, dit Da.

— Oh, tu sais, on ne peut pas se mettre où on veut, expliqua Ethel. Ils ont fait fabriquer tout spécialement six mille chaises en acajou, avec les noms des invités en lettres d'or sur le dossier.

— Quel gâchis ! s'écria Gramper. Qu'est-ce qu'ils vont en faire après ?

— Je ne sais pas. Peut-être que chacun va remporter la sienne, en souvenir.

— Dis-leur de nous en envoyer une s'ils en ont trop, lança Da d'un ton ironique. Nous ne sommes que cinq ici, et pourtant ta Mam est obligée de rester debout. »

Les plaisanteries de Da pouvaient dissimuler une vraie irritation. Ethel se leva d'un bond. « Oh, pardon, Mam ! Je n'ai pas fait attention.

— Reste où tu es, je suis trop occupée pour m'asseoir », protesta sa mère.

La pendule sonna cinq coups. « Il vaut mieux que tu y sois de bonne heure, Billy boy, dit Da. Autant partir d'un bon pied. »

Billy se leva à regret et attrapa sa gamelle.

Ethel l'embrassa encore et Gramper lui serra la main. Da lui donna deux clous de quinze centimètres, rouillés et un peu tordus. « Fourre ça dans ta poche.

— Pour quoi faire ?

— Tu verras », répondit Da avec un sourire.

Mam tendit à Billy une bouteille d'un litre fermée par un bouchon à vis, remplie de thé froid au lait sucré. « Billy, rappelle-toi que Jésus est toujours avec toi, même au fond de la mine.

— Oui, Mam. »

Il vit qu'elle avait la larme à l'œil et se détourna promptement, pour ne pas se mettre à pleurer lui aussi. Il décrocha sa casquette de la patère. « Bon, eh bien, au revoir », dit-il, comme s'il allait simplement à l'école, puis il franchit la porte.

Le temps avait été chaud et ensoleillé jusque-là, mais aujourd'hui, le ciel était couvert. On allait peut-être même avoir de la pluie. Tommy l'attendait, adossé au mur de la maison. « Salut, Billy.

— Salut, Tommy. »

Ils descendirent la rue côte à côte.

Billy avait appris à l'école qu'autrefois, Aberowen était une petite bourgade qui attirait tous les éleveurs de moutons des montagnes environnantes. Du haut de Wellington Row, on voyait le vieux centre marchand, avec les enclos ouverts du marché aux bestiaux, la bourse de la laine et l'église anglicane, tous sur la même rive de l'Owen, qui n'était guère qu'un ruisseau. À présent, la ligne de chemin de fer coupait la ville en deux comme une balafre, pour aboutir sur le carreau de la mine. Les maisons des mineurs avaient gravi les versants de la vallée, des centaines d'habitations grises aux toits en ardoise galloise, d'un gris plus foncé. Elles dessinaient de longues rangées sinueuses à flanc de coteau, reliées par des rues transversales plus courtes qui plongeaient, tête la première, vers le fond de la vallée.

« Avec qui tu vas travailler, tu crois ? » demanda Tommy.

Billy haussa les épaules. Les nouveaux étaient confiés à l'un des adjoints du directeur des houillères. « Comment tu veux que je sache ?

— J'espère qu'ils vont me mettre aux écuries. » Tommy aimait les chevaux. Il y en avait presque cinquante dans la mine, attelés aux berlines que remplissaient les mineurs et qu'ils tiraient sur des rails. « Quel genre de travail tu as envie de faire ? »

Billy espérait qu'on ne lui confierait pas une tâche trop épuisante pour son corps d'enfant, mais il ne l'aurait admis pour rien au monde. « Graisser les berlines, dit-il.

— Pourquoi ?

— Ça a l'air facile. »

Ils passèrent devant l'école sur les bancs de laquelle ils étaient encore assis la veille. Ce bâtiment victorien aux fenêtres en ogives, semblables à celles d'une église, avait été construit par la famille Fitzherbert, comme le directeur ne se lassait pas de le rappeler aux élèves. Le comte nommait toujours les instituteurs et établissait le programme. Les murs étaient couverts de peintures représentant des victoires militaires héroïques, et la grandeur de la Grande-Bretagne était un thème récurrent. Pendant l'heure de catéchisme par laquelle commençait chaque journée, les maîtres enseignaient exclusivement le dogme anglican, alors que presque tous les enfants étaient issus de familles non conformistes. L'école possédait un conseil d'administration, dont Da était membre, mais son pouvoir était strictement consultatif. Da disait que le comte considérait l'école comme sa propriété personnelle.

Au cours de leur dernière année de classe, Billy et Tommy avaient appris les principes de l'industrie minière, tandis que les filles s'initiaient à la couture et à la cuisine. Billy avait découvert avec étonnement que, sous ses pieds, le sol était formé de couches de différentes sortes de terre, comme une pile de sandwichs. Les veines de charbon – une expression qu'il avait entendue toute sa vie sans vraiment la comprendre – constituaient certaines de ces couches. On lui avait aussi expliqué que le charbon était fait de feuilles mortes et d'autres matières végétales accumulées au cours des millénaires et comprimées par le poids de la terre qui se trouvait dessus. Selon Tommy, dont le père était athée, cela prouvait que ce que disait la Bible n'était pas vrai, à quoi Da répliquait que cette interprétation n'engageait que lui.

L'école était vide à cette heure-ci et la cour déserte. Billy était fier d'en avoir fini avec la classe pourtant, tout au fond de lui, il aurait bien voulu y retourner au lieu de descendre à la mine.

Comme ils approchaient du carreau, les rues commencèrent à se remplir de mineurs, chargés de leurs gamelles et de leurs bouteilles de thé. Ils étaient tous habillés à l'identique, de vieux costumes qu'ils retiraient dès qu'ils étaient arrivés sur leur lieu de travail. Certaines mines étaient froides, mais Aberowen était un puits chaud, et les hommes y travaillaient en sous-vêtements et en chaussures, ou en shorts de lin grossier appelés *bannikers*. Tout le monde portait en permanence un chapeau rembourré, la barrette, parce que le plafond des galeries était si bas qu'on s'y cognait souvent la tête.

Au-dessus des maisons, Billy aperçut le chevalement, une tour surmontée de deux grandes roues, les molettes, qui tournaient en sens inverse l'une de l'autre, actionnant les câbles qui faisaient monter et descendre la cage. Des structures comparables surmontaient la plupart des localités des vallées de Galles du Sud, comme les clochers des églises qui dominent les villages agricoles.

Autour du carreau de la mine, d'autres constructions semblaient disposées au petit bonheur la chance : la lampisterie, les bureaux de la houillère, la forge, les entrepôts. Des rails serpentaient entre les bâtiments. Des berlines hors d'usage gisaient sur un terrain vague, à côté de vieux bois fendus, de sacs de fourrage et de tas de machines rouillées mises au rebut, le tout recouvert de poussière de charbon. Da disait toujours qu'il y aurait moins d'accidents si les mineurs étaient un peu plus ordonnés.

Billy et Tommy se dirigèrent vers les bureaux des houillères. Dans la première salle, ils trouvèrent Arthur Llewellyn, qu'on appelait Grêlé, un commis de bureau à peine plus âgé qu'eux. Sa chemise blanche était grise au col et aux poignets. Ils étaient attendus – leurs pères avaient tout organisé pour qu'ils commencent à travailler aujourd'hui. Grêlé nota leurs noms dans un registre, puis les conduisit au bureau du directeur des houillères. « Le jeune Tommy Griffiths et le jeune Billy Williams, monsieur Morgan », annonça-t-il.

Maldwyn Morgan était un homme de haute taille, vêtu d'un costume noir. Il n'y avait pas trace de poussière de charbon sur ses manchettes. Ses joues roses étaient parfaitement lisses, signe qu'il se rasait tous les jours. Son diplôme d'ingénieur encadré était accroché au mur, et son chapeau melon – autre insigne de son rang – occupait un portemanteau, à côté de la porte.

Billy constata avec étonnement qu'il n'était pas seul. Un personnage encore plus imposant se tenait près de lui : Perceval Jones, président de Celtic Minerals, la compagnie qui possédait et exploitait la mine de charbon d'Aberowen et plusieurs autres houillères. Ce petit homme agressif que les mineurs surnommaient Napoléon était en tenue de ville, jaquette noire et pantalon gris rayé, et n'avait pas retiré son haut-de-forme noir.

Jones posa un regard hautain sur les deux garçons. « Griffiths. Ton père est un socialiste révolutionnaire.

— Oui, monsieur.

— Et un athée.

— Oui, monsieur. »

Il se tourna vers Billy. « Et le tien est un permanent de la fédération des mineurs de Galles du Sud.

— Oui, monsieur.

— Je n'aime pas les socialistes. Les athées sont voués à la damnation éternelle. Quant aux syndicalistes, ce sont les pires de tous. »

Il les dévisagea d'un air furieux, mais comme il ne leur avait rien demandé, Billy resta silencieux.

« Je ne veux pas d'agitateurs, poursuivit Jones. Dans la vallée du Rhondda, ils ont fait grève pendant quarante-trois semaines parce que des types comme vos pères leur ont monté la tête. »

Billy savait que la grève du Rhondda n'avait pas été provoquée par des agitateurs, mais par les propriétaires de la mine d'Ely, à Penygraig, qui avaient lock-outé leurs mineurs. Néanmoins il n'ouvrit pas la bouche.

« Êtes-vous des agitateurs ? » Jones pointa vers Billy un index osseux, qui fit frémir le garçon. « Ton père t'a-t-il dit qu'il fallait que tu défendes tes droits quand tu travaillerais pour moi ? »

Désarçonné par la mine menaçante de Jones, Billy essaya de réfléchir. Da n'avait pas été très loquace ce matin ; la veille au soir, toutefois, il lui avait effectivement donné un conseil. « En fait, monsieur, voilà ce qu'il m'a dit : "Ne fais pas l'insolent avec les patrons, c'est mon boulot." »

Derrière lui, Grêlé Llewellyn rit sous cape.

Perceval Jones ne trouva pas cela drôle. « Tu n'es qu'un petit impertinent. Mais si je refuse de t'embaucher, toute la vallée se mettra en grève. »

Billy n'y avait pas pensé. Était-il donc si important ? Bien sûr que non – mais les mineurs pourraient faire grève par principe, parce qu'ils ne voulaient pas que les enfants de leurs permanents aient à pâtir du statut de leurs pères. Cela faisait moins de cinq minutes qu'il était au travail et, déjà, le syndicat le protégeait.

« Faites-les sortir d'ici », fit Jones.

Morgan hocha la tête. « Llewellyn, emmenez-les, ordonna-t-il à Grêlé. Rhys Price s'occupera d'eux. »

Billy poussa un gémissement intérieur. Rhys Price était un des sous-directeurs les plus impopulaires. Il avait fait du plat à Ethel un an plus tôt, et elle l'avait envoyé balader. La moitié des célibataires d'Aberowen avaient subi le même sort, mais Price l'avait mal pris.

Grêlé fit un signe de tête. « Sortez, dit-il, et il leur emboîta le pas. Attendez Mr Price dehors. »

Billy et Tommy quittèrent le bâtiment et s'adossèrent au mur, près de la porte. « Ce Napoléon ! Je lui aurais bien balancé un coup de poing dans le bidon ! maugréa Tommy. Tu parles d'un salaud de capitaliste.

— Tu l'as dit », répondit Billy, qui n'en pensait pas un mot.

Rhys Price arriva quelques instants plus tard. Comme tous les sous-directeurs, il était coiffé d'un chapeau à calotte basse et ronde qu'on appelait un *billycock*, plus onéreux qu'une barrette de mineur mais meilleur marché qu'un chapeau melon. Les poches de son gilet contenaient un carnet et un crayon, et il tenait un mètre à la main. Une barbe de plusieurs jours lui ombrait les joues et il lui manquait une incisive. Billy le savait intelligent mais sournois.

« Bonjour, monsieur Price », lança Billy.

Price prit l'air méfiant. « Te voilà bien poli aujourd'hui Billy Deux-fois !

— Mr Morgan a dit qu'on devait descendre à la fosse avec vous.

— Ah oui ? » Price avait la manie de jeter des regards à droite et à gauche, et parfois même derrière lui, comme s'il craignait un mauvais coup. « On va voir ça. » Il leva les yeux vers la roue du chevalement, semblant y chercher une explication. «J'ai autre chose à faire qu'à m'occuper de gamins comme vous, ajouta-t-il en entrant dans le bureau.

— J'espère qu'il va demander à quelqu'un d'autre de nous descendre, murmura Billy. Il déteste ma famille parce que ma sœur n'a pas voulu sortir avec lui.

— Ta sœur ? Elle se croit trop bien pour les hommes d'Aberowen, lança Tommy, répétant manifestement des propos qu'il avait entendus.

— Elle *est* trop bien pour eux », rétorqua Billy avec force.

Price sortit. « C'est bon, venez par ici », dit-il avant de s'éloigner à grands pas.

Les garçons le suivirent dans la lampisterie dont le responsable tendit à Billy une lampe de sûreté en laiton brillant, qu'il accrocha à sa ceinture comme faisaient les hommes.

On leur avait parlé des lampes des mineurs en classe. Un des dangers des mines de charbon était le méthane, un gaz inflammable qui suintait des veines de charbon. Les mineurs l'appelaient le « grisou », il provoquait toutes les explosions souterraines. Les mines galloises étaient notoirement grisouteuses. La lampe de sûreté était ingénieusement conçue pour éviter que sa flamme ne mette le feu au gaz. En présence de méthane, elle changeait de forme, s'allongeant et prévenant ainsi le mineur – le grisou était en effet inodore.

Si la lampe s'éteignait, il était impossible au mineur de la rallumer lui-même. Les allumettes étaient strictement interdites en bas et les lampes verrouillées pour empêcher toute infraction à la règle. En cas de problème, il fallait apporter la lampe à une station d'allumage, située généralement tout au fond de la mine, près du puits. Cela pouvait obliger le mineur à parcourir plus d'un kilomètre, mais c'était indispensable pour éviter les risques d'explosion.

À l'école, on avait expliqué aux garçons que la généralisation de la lampe de sûreté montrait que les propriétaires de mines se souciaient de la sécurité de leurs employés – « comme si, répliquait Da, les patrons n'avaient pas intérêt à éviter les explosions, qui provoquent des arrêts de travail et endommagent les galeries ».

Une fois munis de leurs lampes, les hommes faisaient la

queue pour monter dans la cage. Un panneau d'affichage avait été astucieusement placé le long de la file d'attente. Des avis écrits à la main ou en caractères d'imprimerie grossiers annonçaient un entraînement de cricket, un concours de fléchettes, un canif perdu, un concert de la chorale d'hommes d'Aberowen et une conférence sur la théorie du matérialisme historique de Karl Marx à la bibliothèque municipale. Mais les sous-directeurs n'étaient pas obligés de prendre la file et Price s'avança jusqu'au premier rang, les garçons sur ses talons.

Comme la plupart des mines, Aberowen avait deux puits. Un système de ventilation envoyait de l'air par l'un et l'aspirait par l'autre. Les propriétaires donnaient souvent aux puits des noms fantaisistes. Ici, c'étaient Pyrame et Thisbé. Ils se trouvaient à côté de Pyrame, le puits d'extraction, et Billy sentait le courant d'air chaud monter du fond.

L'année précédente, Billy et Tommy avaient décidé d'aller voir à quoi ressemblait le puits. Le lundi de Pâques, alors que les hommes ne travaillaient pas, ils avaient évité le gardien et s'étaient glissés à travers le terrain vague jusqu'au carreau. Puis ils avaient escaladé la clôture. La structure de la cage ne recouvrant pas entièrement la bouche du puits, ils s'étaient allongés à plat ventre, tout près du bord. Avec un mélange d'effroi et de fascination, ils avaient plongé le regard au fond de ce terrible trou, et Billy avait senti son cœur se soulever. La noirceur semblait infinie. Il avait éprouvé un frisson où se mêlaient de la joie, parce qu'il n'était pas forcé d'y descendre, et de l'épouvante, parce qu'un jour il serait bien obligé d'y aller. Il avait jeté un caillou à l'intérieur et ils l'avaient entendu rebondir contre les glissières de bois de la cage et contre le revêtement de brique du puits. Ils avaient dû attendre un temps terrifiant avant de percevoir un faible clapotis, très loin, lorsqu'il avait enfin touché l'eau, au fond.

Un an s'était écoulé, et il s'apprêtait à présent à suivre le trajet de cette pierre.

Il ne voulait pas être un poltron. Il devait se conduire en homme, même s'il n'avait pas l'impression d'en être un. Le déshonneur serait pire que la mort.

Il apercevait la grille coulissante qui fermait le puits. Au-delà s'ouvrait le vide, car la cage était en train de remonter. De l'autre côté du puits, le moteur d'extraction actionnait les molettes, tout en haut. Des jets de vapeur en sortaient. Les câbles claquaient contre leurs glissières avec un bruit de fouet. Une odeur d'huile chaude imprégnait l'atmosphère.

Dans un cliquetis métallique, la cage vide surgit derrière la grille. Le moulineur, qui en contrôlait le chargement et le déchargement à l'étage supérieur, repoussa la grille. Rhys Price monta dans la cage vide et les deux garçons le suivirent. Treize mineurs entrèrent derrière eux – la cage contenait seize personnes en tout. Le moulineur referma brutalement la grille.

Pendant un moment, rien ne bougea. Billy se sentait terriblement vulnérable. Le sol était solide sous ses pieds, mais il aurait facilement pu glisser par les barreaux largement espacés de la cage. Même si celle-ci était suspendue à un filin d'acier, cela ne suffisait pas à assurer une parfaite sécurité : tout le monde savait que le câble de Tirpentwys s'était cassé un jour de 1902 et que la cage était tombée à pic jusqu'au fond, faisant huit morts.

Il adressa un signe de tête au mineur à côté de lui. Harry Hewitt, dit Graisse-de-rognon, un garçon au visage bouffi, n'était son aîné que de trois ans, mais mesurait trente bons centimètres de plus. Billy se souvenait de lui, à l'école : il était resté en troisième année avec les petits de dix ans, ratant systématiquement l'examen de passage jusqu'à ce qu'il soit en âge de travailler.

Une sonnerie se déclencha, signalant que l'encageur, au fond de la mine, avait fermé sa grille. Le moulineur actionna un levier puis un autre timbre retentit. Le moteur à vapeur siffla, et l'on entendit un claquement.

La cage tomba dans le vide.

Billy savait qu'elle descendait en chute libre un moment, avant de freiner pour se poser en douceur, mais aucune connaissance théorique préalable n'aurait pu le préparer à cette sensation de s'abîmer dans les entrailles de la terre. Ses pieds quittèrent le sol. Il ne put s'empêcher de hurler de terreur.

Tous les hommes s'esclaffèrent. C'était son premier jour et ils attendaient sa réaction. Billy s'en rendit compte. Il remarqua aussi, mais trop tard, qu'ils se cramponnaient tous aux barreaux de la cage pour éviter de décoller. Comprendre ce qui se passait ne suffit pas à apaiser sa peur. Il finit par serrer les dents de toutes ses forces pour retenir ses cris.

Enfin, les freins se mirent en prise, ralentissant la chute. Les pieds de Billy se reposèrent sur le plancher de la cage. Il attrapa un barreau en s'efforçant de maîtriser ses tremblements. Au bout d'une minute, la terreur s'atténua. Il était si mortifié que les larmes lui montèrent aux yeux. Devant le visage hilare de Graisse-de-rognon, il hurla pour couvrir le vacarme : « Ferme ta grande gueule, Hewitt, espèce de fichu crétin. »

Graisse-de-rognon se renfrogna immédiatement, furieux, tandis que les autres riaient de plus belle. Billy devrait demander pardon à Jésus pour son juron, mais il se sentait un peu moins bête.

Il se tourna vers Tommy, qui était blême. Avait-il crié, lui aussi ? Craignant une réponse négative, Billy s'abstint de lui poser la question.

La cage s'arrêta, l'encageur repoussa la grille, et Billy et Tommy se retrouvèrent dans la mine, les jambes en coton.

Tout était sombre. Les lampes des mineurs éclairaient encore moins que les lampes à pétrole accrochées aux murs, à la maison. Il faisait aussi noir au fond de la mine que par une nuit sans lune. Peut-être n'était-il pas indispensable d'y voir clair pour abattre le charbon, songea Billy. Il posa le pied dans une flaque, et baissant les yeux, vit qu'il y avait partout de la boue et de l'eau, dans laquelle miroitait le faible reflet des flammes. Il avait un goût étrange dans la bouche : l'air était imprégné de poussière de charbon. Les hommes respiraient-ils vraiment cela toute la journée ? C'était sûrement pour cette raison que les mineurs n'arrêtaient pas de tousser et de cracher.

En bas, quatre hommes attendaient la cage pour remonter à la surface. Ils portaient tous un coffret de cuir et Billy reconnut les pompiers. Tous les matins, ils vérifiaient la teneur en gaz avant que les mineurs ne commencent le travail. Si la concentration de méthane atteignait un niveau dangereux, ils donnaient consigne aux hommes d'attendre pour descendre que les ventilateurs aient purifié l'atmosphère.

Tout près de lui, Billy aperçut une rangée de stalles destinées aux chevaux et une porte ouverte, qui donnait sur une pièce bien éclairée, avec une table de travail, sans doute le bureau des sous-directeurs. Les hommes se dispersèrent, s'engageant dans quatre galeries qui rayonnaient à partir de la recette du fond. Les galeries, appelées « couloirs », conduisaient aux secteurs d'abattage du charbon.

Price les dirigea vers une remise d'outils et défit le cadenas. Il choisit deux pelles, les tendit aux garçons et referma.

Ils se rendirent ensuite aux écuries. Un homme vêtu en tout et pour tout d'un short et de bottes pelletait de la paille souillée qu'il sortait d'une stalle pour la jeter dans une berline à charbon. La sueur ruisselait de son dos musclé. Price lui demanda : «Vous avez besoin d'un coup de main? Vous voulez un garçon?»

L'homme se retourna : Billy reconnut Dai Cheval, un aîné du temple Bethesda. Mais lui ne parut pas le reconnaître. «Pas le petit, dit-il.

— Entendu, fit Price. Je vous laisse l'autre. C'est Tommy Griffiths.»

Tommy était visiblement content. Il avait obtenu ce qu'il voulait. Même si son travail se limitait à vider le fumier, il travaillait aux écuries.

«Viens par là, Billy Deux-fois», ordonna Price en s'engageant dans un des couloirs.

La pelle sur son épaule, Billy le suivit, encore plus inquiet sans Tommy. Il aurait préféré être affecté au nettoyage des stalles avec son ami. «Qu'est-ce que je vais devoir faire, monsieur Price?

— Tu peux le deviner, non? À ton avis, pourquoi est-ce que je t'ai donné cette foutue pelle?»

Ce gros mot gratuit heurta Billy. Il n'avait pas la moindre idée de ce qu'il aurait à faire, mais préféra ne plus poser de question.

La galerie était arrondie et son toit renforcé par des supports d'acier incurvés. Un tuyau de cinq centimètres de diamètre courait sur la partie supérieure. Il contenait sans doute de l'eau. Toutes les nuits, en effet, on aspergeait les couloirs pour faire retomber la poussière. Non seulement mauvaise pour les poumons des mineurs – Celtic Minerals ne s'en serait certainement pas préoccupé si cela avait été le seul problème –, elle constituait aussi un risque d'incendie. Le système d'arrosage était cependant insuffisant. Da avait réclamé des tuyaux de quinze centimètres de diamètre, mais Perceval Jones avait refusé cette dépense supplémentaire.

Après avoir parcouru quatre cents mètres, ils s'engagèrent dans une galerie latérale qui remontait. C'était un passage plus ancien, plus étroit, où les étais de bois remplaçaient le cerclage d'acier. Price était obligé de baisser la tête là où le plafond s'enfonçait. Tous les trente mètres environ, ils passaient devant l'entrée d'ateliers où les mineurs abattaient déjà le charbon.

Billy entendit un grondement et Price lança : « Dans la bouche !

— Quoi ? » Billy regarda par terre. Il y avait des bouches d'égout sur les trottoirs des villes, mais il ne distinguait rien sur le sol, à part les rails sur lesquels circulaient les berlines. Levant la tête il vit un cheval qui arrivait vers lui, descendant la pente d'un trot rapide, devant un convoi de berlines.

« Dans la bouche ! » hurla Price.

Billy ne comprenait toujours pas ce qu'il devait faire, il voyait bien que la galerie était à peine plus large que les berlines. Il allait se faire écraser. Price sembla soudain s'enfoncer dans le mur et disparaître.

Billy lâcha sa pelle, fit demi-tour et revint sur ses pas en courant. Il essayait de garder de l'avance sur le cheval, mais celui-ci allait étonnamment vite. Il aperçut alors une niche entaillée dans la paroi, sur toute la hauteur de la galerie, et se souvint qu'il en avait vu d'autres, sans y prêter attention, tous les vingt-cinq mètres environ. C'était probablement ce que Price appelait une « bouche ». Il s'y précipita, et le convoi passa dans un bruit d'enfer.

Billy ressortit, le souffle court.

Price feignit d'être en colère, mais il souriait. « Il faut être plus vigilant que ça. Autrement, tu vas te faire tuer ici – comme ton frère. »

Beaucoup d'hommes prenaient plaisir à enfoncer les novices et à se moquer de leur ignorance. Billy n'aimait pas ça. Il se promit de ne pas être comme eux quand il serait grand.

Il ramassa sa pelle. Elle était intacte. « Tu as eu de la chance, commenta Price. Si la berline l'avait cassée, tu aurais dû la rembourser. »

Ils se remirent en marche et arrivèrent bientôt dans un secteur épuisé, où les chantiers étaient déserts. Il y avait moins d'eau sous leurs pieds et le sol était recouvert d'une épaisse couche de poussière de charbon. Ils bifurquèrent à plusieurs reprises, et Billy perdit tout sens de l'orientation.

À un endroit où la galerie était obstruée par une vieille berline crasseuse, ils s'arrêtèrent. « Il faut nettoyer ce coin », lui dit Price. C'était la première fois qu'il prenait la peine de lui donner une explication, Billy eut le sentiment très net qu'il lui mentait. « Voilà ton travail : pelleter la gadoue et la mettre dans la berline. »

Billy regarda autour de lui. La couche de poussière de charbon atteignait bien trente centimètres d'épaisseur dans toute la zone éclairée par sa lampe et il devina que c'était la même chose plus loin. Il pouvait pelleter une semaine sans qu'on voie grande différence. Et pour quoi faire? Le secteur avait fini d'être exploité. Pourtant il ne posa pas de question. On cherchait sans doute à le mettre à l'épreuve.

«Je reviens dans un moment voir comment tu t'en tires», dit Price et il fit demi-tour. Billy était seul.

Il n'avait pas imaginé une chose pareille. Il s'était attendu à travailler avec des mineurs expérimentés et à apprendre son métier en les observant. Mais il était bien obligé de faire ce qu'on lui avait dit.

Il détacha sa lampe de sa ceinture et regarda autour de lui, cherchant où la mettre. Il n'y avait rien qui puisse servir d'étagère. Il la posa, mais elle n'éclairait presque rien. Il se souvint alors des clous que Da lui avait donnés. Voilà à quoi ils servaient. Il en sortit un de sa poche. En utilisant le fer de sa pelle comme marteau, il l'enfonça dans un étai de bois et y accrocha sa lampe. C'était mieux.

La berline arrivait à hauteur de poitrine d'homme, c'est-à-dire d'épaules pour Billy, et dès qu'il se mit au travail, il se rendit compte que la moitié de la poussière glissait de sa pelle avant qu'il n'ait pu la verser par-dessus bord. Il trouva une méthode pour faire pivoter le fer et éviter cet accident. En l'espace de quelques minutes, il fut couvert de sueur et comprit à quoi servait le deuxième clou. Il l'enfonça dans une autre poutre et y suspendit sa chemise et son pantalon.

Au bout d'un moment, il eut l'impression qu'on l'observait. Du coin de l'œil, il aperçut une vague silhouette, debout, immobile comme une statue. «Oh, bon Dieu!» cria-t-il en faisant volte-face.

C'était Price. «J'ai oublié de vérifier ta lampe», dit-il. Il la décrocha du clou et la tripota quelques secondes. «Pas terrible. Je vais te laisser la mienne.» Il accrocha l'autre lampe et disparut.

Même si ce type était bizarre, au moins il semblait soucieux de la sécurité de Billy.

Celui-ci se remit au travail. Il eut vite mal aux bras et aux jambes. Il avait pourtant l'habitude de manier la pelle, songeat-il : Da élevait un cochon dans le terrain qu'ils avaient derrière la maison et Billy était chargé de nettoyer la porcherie une fois par semaine. Mais cela lui prenait à peu près un quart d'heure. Tiendrait-il le coup toute la journée ?

Sous la saleté, il rencontra une couche de rocher et d'argile. Au bout d'un moment, il avait dégagé une surface d'un peu plus d'un mètre de côté, la largeur de la galerie. La gadoue remplissait à peine le fond de la berline, et il était épuisé.

Il essaya de pousser la benne un peu plus loin pour réduire la distance à parcourir avec sa pelle chargée mais, de toute évidence, les roues étaient grippées.

Il n'avait pas de montre, et était incapable d'estimer depuis combien de temps il travaillait. Il ralentit l'allure, ménageant ses forces.

La lumière déclina.

La flamme commença par vaciller, et Billy leva un regard inquiet vers la lampe accrochée au clou. Il savait qu'en cas de grisou, la flamme s'allongeait. Ce n'était pas le cas, ce qui le rassura. Puis elle s'éteignit pour de bon.

Il n'avait jamais connu une obscurité aussi profonde. Il ne voyait rien, pas la moindre tache grisâtre, pas la moindre nuance d'un noir un peu moins noir. Il leva sa pelle au niveau de son visage et la tint juste devant son nez. Il ne la distinguait même pas. Ce devait être ainsi quand on était aveugle.

Il resta immobile. Que faire ? Il était censé apporter sa lampe à la station d'allumage, mais même s'il y avait vu clair, il n'aurait pas pu retrouver son chemin à travers les galeries. Il risquait de tourner en rond dans les ténèbres pendant des heures. Il n'avait pas la moindre idée du nombre de kilomètres que couvrait la partie abandonnée de l'exploitation, et n'avait aucune envie qu'on doive envoyer une équipe le chercher.

Il ne lui restait qu'à attendre le retour de Price. Le sous-directeur lui avait dit qu'il reviendrait « dans un moment ». Cela pouvait être quelques minutes, aussi bien qu'une heure, ou plus. Billy se doutait que ce serait certainement plus tard que plus tôt. Price l'avait sûrement fait exprès. Un courant d'air ne pouvait pas éteindre une lampe de sûreté et, de toute façon, il n'y avait pas un souffle. Price avait remplacé la lampe de Billy par une autre qui ne contenait presque plus d'huile.

Il s'apitoya un instant sur son sort, les larmes aux yeux. Qu'avait-il fait pour mériter cela? Puis il se ressaisit. C'était encore une mise à l'épreuve, comme la cage. Il leur montrerait qu'il n'était pas une mauviette.

Il continuerait à travailler, malgré l'obscurité, voilà ce qu'il ferait. Se risquant à bouger pour la première fois depuis que la lumière s'était éteinte, il enfonça sa pelle dans le sol et la poussa en avant, essayant de ramasser de la poussière. Quand il la souleva, il lui sembla, à en juger par le poids, que le fer était chargé. Il se retourna, fit deux pas puis banda ses muscles, s'efforçant de la vider dans la berline, mais il avait mal estimé la hauteur. La pelle heurta la paroi de la benne et s'allégea soudainement. Son chargement était tombé par terre.

Il essaierait de mieux calculer. Il recommença, levant sa pelle plus haut. Quand il eut renversé le fer, il l'abaissa et sentit le manche de bois heurter le bord de la berline. C'était mieux.

Comme il devait s'éloigner de plus en plus du wagonnet, il continua à manquer sa cible de temps en temps, jusqu'à ce qu'il se mette à compter les pas tout haut. Il prit la cadence et, malgré ses muscles endoloris, poursuivit son travail.

Ses gestes devenant automatiques, son esprit était libre de vagabonder, ce qui n'était pas une très bonne chose. Il se demanda jusqu'où la galerie s'étendait et depuis combien de temps elle n'était plus exploitée. Il pensa à la couche de terre accumulée au-dessus de lui, plus de cinq cents mètres d'épaisseur, et à la charge que retenaient ces vieux étais de bois. Il se rappela son frère, Wesley, et les autres hommes qui avaient péri dans cette mine. Leurs esprits n'étaient pas là, évidemment. Wesley était avec Jésus. Les autres aussi, peut-être.

Il se mit à frissonner et décida de ne pas penser aux esprits. D'ailleurs, il avait faim. Était-ce l'heure de la gamelle ? Il n'en savait rien, mais après tout, autant manger. Il retrouva l'endroit où il avait accroché ses vêtements, tâtonna par terre, au-dessous, et attrapa sa bouteille et son casse-croûte.

Il s'assit dos au mur, but une longue gorgée de thé froid et sucré. Comme il mangeait sa tartine de graisse, il entendit un petit bruit. Il espéra, sans se faire trop d'illusions, que c'était le crissement des chaussures de Rhys Price. En réalité, ce couinement lui était familier : c'étaient des rats.

Il n'avait pas peur. Les rats ne manquaient pas dans les caniveaux qui longeaient les rues d'Aberowen. Mais ils paraissaient plus hardis dans le noir et, quelques instants plus tard, il en sentit un, qui courait sur ses jambes nues. Faisant passer son casse-croûte dans sa main gauche, il ramassa sa pelle et l'abattit violemment. Cela ne les effraya même pas, et il sentit de nouveau les petites griffes sur sa peau. Cette fois, une des bêtes cherchait à grimper sur son bras. La nourriture les attirait, évidemment. Les couinements redoublèrent. Ils devaient être drôlement nombreux.

Il se releva et fourra le reste de sa tartine dans sa bouche. Il but encore un peu de thé, puis mangea son gâteau. Il était délicieux, plein de fruits secs et d'amandes, mais un rat lui grimpa le long de la jambe et il fut obligé d'avaler le reste tout rond.

Ils avaient dû comprendre qu'il n'y avait plus rien à manger parce que les petits cris s'atténuèrent peu à peu avant de s'évanouir pour de bon.

La nourriture ayant redonné un peu d'énergie à Billy, il se remit au travail. Bientôt, une douleur cuisante dans le dos l'obligea à ralentir la cadence et à multiplier les pauses.

Pour se réconforter, il se dit qu'il pouvait être plus tard qu'il ne croyait. Déjà midi, peut-être. Quelqu'un devait venir le chercher à la fin du poste. Le lampiste vérifiait les numéros des lampes, si bien qu'on savait toujours si un homme n'était pas remonté. Mais Price avait pris celle de Billy. Avait-il l'intention de laisser Billy au fond jusqu'à demain ?

Impossible. Da ferait un sacré foin. Les patrons avaient peur de lui – Perceval Jones l'avait plus ou moins reconnu. Tôt ou tard, c'était sûr, quelqu'un viendrait.

Quand la faim le reprit, il fut certain que de longues heures s'étaient écoulées. Il commença à avoir peur et n'arriva plus à se raisonner. C'étaient les ténèbres qui le décourageaient. Il aurait pu supporter l'attente s'il avait vu clair. Dans ce noir absolu, il perdait la tête. Il ne pouvait pas s'orienter, et chaque fois qu'il s'éloignait de la berline, il avait peur de s'écraser contre la paroi de la galerie. Ce matin, il avait redouté de pleurer comme un gosse. Maintenant, il devait s'empêcher de hurler.

Il se rappela ce que Mam avait dit : « Jésus est toujours avec toi, même au fond de la mine. » Sur le coup, il avait cru qu'elle voulait seulement lui dire de bien se tenir. Mais elle avait été plus sage que cela. Évidemment, Jésus était avec lui. Jésus était partout. L'obscurité n'avait aucune importance, pas plus que le temps qui passait. Quelqu'un veillait sur lui.

Pour s'en convaincre, il entonna un cantique. Il n'avait pas encore mué et détestait sa voix de soprano, mais il n'y avait personne pour l'entendre, et il chantait à pleins poumons. Quand il eut enchaîné toutes les strophes et que la crainte revint, il imagina Jésus, debout de l'autre côté de la berline, qui l'observait avec une expression de gravité et de compassion sur son visage barbu.

Billy chanta un autre cantique. Il pelletait et marchait au rythme de la musique. La plupart des mélodies étaient entraînantes. De temps en temps, il se demandait si on ne l'avait pas oublié. Et si le poste était fini, s'il n'y avait personne d'autre en bas, s'il était tout seul ? Il lui suffisait alors de se rappeler la silhouette en robe, debout à ses côtés dans le noir.

Il connaissait beaucoup de cantiques. Il allait au temple Bethesda trois fois par dimanche depuis qu'il était assez grand pour rester assis sagement. Les livres de cantiques étaient chers et un certain nombre de paroissiens ne savaient pas lire, aussi tout le monde apprenait-il les paroles par cœur.

Quand il eut chanté douze cantiques, il calcula qu'une heure avait dû s'écouler. Le poste était sûrement fini, non ? Il en chanta encore douze. Ensuite, il eut du mal à tenir le compte. Il répéta ses préférés. Il travaillait de plus en plus lentement.

Il chantait « Il est sorti du tombeau » à tue-tête quand il aperçut une lumière. Ses gestes étaient devenus tellement automatiques qu'il ne s'interrompit même pas. Il prit une nouvelle pelletée et la porta jusqu'à la berline, chantant toujours. La lumière devint plus vive. À la fin du cantique, quand Billy s'appuya sur sa pelle, Rhys Price était là à le regarder, lampe à la ceinture, avec une curieuse expression sur son visage plongé dans l'ombre.

Billy réprima son sentiment de soulagement. Pas question de montrer à Price ce qu'il éprouvait. Il enfila sa chemise et son pantalon, puis décrocha la lampe éteinte du mur et la mit à sa ceinture.

« Tu as eu un problème ? demanda Price.

— Vous le savez très bien », dit Billy d'une voix qui lui parut curieusement adulte.

Price pivota sur ses talons et s'engagea dans la galerie.

Billy hésita. Il regarda derrière lui. De l'autre côté de la berline, il aperçut un visage barbu et une robe pâle juste avant que la silhouette s'évanouisse comme un rêve. « Merci », chuchota Billy en direction de la galerie déserte.

Il suivit Price, les jambes si endolories qu'il avait l'impression qu'il allait tomber, mais cela lui était bien égal : il y revoyait clair et le poste était fini. Bientôt, il serait à la maison et pourrait se coucher.

Arrivés à la recette du fond, ils entrèrent dans la cage avec une foule de mineurs au visage noir. Tommy Griffiths n'était pas là, mais Graisse-de-rognon Hewitt se trouvait avec eux. Comme ils attendaient le signal de la surface, Billy remarqua qu'ils le regardaient tous avec un sourire narquois.

« Et alors, Billy Deux-fois, comment s'est passée cette première journée ? demanda Hewitt.

— Bien, merci. »

Hewitt avait l'air mauvais; il n'avait sûrement pas oublié que Billy l'avait traité de « fichu crétin ». « Pas de problème ? » insista-t-il.

Ils savaient quelque chose, cela ne faisait aucun doute. Billy voulait leur montrer qu'il n'avait pas cédé à la peur. « Ma lampe s'est éteinte », dit-il, réussissant à grand-peine à empêcher sa voix de trembler. Il jeta un coup d'œil à Price, et jugea plus viril de ne pas l'accuser.

« J'ai eu un peu de mal à pelleter dans le noir toute la journée », acheva-t-il. Il était évidemment très en deçà de la vérité – ils risquaient d'imaginer que l'épreuve n'avait pas été très dure –, mais cela valait mieux que d'avouer qu'il avait été terrifié.

Un des hommes les plus âgés prit la parole. C'était John Jones l'Épicerie, ainsi surnommé à cause de sa femme qui tenait une petite épicerie dans leur salon. « Toute la journée ?

— Oui. »

John Jones se tourna vers Price : « Espèce de salaud, on avait dit une heure. »

C'était bien ce que Billy pensait. Ils étaient tous de mèche. Ils jouaient sûrement le même tour à tous les nouveaux. Mais Price avait poussé le bouchon un peu loin.

Graisse-de-rognon Hewitt ricanait : « Tu n'as pas eu peur, Billy boy, comme ça, tout seul dans le noir, au fond ? »

Il prit le temps de réfléchir. Ils le regardaient tous, attendant sa réponse. Les sourires en coin avaient disparu, ils paraissaient un peu honteux. Il décida de dire la vérité. « J'ai eu peur, si, mais je n'étais pas seul. »

Hewitt fut déconcerté. « Tu n'étais pas seul ?

— Non, bien sûr que non, dit Billy. Jésus y était aussi. »

Hewitt s'esclaffa, mais personne ne l'imita. Tout le monde se taisait. Son éclat de rire s'arrêta net.

Le silence dura plusieurs secondes. Dans un cliquetis métallique accompagné d'un soubresaut, la cage s'éleva enfin. Harry Hewitt se détourna.

Après cela, on l'appela Billy Jésus-y-était.

Première partie

Le ciel se couvre

II

Janvier 1914

1.

À vingt-huit ans, le comte Fitzherbert, Fitz, pour sa famille et ses amis, était la neuvième plus grosse fortune de Grande-Bretagne.

Il n'avait rien fait pour cela. Il avait simplement hérité de plusieurs milliers d'hectares au pays de Galles et dans le Yorkshire. Les fermes ne procuraient pas de gros bénéfices, mais le sous-sol contenait du charbon, et la concession des droits miniers avait rapporté énormément d'argent au grand-père de Fitz.

De toute évidence, il était dans les intentions de Dieu que les Fitzherbert règnent sur leurs prochains et vivent sur un grand pied. Il arrivait pourtant à Fitz de songer qu'il n'avait encore rien réalisé pour justifier cette faveur divine.

On ne pouvait en dire autant de son père, le précédent comte. Officier de marine, il avait été promu amiral après le bombardement d'Alexandrie en 1882 et nommé ambassadeur de Grande-Bretagne à Saint-Pétersbourg avant d'être ministre du cabinet de Lord Salisbury. Quelques semaines après la défaite des conservateurs aux élections législatives de 1906, il avait rendu l'âme, sa fin ayant été précipitée, Fitz en était convaincu, par l'arrivée de libéraux irresponsables comme David Lloyd George et Winston Churchill au gouvernement de Sa Majesté.

Fitz avait repris son siège à la Chambre des lords, la Chambre haute du Parlement, dans les rangs des pairs conservateurs. Il parlait bien français, avait quelques notions de russe et aurait aimé être un jour ministre des Affaires étrangères de son pays.

Chose regrettable, les libéraux avaient continué à remporter les élections, le privant provisoirement de toute chance d'entrer au gouvernement.

Sa carrière militaire n'avait guère été plus brillante. Il avait fait ses classes d'officier à l'académie militaire de Sandhurst et passé trois ans dans le régiment des Welsh Rifles, les chasseurs gallois, où il avait obtenu le rang de capitaine. Après son mariage, il avait renoncé à exercer à plein temps le métier des armes, mais était devenu colonel de l'armée territoriale de Galles du Sud à titre honorifique. Malheureusement, un colonel honoraire n'avait aucune chance d'obtenir de médailles.

Il avait cependant un motif de fierté, songea-t-il tandis que le train filait à toute vapeur à travers les vallées du sud du pays de Galles. Dans deux semaines, le roi devait venir lui rendre visite dans sa maison de campagne. Dans leur jeunesse, George V et le père de Fitz avaient été compagnons dans la Royal Navy. Récemment, le roi avait manifesté le désir de s'informer des opinions de la nouvelle génération et Fitz avait proposé, en toute discrétion, d'organiser une réception chez lui pour donner à Sa Majesté la possibilité de rencontrer quelques-uns de ses représentants. Fitz et son épouse Bea regagnaient à présent leur domaine pour tout préparer.

Fitz aimait les traditions. Le genre humain ne connaissait rien de supérieur à la hiérarchie rassurante de la monarchie, de l'aristocratie, de la classe marchande et de la paysannerie. Mais ce jour-là, en regardant par la fenêtre du train, il prit conscience qu'une menace pesait sur le mode de vie britannique, une menace plus grave que toutes celles que le pays avait affrontées depuis cent ans. Couvrant des coteaux jadis verdoyants, comme une attaque de fumagine sur un buisson de rhododendrons, s'étendaient les rangées de maisons accolées des mineurs. Dans ces taudis crasseux, on parlait de républicanisme, d'athéisme et de révolte. Cela faisait à peine plus d'un siècle que les aristocrates français avaient été traînés dans des charrettes jusqu'à la guillotine, et la même chose pouvait fort bien se produire ici, si on laissait faire certains de ces ouvriers musclés au visage noir.

Fitz aurait volontiers renoncé à ses revenus des charbonnages, se dit-il, si la Grande-Bretagne avait pu renouer avec des temps plus simples. La famille royale constituait un puissant rempart contre l'insurrection. La fierté que la visite du couple de souverains inspirait à Fitz était pourtant entachée de quelque inquiétude. Les aléas étaient si grands. Avec la royauté, une omission pouvait être considérée comme une négligence et, partant, comme une preuve d'irrespect. Les serviteurs des invités s'empresseraient de rapporter le moindre détail de ce séjour à d'autres domestiques, lesquels ne manqueraient pas d'en informer leurs propres patrons. C'est ainsi qu'en quelques jours, toutes les dames de la haute société londonienne sauraient si l'oreiller du roi était trop dur, si on lui avait servi une pomme de terre gâtée ou offert la mauvaise marque de champagne.

La Rolls-Royce Silver Ghost de Fitz les attendait à la gare d'Aberowen. Elle les conduisit, Bea et lui, au domaine de Tŷ Gwyn, à moins de deux kilomètres. Une fine bruine persistante tombait, comme si souvent au pays de Galles.

Tŷ Gwyn voulait dire « Maison blanche » en gallois, mais ce nom lui-même avait désormais une connotation ironique. Dans cette région du monde, tout était recouvert d'une couche de poussière de charbon et les blocs de pierre de cette bâtisse, jadis blancs, avaient pris une teinte gris foncé qui souillait les jupes des dames si elles frôlaient leurs murs par mégarde.

La maison n'en était pas moins superbe, et Fitz éprouva un élan d'orgueil tandis que la voiture remontait l'allée en ronronnant. Avec ses deux cents pièces, Tŷ Gwyn était la plus vaste demeure privée du pays de Galles. Quand il était petit, il s'était amusé un jour avec sa sœur Maud à en compter les fenêtres : ils en avaient dénombré cinq cent vingt-trois. Tŷ Gwyn avait été construit par son grand-père, et un ordre aimable présidait à son architecture sur trois niveaux. Les hautes fenêtres du rez-de-chaussée laissaient entrer un flot de lumière dans les grandioses salles de réception. Plusieurs dizaines de chambres d'amis occupaient l'étage, tandis que les combles abritaient d'innombrables petites mansardes de domestiques, dont la présence était révélée par de longues rangées de lucarnes percées dans les toitures en pente.

Les vingt-cinq hectares de parc faisaient la joie de Fitz. Il surveillait personnellement les jardiniers, prenait lui-même les décisions de plantation, de taille et de rempotage. « Une maison digne d'une visite royale », dit-il comme l'automobile s'arrêtait devant le majestueux portique. Bea ne répondit pas. Elle était toujours de mauvaise humeur en voyage.

Sortant de voiture, Fitz fut accueilli par Gelert, son chien de montagne des Pyrénées, une bête de la taille d'un ours qui lui lécha les mains affectueusement avant d'entreprendre une course effrénée autour de la cour.

Dans son cabinet de toilette, Fitz remplaça sa tenue de voyage par un costume de souple tweed brun. Puis il franchit la porte de communication donnant sur les appartements de Bea.

La femme de chambre russe, Nina, était en train de retirer les épingles de l'élégant chapeau dont Bea s'était coiffée pour le trajet. Fitz aperçut le visage de sa femme dans le miroir de la coiffeuse et son cœur s'arrêta de battre. Il fut reporté quatre ans en arrière, dans la salle de bal de Saint-Pétersbourg où il avait découvert ces traits d'une beauté de rêve, encadrés de boucles blondes indisciplinées. Ce jour-là, comme à l'instant présent, Bea avait un air boudeur qu'il trouvait étrangement séduisant. Il ne lui avait fallu qu'une fraction de seconde pour décider que, de toutes les femmes, c'était celle qu'il voulait épouser.

Nina avait la cinquantaine et sa main tremblait un peu – Bea avait tendance à rendre ses domestiques nerveux. Comme Fitz observait la scène, une épingle glissa, piquant légèrement le cuir chevelu de Bea, qui poussa un cri.

Nina pâlit. « Je suis affreusement navrée, Votre Altesse », murmura-t-elle en russe.

D'un geste brusque, Bea ramassa une épingle à chapeau sur la coiffeuse. « Tu vas voir comme c'est agréable ! » s'écria-t-elle et elle l'enfonça dans le bras de sa femme de chambre.

Nina fondit en larmes et sortit précipitamment.

« Permettez-moi de vous aider », dit Fitz à son épouse d'un ton apaisant.

Cela ne suffit pas à l'adoucir. « Je vais le faire moi-même. »

Il s'approcha de la fenêtre. Une dizaine de jardiniers taillaient les buissons, rectifiaient le tracé des bordures des pelouses et ratissaient les allées de gravier. Plusieurs buissons étaient en fleurs : lauriers-tins roses, jasmins d'hiver jaunes, hamamélis et chèvrefeuilles d'hiver odorants. Au-delà du parc s'élevait la douce courbure verte du versant montagneux.

Il devait se montrer patient avec Bea et se rappeler qu'elle était étrangère, isolée dans un pays inconnu, loin de sa famille et de tout ce qui lui était familier. Cela lui avait été facile dans les premiers mois de leur vie conjugale, quand il était encore grisé par sa beauté, par son odeur, par la douceur de sa peau.

Maintenant, il lui en coûtait. « Pourquoi ne pas vous allonger quelques instants ? suggéra-t-il. Je vais aller trouver Peel et Mrs Jevons pour voir où ils en sont de leurs préparatifs. » Peel était le majordome et Mrs Jevons l'intendante. L'organisation domestique était du ressort de Bea, mais la visite du roi préoccupait grandement Fitz, qui n'attendait qu'un prétexte pour s'en mêler. « Je vous en rendrai compte plus tard, quand vous serez reposée. » Il sortit son étui à cigares.

« Ne fumez pas ici », protesta-t-elle.

Il prit cela pour un assentiment et se dirigea vers la porte. S'arrêtant sur le seuil, il se retourna : « Je vous en conjure, ne vous conduisez pas ainsi en présence du roi et de la reine. Vous ne pouvez pas frapper vos domestiques de la sorte.

— Je ne l'ai pas frappée. Je l'ai piquée avec une épingle, pour lui donner une leçon. »

C'était fréquent chez les Russes. Quand le père de Fitz s'était plaint de la paresse du personnel de maison de l'ambassade de Grande-Bretagne à Saint-Pétersbourg, ses amis russes lui avaient fait remarquer qu'il ne corrigeait pas assez ses serviteurs.

Fritz insista : « Le monarque serait extrêmement gêné d'assister à une scène pareille. Cela ne se fait pas en Angleterre, je vous l'ai déjà dit.

— Quand j'étais petite, j'ai été obligée d'assister à la pendaison de trois paysans, s'obstina Bea. Ma mère y était hostile, mais mon grand-père l'avait exigé en disant : "C'est pour vous apprendre à punir vos serviteurs. Si vous ne les frappez pas ou si vous ne les fouettez pas pour de petits délits de négligence et de paresse, ils en viendront à commettre de plus graves péchés et finiront sur l'échafaud." Il m'a appris qu'à long terme l'indulgence envers les classes inférieures est cruelle. »

Fitz commençait à être exaspéré. Bea avait la nostalgie d'une enfance pleine de confort et de richesse, entourée de légions de domestiques dociles et de milliers de paysans heureux. Si son grand-père impitoyable mais compétent avait été encore en vie, cette existence aurait pu perdurer. Mais la fortune familiale avait été dilapidée par le père de Bea, un ivrogne, et par son frère, Andreï, un homme mou qui vendait le bois sans jamais replanter les forêts. « Les temps ont changé, reprit Fitz. Je vous prie – je vous ordonne – de ne pas m'embarrasser en présence de mon souverain. J'espère avoir été clair. » Il sortit et referma la porte derrière lui.

Il longea le vaste corridor, irrité et un peu triste. Au début de leur mariage, leurs querelles le laissaient décontenancé et plein de regrets. Mais il s'était endurci. Était-ce le lot de tous les couples ? s'interrogea-t-il.

Un grand valet de pied qui astiquait une poignée de porte se redressa et s'immobilisa, dos au mur, regard baissé, comme les domestiques de Tŷ Gwyn avaient appris à le faire au passage du comte. Dans certaines grandes maisons, le personnel devait se tourner contre le mur, ce que Fitz estimait d'un féodalisme excessif. Il reconnut l'homme, qu'il avait vu jouer au cricket au cours d'un match opposant la domesticité de Tŷ Gwyn aux mineurs d'Aberowen. Il était gaucher et c'était un bon batteur.

« Morrison, dit Fitz, se rappelant son nom, dites à Peel et à Mrs Jevons que je veux les voir dans la bibliothèque.

— Très bien, monsieur le comte. »

Fitz descendit le grand escalier. Il avait épousé Bea parce que sa beauté l'avait ensorcelé, mais ce choix répondait en même temps à un motif rationnel : il rêvait de fonder une grande dynastie anglo-russe qui régnerait sur de vastes étendues de la planète, un peu comme les Habsbourg l'avaient fait pendant des siècles sur une partie de l'Europe.

Pour cela, il lui fallait un héritier. À en juger par son humeur, Bea ne l'accueillerait pas volontiers dans son lit cette nuit. Il pouvait insister, mais ce n'était jamais très satisfaisant. Cela faisait déjà deux semaines. Il n'aurait pas souhaité, bien sûr, que son épouse manifeste une ardeur vulgaire pour ce genre de chose, mais tout de même, quinze jours, c'était long.

Sa sœur Maud était toujours célibataire à vingt-trois ans. De plus, si elle avait un enfant, elle l'élèverait sûrement en socialiste enragé et on pouvait être assuré qu'il dilapiderait la fortune familiale pour imprimer des tracts révolutionnaires.

Marié depuis trois ans, il s'inquiétait un peu. Bea n'avait été enceinte qu'une fois, l'année précédente, mais elle avait perdu l'enfant à trois mois de grossesse, juste après une dispute. Fitz avait annulé un voyage prévu à Saint-Pétersbourg et Bea s'était mise dans tous ses états, l'implorant de la laisser rentrer chez elle. Fitz avait refusé de céder – après tout, un homme ne pouvait pas laisser sa femme faire la loi. Ensuite, quand elle avait fait cette fausse couche, il s'était fait des reproches, convaincu de sa responsabilité. Si seulement elle attendait un nouvel enfant, il veillerait à ce qu'absolument rien ne puisse la troubler jusqu'à la naissance du bébé.

Écartant ce souci de son esprit, il entra dans la bibliothèque et s'assit devant le secrétaire incrusté de cuir pour dresser une liste.

Peel arriva quelques instants plus tard, accompagné d'une bonne. Le majordome était le fils cadet d'un fermier ; son visage constellé de taches de rousseur et ses cheveux poivre et sel conservaient quelque chose de rustique. Il était pourtant domestique à Tŷ Gwyn depuis qu'il était en âge de travailler. « Mrs Jevons se voit être souffrante, monsieur le comte », dit-il. Fitz avait renoncé depuis longtemps à corriger la grammaire défectueuse des domestiques gallois. « L'estomac, ajouta Peel d'un ton lugubre.

— Épargnez-moi les détails. » Fitz leva les yeux vers la petite bonne, une jolie fille d'une vingtaine d'années. Sa physionomie lui était vaguement familière. « Qui est-ce ? »

La fille répondit elle-même. « Ethel Williams, monsieur le comte, j'aide Mrs Jevons. » Elle avait l'accent mélodieux des vallées de Galles du Sud.

« Ma foi, Williams, vous m'avez l'air un peu jeune pour exercer une charge d'intendante.

— Si monsieur le comte le permet, Mrs Jevons a dit que vous feriez probablement venir l'intendante de Mayfair, mais elle espère qu'en attendant, je vous donnerai satisfaction. »

Avait-il vraiment vu une étincelle dans son regard quand elle avait parlé de lui donner satisfaction ? Elle avait beau s'exprimer avec toute la déférence requise, il lui trouvait un petit côté singulièrement impertinent. « Fort bien », dit Fitz.

Williams tenait un épais carnet dans une main et deux crayons dans l'autre. « Je suis allée rendre visite à Mrs Jevons dans sa chambre, et elle était assez bien pour que nous puissions tout passer en revue ensemble.

— Pourquoi avez-vous deux crayons ?

— Au cas où une mine se casserait », répondit-elle en souriant de toutes ses dents.

Ce n'était pas une attitude admissible pour une bonne, pourtant Fitz ne put s'empêcher de lui rendre son sourire. « Parfait. Dites-moi ce que vous avez noté dans votre carnet.

— Trois catégories : invités, personnel et provisions.

— Parfait.

— D'après la lettre de monsieur le comte, nous avons compris qu'il y aurait vingt invités. La plupart seront accompagnés d'un ou deux domestiques, mettons une moyenne de deux, ce qui fera quarante personnes supplémentaires à loger dans les mansardes. Ils arriveront tous le samedi et repartiront le lundi.

— C'est exact. » Fitz éprouvait un curieux plaisir teinté d'appréhension, très proche de l'émotion qui l'avait étreint avant son premier discours à la Chambre des lords : cette réception l'enchantait, mais il ne pouvait s'empêcher de s'inquiéter à l'idée d'un éventuel incident.

Williams poursuivit : « Évidemment, Leurs Majestés occuperont l'appartement égyptien. »

Fitz approuva d'un signe de tête. C'était l'appartement le plus vaste. Son papier mural était orné de motifs inspirés des temples égyptiens.

« Mrs Jevons a suggéré quelles autres chambres il conviendrait d'ouvrir et je l'ai noté ici même. »

« Ici même » était une expression locale, une redondance qui signifiait simplement « ici ».

« Faites voir », dit Fitz.

Elle contourna le secrétaire et posa son carnet ouvert devant lui. Le personnel de maison était tenu de prendre un bain par semaine, de sorte qu'elle ne sentait pas aussi mauvais que ce n'était généralement le cas de la classe ouvrière. Son corps tiède exhalait même un parfum fleuri. Peut-être avait-elle chapardé l'un des savons odorants de Bea. Il parcourut sa liste. « Bien. La princesse pourra attribuer les chambres aux invités – il se peut qu'elle ait des idées sur la question. »

Williams tourna la page. « Voici le personnel supplémentaire dont nous aurons besoin : six filles de cuisine pour éplucher les légumes et faire la vaisselle ; deux hommes aux mains propres pour aider au service de table ; trois femmes de chambre et trois garçons pour s'occuper des chaussures et des bougies.

— Savez-vous où nous les trouverons ?

— Oh oui, monsieur le comte. J'ai la liste des gens d'ici qui ont déjà travaillé au château et, si cela ne suffit pas, nous leur demanderons de nous en recommander d'autres.

— Pas de socialistes, attention, précisa Fitz anxieusement. Ils pourraient se mettre en tête d'entretenir le roi des maux du capitalisme. » Avec les Gallois, tout était possible.

« Bien sûr, monsieur le comte.

— Et les provisions ? »

Elle tourna une autre page. « Voici ce dont nous avons besoin, d'après les réceptions que vous avez déjà données ici. »

Fitz consulta la liste : une centaine de miches de pain, vingt douzaines d'œufs, quarante litres de crème, cinquante kilos de lard, trois cents kilos de pommes de terre... Cela commençait à l'ennuyer. « Ne vaudrait-il pas mieux attendre que la princesse ait décidé des menus ?

— C'est que nous devons tout faire venir de Cardiff, expliqua Williams. Les boutiques d'Aberowen ne peuvent pas répondre à des commandes de cette importance. Et les fournisseurs de Cardiff eux-mêmes doivent être prévenus à temps si nous voulons être sûrs qu'ils disposent des quantités suffisantes le jour dit. »

Elle avait raison. Il était soulagé que ce soit elle qui s'occupe de ces préparatifs. Elle avait la faculté d'anticiper – une qualité rare, selon lui. « Je serais heureux d'avoir quelqu'un comme vous dans mon régiment, observa-t-il.

— Je ne peux pas porter de kaki. Ça ne me va pas au teint », répondit-elle, mutine.

Le majordome s'indigna. « Voyons, voyons, Williams, quelle insolence !

— Je vous demande pardon, monsieur Peel. »

Fitz était conscient que c'était sa faute. Il n'aurait pas dû plaisanter avec une domestique. Pourtant, son effronterie ne l'offusquait pas. Cette fille lui plaisait bien, en fait.

Peel intervint : « La cuisinière a proposé quelques menus, monsieur le comte. » Il tendit à Fitz une feuille de papier un peu douteuse, couverte d'une écriture appliquée, enfantine. « Malheureusement, il est encore un peu tôt pour l'agneau de lait, mais nous pouvons faire venir de Cardiff tout le poisson nécessaire sur de la glace.

— Cela ressemble beaucoup à ce que nous avons servi à notre partie de chasse de novembre, observa Fitz. D'un autre côté, mieux vaut ne pas innover en pareille occasion, il est sans doute plus sûr d'en rester à des plats qui ont fait leurs preuves.

— En effet, monsieur le comte.

— Les vins, à présent. » Il se leva. « Allons à la cave. »

Peel dissimula mal sa surprise. Le comte ne descendait pas souvent au sous-sol.

Fitz avait une idée derrière la tête, qu'il se refusait à admettre. Il hésita, avant d'ajouter : « Williams, venez avec nous. Vous prendrez des notes. »

Le majordome tint la porte, et Fitz sortit de la bibliothèque. Il emprunta l'escalier de service. La cuisine et l'office étaient au premier sous-sol. Ici, l'étiquette était différente : sur son passage, les petites bonnes et les jeunes valets firent la révérence ou saluèrent en portant la main à leur front.

La cave à vin se trouvait au second sous-sol. Peel ouvrit la porte : « Avec votre permission, je passerai devant. » Fitz acquiesça. Peel frotta une allumette, alluma une applique et descendit les marches. Arrivé en bas, il alluma une autre lampe.

Fitz possédait une modeste cave de douze mille bouteilles environ, dont l'essentiel avait été constitué par son père et son grand-père : champagne, porto et vins du Rhin dominaient, aux côtés de quantités moindres de bordeaux et de bourgogne blanc. Fitz n'était pas grand amateur de vin, mais il aimait la cave, car elle lui rappelait son père. « Une cave à vin requiert de l'ordre, de la prévoyance et du bon goût, avait coutume de dire le vieil homme. Ce sont les vertus qui ont fait la grandeur de notre nation. »

Fitz servirait au roi ce qu'il avait de meilleur, évidemment, mais cela exigeait du jugement. Du champagne Perrier-Jouët, le plus cher, mais quel millésime ? Le champagne mûr, de vingt ou trente ans d'âge, était moins pétillant quoique plus parfumé. En revanche, les vins plus jeunes avaient un petit côté guilleret absolument irrésistible. Il sortit au hasard une bouteille d'un casier. Elle était couverte de poussière et de toiles d'araignée. Il tira un mouchoir de fil blanc de la poche de poitrine de sa veste pour nettoyer l'étiquette. N'arrivant toujours pas à lire la date à la lueur de la bougie, il tendit la bouteille à Peel, qui avait mis des lunettes.

« Mille huit cent cinquante-sept, annonça le majordome.

— Mon Dieu, je m'en souviens. Le premier millésime que j'aie jamais goûté, et sans doute le plus grand. » Il prit conscience de la présence de la bonne, qui se penchait vers lui, les yeux rivés sur cette bouteille bien plus vieille qu'elle. Il releva avec consternation que sa proximité lui coupait légèrement le souffle.

« Je crains que le cinquante-sept ne soit déjà un peu passé, remarqua Peel. Puis-je me permettre de suggérer à monsieur le comte le mille huit cent quatre-vingt-douze ? »

Fitz regarda une autre bouteille, hésita, et prit une décision. «Je n'arrive pas à lire avec cette lumière, dit-il. Allez donc me chercher une loupe, Peel.»

Peel monta l'escalier de pierre.

Fitz regarda Williams. Il allait faire une bêtise, mais ne pouvait résister. «Vous êtes une très jolie fille, savez-vous?

— Merci, monsieur le comte.»

Des boucles brunes s'échappaient de sa coiffe de bonne. Il lui effleura les cheveux. Il savait qu'il le regretterait. «Avez-vous déjà entendu parler du *droit du seigneur*?» Il remarqua que sa voix était rauque.

«Je suis galloise, pas française», dit-elle en relevant hardiment le menton, un geste qui, songea-t-il, la dépeignait tout entière.

Sa main glissa jusqu'à la base de la nuque de la jeune fille et il la fixa, droit dans les yeux. Elle lui rendit son regard sans ciller. Son assurance signifiait-elle qu'elle souhaitait qu'il aille plus loin – ou qu'elle était prête à faire une scène humiliante?

Il entendit des pas lourds dans l'escalier de la cave. Peel revenait. Fitz s'écarta d'un pas.

Il fut surpris de l'entendre pouffer. «Vous avez l'air si gêné! chuchota-t-elle. On dirait un écolier.»

Peel apparut à la lueur de la bougie, portant un plateau d'argent sur lequel était posée une loupe à manche d'ivoire.

Fitz essaya de calmer sa respiration. Il saisit la loupe et reprit l'examen des bouteilles de vin, veillant à ne pas croiser le regard de Williams.

Fichtre, songea-t-il, quelle fille extraordinaire!

2.

Ethel Williams débordait d'énergie. Rien ne la démontait, elle était capable de régler tous les problèmes, de faire face à tous les imprévus. Quand elle se regardait dans la glace, elle se trouvait le teint radieux, les yeux étincelants. À la sortie du temple, dimanche, son père lui avait fait un commentaire à ce sujet, avec son humour sarcastique habituel : «Tu es bien gaie, avait-il dit. Tu as hérité ou quoi?»

Elle ne pouvait s'empêcher de courir au lieu de marcher

posément dans les interminables couloirs de Tŷ Gwyn. Tous les jours, elle noircissait de nouvelles pages de son carnet de listes d'emplettes, de tableaux de répartition des tâches entre les domestiques, d'horaires auxquels dresser le couvert et desservir et de calculs du nombre de taies d'oreiller, de vases, de serviettes de table, de bougies, de cuillers...

C'était la chance de sa vie. Malgré sa jeunesse, elle remplaçait l'intendante, et ce au moment d'une visite royale. Mrs Jevons ne manifestait aucun signe de rétablissement, si bien que tous les préparatifs du séjour du roi et de la reine à Tŷ Gwyn incombaient à Ethel. Elle n'avait jamais douté de ses qualités, sans pouvoir en donner toute la mesure : la hiérarchie rigide de l'office offrait peu d'occasions de prouver sa supériorité sur les autres. Voilà qu'une possibilité se présentait, et elle était bien décidée à en tirer parti. Après cela, peut-être confierait-on à Mrs Jevons une tâche moins astreignante pour sa santé fragile. Ethel pourrait devenir intendante. Ses gages seraient doublés, elle aurait une chambre à elle avec son propre salon dans les quartiers des domestiques.

Elle n'en était pas encore là. Manifestement, le comte était satisfait de son travail puisqu'il avait décidé de ne pas faire venir l'intendante de Londres, ce qu'Ethel prenait comme un grand compliment; mais, songeait-elle avec appréhension, elle avait encore tout le temps de commettre l'infime bévue, l'erreur fatale qui gâcherait tout : l'assiette sale, l'évier bouché, la souris morte dans la baignoire. Et le comte serait furieux.

Le matin du samedi où l'on attendait le roi et la reine, elle fit l'inspection de toutes les chambres, vérifiant que les feux étaient allumés dans les cheminées et les oreillers bien gonflés. Chaque chambre contenait au moins un bouquet, cueilli le jour même dans la serre. Du papier à lettres à en-tête de Tŷ Gwyn était disposé sur chaque secrétaire. Des serviettes, du savon et de l'eau avaient été prévus pour la toilette. Le vieux comte était hostile à la plomberie moderne et Fitz n'avait pas encore eu le temps d'installer l'eau courante dans toutes les chambres. Il n'y avait que trois lieux d'aisance, dans une demeure d'une centaine de pièces à coucher, et la plupart des occupants devaient se contenter de vases de nuit. Des pots-pourris, confectionnés par Mrs Jevons selon une recette personnelle, étaient censés dissiper les odeurs déplaisantes.

Les monarques et leur suite devaient arriver pour le thé. Le comte irait les chercher à la gare d'Aberowen. Il y aurait foule, certainement, tout le monde souhaitant apercevoir les têtes couronnées, mais aucune rencontre du couple royal avec son peuple n'était programmée pour ce moment-là. Fitz les conduirait au château dans sa Rolls-Royce, une grosse automobile fermée. L'officier de la maison du roi, Sir Alan Tite, et le reste du personnel royal en déplacement les suivraient, avec les bagages, dans des voitures à cheval. Devant Tŷ Gwyn, un bataillon de chasseurs gallois, les Welsh Rifles, était déjà rassemblé de part et d'autre de l'allée pour former la haie d'honneur.

Le couple royal se présenterait à ses sujets le lundi matin. On avait prévu de parcourir les villages du voisinage en voiture découverte et de faire halte à l'hôtel de ville d'Aberowen pour rencontrer le maire et les conseillers municipaux, avant de rejoindre la gare.

Les autres invités commencèrent à arriver dès midi. Peel était de faction dans le vestibule pour leur affecter les bonnes qui les conduiraient à leurs chambres et les valets de pied qui porteraient leurs bagages. Les premiers furent l'oncle et la tante de Fitz, le duc et la duchesse du Sussex. Le duc, un cousin du roi, avait été invité pour mettre le monarque plus à l'aise. La duchesse était la tante de Fitz et, comme presque toute la famille, elle se passionnait pour la politique. Elle tenait dans leur demeure londonienne un salon que fréquentaient des ministres du gouvernement.

La duchesse fit savoir à Ethel que le roi George V était un peu obsédé par les horloges et détestait que celles d'une même demeure indiquent des heures différentes. Ethel pesta intérieurement : Tŷ Gwyn comptait plus de cent pendules. Elle emprunta à Mrs Jevons sa montre de poche et entreprit de faire le tour de la maison pour les régler toutes.

En poussant la porte de la petite salle à manger, elle aperçut le comte à la fenêtre, l'air désemparé. Ethel l'observa un moment. Elle n'avait jamais vu plus bel homme. Son visage pâle, éclairé par la douce lumière hivernale, semblait sculpté dans du marbre blanc. Il avait le menton carré, les pommettes hautes et le nez droit. Ses cheveux étaient bruns, mais il avait les yeux verts, une association peu commune. Il ne portait ni barbe, ni moustache, ni même favoris. Quand on a un visage pareil, se dit Ethel, pourquoi le cacher sous des poils ?

Il croisa son regard. « On vient de m'annoncer que le roi

aime avoir un compotier d'oranges dans sa chambre, dit-il. Or il n'y a pas la moindre orange dans cette satanée maison ! »

Ethel fronça les sourcils. Aucun des épiciers d'Aberowen n'en aurait – leurs clients ne pouvaient pas se permettre un tel luxe. Et il en serait de même dans toutes les villes des vallées de Galles du Sud. « Si monsieur le comte me permettait d'utiliser le téléphone, je pourrais appeler un ou deux marchands de fruits et légumes de Cardiff, proposa-t-elle. Peut-être auront-ils des oranges à cette période de l'année.

— Et comment les ferons-nous venir ?

— Je leur demanderai d'en mettre une corbeille au train. » Elle se tourna vers la pendule qu'elle venait de régler. « Avec un peu de chance, elles arriveront en même temps que le roi.

— Parfait, approuva-t-il. C'est ce que nous allons faire. » Il la regarda bien en face. « Vous êtes étonnante. En vérité, je n'ai jamais rencontré de fille comme vous. »

Elle soutint son regard. Au cours des deux dernières semaines, il lui avait à plusieurs reprises parlé sur ce ton, avec une familiarité excessive et une certaine impétuosité, une attitude qui inspirait à Ethel un étrange sentiment, une sorte d'euphorie un peu trouble, comme si un événement dangereusement palpitant était sur le point de se produire. Tel l'instant magique où, dans les contes de fées, le prince pénètre dans le château enchanté.

Le charme fut rompu par un bruit de roues dans l'allée, suivi d'une voix familière. « Peel ! Quel plaisir de vous voir ! »

Fitz regarda par la fenêtre. Son visage prit une expression comique. « Oh non ! Ma sœur !

— Bienvenue à la maison, Lady Maud, dit la voix de Peel. Nous ne vous attendions pas aujourd'hui.

— Le comte a oublié de m'inviter, mais je suis venue tout de même. »

Ethel réprima un sourire. Fitz adorait sa sœur, une jeune femme fougueuse, tout en ayant du mal à la supporter. Ses opinions politiques étaient d'un libéralisme alarmant : c'était une suffragette, qui militait activement pour le droit de vote des femmes. Ethel admirait profondément Maud : exactement le genre de femme à l'esprit indépendant qu'elle aurait voulu être.

Fitz sortit de la pièce et Ethel le suivit dans le vestibule, une pièce imposante aménagée dans le style gothique affectionné des victoriens comme le père de Fitz : lambris sombres, papier mural à motifs chargés et sièges de chêne sculpté évoquant des trônes médiévaux. Maud franchissait la porte. « Fitz chéri, comment vas-tu ? »

Maud était de haute taille, comme son frère, et ils se ressemblaient beaucoup ; mais les traits sculpturaux qui donnaient au comte l'allure d'une statue de dieu antique étaient moins flatteurs sur une femme, si bien que Maud était plus saisissante que jolie. Démentant l'image populaire de la féministe négligée, elle était à la pointe de la mode, avec sa jupe entravée sur des bottines à boutons, un manteau bleu marine arborant une ceinture surdimensionnée et de larges parements de manches, et un chapeau orné d'une grande plume fichée sur l'avant, comme le drapeau d'un régiment.

Elle était flanquée de tante Herm. Lady Hermia était la seconde tante de Fitz. Contrairement à sa sœur qui avait épousé un riche duc, Herm s'était mariée avec un baron prodigue, qui était mort jeune et ruiné. Dix ans auparavant, après le décès des parents de Fitz et Maud à quelques mois d'intervalle, tante Herm était venue s'installer chez eux pour servir de mère de substitution à Maud, alors âgée de treize ans. Elle continuait à jouer le rôle de chaperon, sans grande efficacité.

« Que viens-tu faire ici ? » demanda Fitz à sa sœur.

Tante Herm murmura : « Je t'avais dit, ma chérie, que cela ne lui plairait pas.

— Je ne pouvais pas manquer la visite du roi, répliqua Maud. C'eût été irrespectueux. »

Fitz la mit en garde d'un ton tendrement exaspéré. « Il n'est pas question que tu parles au roi des droits des femmes. »

Il n'avait pas lieu de s'inquiéter, pensa Ethel. Malgré ses idées politiques radicales, Lady Maud savait flatter les puissants et faire la coquette avec eux. Tout le monde l'appréciait, même les amis conservateurs du comte.

« Débarrassez-moi de mon manteau, Morrison, voulez-vous », dit Maud. Elle défit les boutons et se tourna pour que le valet de pied puisse prendre le vêtement. « Bonjour, Williams, comment allez-vous ? lança-t-elle à Ethel.

— Bienvenue à la maison, mademoiselle. Souhaitez-vous occuper la chambre des gardénias ?

— Merci. J'adore cette vue.

— Voulez-vous déjeuner pendant que je la prépare ?

— Oui, je vous prie. Je meurs de faim.

— Nous proposons un service club aujourd'hui, parce que les invités ne seront pas tous là à la même heure. » Cela signifiait que l'on servait à déjeuner dans la salle à manger au fur et à mesure des arrivées, comme dans un club de gentlemen ou un restaurant. On se contenterait d'un repas modeste : potage chaud au curry, viandes froides et poisson fumé, truite farcie, côtelettes d'agneau, quelques desserts et des fromages.

Ethel tint la porte et suivit Maud et Herm dans la grande salle à manger. Les cousins Ulrich étaient déjà à table. Walter von Ulrich, le cadet, un beau jeune homme séduisant, semblait ravi d'être à Tŷ Gwyn. Robert, lui, était tatillon : il avait redressé le tableau du château de Cardiff au mur, demandé des oreillers supplémentaires et découvert que l'encrier sur son secrétaire était vide – une négligence qui incita Ethel à se demander avec émoi de quel autre oubli elle avait pu se rendre coupable.

Ils se levèrent quand les dames entrèrent. Maud se dirigea droit vers Walter : « Tu n'as pas changé depuis tes dix-huit ans ! Tu te souviens de moi ? »

Le visage du jeune homme s'éclaira. « Bien sûr, pourtant *toi*, tu as changé depuis tes treize ans. »

Après une poignée de main, Maud l'embrassa sur les deux joues, comme un membre de la famille. « Si tu savais la déchirante passion d'écolière que j'éprouvais pour toi à l'époque », lança-t-elle avec une franchise désarmante.

Walter sourit. « Tu ne me laissais pas indifférent non plus.

— Tu dis ça, mais tu m'as toujours traitée comme une affreuse petite chipie !

— Il fallait bien que je cache mes sentiments à Fitz. Il tournait autour de toi comme un chien de garde. »

Désapprouvant cette familiarité trop hâtive, tante Herm toussota. Maud se tourna vers elle : « Ma tante, je vous présente Herr Walter von Ulrich, un ancien camarade de classe de Fitz. Il venait chez nous en vacances. Il est maintenant diplomate à l'ambassade d'Allemagne à Londres.

— Puis-je vous présenter mon cousin, le *Graf* Robert von Ulrich ? » demanda Walter. *Graf* voulait dire « comte » en allemand, Ethel le savait. « Il est attaché militaire à l'ambassade d'Autriche. »

Ils étaient en réalité cousins issus de germains, avait expliqué gravement Peel à Ethel : leurs grands-pères étaient frères ; le plus jeune avait épousé une héritière allemande et quitté Vienne pour Berlin, ce qui expliquait que Walter soit allemand alors que Robert était autrichien. Peel aimait que les choses soient claires.

Tout le monde s'assit. Ethel tint la chaise de tante Herm : « Souhaitez-vous du potage au curry, Lady Hermia ?

— Volontiers, Williams. »

Ethel adressa un signe de tête à un valet de pied qui se dirigea vers la desserte où la soupe était gardée au chaud dans une bouilloire de table. Constatant que les invités ne manquaient de rien, Ethel s'éclipsa discrètement pour s'occuper des chambres. Au moment où la porte se refermait derrière elle, elle entendit la voix de Walter von Ulrich : « Je me souviens que tu adorais la musique, Maud. Nous parlions justement des Ballets russes, Robert et moi. Que penses-tu de Diaghilev ? »

Il était rare qu'un homme demande son avis à une femme. Maud apprécierait. Tout en dévalant l'escalier pour envoyer deux bonnes faire les chambres, Ethel songea : cet Allemand, c'est un charmeur.

3.

La salle des sculptures de Tŷ Gwyn était une antichambre de la salle à manger. Les invités s'y retrouvèrent avant le dîner. Fitz ne s'intéressait pas beaucoup à l'art – cette collection avait été constituée intégralement par son grand-père –, mais les sculptures offraient un sujet de conversation commode en attendant de passer à table.

Tout en bavardant avec sa tante la duchesse, Fitz jetait autour de lui des regards inquiets, observant les hommes en habit éclairé d'un nœud papillon blanc et les femmes en grand décolleté et diadème. Le protocole exigeait que tous les invités soient présents dans la pièce avant l'entrée du roi et de la reine. Où était Maud ? Tout de même, elle n'allait pas créer d'incident ! Non, elle était là, en robe de soie pourpre, parée des diamants de leur mère, en grande conversation avec Walter von Ulrich.

Fitz et Maud avaient toujours été proches. Leur père avait été un héros lointain, leur mère son assistante mélancolique ; les deux enfants avaient trouvé dans leur tendresse réciproque l'affection dont ils avaient besoin. Après la mort de leurs parents, ils s'étaient accrochés l'un à l'autre, partageant leur chagrin. Fitz, âgé alors de dix-huit ans, avait cherché à protéger sa petite sœur du monde cruel. Quant à elle, elle lui vouait un véritable culte. Adulte, elle avait affirmé une grande indépendance d'esprit, tandis qu'il continuait à penser qu'en qualité de chef de famille, il se devait d'exercer sur sa sœur une certaine autorité. Leur attachement réciproque s'était toutefois révélé assez solide pour surmonter leurs divergences de vues – jusqu'à présent.

Maud attirait l'attention de Walter sur un cupidon de bronze. Contrairement à Fitz, elle avait de solides connaissances en matière d'art. Fitz espérait de tout cœur que le sujet l'occuperait assez toute la soirée pour lui éviter d'évoquer les droits des femmes. George V avait les libéraux en horreur, personne ne l'ignorait. Les monarques étaient généralement conservateurs, mais les événements avaient accentué la rigidité de celui-ci. Il était monté sur le trône en pleine crise politique. Un Premier ministre libéral, H.H. Asquith – énergiquement soutenu par l'opinion publique –, l'avait obligé, contre sa volonté, à brider le pouvoir de la Chambre des lords. Cette humiliation lui restait sur le cœur. Sa Majesté savait que Fitz, pair conservateur de la Chambre haute, s'était battu jusqu'au bout contre cette prétendue réforme. Cependant, si Maud le prenait à partie, il ne le pardonnerait jamais au comte.

Walter était un diplomate de rang subalterne, mais son père était un des plus vieux amis du kaiser. Robert pouvait, lui aussi, se flatter de relations prestigieuses : il était proche de l'archiduc François-Ferdinand, héritier du trône de l'Empire austro-hongrois. Un autre invité évoluait dans les cercles les plus élevés : un Américain, un jeune homme dégingandé du nom de Gus Dewar, qui s'entretenait avec la duchesse. Son père, sénateur, était un conseiller et un intime du président des États-Unis, Woodrow Wilson. Fitz estimait avoir fait du bon travail en rassemblant ce groupe de jeunes gens, l'élite dirigeante de l'avenir. Il espérait avoir donné satisfaction au roi.

Malgré son affabilité, Gus Dewar était d'un naturel emprunté. Il se tenait voûté, comme s'il regrettait de ne pas être plus petit, moins visible. Il manquait d'assurance, mais ne se départait jamais d'une aimable courtoisie. « Les Américains s'intéressent plus aux affaires intérieures qu'à la politique étrangère, disait-il à la duchesse. Mais, étant libéral, le président Wilson ne peut que se sentir plus proche de démocraties comme la France et la Grande-Bretagne que de monarchies autoritaires telles que l'Autriche et l'Allemagne. »

À cet instant, la double porte s'ouvrit, les conversations s'interrompirent, le roi et la reine entrèrent. La princesse Bea fit la révérence, Fitz s'inclina et tous les autres les imitèrent. Il y eut quelques instants de silence légèrement contraint, car personne n'était autorisé à parler avant que le couple royal n'ait prononcé un mot. Le roi s'adressa enfin à Bea : « J'ai séjourné dans cette maison il y a vingt ans, savez-vous. » L'assistance respira.

Le roi était un homme soigné ; Fitz s'en fit la réflexion tandis qu'ils échangeaient, à quatre, de menus propos. Sa barbe et sa moustache étaient admirablement taillées et, s'il commençait à se dégarnir, il lui restait suffisamment de cheveux sur le haut de la tête pour les séparer par une raie parfaitement rectiligne. Il était mince et portait bien l'habit de soirée ajusté : à l'inverse de son père, Édouard VII, ce n'était pas un gastronome. Dans ses instants de loisirs, il s'adonnait à des passe-temps requérant de la précision : il collectionnait les timbres-poste, qu'il collait méticuleusement dans des albums, un divertissement qui lui attirait les railleries d'intellectuels londoniens irrespectueux.

La reine était plus imposante, avec ses boucles grisonnantes et sa bouche au pli sévère. Sa poitrine superbe était très avantagée par le décolleté profond alors à la mode. Fille d'un prince allemand, elle avait d'abord été fiancée au frère aîné de George, Albert, mais celui-ci était mort de pneumonie avant leurs noces. En devenant l'héritier de la couronne, George avait repris la fiancée de son frère, un arrangement jugé quelque peu médiéval par certains.

Bea était dans son élément. Très séduisante dans sa robe de soie rose, ses boucles blondes artistement coiffées en un très léger désordre donnant l'impression qu'elle venait de s'arracher à un baiser illicite, elle était engagée dans une conversation animée avec le roi. Sentant que George V n'appréciait guère les conversations à bâtons rompus, elle se livrait à un exposé sur la création de la marine russe sous Pierre le Grand, et il hochait la tête, visiblement intéressé.

Peel surgit à la porte de la salle à manger, une expression d'expectative sur son visage constellé de taches de rousseur. Croisant le regard du comte, il lui fit un signe de tête éloquent.

Fitz s'adressa à la reine : « Votre Majesté daignerait-elle nous faire l'honneur de passer à table ? »

Elle lui donna le bras. Derrière eux, le roi avait pris celui de Bea et le reste des invités se regroupèrent en couples dans l'ordre des préséances. Quand tout le monde fut prêt, ils entrèrent en cortège dans la salle à manger.

« Comme c'est joli, murmura la reine en voyant la table.

— Merci », dit Fitz, secrètement soulagé. Bea s'était surpassée. Trois lustres bas éclairaient la longue table. Leurs reflets faisaient étinceler les verres en cristal disposés devant chaque place. Tous les couverts étaient d'or, à l'image des salières et des poivriers et jusqu'aux petites boîtes d'allumettes prévues pour les fumeurs. La nappe immaculée était parsemée de roses de serre et, pour ajouter une ultime touche d'éclat, Bea avait décoré les luminaires de délicates fougères qui retombaient jusqu'aux pyramides de raisin dressées sur des plateaux dorés.

Tout le monde s'assit, l'évêque dit le bénédicité et Fitz se détendit. Une réception qui commençait bien se poursuivait presque toujours avec succès. Le vin et la bonne chère tendaient à émousser l'esprit critique.

Le repas s'ouvrit sur des *hors-d'œuvre russes*, en hommage au pays natal de Bea : des petits blinis couverts de caviar et de crème, des toasts découpés en triangles et garnis de poisson fumé, des canapés au hareng mariné, le tout arrosé de Perrier-Jouët 1892, aussi moelleux et fruité que l'avait laissé entendre Peel. Fitz gardait un œil sur ce dernier, lequel ne quittait pas le roi du regard. Dès que Sa Majesté reposa ses couverts, Peel lui retira son assiette, donnant ainsi l'ordre aux valets de pied de débarrasser. La déférence exigeait que les invités qui n'avaient pas encore terminé cessent immédiatement de manger.

Le menu se poursuivait par une soupe, un *pot-au-feu*, servi avec un subtil xérès *oloroso* sec de Sanlúcar de Barrameda, avant un plat de poisson, de la sole, accompagnée d'un Meursault-Charmes d'une grande maturité, opulent comme une gorgée d'or. Avec les médaillons d'agneau gallois, Fitz avait choisi un Château-Lafite 1875 – le 1870 n'étant pas encore prêt à être bu. On continua au vin rouge pour le parfait de foie d'oie et pour le dernier plat de viande, des croustades de cailles aux raisins.

Personne ne mangeait pareille quantité de nourriture. Les hommes choisissaient ce qui leur plaisait et ignoraient le reste.

Les femmes picoraient. De nombreux plats retournaient à la cuisine intacts.

On servit ensuite de la salade, un dessert, un entremets, des fruits et des *petits-fours*. La princesse Bea leva enfin un sourcil discret en direction de la reine, qui lui répondit par un signe de tête presque imperceptible. Elles se levèrent alors toutes les deux, tous les convives en firent autant et les dames se retirèrent.

Une fois que les hommes se furent rassis, les valets de pied apportèrent des boîtes de cigares et Peel disposa une carafe de porto Ferreira 1847 à la droite du roi. Fitz inhala la fumée de son cigare avec soulagement. Tout s'était bien passé. Le roi était notoirement un homme assez peu sociable, qui ne se sentait vraiment à l'aise qu'avec ses vieux compagnons du temps béni de la marine. Ce soir, pourtant, il s'était montré charmant et la soirée s'était déroulée sans anicroche. Les oranges elles-mêmes avaient été livrées à temps.

Avant le repas, Fitz s'était entretenu avec Sir Alan Tite, l'officier de la maison du roi, un ancien militaire à la retraite qui arborait des favoris à l'ancienne mode. Ils avaient prévu de ménager le lendemain une heure de tête-à-tête entre le roi et chacun des hommes qui avaient assisté au dîner, tous fort bien informés des affaires de leurs gouvernements. Ce soir, Fitz devait rompre la glace en engageant une conversation politique générale. Il s'éclaircit la voix et s'adressa à Walter von Ulrich : « Mon cher Walter, nous sommes amis depuis quinze ans, toi et moi – nous étions à Eton ensemble. » Il se tourna vers Robert. « Et je connais ton cousin depuis le temps de nos études, lorsque nous partagions tous trois un appartement à Vienne. » Robert sourit et hocha la tête. Fitz appréciait beaucoup les deux cousins : Robert était un homme de tradition, comme lui; Walter, sans être aussi conservateur, était d'une intelligence exceptionnelle. « Et voilà qu'il est question de guerre entre nos pays, poursuivit Fitz. Estimes-tu que pareille tragédie soit possible ?

— S'il suffit de parler de guerre pour provoquer un conflit armé, répondit Walter, alors, oui, nous nous battrons, car tout le monde s'y prépare. Mais existe-t-il une vraie raison d'en arriver là ? Personnellement, je n'en vois pas. »

Gus Dewar leva une main hésitante. Fitz avait une grande estime pour Dewar, malgré ses idées politiques libérales. On reprochait souvent aux Américains leur attitude hâbleuse, mais celui-ci avait d'excellentes manières et était même un peu timide. Il était aussi étonnamment bien informé. « La Grande-Bretagne et l'Allemagne ne manquent pas de motifs de querelle », fit-il remarquer.

Walter se tourna vers lui. « Pouvez-vous m'en donner un exemple ?

— Leur rivalité navale », répondit Gus en exhalant un nuage de fumée de cigare.

Walter acquiesça. « Mon kaiser ne croit pas à l'existence d'une loi divine qui imposerait à la marine allemande de rester inférieure à son homologue britannique jusqu'à la fin des temps. »

Fitz jeta au roi un regard inquiet. La Royal Navy étant une de ses passions, il risquait de se froisser. D'un autre côté, l'empereur Guillaume était son cousin. Le père de George V et la mère du kaiser étaient en effet frère et sœur, deux enfants de la reine Victoria. Fitz constata avec soulagement que Sa Majesté souriait avec indulgence.

Walter ajouta : « Ce sujet a provoqué quelques frictions par le passé, mais cela fait deux ans désormais que nous nous sommes entendus, officieusement certes, sur l'importance de nos marines respectives.

— Et la rivalité économique ? lança Dewar.

— Il est indéniable que la prospérité de l'Allemagne croît de jour en jour et que sa production économique pourrait bientôt rattraper celle de la Grande-Bretagne et des États-Unis. Mais en quoi cela devrait-il poser un problème ? L'Allemagne est l'une des plus grosses importatrices de marchandises britanniques. Plus nous avons d'argent à dépenser, plus nous pouvons acheter. Notre puissance économique est une excellente chose pour les industriels britanniques ! »

Dewar insista encore : « Il paraît que l'Allemagne veut plus de colonies. »

Fitz jeta à nouveau un coup d'œil discret au roi, craignant qu'il ne s'agace de voir les deux hommes accaparer la conversation, mais Sa Majesté semblait captivée.

« Les questions coloniales ont pu provoquer des guerres, notamment dans votre pays, monsieur Dewar. Pourtant il me semble qu'à l'heure actuelle, nous devrions pouvoir régler ce genre de différends sans échanger le moindre coup de feu.

Vous vous souvenez qu'il y a trois ans, quand l'Allemagne, la Grande-Bretagne et la France se sont opposées à propos du Maroc, on a pu régler l'affaire en évitant la guerre. Plus récemment, la Grande-Bretagne et l'Allemagne se sont entendues sur l'épineux problème du chemin de fer de Bagdad. Si nous poursuivons dans cet esprit, il n'y aura pas de conflit armé entre nous.

— Me pardonnerez-vous, reprit Dewar, si j'emploie l'expression de *militarisme allemand*? »

La question était un peu rude, et Fitz tressaillit. Walter rougit, mais répondit sans hausser le ton. «J'apprécie votre franchise. L'Empire allemand est dominé par les Prussiens, qui jouent un peu le rôle des Anglais dans le Royaume-Uni de Votre Majesté. »

Comparer la Grande-Bretagne à l'Allemagne et l'Angleterre à la Prusse ne manquait pas d'audace. Walter frôlait la limite du tolérable, songea Fitz, mal à l'aise.

Walter continua : «Les Prussiens ont de solides traditions militaires, mais ils ne font pas la guerre sans raison.

— Si je vous comprends bien, l'Allemagne n'est pas agressive.

— Absolument, approuva Walter. Je dirais même que l'Allemagne est la *seule* grande puissance d'Europe continentale à n'être *pas* agressive. »

Un murmure étonné parcourut la table et Fitz vit le roi hausser les sourcils. Dewar se renversa contre son dossier, interloqué : « Que voulez-vous dire ? »

Les manières irréprochables de Walter et l'affabilité de son ton retiraient de leur tranchant à ses propos provocants. «Prenez l'Autriche, pour commencer. Mon cousin viennois, Robert, admettra certainement qu'il ne déplairait pas à l'Empire austro-hongrois d'élargir ses frontières au sud-est.

— Non sans raison, répliqua Robert. Cette partie du monde, que les Britanniques appellent les Balkans, a fait partie de l'Empire ottoman pendant des siècles. Or le pouvoir de la Sublime Porte s'est effondré et les Balkans sont devenus une région instable. L'empereur d'Autriche juge de son devoir sacré d'y maintenir l'ordre et d'y protéger la religion chrétienne.

— Exactement, acquiesça Walter. Mais la Russie souhaiterait, elle aussi, avoir des territoires dans les Balkans. »

Fitz jugea bon de défendre le gouvernement russe, peut-être par solidarité avec Bea. «Elle a de bonnes raisons, elle aussi. La moitié du commerce extérieur de la Russie passe par la mer Noire pour rejoindre la Méditerranée, par les détroits du Bosphore et des Dardanelles. La Russie ne peut autoriser une autre grande puissance, quelle qu'elle soit, à dominer les détroits en s'emparant de territoires à l'est des Balkans. L'économie russe serait étranglée.

— Parfaitement, approuva Walter. Passons à l'extrémité occidentale de l'Europe. La France nourrit l'ambition de prendre à l'Allemagne les territoires d'Alsace et de Lorraine. »

À ces propos, l'invité français, Pierre Charlois, protesta avec véhémence. « Volés à la France il y a quarante-trois ans !

— Je ne discuterai pas de ce point, répondit Walter d'une voix égale. Disons simplement que l'Alsace-Lorraine a rejoint l'Empire allemand en 1871, après la défaite de la France à l'issue de la guerre franco-prussienne. Volés ou non, vous admettrez, monsieur, que la France souhaite remettre la main sur ces régions.

— Naturellement. » Le Français se cala dans son siège et sirota son porto.

« L'Italie elle-même voudrait prendre à l'Autriche les territoires du Trentin...

— Dont la plupart des habitants sont de langue italienne ! s'écria le signor Falli.

— ... ainsi que la côte dalmate...

— Qui regorge de lions vénitiens, d'églises catholiques et de colonnes romaines !

— ... et le Tyrol, une province au long passé d'autonomie, et dont l'essentiel de la population parle allemand.

— Nécessité stratégique.

— Bien sûr. »

Fitz prit conscience de l'intelligence avec laquelle Walter avait procédé. Sans brutalité, tout en se montrant discrètement provocateur, il avait poussé les représentants de chaque nation à confirmer, en des termes plus ou moins belliqueux, leurs propres ambitions territoriales.

Walter demanda alors : « Quel territoire l'Allemagne réclame-t-elle ? » Il parcourut la table du regard, mais personne ne répondit. « Aucun ! lança-t-il, triomphant. Et l'Angleterre est le seul autre grand pays européen qui puisse en dire autant ! »

Gus Dewar fit passer le porto et commenta avec son accent américain traînant : « Je suppose que c'est exact.

— Dans ce cas, pourquoi, mon vieil ami Fitz, s'étonna Walter, devrions-nous nous faire la guerre un jour ? »

4.

Le dimanche matin, avant le petit déjeuner, Lady Maud fit appeler Ethel.

Celle-ci réprima un soupir de contrariété. Elle avait tant à faire ! Il était encore tôt, mais le personnel était déjà en plein travail. Il fallait nettoyer toutes les cheminées, rallumer les feux et remplir les seaux à charbon tant que les invités n'étaient pas levés. Faire le ménage et mettre de l'ordre dans les salles d'apparat – salle à manger, petit salon, bibliothèque, fumoir – et dans les pièces communes plus modestes. Ethel inspectait les bouquets de la salle de billard, remplaçant les fleurs qui flétrissaient déjà, quand on lui avait communiqué ce message. Elle avait beau éprouver une grande admiration pour la sœur de Fitz et pour ses idées radicales, elle espérait que Maud n'en avait pas pour trop longtemps.

Quand Ethel avait commencé à travailler au château, à treize ans, la famille Fitzherbert et ses amis étaient à peine réels à ses yeux : elle les considérait comme des personnages de roman ou des membres d'étranges tribus bibliques, les Hittites par exemple, et ils la terrorisaient. Elle redoutait de commettre une bévue et de perdre son emploi, mais en même temps, elle mourait d'envie d'observer ces bizarres créatures de près.

Un jour, une fille de cuisine lui avait donné l'ordre de monter dans la salle de billard pour lui chercher le tantalus. Trop timide pour réclamer des explications, elle s'était rendue dans la pièce et avait regardé autour d'elle, espérant découvrir quelque chose d'aussi évident qu'un plateau de vaisselle sale, sans rien voir d'anormal. Elle était en larmes quand Maud était entrée.

Maud était alors une adolescente qui avait grandi trop vite, une femme déguisée en fillette, maussade et rebelle. Ce ne serait que plus tard qu'elle donnerait un sens à sa vie en transformant son insatisfaction en croisade. Mais à quinze ans, elle était déjà prompte à la compassion, sensible à l'injustice et à l'oppression.

Elle avait demandé à Ethel la raison de son chagrin et lui avait expliqué que le tantalus était une cave à liqueurs en argent, contenant des carafes de brandy et de whisky. Il devait son nom au supplice de Tantale qu'il représentait, car il était équipé d'un mécanisme de verrouillage empêchant les domestiques de boire quelques gorgées à la sauvette. Ethel l'avait remerciée avec effusion. C'était la première des nombreuses bontés que lui témoignerait Maud et, au fil des ans, Ethel avait fini par idolâtrer son aînée.

Elle monta à la chambre de Maud, frappa à la porte et entra. La chambre des gardénias avait un papier peint fleuri surchargé, d'un style passé de mode depuis le début du siècle, mais sa fenêtre en encorbellement dominait la plus charmante partie du jardin de Fitz, la promenade ouest, un long sentier rectiligne qui traversait les massifs de fleurs pour rejoindre une gloriette.

À sa grande inquiétude, Ethel vit Maud enfiler des bottines. «Je vais me promener – il me faut un chaperon. Aidez-moi à mettre mon chapeau et racontez-moi tous les potins.»

Ce contretemps ennuyait Ethel, ce qui ne l'empêchait pas d'être intriguée. Avec qui Maud avait-elle l'intention d'aller se promener, où était tante Herm, son chaperon habituel et pourquoi mettait-elle un chapeau aussi ravissant simplement pour se rendre au jardin ? Y aurait-il un homme dans le paysage ?

En épinglant le chapeau sur les cheveux bruns de Maud, Ethel dit : «Il est arrivé quelque chose de scandaleux au sous-sol ce matin.» Maud collectionnait les ragots comme le roi les timbres. «Morrison n'est allé se coucher qu'à quatre heures du matin. C'est un des valets de pied – le grand, celui qui a une moustache blonde.

— Je connais Morrison. Et je sais où il a passé la nuit.» Maud hésita.

Ethel attendit un instant avant de demander : «Vous ne voulez pas me le dire ?

— Vous seriez choquée.»

Ethel sourit de toutes ses dents. «Tant mieux.

— Il a passé la nuit avec Robert von Ulrich.» Maud regarda Ethel dans le miroir de sa coiffeuse. «Êtes-vous horrifiée ?»

Ethel était médusée. «Ça par exemple ! Je savais que Morrison n'était pas très attiré par les dames, mais de là à imaginer qu'il faisait partie de *ces hommes-là*, si vous voyez ce que je veux dire.

— Pour ce qui est de Robert, il fait indéniablement partie de "ces hommes-là" et je l'ai vu échanger des regards avec Morrison plusieurs fois au cours du dîner.

— Devant le roi, en plus ! Mais comment savez-vous, pour Robert ?

— Walter me l'a dit.

— Quels drôles de propos à tenir devant une dame, pour un gentleman ! Mais on vous dit tout, à vous. Que raconte-t-on à Londres ?

— Tout le monde ne parle que de Mr Lloyd George. »

David Lloyd George était le chancelier de l'Échiquier, le ministre chargé des Finances du pays. Gallois, c'était un brillant orateur de gauche. Da prétendait que Lloyd George aurait dû être membre du parti travailliste. Pendant la grève des charbonnages, en 1912, il avait même parlé de nationaliser les mines.

« Que dit-on de lui ? demanda Ethel.

— Il a une maîtresse.

— Non ! » Cette fois, Ethel était franchement indignée. « Il a pourtant été élevé dans la religion baptiste ! »

Maud éclata de rire. « Serait-ce moins scandaleux s'il était anglican ?

— Oui ! » Ethel faillit ajouter « évidemment », mais elle se retint. « Qui est cette femme ?

— Frances Stevenson. C'était la gouvernante de sa fille. Une femme intelligente – elle est diplômée de lettres classiques – et il en a fait sa secrétaire particulière.

— C'est affreux.

— Il l'appelle Pussy. »

Ethel faillit rougir. Les mots lui manquaient. Aidant Maud à enfiler son manteau, elle ajouta : « Et sa femme, Margaret ?

— Elle reste ici, au pays de Galles, avec leurs quatre enfants.

— Elle en a eu cinq, mais il y en a un qui est mort. Pauvre femme ! »

Maud était prête. Elles longèrent le corridor et descendirent le grand escalier. Walter von Ulrich attendait dans le vestibule, enveloppé d'un long manteau sombre. Ses yeux noisette pétillaient dans son visage barré d'une petite moustache. Il était fringant, dans un style un peu guindé, typiquement germanique ; le genre d'homme à s'incliner et à claquer des talons avant de vous faire un clin d'œil, songea Ethel. C'était donc pour cela que Maud ne voulait pas de Lady Hermia pour chaperon.

« Williams est venue travailler ici quand j'étais enfant, expliqua Maud, et depuis nous sommes amies. »

Ethel aimait beaucoup Maud, mais de là à dire qu'elles étaient amies... C'était exagéré. Maud était gentille et Ethel l'admirait, toutefois leurs relations n'en étaient pas moins celles d'une maîtresse et d'une domestique. Ce que Maud voulait faire comprendre à Walter, c'est qu'on pouvait lui faire confiance.

Walter s'adressa à Ethel avec la politesse affectée que les gens de son milieu affichaient quand ils s'adressaient à leurs inférieurs. « Je suis enchanté de faire votre connaissance, Williams. Comment allez-vous ?

— Bien, je vous remercie, monsieur. Je vais chercher mon manteau. »

Elle se précipita au sous-sol. Elle n'avait aucune envie d'aller se promener alors que le roi était là – elle aurait préféré être disponible pour surveiller les bonnes –, mais elle ne pouvait pas refuser.

À la cuisine, la femme de chambre de la princesse Bea préparait du thé à la manière russe pour sa maîtresse. Ethel s'approcha d'une domestique. « Herr Walter est levé, dit-elle. Vous pouvez faire la chambre grise. » Dès que les invités apparaissaient, les bonnes devaient courir dans les chambres pour faire le ménage, les lits, vider les vases de nuit et apporter de l'eau fraîche pour la toilette. Elle aperçut Peel, le majordome, qui comptait des assiettes. « Du mouvement à l'étage ?

— Dix-neuf, vingt. Mr Dewar a sonné. Il lui faut de l'eau chaude pour se raser et le signor Falli a réclamé du café.

— Lady Maud m'a demandé de sortir avec elle.

— Le moment est mal choisi, objecta Peel, mécontent. On a besoin de vous dans la maison. »

Ethel le savait parfaitement. Elle répondit d'un ton railleur : « Que dois-je faire, monsieur Peel ? Lui dire d'aller se faire voir ?

— Assez d'impertinence, Williams. Revenez dès que vous le pourrez. »

Quand elle remonta au rez-de-chaussée, le chien du comte, Gelert, se tenait devant la porte d'entrée, haletant d'impatience, ayant deviné qu'une promenade se préparait. Ils sortirent ensemble et traversèrent la pelouse est en direction des bois.

Walter se tourna vers Ethel : «Je suppose que Lady Maud a fait de vous une suffragette.

— C'est exactement l'inverse, rétorqua Maud. C'est Williams qui m'a fait découvrir les idées libérales.

— J'ai appris tout cela avec mon père», expliqua Ethel.

Elle savait qu'ils ne désiraient pas vraiment poursuivre la conversation avec elle. L'étiquette ne les autorisait pas à rester seuls, mais ils souhaitaient le plus d'intimité possible. Elle appela Gelert et courut devant eux, jouant avec le chien, pour leur accorder le tête-à-tête auquel ils aspiraient probablement. Jetant un coup d'œil derrière elle, elle les vit qui se tenaient par la main.

Maud allait vite en besogne, pensa Ethel. D'après ce qu'elle avait dit la veille, elle n'avait pas vu Walter depuis dix ans. Il n'y avait jamais eu entre eux la moindre amourette d'adolescents, tout au plus une vague attirance tacite. Il avait dû se passer quelque chose la veille au soir. Peut-être étaient-ils restés à bavarder jusqu'à une heure avancée. Maud faisait la coquette avec tous les hommes – c'était sa méthode pour leur soutirer des informations – mais, cette fois, l'affaire semblait plus sérieuse.

Un instant plus tard, Ethel entendit Walter chanter une bribe de mélodie. La voix de Maud se joignit à la sienne, puis ils s'interrompirent en riant. Maud aimait beaucoup la musique et jouait correctement du piano, contrairement à Fitz qui n'avait aucune oreille. Apparemment, Walter était musicien lui aussi. Son timbre de baryton léger aurait été très apprécié au temple Bethesda, songea Ethel.

Elle repensa à son travail. Elle n'avait pas vu de chaussures cirées à la porte des chambres. Il faudrait qu'elle se mette en quête des jeunes valets et les secoue un peu. Elle se demanda avec inquiétude quelle heure il était. Si cette promenade s'éternisait, elle serait peut-être obligée d'insister pour rentrer.

Se retournant discrètement, elle ne vit plus ni Walter ni Maud. S'étaient-ils arrêtés, avaient-ils changé de direction ? Elle resta immobile une ou deux minutes. Elle ne pouvait pas se permettre de perdre sa matinée à les attendre et rebroussa chemin à travers les arbres.

Elle ne tarda pas à les apercevoir. Étroitement enlacés, ils s'embrassaient passionnément. Walter avait posé les mains sur les fesses de Maud et la pressait contre lui. Leurs bouches étaient ouvertes et Ethel entendit Maud gémir.

Elle n'arrivait pas à les quitter des yeux. Elle se demandait si, un jour, un homme l'embrasserait ainsi. Grêlé Llewellyn lui avait donné un baiser sur la plage pendant une sortie du temple, mais pas bouche ouverte ni les corps pressés l'un contre l'autre et, franchement, il n'y avait pas eu de quoi la faire gémir. Le petit Dai Côtelette, le fils du boucher, avait glissé sa main sous sa jupe au Palace, le cinéma de Cardiff, mais elle l'avait repoussé au bout de quelques secondes. Il y en avait un pourtant qu'elle aimait bien, Llewellyn Davies, le fils d'un instituteur, qui lui avait parlé du gouvernement libéral et lui avait dit que ses seins étaient comme des oisillons tout chauds dans leur nid. Malheureusement, il était parti à l'université et ne lui avait jamais écrit. Avec ces garçons, elle avait été intriguée, avait eu vaguement envie d'aller plus loin, mais sans passion. Elle enviait Maud.

Celle-ci ouvrit les yeux, aperçut Ethel et se dégagea de l'étreinte de Walter.

Gelert se mit soudain à geindre et à tourner sur lui-même, la queue entre les jambes. Que lui arrivait-il ?

Presque immédiatement, Ethel sentit le sol trembler, comme si un train express passait. Pourtant, la ligne de chemin de fer s'achevait à plus d'un kilomètre de l'endroit où ils se trouvaient.

Maud fronça les sourcils et ouvrit la bouche pour parler, quand on entendit un craquement, tel un bruit de tonnerre.

« Que diable... ? » demanda Maud.

Ethel savait.

Elle poussa un cri et se mit à courir.

5.

C'était la pause.

Billy Williams et Tommy Griffiths se trouvaient dans la veine dite des Quatre Pieds, à six cents mètres de profondeur seulement, plus près de la surface que le niveau principal. La veine était divisée en cinq secteurs, qui portaient tous le nom de champs de courses anglais, et ils étaient à Ascot, le plus proche du puits d'aération. Les deux garçons travaillaient comme hercheurs et étaient chargés d'aider les mineurs plus expérimentés. Ceux-ci utilisaient leur pic, une pioche à lame droite, pour abattre le charbon du front de taille, que les hercheurs chargeaient dans des berlines. Ils s'étaient mis au travail à six heures du matin, comme toujours, et maintenant, au bout de deux heures, ils faisaient une pause, assis sur le sol humide, adossés à la paroi de la galerie, laissant le souffle léger du système de ventilation rafraîchir leur peau, avalant de longues gorgées de lait sucré tiède à la bouteille.

Ils étaient nés le même jour de 1898 et auraient seize ans dans six mois. Leur différence de développement physique, si humiliante pour Billy quand il avait treize ans, s'était estompée. C'étaient à présent deux jeunes gens larges d'épaules, aux bras puissants, qui se rasaient une fois par semaine, sans en avoir vraiment besoin. Vêtus en tout et pour tout d'un short et de chaussures, ils avaient le corps noirci par un mélange de transpiration et de poussière de charbon. À la faible lueur des lampes, ils luisaient comme les statues d'ébène de dieux païens. Leurs barrettes seules gâchaient l'effet.

Le travail était pénible, mais ils y étaient habitués. Ils ne se plaignaient pas de douleurs dorsales, ni de raideur des articulations, comme les hommes plus âgés. Ils avaient de l'énergie à revendre et, les jours de congé, ils passaient leur temps de façon tout aussi active, jouant au rugby, bêchant les parterres de fleurs ou pratiquant même la boxe à poings nus dans la grange, derrière le pub des Deux Couronnes.

Billy n'avait pas oublié son initiation, trois ans auparavant – il bouillait même encore d'indignation quand il y repensait. Il s'était juré à l'époque que jamais il ne maltraiterait les nouveaux. Aujourd'hui encore, il avait prévenu le petit Bert Morgan : « Ne t'étonne pas si les gars te jouent un tour. Ils te laisseront peut-être tout seul dans le noir pendant une heure, ou bien ils te feront une autre blague tout aussi idiote. Que veux-tu, à petits esprits, petits plaisirs. » Les anciens présents dans la cage l'avaient fusillé des yeux, mais il avait soutenu leur regard : il savait qu'il avait raison, et eux le savaient aussi.

Mam avait été encore plus furieuse que Billy. « Explique-moi, avait-elle dit à Da, debout au milieu de leur salle de séjour, les mains sur les hanches, ses yeux noirs étincelants d'une vertueuse indignation, comment on sert les intentions du Seigneur en torturant les petits garçons ?

— Tu ne peux pas comprendre, tu es une femme», avait rétorqué Da – une réponse d'une médiocrité qui ne lui ressemblait pas.

Billy se disait que le monde en général et la mine d'Aberowen en particulier seraient des lieux plus plaisants si tous les hommes vivaient dans la crainte de Dieu. Tommy, dont le père était un athée et un disciple de Karl Marx, pensait que le système capitaliste ne tarderait pas à s'effondrer, pourvu qu'une classe ouvrière révolutionnaire lui donne un très léger coup de pouce. Les deux garçons discutaient avec acharnement, mais n'en étaient pas moins les meilleurs amis du monde.

«Travailler le dimanche, ce n'est pas ton genre», observa Tommy.

De fait, la mine avait imposé des heures supplémentaires pour faire face à la demande de charbon mais, par respect pour la religion, Celtic Minerals avait rendu les postes du dimanche facultatifs. Pourtant, malgré son respect habituel du repos dominical, Billy travaillait. «Je crois que le Seigneur veut que j'aie une bicyclette.»

Tommy éclata de rire, mais Billy ne plaisantait pas. Le temple Bethesda ayant ouvert une église sœur dans un petit village à une quinzaine de kilomètres, Billy faisait partie des paroissiens d'Aberowen qui s'étaient portés volontaires pour franchir la montagne un dimanche sur deux et aller encourager le nouveau temple. S'il avait une bicyclette, il pourrait aussi y aller les soirs de semaine et aider à organiser un cours de catéchisme ou un groupe de prière. Il en avait discuté avec les aînés, qui avaient admis que le Seigneur bénirait la décision de Billy de travailler le dimanche pendant quelques semaines.

Billy s'apprêtait à l'expliquer à Tommy quand il sentit le sol s'ébranler sous lui. Un fracas violent comme le coup de tonnerre du Jugement dernier l'assourdit et un vent violent lui arracha sa bouteille des mains.

Son cœur s'arrêta de battre. Il se rappela soudain qu'il était à plus d'un demi-kilomètre sous terre, avec quelques étais de bois pour retenir des millions de tonnes de terre et de rocher.

«Nom de Dieu, c'était quoi, ce truc?» demanda Tommy, terrifié.

Billy sauta sur ses pieds, tremblant de peur. Il souleva sa lampe et inspecta la galerie, d'un côté puis de l'autre. Il n'aperçut pas de flamme, pas de chute de pierres et pas plus de poussière que d'habitude. Quand les derniers échos du vacarme s'évanouirent, un silence absolu les entoura.

« Une explosion », répondit-il d'une voix frémissante. La crainte quotidienne de tous les mineurs. Une chute de rocher ou simplement un mineur qui atteignait une faille en taillant la veine suffisait à provoquer un brusque dégagement de grisou. Si personne n'en remarquait les signes annonciateurs – ou si la concentration de gaz augmentait trop brutalement –, l'étincelle du sabot d'un cheval, le timbre électrique d'une cage ou la stupidité d'un mineur qui allumait sa pipe au mépris de la réglementation pouvait mettre le feu à ce gaz inflammable.

« Où ? demanda Tommy.

— En bas, sans doute, au niveau principal – c'est pour ça qu'on s'en est tirés.

— Que le Seigneur nous protège.

— Il le fera, dit Billy, dont la terreur commençait à s'atténuer. Surtout si on se bouge un peu. » Il n'y avait pas trace des deux piqueurs pour lesquels les garçons travaillaient – ils avaient rejoint le secteur de Goodwood pour la pause. Personne ne pouvait prendre de décision à leur place. « On ferait mieux de retourner au puits. »

Ils enfilèrent leurs vêtements, accrochèrent leur lampe à leur ceinture et coururent jusqu'au puits d'aération Pyrame. L'encageur de la recette était Dai Côtelette. « La cage ne vient pas ! annonça-t-il d'une voix affolée. J'ai sonné plusieurs fois ! »

Sa peur était contagieuse et Billy dut faire un effort pour réprimer sa propre angoisse. Il réfléchit et demanda : « Et le téléphone ? » L'encageur communiquait avec son homologue de la surface à l'aide des signaux transmis par la sonnerie électrique, mais on avait installé récemment des téléphones, en haut et en bas, reliés au bureau du directeur des houillères, Maldwyn Morgan.

« Ça ne répond pas, expliqua Dai.

— Je vais réessayer. » Le téléphone était fixé au mur, à côté de la cage. Billy décrocha et actionna la manivelle. « Allez, allez ! »

Il entendit enfin la voix chevrotante d'Arthur Llewellyn, le commis de bureau : « Oui ?

— Grêlé, c'est Billy Williams, cria Billy dans le combiné. Où est Mr Morgan ?

— Il n'est pas là. C'était quoi, ce bruit ?

— Une explosion souterraine, espèce de crétin ! Où est le patron ?

— Il est parti à Merthyr, dit Grêlé d'un ton geignard.

— Bon sang, mais qu'est-ce qu'il fiche là-bas... enfin, peu importe. Voilà ce que tu vas faire. Grêlé, tu m'écoutes ?

— Oui. » Sa voix était un peu plus ferme.

« Avant tout, envoie quelqu'un au temple méthodiste et dis à Dai Ouin-ouin de constituer une équipe de secours.

— Entendu.

— Ensuite, téléphone à l'hôpital. Qu'ils envoient l'ambulance au carreau.

— Quelqu'un est blessé ?

— Il y a des chances, après une explosion pareille ! Troisièmement, fais venir tous les hommes au hangar de nettoyage du charbon, pour qu'ils sortent les tuyaux de pompe à incendie.

— Il y a le feu ?

— La poussière doit brûler, forcément. Quatrièmement, appelle le poste de police et dis à Geraint qu'il y a eu une explosion. Il préviendra Cardiff. » Billy ne voyait rien d'autre à lui demander dans l'immédiat « Ça va aller ?

— Ça va aller, Billy. »

Billy reposa le récepteur au crochet. Il ne savait pas si ses instructions seraient efficaces, mais cette conversation lui avait permis de mettre ses idées au clair. « Il doit y avoir des blessés au niveau principal, dit-il à Dai Côtelette et à Tommy. Il faut aller voir.

— Impossible, objecta Dai, la cage n'est pas là.

— Il n'y a pas une échelle contre le mur du puits ?

— Elle descend à deux cents mètres !

— Et alors ? Si j'étais une mauviette, je ne serais pas mineur ! » Malgré ses paroles courageuses, il était mort de peur. L'échelle du puits servait rarement et n'était peut-être pas correctement entretenue. Un faux pas, un barreau manquant et c'était la chute mortelle.

Dai ouvrit la grille qui grinça. Le puits était revêtu de briques, humides et couvertes de moisissures. Une étroite corniche courait horizontalement le long de la partie supérieure du revêtement, à l'extérieur du logement de bois de la cage. Une échelle métallique était fixée par des pattes cimentées dans l'appareil de brique. Ses montants latéraux fragiles et ses échelons étroits n'avaient rien de rassurant. Billy hésita, regrettant sa bravade. Mais il ne pouvait plus faire marche arrière, ce serait trop humiliant. Il inspira profondément, prononça tout bas une prière et posa le pied sur la corniche.

Il en fit le tour pour rejoindre l'échelle. Après s'être essuyé les mains sur son pantalon, il empoigna les montants latéraux et s'engagea sur le premier barreau.

Il descendait. Le fer était rugueux et des paillettes de rouille se déposaient sur ses mains. Par endroits, les pattes de fixation étaient détachées, et l'échelle bringuebalait de façon inquiétante sous son poids. La lumière de la lampe accrochée à sa ceinture était suffisante pour éclairer les barreaux juste au-dessous de lui, sans lui permettre pour autant de distinguer le fond du puits. Après tout, se dit-il, cela valait peut-être mieux.

Malheureusement, la descente lui laissait le temps de penser. Il se rappela tous les dangers mortels qui menaçaient les mineurs. Être tué par l'explosion elle-même était une fin miséricordieusement rapide, réservée aux plus chanceux. La combustion du méthane produisait du dioxyde de carbone, un gaz suffocant que les mineurs appelaient la « mofette ». Beaucoup étaient écrasés par des rochers et se vidaient de leur sang avant l'arrivée des sauveteurs. Certains mouraient de soif, alors que leurs camarades se trouvaient à quelques mètres d'eux, cherchant désespérément à dégager l'éboulement.

Il fut pris d'une irrépressible envie de remonter, de regagner la sécurité au lieu de descendre vers la destruction et le chaos – mais il ne pouvait pas. Tommy l'avait suivi dans le puits.

« Tu es là, Tommy ? » appela-t-il.

La voix de son ami résonna juste au-dessus de lui. « Oui ! »

Billy en fut tout ragaillardi. Il descendit plus vite, sa confiance revenue. Bientôt, il aperçut de la lumière et, un instant plus tard, repéra des voix. À l'approche du niveau principal, il sentit une odeur de fumée.

Il entendit soudain un vacarme insolite, des cris et des coups, qu'il chercha à identifier. Ces bruits étaient si étranges que son courage l'abandonna à nouveau. Il s'obligea à se ressaisir : il y avait forcément une explication rationnelle. Il comprit enfin : les chevaux, terrifiés, hennissaient et frappaient de leurs sabots les parois de bois de leurs stalles en cherchant à s'échapper. Cette prise de conscience ne rendait pas le tapage moins inquiétant : il éprouvait exactement le même sentiment que ces pauvres bêtes.

Arrivé au niveau principal, il fit le tour du rebord de brique, ouvrit la grille de l'intérieur et posa avec soulagement le pied sur le sol boueux. La faible lueur souterraine était encore réduite par des traces de fumée, mais il distinguait les galeries principales.

L'encageur du fond était Patrick O'Connor, un homme d'une cinquantaine d'années qui avait perdu une main dans l'effondrement d'un plafond. Comme il était catholique, on l'avait surnommé Pat Pape. Il dévisagea Billy d'un air incrédule. « Billy Jésus-y-était ! Alors, ça, d'où sors-tu ?

— De la veine des Quatre Pieds. On a entendu l'explosion. »

Émergeant du puits derrière Billy, Tommy demanda : « Qu'est-ce qui s'est passé, Pat ?

— Pour ce que j'en sais, l'explosion a dû se produire à ce niveau, à l'autre extrémité, près de Thisbé. Le sous-directeur et les autres sont allés voir. » Sa voix était calme, mais ses yeux laissaient voir sa détresse.

Billy se dirigea vers le téléphone et tourna la manivelle. Un instant plus tard, il entendit la voix de son père. « Ici Williams, qui est à l'appareil ? »

Billy ne prit pas le temps de se demander pourquoi un syndicaliste répondait au téléphone dans le bureau du directeur des houillères – tout pouvait arriver, en cas d'urgence. « Da, c'est moi, Billy.

— Que Dieu soit loué de sa miséricorde, tu es vivant », murmura son père d'une voix brisée, puis il retrouva sa brusquerie coutumière. « Dis-moi ce que tu sais, fiston.

— Tommy et moi, on était à la veine des Quatre Pieds. On est descendus au niveau principal par Pyrame. L'explosion a dû se produire du côté de Thisbé. Il y a un peu de fumée, pas beaucoup. Mais la cage ne fonctionne pas.

— Le treuil a été endommagé par le souffle de l'explosion, expliqua Da d'un ton posé. On y travaille. Ce sera réparé dans quelques minutes. Rassemble au fond autant d'hommes que tu peux, qu'on puisse commencer à les remonter dès que la cage sera réparée.

— Je vais leur dire.

— Thisbé est inutilisable, alors débrouille-toi pour que personne n'essaie de sortir par là : ils risqueraient d'être prisonniers du feu.

— Entendu.

— Il y a des appareils respiratoires devant le bureau des sous-directeurs. »

Billy le savait. C'était une innovation récente, exigée par le syndicat et rendue obligatoire par la loi sur les houillères de 1911. « Pour le moment, l'air n'est pas mauvais, remarqua-t-il.

— Là où tu es, peut-être, mais ce n'est sans doute pas le cas plus loin à l'intérieur.

— Tu as raison. » Billy raccrocha.

Il répéta à Tommy et Pat ce que son père avait dit. Pat désigna du doigt une rangée de casiers flambant neufs. « La clé doit être à l'intérieur du bureau. »

Billy se précipita dans la pièce des sous-directeurs, mais n'aperçut pas l'ombre d'une clé. Quelqu'un devait les garder à sa ceinture. Il se retourna vers la rangée de casiers en fer-blanc, tous étiquetés « Appareil respiratoire ». « Tu as un levier, Pat ? »

L'encageur possédait une trousse à outils pour les petites réparations. Il tendit à Billy un solide tournevis. Billy força le premier casier.

Il était vide.

Billy, incrédule, n'arrivait pas à en détacher ses yeux.

Pat s'écria : « Ils se sont fichus de nous !

— Salauds de capitalistes », renchérit Tommy.

Billy ouvrit un deuxième casier. Vide lui aussi. Il fractura les autres avec une colère brutale, bien décidé à dénoncer l'ignominie de Celtic Minerals et de Perceval Jones.

« On s'en passera », dit Tommy.

Il était impatient d'agir, mais Billy tenait à bien réfléchir. Son regard se posa sur un wagonnet. C'était le pitoyable substitut de pompe à incendie fourni par la direction : une berline à charbon remplie d'eau, sur laquelle on avait fixé une pompe à main. Le dispositif n'était pas totalement inutile : Billy l'avait vu fonctionner après ce que les mineurs appelaient un « flash », la petite explosion qui se produisait quand une faible quantité de grisou proche du plafond de la galerie s'embrasait brièvement, obligeant tout le monde à se jeter au sol. Il arrivait que ce flash mette le feu à la poussière de charbon accumulée contre les parois de la galerie. Il fallait alors les arroser.

« On va prendre la berline à incendie », cria-t-il à Tommy.

Elle était déjà sur les rails et, à deux, ils arrivèrent à la pousser. Billy envisagea un instant d'y harnacher un cheval puis se ravisa : cela prendrait trop de temps, d'autant plus que les bêtes étaient affolées.

« Mon Micky travaille dans le secteur de Marigold, intervint Pat Pape, mais je ne peux pas aller le chercher, je dois l'attendre ici. » Il était visiblement au désespoir : en cas d'urgence, l'encageur devait rester près du puits – la règle était inflexible.

« Je vais ouvrir l'œil, promit Billy.

— Merci, Billy boy. »

Les deux garçons continuèrent à pousser la berline sur la voie principale. Les bennes n'avaient pas de freins : on les ralentissait en coinçant un solide morceau de bois dans les rayons. Bien des morts et d'innombrables blessures étaient dues à des berlines emballées. « Pas trop vite », fit Billy.

Ils n'avaient pas parcouru cinq cents mètres à l'intérieur de la galerie que déjà la température s'éleva, la fumée s'épaissit. Bientôt, ils entendirent des voix. En se guidant au bruit, ils s'engagèrent dans une galerie latérale. Cette partie de la veine était actuellement en exploitation. De part et d'autre, Billy pouvait voir, à intervalles réguliers, les entrées des postes de travail des mineurs, qu'on appelait les « ateliers ». Lorsque le bruit s'intensifia, ils cessèrent de pousser la berline et regardèrent devant eux.

La galerie était en feu. Des flammes s'élevaient des parois et du sol. Une poignée d'hommes étaient tout près du brasier, leurs silhouettes se profilant contre la lueur rouge comme celles d'âmes damnées. L'un tenait une couverture dont il frappait vainement un tas de bois en feu. D'autres criaient; personne n'écoutait. Au loin, à peine visible, on distinguait un convoi de berlines. La fumée était chargée d'une étrange odeur de viande rôtie; Billy se rendit compte avec un haut-le-cœur qu'elle provenait sans doute du cheval qui avait tiré les berlines.

Il s'adressa à l'un des hommes : « Que se passe-t-il ?

— Il y a des types coincés dans leurs ateliers. On ne peut pas les atteindre. »

C'était Rhys Price. Billy ne s'étonna plus qu'aucune mesure efficace ne soit prise. « Nous avons apporté la berline d'incendie », dit-il.

Quelqu'un d'autre se tourna vers lui et il découvrit avec soulagement John Jones l'Épicerie, un homme de bon sens. « Tu es un bon gars ! dit Jones. Amène le tuyau par ici, tu veux ? »

Billy tira le tuyau pendant que Tommy branchait la pompe. Billy dirigea le jet vers le plafond de la galerie pour que l'eau ruisselle sur les parois. Il s'aperçut rapidement que le système de ventilation de la mine, qui envoyait de l'air par Thisbé et l'expulsait par Pyrame, dirigeait les flammes et la fumée vers lui. Dès qu'il le pourrait, il demanderait aux gars de la surface d'inverser les ventilateurs. Les ventilateurs réversibles étaient désormais obligatoires – une autre disposition de la loi de 1911.

Malgré la difficulté, le feu commença à faiblir, permettant à Billy de progresser. Une minute plus tard, l'atelier le plus proche de lui était à l'abri des flammes. Deux mineurs en sortirent précipitamment, haletants, aspirant goulûment l'air relativement pur de la galerie. Billy reconnut les frères Ponti, Giuseppe et Giovanni, surnommés Joey et Johnny.

Quelques hommes se précipitèrent à l'intérieur de l'atelier. John Jones ressortit, portant le corps inerte de Dai Cheval, le palefrenier. Billy ignorait s'il était mort ou seulement inconscient. « Emmenez-le à Pyrame, pas à Thisbé », conseilla-t-il.

Price intervint : « Pour qui tu te prends, Billy Jésus-y-était, pour donner des ordres comme ça ? »

Billy n'avait pas envie de perdre son temps à discuter avec Price. Il se tourna vers Jones : « J'ai eu la surface au téléphone. Thisbé est gravement endommagé, mais la cage de Pyrame devrait bientôt fonctionner. On m'a dit d'y envoyer tout le monde.

— Entendu. Je vais transmettre », fit Jones qui s'éloigna.

Billy et Tommy continuèrent à combattre le feu, dégageant de nouveaux ateliers, libérant d'autres mineurs prisonniers. Certains étaient en sang, beaucoup étaient légèrement brûlés et quelques-uns avaient été blessés par la chute de rochers. Ceux qui pouvaient marcher portaient les morts et leurs camarades grièvement blessés en un sinistre cortège.

Trop vite, la réserve d'eau fut épuisée. « On va ramener la berline et la remplir à la mare, au fond du puits », suggéra Billy.

Ensemble, ils rebroussèrent chemin. La cage ne fonctionnait toujours pas et il y avait à présent une bonne dizaine de mineurs qui attendaient ; plusieurs corps étaient allongés par terre, la plupart poussant des gémissements de souffrance, d'autres lugubrement silencieux. Pendant que Tommy remplissait la berline d'eau boueuse, Billy décrocha le téléphone. Cette fois encore, ce fut son père qui lui répondit. « Le chevalement fonctionnera dans cinq minutes, dit-il. Comment ça se passe, en bas ?

— On a sorti des morts et des blessés des ateliers. Envoie des berlines pleines d'eau dès que tu pourras.

— Et toi ?

— Ça va. Écoute, Da, il faudrait inverser la ventilation. Faire entrer l'air par Pyrame et l'extraire par Thisbé. Ça éloignera la fumée et le grisou de l'équipe de secours.

— Impossible.

— Mais c'est la loi : la ventilation des puits *doit* être réversible !

— Perceval Jones a raconté aux inspecteurs une histoire à leur tirer des larmes et il leur a extorqué un délai supplémentaire d'un an pour modifier les souffleries. »

Billy aurait poussé un juron s'il n'avait pas eu son père en ligne. « Et les arroseuses, tu peux les mettre en marche ?

— Ça, oui, on peut le faire, confirma Da. J'aurais dû y penser. »

Billy reposa le combiné puis aida Tommy à remplir la berline, le relayant à la pompe à main. Il leur fallut autant de temps pour la remplir qu'il leur en avait fallu pour la vider. Le flot d'hommes venant du secteur touché commença à ralentir parce que le feu y refaisait rage librement. Enfin, la benne fut pleine et les garçons repartirent.

Les arroseuses se mirent en marche, mais quand Billy et Tommy arrivèrent sur les lieux de l'incendie, ils constatèrent que le mince tuyau du plafond laissait échapper une quantité d'eau insuffisante pour éteindre les flammes. Heureusement, Jones l'Épicerie avait pris les choses en main. Les rescapés indemnes restaient à ses côtés pour participer au sauvetage, tandis que les blessés qui pouvaient encore marcher étaient envoyés en direction du puits. Dès que Billy et Tommy eurent branché le tuyau, il s'en empara et ordonna à un autre mineur de pomper.

« Vous deux, retournez chercher une nouvelle berline d'eau ! Comme ça, on pourra continuer à arroser.

— Entendu », dit Billy, mais avant qu'il ait pu faire demi-tour, un mouvement retint son regard : une silhouette traversait les flammes en courant, ses vêtements en feu. « Bon Dieu ! » cria-t-il, horrifié. Sous ses yeux, l'homme trébucha et tomba.

Billy hurla à Jones. « Arrose-moi ! » Sans attendre, il se précipita à l'intérieur de la galerie. Un jet d'eau lui frappa le dos. La chaleur était effroyable. Il avait le visage brûlant et sentait ses vêtements se consumer sur lui. Il souleva par les aisselles le mineur étendu face contre terre et le tira, en courant à reculons. S'il ne voyait pas son visage, il devinait que c'était un garçon de son âge.

Jones maintint le jet sur Billy, lui mouillant abondamment les cheveux, le dos et les jambes, mais la partie antérieure de son corps était sèche et il avait la peau brûlante. Il hurla de douleur sans pour autant lâcher le mineur inconscient. Une seconde plus tard, il était à l'abri des flammes. Il fit demi-tour et laissa Jones lui asperger le devant du corps. L'eau qui ruisselait sur son visage lui apportait un soulagement divin et rendait la douleur supportable.

Jones arrosa le garçon allongé par terre. Billy le fit basculer et reconnut Michael O'Connor, Micky Pape, le fils de Pat. Pat avait demandé à Billy d'aller le chercher. Billy murmura : « Jésus, aie pitié de Pat. »

Il se baissa et releva Micky. Son corps était inerte et sans vie. « Je vais le porter au puits, dit Billy.

— Oui, répondit Jones en dévisageant Billy avec une étrange expression. Fais ça, Billy boy. »

Tommy accompagna Billy. Celui-ci avait la tête qui tournait, mais il réussit à porter Micky. Sur la voie principale, ils croisèrent une équipe de secours accompagnée d'un cheval qui traînait un petit convoi de berlines remplies d'eau. Elles venaient forcément de la surface, ce qui voulait dire que la cage fonctionnait et que les secours étaient enfin correctement organisés, comprit Billy avec lassitude.

Il ne se trompait pas. Quand il arriva au puits, la cage venait de descendre, déversant un autre groupe de sauveteurs en tenues de protection ainsi que des berlines d'eau. Les nouveaux venus se dispersèrent en direction de l'incendie et les blessés commencèrent à monter dans la cage, portant leurs camarades morts ou inconscients.

Billy attendit que Pat Pape eut envoyé la cage pour s'approcher de lui, tenant Micky dans ses bras.

Pat lui jeta un regard terrifié, en secouant la tête.

« Je regrette, Pat », dit Billy.

Pat refusait de regarder le corps. « Non, murmura-t-il, pas mon Micky.

— Je l'ai sorti de ces satanées flammes, Pat. Mais je suis arrivé trop tard, c'est tout. » Et il fondit en larmes.

6.

Le dîner avait été une réussite à tous égards. Bea était d'humeur radieuse : elle aurait aimé donner une réception royale toutes les semaines. Fitz l'avait rejointe dans son lit et, comme il l'avait prévu, elle ne l'avait pas renvoyé. Il était resté jusqu'au matin, s'esquivant juste avant que Nina apporte le thé.

Il avait craint que le débat animé de la veille au soir n'ait été trop polémique pour un dîner royal, mais ses inquiétudes étaient infondées. Le roi l'avait remercié au petit déjeuner : « Une discussion captivante, très éclairante, exactement ce que je souhaitais. » Fitz était rayonnant d'orgueil.

Alors qu'il y repensait en fumant son premier cigare de la journée, Fitz se rendit compte que l'éventualité d'une guerre ne lui inspirait aucune horreur. Il en avait parlé comme d'une tragédie, machinalement, mais à y bien réfléchir, ce ne serait pas une si mauvaise chose. La guerre souderait la nation contre un ennemi commun et étoufferait les flammes de l'agitation. Il n'y aurait plus de grèves, et tous les discours républicains seraient jugés antipatriotiques. Les femmes cesseraient peut-être même de réclamer le droit de vote. À titre personnel, cette perspective exerçait sur lui une étrange attirance. Un conflit armé lui offrirait enfin une chance de se montrer utile, de donner la preuve de son courage, de servir son pays, d'accomplir quelque exploit qui justifierait la fortune et les privilèges qui lui avaient été prodigués dès sa naissance.

Les nouvelles de la mine qui arrivèrent en milieu de matinée ternirent l'éclat de la réception. Parmi les invités, un seul se rendit à Aberowen – Gus Dewar, l'Américain. Néanmoins, ils avaient tous l'impression, insolite pour eux, de ne plus être au centre de l'attention. Le déjeuner manqua d'entrain et les divertissements prévus pour l'après-midi furent annulés. Fitz craignait que le roi ne lui en tienne rigueur, quand bien même il était parfaitement étranger au fonctionnement de la mine. Il n'était ni administrateur ni actionnaire de Celtic Minerals. Il ne faisait que concéder les droits miniers à la société d'exploitation, qui lui versait une redevance par tonne de charbon. Personne ne pouvait raisonnablement lui reprocher ce qui s'était passé. Toutefois, l'aristocratie ne pouvait pas se livrer ostensiblement à des activités frivoles alors que des hommes étaient prisonniers sous terre, surtout lors d'une visite du roi et de la reine. Autrement dit, lire et fumer étaient à peu de chose près les seules occupations acceptables. Le couple royal allait s'ennuyer, c'était certain.

Fitz était furieux. Des hommes mouraient tout le temps : des soldats étaient tués au combat, des marins sombraient avec leurs bateaux, il y avait des accidents de train, des incendies ravageaient des hôtels remplis de clients endormis. Pourquoi fallait-il qu'une catastrophe minière se produise au moment précis où il recevait le roi ?

Peu avant le dîner, Perceval Jones, maire d'Aberowen et président de Celtic Minerals, se présenta au château pour informer le comte des événements et Fitz demanda à Sir Alan Tite si le roi souhaitait entendre son rapport. En effet, Sa Majesté en avait exprimé le vœu, lui répondit-on, et Fitz fut soulagé : au moins le monarque aurait quelque chose à faire.

Les hommes se rassemblèrent dans le petit salon, une pièce très simple meublée de fauteuils rembourrés, de palmiers en pots et d'un piano. Jones portait la queue-de-pie noire qu'il avait dû endosser pour aller au temple ce matin. Dans son gilet gris croisé, ce petit homme suffisant ressemblait à un oiseau gonflant son jabot.

Le roi était en tenue de soirée. « Très aimable à vous d'être venu, dit-il sèchement.

— J'ai eu l'honneur de serrer la main de Votre Majesté en 1911, répondit Jones, quand Votre Majesté est venue à Cardiff pour l'investiture du prince de Galles.

— Je suis heureux de renouveler notre relation, mais suis désolé que cela se produise dans des circonstances aussi affligeantes, renchérit le roi. Racontez-moi ce qui s'est passé avec simplicité, comme si vous l'expliquiez à l'un de vos directeurs devant un verre, à votre cercle. »

Le conseil était judicieux, songea Fitz, il donnait le ton juste

– bien que personne n'ait offert à boire à Jones et que le roi ne l'ait pas invité à s'asseoir.

«Je remercie Votre Majesté de cette bonté.» Jones parlait avec l'accent de Cardiff, plus rude que les intonations chantantes des vallées. «Il y avait deux cent vingt hommes dans la mine au moment de l'explosion, moins que d'ordinaire car il s'agit d'un poste du dimanche.

— Vous connaissez le nombre exact de mineurs? s'étonna le roi.

— Oh oui, Votre Majesté, nous notons le nom de tous ceux qui descendent.

— Pardonnez cette interruption. Poursuivez, je vous prie.

— Les deux puits ont été endommagés, mais les équipes de lutte contre l'incendie ont maîtrisé les flammes grâce à notre système d'arrosage, et elles ont évacué les hommes.» Il regarda sa montre. «Il y a deux heures, on en avait remonté deux cent quinze.

— Il semble que vous ayez fait face à cette catastrophe avec une remarquable efficacité, Jones.

— Je vous remercie infiniment, Majesté.

— Les deux cent quinze hommes sont-ils vivants?

— Non, Majesté. Huit sont morts. Cinquante autres ont été assez grièvement blessés pour réclamer des soins médicaux.

— Vraiment? Quelle tristesse.»

Tandis que Jones exposait les mesures prises pour localiser et essayer de sauver les cinq hommes encore manquants, Peel se glissa furtivement dans la pièce et s'approcha de Fitz. Le majordome était en habit, prêt à servir le dîner. Il murmura : «Dans l'éventualité où cela pourrait intéresser monsieur le comte...

— Eh bien? chuchota Fitz.

— Williams, la domestique, vient de rentrer de la mine. On dit que son frère se serait conduit en héros. Le roi souhaiterait-il entendre ce récit de sa propre bouche?...»

Fitz réfléchit un instant. Williams serait émue et risquait de parler à tort et à travers. En contrepartie, le roi serait sans doute satisfait de s'entretenir avec quelqu'un qui avait été directement touché par la catastrophe. Le jeu en valait la chandelle. «Votre Majesté, intervint-il, on me fait savoir qu'une de mes domestiques revient à l'instant de la mine et dispose peut-être d'informations plus récentes. Son frère était au fond quand l'explosion s'est produite. Vous siérait-il de l'interroger?

— Mais certainement, répondit le roi. Faites-la venir, je vous prie. »

Ethel Williams entra quelques instants plus tard, son uniforme maculé de poussière de charbon mais le visage lavé. Elle fit la révérence et le roi lui demanda : « Quelles sont les dernières nouvelles ?

— Si vous permettez, Majesté, il y a cinq hommes enfermés dans le secteur de Carnation par un éboulis. L'équipe de sauveteurs essaie de passer à travers les débris, mais le feu fait encore rage. »

Fitz remarqua que depuis qu'Ethel était entrée, l'attitude du roi s'était imperceptiblement modifiée. Il avait à peine posé les yeux sur Perceval Jones et n'avait cessé, en l'écoutant, de tapoter l'accoudoir de son fauteuil d'un doigt impatient. En revanche, il regardait Ethel en face et donnait l'impression d'éprouver le plus vif intérêt pour ses propos. D'une voix douce, il s'adressa de nouveau à elle : « Que dit votre frère ?

— L'explosion de grisou a mis le feu à la poussière de charbon. C'est elle qui brûle. L'incendie a pris de nombreux hommes au piège là où ils travaillaient, et certains ont été asphyxiés. Mon frère et les autres n'ont pas pu les sauver parce qu'ils n'avaient pas d'appareils respiratoires.

— C'est faux, objecta Jones.

— Non, je ne crois pas », rétorqua Gus Dewar. Comme toujours, l'Américain paraissait embarrassé, mais il fit un effort pour s'exprimer avec force. «J'ai parlé à des hommes qui remontaient. Ils ont dit que les casiers où auraient dû se trouver les appareils respiratoires étaient vides. » Il avait manifestement du mal à contenir sa colère.

Ethel Williams intervint : « Et ils n'ont pas pu éteindre l'incendie parce qu'il n'y avait pas assez d'eau au fond. » Ses yeux étincelants de fureur la rendaient si séduisante que le cœur de Fitz fit un bond dans sa poitrine.

« Il y a une pompe à incendie, voyons ! protesta Jones.

— Une berline de charbon remplie d'eau, avec une pompe à main, corrigea Dewar.

— Ils auraient dû pouvoir inverser le sens de la ventilation, insista Ethel Williams, mais Mr Jones n'a pas modifié l'installation comme la loi l'oblige à le faire. »

Jones s'indigna : « Il n'était pas possible...

— C'est bien, Jones, l'interrompit Fitz. Il ne s'agit pas d'une enquête publique. Sa Majesté cherche simplement à se faire une idée des impressions des personnes concernées.

— Parfaitement, approuva le roi. Mais il y a un sujet sur lequel vous pourriez peut-être me conseiller, Jones.

— Je serais honoré...

— Nous avions prévu de nous rendre à Aberowen et dans quelques villages des environs demain matin. Nous pensions même venir vous voir personnellement à l'hôtel de ville. Mais dans ces circonstances, un tel déplacement me paraît inapproprié. »

Sir Alan, assis derrière l'épaule gauche du roi, secoua la tête et chuchota : « Tout à fait impossible.

— D'un autre côté, poursuivit le roi, nous ne souhaitons pas repartir sans avoir réagi à la catastrophe. Les gens pourraient nous croire indifférents. »

Fitz devina que ses conseillers n'étaient pas du même avis. Ces derniers recommandaient sans doute d'annuler la visite, estimant que c'était la solution la moins risquée ; le roi, en revanche, éprouvait la nécessité de faire un geste.

Le silence se prolongea pendant que Perceval réfléchissait. Finalement, il se borna à murmurer : « C'est une décision difficile.

— Puis-je faire une suggestion ? » intervint alors Ethel Williams.

Peel était consterné. « Williams ! siffla-t-il. Vous ne devez parler que quand on vous le demande ! »

Fitz resta lui aussi interdit devant pareille insolence en présence du roi. D'une voix aussi posée que possible, il lança : « Plus tard peut-être, Williams. »

Le roi sourit. Au grand soulagement de Fitz, il ne paraissait pas insensible au charme d'Ethel. « Pourquoi ne pas écouter la proposition de cette jeune personne ? » suggéra-t-il.

Ethel n'en demandait pas davantage. Sans plus de cérémonie, elle reprit : « Vous devriez aller voir les familles des victimes, la reine et vous. Pas de cortège, juste une calèche tirée par des chevaux noirs. Ça les toucherait beaucoup. Et tout le monde vous trouverait merveilleux. » Elle se mordit la lèvre avant de se réfugier dans le silence.

Cette dernière phrase était un grave manquement à l'étiquette, releva Fitz avec inquiétude : le roi n'avait pas à se soucier qu'on le trouve merveilleux.

Sir Alan était atterré. « Cela ne s'est jamais fait », observa-t-il, manifestement alarmé.

Mais le roi paraissait intrigué. « Aller voir les familles des victimes..., répéta-t-il songeur. Parbleu, l'idée me paraît excellente, Alan. Manifester ma compassion envers mon peuple qui souffre. Pas de défilé, une seule calèche. » Il se tourna vers la domestique. « Très bien, Williams. Je vous remercie d'avoir pris la parole. »

Fitz poussa un soupir de soulagement.

7.

Finalement, il y eut plus d'une calèche, bien sûr. Le roi et la reine occupaient la première voiture, en compagnie de Sir Alan et d'une dame d'honneur, Fitz et Bea suivaient dans la deuxième, avec l'évêque, et un attelage de plusieurs domestiques fermait la marche. Perceval Jones avait manifesté le désir de participer à cette sortie, mais Fitz avait refusé catégoriquement. Comme l'avait fait remarquer Ethel, les familles des victimes auraient risqué de lui sauter à la gorge.

C'était une journée venteuse et une pluie froide cinglait les chevaux qui descendaient au trot la longue allée de Tŷ Gwyn. Ethel était assise dans le troisième véhicule. Étant la seule au château à connaître les noms de tous les morts et de tous les blessés, elle avait donné des instructions aux cochers et avait été chargée de rappeler l'identité de chacun à l'officier de la maison du roi. Elle croisait les doigts. C'était son idée et, si les choses se passaient mal, c'était elle qui en subirait les conséquences.

Au moment de franchir le grand portail de fer, elle fut frappée, comme toujours, par le caractère abrupt de la transition. À l'intérieur du domaine, tout était ordre, charme et beauté ; dehors, s'affichait la laideur de la réalité du monde. Une rangée de chaumières d'ouvriers agricoles bordait la route, de minuscules constructions de deux pièces, aux cours jonchées de monceaux de bois et de détritus de toutes sortes, où une poignée d'enfants sales jouaient dans la rigole. On arrivait ensuite aux maisons alignées des mineurs, mieux construites que les chaumières mais tout de même disgracieuses et monotones à un regard comme celui d'Ethel, habitué aux proportions parfaites des fenêtres, des portes et des toitures de Tŷ Gwyn. Les gens qui y vivaient étaient vêtus d'habits bon marché, qui s'usaient et s'avachissaient rapidement, et dont les couleurs, des teintures de mauvaise qualité, passaient, si bien que tous les hommes étaient en costumes gris et les femmes en robes brunâtres. Beaucoup enviaient à Ethel sa tenue de bonne avec sa jupe en lainage chaud et son corsage de coton impeccable, ce qui n'empêchait pas certaines filles de prétendre que jamais elles ne s'abaisseraient à être domestiques. Ici, tout le monde avait le teint blafard, les cheveux ternes, les ongles noirs. Les hommes toussaient, les femmes reniflaient et tous les enfants avaient la morve au nez. Les pauvres traînaient les pieds et boitillaient le long des rues, tandis que les riches marchaient d'un pas assuré.

Les voitures descendirent le versant de la montagne jusqu'à Mafeking Terrace. La plupart des habitants faisaient la haie sur les trottoirs et attendaient, sans agiter de drapeaux, sans pousser d'acclamations. Ils se contentèrent de s'incliner et d'esquisser une révérence lorsque le cortège s'arrêta devant le numéro 19.

Ethel descendit d'un bond et parla tout bas à Sir Alan. « Sian Evans, cinq enfants, elle a perdu son mari, David Evans, un palefrenier du fond. » Ethel connaissait bien celui qu'on surnommait Dai Cheval, un aîné du temple Bethesda.

Sir Alan hocha la tête et Ethel recula promptement tandis qu'il murmurait à l'oreille du roi. Elle surprit le regard de Fitz, qui lui adressa un signe de tête approbateur. Elle se sentit rougir. Elle aidait le roi – et le comte était content d'elle.

Le roi et la reine se dirigèrent vers l'entrée. La peinture s'écaillait, mais le seuil était briqué. Je n'aurais jamais imaginé voir ça un jour, songea Ethel ; le roi frappant à la porte de la maison d'un mineur. George V était habillé d'une queue-de-pie et d'un haut chapeau noir : Ethel avait expliqué à Sir Alan que la population d'Aberowen serait déçue de voir son monarque en complet de tweed ordinaire.

La veuve leur ouvrit en habits du dimanche, chapeau compris. Fitz avait suggéré que le roi fasse la surprise aux habitants, mais Ethel s'était opposée à cette idée et Sir Alan lui avait donné raison. Une visite surprise à une famille dans la peine risquait de mettre le couple royal en présence d'hommes ivres, de femmes débraillées et d'enfants qui se chamaillaient. Il était préférable que tout le monde soit prévenu.

« Bonjour, dit le roi, en soulevant courtoisement son chapeau. Vous êtes bien madame David Evans ? »

Un instant, elle parut décontenancée tant elle avait l'habitude qu'on l'appelle Mrs Dai Cheval.

« Je suis venu vous dire combien j'ai été navré d'apprendre ce qui est arrivé à votre mari, David », poursuivit le roi.

Mrs Dai Cheval semblait trop nerveuse pour éprouver la moindre émotion. « Merci beaucoup », répondit-elle avec raideur.

Tout cela était trop compassé, se dit Ethel. Le roi était aussi mal à l'aise que la veuve. Ils n'étaient capables ni l'un ni l'autre d'exprimer ce qu'ils ressentaient.

C'est alors que la reine posa la main sur le bras de Mrs Dai. « Cela doit être très dur pour vous, ma pauvre.

— Oui, madame, en effet », acquiesça la veuve dans un souffle avant de se mettre à pleurer.

Ethel essuya une larme sur sa propre joue.

Le roi était embarrassé, lui aussi, mais il ne se laissa pas démonter et murmura : « Très triste, vraiment très triste. »

Mrs Evans sanglotait éperdument, si pétrifiée qu'elle n'avait même pas la présence d'esprit de détourner le visage. Le chagrin n'embellissait personne, constata Ethel : le visage de Mrs Dai était marbré de rouge, sa bouche ouverte laissait voir qu'elle avait perdu la moitié de ses dents, et elle hoquetait désespérément.

« Là, là, murmura la reine en fourrant son mouchoir dans la main de Mrs Dai. Prenez cela. »

Mrs Dai n'avait pas encore trente ans, mais ses grandes mains étaient noueuses et déformées par l'arthrite comme celles d'une vieille femme. Elle s'essuya la figure avec le mouchoir de la reine. Ses sanglots s'apaisèrent. « C'était un homme bon, madame. Il n'a jamais levé la main sur moi. »

La reine ne savait que dire d'un homme dont la vertu première était de ne pas battre sa femme.

« Il était même bon avec les chevaux, ajouta Mrs Dai.

— J'en suis certaine », commenta la reine, soulagée de se trouver en terrain plus familier.

Un marmot surgit de l'intérieur de la maison et s'accrocha à la jupe de sa mère. Le roi fit une nouvelle tentative : « Vous avez cinq enfants, m'a-t-on dit.

— Oh, monsieur, que vont-ils faire sans leur Da ?

— C'est très triste », répéta-t-il.

Sir Alan toussota et le roi s'excusa : « Il faut que nous allions voir d'autres familles qui se trouvent dans la même malheureuse situation que vous.

— Oh, monsieur, vous êtes très bon d'être venu. Je ne peux pas vous dire combien ça me touche. Merci, merci. »

Le roi se détourna.

La reine dit : « Je prierai pour vous ce soir, madame Evans. » Puis elle suivit son époux.

Au moment où ils remontaient en voiture, Fitz tendit à Mrs Dai une enveloppe. Elle contenait, Ethel le savait, cinq souverains d'or et une note, écrite à la main sur le papier à lettres bleu armorié de Tŷ Gwyn : « En témoignage de la profonde compassion du comte Fitzherbert. »

C'était encore une idée d'Ethel.

8.

Une semaine après l'explosion, Billy se rendit au temple avec Da, Mam et Gramper.

Le temple Bethesda était une pièce ronde blanchie à la chaux sans la moindre image aux murs. Les chaises étaient disposées en rangées bien ordonnées des quatre côtés d'une table ordinaire où étaient posés une miche de pain blanc sur une assiette en porcelaine de chez Woolworth et un pichet de xérès bon marché – le pain et le vin symboliques. L'office n'était pas appelé « communion » ni « messe », mais simplement « partage du pain ».

À onze heures, une centaine de fidèles étaient assis, chacun à sa place, les hommes dans leurs plus beaux costumes, les femmes chapeautées, les enfants récurés et gigotant sur les bancs du fond. Il n'y avait pas de rituel établi : les hommes obéissaient à l'inspiration de l'Esprit-Saint – ils pouvaient aussi bien improviser une prière, annoncer un cantique, lire un passage de la Bible que prononcer un bref sermon. Les femmes restaient silencieuses, bien sûr.

Dans les faits, la cérémonie était tout de même un peu plus structurée. La première prière était toujours dite par un des aînés, qui rompait ensuite le pain et tendait l'assiette à son plus proche voisin. Chaque membre de l'assemblée, à l'exclusion des enfants, en prenait un petit morceau et le mangeait. On faisait alors passer le vin et chacun buvait au pichet, les femmes y trempant à peine les lèvres, tandis que certains hommes avalaient une bonne goulée. Puis ils s'asseyaient en silence, attendant que quelqu'un prenne la parole sous l'effet de l'inspiration.

Le jour où Billy avait demandé à son père à quel âge il pourrait participer oralement à l'office, Da lui avait répondu : « Il n'y a pas de règle. Nous suivons la voie que trace le Saint-Esprit. » Billy l'avait pris au mot. Si le premier vers d'un cantique lui venait à l'esprit, à un moment quelconque de l'heure qu'ils passaient au temple, il y voyait un encouragement du Saint-Esprit et se levait pour annoncer le cantique. Il avait conscience d'être bien jeune pour agir ainsi, mais les paroissiens n'y voyaient rien à redire. L'histoire de l'apparition de Jésus la première fois qu'il était descendu à la mine avait fait le tour de la moitié des temples du bassin minier de Galles du Sud, et on considérait Billy comme un garçon exceptionnel.

Ce matin-là, toutes les prières avaient imploré Dieu d'apporter le réconfort aux affligés, et plus particulièrement à Mrs Dai Cheval, assise là, sous son voile, à côté de son fils aîné visiblement apeuré. Da avait demandé au Seigneur de lui accorder la grandeur d'âme de pardonner aux propriétaires des mines la perversité qui les avait poussés à enfreindre les lois sur l'équipement respiratoire et la ventilation réversible. Mais Billy n'était pas satisfait. Il était trop simple de demander seulement l'apaisement. Il voulait qu'on l'aide à comprendre comment l'explosion trouvait place dans les desseins de Dieu.

Il n'avait encore jamais improvisé de prière. Beaucoup d'hommes priaient en utilisant des tournures de phrase qui sonnaient bien, ou des citations des Écritures, presque comme s'ils prêchaient. Mais Billy pensait que Dieu ne se laissait pas impressionner aussi facilement. Lui-même était toujours plus ému par des prières simples, qui respiraient la sincérité.

Vers la fin du culte, des mots et des phrases se formèrent

dans son esprit, et il fut pris d'une violente envie de les exprimer. Interprétant cette impulsion comme la volonté du Saint-Esprit, il finit par se lever.

Les yeux fermés, il commença : « Oh ! Dieu, nous vous avons demandé ce matin d'apporter le réconfort à ceux qui ont perdu un mari, un père, un fils, et plus particulièrement à notre sœur dans le Seigneur, Mrs Evans, et nous prions pour que les affligés vous ouvrent leur cœur pour recevoir votre bénédiction. »

Ces mots, d'autres les avaient déjà dits. Billy s'interrompit, avant de poursuivre : « Et maintenant, Seigneur, nous vous demandons encore un don : celui de la compréhension. Nous voulons savoir, Seigneur, pourquoi il fallait que cette explosion ait lieu dans la mine. Puisque toutes choses sont en votre pouvoir, pourquoi avez-vous permis que le grisou remplisse le niveau principal, et qu'il s'enflamme ? Comment se fait-il, Seigneur, que nous soyons soumis à la volonté d'hommes, les administrateurs de Celtic Minerals, qui, par leur cupidité, deviennent indifférents à la vie de votre peuple ? Comment la mort d'hommes bons et la mutilation des corps que vous avez créés servent-elles vos desseins sacrés ? »

Il s'arrêta encore. On ne devait pas exiger quelque chose de Dieu comme on négocierait avec la direction, aussi ajouta-t-il : « Nous savons que la souffrance de la population d'Aberowen s'inscrit dans votre plan éternel. » Il songea qu'il devrait sans doute en rester là, pourtant il ne put s'empêcher d'ajouter : « Mais, Seigneur, nous n'arrivons pas à voir comment, alors je vous en prie, éclairez-nous. – Au nom de Notre Seigneur Jésus-Christ. »

L'assemblée répondit : « Amen. »

9.

Cet après-midi-là, les habitants d'Aberowen furent invités à venir admirer les jardins de Tŷ Gwyn. Une importante charge de travail pour Ethel.

L'annonce avait été faite dans les pubs le samedi soir et le message lu dans les églises et les temples après l'office du dimanche matin. Le parc ayant été spécialement arrangé pour la visite du roi en dépit de l'hiver, le comte Fitzherbert souhaitait faire profiter ses voisins de sa beauté, disait l'invitation. Le comte porterait une cravate noire et serait heureux que ses visiteurs manifestent de façon similaire leur respect pour les morts. Les circonstances ne se prêtaient évidemment pas à l'organisation d'une réception, mais des rafraîchissements n'en seraient pas moins servis.

Ethel avait fait dresser trois grandes tentes sur la pelouse est. L'une abritait une demi-douzaine de tonneaux de cinq cents litres de bière blonde, apportés en train de la brasserie de la Couronne, à Pontyclun. Pour ceux qui ne buvaient pas d'alcool, et ils étaient nombreux à Aberowen, la tente voisine était équipée de tables à tréteaux chargées d'immenses fontaines à thé et de centaines de tasses et de soucoupes. Dans la troisième tente, plus petite, du xérès était offert à la bourgeoisie très réduite de la ville, qui comprenait le pasteur anglican, les deux médecins et le directeur des houillères, Maldwyn Morgan, qu'on surnommait déjà Morgan-parti-pour-Merthyr.

Par bonheur, malgré un froid sec, la journée était ensoleillée, avec, très haut dans un ciel d'azur, quelques nuages blancs d'aspect inoffensif. On accueillit quatre mille personnes – la population de la ville presque au complet – qui portaient quasiment toutes une cravate, un ruban ou un brassard noirs. Les gens se promenaient autour des massifs d'arbustes, s'approchaient des fenêtres pour regarder à l'intérieur du château et abîmaient les pelouses.

La princesse Bea était restée dans sa chambre : ce n'était pas le genre de mondanités qu'elle appréciait. Tous les membres des classes supérieures étaient égoïstes, Ethel était bien placée pour le savoir, mais Bea en avait fait un art. Elle consacrait toute son énergie à son propre plaisir et son unique objectif était d'obtenir la satisfaction de ses désirs. Même quand elle donnait une réception – ce en quoi elle excellait –, elle cherchait avant tout à offrir une vitrine à sa beauté et à sa séduction personnelles.

Fitz recevait dans la splendeur gothique victorienne de la grande salle, son immense chien couché à ses pieds comme un tapis de fourrure. Il portait le costume de tweed brun qui le faisait paraître plus accessible, avec un col empesé toutefois et une cravate noire. Il était plus beau que jamais, songea Ethel. Elle lui présentait les proches des morts et des blessés par groupes de trois ou quatre, ce qui permettait au comte d'exprimer sa compassion à tous les habitants d'Aberowen qui avaient souffert. Il leur parlait avec son charme coutumier et, lorsqu'ils repartaient, ils avaient l'impression d'avoir été traités avec une attention toute particulière.

Ethel était devenue intendante. Après la visite du roi, la princesse Bea avait insisté pour que Mrs Jevons prenne définitivement sa retraite : elle n'avait pas de temps à perdre avec de vieux serviteurs fatigués. Elle avait vu en Ethel une domestique qui s'appliquerait à la contenter et, en dépit de sa jeunesse, elle l'avait nommée à ce poste. Ethel avait ainsi réalisé son ambition. Elle s'était installée dans la petite chambre de l'intendante près de l'office et y avait accroché une photographie de ses parents, dans leurs habits du dimanche, prise devant le temple Bethesda le jour de son inauguration.

Quand Fitz fut arrivé au bout de la liste, Ethel lui demanda l'autorisation de pouvoir passer quelques instants avec sa famille.

« Bien sûr, dit le comte. Prenez tout le temps que vous voudrez. Vous avez été remarquable. Je ne sais comment je m'en serais tiré sans vous. Le roi a beaucoup apprécié votre aide, lui aussi. Comment faites-vous pour retenir tous ces noms ? »

Elle sourit. Ses compliments lui faisaient battre le cœur plus vite, sans qu'elle sache vraiment pourquoi. « Presque tous ces gens sont venus chez nous, une fois ou l'autre, pour voir mon père au sujet d'une indemnisation à la suite d'un accident, ou d'une dispute avec un porion, ou parce qu'ils s'inquiétaient à propos d'une mesure de sécurité au fond de la mine.

— Franchement, vous êtes admirable, insista-t-il en lui adressant le sourire irrésistible qui éclairait parfois son visage et le faisait presque ressembler à un jeune homme comme les autres. Transmettez mes respects à votre père. »

Elle sortit et traversa la pelouse en courant, aux anges. Elle trouva Da, Mam, Billy et Gramper dans la tente à thé. Da était très élégant dans son costume du dimanche avec une chemise blanche à col dur. Billy avait une vilaine brûlure sur la joue. « Comment ça va, Billy boy ? lui demanda Ethel.

— Pas trop mal. Ce n'est pas joli, mais le docteur dit qu'il vaut mieux ne pas mettre de bandage.

— Tout le monde ne parle que de ton courage.

— Peut-être, mais ça n'a pas suffi à sauver Micky Pape. »

Il n'y avait rien à répondre à cela, Ethel posa une main compatissante sur le bras de son frère.

Mam annonça fièrement : « Billy a dirigé une prière ce matin à Bethesda.

— Pour de vrai, Billy ? Je regrette d'avoir manqué ça. » Ethel n'était pas allée au temple – il y avait trop à faire au château. « Tu as prié pour quoi ?

— J'ai demandé au Seigneur de nous aider à comprendre pourquoi il avait permis l'explosion dans la mine. » Billy jeta un regard inquiet à Da, qui ne souriait pas.

Da lança d'un ton sévère : « Billy aurait certainement mieux fait de demander à Dieu de fortifier sa foi, pour qu'il puisse croire *sans* comprendre. »

De toute évidence, ils s'étaient déjà querellés à ce sujet. Ethel ne supportait pas les débats théologiques qui, de toute façon, n'aboutissaient à rien. Elle essaya de détendre l'atmosphère : « Le comte Fitzherbert m'a demandé de te transmettre ses respects, Da. N'est-ce pas aimable à lui ? »

Il en fallait davantage pour l'adoucir. « J'ai été consterné de te voir participer à cette mascarade lundi, dit-il sèchement.

— Lundi ? répéta-t-elle sans comprendre. Quand le roi a rendu visite aux familles ?

— Je t'ai vue chuchoter les noms à ce larbin.

— C'était Sir Alan Tite.

— Il peut bien s'appeler comme il veut, je sais reconnaître un lèche-bottes quand j'en vois un. »

Ethel n'en revenait pas. Comment Da pouvait-il considérer avec un tel mépris ce qui avait été son heure de gloire ? Elle avait envie de pleurer. « Moi qui pensais que tu serais fier de moi ! Tout de même, j'ai aidé le roi !

— Comment le roi ose-t-il exprimer sa compassion aux nôtres ? Qu'est-ce qu'un roi sait des épreuves et du danger ? »

Ethel refoula ses larmes. « Mais, Da, les gens ont été très touchés qu'il vienne les voir !

— Oui. Et cela a détourné leur attention des agissements dangereux et illégaux de Celtic Minerals.

— Mais ils avaient besoin de réconfort. » Comment pouvait-il rester aveugle à cela ?

« Cette visite leur a retiré toute combativité. Dimanche dernier, dans l'après-midi, la ville était prête à se révolter. Lundi soir, on ne parlait plus que de la reine qui avait donné son mouchoir à Mrs Dai Cheval. »

Le chagrin d'Ethel se mua en colère. « Je suis désolée que tu voies les choses comme ça, dit-elle froidement.

— Tu n'as pas à être désolée...

— Je suis désolée, parce que tu as tort », répliqua-t-elle, n'hésitant pas à s'opposer à lui.

Da fut interloqué. Il n'avait pas l'habitude de s'entendre dire qu'il avait tort, moins encore de la bouche d'une fille.

« Voyons, Eth..., dit Mam.

— Les gens ont des sentiments, Da, coupa-t-elle hardiment. Tu as un peu tendance à l'oublier. »

Da en resta sans voix.

« Ça suffit maintenant ! » gronda Mam.

Ethel regarda Billy. À travers un brouillard de larmes, elle lut sur son visage de l'admiration et du respect. Cela l'encouragea. Elle renifla et s'essuya les yeux d'un revers de main avant d'ajouter : « Toi et ton syndicat, tes règlements de sécurité et tes Écritures – je sais que c'est important, Da, mais tu ne peux pas oublier les sentiments des gens. J'espère qu'un jour le socialisme transformera le monde et le rendra meilleur pour les ouvriers, mais en attendant, ils ont besoin de réconfort.

— Je t'ai assez entendue, finit par répondre son père. La visite du roi t'est montée à la tête, ou quoi ? Tu n'es qu'une gamine et tu n'as pas à faire la leçon aux adultes. »

Elle pleurait trop pour poursuivre. « Je suis désolée, Da », répéta-t-elle. Après un silence pesant, elle ajouta : « Je ferais mieux de retourner travailler. » Le comte lui avait dit de prendre tout le temps qu'elle voulait, mais elle avait envie d'être seule. Elle se détourna pour échapper au regard furieux de son père et regagna le château, les yeux baissés, espérant qu'on ne remarquerait pas ses larmes.

Elle ne voulait voir personne et se glissa dans la chambre des gardénias. Lady Maud ayant rejoint Londres, la pièce était vide et le lit défait. Ethel se jeta sur le matelas et sanglota.

Elle était tellement fière. Comment Da pouvait-il détruire ainsi tout ce qu'elle avait accompli ? Préférerait-il qu'elle exerce mal son emploi ? Elle travaillait pour la noblesse. Comme tous les mineurs d'Aberowen. Ils étaient employés par Celtic Minerals, sans doute, mais c'était le charbon du comte qu'ils abattaient et, par tonne, celui-ci touchait la même somme que le mineur qui le sortait de terre – combien de fois son père le leur avait-il rappelé ! Si le fait d'être un bon mineur, efficace et productif, n'était pas critiquable, pourquoi était-il répréhensible d'être une bonne intendante ?

Elle entendit la porte s'ouvrir. Elle sauta sur ses pieds. C'était le comte. « Que se passe-t-il ? demanda-t-il gentiment. Je vous ai entendue pleurer à travers la porte.

— Que monsieur le comte veuille bien m'excuser, je n'aurais pas dû entrer ici.

— Cela n'a aucune importance. » Son visage d'une incroyable beauté exprimait une vraie préoccupation. « Pourquoi pleurez-vous ?

— J'étais tellement heureuse d'avoir pu aider le roi, répondit-elle tristement. Mais mon père dit que ce n'était qu'une mascarade, dans le seul but d'amadouer les gens pour qu'ils ne s'en prennent pas à Celtic Minerals. » Elle sanglota de plus belle.

« C'est ridicule. Tout le monde a bien vu que le roi était sincèrement navré. La reine aussi. » Il sortit de la poche de poitrine de sa veste un mouchoir de fil blanc. Elle pensait qu'il allait le lui tendre, mais il l'approcha de ses joues et essuya ses larmes avec douceur. « J'ai été très fier de vous lundi dernier, quoi qu'en dise votre père.

— Vous êtes si bon.

— Là, là », fit-il et, s'inclinant, il l'embrassa sur la bouche.

Elle en fut abasourdie. C'était la dernière chose à laquelle elle s'attendait. Quand il se redressa, elle le regarda, incrédule.

Il lui rendit son regard. « Que tu es ravissante », murmura-t-il ; il lui donna un nouveau baiser.

Cette fois, elle le repoussa. « Monsieur le comte, que faites-vous ? chuchota-t-elle d'une voix scandalisée.

— Je ne sais pas.

— Mais à quoi pensez-vous ?

— Je ne pense pas. »

Elle leva les yeux vers son visage aux traits finement ciselés. Les yeux verts l'observaient avec attention, comme s'ils cherchaient à lire dans son esprit. Elle se rendit compte qu'elle l'adorait et sentit soudain l'ivresse et le désir l'envahir tout entière.

« Je ne peux pas m'en empêcher », dit-il.

Elle soupira d'aise : « Alors, embrassez-moi encore. »

III

Février 1914

1.

À dix heures et demie, le miroir du vestibule de l'hôtel particulier du comte Fitzherbert à Mayfair renvoyait l'image d'un homme de grande taille, arborant la tenue de ville irréprochable d'un Anglais de la haute société. Hostile à la mode des cols souples, il portait un col droit et une cravate gris argent maintenue par une perle. Certains de ses amis jugeaient au-dessous de leur dignité de s'habiller élégamment. « Bigre, Fitz, vous ressemblez à un tailleur qui s'apprête à aller ouvrir sa boutique », lui avait dit un jour le jeune marquis de Lowther. Mais Lowthie était négligé, il avait des miettes sur son gilet et de la cendre de cigare sur ses manchettes, et il aurait voulu que tout le monde soit aussi débraillé que lui. Fitz, lui, détestait le laisser-aller. Il aimait être impeccable.

Il se coiffa d'un haut-de-forme gris et enfila une paire de gants de daim neufs assortis. Tenant sa canne dans la main droite, il sortit de chez lui et se dirigea vers le sud. Sur Berkeley Square, une blonde qui n'avait pas quinze ans lui adressa un clin d'œil : « Un shilling et je te suce l'asperge ? »

Il traversa Piccadilly et s'engagea dans Green Park. Quelques perce-neige pointaient au pied des arbres. Il passa devant Buckingham Palace et pénétra dans un quartier qui ne payait pas de mine, au voisinage de la gare Victoria. Il dut demander à un policier le chemin d'Ashley Gardens. La rue se trouvait derrière la cathédrale catholique. Franchement, se dit Fitz, quand on donne rendez-vous à des membres de la noblesse, on se devrait d'avoir un bureau à une adresse respectable.

Il avait été convoqué par Mansfield Smith-Cumming, un vieil ami de son père. Officier de marine à la retraite, Smith-Cumming exerçait désormais des activités un peu floues au War Office, le ministère de la Guerre. Il avait envoyé à Fitz une note assez laconique : «Je serais heureux d'échanger quelques mots avec vous sur une affaire d'importance nationale. Pouvez-vous venir demain matin à onze heures ? » Le message dactylographié était signé, à l'encre verte, de la simple lettre « C. ».

En réalité, Fitz était heureux qu'un membre du gouvernement souhaite lui parler. Il avait horreur d'être considéré comme un ornement, un aristocrate fortuné sans autre fonction que d'enjoliver les réceptions mondaines. Il espérait qu'on lui demanderait son avis, peut-être à propos de son ancien régiment, les chasseurs gallois. Ou peut-être pourrait-il accomplir quelque mission dans le cadre de l'armée territoriale de Galles du Sud, dont il était colonel honoraire. En tout état de cause, cette convocation au ministère de la Guerre suffisait à lui donner le sentiment de n'être pas tout à fait inutile.

En admettant qu'il s'agisse vraiment du ministère de la Guerre. L'adresse indiquée était celle d'un immeuble résidentiel moderne. Un concierge dirigea Fitz vers un ascenseur. L'appartement de Smith-Cumming semblait servir à la fois de logement et de bureau, mais un jeune homme d'allure militaire, efficace et alerte, informa Fitz que C. allait le recevoir immédiatement.

L'allure martiale n'était pas la caractéristique première de C. Replet et dégarni, il était affublé d'un nez de Polichinelle et portait le monocle. Son bureau était encombré de bric-à-brac : une maquette d'avion, un télescope, une boussole et une toile représentant des paysans devant un peloton d'exécution. «Le capitaine de marine sujet au mal de mer» : c'est ainsi que le père de Fitz avait toujours qualifié Smith-Cumming, dont la carrière navale n'avait pas été très brillante. Que faisait-il ici ? «Où suis-je exactement ? demanda Fitz en s'asseyant.

— À la section étrangère du Secret Service Bureau, répondit C.

— J'ignorais tout de l'existence de ce bureau.

— Si les gens en étaient informés, que lui resterait-il de secret ?

— Je vois. » Fitz éprouva un frisson d'excitation. Il était flatteur de se voir confier des informations confidentielles.

« Peut-être aurez-vous l'amabilité de n'en parler à personne. »

Fitz comprit que c'était un ordre, courtois mais ferme. « Bien sûr. » L'impression d'appartenir à un petit cercle d'initiés était décidément plaisante. C. avait-il l'intention de lui demander de travailler pour le ministère de la Guerre ?

« Toutes mes félicitations pour le succès de la réception que vous avez donnée en l'honneur du roi. Il semblerait que vous ayez réuni à l'intention de Sa Majesté un groupe impressionnant de jeunes gens fort bien informés.

— Merci. C'était une petite réunion très simple, en vérité, mais les bruits courent vite.

— Et, à présent, vous vous apprêtez à accompagner votre épouse en Russie.

— La princesse est russe. Elle souhaite rendre visite à son frère. C'est un voyage que nous avons repoussé plusieurs fois.

— Gus Dewar vous accompagne, si je ne me trompe. »

Décidément, rien n'échappait à C. « Il fait le tour du monde, expliqua Fitz. Il s'est trouvé que nos projets coïncidaient. »

C. se renversa contre son dossier et reprit, du ton de la conversation : « Savez-vous pourquoi l'amiral Alexeïev s'est vu confier l'armée russe lors de la guerre contre le Japon, alors qu'il n'avait strictement aucune compétence en matière de combats terrestres ? »

Ayant passé quelque temps en Russie dans son enfance, Fitz avait suivi les péripéties du conflit russo-japonais de 1904-1905, mais il ne connaissait pas cette anecdote. « Je vous écoute.

— Il semblerait que le grand-duc Alexis ait été mêlé à une bagarre dans un bordel marseillais et se soit fait appréhender par la police française. Alexeïev s'est porté à son secours et a prétendu aux gendarmes que c'était lui, et non le grand-duc, qui s'était rendu coupable de cette inconduite. La similitude de leurs noms rendait l'histoire plausible et le grand-duc a été libéré. En récompense, Alexeïev a obtenu le commandement de l'armée.

— Et l'on s'étonne qu'ils aient perdu !

— Il n'en demeure pas moins que les Russes disposent de la plus grande armée que le monde ait jamais connue : six millions d'hommes, à en croire certaines estimations. En admettant bien sûr qu'ils mobilisent toutes leurs réserves. Aussi incapable que puisse être leur commandement, c'est une force redoutable. Mais quel serait son poids réel dans un conflit européen, par exemple ?

— Je ne suis pas retourné en Russie depuis mon mariage, dit Fitz. Je ne sais pas vraiment.

— Nous non plus. C'est là que vous intervenez. J'aimerais que vous profitiez de votre séjour là-bas pour glaner quelques renseignements.

— N'est-ce pas le travail de notre ambassade ? s'étonna Fitz.

— Si, bien entendu. » C. haussa les épaules. « Mais les diplomates s'intéressent toujours davantage à la politique qu'aux affaires militaires.

— Enfin, nous avons bien un attaché militaire !

— Un regard extérieur comme le vôtre pourrait nous offrir une perspective différente – de même que votre petit groupe de Tŷ Gwyn a livré au roi des informations que le Foreign Office n'aurait pas pu lui fournir. Mais si vous avez le sentiment de ne pas...

— Je ne refuse pas, intervint promptement Fitz, enchanté qu'on lui demande de faire quelque chose pour son pays. C'est la méthode qui me surprend, c'est tout.

— Notre bureau est récent et nos ressources modestes. Mes meilleurs informateurs sont des voyageurs perspicaces possédant suffisamment de connaissances militaires pour comprendre ce qu'ils voient.

— Fort bien.

— Ce qui m'intéresserait, c'est de savoir si, selon vous, la classe des officiers russes a évolué depuis 1905. Se sont-ils modernisés ou restent-ils attachés aux idées d'autrefois ? Vous rencontrerez tous les gens qui comptent à Saint-Pétersbourg – votre femme est apparentée à la moitié d'entre eux. »

Fitz réfléchissait à la dernière guerre qu'avait livrée la Russie. « La principale raison de leur défaite contre le Japon a été l'impossibilité de ravitailler l'armée parce que les chemins de fer russes étaient trop rudimentaires.

— Je vous rappelle que, depuis, ils ont cherché à améliorer leur réseau ferroviaire – en empruntant de l'argent à la France, leur alliée.

— Ont-ils fait beaucoup de progrès ? Je n'en sais rien.

— C'est la question qui se pose. Vous voyagerez en train. Sont-ils à l'heure ? Soyez vigilant. Les lignes sont-elles toujours essentiellement à une seule voie ou à deux ? Les généraux allemands ont préparé un plan d'urgence reposant sur une estimation du temps nécessaire aux Russes pour mobiliser leur armée. S'il y a la guerre, bien des choses dépendront de l'exactitude de ce calendrier. »

Fitz était impatient comme un écolier, mais il se força à prendre un ton solennel. « J'essaierai de découvrir tout ce que je peux.

— Merci. » C. regarda sa montre.

Fitz se leva et ils se serrèrent la main.

« Quand partez-vous exactement ? demanda C.

— Demain. Au revoir. »

2.

Grigori Pechkov regardait son petit frère, Lev, plumer le grand Américain. Les traits séduisants de Lev exprimaient une impétuosité enfantine, comme s'il ne cherchait qu'à faire étalage de son talent. Grigori éprouva un pincement au cœur. Un jour, craignait-il, le charme de Lev ne suffirait pas à lui éviter des ennuis.

« C'est un exercice de mémoire », dit Lev en anglais. Il avait appris son texte par cœur. « Vous choisissez n'importe quelle carte. » Il devait forcer la voix pour couvrir le vacarme de l'usine : le fracas métallique de l'outillage lourd, les jets de vapeur, les gens qui hurlaient des instructions et des questions.

Le visiteur s'appelait Gus Dewar. Il portait une veste, un gilet et un pantalon coupés dans la même étoffe de laine fine. Grigori s'intéressait particulièrement à lui parce qu'il venait de Buffalo.

Dewar était un jeune homme sympathique. Avec un haussement d'épaules, il prit une carte dans le paquet que lui tendait Lev et la regarda.

« Vous la posez sur l'établi, face en bas », dit le Russe.

Dewar posa la carte sur l'établi de bois brut.

Lev sortit un billet d'un rouble de sa poche et le plaqua sur la carte. « Maintenant, vous mettez un dollar. » Il ne pouvait agir ainsi qu'avec des visiteurs aisés.

Grigori savait que Lev avait déjà substitué une autre carte à celle qu'avait choisie l'Américain. Il l'avait tenue cachée dans sa main, sous le billet d'un rouble. Le subterfuge – Lev s'était exercé pendant des heures – consistait à ramasser prestement la première carte et à la dissimuler au creux de sa paume immédiatement après avoir posé le billet de banque et la nouvelle carte.

« Vous êtes sûr de pouvoir perdre un dollar, monsieur Dewar ? » demanda Lev.

Dewar sourit, comme le faisaient toujours les riches quand on leur posait cette question. « Je pense que oui.

— Vous vous rappelez votre carte ? » Lev ne parlait pas vraiment anglais. Il était également capable de dire ces phrases en allemand, en français et en italien.

« Cinq de pique, annonça Dewar.

— Faux.

— J'en suis certain.

— Vous la retournez. »

Dewar obtempéra. C'était la reine de trèfle.

Lev empocha son rouble et le billet d'un dollar.

Grigori retint son souffle. C'était l'instant périlleux. L'Américain se plaindrait-il de s'être fait berner ? Accuserait-il Lev de l'avoir volé ?

Dewar sourit d'un air contrit : « Vous m'avez bien eu.

— Je connais un autre jeu », proposa Lev.

Cela suffisait : Lev exagérait. Il avait beau avoir vingt ans, Grigori devait encore le protéger. « Ne jouez pas contre mon frère, dit Grigori à Dewar en russe. Il gagne toujours. »

La mine toujours affable, Dewar répondit en hésitant dans la même langue : « C'est un bon conseil. »

Dewar était en tête d'un petit groupe venu visiter les usines de construction mécanique Poutilov. Employant trente mille hommes, femmes et enfants, c'était la plus grande entreprise industrielle de Saint-Pétersbourg. Grigori était chargé de leur montrer sa propre branche, petite mais essentielle. L'usine fabriquait des locomotives et d'autres grosses pièces d'acier. Grigori était contremaître dans l'atelier chargé de la fabrication des roues de locomotive.

Il brûlait d'envie d'interroger Dewar sur Buffalo. Mais avant qu'il n'ait eu le temps de lui poser une question, le surveillant de la fonderie, Kanine, apparut. C'était un ingénieur mince et de haute taille, au crâne déjà légèrement dégarni.

Il était accompagné d'un second visiteur. Observant ses vêtements, Grigori se dit que c'était sûrement le lord anglais. Il était habillé comme un noble russe, en queue-de-pie et haut-de-forme. Peut-être était-ce la tenue des classes dirigeantes dans le monde entier.

Ce lord, avait-on dit à Grigori, s'appelait le comte Fitzherbert. Avec ses cheveux noirs et ses yeux d'un vert soutenu, c'était le plus bel homme que Grigori ait jamais vu. Les femmes de l'atelier des roues le contemplaient comme une apparition divine.

Kanine s'adressa en russe à Fitzherbert. « Nous produisons ici actuellement deux nouvelles locomotives par semaine, annonça-t-il fièrement.

— Remarquable », dit le lord anglais.

Grigori savait pourquoi ces étrangers s'intéressaient tant à leur usine. Il lisait les journaux et assistait à des conférences et à des groupes de discussion organisés par le comité bolchevique de Saint-Pétersbourg. Les locomotives que l'on fabriquait ici jouaient un rôle capital dans le système défensif de la Russie. Les visiteurs avaient beau feindre une curiosité désœuvrée, ils recueillaient en réalité des renseignements militaires.

Kanine présenta Grigori : « Pechkov est le champion d'échecs de l'usine. » Kanine faisait partie de l'administration, mais c'était un chic type.

Fitzherbert se montra charmant. Il s'adressa à Varia, une femme d'une cinquantaine d'années aux cheveux gris retenus par un fichu. « C'est très aimable à vous de nous montrer votre lieu de travail », dit-il d'un ton enjoué, dans un russe courant entaché d'un accent prononcé.

Varia, une puissante matrone aux muscles et à la poitrine imposants, gloussa comme une écolière.

La démonstration pouvait commencer. Grigori avait placé des lingots d'acier dans la trémie et allumé le fourneau ; le métal était en fusion. Mais le groupe de visiteurs n'était pas encore complet : on attendait l'épouse du comte, une Russe lui avait-on dit – cela expliquait que le lord parle cette langue, ce qui n'était pas fréquent pour un étranger.

Grigori s'apprêtait à interroger Dewar sur Buffalo quand elle entra dans l'atelier. Sa longue jupe balayait le sol, poussant devant elle une ligne de poussière et de limaille. Elle portait au-dessus de sa robe un manteau court et était suivie d'un domestique chargé d'une cape de fourrure, d'une femme de chambre tenant un sac et de l'un des directeurs de l'usine, le comte Malakov, un jeune homme habillé comme Fitzherbert. Manifestement très impressionné par son invitée, Malakov lui souriait, lui parlait tout bas et lui prenait le bras sans raison. Il fallait avouer qu'elle était incroyablement jolie, avec ses boucles blondes et sa tête coquettement inclinée.

Grigori la reconnut sur-le-champ : c'était la princesse Bea.

Son cœur fit un bond dans sa poitrine et il eut la nausée. Il réprima farouchement les images affreuses qui remontaient d'un passé lointain. Puis, comme dans toutes les situations critiques, il jeta un coup d'œil furtif à son frère. Lev se souviendrait-il? Il n'avait que six ans à l'époque. Lev regardait la princesse avec curiosité, essayant visiblement de la situer. Bientôt, sous les yeux de Grigori, son expression changea. Il l'avait reconnue. Il pâlit, sembla pris d'un malaise, avant de s'empourprer soudain de colère.

Grigori était déjà à côté de lui. « Ne t'énerve pas, murmura-t-il. Ne dis rien. Rappelle-toi, nous serons bientôt en Amérique – rien ne doit se mettre en travers de ce projet ! »

Lev eut un haut-le-cœur.

« Retourne aux écuries », lui conseilla Grigori. Lev était palefrenier et s'occupait des nombreux chevaux de l'usine.

Un instant encore, Lev garda le regard rivé sur la princesse qui n'avait rien remarqué. Puis il se détourna et s'éloigna. Le danger était passé.

Grigori commença sa démonstration. Il adressa un signe de tête à Isaak, un homme de son âge, capitaine de l'équipe de football de l'usine. Isaak ouvrit le moule à fonte. Varia et lui soulevèrent ensuite un gabarit de bois poli, le modèle d'une roue de train à boudin. En soi, c'était déjà un ouvrage admirable, avec des rayons à profil elliptique, effilés de un à vingt du moyeu au bandage. La roue étant destinée à une grosse locomotive 4-6-4, le gabarit était presque aussi grand que ceux qui le portaient.

Ils l'enfoncèrent dans une profonde cuve remplie d'un mélange de moulage sableux et humide. Isaak le recouvrit de la coquille pour former la table de roulement et le boudin, avant de poser le couvercle du moule par-dessus.

Ils ouvrirent l'assemblage et Grigori inspecta l'empreinte laissée par le gabarit. Il n'y avait pas d'irrégularités apparentes. Il aspergea le sable de moulage d'un liquide noir et visqueux, puis referma le châssis. « Surtout, restez bien en arrière maintenant, je vous prie », dit-il aux visiteurs. Isaak déplaça la goulotte de la trémie jusqu'à l'entonnoir situé au-dessus du moule. Grigori abaissa lentement le levier qui inclinait la trémie.

L'acier en fusion coula lentement dans le moule. La vapeur dégagée par le sable mouillé sortit en sifflant des orifices d'échappement. Grigori savait d'expérience à quel moment relever la trémie pour arrêter la coulée. « L'étape suivante consiste à affiner la forme de la roue, dit-il. Mais comme le métal brûlant met très longtemps à refroidir, je vais utiliser une roue déjà fondue. »

Elle était posée sur un tour et Grigori fit un signe de tête à Konstantin, le tourneur, le fils de Varia. Cet intellectuel mince, dégingandé, aux cheveux noirs en bataille était président du groupe de discussion bolchevique. C'était également le meilleur ami de Grigori. Il lança le moteur électrique, faisant tourner la roue à vive allure, et entreprit de la façonner à la lime.

« S'il vous plaît, ne vous approchez pas du tour, dit Grigori aux visiteurs, élevant la voix pour couvrir le gémissement strident de la machine. Si vous le touchiez, vous pourriez perdre un doigt. » Il leva la main gauche. « Comme cela m'est arrivé, ici même, quand j'avais douze ans. » Son médius était réduit à un affreux moignon. Il surprit la mine irritée du comte Malakov, qui n'appréciait guère qu'on lui rappelle le prix humain de ses profits. Le regard que la princesse Bea posa sur lui mêlait fascination et répulsion, et il se demanda si elle n'éprouvait pas quelque attirance perverse pour le sordide et la souffrance. Il était insolite qu'une dame participe à la visite d'une usine.

Il fit un signe à Konstantin, qui arrêta le tour. « Les dimensions de la roue sont ensuite vérifiées avec un pied à coulisse. » Il brandit l'instrument. « Les mesures des roues de train doivent être d'une extrême précision. Si le diamètre varie de plus d'un millimètre et demi – soit à peu près l'épaisseur d'une mine de crayon –, il faut refondre la roue et la refaire. »

Fitzherbert demanda en russe, en cherchant ses mots : « Combien de roues pouvez-vous fabriquer par jour ?

— Six ou sept en moyenne, en tenant compte du rebut. »

L'Américain Dewar prit alors la parole : « Quels sont vos horaires de travail ?

— De six heures du matin à sept heures du soir, du lundi au samedi. Le dimanche, nous avons le droit d'aller à l'église. »

Un garçon d'une huitaine d'années arriva alors en courant dans l'atelier, poursuivi par une femme qui criait – sa mère, sans doute. Grigori tendit le bras pour l'attraper et l'empêcher d'approcher du fourneau. En cherchant à l'éviter, le garçon heurta de plein fouet la princesse Bea; sa tête aux cheveux ras percuta ses côtes, avec un bruit mat parfaitement audible. La princesse en eut le souffle coupé. Le garçon s'arrêta, visiblement hébété. Furieuse, la princesse leva le bras et le frappa au visage si brutalement qu'il bascula sur ses pieds; Grigori crut qu'il allait tomber à la renverse. L'Américain prononça quelques mots en anglais d'un ton abrupt, l'air surpris et indigné. La mère se précipita, souleva son fils dans ses bras robustes et s'éloigna.

Kanine, le surveillant, semblait inquiet. Il craignait les reproches et se tourna vers la princesse : « Votre Altesse n'est pas blessée au moins ? »

Malgré une irritation manifeste, la princesse Bea prit une profonde inspiration avant de répondre : « Ce n'est rien. »

Son mari et le comte Malakov s'approchèrent d'elle avec sollicitude. Dewar seul resta à l'écart, le visage figé dans un masque de désapprobation et de dégoût. La gifle l'avait choqué, devina Grigori, qui se demanda si tous les Américains avaient le cœur aussi tendre. Une gifle? Ce n'était rien. Grigori et son frère avaient reçu des coups de bâton dans cette même usine quand ils étaient enfants.

Les visiteurs commencèrent à s'éloigner. Grigori craignit de laisser passer l'occasion d'interroger le touriste de Buffalo. Hardiment, il effleura la manche de Dewar. Un aristocrate russe aurait réagi avec indignation et l'aurait repoussé, sinon frappé pour le punir de cette insolence, mais l'Américain se tourna vers lui avec un sourire aimable.

« Vous êtes de Buffalo, monsieur, dans l'État de New York?

— En effet.

— Nous mettons de l'argent de côté, mon frère et moi, pour partir en Amérique. Nous habiterons à Buffalo.

— Pourquoi avez-vous choisi cette ville ?

— Ici, à Saint-Pétersbourg, il y a une famille qui se charge de nous procurer les papiers nécessaires – il faut payer, bien sûr – et qui nous promet un travail chez des parents à eux, à Buffalo.

— Qui sont ces gens ?

— Ils s'appellent Vialov. » Les Vialov se livraient à de nombreuses activités criminelles, mais ils possédaient aussi des entreprises tout à fait légales. Ce n'étaient pas les êtres les plus honnêtes du monde, et Grigori tenait à vérifier leurs propos auprès d'une autre source. « Monsieur, la famille Vialov de Buffalo, dans l'État de New York, est-elle vraiment riche et importante ?

— Oui, confirma Dewar. Josef Vialov emploie plusieurs centaines de personnes dans ses hôtels et ses bars.

— Merci. » Grigori était soulagé. « C'est bon à savoir. »

3.

Le souvenir le plus ancien de Grigori remontait à la visite du tsar à Boulovnir. Il avait six ans.

Depuis des jours, les villageois ne parlaient que de cela. Tout le monde s'était levé à l'aube, alors qu'on savait que le tsar prendrait son petit déjeuner avant de se mettre en route et ne pourrait en aucun cas être là avant le milieu de la matinée. Le père de Grigori avait sorti la table de leur logis d'une pièce et l'avait installée au bord de la rue. Il y avait disposé une miche de pain, un bouquet de fleurs et une petite salière, expliquant à son fils aîné que c'étaient les symboles russes traditionnels de bienvenue. La plupart des villageois en avaient fait autant. La grand-mère de Grigori s'était coiffée d'un fichu jaune tout neuf.

C'était une journée sèche du début de l'automne, avant les premiers froids rigoureux de l'hiver. Accroupis, les paysans attendaient. Les anciens faisaient les cent pas dans leurs plus beaux vêtements avec de grands airs. Mais eux aussi attendaient. Grigori ne tarda pas à s'ennuyer et se mit à jouer dans la poussière, à côté de la maison. Son frère, Lev, n'avait qu'un an et leur mère l'allaitait encore.

Midi passa, pourtant personne ne voulait rentrer préparer à déjeuner, de crainte de manquer le tsar. Grigori chercha à grignoter un peu de la miche posée sur la table et se prit une gifle, mais sa mère lui apporta un bol de gruau froid.

Grigori ne savait pas très bien ce qu'était un tsar. On en parlait souvent à l'église : on disait qu'il aimait tous les paysans et veillait sur leur sommeil. Il devait être un peu comme saint Pierre, Jésus et l'ange Gabriel. Grigori se demandait s'il avait des ailes, ou une couronne d'épines, ou seulement un manteau brodé, de ceux que portaient les anciens du village. De toute façon, rien que de le voir, on était béni, c'était sûr, à l'image des foules qui suivaient Jésus.

L'après-midi touchait déjà à sa fin quand un nuage de poussière s'éleva à l'horizon. Grigori sentait des vibrations sous ses bottes de feutre et, bientôt, il entendit le martèlement des sabots des chevaux. Les villageois tombèrent à genoux. Grigori s'agenouilla à côté de sa grand-mère. Les anciens se prosternèrent dans la rue, le front dans la poussière, comme lors des visites du prince Andreï et de la princesse Bea.

Des cavaliers arrivèrent au galop, suivis d'une voiture fermée que tiraient quatre chevaux. Ils étaient immenses, Grigori n'en avait jamais vu d'aussi grands, et ils avaient les flancs luisants de sueur, le mors aux dents, la bouche écumante. Comprenant qu'ils ne s'arrêteraient pas, les anciens se mirent précipitamment à l'abri avant d'être piétinés. Grigori hurla de terreur, mais personne ne l'entendit. Au passage du carrosse, son père cria : « Longue vie au tsar, au père du peuple ! »

Il n'avait pas fini sa phrase que, déjà, la voiture avait quitté le village. La poussière avait empêché Grigori de distinguer les passagers. Il n'avait pas vu le tsar : il ne serait donc pas béni. Il fondit en larmes.

Sa mère prit la miche sur la table, en coupa un quignon et le lui donna. Il se sentit mieux.

4.

À sept heures, quand il avait fini de travailler aux usines de construction mécanique Poutilov, Lev allait généralement jouer aux cartes avec des camarades ou boire avec ses petites amies, des filles de bonne composition. Grigori, lui, préférait aller à des réunions : une conférence sur l'athéisme, un groupe de discussion socialiste, une projection de lanterne magique sur des pays lointains, une lecture de poésie. Mais ce soir, il n'avait rien à faire. Il décida de rentrer chez lui, de préparer un ragoût pour le dîner – il en laisserait dans la casserole pour Lev qui mangerait plus tard – et de se coucher de bonne heure.

L'usine se trouvait dans les faubourgs sud de Saint-Pétersbourg; ses cheminées et ses ateliers s'étendaient sur un vaste site, sur les rives de la Baltique. De nombreux ouvriers vivaient dans l'usine même, certains dans des baraquements, d'autres dormant par terre, à côté de leurs machines. C'est ce qui expliquait la présence de tous ces enfants qui couraient partout.

Grigori était de ceux qui logeaient hors de l'usine. Dans une société socialiste, il le savait, la construction des maisons des ouvriers serait programmée en même temps que celle des usines; en revanche, le capitalisme russe inorganisé laissait des milliers de gens sans abri. Grigori avait beau être correctement payé, il devait se contenter d'une seule pièce, à une demi-heure de marche de l'usine. À Buffalo, les ouvriers avaient l'électricité et l'eau courante à domicile. On lui avait affirmé que certains avaient même leur propre téléphone, mais il n'y croyait pas plus que si on lui avait dit que les rues étaient pavées d'or.

Revoir la princesse Bea lui avait rappelé son enfance. Tout en parcourant les rues gelées, il refoula avec force les images intolérables qui s'imposaient à son esprit. Il ne put cependant s'empêcher de penser à la cabane de bois dans laquelle il vivait alors, il revit l'angle sacré où étaient suspendues les icônes, face au coin qui servait de chambre à coucher et où il passait la nuit, généralement à côté d'une chèvre ou d'un veau. Ce dont il se souvenait le mieux ne l'avait pourtant guère frappé à l'époque : c'était l'odeur. L'odeur du poêle, des bêtes, de la fumée noire de la lampe à kérosène et du tabac cultivé à la maison que son père fumait, roulé dans des cigarettes en papier journal. Les fenêtres étaient hermétiquement closes, des chiffons ayant été enfoncés dans les interstices des châssis pour éviter que le froid ne s'insinue à l'intérieur, de sorte que l'atmosphère était étouffante. Il avait l'impression de la sentir encore et éprouva un élan de nostalgie pour le temps d'avant le cauchemar, pour les derniers moments de sa vie où il était encore en sécurité.

À quelques pas de l'usine, une scène le fit s'arrêter net. Dans la flaque de lumière que projetait un réverbère, deux policiers en uniforme noir à revers verts interrogeaient une jeune femme. L'étoffe rustique de son manteau et sa manière de nouer son fichu sur la nuque trahissaient la paysanne récemment arrivée en ville. À première vue, elle devait avoir seize ans – l'âge qu'il avait quand Lev et lui étaient devenus orphelins.

Le policier le plus râblé prononça quelques mots et tapota la joue de la fille. Elle tressaillit et l'autre flic s'esclaffa. Grigori n'avait pas oublié les mauvais traitements que lui avaient fait subir tous ceux qui exerçaient un semblant d'autorité quand il était adolescent, et il eut de la compassion pour cette fille vulnérable. Conscient de faire une bêtise, il s'approcha du petit groupe. « Si vous cherchez les usines Poutilov, mademoiselle, lança-t-il simplement pour dire quelque chose, je peux vous montrer le chemin. »

Le policier trapu dit, hilare : « Débarrasse-toi de lui, Ilia. »

Son comparse avait une petite tête et des traits vicieux. « Tire-toi, ordure », lâcha-t-il.

Grigori n'avait pas peur. Il était grand et costaud, les muscles endurcis par un labeur dur et régulier. Ses premières bagarres de rue remontaient à sa petite enfance et cela faisait des années qu'il n'en avait pas perdu une seule. Lev était comme lui. Toutefois, il était préférable d'éviter les démêlés avec la police. « Je suis contremaître à l'usine, dit-il à la jeune fille. Si vous cherchez du travail, je peux vous aider. »

La fille lui adressa un regard reconnaissant.

« Un contremaître ? Un moins que rien, oui », ricana le costaud. En parlant, il se tourna pour la première fois vers Grigori. À la lumière jaune du réverbère au kérosène, celui-ci reconnut alors le visage rond et l'expression d'agressivité stupide de Mikhaïl Pinski, le commissaire de police du quartier. Grigori en fut accablé. Il n'aurait jamais dû chercher noise au commissaire – mais il était allé trop loin pour faire volte-face.

« Je vous remercie, monsieur. Je vais venir avec vous », répondit la fille à Grigori. Au timbre de sa voix, il se rendit compte qu'elle avait plutôt vingt ans que seize. Elle était jolie, remarqua-t-il, les traits fins et une large bouche sensuelle.

Grigori regarda autour de lui. Malheureusement, les environs étaient déserts : il avait quitté l'usine quelques minutes après la ruée de sept heures. La raison lui commandait de faire machine arrière, mais il ne pouvait pas abandonner la fille. « Je vais vous conduire au bureau de l'usine, proposa-t-il, alors que tout était déjà fermé.

— Mais non, elle vient avec moi – pas vrai, Katerina ? » dit

Pinski, et il la pelota, lui pressant les seins à travers la mince étoffe de son manteau, glissant brutalement une main entre ses jambes.

Elle recula d'un bond : « Ne me touchez pas avec vos sales pattes. »

Avec une rapidité et une précision étonnantes, Pinski lui envoya un coup de poing sur la bouche.

Elle se mit à crier et le sang gicla de ses lèvres.

Grigori vit rouge. Oubliant toute prudence, il avança d'un pas, agrippa Pinski par l'épaule et le poussa de toutes ses forces. Le policier perdit l'équilibre et tomba sur un genou. Grigori se tourna vers Katerina qui pleurait : « File aussi vite que tu peux ! » cria-t-il avant de sentir une douleur déchirante à l'occiput. Le second policier, Ilia, avait sorti sa matraque plus rapidement qu'il ne s'y attendait. Le coup avait été fulgurant et Grigori se retrouva à quatre pattes, toujours conscient.

Katerina fit demi-tour et commença à courir, mais elle n'alla pas bien loin. Pinski lui attrapa le pied et elle s'étala de tout son long.

Grigori se retourna, vit la matraque s'abattre à nouveau sur lui. Il esquiva le coup et se remit péniblement debout. Ilia leva le bras et le manqua encore. Grigori, le poing brandi, frappa l'homme à la tempe. Ilia tomba à terre.

Regardant derrière lui, Grigori vit Pinski qui, dominant Katerina de toute sa taille, lui assenait de violents coups de bottes.

Une automobile s'approcha, venant de l'usine. En arrivant à leur niveau, le conducteur freina brutalement. La voiture s'arrêta sous le réverbère dans un crissement de pneus.

Au même moment, Grigori se précipita juste derrière Pinski. Il glissa ses deux bras sous les aisselles du commissaire, serra violemment et le souleva de terre. Pinski se débattait vainement.

La portière de la voiture s'ouvrit et à la grande surprise de Grigori, l'Américain de Buffalo en sortit. « Que se passe-t-il ? » Son visage juvénile, éclairé par le lampadaire, était indigné. Il s'adressait à Pinski qui se débattait toujours. « Pourquoi brutalisez-vous une femme sans défense ? »

Quelle chance, songea Grigori. Seul un étranger pouvait s'offusquer de voir un policier frapper une paysanne.

La longue et mince silhouette de Kanine, le surveillant, s'extirpa du véhicule derrière Dewar. « Lâche ce policier, Pechkov », dit-il à Grigori.

Grigori reposa Pinski et desserra son étreinte. Le commissaire pivota sur lui-même et Grigori s'apprêta à esquiver un coup, mais Pinski se retint. Il lança d'une voix venimeuse : « Je ne t'oublierai pas, *Pechkov.* » Grigori jura tout bas : il savait son nom à présent.

Katerina se hissa à genoux en gémissant. Dewar l'aida galamment à se relever, et lui demanda : « Êtes-vous grièvement blessée, mademoiselle ? »

Kanine était visiblement embarrassé. Aucun Russe ne se serait adressé aussi courtoisement à une paysanne.

Ilia se redressa, hagard.

De l'intérieur de la voiture, la voix de la princesse Bea s'éleva, en anglais, d'un ton agacé et impatient.

Grigori s'adressa à Dewar : « Avec votre permission, Excellence, je vais conduire cette femme chez un médecin du quartier. »

Dewar regarda Katerina. « Est-ce ce que vous souhaitez ?

— Oui, monsieur, répondit-elle, la bouche en sang.

— Fort bien. »

Grigori lui prit le bras et l'entraîna sans laisser à personne le temps de s'interposer.

Arrivé au coin de la rue, il se retourna. Les deux flics discutaient avec Dewar et Kanine sous le réverbère.

Tenant toujours Katerina par le bras, il l'obligea à presser le pas. Elle boitait, mais il fallait absolument mettre le plus de distance possible entre Pinski et eux.

Dès qu'ils eurent passé l'angle, elle lui dit : « Je n'ai pas d'argent pour le docteur.

— Je peux t'en prêter », proposa-t-il avec un pincement au cœur : son argent n'était pas destiné à soigner les jolies filles, mais à payer son voyage en Amérique.

Elle le regarda d'un air réfléchi : « Je n'ai pas vraiment besoin de docteur. Ce qu'il me faut, c'est du travail. Vous pouvez me conduire au bureau de l'usine ? »

Elle avait du cran, songea-t-il, admiratif. Elle venait de se faire rouer de coups par un policier et sa seule préoccupation était de trouver un emploi. « Les bureaux sont fermés. Je n'ai dit ça que pour embrouiller les flics. Mais je peux t'y emmener demain matin.

— Je ne sais pas où dormir », ajouta-t-elle avec un coup d'œil circonspect, qu'il ne sut comment interpréter. S'offrait-elle à lui ? De nombreuses paysannes qui débarquaient en ville finissaient par se résoudre à ce genre d'expédient. Mais peut-être cherchait-elle au contraire à lui faire comprendre qu'elle voulait un lit, sans être prête à le payer de faveurs sexuelles.

« Dans l'immeuble où je loge, il y a une pièce où vivent plusieurs femmes. Elles dorment à trois par lit, sinon plus, et trouvent toujours de la place pour une autre.

— C'est loin ? »

Il pointa le doigt vers une rue qui longeait un talus de chemin de fer. « Non, juste là. »

Elle acquiesça d'un signe de tête. Quelques instants plus tard, ils entraient dans l'immeuble.

Sa chambre donnait sur l'arrière, au premier étage. Le lit étroit qu'il partageait avec Lev était appuyé contre un mur. Il y avait une cheminée avec une plaque de cuisson, une table et deux chaises à côté de la fenêtre ouvrant sur la voie ferrée. Sur une caisse d'emballage retournée servant de table de nuit étaient posés un broc et une cuvette pour la toilette.

Katerina examina les lieux longuement, d'un regard qui ne laissait rien passer, puis elle demanda : « Tu as tout ça pour toi tout seul ?

— Non ! Je ne suis pas assez riche ! Je vis avec mon frère. Il rentre plus tard. »

Elle sembla réfléchir. Peut-être craignait-elle de devoir coucher avec les deux. Pour la rassurer, Grigori proposa : « Veux-tu que je te présente aux femmes de la maison ?

— On a tout le temps. » Elle s'assit sur une des chaises. « Laisse-moi me reposer un moment.

— Bien sûr. » Le feu était prêt, il ne restait qu'à l'allumer ; il le préparait toujours le matin avant d'aller travailler. Il approcha une allumette du petit bois.

Un fracas retentit soudain, et Katerina sursauta, effrayée. « Ce n'est qu'un train, expliqua Grigori. Nous sommes juste à côté de la voie ferrée. »

Il prit le broc, versa de l'eau dans la cuvette qu'il posa sur la plaque de cuisson pour la réchauffer. Il s'assit en face de Katerina et la regarda. Elle avait des cheveux blonds et raides, le teint pâle. S'il l'avait d'abord trouvée plutôt jolie, il vit alors qu'elle était franchement belle, avec une ossature aux traits asiatiques qui suggérait une ascendance sibérienne. Son visage ne manquait pas de force non plus : sa bouche pulpeuse était séduisante mais résolue et ses yeux bleu-vert semblaient exprimer une résolution d'acier.

Elle avait les lèvres enflées à cause du coup de poing de Pinski. « Comment te sens-tu ? » s'inquiéta Grigori.

Elle se tâta les épaules, les côtes, les hanches et les cuisses. « J'ai mal partout. Mais tu m'as débarrassée de cette brute avant qu'il ait eu le temps de trop m'amocher. »

Elle n'était pas du genre à s'apitoyer sur son sort. Il aimait cela. « Quand l'eau sera chaude, je nettoierai tout ce sang », dit-il.

D'une boîte en fer-blanc où il conservait la nourriture, il sortit un os de jambon qu'il fit tomber dans la casserole, puis il prit le broc et ajouta de l'eau. Il rinça un navet et commença à le couper en tranches. Croisant le regard de Katerina, il vit qu'elle paraissait surprise. « Ton père faisait la cuisine ? demanda-t-elle.

— Non. » D'un coup, il eut l'impression d'avoir à nouveau onze ans. Impossible de refouler les souvenirs cauchemardesques de la princesse Bea. Il posa lourdement la casserole sur la table et s'assit au bord du lit, la tête dans les mains, accablé de chagrin. « Non, répéta-t-il, mon père ne faisait pas la cuisine. »

5.

Ils étaient arrivés au village à l'aube : le chef de la police rurale locale et six cavaliers. Dès que Mamotchka avait entendu le trot des sabots, elle avait pris Lev dans ses bras. À six ans il était lourd, mais leur mère était bien bâtie et ses bras robustes. Elle avait attrapé Grigori par la main et était sortie précipitamment de chez eux. Les cavaliers étaient guidés par les aînés du village, qui avaient dû se porter à leur rencontre. La maison n'ayant qu'une porte, la famille de Grigori ne pouvait pas se cacher et, dès qu'ils les aperçurent, les soldats éperonnèrent leurs montures.

Mamotchka contourna la maison, dispersant les poules et effrayant la chèvre qui rompit sa corde et fila, elle aussi. Ils traversèrent le terrain en friche qui s'étendait derrière chez eux, en direction des arbres. Ils auraient réussi à s'échapper si Grigori n'avait pas soudain pensé à sa grand-mère. Elle était restée dans la maison. « On a oublié Babouchka ! piailla-t-il.

— Elle ne peut pas courir ! » répondit leur mère d'une voix pressante.

Grigori le savait. Babouchka avait les plus grandes difficultés à marcher. Pourtant ils ne pouvaient pas la laisser là, tout de même.

« Grichka, allons, viens ! » cria Mamotchka en courant devant lui, portant toujours Lev, qui s'était mis à hurler de peur. Grigori la suivit, mais ce retard leur avait été fatal. Les cavaliers approchaient, les encerclant. Le sentier qui menait aux bois était coupé. Désespérée, Mamotchka se précipita vers la mare, ses pieds s'enfoncèrent dans la boue, ralentissant sa course. Elle finit par tomber dans l'eau.

Les soldats s'esclaffèrent et la huèrent.

Ils ligotèrent les mains de leur mère avant de la ramener. « Veillez à ce que les garçons soient présents aussi, dit le chef de la police. Ordres du prince. »

Le père de Grigori avait été arrêté une semaine plus tôt, en même temps que deux autres hommes. La veille, les charpentiers de la maison du prince Andreï avaient dressé un échafaud au milieu de la prairie nord. Suivant sa mère dans ce pré, Grigori vit trois hommes debout sur l'estrade, pieds et poings liés, la corde au cou. Un prêtre se tenait à côté du gibet.

Mamotchka hurla : « Non ! » Elle se mit à se débattre, cherchant à se débarrasser de la corde qui lui entravait les poignets. Un cavalier sortit un fusil de sa fonte et, le prenant par le canon, la frappa au visage d'un coup de crosse. Elle cessa de lutter puis se mit à sangloter.

Grigori savait ce qui allait se passer : son père allait mourir ici. Il avait vu des voleurs de chevaux pendus par les aînés du village, mais ce n'était pas pareil, parce qu'il ne connaissait pas les victimes. La terreur s'empara de lui, engourdissant et affaiblissant ses membres.

Peut-être quelque chose viendrait-il empêcher l'exécution ? Le tsar pourrait intervenir, s'il veillait vraiment sur son peuple. Ou bien un ange. Sentant son visage mouillé, Grigori se rendit compte qu'il pleurait.

On les obligea, sa mère et lui, à prendre place juste devant l'échafaud. Les autres villageois se rassemblèrent autour. Comme Mamotchka, les femmes des deux autres condamnés avaient été traînées de force jusque-là, au milieu des cris et des pleurs, mains liées, leurs enfants cramponnés à leurs jupes, hurlant de frayeur.

Sur le chemin de terre derrière la barrière du pré, une voiture fermée était arrêtée, ses deux chevaux alezans broutant l'herbe du bas-côté. Quand tout le monde fut là, un personnage à barbe noire sortit de la voiture, vêtu d'un long manteau foncé : le prince Andreï. Il se retourna et tendit la main à sa petite sœur, la princesse Bea, aux épaules couvertes de fourrure pour se protéger du froid matinal. La princesse était belle, Grigori ne put s'empêcher de le remarquer. Avec son teint clair et ses cheveux blonds, elle ressemblait à un ange. Et pourtant elle était forcément diabolique.

Le prince s'adressa aux villageois : « Cette prairie appartient à la princesse Bea. Personne ne peut y faire paître du bétail sans son autorisation. Agir ainsi, c'est voler l'herbe de la princesse. »

Un murmure de ressentiment s'éleva de la foule. Les villageois n'acceptaient pas ce principe de propriété, en dépit de ce qu'on leur racontait tous les dimanches à l'église. Ils adhéraient à une moralité paysanne plus ancienne selon laquelle la terre était à ceux qui la travaillaient.

Le prince désigna les trois hommes debout sur l'échafaud. « Ces imbéciles ont enfreint la loi – pas une seule fois, mais à plusieurs reprises. » L'indignation rendait sa voix stridente comme celle d'un enfant à qui l'on a arraché son jouet. « Pire encore, ils ont déclaré aux autres que la princesse n'avait pas le droit de les en empêcher, que les champs que le propriétaire n'exploite pas devraient être mis à la disposition des paysans pauvres. » Grigori avait souvent entendu son père tenir ce genre de propos. « C'est ainsi que les hommes d'autres villages ont commencé à faire paître leurs bêtes sur des terres appartenant à la noblesse. Au lieu de se repentir de leurs péchés, ces trois hommes ont incité leurs prochains à pécher, eux aussi ! C'est la raison pour laquelle ils ont été condamnés à mort. » Il fit un signe de tête au prêtre.

Celui-ci gravit les marches de fortune et s'adressa tout bas à chaque homme, à tour de rôle. Le premier hocha la tête, le visage impassible. Le second pleura et se mit à prier à haute voix. Le troisième, le père de Grigori, lui cracha au visage.

Personne n'en fut scandalisé : les villageois avaient une piètre opinion du clergé et Grigori avait entendu son père dire que les popes racontaient à la police tout ce qu'on leur confiait en confession.

Le prêtre redescendit les marches, et le prince Andreï fit un geste à l'un de ses domestiques qui se tenait à proximité, avec une masse. Grigori remarqua à ce moment que les trois condamnés se trouvaient sur une plateforme de bois grossièrement fixée par des charnières et soutenue par un unique étai que la masse allait renverser.

Maintenant, se dit-il, c'est maintenant que l'ange va apparaître.

Les villageois poussèrent un long gémissement. Les femmes des condamnés se mirent à crier et, cette fois, les soldats ne les firent pas taire. Le petit Lev était hors de lui. Il ne comprenait sans doute pas ce qui se passait, songea Grigori, mais les cris perçants de leur mère l'effrayaient.

Son père ne manifestait aucune émotion. Le visage de marbre, il regardait au loin, attendant son destin. Grigori aurait voulu être aussi courageux que lui. Il fit un gros effort pour se dominer, alors qu'il avait envie de hurler comme Lev. Il n'arrivait pas à contenir ses larmes, pourtant il se mordit la lèvre et resta aussi silencieux que son père.

Le domestique leva sa masse, effleura l'étai pour bien mesurer sa portée, la balança en arrière et frappa. Le bois vola en l'air. La plateforme se rabattit bruyamment. Les trois hommes tombèrent, puis s'arrêtèrent brusquement à mi-course, retenus par la corde qu'ils avaient au cou.

Grigori était incapable de détourner les yeux. Il regardait son père. Papa n'était pas mort sur le coup. Il ouvrait la bouche. Il cherchait de l'air ou voulait crier, mais ne pouvait faire ni l'un ni l'autre. Son visage s'empourpra et il se débattit, cherchant à se débarrasser des cordes qui le ligotaient. Grigori avait l'impression que cela n'en finissait pas. Son visage devenait de plus en plus rouge.

Puis sa peau prit une teinte bleuâtre et ses mouvements s'affaiblirent. Ensuite, il ne bougea plus.

Mamotchka cessa de crier et se mit à sangloter.

Le prêtre priait à haute voix, mais les villageois l'ignorèrent et, un par un, ils s'arrachèrent au spectacle des trois hommes morts.

Le prince et la princesse remontèrent dans leur voiture. Quelques instants plus tard, le cocher faisait claquer son fouet et ils s'éloignèrent.

6.

Quand il eut fini de raconter son histoire, Grigori avait retrouvé son calme. Essuyant d'un revers de manche les larmes qui ruisselaient sur son visage, il se tourna vers Katerina. Elle l'avait écouté sans rien dire, pleine de compassion, mais sans émoi. Elle avait dû assister à des scènes comparables : pendaison, fouet et mutilation étaient des châtiments courants dans les villages.

Grigori posa la cuvette d'eau chaude sur la table et prit une serviette propre. Katerina inclina la tête en arrière et il suspendit la lampe à kérosène à un crochet planté dans le mur pour pouvoir examiner ses blessures.

Elle avait une estafilade au front, un hématome sur la joue et les lèvres meurtries. Ce qui n'empêcha pas Grigori d'avoir le souffle coupé en la voyant de tout près. Elle lui rendit son regard, innocemment, sans crainte, avec un naturel qu'il trouva désarmant.

Il plongea un coin de la serviette dans l'eau chaude.

« Fais doucement, dit-elle.

— Mais oui. » Il commença par lui nettoyer le front. Ce n'était qu'une éraflure, constata-t-il lorsqu'il n'y eut plus trace de sang.

« J'ai déjà moins mal », remarqua-t-elle.

Elle observait le visage de Grigori pendant qu'il la soignait. Il lui lava les joues et le cou, avant d'annoncer : « J'ai laissé le plus dur pour la fin.

— Ça va aller. Tu as vraiment la main douce. » Elle n'en tressaillit pas moins quand la serviette toucha ses lèvres tuméfiées.

« Pardon, dit-il.

— Continue. »

Les écorchures cicatrisaient déjà, remarqua-t-il en poursuivant sa tâche. Elle avait les dents blanches et régulières d'une toute jeune fille. Il essuya les commissures de sa bouche aux lèvres pleines. En se penchant sur elle, il sentit son souffle tiède sur son visage.

Quand il eut terminé, il éprouva un vague sentiment de déception, comme s'il s'était attendu à quelque chose d'autre.

Il se rassit et rinça la serviette dans l'eau rougie de sang.

« Merci, dit-elle. Tu fais ça très bien. »

Son cœur battait à tout rompre. Ce n'était pas la première fois qu'il soignait des plaies, mais cette impression de vertige était nouvelle. Il se sentait prêt à faire une bêtise.

Il ouvrit la fenêtre et vida la cuvette dehors. Une éclaboussure rose macula la neige de la cour.

L'idée insensée que Katerina n'était qu'un songe lui traversa l'esprit. Il se retourna, s'attendant presque à trouver sa chaise vide. Mais elle était bien là, ses yeux bleu-vert posés sur lui, et il se prit à espérer qu'elle ne repartirait plus jamais.

Il se demanda s'il était amoureux.

Il n'avait encore jamais pensé à cela. Il était généralement trop occupé à veiller sur Lev pour courir les filles. Il n'était pas puceau : il avait déjà couché avec trois femmes. L'expérience avait toujours été sans joie, peut-être parce qu'elles lui étaient indifférentes.

Cette fois, ce n'était pas pareil, observa-t-il avec perplexité. Il aurait voulu plus que tout au monde s'allonger près de Katerina sur l'étroit lit, contre le mur, embrasser son visage meurtri et lui dire...

Lui dire qu'il l'aimait.

Ne fais pas l'idiot, se morigéna-t-il. Il y a encore une heure, tu ne la connaissais même pas. Ce n'est pas de l'amour qu'elle veut de toi. C'est un prêt, un emploi et un endroit où dormir.

Il referma brutalement la fenêtre.

« Alors comme ça, dit-elle, tu fais la cuisine pour ton frère, tu sais soigner les plaies et pourtant tu es capable de mettre un policier par terre d'un seul coup de poing. »

Il ne savait pas quoi dire.

« Tu m'as raconté comment ton père est mort, poursuivit-elle. Mais ta mère est morte, elle aussi, quand tu étais jeune, n'est-ce pas ?

— Comment le sais-tu ? »

Katerina haussa les épaules. « Parce que tu as été obligé de te transformer en mère. »

7.

Elle était morte le 9 janvier 1905, de l'ancien calendrier russe. C'était un dimanche et, dans les journées et les années qui suivirent, on lui donna le nom de « dimanche rouge ».

Grigori avait seize ans, Lev onze. Comme leur mère, les deux garçons travaillaient à l'usine Poutilov. Grigori était apprenti fondeur, Lev balayeur. En ce mois de janvier, ils étaient tous les trois en grève, comme plus de cent mille autres ouvriers de Saint-Pétersbourg qui réclamaient la journée de huit heures et le droit de se syndiquer. Le 9 au matin, ils enfilèrent leurs plus beaux vêtements et sortirent. Se tenant par la main, ils se dirigèrent à travers la neige fraîchement tombée vers une église proche de l'usine Poutilov. Après la messe, ils rejoignirent les milliers d'ouvriers qui convergeaient des quatre coins de la ville vers le palais d'Hiver.

« Pourquoi est-ce qu'on doit tout le temps marcher ? » pleurnichait le petit Lev qui aurait préféré jouer au football dans une ruelle.

— À cause de ton père, avait répondu Mamotchka. Parce que les princes et les princesses sont des brutes qui assassinent les pauvres gens. Parce qu'il faut renverser le tsar et toute son engeance. Parce que je ne connaîtrai pas le repos tant que la Russie ne sera pas une république. »

C'était une journée d'hiver idéale à Saint-Pétersbourg, d'un froid vif mais sec, et les rayons du soleil réchauffaient le visage de Grigori comme le sentiment de défendre une juste cause lui réchauffait le cœur.

Leur meneur, le père Gapone, ressemblait à un prophète de l'Ancien Testament, avec sa longue barbe, son vocabulaire biblique et l'éclat radieux de son regard. Il n'avait rien d'un révolutionnaire : toutes les réunions de ses sociétés d'entraide, approuvées par le gouvernement, commençaient par le « Notre Père » et s'achevaient par l'hymne national. « Je comprends aujourd'hui le rôle que le tsar faisait jouer à Gapone, dit Grigori à Katerina, neuf ans plus tard, dans sa chambre donnant sur la voie de chemin de fer. Une soupape de sûreté censée absorber les pressions réformatrices et les évacuer sous forme de thés et de bals inoffensifs. Ça n'a pas marché. »

Vêtu d'une longue robe blanche et brandissant un crucifix, Gapone conduisit le cortège sur la route de Narva. Grigori, Lev et leur mère étaient juste à côté de lui : il encourageait les familles à marcher aux premiers rangs, affirmant que jamais les soldats n'ouvriraient le feu sur de jeunes enfants. Derrière eux, deux de leurs voisins portaient un grand portrait du tsar. Gapone leur disait que le tsar était le père de son peuple. Il écouterait leurs supplications, passerait outre à la volonté de ses ministres au cœur endurci et exaucerait les demandes raisonnables des ouvriers. « Le Seigneur Jésus a dit : "Laissez venir à moi les petits enfants." Le tsar dit la même chose », criait Gapone. Grigori le croyait.

Tout près de la porte de Narva, un arc de triomphe monumental, Grigori se rappelait avoir levé les yeux vers la statue d'un char tiré par six chevaux gigantesques. Au même moment, un escadron de cavalerie avait chargé les manifestants, et Grigori avait eu l'impression que les chevaux de bronze cabrés au sommet de l'édifice avaient pris vie dans un bruit de tonnerre.

Certains manifestants s'enfuirent, d'autres tombèrent sous le martèlement des sabots. Grigori se figea, terrifié, comme Mamotchka et Lev.

Les soldats n'avaient pas dégainé et semblaient n'avoir d'autre intention que de disperser la foule, mais les ouvriers étaient trop nombreux et, quelques minutes plus tard, la cavalerie avait fait volte-face et était repartie.

Quand le défilé avait repris, l'humeur avait changé. Grigori sentait que la journée ne s'achèverait peut-être pas sans violence. Il pensait aux forces massées contre eux : la noblesse, les ministres et l'armée. Jusqu'où iraient-ils pour empêcher le peuple de s'adresser à son tsar ?

La réponse lui parvint presque immédiatement. Regardant au-dessus de la rangée de têtes qui le précédait, il aperçut une ligne d'infanterie et remarqua, avec un frisson de terreur, que les soldats étaient en position de tir.

Le cortège ralentit. Les gens avaient compris ce qui les attendait. Le père Gapone, si proche de Grigori que celui-ci aurait pu le toucher, se retourna et s'adressa à la foule d'une voix vibrante : « Jamais le tsar ne laissera son armée tirer contre son peuple bien-aimé ! »

Ses propos furent salués par un crépitement assourdissant, comme une averse de grêle sur un toit de tôle : les soldats avaient tiré une première salve. L'odeur âcre de la poudre piqua les narines de Grigori et la peur lui serra le cœur.

Le prêtre cria : « Ne vous inquiétez pas, ils tirent en l'air ! »

Une autre volée partit, mais les balles se perdirent dans le ciel. Le ventre de Grigori se crispa de terreur.

Il y eut ensuite une troisième salve et, cette fois, les balles ne s'élevèrent pas vers le ciel, inoffensives. Grigori entendit des cris, il vit des corps s'affaisser. Interdit, il regardait autour de lui quand Mamotchka le poussa brutalement en hurlant : « Couche-toi ! » Il se laissa tomber à terre. En même temps, Mamotchka jeta Lev au sol et s'allongea sur lui.

Nous allons mourir, songea Grigori, et les battements de son cœur couvrirent le bruit de la fusillade.

Les tirs continuaient, implacables, un fracas cauchemardesque et obsédant. La foule, affolée, prit la fuite et de lourdes bottes piétinèrent Grigori, mais Mamotchka lui protégea la tête et celle de Lev. Ils restèrent couchés là, tremblants, tandis que la fusillade et les cris se poursuivaient au-dessus d'eux.

Les coups de feu cessèrent enfin. Sentant sa mère bouger, Grigori leva la tête pour voir ce qui se passait. Des gens couraient dans tous les sens, ils s'appelaient, mais les cris eux-mêmes finirent par s'apaiser. « Levez-vous, venez », dit Mamotchka, et ils se hissèrent péniblement sur leurs pieds et s'éloignèrent rapidement de la route, enjambant les corps inertes et contournant les blessés qui gisaient dans leur sang. Ils atteignirent une rue latérale et ralentirent. Lev chuchota à Grigori : « J'ai fait pipi dans ma culotte ! Ne le dis pas à Mamotchka ! »

Leur mère bouillait de colère. « Nous parlerons au tsar ! » criait-elle, et les gens s'arrêtaient devant son large visage de paysanne et son regard plein de fièvre. Elle avait un torse puissant et sa voix résonnait d'un bout à l'autre de la rue. « Personne ne pourra nous en empêcher – il faut aller au palais d'Hiver ! » Certains l'acclamaient, d'autres l'approuvaient d'un hochement de tête. Lev se mit à pleurer.

En écoutant ce récit, neuf ans plus tard, Katerina demanda : « Pourquoi a-t-elle fait ça ? Elle aurait dû ramener ses enfants chez elle, les mettre à l'abri !

— Elle disait toujours qu'elle ne voulait pas que ses fils mènent la même vie qu'elle, répondit Grigori. Je crois qu'elle préférait encore que nous mourions tous, plutôt que de renoncer à l'espoir d'une vie meilleure.

— C'est sans doute courageux, murmura Katerina, pensive.

— C'est plus que courageux, fit Grigori avec énergie. C'est héroïque.

— Et ensuite ? Que s'est-il passé ? »

Ils s'étaient dirigés vers le centre-ville, avec des milliers d'autres manifestants. Le soleil était haut dans le ciel, au-dessus de la ville enneigée, et Grigori avait déboutonné son manteau et dénoué son cache-nez. C'était une longue marche pour les petites jambes de Lev, mais il était trop hébété et terrifié pour pleurnicher.

Ils arrivèrent enfin sur la perspective Nevski, la large avenue qui traversait le cœur de la ville. Elle était déjà noire de monde. Des tramways et des omnibus circulaient dans les deux sens et des fiacres filaient dangereusement dans toutes les directions – à l'époque, se rappelait Grigori, il n'y avait pas de taxis automobiles.

Ils rencontrèrent Konstantin, un tourneur des usines Poutilov. Il annonça gravement à Mamotchka que des manifestants avaient été tués dans d'autres quartiers de la ville. Mais elle ne ralentit pas. Le reste de la foule semblait partager sa résolution. Ils passèrent d'un pas résolu devant des magasins qui vendaient des pianos allemands, des chapeaux à la mode de Paris et des coupes d'argent spécialement conçues pour les roses de serre. Dans les bijouteries de cette rue, un noble pouvait acheter à sa maîtresse un colifichet qui coûtait plus d'argent qu'un ouvrier d'usine n'en pouvait gagner de toute sa vie, avait-on dit à Grigori. Ils laissèrent derrière eux le cinéma Soleil, où Grigori aurait tant aimé aller. Des marchands ambulants faisaient des affaires, vendant le thé de leurs samovars et des ballons de baudruche multicolores pour les enfants.

Au bout de la rue s'élevaient les trois grands monuments de Saint-Pétersbourg, côte à côte, sur les rives de la Neva gelée : la statue équestre de Pierre le Grand, le « cavalier de bronze » comme on l'appelait, l'Amirauté avec sa flèche et le palais d'Hiver. La première fois qu'il avait vu ce palais, à douze ans, Grigori avait refusé de croire que des êtres humains puissent vivre dans un bâtiment aussi immense. Cela lui paraissait inconcevable. C'était le genre de chose que l'on trouvait dans les histoires, comme les épées magiques ou les capes qui vous rendent invisible.

La place devant le palais était blanche de neige. Tout au fond, contre le bâtiment rouge foncé, s'alignaient des cavaliers, des carabiniers en longs manteaux et des canons. La foule se massa sur les bords de la place, gardant ses distances, effrayée par l'armée, mais de nouveaux manifestants ne cessaient d'affluer depuis les rues adjacentes, telles les eaux des affluents qui se déversent dans la Neva, et Grigori se trouvait constamment poussé en avant. Il n'y avait pas seulement des ouvriers, remarqua-t-il, étonné : beaucoup portaient des manteaux chauds, comme ceux des bourgeois qui reviennent de l'église, certains ressemblaient à des étudiants et quelques-uns étaient même vêtus d'uniformes d'écoliers.

Mamotchka les éloigna prudemment des canons et les fit entrer dans le jardin Alexandrovski, un parc situé devant le long bâtiment jaune et blanc de l'Amirauté. D'autres avaient eu la même idée, et la foule commençait à s'y presser. L'homme qui proposait habituellement des tours de traîneau tiré par des rennes aux enfants de la bourgeoisie était rentré chez lui. Ici, tout le monde ne parlait que des massacres : dans toute la ville, des manifestants avaient été fauchés par les tirs d'artillerie, taillés en pièces par les sabres des cosaques. Grigori discuta avec un garçon de son âge et lui raconta ce qui était arrivé à la porte de Narva. Toutes ces nouvelles ne firent que renforcer la colère de la population.

Grigori leva les yeux vers la longue façade du palais d'Hiver, percée de centaines de fenêtres. Où était le tsar ?

« Il n'était pas au palais ce matin-là, nous l'avons su plus tard, raconta Grigori à Katerina et il perçut dans sa propre voix le ressentiment amer d'un fidèle déçu. Il n'était même pas en ville. Le père du peuple était parti pour son palais de Tsarskoïe Selo, où il voulait passer la fin de la semaine à se promener dans la campagne et à jouer aux dominos. Mais nous ne le savions pas et nous l'appelions, le suppliant de se montrer à ses loyaux sujets. »

La foule avait grossi ; les appels au tsar se faisaient plus pressants ; certains manifestants commencèrent à conspuer les soldats. La tension et la colère montaient. Soudain, un détachement de gardes chargea à l'intérieur du jardin, expulsant tout le monde. Terrifié, n'en croyant pas ses yeux, Grigori les vit donner des coups de fouet à l'aveuglette ; certains frappaient même les gens du plat de leurs sabres. Il jeta à sa mère un regard interrogateur. « Nous ne pouvons pas renoncer maintenant ! » lança-t-elle. Grigori ne savait pas exactement ce qu'ils attendaient du tsar, mais il était sûr, comme tout le monde, que dès qu'il en serait informé, leur monarque réparerait les injustices faites à son peuple.

Les autres manifestants étaient aussi déterminés que Mamotchka, et personne ne sortit du jardin, pas même ceux qui avaient été agressés par les gardes et s'étaient recroquevillés pour échapper aux coups.

Les soldats se mirent en position de tir.

Aux premiers rangs, plusieurs personnes tombèrent à genoux, se découvrirent et se signèrent. « À genoux ! » ordonna Mamotchka, et ils s'agenouillèrent tous les trois, comme le faisaient de plus en plus de gens autour d'eux, jusqu'à ce que presque toute la foule soit en posture de prière.

Un silence terrifiant se fit. Grigori avait les yeux rivés sur les fusils pointés vers lui et les carabiniers lui rendaient son regard, impassibles, comme des statues.

Grigori entendit une sonnerie de clairon.

C'était un signal. Les soldats tirèrent. Tout autour de lui, des gens hurlaient et s'écroulaient. Un garçon qui était monté sur une statue pour mieux voir poussa un cri et dégringola. Un autre enfant tomba d'un arbre comme un oiseau abattu par un chasseur.

Grigori vit que sa mère était allongée, face contre terre. Pensant qu'elle cherchait à éviter les tirs, il l'imita. Puis, se tournant vers elle alors qu'ils étaient tous deux au sol, il aperçut le sang, rouge vif dans la neige, autour de sa tête.

« Non ! cria-t-il. Non ! »

Lev hurla.

Grigori attrapa sa mère par les épaules et la souleva. Son corps était inerte. Il posa les yeux sur son visage. D'abord, il ne comprit pas ce qu'il voyait. Là où auraient dû se trouver son front et ses yeux, il n'y avait qu'une masse de chair méconnaissable.

Ce fut Lev qui saisit le premier. « Elle est morte ! hurla-t-il. Mamotchka est morte, ma mère est morte ! »

Les tirs s'interrompirent. Partout, des gens s'enfuyaient en courant, en boitant ou en rampant. Grigori essaya de rassembler ses idées. Que fallait-il faire ? Emmener Mamotchka loin d'ici. Il glissa ses bras sous elle et la souleva. Elle n'était pas légère, mais il était vigoureux.

Il se retourna, cherchant le chemin de la maison. Sa vision était étrangement floue et il se rendit compte qu'il pleurait. « Viens, dit-il à Lev. Arrête de crier. Il faut partir. »

Au bord de la place, ils furent arrêtés par un vieil homme. Son visage était tout ridé autour de ses yeux aqueux. Il portait la tunique bleue des ouvriers. « Tu es jeune, dit-il à Grigori d'une voix vibrante d'angoisse et de fureur. N'oublie jamais cela. N'oublie jamais les meurtres que le tsar a commis ici aujourd'hui. »

Grigori hocha la tête. « Je n'oublierai pas, monsieur.

— Puisses-tu vivre longtemps. Assez longtemps pour nous venger de ce tsar sanguinaire et lui faire payer le mal qu'il a fait aujourd'hui. »

8.

« Je l'ai portée sur plus d'un kilomètre. Ensuite, j'étais trop fatigué, alors je suis monté dans un tram. Je la tenais toujours dans mes bras », dit Grigori à Katerina.

Elle le regardait fixement. Son beau visage meurtri était pâle d'horreur. « Tu as porté ta mère morte jusque chez vous en tramway ? »

Il haussa les épaules. « Sur le coup, je n'ai pas eu l'impression de faire quelque chose de bizarre. Ou plutôt, tout ce qui s'était passé ce jour-là était tellement bizarre que plus rien de ce que je faisais ne me paraissait étrange.

— Et les gens qui étaient dans le tram ?

— Le conducteur n'a rien dit. Il devait être trop choqué pour m'empêcher de monter et, bien sûr, il ne m'a pas fait payer – de toute façon, je n'aurais pas eu de quoi.

— Alors tu t'es assis, comme ça ?

— Oui. Je me suis assis, son cadavre dans les bras, et Lev à côté de moi, qui pleurait. Tout le monde nous regardait. Ils pouvaient penser ce qu'ils voulaient, ça m'était bien égal. Je n'avais qu'une idée en tête : la ramener chez nous.

— Et c'est comme ça que tu es devenu chef de famille à seize ans. »

Grigori acquiesça. Ces souvenirs étaient douloureux, mais l'attention que Katerina lui prêtait lui offrait un plaisir intense. Elle avait les yeux rivés sur lui, et écoutait, bouche bée, avec sur son adorable visage une expression où la fascination le disputait à l'horreur.

« Ce dont je me souviens le mieux, c'est que personne ne nous a aidés », reprit-il, et le sentiment de panique qu'il avait éprouvé, seul au milieu d'un monde hostile, lui revint de plein fouet. Ce souvenir lui inspirait une colère intacte. C'est fini maintenant, se raisonna-t-il, j'ai un toit, un travail, et mon frère est adulte, c'est un jeune homme fort et beau. Les temps difficiles sont passés. Il n'en avait pas moins une envie irrépressible d'attraper quelqu'un par le cou – un soldat, un policier, un ministre du gouvernement, ou le tsar lui-même – et de serrer, serrer jusqu'à ce que mort s'ensuive. Il ferma les yeux, frissonnant, en attendant que cet élan de fureur se dissipe.

« Ma mère était à peine enterrée que le propriétaire nous a jetés dehors, prétextant que nous ne pourrions pas payer ; il nous a pris nos meubles – en échange d'arriérés de loyer, a-t-il dit, alors que Mamotchka n'avait jamais eu de retard. Je suis allé à l'église et j'ai dit au prêtre que nous ne savions pas où dormir. »

Katerina laissa échapper un petit rire dur. « Je devine ce qui s'est passé.

— Ah bon ? demanda-t-il, surpris.

— Le pope t'a proposé un lit – le sien. C'est ce qui m'est arrivé.

— Plus ou moins. Il m'a fourré quelques kopecks dans la main et m'a dit d'aller acheter des pommes de terre bouillies. Le magasin n'était pas là où il me l'avait indiqué, mais au lieu de continuer à chercher, je suis vite retourné à l'église, parce que je lui avais trouvé une drôle d'allure. Effectivement, quand je suis entré dans la sacristie, il était en train de baisser le pantalon de Lev. »

Elle hocha la tête. « Les popes m'ont fait ce genre de chose depuis que j'ai douze ans. »

Grigori était scandalisé. Il avait cru que ce prêtre pervers était une exception. De toute évidence, Katerina était convaincue que la dépravation du clergé était générale. « Ils sont tous comme ça ? demanda-t-il, furieux.

— La plupart, si j'en crois mon expérience. »

Il secoua la tête, écœuré. « Et tu sais ce qui m'a le plus étonné ? Il n'a même pas eu honte que je le prenne sur le fait ! Il a eu l'air ennuyé, sans plus, comme si je l'avais interrompu pendant qu'il méditait sur la Bible.

— Comment as-tu réagi ?

— J'ai dit à Lev de se reboutonner et nous sommes partis. Le prêtre m'a demandé de lui rendre ses kopecks, mais je lui ai répondu que c'était une aumône pour les pauvres. Je les ai dépensés pour nous payer un lit dans un meublé cette nuit-là.

— Et après ?

— J'ai fini par obtenir un boulot à peu près correct en mentant sur mon âge, j'ai trouvé une chambre et j'ai appris, jour après jour, à devenir indépendant.

— Et maintenant tu es heureux.

— Tu veux rire ? Ma mère aurait voulu que nous ayons une vie meilleure et je vais exaucer son vœu. Nous quittons la Russie. J'ai presque assez d'argent de côté. Je pars pour l'Amérique et, quand j'y serai, j'enverrai à Lev de quoi s'acheter un billet. Ils n'ont pas de tsar là-bas – pas d'empereur, pas de roi, rien de tout ça. L'armée n'a pas le droit de tirer sur les gens comme elle veut. C'est le peuple qui gouverne ! »

Katerina était sceptique. « Tu crois ça ?

— C'est vrai ! »

Quelqu'un frappa à la vitre. Katerina sursauta, interloquée – ils étaient au premier étage –, mais Grigori savait que c'était Lev. Tard dans la nuit, quand la porte de l'immeuble était fermée à clé, son frère traversait la voie de chemin de fer jusqu'à l'arrière-cour, grimpait sur le toit de la buanderie et entrait par la fenêtre.

Grigori ouvrit et Lev se glissa à l'intérieur. Il était chic avec sa veste à boutons de nacre et sa casquette à ruban de velours. Une chaîne de montre en laiton ornait son gilet. Il était coiffé à la mode, « à la polonaise », avec une raie de côté et non au milieu, comme les paysans. À voir l'étonnement de Katerina, Grigori devina qu'elle ne s'attendait pas à ce qu'il ait un frère aussi fringant.

Habituellement, Grigori était content de voir Lev, soulagé de constater qu'il était entier et à jeun. Mais ce soir-là, il aurait préféré rester seul avec Katerina.

Il fit les présentations, et Lev serra la main de la jeune fille, les yeux brillants d'intérêt. Elle essuya ses joues encore humides de larmes. « Grigori vient de me raconter la mort de votre mère, expliqua-t-elle.

— Ça fait neuf ans qu'il me sert de mère et de père », dit Lev. Il inclina la tête et huma l'air. « En plus, il fait un délicieux ragoût. »

Pendant que Grigori sortait des bols et des cuillers et posait une miche de pain noir sur la table, Katerina relata à Lev leurs démêlés avec le policier Pinski. Elle avait une façon de présenter les choses qui faisait paraître Grigori plus courageux qu'il ne croyait l'avoir été, mais il était heureux de passer pour un héros à ses yeux.

Lev était manifestement sous le charme. Penché en avant, il écoutait Katerina comme s'il n'avait jamais rien entendu de plus captivant, souriant, hochant la tête, prenant l'air surpris ou écœuré pour accompagner ses propos.

Grigori servit le ragoût et tira la caisse d'emballage près de la table en guise de troisième chaise. Le repas était bon : il avait ajouté un oignon dans la casserole et l'os de jambon ajoutait aux navets un riche fumet de viande. L'atmosphère se détendit. Lev parlait de tout et de rien, d'incidents saugrenus survenus à l'usine, de bêtises que racontaient les gens. Il faisait rire Katerina.

Quand ils eurent fini de manger, Lev lui demanda pourquoi elle était venue en ville.

« Mon père est mort et ma mère s'est remariée, expliqua-t-elle. Malheureusement, mon beau-père m'appréciait plus que ma mère. » Elle releva la tête, et Grigori n'aurait su dire si c'était par honte ou par bravade. « En tout cas, c'est ce que ma mère s'est imaginé et elle m'a jetée dehors.

— La moitié de la population de Saint-Pétersbourg a quitté son village pour venir ici, remarqua Grigori. Bientôt, il ne restera plus personne pour travailler la terre.

— Et le voyage ? demanda Lev. Comment as-tu fait ? »

Elle avait pris des billets de train de troisième classe, rencontré des conducteurs de charrette charitables, un récit banal, mais Grigori était hypnotisé par son visage.

Lev écoutait la jeune fille avec attention, l'interrompant de temps en temps pour faire un commentaire amusant ou poser une question.

Il ne fallut pas longtemps, observa Grigori, pour que Katerina se tourne sur sa chaise et s'adresse exclusivement à son frère.

Je pourrais aussi bien ne pas être là, se dit-il.

IV

Mars 1914

1.

« Alors comme ça, dit Billy, tous les livres de la Bible ont d'abord été écrits dans différentes langues avant d'être traduits en anglais.

— Oui, acquiesça Da. Et l'Église catholique romaine a essayé d'interdire les traductions – elle ne voulait pas que des gens comme nous lisent la Bible et puissent discuter avec les curés. »

Da manquait souvent un peu de charité chrétienne quand il parlait des catholiques. Il donnait l'impression de les détester plus encore que les athées. Mais il adorait les débats. « Bien, reprit Billy, dans ce cas, où sont les originaux ?

— Quels originaux ?

— Ceux de la Bible, les livres qui ont été écrits en hébreu et en grec. Où sont-ils conservés ? »

Ils étaient assis de part et d'autre de la table carrée, dans la cuisine de la maison de Wellington Row. C'était le milieu de l'après-midi. Billy était rentré de la mine et s'était lavé les mains et la figure, mais il portait encore sa tenue de travail. Da avait suspendu sa veste et était en gilet et en manches de chemise, avec un col et une cravate – il ressortait après le dîner pour une réunion syndicale. Mam réchauffait la potée sur la cuisinière. Gramper était assis avec eux, suivant leur discussion avec un sourire en coin, comme s'il avait déjà entendu tout cela bien souvent.

« En fait, nous n'avons pas les vrais originaux, reconnut Da. Ils sont usés, depuis tous ces siècles. Ce que nous avons, ce sont des copies.

— Alors, où sont les copies ?

— Un peu partout – dans des couvents, des musées...

— Il faudrait les conserver toutes au même endroit.

— Il existe plus d'une copie de chaque livre, vois-tu, et certaines sont meilleures que d'autres.

— Comment une copie peut-elle être meilleure qu'une autre ? Il ne peut pas y avoir de différences entre elles.

— Si. Au fil des ans, des erreurs humaines s'y sont glissées.

— Mais alors, demanda Billy perplexe, comment sait-on laquelle est la bonne ?

— Il y a des savants qui se livrent à ce qu'on appelle la critique textuelle : ils se chargent de comparer les différentes versions et de produire un texte autorisé. »

Billy était scandalisé. « Tu veux dire qu'il n'existe pas un livre qui transmette la parole de Dieu de façon incontestable ? Les hommes en discutent et expriment leur opinion ?

— Oui.

— Comment savons-nous qu'ils ont raison ? »

Da sourit d'un air entendu, ce qui voulait dire qu'il était dos au mur. « Nous croyons que s'ils travaillent dans l'humilité et la prière, Dieu guidera leurs pas.

— Et sinon ? »

Mam posa quatre bols sur la table. « Ne discute pas avec ton père. » Elle prit la miche de pain et coupa quatre grosses tranches.

« Laisse-le faire, Cara, ma fille, intervint Gramper. Laisse ce garçon poser des questions.

— Nous avons foi dans la capacité de Dieu de faire que sa parole nous parvienne telle qu'il le souhaite.

— Ça ne tient pas debout, ce que tu dis ! »

Mam le reprit à nouveau. « Ne parle pas à ton père sur ce ton ! Tu n'es qu'un enfant, tu ne sais rien. »

Billy l'ignora : « Pourquoi Dieu n'a-t-il pas guidé le travail des copistes et ne les a-t-il pas empêchés de faire des fautes, s'il voulait vraiment que nous connaissions sa parole ?

— Il est des choses qu'il ne nous est pas donné de comprendre », répliqua Da.

Cette réponse était la moins convaincante de toutes, et Billy ne s'y arrêta pas. « Si les copistes ont pu commettre des erreurs, ceux qui ont fait de la critique textuelle ont pu se tromper aussi.

— Il faut avoir la foi, Billy.

— Foi dans la parole de Dieu, oui, pas dans celle d'une bande de professeurs de grec ! »

Mam s'assit à table et repoussa une mèche grisonnante de ses yeux. « Évidemment, comme d'habitude, c'est toi qui as raison et tous les autres tort, c'est ça ? »

Ce reproche éculé le piquait toujours au vif, parce qu'il semblait justifié. Comment pouvait-il se croire plus sage que les autres ? « Ce n'est pas moi, protesta-t-il. C'est une question de logique !

— Oh, toi et ta fichue logique ! dit sa mère. Mange donc, va. »

La porte s'ouvrit sur Mrs Dai Cheval. Cela n'avait rien d'inhabituel dans le quartier : seuls les étrangers frappaient. Mrs Dai portait un tablier et des bottes d'homme : ce qu'elle avait à dire devait être si urgent qu'elle n'avait même pas mis son chapeau pour sortir. Visiblement émue, elle brandit une feuille de papier. « Je suis expulsée ! annonça-t-elle. Qu'est-ce que je vais faire ? »

Da se leva et lui céda sa chaise. « Asseyez-vous et reprenez votre souffle, madame Dai Cheval, dit-il calmement. Laissez-moi lire cette lettre. Là. » Il prit le feuillet de sa main rouge et noueuse et le posa à plat sur la table.

Billy vit qu'elle était dactylographiée sur du papier à en-tête de Celtic Minerals.

« Madame, lut Da à haute voix, la maison située à l'adresse indiquée ci-dessus doit être affectée à un mineur en activité. » Celtic Minerals avait construit la plupart des maisons d'Aberowen. Au fil des ans, certaines, comme celle où vivait la famille Williams, avaient été vendues à leurs occupants. Mais la plupart étaient toujours louées aux mineurs. « Conformément aux conditions prévues par votre bail, je... » Da s'interrompit, manifestement outré. « ... je vous adresse par la présente un préavis de congé de deux semaines ! acheva-t-il.

— Un préavis de congé ! s'écria Mam. Et ça ne fait pas six semaines qu'on a enterré son mari !

— Où voulez-vous que j'aille, avec cinq enfants ? » gémit Mrs Dai Cheval.

Billy était scandalisé, lui aussi. Comment la compagnie pouvait-elle faire une chose pareille à une femme dont le mari avait trouvé la mort dans sa mine ?

« C'est signé tout en bas "Perceval Jones, président du conseil d'administration", ajouta encore Da.

— Quel bail, d'ailleurs ? demanda Billy. Depuis quand est-ce que les mineurs ont des baux ?

— Il n'y a pas de bail écrit, lui expliqua Da, mais la loi parle de contrat implicite. Nous avons déjà mené ce combat et nous avons perdu. » Il se tourna vers Mrs Dai. « La maison va avec l'emploi, en théorie, mais généralement, on autorise les veuves à rester. Il arrive qu'elles partent d'elles-mêmes pour aller vivre ailleurs, chez leurs parents par exemple. Ou bien elles se remarient, avec un autre mineur qui reprend le bail. Le plus souvent, elles ont au moins un fils qui descend à la mine quand il est assez grand. La compagnie minière n'a pas vraiment intérêt à les jeter à la rue.

— Alors pourquoi est-ce qu'ils veulent se débarrasser de moi et de mes enfants ? se lamenta Mrs Dai.

— Perceval Jones est pressé, intervint Gramper. Il pense sans doute que le prix du charbon va augmenter. C'est pour ça qu'il a mis en place le poste du dimanche. »

Da hocha la tête. « Ils veulent augmenter la production, c'est sûr, quelles que soient leurs raisons. Mais ce n'est pas en expulsant des veuves qu'ils y arriveront. » Il se leva. « Ça ne se passera pas comme ça ! »

2.

Huit femmes avaient reçu un avis d'expulsion, toutes veuves de mineurs morts dans l'explosion. Perceval Jones leur avait adressé à toutes la même lettre, comme Da put s'en convaincre dans l'après-midi en allant leur rendre visite à tour de rôle, accompagné de Billy. Leurs réactions allaient de la crise de nerfs de Mrs Hywel Jones, qui pleurait sans discontinuer, au fatalisme sombre de Mrs Roley Hughes, qui déclarait que ce pays avait grand besoin d'une guillotine comme ils en avaient à Paris pour les hommes du genre de Perceval Jones.

Billy frémissait d'indignation. Ne suffisait-il pas que ces femmes aient perdu leurs hommes au fond de la mine ? Déjà sans mari, devaient-elles aussi être sans toit ? « La compagnie peut-elle faire une chose pareille, Da? demanda-t-il comme ils s'éloignaient des tristes rangées de maisons grises pour se diriger vers le carreau de la mine.

— Seulement si on les laisse faire, fiston. La classe ouvrière est beaucoup plus nombreuse que la classe dirigeante, et plus forte. Ces gens-là dépendent entièrement de nous. C'est nous qui produisons leur nourriture, qui construisons leurs maisons, qui fabriquons leurs vêtements. Sans nous, ils sont morts. Ils ne peuvent pas se permettre *n'importe quoi*, sauf si nous les laissons faire. N'oublie jamais ça. »

En arrivant à la porte du bureau de l'administration, ils fourrèrent leur casquette dans leur poche. « Bonjour, monsieur Williams, dit Grêlé Llewellyn nerveusement. Si vous voulez bien attendre une minute, je vais voir si Mr Morgan peut vous recevoir.

— Ne fais pas l'idiot, mon gars, bien sûr qu'il va me recevoir », rétorqua Da et, sans attendre, il entra dans le bureau du patron. Billy le suivit.

Maldwyn Morgan consultait un registre, mais Billy eut l'impression qu'il cherchait seulement à se donner une contenance. Il leva les yeux, ses joues roses rasées de près, comme toujours. « Entrez, Williams », dit-il inutilement. Contrairement à beaucoup d'autres, il n'avait pas peur de Da. Morgan était natif d'Aberowen, c'était le fils d'un instituteur et il avait fait des études d'ingénieur. Da et lui se ressemblaient, se dit Billy : c'étaient des hommes intelligents, sûrs d'eux et obstinés.

« Vous savez pourquoi je suis ici, monsieur Morgan, commença Da.

— Je m'en doute, mais dites toujours.

— Je veux que vous repreniez ces avis d'expulsion.

— La compagnie a besoin de ces maisons pour des mineurs.

— Ça va faire du grabuge.

— C'est une menace ?

— Ne vous emballez pas, fit Da d'un ton conciliant. Ces femmes ont perdu leurs maris dans votre mine. Ne vous sentez-vous pas responsable d'elles ? »

Morgan releva le menton, sur la défensive. « L'enquête publique a établi que l'explosion n'était pas due à une éventuelle négligence de la compagnie. »

Billy aurait bien voulu lui demander comment un homme intelligent pouvait tenir des propos pareils sans rougir.

Da répliqua : « L'enquête a dressé une liste d'infractions longue comme le train de Paddington – absence de protection des équipements électriques, pas d'appareils respiratoires, pas de pompe à incendie correcte...

— Mais ces infractions n'ont pas été la cause de l'explosion, ni de la mort des mineurs.

— Il a été impossible de *prouver* que ces infractions sont à l'origine de l'explosion et de ces morts. »

Morgan remua sur sa chaise, mal à l'aise. « Vous n'êtes pas venu ici discuter de l'enquête, je suppose.

— Je suis venu essayer de vous faire entendre raison. Au moment même où nous parlons, cette histoire de lettres est en train de faire le tour de la ville. » Da fit un geste en direction de la fenêtre et Billy vit le soleil d'hiver qui se couchait derrière la montagne. « Les hommes sont à la chorale, ils prennent un verre au pub, ils assistent à des réunions de prière, jouent aux échecs – et ils parlent tous de l'expulsion des veuves. Vous pouvez parier tout ce que vous voulez qu'ils sont furieux.

— Je vous repose la question : cherchez-vous à intimider la compagnie ? »

Billy l'aurait volontiers étranglé, mais Da soupira. « Écoutez, Maldwyn, nous nous connaissons depuis l'école. Soyez raisonnable. Vous savez qu'il y en a certains, au syndicat, qui se montreront plus agressifs que moi. » Da faisait allusion au père de Tommy Griffiths, Len, qui croyait à la révolution et espérait toujours que le prochain conflit serait l'étincelle qui mettrait le feu aux poudres. Il aurait bien voulu aussi occuper le poste de Da. On pouvait compter sur lui pour proposer des mesures énergiques.

« Êtes-vous en train de me dire que vous avez l'intention d'appeler à la grève ? demanda Morgan.

— Je suis en train de vous dire que les hommes vont être en colère. Je ne peux pas prévoir ce qu'ils feront. Mais je n'ai pas envie qu'il y ait des troubles, et vous non plus. Nous parlons de huit maisons sur quoi... huit cents ? Voilà la question que je suis venu vous poser : est-ce que ça en vaut vraiment la peine ?

— La compagnie a pris sa décision, répondit Morgan, et Billy eut l'intuition qu'il ne l'approuvait pas.

— Demandez au conseil d'administration de revenir dessus. En quoi cela pourrait-il nuire à la compagnie ? »

Les propos modérés de Da agaçaient Billy. Ne ferait-il pas mieux d'élever la voix, de brandir un index accusateur et de dénoncer la cruauté impitoyable dont la compagnie se rendait manifestement coupable ? C'est ce que Len Griffiths aurait fait.

Morgan demeura inflexible. « Je suis ici pour faire appliquer les décisions du conseil, pas pour les contester.

— Autrement dit, le conseil a déjà approuvé les expulsions, insista Da.

— Je n'ai pas dit ça », répliqua Morgan, visiblement énervé.

Mais il l'avait laissé entendre, songea Billy, grâce aux questions habiles de Da. Peut-être la douceur n'était-elle pas une si mauvaise méthode, après tout.

Da changea alors de tactique. « Et si je vous trouvais huit maisons dont les occupants sont prêts à prendre vos nouveaux mineurs comme locataires ?

— Ces hommes ont des familles.

— Nous pourrions trouver un compromis, dit Da lentement et posément, si vous y mettiez un peu du vôtre.

— La compagnie doit être libre d'administrer ses affaires comme elle l'entend.

— Quelles que soient les conséquences pour autrui ?

— C'est notre houillère. La compagnie a fait le relevé topographique, négocié avec le comte, creusé la mine et acheté l'équipement nécessaire, et c'est elle qui a construit les maisons pour loger les mineurs. Nous avons tout payé, cela nous appartient et personne n'a à nous dire ce que nous devons en faire. »

Da remit sa casquette. « Vous n'avez pas enfoncé le charbon dans le sol pourtant, Maldwyn, si ? Ça, c'est Dieu qui s'en est chargé. »

3.

Da aurait voulu réserver la salle des fêtes de la mairie pour organiser une réunion le lendemain soir à sept heures et demie, mais elle était déjà prise par le club de théâtre amateur d'Aberowen qui répétait *Henry IV, Première partie*. Aussi décida-t-il que les mineurs se retrouveraient au temple Bethesda. Billy et Da, ainsi que Len et Tommy Griffiths et quelques autres syndicalistes militants firent le tour de la ville pour prévenir tout le monde et apposer des affiches manuscrites dans les pubs et les lieux de culte.

À sept heures et quart, le lendemain soir, le temple était comble. Les veuves étaient assises au premier rang, et tous les autres étaient debout. Billy se tenait sur le côté, tout devant, pour mieux voir les visages des hommes. Tommy Griffiths était avec lui.

Billy était fier de l'audace et de l'intelligence de Da, fier aussi qu'il ait remis sa casquette avant de sortir du bureau de Morgan. Mais il regrettait tout de même qu'il n'ait pas été plus agressif. Il aurait dû parler à Morgan sur le même ton qu'aux fidèles de Bethesda, lorsqu'il menaçait du feu et du soufre de l'enfer ceux qui refusaient de voir la vérité.

À sept heures trente précises, Da réclama le silence. De sa voix impérieuse de prédicateur, il lut la lettre que Perceval Jones avait adressée à Mrs Dai Cheval. « Le même message a été envoyé aux huit veuves d'hommes tués dans l'explosion de la mine il y a six semaines. »

Plusieurs voix s'élevèrent pour crier : « C'est honteux !

— Notre règle veut que personne ne prenne la parole sans que le président de la réunion ne l'y ait invité, afin que chacun puisse se faire entendre à son tour. Je vous remercierai d'observer cette règle, même en un jour comme aujourd'hui, où les esprits sont évidemment échauffés.

— C'est quand même une foutue honte ! hurla quelqu'un.

— Allons, allons, Griff Pritchard, pas de jurons. Nous sommes dans un temple, et puis il y a des dames. »

Deux ou trois hommes s'exclamèrent : « Bravo, bravo. »

Griff Pritchard, qui avait passé tout son temps aux Deux Couronnes depuis la fin du poste dans l'après-midi, murmura : « Pardon, monsieur Williams.

— Je suis allé voir hier le directeur des houillères et je lui ai demandé formellement de retirer les avis d'expulsion, mais il a refusé. Il m'a laissé entendre qu'il s'agissait d'une décision du conseil d'administration et qu'il n'avait pas le pouvoir de la modifier, ni même de la contester. Quand j'ai insisté pour que nous essayions de trouver une solution, il m'a répondu que la compagnie avait le droit d'administrer ses affaires sans ingérence extérieure. Je n'ai pas d'autres informations à vous communiquer.» C'était un peu faible, regretta Billy. Pourquoi Da n'appelait-il pas à la révolution? Da désignait un homme qui avait levé la main. «John Jones l'Épicerie.

— J'ai habité toute ma vie au 23, Gordon Terrace, dit Jones. C'est là que je suis né et j'y suis toujours. Mon père est mort quand j'avais onze ans. Ça a été vraiment dur pour ma mère, mais elle a eu le droit de rester. Quand j'ai eu treize ans, je suis descendu à la mine et, maintenant, c'est moi qui paye le loyer. Ça s'est toujours passé comme ça. Il n'a jamais été question de nous flanquer dehors.

— Merci, John Jones. As-tu une motion à soumettre?

— Non, c'était juste pour dire.

— J'ai une motion, moi, lança quelqu'un. La grève!»

Un chœur d'approbations salua cette intervention.

Le père de Billy annonça : «Dai Ouin-ouin.

— Voilà comment je vois les choses, dit le capitaine de l'équipe de rugby de la ville. On ne peut pas laisser la compagnie s'en tirer comme ça. Si on les laisse expulser les veuves, comment être tranquilles pour nos familles? Un homme pourra trimer toute sa vie pour Celtic Minerals et mourir au turbin, et deux semaines plus tard, sa famille se retrouvera à la rue? Dai Syndicat a été au bureau, il a essayé de mettre un peu de plomb dans la cervelle de Morgan-parti-pour-Merthyr, mais ça n'a servi à rien, alors on n'a pas d'autre solution que la grève.

— Merci, Dai, dit Da. Dois-je y voir une motion formelle en faveur d'une action de grève?

— Oui.»

Bill s'étonna que Da l'ait acceptée aussi vite. Il savait que son père voulait éviter qu'on en arrive là.

«Un vote!» cria quelqu'un.

Da reprit : «Avant de mettre cette proposition aux voix, il faut décider de la date d'une éventuelle grève.»

Ah, se dit Billy, finalement il ne l'accepte pas.

«Nous pouvons envisager de commencer lundi, poursuivit Da. En attendant, pendant que nous continuons à travailler, la menace de grève pourrait faire réfléchir les administrateurs – et nous pourrions obtenir gain de cause sans perte de salaire.»

Da cherchait à gagner du temps, faute de mieux, comprit Billy.

Mais Len Griffiths, qui était arrivé à la même conclusion,

intervint : « Puis-je prendre la parole, monsieur le président ? » Le père de Tommy avait un crâne dégarni entouré d'une couronne de cheveux aussi noirs que sa moustache. Il s'avança et prit place à côté de Da, face à la foule, comme pour donner l'impression qu'ils étaient sur un pied d'égalité. Les hommes se turent. Comme Da et Dai Ouin-ouin, Len faisait partie de la poignée de gens qu'ils écoutaient toujours dans un silence respectueux. « Je vous le demande : est-il raisonnable d'accorder à la compagnie quatre jours de sursis ? Supposez qu'ils ne changent pas d'avis – ce qui paraît très probable, vu l'obstination qu'ils ont manifestée jusqu'ici. Dans ce cas, on n'aura rien obtenu d'ici lundi et les veuves auront encore moins de temps pour agir. » Il éleva légèrement le ton pour souligner ses propos. « Je vous le dis, camarades, ne cédons pas d'un pouce ! »

La foule l'acclama et Billy en fit autant.

« Merci, Len, dit Da. J'ai deux motions sur la table, dans ce cas : grève demain ou grève lundi. Quelqu'un d'autre veut prendre la parole ? »

Billy observait attentivement comment son père conduisait la réunion. Le prochain à s'exprimer fut Giuseppe « Joey » Ponti, soliste de la chorale d'hommes d'Aberowen, le frère aîné de Johnny, un camarade de classe de Billy. Malgré son nom italien, il était né à Aberowen et parlait avec le même accent que tous les hommes rassemblés dans la salle. Il défendit, lui aussi, l'idée d'une grève immédiate.

Da parcourut la salle du regard : « En toute impartialité, pourrais-je avoir un orateur en faveur d'un report de la grève à lundi ? »

Billy se demanda pourquoi il ne mettait pas son autorité dans la balance. S'il plaidait pour lundi, peut-être réussirait-il à les faire changer d'avis. Mais s'il échouait, il se trouverait dans une position inconfortable, obligé de prendre la tête d'une grève qu'il n'avait pas défendue. Da n'était pas vraiment libre de dire ce qu'il pensait, comprit Billy.

Le débat s'élargit. Les stocks de charbon étaient importants, ce qui permettait à l'administration de tenir longtemps, mais la demande était forte, elle aussi, et les charbonnages voudraient vendre tant qu'ils le pouvaient. Le printemps arrivait, et les familles de mineurs pourraient bientôt se passer de leur prime de charbon. Le point de vue des mineurs était solidement étayé par une pratique de longue date mais, prise au pied de la lettre, la loi donnait raison à l'administration.

Da laissa la discussion se prolonger, et certaines interventions devinrent fastidieuses. S'interrogeant sur les motivations de son père, Billy devina qu'il espérait que les esprits se calmeraient. Mais finalement, il dut mettre les motions aux voix.

« D'abord, tous ceux qui préféreraient qu'il n'y ait pas de grève du tout. »

Quelques hommes levèrent la main.

« Ensuite ceux qui sont pour que la grève commence lundi. »

Il y eut un vote important en faveur de cette motion, mais Billy ne savait pas s'il suffirait à lui assurer la victoire. Tout dépendait du nombre d'abstentions.

« Enfin, ceux qui sont pour la grève dès demain. »

Des acclamations s'élevèrent et une forêt de bras s'agita. Le résultat ne faisait aucun doute.

« La motion en faveur d'une grève dès demain est adoptée », annonça Da. Personne ne proposa de compter les voix.

La réunion fut levée. En sortant, Tommy lança gaiement : « Alors, on a congé demain.

— Oui, dit Billy. Et pas d'argent à dépenser. »

4.

La première fois que Fitz avait fait appel aux services d'une prostituée, il avait voulu l'embrasser – moins par envie que parce qu'il croyait que cela se faisait. « J'embrasse pas », avait-elle dit brutalement avec son accent cockney, après quoi il n'avait plus jamais réessayé. Bing Westhampton prétendait que ce refus était courant chez ces filles-là, ce qui était tout de même curieux quand on songeait à l'intimité des autres gestes qu'elles autorisaient. Peut-être cette réserve sans conséquence leur permettait-elle de conserver un restant de dignité.

Dans le milieu de Fitz, une jeune fille n'était pas censée échanger de baiser avec qui que ce soit avant le mariage. Elles le faisaient tout de même, bien sûr, en profitant des rares instants où elles échappaient à la surveillance de leur chaperon, à la faveur d'une pièce déserte dans une demeure où se donnait un bal, ou derrière un bosquet de rhododendrons dans le parc d'une maison de campagne. Cela ne laissait jamais à la passion le temps de mûrir.

Fitz n'avait vraiment embrassé qu'une femme, la sienne, Bea. Elle lui offrait son corps comme une cuisinière servirait un gâteau particulièrement savoureux, délicieusement odorant, sucré à point et superbement décoré. Elle ne lui refusait rien, mais ne demandait rien non plus. Si elle lui tendait les lèvres et ouvrait la bouche pour qu'il y insinue sa langue, il n'avait jamais l'impression qu'elle appelait ses caresses avec la moindre ardeur.

Ethel embrassait comme si elle n'avait plus qu'une minute à vivre.

Ils étaient dans la chambre des gardénias, à côté du lit recouvert d'une housse, étroitement enlacés. Elle lui suçait la langue, lui mordait les lèvres, lui léchait le cou et, en même temps, elle lui caressait les cheveux, lui empoignait la nuque et glissait les mains sous son gilet pour frotter ses paumes contre sa poitrine. Quand enfin ils se détachèrent, hors d'haleine, elle prit son visage entre ses deux mains, immobilisant sa tête, et le regarda dans les yeux. « Vous êtes si beau », murmura-t-elle.

Il s'assit au bord du lit, la tenant par les mains. Elle était debout devant lui. Il savait que certains hommes avaient pour habitude de séduire leurs domestiques, mais ce n'était pas son genre. À quinze ans, il était tombé amoureux d'une petite bonne dans leur maison de Londres : il n'avait fallu à sa mère que quelques jours pour découvrir le pot aux roses et elle avait immédiatement congédié la fille. « Excellent choix, j'en conviens », lui avait dit son père avec un sourire. Depuis, il n'avait pas touché une employée. Mais il ne pouvait résister à Ethel.

« Pourquoi êtes-vous revenu ? lui demanda-t-elle. Je croyais que vous deviez passer tout le mois de mai à Londres.

— Je voulais te voir. » Il se rendit compte qu'elle avait peine à le croire. « Je n'ai cessé de penser à toi toute la journée, tous les jours. Il fallait que je revienne, c'est tout. »

Elle se pencha et l'embrassa encore. Retenant ses lèvres, il se laissa lentement tomber en arrière sur le lit, l'entraînant avec elle jusqu'à ce qu'elle soit allongée sur lui. Elle était si mince qu'elle ne pesait guère plus qu'une enfant. Ses cheveux s'échappèrent des épingles qui les retenaient et il enfonça ses doigts dans les boucles lustrées.

Au bout de quelques instants, elle roula sur le côté et resta couchée près de lui, haletante. Il s'appuya sur un coude et la regarda. Elle lui avait dit qu'il était beau, mais en cet instant précis, elle était la plus jolie créature qu'il ait jamais vue. Elle avait les joues roses, les cheveux en désordre et ses lèvres rouges étaient humides et entrouvertes. Ses yeux noirs étaient rivés sur lui dans une expression d'adoration.

Posant la paume sur sa hanche, il lui caressa la cuisse. Elle couvrit sa main de la sienne, l'immobilisant, comme pour l'empêcher d'aller trop loin. « Pourquoi vous appelle-t-on Fitz ? demanda-t-elle. Votre prénom, c'est Edward, n'est-ce pas ? »

Elle ne parlait que pour essayer de tempérer un peu leur fièvre, il en était sûr. « Cela date de l'école, expliqua-t-il. Tous les garçons avaient des surnoms. Et puis, Walter von Ulrich est venu chez nous pour des vacances et Maud l'a imité. Ce nom m'est resté.

— Mais avant, comment vos parents vous appelaient-ils ?

— Teddy.

— Teddy, articula-t-elle, savourant la sonorité du nom sur sa langue. J'aime mieux ça que Fitz. »

Il recommença à lui caresser la cuisse et, cette fois, elle le laissa faire. Tout en l'embrassant, il retroussa lentement la longue jupe de sa robe noire d'intendante. Elle portait des bas de coton, et il caressa ses genoux nus. Au-dessus, elle portait des pantalons de toile. Il effleura ses cuisses à travers l'étoffe, puis glissa la main jusqu'à l'entrejambe. Elle gémit et se pressa contre sa main.

« Retire-les, chuchota-t-il.

— Non ! »

Il trouva le cordon qui fermait les pantalons à la taille et tira brutalement pour le défaire.

Elle reposa sa main sur la sienne. « Non.

— Je veux juste te toucher.

— J'en ai encore plus envie que vous. Mais il ne faut pas. »

Il s'agenouilla sur le lit. « Nous ne ferons rien sans que tu le souhaites, dit-il. Je te le promets. » Puis il prit le haut du sous-vêtement dans ses deux mains et déchira l'étoffe. Elle en eut le souffle coupé, mais ne protesta pas. Il s'allongea à nouveau et l'explora de la main. Elle avait les yeux fermés et haletait, comme si elle avait couru. Il devina que personne encore ne lui avait fait cela et, au fond de lui, une petite voix l'exhorta à ne pas profiter de son innocence, mais son désir était trop impérieux pour qu'il l'écoute.

Il déboutonna son pantalon et s'allongea sur elle.

« Non, dit-elle.

— S'il te plaît.

— Et si je tombe enceinte ?

— Je me retirerai avant.

— Promis ?

— Promis. » Et il se glissa en elle.

Il sentit un obstacle. Elle était vierge. Sa conscience émit une nouvelle protestation, d'une voix plus forte cette fois. Il s'interrompit. Mais c'était elle qui ne pouvait plus résister. Elle lui prit les hanches et l'attira en elle, se soulevant légèrement en même temps. Il sentit quelque chose se rompre, et elle poussa un petit cri de douleur. Le passage était libre. Tandis qu'il allait et venait en elle, elle épousa son rythme avec impatience. Elle ouvrit les yeux et contempla son visage. « Oh, Teddy, Teddy », murmura-t-elle et il comprit qu'elle l'aimait. Cette idée l'émut presque aux larmes et il fut incapable de réfréner son désir. Il atteignit l'orgasme avec une soudaineté inattendue. Il se retira précipitamment et répandit sa semence sur la cuisse d'Ethel avec un gémissement de passion mêlée de déception. Elle posa la main derrière sa tête et attira son visage vers le sien, l'embrassant fougueusement, puis elle ferma les yeux et poussa un petit cri de surprise et de plaisir, lui sembla-t-il ; c'était terminé.

J'espère que je me suis retiré à temps, pensa-t-il.

5.

Ethel poursuivit son travail habituel, mais elle avait l'impression de posséder en secret, au fond de sa poche, un diamant qu'elle pouvait caresser de temps en temps, suivant du doigt ses surfaces lisses et ses arêtes aiguës quand personne ne la voyait.

Lorsque le réalisme reprenait le dessus, elle s'inquiétait, se demandait où cet amour allait la conduire et songeait parfois avec consternation à ce que son père, nourri d'idées socialistes et religieuses, penserait s'il venait à l'apprendre. Mais la plupart du temps, elle avait simplement l'impression de tomber à travers les airs sans que rien puisse arrêter sa chute. Elle aimait tout en lui, sa démarche, son odeur, ses vêtements, ses manières si policées, son allure autoritaire. Elle aimait aussi la perplexité qu'exprimaient parfois ses traits. Et quand elle le voyait sortir de la chambre de sa femme, l'air blessé, elle en aurait pleuré. Elle était amoureuse et n'y pouvait rien.

Elle lui adressait la parole au moins une fois par jour et ils réussissaient généralement à se ménager quelques instants de tête-à-tête pour échanger un long baiser ardent. Il lui suffisait de l'embrasser ainsi pour se sentir tout humide, et il lui arrivait de devoir laver ses pantalons au milieu de la journée. Il prenait d'autres libertés également, profitant de la moindre occasion pour lui caresser tout le corps, ce qui exacerbait le désir qu'elle avait de lui. À deux reprises encore, ils avaient pu se retrouver dans la chambre des gardénias et s'allonger sur le lit.

Quelque chose pourtant intriguait Ethel : les deux fois, Fitz l'avait mordue, violemment, à l'intérieur de la cuisse d'abord, puis au sein. Elle avait poussé un cri, promptement étouffé. Sa réaction avait paru l'enflammer davantage. Et, malgré la douleur, elle avait été émoustillée par cette morsure ou, du moins, par l'idée que la passion qu'elle lui inspirait était si intense qu'elle ne trouvait pas d'autre exutoire. Elle ne savait pas si ce geste était normal, et n'avait personne à qui le demander.

Mais son principal motif d'inquiétude était qu'un jour Fitz ne se retire pas à temps. Cette appréhension était tellement vive qu'elle fut presque soulagée quand la princesse Bea et lui durent repartir pour Londres.

Avant son départ, elle le persuada de nourrir les enfants des mineurs en grève. « Pas les parents, parce qu'il ne faut pas donner l'impression que tu prends leur parti, dit-elle. Seulement les petits garçons et les petites filles. La grève dure depuis deux semaines et ils ne mangent pas à leur faim. Ça ne te coûterait pas grand-chose. Ils doivent être environ cinq cents, je pense. Tout le monde t'adorerait si tu faisais ça, Teddy.

— Nous pourrions dresser une grande tente sur la pelouse, dit-il, allongé sur le lit de la chambre des gardénias, le pantalon défait, la tête dans son giron.

— Et tout préparer ici, dans les cuisines, s'enthousiasma-t-elle. Une bonne potée avec de la viande et des pommes de terre, et autant de pain qu'ils pourront en avaler.

— Et même du pudding aux raisins, qu'en dis-tu ? »

L'aimait-il ? Elle se posait la question. En cet instant, elle avait le sentiment qu'il aurait fait tout ce qu'elle lui demandait : lui offrir des bijoux, l'emmener à Paris, acheter une jolie maison pour ses parents. Elle ne voulait rien de tout cela – mais que voulait-elle ? Elle ne le savait pas et refusait que des questions insolubles sur l'avenir viennent gâcher son bonheur présent.

Quelques jours plus tard, un samedi à midi, elle était sur la pelouse est et regardait les enfants d'Aberowen dévorer à belles dents leur premier repas gratuit. Fitz ne se doutait pas qu'il était bien meilleur que ce qu'ils avaient dans leurs assiettes quand leurs pères travaillaient. Du pudding aux raisins, et quoi encore ! La présence des parents n'était pas autorisée, mais la plupart des mères étaient accrochées aux grilles, heureuses de voir leurs petits profiter de cette aubaine. En se tournant vers elles, Ethel vit que quelqu'un lui faisait signe et elle descendit l'allée.

Le groupe rassemblé à la grille était essentiellement constitué de femmes : les hommes ne s'occupaient pas des enfants, même pendant une grève. Elles se massèrent autour d'Ethel, très agitées.

« Que se passe-t-il ? demanda-t-elle.

— Ils expulsent tout le monde ! répondit Mrs Dai Cheval.

— Tout le monde ? » Ethel ne comprenait pas. « Comment ça ?

— Tous les mineurs qui sont locataires de Celtic Minerals.

— Seigneur ! » Ethel était horrifiée. « Que Dieu nous protège. » L'émotion céda à l'incompréhension. « Mais pourquoi ? Qu'est-ce que ça rapporte à la compagnie ? Elle n'aura plus de mineurs.

— Ces hommes, dit Mrs Dai, quand ils commencent à se battre, ils n'ont plus qu'une idée en tête : gagner. Ils ne céderont à aucun prix. Ils sont tous pareils. Attention, je ne veux pas dire que si c'était possible, je ne serais pas heureuse que mon Dai, il soit encore là.

— C'est affreux. » Comment la compagnie trouverait-elle suffisamment de briseurs de grève pour assurer le fonctionnement de la mine ? se demanda-t-elle. Si la mine fermait, la ville mourrait. Il n'y aurait plus d'acheteurs dans les commerces, plus d'enfants à l'école, plus de patients chez les médecins... Son père n'aurait plus de travail, lui non plus. Qui aurait pu imaginer que Perceval Jones se montrerait aussi obstiné ?

Mrs Dai reprit : «Je me demande ce que le roi dirait, s'il savait ça.»

Ethel se posait la même question. La compassion du roi avait paru sincère. Mais il ne savait certainement pas que les veuves avaient été expulsées.

Elle eut alors une idée. « Il faudrait peut-être le lui dire.

— Je le ferai, pour sûr, la prochaine fois que je le verrai, s'esclaffa Mrs Dai.

— Vous pourriez lui écrire.

— Ne dis pas de bêtises, Ethel.

— Je suis sérieuse. Vous devriez le faire. » Elle parcourut le groupe du regard. « Une lettre signée par les veuves auxquelles le roi a rendu visite, lui apprenant que vous êtes chassées de vos maisons et que la ville est en grève. Il sera bien obligé d'en tenir compte, non ? »

Mrs Dai s'inquiéta : « C'est que j'voudrais pas avoir d'ennuis, moi. »

Mrs Minnie Ponti, une femme blonde et mince qui ne mâchait pas ses mots, intervint : « T'as pas de mari, t'as pas de maison, t'as nulle part où aller : qu'est-ce que tu veux de plus comme ennuis ?

— C'est vrai. Mais j'saurais pas quoi dire. Est-ce qu'on met : "Cher roi", ou bien : "Cher George V", ou bien quoi ? »

Ethel dit : « Il faut commencer par "Sire". À force de travailler ici, je sais tout ça. Ne perdons pas de temps. Accompagnez-moi à l'office.

— Tu crois qu'on peut ?

— C'est moi l'intendante, maintenant, madame Dai. C'est moi qui dis si on peut ou non. »

Les femmes lui emboîtèrent le pas dans l'allée et contournèrent la maison pour se rendre aux cuisines. Elles s'assirent à la table des domestiques et la cuisinière fit du thé. Ethel avait une réserve de papier blanc dont elle se servait pour sa correspondance avec les fournisseurs.

« "Sire", dit-elle en écrivant. Et ensuite ? »

Mrs Dai Cheval suggéra : « "Pardonnez notre insolence d'écrire à Votre Majesté."

— Non, objecta Ethel résolument, ne vous excusez pas. C'est notre roi, nous avons le droit de lui adresser une requête. Écrivons : "Nous sommes les veuves auxquelles Votre Majesté a rendu visite à Aberowen après l'explosion de la mine."

— Très bien », approuva Mrs Ponti.

Ethel poursuivit. « "Nous avons été très honorées de la visite de Votre Majesté et réconfortées par ses aimables condoléances et par la gracieuse compassion de Sa Majesté la reine."

— Tu es douée, admira Mrs Dai. Tu tiens ça de ton père.

— Ne lui passe pas trop de pommade quand même, protesta Mrs Ponti.

— Entendu. Voyons. "Nous nous adressons à Votre Majesté pour lui demander de l'aide. Parce que nos maris sont morts, nous sommes expulsées de nos maisons."

— "Par Celtic Minerals", ajouta Mrs Ponti.

— "Par Celtic Minerals. Toute la mine s'est mise en grève pour nous défendre, mais maintenant, les autres sont expulsés, eux aussi."

— N'allonge pas trop la sauce, conseilla Mrs Dai. Il risque d'être trop occupé pour tout lire.

— C'est bon. Il n'y a qu'à conclure par : "Est-ce le genre de choses que l'on peut permettre dans votre royaume ?"

— C'est un peu mou, objecta Mrs Ponti.

— Non, non, c'est bien, dit Mrs Dai. Ça fait appel à son sens du bien et du mal.

— "Nous avons l'honneur d'être, Sire, les plus humbles et les plus obéissantes servantes de Votre Majesté", conclut Ethel.

— Il faut vraiment mettre ça ? demanda Mrs Ponti. J'suis pas une servante, moi. Sans vouloir t'offenser, Ethel.

— C'est la formule normale. Le comte termine comme ça quand il écrit une lettre au *Times*.

— Bon, eh bien alors, si tu le dis, mets-le. »

Ethel fit passer la lettre autour de la table. « Ajoutez votre adresse à côté de votre signature.

— Mon écriture est affreuse, signe donc pour moi », dit Mrs Ponti.

Ethel s'apprêtait à se récrier quand elle songea que Mrs Ponti était peut-être illettrée. Elle écrivit donc sans discuter : « Mrs Minnie Ponti, 19 Wellington Row. »

Elle prit une enveloppe qu'elle adressa à :

Sa Majesté le roi
Buckingham Palace
Londres

Elle la ferma et y colla un timbre. « Et voilà », dit-elle. Les femmes l'applaudirent à tout rompre.

Elle posta la lettre le jour même.

Il n'y eut jamais de réponse.

6.

Le dernier samedi de mars fut une journée bien grise au sud du pays de Galles. Des nuages bas masquaient le sommet de la montagne et la bruine tombait interminablement sur Aberowen. Ethel et la plupart des domestiques de Tŷ Gwyn quittèrent le château – le comte et la princesse étaient à Londres – pour se rendre en ville.

Des renforts de police avaient été envoyés de Londres pour faire appliquer les avis d'expulsion, et des policiers étaient postés dans toutes les rues, leurs lourds imperméables dégoulinants de pluie. La « grève des veuves » était devenue une affaire nationale et des journalistes de Cardiff et de Londres étaient arrivés par le premier train du matin. Ils fumaient des cigarettes et prenaient des notes dans leurs carnets. Il y avait même un gros appareil photographique posé sur un trépied.

Devant chez elle avec sa famille, Ethel regardait. Da n'était pas employé par Celtic Minerals mais par le syndicat, et il était propriétaire de leur maison ; en revanche, la plupart de leurs voisins étaient mis à la porte. Au cours de la matinée, ils sortirent tous leurs biens dans la rue : lits, tables et chaises, casseroles et pots de chambre, un tableau encadré, une pendule, un cageot rempli de vaisselle et de couverts, quelques vêtements ficelés dans du papier journal. Un petit tas d'objets sans valeur ou presque se dressait comme une offrande sacrificielle sur chaque seuil.

Le visage de Da était figé en un masque de colère contenue. Billy avait l'air d'avoir envie d'en découdre. Gramper hochait continûment la tête en répétant : «Je n'ai jamais rien vu de tel, jamais, en soixante-dix ans.» Mam avait la mine sombre.

Ethel pleurait sans pouvoir s'arrêter.

Certains mineurs avaient décroché un nouvel emploi, mais ce n'était pas facile : ils ne pouvaient pas s'adapter aisément à un travail de vendeur ou de chauffeur de bus, et les employeurs, le sachant, refusaient de les embaucher dès qu'ils voyaient la poussière de charbon sous leurs ongles. Une demi-douzaine d'entre eux s'étaient engagés dans la marine marchande, à la chauffe, et avaient obtenu une avance sur salaire pour laisser quelque chose à leurs femmes avant d'embarquer. Quelques-uns avaient choisi de partir pour Cardiff ou Swansea, espérant que les aciéries auraient du travail pour eux. Beaucoup s'installeraient chez des parents, dans les villes voisines. Les autres avaient trouvé un toit provisoire dans une autre maison d'Aberowen, auprès d'une famille de non-mineurs, en attendant la fin de la grève.

«Le roi n'a jamais répondu à la lettre des veuves, annonça Ethel à Da.

— Ce n'était pas la bonne méthode, dit-il brutalement. Regarde ta Mrs Pankhurst. Je ne suis pas du tout pour qu'on accorde le droit de vote aux femmes, mais au moins, elle sait attirer l'attention, elle.

— Qu'est-ce que j'aurais dû faire, me faire arrêter, c'est ça?

— Pas la peine d'aller jusque-là. Si j'avais su ce que vous vouliez faire, je t'aurais conseillé d'envoyer une copie de la lettre au *Western Mail*.

— Je n'y ai pas pensé.» Ethel était consternée. Dire qu'elle aurait pu faire quelque chose pour éviter les expulsions! Elle s'y était mal prise, évidemment.

«Le journal aurait demandé au palais si la lettre était bien arrivée et le roi n'aurait pas pu répondre qu'il avait l'intention de l'ignorer purement et simplement.

— Bon Dieu! Si seulement je t'avais demandé conseil!

— Ne jure pas, dit sa mère.

— Pardon, Mam.»

Les policiers londoniens observaient la scène avec perplexité, sans comprendre l'orgueil et l'obstination ridicules qui avaient conduit à une telle situation. Perceval Jones était invisible. Un journaliste du *Daily Mail* réclama une interview à Da, mais ce journal était hostile aux ouvriers, et Da refusa.

Il n'y avait pas assez de charrettes à bras dans toute la ville et les gens s'en servaient à tour de rôle pour transporter leurs possessions. Après plusieurs heures, en milieu d'après-midi, la dernière pile d'affaires avait disparu et toutes les clés étaient fichées dans les serrures extérieures des portes d'entrée. Les policiers regagnèrent Londres.

Ethel s'attarda un moment dans la rue. Les fenêtres des maisons vides lui rendaient un regard aveugle, tandis que l'eau de pluie dévalait la rue sans rime ni raison. Elle contempla les ardoises mouillées des toits qui descendaient jusqu'aux installations dispersées de la mine, dans le fond de la vallée. Elle aperçut un chat qui longeait une voie ferrée, mais rien d'autre ne bougeait. Aucune fumée ne sortait de la salle des machines et les deux roues jumelles du chevalement se tenaient au sommet de leur tour, immobiles et inutiles dans la pluie fine qui tombait inlassablement.

V

Avril 1914

1.

L'ambassade d'Allemagne occupait un superbe hôtel particulier sur Carlton House Terrace, une des rues les plus chic de Londres. Elle donnait, au-delà d'un jardin luxuriant, sur le portique à colonnes de l'Athenaeum, le cercle des gentlemen intellectuels. Sur l'arrière, ses écuries ouvraient sur le Mall, la large avenue reliant Trafalgar Square à Buckingham Palace.

Walter von Ulrich n'habitait pas là – pas encore. Ce privilège était réservé à l'ambassadeur lui-même, le prince Lichnowsky. Simple attaché militaire, Walter avait une garçonnière à Piccadilly, à dix minutes à pied. Mais il espérait pouvoir occuper un jour les magnifiques appartements privés de l'ambassadeur, à l'intérieur même de ce somptueux bâtiment. Walter n'était pas prince, certes, bien que son père soit un excellent ami de l'empereur Guillaume II. Et Walter parlait anglais comme un ancien élève d'Eton, ce qu'il était. Il avait passé deux ans dans l'armée et trois à la Kriegsakademie, l'académie de guerre, avant d'entrer dans le service diplomatique. À vingt-huit ans, il semblait promis à une brillante carrière.

Ce n'était pas seulement le prestige et la gloire attachés au titre d'ambassadeur qui l'attiraient. Il était fermement convaincu qu'il n'existait pas plus noble vocation que de servir son pays. En quoi son père l'approuvait.

Ils étaient en désaccord sur tout le reste.

Face à face dans le vestibule de l'ambassade, ils se regardaient. Ils avaient la même taille, mais Otto était plus lourd, chauve, et portait une moustache en guidon à l'ancienne mode, alors que Walter arborait une moustache en brosse, bien plus moderne. Ce jour-là, ils étaient vêtus à l'identique, en habit de velours noir avec des culottes à la française, des bas de soie et des souliers à boucle. Ils portaient l'un comme l'autre l'épée et le bicorne. Cet étrange costume était la tenue obligée pour se présenter à la cour de Grande-Bretagne. « On se croirait au théâtre, bougonna Walter. Quel accoutrement grotesque !

— Pas du tout, rétorqua son père. C'est une vieille coutume admirable. »

Otto von Ulrich avait passé une grande partie de sa vie dans l'armée allemande. Jeune officier au début de la guerre franco-prussienne, il avait fait traverser à sa compagnie un pont flottant au cours de la bataille de Sedan. Plus tard, Otto avait été un des amis vers lesquels le jeune empereur Guillaume s'était tourné après sa rupture avec Bismarck, le chancelier de fer. Désormais, la mission d'Otto consistait à se promener d'une capitale européenne à l'autre, telle une abeille se posant sur des fleurs, butinant le nectar des renseignements diplomatiques et le rapportant à la ruche. Il croyait en la monarchie et en la tradition militaire prussienne.

Walter n'était pas moins patriote que lui, mais il estimait que l'Allemagne devait se moderniser et devenir plus égalitaire. Comme son père, il était fier des réalisations scientifiques et technologiques de son pays et de son peuple laborieux et efficace ; néanmoins il pensait qu'ils avaient beaucoup à apprendre des autres nations – la démocratie des Américains libéraux, la diplomatie des artificieux Britanniques et l'art de vivre des élégants Français.

Le père et le fils quittèrent l'ambassade et descendirent une volée de larges marches pour rejoindre le Mall. Walter devait être présenté au roi George V, un rituel considéré comme un privilège bien qu'il ne s'accompagne d'aucun bénéfice particulier. Cet honneur n'était pas couramment accordé à des diplomates de rang subalterne, mais son père n'avait aucun scrupule à faire jouer ses relations pour favoriser la carrière de Walter.

« Les mitrailleuses rendent toutes les autres armes portables obsolètes », observa Walter, poursuivant une discussion déjà engagée. Les armes étaient sa spécialité et il était convaincu qu'il fallait équiper l'armée allemande d'un matériel militaire ultramoderne.

Otto n'était pas de son avis. « Elles s'enrayent, elles chauffent et elles manquent leur cible. Un homme armé d'un fusil vise soigneusement. Mets-lui une mitrailleuse entre les mains et il s'en servira comme d'un tuyau d'arrosage.

— Quand votre maison est en flammes, vous n'éteignez pas l'incendie avec des tasses d'eau, même versées avec la plus extrême précision. Il vous *faut* un tuyau. »

Otto agita l'index. « Tu n'es jamais allé au feu – tu ne sais même pas de quoi tu parles. Tu ferais mieux de m'écouter. Moi, je sais. »

Telle était la conclusion habituelle de leurs entretiens.

Walter trouvait la génération de son père arrogante. Cette attitude pouvait se comprendre, il était le premier à l'admettre. Ces hommes-là avaient gagné une guerre, ils avaient créé l'Empire allemand à partir de la Prusse et de plusieurs petites monarchies indépendantes et avaient ensuite fait de l'Allemagne un des pays les plus prospères au monde. Bien sûr, ils se trouvaient extraordinaires, mais cela les rendait imprudents.

Après avoir longé le Mall sur quelques centaines de mètres, Walter et Otto pénétrèrent dans St James's Palace, un édifice de brique du XVIe siècle plus ancien et moins imposant que Buckingham, le palais voisin. Ils donnèrent leur nom à un portier vêtu à leur image.

Walter était vaguement anxieux. Il était si facile de manquer à l'étiquette et, en présence d'un monarque, aucune erreur n'était anodine.

Otto s'adressa au portier en anglais : « Le señor Diaz est-il ici ?

— Oui, monsieur, il est arrivé il y a quelques instants. »

Walter fronça les sourcils. Juan Carlos Diego Diaz était un représentant du gouvernement mexicain. « Pourquoi vous intéressez-vous à Diaz ? » demanda-t-il en allemand comme ils traversaient une enfilade de pièces aux murs décorés d'épées et de fusils de collection.

« La Royal Navy britannique est en train de convertir ses bâtiments. Elle passe du charbon au pétrole. »

Walter acquiesça. La plupart des pays avancés en faisaient autant. Le pétrole était meilleur marché, plus propre et plus facile d'utilisation – il suffisait de le pomper pour remplir les cuves au lieu de devoir employer des armées de chauffeurs au visage noir de suie. « Et les Britanniques se procurent du pétrole au Mexique.

— Ils ont acheté les puits de pétrole mexicains pour assurer l'approvisionnement de leur flotte.

— Mais si nous intervenons au Mexique, comment réagiront les Américains ? »

Otto se tapota l'aile du nez. « Écoute et apprends. Et, quoi qu'il advienne, tais-toi. »

Les hommes qui devaient être présentés au roi faisaient antichambre. La plupart portaient la même tenue de cour de velours, mais certains avaient endossé le costume d'opéra bouffe des généraux du XIXe siècle. L'un d'eux était même en grand uniforme, avec kilt – un Écossais sans aucun doute. Walter et Otto flânèrent dans la salle, saluant d'un signe de tête des visages familiers dans les milieux diplomatiques. Ils arrivèrent enfin devant Diaz, un homme trapu, aux moustaches en crocs.

Après les civilités de rigueur, Otto engagea la conversation : « Vous devez être satisfait que le président Wilson ait levé l'embargo sur la vente d'armes au Mexique.

— La vente d'armes aux rebelles », précisa Diaz, comme pour rectifier ses propos.

Le président Wilson, toujours prêt à défendre la morale en politique, avait refusé de reconnaître le général Huerta, qui était arrivé au pouvoir après l'assassinat de son prédécesseur. Considérant Huerta comme un criminel, Wilson soutenait un groupe rebelle, les constitutionalistes.

« S'il est permis de vendre des armes aux rebelles, sans doute peut-on également en vendre au gouvernement ? »

Diaz eut l'air extrêmement surpris. « Êtes-vous en train de me dire que l'Allemagne serait prête à le faire ?

— De quoi avez-vous besoin ?

— Vous savez certainement que nous manquons cruellement de fusils et de munitions.

— Nous pourrions en reparler plus longuement. »

Walter n'était pas moins étonné que Diaz. Pareille démarche pouvait avoir de graves conséquences. « Mais, père, objecta-t-il, les États-Unis...

— Un moment ! » Son père leva la main pour le faire taire.

« Je poursuivrai cette discussion avec grand plaisir, fit Diaz. Mais dites-moi : y a-t-il d'autres sujets que vous seriez susceptible d'aborder ? » Il devinait que l'Allemagne réclamerait des contreparties.

La porte de la salle du trône s'ouvrit et un valet de pied sortit, une liste à la main. La présentation allait commencer. Otto enchaîna hâtivement : « En temps de guerre, un État souverain a le droit de refuser de laisser sortir de son territoire certaines fournitures stratégiques.

— Vous voulez parler du pétrole. » C'était la seule production mexicaine dotée d'un intérêt stratégique.

Otto opina du chef.

« Ainsi, vous nous donneriez des armes...

— Nous vous les vendrions, murmura Otto.

— Vous nous vendriez des armes en échange de la promesse de ne pas livrer de pétrole aux Britanniques dans l'éventualité d'une guerre. » De toute évidence, Diaz n'était pas rompu aux finasseries des entretiens diplomatiques.

« Cela peut valoir la peine d'être discuté. » En jargon diplomatique, cela voulait dire oui.

Le valet de pied appela : « Monsieur Honoré de Picard de la Fontaine ! »

Otto regarda Diaz bien en face. « Ce que j'aimerais que vous me disiez, c'est comment une telle proposition serait susceptible d'être accueillie à Mexico.

— Je pense que le président Huerta serait intéressé.

— Autrement dit, si notre ambassadeur au Mexique, l'amiral Paul von Hintze, devait entreprendre une démarche officielle en ce sens auprès de votre président, il n'essuierait pas un refus. »

Manifestement, songea Walter, son père tenait à obtenir une réponse sans équivoque. S'il faisait une telle proposition, le gouvernement allemand ne pouvait pas risquer une rebuffade.

Mais l'esprit inquiet de Walter considérait qu'une blessure d'amour-propre était le moindre des dangers que courait l'Allemagne dans cette manœuvre diplomatique. Elle pouvait très bien se mettre les États-Unis à dos. Comment le faire remarquer à son père en présence de Diaz ? La situation était terriblement frustrante.

Répondant à la question, Diaz assura : « Il n'essuierait pas de refus.

— Vous en êtes certain ? insista Otto.

— Je vous le garantis.

— Père, intervint Walter, puis-je dire un mot... » Mais le valet cria : « Herr Walter von Ulrich ! »

Walter hésita. Son père dit : « C'est à toi. Vas-y ! »

Walter fit demi-tour et pénétra dans la salle du trône.

Les Anglais aimaient impressionner leurs invités. Le haut plafond voûté était orné de caissons en losange, les murs tendus de panne rouge étaient décorés d'immenses portraits et le trône, tout au fond de la salle, était surmonté d'un dais d'où retombaient des draperies de velours sombre. Le roi se tenait devant le trône, en uniforme de la marine. Walter reconnut avec soulagement le visage familier de Sir Alan Tite aux côtés du souverain – chuchotant indubitablement les noms à l'oreille royale.

Walter s'approcha et s'inclina. Le roi prit la parole : « Quel plaisir de vous revoir, von Ulrich. »

Walter avait préparé sa réponse. « J'espère que Votre Majesté a trouvé les discussions de Tŷ Gwyn intéressantes.

— Très intéressantes ! Malheureusement, cette petite réunion a été tristement assombrie.

— Par la catastrophe minière. En effet, quelle tragédie !

— J'espère vous revoir bientôt. »

Comprenant que le roi lui donnait congé, Walter se retira à reculons, s'inclinant à plusieurs reprises comme l'exigeait l'étiquette, jusqu'à ce qu'il eût atteint le seuil.

Son père l'attendait dans la pièce voisine.

« Ça a été bien rapide ! remarqua Walter.

— Détrompe-toi. Cela a duré plus longtemps que d'ordinaire, répondit Otto. En général, le roi dit : "Je suis heureux de vous voir à Londres", et la conversation s'arrête là. »

Ils quittèrent le palais. « Un peuple admirable à maints égards, ces Britanniques, mais tellement mous, observa Otto tandis qu'ils remontaient St James's Street en direction de Piccadilly. Le roi est gouverné par ses ministres, les ministres sont soumis à la volonté du Parlement et les députés sont choisis par les gens ordinaires. Franchement, est-ce une façon de gouverner un pays ? »

Walter ne répondit pas à cette provocation. Il jugeait le système politique de l'Allemagne dépassé, avec son Parlement faible, incapable de tenir tête au kaiser ou aux généraux. Mais il en avait discuté bien des fois avec son père. De plus, il restait préoccupé par la conversation avec l'envoyé mexicain. « Ce que vous avez dit à Diaz était audacieux, releva-t-il. Le président Wilson n'appréciera pas que nous vendions des fusils à Huerta.

— Qu'importe ce que pense Wilson.

— Nous risquons de nous faire un ami d'un pays faible, le

Mexique, en nous faisant un ennemi d'un pays puissant, les États-Unis.

— Il n'y aura pas de guerre en Amérique. »

Il avait certainement raison, mais Walter n'en était pas moins mal à l'aise. L'idée que son pays soit en mauvais termes avec les États-Unis lui déplaisait.

Arrivés dans son appartement, ils retirèrent leurs costumes archaïques et enfilèrent des complets de tweed avec des chemises à col souple et des chapeaux mous bruns. De retour à Piccadilly, ils montèrent dans un omnibus automobile qui se dirigeait vers l'est.

Otto avait été impressionné que Fitz ait invité Walter à rencontrer le roi à Tŷ Gwyn en janvier. « Le comte Fitzherbert est un homme intéressant, avait-il remarqué. Si le parti conservateur arrive au pouvoir, il pourrait bien être ministre un jour, peut-être au portefeuille des Affaires étrangères. C'est une relation à cultiver.

— Je devrais probablement aller visiter son dispensaire, avait suggéré Walter de but en blanc. Et faire un modeste don. Pourquoi pas ?

— C'est une excellente idée.

— Aimeriez-vous m'accompagner ? »

Son père avait mordu à l'hameçon. « Encore mieux. »

Walter avait un autre motif, dont son père ne se doutait pas.

L'autobus les fit passer devant les théâtres du Strand, les bureaux des journaux de Fleet Street et les banques du quartier financier. Puis les rues se firent plus étroites et plus sales. Les hauts-de-forme et les chapeaux melons disparurent, remplacés par des casquettes de drap. Au milieu des véhicules hippomobiles, les automobiles étaient rares. C'était l'East End.

Ils descendirent à Aldgate. Otto regarda autour de lui avec mépris. « J'ignorais que tu me conduisais dans les taudis.

— Il s'agit d'un dispensaire pour les pauvres, répondit Walter. Où vous attendiez-vous à ce qu'il soit situé ?

— Le comte Fitzherbert vient-il vraiment ici ?

— Je suppose qu'il paye, c'est tout. » Walter savait parfaitement que Fitz n'y avait jamais mis les pieds. « Mais il sera informé de notre visite, soyez-en sûr. »

Ils parcoururent des ruelles sinueuses et sordides jusqu'à un temple non conformiste. Un panneau de bois portait une inscription écrite à la main : « Chapelle évangélique du Calvaire. » Une feuille de papier, affichée sur le panneau, annonçait :

DISPENSAIRE MÈRES-ENFANTS.
CONSULTATIONS GRATUITES
AUJOURD'HUI ET
TOUS LES MERCREDIS.

Walter ouvrit la porte et ils entrèrent.

Otto eut un haut-le-cœur et sortit un mouchoir dont il se couvrit le nez. Walter était déjà venu, l'odeur ne l'étonnait plus. Mais il devait admettre qu'elle était franchement déplaisante. La salle grouillait de femmes en haillons et d'enfants à demi nus, tous dans un état de saleté repoussant. Les femmes étaient assises sur des bancs et les enfants jouaient par terre. Au fond de la salle s'ouvraient deux portes, chacune munie d'un écriteau provisoire, dont l'un indiquait : « Médecin » et l'autre « Dame patronnesse ».

Hermia, la tante de Fitz, était assise près de la porte et notait des noms dans un cahier. Walter lui présenta son père. « Lady Hermia Fitzherbert, mon père, Herr Otto von Ulrich. »

À l'autre bout de la salle, la porte du médecin s'ouvrit et une femme dépenaillée en sortit, avec un flacon de remède et un tout petit bébé dans les bras. Une infirmière passa la tête dans l'embrasure : « Suivante, s'il vous plaît ! »

Lady Hermia consulta sa liste et cria : « Madame Blatski et Rosie ! »

Une femme prématurément flétrie accompagnée d'une fillette entrèrent dans le cabinet du médecin.

« Attendez ici un moment, je vous prie, père, dit Walter, je vais chercher le patron. »

Il traversa la salle d'un pas vif, évitant les bambins qui rampaient par terre. Il frappa à la porte de la « dame patronnesse » et entra.

La pièce n'était guère plus qu'un placard, et il y avait de fait un balai à franges et un seau dans un coin. Assise à une petite table, Lady Maud Fitzherbert écrivait dans un registre. Elle portait une robe gris tourterelle très sobre et un chapeau à larges bords. Elle leva les yeux, et le sourire qui éclaira son visage quand elle reconnut Walter était si large qu'il en eut les larmes aux yeux. Elle bondit de sa chaise et se jeta à son cou.

Il avait attendu cet instant toute la journée. Il posa ses lèvres sur celles de Maud, qui s'entrouvrirent immédiatement. Il avait déjà embrassé plusieurs femmes, mais aucune ne s'était blottie aussi étroitement contre lui. Il était un peu gêné, craignant qu'elle ne prenne conscience de son érection, et il s'écarta légèrement. Mais elle se serra encore plus fort contre lui, comme si elle cherchait au contraire à mieux la sentir. Il ne lui refusa pas ce plaisir.

Maud mettait de la passion dans tout : la lutte contre la pauvreté, la défense des droits des femmes, la musique – et sa relation avec Walter. Il n'en revenait pas et considérait comme un privilège qu'elle soit tombée amoureuse de lui.

Elle interrompit leur baiser, le souffle court. « Tante Herm va se poser des questions », remarqua-t-elle.

Il acquiesça. « Je suis venu avec mon père. »

Maud se tapota les cheveux et lissa sa robe. « Allons-y. »

Walter ouvrit la porte et ils regagnèrent la grande salle. Otto bavardait aimablement avec Hermia : il aimait les vieilles dames respectables.

« Lady Maud Fitzherbert, me permettez-vous de vous présenter mon père, Herr Otto von Ulrich ? »

Otto s'inclina au-dessus de sa main. Il avait appris à ne pas claquer des talons : les Anglais trouvaient cette habitude cocasse.

Walter les vit se jauger du regard. Les lèvres de Maud esquissèrent un sourire amusé et Walter songea qu'elle se demandait sans doute s'il ressemblerait à son père dans quelques années. Otto prit note avec approbation de la coûteuse robe de cachemire et du chapeau dernier cri. Pour le moment, cela se passait bien.

Otto ignorait tout de leur relation. Walter préférait, avant de l'en informer, que son père fasse la connaissance de Maud. Otto jugeait bon que les dames riches s'occupent d'œuvres de charité et exigeait de la mère et de la sœur de Walter qu'elles rendent visite aux familles pauvres de Zumwald, leur domaine rural de Prusse-Orientale. Il découvrirait que Maud était une femme merveilleuse et exceptionnelle, et toutes ses défenses seraient tombées quand il apprendrait que Walter avait l'intention de l'épouser.

Cette appréhension était un peu ridicule, Walter en était parfaitement conscient. Il avait vingt-huit ans : il avait le droit d'aimer qui il voulait. Le problème était qu'il avait déjà été amoureux, huit ans auparavant. Tilde était passionnée et intelligente, à l'image de Maud, mais elle avait dix-sept ans et était catholique. La famille von Ulrich était protestante. Les deux couples de parents avaient été farouchement hostiles à cette idylle et Tilde n'avait pas eu le courage de tenir tête à son père. Et voilà que, pour la seconde fois, Walter s'entichait d'une femme qui ne conviendrait certainement pas à ses parents. Son père aurait du mal à accepter une féministe, étrangère de surcroît. Mais Walter était plus âgé et plus habile désormais, et Maud plus énergique et plus indépendante que ne l'avait été Tilde.

Il n'en était pas moins terrifié. Il n'avait jamais éprouvé de tels sentiments, même pour Tilde. Il voulait épouser Maud, il voulait passer sa vie à ses côtés. Il n'imaginait même pas comment il pourrait vivre sans elle. Il n'était pas question que son père y trouve à redire.

Maud jouait son rôle à la perfection. « C'est fort aimable à vous de venir nous rendre visite, monsieur, dit-elle. Vous devez être tellement occupé. Je suppose que pour un homme qui jouit de toute la confiance d'un monarque, comme vous jouissez de celle de votre kaiser, le travail est sans fin. »

Otto fut flatté, comme elle l'avait prévu. « Vous ne vous trompez guère, approuva-t-il. Mais votre frère, le comte, est un si vieil ami de Walter que j'avais grande envie de venir jusqu'ici.

— Permettez-moi de vous présenter à notre médecin. » Maud passa devant eux et traversa la salle. Elle frappa à la porte du cabinet. Walter était dévoré de curiosité : il n'avait jamais rencontré ce docteur. « Pouvons-nous entrer ? » demanda-t-elle.

Ils pénétrèrent dans ce qui devait être habituellement le bureau du pasteur, meublé d'un petit secrétaire et d'une étagère remplie de registres et de livres de cantiques. Le médecin, un beau jeune homme aux sourcils noirs et à la bouche sensuelle, examinait la main de Rosie Blatski. Walter éprouva un pincement de jalousie : Maud passait toute la journée avec ce séducteur.

« Docteur Greenward, dit Maud, nous avons le plaisir de recevoir un très éminent visiteur. Puis-je vous présenter Herr von Ulrich ?

— Enchanté, lança Otto avec raideur.

— Le docteur Greenward travaille pour nous gratuitement, précisa Maud. Nous lui en sommes infiniment reconnaissantes. »

Greenward esquissa un petit signe de tête très sec. Walter s'interrogea, surpris, sur la tension manifeste qui régnait entre son père et le médecin.

Ce dernier revint à sa patiente. Elle avait la paume vilainement entaillée, la main et le poignet enflés. Se tournant vers la mère, il demanda : « Comment s'est-elle fait cela ? »

Ce fut la petite qui répondit : « Ma mère ne parle pas anglais. Je me suis coupée au travail.

— Et ton père ?

— Il est mort. »

Maud expliqua calmement : « Le dispensaire est destiné aux familles sans père, mais dans les faits, nous ne renvoyons jamais personne. »

Greenward s'adressa à Rosie : « Quel âge as-tu ?

— Onze ans. »

Walter murmura : « Je croyais que les enfants n'avaient pas le droit de travailler avant treize ans.

— Il y a toujours moyen de contourner la loi, répondit Maud.

— Qu'est-ce que tu fais comme travail ? demanda Greenward.

— Je fais le ménage à l'atelier de couture de Mannie Litov. Il y avait une lame dans les balayures.

— Quand tu te coupes, il faut toujours laver la plaie et mettre un bandage propre. Ensuite, il faut changer le pansement tous les jours pour qu'il ne se salisse pas trop. » L'attitude de Greenward était ferme mais bienveillante.

La mère adressa une question à sa fille d'une voix rauque, dans un russe lourdement accentué. S'il ne comprit pas ce qu'elle disait, Walter saisit pourtant l'essentiel de la réponse de la fillette, qui résuma pour sa mère les propos du médecin.

Celui-ci se tourna vers l'infirmière. « Nettoyez cette main et bandez-la, s'il vous plaît. » Et, s'adressant à Rosie : « Je vais te donner une pommade. Si ton bras enfle encore, reviens me voir la semaine prochaine. Entendu ?

— Oui, monsieur.

— Si l'infection s'aggrave, tu pourrais perdre ta main, tu sais. »

Les yeux de Rose s'embuèrent.

« Pardon de te faire peur, expliqua le médecin, mais je veux que tu comprennes qu'il est absolument essentiel que ta plaie reste propre. »

L'infirmière prépara un bol contenant probablement un

liquide antiseptique. Walter intervint : « Me permettez-vous d'exprimer toute l'admiration et le respect que m'inspire le travail que vous accomplissez ici, docteur ?

— Merci. Je suis heureux de donner un peu de mon temps, mais nous sommes obligés d'acheter des fournitures médicales. Toute l'aide que vous pourrez nous offrir sera précieuse.

— Laissons le docteur poursuivre son travail, suggéra Maud. Il a au moins vingt patientes qui l'attendent. »

En quittant le cabinet de consultation, Walter avait peine à dissimuler sa fierté : Maud ne se contentait pas d'avoir l'âme compatissante, quand on leur parlait de jeunes enfants obligés de travailler dans des ateliers où on les exploitait, bien des dames de l'aristocratie essuyaient une larme avec leur mouchoir brodé. Maud possédait, elle, la détermination et le courage d'apporter une aide concrète.

Et elle l'aimait !

« Puis-je vous offrir quelque chose à boire, Herr von Ulrich ? proposa-t-elle. Mon bureau a beau être très exigu, j'ai une bouteille du meilleur xérès de mon frère.

— Très aimable à vous, mais nous devons y aller. »

C'était un peu expéditif, songea Walter. Apparemment, le charme de Maud avait cessé d'opérer. Il avait la nette impression que quelque chose avait déplu à son père.

Otto sortit son portefeuille et en tira un billet de banque. « Je vous prie d'accepter cette modeste contribution à l'excellent travail que vous accomplissez ici, Lady Maud.

— Quelle générosité ! » remercia-t-elle.

Walter lui tendit un billet identique. « Peut-être serai-je autorisé à faire un don, moi aussi.

— Croyez que j'apprécie tout ce que vous pouvez offrir », répondit-elle. Walter espérait être le seul à avoir surpris le regard coquin dont elle avait accompagné ces paroles.

« N'oubliez pas de transmettre mes respects au comte Fitzherbert », ajouta Otto.

Ils prirent congé. Walter était ennuyé par la réaction de son père. « Lady Maud n'est-elle pas merveilleuse ? lança-t-il d'un ton jovial tandis qu'ils reprenaient la direction d'Aldgate. C'est Fitz qui paye tout, bien sûr, mais Maud fait un travail remarquable.

— Scandaleux, grommela Otto. Proprement scandaleux. »

Sa mauvaise humeur n'avait pas échappé à Walter, qui n'en

fut pas moins étonné. « Bigre, que voulez-vous dire ? Je croyais que vous étiez très favorable à ce que les dames de bonne famille secourent les pauvres !

— Rendre visite aux paysans malades avec un panier de victuailles est une chose, répondit Otto. Mais voir la sœur d'un comte dans un lieu pareil, aux côtés d'un médecin juif !

— Oh, bon Dieu ! » gémit Walter. Évidemment, le docteur Greenward était juif. Sans doute ses parents étaient-ils allemands et s'appelaient-ils Grünwald. C'était la première fois que Walter rencontrait le médecin et, même s'il l'avait déjà vu, il n'aurait probablement pas noté qu'il était israélite. Cela lui était du reste parfaitement indifférent. Mais Otto, comme la plupart des hommes de sa génération, accordait de l'importance à ce genre de chose. « Père, cet homme travaille gratuitement, plaida Walter. Lady Maud ne peut pas se permettre de refuser l'aide d'un excellent médecin pour la simple raison qu'il est juif. »

Otto ne l'écoutait même pas. « Des familles sans père – où est-elle allée pêcher cette expression ? maugréa-t-il d'un ton dégoûté. La progéniture de prostituées, voilà ce que c'est. »

La mort dans l'âme, Walter comprit que le plan dont il était si fier était un fiasco. « Vous ne la trouvez pas incroyablement courageuse ? demanda-t-il pitoyablement.

— Certainement pas. Si c'était ma sœur, je lui flanquerais une bonne correction. »

2.

C'était la crise à la Maison-Blanche.

Aux premières heures du 21 avril, Gus Dewar était de garde dans l'aile ouest. Ce nouveau bâtiment offrait des espaces de bureaux dont on avait grand besoin, la Maison-Blanche proprement dite restant ainsi réservée aux appartements du président. Gus était assis dans la pièce de travail de celui-ci, à côté du Bureau ovale, un petit local terne, faiblement éclairé par une ampoule. Sur la table était posée la machine à écrire portative Underwood cabossée qu'utilisait Woodrow Wilson pour écrire ses discours et ses communiqués de presse.

Mais c'était le téléphone qui retenait toute l'attention de Gus.

S'il sonnait, ce serait à lui de décider s'il fallait réveiller le président.

Un standardiste ne pouvait pas prendre une telle responsabilité. D'autre part, le sommeil de ses principaux conseillers était précieux. Gus était le conseiller de Wilson le plus modeste, ou son employé de bureau le plus élevé, selon le point de vue que l'on adoptait. Quoi qu'il en soit, il était chargé de passer la nuit à côté du téléphone et d'estimer s'il convenait de troubler le repos du président – ou de la First Lady, Ellen Wilson, qui souffrait d'une mystérieuse maladie. Gus craignait toujours de dire ou de faire une bêtise. Toute sa coûteuse éducation paraissait soudain superflue : l'université de Harvard elle-même ne donnait pas de cours sur l'opportunité de réveiller le président. Il priait le ciel pour que le téléphone ne sonne jamais.

Si Gus était là, c'était à cause d'une lettre qu'il avait écrite à son père. Il y décrivait la réception de Tŷ Gwyn et la discussion d'après dîner sur les risques de guerre en Europe. Le sénateur Dewar avait trouvé cette missive si intéressante et si spirituelle qu'il l'avait montrée à son ami, Woodrow Wilson, lequel avait dit : « J'aimerais bien avoir ce garçon dans mon bureau. » Entre ses études à Harvard, où il avait étudié le droit international, et son premier emploi dans un cabinet juridique de Washington, Gus avait décidé de prendre une année de liberté. Il avait entrepris de faire le tour du monde, mais avait interrompu son voyage avec empressement pour rentrer précipitamment au pays servir son président.

Rien ne fascinait autant Gus que les relations entre États – les amitiés et les haines, les alliances et les guerres. Adolescent, il avait assisté à des séances du comité des affaires étrangères du Sénat américain – son père en était membre – et avait trouvé cela plus captivant qu'une pièce de théâtre. « Voilà comment les pays créent la paix et la prospérité – ou la guerre, la dévastation et la famine, lui avait dit son père. Si tu veux changer le monde, c'est dans le domaine des relations internationales que tu peux faire le plus de bien – ou de mal. »

C'est ainsi que Gus était plongé dans sa première crise internationale.

Un fonctionnaire du gouvernement mexicain avait fait du zèle en arrêtant huit marins américains dans le port de Tampico. Les hommes avaient déjà été libérés, le fonctionnaire avait présenté ses excuses et l'incident aurait pu s'arrêter là.

Mais le commandant, l'amiral Mayo, avait réclamé une salve de vingt et un coups de canon. Le président Huerta avait refusé. Accentuant la pression, Wilson avait menacé d'occuper Veracruz, le plus grand port du Mexique.

L'Amérique se trouvait ainsi au bord de la guerre. Gus admirait profondément Woodrow Wilson, un homme de principes. Le président ne se satisfaisait pas du point de vue cynique selon lequel un bandit mexicain en valait un autre. Huerta était un réactionnaire qui avait assassiné son prédécesseur et Wilson n'attendait qu'un prétexte pour le renverser. Gus était ravi de voir le dirigeant d'une puissance mondiale refuser d'admettre qu'un homme puisse accéder au pouvoir par le meurtre. Toutes les nations accepteraient-elles un jour ce principe ?

Les Allemands avaient encore fait monter la tension d'un cran. Un navire allemand, l'*Ypiranga*, approchait de Veracruz, transportant une cargaison de fusils et de munitions destinée au gouvernement de Huerta.

Les crispations avaient été vives toute la journée et Gus luttait contre le sommeil. Un rapport dactylographié des services secrets militaires sur l'état des forces rebelles au Mexique était posé devant lui, sur le bureau éclairé par une lampe à abat-jour vert. Le service de renseignements était l'un des plus modestes de l'armée américaine – ses effectifs se limitaient à deux officiers et deux employés –, et le rapport était incomplet. Gus avait du mal à se concentrer. Il pensait à Caroline Wigmore.

À son arrivée à Washington, il avait décidé de rendre visite au professeur Wigmore, dont il avait été l'étudiant à Harvard et qui enseignait à présent à l'université de Georgetown. Wigmore n'était pas chez lui, mais sa seconde épouse, bien plus jeune que lui, était là. Gus avait rencontré Caroline à plusieurs reprises à l'occasion de cérémonies universitaires, et avait été séduit par son attitude discrète et réfléchie et par sa vive intelligence. « Il m'a raconté qu'il allait commander des chemises neuves, avait-elle dit, les traits visiblement tendus, avant d'ajouter : Mais je sais qu'il est chez sa maîtresse. » Gus avait essuyé ses larmes avec son mouchoir et elle l'avait embrassé sur la bouche en murmurant : « Si seulement j'avais épousé quelqu'un en qui je puisse avoir confiance. »

Caroline s'était révélée d'un naturel singulièrement passionné. Si elle refusait d'aller jusqu'au bout, elle acceptait tout le reste. Il suffisait qu'il la caresse pour qu'elle ait des orgasmes foudroyants.

Cela durait depuis un mois à peine, mais Gus aurait voulu qu'elle divorce de Wigmore pour l'épouser. Elle ne voulait pas en entendre parler, bien qu'elle n'ait pas d'enfant. Cela sonnerait le glas de la carrière de Gus, affirmait-elle, et elle avait probablement raison. Le scandale serait trop croustillant pour qu'ils puissent agir discrètement – la séduisante épouse d'un professeur réputé quittant son mari et épousant promptement un jeune homme fortuné. Gus savait fort bien ce que sa mère dirait : « Cela peut se comprendre si le professeur lui était infidèle, mais il est évidemment impossible de recevoir cette femme dans la bonne société. » Le président serait ennuyé, comme le seraient les gens qu'un avocat pourrait souhaiter avoir pour clients. Gus devrait définitivement renoncer à suivre un jour son père au Sénat.

Il cherchait à se convaincre que cela lui était bien égal. Il aimait Caroline, il voulait la libérer de son mari. Il avait beaucoup d'argent et, le jour où son père mourrait, il serait millionnaire. Il embrasserait une autre carrière. Il pourrait peut-être devenir journaliste et être correspondant de presse dans des capitales étrangères.

Cette perspective ne lui inspirait pas moins un regret lancinant. Il venait d'obtenir un emploi à la Maison-Blanche, le rêve de n'importe quel jeune homme. Y renoncer, en même temps qu'à l'avenir prometteur qui l'attendait, serait un déchirement.

Le téléphone sonna et son timbre strident dans le silence nocturne de l'aile ouest fit sursauter Gus. « Bon sang, lâcha-t-il, les yeux rivés sur le combiné. Bon sang, ça y est. » Il hésita quelques instants avant de décrocher. Il reconnut la voix bien timbrée du secrétaire d'État, William Jennings Bryan. « Gus, j'ai Joseph Daniels en ligne. » Daniels était ministre de la Marine. « Et le secrétaire du président écoute sur un autre poste.

— Oui, monsieur le secrétaire, j'écoute », dit Gus. Il essayait de parler calmement, mais il avait le cœur qui battait à tout rompre.

« Je vous prie de réveiller le président, poursuivit Bryan.

— Oui, monsieur. »

Gus sortit du Bureau ovale et rejoignit la roseraie, pour respirer l'air frais de la nuit. Puis il traversa le vieux bâtiment en courant. Un gardien le laissa passer. Il gravit quatre à quatre le grand escalier, arriva devant la porte de la chambre, en face de l'entrée du couloir, prit une profonde inspiration et frappa énergiquement, se meurtrissant les articulations.

Quelques secondes plus tard, il entendit la voix de Wilson : « Qui est-ce ?

— Gus Dewar, monsieur le président. Messrs Bryan et Daniels sont en ligne.

— Une minute. »

Le président Wilson sortit de sa chambre. Il ajusta ses lunettes sans monture, l'air vulnérable en pyjama et en robe de chambre. Il était grand, quoiqu'un peu moins que Gus. À cinquante-sept ans, il avait les cheveux gris foncé. Il se trouvait laid, et ne se trompait guère. Il avait le nez busqué et les oreilles décollées, mais son grand menton pointé en avant prêtait à ses traits une expression résolue qui reflétait avec exactitude la force de caractère que Gus respectait. Quand il parlait, il révélait des dents gâtées.

« Bonjour, Gus, fit-il aimablement. Pourquoi cette agitation ?

— Ils ne me l'ont pas dit.

— Vous feriez bien d'écouter sur le poste d'à côté. »

Gus se précipita dans la pièce voisine et décrocha le téléphone.

Il entendit le timbre sonore de Bryan. « L'*Ypiranga* doit accoster à dix heures ce matin. »

Un frisson d'appréhension parcourut Gus. Le président mexicain allait certainement céder. Autrement, le sang coulerait.

Bryan lut un câble du consul américain à Veracruz. « Le vapeur allemand *Ypiranga* appartenant à la compagnie Hamburg-Amerika arrivera demain d'Allemagne avec deux cents mitrailleuses et quinze millions de cartouches; il se dirigera vers l'appontement quatre et commencera à décharger à dix heures trente.

— Comprenez-vous ce que cela signifie, monsieur Bryan ? demanda Wilson, d'un ton qui parut dolent à Gus. Daniels, êtes-vous là, Daniels ? Qu'en pensez-vous ? »

Daniels répondit : « Il ne faut pas laisser Huerta mettre la main sur ces munitions. » Gus s'étonna que le ministre de la Marine, un pacifiste, adopte une ligne aussi dure. « Je peux télégraphier à l'amiral Fletcher pour qu'il l'en empêche et prenne le poste de douane. »

Un long silence se fit. Gus serrait le combiné si fort qu'il en avait mal à la main. Le président parla enfin. « Daniels, envoyez l'ordre suivant à l'amiral Fletcher : "Emparez-vous immédiatement de Veracruz."

— Oui, monsieur le président », répondit le ministre de la Marine.

L'Amérique était en guerre.

3.

Gus n'alla pas se coucher cette nuit-là, ni la suivante.

Peu après huit heures et demie, Daniels annonça qu'un bâtiment de guerre américain avait barré la route à l'*Ypiranga*. Le navire allemand, un cargo non armé, avait fait machine arrière et quitté les lieux. L'infanterie de marine débarquerait à Veracruz un peu plus tard dans la matinée, avait déclaré le ministre de la Marine.

Consterné par l'évolution rapide de cette crise, Gus n'en était pas moins excité à l'idée d'être au cœur des événements.

Woodrow Wilson n'était pas homme à se dérober devant une menace de guerre. Sa pièce favorite était *Henry V* de Shakespeare dont il aimait à citer ce vers : « Si c'est un péché de convoiter l'honneur, je suis le plus coupable des vivants. »

Les nouvelles arrivaient par radio et par câble, et Gus était chargé de les transmettre au président. À midi, l'infanterie de marine prit le contrôle du poste de douane de Veracruz.

Peu après, on annonça à Gus que quelqu'un voulait le voir – une certaine Mrs Wigmore.

Gus fronça les sourcils, inquiet. La démarche était imprudente. Il avait dû arriver quelque chose de grave.

Il descendit en toute hâte dans le vestibule. Caroline semblait dans tous ses états. Elle était élégamment vêtue d'un manteau de tweed et d'un chapeau très sobre, mais elle avait les cheveux en bataille et les yeux rougis de larmes. « Ma chérie ! murmura-t-il. Que se passe-t-il ?

— C'est fini. Je ne te reverrai plus. Oh que je suis malheureuse ! » Elle se mit à pleurer.

Gus aurait voulu la prendre dans ses bras, mais le lieu était mal choisi. Il n'avait pas de bureau personnel. Il regarda autour de lui. Le gardien posté près de la porte les observait. Impossible d'avoir la moindre intimité. C'était exaspérant. « Sortons, proposa-t-il. Marchons un peu. »

Elle secoua la tête. « Non. Ça va aller. Restons ici.

— Qu'est-ce qui t'a bouleversée à ce point ? »

Elle avait les yeux rivés au sol, refusant de le regarder en face. « Je dois être fidèle à mon mari. J'ai des obligations.

— Je veux être ton mari. »

Elle leva le visage vers lui et le désir qu'il y lut lui brisa le cœur. « Si seulement c'était possible !

— Et pourquoi pas ?

— J'ai déjà un mari.

— Il ne t'est pas fidèle, quelle obligation as-tu envers lui ? »

Elle ignora l'argument. « Il a accepté une chaire à Berkeley. Nous partons pour la Californie.

— N'y va pas.

— Ma décision est prise.

— J'en ai bien l'impression, en effet », dit Gus d'une voix éteinte. Il était assommé. Sa poitrine était douloureuse et il avait du mal à respirer. « La Californie, fichtre ! »

Voyant qu'il se résignait à l'inévitable, elle reprit un peu son calme. « C'est la dernière fois que nous nous voyons.

— Ne dis pas cela !

— S'il te plaît, écoute-moi. Je tiens à te dire quelque chose et je n'aurai pas d'autre occasion.

— Bien.

— Il y a un mois, j'étais prête à me tuer. Ne me regarde pas comme ça, c'est vrai. J'avais l'impression d'avoir si peu d'importance que ma mort ne provoquerait qu'indifférence. Et puis, tu as surgi sur le pas de ma porte. Tu étais si tendre, si courtois, si attentionné que j'ai fini par me dire que la vie valait tout de même d'être vécue. Tu m'aimais. » Les larmes ruisselaient sur ses joues, mais elle poursuivit. « Et tu étais tellement heureux quand je t'embrassais ! Si j'étais capable de donner autant de joie à quelqu'un, je ne pouvais pas être complètement inutile. Cette idée m'a permis de m'accrocher. Tu m'as sauvé la vie, Gus. Que Dieu te bénisse. »

Il était presque en colère. « Et moi ? Il me reste quoi ?

— Des souvenirs. J'espère que tu les chériras autant que moi. »

Elle fit demi-tour. Gus la suivit jusqu'à la porte, mais elle ne se retourna pas. Elle sortit et il ne la retint pas.

Quand elle fut hors de vue, il prit machinalement le chemin du Bureau ovale, avant de changer de direction : il était trop ému pour affronter le président. Il se rendit aux toilettes, aspirant à un instant de répit. Heureusement, il n'y avait personne. Il s'éclaboussa le visage puis se regarda dans la glace. Il vit un homme mince, surmonté d'une grosse tête : on aurait dit une sucette. Avec ses cheveux châtains et ses yeux bruns, il n'était pas très beau, mais il plaisait généralement aux femmes et Caroline l'aimait.

Ou, du moins, elle l'avait aimé un moment.

Il n'aurait pas dû la laisser partir. Comment avait-il pu la regarder s'éloigner sans réagir ? Il aurait dû la convaincre de remettre sa décision à plus tard, d'y réfléchir, d'en discuter avec lui. Peut-être auraient-ils pu imaginer une autre solution. Mais au fond de lui-même, il savait qu'il n'y en avait pas. Elle avait sûrement déjà tout envisagé. Elle avait dû rester éveillée au cœur de la nuit, son mari endormi à ses côtés, à examiner la situation sous tous les angles. Elle s'était fait une raison avant de venir le voir.

Il fallait qu'il retourne à son poste. L'Amérique était en guerre. Mais comment chasser Caroline de son esprit ? Quand il ne pouvait pas la voir, il passait toute la journée à songer au bonheur de leur prochaine rencontre. À quoi ressemblerait la vie sans elle ? Cette perspective lui paraissait déjà irréelle. Que ferait-il ?

Un employé entra. Gus s'essuya les mains à une serviette et retourna dans la petite pièce, près du Bureau ovale.

Quelques instants plus tard, un messager lui apporta un câble du consul américain à Veracruz. Sa lecture lui arracha un cri : QUATRE DE NOS HOMMES TUÉS. STOP. VINGT BLESSÉS. STOP. FUSILLADES AUTOUR DU CONSULAT. STOP.

Quatre hommes tués, se dit Gus, horrifié. Quatre bons Américains, qui avaient des mères et des pères, des épouses ou des fiancées. Ce drame relativisait un peu son chagrin. Au moins, songea-t-il, nous sommes vivants, Caroline et moi.

Il frappa à la porte du Bureau ovale et tendit la dépêche à Wilson. Le président la lut et blêmit.

Gus l'observait attentivement. Que pensait-il, sachant que ces hommes étaient morts à cause de la décision qu'il avait prise en pleine nuit?

Cela n'aurait pas dû arriver. Les Mexicains ne pouvaient que vouloir se débarrasser d'un gouvernement tyrannique. Ils auraient dû accueillir les Américains en libérateurs. Que s'était-il passé?

Bryan et Daniels se présentèrent quelques minutes plus tard, suivis du secrétaire d'État à la Guerre, Lindley Garrison, un homme d'ordinaire plus agressif que Wilson, et de Robert Lansing, conseiller au secrétariat d'État. Ils se rassemblèrent dans le Bureau ovale, dans l'attente de nouvelles informations.

Le président était plus tendu qu'une corde de violon. Pâle, agité et fébrile, il arpentait la pièce. Quel dommage, se dit Gus, que Wilson ne fume pas – cela aurait pu le calmer.

Aucun de nous n'ignorait les risques, pensa-t-il, mais étrangement, la réalité est plus choquante que nous ne le pensions.

Des détails supplémentaires leur parvenaient au compte-gouttes et Gus remettait les dépêches à Wilson. Toutes les nouvelles étaient mauvaises. Les troupes mexicaines avaient résisté et tiré sur l'infanterie de marine depuis le fort où elles se trouvaient. Les soldats étaient soutenus par la population qui avait pris les Américains pour cibles depuis les étages des immeubles. En représailles, le navire américain *Prairie*, ancré au large, avait braqué ses canons de trois pouces sur la ville et l'avait bombardée.

Le nombre de victimes augmentait : six Américains tués, huit, douze – sans compter les blessés. Mais c'était une lutte inégale, et les Mexicains déploraient plus de cent morts.

Le président était visiblement déconcerté. «Nous ne voulons pas nous battre contre les Mexicains, dit-il. Nous voulons leur rendre service, si nous le pouvons. Nous voulons être utiles à l'humanité.»

Pour la deuxième fois de la journée, Gus était littéralement assommé. Le président et ses conseillers n'avaient que de bonnes intentions. Pourquoi l'affaire avait-elle aussi mal tourné? Était-il vraiment si difficile d'agir judicieusement en politique étrangère?

C'est alors qu'un message arriva du département d'État : l'ambassadeur d'Allemagne, le comte Johann von Bernstorff, avait reçu instruction du kaiser de rendre visite au secrétaire d'État; il voulait savoir si celui-ci pouvait le recevoir le lendemain matin à neuf heures. Ses collaborateurs avaient fait savoir officieusement que l'ambassadeur avait l'intention de protester contre l'interception de l'*Ypiranga*.

« Une protestation ? s'écria Wilson. De quoi diantre parlent-ils ? »

Gus comprit immédiatement que les Allemands avaient le droit international pour eux. « Monsieur le président, il n'y a eu ni déclaration de guerre ni blocus, de sorte qu'à proprement parler les Allemands ont raison.

— Comment ? » Wilson s'adressa à Lansing. « Est-ce exact ?

— Nous allons vérifier, évidemment, répondit le conseiller du Département d'État. Mais je suis presque sûr que Gus ne se trompe pas. Ce que nous avons fait était contraire au droit international.

— Ce qui veut dire ?

— Ce qui veut dire que nous devrons présenter des excuses.

— Jamais ! » lança Wilson, furieux.

Le gouvernement américain présenta néanmoins ses excuses.

4.

Maud Fitzherbert devait se rendre à l'évidence : elle était amoureuse de Walter von Ulrich. Au demeurant, elle aurait été tout aussi surprise d'être amoureuse d'un autre. Il était bien rare en effet qu'un homme lui plaise. Elle en avait pourtant attiré beaucoup, surtout lors de sa première saison de débutante, mais la plupart avaient été promptement rebutés par ses idées féministes. Certains avaient même manifesté l'intention de la ramener sur le droit chemin – comme ce débraillé de marquis de Lowther qui avait affirmé à Fritz qu'elle comprendrait son erreur dès qu'elle aurait rencontré un véritable homme à poigne. Pauvre Lowthie, elle s'était chargée de *lui* faire comprendre son erreur.

Walter l'aimait telle qu'elle était. Elle pouvait faire ce qu'elle voulait, il était sous le charme. Si elle défendait des opinions extrémistes, il était impressionné par la force de ses arguments ; quand elle scandalisait la bonne société en aidant des mères sans mari et leurs enfants, il admirait son courage ; et il adorait ses tenues audacieuses.

Les riches Anglais de la classe supérieure qui s'accommodaient de l'organisation actuelle de la société barbaient Maud. Walter n'était pas comme eux. Pour un homme issu d'une famille allemande conservatrice, il était étonnamment radical. Depuis sa place, au fond de la loge de son frère à l'opéra, elle apercevait Walter à l'orchestre, en compagnie d'un petit groupe de membres de l'ambassade d'Allemagne. Il n'avait pas l'air d'un rebelle avec ses cheveux soigneusement coiffés, sa moustache soignée et sa tenue de soirée seyante. Même assis, il se tenait parfaitement droit, les épaules en arrière. Il regardait la scène avec une concentration absolue tandis que Don Giovanni, accusé d'avoir cherché à violer une petite paysanne, prétendait insolemment avoir pris son valet, Leporello, sur le fait.

En réalité, songea-t-elle, le terme de « rebelle » convenait mal à Walter. Malgré son ouverture d'esprit peu commune, il se montrait parfois conventionnel. Il était fier de la grande tradition musicale des peuples germaniques et s'irritait de voir le public londonien blasé arriver en retard, bavarder pendant le spectacle et partir avant la fin. Il se serait agacé d'entendre Fitz, en ce moment précis, faire à son ami Bing Westhampton des commentaires sur les formes de la soprano et Bea bavarder avec la duchesse du Sussex à propos de la boutique de Mrs Lucille, Hanover Square, où elles achetaient leurs robes. Maud n'avait aucun mal à deviner ce que dirait Walter : « Ils n'écoutent la musique que quand ils sont à court de ragots ! »

Maud partageait son avis, mais ils étaient minoritaires. Pour la plupart des membres de la haute société londonienne, aller à l'opéra n'était que prétexte à faire étalage de tenues et de bijoux. Tout le monde se tut pourtant quand, vers la fin du premier acte, Don Giovanni menaça de tuer Leporello et qu'un orage de timbales et de contrebasses retentit. Puis, avec son insouciance coutumière, Don Giovanni libéra Leporello et s'éloigna d'un pas leste, les mettant tous au défi de l'en empêcher. Le rideau tomba.

Walter se leva immédiatement, tourna les yeux vers leur loge et agita le bras. Fitz répondit à son geste. « C'est von Ulrich, dit-il à Bing. Ces Allemands ne se sentent plus de joie depuis qu'ils ont mis les Américains en fâcheuse posture au Mexique. »

Bing, un joyeux drille aux cheveux bouclés, lointain parent

de la famille royale, était un émule de don Juan. Il ne connaissait pas grand-chose aux affaires du monde, passant le plus clair de son temps à jouer et à boire dans les capitales européennes. Il fronça les sourcils, intrigué : « En quoi le Mexique intéresse-t-il les Allemands ?

— Bonne question, répondit Fitz. S'ils s'imaginent pouvoir obtenir des colonies en Amérique du Sud, ils se font des illusions : les Américains ne les laisseront jamais faire. »

Maud quitta la loge et descendit le grand escalier, hochant la tête et distribuant des sourires sur son passage. Elle connaissait une bonne moitié des gens qui se trouvaient là : la haute société londonienne formait un cercle étonnamment réduit. Sur le palier recouvert d'un tapis rouge, elle croisa plusieurs personnes qui entouraient la silhouette menue et fringante de David Lloyd George, chancelier de l'Échiquier. « Bonsoir, Lady Maud, lança-t-il avec l'étincelle qui illuminait ses yeux bleu vif dès qu'il s'adressait à une jolie femme. Il paraît que la réception de votre frère s'est bien passée. » Il avait l'accent nasillard du Nord du pays de Galles, moins musical que les inflexions chantantes du Sud. « Mais cette explosion dans la mine d'Aberowen, quelle affreuse tragédie !

— Les familles des victimes ont été très réconfortées par les condoléances du roi », ajouta Maud. Le petit groupe qui entourait Lloyd George comprenait une séduisante jeune femme d'environ vingt-cinq ans. « Bonsoir, mademoiselle Stevenson, dit Maud. Quel plaisir de vous revoir ! » La secrétaire politique et maîtresse de Lloyd George était une rebelle, et Maud éprouvait de la sympathie pour elle. De plus, un homme appréciait toujours qu'on soit aimable avec sa maîtresse.

Lloyd George s'adressa à son entourage. « Ces navires allemands ont tout de même fini par livrer leurs armes au Mexique. Ils sont allés dans un autre port, voilà tout, et ont déchargé tranquillement. Autrement dit, dix-neuf soldats américains sont morts pour rien. Quelle terrible humiliation pour Woodrow Wilson ! »

Maud sourit et posa la main sur le bras de Lloyd George. « Pourriez-vous m'expliquer quelque chose, monsieur le chancelier ?

— Si je le puis, volontiers, ma chère », répondit-il avec indulgence. La plupart des hommes aimaient qu'on leur demande des explications, surtout si la question était posée par une séduisante jeune femme, avait constaté Maud.

« Pourquoi cet intérêt insolite pour le Mexique ? demanda-t-elle.

— Le pétrole, ma chère, le pétrole. »

Une autre personne lui adressa la parole et il se détourna.

Maud aperçut Walter. Ils se retrouvèrent au pied de l'escalier. Il s'inclina sur sa main gantée, et elle dut résister à la tentation de caresser ses cheveux blonds. Son amour pour Walter avait éveillé en elle un désir physique en latence, un appétit sauvage tout à la fois stimulé et contrarié par leurs baisers dérobés et leurs étreintes furtives.

« Et cet opéra, Lady Maud ? fit-il d'un ton formel, tandis que ses yeux noisette disaient : "Si seulement nous étions seuls."

— Je suis enchantée ! Ce Don Giovanni a vraiment une voix superbe.

— J'ai trouvé que le chef prenait un tempo un peu rapide. »

Il était la seule personne de sa connaissance à accorder le même sérieux qu'elle à la musique. « Je ne suis pas de cet avis, objecta-t-elle. C'est une comédie, il faut que les mélodies aient de l'élan.

— Ce n'est pas seulement une comédie.

— Tu as raison.

— Peut-être ralentira-t-il au deuxième acte, quand la dimension tragique s'affirmera.

— Il paraît que vous avez réussi une sorte de coup diplomatique au Mexique, dit-elle, changeant de sujet.

— Mon père est... » Il chercha ses mots, ce qui ne lui était pas habituel. « ... fier comme un coq, poursuivit-il après un instant de silence.

— Pas toi ? »

Il fit la grimace. « J'ai bien peur que le président américain ne veuille nous régler notre compte un jour ou l'autre. »

Fitz, qui passait alors, lança : « Bonsoir, von Ulrich, venez donc nous rejoindre dans notre loge, il nous reste une place.

— Avec joie ! » s'écria Walter.

Maud était ravie. Fitz ne faisait évidemment que se montrer accueillant. Il ignorait que sa sœur était amoureuse de Walter. Il faudrait qu'elle l'en informe rapidement. Comment le prendrait-il ? Leurs deux pays étaient en désaccord et Fitz avait beau considérer Walter comme un ami, de là à être enchanté de l'avoir pour beau-frère, il y avait un grand pas.

Elle remonta l'escalier en compagnie de Walter et ils longèrent le couloir. La dernière rangée de la loge de Fitz n'avait que deux places et la vue était médiocre. Maud et Walter s'y installèrent sans se concerter.

Quelques minutes plus tard, les lumières de la salle s'éteignirent. Dans la pénombre, Maud aurait presque pu se croire seule avec Walter. Le deuxième acte s'ouvrit sur le duo entre Don Giovanni et Leporello. Maud aimait l'art avec lequel Mozart faisait chanter maîtres et domestiques ensemble, révélant les relations complexes et intimes entre classes supérieures et inférieures. Tant d'œuvres théâtrales ne se préoccupaient que de la haute société, traitant les serviteurs comme du mobilier – ce que beaucoup de gens auraient souhaité qu'ils soient.

Bea et la duchesse regagnèrent la loge pendant le trio « Ah ! Taci, ingiusto core ». Les sujets de conversation semblaient épuisés, car le public était moins bavard et écoutait plus attentivement. Personne n'adressa la parole à Maud ni à Walter, personne ne se tourna vers eux et Maud se demanda avec un frisson si elle ne pourrait pas profiter de la situation. S'enhardissant, elle tendit le bras et prit furtivement la main de Walter. Il sourit et, du pouce, lui caressa les doigts. Elle aurait voulu pouvoir l'embrasser, mais c'était trop téméraire.

Quand Zerlina chanta son aria « Vedrai, carino » dans une sentimentale mesure à trois-huit, une impulsion irrésistible s'empara de Maud et, à l'instant où Zerlina pressait la main de Masetto sur son cœur, Maud posa celle de Walter sur son sein. Il eut un hoquet de surprise, mais personne ne le remarqua car Masetto émettait le même genre de bruit après avoir été rossé par Don Giovanni.

Elle tourna sa main de façon qu'il puisse sentir son téton sous sa paume. Il aimait ses seins et les touchait dès qu'il le pouvait, c'est-à-dire rarement. Elle aurait aimé que ce soit plus fréquent tant elle adorait cela. C'était une autre découverte. Il n'avait pas été le premier à les caresser – il y avait eu un médecin, un prêtre anglican, une fille plus âgée, au cours de danse, un homme dans la foule –, et elle avait été tout à la fois troublée et flattée de constater qu'elle pouvait éveiller le désir d'autrui, mais avant lui, elle n'y avait jamais pris de plaisir. Elle jeta un coup d'œil furtif à Walter ; il avait le regard fixé sur la scène, et son front luisait de transpiration. Elle se demanda si elle avait tort de l'exciter ainsi alors qu'elle ne pouvait pas lui donner satisfaction. Il ne fit pourtant pas mine de retirer sa main, et elle en conclut que cela ne lui déplaisait pas. Elle y trouvait de la jouissance, elle aussi. Mais, comme toujours, elle aurait voulu aller plus loin.

Qu'est-ce qui avait bien pu la changer ainsi? C'était la première fois qu'elle éprouvait de telles envies. C'était lui, bien sûr, et la complicité qui les liait, une intimité si profonde qu'elle avait l'impression de pouvoir tout dire, de pouvoir tout faire, de ne rien avoir à réprimer. En quoi était-il si différent de tous ceux qui s'étaient déjà entichés d'elle? Les hommes comme Lowthie, ou même Bing, attendaient d'une femme qu'elle se conduise comme une enfant bien élevée : qu'elle les écoute respectueusement quand ils étaient graves, qu'elle rie de bon cœur quand ils plaisantaient, qu'elle obéisse quand ils faisaient preuve d'autorité et qu'elle les embrasse chaque fois qu'ils le lui demandaient. Walter la traitait en adulte. Il ne jouait pas les séducteurs, il n'était pas condescendant, ne plastronnait pas et écoutait au moins autant qu'il parlait.

La musique prit des accents sinistres lorsque la statue s'anima, et le Commandeur pénétra dans la salle à manger de Don Giovanni sur une dissonance dans laquelle Maud reconnut une septième diminuée. C'était le point culminant de l'opéra et Maud était presque certaine que personne ne se retournerait. Ne pourrait-elle pas tout de même donner satisfaction à Walter? Cette idée lui coupa la respiration.

Tandis que les trombones grondaient au-dessus de la profonde voix de basse du Commandeur, elle posa la main sur la cuisse de Walter. Elle sentait la chaleur de sa peau à travers la laine fine de son pantalon de soirée. Il ne la regardait toujours pas, mais elle vit qu'il avait la bouche ouverte et le souffle court. Elle glissa la main plus haut sur sa cuisse et, au moment où Don Giovanni prenait courageusement la main du Commandeur, ses doigts effleurèrent le membre raidi de Walter avant de se refermer sur lui.

Elle était tout à la fois excitée et curieuse. Jamais elle n'avait fait une chose pareille. Elle le tâta à travers l'étoffe de son pantalon. Plus grand qu'elle ne l'aurait cru, plus dur aussi, il évoquait davantage un morceau de bois qu'une partie du corps. Comme il est étrange, se dit-elle, que le simple toucher d'une main de femme puisse provoquer une transformation physique aussi remarquable. Quand elle éprouvait du désir, cela ne se manifestait que par d'infimes changements : une sensation presque imperceptible de gonflement, et une humidité, à l'intérieur. Chez les hommes, c'était comme s'ils hissaient un drapeau.

Elle savait ce que faisaient les garçons, car elle avait surpris Fitz un jour, quand il avait quinze ans. Elle refit alors le geste qu'elle l'avait vu accomplir, le mouvement de va-et-vient, pendant que le Commandeur exhortait Don Giovanni à se repentir et que le libertin refusait obstinément. Walter haletait à présent, mais l'orchestre jouait si fort que personne ne pouvait l'entendre. Elle était ravie de pouvoir lui donner un tel plaisir. Elle observait les nuques des autres occupants de la loge, terrifiée à l'idée que l'un d'eux se retourne tout en étant trop absorbée pour s'interrompre. Walter posa la main sur la sienne pour lui montrer comment faire, serrant plus fort en descendant et relâchant l'étreinte en montant, et elle l'imita. À l'instant où Don Giovanni fut entraîné dans les flammes, Walter se crispa sur son siège. Elle sentit dans son membre une sorte de spasme – une fois, deux fois, une troisième fois – puis, comme Don Giovanni mourait de peur, Walter parut s'effondrer, épuisé.

Maud prit soudain conscience de sa folie. Elle retira promptement la main, rouge de honte. Elle s'aperçut qu'elle haletait et fit un effort pour respirer normalement.

Quand l'ensemble final entra en scène, elle se détendit. Elle ne savait pas ce qui lui avait pris, mais heureusement, personne n'avait rien remarqué. Son soulagement était si profond qu'elle eut envie de rire. Elle pouffa tout bas.

Elle surprit le regard de Walter. Il la contemplait avec une expression d'adoration qui la fit rayonner de joie. S'inclinant vers elle, il approcha les lèvres de son oreille. « Merci, murmura-t-il.

— C'était un plaisir », dit-elle dans un soupir.

VI

Juin 1914

1.

Au début du mois de juin, Grigori Pechkov avait économisé assez d'argent pour acheter son passage vers New York. Les Vialov de Saint-Pétersbourg lui vendirent son billet, ainsi que les papiers nécessaires pour entrer aux États-Unis, en particulier une lettre émanant de Mr Josef Vialov, de Buffalo, qui lui garantissait un emploi.

Grigori embrassa son billet. Comme il lui tardait de partir ! On aurait dit un rêve et il redoutait de se réveiller avant que le bateau ait levé l'ancre. À présent que le départ était tout proche, il était impatient de se retrouver sur le pont pour voir la Russie disparaître à l'horizon, sortir de sa vie pour toujours.

La veille du grand jour, ses amis organisèrent une fête.

Elle se déroulait Chez Michka, un bistrot proche de l'usine de construction mécanique Poutilov, et réunissait une douzaine de ses collègues, la plupart des membres du groupe de discussion bolchevique sur le socialisme et l'athéisme, et les filles de l'immeuble où vivaient Lev et Grigori. Ils étaient tous grévistes – la moitié des usines de Saint-Pétersbourg avaient cessé le travail –, ils n'avaient pas beaucoup d'argent mais, en se cotisant, ils avaient pu s'offrir un tonneau de bière et quelques harengs. Il faisait chaud en cette soirée d'été et ils s'assirent sur des bancs dans un terrain vague proche du bistrot.

Grigori n'avait rien d'un fêtard. Il aurait préféré passer la soirée à jouer aux échecs. L'alcool abrutit les hommes, et il ne voyait pas d'intérêt à flirter avec l'épouse ou la compagne d'un tiers. Son ami Konstantin, le président échevelé du groupe de discussion, se querella à propos de la grève avec Isaak, l'amateur de football agressif; le débat s'acheva par des hurlements. La grosse Varia, la mère de Konstantin, engloutit la quasi-totalité d'une bouteille de vodka, frappa son mari et s'évanouit. Lev avait amené une foule d'amis – des hommes que Grigori ne connaissait pas et des filles qu'il ne souhaitait pas connaître –, qui vidèrent le tonneau de bière sans rien débourser.

Grigori passa la soirée à fixer Katerina d'un œil navré. Elle était de bonne humeur – elle adorait les fêtes. On voyait tournoyer sa longue jupe et briller ses yeux bleu-vert à mesure qu'elle se déplaçait dans l'assistance, aguichant les hommes et charmant les femmes, un sourire immuable sur ses lèvres pulpeuses. Ses habits étaient usés et rapiécés, mais elle avait un corps superbe, comme les Russes les apprécient, hanches larges et poitrine généreuse. Grigori était tombé amoureux d'elle le jour de leur rencontre et, quatre mois plus tard, il en était toujours fou. Mais elle lui préférait son frère.

Pourquoi ? Ce n'était pas une question de physique. Les deux frères se ressemblaient tellement qu'on les prenait parfois l'un pour l'autre. Ils avaient la même taille, le même poids, et échangeaient souvent leurs vêtements. Lev possédait le charme en plus. C'était un homme égoïste, indigne de confiance, qui vivait en marge de la loi, et pourtant les femmes l'adoraient. Grigori, qui était honnête et sérieux, travaillait dur et faisait preuve de réflexion, paraissait, lui, voué au célibat.

Ce ne serait pas pareil aux États-Unis. Là-bas, tout était différent. Les propriétaires terriens n'avaient pas le droit de pendre leurs paysans. Avant d'être châtié, un homme devait être jugé et condamné. Le gouvernement ne pouvait même pas jeter les socialistes au cachot. La noblesse n'existait pas : tous les hommes étaient égaux, y compris les Juifs.

Était-ce bien vrai ? Parfois, l'Amérique lui apparaissait comme un pays de rêve, pareil à ces îles des mers du Sud peuplées de belles jeunes filles offrant leur corps à tous les marins. Non, c'était sûrement vrai : des milliers d'émigrants avaient écrit au pays. À l'usine, un groupe de socialistes révolutionnaires avait entamé une série de conférences sur la démocratie américaine, auxquelles la police avait vite mis un terme.

Il se sentait coupable à l'idée de quitter son frère, mais cela valait mieux ainsi. « Fais attention à toi, dit-il à Lev comme la soirée touchait à sa fin. Je ne serai plus là pour te sortir du pétrin.

— Tout ira bien, lança Lev d'un air insouciant. C'est toi qui vas devoir te débrouiller tout seul.

— Je t'enverrai de l'argent pour ton billet. Avec les salaires qu'on touche en Amérique, ce ne sera pas long.

— J'attendrai.

— Ne change pas d'adresse – nous ne devons pas perdre le contact.

— Où veux-tu que j'aille, cher grand frère ? »

Ils n'avaient pas décidé si Katerina viendrait en Amérique, elle aussi. Grigori attendait que Lev aborde le sujet, mais il n'en fit rien. À l'idée qu'elle accompagne son frère, il balançait entre l'espoir et l'anxiété.

Lev prit Katerina par le bras : « Il faut partir maintenant.

Où allez-vous à une heure pareille ? s'étonna Grigori.

— J'ai rendez-vous avec Trofim. »

Trofim était un des membres de la famille Vialov, un second couteau. « Pourquoi dois-tu le voir à cette heure ? » insista Grigori.

Lev lui adressa un clin d'œil. « Peu importe. Nous serons revenus avant le matin – largement à temps pour t'accompagner sur l'île de Goutouïevski. » C'était là que mouillaient les steamers transatlantiques.

« Très bien. Ne fais pas de bêtises », ajouta Grigori, sachant qu'un tel conseil était vain.

Lev le salua gaiement de la main et s'éloigna.

Il était presque minuit. Grigori fit ses adieux. Nombre de ses amis avaient la larme à l'œil, mais il ignorait si c'était dû au chagrin ou à l'alcool. Il regagna son immeuble en compagnie de quelques-unes des filles qui y logeaient et toutes l'embrassèrent dans le hall d'entrée. Puis il monta dans sa chambre.

Sa valise en carton de seconde main était posée sur la table. Quoique petite, elle était à moitié vide. Il n'emportait que ses chemises, ses sous-vêtements et son échiquier. Il ne possédait qu'une paire de bottes. Depuis la mort de sa mère, neuf années auparavant, il n'avait pas accumulé grand-chose.

Avant de se coucher, il fouilla le placard où Lev rangeait son revolver, un Nagant 1895 de fabrication belge. Ses tripes se nouèrent quand il constata qu'il n'y était plus.

Il ouvrit la fenêtre pour ne pas avoir à se lever quand Lev rentrerait.

Allongé sur le lit, à l'écoute du grondement familier des trains, il se demanda à quoi ressemblerait sa vie, à six mille kilomètres de là. Il avait toujours vécu avec Lev, lui servant de père et de mère de substitution. À compter de demain, il ne saurait plus quand Lev passerait la nuit dehors, un revolver dans sa poche. Cela lui apporterait-il du soulagement ou bien un surcroît d'inquiétude ?

Comme à son habitude, Grigori se réveilla à cinq heures. Son bateau appareillait à huit heures et le quai se trouvait à une heure de marche. Il avait tout son temps.

Lev n'était pas rentré.

Grigori se lava les mains et le visage. S'aidant d'un éclat de miroir, il tailla sa barbe et ses moustaches avec des ciseaux de cuisine avant d'enfiler son plus beau costume. Lev hériterait de l'autre, qui resterait ici.

Il réchauffait un peu de bouillie sur le feu lorsqu'il entendit frapper à la porte de l'immeuble.

Cela n'annonçait sûrement rien de bon. Les amis criaient depuis la rue, il n'y avait que les autorités pour toquer. Grigori se coiffa de sa casquette puis sortit sur le palier et jeta un coup d'œil dans la cage d'escalier. La logeuse faisait entrer deux hommes vêtus de l'uniforme vert et noir de la police. En les examinant avec attention, Grigori reconnut le visage lunaire et bouffi de Mikhaïl Pinski et la petite tête de rat d'Ilia Kozlov, son acolyte.

Il se mit à réfléchir. De toute évidence, un des habitants de l'immeuble était soupçonné d'un crime. Le coupable ne pouvait être que Lev. Mais que ce soit lui ou un autre, tout le monde serait interrogé. Les deux flics n'auraient pas oublié l'incident de février, cette nuit où Grigori avait arraché Katerina à leurs griffes, et ils profiteraient de l'occasion pour l'arrêter.

Et Grigori raterait son bateau.

Cette affreuse perspective le paralysa. Rater le bateau ! Il avait tant économisé, tant attendu cette journée. Non, se dit-il, non, je ne me laisserai pas faire.

Il se réfugia dans sa chambre alors que les deux policiers commençaient à monter. Il serait inutile de les supplier – cela ne ferait qu'aggraver les choses : si Pinski découvrait que Grigori était sur le point d'émigrer, il prendrait encore plus de plaisir à l'envoyer en prison. Grigori n'aurait même pas la possibilité de se faire rembourser son billet. Toutes ces années d'économies seraient gâchées.

Il devait fuir.

Il parcourut la minuscule chambre d'un regard affolé. Une porte et une fenêtre, aucune autre issue. Il allait devoir emprunter le chemin que Lev prenait pour rentrer la nuit. Il jeta un coup d'œil au-dehors : l'arrière-cour était déserte. Si les policiers de Saint-Pétersbourg étaient brutaux, personne ne les avait jamais accusés d'être finauds : Pinski et Kozlov n'avaient même pas songé à couvrir leurs arrières. Peut-être savaient-ils qu'on était obligé de traverser la voie ferrée si on sortait par l'arrière-cour... mais aux yeux d'un homme aux abois, quelques rails ne constituaient pas un obstacle.

Grigori entendit des cris et des hurlements en provenance de la chambre voisine, occupée par des filles : les flics avaient commencé par là.

Il palpa la poche de poitrine de sa veste. Son billet, ses papiers et son argent s'y trouvaient bien. Toutes ses autres possessions étaient déjà rangées dans la valise en carton.

Saisissant celle-ci, il se pencha par la fenêtre et tendit le bras aussi loin qu'il put. Il jeta la valise de toutes ses forces. Lorsqu'elle atterrit, elle semblait intacte.

La porte de sa chambre s'ouvrit brusquement.

Grigori passa les jambes par la fenêtre, resta assis sur le rebord l'espace d'une seconde puis sauta sur le toit du lavoir. Ses pieds glissèrent sur les tuiles et il tomba violemment sur le derrière. Il glissa sur le toit en pente jusqu'à la gouttière. On poussa un cri derrière lui, mais il ne se retourna pas. Il sauta dans la cour. Il était indemne.

Il ramassa sa valise et se mit à courir.

Un coup de feu retentit, l'encourageant à presser l'allure. La plupart des policiers auraient raté le palais d'Hiver à trois mètres, mais un accident était toujours possible. Il grimpa sur le talus du chemin de fer, conscient de former une cible de plus en plus nette à mesure qu'il parvenait à hauteur de la fenêtre. Entendant le bruit caractéristique d'une locomotive, il se tourna vers la droite et vit un convoi de marchandises qui approchait à toute vitesse. Il entendit un nouveau coup de feu et perçut un bruit sourd tout proche mais, comme il ne sentait rien, il conclut que la balle s'était logée dans la valise. Arrivé sur le talus, il se dit que son corps devait se découper en ombre chinoise sur le ciel matinal. Le train n'était qu'à quelques mètres. Le conducteur fit résonner son avertisseur. Une troisième détonation retentit. Grigori traversa la voie ferrée juste avant que le train ne soit sur lui.

La locomotive passa en hurlant, ses roues d'acier claquant sur les rails, sa vapeur s'estompant en même temps que le cri de son avertisseur. Grigori se releva en hâte. À présent, il était protégé par une file de wagons chargés de charbon. Il traversa les autres voies en courant. Lorsque le dernier wagon disparut, il descendait au pied du talus et s'engageait dans la cour d'une petite usine pour gagner la rue.

Il examina sa valise. Un trou ornait l'un de ses flancs. Il s'en était fallu de peu.

Avançant d'un pas vif, il reprit son souffle et se demanda ce qu'il devait faire. À présent qu'il était en sécurité – du moins pour le moment –, il commençait à s'inquiéter pour son frère. Il devait savoir si Lev avait des ennuis et, si oui, lesquels.

Il décida de démarrer son enquête par le dernier lieu où il l'avait vu, chez Michka.

Comme il se dirigeait vers le bistrot, il craignit d'être repéré. Il faudrait être vraiment malchanceux, mais ce n'était pas impossible. Peut-être Pinski rôdait-il déjà dans les rues. Il enfonça sa casquette sur son front, doutant cependant de pouvoir dissimuler ainsi son identité. Croisant un groupe d'ouvriers en route pour les quais, il s'intégra à lui, mais sa valise lui donnait l'air franchement déplacé.

Il arriva toutefois chez Michka sans incident. En guise de mobilier, le bistrot se contentait de tables et de bancs en bois de fabrication maison. Une odeur de bière et de tabac imprégnait les lieux, souvenir de la veille. Le matin, Michka servait du thé et du pain à ceux qui n'avaient pas de foyer où se préparer un petit déjeuner, mais la grève avait découragé les clients et la salle était presque vide.

Alors qu'il comptait demander à Michka s'il savait où s'était rendu Lev en quittant la fête, Grigori aperçut Katerina. On aurait dit qu'elle n'avait pas dormi de la nuit. Ses yeux clairs étaient injectés de sang, ses cheveux blonds tout décoiffés, sa jupe froissée et tachée. Elle était visiblement bouleversée, ses mains tremblaient et des larmes coulaient sur ses joues crasseuses. Cela ne faisait que la rendre plus belle encore aux yeux de

Grigori, qui brûlait d'envie de la prendre dans ses bras pour la consoler. Mais c'était impossible, et il se contenterait de lui venir en aide. « Que se passe-t-il ? Qu'est-ce qui t'arrive ?

— Dieu merci, te voilà, répondit-elle. Lev est recherché par la police. »

Grigori gémit. Son frère avait bel et bien des ennuis – et il avait fallu que cela arrive aujourd'hui. « Qu'est-ce qu'il a fait? demanda-t-il sans même envisager que Lev puisse être innocent.

— Il y a eu du grabuge la nuit dernière. On devait décharger des cigarettes d'une péniche. » Des cigarettes volées, supposa Grigori. Katerina reprit : « Quand Lev a payé la somme convenue, le marinier a dit que ça ne suffisait pas et ils se sont disputés. Quelqu'un a tiré un coup de feu. Lev a riposté et puis on s'est enfuis.

— Vous n'avez pas été blessés, grâce à Dieu !

— Mais nous n'avons ni les cigarettes ni le fric.

— Quel gâchis. » Grigori consulta la pendule au-dessus du comptoir. Six heures et quart. Il avait tout son temps. « Asseyons-nous. Tu veux un peu de thé ? » Il fit signe à Michka et lui commanda deux verres.

« Merci, dit Katerina. Lev pense qu'un des blessés l'a dénoncé à la police. Maintenant, c'est lui qu'on recherche.

— Et toi ?

— Je n'ai rien à craindre, personne ne connaît mon nom. »

Grigori acquiesça. « Il faut que Lev se mette à l'abri. Il va devoir se planquer une bonne semaine, puis quitter Saint-Pétersbourg.

— Il n'a plus un sou.

— Naturellement. » Lev n'avait jamais assez d'argent pour assurer sa subsistance, mais il en trouvait toujours pour boire, parier et sortir avec des filles. « Je peux lui en donner un peu. » Grigori devrait sacrifier une partie de son pécule de voyage. « Où est-il ?

— Il m'a dit qu'il te retrouverait au bateau. »

Michka leur apporta du thé. Grigori était affamé – il avait laissé sa bouillie sur le feu – et commanda un peu de soupe.

« Combien peux-tu laisser à Lev ? » s'enquit Katerina.

Elle le fixait avec intensité, et cela lui donnait toujours envie de faire tout ce qu'elle lui demandait. Il détourna les yeux. « Ce dont il aura besoin, répondit-il.

— Tu es si bon.

— C'est mon frère, dit-il en haussant les épaules.
— Merci. »

La reconnaissance de Katerina le ravissait et l'embarrassait en même temps. On lui servit sa soupe et il se mit à manger, se félicitant de cette diversion. Il était plus optimiste le ventre plein. Lev ne cessait d'avoir des ennuis. Il se tirerait de ce pétrin, comme il s'était tiré des autres. Grigori ne raterait pas fatalement l'embarquement.

Katerina l'observa tout en sirotant son thé. Son inquiétude semblait s'être dissipée. Lev te met en danger, pensa Grigori, je viens à la rescousse et pourtant c'est lui que tu préfères.

Lev se trouvait sans doute sur les quais, dissimulé à l'ombre d'une tour de levage, guettant la présence d'un éventuel policier. Grigori ne devait pas traîner. Mais peut-être ne reverrait-il plus jamais Katerina et il supportait mal l'idée de lui faire des adieux définitifs.

Il acheva sa soupe et consulta la pendule. Presque sept heures. Il allait être en retard. « Je dois partir », dit-il à contrecœur.

Katerina l'accompagna jusqu'à la porte. « Ne sois pas trop dur avec Lev.

— L'ai-je jamais été ? »

Elle lui posa les mains sur les épaules, se dressa sur la pointe des pieds et déposa un bref baiser sur ses lèvres. « Bonne chance. »

Grigori s'éloigna.

Il traversa d'un pas pressé le quartier sud-ouest de Saint-Pétersbourg, une zone industrielle remplie d'entrepôts, d'usines, de dépôts et de taudis surpeuplés. À sa grande honte, il avait envie de pleurer, mais cela ne dura que quelques minutes. Il prenait soin de marcher à l'ombre, de garder sa casquette enfoncée sur son front et d'éviter les espaces dégagés. Si Pinski avait diffusé le signalement de Lev, un policier à l'affût aurait pu interpeller Grigori.

Il arriva pourtant aux quais sans encombre. On était en train de charger, dans l'*Ange Gabriel*, un petit cargo rouillé qui acceptait aussi les passagers, des caisses en bois solidement clouées portant le nom du plus important négociant en fourrures de la ville. Sous ses yeux, la dernière d'entre elles disparut dans la soute et les matelots refermèrent l'écoutille.

Une famille de Juifs présentait ses billets au pied de la passerelle d'embarquement. Tous les Juifs souhaitaient aller en

Amérique, Grigori le savait d'expérience. Ils avaient encore plus de raisons que lui de vouloir quitter la Russie. Les lois leur interdisaient de posséder de la terre, d'entrer dans la fonction publique et de devenir officiers, entre autres prohibitions. Ils n'avaient pas le droit de vivre où ils le désiraient et des quotas limitaient leurs possibilités de s'inscrire à l'université. Leur survie tenait du miracle. Et si, contre toute attente, certains d'entre eux venaient à prospérer, une foule d'excités – généralement encouragés par des policiers comme Pinski – ne tardait pas à fondre sur eux, tabassant les hommes, terrorisant les femmes et les enfants, détruisant et incendiant leurs boutiques et leurs maisons. Le plus surprenant était qu'ils restent encore au pays.

La sirène du bateau donna le signal de l'embarquement.

Il ne voyait son frère nulle part. Que s'était-il passé ? Lev avait-il encore changé d'avis ? L'avait-on déjà arrêté ?

Un petit garçon agrippa Grigori par la manche. « Y a un homme qui veut vous parler, dit-il.

— Comment est-il ?

— Il vous ressemble beaucoup. »

Merci, mon Dieu, songea Grigori. « Où est-il ?

— Derrière le tas de bois. »

Il y avait des rondins entreposés sur le quai. Grigori en fit le tour d'un pas vif et découvrit Lev planqué derrière eux, tirant nerveusement sur sa cigarette. Il était pâle et agité – spectacle inhabituel, car il semblait toujours de bonne humeur, même dans l'adversité.

« J'ai des ennuis, annonça-t-il.

— Encore.

— Ces mariniers sont des menteurs !

— Et des voleurs, probablement.

— Arrête tes sarcasmes. Le temps presse.

— Oui, tu as raison. Nous devons te faire sortir de la ville en attendant que les choses se tassent. »

Lev secoua la tête en signe de dénégation tout en soufflant un nuage de fumée. « Un des mariniers est mort. Je suis recherché pour meurtre.

— Bon sang ! » Grigori, accablé, s'assit et se prit la tête entre les mains. « Pour meurtre, répéta-t-il.

— Trofim a été grièvement blessé et les flics l'ont fait parler. C'est lui qui m'a dénoncé.

— Comment le sais-tu ?

— J'ai vu Fiodor il y a une demi-heure. » Fiodor était un policier corrompu que Lev connaissait bien.

« Ça, c'est grave.

— Il y a pire. Pinski s'est juré de me serrer – pour se venger de toi. »

Grigori opina. « C'est bien ce que je craignais.

— Qu'est-ce que je vais faire ?

— Partir à Moscou. Tu n'es plus en sécurité à Saint-Pétersbourg, et tu ne pourras peut-être jamais revenir.

— Je me demande si Moscou est assez loin, maintenant que la police est équipée du télégraphe. »

Il avait raison, Grigori s'en rendait compte.

La sirène du bateau retentit à nouveau. Bientôt, on retirerait les passerelles d'embarquement. « Il ne nous reste qu'une minute, dit Grigori. Que vas-tu faire ?

— Je pourrais partir pour l'Amérique », proposa Lev.

Grigori ne voulait même pas l'envisager.

Mais Lev poursuivit avec une logique implacable : « Je pourrais utiliser ton passeport et tes papiers pour entrer aux États-Unis, personne ne verrait la différence. »

Grigori vit son rêve s'évanouir, comme la fin d'un film au cinéma Soleil de la perspective Nevski, lorsque les lumières se rallumaient pour révéler les couleurs ternes et le sol crasseux du monde réel. « Te donner mon billet, souffla-t-il au désespoir, retardant l'instant de la décision.

— Tu me sauverais la vie. »

Grigori savait qu'il n'avait pas le choix et il en avait le cœur brisé.

Il sortit les papiers de la poche de son plus beau costume et les remit à Lev. Il lui donna l'argent qu'il avait économisé en vue du voyage. Puis il tendit à son frère la valise en carton décorée d'un impact de balle.

« Je t'enverrai l'argent pour te payer un autre billet », promit Lev avec ferveur. Grigori ne répondit pas, mais son scepticisme devait être visible car Lev protesta : « Je te l'enverrai, je te le jure. Je ferai des économies.

— Entendu », fit Grigori.

Ils s'étreignirent. « Tu as toujours pris soin de moi, dit Lev.

— Oui, en effet. »

Lev courut vers le bateau.

Les marins larguaient les amarres. Ils étaient sur le point de retirer la passerelle, mais Lev poussa un cri et ils lui laissèrent quelques secondes.

Il courut jusqu'au pont.

Accoudé au bastingage, il agita la main en direction de Grigori.

Celui-ci n'avait pas le cœur à lui rendre son salut. Il se retourna et partit.

La sirène retentit une nouvelle fois, mais il ne regarda pas derrière lui.

Libéré du poids de la valise, son bras droit lui semblait étrangement léger. Il marcha le long du quai, contemplant l'eau noire et profonde, et il lui vint d'étranges idées de noyade. Il se secoua : pas question de céder à de telles tentations. Néanmoins, il se sentait amer et déprimé. Jamais la vie ne lui avait donné les bonnes cartes.

Le moral toujours en berne, il rebroussa chemin dans le quartier industriel. Il avançait les yeux baissés, sans prendre la peine de rester aux aguets : s'il se faisait arrêter par la police, cela n'avait plus aucune importance.

Qu'allait-il faire maintenant? Il n'avait plus d'énergie pour rien. Une fois la grève terminée, il retrouverait sans problème son emploi à l'usine : les contremaîtres savaient qu'il travaillait dur. Sans doute devrait-il s'y rendre sans tarder, pour voir si le conflit avait évolué... mais il n'en avait pas envie.

Au bout d'une heure, il arriva à proximité de chez Michka. Il comptait bien passer sans s'arrêter, quand, en jetant un coup d'œil dans la salle, il aperçut Katerina, qui n'avait apparemment pas bougé depuis deux heures et fixait son thé refroidi. Il devait lui raconter ce qui s'était passé.

Il entra. À part Katerina, il n'y avait que Michka qui s'affairait à balayer la salle.

Katerina se leva d'un bond, terrifiée. « Qu'est-ce que tu fais ici? Tu as raté ton bateau?

— Pas exactement. » Il ne voyait pas comment lui annoncer la nouvelle.

« Quoi, alors? Lev est mort?

— Non, il va bien. Mais il est recherché pour meurtre. »

Elle ouvrit de grands yeux. « Où est-il?

— Il a dû partir.

— Où ça? »

Il n'y avait pas moyen de lui cacher la vérité. « Il m'a demandé de lui donner mon billet.

— Ton billet ?

— Et aussi mon passeport. Il est parti en Amérique.

— Non ! » hurla-t-elle.

Grigori hocha la tête sans un mot.

« Non ! répéta-t-elle. Il n'a pas pu me quitter ! Ne dis pas ça, ne dis jamais ça !

— Calme-toi. »

Elle le gifla. Il tressaillit à peine. « Salopard ! glapit-elle. C'est toi qui l'as chassé !

— Je l'ai fait pour lui sauver la vie.

— Ordure ! Salaud ! Je te déteste ! Je déteste ta sale gueule !

— Aucune de tes injures ne peut me rendre plus triste que je ne le suis », lui dit Grigori, mais elle ne l'écoutait pas. Sourd à ses imprécations, il s'éloigna, sentant sa voix décroître comme il franchissait le seuil.

Les cris cessèrent et il entendit des pas précipités sur le trottoir derrière lui. « Attends ! Je t'en prie, Grigori, attends, ne m'abandonne pas, excuse-moi. »

Il se retourna.

« Grigori, il faut que tu t'occupes de moi maintenant que Lev n'est plus là. »

Il secoua la tête. « Tu n'as pas besoin de moi. Tous les hommes de cette ville se disputeront pour t'aider.

— Ne crois pas ça. Il y a une chose que tu ignores. »

Quoi encore ? se dit Grigori.

« Lev ne voulait pas que je t'en parle.

— Je t'écoute.

— J'attends un bébé », lâcha-t-elle en fondant en larmes.

Grigori accusa le coup. C'était Lev le père, bien entendu. Et il le savait. Il était quand même parti pour l'Amérique. « Un bébé », répéta-t-il.

Elle hocha la tête sans cesser de pleurer.

L'enfant de son frère. Son neveu ou sa nièce. Sa famille.

Il passa les bras autour des épaules de Katerina et l'attira contre lui. Secouée de sanglots, elle enfouit son visage dans la veste de Grigori. Il lui caressa les cheveux. « Très bien. Ne t'inquiète pas. Tout ira bien. Pour toi et pour ton bébé. » Il soupira. « Je m'occuperai de vous. »

2.

La traversée se révéla des plus éprouvantes, même pour un homme endurci par les taudis de Saint-Pétersbourg. Il n'y avait qu'une classe sur l'*Ange Gabriel*, la troisième, où les passagers n'étaient pas mieux traités que les marchandises. La saleté régnait partout, en particulier par gros temps quand tout le monde souffrait du mal de mer. Les passagers ne pouvaient se plaindre à personne, car les matelots ne parlaient pas russe. Lev n'aurait su dire de quelle nationalité ils étaient, mais il ne parvenait à communiquer avec eux ni en anglais ni en allemand, deux langues dont il ne possédait que des rudiments. Certains disaient qu'ils étaient hollandais. C'était la première fois que Lev entendait parler de ce peuple.

Néanmoins, l'optimisme prévalait à bord. Lev avait l'impression d'avoir démoli les murs de la prison tsariste et d'être désormais un homme libre. Il était en route pour l'Amérique, un pays où la noblesse n'existait pas. Par temps calme, les passagers s'asseyaient sur le pont et partageaient les histoires qu'on leur avait racontées sur cet eldorado : l'eau chaude coulant des robinets, les bottes de cuir à un prix accessible même aux ouvriers, la liberté de pratiquer toutes les religions ou presque, d'adhérer à tous les partis politiques, d'affirmer toutes les opinions en public, de ne jamais avoir peur de la police.

Le soir du dixième jour de traversée, Lev jouait aux cartes. C'était lui qui distribuait, mais ce n'était pas lui qui gagnait. Le seul à ne pas perdre était Spiria, un garçon aux yeux innocents qui voyageait seul, comme lui. « Spiria gagne tous les soirs », dit Iakov, un autre joueur. En vérité, Spiria gagnait lorsque c'était Lev qui donnait.

Ils traversaient lentement un banc de brouillard. La mer était calme et on n'entendait que le ronronnement assourdi des machines. Lev ne savait toujours pas quand ils arriveraient à destination. Chacun de ceux qu'il interrogeait lui donnait une réponse différente. Les mieux informés affirmaient que tout dépendrait du temps. Les membres de l'équipage refusaient de s'avancer.

Il jeta l'éponge à la tombée de la nuit. «Je suis lessivé», déclara-t-il. En fait, il avait encore du fric caché sous sa chemise, mais il voyait bien que les autres étaient presque à sec, à l'exception de Spiria. «J'arrête. Quand nous serons en Amérique, je me trouverai une riche rombière et je me ferai une jolie petite niche dans son palais de marbre.»

Les autres éclatèrent de rire. «Mais qui voudrait de toi comme toutou? lança Iakov.

— Les vieilles dames ont froid la nuit. Je lui tiendrai chaud.»

La partie s'acheva dans la bonne humeur et les joueurs se dispersèrent.

Spiria se dirigea vers la poupe, où il contempla le sillage du navire qui disparaissait dans la brume. Lev le rejoignit. «Ma part s'élève à sept roubles», lui dit-il.

Spiria pêcha des billets dans sa poche et les tendit à Lev, se plaçant de façon que personne ne puisse observer leur transaction.

Lev empocha l'argent et bourra sa pipe.

«Dis-moi une chose, Grigori», demanda Spiria. Comme Lev avait pris les papiers de son frère, il avait aussi endossé son identité. «Que ferais-tu si je refusais de te donner ta part?»

Sujet délicat. Lev rangea sa blague à tabac et sa pipe encore éteinte dans sa poche. Puis il agrippa Spiria par les revers de sa veste et le plaqua contre le bastingage, comme s'il avait l'intention de le jeter par-dessus bord. Spiria était plus grand que lui, mais c'était lui le plus fort, et de loin. «Je te casserais le cou, crétin, gronda Lev. Ensuite, je récupérerais tout le fric que tu as gagné grâce à moi.» Il accentua sa pression. «Et, pour finir, je t'enverrais rejoindre les poissons.»

Spiria était terrifié : «D'accord! Lâche-moi!»

Lev relâcha son étreinte.

«Tu es malade ou quoi! hoqueta Spiria. Je posais une question, c'est tout.»

Lev alluma sa pipe. «Et je t'ai donné la réponse, dit-il. Tâche de ne pas l'oublier.»

Spiria s'éloigna.

Au moment où la brume se leva, la terre était en vue. Il faisait nuit, mais Lev distingua sans peine les lumières d'une ville. Où se trouvaient-ils? Au Canada, disaient certains, ou alors en Irlande, mais personne n'était sûr de rien.

Les lumières se rapprochèrent et le navire ralentit l'allure. Ils allaient accoster. Lev entendit un passager s'exclamer qu'ils étaient déjà arrivés en Amérique. Dix jours, cela semblait bien rapide. Mais qu'en savait-il, après tout? Il se planta sur le pont, la valise en carton de son frère à la main. Son cœur battit plus vite.

Cette valise lui rappela que c'était Grigori qui aurait dû émigrer. Lev n'avait pas oublié sa promesse : lui envoyer le prix d'un billet. Une promesse qu'il se devait de tenir. Grigori lui avait sans doute sauvé la vie – pour la énième fois. J'ai bien de la chance d'avoir un frère comme lui, songea-t-il.

Il gagnait de l'argent sur le bateau, mais pas assez vite. Sept roubles, c'était de la petite bière. Il devait empocher plus gros. En Amérique, tout était possible : là-bas, il ferait fortune.

C'était avec surprise qu'il avait découvert un impact de balle dans la valise; le projectile s'était logé dans une boîte contenant un échiquier qu'il avait vendu à un Juif pour cinq kopecks. Il se demandait toujours comment Grigori s'était débrouillé pour qu'on lui tire dessus.

Katerina lui manquait. Il aimait parader avec une fille comme elle à son bras, sachant qu'il faisait l'envie de tous les hommes alentour. Mais il y avait plein de filles en Amérique.

Grigori savait-il qu'elle était enceinte? Lev éprouva un pincement de regret : verrait-il un jour son fils ou sa fille? Katerina allait devoir élever leur enfant toute seule. Il refusa pourtant de s'inquiéter : elle trouverait sûrement quelqu'un pour les prendre en charge, c'était une survivante.

Il était minuit passé quand le bateau accosta enfin. La pénombre régnait sur le quai désert. Les passagers débarquèrent avec leurs sacs, leurs valises et leurs caisses. Un officier de l'*Ange Gabriel* les conduisit dans un entrepôt meublé de quelques bancs. «Attendez ici. Les fonctionnaires de l'immigration arriveront demain matin», dit-il, prouvant qu'il parlait au moins quelques mots de russe.

Aux yeux d'émigrants qui avaient parfois économisé des années durant, c'était un peu décevant. Les femmes s'assirent et les enfants s'endormirent pendant que les hommes fumaient en attendant le matin. Au bout d'un temps, ils entendirent les moteurs du navire et Lev sortit pour le voir larguer les amarres et s'éloigner lentement. Peut-être déchargerait-il ses fourrures dans un autre port.

Il s'efforça de se rappeler ce que lui avait dit Grigori sur les premières démarches à accomplir dans un nouveau pays. Les immigrants devaient subir une visite médicale – un moment difficile à passer, car toute personne inapte était renvoyée dans son pays d'origine, ses espoirs brisés et ses économies perdues à jamais. Parfois, les services d'immigration changeaient le patronyme des gens, afin que les Américains aient moins de mal à le prononcer. Au-delà des quais, un représentant de la famille Vialov les attendrait pour les conduire en train à Buffalo. Une fois arrivés, on leur donnerait des emplois dans les hôtels et les usines de Josef Vialov. Lev se demanda si Buffalo était loin de New York. Combien de temps lui faudrait-il pour rejoindre la ville, un jour ou une semaine ? Il regrettait de ne pas avoir écouté Grigori avec plus d'attention.

Le soleil levant révéla des kilomètres carrés de quais bondés et Lev sentit son enthousiasme revenir. Les vieux gréements côtoyaient les navires à vapeur. Les entrepôts gigantesques se mêlaient aux remises vétustes, les grandes tours de levage aux grues trapues, les échelles aux cordages et aux diables. Au loin, Lev distinguait des files de wagons chargés de charbon, qui se comptaient par centaines – non, par milliers –, formant des convois qui s'étendaient à perte de vue. Il fut quelque peu déçu de ne pas voir la célèbre statue de la Liberté et sa torche : elle devait être dissimulée par un promontoire, en déduisit-il.

Les dockers arrivèrent, par petits groupes puis en foule. Des navires appareillèrent et d'autres accostèrent. Une dizaine de femmes entreprirent de décharger des sacs de pommes de terre d'un petit bateau amarré devant l'appentis. Lev se demanda quand arriveraient les services d'immigration.

Spiria s'approcha de lui. Apparemment, il n'en voulait plus à Lev de l'avoir menacé. « Ils nous ont oubliés, dit-il.

— On le dirait bien, opina Lev, intrigué.

— Et si on allait faire un tour, on trouvera peut-être quelqu'un qui parle russe ?

— Bonne idée. »

Spiria se tourna vers l'un des immigrants les plus âgés. « Nous allons voir ce qui se passe. »

L'autre avait l'air inquiet. « Peut-être que nous devrions rester ici, comme on nous l'a dit. »

Sans l'écouter, ils se dirigèrent vers les femmes qui déchargeaient les pommes de terre. Les gratifiant de son plus beau sourire, Lev leur demanda : « L'une de vous parle-t-elle le russe ? » L'une des plus jeunes lui sourit, mais aucune ne lui répondit. Lev fut déçu : ses trésors de séduction ne lui servaient à rien face à des gens qui ne comprenaient pas ce qu'il leur disait.

Lev et Spiria se dirigèrent vers l'endroit d'où semblaient venir la plupart des ouvriers. Personne ne leur prêta attention. Arrivés devant une série de portes, ils franchirent l'une d'elles et se retrouvèrent dans une rue animée, pleine de bureaux et de boutiques. Il y circulait quantité de voitures automobiles, de tramways électriques, de chevaux et de charrettes. Lev tentait d'engager la conversation avec les passants, sans aucun succès.

Il était perplexe. Quel était ce pays où l'on vous laissait descendre de navire et circuler en ville sans autorisation ?

Puis il aperçut un bâtiment qui l'intrigua. On aurait dit un hôtel, sauf que deux hommes à l'allure miséreuse, coiffés d'une casquette de marin, fumaient assis sur le perron. « Regarde ça, dit-il.

— Et alors ?

— Je pense que c'est une mission pour marins, comme celle de Saint-Pétersbourg.

— Nous ne sommes pas des marins.

— Mais on y trouvera peut-être des gens qui parlent russe. »

Ils entrèrent. Une femme aux cheveux gris s'adressa à eux derrière son comptoir.

« Nous ne parlons pas américain », dit Lev dans sa langue.

Elle lui répondit par ce mot : « Russes ? »

Lev acquiesça.

Elle leur fit signe d'avancer et Lev reprit espoir.

Ils la suivirent jusqu'à un petit bureau dont la fenêtre donnait sur la mer. Derrière une table était assis un homme aux allures de Juif russe, sans que Lev sache d'où lui venait cette impression. « Parlez-vous russe ? lui demanda-t-il.

— Je suis russe, répondit l'homme. Puis-je vous aider ? »

Lev l'aurait embrassé. Au lieu de quoi, il le regarda droit dans les yeux et le gratifia d'un sourire chaleureux. « Quelqu'un devait nous attendre sur le quai et nous emmener à Buffalo, mais nous n'avons vu personne, dit-il, s'efforçant d'adopter un ton affable mais soucieux. Nous sommes environ trois cents... » Désireux de l'attendrir, il précisa : « Y compris des femmes et des enfants. Pouvez-vous nous aider à retrouver notre correspondant ?

— Buffalo ? répéta l'homme. Où pensez-vous avoir débarqué ?

— Mais à New York, bien sûr.

— Vous êtes à Cardiff. »

Lev n'avait jamais entendu parler de Cardiff, mais au moins, le problème était clair : « Ce crétin de capitaine ne nous a pas débarqués dans le bon port, dit-il. Comment fait-on pour aller à Buffalo ? »

L'homme lui désigna la fenêtre, et l'océan derrière elle. Lev sentit ses tripes se nouer : il devinait ce qu'il allait dire.

« C'est par là. Cinq mille kilomètres à l'ouest. »

3.

Lev se renseigna sur le prix d'un billet pour New York. Une fois la somme convertie en roubles, il constata qu'elle correspondait à dix fois son pécule.

Il refoula sa rage. Les passagers avaient été bernés par la famille Vialov, par le capitaine... ou, plus probablement, par l'une et par l'autre, car le coup était plus facile à exécuter à deux. Ces porcs avaient spolié Grigori de ses économies durement gagnées. S'il avait tenu le capitaine de l'*Ange Gabriel*, il l'aurait étranglé, et aurait éclaté de rire en l'entendant pousser son dernier soupir.

Mais il ne servait à rien de rêver de vengeance. L'essentiel était de ne pas baisser les bras. Il allait trouver du boulot, apprendre l'anglais et s'introduire dans un cercle de jeu où l'on pouvait gagner gros. Cela ne se ferait pas en quelques jours. Il lui faudrait être patient. Il devait apprendre à ressembler à Grigori.

La première nuit, ils dormirent tous dans la synagogue, Lev comme les autres. Les Juifs de Cardiff ignoraient que certains des passagers étaient chrétiens, ou alors cela leur était indifférent.

Pour la première fois de sa vie, il perçut les avantages de la judéité. En Russie, les Juifs subissaient de telles persécutions qu'il s'était toujours demandé pourquoi ils ne préféraient pas renier leur religion, changer de tenue et se mêler au reste de la population. Cela aurait sauvé bien des vies. Mais il comprenait à présent qu'un Juif pouvait débarquer partout dans le monde et y trouver une famille.

Ainsi qu'il le découvrit, ce n'était pas la première fois qu'un groupe d'émigrants russes échouait en Grande-Bretagne, à Cardiff et dans d'autres ports, après avoir acheté un billet pour New York. Et, comme la plupart de ces émigrants étaient juifs, les anciens de la synagogue disposaient d'une procédure bien rodée. Le lendemain matin, on servit un petit déjeuner aux voyageurs, on changea leurs roubles contre des livres, des shillings et des pence, et on les conduisit dans des pensions où ils purent louer des chambres à bas prix.

À l'instar de toutes les villes du monde, Cardiff abritait quantité d'écuries. Lev acquit le vocabulaire nécessaire pour se présenter comme un palefrenier expérimenté puis partit en quête d'un travail. Ses employeurs potentiels constatèrent bien vite qu'il savait s'y prendre avec les bêtes, mais les mieux disposés d'entre eux avaient eux-mêmes quelques questions à lui poser, et il ne pouvait ni les comprendre ni y répondre.

En désespoir de cause, il tâcha d'apprendre un peu plus d'anglais et, au bout de quelques jours, il en savait assez pour déchiffrer les prix et s'acheter du pain et de la bière. Malheureusement, les questions qu'on lui posait demeuraient trop compliquées, portant sans doute sur ses précédents emplois et sur ses relations avec la police.

Il retourna à la mission pour marins et expliqua son problème à l'employé russe. Celui-ci lui indiqua une adresse à Butetown, le quartier le plus proche des quais, et lui dit d'aller voir Filip Kowal, surnommé le Polak, un chef d'équipe qui recrutait des travailleurs étrangers pour un salaire de misère et baragouinait la plupart des langues européennes. Il donna rendez-vous à Lev le lundi suivant à dix heures du matin, sur le parvis de la gare principale.

Lev était si heureux qu'il ne s'inquiéta même pas de la nature de son emploi.

À l'heure et au lieu dits, en compagnie de deux cents hommes, en majorité russes, mais comptant dans leurs rangs des Allemands, des Polonais, des Slaves et même un Africain à la peau noire, il fut ravi de retrouver Spiria et Iakov.

On les fit monter dans un train à vapeur, Kowal ayant payé leur billet, et ils gagnèrent une jolie contrée montagneuse, plus au nord. Nichées entre les collines vertes, les cités industrielles ressemblaient à des étangs d'eau noire. Dans chacune d'elles, on apercevait au moins une tour surmontée de deux gigantesques roues, et Lev apprit que l'extraction du charbon était la principale activité de la région. Quelques-uns de ses compagnons étaient des mineurs, certains avaient des compétences, en métallurgie par exemple, mais la plupart étaient des ouvriers non qualifiés.

Le train s'arrêta au bout d'une heure de voyage. Comme ils sortaient de la gare, Lev comprit que le travail qui les attendait n'avait rien d'ordinaire. Plusieurs centaines d'hommes, tous vêtus d'une blouse et coiffés d'une casquette d'ouvrier, les attendaient sur la place. Après avoir observé un silence de mauvais augure, un des hommes se mit à crier quelque chose et tous les autres l'imitèrent. Si Lev n'avait aucune idée de ce qu'ils disaient, leur hostilité était évidente. Devant eux, une bonne vingtaine de policiers formaient un cordon.

« Qui sont ces gens ? demanda Spiria d'une voix effarée.

— Des types trapus et musclés, au visage dur mais aux mains propres... des mineurs en grève, je parie, répondit Lev.

— On dirait qu'ils veulent notre peau. Qu'est-ce qui leur prend ?

— Nous sommes des briseurs de grève, déclara Lev d'un ton sinistre.

— Que Dieu ait pitié de nous. »

Kowal le Polak leur ordonna de le suivre dans plusieurs langues et ils s'engagèrent dans la rue principale. La foule continuait de hurler, certains hommes brandissaient le poing, mais aucun ne franchit le cordon. Pour la première fois de sa vie, Lev éprouvait de la reconnaissance envers la police. « C'est horrible, dit-il.

— Maintenant, tu sais ce que ça fait d'être juif », lança Iakov.

Laissant derrière eux les mineurs en colère, ils montèrent vers les hauteurs en empruntant des rues bordées de maisons. Lev remarqua que nombre d'entre elles semblaient vides. Les gens continuaient à les dévisager, mais on avait cessé de les insulter. Kowal commença à leur attribuer des logements. Lev et Spiria n'en revenaient pas d'avoir droit à une maison à eux. Avant de partir, Kowal leur désigna le chevalement – la tour avec les roues jumelles – et leur dit de s'y rendre le lendemain à six heures du matin. Les mineurs travailleraient à l'extraction, les autres à l'entretien des galeries et de l'équipement ou, dans le cas de Lev, s'occuperaient des chevaux.

Lev explora son nouveau foyer. Même si ce n'était pas un palais, la maison était propre et sèche. Il y avait une pièce au rez-de-chaussée et deux à l'étage – une chambre pour chacun d'eux ! Jamais il n'avait eu droit à sa propre chambre. Il n'y avait aucun mobilier, mais ils avaient l'habitude de dormir à même le sol et, comme on était en juin, ils n'avaient pas besoin de couvertures.

Quand la faim se fit sentir, il fallut bien se résoudre à sortir. Le cœur battant, ils entrèrent dans le premier pub qu'ils trouvèrent sur leur chemin, mais les clients leur jetèrent des regards noirs et lorsque Lev demanda en anglais : « Deux pintes de bière, s'il vous plaît », le patron fit la sourde oreille.

Ils descendirent vers le centre-ville et y découvrirent un café-restaurant où au moins les clients ne paraissaient pas hostiles. Ils patientèrent tout de même une bonne demi-heure pendant que la serveuse honorait les commandes de tous ceux qui étaient arrivés après eux et ils finirent par repartir.

Il allait être difficile de vivre ici, comprit Lev. Mais cela ne durerait pas. Dès qu'il aurait assez d'argent, il irait en Amérique. En attendant, il fallait bien manger.

Ils entrèrent dans une boulangerie. Cette fois, Lev était bien décidé à se faire servir. Désignant une rangée de miches, il dit en anglais : « Un pain, s'il vous plaît. »

Le boulanger fit semblant de ne pas comprendre.

Tendant la main au-dessus du comptoir, Lev s'empara du pain qui lui faisait envie. Et maintenant, se dit-il, qu'il essaie de me le reprendre.

« Hé ! » s'écria le boulanger sans bouger.

Lev sourit et demanda : « Combien, s'il vous plaît ?

— Un penny et un farthing », répondit l'autre d'un air contrarié.

Lev posa les pièces sur le comptoir. « Merci beaucoup. »

Une fois sortis, ils partagèrent le pain qu'ils mangèrent tout en marchant. Ils arrivèrent devant la gare, mais la foule s'était dispersée. Sur le parvis, un vendeur de journaux criait à tue-tête. Il écoulait sa marchandise rapidement et Lev se demanda s'il s'était passé quelque chose d'important.

Une grosse voiture dévala alors la route et ils durent s'écarter pour la laisser passer. En regardant les passagers assis à l'arrière, Lev fut stupéfait de reconnaître la princesse Bea.

« Bon sang ! » s'exclama-t-il. En un éclair, il fut ramené à Boulovnir et à la vision cauchemardesque de son père mourant au bout d'une corde sous le regard de cette femme. La terreur qu'il avait éprouvée ce jour-là ne ressemblait à rien de ce qu'il avait pu ressentir depuis. Rien ne lui ferait jamais aussi peur que ce spectacle, ni une bagarre de rue, ni la matraque d'un flic, ni un flingue braqué sur lui.

La voiture s'arrêta devant la gare. Lev fut submergé de haine et de dégoût lorsque la princesse Bea en descendit. Le pain qu'il mâchait avait un goût de terre et il le recracha.

« Qu'est-ce qui t'arrive ? » demanda Spiria.

Lev reprit ses esprits : « Cette femme est une princesse russe. Elle a fait pendre mon père il y a quatorze ans.

— Salope ! Qu'est-ce qu'elle fout ici ?

— Elle a épousé un lord anglais. Ils doivent habiter dans le coin. Peut-être que cette mine lui appartient. »

Le chauffeur et une femme de chambre déchargeaient des bagages. Lev entendit Bea s'adresser en russe à cette dernière, qui lui répondit dans la même langue. Tous trois entrèrent dans la gare, puis la femme de chambre ressortit pour acheter un journal.

Lev décida de l'aborder. Il ôta sa casquette, s'inclina respectueusement et dit en russe : « Vous devez être la princesse Bea. »

Elle rit de bon cœur. « Ne soyez pas ridicule. Je suis Nina, sa femme de chambre. Qui êtes-vous ? »

Lev se présenta, présenta Spiria et raconta le périple qui les avait conduits ici, expliquant qu'il leur était impossible de s'acheter à manger.

« Je reviens ce soir, dit Nina. Nous allons seulement à Cardiff. Présentez-vous à l'entrée de service de Tŷ Gwyn et je vous donnerai un peu de viande froide. Prenez la route au nord de la ville et marchez jusqu'à ce que vous aperceviez le château.

— Merci, belle dame.

— Je pourrais être votre mère, répliqua-t-elle, ne pouvant s'empêcher de minauder. Je ferais mieux d'apporter son journal à la princesse.

— C'est quoi, ce gros titre ?

— Ça s'est passé à l'étranger, répondit-elle d'un air indifférent. Un assassinat. La princesse est dans tous ses états. L'archiduc François-Ferdinand d'Autriche s'est fait tuer dans une ville qui s'appelle Sarajevo.

— Ça doit être terrifiant pour une princesse.

— Oui, fit Nina. Mais ça ne changera sûrement rien pour les gens comme vous et moi.

— C'est vrai. Vous devez avoir raison. »

VII

Début juillet 1914

1.

Les paroissiens de l'église St James de Piccadilly étaient les plus chèrement vêtus du monde. C'était le lieu de culte préféré de l'élite londonienne. En théorie, l'ostentation n'y était guère appréciée, mais une femme était bien obligée de porter un chapeau et, ces temps-ci, il était quasiment impossible d'en acheter un qui ne soit pas orné de plumes d'autruche, de rubans, de nœuds et de fleurs en soie. Depuis le fond de la nef, Walter von Ulrich avait vue sur une jungle de formes et de couleurs extravagantes. Les hommes, par contraste, paraissaient tous identiques, avec leur habit noir et leur col droit blanc, leur haut-de-forme sur les genoux.

La plupart de ces fidèles ne comprenaient pas ce qui s'était passé sept jours plus tôt à Sarajevo, se dit-il non sans amertume, et certains d'entre eux ne savaient même pas où se trouvait la Bosnie-Herzégovine. Ils étaient certes choqués par l'assassinat de l'archiduc, mais se révélaient incapables d'en imaginer les conséquences pour le reste du monde. Ils étaient vaguement désemparés, voilà tout.

Ce n'était pas le cas de Walter. Il savait exactement ce qu'annonçait ce drame : une menace sérieuse pour la sécurité de l'Allemagne. En ce périlleux instant, les gens comme lui avaient le devoir de protéger et de défendre leur patrie.

Aujourd'hui, la première de ses missions était d'apprendre ce que pensait le tsar de toutes les Russies. Tout le monde en Allemagne souhaitait le savoir : l'ambassadeur, le père de Walter, le ministre des Affaires étrangères à Berlin et le kaiser en personne. Et Walter, en bon officier des renseignements, disposait d'un informateur.

Il parcourut l'assemblée du regard, s'efforçant d'identifier son homme parmi toutes ces nuques, redoutant de devoir constater son absence. Anton était employé à l'ambassade de Russie. S'ils se retrouvaient dans des églises anglicanes, c'était parce qu'il était sûr de ne jamais y croiser ses collègues de travail : la plupart des Russes étaient de confession orthodoxe et les autres étaient bannis du service diplomatique.

En tant que responsable des transmissions à l'ambassade, Anton avait accès à tous les télégrammes qui en partaient et y arrivaient. Une source d'information inestimable. Mais Walter avait du mal à le tenir, ce qui n'était pas sans lui causer quelque inquiétude. Anton avait une peur bleue de l'espionnage et il oubliait parfois de venir à leurs rendez-vous – le plus souvent dans les périodes de tension internationale comme celle-ci, précisément lorsque Walter avait le plus besoin de lui.

Walter sursauta en apercevant Maud. Il reconnut son long cou gracieux émergeant d'un col cassé de style masculin qui faisait fureur et son cœur cessa de battre. Il ne manquait pas une occasion d'embrasser ce cou chéri.

Quand il pensait aux menaces de guerre, il s'inquiétait avant tout pour Maud, son pays passait ensuite. Il avait honte de son égoïsme, mais ne pouvait rien y faire. Le risque de la perdre lui paraissait pire que les dangers que courait sa patrie. Il était prêt à mourir pour l'Allemagne... mais pas à vivre sans la femme qu'il aimait.

Une tête se tourna vers lui dans la troisième rangée à partir du fond et il croisa le regard d'Anton. C'était un homme aux cheveux bruns clairsemés et à la barbe rare. Soulagé, Walter se dirigea vers la nef sud, comme s'il cherchait une place. Après un instant d'hésitation, il s'assit sur un banc.

Si Anton venait à leurs rendez-vous, c'était par amertume. Cinq ans plus tôt, un de ses neveux préférés avait été accusé de menées révolutionnaires par la police secrète du tsar et emprisonné dans la forteresse Pierre-et-Paul, située au cœur de Saint-Pétersbourg, face au palais d'Hiver sur l'autre rive de la Neva. Le jeune homme, un étudiant en théologie, était parfaitement innocent, mais avant d'être libéré, il avait contracté une pneumonie à laquelle il n'avait pas survécu. Depuis lors, Anton exerçait sur le gouvernement du tsar une vengeance discrète et impitoyable.

Dommage que l'église soit aussi bien éclairée. Christopher Wren, son architecte, avait percé ses murs de longues rangées d'immenses fenêtres romanes. La pénombre gothique aurait été plus propice aux intentions de Walter. Toutefois, Anton avait bien choisi sa place, à l'extrémité d'un banc, à côté d'un enfant et derrière un pilier de bois massif.

« Excellente position, murmura Walter.

— On peut quand même nous voir depuis la galerie », nuança Anton d'un air inquiet.

Walter secoua la tête. « Ils sont tous tournés vers l'autel. »

Anton était un vieux célibataire, un petit homme d'une propreté franchement maniaque : sa cravate était impeccablement nouée, tous les boutons de sa veste fermés, ses chaussures brillantes à force d'être cirées. Son costume fatigué, maintes fois brossé et repassé, avait perdu l'éclat du neuf. Sans doute souhaitait-il prendre ses distances avec le caractère sordide de l'espionnage, avait conclu Walter. Après tout, cet homme était ici pour trahir sa patrie. Et moi pour l'encourager à le faire, pensa-t-il, soudain d'humeur sombre.

Walter se tut, respectant le silence qui précédait le début de l'office, mais, dès que retentit le premier cantique, il demanda à voix basse : « Quelle est l'atmosphère à Saint-Pétersbourg ?

— La Russie ne veut pas la guerre, répondit Anton.

— Bien.

— Le tsar craint qu'elle ne favorise une révolution. » Chaque fois qu'Anton parlait du tsar, on l'aurait cru sur le point de cracher. « La moitié de Saint-Pétersbourg est déjà en grève. Naturellement, il ne lui vient pas à l'idée que si les gens veulent la révolution, c'est à cause de sa bêtise et de sa brutalité.

— En effet. » Walter le savait d'expérience, les opinions d'Anton étaient toujours déformées par la haine que lui inspirait le tsar pourtant, dans ce cas précis, il n'était pas loin de la vérité. S'il ne détestait pas le souverain russe, Walter le craignait. Ne commandait-il pas la plus grande armée du monde ? Toute discussion portant sur la sécurité de l'Allemagne devait tenir compte de cette réalité. Son pays était dans la situation d'un homme dont le voisin aurait dans son jardin un ours enchaîné à un arbre. « Que va faire le tsar ?

— Cela dépendra de l'Autriche. »

Walter ravala la réplique qui lui brûlait les lèvres. Tout le monde attendait la réaction de l'empereur d'Autriche. Ce dernier devait faire *quelque chose*, car l'archiduc assassiné n'était autre que l'héritier de son trône. Walter espérait en savoir davantage grâce à son cousin Robert, qu'il devait voir plus tard dans la journée. Il appartenait à la branche catholique de la famille, comme la totalité de l'élite autrichienne, et assistait probablement à la messe à la cathédrale de Westminster. D'ici là, il serait bon qu'il en apprenne plus long sur les Russes.

Il attendit un nouveau cantique pour reprendre la parole. L'impatience le gagnait. Il leva les yeux et examina les extravagantes dorures des voûtes en berceau conçues par Wren.

Les fidèles entonnèrent « Rock of Ages ». « Supposons qu'un conflit éclate dans les Balkans, murmura Walter. Les Russes resteront-ils à l'écart ?

— Non, répondit Anton. Le tsar est obligé d'intervenir si la Serbie est attaquée. »

Walter frémit. C'était exactement le genre d'escalade qu'il redoutait. « Ce serait de la folie que de déclencher une guerre pour si peu !

— Oui. Mais les Russes ne peuvent pas laisser le contrôle des Balkans à l'Autriche : ils doivent protéger l'accès à la mer Noire. »

C'était incontestable. La plupart des exportations russes – le blé des plaines du Sud, le pétrole des puits de Bakou – transitaient par les ports de la mer Noire avant d'être expédiées dans le monde entier.

« D'un autre côté, ajouta Anton, le tsar incite tout le monde à la prudence.

— En d'autres termes, il poursuit sa réflexion.

— "Réflexion" est un bien grand mot. »

Walter acquiesça. Le tsar n'était pas réputé pour son intelligence. Son rêve était de ramener la Russie à l'âge d'or du XVIIe siècle, et il était assez stupide pour croire ce rêve possible. C'était comme si le roi George V avait projeté de ressusciter la Merrie England du temps de Robin des Bois. Comment prédire les actes d'un souverain doté de si peu de lucidité ?

Durant le dernier hymne, le regard de Walter s'attarda sur Maud, assise deux rangées devant lui de l'autre côté de l'allée. Il contempla son profil d'un œil ému tandis qu'elle chantait avec ferveur.

Le rapport équivoque d'Anton le troublait et ne faisait qu'accroître ses inquiétudes. « À partir de maintenant, chuchota-t-il, je veux vous voir tous les jours. »

Anton eut l'air affolé : « Impossible ! Trop risqué.

— Mais la situation évolue d'heure en heure.

— Rendez-vous dimanche matin, à Smith Square. »

Voilà le gros défaut des espions idéalistes, se dit Walter, agacé, on n'a aucune prise sur eux. D'un autre côté, un espion purement vénal n'est jamais digne de confiance. Il vous dira ce que vous voulez entendre dans l'espoir de toucher une prime. Si Anton affirmait que le tsar hésitait toujours, Walter pouvait être sûr qu'il n'avait pas encore pris de décision.

« Retrouvez-moi en milieu de semaine, alors », supplia Walter tandis que le cantique touchait à sa fin.

Sans répondre, Anton s'éclipsa et sortit de l'église. « Nom de Dieu », souffla Walter, ce qui lui valut le regard désapprobateur de l'enfant assis près de lui.

L'office fini, il se posta dans la cour pavée pour saluer ses connaissances jusqu'à ce que Maud sorte en compagnie de Fitz et de Bea. Maud était d'une grâce surnaturelle dans sa robe de velours gris perle rehaussée d'une chasuble en crêpe gris foncé. Sans être très féminine, cette couleur faisait ressortir sa beauté sculpturale et semblait donner encore plus d'éclat à son teint. Walter leur serra la main à tous les trois, regrettant de ne pouvoir passer quelques minutes seul avec elle. Il échangea des banalités avec Bea, parée de dentelles rose et blanc, et convint solennellement avec Fitz que l'assassinat était une « sale affaire ». Puis les Fitzherbert prirent congé. Walter crut qu'il avait laissé passer sa chance quand, au dernier moment, Maud lui murmura : « J'irai prendre le thé chez la duchesse. »

Walter contempla son dos si élégant avec un sourire. Il avait vu Maud la veille et devait la retrouver le lendemain, mais il avait été terrifié à l'idée de ne pas la voir aujourd'hui. Était-il vraiment incapable de vivre vingt-quatre heures sans elle ? Il ne se considérait pas comme un homme faible, pourtant elle l'avait bel et bien ensorcelé, sans qu'il ait le moindre désir de lui échapper.

C'était son indépendance d'esprit qui l'attirait le plus. La plupart des femmes de sa génération se contentaient apparemment du rôle passif que leur allouait la société, prenant soin de leur toilette, organisant des réceptions et obéissant à leur mari. Ces créatures serviles ne lui inspiraient qu'ennui. Maud était plus proche des femmes qu'il avait pu rencontrer en Amérique, à l'occasion d'une brève mission à l'ambassade d'Allemagne à Washington. Elles étaient élégantes et charmantes sans être soumises. Être aimé d'une telle femme, voilà qui était diablement excitant.

Il descendit Piccadilly d'un pas allègre et s'arrêta devant un kiosque à journaux. La lecture de la presse britannique n'était jamais réjouissante : la plupart des quotidiens étaient violemment germanophobes, notamment ce torchon de *Daily Mail*. À les en croire, Albion était cernée par les espions allemands. Si seulement c'était vrai ! Walter disposait bien d'une douzaine d'agents dans les villes côtières, dont la mission était de noter les allées et venues des navires, ce que les Britanniques faisaient aussi en Allemagne, mais on était loin des milliers d'espions évoqués par des éditorialistes hystériques.

Il acheta *The People*. Les troubles dans les Balkans n'y faisaient pas les gros titres : on s'inquiétait davantage de l'Irlande. La minorité protestante y tenait les rênes du pouvoir depuis des siècles, ne manifestant que mépris pour les aspirations de la majorité catholique. Si l'Irlande obtenait l'indépendance, la situation serait inversée. Les deux parties étaient lourdement armées et la guerre civile menaçait.

Il ne trouva en première page qu'un entrefilet sur la « crise austro-serbe ». Comme d'habitude, les journaux n'avaient aucune idée des réalités du moment.

Walter entrait à l'hôtel Ritz quand Robert sauta d'un taxi. Il avait mis un gilet et une cravate noirs en signe de deuil. Robert faisait partie des proches de François-Ferdinand – des progressistes aux yeux de la cour viennoise, des conservateurs pour le reste du monde. Il aimait et respectait le défunt et sa famille, Walter ne l'ignorait pas.

Laissant leur haut-de-forme au vestiaire, ils gagnèrent le restaurant ensemble. Robert éveillait en Walter des sentiments protecteurs. Depuis leur plus tendre enfance, il savait que son cousin était différent. Les hommes comme lui étaient qualifiés d'efféminés, mais le terme manquait de subtilité. Robert n'avait rien d'une femme dans un corps d'homme. Il possédait cependant un certain nombre de traits féminins, ce qui incitait Walter à le traiter avec une discrète galanterie.

Il ressemblait à Walter, avec ses yeux noisette et ses traits réguliers, malgré ses cheveux plus longs, sa moustache cirée et recourbée. « Comment ça se passe avec Lady M. ? » demanda-t-il alors qu'ils prenaient place. Walter s'était confié à lui. Robert connaissait tout des amours clandestines.

« Elle est merveilleuse, mais mon père ne la supporte pas depuis qu'il l'a vue travailler dans un dispensaire en compagnie d'un médecin juif.

— Fichtre, il n'est pas tendre, commenta Robert. Je comprendrais son objection si elle-même était juive.

— J'espérais qu'il s'adoucirait peu à peu, à force de la croiser à des réceptions et de constater qu'elle connaît certains des hommes les plus puissants de ce pays, mais ça n'a pas été le cas.

— Malheureusement, la crise des Balkans ne fera qu'accroître la tension dans le domaine, pardonne-moi, des relations internationales. »

Walter se força à rire. « Quoi qu'il arrive, tout finira par s'arranger. »

Robert ne dit rien, mais il semblait sceptique.

Tout en dégustant de l'agneau gallois accompagné de pommes de terre et d'une sauce au persil, Walter transmit à Robert les informations peu concluantes qu'il tenait d'Anton.

Son cousin avait lui aussi des nouvelles. « Nous sommes certains que les assassins ont été armés par la Serbie.

— Diable ! » fit Walter.

Robert donna libre cours à sa colère. « C'est le chef des renseignements militaires serbes qui leur a fourni des bombes et des fusils. Ils ont même fait des exercices de tir dans un jardin public de Belgrade.

— Les officiers des renseignements agissent parfois de leur propre chef.

— Souvent même. Et c'est la nature secrète de leur travail qui leur permet d'échapper aux conséquences de leurs actes.

— Autrement dit, cela ne prouve pas que l'assassinat ait été monté par le gouvernement serbe. À bien y réfléchir, pour une petite nation comme la Serbie, qui s'efforce désespérément de préserver son indépendance, ce serait folie que de provoquer son puissant voisin.

— Il est même possible que les renseignements militaires serbes aient agi contre la volonté du gouvernement », concéda Robert. Mais il ajouta d'une voix ferme : « Cela ne fait aucune différence. L'Autriche doit prendre des mesures contre la Serbie. »

C'était ce que redoutait Walter. On ne pouvait plus considérer cette affaire comme un simple crime, du ressort de la police et des tribunaux. L'escalade avait commencé, et voilà qu'un empire devait châtier une petite nation. À l'apogée de son règne, l'empereur François-Joseph d'Autriche avait été un grand homme, un conservateur profondément pieux, mais un chef à poigne. Il était aujourd'hui âgé de quatre-vingt-quatre ans, et la vieillesse n'avait fait qu'accroître son autoritarisme et son étroitesse d'esprit. Les hommes tels que lui se croyaient omniscients du fait de leur âge. Le père de Walter sortait du même moule.

Mon sort repose entre les mains de deux monarques, songea Walter, le tsar et l'empereur. Le premier est stupide, le second sénile, mais ils vont décider de la destinée de Maud, de la mienne, et de celle de millions d'Européens. Quel argument contre la monarchie !

Il réfléchit intensément pendant le dessert. Lorsqu'on leur servit le café, il déclara avec optimisme : « J'espère que vous chercherez à donner une bonne leçon à la Serbie sans y mêler d'autres pays. »

Robert réduisit promptement ses espoirs à néant. « Détrompe-toi. Mon empereur a écrit personnellement à votre kaiser. »

Walter sursauta. Il ignorait tout de cette démarche. « Quand ?

— La lettre est arrivée hier. »

Comme tous les diplomates, Walter n'appréciait pas que les souverains s'entretiennent sans passer par l'intermédiaire de leurs ministres. Tout pouvait arriver. « Que dit-elle ?

— Que la Serbie doit être éliminée en tant que puissance politique.

— Non ! » C'était pire que ce qu'il craignait. Bouleversé, il demanda : « L'empereur parle-t-il sérieusement ?

— Tout dépend de la réponse. »

Walter fronça les sourcils. L'empereur François-Joseph réclamait le soutien de l'empereur Guillaume – tel était le sens de cette missive. Les deux pays étant alliés, le kaiser était obligé de répondre positivement, mais il pouvait choisir entre l'enthousiasme et l'hésitation, la hardiesse et la prudence.

« Quoi que mon empereur décide de faire, j'espère bien que l'Allemagne soutiendra l'Autriche, déclara Robert la mine grave.

— Tu ne veux quand même pas que l'Allemagne attaque la Serbie ! » protesta Walter.

Robert prit l'air offusqué. « Nous voulons l'assurance que l'Allemagne respectera ses obligations d'alliée. »

Walter contint son impatience. « Le problème d'une telle tournure d'esprit, c'est qu'elle pousse à la surenchère. Quand la Russie semble soutenir la Serbie, cela ne fait que rendre celle-ci plus agressive. Ce qu'il faut, c'est calmer le jeu.

— Je ne suis pas sûr d'être de ton avis, dit Robert avec raideur. L'Autriche a subi une perte terrible. L'empereur ne peut pas se permettre de prendre l'affaire à la légère. Celui qui défie le géant sera écrasé.

— Essayons de garder le sens de la mesure. »

Robert éleva la voix. « L'héritier du trône a été assassiné ! » Un client assis à la table voisine leva les yeux et fronça les sourcils, n'appréciant guère d'entendre des Allemands s'exprimer avec colère. Robert baissa le ton, mais son visage resta fermé. « Ne me parle pas de mesure. »

Walter s'efforça de réprimer ses propres sentiments. Il serait stupide et dangereux pour l'Allemagne de se mêler de ce conflit, mais à quoi bon le dire à Robert ? Walter avait pour mission de collecter des informations et non de s'engager dans une querelle. « Je comprends, fit-il. Est-ce que tout le monde à Vienne partage ton opinion ?

— À Vienne, oui, répondit Robert. Tisza, lui, est opposé à cette initiative. » István Tisza était le Premier ministre de la Hongrie, mais son pouvoir était subordonné à celui de l'empereur d'Autriche. « Il propose un encerclement diplomatique de la Serbie.

— Une manœuvre moins spectaculaire, peut-être, mais également moins risquée, remarqua prudemment Walter.

— Une manœuvre de faible. »

Walter demanda l'addition. Profondément troublé par ce qu'il venait d'apprendre, il ne souhaitait cependant pas se brouiller avec Robert. Tous deux s'estimaient et s'entraidaient, et il ne voulait pas que cela change. Sur le trottoir, il lui tendit la main et lui étreignit l'avant-bras en signe de camaraderie. « Quoi qu'il advienne, nous devons nous serrer les coudes, cousin, déclara-t-il. Nous sommes des alliés et le serons toujours. » Il laissa à Robert le soin de décider s'il parlait de leur amitié ou de leurs pays respectifs. Ils se séparèrent bons amis.

Walter traversa Green Park sans s'attarder. Pendant que les Londoniens profitaient du soleil, un nuage de mélancolie flottait au-dessus de lui. Il avait espéré que l'Allemagne et la Russie ne seraient pas mêlées à la crise des Balkans, mais ce qu'il avait appris aujourd'hui suggérait hélas le contraire. Arrivé devant le palais de Buckingham, il tourna à gauche et remonta le Mall jusqu'à l'entrée de service de l'ambassade d'Allemagne.

Son père y disposait d'un bureau, où il passait une semaine sur trois. Le mur était orné d'un portrait à l'huile de l'empereur Guillaume et une photo de Walter en uniforme de lieutenant était posée sur le secrétaire. Otto tenait une poterie dans sa main. Il collectionnait les céramiques anglaises et adorait partir à la chasse aux pièces rares. En observant celle-ci avec plus d'attention, Walter vit que c'était un compotier en *creamware*, aux parois moulées et délicatement ajourées pour imiter un panier d'osier. Connaissant les goûts de son père, il devina qu'il datait du XVIIIe siècle.

Otto était en compagnie de Gottfried von Kessel, un attaché culturel que Walter détestait. Il coiffait sa masse de cheveux noirs avec une raie sur le côté et portait des lunettes à verres épais. Il avait le même âge que Walter et était comme lui fils de diplomate, ce qui aurait pu les rapprocher. Il n'en était rien. Walter considérait Gottfried comme un lèche-bottes.

Il le salua d'un signe de tête et s'assit. « L'empereur d'Autriche a écrit à notre kaiser.

— Nous sommes au courant », s'empressa de commenter Gottfried.

Walter ne releva pas : l'attaché culturel cherchait toujours à le rabaisser. « Il ne fait nul doute que la réponse du kaiser sera favorable, dit-il à son père. Mais bien des choses dépendront des nuances qu'il y apportera.

— Sa Majesté ne s'est pas encore confiée à moi.

— Mais elle le fera. »

Otto acquiesça. « Il lui arrive d'aborder ce genre de sujet avec moi, en effet.

— Et si l'empereur opte pour la prudence, peut-être persuadera-t-il les Autrichiens de se montrer moins belliqueux.

— Pourquoi ferait-il une chose pareille ? intervint Gottfried.

— Pour éviter que l'Allemagne soit entraînée dans un conflit dont l'enjeu se limite à la Serbie, un territoire sans aucune valeur !

— De quoi avez-vous peur ? railla Gottfried. De l'armée serbe ?

— Je redoute l'armée russe, et vous devriez en faire autant, répliqua Walter. C'est la plus grande armée de tous les temps...

— Je sais, coupa Gottfried.

— En théorie, continua Walter, imperturbable, le tsar peut mobiliser six millions d'hommes en quelques semaines...

— Je sais...

— ... soit bien plus que la population totale de la Serbie.

— Je sais. »

Walter soupira. « Apparemment, vous savez tout, von Kessel. Savez-vous qui a donné des fusils et des bombes aux assassins ?

— Des nationalistes slaves, j'imagine.

— Et *quels* nationalistes slaves, selon vous ?

— Qui pourrait le savoir ?

— Les Autrichiens, si j'ai bien compris. Selon eux, c'est le chef des renseignements militaires serbes qui a armé les assassins. »

Otto laissa échapper un grognement de surprise. « Voilà qui devrait éveiller le désir de vengeance des Autrichiens.

— L'Autriche est toujours gouvernée par son empereur, déclara Gottfried. Lui seul peut prendre la décision d'entrer en guerre. »

Walter opina. « Non qu'un Habsbourg ait jamais eu besoin d'excuses pour se montrer impitoyable et brutal.

— Existe-t-il d'autres façons de gouverner un empire ? »

Walter ne réagit pas à cette provocation. « Exception faite du Premier ministre hongrois, dont l'importance est négligeable, personne ne semble vouloir conseiller la prudence. C'est donc à nous que ce rôle incombe. » Il se leva. Il avait fait son rapport et ne tenait pas à rester plus longtemps dans la même pièce que cet impudent personnage. « Si vous voulez bien m'excuser, père, je vais aller prendre le thé chez la duchesse du Sussex et me renseigner sur ce qui se dit en ville.

— Les Anglais ne rendent pas de visites le dimanche, fit remarquer Gottfried.

— Je suis invité », rétorqua Walter, qui sortit avant de perdre son sang-froid.

Il descendit Mayfair pour gagner Park Lane, où se trouvait le palais du duc du Sussex. Celui-ci ne jouait aucun rôle dans le gouvernement britannique, mais la duchesse tenait un salon que fréquentaient les hommes politiques. En décembre, lorsque Walter était arrivé à Londres, Fitz l'avait présenté à la duchesse, qui lui avait ouvert toutes les portes.

Il entra dans son salon, s'inclina devant elle en serrant sa main potelée et dit : « Tout le monde à Londres voudrait savoir ce qui va se passer en Serbie, alors, bien que nous soyons dimanche, je suis venu le demander à Votre Grâce.

— Il n'y aura pas de guerre, répondit-elle, sans paraître comprendre qu'il plaisantait. Asseyez-vous et prenez une tasse de thé. Bien sûr, le décès de ce pauvre archiduc et de son épouse est une tragédie, et les coupables seront évidemment châtiés, mais il est insensé d'imaginer que des grandes nations comme l'Allemagne et l'Angleterre puissent entrer en guerre à cause de la Serbie. »

Walter aurait aimé partager son assurance. Il prit place près de Maud, qui eut un sourire ravi, et de Lady Hermia, qui hocha la tête. Il y avait là une douzaine de personnes, parmi lesquelles Winston Churchill, le premier lord de l'Amirauté. Le décor était aussi grandiose que démodé : une profusion de meubles lourdement ouvragés, de tapisseries aux motifs disparates et de bibelots de toutes sortes, photographies encadrées et vases de fleurs séchées encombrant le moindre recoin. Un valet de pied tendit une tasse de thé à Walter en lui proposant du lait et du sucre.

Walter était enchanté d'être auprès de Maud mais, comme toujours, cela ne suffisait pas à son bonheur et il se demanda comment faire pour s'isoler avec elle, ne fût-ce que quelques minutes.

« Le problème, bien entendu, c'est la faiblesse des Turcs », déclara la duchesse.

Cette rombière pontifiante avait raison, se dit Walter. L'Empire ottoman sombrait dans le déclin, coupé de la modernisation par un clergé musulman conservateur. Des siècles durant, le sultan avait maintenu l'ordre dans la péninsule des Balkans, du littoral grec au sud aux plaines hongroises au nord, mais désormais, il s'en retirait lentement, décennie après décennie. L'Autriche et la Russie, les grandes puissances les plus proches, s'efforçaient de combler ce vide. Entre l'Autriche et la mer Noire s'alignaient trois pays : la Bosnie, la Serbie et la Bulgarie. Cinq ans auparavant, l'Autriche avait pris le contrôle du premier. À présent, une dispute l'opposait au deuxième. Il suffisait que les Russes consultent une carte pour constater que le tour de la Bulgarie viendrait ensuite et qu'après avoir fait tomber leur troisième domino, les Autrichiens auraient la mainmise sur la côte occidentale de la mer Noire, menaçant du coup les échanges internationaux de la Russie.

Pendant ce temps, les peuples assujettis à l'Empire autrichien commençaient à entretenir des désirs d'autonomie – raison pour laquelle Gavrilo Princip, un nationaliste bosniaque, avait tiré sur l'archiduc François-Ferdinand à Sarajevo.

« C'est une tragédie pour la Serbie, dit Walter. Si j'étais son Premier ministre, je serais prêt à me jeter dans le Danube.

— Dans la Volga, tu veux dire », intervint Maud.

Walter se tourna vers elle, ravi d'avoir une excuse pour contempler sa beauté. Elle s'était changée et portait une robe d'intérieur bleu roi sur un corsage de dentelle rose pâle, avec un feutre rose orné d'un pompon bleu. « Bien sûr que non, Maud, protesta-t-il.

— C'est la Volga qui arrose Belgrade, la capitale de la Serbie », insista-t-elle.

Walter allait la reprendre une nouvelle fois, mais il eut un doute. Elle savait parfaitement que la Volga coulait à plus de mille kilomètres de Belgrade. Que mijotait-elle ? « J'hésite à contredire une personne aussi bien informée que toi, Maud, dit-il. Néanmoins...

— Nous allons vérifier cela, le coupa-t-elle. Mon oncle le duc possède l'une des plus belles bibliothèques de Londres. » Elle se leva. « Suis-moi et je te prouverai ton erreur. »

C'était un comportement fort audacieux pour une jeune personne bien élevée ; la duchesse pinça les lèvres.

Walter haussa les épaules dans une mimique d'impuissance et suivit Maud vers la porte.

L'espace d'un instant, Lady Hermia fit mine de vouloir les accompagner, mais elle était confortablement enfouie dans des coussins de velours, une tasse et une soucoupe à la main et une assiette dans son giron, et n'avait aucune envie de se lever. « Ne traînez pas », fit-elle à mi-voix, et elle prit une bouchée de gâteau. Maud et Walter sortirent.

Elle le précéda dans le couloir, où deux valets de pied semblaient monter la garde. Puis elle s'arrêta devant une porte et attendit que Walter l'ait ouverte.

Le silence régnait dans la vaste pièce où ils entrèrent. Ils étaient seuls. Maud se jeta dans les bras de Walter. Il l'étreignit avec force, pressa son corps contre le sien. Elle leva les yeux vers lui. « Je t'aime », dit-elle, et elle l'embrassa goulûment.

Au bout d'une minute, elle s'écarta, hors d'haleine. Walter la fixa avec adoration. « Tu es impossible. Prétendre que c'est la Volga qui arrose Belgrade !

— Ça a marché, n'est-ce pas ? »

Il secoua la tête en signe d'admiration. « Jamais je n'aurais pensé à cela. Comme tu es intelligente !

— Il nous faut un atlas. Au cas où quelqu'un entrerait. »

Walter parcourut les étagères du regard. Cette bibliothèque appartenait à un collectionneur plutôt qu'à un lecteur. Tous les livres étaient luxueusement reliés et la plupart semblaient n'avoir jamais été ouverts. Quelques ouvrages de référence traînaient dans un coin et, saisissant un atlas, il dénicha une carte des Balkans.

« Cette crise, dit Maud d'un air inquiet, à long terme... elle ne risque pas de nous éloigner l'un de l'autre, n'est-ce pas ?

— Pas s'il ne tient qu'à moi », répondit Walter.

Il l'attira derrière une étagère, pour éviter qu'un intrus ne les surprenne en ouvrant la porte, et l'embrassa encore. Elle était aujourd'hui d'une délicieuse impatience, lui caressait les épaules, les bras et le dos avec avidité. Elle détacha ses lèvres des siennes et murmura : « Retrousse ma jupe. »

Il avait la bouche sèche. Il avait tant rêvé de cet instant ! Empoignant une masse d'étoffe, il la souleva.

« Le jupon aussi », ajouta-t-elle. Ses mains se perdaient dans les tissus. « Ne le froisse pas. » Il s'efforça de soulever le vêtement sans abîmer la soie, mais celle-ci lui glissait des mains. Impatiente, elle se baissa, saisit jupe et jupon par les ourlets et remonta le tout au niveau de sa taille. « Caresse-moi », dit-elle en le regardant dans les yeux.

Il craignait que quelqu'un n'entre, mais l'amour et le désir l'emportèrent sur ses réticences. Il glissa la main droite entre ses cuisses... et en eut le souffle coupé : elle était nue sous son jupon. Comprenant qu'elle avait prévu d'emblée de lui accorder ce plaisir, il s'enflamma encore. Il l'effleura avec douceur, et elle pressa ses hanches contre sa main pour l'encourager à aller plus loin. « C'est ça », souffla-t-elle. Quand il ferma les yeux, elle lui dit : « Regarde-moi, mon chéri, je t'en prie, regarde-moi pendant ce temps », et il rouvrit les yeux. Elle avait le rouge aux joues et un souffle rauque s'échappait de ses lèvres entrouvertes. Elle lui prit la main et le guida, comme il l'avait guidée dans la loge de l'opéra. « Mets ton doigt à l'intérieur », chuchota-t-elle. Elle se laissa aller contre son épaule. Il sentait la chaleur de son souffle à travers sa veste et sa chemise. Les coups de reins se succédaient. Puis elle émit un petit bruit de gorge, tel le cri étouffé d'une femme qui rêve, et chavira enfin contre lui.

Soudain, il entendit la porte s'ouvrir, puis la voix de Lady Hermia. « Maud, ma chère, il est temps de prendre congé. »

Walter retira sa main et Maud se hâta de lisser sa jupe. D'une voix tremblante, elle lança : « Je m'étais trompée, tante Herm, Walter avait raison : c'est le Danube et non la Volga qui arrose Belgrade. Nous venons de le vérifier dans l'atlas. »

Ils se penchèrent sur le livre, tandis que Lady Hermia les rejoignait derrière l'étagère. « Je n'en ai jamais douté, dit-elle. En général, les hommes ne se trompent pas sur ces sujets. Et puis, Herr von Ulrich est diplomate, il se doit de savoir nombre de faits dont une femme n'a nul besoin de s'encombrer l'esprit. Tu devrais faire preuve d'un peu de retenue, Maud.

— Vous avez sans doute raison », répondit-elle avec un aplomb stupéfiant.

Ils sortirent de la bibliothèque et longèrent le couloir. Walter ouvrit la porte du salon. Lady Hermia passa la première. En la suivant, Maud croisa le regard de Walter. Il leva la main droite, glissa le bout de l'index entre ses lèvres et le suça.

2.

Ça ne peut pas continuer comme ça, songea Walter en retournant à l'ambassade. Il se sentait dans la peau d'un écolier. Maud avait vingt-trois ans, lui vingt-huit, mais ils devaient recourir à des subterfuges grotesques pour disposer de cinq minutes d'intimité. Il était temps qu'ils se marient.

Il devrait demander la permission de Fitz qui, depuis la mort de leur père, était le chef de famille. Fitz aurait certainement préféré qu'elle épouse un Anglais, mais il finirait par céder : sans doute craignait-il de ne jamais réussir à marier sa sœur si fougueuse.

Non, le vrai problème était Otto. Il voulait que Walter épouse une jeune Prussienne bien sage, qui serait ravie de passer son existence à lui donner des héritiers. Et quand Otto voulait une chose, il faisait tout pour l'obtenir, écrasant sans remords la moindre opposition – la qualité même qui avait fait de lui un excellent officier. À ses yeux, il était inconcevable que son fils puisse choisir librement sa femme, sans pression ni ingérence. Walter aurait préféré disposer du soutien et des encouragements de son père : la perspective de cet affrontement inévitable ne l'enchantait guère. Toutefois, l'amour qui l'habitait était bien plus puissant que sa piété filiale.

Londres était étrangement animée pour un dimanche soir. Le Parlement ne siégeait pas et les mandarins de Whitehall avaient regagné leurs demeures banlieusardes, mais la vie politique se poursuivait dans les palais de Mayfair, dans les clubs de gentlemen de St James et dans les ambassades. Dans la rue, Walter croisa plusieurs députés, deux sous-secrétaires du Foreign Office et quelques diplomates européens. Sir Edward Grey était resté en ville ce week-end au lieu de se rendre dans sa villa bien-aimée du Hampshire.

Walter trouva son père dans son bureau, en train de lire des télégrammes décodés. « Le moment est peut-être mal choisi pour vous annoncer la nouvelle », commença Walter.

Otto grommela sans interrompre sa lecture.

Walter s'obstina. « Je suis amoureux de Lady Maud. »

Otto leva les yeux. « La sœur de Fitzherbert ? Je m'en doutais. Toutes mes condoléances.

— Je vous en prie, père, soyez un peu sérieux.

— Non, c'est à toi de l'être. » Otto reposa les feuillets qu'il tenait. « Maud Fitzherbert est une féministe, une suffragette et une agitatrice. Jamais elle ne fera une bonne épouse, surtout pour un diplomate allemand issu d'une bonne famille. N'en parlons plus. »

Ravalant les paroles bien senties qui lui montaient aux lèvres, Walter serra les dents et jugula sa colère. « C'est une femme merveilleuse et je l'aime, alors, quelle que soit votre opinion, je vous prierais d'être poli quand vous parlez d'elle.

— Je vais te dire ce que je pense, répliqua Otto sans prendre de gants. C'est une femme épouvantable. » Il se replongea dans ses dépêches.

L'œil de Walter se posa sur le compotier en *creamware* que

son père venait d'acquérir. « Non, dit-il en le soulevant. Vous ne direz pas ce que vous pensez.

— Fais attention, je t'en prie. »

Walter était sûr d'avoir désormais toute l'attention de son père. «J'ai envie de protéger Lady Maud comme vous avez envie de protéger ce bibelot.

— Ce bibelot ? Permets-moi de te dire qu'il vaut...

— À cette différence près, bien sûr, que l'amour est plus fort que la passion du collectionneur. » Walter jeta le compotier en l'air et le rattrapa d'une seule main. Son père protesta en poussant un petit cri de désespoir. Walter poursuivit sans se démonter : « Donc, quand vous parlez d'elle de façon insultante, j'éprouve le même sentiment que vous lorsque vous me croyez sur le point de casser ceci – avec encore plus d'intensité cependant.

— Quelle insolence ! Espèce... »

Walter leva la voix pour faire taire son père. « Et si vous persistez à piétiner ma sensibilité, j'écraserai cette ridicule poterie sous mes pieds.

— Très bien, tu t'es exprimé, maintenant pose ça, pour l'amour du ciel. »

Croyant à une reddition, il replaça le compotier sur une desserte.

Otto reprit méchamment : « Il y a autre chose dont tu dois tenir compte... si je puis me permettre de te le dire sans piétiner ta *sensibilité.*

— Je vous écoute.

— Elle est anglaise.

— Et alors ! s'écria Walter. Cela fait des années que des Allemands bien nés épousent des aristocrates anglaises. Le prince Albert de Saxe-Cobourg et Gotha a bien épousé la reine Victoria – son petit-fils est aujourd'hui roi d'Angleterre. Et la reine d'Angleterre est née princesse du Wurtemberg ! »

Otto éleva la voix. « Les choses ont changé ! Les Anglais sont décidés à nous maintenir au rang de puissance secondaire. Ils se rapprochent de nos adversaires, la Russie et la France. Tu épouserais une ennemie de la patrie. »

Telle était l'opinion de la vieille garde, Walter le savait, mais il la jugeait irrationnelle. « Nous ne devrions pas être ennemis, dit-il, exaspéré. Nous n'avons aucune raison de l'être.

— Jamais ils n'accepteront de nous traiter sur un pied d'égalité.

— C'est faux ! » Constatant qu'il s'était mis à crier, Walter fit un effort pour se calmer. « Les Anglais sont des partisans du libre-échange – ils nous autorisent à vendre nos produits à travers tout l'Empire britannique.

— Tiens, lis ça. » Otto lui lança le télégramme qu'il était en train d'examiner. « Sa Majesté le kaiser attend mes commentaires. »

Walter prit le feuillet. C'était un projet de réponse à la missive de l'empereur d'Autriche. Son inquiétude ne fit que croître à mesure qu'il lisait. Le texte s'achevait par ces lignes : « L'empereur François-Joseph peut cependant être assuré que Sa Majesté soutiendra loyalement l'Autriche-Hongrie, conformément aux obligations découlant de l'alliance entre nos deux nations et à leur amitié de longue date. »

Walter était horrifié. « Mais cette lettre donne carte blanche à l'Autriche ! Elle peut faire ce qu'elle veut, avec notre soutien !

— Moyennant quelques réserves.

— Pas beaucoup. A-t-on déjà envoyé cette réponse ?

— Non, mais elle a été approuvée. Elle partira demain.

— Pouvons-nous l'empêcher ?

— Non, et je ne le souhaite pas.

— Mais cela nous engage à soutenir l'Autriche en cas de guerre contre la Serbie.

— Ce n'est pas une mauvaise chose.

— Nous ne voulons pas la guerre ! protesta Walter. Ce dont nous avons besoin, c'est de science, de production, de commerce. L'Allemagne doit se moderniser, s'engager sur la voie du libéralisme et de la croissance. Ce que nous voulons, c'est la paix et la prospérité. » Et, ajouta-t-il en silence, un monde où un homme puisse épouser la femme qu'il aime sans être accusé de trahison.

« Écoute-moi, dit Otto. Nous sommes entourés d'ennemis puissants, la France à l'ouest et la Russie à l'est, et ces deux pays sont de mèche. Nous ne pouvons pas livrer la guerre sur deux fronts. »

Walter le savait bien. « C'est pour cela que nous avons conçu le plan Schlieffen, dit-il. Si nous sommes contraints d'entrer en guerre, nous commencerons par envahir la France avec une force irrésistible, ce qui nous assurera la victoire en quelques semaines. Puis, une fois le front occidental consolidé, nous affronterons la Russie à l'est.

— C'est notre seul espoir, opina Otto. Mais lorsque l'armée allemande a adopté ce plan, il y a maintenant neuf ans, nos services de renseignements affirmaient qu'il faudrait à l'armée russe quarante jours pour mobiliser ses troupes. Cela nous laissait six semaines pour conquérir la France. Or depuis, les Russes n'ont cessé d'améliorer leur réseau ferroviaire – grâce à l'argent que leur ont prêté les Français ! » Il tapa du poing sur son bureau, comme pour écraser la France. « Plus les Russes pourront mobiliser rapidement, plus le plan Schlieffen deviendra hasardeux. Ce qui signifie... » Il pointa l'index sur Walter dans un geste théâtral. « ... que plus tôt nous entrerons en guerre, mieux cela vaudra pour l'Allemagne !

— Non ! » Ce vieillard ne voyait-il donc pas à quel point son raisonnement était dangereux ? « Cela signifie que nous devons chercher des solutions pacifiques à des querelles mesquines comme celle-ci.

— Des solutions pacifiques ? » Otto secoua la tête d'un air entendu. « Tu n'es qu'un jeune idéaliste. Tu crois qu'il existe des réponses à toutes les questions.

— En fait, vous voulez la guerre, dit Walter, incrédule. Voilà la vérité.

— Personne ne veut la guerre, répliqua Otto. Mais, parfois, c'est la solution la moins mauvaise. »

3.

Maud n'avait hérité de son père qu'une somme dérisoire – une rente annuelle de trois cents livres sterling, tout juste de quoi renouveler sa garde-robe pour la saison londonienne. Fitz avait eu le titre, les terres, les maisons et presque toute la fortune, conformément à la tradition anglaise. Mais ce n'était pas cela qui irritait le plus Maud. L'argent avait peu de valeur à ses yeux. Elle n'avait même pas réellement besoin de cette rente. Fitz lui payait tout ce qu'elle voulait sans poser de questions : pour lui, un gentleman ne regardait pas à la dépense.

Ce qui lui inspirait une vraie rancœur, c'était de ne pas avoir reçu d'instruction. À dix-sept ans, elle avait annoncé sa volonté d'entrer à l'université – suscitant l'hilarité générale. Elle avait alors découvert que pour faire des études supérieures, il fallait être issu d'un bon établissement scolaire et réussir un examen d'entrée. Maud n'était jamais allée à l'école et, si elle était capable de parler politique avec les grands hommes du pays, les gouvernantes et les précepteurs qui s'étaient succédé auprès d'elle ne l'avaient préparée en rien à passer des examens. Elle avait pleuré et tempêté pendant des jours, et, aujourd'hui encore, cette simple pensée la faisait enrager. C'était pour cette raison qu'elle était devenue suffragette : pour que les filles puissent suivre un enseignement correct, il faudrait d'abord que les femmes obtiennent le droit de vote, elle le savait.

Elle s'était souvent demandé pourquoi les femmes se mariaient. Elles s'engageaient par contrat à subir une vie d'esclavage, s'étonnait-elle, mais qu'en retiraient-elles exactement? À présent, elle connaissait la réponse à sa question. Jamais elle n'avait éprouvé de sentiment aussi fort que l'amour que lui inspirait Walter. Et les choses qu'ils faisaient pour exprimer cet amour lui procuraient le plaisir le plus exquis. Pouvoir se toucher ainsi, chaque fois qu'on le désire, ce serait le paradis. Pour obtenir cela, elle aurait accepté trois fois d'être réduite en esclavage.

Mais il n'était pas question d'esclavage, du moins avec Walter. Lorsqu'elle lui avait demandé s'il attendait d'une femme qu'elle obéisse à son époux en toutes choses, il lui avait répondu : « Certainement pas. Je ne vois pas ce que l'obéissance vient faire dans le mariage. Deux adultes qui s'aiment doivent pouvoir prendre des décisions ensemble, sans que l'un soumette sa volonté à celle de l'autre. »

Des heures durant, elle imaginait leur vie commune. Sans doute passerait-il d'une ambassade à l'autre pendant quelques années, ce qui leur permettrait de découvrir le monde : Paris, Rome, Budapest, voire des villes aussi lointaines qu'Addis-Abeba, Tokyo ou Buenos Aires. Elle repensa à l'histoire de Ruth dans la Bible : « Où tu iras j'irai. » Ils apprendraient à leurs fils à traiter les femmes en égales et leurs filles deviendraient des êtres volontaires et indépendants. Peut-être finiraient-ils par se fixer dans un hôtel particulier de Berlin, pour que leurs enfants puissent fréquenter de bonnes écoles allemandes. Viendrait un moment où Walter hériterait de Zumwald, la propriété familiale de Prusse-Orientale. Lorsqu'ils auraient vieilli et que leurs enfants seraient adultes, ils passeraient de plus en plus de temps à la campagne, à se promener dans leur domaine en se tenant par la main, à lire le soir venu devant la cheminée, à méditer sur les changements qu'aurait connus le monde depuis leur jeunesse.

Maud avait peine à penser à autre chose. Assise dans son bureau de la chapelle évangélique du Calvaire, les yeux fixés sur une commande de fournitures médicales, elle se rappela le geste de Walter portant son doigt à sa bouche sur le seuil du salon de la duchesse. On commençait à la trouver rêveuse. Le docteur Greenward lui avait demandé si elle se sentait bien et tante Herm lui avait reproché de ne pas avoir la tête à ce qu'elle faisait.

Elle s'efforça à nouveau de se concentrer sur la commande et, cette fois, ce fut un coup frappé à la porte qui l'en empêcha. « Quelqu'un souhaite te voir », dit tante Herm en glissant la tête par l'embrasure. Elle semblait un peu impressionnée, et lui tendit une carte de visite :

Général Otto von Ulrich
Attaché
Ambassade de l'Empire allemand
Carlton House Terrace, Londres

« Le père de Walter ! s'exclama Maud. Que diable... ?

— Que dois-je lui dire ? chuchota tante Herm.

— Demandez-lui s'il veut du thé ou du xérès et faites-le entrer. »

Von Ulrich était en habit de soirée : veste noire aux revers de satin, gilet de piqué blanc et pantalon rayé. Son visage rougeaud luisait de transpiration en ce jour d'été. S'il était plus corpulent que Walter, et nettement moins beau, tous deux avaient en commun leur maintien militaire, dos droit et menton relevé.

Maud s'obligea à afficher son insouciance habituelle. « Cher Herr von Ulrich, s'agit-il d'une visite officielle ?

— Je veux vous parler de mon fils », déclara-t-il. Son anglais était presque aussi bon que celui de Walter, mais il avait un accent dont celui-ci était exempt.

« C'est fort aimable à vous d'en venir tout de suite au fait, répondit Maud avec une nuance de sarcasme qu'il ne remarqua pas. Veuillez vous asseoir. Lady Hermia va vous faire servir un rafraîchissement.

— Walter est issu d'une vieille famille aristocratique.

— Moi aussi, rétorqua Maud.

— Nous sommes traditionalistes, conservateurs, profondément croyants... peut-être un peu démodés.

— Exactement comme ma famille. »

La conversation ne se déroulait pas comme Otto l'avait prévu. « Nous sommes prussiens, ajouta-t-il avec une légère exaspération dans la voix.

— Ah ! fit Maud, comme s'il avait abattu ses atouts. Alors que nous, bien sûr, nous sommes anglo-saxons. »

Elle lui rendait coup pour coup, comme dans un duel d'esprits, mais elle n'en était pas moins terrifiée. Que faisait-il ici ? Quel était son but ? Une chose était certaine : cet entretien n'avait rien d'anodin. Cet homme lui était hostile. Il ferait tout ce qui était en son pouvoir pour la séparer de Walter, elle en était persuadée.

Quoi qu'il en soit, il faudrait plus qu'un peu d'humour pour l'ébranler. « L'Allemagne et l'Angleterre ne sont pas en bons termes. L'Angleterre courtise nos ennemis, la France et la Russie. Cela fait d'elle notre adversaire.

— Je suis navrée d'apprendre que telle est votre opinion. Ce n'est pas celle de tout le monde.

— La vérité ne se décide pas par vote. » Elle perçut à nouveau la dureté de sa voix. Il n'avait pas l'habitude d'être contredit, surtout par une femme.

L'infirmière du docteur Greenward apporta un plateau et servit le thé. Otto attendit qu'elle se soit retirée pour reprendre : « Il est possible que nous entrions en guerre dans les semaines à venir. Si nous ne nous affrontons pas à cause de la Serbie, il y aura bien un autre *casus belli*. Tôt ou tard, l'Angleterre et l'Allemagne se disputeront la maîtrise de l'Europe.

— Je suis désolée de vous savoir aussi pessimiste.

— Beaucoup de gens pensent comme moi.

— Mais la vérité ne se décide pas par vote. »

Otto avait l'air agacé. De toute évidence, elle était censée écouter sans broncher son discours pompeux. Il n'appréciait pas qu'on se moque de lui. « Vous feriez mieux de prêter attention à ce que je dis, lâcha-t-il avec colère. J'ai l'impression que cela vous concerne. La plupart des Allemands considèrent l'Angleterre comme un pays ennemi. Si Walter devait épouser une Anglaise, je vous laisse imaginer les conséquences.

— Mais c'est ce que j'ai fait. Walter et moi en avons longuement discuté.

— Premièrement, il encourrait ma réprobation. Jamais je n'accepterais une bru anglaise au sein de ma famille.

— Selon votre fils, l'amour que vous avez pour lui devrait vous aider avec le temps à triompher de la répugnance que je vous inspire. N'y a-t-il vraiment aucune chance pour que cela se produise ?

— Deuxièmement, fit-il sans répondre à sa question, il serait considéré comme déloyal à l'égard du kaiser. Les hommes de sa propre classe cesseraient d'être ses amis. Son épouse et lui ne seraient jamais reçus dans la bonne société. »

Maud sentait la colère monter en elle. « J'ai du mal à vous croire. Tous les Allemands n'ont pas l'esprit aussi étroit, quand même ? »

Il ne releva pas sa grossièreté. « Troisièmement, et pour finir, Walter fait carrière aux Affaires étrangères. Il ne peut que s'y distinguer. Je l'ai envoyé dans les meilleures écoles et les meilleures universités de plusieurs pays. Il parle un anglais parfait et un russe acceptable. En dépit de son idéalisme et de son manque de maturité, il est bien noté par ses supérieurs et le kaiser lui a manifesté sa sympathie à plusieurs reprises. Peut-être deviendra-t-il un jour ministre des Affaires étrangères.

— C'est un homme brillant, approuva Maud.

— Mais s'il vous épouse, il peut renoncer à sa carrière.

— Ridicule ! s'exclama-t-elle, choquée.

— Rendez-vous à l'évidence, voyons. On ne peut pas faire confiance à un homme qui a épousé une ennemie.

— Nous en avons parlé. Sa loyauté irait tout naturellement à l'Allemagne. Je l'aime suffisamment pour l'accepter.

— La famille de son épouse lui serait peut-être trop chère pour qu'il demeure entièrement loyal à sa patrie. Et, même s'il était irréprochable sur ce point, cela n'empêcherait pas les gens de s'interroger.

— Vous exagérez, dit-elle, mais elle commençait à perdre son assurance.

— Il ne serait certainement pas autorisé à travailler dans les domaines où l'on exige le secret. On refuserait d'aborder des sujets confidentiels en sa présence. Ce serait un homme fini.

— Il n'est pas obligé de travailler pour le renseignement militaire. On pourrait l'affecter à d'autres secteurs de la diplomatie.

— Toute diplomatie requiert le secret. Et vous oubliez ma propre position. »

Maud fut surprise. Walter et elle n'avaient pas pensé à la carrière d'Otto.

« Je suis un proche confident du kaiser. Me garderait-il sa confiance si mon fils venait à épouser une étrangère, une ennemie qui plus est ?

— Il le devrait.

— Peut-être le ferait-il, si j'adoptais une position ferme en reniant mon fils. »

Maud en eut le souffle coupé. « Vous ne feriez pas une chose pareille ! »

Otto éleva la voix. « J'y serais obligé ! »

Elle secoua la tête. « Vous auriez le choix, dit-elle en désespoir de cause. On a toujours le choix.

— Je ne sacrifierai pas tout ce que j'ai acquis – ma position, ma carrière, le respect de mes compatriotes – pour une *fille* », conclut-il avec dédain.

Maud eut l'impression de recevoir une gifle.

« Mais Walter le fera, bien sûr, poursuivit Otto.

— Que voulez-vous dire ?

— Si Walter devait vous épouser, il perdrait sa famille, sa patrie et sa carrière. Mais il le fera. Il vous a déclaré son amour sans réfléchir aux conséquences et, tôt ou tard, il comprendra l'erreur tragique qu'il a commise. En attendant, de toute évidence, il se considère comme votre fiancé, bien que cela n'ait rien d'officiel, et il ne reniera pas son engagement. C'est un gentleman, après tout. "Allez-y, reniez-moi", voilà ce qu'il me dira. S'il agissait autrement, il se considérerait comme un lâche.

— C'est vrai », admit Maud, désemparée. Cet affreux vieillard voyait la vérité avec plus d'acuité qu'elle.

« Donc, poursuivit Otto, c'est *vous* qui devez rompre ces fiançailles. »

Ce fut comme un poignard qui se plantait dans son cœur. « Non !

— C'est la seule façon de le sauver. Vous devez renoncer à lui. »

Maud ouvrit la bouche pour formuler une nouvelle objection, mais Otto avait raison. Elle n'avait plus rien à dire.

Otto se pencha vers elle et reprit avec insistance : « Allez-vous rompre ? »

Les joues de Maud se mouillèrent de larmes. Elle savait ce qu'elle devait faire. Elle ne pouvait pas détruire la vie de Walter, même au nom de l'amour. « Oui », sanglota-t-elle. Elle avait perdu toute dignité, mais cela lui était égal : la souffrance était trop forte. « Oui, je vais rompre.

— Me le promettez-vous ?

— Je vous le promets. »

Otto se leva. « Je vous remercie d'avoir eu la courtoisie de m'écouter. » Il s'inclina. « Je vous souhaite un bon après-midi. » Et il sortit.

Maud se prit la tête entre les mains.

VIII

Mi-juillet 1914

1.

La psyché de la nouvelle chambre d'Ethel à Tŷ Gwyn était vieille, son bois fendillé et sa glace piquée, mais Ethel s'y voyait de la tête aux pieds. Pour elle, c'était un grand luxe.

Elle contempla son reflet en sous-vêtements. Depuis qu'elle était amoureuse, ses formes semblaient s'être épanouies. Sa taille et ses hanches s'étaient élargies, et sa poitrine paraissait plus pleine, peut-être parce que Fitz ne cessait de la caresser et de la pétrir. Quand elle pensait à lui, ses mamelons devenaient douloureux.

Fitz était arrivé ce matin, en compagnie de la princesse Bea et de Lady Maud, et, dans un murmure, lui avait donné rendez-vous après déjeuner dans la chambre des gardénias. Ethel avait logé Maud dans la chambre rose, prétendant qu'on était en train de réparer le parquet dans ses appartements habituels.

À présent, Ethel s'était retirée pour se laver et changer de sous-vêtements. Elle adorait se préparer pour lui, déjà elle imaginait ses mains sur son corps, les baisers qu'il lui prodiguerait, elle entendait ses gémissements de désir et de plaisir, savourait l'odeur de sa peau et la voluptueuse texture de ses habits.

En ouvrant un tiroir pour attraper des bas propres, son regard se posa sur une pile de bandes de coton blanc, les serviettes qu'elle utilisait pendant ses règles. Elle ne les avait pas lavées une fois depuis qu'elle avait emménagé dans cette chambre, songea-t-elle. Soudain, un germe de terreur s'insinua dans son esprit. Elle se laissa tomber sur le lit étroit. On était à la mi-juillet. Mrs Jevons était partie début mai. Cela faisait dix semaines. Durant ce laps de temps, Ethel n'aurait pas dû utiliser ses serviettes une fois, mais deux. « Oh non ! gémit-elle. Oh, mon Dieu, non ! »

Elle s'obligea à réfléchir posément et refit ses calculs. C'était en janvier que le roi leur avait rendu visite. Ethel avait été promue intendante aussitôt après, mais Mrs Jevons était alors trop malade pour déménager. Fitz était parti en Russie au mois de février, il était revenu en mars, et c'était à ce moment-là que, pour la première fois, ils avaient fait l'amour pour de bon. En avril, Mrs Jevons s'était enfin rétablie et Albert Solman, l'agent d'affaires de Fitz, était venu de Londres lui exposer les modalités de sa retraite. Elle était partie début mai. C'était alors qu'Ethel s'était installée dans cette chambre et avait rangé dans ce tiroir l'effrayante petite pile de bandes blanches. Dix semaines. Impossible de parvenir à un autre résultat.

Combien de fois s'étaient-ils retrouvés dans la chambre des gardénias ? Au moins huit. Fitz ne manquait jamais de se retirer avant la fin, mais parfois, elle sentait les premières convulsions le gagner alors qu'il était encore en elle. L'extase dans laquelle il s'abîmait était si intense, son bonheur si parfait qu'elle avait préféré fermer les yeux. Mal lui en avait pris.

« Ô mon Dieu, pardonnez-moi ! » dit-elle à haute voix.

Son amie Dilys Pugh était tombée enceinte. Dilys avait le même âge qu'elle. Elle travaillait comme bonne pour la femme de Percival Jones et fréquentait Johnny Bevan. Ethel se rappela que ses seins avaient gonflé à peu près au moment où elle avait découvert qu'on pouvait avoir un bébé en faisant ça debout. Ils étaient mariés maintenant.

Qu'allait-il lui arriver ? Ethel ne pouvait pas épouser le père de son enfant. Ne serait-ce que parce qu'il était déjà marié.

Il était temps d'aller le retrouver. Pas question d'ébats aujourd'hui. Ils devaient parler de l'avenir. Elle enfila sa robe d'intendante en soie noire.

Qu'allait-il dire ? Il n'avait pas d'enfant : serait-il ravi ou horrifié ? Chérirait-il cet enfant de l'amour ou n'y verrait-il qu'une source d'embarras ? Et elle, l'aimerait-il davantage ou la détesterait-il ?

Elle sortit de sa chambre et emprunta l'étroit couloir puis l'escalier de service conduisant à l'aile ouest. La vision de la tapisserie aux motifs de gardénias éveilla son désir, tout comme celle de son corps éveillait celui de Fitz.

Il était déjà là, debout devant la fenêtre, et contemplait le jardin ensoleillé en fumant un cigare ; en le voyant, elle fut à nouveau frappée par sa beauté. Elle lui passa les bras autour du cou. Si son costume de tweed brun était aussi doux au toucher, c'était parce qu'il était en cachemire, ainsi qu'elle l'avait appris. « Oh ! Teddy, mon amour, comme je suis heureuse de te voir », lui dit-elle. Elle était la seule à l'appeler Teddy et cela la ravissait.

« Et moi de te voir », répondit-il mais, contrairement à son habitude, il ne s'empressa pas de lui caresser les seins.

Elle l'embrassa sur l'oreille. « J'ai quelque chose à te dire, annonça-t-elle d'une voix solennelle.

— Moi aussi ! Puis-je parler le premier ? »

Elle allait protester quand il se dégagea de son étreinte pour reculer d'un pas. Soudain, un sinistre pressentiment lui serra le cœur. « Quoi ? fit-elle. Qu'y a-t-il ?

— Bea attend un enfant. » Il tira sur son cigare et exhala la fumée dans un soupir.

Elle ne comprit pas tout de suite. « Comment ? reprit-elle d'une voix déconcertée.

— La princesse Bea, mon épouse, est enceinte. Elle va avoir un enfant.

— Tu veux dire que tu as continué à coucher avec elle en même temps qu'avec moi ? » demanda Ethel, furieuse.

Il parut surpris. Apparemment, il n'avait pas pensé qu'elle s'en offusquerait. « C'est mon devoir ! protesta-t-il. Il me faut un héritier.

— Mais tu m'as dit que tu m'aimais !

— Je t'aime et, en un sens, je t'aimerai toujours.

— Non, Teddy ! s'écria-t-elle. Ne dis pas cela, je t'en supplie !

— Parle moins haut !

— Parler moins haut ? Tu es en train de rompre ! Les gens peuvent bien le savoir, maintenant, ça m'est égal !

— Ce serait une catastrophe pour moi. »

Ethel céda à la détresse. « Teddy, je t'en prie, je t'aime.

— Tout est fini entre nous. Je dois être un bon époux et un bon père. Comprends-moi.

— Te comprendre, bon sang ! ragea-t-elle. Comment peux-tu dire cela sans broncher ? Je t'ai vu plus ému le jour où il a fallu abattre un de tes chiens !

— Ce n'est pas vrai, dit-il, mais sa voix menaçait de se briser.

— Je me suis donnée à toi, ici, dans cette chambre, sur ce lit.

— Et je ne... » Il se tut. Son visage, jusque-là figé dans un masque rigide, se crispa d'angoisse. Il se détourna, évitant son regard. « Je ne l'oublierai jamais », murmura-t-il.

S'approchant de lui, elle vit des larmes couler sur ses joues. Sa colère s'évanouit. « Oh ! Teddy, pardon, pardon ! »

Il s'efforça de se ressaisir. « Tu es très chère à mon cœur, mais je dois faire mon devoir. » Si ses paroles étaient froides, sa voix n'en était pas moins tourmentée.

« Oh, mon Dieu ! » Elle tenta de refouler ses larmes. Elle ne lui avait pas encore annoncé la nouvelle. D'un revers de manche, elle s'essuya les yeux, puis renifla et déglutit. « Ton devoir ? Si tu savais !

— Qu'est-ce que tu veux dire ?

— Je suis enceinte, moi aussi.

— Oh, nom de Dieu ! » D'un geste machinal, il porta son cigare à ses lèvres, le reprit sans avoir inhalé. « Mais je me suis toujours retiré à temps !

— Pas tout à fait, semble-t-il.

— Depuis quand le sais-tu ?

— Je viens tout juste de m'en rendre compte. J'ai ouvert mon tiroir et aperçu toutes mes serviettes propres. » Il grimaça. De toute évidence, il n'aimait pas évoquer ce genre de sujet. Eh bien, tant pis pour lui. « D'après mes calculs, je n'ai pas eu mes règles depuis que j'occupe l'ancienne chambre de Mrs Jevons, c'est-à-dire depuis dix semaines.

— Deux cycles. Cela ne fait donc aucun doute. C'est ce qu'a dit Bea. Damnation ! » Il porta le cigare à ses lèvres, s'aperçut qu'il était éteint et le jeta par terre en maugréant.

Une drôle idée traversa l'esprit d'Ethel. « Tu auras peut-être deux héritiers.

— Ne sois pas ridicule, rétorqua-t-il sèchement. Un bâtard n'hérite de rien.

— Oh ! » fit-elle. Elle n'avait pas sérieusement envisagé de lui demander de reconnaître l'enfant. D'un autre côté, pas une fois elle n'avait pensé à lui comme à un bâtard. « Pauvre petit, dit-elle. Mon bébé, un bâtard. »

Il prit l'air honteux. « Je suis navré. Je n'ai pas voulu dire cela. Pardonne-moi. »

Elle vit que sa bonté foncière était en conflit avec ses instincts égoïstes. Elle lui effleura le bras. « Pauvre Fitz.

— Pourvu que Bea n'en sache rien », soupira-t-il.
Elle en fut mortellement blessée. Pourquoi se souciait-il de l'autre avant tout ? Bea n'était pas à plaindre : elle était riche et mariée, elle serait la mère de l'enfant aimé et honoré du clan Fitzherbert.
« Elle risquerait de ne pas supporter le choc », reprit Fitz.
Ethel se rappela une rumeur selon laquelle Bea avait fait une fausse couche l'année précédente. Toutes les domestiques n'avaient parlé que de cela. À en croire Nina, sa femme de chambre russe, la princesse en rejetait la responsabilité sur Fitz, qui l'avait contrariée en annulant un voyage en Russie.
Ethel se sentit affreusement rejetée. « Si je comprends bien, ce qui t'inquiète le plus, c'est le chagrin que ta femme pourrait éprouver en apprenant l'existence de notre bébé. »
Il la fixa du regard. « Je ne veux pas qu'elle fasse une fausse couche – c'est important ! »
Il n'avait aucune conscience de sa muflerie. « Va au diable ! lança Ethel.
— Que veux-tu que je fasse ? Cela fait des années que j'attends, que j'espère un enfant de Bea. Le tien, personne n'en veut, ni toi ni moi.
— Je ne vois pas les choses comme ça, dit-elle d'une petite voix, et elle se remit à pleurer.
— Il faut que je réfléchisse à tout cela. J'ai besoin d'être seul. » Il la prit par les épaules. « Nous en reparlerons demain. En attendant, ne dis rien à personne. C'est compris ? »
Elle hocha la tête.
« Promets-le-moi.
— Je te le promets.
— C'est bien », dit-il, et il sortit.
Ethel se pencha pour ramasser le cigare éteint.

2.

Elle n'en parla à personne mais, incapable de faire comme si de rien n'était, elle alla se coucher en prétextant une légère indisposition. Au fil des heures, tandis qu'elle était allongée, seule sur son lit, le chagrin fit place à l'angoisse. Comment allaient-ils vivre, son bébé et elle ?

Elle perdrait son emploi à Tŷ Gwyn – c'était inévitable, même si le père de son enfant n'avait pas été le comte. Elle aurait du mal à s'y faire. Elle avait été tellement fière le jour où on l'avait nommée intendante. « Avant la ruine, il y a l'orgueil », disait souvent Gramper. Dans son cas, il ne s'était pas trompé.

Elle n'était pas sûre de pouvoir retourner chez ses parents : son père ne supporterait pas une telle disgrâce. Cela la préoccupait presque plus que sa propre honte. D'une certaine façon, il en serait encore plus affecté qu'elle ; il était d'une telle rigidité dans ce domaine.

De toute manière, elle ne voulait pas vivre à Aberowen en fille mère. Il y en avait déjà deux : Maisie Owen et Gladys Pritchard. Deux malheureuses, exclues de la communauté. Elles étaient célibataires, mais pas un homme ne s'intéressait à elles ; elles étaient mères, mais elles vivaient chez leurs parents comme des enfants ; elles étaient exclues des églises, des pubs, des magasins et des clubs. Comment Ethel Williams, qui s'était toujours considérée comme supérieure aux autres, pourrait-elle tomber aussi bas ?

Elle devait donc quitter Aberowen. Cela ne l'attristait guère. Elle serait ravie de dire adieu aux rangées de maisons lugubres, aux petits temples rigoristes et aux interminables conflits entre les mineurs et la direction. Mais où irait-elle ? Pourrait-elle continuer à voir Fitz ?

Le soir tomba. Toujours allongée, à contempler les étoiles par la fenêtre, elle finit par élaborer un plan. Elle commencerait une nouvelle vie dans une autre ville. Elle porterait une alliance et évoquerait un mari défunt. Elle engagerait quelqu'un pour s'occuper du bébé, se trouverait un emploi quelconque et gagnerait de l'argent. Elle enverrait son enfant à l'école. Ce serait une fille, elle en était sûre, une fille intelligente qui deviendrait écrivain, médecin, ou peut-être une militante comme Mrs Pankhurst, défendant les droits des femmes et se faisant arrêter devant le palais de Buckingham.

Elle avait cru qu'elle n'arriverait pas à dormir, mais l'émotion la terrassa et elle s'assoupit vers minuit, s'enfonçant dans un sommeil sans rêves.

L'aube la réveilla. Elle s'assit d'un bond, impatiente d'entamer sa journée comme à l'accoutumée. Puis elle se rappela que sa vie d'autrefois était finie, anéantie, et qu'elle était en pleine tragédie. Elle faillit succomber à nouveau au chagrin, mais elle résista. Les larmes étaient un luxe qu'elle ne pouvait pas se permettre. Elle avait une nouvelle vie à construire.

Elle s'habilla et descendit à l'office, où elle annonça qu'elle était parfaitement rétablie de sa faiblesse de la veille et prête à faire son travail normalement.

Lady Maud la fit appeler avant le petit déjeuner. Ethel prépara un plateau avec du café et le monta dans la chambre rose. Maud était assise devant sa coiffeuse, vêtue d'un négligé de soie pourpre. Elle avait pleuré. Oubliant ses propres problèmes, Ethel céda à un élan de compassion. « Que se passe-t-il, mademoiselle ?

— Oh, Williams, j'ai dû renoncer à lui ! »

Ethel se douta qu'elle parlait de Walter von Ulrich. « Mais pourquoi ?

— Son père est venu me voir. Je n'avais pas pris en compte que l'Angleterre et l'Allemagne étaient ennemies et que si Walter m'épousait, cela détruirait sa carrière... et peut-être aussi celle de son père.

— Mais tout le monde dit qu'il n'y aura pas de guerre, que la Serbie n'est pas assez importante.

— Tôt ou tard, il y aura une guerre, et même s'il n'y en a pas, la menace de conflit est amplement suffisante. » Un ruché de dentelle rose entourait le bord de la coiffeuse ; Maud le tiraillait nerveusement, déchirant l'étoffe précieuse. Il faudrait des heures pour le ravauder, se dit Ethel. « Si Walter devait épouser une Anglaise, poursuivit Maud, le ministère allemand des Affaires étrangères ne lui confierait plus aucun secret. »

Ethel servit une tasse de café et la tendit à Maud. « Si Herr von Ulrich vous aime vraiment, il renoncera à son travail.

— Mais je ne veux pas qu'il fasse cela ! » Maud cessa d'abîmer la dentelle pour boire une gorgée de café. « Je ne veux pas être celle qui a mis fin à sa carrière. Comment un mariage pourrait-il reposer sur un tel sacrifice ? »

Il pouvait trouver une autre carrière, songea Ethel, et, s'il l'aimait vraiment, c'est ce qu'il ferait. Puis elle pensa à l'homme qu'*elle* aimait, elle se rappela avec quelle rapidité sa passion s'était refroidie lorsque leur relation était devenue gênante. Mieux vaut garder mon opinion pour moi, décida-t-elle, je ne connais rien à rien. « Que vous a dit Walter ? demanda-t-elle.

— Je ne l'ai pas vu. Je lui ai écrit. J'ai cessé de fréquenter les lieux où j'avais l'habitude de le rencontrer. Il a alors commencé à se présenter chez moi et, comme j'étais ennuyée de devoir dire aux domestiques de répondre que j'étais absente, j'ai accompagné Fitz ici.

— Pourquoi ne voulez-vous pas lui parler ?

— Parce que je sais trop bien ce qui se passera. Il me prendra dans ses bras, il m'embrassera et je rendrai les armes. »

Je connais ça, se dit Ethel.

Maud soupira. « Vous n'êtes pas très bavarde ce matin, Williams. Sans doute avez-vous vos propres soucis. La grève est-elle très pénible ?

— Oui, mademoiselle. Tout le village souffre de la faim.

— Vous continuez à nourrir les enfants des mineurs ?

— Tous les jours.

— Bien. Mon frère est très généreux.

— Oui, mademoiselle. » Quand ça l'arrange, ajouta-t-elle *in petto.*

« Vous feriez mieux de vous mettre au travail. Merci pour le café. Je ne veux pas vous importuner avec mes problèmes. »

Obéissant à une impulsion, Ethel saisit la main de Maud. « Ne dites pas ça, s'il vous plaît. Vous avez toujours été bonne pour moi. Je suis désolée pour monsieur Walter et j'espère que vous continuerez à me confier vos soucis.

— Comme vous êtes gentille ! » De nouvelles larmes perlèrent aux yeux de Maud. « Merci, merci beaucoup, Williams. » Elle étreignit la main d'Ethel puis la lâcha.

Ethel ramassa le plateau et se retira. Lorsqu'elle arriva à la cuisine, Peel, le majordome, lui demanda : « Vous avez fait une bêtise ? »

Si tu savais, se dit-elle. « Pourquoi ?

— Monsieur le comte veut vous voir dans la bibliothèque à dix heures et demie. »

L'affaire se réglerait donc par un entretien, songea Ethel. Peut-être était-ce préférable. Ils seraient séparés par un bureau et elle ne serait pas tentée de se jeter dans ses bras. Cela l'aiderait à contenir ses larmes. Il fallait qu'elle garde la tête froide. Cette discussion déterminerait le reste de sa vie.

Elle se consacra à ses tâches domestiques. Tŷ Gwyn allait lui manquer. Au fil des années passées entre ses murs, elle en était venue à apprécier l'élégance des meubles anciens. Elle avait appris leurs noms et savait désormais identifier une torchère, un buffet, une armoire et un guéridon. Pendant qu'elle époussetait et astiquait, elle examinait la marqueterie, les festons et les volutes, les pieds en patte de lion enserrant une boule. De temps à autre, quelqu'un comme Peel lui disait : « C'est français, Louis XV », et elle s'était rendu compte que chaque pièce était meublée dans un seul style, baroque, néoclassique ou gothique. Jamais plus elle ne vivrait au milieu d'un tel mobilier.

Au bout d'une heure, elle se dirigea vers la bibliothèque. C'étaient les ancêtres de Fitz qui l'avaient constituée. Ces temps-ci, elle n'était guère fréquentée : Bea n'appréciait que les romans français et Fitz ne lisait pas du tout. Les invités s'y réfugiaient parfois pour y trouver la tranquillité ou jouer avec le splendide échiquier d'ivoire posé sur la grande table. Ce matin-là, conformément aux instructions d'Ethel, on avait partiellement tiré les rideaux pour protéger la pièce du soleil de juillet et lui conserver sa fraîcheur. L'ambiance y était sinistre.

Fitz avait pris place dans un fauteuil de cuir vert. À sa grande surprise, Ethel le découvrit en compagnie d'Albert Solman, vêtu d'un costume noir et d'une chemise à col amidonné. Avocat de formation, Solman était un « agent d'affaires », ainsi que disaient les gentlemen édouardiens. Il gérait la fortune de Fitz, contrôlait les revenus qu'il retirait de ses mines et de ses propriétés foncières, payait les factures et distribuait les gages du personnel. Il s'occupait également des contrats, de location et autres, et, de temps en temps, attaquait en justice les imprudents qui cherchaient à léser Fitz. Ethel l'avait déjà croisé et elle ne l'aimait guère. C'était le genre d'homme qui croit tout savoir. Peut-être en allait-il de même de tous les avocats, elle l'ignorait : elle n'en avait jamais connu d'autre.

Fitz se leva, manifestement gêné. « J'ai mis Mr Solman dans la confidence, annonça-t-il.

— Pourquoi ? » Ethel avait dû promettre de ne rien dire à personne. Que Fitz se soit confié à son avocat lui apparaissait comme une trahison.

Fitz prit l'air contrit – spectacle rare s'il en était. « Solman va vous détailler les termes de ma proposition, reprit-il.

— Pourquoi ? » répéta Ethel.

Fitz lui adressa un regard suppliant, comme pour la prier de ne pas lui compliquer les choses.

Elle n'éprouvait aucune compassion pour lui. Sa situation

était des plus pénibles, pourquoi lui aurait-elle facilité cette corvée ? « Qu'y a-t-il que vous craigniez de me dire vous-même ? » lui lança-t-elle.

Il avait perdu toute son assurance, toute son arrogance. « Je laisse à Mr Solman le soin de vous l'expliquer », dit-il, et, à son grand étonnement, il quitta la pièce.

Quand la porte se fut refermée derrière lui, elle fixa Solman du regard en se demandant : Comment puis-je parler de l'avenir de mon bébé avec cet étranger ?

Solman lui sourit. « Alors, on n'a pas été sage, hein ? »

Cette familiarité la froissa. « Avez-vous tenu les mêmes propos au comte ?

— Quelle idée !

— Il ne s'est pas mieux conduit que moi, vous savez. Il faut être deux pour faire un bébé.

— Inutile d'entrer dans les détails.

— Dans ce cas, abstenez-vous de me parler comme si j'étais seule en faute.

— Très bien. »

Ethel prit place dans un fauteuil puis se tourna vers l'avocat. « Vous pouvez vous asseoir, si vous voulez », dit-elle, s'adressant à lui comme une maîtresse de maison à son valet.

Il s'empourpra. Il ne savait s'il devait prendre un siège, ce qui aurait pu laisser croire qu'il avait attendu sa permission, ou rester debout, comme un domestique. En fin de compte, il décida de faire les cent pas. « Monsieur le comte m'a chargé de vous faire une proposition. » Comme il ne se sentait pas à l'aise en arpentant la pièce, il s'arrêta devant elle. « Une proposition très généreuse, que je vous conseille d'accepter. »

Ethel ne dit rien. L'insensibilité de Fitz lui avait ouvert les yeux : elle comprenait à présent qu'il s'agissait d'une tractation. Elle était en terrain familier. Son père était toujours en train de négocier, de batailler avec la direction pour obtenir des salaires plus élevés, des horaires plus décents, des mesures de sécurité plus rigoureuses. Une de ses maximes préférées était : « Ne parle que si tu as quelque chose à dire. » Elle se tut.

Solman semblait attendre une réponse. Quand il comprit qu'il n'en obtiendrait pas, il parut contrarié. Il reprit : « Monsieur le comte est prêt à vous verser une pension annuelle de vingt-quatre livres, payable d'avance chaque mois. C'est fort généreux, vous en conviendrez. »

Espèce de grippe-sou ! se dit Ethel. Comment pouvait-il être aussi mesquin ? Vingt-quatre livres, c'était le salaire annuel d'une bonne. Ethel gagnait le double en tant qu'intendante, et disposait en outre du gîte et du couvert.

Pourquoi les hommes pensaient-ils pouvoir agir ainsi en toute impunité ? Probablement parce qu'ils y réussissaient le plus souvent. Une femme n'avait aucun droit. S'il fallait être deux pour faire un bébé, une seule personne était obligée de s'en occuper. Comment les femmes avaient-elles pu se laisser imposer une telle servitude ? Cela la mettait en rage.

Mais elle resta silencieuse.

Solman tira un fauteuil et s'assit près d'elle. « Voyons, considérez le bon côté des choses. Vous disposerez de dix shillings par semaine...

— Pas tout à fait, s'empressa-t-elle de corriger.

— Eh bien, supposons que nous portions votre pension à vingt-six livres par an, cela ferait dix shillings par semaine. Qu'en dites-vous ? »

Ethel ne pipa mot.

« Vous pourrez louer une jolie chambre à Cardiff pour deux ou trois shillings et dépenser le reste pour votre entretien. » Il lui tapota le genou. « Peut-être trouverez-vous un homme généreux pour vous faciliter la vie... hein ? Vous êtes une jeune fille très séduisante, vous savez ? »

Elle feignit de ne pas comprendre. L'idée d'être la maîtresse d'un répugnant avocat comme Solman lui soulevait le cœur. Se croyait-il vraiment de taille à prendre la place de Fitz ? Elle ne réagit pas à ses insinuations. « Y a-t-il des conditions ? demanda-t-elle d'une voix glaciale.

— Des conditions ?

— À la proposition du comte. »

Solman toussota. « Les conditions habituelles, naturellement.

— Habituelles ? Vous avez donc déjà accompli ce genre de démarche ?

— Pas au nom du comte Fitzherbert, s'empressa-t-il de préciser.

— Mais au nom de quelqu'un d'autre.

— Revenons à notre affaire, voulez-vous ?

— Poursuivez, je vous en prie.

— Le nom du comte ne figurera pas sur le certificat de naissance de l'enfant et vous vous engagerez à ne pas révéler l'identité du père de quelque autre façon.

— Selon votre expérience, monsieur Solman, les femmes acceptent-elles généralement vos conditions ?

— Oui. »

Évidemment, se dit-elle avec amertume. Elles n'ont pas le choix. Elles n'ont droit à rien, elles prennent donc ce qu'on leur donne. Et elles acceptent toutes les conditions. « Y en a-t-il d'autres ?

— Une fois que vous aurez quitté Tŷ Gwyn, vous ne devrez plus jamais tenter d'entrer en contact avec monsieur le comte. »

Ainsi, se dit Ethel, il ne veut pas nous voir, ni son enfant ni moi. Une vague de déception déferla sur elle, menaçant de l'accabler ; si elle n'avait pas été assise, elle serait sans doute tombée. Elle serra les mâchoires pour refouler ses larmes. Redevenue maîtresse d'elle-même, elle reprit : « Autre chose ?

— Je crois que c'est tout. »

Ethel se leva.

« Vous devrez me préciser l'endroit où devront être versées les mensualités de la pension. » Il prit une petite boîte d'argent et en sortit une carte de visite.

« Non, dit-elle comme il la lui tendait.

— Mais vous devrez vous mettre en relation avec moi pour...

— Non, répéta-t-elle, je n'en ferai rien.

— Que voulez-vous dire ?

— Cette proposition est inacceptable.

— Voyons, mademoiselle Williams, ne soyez pas ridicule...

— Je vais le répéter, monsieur Solman, pour que les choses soient parfaitement claires dans votre esprit : cette proposition est inacceptable. Ma réponse est non. Je n'ai plus rien à vous dire. Au revoir, monsieur. » Elle sortit en claquant la porte.

Elle retourna dans sa chambre, s'enferma à clé et éclata en sanglots.

Comment Fitz pouvait-il être aussi cruel ? Souhaitait-il vraiment ne plus jamais la revoir ? Ne jamais voir son bébé ? Pensait-il que tout ce qui s'était passé entre eux pouvait être effacé par une rente de vingt-quatre livres par an ?

Ne l'aimait-il plus ? Après tout, l'avait-il jamais aimée ? N'avait-elle été qu'une sotte ? Elle avait cru en son amour, elle l'avait pensé sincère.

Et s'il avait joué la comédie de bout en bout ? Et s'il s'était moqué d'elle du début à la fin? Non, elle ne pouvait pas le croire. Une femme sentait si un homme n'était pas sérieux.

Que faisait-il en ce moment? Probablement refoulait-il ses sentiments. Peut-être était-ce un homme superficiel. C'était possible. Peut-être son amour avait-il été sincère mais pas assez profond pour l'empêcher de renoncer à elle s'il le fallait. Dans le feu de la passion, elle avait pu ne pas remarquer cette faiblesse de caractère.

Après tout, cette insensibilité lui facilitait la tâche. Elle aurait moins de mal à marchander. Elle n'avait pas besoin de se soucier de ce qu'elle éprouvait. Elle pourrait se concentrer tout entière sur la manière d'obtenir les meilleures conditions possibles pour le bébé et pour elle-même. Un bon moyen consistait à se demander systématiquement ce qu'aurait fait Da. Malgré la loi, une femme n'était pas entièrement impuissante.

Fitz devait être inquiet à présent. Il avait probablement pensé qu'elle accepterait sa proposition ou, dans le pire des cas, qu'elle réclamerait une rente plus importante ; il aurait alors été parfaitement tranquille. Mais la réaction d'Ethel n'avait pu manquer de le déconcerter et de l'effrayer.

Elle n'avait pas laissé à Solman le temps de lui demander ce qu'elle voulait. Qu'ils mijotent donc quelques heures. Fitz redouterait qu'Ethel cherche à se venger en parlant du bébé à la princesse Bea.

Elle regarda par la fenêtre pour consulter l'horloge sur le toit de l'écurie. Il était presque midi. Sur la pelouse, le personnel devait s'apprêter à servir à manger aux enfants des mineurs. En règle générale, la princesse Bea aimait voir l'intendante en milieu de journée. Le plus souvent pour se plaindre : elle ne supportait pas les fleurs dans l'entrée, les uniformes des valets de pied étaient mal repassés, la peinture du palier s'écaillait. De son côté, l'intendante avait des questions à lui poser à propos des chambres à répartir entre les invités, de la vaisselle à renouveler, des bonnes et des filles de cuisine à congédier ou à engager. Le plus souvent, Fitz les rejoignait dans le salon vers midi et demi, pour prendre un verre de xérès avant le déjeuner.

Ethel choisirait ce moment pour le torturer un peu.

3.

Fitz regardait les enfants de mineurs faire la queue pour leur déjeuner – leur « dîner », comme ils disaient. Leurs visages étaient sales, leurs cheveux mal peignés et leurs vêtements rapiécés, mais ils avaient l'air heureux. Ces enfants le surprenaient. Bien qu'ils soient parmi les plus pauvres du pays, que leurs pères soient engagés dans un conflit très dur, ils ne paraissaient pas en souffrir le moins du monde.

Depuis qu'il avait épousé Bea, il n'avait cessé de désirer un enfant. Elle avait fait une fausse couche et il était terrifié à l'idée qu'elle en fasse une seconde. La dernière fois, elle avait fait une crise de tous les diables parce qu'il avait annulé leur voyage en Russie. Si elle apprenait qu'il avait engrossé l'intendante, sa colère serait incontrôlable.

Son terrible secret était entre les mains d'une domestique.

Il était rongé d'inquiétude. Quel terrible châtiment pour son péché ! En d'autres circonstances, il se serait réjoui d'avoir un enfant avec Ethel. Il aurait logé la mère et le bébé dans une petite maison de Chelsea où il leur aurait rendu visite chaque semaine. Ce rêve poignant lui inspira un élan de regret et de nostalgie. Il ne voulait pas traiter Ethel avec dureté. L'amour qu'elle lui portait était d'une telle douceur, il tenait tant à ses baisers avides, ses tendres caresses, la chaleur de sa passion juvénile. Au moment même où il lui annonçait la mauvaise nouvelle, il aurait souhaité faire glisser ses mains le long de son corps souple et sentir ses lèvres affamées lui embrasser le cou avec cette ardeur dévorante qui le grisait. Mais il avait dû s'endurcir.

Non contente d'être la femme la plus excitante qu'il ait jamais embrassée, elle était intelligente, remarquablement informée et amusante. Son père lui parlait régulièrement de l'actualité, lui avait-elle confié. Et l'intendante de Tŷ Gwyn avait le droit de lire le journal du comte une fois que le majordome avait fini de le parcourir – une règle qui régnait à l'office, à son insu. Ethel lui posait des questions inattendues auxquelles il ne savait pas toujours répondre, comme : « Qui dirigeait la Hongrie avant les Autrichiens ? » Cela lui manquerait, pensa-t-il tristement.

Mais elle refusait de se conduire comme une maîtresse abandonnée était censée le faire. Solman était encore sous le coup de la conversation qu'il avait eue avec elle. « Mais que veut-elle ? » lui avait demandé Fitz. L'agent d'affaires n'en avait aucune idée. Fitz craignait qu'elle n'ait l'intention de tout révéler à Bea, poussée par un sens de la morale aberrant qui exigeait que la vérité éclate au grand jour. Mon Dieu, pourvu qu'elle ne parle pas à ma femme, supplia-t-il.

Il fut surpris de découvrir la silhouette rondouillarde de Percival Jones traverser la pelouse en culotte de golf verte et en chaussures de marche. « Bonjour, monsieur le comte, dit le maire en soulevant son feutre marron.

— Bonjour, Jones. » En tant que directeur de Celtic Minerals, Jones était à l'origine d'une bonne partie des richesses de Fitz. Néanmoins, il n'aimait pas cet homme.

« Les nouvelles ne sont pas bonnes, déclara Jones.

— Les nouvelles de Vienne, voulez-vous dire ? Si j'ai bien compris, l'empereur d'Autriche-Hongrie n'a pas encore fini de rédiger son ultimatum à la Serbie.

— Non, je parle de l'Irlande. Les Ulstériens refusent d'accepter le *Home Rule*. Ils seraient relégués au rang de minorité sous l'autorité d'un gouvernement papiste. L'armée est prête à se mutiner. »

Fitz se renfrogna. Il n'aimait pas qu'on parle de mutinerie dans l'armée anglaise. C'est d'un ton raide qu'il déclara : « Peu importe ce que racontent les journaux, je ne crois pas que des officiers anglais puissent désobéir aux ordres de leur gouvernement souverain.

— Mais ils l'ont déjà fait ! protesta Jones. Avez-vous oublié la mutinerie du Curragh ?

— Personne n'a désobéi aux ordres.

— Cinquante-sept officiers qui démissionnent quand on leur ordonne de marcher sur les volontaires ulstériens... Peut-être n'est-ce pas une mutinerie à vos yeux, monsieur le comte, mais vous êtes le seul à le penser. »

Fitz grommela. Malheureusement, Jones avait raison. En vérité, les officiers anglais refusaient d'attaquer leurs compatriotes pour défendre une bande de catholiques irlandais. « On n'aurait jamais dû promettre l'indépendance à l'Irlande, dit-il.

— Je partage votre avis, déclara Jones. Mais je souhaitais vous entretenir de tout autre chose. » Il désigna les enfants assis sur leurs bancs devant les tables à tréteaux, dévorant leur morue au chou. «J'aimerais que vous mettiez un terme à ceci.»

Fitz n'appréciait guère que ses inférieurs lui dictent sa conduite. «Je n'ai pas envie de laisser mourir de faim les enfants d'Aberowen, même si c'est par la faute de leurs parents.

— Cela n'a qu'un résultat : prolonger la grève.»

Les revenus que Fitz touchait pour chaque tonne de charbon extraite ne l'obligeait pas, selon lui, à prendre parti pour la direction contre les mineurs. «La grève, c'est votre affaire, pas la mienne, dit-il, offensé.

— Des affaires, c'est vous qui en faites grâce à la mine.»

Fitz était outré. «Je n'ai plus rien à vous dire.» Il se détourna.

«Je vous demande pardon, monsieur le comte, insista Jones, confus, veuillez m'excuser – mes propos ont dépassé ma pensée, mais cette histoire commence à devenir lassante.»

Fitz ne pouvait guère refuser ses excuses. Toujours irrité, il se tourna pourtant vers Jones et lui dit avec courtoisie : «Très bien, très bien, mais je continuerai à nourrir les enfants.

— Voyez-vous, monsieur le comte, le mineur peut se montrer buté et supporter quantité de privations par orgueil, mais ce qui le fait plier, en fin de compte, c'est de voir ses enfants souffrir de la faim.

— De toute façon, la mine continue à tourner.

— Grâce à des étrangers, des ouvriers de troisième catégorie. La plupart d'entre eux ne sont pas qualifiés et leur rendement est médiocre. Nous les occupons essentiellement pour entretenir les galeries et soigner les chevaux. Nous ne remontons pas beaucoup de charbon.

— Je ne comprends toujours pas pourquoi vous avez expulsé ces malheureuses veuves de leurs maisons. Elles n'étaient que huit et, après tout, c'est dans cette satanée mine que leurs maris ont péri.

— Cela aurait créé un dangereux précédent. Les maisons sont réservées aux mineurs. Si nous dérogeons à ce principe, nous n'aurons plus grand-chose à envier à de vulgaires loueurs de taudis.»

Peut-être auriez-vous dû bâtir autre chose que des taudis, se dit Fitz, mais il retint sa langue. Il ne souhaitait pas prolonger la conversation avec ce tyranneau pontifiant. Il consulta sa montre : midi et demi, l'heure d'un verre de xérès. «Inutile d'insister, Jones. Je ne livrerai pas bataille à votre place. Au revoir. » Et il gagna la maison d'un pas vif.

Jones était le cadet de ses soucis. Qu'allait-il faire d'Ethel ? Il fallait avant tout préserver Bea. Outre le danger que courrait leur enfant à naître, il avait l'impression que cette grossesse pourrait donner un nouveau départ à leur couple. Un enfant les rapprocherait peut-être, peut-être ressusciterait-il la chaleur et l'intimité des premiers temps de leur vie conjugale. Mais cet espoir serait brisé si Bea apprenait qu'il avait batifolé avec l'intendante. Sa colère serait redoutable.

Il savoura la fraîcheur du vestibule, au sol dallé de pierre et au plafond aux poutres apparentes. C'était son père qui avait choisi ce décor féodal. La Bible exceptée, il n'avait lu qu'un seul livre de toute sa vie : l'*Histoire du déclin et de la chute de l'Empire romain*, de Gibbon. Il était persuadé que l'Empire britannique, quoique plus grand que son prédécesseur, connaîtrait le même sort que lui si sa noblesse ne luttait pas pour préserver ses institutions, et plus particulièrement la Royal Navy, l'Église anglicane et le parti conservateur. Il avait raison, Fitz n'en doutait pas une seconde.

Un verre de xérès, c'était parfait avant le déjeuner. Cet alcool était revigorant et ouvrait l'appétit. Impatient à l'idée de ce plaisir, il entra dans le salon, et fut saisi d'horreur en découvrant Ethel en grande conversation avec Bea. Il se figea sur le seuil, consterné. Que disait-elle ? Arrivait-il trop tard ? « Que se passe-t-il ici ? » demanda-t-il sèchement.

Bea lui décocha un regard surpris et répondit d'un ton glacial : « Je parle de taies d'oreiller avec mon intendante. Vous attendiez-vous à quelque chose de plus intéressant ? » Elle ne s'était toujours pas défaite de l'habitude de rouler les *r*.

L'espace d'un instant, il resta bouche bée. Il se rendit compte qu'il avait en face de lui son épouse et sa maîtresse. Le souvenir de l'intimité qu'il avait partagée avec chacune d'elles le troubla. « Je ne sais pas », marmonna-t-il, et il s'assit devant un secrétaire, leur tournant le dos.

Elles poursuivirent leur conversation. Il était bien question de taies d'oreiller : combien de temps pouvait-on les utiliser, fallait-il les faire ravauder pour qu'elles servent au personnel, valait-il mieux les acheter brodées ou bien faire exécuter les broderies par les lingères du château. Mais Fitz était encore secoué. Ce petit tableau, servante et maîtresse devisant paisiblement, lui rappelait qu'Ethel pouvait à tout instant révéler à Bea la terrible vérité. Cela ne pouvait pas durer. Il devait agir.

Il s'approcha du secrétaire, en sortit une feuille de papier à lettres bleu armorié, trempa une plume dans l'encrier et écrivit : « Retrouve-moi après le déjeuner. » Il tamponna le message avec un buvard et le glissa dans une enveloppe assortie.

Bea congédia Ethel quelques instants plus tard. Comme elle se retirait, Fitz dit sans tourner la tête : « Venez ici, Williams, je vous prie. »

Elle s'approcha. Il remarqua son léger parfum de savon – volé à Bea, elle le lui avait avoué. Malgré sa colère, il avait conscience, non sans un certain malaise, de la proximité de ses jambes minces et fermes sous la soie noire de sa robe d'intendante. Toujours sans la regarder, il lui tendit l'enveloppe. « Envoyez quelqu'un chez le vétérinaire, en ville, pour acheter des pilules pour les chiens. J'ai bien peur qu'ils n'attrapent la toux du chenil.

— Très bien, monsieur le comte. » Elle sortit.

Dans moins de deux heures, l'affaire serait réglée.

Il se servit un verre de xérès. Il en proposa un à Bea, qu'elle refusa. Le vin lui réchauffa l'estomac et apaisa sa tension. Il s'assit près de son épouse qui lui adressa un sourire aimable. « Comment vous sentez-vous ? lui demanda-t-il.

— Le matin, c'est affreux. Mais cela passe. Je me sens bien maintenant. »

Ses pensées revinrent rapidement à Ethel. Elle le tenait. Elle n'avait rien dit, mais sa présence auprès de Bea était une menace implicite. Il ne l'aurait pas crue aussi habile. Il s'agita sur son siège, conscient de son impuissance. Il aurait préféré régler cette question tout de suite, sans attendre l'après-midi.

Ils déjeunèrent dans la petite salle à manger, autour d'une table de chêne aux pieds carrés qui aurait pu provenir d'un monastère médiéval. Bea lui apprit qu'elle avait découvert la présence de Russes à Aberowen. « Plus d'une centaine, me dit Nina. »

Fitz s'efforça de chasser Ethel de son esprit. « Sans doute font-ils partie des briseurs de grève qu'a fait venir Percival Jones.

— Apparemment, ils souffrent d'ostracisme. On refuse de les servir, dans les magasins comme dans les cafés.

— Je demanderai au révérend Jenkins de prononcer un sermon sur l'amour du prochain, même si c'est un briseur de grève.

— Ne pourriez-vous ordonner aux boutiquiers de les servir ? »

Fitz sourit. « Non, ma chère, cela ne se fait pas dans ce pays.

— Ils me font pitié, voyez-vous, et j'aimerais pouvoir faire quelque chose pour eux. »

Il était ravi. « C'est une initiative charitable. À quoi pensiez-vous ?

— Je crois qu'il y a une église orthodoxe russe à Cardiff. Je pourrais faire venir un prêtre pour qu'il célèbre la messe pour eux un dimanche. »

Fitz fronça les sourcils. Bea s'était convertie au culte anglican pour leur mariage, mais il savait que l'Église de son enfance lui manquait. Il y voyait le signe qu'elle n'était pas heureuse dans son pays d'adoption. Pourtant, il ne voulait surtout pas la contrarier. « Entendu, dit-il.

— Ensuite, nous pourrions leur offrir à dîner à l'office.

— Idée tout aussi charitable, ma chère, mais ces hommes sont certainement un peu frustes.

— Nous ne nourrirons que ceux qui auront assisté à l'office. Ainsi, nous exclurons les Juifs et les moins recommandables d'entre eux.

— Astucieux. Naturellement, les habitants d'Aberowen risquent de vous en vouloir.

— Cela ne doit pas nous préoccuper. »

Il opina. « Très bien. Jones prétend que je soutiens la grève en nourrissant les enfants des mineurs. Si vous assistez les briseurs de grève, personne ne pourra prétendre que nous prenons parti.

— Merci », dit-elle.

La grossesse commençait déjà à améliorer leurs relations, se dit Fitz.

Il but deux verres de vin du Rhin au cours du repas, mais l'inquiétude le reprit lorsqu'il quitta la salle à manger pour rejoindre la chambre des gardénias. Son destin était entre les mains d'Ethel. Même si elle possédait un naturel doux et émotif, comme toutes les femmes, elle n'était pas du genre à se laisser faire. Il n'avait pas d'emprise sur elle et cela l'effrayait.

Elle n'était pas là. Il consulta sa montre. Deux heures et quart. « Après le déjeuner », avait-il écrit. Ethel savait à quelle heure on servait le café et elle aurait dû l'attendre ici. Il n'avait pas précisé le lieu de rendez-vous, mais cela allait sans dire.

Il commença à s'inquiéter pour de bon.

Au bout de cinq minutes, il fut tenté de s'en aller. Personne ne le faisait attendre ainsi. Toutefois, il ne voulait pas laisser cette affaire en suspens un jour de plus, ni même une heure. Il prit donc son mal en patience.

Elle arriva à deux heures et demie.

« Qu'est-ce que tu cherches au juste ? » demanda-t-il d'une voix coléreuse.

Elle fit celle qui n'avait pas entendu. « Qu'est-ce qui t'a pris de m'envoyer un avocat de Londres ?

— Je voulais éviter tout sentimentalisme.

— Ne sois pas stupide. » Fitz fut choqué. Personne ne lui avait parlé sur ce ton depuis l'école. « Je vais avoir un enfant de toi. Tu crois qu'on peut éviter les sentiments ? »

Elle avait raison, il avait été maladroit. Ses paroles le touchaient au vif mais, en même temps, il ne pouvait qu'écouter avec nostalgie la musique de son accent – chaque syllabe était prononcée sur une autre note, toute la phrase sonnant comme une mélodie. « Je te prie de m'excuser, dit-il. Je vais doubler le...

— N'aggrave pas les choses, Teddy, dit-elle d'un ton plus doux. Ne marchande pas avec moi comme si ce n'était qu'une question d'argent. »

Il pointa sur elle un index accusateur. « Je t'interdis de parler à ma femme, tu entends ? Je n'accepterai pas cela !

— Cesse de me donner des ordres, Teddy. Je n'ai aucune raison de t'obéir.

— Comment oses-tu me parler ainsi ?

— Tais-toi, écoute-moi. Je vais te le dire. »

Il était furieux d'être apostrophé de cette manière, mais se rappela qu'il ne pouvait pas se permettre de l'irriter. « Très bien, j'écoute.

— Tu as été cruel avec moi. »

C'était la vérité, il le savait, et il eut un pincement au cœur. Il était profondément navré de l'avoir blessée. Pourtant il s'efforça de ne pas le montrer.

« Mais je t'aime encore trop pour gâcher ton bonheur », reprit-elle.

Il se sentit plus lamentable encore.

« Je ne veux pas te faire de mal », dit-elle. Elle déglutit, se détourna, et il vit des larmes dans ses yeux. Il s'apprêtait à lui répondre, quand elle leva la main pour l'en empêcher. « Tu me demandes de quitter mon travail et ma maison. Tu dois m'aider à commencer une nouvelle vie.

— Bien sûr. Si c'est ce que tu désires. » Aborder des sujets pratiques les aidait tous deux à tenir leurs sentiments en bride.

« Je vais aller à Londres.

— Bonne idée. » Il ne put s'empêcher d'être soulagé : personne à Aberowen ne saurait qu'elle avait un bébé, ni qui en était le père.

« Tu vas m'acheter une petite maison. Rien de luxueux – un quartier ouvrier me conviendra parfaitement. Mais je veux qu'elle ait six pièces, pour pouvoir loger au rez-de-chaussée et louer l'étage. Le loyer paiera l'entretien et les réparations. Je serai quand même obligée de travailler.

— Tu as bien réfléchi à la question.

— Tu te demandes sûrement combien cela va te coûter, mais tu n'oses pas m'interroger car un gentleman ne se soucie pas du prix des choses. »

C'était la vérité.

« J'ai regardé dans les journaux, reprit-elle. Une maison de ce genre vaut environ trois cents livres. Cela te reviendra moins cher qu'une rente à vie de deux livres par mois. »

Trois cents livres, c'était une bagatelle pour Fitz. Bea dépensait davantage quand elle passait l'après-midi à la Maison Paquin de Paris. « Mais tu me promets de garder le secret ? demanda-t-il.

— Et je te promets d'aimer et d'élever ta fille – ou ton fils – pour en faire un être heureux, sain et bien éduqué, bien que tu sembles ne pas te soucier de ces questions. »

Il éprouva un élan d'indignation, mais dut se rendre à l'évidence : pas une fois il n'avait pensé à l'enfant. « Je suis navré, concéda-t-il. Je m'inquiète tellement pour Bea.

— Je sais, dit-elle, adoucissant la voix comme chaque fois qu'il laissait percer son angoisse.

— Quand comptes-tu partir ?

— Demain matin. Je suis aussi pressée que toi. Je prendrai le train de Londres et me mettrai tout de suite à la recherche d'une maison. Quand j'en aurai trouvé une qui me convient, j'écrirai à Solman.

— Tu vas devoir louer une chambre en attendant. » Il sortit

son portefeuille de la poche intérieure de sa veste et lui tendit deux billets de cinq livres.

Elle sourit. « Tu n'as vraiment aucune idée du coût de la vie, n'est-ce pas, Teddy ? » Elle lui rendit un des billets blancs. « Cinq livres, cela suffit amplement. »

Il prit l'air offusqué. «Je ne veux pas que tu m'accuses de t'avoir lésée. »

Elle changea à nouveau de ton et il perçut un peu de la rage qui l'habitait. « C'est pourtant ce que tu as fait, Teddy, dit-elle avec amertume. Mais il ne s'agit pas d'argent.

— Nous étions deux, se défendit-il en jetant un coup d'œil vers le lit.

— Mais un seul d'entre nous portera le bébé.

— Cessons de nous quereller. Je dirai à Solman d'agir comme tu le suggères. »

Elle lui tendit la main. « Adieu, Teddy. Je sais que tu tiendras parole. » Sa voix était calme, mais il vit qu'elle luttait pour garder contenance.

Il lui serra la main, malgré l'étrangeté de ce geste entre deux êtres qui avaient partagé des étreintes aussi passionnées. «Je tiendrai parole, lui assura-t-il.

— Pars vite, s'il te plaît », supplia-t-elle en détournant les yeux.

Il hésita un instant encore puis quitta la pièce.

Comme il s'éloignait, il constata, honteux et surpris, que des larmes bien peu viriles coulaient de ses yeux. « Adieu, Ethel, murmura-t-il dans le couloir désert. Que Dieu te garde et te bénisse. »

4.

Elle monta au grenier, là où l'on rangeait les bagages, et y vola une petite valise, vieille et cabossée. Elle ne manquerait à personne. Elle avait appartenu au père de Fitz et le cuir était frappé de ses armoiries : les dorures s'étaient effacées depuis longtemps, mais on devinait encore le motif. Elle y rangea ses bas, ses sous-vêtements et quelques pains du savon parfumé de la princesse.

Couchée dans son lit cette nuit-là, elle se rendit compte qu'elle n'avait aucune envie d'aller à Londres. Trop terrifiée pour affronter cette épreuve toute seule, elle voulait retrouver sa famille, interroger sa mère à propos de la grossesse. Au moment de la naissance, un environnement familier serait préférable. Son enfant aurait besoin de ses grands-parents et de son oncle Billy.

Au matin, elle enfila ses vêtements personnels, laissant sa robe d'intendante accrochée à la patère, et sortit discrètement de Tŷ Gwyn à la première heure. Au bout de l'allée, elle se retourna pour contempler la demeure, sa pierre noircie par la suie, ses longues rangées de fenêtres renvoyant les rayons du soleil levant, et pensa à tout ce qu'elle avait appris depuis qu'elle était arrivée ici, gamine de treize ans à peine sortie de l'école. Elle savait désormais comment vivaient les grands de ce monde. Ils se nourrissaient de mets étranges, préparés selon des recettes complexes, et en gaspillaient l'essentiel. Ils parlaient tous avec le même accent guindé, y compris certains étrangers. Elle avait manipulé les dessous somptueux des femmes riches, en fine batiste et en soie délicate, cousus main, brodés et liserés de dentelle, rangés par douzaines dans les commodes. Il lui suffisait de regarder un meuble pour savoir de quel siècle il datait. Mais ce qu'elle avait surtout appris, songea-t-elle avec amertume, c'était à se méfier de l'amour.

Elle descendit le coteau d'Aberowen et se dirigea vers Wellington Row. La porte de la maison de ses parents était ouverte, comme d'habitude. Elle entra. La salle principale, c'est-à-dire la cuisine, était plus petite que la chambre des vases de Tŷ Gwyn, réservée à la confection des bouquets.

Mam pétrissait de la pâte à pain. Dès qu'elle vit la valise, elle se figea : « Que s'est-il passé ?

— Je rentre à la maison », dit Ethel. Elle posa son bagage et s'assit à table. Elle avait trop honte pour avouer la vérité.

Mam devina tout de suite. « Tu t'es fait congédier ! »

Ethel ne put affronter son regard. « Oui, je te demande pardon, Mam. »

Mam s'essuya les mains à un torchon. « Qu'est-ce que tu as fait ? lança-t-elle avec colère. Allez, parle ! »

Ethel soupira. À quoi bon tergiverser ? « J'attends un bébé.

— Oh non ! Fille indigne ! »

Ethel refoula ses larmes. Elle avait espéré de la compassion et non une condamnation. « Oui, je suis une fille indigne. » Elle ôta son chapeau et s'efforça de garder contenance.

« Ça t'est monté à la tête évidemment – travailler au château, rencontrer le roi et la reine. Tu en as oublié comment nous t'avions élevée.

— Tu dois avoir raison.

— Ton père... ça va le tuer.

— Ce n'est pas lui qui accouchera, répliqua Ethel d'un ton dur. Il devrait survivre.

— Ne fais pas l'impertinente. Ça va lui briser le cœur.

— Où est-il ?

— Encore à un meeting à cause de la grève. Pense à sa position en ville : aîné du temple, représentant des mineurs, secrétaire du parti travailliste indépendant... comment pourra-t-il regarder les gens en face quand tout le monde saura que sa fille est une traînée ? »

Ethel ne put contenir son émotion. « Je suis désolée de lui faire honte », et elle se mit à pleurer.

Mam changea d'expression. « Enfin, que veux-tu ! murmura-t-elle. C'est la plus vieille histoire du monde. » Elle fit le tour de la table et prit la tête d'Ethel contre son sein. « Ce n'est pas grave, ce n'est pas grave », chantonna-t-elle, comme elle le faisait lorsque Ethel était petite et s'était écorché les genoux.

Au bout d'un moment, Ethel se calma.

Mam desserra son étreinte : « Que dirais-tu d'une tasse de thé ? » Il y avait toujours une bouilloire au chaud sur la plaque du foyer. Elle jeta quelques feuilles dans la théière, y versa de l'eau chaude puis mélangea le tout avec une cuiller en bois. « C'est pour quand ?

— Février.

— Bonté divine ! » Mam s'écarta du feu pour se tourner vers Ethel. « Je vais être grand-mère ! »

Elles éclatèrent de rire. Mam prit des tasses et servit le thé. Ethel en but une gorgée et se sentit mieux. « Est-ce que tu as eu des accouchements difficiles ? demanda-t-elle.

— Il n'y en a pas de faciles, mais je m'en suis bien sortie, à en croire ma mère. Cela dit, j'ai mal au dos depuis la naissance de Billy. »

L'intéressé les rejoignit : « On parle de moi ? » Il pouvait se permettre de se lever tard à cause de la grève, se rappela Ethel. Chaque fois qu'elle le voyait, elle le trouvait plus grand et plus costaud. « Salut, Eth », dit-il, et il l'embrassa. Sa moustache piquait. « Pourquoi as-tu une valise ? » Il s'assit et Mam lui servit du thé.

« J'ai fait une bêtise, Billy, répondit Ethel. Je vais avoir un bébé. »

Il la regarda fixement, muet de stupeur. Puis il rougit, pensant sans doute à ce qu'elle avait fait pour tomber enceinte. Il baissa les yeux, gêné. Puis il but une gorgée de thé avant de demander : « Qui est le père ?

— Tu ne le connais pas. » Après mûre réflexion, elle avait échafaudé l'explication suivante : « C'était le valet d'un des invités de Tŷ Gwyn, mais il s'est engagé dans l'armée.

— Il ne va pas te laisser tomber, tout de même.

— Je ne sais pas où il est.

— Je le retrouverai. »

Ethel posa la main sur le bras de son frère. « Ne te fâche pas, Billy. Si j'ai besoin de ton aide, je te le ferai savoir. »

De toute évidence, Billy était à court de mots. Il ne servait à rien de crier vengeance, mais il n'avait pas d'autre solution à proposer. Il était complètement désemparé. Après tout, il n'avait que seize ans.

Ethel se souvint du temps où il était bébé. Elle n'avait que cinq ans lorsqu'il était né et avait été fascinée par sa perfection, sa vulnérabilité. Bientôt, j'aurai moi aussi un beau bébé, si fragile, pensa-t-elle, partagée entre la joie et l'angoisse.

« Da ne va pas laisser passer ça comme ça, reprit Billy.

— C'est bien ce qui m'inquiète, répliqua Ethel. Si seulement je savais quoi faire pour le lui faire avaler. »

Gramper descendit à son tour. « Tu t'es fait virer, hein ? dit-il en apercevant la valise. Trop impertinente, je parie.

— Ne sois pas méchant, papa, dit Mam. Elle attend un bébé.

— Oh, fichtre ! s'exclama-t-il. Un de ces messieurs du château, c'est ça ? Le comte en personne, je parie.

— Ne dis pas de bêtises, Gramper, répondit Ethel, atterrée qu'il ait deviné tout de suite.

— C'est le valet d'un invité, expliqua Billy. Il s'est engagé dans l'armée. Elle refuse qu'on essaie de le retrouver.

— Ah bon ? » fit Gramper. Ethel vit qu'il n'était pas dupe, mais il n'insista pas davantage. « C'est ton sang italien, ma petite. Ta grand-mère avait le sang chaud, elle aussi. Elle aurait eu des ennuis si je ne l'avais pas épousée. Figure-toi qu'elle ne voulait pas attendre le mariage. En fait, elle...

— Papa ! coupa Mam. Pas devant les enfants.

— Qu'est-ce qui pourrait encore les choquer ? rétorqua-t-il. Je suis trop vieux pour raconter des histoires à dormir debout. Les jeunes femmes ont envie de coucher avec des jeunes gens et elles en ont tellement envie qu'elles finissent par le faire, mariées ou pas. Tous ceux qui prétendent le contraire sont des imbéciles – ton mari compris, ma fille.

— Fais attention à ce que tu dis, avertit Mam.

— C'est bon, c'est bon », grommela Gramper, qui but son thé en silence.

Une minute plus tard, Da fit son apparition. Mam le regarda, surprise. « Tu rentres déjà ! » s'exclama-t-elle.

Il sentit qu'elle était contrariée. « On dirait que je ne suis pas le bienvenu chez moi. »

Elle quitta la table pour lui laisser sa place. « Je vais refaire un peu de thé. »

Da resta debout. « Le meeting a été annulé. » Ses yeux se posèrent sur la valise d'Ethel : « Qu'est-ce que ça signifie ? »

Tous se tournèrent vers Ethel. Elle lut la peur sur le visage de Mam, le défi sur celui de Billy, une sorte de résignation sur celui de Gramper. Personne ne répondrait à sa place. « Il faut que je te parle, Da. Ça va te fâcher et, tout ce que je peux dire, c'est que je suis désolée. »

Le visage de son père s'assombrit. « Qu'as-tu fait ?

— J'ai quitté mon emploi à Tŷ Gwyn.

— Il n'y a aucune raison d'être désolée. Je n'ai jamais apprécié que tu fasses des courbettes devant ces parasites.

— J'avais des raisons de partir. »

Il se rapprocha d'elle, la dominant de toute sa taille. « Bonnes ou mauvaises ?

— J'ai des ennuis. »

Il devint blême de colère. « Quand une fille dit ça, elle pense souvent à quelque chose de bien précis. J'espère que ce n'est pas ton cas. »

Elle baissa les yeux et hocha la tête.

« As-tu... » Il marqua une pause, cherchant ses mots. « As-tu commis un acte que la morale réprouve ?

— Oui.

— Fille indigne ! »

La même réaction que Mam. Ethel se rencogna sur son siège, sans vraiment s'attendre à ce qu'il la frappe.

« Regarde-moi en face ! » ordonna-t-il.

Elle leva vers lui des yeux brouillés de larmes.

« Tu avoues avoir commis le péché de chair !

— Pardon, Da.

— Avec qui ? hurla-t-il.

— Un valet.

— Comment s'appelle-t-il ?

— Teddy. » Elle avait lâché ce nom sans réfléchir.

« Teddy comment ?

— Ça n'a pas d'importance.

— Pas d'importance ? Que veux-tu dire ?

— Il est venu en visite au château avec son maître. Quand je me suis rendu compte de mon état, il s'était déjà engagé dans l'armée. J'ai perdu contact avec lui.

— En visite ? Perdu contact ? » Les hurlements se muèrent en rugissements. « Tu veux dire que vous n'êtes même pas fiancés ? Tu as commis ce péché... » Il se mit à bafouiller, presque incapable d'articuler ces termes qui lui répugnaient. « Tu as commis le péché *comme ça, en passant* ?

— Allons, Da, ne te mets pas en colère, intervint Mam.

— En colère ?... Est-ce que je n'ai pas toutes les raisons du monde d'être en colère ? »

Gramper tenta de le calmer. « Ne t'énerve pas, Dai mon gars. Ça ne sert à rien de crier.

— Gramper, permets-moi de te rappeler que je suis ici chez moi et que je suis seul juge de ce qui sert à quelque chose ou non.

— Très bien, concéda le vieil homme. Fais ce que tu veux. »

Mam, elle, n'était pas disposée à céder. « Ne dis rien que tu puisses regretter, Da. »

Tous ces efforts de conciliation ne firent qu'attirer sa colère : « Je ne laisserai pas un vieillard et une bonne femme me dicter ma conduite ! » s'écria-t-il. Il pointa l'index sur Ethel. « Et je ne laisserai pas une fornicatrice vivre sous mon toit ! Dehors ! »

Mam se mit à pleurer. « Non, je t'en supplie, ne fais pas ça !

— Va-t'en ! insista-t-il. Et ne reviens jamais !

— Pense à son enfant ! » implora Mam.

Billy s'interposa. « Tu prétends obéir à la parole de Dieu, Da ? Le Seigneur a dit : "Je suis venu appeler non pas les justes, mais les pécheurs pour qu'ils se convertissent." Évangile selon saint Luc, chapitre cinq, verset trente-deux. »

Da se planta devant lui. « Je vais te dire une chose, espèce d'ignorant. Mes grands-parents n'étaient pas mariés. En fait, personne ne sait qui était mon grand-père. Ma grand-mère est tombée plus bas qu'on ne peut l'imaginer. »

Pour Mam, Ethel et Billy, ce fut un coup de tonnerre. Seul Gramper n'avait pas l'air surpris.

« Eh oui, reprit Da en baissant la voix. Mon père a grandi dans un lieu de mauvaise vie, si vous voyez ce que je veux dire. Un de ces endroits où vont les marins en bordée, dans le port de Cardiff. Puis, un jour que sa mère cuvait son alcool, Dieu a guidé les pas de ce pauvre enfant jusqu'à un temple où l'on enseignait le catéchisme et où le Seigneur lui est apparu. C'est là qu'il a appris à lire et à écrire, et, par la suite, à guider ses propres enfants sur le chemin de la vertu.

— Tu ne m'avais jamais dit cela, David », souffla Mam. Il était rare qu'elle l'appelle par son nom de baptême.

« J'espérais réussir un jour à l'oublier. » Le visage de Da était crispé en un masque de honte et de colère. Il s'inclina sur la table, regarda Ethel droit dans les yeux et poursuivit dans un murmure : « Quand j'ai fait la cour à ta mère, je l'ai tenue par la main et je l'ai embrassée sur la joue tous les soirs jusqu'au jour de nos noces. » Il tapa du poing, faisant vibrer les tasses. « Par la grâce de Notre Seigneur Jésus-Christ, ma famille est sortie du caniveau. » Il se remit à crier : « Et nous n'y retomberons jamais ! Jamais ! Jamais ! »

Il y eut un long moment de silence stupéfait.

Da se tourna vers Mam. « Fais sortir Ethel d'ici. »

Ethel se leva. « Ma valise est prête et j'ai un peu d'argent. Je vais prendre le train de Londres. » Elle jeta un regard dur à son père. « Je ne ferai pas tomber la famille dans le caniveau. »

Billy prit sa valise.

« Où vas-tu, mon gars ? lança Da.

— Je l'accompagne à la gare, répondit Billy visiblement effrayé.

— Laisse-la porter ses bagages. »

Billy fit mine de reposer la valise puis changea d'avis. Son visage prit une expression obstinée. « Je l'accompagne à la gare, répéta-t-il.

— Fais ce que je te dis ! » hurla Da.

Malgré sa terreur manifeste, Billy ne céda pas. « Que vas-tu faire, Da, me jeter dehors, moi aussi ?

— Je vais te flanquer une bonne volée. Tu n'es pas encore trop vieux pour ça. »

Livide, Billy regarda Da droit dans les yeux. « Détrompe-toi », dit-il. Il fit passer sa valise dans la main gauche et serra le poing droit.

Da fit un pas vers lui. « Je vais t'apprendre les bonnes manières, mon gars.

— Non ! » hurla Mam. Elle s'interposa et repoussa Da. « Ça suffit ! Personne ne se battra dans ma cuisine. Bas les pattes, David Williams. Souviens-toi que tu es un aîné du temple Bethesda. Que diraient les gens ? »

Ces mots le calmèrent et il s'assit à table.

Mam s'approcha d'Ethel. « Tu ferais mieux d'y aller. Billy va t'accompagner. Allons, filez ! »

Ethel embrassa sa mère. « Au revoir, Mam.

— Écris-moi.

— Tu n'écriras à personne dans cette maison ! intervint Da. Si une lettre arrive ici, elle sera brûlée sans être ouverte ! »

Mam se détourna en pleurant. Ethel sortit, suivie de Billy.

Ils descendirent les rues pentues jusqu'au centre-ville. Ethel gardait les yeux baissés pour éviter d'avoir à parler aux gens qui la connaissaient et n'auraient pas manqué de lui demander où elle allait.

À la gare, elle prit un billet pour Paddington.

« Eh bien, fit Billy lorsqu'ils arrivèrent sur le quai, deux chocs dans la même journée. Toi d'abord, et puis Da.

— Dire qu'il a gardé ça pour lui durant toutes ces années, dit Ethel. Pas étonnant qu'il soit aussi strict. Je lui pardonnerais presque de m'avoir chassée.

— Pas moi, répliqua Billy. Notre foi nous enseigne la pitié et la rédemption, pas la condamnation et le châtiment. »

Le train de Cardiff entra en gare et Ethel vit Walter von Ulrich en descendre. Il la salua en passant, ce qui était fort aimable de sa part : en règle générale, un gentleman ne reconnaissait pas les domestiques. Lady Maud affirmait avoir rompu avec lui. Peut-être était-il venu dans l'intention de la reconquérir. Ethel lui souhaita bonne chance en son for intérieur.

« Veux-tu que je t'achète un journal ? proposa Billy.

— Non, merci, mon chéri. Je n'arriverais pas à me concentrer. »

En attendant son train, elle lui demanda : « Tu te rappelles notre code secret ? » Enfants, ils avaient élaboré une méthode très simple pour communiquer sans que leurs parents puissent déchiffrer leurs messages.

Billy réfléchit quelques instants, puis son visage s'éclaira. « Oui, bien sûr.

— Je t'écrirai en code, comme ça, Da ne saura rien.

— Entendu. Envoie tes lettres chez Tommy Griffiths. »

Le train entra en gare dans un nuage de vapeur. Billy serra Ethel dans ses bras. Elle vit qu'il se retenait pour ne pas pleurer.

« Sois sage, lui dit-elle. Et occupe-toi bien de Mam.

— Oui, fit-il en s'essuyant les yeux du revers de la manche. Tout ira bien. Et toi, fais attention quand tu seras à Londres.

— C'est promis. »

Ethel monta dans un wagon et s'assit près d'une fenêtre. Une minute plus tard, le train s'ébranla. Comme il prenait de la vitesse, elle regarda le chevalement de la mine disparaître dans le lointain et se demanda si elle reverrait un jour Aberowen.

5.

Maud prenait un petit déjeuner tardif avec la princesse Bea dans la petite salle à manger de Tŷ Gwyn. La princesse était d'excellente humeur. En temps normal, elle se plaignait constamment de la vie en Angleterre ; pourtant, d'après les souvenirs que Maud avait conservés de son séjour à l'ambassade de Grande-Bretagne, la vie en Russie était nettement plus pénible : les maisons étaient glaciales, les gens maussades, l'administration incapable et le gouvernement désorganisé. Mais aujourd'hui, Bea ne se lamentait pas. Elle était ravie d'être enfin enceinte.

Elle alla même jusqu'à parler aimablement de Fitz. « C'est lui qui a sauvé ma famille, vous savez, confia-t-elle à Maud. Il a levé l'hypothèque qui grevait notre domaine. Mais jusqu'à présent, il n'y avait personne pour en hériter – mon frère n'a pas d'enfant. Quelle tragédie si les terres d'Andreï et de Fitz devaient revenir à quelque cousin éloigné ! »

Maud ne voyait pas ce que cela avait de tragique. Le cousin en question pourrait très bien être un de ses propres fils. Mais elle n'avait jamais pensé hériter d'une fortune et n'accordait que peu d'attention à ces choses.

Elle n'était pas une compagne bien divertissante ce matin, se dit-elle en buvant son café et en jouant avec ses toasts. En fait, elle était malheureuse. Elle était oppressée par le papier peint, une profusion victorienne de feuillage qui recouvrait tout, des murs au plafond.

N'ayant pas parlé à ses proches de son idylle avec Walter, elle ne pouvait leur annoncer leur rupture, si bien que personne ne pouvait lui manifester de compassion. Seule Williams, la pétillante jeune intendante, était au fait de la situation, mais elle avait disparu.

Maud lut dans le *Times* le compte rendu du discours que Lloyd George avait prononcé au dîner de Mansion House. Il s'était montré optimiste à propos de la crise des Balkans, affirmant qu'elle se réglerait de façon pacifique. Elle espérait qu'il ne se trompait pas. Bien qu'elle ait renoncé à Walter, l'idée qu'il doive endosser l'uniforme et se fasse blesser ou tuer à la guerre la terrifiait.

Le journal publiait aussi une brève dépêche de Vienne intitulée « Terreur serbe ». Elle demanda à Bea si la Russie défendrait la Serbie contre les Autrichiens. « J'espère bien que non ! répondit-elle, un peu affolée. Je ne veux pas que mon frère parte à la guerre. »

Maud se rappela avoir pris le petit déjeuner dans cette même pièce avec Fitz et Walter, quand ils étaient en vacances. Elle avait alors douze ans, eux dix-sept. Les garçons avaient un appétit d'ogre et engloutissaient chaque matin quantité d'œufs, de saucisses et de toasts beurrés avant d'aller faire du cheval ou nager dans le lac. Walter était si séduisant déjà, un bel étranger plein de charme. Il la traitait avec autant de courtoisie que si elle avait son âge, ce qui était flatteur pour une aussi jeune fille – et constituait aussi, elle le comprenait à présent, une subtile façon de lui faire des avances.

Pendant qu'elle se perdait dans ses réminiscences, Peel, le majordome, entra : « Herr von Ulrich, Votre Altesse. »

Il ne s'agissait sûrement pas de Walter, se dit Maud, surprise. Était-ce Robert ? Tout aussi improbable.

Quelques instants plus tard, Walter apparut.

Maud était trop interloquée pour prononcer un seul mot, mais Bea dit : « Quelle agréable surprise, Herr von Ulrich. »

Walter portait un costume d'été en tweed bleu-gris pâle. Sa cravate de satin bleu était assortie à ses yeux. Maud regretta de s'être contentée d'une robe d'intérieur crème qui lui avait paru convenir parfaitement à un petit déjeuner en tête à tête avec sa belle-sœur.

« Veuillez pardonner cette intrusion, princesse, dit Walter à Bea. J'avais à faire à notre consulat de Cardiff – une stupide histoire de marins allemands qui ont eu des démêlés avec la police locale. »

Billevesées ! Walter était attaché militaire, faire libérer des matelots ne relevait pas de ses attributions.

« Bonjour, Maud, dit-il en lui serrant la main. Quelle délicieuse surprise de te trouver ici. »

Billevesées, encore ! Il n'était venu que pour la voir. Elle avait quitté Londres pour lui échapper mais, au fond de son cœur, elle ne pouvait s'empêcher d'être ravie qu'il l'ait suivie jusqu'ici. Un peu troublée, elle répondit : « Bonjour, comment vas-tu ?

— Prenez un peu de café, Herr von Ulrich, proposa Bea. Le comte est sorti faire du cheval, mais il ne devrait pas tarder. » Elle supposait tout naturellement que Walter souhaitait voir Fitz.

« C'est fort aimable à vous. » Walter s'assit.

« Resterez-vous pour déjeuner ?

— J'en serai ravi. Mais je dois reprendre le train de Londres cet après-midi. »

Bea se leva. « Je vais donner des instructions à la cuisinière. »

Walter bondit sur ses pieds pour lui tenir sa chaise.

« Bavardez un instant avec Lady Maud, lança-t-elle en sortant. Essayez de la dérider. Elle s'inquiète de la situation internationale. »

Walter haussa les sourcils devant son ton persifleur. « Tous les gens raisonnables s'inquiètent de la situation internationale. »

Mal à l'aise, cherchant désespérément quelque chose à dire, Maud désigna le *Times*. « Crois-tu vraiment que la Serbie ait rappelé soixante-dix mille réservistes ?

— Je serais surpris qu'elle dispose de soixante-dix mille réservistes, répondit Walter d'un air grave. Ils cherchent avant tout à faire monter les enchères. Ils espèrent que le risque d'un conflit généralisé incitera l'Autriche à la prudence.

— Pourquoi les Autrichiens mettent-ils aussi longtemps à transmettre leurs exigences au gouvernement serbe ?

— Officiellement, ils veulent avoir rentré les récoltes avant d'entreprendre quoi que ce soit qui puisse les obliger à mobiliser. Officieusement, ils savent que le président de la République française et son ministre des Affaires étrangères sont actuellement en Russie. Ils ne veulent pas courir le risque que ces deux puissances alliées s'entendent immédiatement sur une réponse commune. La lettre autrichienne ne sera envoyée que lorsque le président Poincaré aura quitté Saint-Pétersbourg. »

Comme il était lucide ! songea Maud. C'était ce qu'elle aimait chez lui.

Il perdit soudain toute sa réserve. Son masque de courtoisie s'effaça, révélant un visage dévoré d'angoisse. « Reviens-moi, je t'en supplie », dit-il tout à trac.

Elle ouvrit la bouche pour lui répondre, mais sa gorge était nouée par l'émotion et aucun son n'en sortit.

« Je sais que c'est pour mon bien que tu m'as repoussé, mais cela ne marchera pas. Je t'aime trop.

— Pourtant ton père..., parvint à articuler Maud.

— Son destin est entre ses propres mains. Je ne peux pas lui obéir, pas sur ce point. » Sa voix se perdit dans un murmure. « Je ne puis supporter l'idée de te perdre.

— Il a peut-être raison : un diplomate allemand ne peut pas épouser une femme anglaise, pas en ce moment du moins.

— Alors, j'embrasserai une autre carrière. Mais jamais je ne trouverai une autre femme comme toi. »

Elle se sentit fléchir et ses yeux se mouillèrent.

Il tendit la main au-dessus de la table pour saisir la sienne. « Puis-je parler à ton frère ? »

Elle roula en boule sa serviette en lin blanc pour sécher ses larmes. « Ne dis rien à Fitz. Attends quelques jours, le temps que la crise serbe soit passée.

— Cela risque de prendre plus de quelques jours.

— Dans ce cas, nous verrons ce qu'il convient de faire.

— J'agirai comme tu le voudras, naturellement.

— Je t'aime, Walter. Quoi qu'il advienne, je veux être ta femme. »

Il lui baisa la main. « Merci, dit-il d'un ton solennel. Tu as fait de moi un homme heureux. »

6.

Un lourd silence pesait sur la maison de Wellington Row. Pendant le repas, personne ne dit grand-chose. Billy était dévoré par une fureur qu'il ne pouvait exprimer. L'après-midi venu, il partit dans la montagne et marcha seul des heures durant.

Le lendemain matin, l'histoire du Christ et de la femme adultère lui revenait sans cesse à l'esprit. Assis dans la cuisine, vêtu de ses habits du dimanche, attendant d'accompagner ses parents au temple Bethesda pour le partage du pain, il ouvrit sa bible et parcourut l'Évangile selon saint Jean. Il trouva le chapitre VIII, qu'il lut et relut. La crise qu'il évoquait ressemblait tant à celle qui frappait sa famille.

Il continua à y réfléchir pendant l'office. Parcourant l'assemblée du regard, il s'arrêta sur ses amis et voisins : Mrs Dai Cheval, John Jones l'Épicerie, Mrs Ponti et ses deux grands fils, Graisse-de-rognon Hewitt... Ils savaient tous qu'Ethel avait quitté Tŷ Gwyn la veille et avait acheté un billet de train pour Paddington, et, s'ils ignoraient la raison de son départ, ils n'avaient pas de mal à la deviner. Ils la jugeaient déjà. Le Christ, lui, ne la jugeait pas.

Pendant les cantiques et les prières improvisées, il lui sembla que le Saint-Esprit lui inspirait la lecture de ces versets. Vers la fin du culte, il se leva et ouvrit sa bible.

On entendit quelques murmures surpris. Il était bien jeune pour diriger les fidèles. Néanmoins il n'y avait pas de limite d'âge : le Saint-Esprit touchait qui il voulait.

« Quelques versets de l'Évangile de Jean. » Un léger tremblement perçait dans sa voix, qu'il s'efforça de réprimer.

« Maître, lui dirent-ils, cette femme a été prise en flagrant délit d'adultère. »

Un silence absolu se fit dans le temple : personne ne bougeait, ne chuchotait, ni ne toussotait.

Billy reprit : « Dans la Loi, Moïse nous a prescrit de lapider ces femmes-là. Et toi, qu'en dis-tu? Ils parlaient ainsi dans l'intention de lui tendre un piège, pour avoir de quoi l'accuser. Mais Jésus, se baissant, se mit à tracer du doigt des traits sur le sol. Comme ils continuaient à lui poser des questions, Jésus se redressa et leur dit... »

Parvenu à ce point, Billy marqua une pause et regarda l'assistance.

Avec une insistance délibérée, il reprit : « Que celui d'entre vous qui n'a jamais péché lui jette la première pierre. »

Tous les yeux étaient rivés sur lui. Personne ne bougeait.

Billy poursuivit : « Et, s'inclinant à nouveau, il se remit à tracer des traits sur le sol. Après avoir entendu ces paroles, ils se retirèrent l'un après l'autre, à commencer par les plus âgés, et Jésus resta seul. Comme la femme était toujours là, au milieu du cercle, Jésus se redressa et lui dit : Femme, où sont-ils donc? Personne ne t'a condamnée? Elle répondit : Personne, Seigneur. »

Billy leva les yeux du Livre saint. Il n'avait pas besoin de lire le dernier verset : il le connaissait par cœur. Il se tourna vers le visage pétrifié de son père et dit en détachant ses mots : « Et Jésus lui dit : Moi non plus, je ne te condamne pas : va, et désormais, ne pèche plus. »

Il attendit un long moment avant de refermer la bible dans un claquement qui résonna comme un coup de tonnerre. « Ceci est la parole de Dieu », déclara-t-il.

Puis, au lieu de se rasseoir, il se dirigea vers la sortie. L'assemblée des fidèles l'observait, fascinée. Il poussa la grande porte en bois et s'éloigna.

Il ne revint plus jamais.

IX

Fin juillet 1914

1.

Le ragtime donnait du fil à retordre à Walter von Ulrich.

Il arrivait à jouer les mélodies, qui étaient très simples. Il arrivait à jouer les accords, dont le plus fréquent était celui de septième de dominante. Et il réussissait à jouer les deux ensemble... mais cela ne sonnait pas comme du ragtime. Le rythme lui échappait. En l'écoutant, on avait l'impression d'entendre une fanfare dans un parc berlinois. Pour quelqu'un qui jouait sans effort les sonates de Beethoven, c'était vraiment agaçant.

Maud avait tenté de lui enseigner le ragtime ce samedi matin à Tŷ Gwyn, sur le Bechstein droit niché entre les plantes du petit salon. Le soleil d'été inondait ses hautes fenêtres. Assis côte à côte sur le tabouret, les bras entrelacés, il s'était escrimé et elle avait ri de bon cœur. Un délicieux bonheur.

L'humeur de Walter s'était assombrie lorsqu'elle lui avait raconté comment son père l'avait persuadée de rompre avec lui. S'il avait vu Otto ce soir-là à son retour à Londres, il aurait eu du mal à ne pas exploser. Mais il était parti pour Vienne et Walter avait dû ravaler sa colère. Il n'avait pas revu son père depuis.

Se rangeant aux désirs de Maud, il avait accepté de garder le secret sur leurs fiançailles jusqu'à la fin de la crise des Balkans. Or celle-ci se prolongeait, malgré un certain apaisement. Près de quatre semaines s'étaient écoulées depuis l'attentat de Sarajevo, mais l'empereur d'Autriche n'avait toujours pas adressé aux Serbes la lettre qu'il retournait dans sa tête depuis si longtemps. Ces atermoiements encourageaient Walter à espérer que le calme et la modération finiraient par l'emporter à Vienne.

Assis devant le piano crapaud du minuscule salon de sa garçonnière de Piccadilly, il se dit que les Autrichiens avaient d'autres moyens que la guerre pour châtier les Serbes et panser leur orgueil blessé. Ils pouvaient par exemple contraindre le gouvernement serbe à interdire les journaux anti-autrichiens et à purger l'armée et la fonction publique de leurs éléments nationalistes. Les Serbes accepteraient sûrement de telles exigences : ce serait certes humiliant, mais préférable à une guerre qu'ils ne pouvaient pas gagner.

Ensuite, les dirigeants des grandes puissances européennes pourraient se détendre et se consacrer à leurs problèmes intérieurs. Les Russes juguleraient leur grève nationale, les Anglais materaient la mutinerie des protestants irlandais et les Français se concentreraient sur le procès de Mme Caillaux, qui avait tué à coups de revolver le directeur du *Figaro* pour avoir osé publier les lettres d'amour de son époux.

Et Walter pourrait épouser Maud.

Il n'avait pas d'autre objectif. Plus il pensait aux obstacles qui se dressaient devant lui, plus il était résolu à les surmonter. Les quelques jours passés à imaginer la sinistre perspective d'une vie sans la femme qu'il aimait l'avaient déterminé à cette union, quel que soit le prix à payer pour lui comme pour elle. Tout en suivant avec angoisse la partie d'échecs diplomatique qui se déroulait en Europe, il examinait chaque coup en fonction des conséquences qu'il aurait sur Maud et sur lui-même, reléguant le sort de l'Allemagne et du monde au second plan.

Il devait la voir ce soir, au dîner qui précéderait le bal donné par la duchesse du Sussex. Il avait déjà revêtu son habit de soirée avec cravate blanche. Il était temps de partir. Mais comme il rabattait le couvercle du piano, la sonnette retentit et son valet annonça le comte Robert von Ulrich.

Celui-ci semblait maussade. Une expression qui lui était familière. Du temps où ils étaient étudiants à Vienne, Robert était déjà un jeune homme inquiet et malheureux. Ses sentiments l'attiraient irrésistiblement vers des êtres que son éducation lui avait appris à juger décadents. Lorsqu'il rentrait après avoir passé la soirée avec des hommes qui partageaient ses penchants, il avait le même air, honteux mais provocant. Avec le temps, il avait compris que si l'homosexualité, comme l'adultère, était officiellement condamnée, elle n'en était pas moins officieusement tolérée – du moins dans les milieux les plus sophistiqués –, et il avait fini par s'accepter. S'il faisait cette tête aujourd'hui, c'était pour une autre raison.

«Je viens de lire le texte de la note de l'empereur», annonça-t-il sur-le-champ.

Walter sentit son cœur battre d'espoir. C'était peut-être la solution pacifique qu'il appelait de ses vœux. «Que dit-il?»

Robert lui tendit une feuille de papier. «J'en ai recopié l'essentiel.

— A-t-elle été transmise au gouvernement serbe?

— Oui, dès six heures, heure de Belgrade.»

L'empereur énonçait dix exigences. Les trois premières portaient sur les points que Walter avait anticipés, ainsi qu'il le constata avec soulagement : la Serbie devait interdire les journaux libéraux, dissoudre la Main noire, une société secrète, et censurer la propagande nationaliste. Peut-être les modérés l'ont-ils finalement emporté à Vienne, songea-t-il, satisfait.

Le quatrième point semblait raisonnable de prime abord – les Autrichiens exigeaient que la fonction publique serbe soit purgée de tous ses éléments nationalistes –, mais le venin était dans la queue : la fin du paragraphe précisait que les Autrichiens eux-mêmes fourniraient la liste des fonctionnaires à révoquer. «Ils exagèrent, commenta Walter. Le gouvernement serbe ne peut pas destituer tous les fonctionnaires désignés par l'Autriche.»

Robert haussa les épaules. «Il n'aura pas le choix.

— Sans doute.» Peut-être l'accepterait-il pour garantir la paix, espéra Walter.

Mais le pire était à venir.

Le cinquième point stipulait que l'Autriche aiderait le gouvernement serbe à réprimer la subversion et le sixième, ainsi que le découvrit Walter consterné, que des magistrats autrichiens participeraient en Serbie à l'enquête judiciaire relative à l'attentat. «Jamais la Serbie n'acceptera cela! protesta-t-il. Ce serait un abandon de souveraineté.»

Le visage de Robert s'assombrit davantage. «Si peu, marmonna-t-il avec mauvaise humeur.

— Aucun pays au monde ne tolérerait une chose pareille.

— La Serbie le fera, sous peine d'être détruite.

— Par la guerre?

— S'il le faut.

— Une guerre qui engloutirait l'Europe entière ! »

Robert agita l'index. « Pas si les gouvernements européens se montrent raisonnables. »

Contrairement au tien, répliqua Walter *in petto*. Il poursuivit sa lecture. Malgré l'arrogance avec laquelle les autres demandes étaient formulées, les Serbes pourraient probablement les accepter : arrestation de tous les conspirateurs, cessation de la livraison d'armes de contrebande sur le territoire autrichien, renonciation à toute déclaration hostile à l'Autriche de la part des fonctionnaires.

Mais l'ultimatum expirait quarante-huit heures plus tard.

« Fichtre, voilà qui est dur, remarqua Walter.

— Ceux qui défient l'empereur d'Autriche ne doivent pas s'attendre à la clémence.

— Je sais, je sais, mais il ne leur laisse même pas la possibilité de sauver la face.

— Pourquoi le ferait-il ? »

Walter donna libre cours à son exaspération. « Mais bon sang, c'est la guerre qu'il veut ou quoi ?

— Cela fait plusieurs siècles que les Habsbourg, la famille de l'empereur, gouvernent de grands pays d'Europe. L'empereur François-Joseph sait que son destin est de régner sur les races inférieures. C'est la volonté de Dieu.

— Dieu nous garde des hommes qui ont un destin, marmonna Walter. Mon ambassade a-t-elle vu cette lettre ?

— Elle la recevra d'une minute à l'autre. »

Walter se demanda comment réagiraient les autres. Accepteraient-ils ces exigences, comme l'avait fait Robert, ou bien seraient-ils scandalisés ? Allait-on assister à travers le monde à une levée de boucliers ou à des haussements d'épaules diplomatiques ? Il en aurait le cœur net dès ce soir. Il consulta l'horloge sur le manteau de la cheminée. « Je vais être en retard. Comptes-tu aller au bal de la duchesse du Sussex ?

— Oui. Je t'y retrouverai. »

Ils sortirent ensemble et se séparèrent dans Piccadilly. Walter se dirigea vers la résidence de Fitz, où il était attendu pour dîner. Il avait le souffle court, comme s'il avait été assommé. La guerre qu'il redoutait tant s'était dangereusement rapprochée.

Il arriva juste à temps pour saluer la princesse Bea, vêtue d'une robe lavande festonnée de rubans de soie, et pour serrer la main de Fitz, resplendissant en col cassé et nœud papillon blanc, avant que l'on annonce que le dîner était servi. Il fut ravi de découvrir que sa cavalière n'était autre que Maud. Elle portait une robe rouge sombre dont le tissu soyeux la moulait à ravir. Tout en l'escortant vers la table, Walter la complimenta : « Quelle robe séduisante.

— Paul Poiret », dit-elle, citant un couturier si célèbre que même Walter en avait entendu parler. Elle ajouta en baissant la voix : « Je pensais qu'elle te plairait. »

Sans être d'une intimité déplacée, cette remarque lui fit battre le cœur plus vite. Mais un frisson de crainte le parcourut à l'idée qu'il pouvait encore perdre cette femme enchanteresse.

La maison de Fitz n'était pas un palais à proprement parler. La salle à manger tout en longueur occupait un angle du bâtiment et donnait sur deux avenues. Il faisait encore clair en ce beau jour d'été, mais on avait déjà allumé les lustres électriques dont les reflets dansaient sur l'argenterie et les verres en cristal disposés avec soin sur la table. En observant les autres invitées, Walter s'émerveilla une nouvelle fois de l'indécence des décolletés qu'arboraient les Anglaises de la haute société.

Ces réflexions étaient dignes d'un adolescent. Il était temps qu'il se marie.

Dès qu'il se fut assis, Maud retira sa chaussure et lui taquina le mollet du bout du pied. Il sourit, mais elle vit tout de suite qu'il était préoccupé. « Que se passe-t-il ? demanda-t-elle.

— Engage la conversation sur l'ultimatum autrichien, répondit-il tout bas. Prétends que tu as entendu dire qu'il a été envoyé. »

Maud s'adressa à Fitz, assis en bout de table. « Il paraît que la réponse de l'empereur d'Autriche est enfin parvenue à Belgrade. En as-tu entendu parler ? »

L'intéressé reposa sa cuillère. « On m'a dit la même chose. Mais personne n'en connaît la teneur.

— Elle est assez rude, d'après ce que j'ai compris, intervint Walter. Les Autrichiens exigent de jouer un rôle dans la procédure judiciaire serbe.

— Jouer un rôle ! répéta Fitz. Mais si le Premier ministre serbe acceptait cette demande, il serait obligé de démissionner. »

Walter acquiesça. Fitz partageait son analyse. « C'est à croire que les Autrichiens veulent la guerre. » Ces propos frôlaient la déloyauté envers un allié de l'Allemagne, mais l'inquiétude lui faisait oublier toute prudence. Il surprit le regard de Maud. Elle était pâle et silencieuse. Elle avait perçu la menace qui pesait sur eux.

« On ne peut que comprendre le point de vue de François-Joseph, reprit Fitz. La subversion nationaliste risque de déstabiliser un empire si on n'y met pas bon ordre. » Walter devina qu'il pensait aux Irlandais qui réclamaient l'indépendance et aux Boers qui contestaient la suprématie de l'Empire britannique en Afrique du Sud. « Tout de même on n'écrase pas une noix avec un marteau-pilon », acheva-t-il.

Les valets de pied emportèrent les bols de consommé et servirent un vin différent. Walter s'abstint de boire : la soirée s'annonçait longue et il voulait garder les idées claires.

« J'ai vu aujourd'hui Asquith, le Premier ministre, dit Maud à voix basse. Il redoute un véritable Armageddon. » Elle semblait terrifiée. « Je ne l'ai pas cru, je l'avoue... mais je me rends compte à présent qu'il avait peut-être raison.

— C'est ce que nous craignons tous », soupira Fitz.

Comme toujours, Walter était impressionné par les relations de Maud. L'air de rien, elle côtoyait les hommes les plus puissants de Londres. Quand elle n'était qu'une gamine de onze ou douze ans, se rappela-t-il, et que son père était ministre d'un gouvernement conservateur, elle interrogeait gravement ses collègues lorsqu'ils se rendaient à Tŷ Gwyn. Et ces hommes écoutaient avec attention la fillette et répondaient patiemment à ses questions.

« Voyons le bon côté des choses, reprit-elle. Si la guerre éclate, Asquith pense que l'Angleterre ne sera pas obligée d'y participer. »

Walter se sentit le cœur plus léger. Si la Grande-Bretagne restait à l'écart du conflit, celui-ci ne le séparerait pas nécessairement de Maud.

Mais Fitz réagit avec réprobation : « Vraiment ? Même si... » Il se tourna vers Walter. « Pardonne-moi, von Ulrich... même si l'Allemagne envahit la France ?

— Asquith prétend que nous nous contenterons d'un rôle de spectateurs, assura Maud.

— C'est bien ce que je craignais, déclara Fitz d'un ton pontifiant. Ce gouvernement ne comprend pas l'équilibre des forces en Europe. » En bon conservateur, il se méfiait des libéraux et détestait personnellement Asquith, qui avait affaibli la Chambre des lords ; mais surtout, la perspective d'une guerre ne lui inspirait aucune horreur. Peut-être même, se dit Walter, s'en réjouissait-il dans une certaine mesure, comme Otto. Et il jugeait certainement la guerre préférable au déclin de la puissance britannique.

« Mon cher Fitz, lança-t-il, es-tu sûr qu'une victoire de l'Allemagne sur la France bouleverserait vraiment l'équilibre des forces ? » Une telle discussion ne convenait guère à un dîner en ville, mais la question lui paraissait trop importante pour qu'on l'enterre.

« Avec tout le respect que je dois à ton honorable pays, et à Sa Majesté l'empereur Guillaume, je serais fort surpris que l'Angleterre permette à l'Allemagne de diriger la France. »

C'était toujours la même histoire, se dit Walter en s'efforçant de ne rien laisser paraître de la colère et de l'exaspération qu'éveillait en lui cette réponse désinvolte. Si l'Allemagne attaquait la France, alliée de la Russie, elle ne ferait que se défendre – mais les Anglais parlaient comme si elle cherchait à dominer l'Europe. S'arrachant un sourire cordial, il rappela : « Nous avons vaincu la France il y a quarante-trois ans, au moment de ce que vous appelez la guerre franco-prussienne. Les Anglais étaient alors de simples spectateurs. Et vous n'avez pas souffert de notre victoire.

— C'est ce qu'a dit Asquith, glissa Maud.

— Il y a une différence, rétorqua Fitz. En 1871, la France a été vaincue par la Prusse et par une poignée de monarchies allemandes sans importance. Après la guerre, cette coalition a formé un seul et unique pays, l'Allemagne moderne. Et, tu en conviendras sans peine, von Ulrich, mon vieil ami, cette Allemagne est bien plus redoutable que la Prusse de jadis. »

Les hommes comme Fitz étaient dangereux, songea Walter. Avec leurs manières irréprochables, ils conduiraient le monde à la destruction. Il s'efforça de conserver un ton badin. « Tu as raison, bien sûr – mais redoutable ne signifie peut-être pas nécessairement hostile.

— C'est bien la question, n'est-ce pas ? »

À l'autre bout de la table, Bea émit un toussotement de reproche. Le sujet lui paraissait certainement trop polémique pour une conversation courtoise. « Êtes-vous impatient d'assister au bal de la duchesse, Herr von Ulrich ? » s'enquit-elle d'un ton enjoué.

Walter eut l'impression de se faire réprimander. «Je suis sûr que ce bal sera absolument splendide, ronronna-t-il, et Bea le récompensa d'un hochement de tête reconnaissant.

— Vous êtes si bon danseur ! » s'exclama tante Herm.

Walter gratifia la vieille dame d'un sourire chaleureux. «J'espère que vous me ferez l'honneur de m'accorder la première danse, Lady Hermia. »

Elle était flattée. « Oh, mon Dieu, je suis trop vieille pour danser ! Et puis, vous autres jeunes gens, vous avez inventé des pas qui n'existaient même pas lorsque j'étais une débutante.

— La dernière mode, c'est la czardas, une danse folklorique hongroise. Peut-être devrais-je vous l'enseigner.

— Cela constituerait-il un incident diplomatique ? » lâcha Fitz. Cette saillie n'avait rien de drôle, pourtant tout le monde s'esclaffa et la conversation s'orienta vers d'autres sujets futiles, mais inoffensifs.

Après dîner, les convives montèrent dans des calèches pour gagner Sussex House, le palais du duc, situé dans Park Lane à quatre cents mètres de là.

La nuit était tombée et toutes les fenêtres étaient illuminées : la duchesse avait fini par se résigner à faire installer l'électricité. Walter gravit le grand escalier puis entra dans l'une des trois immenses salles de réception. L'orchestre jouait le morceau le plus populaire de ces dernières années, «Alexander's Ragtime Band». Sa main gauche s'agita : la syncope, c'était l'élément déterminant.

Fidèle à sa parole, il dansa avec tante Herm. Il espérait que les cavaliers se bousculeraient autour d'elle, et qu'épuisée, elle irait s'assoupir dans un salon. Maud serait ainsi débarrassée de son chaperon. Repensant sans cesse à ce qui s'était passé entre eux quelques semaines plus tôt dans la bibliothèque de cette même demeure, ses mains brûlaient de sentir son corps à travers cette robe moulante.

Pour l'heure toutefois, il devait penser à sa mission. Il s'inclina devant tante Herm, prit un verre de champagne rosé sur le plateau que lui présentait un valet de pied et se mit à circuler. Il arpenta la petite salle de bal, le salon et la grande salle de bal, s'entretenant avec les politiciens et les diplomates. Tous les ambassadeurs en poste à Londres avaient été invités à la réception et nombre d'entre eux étaient venus, dont son propre supérieur, le prince Lichnowsky. On remarquait aussi plusieurs membres du Parlement. La majorité d'entre eux étaient des conservateurs, comme la duchesse, mais il y avait également quelques libéraux, dont deux ou trois ministres. Robert était en grande conversation avec Lord Remarc, sous-secrétaire d'État au ministère de la Guerre. Les députés travaillistes brillaient par leur absence : la duchesse avait beau se targuer d'avoir l'esprit ouvert, il y avait des limites.

Walter apprit que les Autrichiens avaient envoyé des exemplaires de leur ultimatum aux principales ambassades, à Vienne. Le texte serait câblé à Londres durant la nuit pour être aussitôt traduit. Tout le monde en connaîtrait le contenu dès le matin. La plupart de ses interlocuteurs se montraient un peu choqués par ses exigences, mais nul ne savait encore comment il convenait de réagir.

À une heure du matin, jugeant qu'il n'apprendrait plus rien d'essentiel, il se mit à la recherche de Maud. Il redescendit le grand escalier pour se diriger vers le jardin, où l'on servait le souper sous un pavillon de toile rayée. Les quantités de nourriture que la haute société anglaise se faisait servir ne cessaient de l'étonner. Il trouva Maud en train de grappiller des raisins. Heureusement, tante Herm n'était pas dans les parages.

Walter chassa ses soucis de son esprit. « Comment pouvez-vous manger autant, vous autres Anglais ? lui lança-t-il d'un ton badin. La plupart de ces gens ont déjà dévoré un copieux petit déjeuner, un déjeuner de cinq ou six plats, des cakes et des sandwichs à l'heure du thé et un dîner de huit plats au moins. Ont-ils vraiment encore besoin de potage, de cailles farcies, de homards, de pêches et de crème glacée ? »

Elle éclata de rire. « Tu nous trouves vulgaires, n'est-ce pas ? »

Ce n'était pas le cas, mais il la prit au mot pour la taquiner. « Ma foi, et si nous analysions un peu la culture anglaise ? » La prenant par le bras, il l'escorta au-dehors, comme pour une banale promenade dans le jardin. Sur l'allée qui serpentait entre les buissons, d'autres couples déambulaient en bavardant, certains même profitant de l'obscurité pour se tenir discrètement par la main. Walter aperçut Robert en compagnie de Lord Remarc et se demanda si eux aussi avaient trouvé l'âme sœur. « La musique anglaise ? dit-il, reprenant ses plaisanteries. Gilbert et Sullivan. La peinture anglaise ? Pendant que les impressionnistes français changeaient notre vision du monde, les Anglais peignaient des enfants aux joues roses en train de jouer avec des chiots. L'opéra? C'est l'affaire des Italiens ou des Allemands. Le ballet? Chasse gardée des Russes.

— Et pourtant, nous régnons sur la moitié du monde», observa-t-elle avec un sourire malicieux.

Il la prit dans ses bras. «Et vous savez jouer le ragtime.

— C'est facile, une fois qu'on a le rythme.

— Voilà précisément le plus difficile.

— Tu as besoin de leçons.»

Il lui caressa l'oreille du bout des lèvres et murmura : «Apprends-moi, tu veux?» Son murmure se mua en gémissement lorsqu'elle l'embrassa puis ils restèrent un long moment sans parler.

2.

Le lendemain de ce jeudi 23 juillet, Walter assista à un autre dîner suivi d'un autre bal. Le bruit courait alors que les Serbes accepteraient toutes les exigences des Autrichiens, exception faite des cinquième et sixième points sur lesquels ils demanderaient des éclaircissements. Les Autrichiens ne rejetteraient sûrement pas une réponse aussi timorée, se dit Walter en reprenant espoir. À moins, bien entendu, qu'ils ne soient déterminés à entrer en guerre dans tous les cas.

Le samedi à l'aube, avant de rentrer chez lui, il décida de faire un saut à l'ambassade afin de rédiger un rapport sur ce qu'il avait appris pendant la soirée. Il travaillait à son bureau lorsque le prince Lichnowsky en personne fit son apparition, en tenue de ville impeccable et tenant un haut-de-forme gris à la main. Surpris, Walter se leva d'un bond et s'inclina : «Bonjour, Votre Altesse.

— Vous arrivez fort tôt, von Ulrich», dit l'ambassadeur. Puis, remarquant que Walter était en tenue de soirée, il se reprit : «Ou plutôt fort tard.» C'était un homme séduisant dans un genre un peu abrupt, avec une moustache et un nez aquilin.

«J'étais en train de rédiger un bref compte rendu des

rumeurs de la nuit dernière. Puis-je faire quelque chose pour Votre Altesse ?

— Je suis convoqué par Sir Edward Grey. Vous pouvez m'accompagner et prendre des notes, si vous avez une veste de rechange. »

Walter était enchanté. Le ministre anglais des Affaires étrangères était l'un des personnages les plus puissants du globe. S'il l'avait déjà croisé dans le petit monde de la diplomatie londonienne, il n'avait échangé que quelques mots avec lui. Et voilà que grâce à l'invitation désinvolte de Lichnowsky, il allait assister à une rencontre officieuse entre deux des hommes qui tenaient le sort de l'Europe entre leurs mains. Gottfried von Kessel en serait vert d'envie, songea-t-il.

Il se reprocha aussitôt cette pensée mesquine. Cette rencontre pouvait être capitale. Contrairement à l'empereur d'Autriche, Grey ne voulait peut-être pas la guerre. Chercherait-il à l'empêcher ? C'était quelqu'un d'imprévisible. Dans quel camp allait-il se ranger ? S'il était hostile à la guerre, Walter saisirait la moindre occasion de le soutenir.

Il conservait une redingote sur un cintre derrière sa porte, précisément pour des urgences comme celle-ci. Il l'endossa pardessus son gilet blanc après avoir enlevé sa queue-de-pie. Puis il attrapa un carnet de notes et sortit du bâtiment sur les talons de l'ambassadeur.

Tandis que les deux hommes traversaient St James's Park dans la fraîcheur matinale, Walter fit part à son patron de la rumeur portant sur la réponse serbe. L'ambassadeur avait un autre bruit à lui rapporter : « Albert Ballin a dîné avec Winston Churchill hier soir », annonça-t-il. Bien que juif, Ballin, un riche armateur allemand, était un proche du kaiser et Churchill était responsable de la Royal Navy. « J'aimerais bien savoir ce qu'ils se sont dit », conclut Lichnowsky.

De toute évidence, il craignait que son souverain ne contacte les Anglais par l'intermédiaire de Ballin au lieu de passer par lui. « Je vais tâcher de le découvrir », proposa Walter, ravi de pouvoir se montrer utile.

Au Foreign Office, un bâtiment néoclassique que Walter ne pouvait s'empêcher de comparer à une pièce montée, on les introduisit dans le bureau du ministre, une pièce respirant l'opulence et donnant sur le parc. Tout ici semblait proclamer que l'Angleterre était la nation la plus riche du monde et qu'elle pouvait imposer sa volonté à toutes les autres.

Sir Edward Grey, un homme maigre au visage cadavérique, détestait les étrangers et ne quittait presque jamais l'Angleterre : aux yeux des Britanniques, cela faisait de lui un ministre des Affaires étrangères idéal. « Merci d'être venu », dit-il poliment. Il n'avait avec lui qu'un assistant muni d'un carnet de notes. Dès que tout le monde fut assis, il entra dans le vif du sujet : « Nous devons faire notre possible pour calmer le jeu dans les Balkans. »

Walter reprit espoir. C'étaient là les propos d'un partisan de la paix. Grey ne voulait pas la guerre.

Lichnowsky acquiesça. Le prince appartenait à la faction pacifiste du gouvernement allemand. Il avait envoyé à Berlin un télégramme bien senti pour demander que l'on freine l'Autriche, s'opposant ainsi au père de Walter et à ses amis, pour lesquels l'Allemagne avait tout à gagner à ce que la guerre éclate au plus vite, avant que la Russie et la France n'aient accru leur puissance.

« Quelle que soit la réponse des Autrichiens, reprit Grey, elle doit rester mesurée afin de ne pas provoquer une réaction militaire du tsar. »

Exactement, pensa Walter, de plus en plus captivé.

Lichnowsky partageait visiblement cet avis. « Si je puis me permettre, monsieur le ministre, vous avez mis dans le mille. »

Grey était indifférent aux compliments. « Je suggère que l'Allemagne et l'Angleterre demandent de conserve aux Autrichiens de repousser leur ultimatum. » Il consulta machinalement l'horloge murale : il était six heures passées de quelques minutes. « Ils ont exigé une réponse avant six heures du soir, heure de Belgrade. Ils ne peuvent guère refuser d'accorder aux Serbes une journée supplémentaire. »

Walter était déçu : était-ce là tout le plan du ministre pour sauver le monde ? Ce report était si dérisoire qu'il risquait de ne rien changer. Et, à ses yeux, les Autrichiens étaient assez belliqueux pour repousser cette requête, aussi insignifiante soit-elle. Mais personne ne lui demanda son avis et le haut rang de ses compagnons lui interdisait de prendre la parole sans y être invité.

« Excellente idée, approuva Lichnowsky. Je la transmettrai à Berlin en l'appuyant de tout mon poids.

— Merci, dit Grey. Mais, en cas d'échec, j'ai une autre proposition. »

Ainsi, songea Walter, Grey n'était pas sûr que les Autrichiens accorderaient un sursis aux Serbes.

«Je propose que l'Angleterre, l'Allemagne, l'Italie et la France fassent office de médiateurs et organisent une conférence quadripartite afin d'élaborer une solution qui satisfasse l'Autriche sans menacer la Russie. »

Voilà qui était plus intéressant, se dit Walter, avec un frémissement d'impatience.

« Certes, l'Autriche n'acceptera pas d'emblée d'être liée par la décision de cette conférence, poursuivit Grey. Mais cela n'est pas nécessaire. Nous pourrions prier l'empereur autrichien de s'abstenir au moins d'agir tant qu'il n'aura pas pris connaissance de ses conclusions. »

Walter était aux anges. L'Autriche aurait du mal à refuser un plan élaboré conjointement par ses alliés et ses rivaux.

Lichnowsky avait lui aussi l'air ravi. «Je recommanderai cette solution à Berlin avec insistance.

— C'est très aimable d'être venu me voir d'aussi bon matin », répondit Grey.

Comprenant qu'on lui donnait congé, l'ambassadeur se leva. «Je vous en prie, dit-il. Partez-vous pour le Hampshire aujourd'hui ?

— Ce soir, j'espère. Le temps est idéal pour la pêche.

— J'espère que vous passerez un dimanche reposant », ajouta Lichnowsky, et ils se retirèrent.

Comme ils retraversaient le parc, Lichnowsky déclara : « Ces Anglais sont étonnants. L'Europe est au bord de la guerre et le ministre des Affaires étrangères part à la pêche. »

Walter exultait. S'il ne semblait pas sensible à l'urgence de la situation, Grey était néanmoins le premier à proposer une solution praticable. Il lui en était infiniment reconnaissant. Je vais l'inviter à mon mariage, décida-t-il, et je le remercierai dans mon discours.

En arrivant à l'ambassade, il fut tout surpris d'y trouver son père.

Otto l'invita à entrer dans son bureau. Gottfried von Kessel y était déjà. Même s'il brûlait d'exiger de son père des explications à propos de Maud, Walter ne tenait pas à aborder ce sujet en présence de von Kessel. Aussi demanda-t-il : « Quand êtes-vous rentré ?

— Il y a quelques minutes. J'ai pris le train de nuit à Paris. Que faisais-tu avec l'ambassadeur ?

— Nous avons été convoqués chez Sir Edward Grey. » Walter jubila en voyant une grimace d'envie déformer les traits de von Kessel.

« Qu'avait-il à vous dire ? s'enquit Otto.

— Il propose l'organisation d'une conférence quadripartite pour jouer les médiateurs entre l'Autriche et la Serbie.

— Perte de temps », trancha von Kessel.

Faisant la sourde oreille, Walter demanda à son père : « Qu'en pensez-vous ? »

Otto plissa les yeux. « Intéressant. Ce Grey est rusé. »

Walter ne put dissimuler son enthousiasme. « Pensez-vous que l'empereur d'Autriche accepterait ?

— Certainement pas. »

Von Kessel ricana.

Walter était atterré. « Mais pourquoi ?

— Imagine que cette conférence propose une solution et que l'Autriche la rejette ?

— Grey a évoqué cette possibilité. Selon lui, l'Autriche ne serait pas tenue d'accepter les recommandations de la conférence. »

Otto secoua la tête. « Bien sûr que non – mais ensuite ? Si l'Allemagne participe à une conférence qui rédige une proposition de paix, et si l'Autriche rejette celle-ci, comment pourrons-nous soutenir l'Autriche lorsqu'elle entrera en guerre ?

— Ce serait impossible.

— L'objectif de Grey, en faisant cette proposition, est d'enfoncer un coin entre l'Autriche et nous.

— Oh ! » Walter se sentait stupide. Cet aspect des choses lui avait échappé. Tout son optimisme s'évanouit. « Donc, conclut-il d'une voix blanche, nous ne soutiendrons pas le plan de paix de Grey ?

— En aucun cas », répondit son père.

3.

La proposition de Sir Edward Grey resta lettre morte et, heure après heure, Walter et Maud regardèrent le monde se rapprocher du cataclysme.

Le lendemain, un dimanche, Walter devait retrouver Anton. Une fois de plus, tout le monde se demandait avec anxiété ce qu'allaient faire les Russes. Les Serbes avaient cédé à la quasi-totalité des exigences autrichiennes, se contentant de réclamer un peu plus de temps pour examiner les deux clauses les plus rigoureuses, ce que les Autrichiens avaient jugé inacceptable, et la Serbie avait entrepris de mobiliser sa petite armée. Le conflit était inévitable, mais la Russie y participerait-elle ?

Walter se rendit à l'église Saint-Martin-in-the-Fields, qui, contrairement à ce qu'indiquait son nom, ne se trouvait pas dans les champs mais à Trafalgar Square, la place la plus animée de Londres. Il s'agissait d'un bâtiment du XVIIIe siècle de style palladien, et Walter songea que la fréquentation d'Anton lui en apprenait autant sur l'histoire de l'architecture anglaise que sur les intentions du gouvernement russe.

Il gravit les marches et passa entre les grandes colonnes pour gagner la nef. Il parcourut les lieux d'un œil inquiet : il craignait toujours qu'Anton ne lui fasse faux bond. Le moment aurait été particulièrement mal choisi. L'intérieur de l'édifice était éclairé par une fenêtre serlienne ouverte à l'est et il aperçut immédiatement son informateur. Soulagé, il prit place à côté de l'espion vengeur quelques instants avant le début de l'office.

Comme d'habitude, ils profitèrent des cantiques pour discuter. « Le Conseil des ministres s'est réuni vendredi », déclara Anton.

Walter le savait déjà. « Qu'a-t-il décidé ?

— Rien. Il se contente de faire des recommandations. C'est le tsar qui décide. »

Walter savait également cela. Il réfréna son impatience. « Excusez-moi. Qu'a-t-il *recommandé*?

— D'autoriser quatre régions militaires russes à se préparer à mobiliser.

— Non ! » Walter n'avait pu retenir ce cri et les fidèles les plus proches se retournèrent, interloqués. Ainsi les premiers préparatifs de guerre étaient engagés. Faisant un effort pour se dominer, il ajouta : « Le tsar a-t-il donné son accord ?

— Il a ratifié cette décision hier. »

En désespoir de cause, Walter demanda : « Quelles sont les régions concernées ?

— Moscou, Kazan, Odessa et Kiev. »

Pendant les prières, Walter visualisa la carte de la Russie : Moscou et Kazan se trouvaient au centre de ce vaste pays, à plus de quinze cents kilomètres de ses frontières européennes, mais Odessa et Kiev étaient au sud-ouest, à proximité des Balkans. Il profita d'un nouveau cantique pour déclarer : « Ils se mobilisent contre l'Autriche.

— Ce n'est pas une mobilisation, c'est une préparation à la mobilisation.

— J'ai bien compris, dit Walter avec patience. Mais, jusqu'ici, nous envisagions une guerre entre l'Autriche et la Serbie, c'est-à-dire un petit conflit limité aux Balkans. Aujourd'hui, nous parlons de l'Autriche et la Russie, et d'une grande guerre européenne. »

Le cantique s'acheva et Walter attendit le suivant en rongeant son frein. Élevé par une mère protestante profondément dévote, il avait toujours mauvaise conscience d'utiliser un office religieux comme couverture de ses activités clandestines. Il adressa une brève prière au ciel pour demander pardon.

Lorsque les fidèles se remirent à chanter, Walter reprit : « Pourquoi sont-ils si pressés de faire ces préparatifs de guerre ? »

Anton haussa les épaules. « Les généraux disent au tsar : "Chaque jour de délai donne à l'ennemi un avantage supplémentaire." C'est toujours la même rengaine.

— Ils ne voient donc pas que ces préparatifs ne peuvent qu'augmenter les risques de conflit ?

— Les militaires veulent gagner des guerres, pas les éviter. »

Le cantique s'acheva. L'office était presque terminé. Comme Anton se levait, Walter l'agrippa par le bras. « Il faut que je vous voie plus souvent. »

Anton lui jeta un regard affolé. « Nous en avons déjà discuté...

— Ça m'est égal. L'Europe est au bord de la guerre. Selon vous, les Russes *se préparent* à mobiliser dans *certaines* régions. Et s'ils en autorisaient d'autres à en faire autant ? Quelles autres mesures comptent-ils prendre ? Quand ces préparatifs déboucheront-ils sur une vraie mobilisation ? J'ai besoin d'un rapport tous les jours. Toutes les heures, ce serait encore mieux.

— Je ne peux pas prendre ce risque. » Anton tenta de se dégager.

Walter resserra son étreinte. « Retrouvez-moi à l'abbaye de Westminster tous les matins avant d'aller à l'ambassade. Dans le coin des poètes, transept sud. L'église est si grande que personne ne nous remarquera.

— Il n'en est pas question. »

Walter soupira. Il allait devoir recourir aux menaces, ce qui lui déplaisait, ne fût-ce que parce que cela pouvait lui faire perdre définitivement un informateur. Mais il ne pouvait pas faire autrement. « Si vous n'êtes pas là demain, j'irai vous chercher à votre ambassade. »

Anton pâlit. « Vous ne pouvez pas faire ça ! Ils me tueront !

— Il me faut ces informations ! J'essaie d'éviter une guerre.

— J'espère bien qu'il y aura la guerre, répliqua le petit employé d'une voix rageuse. J'espère que mon pays sera ravagé et détruit par l'armée allemande. » Walter écarquilla les yeux, stupéfait. « J'espère que le tsar périra, j'espère qu'il sera assassiné brutalement, avec toute sa famille. Et j'espère qu'ils brûleront tous en enfer, comme ils le méritent. »

Il tourna les talons et sortit précipitamment de l'église pour se perdre dans la cohue de Trafalgar Square.

4.

La princesse Bea était *at home* le mardi après-midi à l'heure du thé. C'était le moment où ses amies lui rendaient visite pour discuter des réceptions auxquelles elles avaient assisté et se montrer leurs dernières tenues. Maud et tante Herm étaient contraintes de faire acte de présence, en qualité de parentes pauvres vivant de la générosité de Fitz. Ce jour-là, Maud jugea la conversation particulièrement assommante. Une seule chose la préoccupait : y aurait-il la guerre ?

Le petit salon de la maison de Mayfair était moderne. Bea suivait attentivement les tendances en matière de décoration. Les fauteuils et les sofas en bambou étaient disposés en petits groupes propices aux conversations intimes, suffisamment espacés pour faciliter les déplacements, et recouverts d'un tissu aux motifs mauves apaisants, assorti à un tapis ocre clair. Les murs n'étaient pas tapissés mais peints d'une nuance beige reposante pour les yeux. La princesse avait renoncé au bric-à-brac victorien – photographies encadrées, bibelots, coussins et vases. Comme le disaient les gens à la mode, il est inutile d'exhiber sa prospérité en remplissant son salon d'objets, ce que Maud approuvait.

Bea et la duchesse du Sussex échangeaient des potins à propos de Venetia Stanley, la maîtresse du Premier ministre. Bea ferait mieux de s'inquiéter, songea Maud : si la Russie entre en guerre, son frère, le prince Andreï, sera obligé de se battre. Mais la princesse paraissait insouciante. Elle était même radieuse aujourd'hui. Peut-être avait-elle un amant. Ce n'était pas rare dans l'aristocratie où tant de mariages étaient arrangés. Certains condamnaient fermement l'adultère – la duchesse, par exemple, aurait définitivement fermé sa porte à toute femme coupable de ce crime –, d'autres préféraient fermer les yeux. Ce n'était pas le genre de Bea, tout de même, se dit Maud.

Fitz vint prendre le thé, ayant réussi à s'échapper pour une heure de la Chambre des lords, et Walter arriva sur ses talons. Ils étaient remarquablement élégants, en costume gris et gilet croisé. Mais Maud ne pouvait s'empêcher de les imaginer déjà en uniforme. Si le conflit se généralisait, ils devraient se battre tous les deux – presque certainement dans des camps opposés. En tant qu'officiers, ni l'un ni l'autre ne chercherait à s'assurer un poste tranquille au quartier général; au contraire, ils insisteraient pour accompagner les troupes au front. Et les deux hommes qu'elle aimait finiraient peut-être par s'entre-tuer. Elle frissonna. C'était trop affreux!

Maud évita le regard de Walter. Elle avait l'impression que les plus perspicaces des amies de Bea avaient remarqué qu'ils passaient beaucoup de temps à bavarder ensemble. Qu'elles soupçonnent quelque chose ne la gênait pas – elles ne tarderaient pas à connaître la vérité –, mais elle ne tenait pas à ce que des rumeurs parviennent à Fitz avant qu'elle ne l'en ait officiellement informé. Il risquait de s'en offusquer. Elle s'efforça donc de dissimuler ses sentiments.

Fitz s'assit à ses côtés. Cherchant un sujet de conversation sans rapport avec Walter, elle pensa à Tŷ Gwyn et demanda :

« Qu'est-il arrivé à Williams, ton intendante galloise ? Elle a disparu subitement et, quand j'ai interrogé les autres domestiques, ils ont éludé la question.

— J'ai dû me séparer d'elle, répondit Fitz.

— Oh ! » Maud était surprise. « J'avais pourtant l'impression que tu l'appréciais.

— Pas particulièrement. » Il semblait embarrassé.

« Qu'a-t-elle fait pour te déplaire ?

— Elle a subi les conséquences de son impudicité.

— Fitz, quel ton pompeux ! s'esclaffa Maud. Tu veux dire qu'elle est enceinte ?

— Ne parle pas si fort, je te prie. Tu connais la duchesse.

— Pauvre Williams. Qui est le père ?

— Enfin, ma chère ! Crois-tu que je le lui aie demandé ?

— Non, bien sûr que non. J'espère qu'il fera son devoir, comme on dit.

— Je n'en ai aucune idée. Bonté divine ! Ce n'est qu'une domestique.

— Je ne te savais pas aussi dur avec ton personnel.

— Il ne faut pas encourager l'immoralité.

— J'aimais bien Williams. Elle est plus intelligente et plus intéressante que la plupart des femmes qui nous entourent.

— Ne sois pas ridicule. »

Maud renonça. Pour une raison qui lui échappait, Fitz feignait de n'éprouver qu'indifférence pour la jeune intendante. Mais il n'était pas homme à s'expliquer, et il était inutile d'insister.

Walter s'approcha d'eux, tenant une tasse de thé d'une main et de l'autre une assiette avec une tranche de cake. Il sourit à Maud, mais ce fut à Fitz qu'il s'adressa. « Tu connais Churchill, n'est-ce pas ?

— Le petit Winston ? Bien sûr. Il a commencé sa carrière dans mon parti, avant de passer chez les libéraux. Je pense que son cœur penche toujours du côté des conservateurs.

— Il a dîné vendredi dernier avec Albert Ballin. J'aimerais bien savoir ce que celui-ci avait à lui dire.

— Je peux éclairer ta lanterne – Winston en a parlé à tout le monde. En cas de guerre, lui a dit Ballin, si l'Angleterre reste à l'écart des hostilités, l'Allemagne s'engage à laisser la France intacte, autrement dit à ne lui prendre aucun territoire – contrairement à ce qui s'est passé la dernière fois, lorsqu'elle a annexé l'Alsace et la Lorraine.

— Ah ! s'exclama Walter satisfait. Merci. Cela fait des jours que j'essaie de le savoir.

— Ton ambassade n'est pas au courant ?

— De toute évidence, ce message n'était pas censé passer par la voie diplomatique. »

Maud était intriguée. Cette assurance semblait de nature à convaincre l'Angleterre de ne pas participer au conflit européen. Peut-être Fitz et Walter ne seraient-ils pas condamnés à s'entre-tuer, après tout. « Comment a réagi Winston ? demanda-t-elle.

— Il est resté évasif, dit Fitz. Il a rapporté cette conversation au cabinet, mais celui-ci n'en a pas discuté. »

Maud était sur le point de s'en indigner quand Robert von Ulrich fit son apparition, aussi pâle que si on venait de lui apprendre la mort d'un être cher. « Que diable lui est-il arrivé ? » s'écria-t-elle tandis qu'il s'inclinait devant Bea.

Il se retourna et annonça à la cantonade : « L'Autriche vient de déclarer la guerre à la Serbie. »

L'espace d'un instant, Maud eut l'impression que la Terre avait arrêté de tourner. Personne ne bougeait, personne ne parlait. Elle avait les yeux rivés sur les lèvres de Robert, sous sa moustache cirée, et aurait voulu qu'il revienne sur ses paroles. Puis l'horloge sonna sur le manteau de la cheminée et un murmure consterné s'éleva de la pièce.

Des larmes montèrent aux yeux de Maud. Walter lui tendit un mouchoir de lin soigneusement plié. « Vous allez devoir vous battre, dit-elle à Robert.

— En effet. » Il répondit d'un ton sec, comme si c'était une évidence, mais il paraissait effrayé.

Fitz se leva. « Je ferais mieux de retourner à la Chambre voir ce qui se passe. »

Plusieurs autres personnes prirent congé. Profitant du brouhaha, Walter se tourna vers Maud et lui dit tout bas : « La proposition d'Albert Ballin n'en est devenue que dix fois plus importante. »

Maud était bien de cet avis. « Que pouvons-nous faire ?

— Je dois savoir ce que le gouvernement anglais en pense vraiment.

— Je vais tâcher de l'apprendre, promit-elle, ravie de pouvoir faire quelque chose.

— Il faut que je retourne à l'ambassade. »

Maud regarda Walter s'éloigner, regrettant de ne pas pouvoir l'embrasser. La plupart des invités partirent en même temps et elle s'éclipsa pour monter dans sa chambre.

Elle retira sa robe et s'allongea. L'idée que Walter puisse partir à la guerre la fit fondre en larmes. Au bout d'un moment, elle finit par s'endormir.

Lorsqu'elle se réveilla, il était l'heure de sortir. Lady Glenconner l'avait invitée à une soirée musicale. Elle fut tentée de rester à la maison puis songea qu'il y aurait peut-être un ou deux ministres dans l'assistance. Elle pourrait apprendre quelque chose d'utile pour Walter. Elle se leva donc et s'habilla.

Flanquée de tante Herm, elle monta dans la voiture de Fitz qui les conduisit à Queen Anne's Gate en traversant Hyde Park. Elle reconnut parmi les invités son ami Johnny Remarc, sous-secrétaire d'État à la Guerre ; surtout, Sir Edward Grey était là. Elle décida de lui parler d'Albert Ballin.

Mais le récital commença avant qu'elle ait pu l'aborder et elle s'assit pour écouter Campbell McInnes interpréter des morceaux choisis de Haendel – un compositeur allemand qui avait passé l'essentiel de sa vie en Angleterre, se dit-elle en savourant l'ironie.

Du coin de l'œil, elle observa Sir Edward. Elle ne l'appréciait guère : il appartenait au groupe des impérialistes libéraux, bien plus conservateur et traditionaliste que le reste de son parti. Elle éprouva toutefois pour lui un élan de pitié. Déjà peu jovial de nature, il était ce soir d'une pâleur cadavéreuse, comme si tout le poids du monde reposait sur ses épaules – ce qui était somme toute le cas.

McInnes était un excellent chanteur et Maud regretta que Walter ait été trop occupé pour venir, car il aurait apprécié son talent.

Dès la fin du récital, elle se précipita sur le ministre des Affaires étrangères. « Mr Churchill m'a dit qu'il vous avait transmis un message fort intéressant d'Albert Ballin. » Elle vit le visage de Grey se crisper, mais insista : « Si nous restons à l'écart d'un éventuel conflit européen, les Allemands promettent de ne pas annexer de territoires français.

— Quelque chose de ce genre», confirma Grey d'une voix glaciale.

De toute évidence, elle avait abordé un sujet malvenu. L'étiquette exigeait qu'elle en change sur-le-champ. Mais elle ne se livrait pas à une simple manœuvre diplomatique : elle voulait savoir si Fitz et Walter devraient se battre. Elle s'obstina donc. «Si j'ai bien compris, notre souci majeur était de ne pas renverser l'équilibre des forces en Europe, et j'ai cru comprendre que l'offre de Herr Ballin était plutôt satisfaisante sur ce point. Me suis-je trompée?

— Sur toute la ligne, déclara-t-il. C'est une proposition infâme.» Il était à deux doigts de perdre son sang-froid.

Maud était atterrée. Comment pouvait-il repousser une telle ouverture? Elle offrait une vraie lueur d'espoir! «Auriez-vous l'amabilité d'expliquer à une femme, qui n'est pas aussi versée que vous dans ces affaires, pourquoi vous vous montrez aussi catégorique?

— Agir comme le suggère Ballin ne ferait qu'encourager l'Allemagne à envahir la France. Nous nous rendrions complices de cet acte. Nous commettrions une ignoble trahison.

— Ah! je crois que je comprends. C'est comme si quelqu'un nous disait : "Je vais cambrioler votre voisin mais, si vous vous abstenez d'intervenir, je vous promets de ne pas incendier sa maison." C'est cela?»

Grey se détendit un peu. «Excellente analogie, dit-il avec un mince sourire. Je m'en resservirai.

— Merci, dit Maud sans parvenir à dissimuler sa déception. Malheureusement, cela nous conduit bien près de la guerre.

— J'en ai peur», confirma le ministre.

5.

Comme la plupart des parlements du monde, celui du Royaume-Uni était constitué de deux assemblées. Fitz siégeait à la Chambre des lords, qui réunissait les pairs du royaume, les évêques et archevêques, et les hauts magistrats. La Chambre des communes était composée de représentants élus, appelés «membres du Parlement». Chambre haute et Chambre basse se réunissaient au palais de Westminster, un édifice néogothique construit à cet effet et orné d'un clocher que l'on surnommait Big Ben même si, ainsi que Fitz aimait à le souligner, il s'agissait en réalité du nom de la grosse cloche.

Lorsque Big Ben sonna midi en ce mercredi 29 juillet, Fitz et Walter commandèrent un xérès sur la terrasse qui dominait une Tamise particulièrement malodorante. Fitz contempla le palais d'un œil satisfait : il était immense, riche et solide, à l'image de l'empire que l'on gouvernait dans ses salles et ses corridors. Cet édifice semblait bâti pour durer mille ans – mais l'empire survivrait-il aussi longtemps ? Fitz tremblait en songeant aux menaces qui pesaient sur lui : des syndicalistes qui incitaient le peuple à la révolte, des mineurs grévistes, le kaiser, le parti travailliste, les Irlandais, les féministes – jusqu'à sa propre sœur.

Toutefois, il se garda bien de donner libre cours à ses idées noires, d'autant que son invité était un étranger. « Cet endroit est comme un club, dit-il d'une voix enjouée. On y trouve des bars, des restaurants et une excellente bibliothèque, et on n'y admet que des gens respectables. » À cet instant passèrent un député travailliste et un pair libéral. Fitz ajouta : « Bien que, de temps à autre, la racaille réussisse à déjouer la surveillance du portier. »

Walter bouillait d'impatience. « Tu as appris la nouvelle ? Le kaiser vient de faire volte-face. »

Fitz n'était pas au courant. « Comment cela ?

— Il a dit que la réponse des Serbes rendait tout conflit inutile et que les Autrichiens devraient s'arrêter à Belgrade. »

Fitz se méfiait des plans de paix. Ce qui lui importait le plus, c'était que l'Angleterre demeure la nation la plus puissante du monde. Il redoutait que le gouvernement libéral ne lui fasse perdre cette position, sous le stupide prétexte que toutes les nations étaient également souveraines. Sir Edward Grey n'était pas un imbécile, mais il risquait d'être renversé par l'aile gauche de son parti – sans nul doute à l'instigation de Lloyd George. Ensuite, tout pouvait arriver.

« S'arrêter à Belgrade », répéta-t-il songeur. La capitale serbe se trouvait tout près de la frontière : pour s'en emparer, les Autrichiens n'auraient même pas deux kilomètres à parcourir à l'intérieur du territoire serbe. Les Russes pourraient alors considérer cette intervention comme une banale opération de police qui ne les menaçait en rien. « Je me demande... »

Si Fitz ne souhaitait pas la guerre, une partie de lui-même en accueillait la perspective avec une secrète satisfaction. Ce serait pour lui l'occasion de prouver son courage. Son père s'était distingué lors de batailles navales, mais Fitz n'avait jamais vu le feu. Il y avait certaines choses qu'on se devait de faire pour être digne du nom d'homme ; se battre pour le roi et la patrie en faisait partie.

Un coursier en livrée de laquais – culotte de velours et bas de soie blancs – s'approcha d'eux. « Bonjour, monsieur le comte, dit-il. Vos invitées sont arrivées ; elles vous attendent au restaurant. »

Quand il se fut éclipsé, Walter s'étonna : « Pourquoi les obligez-vous à s'habiller ainsi ?

— Par tradition. »

Ils vidèrent leurs verres et passèrent à l'intérieur. Le sol du couloir était recouvert d'un épais tapis rouge et ses murs lambrissés de panneaux sculptés. Ils se rendirent au restaurant des pairs. Maud et Herm étaient déjà assises.

C'était Maud qui avait eu l'initiative de ce déjeuner. Walter n'était jamais entré dans le palais de Westminster, avait-elle argué. Comme il s'inclinait devant elle et qu'elle lui souriait avec chaleur, Fitz se demanda soudain s'ils n'étaient pas vaguement épris l'un de l'autre. Non, c'était ridicule. Maud était capable de tout, certes, mais Walter était bien trop raisonnable pour envisager un mariage anglo-allemand en cette période de tension. Et puis, ils étaient comme frère et sœur.

Tandis que les deux hommes s'asseyaient, Maud déclara : « J'ai passé la matinée dans ton dispensaire pour enfants, Fitz. »

Il haussa les sourcils. « Parce que c'est *mon* dispensaire ?

— C'est toi qui payes.

— Si j'ai bonne mémoire, tu m'as dit un jour qu'on devrait ouvrir dans l'East End une clinique pour les mères et les enfants privés de soutien de famille, je t'ai approuvée et, quelque temps après, j'ai reçu les premières factures.

— Tu es si généreux. »

Fitz ne s'offusqua pas. Un homme de son rang se devait de financer des œuvres de charité et, pourvu que Maud se charge de tout le travail, il n'avait rien à redire. Il se gardait de crier sur les toits que le dispensaire soignait surtout des mères célibataires : pas question de choquer sa tante la duchesse.

« Tu ne devineras jamais qui est venu à la consultation ce

matin, poursuivit Maud. Williams, l'intendante de Tŷ Gwyn. » Fitz se figea. Maud ajouta gaiement : « Quand je pense que nous parlions d'elle pas plus tard qu'hier soir ! »

Fitz s'efforça de rester de marbre. Comme la majorité des femmes, Maud n'avait pas de mal à deviner ses pensées et c'eût été trop embarrassant qu'elle soupçonne l'intimité réelle de ses relations avec Ethel.

Il avait appris qu'Ethel était à Londres. Elle s'était trouvé une maison à Aldgate que Fitz avait demandé à Solman d'acheter à son nom. Il redoutait de la croiser un jour dans la rue, et voilà que c'était Maud qui tombait sur elle !

Pourquoi était-elle allée au dispensaire ? Il espéra qu'elle était en bonne santé. « Elle n'est pas malade, au moins ? demanda-t-il, d'un ton qu'il espérait simplement courtois et vaguement curieux.

— Rien de grave », répondit Maud.

Fitz savait qu'une femme enceinte souffrait de certains désagréments bénins. Bea s'était inquiétée de quelques saignements, mais le professeur Rathbone avait déclaré que ce phénomène était fréquent au troisième mois de grossesse et ne présentait aucun caractère de gravité. Il lui avait cependant recommandé de ne pas trop se fatiguer – non qu'il y eût un danger de ce côté-là.

« Je me souviens de Williams, intervint Walter. Des cheveux bouclés et un sourire effronté. Qui est son époux ?

— Un valet dont le maître a été invité à Tŷ Gwyn il y a quelques mois, répondit Maud. Un certain Teddy Williams. »

Fitz se sentit rougir. Ainsi, elle avait baptisé Teddy son mari imaginaire ! Si seulement Maud ne l'avait pas rencontrée. Il aurait voulu oublier Ethel. Mais celle-ci refusait de disparaître de ses pensées. Pour dissimuler sa gêne, il tourna ostensiblement la tête à la recherche d'un serveur. Cette sensibilité lui semblait déplacée. Ethel était une domestique, lui un comte. Les nobles avaient toujours pris leur plaisir là où ils le trouvaient. Cela se produisait depuis des siècles, sinon des millénaires. Il était ridicule de se laisser attendrir.

Pour changer de sujet, il annonça à ces dames la nouvelle que venait de lui apprendre Walter.

« J'en ai entendu parler, confirma Maud. Seigneur ! J'espère que les Autrichiens entendront raison », ajouta-t-elle avec ferveur.

Fitz arqua un sourcil. « Pourquoi une telle passion ?

— Je ne veux pas qu'on te tire dessus ! Et je ne veux pas que Walter soit notre ennemi », s'exclama-t-elle la voix nouée. Les femmes se laissaient si facilement emporter par l'émotion.

« Maud, fit Walter, saurais-tu par hasard ce qu'Asquith et Grey pensent de la suggestion du kaiser ? »

Maud se ressaisit. « Selon Grey, si on l'associe à sa proposition de conférence quadripartite, cela pourrait suffire à éviter la guerre.

— Parfait ! s'écria Walter. Voilà exactement ce que j'espérais. » Devant cet enthousiasme juvénile, Fitz repensa au temps où ils allaient à l'école ensemble. Walter avait eu la même expression lorsqu'il avait décroché le prix de musique à la fin de l'année.

« Vous avez vu que cette terrible Mme Caillaux a été acquittée ? » intervint tante Herm.

Fitz en fut stupéfait. « Acquittée ? Mais elle a tué cet homme ! Elle s'est acheté un revolver, elle l'a chargé, elle s'est fait conduire au siège du *Figaro,* elle a demandé à voir le directeur et elle l'a abattu... comment a-t-on pu l'acquitter ?

— Le coup est parti tout seul, a-t-elle prétendu. Quel toupet ! »

Maud éclata de rire.

« Le jury a dû la trouver sympathique », commenta Fitz. L'amusement de Maud l'agaçait. Un jury imprévisible était une menace pour l'ordre social. On ne pouvait tout de même pas traiter un assassinat à la légère. « Typiquement français, lança-t-il avec dégoût.

— J'admire Mme Caillaux », dit Maud.

Fitz émit un grognement réprobateur. « Comment peux-tu admirer une meurtrière ?

— Je pense qu'il faudrait abattre plus de directeurs de journaux, répliqua Maud en pouffant. Cela améliorerait peut-être le niveau de la presse. »

6.

Le lendemain, jeudi, quand il rendit visite à Robert, Walter était toujours plein d'espoir : le kaiser hésitait encore à franchir le pas, en dépit des pressions de bellicistes comme Otto. Erich von Falkenhayn, le ministre de la Guerre, avait réclamé une déclaration de *Zustand drohender Kriegsgefahr*, un préliminaire au déclenchement des hostilités, mais le kaiser avait refusé, estimant qu'on pouvait encore éviter la guerre si les Autrichiens acceptaient de s'arrêter à Belgrade. Et lorsque le tsar avait ordonné la mobilisation générale, Guillaume II lui avait envoyé un télégramme pour le supplier de revenir sur cette décision.

Les deux monarques étaient cousins. La mère du kaiser et la belle-mère du tsar étaient sœurs, deux filles de la reine Victoria. Le kaiser et le tsar communiquaient en anglais et s'appelaient entre eux Nicky et Willy. Ému par le câble de son cousin Willy, Nicolas II avait annulé l'ordre de mobilisation.

Si les deux souverains ne cédaient pas, l'avenir s'annonçait radieux pour Walter et pour Maud, sans compter les millions d'hommes et de femmes qui souhaitaient simplement vivre en paix.

L'ambassade d'Autriche était l'un des bâtiments les plus imposants du prestigieux Belgrave Square. On conduisit Walter au bureau de Robert. Ils s'échangeaient toujours des informations. Ils n'avaient aucune raison de ne pas le faire : leurs deux pays étaient alliés. « Le kaiser semble décidé à assurer le succès de son projet, annonça Walter en s'asseyant. Si les Autrichiens s'arrêtent à Belgrade, tous les autres problèmes pourront être réglés. »

Robert ne partageait pas son optimisme. « Ce projet échouera, affirma-t-il.

— Mais pourquoi ?

— Nous ne nous arrêterons pas à Belgrade.

— Fichtre ! s'écria Walter. Tu en es sûr ?

— Les ministres se réunissent demain matin à Vienne pour en décider, mais le résultat de leurs discussions ne fait pas de doute. Nous ne nous arrêterons pas à Belgrade sans garanties de la Russie.

— Des garanties ? répéta Walter, indigné. Il faut cesser de se battre et discuter des problèmes *ensuite*. Vous ne pouvez pas commencer par demander des garanties !

— Nous ne voyons pas les choses ainsi, j'en ai peur, répliqua Robert avec raideur.

— Mais nous sommes vos alliés. Comment pouvez-vous rejeter notre plan de paix ?

— C'est facile. Réfléchis un peu. Que pouvez-vous faire ? Si la Russie mobilise, vous serez menacés vous aussi et vous devrez mobiliser. »

Walter allait protester, quand il comprit que Robert avait raison : dès qu'elle serait mobilisée, l'armée russe serait trop redoutable.

Robert poursuivit, impitoyable : « Vous devrez vous battre à nos côtés, que vous le vouliez ou non. » Il prit l'air contrit. « Je suis navré si je te parais arrogant. Je ne fais que t'exposer la réalité.

— Damnation ! » Walter avait envie de pleurer. Il s'était toujours refusé à désespérer, mais les sinistres paroles de Robert l'avaient ébranlé. « Nous courons à la catastrophe, n'est-ce pas ? Les partisans de la paix vont perdre la partie. »

La voix de Robert s'altéra et son visage se rembrunit. « Je l'ai su dès le début, dit-il. L'Autriche doit attaquer. »

Jusque-là, il avait paru impatient, joyeux même. Pourquoi ce changement ? « Tu vas sans doute être obligé de quitter Londres, dit Walter pour le sonder.

— Toi aussi. »

Walter hocha la tête. Si l'Angleterre entrait en guerre, tous les membres des ambassades autrichienne et allemande devraient rentrer chez eux sur-le-champ. Il baissa la voix. « Y a-t-il... une personne en particulier qui te manquera ? »

Robert acquiesça, les larmes aux yeux.

Walter hasarda : « Lord Remarc ?

— C'est tellement évident ? demanda Robert avec un rire sans joie.

— Seulement pour quelqu'un qui te connaît bien.

— Dire que Johnny et moi pensions être discrets. » Robert secoua la tête d'un air abattu. « Au moins Maud et toi, vous pouvez vous marier.

— Si seulement !

— Que veux-tu dire ?

— Un mariage entre une Anglaise et un Allemand, alors que nos deux pays vont se faire la guerre ? Plus personne ne la recevrait. Moi non plus. Personnellement, cela me serait égal, mais jamais je ne lui imposerais une telle épreuve.

— Mariez-vous en secret.

— À Londres ?

— À Chelsea. Personne ne vous connaît là-bas.

— Mais il faut y résider, non ?
— Il suffit de présenter une enveloppe avec ton nom et une adresse locale. J'habite Chelsea – je peux te donner une lettre adressée à Mr von Ulrich. » Il fouilla dans un tiroir de son bureau. « Tiens. Une facture de mon tailleur, envoyée à "Von Ulrich, Esquire". Il croit que Von est mon prénom.
— Je ne sais pas si nous aurons le temps.
— Demande une autorisation spéciale.
— Alors ça ! lança Walter, hébété. Tu as raison, bien sûr, c'est ce que je vais faire.
— Il faudra aller à l'hôtel de ville.
— Oui.
— Tu veux que je te montre le chemin ? »
Walter réfléchit un long moment avant de répondre : « Oui, s'il te plaît. »

7.

« Les généraux l'ont emporté », annonça Anton devant la tombe d'Édouard le Confesseur dans l'abbaye de Westminster en ce vendredi 31 juillet. « Le tsar s'est rendu à leurs arguments hier. Les Russes mobilisent. »

C'était une condamnation à mort. Walter sentit un frisson glacé lui étreindre le cœur.

« C'est le commencement de la fin, poursuivit Anton, et Walter vit briller dans ses yeux un éclair de vengeance. Les Russes se croient forts, parce que leur armée est la plus grande du monde. Mais ses chefs sont des faibles. C'est l'Armageddon qui les attend. »

C'était la deuxième fois de la semaine que Walter entendait ce mot. Il savait à présent que son emploi était justifié. Dans quelques semaines, l'armée russe, forte de six millions d'hommes – six *millions* ! –, serait massée aux frontières de l'Allemagne et de la Hongrie. Aucun dirigeant européen ne pouvait ignorer une telle menace. L'Allemagne devrait mobiliser : le kaiser n'avait plus le choix.

Walter ne pouvait plus rien faire. À Berlin, le haut état-major poussait à la mobilisation et Theobald von Bethmann-Hollweg, le chancelier, avait promis de rendre une décision avant midi. Après ce qu'Anton venait d'annoncer, celle-ci ne faisait plus aucun doute.

Walter devait aviser Berlin sans tarder. Il quitta brutalement son informateur et sortit de la grande église. Pressant le pas, il descendit une petite rue nommée Storey's Gate, longea St James's Park du côté est et grimpa quatre à quatre les marches de la colonne du duc d'York pour entrer dans l'ambassade d'Allemagne.

La porte du bureau de l'ambassadeur était ouverte. Il trouva le prince Lichnowsky assis, Otto debout à ses côtés et Gottfried von Kessel au téléphone. Une douzaine d'autres personnes étaient présentes, sans compter les employés qui ne cessaient d'aller et de venir.

Walter était hors d'haleine. « Que se passe-t-il ? demanda-t-il à son père.

— Berlin a reçu de notre ambassade à Saint-Pétersbourg ce câble : "Premier jour de mobilisation : 31 juillet." Berlin cherche à obtenir une confirmation.

— Que fait von Kessel ?

— Il maintient la ligne avec Berlin ouverte afin que nous soyons informés sans délai. »

Walter inspira à fond et avança d'un pas. « Votre Altesse, dit-il au prince Lichnowsky.

— Oui ?

— Je puis vous confirmer que les Russes mobilisent. Mon informateur me l'a appris il y a moins d'une heure.

— Bien. » Lichnowsky tendit la main et von Kessel lui passa le combiné.

Walter consulta sa montre. Il était onze heures moins dix minutes – soit, à Berlin, dix minutes avant midi, l'heure fatidique.

« La mobilisation russe vient de m'être confirmée par une source digne de foi », déclara Lichnowsky dans l'appareil.

Tandis qu'il écoutait parler son correspondant, le silence se fit dans la pièce. Personne ne bougeait. « Oui, dit enfin Lichnowsky. Je comprends. Très bien. »

Lorsqu'il raccrocha, le déclic retentit comme un coup de tonnerre. « Le chancelier a pris sa décision », annonça-t-il, puis il répéta les mots que Walter redoutait d'entendre : « *Zustand drohender Kriegsgefahr*, préparez-vous à une guerre imminente. »

X

1er-3 août 1914

1.

Maud était malade d'inquiétude. Le samedi matin, lorsqu'elle s'assit dans la salle à manger de Mayfair House, elle fut incapable d'avaler une bouchée. Un soleil estival se déversait par les hautes fenêtres. Malgré le décor conçu pour être reposant – tapis persans, murs *eau-de-Nil*, rideaux bleu ciel –, rien ne pouvait la calmer. La guerre approchait et personne ne semblait en mesure de l'arrêter : ni le kaiser, ni le tsar, ni Sir Edward Grey.

Bea entra, vêtue d'une robe d'été vaporeuse et d'un châle en dentelle. Grout, le majordome, lui servit du café de ses mains gantées, pendant qu'elle prenait une pêche dans un compotier.

Maud jeta un coup d'œil aux nouvelles mais ne put aller plus loin que les gros titres. Trop angoissée pour se concentrer, elle repoussa le journal. Grout le ramassa et le replia soigneusement. « Ne vous inquiétez pas, mademoiselle, dit-il. Au besoin, nous flanquerons une raclée aux Allemands. »

Elle le gratifia d'un regard mauvais, sans répondre. À quoi bon discuter avec les domestiques – la déférence les obligeait à ne jamais vous contredire.

Tante Herm se débarrassa de lui avec tact. « Je suis sûre que vous avez raison, Grout. Apportez-nous d'autres petits pains chauds, voulez-vous ? »

Fitz les ayant rejoints, il demanda à Bea comment elle se portait et elle lui répondit d'un haussement d'épaules. Maud sentit que quelque chose s'était altéré dans leur relation, mais elle était trop préoccupée pour y réfléchir. « Quelles sont les nouvelles d'hier soir ? » demanda-t-elle immédiatement à Fitz. Elle savait qu'il avait retrouvé d'autres responsables conservateurs à Wargrave, une maison de campagne.

« F.E. nous a apporté un message de Winston. » F.E. Smith, un député conservateur, était un excellent ami du libéral Winston Churchill. « Il propose un gouvernement de coalition. »

Maud accusa le coup. D'ordinaire, elle était informée de ce qui se passait chez les libéraux, mais le Premier ministre Asquith avait gardé le secret sur cette manœuvre. « C'est scandaleux ! s'emporta-t-elle. Cela ne ferait que hâter le conflit. »

Avec un calme irritant, Fitz prit des saucisses sur la desserte. « L'aile gauche du parti libéral n'est qu'un ramassis de pacifistes. Asquith redoute qu'ils ne le réduisent à l'impuissance, j'imagine. Mais il ne dispose pas d'un soutien suffisant au sein de son propre parti pour les mettre en minorité. Qui d'autre pourrait l'aider ? Les conservateurs et eux seuls. D'où cette idée de coalition. »

C'était ce que craignait Maud. « Qu'en pense Bonar Law ? » Andrew Bonar Law était le chef du parti conservateur.

« Il a refusé.

— Dieu merci !

— Et je l'ai soutenu.

— Pourquoi ? Tu ne souhaites pas que Bonar Law siège au gouvernement ?

— J'espère bien plus que cela. Si Asquith veut la guerre et si Lloyd George entraîne son aile gauche dans une rébellion, les libéraux seront trop divisés pour régner. Qu'arrivera-t-il alors ? Ce sera à nous, les conservateurs, de prendre le relais... et Bonar Law sera nommé Premier ministre.

— Tu ne vois pas que tout nous conduit à la guerre ? lança Maud, furieuse. Asquith veut s'allier aux conservateurs parce qu'ils sont plus agressifs que les libéraux. Si Lloyd George se rebelle contre Asquith, les conservateurs prendront quand même le pouvoir. Ils pensent tous à assurer leur position au lieu de lutter pour la paix !

— Et toi ? interrogea Fitz. Tu es allée à Halkyn House hier soir ? » La demeure du comte de Beauchamp servait de quartier général au camp pacifiste.

Le visage de Maud s'éclaira. Enfin un rayon d'espoir ! « Asquith a convoqué le cabinet ce matin. » Ce n'était pas habituel, un samedi. « Morley et Burns exigent une déclaration assurant que l'Angleterre ne se battra en aucune circonstance contre l'Allemagne. »

Fitz secoua la tête. « Ils ne peuvent préjuger ainsi de la décision. Grey démissionnerait.

— Grey menace toujours de démissionner, mais il ne le fait jamais.

— Tout de même, ils ne peuvent pas risquer de provoquer une scission au sein du cabinet, alors que mes amis attendent en coulisse de s'emparer du pouvoir. »

Fitz avait raison et Maud le savait. Elle était à deux doigts de hurler d'exaspération.

Bea lâcha alors son couteau et poussa un cri.

« Tout va bien, ma chère ? » demanda Fitz.

Très pâle, elle se leva, les mains sur le ventre. « Excusez-moi », murmura-t-elle, avant de sortir précipitamment.

Maud se leva, l'air soucieux. « Je ferais mieux d'aller voir ce qu'elle a.

— J'y vais, dit Fitz, à son grand étonnement. Finis ton petit déjeuner. »

Dévorée de curiosité, elle lança à Fitz qui se dirigeait vers la porte : « Bea souffrirait-elle de nausées matinales ? »

Fitz s'arrêta sur le seuil. « Ne dis rien à personne.

— Félicitations. Je suis très heureuse pour vous.

— Merci.

— Mais cet enfant... » La voix de Maud se noua.

« Oh ! fit tante Herm, qui venait de comprendre. Quelle joie ! »

Maud reprit non sans effort : « Cet enfant naîtra-t-il dans un monde en guerre ?

— Bonté divine ! s'exclama tante Herm. Je n'avais pas pensé à cela. »

Fitz haussa les épaules. « Pour un nouveau-né, quelle importance ? »

Maud sentit les larmes lui monter aux yeux. « Pour quand la naissance est-elle prévue ?

— Janvier. Mais pourquoi te mets-tu dans un tel état ?

— Fitz, dit Maud, dont les larmes coulaient maintenant à flot, seras-tu encore vivant ? »

2.

En ce samedi matin, une activité fébrile régnait à l'ambassade d'Allemagne. Dans le bureau de l'ambassadeur, Walter filtrait les appels téléphoniques, apportait les télégrammes et prenait des notes. Cela aurait été le moment le plus excitant de sa vie s'il n'avait été aussi inquiet pour son avenir avec Maud. Alors qu'il assistait à une épreuve de force internationale de première importance, il était incapable de s'en griser, tant il redoutait que la guerre ne fasse de lui l'ennemi de la femme qu'il aimait.

Entre Willy et Nicky, l'heure n'était plus aux messages d'amitié. La veille, dans l'après-midi, le gouvernement allemand avait envoyé aux Russes un ultimatum leur accordant douze heures pour mettre un terme à la mobilisation de leur monstrueuse armée.

Ce délai s'était écoulé sans réponse de Saint-Pétersbourg.

Mais Walter était toujours convaincu que le conflit pourrait se limiter à l'Europe de l'Est, ce qui permettrait à l'Allemagne et à l'Angleterre de préserver leur amitié. L'ambassadeur Lichnowsky partageait son optimisme. Asquith lui-même affirmait que la France et l'Angleterre pourraient rester de simples spectatrices. Après tout, aucune de ces deux nations n'était vraiment concernée par l'avenir de la Serbie et des Balkans.

La clé, c'était la France. Toujours dans l'après-midi de la veille, Berlin avait envoyé un deuxième ultimatum, à Paris cette fois, demandant aux Français une déclaration de neutralité avant le lendemain midi. Un bien mince espoir, auquel Walter s'obstinait pourtant à s'accrocher. Joseph Joffre, le chef d'état-major, avait réclamé la mobilisation immédiate de l'armée française et le cabinet se réunissait ce matin-là pour en décider. Comme dans tous les pays, songea tristement Walter, les officiers supérieurs pressaient les politiciens de prendre les premières mesures conduisant aux hostilités.

Il était presque impossible – et c'était exaspérant – de deviner ce qu'allaient faire les Français.

À onze heures moins le quart, soit soixante-quinze minutes avant l'expiration de l'ultimatum, Lichnowsky reçut un visiteur inattendu : Sir William Tyrrell. Ce haut fonctionnaire doté d'une longue expérience des affaires étrangères était le secrétaire particulier de Sir Edward Grey. Walter l'introduisit aussitôt dans le bureau de l'ambassadeur. Lichnowsky lui fit signe de rester.

Tyrrell parla en allemand. « Le ministre des Affaires étrangères m'a prié de vous annoncer qu'il devrait pouvoir vous faire une déclaration à l'issue du Conseil des ministres qui se déroule en ce moment même. »

De toute évidence, il s'agissait d'un discours préparé et, bien que Tyrrell se soit exprimé dans un allemand parfait, Walter n'en comprit pas le sens. Il jeta un coup d'œil à Lichnowsky et vit qu'il était lui aussi déconcerté.

« Une déclaration, poursuivit Tyrrell, qui pourrait peut-être se révéler précieuse pour éviter cette terrible catastrophe. »

Voilà qui était encourageant, quoique vague. Venez-en au fait ! s'impatienta Walter dans son for intérieur.

La réponse de Lichnowsky était empreinte du même formalisme diplomatique. « Quelles indications pouvez-vous me donner sur la teneur de cette déclaration, Sir William ? »

Bon sang ! se dit Walter, c'est une question de vie ou de mort !

Le haut fonctionnaire britannique s'exprima avec une précision méticuleuse. « Si l'Allemagne renonçait à attaquer la France, il se pourrait que la France et l'Angleterre s'interrogent sur la nécessité pour elles d'intervenir dans le conflit en Europe de l'Est. »

Walter faillit lâcher son crayon de surprise : la France et l'Angleterre pourraient rester à l'écart du conflit... C'était exactement ce qu'il souhaitait ! Il se tourna vers Lichnowsky, qui semblait, lui aussi, surpris et ravi. « Voilà qui me redonne espoir », dit-il.

Tyrrell leva la main en signe d'avertissement. « Je ne promets rien, comprenez-le bien. »

Évidemment, songea Walter, mais tu n'es pas venu ici pour échanger des banalités.

« Dans ce cas, dit Lichnowsky, permettez-moi de vous dire que toute proposition visant à cantonner la guerre à l'Est serait examinée avec le plus vif intérêt par Sa Majesté le kaiser Guillaume II et par le gouvernement allemand.

— Merci. » Tyrrell se leva. « Je vais en aviser Sir Edward. »

Walter le reconduisit. Il jubilait. Si la France et l'Angleterre restaient à l'écart du conflit, rien ne l'empêcherait d'épouser Maud. Prenait-il ses désirs pour des réalités ?

Il rejoignit l'ambassadeur. Avant qu'ils n'aient eu le temps de discuter de la proposition de Tyrrell, le téléphone sonna. Walter décrocha et entendit une voix anglaise qui ne lui était pas inconnue. « Ici Grey. Pourrais-je parler à Son Excellence ?

— Certainement, monsieur. » Walter tendit le combiné à l'ambassadeur. « Sir Edward Grey.

— Ici Lichnowsky. Bonjour... Oui, Sir William vient juste de nous quitter... »

Walter fixa l'ambassadeur, écoutant ses propos avec attention tout en cherchant à déchiffrer son expression.

« Une suggestion des plus intéressantes... Permettez-moi de clarifier notre position : l'Allemagne n'a aucun différend avec la France ni avec l'Angleterre. »

Apparemment, Grey répétait les arguments présentés par Tyrrell. Les Anglais prenaient de toute évidence l'affaire au sérieux.

« La mobilisation russe est une menace qui ne peut être ignorée, reprit Lichnowsky, mais c'est une menace qui pèse sur notre frontière orientale et sur celle de notre alliée qu'est l'Autriche-Hongrie. Nous avons demandé à la France une garantie de neutralité. Si elle nous la donne – ou, à défaut, si l'Angleterre peut nous en assurer –, il n'y aura aucune raison de faire la guerre en Europe occidentale... Je vous remercie, monsieur le ministre. C'est parfait, je vous rappellerai cet après-midi à trois heures et demie. » Puis il raccrocha.

Il se tourna vers Walter. Tous deux échangèrent un sourire triomphal. « Eh bien, fit Lichnowsky. Si je m'attendais à cela ! »

3.

Maud se trouvait à Sussex House, où la duchesse avait réuni pour le thé un groupe de pairs et de députés conservateurs influents, lorsque Fitz fit irruption, fou de rage. « Asquith et Grey sont en train de céder ! » rugit-il. Désignant un plateau d'argent, il ajouta : « Ils s'effritent comme ce scone ramolli. Ils vont trahir nos alliés. J'ai honte d'être anglais. »

Voilà ce que Maud redoutait : Fitz méprisait le compromis; pour lui, l'Angleterre devait ordonner et le reste du monde obéir. L'idée que le gouvernement doive négocier d'égal à égal avec d'autres nations lui faisait horreur. Malheureusement, il n'était pas le seul à penser de la sorte.

« Calmez-vous, Fitz, mon cher, dit la duchesse, et racontez-nous ce qui s'est passé.

— Asquith a écrit à Douglas ce matin », annonça Fitz. Maud supposa qu'il parlait du général Sir Charles Douglas, chef de l'état-major impérial. « Notre Premier ministre souhaitait faire consigner par écrit que notre gouvernement n'avait jamais promis d'envoyer des troupes en France en cas de guerre avec l'Allemagne ! »

Étant la seule libérale présente, Maud se sentit obligée de défendre le gouvernement. « Mais c'est la vérité, Fitz. Asquith veut juste rappeler que rien n'est encore arrêté.

— Alors à quoi bon engager des discussions avec l'armée française ?

— Afin d'explorer différentes possibilités ! D'élaborer des plans d'urgence ! Qui dit discussions ne dit pas accord – surtout en politique internationale.

— Les amis sont les amis. L'Angleterre est une puissance mondiale. Une femme ne comprend pas forcément ces questions, mais on attend de nous que nous défendions nos voisins. En tant que gentlemen, toute forme de duplicité est exécrable à nos yeux et, en tant que nation, nous devons avoir la même attitude. »

C'était le genre de discours qui pouvait encore entraîner l'Angleterre dans le conflit, se dit Maud avec un frisson de panique. Elle n'arrivait pas à convaincre son frère du danger. Leur affection mutuelle l'avait toujours emporté sur leurs divergences politiques, mais celles-ci étaient à présent si fortes qu'ils auraient du mal à ne pas se quereller gravement. Et quand Fitz se brouillait avec quelqu'un, c'était définitif. Il serait pourtant obligé de prendre les armes et peut-être même de mourir, percé par une balle, un coup de baïonnette ou déchiqueté par un obus – un sort qui guettait également Walter. Pourquoi refusait-il de le voir ? C'était à hurler.

Tandis qu'elle cherchait ses mots, un convive prit la parole. Elle reconnut un dénommé Steed, rédacteur en chef adjoint du *Times* chargé des affaires étrangères. « Je peux vous informer d'une sale entreprise de la finance internationale judéo-teutonne pour forcer mon journal à adopter une position neutre », déclara-t-il.

La duchesse fit la grimace : elle détestait la rhétorique de la presse de bas étage.

« Qu'est-ce qui vous permet de dire cela? demanda Maud sèchement.

— Lord Rothschild s'est entretenu hier avec notre chroniqueur financier. Il souhaite que nous modérions le ton antigermanique de nos articles dans l'intérêt de la paix. »

Maud connaissait bien Natty Rothschild, un libéral : « Et que dit Lord Northcliffe de l'initiative de Lord Rothschild? » Lord Northcliffe était le propriétaire du *Times.*

Steed esquissa un sourire carnassier. « Il nous a exhortés à publier aujourd'hui un éditorial encore plus virulent. » Saisissant l'édition du jour posée sur une table, il l'agita. « "La paix ne fait pas partie de nos intérêts majeurs" », cita-t-il.

Maud ne pouvait imaginer activité plus méprisable que d'encourager délibérément la guerre. Elle remarqua que Fitz était lui aussi écœuré par l'attitude frivole du journaliste. Comme elle s'apprêtait à lui répondre, Fitz changea de sujet, faisant montre de la courtoisie qu'il réservait même aux imbéciles. « Je viens de voir Paul Cambon, l'ambassadeur de France, qui sortait du Foreign Office. Il était blanc comme un linge. "*Ils vont nous lâcher*", a-t-il dit. Il venait de s'entretenir avec Grey.

— Savez-vous ce que Grey a pu lui confier pour troubler ainsi M. Cambon ? demanda la duchesse.

— Oui, Cambon s'en est ouvert à moi. Apparemment, les Allemands sont disposés à ne pas attaquer la France à condition que celle-ci promette de rester à l'écart du conflit – et si les Français refusent de prendre cet engagement, les Anglais ne se sentiront pas tenus de les défendre. »

Malgré la peine qu'elle éprouvait pour l'ambassadeur français, Maud sentit son cœur se gonfler d'espoir à l'idée que l'Angleterre pourrait éviter le conflit.

« Mais la France ne peut que refuser cette proposition, observa la duchesse. Le traité qu'elle a signé avec la Russie oblige les deux nations à se secourir mutuellement en cas de guerre.

— Exactement ! s'exclama Fitz avec colère. À quoi servent les alliances internationales si l'on doit les bafouer à la moindre crise ?

— Ridicule, intervint Maud, sans se soucier des règles de la politesse. Les alliances internationales se rompent quand on le juge bon. Le problème n'est pas là.

— Et où est-il, alors ? demanda Fitz d'une voix glaciale.

— À mon avis, Asquith et Grey cherchent simplement à faire peur aux Français en leur ouvrant les yeux. La France ne vaincra jamais l'Allemagne sans notre aide. Si les Français craignent de se retrouver seuls, peut-être embrasseront-ils la cause de la paix et persuaderont-ils leurs alliés russes de ne pas déclarer la guerre à l'Allemagne.

— Et la Serbie dans tout cela ?

— Même à ce stade, répliqua Maud, il n'est pas trop tard pour que la Russie et l'Autriche entament des négociations pour résoudre la crise des Balkans d'une manière qui puisse convenir aux deux parties. »

Suivit un silence de quelques secondes, à l'issue duquel Fitz déclara : « Une telle éventualité me paraît hautement improbable.

— Mais enfin, fit Maud, consciente de la détresse qui perçait dans sa voix, il faut tout de même garder espoir, n'est-ce pas ? »

4.

Assise dans sa chambre, Maud n'avait pas la force de se changer pour le dîner. Sa femme de chambre lui avait préparé une robe et des bijoux, qu'elle se contentait de fixer du regard.

Elle sortait presque tous les soirs pendant la saison londonienne, car les mondanités offraient d'excellentes occasions de se livrer aux échanges politiques et diplomatiques qui la fascinaient. Mais ce soir, elle ne se sentait pas capable de se montrer charmante et séduisante, d'inciter les puissants à lui confier leurs pensées, de les amener à changer de position sans s'apercevoir qu'elle les manipulait.

Walter allait être enrôlé. Il enfilerait un uniforme et porterait une arme, des soldats ennemis le soumettraient à un feu meurtrier de mitrailleuse, d'obus et de mortier, qui le tuerait ou le blesserait si grièvement qu'il ne pourrait plus jamais marcher. Elle avait du mal à penser à autre chose et était constamment au bord des larmes. Elle s'était même disputée violemment avec son frère qu'elle aimait tant.

On frappa à la porte. Grout se tenait sur le seuil. « Herr von Ulrich vient d'arriver, mademoiselle », annonça-t-il.

Maud en fut stupéfaite. Elle n'attendait pas Walter. Pourquoi était-il venu ?

Remarquant sa surprise, Grout ajouta : « Quand j'ai précisé que monsieur était absent, il a demandé à vous voir.

— Merci, dit Maud, qui l'écarta de son chemin et descendit l'escalier.

— Herr von Ulrich est au salon, lança Grout derrière elle. Je vais prier Lady Hermia de vous rejoindre. » Il savait, lui aussi, que Maud n'était pas censée rester seule avec un jeune homme. Mais tante Herm avait un peu de mal à marcher et plusieurs minutes s'écouleraient avant son arrivée.

Maud se précipita dans le salon et se jeta dans les bras de Walter. « Qu'allons-nous faire ? gémit-elle. Walter, qu'allons-nous faire ? »

Il l'étreignit de toutes ses forces puis la regarda gravement. Il avait le teint livide, les traits tirés comme s'il venait d'apprendre la mort d'un proche. « La France n'a pas répondu à l'ultimatum allemand, déclara-t-il.

— Ils n'ont rien dit, rien du tout ?

— Notre ambassadeur à Paris a insisté pour recevoir une réponse. Viviani, le président du Conseil, lui a fait savoir que "la France veillerait à ses propres intérêts". Ils refusent de s'engager à rester neutres.

— Mais il est peut-être encore temps de...

— Non. Ils ont décidé de mobiliser. Joffre a gagné la partie – comme les militaires de tous les pays. Les télégrammes sont partis à quatre heures cet après-midi, heure de Paris.

— Il y a sûrement quelque chose à faire !

— L'Allemagne n'a plus le choix. Nous ne pouvons pas affronter la Russie en ayant sur nos arrières une France hostile, armée, impatiente de reprendre l'Alsace et la Lorraine. Nous devons donc attaquer la France. Le plan Schlieffen est déjà déclenché. À Berlin, la foule est descendue dans la rue pour chanter le *Kaiserhymne.*

— Tu vas devoir rejoindre ton régiment, dit-elle sans pouvoir retenir ses larmes.

— Oui. »

Elle essuya ses joues avec un mouchoir minuscule, un ridicule carré de lin brodé. Puis elle frotta ses yeux à sa manche. « Quand ? demanda-t-elle. Quand dois-tu quitter Londres ?

— Pas avant quelques jours. » Il refoulait lui-même ses larmes, remarqua-t-elle. « Y a-t-il une chance pour que l'Angleterre reste à l'écart du conflit ? Au moins, je ne serais pas obligé de me battre contre ton pays.

— Je l'ignore. Nous le saurons demain. » Elle l'attira contre elle. « Serre-moi fort, je t'en supplie. » Elle posa la tête sur son épaule et ferma les yeux.

5.

Fitz fut outré de voir une manifestation pacifiste sur Trafalgar Square en ce dimanche après-midi.

Keir Hardie, un député travailliste, prononçait un discours. Il était vêtu d'un costume de tweed – une tenue de garde-chasse, se dit Fitz. Dressé sur le piédestal de la colonne de Nelson, il vociférait avec un accent écossais à couper au couteau, profanant la mémoire du héros mort pour l'Angleterre à la bataille de Trafalgar.

À en croire Hardie, la guerre imminente serait la pire catastrophe que le monde ait jamais connue. Il représentait une circonscription de mineurs – Merthyr, tout près d'Aberowen. C'était le fils illégitime d'une domestique, et il avait travaillé à la mine avant d'entrer en politique. Que savait-il de la guerre ?

Écœuré, Fitz se hâta de se rendre chez la duchesse pour le thé. Dans la grand-salle, il trouva Maud en pleine conversation avec Walter. À son vif regret, la crise ne pouvait que l'éloigner de ces deux êtres. Il adorait sa sœur et appréciait beaucoup Walter, mais Maud était une libérale et Walter un Allemand, et, en des heures pareilles, il n'était vraiment pas facile de leur parler. Il fit toutefois de son mieux pour paraître aimable en s'adressant à elle : « Il paraît que la séance a été houleuse ce matin au cabinet. »

Elle hocha la tête. « Hier soir, Churchill a mobilisé la flotte sans rien demander à personne. John Burns a démissionné ce matin en signe de protestation.

— Je ne peux pas dire que je le regrette. » John Burns était un vieux radical et le pacifiste le plus fervent du cabinet. « Les autres ministres ont donc approuvé l'initiative de Winston.

— À contrecœur.

— Grâces en soient tout de même rendues à Dieu. » Il était consternant qu'en cette heure de péril, le gouvernement soit aux mains de ces socialistes timorés, se dit Fitz.

« Mais ils ont repoussé la motion de Grey qui demandait que nous nous engagions à défendre la France.

— Ils continuent à se conduire comme des couards, à ce que je vois. » Fitz était conscient d'être grossier envers sa sœur, mais son amertume l'emportait.

« Pas tout à fait, dit Maud d'un ton égal. Ils ont accepté d'empêcher la marine allemande de traverser la Manche pour attaquer la France. »

Fitz se détendit un peu. « Eh bien, c'est toujours cela.

— Le gouvernement allemand, intervint Walter, a réagi en faisant savoir que nous n'avions aucune intention d'y envoyer des navires.

— Tu vois bien que la fermeté finit par payer, dit Fitz à Maud.

— Ne plastronne pas comme cela, Fitz, le reprit-elle. Si nous entrons en guerre, ce sera parce que les gens comme toi n'ont pas fait assez d'efforts pour l'éviter.

— Tu crois cela ? répliqua-t-il, vexé. Eh bien, laisse-moi te dire une chose. J'ai parlé à Sir Edward Grey hier soir, au club Brooks's. Il a demandé aux Français comme aux Allemands de respecter la neutralité de la Belgique. Les Français ont immédiatement accepté. » Fitz jeta un regard de défi à Walter. « Les Allemands n'ont pas répondu.

— C'est exact, admit Walter en s'excusant d'un haussement d'épaules. En tant que soldat, mon cher Fitz, tu comprendras qu'il nous était impossible de répondre à cette question, dans un sens ou dans l'autre, sans dévoiler nos plans.

— Je comprends, mais cela m'amène à me demander pourquoi ma sœur me considère comme un fauteur de guerre et toi comme un faiseur de paix. »

Maud éluda la question. « Selon Lloyd George, l'Angleterre

ne doit intervenir que si l'armée allemande viole *substantiellement* le territoire belge. Il devrait avancer cette proposition au Conseil des ministres de ce soir. »

Fitz savait ce que cela signifiait. Furieux, il lança : « Ainsi, nous autoriserons l'Allemagne à attaquer la France par l'angle sud de la Belgique ?

— Je suppose que c'est exactement ce que cela veut dire.

— J'en étais sûr, fit Fitz. Les traîtres ! Ils cherchent à fuir leurs responsabilités. Ils feront tout pour éviter la guerre !

— Puisses-tu avoir raison », conclut Maud.

6.

Le lundi après-midi, Maud devait se rendre à la Chambre des communes pour écouter Sir Edward Grey s'adresser aux membres du Parlement. Ce discours marquerait un tournant, tout le monde en convenait. Tante Herm l'accompagna. Pour une fois, la jeune fille était heureuse de cette présence rassurante.

Cet après-midi allait décider de son sort, ainsi que de celui de milliers d'hommes en âge de se battre. En fonction de ce que dirait Grey et de la réaction du Parlement, des femmes à travers toute l'Europe pourraient devenir veuves et leurs enfants orphelins.

Maud n'éprouvait plus de colère – la lassitude avait probablement fini par l'emporter. Elle était terrifiée. La guerre ou la paix, le mariage ou la solitude, la vie ou la mort : tel serait son destin.

Comme c'était un jour férié, la population de la capitale – employés de banque, fonctionnaires, avocats, agents de change et marchands – était en congé. Presque tout le monde semblait s'être massé autour des grands ministères de Westminster, dans l'espoir d'obtenir des informations toutes fraîches. Le chauffeur de Fitz se fraya un chemin dans la foule pour traverser Trafalgar Square, Whitehall et Parliament Square au volant de la limousine Cadillac à sept places. Le ciel était nuageux mais la température clémente, et les jeunes gens à la mode arboraient des canotiers. Maud aperçut un placard publicitaire de l'*Evening Standard* qui proclamait : AU BORD DE LA CATASTROPHE.

Les badauds applaudirent quand la voiture s'arrêta devant le palais de Westminster, avant de pousser un petit grognement de déception en constatant qu'il n'en descendait que deux dames anonymes. La foule attendait avec impatience ses héros, des hommes tels que Lloyd George et Keir Hardie.

Ce palais était le comble de la surcharge victorienne, se dit Maud. Derrière ses façades de pierres aux sculptures raffinées, tous ses murs étaient couverts de lambris, les dalles du sol multicolores, les fenêtres ornées de vitraux et les tapis de motifs alambiqués.

Jour férié ou non, la Chambre siégeait et elle grouillait de pairs et de députés, vêtus pour la plupart de l'uniforme du parlementaire, habit noir et haut-de-forme en soie noire. Seuls les travaillistes se distinguaient par leur costume de tweed ou leur complet-veston.

Les pacifistes restaient majoritaires au cabinet, elle le savait. La nuit dernière, Lloyd George avait eu gain de cause et le gouvernement avait accepté de ne pas réagir si l'Allemagne ne commettait qu'une violation négligeable du territoire belge.

Comme pour renforcer le camp de la paix, les Italiens avaient proclamé leur neutralité, affirmant que si leur alliance avec l'Autriche les obligeait à soutenir toute opération défensive, la campagne autrichienne en Serbie était de toute évidence de nature offensive et ne les concernait donc pas. Pour le moment, estimait Maud, l'Italie était le seul pays à avoir fait preuve de bon sens.

Fitz et Walter les attendaient dans le hall central octogonal. « Je ne sais rien de ce qui s'est passé ce matin au cabinet, attaqua Maud. Et toi ?

— Trois nouvelles démissions, répondit Fitz. Morley, Simon et Beauchamp. »

Tous trois étaient hostiles à la guerre. Maud était aussi découragée qu'intriguée. « Pas Lloyd George ?

— Non.

— Curieux. » Maud fut prise d'un sinistre pressentiment. Le camp de la paix serait-il divisé ? « Que mijote-t-il donc ?

— Je l'ignore, mais je peux le deviner, dit Walter d'un air solennel. Hier soir, l'Allemagne a exigé que nos troupes puissent traverser librement la Belgique. »

Maud en resta sans voix.

« Le cabinet belge s'est réuni de neuf heures du soir à quatre heures du matin, poursuivit Walter, et il a finalement rejeté notre ultimatum, se déclarant prêt à se battre. »

C'était épouvantable.

« Ainsi, enchaîna Fitz, Lloyd George s'est trompé : l'armée allemande ne se contentera pas d'une violation insignifiante. »

Walter ne fit qu'écarter les bras dans un geste d'impuissance.

Maud craignait que l'ultimatum brutal des Allemands et la réaction téméraire des Belges n'affaiblissent la faction pacifiste du cabinet. La Belgique et l'Allemagne prenaient des allures de David et de Goliath. Lloyd George n'avait pas son pareil pour sentir le pouls de l'opinion publique : avait-il prévu que le vent allait tourner ?

« Allons nous installer », proposa Fitz.

Pleine d'appréhension, Maud franchit une petite porte et gravit un long escalier débouchant dans la galerie des visiteurs qui dominait la Chambre des communes. C'était là que siégeait le gouvernement souverain de l'Empire britannique. Dans cette salle se réglaient des questions de vie ou de mort pour les quatre cent quarante-quatre millions d'individus soumis à la domination anglaise. Chaque fois qu'elle venait ici, Maud était frappée par l'exiguïté du lieu, moins spacieux que la moyenne des églises londoniennes.

La majorité et l'opposition se faisaient face sur des rangées de bancs séparées par un espace qui – à en croire la légende – correspondait à deux longueurs d'épée, afin que les adversaires politiques ne puissent pas croiser le fer. La plupart du temps, les lieux étaient presque déserts, n'abritant qu'une douzaine de députés avachis sur les capitonnages de cuir vert. Aujourd'hui, cependant, il y avait foule, et les membres du Parlement qui n'avaient pas trouvé de siège étaient restés debout dans l'entrée. Seules les premières rangées étaient vides, car elles étaient traditionnellement réservées aux membres du cabinet d'un côté et aux chefs de l'opposition de l'autre.

Il n'était pas insignifiant, se dit Maud, que le débat du jour se déroule dans cette salle et non à la Chambre des lords. De nombreux pairs du royaume avaient imité Fitz et s'étaient postés dans la galerie pour observer les événements. La Chambre des communes devait son autorité au fait que les députés étaient élus par le peuple – le droit de vote étant cependant limité à la moitié seulement des citoyens de sexe masculin. Le Premier ministre Asquith avait passé le plus clair de son temps à batailler contre la Chambre des lords, notamment à propos du projet de pension de vieillesse défendu par Lloyd George. Les combats avaient été âpres mais, chaque fois, les Communes avaient fini par l'emporter. De l'avis de Maud, cela s'expliquait par l'attitude de l'aristocratie anglaise, qui redoutait tellement une révolution à la française qu'elle était toujours prête à accepter un compromis.

Dès que les premiers bancs se remplirent, Maud fut frappée par l'atmosphère qui régnait parmi les libéraux. Le Premier ministre Asquith souriait à une remarque du quaker Joseph Pease et Lloyd George bavardait avec Sir Edward Grey. « Oh, mon Dieu ! murmura-t-elle.

— Qu'y a-t-il ? demanda Walter, qui avait pris place à ses côtés.

— Regarde-les. Ils s'entendent comme larrons en foire. Ils ont oublié tous leurs différends.

— Il te suffit de les voir pour l'affirmer ?

— Oh oui. »

Le président de la Chambre fit son entrée, coiffé d'une perruque à l'ancienne, et s'assit sur son siège surélevé. Il donna la parole au ministre des Affaires étrangères et Grey se leva, révélant à tous son visage blafard et creusé de rides.

C'était un médiocre orateur, prolixe et pontifiant. Néanmoins, les députés serrés sur leurs bancs et les visiteurs de la galerie bondée l'écoutaient dans un silence religieux, attendant patiemment qu'il en vienne aux faits. Trois quarts d'heure s'écoulèrent avant qu'il ne parle de la Belgique et ne révèle enfin les détails de l'ultimatum allemand dont Walter avait parlé à Maud une heure auparavant.

L'ambiance était électrique. Comme l'avait craint Maud, cette nouvelle résolution changeait tout. Les deux factions du parti libéral – les impérialistes, c'est-à-dire l'aile droite, et les défenseurs des droits des petits pays, l'aile gauche – étaient également scandalisées.

Grey cita Gladstone et demanda : « Dans de telles circonstances, notre pays, doué comme il l'est d'influence et de puissance, va-t-il rester inactif et assister à la perpétration du plus horrible crime qui ait jamais entaché l'Histoire, en s'en rendant par là même complice ? »

Billevesées, se dit Maud. L'invasion de la Belgique ne serait pas le crime le plus horrible de tous les temps – que dire alors du massacre de Cawnpore ? Et de la traite des esclaves ? L'Angleterre n'intervenait pas chaque fois qu'un pays était envahi. Il était ridicule d'affirmer qu'une telle inaction faisait du peuple britannique le complice de ce crime.

Mais rares étaient les spectateurs à partager son sentiment. Des acclamations retentirent de toutes parts. Maud fixa les membres du gouvernement d'un œil atterré. Tous les ministres qui, la veille, étaient de farouches adversaires du conflit approuvaient aujourd'hui ces propos belliqueux : le jeune Herbert Samuel, Lewis Harcourt, dit Lulu, le quaker Joseph Pease, président de la Peace Society et, pis encore, Lloyd George lui-même. Si Lloyd George soutenait Grey, la bataille politique était finie, comprit Maud, au désespoir. La menace lancée par l'Allemagne à la Belgique avait réconcilié les factions adverses.

Grey était incapable d'exploiter les émotions de son public, comme Lloyd George, ou de jouer les prophètes de l'Ancien Testament, comme Churchill, mais ce jour-là, il n'avait pas besoin de ces talents, se dit Maud : les faits suffisaient amplement. Elle se tourna vers Walter et lui chuchota d'un ton véhément : « Pourquoi ? Pourquoi l'Allemagne a-t-elle agi ainsi ? »

Une grimace peinée crispa ses traits tandis qu'il répondait avec sa logique et son calme coutumiers : « Au sud de la Belgique, la frontière franco-allemande est lourdement fortifiée. Si nous attaquions par là, nous finirions par l'emporter, mais cela prendrait trop de temps – la Russie aurait tout le loisir de mobiliser et de nous attaquer par-derrière. La seule assurance de remporter une victoire rapide, c'est de traverser la Belgique.

— Mais cela vous garantit aussi l'entrée en guerre de l'Angleterre ! »

Walter acquiesça. « L'armée anglaise est faible. Votre force repose surtout sur votre marine, et ce conflit ne sera pas une guerre navale. Nos généraux estiment que l'Angleterre ne pèsera pas lourd dans la balance.

— Tu es d'accord avec eux ?

— Je juge stupide de s'attirer l'inimitié d'un riche et puissant voisin. Mais c'est un avis minoritaire. »

Il en était allé ainsi constamment au cours de ces deux dernières semaines, songea Maud avec tristesse. Dans tous les pays, les adversaires de la guerre avaient perdu la partie : les Autrichiens avaient attaqué la Serbie alors qu'ils auraient encore pu s'en abstenir; les Russes avaient préféré la mobilisation à la négociation; les Allemands avaient refusé de participer à une conférence internationale qui aurait pu régler la crise; les Français s'étaient vu offrir une chance de rester neutres et ils l'avaient laissée passer; et voilà que les Anglais allaient intervenir dans le conflit alors qu'ils auraient pu conserver un rôle d'observateurs.

Grey entamait sa péroraison : «J'ai exposé les faits saillants à cette honorable assemblée et si, comme cela ne semble pas improbable, nous sommes contraints, et rapidement contraints, de nous décider sur cette question, alors je crois que lorsque le pays aura pris conscience des véritables enjeux, de l'importance du danger qui pèse sur l'Europe de l'Ouest, danger que je me suis efforcé de vous décrire, nous bénéficierons non seulement du soutien de la Chambre des communes mais aussi de la détermination, de la résolution, du courage et de l'endurance du pays tout entier.»

Il s'assit au milieu des vivats et des acclamations. Il n'y avait pas eu de vote et Grey n'avait rien proposé mais, à en juger par leurs réactions, les membres du Parlement étaient prêts à entrer en guerre.

Andrew Bonar Law, le chef de l'opposition, se leva pour assurer le gouvernement du soutien des conservateurs. Maud n'était pas surprise : ils avaient toujours été plus bellicistes que les libéraux. Mais elle partagea la stupéfaction de l'assemblée lorsque le chef de file des nationalistes irlandais en fit autant. Elle avait l'impression d'être dans une maison de fous. Était-elle l'unique personne au monde à souhaiter la paix?

Le chef du parti travailliste fut le seul à rompre cette belle unanimité. «Je pense qu'il se trompe, déclara Ramsay MacDonald en parlant de Grey. Je pense que le gouvernement qu'il représente et au nom duquel il a parlé se trompe. Je pense que le jugement de l'Histoire leur donnera tort à tous.»

Mais personne ne l'écoutait. Certains députés quittaient déjà la Chambre. La galerie se vidait, elle aussi. Fitz se leva et le reste de son groupe l'imita. Maud le suivit, consternée. Depuis son siège, MacDonald continuait : «Si ce gentleman s'était présenté devant nous aujourd'hui pour nous annoncer que notre pays était en danger, il aurait pu s'adresser à n'importe quel parti, à n'importe quelle classe, nous l'aurions soutenu... À quoi bon envisager d'aider la Belgique si la guerre dans laquelle vous vous engagez concerne toute l'Europe ? » Puis Maud quitta la galerie et n'entendit plus rien.

C'était le jour le plus atroce de sa vie. Son pays allait mener une guerre inutile, son frère et l'homme qu'elle aimait allaient risquer leur vie et elle serait séparée de son fiancé, peut-être pour toujours. Tout espoir était perdu, elle était effondrée.

Ils descendirent l'escalier derrière Fitz. « C'était très intéressant, mon cher neveu », dit tante Herm, aussi poliment que si elle sortait d'une exposition d'art moins ennuyeuse qu'elle ne l'avait craint.

Walter prit Maud par le bras pour la retenir. Elle laissa passer trois ou quatre personnes afin que son frère ne puisse pas les entendre. Mais elle ne s'attendait pas à ce qui suivit.

« Épouse-moi », dit Walter tout bas.

Son cœur s'emballa. « Que dis-tu ? murmura-t-elle. Comment ?

— Épouse-moi, s'il te plaît. Demain.

— Ce n'est pas pos...

— J'ai une autorisation spéciale. » Il tapota la poche de poitrine de sa veste. « Je suis passé vendredi au bureau d'état civil de Chelsea. »

Prise de vertige, tout ce qu'elle trouva à dire fut : « Nous avions décidé d'attendre », une phrase qu'elle regretta aussitôt d'avoir prononcée.

« Nous avons assez attendu, insista-t-il. La crise est finie. Demain ou après-demain, ton pays et le mien seront en guerre. Je serai obligé de quitter l'Angleterre. Je veux t'épouser avant de partir.

— Nous ne savons pas ce qui va se passer !

— C'est vrai. Mais quoi que nous réserve l'avenir, je veux que tu sois ma femme.

— Mais... » Maud se tut. Pourquoi toutes ces objections ? Il avait raison. Personne ne savait ce qui allait se passer, et cela ne faisait plus aucune différence. Elle voulait être sa femme et aucun avenir imaginable ne pourrait rien y changer.

Avant qu'elle n'ait pu ajouter un mot, ils arrivèrent au pied des marches et rejoignirent le hall central, où une rumeur excitée montait de la foule. Alors qu'elle aurait voulu poser quantité de questions à Walter, Fitz insista pour l'escorter avec tante Herm à travers la cohue. Lorsqu'ils furent arrivés sur Parliament

Square, il fit monter les deux femmes dans la voiture. Le chauffeur actionna le démarrage automatique, le moteur vrombit et la voiture fila, laissant Fitz et Walter sur le trottoir, au milieu d'une foule de gens qui attendaient de connaître leur destin.

7.

Maud voulait être la femme de Walter. C'était la seule chose dont elle était sûre. Elle s'accrocha à cette idée pendant qu'interrogations et spéculations se bousculaient dans sa tête. Devait-elle suivre le plan de Walter ou valait-il mieux patienter ? Si elle acceptait de l'épouser demain, qui devait-elle mettre dans la confidence ? Où iraient-ils après la cérémonie ? Vivraient-ils ensemble ? Et, si oui, où ?

Ce soir-là, avant le dîner, sa femme de chambre lui apporta une enveloppe sur un plateau d'argent. Elle contenait un feuillet de papier bristol crème, sur lequel Walter avait rédigé à l'encre bleue, de son écriture droite et soignée, un court message :

Six heures du soir.

Mon amour,

Demain après-midi, à trois heures et demie, je t'attendrai dans une voiture rangée en face de chez Fitz. J'aurai avec moi les deux témoins exigés. L'officier d'état civil nous attend à quatre heures. J'ai réservé une suite à l'hôtel Hyde. J'ai déjà retiré la clé, pour que nous n'ayons pas à nous attarder à la réception. Nous serons Mr et Mrs Woolridge. Mets une voilette.

Je t'aime, Maud.

Ton fiancé,
W.

D'une main tremblante, elle posa le feuillet sur sa coiffeuse en acajou ciré. Elle avait le souffle court. Les yeux rivés sur les motifs floraux du papier peint, elle s'efforça de réfléchir posément.

Il avait bien choisi son heure : le milieu de l'après-midi était calme et Maud pourrait s'éclipser en catimini. Tante Herm faisait la sieste après le déjeuner et Fitz serait à la Chambre des lords.

Impossible de prévenir Fitz, car il ferait tout pour l'arrêter : au mieux, il se contenterait de l'enfermer dans sa chambre, au pire, il la ferait interner dans un asile. Un aristocrate fortuné n'avait aucun mal à se débarrasser ainsi d'une parente gênante. Il lui suffirait de trouver deux médecins prêts à convenir avec lui qu'il fallait être folle pour vouloir épouser un Allemand.

Elle ne dirait rien à personne.

Le faux nom et la voilette révélaient que Walter voulait que tout se fasse dans le plus grand secret. Le Hyde était un hôtel discret de Knightsbridge, où ils ne risquaient pas de croiser une de leurs connaissances. Elle frissonna d'impatience en pensant qu'elle allait passer une nuit avec Walter.

Mais que feraient-ils le lendemain ? Un mariage secret ne le reste pas éternellement. Walter devait quitter l'Angleterre dans deux ou trois jours. Le suivrait-elle ? Elle craignait de nuire à sa carrière. Comment ses compatriotes pourraient-ils lui faire confiance s'il était marié à une Anglaise ? Et s'il partait au front, il la quitterait – dans ces conditions, à quoi bon aller en Allemagne ?

En dépit de toutes ces incertitudes, une délicieuse excitation l'envahit. « Mrs Woolridge », dit-elle à haute voix, et, folle de joie, elle s'étreignit de toutes ses forces.

XI

4 août 1914

1.

Maud se leva dès l'aurore et s'assit à sa coiffeuse pour écrire une lettre. Son tiroir contenait une réserve du papier bleu armorié de Fitz et son encrier d'argent était rempli tous les jours. *Mon chéri,* commença-t-elle, puis elle marqua une pause pour réfléchir.

Elle aperçut son reflet dans le miroir ovale. Ses cheveux étaient ébouriffés et sa chemise de nuit froissée. Une ride creusait son front et les commissures de ses lèvres. Elle extirpa un petit morceau de légume logé entre deux dents. S'il me voyait en ce moment, peut-être n'aurait-il pas envie de m'épouser, se dit-elle, comprenant aussitôt que si elle se rangeait à son projet, il la verrait dans le même état dès le lendemain matin. C'était une idée étrange, terrifiante et cependant excitante.

Elle reprit :

Oui, de tout mon cœur, je veux t'épouser. Mais quel est ton plan ? Où irions-nous vivre ?

Elle avait passé la moitié de la nuit à y réfléchir. Les obstacles semblaient insurmontables.

Si tu restes en Angleterre, on t'enfermera dans un camp de prisonniers. Si nous allons en Allemagne, je ne te verrai plus jamais car tu seras au front, loin de chez nous.

Leurs parents risquaient de leur causer encore plus d'ennuis que les autorités.

Quand informerons-nous nos familles de notre union ? Pas avant la cérémonie, je t'en supplie, car Fitz trouvera le moyen de nous arrêter. Et même après, il nous fera des difficultés. Ton père aussi. Dis-moi ce que tu en penses.

Je t'aime tendrement.

Elle cacheta l'enveloppe et l'adressa à sa garçonnière, distante de moins de cinq cents mètres. Puis elle sonna sa femme de chambre, Sanderson, une jeune fille grassouillette au sourire éclatant. « Si Mr Ulrich est sorti, lui dit Maud, allez à l'ambassade d'Allemagne, à Carlton House Terrace. Dans un cas comme dans l'autre, attendez sa réponse. C'est compris ?

— Oui, mademoiselle.

— Inutile d'en parler aux autres domestiques. »

Le visage de la jeune Sanderson prit un air soucieux. De nombreuses femmes de chambre étaient au fait des intrigues de leurs maîtresses, mais Maud n'avait jamais cultivé les amours clandestines et Sanderson n'était pas habituée à la dissimulation. « Que dois-je répondre à Mr Grout quand il voudra savoir où je vais ? »

Maud réfléchit quelques instants. « Dites-lui que je vous ai envoyée m'acheter certains articles féminins. » La gêne aurait raison de la curiosité du majordome.

« C'est entendu, mademoiselle. »

Sanderson s'en fut et Maud s'habilla.

Comment réussirait-elle à se comporter normalement en présence de sa famille. Fitz ne remarquerait sans doute pas son humeur – les hommes ne sont pas très observateurs –, en revanche tante Herm avait l'œil à tout.

Elle descendit à l'heure du petit déjeuner, mais elle était trop nerveuse pour avoir faim. Tante Herm mangeait du hareng fumé dont l'odeur lui donna la nausée. Elle buvait quelques gorgées de café quand Fitz apparut. Il prit lui aussi du hareng et ouvrit le *Times*. Qu'est-ce que je fais en temps normal ? s'interrogea Maud. Je parle politique. C'est donc ce que je dois faire maintenant. Elle se tourna vers son frère : « Il s'est passé quelque chose hier soir ?

— J'ai vu Winston après la réunion du cabinet, répondit Fitz. Nous demandons au gouvernement allemand qu'il retire l'ultimatum adressé à la Belgique. » Il insista d'un ton méprisant sur le « demandons ».

Maud n'osait plus nourrir le moindre espoir. « Cela signifie-t-il que nous n'avons pas entièrement renoncé à obtenir la paix ?

— Cela revient au même, dit-il d'une voix dédaigneuse. Quelles que soient les intentions des Allemands, ce n'est pas une requête polie qui les fera changer d'avis.

— Un homme qui se noie s'accroche à un fétu de paille.

— Ce n'est pas de cela qu'il s'agit. Nous sommes en pleins préliminaires rituels d'une déclaration de guerre. »

Il avait raison, reconnut-elle, atterrée. Tous les gouvernements souhaitaient pouvoir prétendre qu'ils n'avaient pas voulu la guerre, mais avaient été contraints de la faire. Fitz semblait inconscient du danger qui pesait sur lui, comme si à l'issue de cette bataille diplomatique, il ne risquait pas une blessure fatale. Tout en voulant le protéger, sa stupide obstination donnait à Maud envie de l'étrangler.

Pour se distraire, elle feuilleta le *Manchester Guardian* où une page entière avait été achetée par la Neutrality League : « Britanniques, faites votre devoir et empêchez votre pays de prendre part à une guerre stupide et perverse. » Maud était ravie de constater que certains partageaient encore ses sentiments. En pure perte assurément.

Sanderson entra, apportant une enveloppe sur un plateau d'argent. Atterrée, Maud reconnut l'écriture de Walter. À quoi pensait cette sotte ? N'avait-elle pas compris que la réponse devait être aussi secrète que la missive initiale ?

Impossible de lire la lettre de Walter en présence de Fitz. Le cœur battant, elle la prit en feignant l'indifférence et la posa près de son assiette, puis pria Grout de lui resservir du café.

Elle se replongea dans le journal pour dissimuler sa panique. Fitz ne censurait pas sa correspondance mais, en tant que chef de famille, il avait le droit de lire le courrier adressé à toute parente vivant sous son toit. Aucune femme respectable ne s'y serait opposée.

Elle devait finir son petit déjeuner le plus vite possible et emporter la lettre sans l'avoir ouverte. Elle tenta de grignoter un toast, déglutissant avec difficulté.

Fitz leva les yeux du *Times*. « Tu ne lis pas ta lettre ? » demanda-t-il. À sa grande horreur, il ajouta : « On dirait l'écriture de von Ulrich. »

Elle n'avait pas le choix. Décachetant l'enveloppe, elle s'efforça de prendre l'air naturel.

Neuf heures du matin.

Mon très cher amour,

Tout le personnel de l'ambassade a reçu ordre de faire ses valises, de payer ses factures et de se tenir prêt à partir dans quelques heures.

Nous ne devons avertir personne. Dès demain, je retournerai en Allemagne et tu resteras ici, auprès de ton frère. Tout le monde s'accorde à dire que cette guerre ne durera pas plus de quelques semaines, quelques mois dans le pire des cas. Dès qu'elle aura pris fin, si nous sommes toujours en vie, nous annoncerons notre bonheur au monde et commencerons notre nouvelle vie ensemble.

Et si nous ne devions pas survivre à la guerre, oh ! le Ciel fasse que nous connaissions une nuit de félicité en tant que mari et femme.

Je t'aime.

W.

P.-S. : l'Allemagne a envahi la Belgique il y a une heure.

Maud fut saisie de vertige. Un mariage secret ! Personne ne saurait rien. Les supérieurs de Walter continueraient à lui faire confiance, ignorant qu'il avait épousé une ennemie ; il pourrait se battre comme l'exigeait son honneur et même travailler dans le renseignement. Les hommes continueraient à courtiser Maud, la croyant célibataire, mais cela ne lui poserait pas de problème : elle décourageait les soupirants depuis des années. Ils vivraient séparés jusqu'à la fin de la guerre, c'est-à-dire quelques mois tout au plus.

Fitz l'arracha à ses pensées. « Que dit-il ? »

L'esprit de Maud se vida. Fitz ne devait rien savoir de tout cela. Comment lui répondre ? Elle fixa la feuille de papier crème et son œil tomba sur le post-scriptum. « Il dit que l'Allemagne a envahi la Belgique ce matin à huit heures. »

Fitz posa sa fourchette. « Ainsi, ça y est. » Pour une fois, il paraissait lui-même bouleversé.

« La petite Belgique ! s'écria tante Herm. Ces Allemands sont vraiment des brutes terrifiantes ! » Soudain confuse, elle ajouta : « Excepté Herr von Ulrich, naturellement. Il est charmant.

— Au temps pour la requête polie du gouvernement anglais, commenta Fitz.

— C'est de la folie, se lamenta Maud. Des milliers d'hommes vont périr dans une guerre dont personne ne veut.

— J'aurais cru que tu serais favorable à ce conflit, argua Fitz. Après tout, nous allons défendre la France, la seule véritable démocratie de l'Europe. Et nos ennemis ne seront autres que l'Allemagne et l'Autriche, dont les parlements élus sont à peu près impuissants.

— Mais nous aurons la Russie pour alliée, répliqua Maud, amère. Et nous lutterons pour préserver la monarchie la plus brutale et la plus rétrograde d'Europe.

— Je comprends ton point de vue.

— Tout le personnel de l'ambassade a reçu ordre de préparer ses valises, précisa-t-elle. Peut-être ne reverrons-nous plus Walter. » Elle reposa la lettre d'un geste détaché.

Le stratagème ne prit pas. « Je peux voir ? » demanda Fitz.

Maud se figea. Elle ne pouvait pas lui montrer cette lettre ! Non seulement il s'empresserait de la faire enfermer, mais, s'il tombait sur la « nuit de félicité », il serait capable de tuer Walter d'un coup de pistolet.

« Je peux ? répéta-t-il en tendant la main.

— Bien sûr. » Encore une seconde d'hésitation et elle tendit la main vers la lettre. Saisie d'une soudaine inspiration, elle renversa sa tasse, maculant le papier de café. « Oh, zut ! » fit-elle, constatant avec soulagement que l'encre bleue était diluée et que le texte devenait déjà illisible.

Grout s'avança et entreprit de nettoyer les dégâts. Feignant de l'aider, Maud ramassa la lettre et la plia, s'assurant ainsi que le reste du texte serait indéchiffrable. « Je te demande pardon, Fitz. En fait, il ne donnait pas d'autres détails.

— Peu importe », dit-il en revenant à son journal.

Maud croisa les mains sur ses genoux pour que personne ne les voie trembler.

2.

Ce n'était que le début de ses épreuves.

Maud allait avoir des difficultés pour sortir seule. Comme toutes les dames de la haute société, elle n'était pas censée quitter la maison sans chaperon. Les hommes affirmaient que cette règle avait pour but de protéger les femmes, mais elle servait en réalité à les contrôler. Sans doute faudrait-il attendre que les femmes aient le droit de vote pour la voir disparaître.

Maud avait passé la moitié de sa vie à imaginer des moyens d'échapper à cette contrainte. En ce jour, elle allait devoir s'éclipser en secret. Ce qui n'était pas une mince affaire. La maison de Mayfair avait beau n'abriter que quatre membres de la famille, on y trouvait en permanence une bonne douzaine de domestiques.

Ensuite, elle devrait s'absenter une nuit entière sans que personne ne s'en rende compte.

Elle élabora son plan avec soin.

«J'ai la migraine, annonça-t-elle à la fin du déjeuner. Bea, veuillez me pardonner si je ne vous rejoins pas pour dîner ce soir.

— Bien sûr, dit la princesse. Puis-je faire quelque chose pour vous ? Voulez-vous que je fasse venir le professeur Rathbone ?

— Non, merci, ce n'est pas grave. » Les femmes invoquant des migraines sans gravité pour désigner discrètement leurs règles, on la crut sur parole et il n'y eut pas de commentaire.

Jusqu'ici, tout allait bien.

Elle monta dans sa chambre et sonna sa femme de chambre. «Je vais m'allonger un peu, lui dit-elle, en répétant un discours soigneusement préparé. Je garderai probablement la chambre jusqu'à demain. Veuillez dire aux autres domestiques de ne me déranger sous aucun prétexte. Peut-être sonnerai-je au moment du dîner pour qu'on m'apporte un plateau, mais rien n'est moins sûr : j'ai l'impression que je pourrais faire le tour du cadran. »

Si les choses se déroulaient comme prévu, personne ne remarquerait son absence de la journée.

« Vous êtes malade, mademoiselle ? » demanda Sanderson d'un air soucieux. Si certaines dames gardaient souvent le lit, ce n'était pas dans les habitudes de Maud.

« Comme toutes les femmes chaque mois, mais c'est plus pénible que d'ordinaire. »

Manifestement, Sanderson ne la croyait pas. Aujourd'hui, pour la première fois de sa vie, on l'avait envoyée porter un message secret. Elle voyait bien qu'il se passait quelque chose d'anormal. Mais une servante n'avait pas à soumettre sa maîtresse à un interrogatoire. Sanderson devrait garder ses questions pour elle.

« Et ne venez pas me réveiller demain matin », ajouta Maud. Elle ignorait à quelle heure elle rentrerait et comment elle ferait pour s'introduire dans la maison en catimini.

Sanderson se retira. Il était trois heures et quart. Maud se dévêtit en hâte puis ouvrit son armoire.

Elle n'avait pas l'habitude de préparer elle-même ses vêtements – normalement, c'était le travail de sa femme de chambre. Sa robe noire était accompagnée d'un chapeau à voilette, mais le noir ne seyait pas à un mariage.

Elle consulta la pendule au-dessus de la cheminée : trois heures vingt. Il n'y avait plus de temps à perdre.

Elle choisit une élégante tenue française. Elle enfila un corsage de dentelle blanche à col montant pour faire ressortir son long cou. Puis une robe d'un bleu ciel si pâle qu'il en paraissait presque blanc. Le bas de la jupe laissait entrevoir ses chevilles, une audace dernier cri. Elle se coiffa d'un chapeau de paille à larges bords de couleur bleu marine, muni d'une voilette assortie, et prit une ombrelle azur à liseré blanc. Son sac à main de velours bleu compléterait l'ensemble à merveille. Elle y glissa un peigne, un flacon de parfum et une culotte propre.

La pendule sonna trois heures et demie. Walter devait l'attendre dehors. Elle sentit son cœur battre plus fort.

Baissant sa voilette, elle examina son reflet dans une psyché. Ce n'était pas vraiment une robe de mariée, mais cela devrait faire l'affaire, du moins dans un bureau d'état civil. N'ayant assisté qu'à des mariages religieux, elle ne pouvait en être sûre.

Elle retira la clé de la serrure et colla l'oreille à la porte. Elle ne voulait croiser personne qui puisse lui poser des questions embarrassantes. S'il s'agissait d'un valet de pied ou d'un jeune domestique, cela n'aurait guère d'importance car ils se soucieraient peu de ses allées et venues, mais toutes les bonnes savaient qu'elle était censée être souffrante et, si elle tombait sur un membre de la famille, elle serait aussitôt percée à jour. Elle craignait moins l'embarras qui en résulterait que de se voir empêchée de sortir.

Elle allait ouvrir la porte lorsqu'elle entendit un bruit de pas et sentit une odeur de tabac. C'était sûrement Fitz, son cigare d'après déjeuner aux lèvres, qui partait pour la Chambre des lords ou le club White's. Elle rongea son frein.

Au bout de quelques instants de silence, elle passa la tête dans l'embrasure. Le large couloir était désert. Elle sortit, ferma la porte à clé et glissa la clé dans son sac à main. Toute personne qui chercherait à entrer dans sa chambre conclurait qu'elle dormait.

Avançant à pas de loup sur le tapis, elle gagna le palier et regarda au pied de l'escalier. Personne dans le vestibule. Elle descendit les marches quatre à quatre. En arrivant sur le palier intermédiaire, elle entendit du bruit et se figea. La porte de la cave s'ouvrit et Grout apparut. Maud retint son souffle. Elle suivit des yeux son crâne dégarni tandis qu'il traversait le vestibule, deux carafes de porto à la main. Il tournait le dos à l'escalier et entra dans la salle à manger sans l'avoir remarquée.

Comme la porte se refermait derrière lui, elle descendit la dernière volée de marches en courant, renonçant à toute prudence. Elle ouvrit la porte d'entrée, la franchit et la claqua derrière elle. Pour le regretter tout de suite, mais un peu tard.

Le chaud soleil d'août inondait la rue paisible. Elle la parcourut du regard et aperçut la charrette à cheval d'un poissonnier, une nounou avec un landau et un chauffeur de taxi occupé à changer la roue de son véhicule. Cent mètres plus loin, le long du trottoir d'en face, se trouvait une voiture blanche au toit de toile bleue. Maud, qui aimait les automobiles, reconnut la Benz 10/30 de Robert, le cousin de Walter.

Ce dernier en descendit tandis qu'elle traversait la chaussée, et son cœur se gonfla de joie. Il portait un costume gris perle avec un œillet blanc à la boutonnière. Il la regarda droit dans les yeux et elle comprit que, jusqu'à cet instant, il n'avait pas été sûr qu'elle viendrait. Les larmes lui montèrent aux yeux.

Le visage de Walter rayonnait. Comme il était étrange et merveilleux, se dit-elle, d'apporter un tel bonheur à quelqu'un !

Elle jeta un regard inquiet vers la maison. Grout se tenait sur le seuil scrutant la rue d'un air ébahi. Il avait entendu la porte se refermer, devina-t-elle. Elle se retourna, déterminée, avec cette seule pensée : enfin libre !

Walter lui baisa la main. Elle aurait voulu l'embrasser, mais sa voilette la gênait. De plus, cela aurait été déplacé avant le mariage. Inutile de jeter *toutes* les convenances aux orties.

Elle vit que Robert tenait le volant. Il la salua en portant une main à son haut-de-forme gris. Walter avait confiance en lui. Ce serait l'un de leurs deux témoins.

Walter ouvrit la portière arrière et Maud prit place sur la banquette. Quelqu'un s'y trouvait déjà, et elle reconnut l'intendante de Tŷ Gwyn. « Williams ! »

La jeune femme sourit. « Vous feriez mieux de m'appeler Ethel désormais. Je suis votre témoin.

— Ah oui, excusez-moi. » Obéissant à une impulsion, Maud la serra dans ses bras. « Merci d'être venue. »

La voiture démarra.

Maud se pencha en avant pour parler à Walter. « Comment as-tu retrouvé Ethel ?

— Tu m'as dit qu'elle était venue au dispensaire. Le docteur Greenward m'a donné son adresse. Je savais que tu aurais confiance en elle, puisqu'elle nous a servi de chaperon à Tŷ Gwyn. »

Ethel tendit à Maud un petit bouquet de fleurs. « Pour la mariée. »

C'étaient des roses couleur corail – la fleur de la passion. Walter connaissait-il le langage des fleurs ? « Qui les a choisies ?

— C'est moi qui en ai fait la suggestion, avoua Ethel. Et Walter a été séduit quand je lui en ai expliqué le sens. » Elle rougit.

Ethel, qui les avait vus s'embrasser dans le parc de Tŷ Gwyn, n'ignorait rien de l'amour qui les liait, comprit Maud. « Elles sont parfaites », approuva-t-elle.

Ethel portait une robe rose pâle qui semblait neuve et un chapeau décoré de roses de la même couleur. Sans doute des cadeaux de Walter. Comme il était attentionné !

Ils descendirent Park Lane et prirent la direction de Chelsea. Je vais me marier, songea Maud. Naguère, quand elle imaginait son mariage, elle supposait qu'il ressemblerait à ceux de ses amies, une longue et pénible journée de cérémonie. Cette façon-ci lui convenait bien mieux. Pas de préparatifs, pas d'invités, pas de traiteur. Et pas davantage de cantiques, de discours, de vieil oncle éméché tentant de l'embrasser : rien que les mariés et deux amis dignes de confiance.

Elle chassa de son esprit les craintes que lui inspirait l'avenir. L'Europe était en guerre, tout pouvait arriver. Elle se contenterait de savourer cette journée... et la nuit à venir.

Comme ils roulaient dans King's Road, l'inquiétude la saisit. Elle agrippa la main d'Ethel pour se donner du courage. Elle imaginait Fitz les pourchassant au volant de sa Cadillac en hurlant : « Arrêtez cette femme ! » Elle se retourna. Pas trace de Fitz ni de sa voiture, bien entendu.

Ils se garèrent devant la façade classique de l'hôtel de ville de Chelsea. Robert prit Maud par le bras et monta les marches à ses côtés, tandis que Walter les suivait au bras d'Ethel. Les passants s'arrêtèrent pour les regarder : tout le monde adore les mariages.

L'intérieur de l'édifice était décoré avec une extravagance typiquement victorienne, mêlant aux dalles multicolores une profusion de moulures. Un endroit idéal pour se marier.

Ils durent patienter dans le vestibule : une autre cérémonie, se terminait et ils se regroupèrent dans un coin en restant silencieux. Maud huma le parfum de ses roses, qui lui monta aussitôt à la tête, lui donnant l'impression d'avoir avalé d'un trait une coupe de champagne.

Quelques minutes plus tard, les nouveaux mariés faisaient leur apparition, elle en robe tout à fait ordinaire et lui en uniforme de sergent. Peut-être avaient-ils précipité les choses à cause de la guerre, eux aussi.

Maud et son groupe entrèrent. L'officier d'état civil était assis derrière une table très simple, en jaquette, avec une cravate gris argent. Il avait mis un œillet à sa boutonnière, ce dont Maud le remercia en son for intérieur. À côté de lui se trouvait un employé en complet-veston. Ils déclinèrent leur nom et Maud releva sa voilette.

« Mademoiselle Fitzherbert, dit l'officier d'état civil, pouvez-vous justifier de votre identité ? »

Elle ne comprenait pas ce qu'on lui demandait.

Remarquant sa confusion, le fonctionnaire précisa : « Votre certificat de naissance, peut-être ? »

Elle ne l'avait pas sur elle. Elle ignorait qu'on le lui demanderait et, même si elle l'avait su, jamais elle n'aurait pu se le procurer, car Fitz le conservait dans un coffre, avec son testament et les autres documents familiaux. La panique l'envahit.

« Je pense que ceci suffira », intervint Walter. Il sortit de sa poche une enveloppe timbrée et oblitérée, adressée à Miss Maud Fitzherbert aux bons soins du dispensaire. Il avait dû se la procurer lorsqu'il était allé voir le docteur Greenward. Comme il était astucieux !

L'officier d'état civil la lui rendit sans faire de commentaire.

« Il est de mon devoir de vous rappeler l'engagement solennel que représentent les vœux que vous allez prononcer. »

Maud fut un peu vexée de l'entendre insinuer ainsi qu'elle pourrait ne pas savoir ce qu'elle faisait, puis elle se rappela qu'il était tenu de faire ce discours à tous les jeunes mariés.

Walter se redressa. Ça y est, se dit Maud ; plus question de reculer à présent. Elle était sûre de vouloir épouser Walter – et surtout, elle savait qu'elle avait atteint l'âge de vingt-trois ans sans jamais rencontrer un autre homme qu'elle ait pu ne fût-ce qu'envisager de prendre pour mari. Tous ceux qu'elle connaissait traitaient les femmes comme des enfants montés en graine. Seul Walter faisait exception. Ce serait lui ou personne.

Le fonctionnaire énonçait la formule que Walter devait répéter : « Je déclare qu'à ma connaissance, aucune raison légale ne m'empêche, moi, Walter von Ulrich, d'être uni par les liens du mariage à Maud Elizabeth Fitzherbert. » Il prononça son prénom à l'anglaise et non à l'allemande, *Wallter* au lieu de *Valter*.

Maud le regarda et l'écouta. Il avait le visage ferme, la voix claire.

Puis ce fut lui qui l'observa tandis qu'elle prenait la parole. Elle adorait son air sérieux. La plupart des hommes, même les plus intelligents, ne pouvaient s'empêcher de bêtifier quand ils s'adressaient à une femme. Walter lui parlait comme il aurait parlé à Robert ou à Fitz, et – plus extraordinaire encore – il écoutait ce qu'elle avait à lui dire.

Vinrent ensuite les vœux. Walter la regarda droit dans les yeux lorsqu'il la prit pour épouse et, cette fois, elle perçut dans sa voix un léger tremblement. C'était ce qu'elle adorait chez lui : elle se savait capable de lui faire perdre son sang-froid. De le faire trembler d'amour, de bonheur ou de désir.

Elle prononça la même formule que lui : « J'appelle les personnes ici présentes à témoigner que moi, Maud Elizabeth Fitzherbert, prends Walter von Ulrich pour époux devant la loi. » Elle parlait sans hésitation et se sentit un peu gênée de ne laisser voir aucune émotion – mais ce n'était pas son style. Elle préférait paraître un peu froide même quand elle ne l'était pas. Walter le comprenait, car il connaissait mieux que quiconque les violentes passions qui agitaient son cœur.

« Avez-vous l'alliance ? » demanda l'officier d'état civil. Maud n'y avait même pas pensé – mais Walter était plus prévoyant. Il sortit de la poche de son gilet un anneau en or tout simple, lui prit la main et le lui passa au doigt. Il avait dû en estimer la taille au jugé, car il était un peu trop grand. De toute façon, comme leur mariage resterait secret, elle ne le porterait plus pendant un certain temps après ce jour.

«Je vous déclare mari et femme, dit enfin le fonctionnaire. Vous pouvez embrasser la mariée.»

Walter déposa un doux baiser sur ses lèvres. Elle lui passa le bras autour de la taille pour le serrer contre elle. «Je t'aime, murmura-t-elle.

— Et maintenant, le certificat de mariage, reprit l'officier d'état civil. Peut-être aimeriez-vous vous asseoir... madame von Ulrich.»

Walter sourit, Robert gloussa et Ethel battit des mains. Maud comprit que le fonctionnaire prenait plaisir à être le premier à appeler la jeune mariée par son nom marital. Ils s'assirent tous pendant que l'employé commençait à remplir le certificat. Walter déclara que son père était officier dans l'armée et qu'il était né à Dantzig. Maud indiqua que le sien s'appelait George Fitzherbert, qu'il était agriculteur – les prés de Tŷ Gwyn servaient de pâture à un petit troupeau de moutons, si bien que son assertion n'était pas entièrement fausse –, et qu'elle était née à Londres. Après quoi Robert et Ethel apposèrent leurs signatures.

La cérémonie était terminée, et ils sortirent de la salle pour traverser le hall – où une autre jolie fiancée attendait de s'unir pour la vie à son fiancé nerveux. Comme ils descendaient les marches bras dessus, bras dessous, Ethel jeta sur eux une poignée de confettis. Maud remarqua parmi les badauds une femme de la classe moyenne, chargée de courses, qui devait avoir à peu près son âge. Elle fixa Walter d'un œil pénétrant, puis se tourna vers Maud et celle-ci lut de l'envie dans son regard. Oui, se dit-elle, j'ai bien de la chance.

Walter et Maud s'assirent à l'arrière de la voiture, Robert et Ethel à l'avant. Tandis qu'ils s'éloignaient, Walter prit la main de sa jeune épouse pour la baiser. Ils se regardèrent dans les yeux et éclatèrent de rire. Maud avait vu bien des couples se conduire ainsi, elle les avait trouvés stupides et sentimentaux : et voilà que cela lui semblait la plus naturelle des choses.

Il ne leur fallut que quelques minutes pour arriver à l'hôtel Hyde. Maud baissa sa voilette. Walter la prit par le bras et ils traversèrent le vestibule pour gagner l'escalier. « Je vais commander le champagne », dit Robert.

Walter avait réservé la plus belle suite et l'avait remplie de fleurs. Une bonne centaine de roses corail. Maud en eut les larmes aux yeux et Ethel en resta bouche bée. Sur une desserte étaient posés un compotier débordant de fruits et une boîte de chocolats. Le soleil de l'après-midi se déversait par les grandes fenêtres pour éclairer des chaises et des sofas capitonnés de couleurs gaies.

« Mettons-nous à l'aise ! » lança Walter avec jovialité.

Pendant que Maud et Ethel visitaient les lieux, Robert les rejoignit accompagné d'un garçon apportant du champagne et des coupes sur un plateau. Walter déboucha la bouteille et servit. Une fois que tout le monde eut son verre, Robert déclara : « J'aimerais porter un toast. » Il s'éclaircit la gorge et Maud comprit avec amusement qu'il allait faire un discours.

« Mon cousin Walter est un homme hors du commun, commença-t-il. Il a toujours paru plus vieux que moi, alors que nous avons en fait le même âge. Quand nous étions étudiants à Vienne, il ne s'enivrait jamais. Si quelques-uns d'entre nous sortaient le soir pour se rendre dans certaines maisons de la ville, il restait chez lui pour étudier. J'en étais venu à me demander s'il n'était pas de ces hommes qui n'aiment pas les femmes. » Robert esquissa un sourire ironique. « En vérité, c'est moi qui suis ainsi fait – mais c'est une autre histoire, comme disent les Anglais. Walter aime sa famille et son travail, il aime aussi sa patrie, mais jamais il n'avait aimé une femme – jusqu'à ces derniers temps. Il a changé. » Cette fois, son sourire était franchement malicieux. « Il achète des cravates. Il me pose des questions – quand convient-il d'embrasser une fille, faut-il porter de l'eau de Cologne, quelles sont les couleurs qui lui vont le mieux ? –, comme si je pouvais savoir ce qui plaît aux femmes. Et puis... et c'est peut-être le comble de l'horreur... » Il marqua une pause théâtrale. « Il joue du ragtime ! »

Les autres éclatèrent de rire. Robert leva son verre. « Saluons la femme qui est responsable de ces changements : à la mariée ! »

Ils burent puis, à la grande surprise de Maud, Ethel prit la parole. « C'est à moi qu'il incombe de porter un toast au marié », dit-elle, aussi à l'aise que si elle avait passé sa vie à faire des discours. Comment une domestique galloise avait-elle pu acquérir pareille assurance ? Maud se rappela alors que son père était un prédicateur et un militant syndical. Elle avait de qui tenir.

« Lady Maud ne ressemble à aucune des femmes de sa classe que j'aie pu rencontrer, commença Ethel. Au moment où je suis entrée à Tŷ Gwyn pour y travailler comme petite bonne, elle a été la seule de sa famille à faire attention à moi. Ici, à Londres, lorsqu'une jeune femme célibataire a un bébé, la plupart des dames respectables parlent de décadence morale – mais Maud offre à ces malheureuses une aide concrète. Dans les quartiers de l'East End, on la considère comme une sainte. Ce qui ne l'empêche pas d'avoir des défauts, de graves défauts même. »

Qu'est-ce qui m'attend à présent ? se dit Maud.

« Elle est trop sérieuse pour attirer un homme normal, poursuivit Ethel. Les meilleurs partis de Londres se sont jetés à ses pieds, attirés par son étonnante beauté et son caractère pétulant, mais ils ont tous pris la fuite, terrifiés par son intelligence et son solide réalisme politique. Il y a quelque temps, j'ai compris qu'il faudrait un oiseau rare pour la conquérir. Un homme intelligent, mais à l'esprit ouvert ; doué d'un sens moral très strict, mais tout sauf orthodoxe ; un homme fort, mais pas dominateur. » Ethel sourit. « Je croyais qu'il serait impossible de dénicher un homme pareil. Et voilà qu'en janvier dernier, il est arrivé à Tŷ Gwyn en taxi, venant tout droit de la gare d'Aberowen, et la longue attente a pris fin. » Elle leva son verre. « Au marié ! »

Tous burent à nouveau, puis Ethel prit Robert par le bras. « Maintenant, Robert, vous pouvez m'emmener dîner au Ritz », dit-elle.

Walter parut surpris. « Je pensais que nous dînerions ici tous ensemble », dit-il.

Ethel lui jeta un regard mutin. « Ne faites pas l'idiot, voyons. » Et elle se dirigea vers la porte, traînant Robert derrière elle.

« Bonne nuit », lança celui-ci, alors qu'il n'était que six heures du soir. Tous deux sortirent et refermèrent la porte.

Maud éclata de rire. « Cette intendante est d'une intelligence redoutable, déclara Walter.

— Elle me comprend, répliqua Maud en fermant à clé. Bon. Allons voir la chambre.

— Tu ne préférerais pas te déshabiller en privé ? demanda Walter d'un air inquiet.

— Pas vraiment. Tu n'as pas envie de regarder ? »

Il déglutit et, quand il reprit la parole, sa voix semblait un peu rauque. « Si, s'il te plaît. J'aimerais bien. » Il lui ouvrit la porte et elle passa devant lui.

En dépit de son attitude audacieuse, elle mourait de peur lorsqu'elle s'assit au bord du lit pour se déchausser. Personne ne l'avait vue nue depuis qu'elle avait huit ans. Elle était incapable de dire si son corps était beau, faute d'élément de comparaison. Par rapport aux nus qu'elle avait vus dans les musées, elle trouvait ses seins trop menus et ses hanches trop larges. Et puis elle avait entre les jambes une toison qu'on ne voyait jamais sur les tableaux de maîtres. Et si Walter la trouvait laide ?

Il ôta sa veste et son gilet et les rangea comme si de rien n'était. Sans doute s'y habitueraient-ils, supposa-t-elle. Tout le monde faisait cela tous les jours. Cela lui paraissait néanmoins étrange, plus intimidant qu'excitant.

Elle retira ses bas et ôta son chapeau. C'en était fini du superflu. Elle allait faire le grand saut. Elle se leva.

Walter cessa de dénouer sa cravate.

Vivement, Maud dégrafa sa robe qu'elle laissa tomber à terre. Puis elle se débarrassa de son jupon et fit passer son corsage au-dessus de sa tête. Elle se tint devant lui, parée de sa seule lingerie, les yeux rivés sur son visage.

« Comme tu es belle ! » souffla-t-il.

Elle sourit. Il trouvait toujours les mots justes.

Il la prit dans ses bras et l'embrassa. Elle commença à s'apaiser, sinon à se détendre. Elle savoura le contact de ses lèvres si douces sur les siennes, le chatouillement de sa moustache. Elle lui caressa la joue, lui pinça le lobe de l'oreille du bout des doigts, lui passa la main sur la nuque, tous ses sens en éveil en pensant : Désormais, tout ceci est à moi.

« Allongeons-nous.

— Non. Pas encore. » Elle s'écarta de lui. « Attends. » Elle ôta sa chemise, révélant qu'elle portait un de ces tout nouveaux soutiens-gorge. Glissant les mains dans son dos, elle le dégrafa et le laissa choir, jetant à Walter un regard qui le mettait au défi de ne pas aimer ses seins.

« Ils sont magnifiques ! dit-il. Puis-je les embrasser ?

— Tu peux faire tout ce qui te plaira», dit-elle, se sentant délicieusement impudique.

Il se pencha sur sa poitrine et embrassa un sein, puis l'autre, lui effleurant délicatement les mamelons, lesquels durcirent comme si l'air s'était rafraîchi. Elle fut prise de l'envie soudaine de lui rendre la pareille et se demanda s'il trouverait cela bizarre.

Il aurait pu passer l'éternité à lui baiser les seins. Elle l'écarta doucement. «Finis de te déshabiller, dit-elle. Vite.»

Il ôta ses chaussures, ses chaussettes, sa cravate, sa chemise, son gilet de corps et son pantalon, puis hésita. «Je me sens tout timide, murmura-t-il. Je ne sais pas pourquoi.

— Je vais commencer.» Elle dénoua le lacet de sa culotte et la retira. Lorsqu'elle leva les yeux, il était nu lui aussi, et elle vit avec surprise que son sexe saillait de la touffe de poils blonds entre ses cuisses. Se rappelant l'avoir empoigné à travers ses vêtements dans leur loge d'opéra, elle eut de nouveau envie de le toucher.

«Pouvons-nous nous coucher maintenant?» demanda-t-il.

Son ton était si déférent qu'elle ne put s'empêcher de rire. En voyant son air blessé, elle s'excusa aussitôt. «Je t'aime, dit-elle, et son visage s'éclaira. Oui, couchons-nous.» Elle était si excitée qu'elle se crut sur le point d'exploser.

Allongés côte à côte, ils s'embrassèrent et se touchèrent. «Je t'aime, répéta-t-elle. Quand te lasseras-tu de me l'entendre dire?

— Jamais», répondit-il galamment.

Elle le crut.

Au bout d'un moment, il ajouta : «Maintenant?» Elle acquiesça.

Elle écarta les jambes et il se coucha sur elle, prenant appui sur ses coudes. Elle était crispée d'appréhension. Faisant reposer son poids sur son bras gauche, il glissa la main droite entre ses jambes et elle sentit ses doigts écarter ses lèvres humides; puis quelque chose de plus gros. Walter donna une poussée et, soudain, elle éprouva une vive douleur. Elle laissa échapper un cri.

«Pardon! Je t'ai fait mal. Je suis affreusement navré.

— Attends un peu.» La douleur n'était pas insoutenable. Elle était plus interloquée qu'autre chose. «Essaie encore. Mais plus doucement.»

L'extrémité de son membre appuyait contre ses lèvres, et elle sut qu'il ne pourrait pas entrer en elle : il était trop gros, elle trop étroite, ou les deux à la fois. Pourtant, elle le laissa pousser, espérant se tromper. Malgré la douleur, elle serra les dents et s'obligea à ne pas crier. Mais son stoïcisme ne servit à rien. Au bout de quelques instants, il cessa d'insister. «Je n'y arrive pas, dit-il.

— Qu'est-ce qui ne va pas? se lamenta-t-elle. Je croyais que ça devait se faire tout naturellement.

— Je ne comprends pas. Je n'ai aucune expérience.

— Moi non plus.» Elle baissa la main et la resserra sur son sexe. Comme elle aimait le sentir dans sa main, raide et si doux. Elle tenta de l'introduire en elle, levant les hanches pour faciliter les choses, mais il se retira au bout d'un moment en disant : «Ah, pardon ! Ça me fait mal, à moi aussi.

— Crois-tu être plus gros que la normale? demanda-t-elle d'une voix hésitante.

— Non. Quand j'étais dans l'armée, j'ai vu beaucoup d'hommes nus. Certains sont généreusement dotés par la nature, et s'en glorifient, mais je suis dans la moyenne et, de toute façon, je ne les ai jamais entendus se plaindre d'une telle difficulté.»

Maud acquiesça. Le seul sexe masculin qu'elle ait vu avant ce jour était celui de Fitz et, dans son souvenir, il était approximativement de la même taille que celui de Walter. «Peut-être est-ce moi qui suis trop étroite.»

Il secoua la tête. «Quand j'avais seize ans, j'ai séjourné chez Robert, dans le château familial en Hongrie. Il y avait une femme de chambre, Greta, qui était... plutôt délurée. Nous n'avons pas eu de rapports sexuels, mais nous avons fait des expériences. Je l'ai touchée comme je t'ai touchée dans la bibliothèque de Sussex House. J'espère que je ne te contrarie pas en te racontant cela.»

Elle l'embrassa sur le menton. «Pas le moins du monde.

— Greta n'était pas très différente de toi sur ce plan-là.

— Alors qu'est-ce qui ne va pas?»

Il soupira et s'écarta d'elle. Lui glissant un bras sous la tête, il l'attira contre lui pour l'embrasser sur le front. «J'ai entendu dire que les jeunes mariés peuvent connaître des difficultés de cet ordre. Parfois, l'homme est trop nerveux pour avoir une érection. On m'a aussi raconté que d'autres sont tellement excités qu'ils éjaculaient avant même d'avoir vraiment commencé.

Je pense que nous devons être patients, nous aimer et laisser venir.

— Mais nous n'avons qu'une nuit ! » Maud fondit en larmes.

Walter eut beau lui caresser les cheveux et lui murmurer des paroles apaisantes, elle était inconsolable. Moi qui me croyais si maligne, se dit-elle, moi qui voulais échapper à mon frère pour épouser Walter en secret, voilà le résultat : un authentique fiasco. Elle était déçue pour elle-même, et plus encore pour Walter. Dire qu'il avait attendu d'avoir vingt-huit ans pour épouser une femme incapable de le satisfaire !

Elle aurait voulu pouvoir parler à une autre femme – mais qui ? L'idée d'en parler à tante Herm était franchement grotesque. Si certaines femmes partageaient des secrets avec leurs domestiques, Maud n'avait jamais eu ce genre de relation avec Sanderson. Elle pensa à Ethel. Je pourrais me confier à elle, se dit-elle. Maintenant qu'elle y pensait, c'était Ethel qui lui avait appris qu'il était normal d'avoir des poils entre les cuisses. Mais Ethel était partie avec Robert.

Walter s'assit. « Commandons à souper, et peut-être une bouteille de vin. Nous nous mettrons à table comme deux époux ordinaires, nous parlerons de tout et de rien. Ensuite, nous ferons un nouvel essai. »

Maud n'avait pas d'appétit et ne se voyait absolument pas causer de tout et de rien. Mais elle n'avait pas de meilleure idée. Elle se rhabilla, affreusement malheureuse. Walter en fit autant, puis passa au salon pour sonner le garçon d'étage. Elle l'entendit commander des assiettes anglaises, du poisson fumé, de la salade et une bouteille de vin du Rhin.

Elle s'assit près d'une fenêtre ouverte et regarda la rue en contrebas. Le placard publicitaire d'un quotidien annonçait : « ULTIMATUM DE L'ANGLETERRE À L'ALLEMAGNE ». Walter risquait de se faire tuer pendant cette guerre. Elle ne voulait pas qu'il meure vierge.

Il l'appela dès que le repas fut arrivé et elle le rejoignit. Le garçon avait dressé la table et y avait disposé du saumon fumé, des tranches de jambon, de la laitue, des tomates, du concombre et des tranches de pain blanc. Elle n'avait toujours pas faim, mais sirota du vin blanc et grignota un peu de saumon pour faire bonne figure.

En fin de compte, ils parlèrent bien de tout et de rien. Walter évoqua son enfance, sa mère et ses études à Eton. Maud raconta les réceptions qui se donnaient à Tŷ Gwyn du vivant de son père ; il y invitait les hommes les plus puissants du pays et sa mère se cassait la tête pour leur attribuer des chambres proches de celles de leurs maîtresses.

Au début, elle se força à bavarder, comme si elle se trouvait en présence d'un inconnu, puis ils se détendirent peu à peu, retrouvant l'intimité qui leur était coutumière, et elle se mit à dire ce qui lui passait par la tête. Le garçon vint débarrasser et ils allèrent s'asseoir sur le canapé, où ils continuèrent de deviser en se tenant par la main. Ils s'interrogèrent sur la vie sexuelle de leurs proches : leurs parents, Fitz, Robert, Ethel, et même la duchesse. Maud était fascinée par les hommes comme Robert : où se retrouvaient-ils, comment se reconnaissaient-ils entre eux, que faisaient-ils ensemble ? Ils s'embrassaient comme un homme embrasse une femme, lui dit Walter, et se faisaient ce qu'elle lui avait fait à l'opéra, sans parler d'autres choses... Il prétendait ignorer les détails précis, mais elle était sûre qu'il en savait plus qu'il ne le disait.

Elle fut surprise d'entendre l'horloge sur la cheminée sonner minuit. « Allons nous coucher, proposa-t-elle. Je veux dormir dans tes bras, même si les choses ne se passent pas comme elles devraient.

— Tu as raison. » Il se leva. « Cela ne te dérange pas si je sors un instant ? Il y a un téléphone dans le vestibule à l'intention des clients. J'aimerais téléphoner à l'ambassade.

— Bien sûr. »

Il s'éclipsa. Maud se rendit à la salle de bains puis retourna dans la chambre. Elle se déshabilla et se glissa nue entre les draps. Désormais, elle ne se souciait presque plus de ce qui arriverait. Ils s'aimaient, ils étaient ensemble et, si c'était tout, eh bien, ils s'en contenteraient.

Walter revint au bout de quelques minutes à peine. En voyant son visage grave, elle sut que les nouvelles n'étaient pas bonnes. « L'Angleterre a déclaré la guerre à l'Allemagne.

— Oh ! Walter, quel malheur !

— L'ambassade a reçu la note il y a une heure. C'est le jeune Nicolson qui l'a apportée du Foreign Office, obligeant le prince Lichnowsky à sortir du lit. »

Ils savaient l'un comme l'autre que c'était inéluctable, mais la réalité n'en était pas moins choquante. Maud remarqua que Walter était aussi bouleversé qu'elle.

Il se déshabilla machinalement, comme s'il l'avait fait des années durant en sa présence. « Nous partons demain », dit-il. Il retira son caleçon et elle vit que son sexe au repos était petit et fripé. «Je dois être à dix heures à la gare de Liverpool Street, avec tous mes bagages. » Puis il éteignit la lumière électrique avant de la rejoindre dans le lit.

Ils restèrent allongés côte à côte, sans se toucher, et, durant un instant de terreur, Maud crut qu'il allait s'endormir comme une masse, mais il se tourna vers elle, la prit dans ses bras et l'embrassa sur la bouche. Elle sentit le désir s'éveiller en elle, comme si toutes leurs épreuves la poussaient à l'aimer avec l'énergie du désespoir. Le membre de Walter s'allongea et durcit contre son ventre. Quelques instants plus tard, il se couchait sur elle. Comme auparavant, il prit appui sur le bras gauche et la caressa de la main droite. Comme auparavant, son sexe érigé appuya contre ses lèvres. Comme auparavant, cela lui fit mal... mais un instant seulement. Cette fois, il glissa en elle.

Une dernière résistance, et elle perdit sa virginité ; soudain, il était tout entier en elle et ils étaient unis dans la plus vieille étreinte du monde.

« Oh ! Dieu merci ! » souffla-t-elle. Le soulagement fit place au délice ; elle se mit à bouger en cadence avec lui, heureuse, et enfin ils firent l'amour.

Deuxième partie

La guerre des géants

XII

Août 1914

1.

Le jour où l'on afficha des ordres de mobilisation sur tous les murs de Saint-Pétersbourg, Katerina, catastrophée, éclata en sanglots dans la chambre de Grigori : « Mais qu'est-ce que je vais faire ? Mais qu'est-ce que je vais faire ? » gémit-elle en se passant les doigts dans ses longs cheveux blonds, affolée.

Il avait envie de la prendre dans ses bras, de chasser ses larmes sous les baisers et de lui jurer de ne jamais la quitter. Mais il ne pouvait lui faire cette promesse. De toute façon, c'était son frère qu'elle aimait.

Grigori, qui avait accompli son service militaire, était réserviste et donc en théorie apte au combat. En fait, on l'avait surtout formé à marcher au pas et à construire des routes. Néanmoins, il s'attendait à faire partie des premiers appelés.

Cela le rendait fou de rage. Cette guerre était aussi stupide, aussi vaine que toutes les initiatives du tsar Nicolas II. Un meurtre était perpétré en Bosnie et, un mois plus tard, la Russie était en guerre contre l'Allemagne ! Des milliers de paysans et de prolétaires des deux camps allaient se faire tuer, pour rien. Aux yeux de Grigori et de tous ceux qu'il connaissait, cela prouvait que la noblesse russe était trop bornée pour gouverner.

Même s'il lui survivait, la guerre ruinerait tous ses projets. Il économisait pour se payer un nouveau billet pour l'Amérique. Avec le salaire qu'il touchait chez Poutilov, il devait y parvenir en deux ou trois ans, mais avec une solde de l'armée, il lui faudrait une éternité. Combien d'années encore allait-il devoir endurer l'injustice et la brutalité du régime tsariste ?

Le sort de Katerina l'inquiétait plus encore. Que deviendrait-elle s'il partait à la guerre ? Elle partageait une chambre avec trois autres filles de la pension et travaillait chez Poutilov, emballant des cartouches dans des boîtes en carton ; à la naissance du bébé, elle devrait quitter son emploi, au moins pour un temps. Si Grigori n'était pas là, comment gagnerait-elle de quoi vivre avec un enfant sur les bras ? Il savait à quoi se résignaient les filles de la campagne échouées à Saint-Pétersbourg lorsqu'elles arrivaient à la dernière extrémité. Pourvu qu'elle ne soit pas obligée de vendre son corps !

À sa grande surprise, il ne fut convoqué ni le premier jour ni même la première semaine. À en croire les journaux, on avait mobilisé deux millions et demi de réservistes le 31 juillet, mais c'était probablement une fausse rumeur. Il était impossible de rassembler autant d'hommes, de leur trouver un uniforme et de les acheminer au front en un seul jour, voire en un mois. Ils seraient appelés sous les drapeaux par groupes, tôt ou tard.

Aux premiers jours de chaleur du mois d'août, Grigori se prit à croire qu'on l'avait oublié. Si seulement ! L'armée était une des institutions les plus désorganisées de ce pays où régnait une désespérante gabegie, et l'incompétence des militaires permettrait sans doute à des milliers d'hommes d'échapper à la mobilisation.

Katerina avait pris l'habitude de le rejoindre dans sa chambre tous les matins, pendant qu'il préparait le petit déjeuner. C'était pour lui le meilleur moment de la journée. À cette heure-là, il était toujours lavé et habillé, mais elle arrivait tout ébouriffée, étouffant des bâillements, en chemise de nuit. Elle avait commencé à s'arrondir et sa chemise était trop étroite. Il estimait qu'elle était enceinte de quatre mois et demi. Ses seins avaient gonflé, ses hanches s'étaient élargies et son ventre était légèrement bombé sous le tissu. Son corps voluptueux était un délicieux supplice. Grigori s'efforçait de ne pas le regarder.

Un jour, elle arriva alors qu'il faisait cuire deux œufs brouillés. Il ne se limitait plus à sa bouillie d'autrefois : l'enfant de son frère avait besoin d'être bien nourri pour être fort et en bonne santé. Le plus souvent, Grigori avait quelque chose de consistant à offrir à Katerina : du jambon, du hareng ou une saucisse, son plat préféré.

Katerina avait toujours faim. Elle s'assit, se coupa une tranche de pain noir et se mit à manger, trop impatiente pour attendre les œufs. « Quand un soldat est tué, qui touche ses arriérés de solde ? » le questionna-t-elle, la bouche pleine.

Grigori se rappela avoir dû donner le nom et l'adresse de son plus proche parent. « Dans mon cas, ce serait Lev, dit-il.

— Je me demande s'il est déjà en Amérique.

— Sûrement. Il ne faut pas huit semaines pour aller là-bas.

— J'espère qu'il a trouvé du travail.

— Ne te fais pas de souci. Il s'en sortira. Tout le monde l'aime bien. » Grigori éprouva une soudaine bouffée de ressentiment à l'égard de son frère. C'était lui qui aurait dû rester en Russie pour s'occuper de Katerina et de leur enfant à venir, lui qui aurait dû craindre la mobilisation, pendant que Grigori aurait commencé la vie nouvelle pour laquelle il avait consenti tant de sacrifices. Mais Lev lui avait volé sa chance. Et Katerina persistait à se ronger les sangs pour l'homme qui l'avait abandonnée, indifférente à celui qui l'avait sauvée.

« Je suis sûre qu'il est tiré d'affaire en Amérique, acquiesça-t-elle, mais j'aimerais bien qu'il nous écrive. »

Grigori râpa un bloc de fromage sec au-dessus des œufs et les sala. Un peu triste, il songea qu'ils ne recevraient peut-être jamais de nouvelles d'Amérique. Lev n'avait jamais été un sentimental et peut-être avait-il décidé de tirer un trait sur le passé, tel un lézard abandonnant sa peau après la mue. Grigori garda cette hypothèse pour lui, par égard pour Katerina, toujours persuadée que son frère la ferait venir un jour.

« Tu crois que tu iras te battre ? demanda-t-elle.

— J'espère que non. Pour quoi nous battons-nous ?

— Pour la Serbie, il paraît. »

Grigori servit les œufs brouillés dans deux assiettes et s'assit. « La question est de savoir si la Serbie sera tyrannisée par l'empereur d'Autriche ou par le tsar de Russie. Cela m'étonnerait que les Serbes s'en soucient et, personnellement, je m'en contrefiche. » Il mangea.

« Pour le tsar, alors.

— Je suis prêt à me battre pour toi, pour Lev, pour moi-même ou pour ton bébé... mais pour le tsar ? Non. »

Katerina ne fit qu'une bouchée de ses œufs et essuya son assiette avec une nouvelle tranche de pain. « Quel prénom préfères-tu si c'est un garçon ?

— Mon père s'appelait Sergueï et son père Tikhon.

— J'aime bien Mikhaïl. Comme l'archange.

— Beaucoup de gens aiment ce prénom. C'est pour ça qu'il est si répandu.

— Je devrais peut-être l'appeler Lev. Ou alors Grigori. »

Grigori fut touché. Il aurait adoré avoir un neveu qui porterait son prénom. Mais il ne voulait rien demander à Katerina. « Lev, ce serait bien », dit-il.

La sirène de l'usine retentit – on l'entendait dans tout le quartier de Narva – et Grigori se leva de table.

« Je vais faire la vaisselle », dit Katerina. Elle n'embauchait qu'à sept heures, une heure après lui.

Elle tendit la joue à Grigori, qui l'embrassa. Ce n'était qu'un bref baiser et il ne laissa pas ses lèvres s'attarder, mais il n'en savoura pas moins la douceur moelleuse de sa peau et l'odeur de son cou encore chaude de sommeil.

Puis il attrapa sa casquette et sortit.

En dépit de l'heure matinale, il faisait chaud et humide. Avançant dans les rues d'un pas vif, Grigori se mit à transpirer.

Au cours des deux mois qui s'étaient écoulés depuis le départ de Lev, Grigori et Katerina avaient fini par nouer une amitié malaisée. Elle se reposait entièrement sur lui et il prenait soin d'elle ; ce n'était pourtant pas ce qu'ils souhaitaient ni l'un ni l'autre. Grigori voulait de l'amour, pas de l'amitié. Katerina voulait Lev, pas Grigori. Malgré tout ce dernier trouvait une certaine satisfaction à veiller à ce qu'elle mange à sa faim. C'était la seule façon qu'il avait de lui exprimer son amour. À long terme, leur relation était certainement condamnée, mais il avait peine à penser au long terme en ce moment. Il avait toujours l'intention de fuir la Russie pour gagner l'Amérique, cette Terre promise.

On avait affiché de nouvelles listes de mobilisation à l'entrée de l'usine et les ouvriers se pressaient autour d'elles, les analphabètes implorant leurs camarades de les lire à haute voix. Grigori se retrouva à côté d'Isaak, le capitaine de l'équipe de football. Ils avaient le même âge et avaient fait leurs classes ensemble. Grigori scruta les noms, cherchant celui de leur unité.

Aujourd'hui, elle y était.

Il regarda de plus près ; non, ses yeux ne l'avaient pas trahi : régiment de Narva.

Il parcourut ensuite la liste des appelés : il s'y trouvait.

Il n'avait pas vraiment cru que cela pourrait arriver. Mais il s'était raconté des histoires. Il avait vingt-cinq ans, il était robuste, il était apte – la chair à canon idéale. Évidemment, il irait à la guerre.

Qu'arriverait-il à Katerina ? Et à son bébé ?

Isaak poussa un juron. Son nom figurait aussi sur la liste.

« Ne vous en faites pas », fit une voix derrière eux.

Se retournant, ils découvrirent la silhouette efflanquée de Kanine, le sympathique surveillant de la fonderie, un ingénieur d'une trentaine d'années. « Ne pas nous en faire ? répliqua Grigori, sceptique. Katerina attend un bébé de Lev et personne ne sera là pour s'occuper d'elle. Comment est-ce que je vais me débrouiller ?

— Je suis allé voir le responsable de la mobilisation pour cette région, dit Kanine. Il m'a promis que tous mes ouvriers seraient exemptés. Sauf les agitateurs. »

Le cœur de Grigori se gonfla à nouveau d'espoir. Mais c'était sûrement trop beau pour être vrai.

« Que devons-nous faire ? demanda Isaak.

— N'allez pas à la caserne, c'est tout. Vous ne risquez rien. Tout est arrangé. »

Isaak était un type agressif – raison pour laquelle, sans aucun doute, c'était un excellent sportif – et la réponse de Kanine ne le satisfaisait pas. « Arrangé comment ? voulut-il savoir.

— L'armée donne à la police la liste des hommes mobilisés qui n'ont pas répondu à la convocation, à charge pour la police de les retrouver. Vos noms ne seront pas sur cette liste, voilà tout. »

Isaak maugréa, toujours dubitatif. Grigori se méfiait tout autant que lui de ces arrangements plus ou moins officieux – il arrivait trop souvent que les choses tournent mal –, pourtant c'était toujours comme ça, avec ce gouvernement. Kanine avait dû graisser la patte d'un fonctionnaire, ou bien il lui avait rendu un autre service. Inutile de faire le mauvais coucheur. « C'est une bonne nouvelle, lui dit-il. Merci beaucoup.

— Ne me remercie pas, répondit Kanine, l'air affable. J'ai fait ça pour moi... et pour la Russie. Les ouvriers habiles comme vous deux sont plus utiles à fabriquer des trains qu'à arrêter les balles allemandes – pour ça, un paysan illettré fera très bien l'affaire. Le gouvernement ne l'a pas encore compris, mais ça viendra, et à ce moment-là, c'est lui qui me remerciera. »

Grigori et Isaak entrèrent dans l'usine. « Autant lui faire

confiance, dit Grigori. Qu'avons-nous à perdre ? » Ils se mirent en ligne pour pointer, en mettant dans une boîte un carré de métal frappé d'un numéro. « C'est vraiment une bonne nouvelle. »

Isaak n'était toujours pas convaincu. « Je préférerais être sûr de mon coup. »

Ils se dirigèrent vers l'atelier des roues. Grigori chassa ses soucis de sa tête et se prépara à une nouvelle journée de travail. L'usine Poutilov fabriquait plus de trains que jamais. L'armée craignant que des wagons et des locomotives ne soient détruits par les bombardements, elle avait passé commande de matériel de rechange dès le début des hostilités. L'équipe de Grigori avait reçu l'ordre d'accélérer la production.

Il se retroussa les manches en entrant dans l'atelier. Celui-ci était minuscule et la forge, qui le réchauffait déjà en hiver, le transformait en fournaise l'été venu. Le métal grinçait et résonnait tandis que les tourneurs le façonnaient et le polissaient.

Il vit Konstantin debout devant son tour. Son attitude lui fit froncer les sourcils. À en juger par son expression, il cherchait à l'avertir qu'il se passait quelque chose d'anormal. Isaak eut le même sentiment. Plus vif que Grigori, il s'arrêta net, l'agrippa par le bras : « Que... ? »

Il ne put achever sa question.

Une silhouette en uniforme vert et noir jaillit de derrière la forge et frappa Grigori au visage avec une masse.

Il chercha à esquiver mais réagit avec un temps de retard, et, bien qu'il se soit baissé, la tête en bois de la masse le frappa à la pommette et le jeta à terre. La douleur lui vrilla le crâne, il poussa un cri.

Il lui fallut quelques instants pour reprendre ses esprits. Levant la tête, il découvrit le corps bedonnant de Mikhaïl Pinski, le commissaire de police.

Il aurait dû s'en douter. Il s'était tiré à trop bon compte de leur bagarre de février. Les flics n'oubliaient jamais ce genre de chose.

Il vit Isaak aux prises avec Ilia Kozlov, l'acolyte de Pinski, épaulé par deux autres policiers.

Grigori resta à terre. Inutile de riposter s'il pouvait s'en dispenser. Que Pinski savoure sa vengeance, peut-être s'en contenterait-il.

Cet espoir s'évanouit immédiatement.

Pinski leva sa masse. Grigori reconnut son propre instrument, un outil qui lui servait à enfoncer les gabarits dans le sable de moulage. Elle s'abattit.

Il se jeta sur la droite mais Pinski suivit son mouvement et le lourd outil de chêne frappa Grigori à l'épaule gauche. Il poussa un rugissement de douleur et de rage. Pendant que Pinski reprenait l'équilibre, Grigori se leva d'un bond. Son bras gauche pendait le long de son flanc, inerte, mais le droit était indemne et il s'apprêta à frapper le flic du poing, sans s'arrêter aux conséquences.

Il n'en eut pas le temps. Deux silhouettes en uniforme vert et noir qu'il n'avait pas remarquées surgirent soudain, l'empoignant fermement par les bras. Il tenta de se dégager, en vain. Les yeux voilés de fureur, il vit Pinski lever à nouveau la masse. Le premier coup le frappa au torse et il sentit ses côtes craquer. Le suivant, plus bas, l'atteignit au ventre. Il se plia en deux et vomit son petit déjeuner. Un troisième coup lui cogna la tempe, lui faisant perdre connaissance pendant quelques instants. Quand il revint à lui, il était solidement encadré par deux policiers. Isaak se trouvait dans la même situation que lui.

« Alors, on est calmé ? » demanda Pinski.

Grigori cracha du sang. Son corps était une boule de souffrance et il était incapable de penser. Que se passait-il ? Pinski le détestait, mais cela ne suffisait pas à expliquer la violence de cette agression. Sans compter qu'il avait agi en pleine usine, au milieu d'ouvriers qui n'avaient aucune sympathie pour la police. Il devait être sûr de son affaire.

Pinski soupesa la masse d'un air pensif, comme s'il s'apprêtait à porter un nouveau coup. Grigori se préparant au pire, résista à la tentation d'implorer sa pitié. « Ton nom ? » aboya le policier.

Grigori tenta de répondre. D'abord, il ne sortit que du sang de sa bouche. Puis il réussit à articuler : « Grigori Sergueïevitch Pechkov. »

Pinski le frappa à nouveau au ventre. Grigori gémit et vomit une giclée de sang. « Menteur, dit Pinski. Comment t'appelles-tu ? » Il leva à nouveau sa masse.

Konstantin s'écarta de son tour pour s'avancer. « Officier, cet homme est bien Grigori Pechkov ! protesta-t-il. Ça fait des années qu'on le connaît tous !

— Arrête de mentir, répliqua Pinski en levant la masse. Sinon, tu vas y goûter, toi aussi. »

Varia, la mère de Konstantin, intervint. « Il ne ment pas, Mikhaïl Mikhaïlovitch », dit-elle. En usant de son nom patronymique, elle montrait qu'elle connaissait Pinski. « Il est bien celui qu'il prétend être. » Elle se planta devant le policier, les bras croisés sur sa poitrine plantureuse, comme pour le défier de mettre sa parole en doute.

« Alors, explique-moi ceci. » Pinski sortit de sa poche une feuille de papier. « Grigori Sergueïevitch Pechkov a quitté Saint-Pétersbourg il y a deux mois à bord de l'*Ange Gabriel.* »

Kanine, le surveillant, apparut alors : « Que se passe-t-il ici ? Pourquoi tout le monde a-t-il cessé le travail ? »

Pinski pointa Grigori du doigt. « Cet homme est Lev Pechkov, le frère de Grigori, et il est recherché pour avoir assassiné un officier de police ! »

Tandis que tout le monde protestait à grands cris, Kanine leva la main pour réclamer le silence : « Officier, je connais les frères Pechkov et je les ai vus presque tous les jours pendant des années. Ils se ressemblent beaucoup, comme c'est souvent le cas de deux frères, mais je peux vous assurer que cet homme-ci est bien Grigori. Et vous empêchez l'atelier de travailler.

— Si cet homme est Grigori, dit Pinski avec le sourire du joueur qui abat son atout, qui a embarqué sur l'*Ange Gabriel* ? »

À peine eut-il posé cette question que la réponse fut évidente à tous. Même à Pinski, qui eut l'air ébahi.

« On m'a volé mon billet et mon passeport, déclara Grigori.

— Mais pourquoi n'as-tu pas porté plainte ? bredouilla Pinski.

— À quoi bon ? Lev avait déjà quitté le pays. Vous ne pouviez pas le rattraper, ni me rendre ce qu'il m'avait volé.

— Mais cela fait de toi le complice de sa fuite. »

Kanine intervint une nouvelle fois. « Capitaine Pinski, vous avez commencé par accuser cet homme de meurtre. Peut-être était-ce une raison suffisante pour interrompre la production de l'atelier des roues. Mais vous venez d'admettre que vous vous êtes trompé, et vous l'accusez maintenant d'avoir négligé de signaler un vol de documents. En attendant, notre pays est en guerre et vous retardez la fabrication de locomotives dont l'armée russe a un besoin urgent. Si vous ne souhaitez pas que votre nom figure dans le prochain rapport que nous adresserons à l'état-major, je vous suggère de régler au plus vite l'affaire qui vous a conduit ici. »

Pinski se tourna vers Grigori. « Quelle est ton unité ? »

Sans réfléchir, Grigori répondit : « Le régiment de Narva.

— Ah ! L'ordre de mobilisation a été publié aujourd'hui. » Il se tourna vers Isaak. « Je parie que tu en fais partie, toi aussi. »

Isaak resta muet.

« Lâchez-les », ordonna Pinski.

Grigori vacilla sur ses jambes quand les policiers s'écartèrent de lui, mais il réussit à ne pas tomber.

« Veillez à vous présenter à la caserne comme vous en avez reçu l'ordre, ajouta Pinski aux deux ouvriers. Sinon, je m'occuperai de vous. » Il tourna les talons et s'en fut avec le peu de dignité qui lui restait. Ses hommes le suivirent.

Grigori se laissa tomber lourdement sur un tabouret. Il avait une violente migraine, une douleur aux côtes et l'estomac en compote. Il n'avait qu'une envie : se rouler en boule dans un coin et s'évanouir. Mais il résista, mû par le désir ardent de liquider Pinski et le système auquel il appartenait. Un de ces jours, se répéta-t-il, nous éliminerons ce salaud, le tsar et tout ce qu'ils représentent.

« L'armée vous fichera la paix, assura Kanine, j'ai fait ce qu'il fallait pour m'en assurer, mais pour ce qui est de la police, j'ai bien peur de ne pas pouvoir vous aider. »

Grigori acquiesça d'un air lugubre. C'était ce qu'il craignait. En veillant à ce que Grigori et Kanine soient bien mobilisés, Pinski leur avait infligé un coup plus brutal qu'il ne l'avait fait avec sa masse.

« Je regretterai de te perdre, poursuivit Kanine. Tu es un excellent ouvrier. » Il semblait sincèrement ému, mais il était impuissant. Au bout de quelques instants, il leva les bras au ciel en signe de désespoir et sortit de l'atelier.

Varia s'approcha de Grigori avec une cuvette d'eau et un linge propre. Elle lava son visage en sang. Quoique robuste, elle avait des mains étonnamment douces. « Tu devrais aller faire un tour au dortoir de l'usine, dit-elle. Trouve-toi un lit inoccupé et repose-toi pendant une heure.

— Non, dit Grigori. Je rentre chez moi. »

Varia haussa les épaules et alla s'occuper d'Isaak, moins gravement blessé.

Grigori se leva avec difficulté. L'usine tournoya autour de lui quelques instants, et Konstantin dut le rattraper en le voyant chanceler, mais il réussit tout de même à se tenir debout.

Konstantin ramassa sa casquette tombée par terre et la lui tendit.

Il était encore flageolant lorsqu'il se mit en marche. Il refusa pourtant qu'on lui vienne en aide et, au bout de quelques pas, réussit à avancer presque normalement. L'exercice chassa sa migraine, mais ses côtes douloureuses l'obligeaient à faire attention. Il traversa lentement le dédale d'établis et de tours, de forges et de presses, pour gagner la cour puis le portail de l'usine.

Là, il tomba sur Katerina qui arrivait.

« Grigori ! Tu es mobilisé – ton nom est sur la liste ! » Puis elle vit son visage tuméfié. « Qu'est-ce qui s'est passé ?

— Une brève rencontre avec ton flic préféré.

— Ce salaud de Pinski ! Tu es blessé !

— Ça guérira.

— Je te ramène à la maison. »

Grigori était surpris. Voilà ce qui s'appelait inverser les rôles. Jamais Katerina n'avait pris soin de lui. « Je peux me débrouiller tout seul, répondit-il.

— Je t'accompagne quand même. »

Elle lui attrapa le bras et ils s'avancèrent dans les rues étroites, à contre-courant des milliers d'ouvriers qui déferlaient vers l'usine. Grigori était perclus de douleur et nauséeux, mais c'était une joie pour lui de marcher bras dessus, bras dessous avec Katerina tandis que le soleil se levait au-dessus des rues crasseuses et des maisons misérables.

Le trajet familier l'épuisa plus qu'il ne l'aurait pensé ; dès qu'il fut dans sa chambre, il s'effondra sur le lit.

« J'ai caché une bouteille de vodka chez les filles, dit Katerina.

— Non, merci, mais je veux bien un peu de thé. »

Il ne possédait pas de samovar, aussi elle prépara du thé dans une casserole et le lui servit dans un bol, avec un morceau de sucre. Une fois qu'il l'eut avalé, il se sentit un peu mieux. « Le pire dans cette histoire, dit-il, c'est que j'aurais pu éviter d'être incorporé ; mais Pinski s'est juré de veiller à ce que je rejoigne mon unité. »

Elle s'assit sur le lit à côté de lui et sortit une brochure de sa poche. « Une des filles m'a donné ça. »

Grigori y jeta un coup d'œil. Cela ressemblait à une publication gouvernementale, grise et officielle. Elle était intitulée «Aide aux familles des soldats».

«La femme d'un soldat a droit à une pension mensuelle de l'armée, expliqua Katerina. Ce n'est pas réservé aux indigents, c'est pour tout le monde.»

Grigori se rappelait vaguement avoir entendu parler de cette mesure. Il n'y avait guère prêté attention, car elle ne s'appliquait pas à lui.

«Ce n'est pas tout, poursuivit Katerina. Elle a droit à des réductions sur le charbon et sur les transports, et aussi à une aide pour ses enfants scolarisés.

— C'est bien, commenta Grigori qui tombait de sommeil. L'armée n'a pas l'habitude d'être aussi sensée.

— Mais cela ne concerne que les femmes mariées.»

Grigori tressaillit. Elle ne pensait quand même pas à... «Pourquoi tu me parles de ça?

— À l'heure actuelle, je n'aurais droit à rien.»

Grigori se redressa sur le coude et la fixa du regard. Soudain, son cœur battit plus fort.

«Si j'étais mariée à un soldat, je m'en sortirais mieux, dit-elle. Et mon bébé aussi.

— Mais... c'est Lev que tu aimes.

— Je sais.» Elle se mit à pleurer. «Mais Lev est en Amérique et il se fiche bien de moi. Il ne m'a même pas écrit pour prendre de mes nouvelles.

— Alors... qu'est-ce que tu veux faire?» Grigori connaissait déjà la réponse, mais il voulait l'entendre de sa propre bouche.

«Je veux me marier.

— Pour avoir droit à la pension des femmes de soldats.»

Elle hocha la tête et ce geste étouffa l'infime et ridicule espoir qui venait de naître en lui. «Ce serait vraiment important pour moi, insista-t-elle. Avoir un peu d'argent quand le bébé arrivera – surtout si tu es à la guerre.

— Je comprends, dit-il le cœur lourd.

— On peut se marier? S'il te plaît?

— Oui. Bien sûr.»

2.

On célébrait cinq mariages en même temps dans l'église de la Bienheureuse-Vierge-Marie. Tandis que le prêtre récitait l'office à toute allure, Grigori remarqua non sans agacement qu'il ne regardait personne dans les yeux. Si l'une des mariées avait été une guenon, il ne s'en serait même pas aperçu.

Grigori s'en fichait. Chaque fois qu'il voyait une église, il se souvenait du prêtre qui avait voulu tripoter Lev quand il avait onze ans. Et les conférences sur l'athéisme que donnait le groupe de discussion bolchevique présidé par Konstantin n'avaient fait qu'attiser son mépris pour le christianisme.

Le mariage de Grigori et Katerina était précipité comme ceux des quatre autres couples. Tous les hommes étaient en uniforme. La mobilisation ayant multiplié les cérémonies nuptiales, le clergé avait du mal à suivre. Grigori détestait l'uniforme, symbole de servitude à ses yeux.

Il n'avait parlé de son mariage à personne. Il ne jugeait pas utile de le fêter. Comme Katerina le lui avait fait comprendre, c'était une décision purement pratique, une façon pour elle d'obtenir une pension. Une excellente idée, s'était dit Grigori, un peu rassuré de savoir qu'après son départ au front elle jouirait d'une certaine sécurité financière. Néanmoins, il ne pouvait s'empêcher de considérer ce mariage comme une farce cruelle.

Katerina avait été moins discrète, et toutes les filles de la pension étaient là, ainsi que plusieurs ouvriers de l'usine Poutilov.

Après la cérémonie, il y eut une petite fête dans la chambre des filles, avec de la bière, de la vodka et un violoniste qui interprétait des airs folkloriques bien connus. Dès que les convives commencèrent à s'enivrer, Grigori s'éclipsa dans sa chambre. Il ôta ses bottes et s'allongea, vêtu de sa chemise et de son pantalon d'uniforme. Il souffla la bougie, mais les lumières de la rue brillaient encore. Les blessures que lui avait infligées Pinski lui faisaient toujours mal : son bras gauche le tiraillait quand il le bougeait et ses côtes l'élançaient chaque fois qu'il se retournait dans son lit.

Demain, il prendrait le train à destination de l'Ouest. Les combats commenceraient d'un jour à l'autre. Il était terrifié : il aurait fallu être fou pour réagir autrement. Mais il était intelligent et résolu, et il ferait de son mieux pour rester en vie, comme il le faisait depuis la mort de sa mère.

Il était encore éveillé quand Katerina le rejoignit. « Tu es parti de bonne heure, se plaignit-elle.

— Je ne voulais pas me soûler. »

Elle retroussa sa jupe.

Il n'en revenait pas. Les yeux exorbités, il fixa les contours de son corps, soulignés par la lueur des réverbères de la rue, le galbe de ses cuisses et sa toison dorée. Il était aussi excité que déconcerté. « Qu'est-ce que tu fais ? demanda-t-il.

— Je me couche, évidemment.

— Pas ici. »

Elle se débarrassa de ses chaussures. « Qu'est-ce que tu racontes ? Nous sommes mariés.

— C'est seulement pour que tu puisses toucher une pension.

— Tu mérites quand même une récompense. » Elle s'allongea sur le lit et l'embrassa. Elle avait l'haleine chargée de vodka.

Il ne put réprimer le désir qui montait en lui, le faisant rougir de passion et de honte. Mais dans un souffle, il réussit tout de même à dire : « Non. »

Elle lui prit la main et la posa sur son sein. Bien malgré lui, il le caressa, pressant doucement la chair moelleuse, trouvant du bout des doigts le mamelon sous le tissu grossier de sa robe. « Tu vois ? fit-elle. Tu en as envie. »

Son accent triomphal l'irrita. « Évidemment, j'en ai envie. Je t'aime depuis le premier jour où je t'ai vue. Mais toi, c'est Lev que tu aimes.

— Oh, pourquoi faut-il toujours que tu penses à Lev ?

— C'est une habitude que j'ai prise quand il était petit et vulnérable.

— Eh bien, c'est un homme aujourd'hui, et il se fiche pas mal de toi et de moi. Il t'a pris ton passeport, ton billet et ton fric, et il ne nous a rien laissé, sauf son bébé. »

C'était vrai, Lev avait toujours été égoïste. « On n'aime pas ses proches parce qu'ils sont bons et aimables. On les aime parce qu'ils sont de notre famille.

— Prends un peu de bon temps ! dit-elle, agacée. Demain, tu seras à l'armée. Tu ne veux quand même pas mourir en regrettant de ne pas avoir baisé avec moi alors que tu en avais l'occasion. »

La tentation était grande. Elle avait beau être à moitié ivre, son corps était chaud et accueillant. N'avait-il pas droit à une nuit de bonheur ?

Elle laissa courir une main le long de sa jambe et s'empara de son sexe raide. « Allez, tu m'as épousée, autant prendre ton dû. »

C'était bien là le problème, se dit-il. Elle ne l'aimait pas. Elle s'offrait à lui pour le payer de ce qu'il avait fait. C'était de la prostitution. Cette idée l'indigna d'autant plus qu'il brûlait du désir de lui céder.

Elle se mit à le caresser. Furieux, excédé, il la repoussa violemment. Plus violemment qu'il ne l'aurait voulu, car elle tomba du lit.

Elle poussa un cri de surprise et de douleur.

Il n'avait pas voulu être aussi brutal, mais il était trop fâché pour s'excuser.

Elle resta un long moment allongée par terre, pleurant et pestant. Il résista à la tentation de l'aider. Elle se releva tant bien que mal, vacillant sous l'effet de la vodka. « Salaud ! cria-t-elle. Comment peux-tu être aussi cruel ? » Elle baissa sa jupe, recouvrant ses jambes splendides. « Tu parles d'une nuit de noces : mon mari me chasse de son lit ! »

Blessé par ses paroles, Grigori ne bougea pas et ne dit rien.

« Jamais je n'aurais cru que tu avais le cœur aussi dur ! s'emporta-t-elle. Va au diable ! Au diable ! » Elle ramassa ses chaussures, ouvrit la porte bruyamment et s'éloigna d'un pas décidé.

Grigori était complètement abattu. C'était son dernier jour de vie civile et il s'était querellé avec la femme qu'il adorait. S'il mourait au combat, il mourrait malheureux. Quel monde pourri, se dit-il, quelle vie dégueulasse !

En se levant pour refermer la porte, il entendit Katerina dans la chambre voisine parler avec une gaieté forcée. « Grigori n'arrive pas à bander : il a trop bu ! Ressers-moi de la vodka et dansons encore ! »

Il claqua la porte et se jeta sur le lit.

3.

Il finit par sombrer dans un sommeil agité. Le lendemain, il se leva très tôt. Après avoir fait sa toilette et enfilé son uniforme, il mangea du pain.

Passant la tête dans la chambre des filles, il vit qu'elles dormaient toutes profondément; le sol était jonché de bouteilles vides, l'air empestait la bière et le tabac froid. Une longue minute, il garda les yeux rivés sur Katerina qui dormait la bouche ouverte. Puis il partit, ne sachant pas s'il la reverrait un jour, tentant de se convaincre que cela lui était bien égal.

L'excitation et la confusion qui régnaient à la gare lui changèrent les idées. Il dut se présenter à son régiment, se faire remettre une arme et des munitions, trouver le bon train et rencontrer ses nouveaux camarades. Il cessa de penser à Katerina pour songer à l'avenir.

Il monta dans le train avec Isaak et plusieurs centaines d'autres réservistes, tous en uniforme flambant neuf, pantalon et vareuse gris-vert. Comme tous ses compagnons, Grigori était armé d'un fusil Mosin-Nagant fabriqué en Russie, aussi grand que lui avec sa longue baïonnette. En voyant l'hématome que lui avait laissé le coup de masse et qui lui recouvrait la moitié du visage, les autres soldats le prirent pour un voyou et le traitèrent avec un respect teinté de méfiance. Le train quitta Saint-Pétersbourg dans un nuage de fumée pour traverser champs et forêts à une allure régulière.

Remarquant que le soleil couchant se trouvait le plus souvent devant eux et sur leur droite, Grigori en déduisit qu'ils se dirigeaient vers le sud-ouest, c'est-à-dire vers l'Allemagne. Cela lui paraissait évident, mais ses camarades furent aussi surpris qu'impressionnés quand il leur fit part de cette observation : la plupart d'entre eux ignoraient où était l'Allemagne.

Ce n'était que la deuxième fois de sa vie qu'il prenait le train, et il conservait un vif souvenir de son premier voyage. Il avait onze ans quand sa mère les avait emmenés à Saint-Pétersbourg, Lev et lui. Leur père avait été pendu quelques jours plus tôt et le jeune Grigori vivait encore dans la peur et le chagrin mais, comme n'importe quel garçon de son âge, il avait adoré cette expédition : l'odeur de graisse de la puissante locomotive, les gigantesques roues, la camaraderie des paysans de leur compartiment de troisième classe, le paysage qui défilait à une vitesse grisante. Il retrouvait un peu de son enthousiasme juvénile et ne pouvait s'empêcher d'imaginer qu'il partait pour une aventure qui pouvait être aussi excitante que terrifiante.

Cette fois-ci cependant, il avait embarqué dans un wagon à bestiaux, comme tous les hommes de troupe. Ils étaient une quarantaine, des ouvriers de Saint-Pétersbourg au teint pâle et au regard torve, des paysans taciturnes à la longue barbe qui regardaient tout avec une curiosité ébahie et une demi-douzaine de Juifs aux yeux et aux cheveux noirs.

L'un d'eux, assis près de Grigori, s'appelait David. Son père fabriquait des seaux en fer dans l'arrière-cour de leur maison et les vendait de village en village. S'il y avait beaucoup de Juifs dans l'armée, expliqua-t-il, c'était parce qu'il leur était plus difficile qu'aux autres d'échapper au service militaire.

Ils étaient tous sous les ordres du sergent Gavrik, un engagé à l'air inquiet qui aboyait ses ordres en les émaillant de nombreux jurons. Feignant de croire que tous ses hommes étaient des paysans, il les traitait de « bouseux ». Il avait le même âge que Grigori et, comme lui, il était trop jeune pour avoir fait la guerre russo-japonaise de 1904-1905 : Grigori devina qu'il jouait les bravaches pour cacher sa peur.

Le train s'arrêtait toutes les deux ou trois heures dans une gare de campagne afin que les hommes puissent se dégourdir les jambes. Tantôt on leur donnait de la soupe et de la bière, tantôt seulement de l'eau. Pendant le trajet, ils étaient assis à même le sol du wagon. Gavrik s'assura qu'ils savaient nettoyer leur fusil et leur rappela les différents rangs de l'armée et comment s'adresser aux officiers. Les officiers supérieurs, notamment, avaient droit à toute une gamme de titres honorifiques qui pouvaient aller jusqu'à « Votre Clarté », réservé aux princes du sang.

Le deuxième jour, Grigori estima qu'ils avaient dû entrer sur le territoire de la Pologne russe.

Il demanda au sergent de quelle partie de l'armée ils relevaient. Grigori savait qu'il appartenait au régiment de Narva, mais personne ne leur avait dit quel serait leur rôle. « Mêle-toi de ce qui te regarde, lui rétorqua le sous-officier. Va où on te dit d'aller et fais ce qu'on te dit de faire. » Grigori conclut qu'il n'en savait rien lui-même.

Un jour et demi plus tard, le train s'arrêta à Ostrolenka. Grigori n'avait jamais entendu parler de cette ville. Voyant que la voie ferrée n'allait pas plus loin, il se dit qu'ils devaient être tout près de la frontière allemande. Ici, on s'affairait à décharger des centaines de wagons. Hommes et chevaux suaient sang et eau pour sortir des trains d'immenses canons. Des officiers excédés s'efforçaient de regrouper en sections et en compagnies les milliers de soldats qui piétinaient sur place. En même temps, on transférait dans des chariots des tonnes de provisions – quartiers de viande, sacs de farine, tonneaux de bière, sacs d'avoine pour les chevaux – ainsi que des caisses de munitions et d'obus de mortier.

À un moment, Grigori reconnut le visage haï du prince Andreï. Il portait un uniforme splendide – Grigori n'était pas suffisamment expert en insignes et en galons pour identifier son grade et son régiment – et montait un grand alezan. Derrière lui marchait un caporal portant un canari en cage. Je pourrais l'abattre et venger mon père, pensa Grigori. C'était une idée stupide, bien sûr, mais il n'en caressa pas moins la détente de son fusil tandis que le prince et son oiseau disparaissaient dans la foule.

Le temps était chaud et sec. Cette nuit-là, Grigori dormit par terre avec les autres hommes de son wagon. Il devina qu'ils formaient une section et resteraient ensemble jusqu'à nouvel ordre. Le lendemain matin, ils firent la connaissance de leur officier, un lieutenant étonnamment jeune qui s'appelait Tomtchak, et ils quittèrent Ostrolenka par une route en direction du nord-ouest.

Le lieutenant Tomtchak apprit à Grigori qu'ils faisaient partie du 13e corps, placé sous le commandement du général Kliouev, qui était intégré à la 2e armée, dirigée par le général Samsonov. Quand Grigori transmit ces informations à ses camarades, ils furent pris de terreur car le nombre treize portait malheur, et le sergent Gavrik lui lança : «Je t'avais dit de te mêler de ce qui te regarde, Pechkov, espèce de tantouze.»

Ils étaient encore près de la ville lorsque la route empierrée se transforma en une piste sablonneuse qui traversait une forêt. Les chariots s'enfoncèrent et leurs conducteurs constatèrent qu'un cheval seul ne pouvait pas tracter sa charge dans le sable. Il fallut détacher les bêtes et les atteler à deux par chariot, abandonnant sur place la moitié des provisions.

Ils marchèrent toute la journée et dormirent de nouveau à la belle étoile. Chaque soir quand il se couchait, Grigori se disait : Une nouvelle journée de passée, et je suis toujours en vie pour m'occuper de Katerina et du bébé.

Tomtchak n'ayant reçu aucun ordre la veille au soir, ils restèrent toute la matinée à l'ombre, à se reposer. Grigori s'en félicita : la marche forcée lui avait coupé les jambes et ses bottes neuves lui faisaient mal aux pieds. Les paysans, habitués à marcher toute la journée, se moquaient du manque de résistance des citadins.

À midi, une estafette leur apporta des instructions : ils auraient dû se mettre en route dès huit heures du matin, quatre heures plus tôt.

Rien n'avait été prévu pour les approvisionner en eau, aussi devaient-ils se désaltérer aux puits et aux ruisseaux qu'ils trouvaient en chemin. Ils apprirent vite à profiter du moindre point d'eau et à garder leurs gourdes remplies. Rien n'avait été prévu non plus pour faire la cuisine, et ils se contentaient de biscuits militaires. Tous les deux ou trois kilomètres, on les réquisitionnait pour dégager un canon du sable ou de la vase.

Ils marchèrent jusqu'au coucher du soleil et dormirent à nouveau sous les arbres.

Au milieu du troisième jour, émergeant d'une forêt, ils découvrirent une jolie ferme nichée parmi des champs de blé et d'avoine mûrissants. C'était un bâtiment de deux étages, au toit fortement incliné. Dans la cour se trouvaient un puits à la margelle en ciment et un bâtiment de pierre qui ressemblait à une porcherie, si ce n'est qu'il était propre. On aurait dit la demeure d'un propriétaire terrien prospère, ou celle du fils cadet d'un noble. Elle était déserte et fermée à clé.

Un ou deux kilomètres plus loin, à leur grand étonnement, la route traversa un village entier de maisons du même genre, toutes abandonnées. Grigori commença à comprendre qu'ils avaient franchi la frontière et que ces habitations appartenaient à des fermiers allemands qui avaient fui avec familles et troupeaux pour échapper à l'armée russe. Mais où étaient les cabanes des paysans pauvres? Qu'avait-on fait du fumier des vaches et des cochons? Pourquoi ne voyait-on aucune étable de guingois, aux murs de bois branlants et au toit ouvert aux quatre vents?

Les soldats jubilaient. « Ils ont mis les bouts ! dit un paysan. Ils ont peur de nous ! La Russie va s'emparer de l'Allemagne sans tirer un seul coup de fusil ! »

Grâce au groupe de discussion de Konstantin, Grigori savait que les Allemands avaient l'intention de conquérir la France avant d'affronter la Russie. Loin de rendre les armes, ils attendaient le moment propice pour frapper. Malgré tout, il aurait été étonnant qu'ils renoncent à cette riche contrée sans combattre.

« Dans quelle région de l'Allemagne nous trouvons-nous, mon lieutenant ? demanda-t-il à Tomtchak.

— On l'appelle la Prusse-Orientale.

— Est-ce la région la plus riche d'Allemagne ?

— Je ne pense pas, répondit le lieutenant. Je ne vois pas de palais.

— Les Allemands ordinaires sont donc si riches qu'ils peuvent vivre dans des maisons pareilles ?

— Il faut croire. »

De toute évidence, Tomtchak, qui semblait à peine sorti de l'école, n'en savait pas beaucoup plus que lui.

Grigori poursuivit sa route, mais le cœur n'y était plus. Il se considérait comme un homme bien informé, mais jamais il n'aurait cru que les Allemands vivaient dans un tel confort.

Ce fut Isaak qui formula les doutes qui le taraudaient. « Notre armée a déjà du mal à nous nourrir alors que nous n'avons pas encore tiré un seul coup de feu, dit-il à voix basse. Comment pouvons-nous affronter des gens si bien organisés qu'ils abritent leurs cochons dans des bâtiments de pierre ? »

4.

Walter était ravi de l'évolution de la situation en Europe. Il y avait de grandes chances pour que la guerre soit brève et que l'Allemagne triomphe rapidement. Il retrouverait peut-être Maud dès Noël.

À moins qu'il ne soit tué, évidemment. Mais, dans ce cas, il mourrait heureux.

Il frissonnait de joie chaque fois qu'il se souvenait de la nuit qu'ils avaient passée ensemble. Ils n'avaient guère perdu leur précieux temps à dormir. Ils avaient fait l'amour trois fois. Après leurs difficultés initiales mortifiantes, leur euphorie n'avait été que plus grande. Entre deux étreintes, ils restaient allongés côte à côte, à bavarder et à se caresser. Une conversation comme il n'en avait jamais connu. Tout ce qu'il pensait, tout ce qu'il ressentait, il pouvait le dire à Maud. Jamais il ne s'était senti aussi proche de quelqu'un.

Au lever du jour, ils avaient dévoré tous les fruits du compotier et tous les chocolats de la boîte. Puis ils avaient dû se résoudre à partir : Maud pour regagner discrètement la maison de Fitz, où elle raconterait aux domestiques qu'elle revenait d'une promenade matinale ; Walter pour retourner à sa garçonnière, se changer, faire ses valises et laisser à son valet les instructions nécessaires afin qu'il lui expédie le reste de ses objets personnels à Berlin.

Dans le taxi qui les conduisait de Knightsbridge à Mayfair, ils s'étaient tenus par la main sans prononcer un mot ou presque. Walter avait fait arrêter la voiture au carrefour le plus proche de la demeure de Fitz. Maud l'avait embrassé une nouvelle fois, leurs langues s'étaient rejointes avec passion, puis elle s'était éloignée, le laissant seul. Quand se reverraient-ils ?

La guerre avait bien commencé. L'armée allemande traversait la Belgique sans rencontrer de résistance. Plus au sud, les Français – par sentimentalisme plus que par stratégie – étaient entrés en Lorraine, pour y être décimés par l'artillerie allemande. Aujourd'hui, ils battaient en retraite.

Le Japon s'était rangé aux côtés des Français, des Anglais et de leurs alliés, ce qui permettait malheureusement aux Russes de transférer sur le front européen leurs soldats postés en Sibérie orientale. Mais les Américains avaient réaffirmé leur neutralité, au grand soulagement de Walter. Que le monde était devenu petit ! songeait-il. Le Japon en constituait l'extrémité orientale, l'Amérique l'extrémité occidentale. Cette guerre faisait le tour de la planète.

Selon les services de renseignements allemands, les Français avaient envoyé une avalanche de télégrammes à Saint-Pétersbourg pour supplier le tsar d'attaquer les Allemands, dans l'espoir de les immobiliser sur leur front oriental. Et les Russes s'étaient montrés plus rapides que prévu. Leur 1re armée avait étonné le monde en franchissant la frontière allemande douze jours à peine après le début de la mobilisation. Pendant ce temps, la 2e armée poussait plus au sud, à partir du dépôt ferroviaire d'Ostrolenka, les deux forces cherchant à prendre en tenaille la ville de Tannenberg. Elles ne rencontraient aucune résistance.

La torpeur bien peu germanique qui avait permis cette avance russe fut de courte durée. Le général von Prittwitz, surnommé *der Dicke*, « le gros », commandant en chef de la région, fut promptement démis de ses fonctions par l'état-major et remplacé par un duo formé de Paul von Hindenburg, sorti de sa retraite pour l'occasion, et d'Erich Ludendorff, l'un des rares officiers supérieurs dont le nom était dépourvu du « von » aristocratique. À quarante-neuf ans, Ludendorff était en outre l'un des plus jeunes généraux allemands. Walter l'admirait de s'être hissé à son rang par son seul mérite et se félicitait d'être son agent de liaison avec les services de renseignements.

Le dimanche 23 août, alors qu'ils ralliaient la Prusse depuis la Belgique, ils firent une brève halte à Berlin, où Walter put passer quelques instants avec sa mère sur le quai de la gare. Le nez pointu de Frau von Ulrich était rougi par un rhume estival. Elle le serra dans ses bras, tremblante d'émotion. « Tu n'as rien, dit-elle.

— Non, mère, je n'ai rien.

— Je me fais un sang d'encre pour Zumvald. Les Russes sont si près ! » Zumvald était le domaine des von Ulrich en Prusse.

« Tout ira bien, j'en suis sûr. »

Elle n'était pas du genre à s'en laisser conter. « J'ai parlé à l'impératrice. » C'était une proche de l'épouse du kaiser. « Plusieurs autres dames en ont fait autant.

— Vous ne devriez pas importuner ainsi la famille impériale, lui reprocha Walter. Ils ont assez de soucis comme cela. »

Elle renifla. « Nous ne pouvons pas abandonner nos terres à l'armée russe ! »

Walter compatit. L'idée de voir des moujiks primitifs et des boyards armés de knouts déferler sur les pâtures et les vergers bien tenus du domaine des von Ulrich lui faisait horreur, à lui aussi. Ces fermiers allemands si durs à la tâche, aux femmes robustes, aux enfants toujours nets et aux vaches grasses, méritaient d'être protégés. N'était-ce pas la raison même de cette guerre ? Et, un jour, il comptait bien emmener Maud à Zumvald pour faire découvrir sa propriété à son épouse. « Ludendorff arrêtera les Russes, mère», déclara-t-il. Il espérait ne pas se tromper.

Avant qu'elle ait pu répondre, le sifflet du train retentit, Walter l'embrassa et monta dans son wagon.

Il se sentait un peu responsable des revers allemands sur le front oriental. Il faisait en effet partie des spécialistes du renseignement qui avaient jugé les Russes incapables d'attaquer aussi peu de temps après la mobilisation. La honte l'envahissait chaque fois qu'il y pensait. Mais il estimait ne pas avoir eu entièrement tort et soupçonnait les Russes d'envoyer au combat des troupes mal préparées et mal approvisionnées.

Cette impression se confirma lorsqu'il arriva en Prusse avec Ludendorff et son état-major le soir de ce dimanche. On leur apprit que la 1re armée russe avait interrompu sa progression. Elle ne se trouvait qu'à quelques kilomètres à l'intérieur du territoire allemand et, en toute logique, elle aurait dû presser le mouvement. Qu'attendaient-ils? Ils devaient être à court de nourriture, devina Walter.

Mais la 2e armée, plus au sud, continuait d'avancer, et la priorité de Ludendorff était de l'arrêter.

Le lendemain matin, le lundi 24 août, Walter communiqua au général deux rapports d'une valeur inestimable. Il s'agissait de télégrammes russes interceptés et traduits par le renseignement allemand.

Le premier, envoyé à cinq heures et demie du matin par le général Rennenkampf, ordonnait à la 1re armée de se remettre en marche. Enfin, Rennenkampf s'était décidé – mais au lieu de se diriger vers le sud pour opérer sa jonction avec la 2e armée et refermer ainsi la tenaille, il partit inexplicablement vers l'ouest, une trajectoire qui ne menaçait en rien les forces allemandes.

Le second message avait été envoyé une demi-heure plus tard par le général Samsonov, commandant de la 2e armée russe. Il ordonnait à ses 13e et 15e corps de poursuivre le 20e corps allemand, qu'il croyait en pleine déroute.

«C'est stupéfiant! s'exclama Ludendorff. Comment avons-nous obtenu ces informations?» Il semblait soupçonneux, comme s'il croyait Walter capable de le tromper. Sans doute se méfiait-il d'un représentant de la vieille aristocratie militaire, devina l'intéressé. «Nous connaissons leurs codes? demanda le général.

— Ils n'en utilisent pas, lui dit Walter.

— Ils transmettent leurs ordres en clair ? Au nom du ciel, pourquoi ?

— Les soldats russes ne sont pas assez instruits pour comprendre un message chiffré, expliqua Walter. D'après les renseignements que nous avons rassemblés avant la déclaration de guerre, il y a trop d'analphabètes dans l'armée russe pour qu'elle dispose d'opérateurs radio en nombre suffisant.

— Pourquoi n'utilisent-ils pas des téléphones de campagne, alors ? Cela éviterait qu'on puisse intercepter leurs communications.

— Je pense qu'ils n'ont plus assez de câbles téléphoniques. »

En plus d'un menton proéminent et d'une bouche au pli amer, Ludendorff avait toujours l'air de froncer les sourcils d'un air agressif. « Ce n'est pas une ruse, au moins ? »

Walter secoua la tête. « Ce serait inconcevable, mon général. Les Russes sont à peine capables de mettre en place des communications normales. Imaginer qu'ils envoient de faux télégrammes pour tromper l'ennemi... autant croire qu'ils vont aller sur la Lune. »

Ludendorff se pencha sur la carte étalée devant lui, révélant à Walter son crâne dégarni. C'était un travailleur infatigable, mais il était souvent en proie à de terribles doutes, que Walter attribuait à la peur de l'échec. Ludendorff posa l'index sur la carte. « Les 13e et 15e corps de Samsonov forment le centre de la ligne russe, dit-il. S'ils avancent... »

Walter vit tout de suite où il voulait en venir : on pouvait attirer les Russes dans un piège par une manœuvre d'enveloppement, et ils seraient cernés de trois côtés.

« À droite, nous avons von François et le 1er corps, poursuivit Ludendorff. Au centre, Scholtz et le 20e corps, qui a opéré un simple repli stratégique, contrairement à ce que semblent croire les Russes. Et à gauche, à cinquante kilomètres au nord seulement, von Mackensen et le 17e corps. Von Mackensen garde l'œil sur la 1re armée, la branche nord de la tenaille russe, mais si les Russes partent du mauvais côté, nous pouvons peut-être la négliger pour le moment et ordonner à von Mackensen de marcher vers le sud.

— Une manœuvre classique », commenta Walter. La simplicité même, en fait, mais il avait fallu que Ludendorff la lui expose pour qu'il en prenne conscience. Voilà pourquoi c'était lui le général, pensa-t-il, admiratif.

« Mais cela ne marchera que si Rennenkampf et la 1re armée russe poursuivent dans la mauvaise direction, ajouta Ludendorff.

— Vous avez lu mon rapport, mon général. Les ordres russes ont été transmis.

— Espérons que Rennenkampf ne changera pas d'avis. »

5.

Le bataillon de Grigori n'avait rien à manger, mais ils avaient reçu un chariot plein de pelles et se mirent à creuser des tranchées. Les hommes travaillaient par équipes, se relevant toutes les demi-heures, de sorte qu'ils eurent vite achevé leur besogne. Le résultat n'était pas impeccable, néanmoins il ferait l'affaire.

Un peu plus tôt dans la journée, Grigori, Isaak et leurs camarades avaient investi une position allemande abandonnée, Grigori avait alors remarqué que leurs tranchées dessinaient des zigzags à intervalles réguliers, ce qui devait empêcher les soldats de voir très loin. Selon le lieutenant Tomtchak, on appelait cela des « redans », mais il ignorait à quoi ils servaient. Il n'ordonna pas à ses hommes de suivre l'exemple des Allemands ; pourtant Grigori était sûr que ces redans avaient une fonction bien précise.

Il ne s'était pas encore servi de son arme. Il avait entendu des tirs de fusils, de mitrailleuses et de canons, et son unité s'était enfoncée assez profondément en territoire allemand, mais pour l'instant, il n'avait tiré sur personne et personne n'avait tiré sur lui. Chaque fois que le 13e corps arrivait quelque part, c'était pour constater que les Allemands venaient de partir.

Tout cela n'avait aucun sens. Cette guerre n'était que confusion, il commençait à le comprendre. Personne ne savait ce qu'ils faisaient ici ni ou était passé l'ennemi. Deux hommes de sa section avaient été tués, mais les Allemands n'y étaient pour rien : le premier s'était tiré une balle dans la cuisse par accident et s'était vidé de son sang avec une rapidité stupéfiante, le second avait été piétiné par un cheval emballé et n'avait jamais repris connaissance.

Cela faisait des jours qu'ils n'avaient pas vu une cantine roulante. Leurs rations de secours étaient épuisées, ils n'avaient même plus de biscuits militaires. Ils n'avaient rien mangé depuis la veille au matin. Après avoir creusé les tranchées, ils s'endormirent le ventre creux. Heureusement, on était en plein été. Au moins, ils n'avaient pas froid.

Les premiers coups de feu retentirent à l'aube.

La bataille se déroulait relativement loin, sur leur gauche, mais Grigori distingua dans le ciel les nuages des explosions de shrapnels et vit la terre meuble se soulever soudain sous l'impact des obus. Il savait qu'il aurait dû avoir peur, pourtant il ne ressentait rien. Il avait faim, il avait soif, il était fatigué, il avait mal partout et il en avait assez, mais il n'avait pas peur. Il se demanda si les Allemands éprouvaient la même chose.

On entendait des tirs nourris sur leur droite, à quelques kilomètres au nord ; ici cependant, tout était calme. « Nous sommes dans l'œil du cyclone », dit David.

Bientôt, ils reçurent l'ordre d'avancer. Épuisés, ils sortirent de leurs tranchées et reprirent la route. « Nous devrions sans doute être contents, lâcha Grigori.

— Pourquoi ? interrogea Isaak.

— Il vaut mieux marcher que se battre. On a des ampoules, mais on est vivants. »

Dans l'après-midi, ils arrivèrent en vue d'une ville : Allenstein, à en croire le lieutenant Tomtchak. Ils se mirent en ordre de marche dans ses faubourgs puis entrèrent dans le centre en formation.

À leur grande surprise, Allenstein était remplie de citoyens allemands bien vêtus et vaquant à leurs occupations comme par un jeudi après-midi ordinaire : ils postaient leur courrier, achetaient des victuailles et promenaient leurs bébés dans des landaus. L'unité de Grigori fit halte dans un petit jardin public, où les hommes s'assirent à l'ombre des frondaisons. Tomtchak entra dans un salon de coiffure et en ressortit les cheveux courts et les joues rasées de près. Isaak voulut acheter de la vodka mais constata que l'armée avait posté des sentinelles devant les marchands de vin pour en interdire l'entrée aux soldats.

Finalement, ils virent apparaître un cheval qui traînait un chariot chargé d'un tonneau d'eau fraîche et firent la queue pour remplir leurs gourdes. À mesure que le soir approchait, d'autres chariots apparurent avec des miches de pain achetées ou réquisitionnées chez les boulangers de la ville. Cette nuit-là, ils dormirent sous les arbres.

Le matin, ils se passèrent de petit déjeuner. Laissant un bataillon garder la ville, le 13e corps sortit d'Allenstein, se dirigeant vers le sud-ouest sur la route de Tannenberg.

Bien qu'ils n'aient pas encore vu le feu, Grigori remarqua un changement d'humeur parmi les officiers. Ils allaient et venaient le long de la colonne et conféraient tout bas. À un moment, on les entendit élever la voix, un commandant pointant le doigt dans une direction et un capitaine dans une autre. Grigori entendait toujours des tirs d'artillerie lourde au nord et au sud, mais ils semblaient se déplacer vers l'est, alors que le 13e corps marchait vers l'ouest. « À qui sont ces canons ? demanda le sergent Gavrik. À nous ou à eux ? Et pourquoi est-ce qu'ils vont vers l'est et nous vers l'ouest ? » Il devait être très inquiet, car il en oubliait de jurer. Lorsqu'ils eurent parcouru quelques kilomètres, un bataillon fut chargé de protéger leurs arrières, ce qui surprit Grigori : l'ennemi ne se trouvait-il pas devant eux ? Le 13e corps commençait à s'étirer exagérément, songea-t-il en fronçant les sourcils.

En milieu de journée, son bataillon reçut ordre de se détacher de la colonne. Pendant que le gros de la troupe continuait vers le sud-ouest, ses camarades et lui se dirigèrent vers le sud-est, empruntant un large sentier qui traversait une forêt.

C'est là que Grigori vit enfin l'ennemi.

Les soldats faisaient une pause au bord d'un ruisseau pour remplir leurs gourdes. Grigori s'isola dans un bosquet pour satisfaire un besoin naturel. Alors qu'il se tenait derrière un gros pin, il entendit du bruit sur sa gauche et fut stupéfait de découvrir, à quelques mètres de lui à peine, un officier allemand en grande tenue, coiffé d'un casque à pointe et montant un superbe cheval noir. Il inspectait à la lunette d'approche l'endroit où le bataillon avait fait halte. Grigori se demanda ce qu'il pouvait bien voir entre les arbres. Peut-être cherchait-il à déterminer s'ils portaient des uniformes russes ou allemands. Il était aussi immobile qu'un monument sur une place de Saint-Pétersbourg, mais sa monture, nettement plus nerveuse, ne cessait de frémir et de renâcler – ce qui avait alerté Grigori.

Il reboutonna soigneusement son pantalon, ramassa son fusil et s'éloigna à reculons, veillant à rester derrière l'arbre qui le cachait.

Soudain, l'Allemand bougea. Durant une seconde de terreur, Grigori se crut repéré, mais l'officier fit habilement faire volte-face à son cheval et partit au trot vers l'ouest.

Grigori courut rejoindre le sergent Gavrik. «J'ai vu un Allemand ! s'écria-t-il.

— Où ça ?

— Par là, dit-il en pointant du doigt. J'étais allé pisser.

— Tu es sûr que c'était un Allemand ?

— Il avait un casque à pointe.

— Qu'est-ce qu'il faisait ?

— Il était à cheval, il nous observait à la lunette.

— Un éclaireur ! conclut Gavrik. Tu lui as tiré dessus ? »

Ce ne fut qu'à cet instant que Grigori se rappela qu'il était censé tuer les soldats allemands et non s'enfuir à leur vue. « J'ai préféré vous prévenir tout de suite, répondit-il, penaud.

— Espèce de fiotte, pourquoi on t'a donné un fusil, à ton avis ? » beugla Gavrik.

Grigori regarda le fusil chargé qu'il tenait, avec sa sinistre baïonnette. Évidemment, il aurait dû tirer. À quoi pensait-il donc ? « Je suis désolé, dit-il.

— Maintenant que tu l'as laissé filer, l'ennemi sait où on est ! »

Grigori était humilié. Ce genre de situation n'avait pas été évoqué quand il avait fait ses classes, mais il aurait dû savoir quoi faire.

« Par où est-il parti ? » demanda Gavrik.

Au moins Grigori pouvait répondre à cette question. « Vers l'ouest. »

Gavrik rejoignit au pas de course le lieutenant Tomtchak, qui fumait, adossé à un arbre. Une seconde après, Tomtchak jeta sa cigarette à terre et courut vers le commandant Bobrov, un bel officier d'un certain âge à la crinière argentée.

Tout se passa ensuite très vite. Ils n'avaient pas de canons, mais les servants mirent les mitrailleuses en batterie. Les six cents soldats du bataillon furent répartis le long d'une ligne s'étendant sur mille mètres du nord au sud. Quelques-uns furent choisis pour partir en avant-garde. Puis le gros de la troupe se mit lentement en mouvement vers l'ouest, en direction du soleil de l'après-midi qui dardait ses rayons entre les feuilles.

Quelques minutes plus tard, le premier obus tomba. Un hurlement déchira l'air, puis le projectile déchiqueta les frondaisons et une explosion secoua le sol derrière Grigori, qui sentit la terre trembler sous ses pieds.

« L'éclaireur leur a donné la portée, expliqua Tomtchak. Ils visent la position que nous occupions tout à l'heure. Heureusement que nous avons bougé. »

Mais les Allemands n'étaient pas idiots et comprirent manifestement leur erreur, car l'obus suivant atterrit devant le bataillon russe en marche.

Les hommes qui entouraient Grigori s'agitaient. Ils jetaient des regards inquiets autour d'eux, se tenaient prêts à tirer et échangeaient des injures à la moindre provocation. David ne cessait de scruter le ciel, pensant sans doute pouvoir éviter un obus s'il le voyait fondre sur lui. Isaak affichait un air agressif, comme lors d'un match quand l'adversaire commençait à faire des sales coups. Savoir que quelqu'un cherche à vous tuer est terriblement oppressant, constata Grigori. C'était comme s'il venait d'apprendre une affreuse nouvelle sans pouvoir se rappeler laquelle exactement. Il fut pris du désir stupide de creuser un trou dans la terre pour s'y abriter.

Il se demanda ce que voyaient les artilleurs ennemis. Avaient-ils posté un observateur au sommet d'une colline pour qu'il scrute la forêt de ses puissantes jumelles allemandes ? Un homme seul passait inaperçu dans les bois, mais six cents fantassins progressant en formation étaient assurément moins discrets.

Quelqu'un avait dû juger la portée de tir satisfaisante car, durant les quelques secondes qui suivirent, plusieurs obus les frappèrent, atteignant parfois leur cible. À droite comme à gauche de Grigori, il y eut une série d'explosions assourdissantes ponctuées de cris d'horreur ; des jets de terre s'élevèrent en l'air et Grigori vit voler des membres humains. Il tremblait de terreur. Il n'y avait rien à faire, aucun moyen de se protéger : soit l'obus le faucherait, soit il le manquerait. Il pressa l'allure, comme si cela pouvait servir à quelque chose. Les autres soldats devaient avoir eu la même idée car, sans en avoir reçu l'ordre, ils se mirent tous à courir.

Grigori agrippa son fusil de ses mains moites et s'efforça de ne pas céder à l'affolement. Une pluie d'obus s'abattait devant comme derrière, à droite comme à gauche. Il courut encore plus vite.

Le tir de barrage devint si acharné qu'il cessa de distinguer les obus les uns des autres : c'était un bruit continu, pareil à celui d'une centaine de trains express. Puis le bataillon sembla être arrivé hors de portée des canons, les obus ne tombaient plus que sur ses arrières. Bientôt les tirs cessèrent. Grigori comprit pourquoi quelques instants plus tard. Devant lui, une mitrailleuse ouvrit le feu et, la peur au ventre, il se rendit compte qu'il était tout près des lignes ennemies.

Les rafales de mitrailleuse arrosèrent la forêt, lacérant des arbres et criblant d'impacts les troncs des pins. Grigori entendit un hurlement à côté de lui et vit Tomtchak s'effondrer. Se jetant à genoux près du lieutenant, il constata que son visage et son torse étaient en sang. Avec horreur, il vit qu'il avait été touché à l'œil. Tomtchak tenta de se redresser et poussa un nouveau cri de douleur. « Que dois-je faire ? Que dois-je faire ? » murmura Grigori. Il savait panser une blessure normale, mais comment aider un homme qui avait perdu un œil ?

On lui donna un coup sur la tête et Gavrik lui lança en courant : « Ne t'arrête pas, Pechkov, espèce de connard ! »

Il jeta un nouveau regard à Tomtchak. Apparemment, l'officier avait cessé de respirer. Il n'en était pas sûr, mais il se releva et s'éloigna à toutes jambes.

Les tirs de mitrailleuse s'intensifièrent. Grigori sentit la peur céder la place à la colère. Les balles ennemies le révoltaient. Même si, au fond de lui, il savait que cette réaction était irrationnelle, il n'y pouvait rien. Soudain, il fut pris de l'envie de tuer ces salopards. Dans une clairière, à deux cents mètres de là, il aperçut des uniformes gris et des casques à pointe. Il se glissa derrière un arbre, posa un genou à terre, jeta un coup d'œil, épaula son fusil, visa un Allemand et, pour la première fois, pressa la détente.

Il ne se passa rien et il se rappela le cran de sûreté.

Il était impossible de libérer le cran de sûreté d'un Mosin-Nagant quand il était en joue. Grigori baissa son arme, s'assit derrière l'arbre, cala la crosse au creux de son bras et tourna le gros levier moleté qui libérait le cran.

Il regarda autour de lui. Ses camarades avaient cessé de courir pour se mettre à l'abri, eux aussi. Certains tiraient, d'autres rechargeaient, d'autres encore, blessés, se tordaient de souffrance ; quelques-uns étaient allongés dans l'immobilité de la mort.

Grigori jeta un nouveau coup d'œil, épaula et visa. Il vit le canon d'un fusil qui dépassait d'un buisson, un casque à pointe au-dessus de lui. Le cœur gonflé de haine, il pressa la détente à cinq reprises. Le fusil qu'il visait se baissa mais ne tomba pas. Frustré, déçu, il comprit qu'il avait manqué sa cible.

Le Mosin-Nagant était un fusil à cinq coups. Grigori ouvrit sa sacoche, y prit des cartouches et rechargea. À présent, il voulait tuer des Allemands le plus vite possible.

Jetant un nouveau coup d'œil derrière son arbre, il aperçut un Allemand qui courait à découvert. Il vida son chargeur, mais l'homme disparut derrière un bosquet.

Il ne servait à rien de tirer comme cela, comprit-il. Il était difficile de toucher l'ennemi, plus difficile que d'atteindre les cibles sur lesquelles il s'était entraîné. Il allait devoir redoubler d'efforts.

Comme il rechargeait encore, une mitrailleuse ouvrit le feu et la végétation qui l'entourait fut littéralement pulvérisée. Il se colla à son arbre, serrant les jambes pour se faire tout petit. À l'oreille, il estima que la mitrailleuse se trouvait à deux cents mètres sur sa gauche.

Lorsqu'elle s'interrompit, il entendit Gavrik : « Tirez-moi sur cet engin, bande de crétins ! Abattez-les pendant qu'ils rechargent ! » Grigori passa la tête derrière l'arbre et chercha le nid de la mitrailleuse du regard. Il découvrit le trépied entre deux gros arbres. Il pointa son arme puis hésita. Ne tire pas au jugé, se rappela-t-il. Il inspira à fond, immobilisa le lourd canon, un casque à pointe dans sa ligne de mire. Il baissa légèrement le canon pour viser le torse de l'homme. Celui-ci avait ouvert le col de son uniforme : il transpirait sous l'effort.

Grigori pressa la détente.

Raté. L'Allemand n'avait même pas vu qu'on lui tirait dessus. Grigori ignorait où sa balle avait pu se loger.

Il tira et tira encore, vidant son chargeur sans résultat. C'était exaspérant. Ces salopards voulaient le tuer et il était incapable d'en toucher un seul. Peut-être était-il trop loin. Ou alors il tirait trop mal.

La mitrailleuse ouvrit le feu à nouveau et tous se figèrent.

Le commandant Bobrov apparut, avançant à quatre pattes sur le sol de la forêt. « Soldats ! s'écria-t-il. À mon commandement, foncez sur cette mitrailleuse ! »

Il est fou ! se dit Grigori. Pas question que je bouge.

Le sergent Gavrik renchérit : « Préparez-vous à prendre ce nid de mitrailleuse ! À mon ordre ! »

Bobrov courut à croupetons le long de la ligne. Grigori l'entendit répéter son ordre un peu plus loin. Tu gaspilles ta salive, lui lança-t-il mentalement. Si tu crois qu'on a envie de se suicider.

Quand le crépitement de la mitrailleuse se tut, le commandant se redressa de toute sa taille, sans souci du danger. Il avait perdu son casque et ses cheveux d'argent en faisaient une cible de choix. « En avant ! hurla-t-il.

— En avant ! répéta Gavrik. En avant ! »

Joignant le geste à la parole, ils foncèrent tous les deux vers le nid de mitrailleuse en zigzaguant entre les arbres. Et Grigori se surprit à en faire autant : il courait à travers les buissons, bondissait au-dessus des chablis, courbant le dos pour être moins visible et veillant à ne pas lâcher son arme. La mitrailleuse restait muette, mais les Allemands employaient toutes les autres armes à leur disposition, et le vacarme produit par le tir de dizaines de fusils était aussi infernal. Grigori continua à courir comme un dératé. Il vit les servants tenter désespérément de recharger leur engin, les mains tremblantes, le visage livide de terreur. Quelques Russes ripostaient; Grigori n'avait pas leur présence d'esprit et se contentait de courir. Il était à une certaine distance du nid de mitrailleuse quand il vit trois Allemands cachés derrière un buisson. Ils semblaient terriblement jeunes et le fixaient de leurs yeux effarés. Il les chargea baïonnette au canon, comme une lance médiévale. Il entendit un cri et se rendit compte qu'il sortait de sa gorge. Les trois jeunes soldats s'enfuirent à toutes jambes.

Il voulut les poursuivre, mais il était affaibli par la faim et ils le distancèrent sans peine. Au bout de cent mètres, il s'arrêta, épuisé. Tout autour de lui, les Allemands fuyaient, pourchassés par les Russes. Les servants avaient abandonné leur mitrailleuse. Grigori se dit qu'il aurait dû tirer lui aussi, mais il n'avait plus la force d'épauler son fusil.

Le commandant Bobrov se remit à les haranguer. « En avant ! Ne les laissez pas filer, tuez-les tous ou ils reviendront vous tirer dessus un autre jour ! En avant ! »

Tant bien que mal, Grigori recommença à courir. Soudain, tout changea. Un vacarme subit éclata sur sa gauche : détonations, hurlements, jurons. On vit surgir des soldats russes en pleine débandade. Bobrov, qui s'était rapproché de Grigori, s'exclama : « Que diable... ? »

Grigori comprit qu'on les attaquait sur leur flanc.

« Tenez bon ! cria Bobrov. Abritez-vous et ripostez ! »

Personne ne l'écoutait. Des soldats paniqués déferlaient autour d'eux et les camarades de Grigori ne tardèrent pas à suivre le mouvement, virant à droite et filant vers le nord.

« Soldats, maintenez votre position ! hurla Bobrov en dégainant son pistolet. Maintenez votre position, j'ai dit ! » Il visa la masse de fantassins russes qui couraient autour de lui. « Je n'hésiterai pas à abattre les déserteurs, vous êtes prévenus ! » On entendit une détonation et une tache rouge macula ses cheveux argentés. Il tomba. Grigori ne savait pas s'il avait été abattu par une balle allemande ou russe.

Il se mit à courir avec les autres.

Les tirs venaient de tous les côtés. Grigori ignorait qui canardait qui. Les Russes s'égaillèrent à travers bois et, peu à peu, le bruit des combats sembla s'estomper derrière lui. Il courut jusqu'à être à bout de forces et finit par s'effondrer sur un tapis de feuilles mortes, paralysé. Il resta là un long moment sans pouvoir bouger. À sa grande surprise, il s'aperçut qu'il tenait toujours son fusil et se demanda pourquoi il ne l'avait pas lâché.

Il parvint à se relever lourdement. Voilà un moment que son oreille droite lui faisait mal. Il la palpa et poussa un cri de douleur. Ses doigts étaient tout collants de sang. Il porta à nouveau une main hésitante à son oreille. Horrifié, il constata qu'elle avait presque entièrement disparu. Il était blessé et ne s'en était même pas rendu compte. Une balle lui avait arraché la moitié supérieure du pavillon.

Il examina son fusil. Le magasin était vide. Il le rechargea sans trop savoir pourquoi : il semblait incapable de toucher quiconque. Il mit le cran de sûreté en place.

Les Russes s'étaient fait prendre en embuscade, songea-t-il. Les Allemands les avaient laissés avancer pour mieux les cerner et, ensuite, ils avaient donné l'assaut.

Que devait-il faire ? Il n'y avait personne en vue, il ne pouvait pas s'adresser à un officier pour prendre ses ordres. Mais il ne pouvait pas non plus rester là. Son corps d'armée battait en retraite, c'était certain. Mieux valait sans doute faire demi-tour.

S'il restait des forces russes dans les parages, elles devaient se trouver à l'est.

Il se plaça dos au soleil couchant et se mit en marche. Il se déplaçait à travers bois le plus discrètement possible, ignorant où étaient les Allemands. Il se demanda si la 2e armée tout entière avait été vaincue et était en fuite. Il risquait de mourir de faim dans cette forêt.

Au bout d'une heure, il s'arrêta au bord d'un ruisseau pour se désaltérer. Il envisagea de nettoyer sa blessure puis décida qu'il valait mieux ne pas y toucher. Ayant bu jusqu'à plus soif, il s'assit en tailleur dans l'herbe et ferma les yeux. La nuit ne tarderait pas à tomber. Heureusement, le temps était sec, il pourrait dormir par terre.

Il commençait à somnoler quand il entendit du bruit. Levant les yeux, il sursauta en apercevant un officier allemand à cheval qui s'avançait entre les arbres, à dix mètres de là. Il n'avait pas remarqué Grigori assis près du ruisseau.

Silencieusement, Grigori ramassa son fusil et débloqua le cran de sûreté. Il s'agenouilla, mit en joue et visa avec soin le dos de l'officier. Il se trouvait à quinze mètres, une distance idéale.

Au dernier moment, un sixième sens alerta l'Allemand, qui se retourna sur sa selle.

Grigori pressa la détente.

Dans ce coin de forêt paisible, le bruit fut assourdissant. Le cheval se cabra. L'officier glissa de côté et tomba, mais l'un de ses pieds resta dans l'étrier. Sa monture le traîna dans les fourrés sur une centaine de mètres avant de finir par s'arrêter.

Grigori tendit l'oreille, craignant que le coup de feu n'ait alerté quelqu'un. Seul le murmure de la brise du soir dans le feuillage troublait le silence.

Il se dirigea vers le cheval, son fusil en joue, pointé sur l'officier, mais cette précaution était superflue. L'homme gisait immobile, le visage tourné vers le ciel, les yeux grands ouverts, son casque à pointe près de lui. Il avait des cheveux blonds coupés ras et de splendides yeux verts. Peut-être était-ce l'éclaireur qu'il avait déjà aperçu : il n'en était pas sûr. Lev l'aurait su – il aurait reconnu le cheval.

Grigori fouilla ses sacoches. La première contenait des cartes et une lunette d'approche. Dans la seconde, il trouva une saucisse et une miche de pain noir. Grigori était mort de faim. Il mordit dans la saucisse. Elle était épicée au poivre, à l'ail et aux fines herbes. Le poivre lui fit monter le rouge aux joues et il transpira. Après avoir mâché et avalé rapidement, il fourra dans sa bouche un gros morceau de pain. C'était si bon qu'il en aurait pleuré. Il se redressa et, prenant appui sur le flanc du cheval, il mangea aussi vite qu'il le pouvait, pendant que l'homme qu'il avait tué le fixait de ses yeux morts.

6.

« Nous estimons les pertes russes à trente mille hommes, mon général », dit Walter à Ludendorff. Il s'efforçait de ne pas donner libre cours à son allégresse, mais la victoire allemande était écrasante et il ne pouvait s'empêcher de sourire.

Ludendorff, quant à lui, conservait son sang-froid. « Combien de prisonniers ?

— Au dernier décompte, environ quatre-vingt-douze mille, mon général. »

C'était un chiffre stupéfiant, pourtant Ludendorff l'encaissa sans broncher. « Des généraux ?

— Le général Samsonov s'est tiré une balle dans la tête. Nous avons récupéré son cadavre. Martos, le commandant du 15e corps, a été fait prisonnier. Nous avons pris cinq cents pièces d'artillerie.

— En résumé, dit Ludendorff, levant enfin les yeux de son bureau, la 2e armée russe a été anéantie. Elle n'existe plus. »

Le sourire de Walter s'élargit encore. « Oui, mon général. »

Ludendorff demeura impassible. Il agita la feuille de papier qu'il était en train de lire. « Ce qui rend cette dépêche d'autant plus ironique.

— Mon général ?

— On nous envoie des renforts. »

Walter était stupéfait. « Hein ? Je vous demande pardon, mon général... des renforts ?

— Je suis aussi surpris que vous. Trois corps d'armée et une division de cavalerie.

— D'où viennent-ils ?

— De France – où nous avons besoin de concentrer toutes

nos forces si nous voulons que le plan Schlieffen produise ses effets. »

Walter se rappela que Ludendorff avait participé à l'élaboration de ce plan, avec son énergie et sa méticulosité habituelles, et qu'il savait très précisément de combien d'hommes, de chevaux et de balles on avait besoin en France. « Mais pourquoi ? demanda-t-il.

— Je l'ignore, mais je peux le deviner, répliqua Ludendorff d'un ton amer. C'est une raison politique. Les princesses et les comtesses berlinoises sont allées pleurnicher auprès de l'impératrice pour qu'on empêche les Russes de s'emparer de leurs domaines familiaux. Le haut commandement a cédé à cette pression. »

Walter rougit. Sa propre mère faisait partie de celles qui étaient allées harceler l'impératrice. Que des femmes s'inquiètent et réclament une protection, c'était compréhensible, mais que l'armée s'incline devant leurs suppliques, au risque de compromettre la stratégie d'ensemble, c'était impardonnable. « N'est-ce pas exactement ce que souhaitent les Alliés ? s'indigna-t-il. Les Français ont persuadé les Russes de nous envahir avec une armée de bric et de broc, dans l'espoir de nous voir paniquer et envoyer des renforts sur le front est, affaiblissant du même coup notre armée en France !

— Exactement. Les Français sont en pleine déroute – nous leur sommes supérieurs en nombre et en armes. Ils sont battus. Leur seul espoir était de nous occuper ailleurs. Et leur vœu vient d'être exaucé.

— Donc, conclut un Walter désespéré, malgré la grande victoire que nous avons remportée à l'est, les Russes ont obtenu l'avantage stratégique dont leurs alliés avaient besoin à l'ouest !

— Oui, fit Ludendorff. Exactement. »

XIII

Septembre-décembre 1914

1.

Fitz fut réveillé par des pleurs de femme.

Il crut d'abord que c'était Bea. Puis il se souvint que son épouse se trouvait à Londres, et lui à Paris. La femme couchée à ses côtés n'était pas une princesse enceinte de vingt-trois ans mais une entraîneuse française de dix-neuf ans au visage d'ange.

Il se redressa sur son coude et la regarda. Ses cils blonds se posaient sur ses joues comme des papillons sur des pétales de fleur. Ils étaient à présent mouillés de larmes. «*J'ai peur*», sanglota-t-elle.

Il lui caressa les cheveux. « *Calme-toi*», dit-il. Il avait fait plus de progrès en français en fréquentant des femmes comme Gini qu'à l'école. Gini était le diminutif de Geneviève, un prénom qu'il trouvait trop chic pour elle. Sans doute s'appelait-elle tout bêtement Françoise, ou quelque chose d'aussi ordinaire.

La matinée était belle et une brise tiède entrait par la fenêtre ouverte de la chambre de Gini. Fitz n'entendait ni coups de feu ni bruits de bottes sur les pavés. «Paris n'est pas encore tombée», murmura-t-il d'une voix rassurante.

Ce n'était pas la chose à dire, car Gini se mit à sangloter de plus belle.

Fitz consulta sa montre-bracelet. Huit heures et demie. Il devait être à son hôtel à dix heures sans faute.

«Si les Allemands arrivent, tu t'occuperas de moi? demanda Gini.

— Bien sûr, *chérie*», dit-il en refoulant un sentiment de honte. Il le ferait s'il le pouvait, mais ce ne serait pas sa priorité.

« Est-ce qu'ils viendront jusqu'ici ? » insista-t-elle d'une petite voix.

Fitz aurait bien aimé le savoir. L'armée allemande était deux fois plus importante que ne l'avaient prévu les spécialistes français du renseignement. Elle avait déferlé sur le nord-est de la France, remportant toutes les batailles. La ligne de front se trouvait à présent au nord de Paris – à quelle distance précisément, Fitz l'apprendrait dans moins de deux heures.

« Certains disent qu'on ne défendra pas la ville, sanglota Gini. C'est vrai ? »

Fitz l'ignorait également. Si Paris résistait, l'artillerie allemande la pilonnerait. Ses splendides monuments seraient détruits, ses larges boulevards criblés de cratères, ses bistrots et ses boutiques transformés en ruines. Il était tentant de répondre que la ville devait se rendre pour échapper à ce sort. « Ça vaudrait peut-être mieux pour toi, dit-il à Gini avec une feinte bonne humeur. Tu coucherais avec un gros général prussien qui t'appellerait *Liebling*.

— Je ne veux pas d'un Prussien. » Sa voix n'était plus qu'un murmure. « Je t'aime. »

Peut-être était-elle sincère, songea-t-il, ou peut-être ne voyait-elle en lui qu'un moyen de filer d'ici. Tous ceux qui pouvaient quitter la capitale s'empressaient de le faire, mais ce n'était pas facile. La plupart des voitures individuelles avaient été confisquées. Les trains risquaient d'être réquisitionnés à tout moment et leurs passagers civils débarqués en rase campagne. Pour gagner Bordeaux en taxi, il fallait débourser mille cinq cents francs, le prix d'une petite maison.

« Cela n'arrivera peut-être pas, reprit-il. Les Allemands doivent être épuisés à présent. Cela fait un mois qu'ils marchent et combattent sans répit. Ils ne tiendront pas éternellement. »

Il y croyait à moitié. Les Français avaient dû battre en retraite, toutefois ils s'étaient bien défendus. Les soldats étaient à bout, affamés et démoralisés, mais il y avait eu peu de prisonniers et ils n'avaient perdu qu'une poignée de canons. Le général Joffre, l'indomptable chef de l'état-major, avait maintenu l'unité des forces alliées et les avait fait se replier au sud-est de Paris, où elles étaient en train de se regrouper. En outre, il avait impitoyablement relevé de leurs fonctions les officiers supérieurs qui avaient failli à leur mission : deux commandants d'armée, sept commandants de corps d'armée et des dizaines d'autres officiers avaient été révoqués.

Les Allemands n'en savaient rien. Fitz avait lu des messages décodés, qui suggéraient qu'ils débordaient d'assurance. Le haut commandement allemand était allé jusqu'à retirer des troupes du front français pour les envoyer en renfort en Prusse-Orientale. C'était sans doute une grave erreur, pensa Fitz. Les Français n'étaient pas encore vaincus.

Pour ce qui était des Anglais, il en était moins sûr.

La force expéditionnaire britannique était ridiculement modeste : cinq divisions et demie, alors que les Français en avaient envoyé soixante-dix sur le terrain. Les Anglais s'étaient bien comportés à Mons, et il en était fier; tout de même, en l'espace de cinq jours, ils avaient perdu quinze mille hommes sur cent mille et avaient été obligés de battre en retraite.

Les chasseurs gallois étaient intégrés aux forces britanniques, mais Fitz n'était pas avec eux. Il avait d'abord été déçu d'être affecté à Paris comme agent de liaison : il brûlait du désir de se battre aux côtés de son régiment. Il était convaincu que les généraux ne voyaient en lui qu'un amateur qu'il fallait caser quelque part où il ne gênerait personne. Mais comme il parlait français et connaissait Paris, il pouvait difficilement nier être qualifié pour la tâche qu'on lui avait confiée.

En fait, sa mission se révéla plus importante qu'il ne l'avait cru. Les relations entre les généraux français et anglais étaient dangereusement tendues. La force expéditionnaire britannique était placée sous le commandement d'un maniaque susceptible du nom de Sir John French, un patronyme qui prêtait à confusion. Dès le début, il s'était offusqué de l'indifférence que semblait lui manifester le général Joffre, qui ne prenait pas la peine de le consulter, et il avait décidé de lui battre froid. Fitz se dépensait sans compter pour que l'information circule entre les deux commandements alliés, en dépit d'une atmosphère franchement glaciale.

Tout cela était pour lui source de honte et d'embarras, et, en tant que représentant de l'armée britannique, il était mortifié par le mépris mal déguisé des officiers français. Or la situation s'était encore aggravée la semaine précédente. Sir John avait déclaré à Joffre que ses troupes avaient besoin de deux jours de repos. Le lendemain, il avait parlé de dix jours. Les Français et Fitz en avaient été scandalisés.

Il avait protesté auprès du colonel Hervey, l'aide de camp flagorneur de Sir John, mais celui-ci s'était indigné et avait refusé de l'écouter. En désespoir de cause, Fitz avait téléphoné à Lord Remarc, sous-secrétaire au ministère de la Guerre. Ils s'étaient connus à Eton et c'était un ami de Maud, un de ceux avec qui elle échangeait volontiers des ragots. Fitz répugnait à agir dans le dos de ses supérieurs, mais le sort de Paris était tellement incertain qu'il s'y était senti obligé. Décidément, le patriotisme n'était pas simple.

Son intervention avait eu des conséquences explosives. Asquith, le Premier ministre, avait aussitôt envoyé à Paris Lord Kitchener, son nouveau ministre de la Guerre, et Sir John s'était fait rappeler à l'ordre par son patron pas plus tard que l'avant-veille. Fitz espérait ardemment qu'on le remplacerait rapidement. Ou, au moins, qu'il sortirait enfin de sa léthargie.

Il ne tarderait pas à en avoir le cœur net.

Il s'écarta de Gini et s'assit au bord du lit.

« Tu t'en vas ? » demanda-t-elle.

Il se leva. « J'ai du travail. »

Elle repoussa les draps. Fitz contempla ses seins parfaits. Saisissant son regard, elle sourit à travers ses larmes et écarta les jambes d'un air engageant.

Il résista à la tentation. « Fais un peu de café, *chérie.* »

Elle enfila une nuisette de soie vert pâle et fit chauffer de l'eau pendant qu'il s'habillait. La veille au soir, il avait dîné en uniforme à l'ambassade britannique, puis s'était débarrassé de sa tunique écarlate trop voyante pour aller s'encanailler en smoking.

Elle lui servit un bol de café noir. « Je t'attendrai ce soir chez Albert », lui dit-elle. Les boîtes de nuit étaient officiellement fermées, ainsi que les théâtres et les salles de cinéma. Les Folies-Bergère elles-mêmes avaient baissé le rideau. Les cafés fermaient à huit heures du soir et les restaurants à neuf heures et demie. Mais il n'était pas facile d'interrompre la vie nocturne d'une grande ville et des hommes astucieux du genre d'Albert avaient eu vite fait d'ouvrir des établissements clandestins, où ils vendaient du champagne à des prix prohibitifs.

« Je tâcherai d'être là à minuit », fit-il. Le café était amer mais acheva de le réveiller. Il donna à Gini un souverain britannique en or. C'était très généreux pour une nuit d'amour et, en ces temps difficiles, tout le monde préférait l'or au papier-monnaie.

Quand il l'embrassa pour lui dire au revoir, elle s'accrocha à lui. « Tu reviendras cette nuit, n'est-ce pas ? »

Il avait de la peine pour elle. Son univers s'effondrait et elle était désemparée. Il aurait bien aimé la prendre sous son aile, s'engager à veiller sur elle, mais c'était impossible. Son épouse était enceinte et risquait de faire une fausse couche à la moindre contrariété. Même s'il avait été célibataire, il aurait été la risée de ses camarades en s'encombrant d'une poule française. De plus, la situation de Gini n'avait rien d'exceptionnel : ils étaient des millions à craindre pour leur sort. Seuls les morts n'avaient plus de souci. «Je ferai de mon mieux», dit-il en s'arrachant à son étreinte.

Sa Cadillac bleue était garée devant l'immeuble, un petit Union Jack fixé au capot. Dans les rues, les voitures particulières se comptaient sur les doigts de la main et la plupart arboraient un pavillon similaire, le plus souvent le drapeau tricolore ou celui de la Croix-Rouge, afin de montrer qu'elles étaient essentielles à l'effort de guerre.

Pour faire venir sa voiture depuis Londres, Fitz avait fait appel à toutes ses relations et dépensé une petite fortune en pots-de-vin, mais il se félicitait d'avoir pris cette peine. Il effectuait des allées et venues quotidiennes entre les QG anglais et français, et cela le dispensait de mendier le prêt d'un véhicule ou d'un cheval auprès des autorités militaires.

Il actionna le démarreur électrique et le moteur rugit. Les rues étaient quasiment désertes. On avait réquisitionné jusqu'aux autobus pour ravitailler les troupes au front. Il dut faire halte pour laisser passer un immense troupeau de moutons, que l'on acheminait probablement vers la gare de l'Est pour aller nourrir les soldats.

Comme il arrivait devant le palais Bourbon, il fut intrigué par un attroupement autour d'une affiche fraîchement collée au mur. Il se gara, rejoignit les badauds et put lire :

Armée de Paris,
Habitants de Paris...

Le regard de Fitz se porta immédiatement en bas du feuillet et il vit que la proclamation était signée du général Gallieni, gouverneur militaire de Paris. On avait convaincu ce vieux soldat bourru de sortir de sa retraite. Il était connu pour organiser des réunions où personne n'avait le droit de s'asseoir : selon lui, cela encourageait les gens à prendre des décisions sans traîner.

La proclamation était rédigée avec sa sécheresse coutumière :

Les membres du gouvernement de la République ont quitté Paris pour donner une impulsion nouvelle à la défense nationale.

Fitz était atterré. Le gouvernement avait pris la fuite ! Ces derniers jours, une rumeur persistante affirmait que les ministres allaient filer à Bordeaux, mais les hommes politiques avaient hésité à abandonner la capitale. Voilà qu'ils étaient partis. C'était de très mauvais augure.

La suite était plus énergique :

J'ai reçu le mandat de défendre Paris contre l'envahisseur.

Ah ! songea Fitz, Paris n'est donc pas disposée à se rendre. La ville se battrait. Bien ! Cela servait les intérêts de l'Angleterre. Si la capitale devait tomber, au moins l'ennemi aurait-il chèrement payé sa chute.

Ce mandat, je le remplirai jusqu'au bout.

Fitz ne put s'empêcher de sourire. Dieu bénisse les briscards de son espèce !

Les Parisiens qui l'entouraient étaient apparemment divisés. Certains étaient franchement admiratifs. Gallieni était un guerrier, déclara quelqu'un d'un air satisfait; il n'abandonnerait pas Paris. D'autres se montraient plus réalistes. « Le gouvernement nous a lâchés, dit une femme, ça veut dire que les Allemands seront là demain au plus tard. » Un homme qui portait une mallette déclara avoir envoyé ses enfants chez son frère, à la campagne. Une dame bien mise avoua avoir stocké trente kilos de haricots secs dans son garde-manger.

Fitz avait l'impression que la contribution anglaise à l'effort de guerre et son rôle en particulier étaient devenus d'autant plus importants.

Il était d'humeur sombre lorsqu'il reprit le chemin du Ritz.

Dès qu'il entra dans le hall de son hôtel préféré, il se précipita dans une cabine téléphonique pour informer l'ambassadeur de Grande-Bretagne de la proclamation de Gallieni, au cas où la nouvelle n'aurait pas encore atteint la rue du Faubourg-Saint-Honoré.

Comme il sortait de la cabine, il tomba sur le colonel Hervey, l'aide de camp de Sir John.

Celui-ci regarda attentivement son smoking : « Commandant Fitzherbert ! Que diable faites-vous dans cette tenue ?

— Bonjour, mon colonel », dit Fitz en faisant la sourde oreille. Il était sorti cette nuit, c'était évident.

« Il est neuf heures du matin, bon sang ! Vous ne savez pas que nous sommes en guerre ? »

Cette question n'appelait pas de réponse. « Puis-je faire quelque chose pour vous, mon colonel ? » demanda Fitz sans se démonter.

Hervey était une brute qui détestait ceux qu'il ne parvenait pas à intimider. « Un peu moins d'insolence, commandant, dit-il. Nous avons déjà notre compte de fouineurs avec ceux que nous envoie Londres. »

Fitz haussa le sourcil. « Lord Kitchener est ministre de la Guerre.

— Les politiciens seraient bien inspirés de nous laisser faire notre travail. Mais il semblerait que quelqu'un qui a des relations haut placées ait cru bon de les ameuter. » Il jeta à Fitz un regard soupçonneux, sans toutefois oser l'accuser à haute voix.

« Il n'est pas étonnant que le ministère de la Guerre se soit fait du souci, dit Fitz. Dix jours de repos, quand les Allemands sont aux portes de Paris !

— Les hommes sont épuisés !

— Dans dix jours, la guerre sera peut-être finie. Pourquoi sommes-nous ici, sinon pour sauver Paris ?

— Kitchener a obligé Sir John à quitter son quartier général alors qu'une bataille décisive se livrait, bredouilla Hervey.

— Sir John n'était pas pressé de rejoindre ses troupes, me semble-t-il, railla Fitz. Je l'ai vu dîner au Ritz ce soir-là. » Il était conscient de son insolence, mais c'était plus fort que lui.

« Disparaissez ! » grommela Hervey.

Fitz tourna les talons et monta à l'étage.

Il était moins insouciant qu'il ne l'avait laissé paraître. Jamais il n'accepterait de faire des courbettes devant un imbécile comme Hervey, mais il n'en tenait pas moins à mener une brillante carrière militaire. L'idée qu'on puisse le comparer défavorablement à son père lui faisait horreur. Hervey n'était qu'un parasite qui consacrait tout son temps et toute son énergie à aider ses favoris et à nuire à ses rivaux ; il était néanmoins parfaitement capable de ruiner la carrière de ceux qui poursuivaient d'autres objectifs – gagner la guerre par exemple.

Fitz rumina de sombres pensées pendant qu'il se baignait, se rasait et revêtait l'uniforme kaki de commandant des chasseurs gallois. Puis, sachant qu'il risquait de ne pas manger avant le dîner, il demanda une omelette et du café au service d'étage.

Sa journée de travail commençait à dix heures pile, et il chassa le sinistre Hervey de ses pensées. Le lieutenant Murray, un jeune Écossais à l'esprit vif, arriva du quartier général britannique, l'uniforme encore couvert de la poussière des rues, pour lui apporter le rapport de reconnaissance aérienne du matin.

Fitz s'empressa de le traduire en français et le rédigea de son écriture nette et élégante sur du papier bleu ciel à en-tête du Ritz. Chaque matin, les avions anglais survolaient les positions allemandes et relevaient les mouvements de troupes. Fitz avait pour mission de transmettre ces informations au général Gallieni le plus vite possible.

Alors qu'il traversait le hall, le portier le héla. Il y avait un appel téléphonique pour lui.

La voix qui demanda : « Fitz, c'est toi ? » était déformée et étouffée par la distance, mais il n'en reconnut pas moins, à son grand étonnement, celle de sa sœur Maud.

« Comment diable as-tu réussi à me joindre ? » s'étonna-t-il. Seuls le gouvernement et l'armée pouvaient appeler Paris depuis Londres.

« Je suis dans le bureau de Johnny Remarc au ministère de la Guerre.

— Je suis ravi de t'entendre. Comment vas-tu ?

— Tout le monde se fait un sang d'encre ici. Dans un premier temps, les journaux n'ont publié que des bonnes nouvelles. Il fallait être vraiment calé en géographie pour comprendre que les Allemands avaient progressé de cent kilomètres outre-Rhin après chaque victoire des vaillants Français. Mais dimanche dernier, le *Times* a sorti une édition spéciale. Bizarre, non ? Les quotidiens sont remplis de mensonges, alors il leur faut une édition spéciale pour dire la vérité. »

Malgré le ton cynique et spirituel de sa sœur, Fitz entendait percer sa peur et sa colère. « Que disait cette édition spéciale ?

— Elle évoquait "notre armée brisée et en déroute". Asquith est furieux. À présent, tout le monde s'attend à ce que Paris tombe d'un jour à l'autre. » Renonçant à son impassibilité de façade, elle laissa échapper un sanglot : « Fitz, est-ce que tu es en danger ? »

Il ne pouvait pas lui mentir. « Je ne sais pas. Le gouvernement est parti à Bordeaux. Sir John French s'est fait remonter les bretelles, mais il est toujours ici.

— Sir John s'est plaint au ministère de la Guerre que Kitchener se soit rendu à Paris en uniforme de maréchal, ce qui constitue une atteinte à l'étiquette : étant aujourd'hui membre du gouvernement, Kitchener est considéré comme un civil.

— Bon sang ! Se préoccuper de l'étiquette en un moment pareil ! Pourquoi ne l'a-t-on pas révoqué ?

— D'après Johnny, ce serait pris pour un aveu d'échec.

— Et si Paris tombe aux mains des Allemands, cela aura l'air de quoi ?

— Oh, Fitz ! » Maud fondit en larmes. « Et le bébé qu'attend Bea – et ton enfant ?

— Comment va-t-elle ? » demanda Fitz, en rougissant au souvenir de la nuit qu'il venait de passer.

Maud renifla et déglutit. Ce fut d'une voix posée qu'elle répondit : « Bea est en pleine forme ; elle ne souffre plus de ces affreuses nausées matinales.

— Dis-lui qu'elle me manque. »

Il entendit un grésillement, puis une autre voix parla quelques secondes avant de disparaître. Cela signifiait qu'ils risquaient d'être coupés d'un instant à l'autre. Lorsque Maud reprit la parole, ce fut d'un ton plaintif : « Fitz, quand cela prendra-t-il fin ?

— Dans quelques jours à peine. Quelle que soit l'issue.

— Fais attention à toi, je t'en supplie.

— Bien sûr. »

Plus de tonalité.

Fitz raccrocha, donna un pourboire au portier et sortit sur la place Vendôme.

Il se mit au volant, démarra et s'éloigna. Maud l'avait troublé en évoquant la grossesse de Bea. Fitz était prêt à mourir pour sa patrie, et il espérait mourir bravement, mais il désirait voir son enfant. C'était le premier et il était impatient d'apprendre à le connaître, de le voir grandir en force et en sagesse, de l'aider à devenir un adulte. Il ne voulait pas que son fils ou sa fille soit privé de père.

Il traversa la Seine pour gagner l'esplanade des Invalides. Gallieni avait établi son quartier général au lycée Victor-Duruy, un bâtiment tout proche, protégé par des arbres dont l'entrée était gardée par des soldats à l'uniforme bien plus élégant que le sien, couleur kaki : tunique bleue, pantalon et képi rouges. Contrairement aux Anglais, les Français n'avaient pas encore compris que la précision des fusils modernes rendait nécessaire de se fondre dans le paysage.

Fitz était bien connu des sentinelles, qui le laissèrent passer. Les murs de ce lycée de jeunes filles étaient tapissés de dessins représentant des fleurs et des animaux, ses tableaux noirs, mis à l'écart, couverts de conjugaisons latines. Les armes des sentinelles et les bottes des officiers semblaient sacrilèges dans ce temple de la bonne éducation.

Dès qu'il entra dans la salle de réunion, il perçut l'excitation qui y régnait. Sur le mur était accrochée une grande carte de France où les positions ennemies étaient matérialisées par des épingles. Grand et mince, Gallieni se tenait droit malgré le cancer de la prostate qui l'avait obligé à prendre sa retraite en février. Sanglé dans son uniforme, il fixait la carte d'un air agressif derrière son pince-nez.

Fitz salua le colonel Dupuys, son homologue français, puis lui serra la main à la française avant de lui demander tout bas ce qui se passait.

« Nous sommes en train de pister von Kluck », répondit Dupuys.

Gallieni disposait d'une escadrille de neuf avions vétustes grâce auxquels il espionnait les mouvements des envahisseurs. Le général von Kluck commandait la 1re armée allemande, la plus proche de Paris.

« Qu'est-ce que vous avez ? demanda Fitz.

— Deux rapports. » Dupuys désigna la carte. « D'après la reconnaissance aérienne, von Kluck fait route au sud-est, en direction de la Marne. »

Cela confirmait les observations des aviateurs anglais. Si elle poursuivait sa trajectoire, la 1re armée passerait à l'est de Paris. Von Kluck commandant l'aile droite des forces allemandes, cela signifiait que celles-ci contourneraient entièrement la capitale. Paris serait-elle sauvée après tout ?

« Le rapport d'un éclaireur à cheval corrobore cette information », acheva Dupuys.

Fitz acquiesça d'un air pensif. « La théorie militaire des

Allemands veut que l'on commence par détruire l'armée de l'ennemi avant de s'emparer de ses villes.

— Mais vous ne comprenez donc pas? dit Dupuys, tout excité. Ils exposent leur flanc ! »

Fitz n'y avait pas pensé. Il ne s'était préoccupé que du sort de Paris. Dupuys avait raison, comprit-il, et cela expliquait la mine ragaillardie des militaires français. Si leurs informations étaient exactes, von Kluck avait commis une erreur militaire classique. Le flanc d'une armée était plus vulnérable que sa tête. Une attaque par le flanc revenait à lui infliger un coup de couteau dans le dos.

Comment von Kluck avait-il pu faire une telle bévue ? Il devait estimer que les Français étaient trop affaiblis pour contre-attaquer.

Ce en quoi il se trompait.

«Je pense que ceci devrait vous intéresser, mon général, dit Fitz à Gallieni en lui tendant son enveloppe. C'est le rapport de notre reconnaissance aérienne de ce matin.

— Ah ! ah ! » fit Gallieni avec impatience.

Fitz s'approcha de la carte. « Si je puis me permettre ? »

Le général lui répondit d'un signe de tête. Les Anglais n'étaient pas très populaires dans l'armée française, mais toute information était la bienvenue.

Fitz consulta le rapport en version originale et dit : « D'après nos aviateurs, l'armée de von Kluck se trouve ici. » Il planta une nouvelle épingle dans la carte. « Et elle se déplace dans cette direction. » Cela confirmait ce que savaient les Français.

Le silence régna un instant dans la salle.

« C'était donc vrai, souffla Dupuys. Ils ont exposé leur flanc. »

Les yeux du général Gallieni brillèrent derrière son pince-nez. « Bien, conclut-il, le moment est venu de passer à l'attaque. »

2.

À trois heures du matin, lorsqu'il s'allongea près du corps mince de Gini après avoir fait l'amour et s'aperçut que sa femme lui manquait, Fitz succomba au pessimisme. Il se dit, abattu, que von Kluck avait sûrement compris son erreur et changé de direction.

Pourtant, le matin du vendredi 4 septembre, les défenseurs français constatèrent, ravis, que von Kluck marchait toujours vers le sud-est. Cela suffit à décider le général Joffre qui ordonna à la 6e armée de sortir de Paris le lendemain matin et d'attaquer l'arrière-garde allemande.

Mais les Anglais continuaient de battre en retraite.

Ce soir-là, Fitz était au désespoir quand il retrouva Gini chez Albert. « C'est notre dernière chance, lui dit-il en sirotant un cocktail au champagne incapable de le réconforter. Si nous arrivions à ébranler les Allemands maintenant, en profitant de leur épuisement et de la fragilité de leur ligne de ravitaillement, nous pourrions arrêter leur progression. Mais si cette contre-attaque échoue, Paris tombera. »

Assise sur un tabouret de bar, elle croisa dans un froufrou ses longues jambes gainées de soie. « Mais pourquoi broies-tu du noir comme ça ?

— Parce que les Anglais reculent ! Si Paris est prise, jamais nous ne pourrons nous remettre de cette honte.

— Le général Joffre doit exiger de Sir John que ses troupes passent à l'attaque ! Tu dois en parler personnellement à Joffre !

— Il n'accorde pas d'audiences aux commandants anglais. Et puis, il croirait sans doute à un coup fourré de Sir John. Sans compter que cela me vaudrait de sacrés ennuis, ce qui est le cadet de mes soucis.

— Alors, adresse-toi à un de ses conseillers.

— C'est le même problème. Je me vois mal débarquer au quartier général des Français pour leur annoncer que les Anglais sont en train de les trahir.

— Mais tu pourrais en glisser un mot discrètement au général Lourceau, sans que personne ne le sache.

— Et comment ?

— Il est assis là-bas. »

Fitz suivit son regard et aperçut un homme d'une soixantaine d'années en civil, attablé avec une jeune femme en robe rouge.

« Il est très gentil, ajouta Gini.

— Tu le connais ?

— Nous avons été amis un moment, mais il m'a préféré Lisette. »

Fitz hésita. Voilà qu'il envisageait d'agir de nouveau dans le dos de ses supérieurs. Toutefois l'heure n'était pas aux vains scrupules. Le sort de Paris était en jeu. Il devait faire tout ce qu'il pouvait.

« Présente-moi à lui.

— Donne-moi une minute. » Gini quitta son tabouret d'un mouvement gracieux et traversa la salle, balançant des hanches au rythme du ragtime que jouait le piano, pour s'arrêter devant la table du général. Elle l'embrassa sur la bouche, sourit à sa compagne et s'assit. Au bout de quelques instants d'une conversation animée, elle fit signe à Fitz de les rejoindre.

Lourceau se leva et les deux hommes se serrèrent la main. « Je suis très honoré de faire votre connaissance, mon général, dit Fitz.

— Le lieu est mal choisi pour une discussion sérieuse, mais Gini m'assure que ce que vous avez à me dire est terriblement urgent.

— En effet », confirma Fitz en s'asseyant.

3.

Le lendemain, Fitz se rendit au camp anglais de Melun, à une quarantaine de kilomètres au sud-est de Paris, et découvrit, consterné, que la force expéditionnaire reculait encore.

Peut-être son message n'avait-il pas été transmis à Joffre. À moins que ce dernier n'ait conclu qu'il ne pouvait rien faire.

Fitz gagna le château de Vaux-le-Pénil, un splendide édifice Louis XV, et tomba sur le colonel Hervey dans le vestibule. « Mon colonel, puis-je savoir pourquoi nous battons en retraite au moment où nos alliés lancent une contre-attaque ? demanda-t-il le plus poliment possible.

— Cela ne vous regarde pas », rétorqua Hervey.

Maîtrisant sa colère, Fitz insista : « Les Français estiment que les Allemands et eux sont d'une force comparable et que notre apport, aussi minime soit-il, ferait pencher la balance en leur faveur. »

Hervey partit d'un rire dédaigneux. « Je n'en doute pas. » À l'entendre, les Français n'avaient pas le droit de demander l'aide de leurs alliés.

Fitz se sentit bouillir. « Paris risque de tomber à cause de notre pusillanimité !

— Ne répétez jamais ce mot, commandant.

— On nous a envoyés ici pour sauver la France. La bataille qui s'annonce pourrait être décisive. » Fitz ne put s'empêcher d'élever la voix. « Si Paris est perdue, et la France avec elle, comment expliquerons-nous aux nôtres que nous étions en train de nous *reposer* ? »

Au lieu de lui répondre, Hervey regarda par-dessus l'épaule de Fitz. Se retournant, celui-ci découvrit un homme lent et massif, sanglé dans un uniforme français : une tunique noire ouverte sur un ventre proéminent, un pantalon rouge trop serré, des jambières et le képi rouge et or d'un général vissé sur la tête. Des yeux sans couleur dévisageaient les deux Anglais sous des sourcils poivre et sel. Fitz reconnut le général Joffre.

Lorsqu'il se fut éloigné, suivi de son état-major, Hervey demanda : « Êtes-vous responsable de ceci ? »

Fitz était trop fier pour mentir. « Ce n'est pas impossible.

— Vous n'avez pas fini d'en entendre parler », dit Hervey en se précipitant pour rejoindre le généralissime.

Sir John reçut Joffre dans un petit salon, en présence d'officiers triés sur le volet, parmi lesquels Fitz ne figurait pas. Il rongea son frein au mess en espérant que le Français parviendrait à convaincre le commandant de la force expéditionnaire d'interrompre sa honteuse retraite pour participer à l'assaut.

Le lieutenant Murray lui apprit la nouvelle deux heures plus tard : « Il paraît que Joffre a tout essayé. Il a supplié, il a sangloté, il a laissé entendre que l'honneur des Anglais serait à jamais souillé. Et il a gagné la partie. Demain, nous marchons vers le nord. »

Fitz sourit de toutes ses dents. « Alléluia ! »

Une minute plus tard, le colonel Hervey s'approcha de sa table. Fitz se leva poliment.

« Vous êtes allé trop loin, déclara Hervey. Le général Lourceau m'a informé de votre initiative. Il tenait à la saluer.

— Je ne chercherai pas à la nier. À en juger par son résultat, elle était fondée.

— Écoutez-moi bien, Fitzherbert, reprit Hervey en baissant la voix. Vous êtes foutu. Vous avez fait preuve de déloyauté vis-à-vis d'un officier supérieur. Votre nom est marqué d'une croix noire qui ne s'effacera jamais. Même si la guerre devait durer une année, vous n'obtiendrez jamais de promotion. Vous êtes commandant et vous resterez commandant.

— Je vous remercie de votre franchise, mon colonel, dit Fitz. Mais je suis entré dans l'armée pour remporter des batailles et non des promotions. »

4.

Bien que l'avance de Sir John ce dimanche ait été d'une prudence consternante selon Fitz, son initiative n'en obligea pas moins von Kluck à parer la menace en envoyant des troupes qu'il aurait préféré affecter ailleurs, ce dont Fitz ne pouvait que se féliciter. Désormais, les Allemands se battaient sur deux fronts, à l'ouest et au sud : une calamité aux yeux de tout commandant.

Le lundi matin, Fitz se réveilla d'humeur optimiste après avoir passé la nuit sur une couverture, à même le sol du château. Une fois avalé son petit déjeuner au mess des officiers, il attendit impatiemment que les avions de reconnaissance soient revenus de leur sortie matinale. La guerre, avait-il découvert, consistait en une longue inactivité entrecoupée de plages d'agitation frénétique. Dans le parc du château, il y avait une chapelle censée dater de l'an mil et il alla y jeter un coup d'œil, bien qu'il n'ait jamais compris qu'on puisse s'intéresser aux vieilles pierres.

La séance de débriefing se déroula dans un superbe salon qui donnait sur les jardins et sur le fleuve. Les officiers s'assirent sur des sièges pliants autour d'une table de fortune, au milieu d'un splendide décor XVIIIe. Sir John avait un menton en galoche et une moustache de morse blanche dissimulant des lèvres au pli figé dans une expression de fierté outragée.

Les colonnes allemandes s'éloignant vers le nord, rapportèrent les aviateurs, l'armée britannique avait un véritable boulevard devant elle.

Fitz jubilait. Apparemment, la contre-attaque alliée inattendue avait pris les Allemands au dépourvu. Naturellement, ils ne tarderaient pas à se regrouper, mais, pour le moment, ils semblaient désemparés.

Il attendit que Sir John ordonne d'accélérer la progression ; à sa grande déception, le commandant en chef se contenta de confirmer les objectifs limités définis antérieurement.

Fitz rédigea son rapport en français puis monta dans sa voiture. Il parcourut à vive allure la distance qui le séparait de la capitale, croisant une caravane de camions, de véhicules en tout genre et de charrettes surchargés d'enfants, de femmes et de meubles, fuyant vers le sud pour échapper aux Allemands.

Arrivé en ville, il fut retardé par une troupe d'Algériens au teint basané qui se rendait d'une gare à l'autre. Leurs officiers étaient à dos de mulets et étaient vêtus de capes rouges. Les femmes offraient aux soldats des fruits et des fleurs, les cafetiers leur apportaient des boissons fraîches.

Lorsqu'ils furent passés, Fitz fonça aux Invalides pour livrer son rapport au lycée Victor-Duruy.

La reconnaissance aérienne anglaise confirmait, une fois de plus, les rapports français. Certains corps d'armée allemands battaient en retraite. « Nous devons intensifier l'attaque ! s'écria Gallieni. Où sont les Anglais ? »

Fitz s'approcha de la carte et marqua les positions anglaises, précisant les objectifs définis par Sir John pour ce jour.

« Ça ne suffit pas ! rugit le vieux général. Vous devez être plus agressifs ! Il faut que vous attaquiez de façon que von Kluck soit trop occupé pour renforcer son flanc. Quand comptez-vous traverser la Marne ? »

Fitz n'avait pas de réponse à lui donner. La honte l'envahit. S'il approuvait tous les commentaires caustiques de Gallieni, il ne pouvait le reconnaître publiquement, aussi se contenta-t-il de dire : « Je veillerai à appuyer vivement votre demande auprès de Sir John, mon général. »

Mais Gallieni cherchait déjà à compenser la défaillance des Anglais. « Dès cet après-midi, nous allons envoyer la 7e division du 4e corps renforcer les troupes de Maunoury sur les berges de l'Ourcq », annonça-t-il.

Son état-major s'affaira aussitôt pour donner les ordres nécessaires.

« Mon général, dit alors le colonel Dupuys, nous n'avons pas assez de trains pour qu'ils soient à pied d'œuvre ce soir.

— Dans ce cas, qu'on prenne des voitures !

— Des voitures ? répéta Dupuys, pris de court. Mais où trouverons-nous assez de voitures ?

— Recrutez des taxis ! »

Tous les regards se tournèrent vers le général. Avait-il perdu l'esprit ?

« Téléphonez au préfet de police, reprit Gallieni. Dites-lui d'ordonner à ses hommes d'arrêter tous les taxis de la ville, de faire descendre les passagers et de nous envoyer les chauffeurs. Nous embarquerons des soldats dans leurs voitures pour les envoyer sur le champ de bataille. »

Un grand sourire éclaira le visage de Fitz lorsqu'il comprit que Gallieni parlait sérieusement. C'était le genre d'attitude qu'il aimait : faire feu de tout bois, pourvu qu'on obtienne la victoire.

Dupuys haussa les épaules et décrocha son téléphone. « Passez-moi le préfet de police, et vite », ordonna-t-il.

Il faut que je voie ça, se dit Fitz.

Il sortit et alluma un cigare. L'attente ne fut pas longue. Au bout de quelques minutes à peine, une Renault rouge traversa le pont Alexandre-III, contourna la vaste pelouse des Invalides et se gara devant l'hôtel. Bientôt, deux autres taxis la rejoignirent, puis une douzaine, une centaine d'autres.

En deux heures, plusieurs centaines de taxis rouges identiques étaient rangés devant les Invalides. Fitz n'avait jamais rien vu de tel.

Adossés à leurs véhicules, les chauffeurs fumaient la pipe et parlaient avec animation en attendant les instructions. Chacun y allait de sa théorie pour expliquer leur présence en ce lieu.

Quand Dupuys finit par sortir du lycée, il traversa la rue, un mégaphone dans une main et une liasse d'ordres de réquisition dans l'autre. Il monta sur le capot d'une voiture et le silence se fit.

« Le gouverneur militaire de Paris ordonne à cinq cents taxis de se rendre à Gagny », annonça-t-il.

Les chauffeurs, incrédules, avaient les yeux rivés sur lui.

« Chaque voiture embarquera cinq soldats et les conduira à Nanteuil-le-Haudouin. »

Située à cinquante kilomètres au nord-est, cette localité était toute proche du front. Les chauffeurs de taxi commençaient à comprendre. Ils échangèrent des regards et hochèrent la tête, tout sourires, manifestement enchantés de participer à l'effort de guerre, surtout de cette façon peu orthodoxe.

« Avant de partir, vous êtes priés de remplir un de ces formulaires pour pouvoir être payés à votre retour. »

La réaction des chauffeurs ne se fit pas attendre. Ils allaient être payés ! Cela emporta leur décision.

« Quand cinq cents taxis seront partis, je donnerai des instructions pour que cinq cents autres les suivent. *Vive Paris ! Vive la France !* »

Les chauffeurs applaudirent à tout rompre. Puis ils se ruèrent sur Dupuys pour lui arracher ses formulaires. Ravi, Fitz l'aida à les distribuer.

Bientôt, les petites voitures rouges se mirent en route, manœuvrant devant la majestueuse façade puis franchissant le pont sous le soleil, klaxonnant avec enthousiasme et formant une longue caravane écarlate, comme un afflux de sang neuf pour les troupes qui se trouvaient en première ligne.

5.

Il fallut trois jours aux Anglais pour parcourir quarante kilomètres. Fitz était mortifié. Le plus souvent, ils n'avaient rencontré aucune résistance : s'ils étaient allés plus vite, ils auraient pu porter un coup décisif.

Pourtant, le mercredi 9 septembre au matin, il trouva l'état-major de Gallieni d'excellente humeur. Von Kluck battait en retraite. « Les Allemands ont peur ! » exulta le colonel Dupuys.

Fitz ne croyait pas à cette explication et la carte en offrait une autre, bien plus plausible. En dépit de leur lenteur et de leur timidité, les Anglais s'étaient engouffrés dans une brèche entre les 1re et 2e armées allemandes, ouverte par von Kluck quand il avait replié ses troupes vers l'ouest pour faire face à l'attaque venant de Paris. « Nous avons trouvé leur point faible et sommes en train d'y enfoncer un coin », déclara Fitz, un frémissement d'espoir dans la voix.

Il s'exhorta au calme. Jusqu'ici, les Allemands avaient remporté toutes les batailles. D'un autre côté, leurs lignes de ravitaillement étaient terriblement étirées, leurs hommes épuisés et leur supériorité numérique affaiblie par la nécessité d'envoyer des renforts en Prusse-Orientale. En revanche, les Français de ce secteur avaient reçu des troupes fraîches en quantité et, comme ils se battaient chez eux, leur ravitaillement ne posait aucun problème.

La confiance de Fitz vacilla lorsque les Anglais firent halte sept ou huit kilomètres au nord de la Marne. Pourquoi Sir John s'arrêtait-il ?

Mais les Allemands ne semblaient pas remarquer la pusillanimité des Anglais, car ils poursuivirent leur retraite et l'espoir grandit à nouveau au lycée Victor-Duruy.

Alors que les ombres des arbres s'allongeaient au-dehors et qu'arrivaient les derniers rapports de la journée, un sentiment d'allégresse contenue sembla s'emparer de l'état-major de Gallieni. À la fin du jour, les Allemands étaient en déroute.

Fitz avait peine à le croire. Il était passé du désespoir à l'espoir en moins d'une semaine ! Il s'assit sur une chaise trop petite pour lui et observa la carte murale. Sept jours auparavant, la ligne de l'armée allemande faisait l'effet d'un tremplin d'où elle se préparait à lancer son ultime assaut ; désormais, on aurait dit qu'un mur l'avait obligée à faire demi-tour.

Lorsque le soleil sombra derrière la tour Eiffel, les Alliés n'avaient pas à proprement parler remporté une victoire mais, pour la première fois depuis des semaines, l'avance allemande s'était interrompue.

Dupuys étreignit Fitz puis l'embrassa sur les deux joues et, pour une fois, Fitz ne s'en offusqua pas.

« Nous les avons arrêtés », dit Gallieni et, à sa grande surprise, Fitz vit perler des larmes derrière le pince-nez du vieux général. « Nous les avons arrêtés. »

6.

Peu après la bataille de la Marne, les deux camps se mirent à creuser des tranchées.

La chaleur de septembre fit place à la pluie froide et déprimante d'octobre. L'impasse qui prévalait déjà à l'est gagna irrésistiblement l'ouest, telle une insidieuse paralysie affectant le corps d'un mourant.

Cet automne, la bataille décisive eut pour enjeu la ville belge d'Ypres, à l'extrémité occidentale du front, à trente kilomètres de la mer. Les Allemands lancèrent une offensive féroce pour contourner le flanc anglais. Les combats firent rage pendant quatre semaines. Contrairement aux batailles qui l'avaient précédée, celle-ci était statique : les deux camps s'étaient enfouis dans des tranchées pour se protéger des tirs d'artillerie et n'en sortaient que pour lancer des attaques suicidaires contre les nids de mitrailleuses ennemies. Finalement, les Anglais durent leur salut à l'arrivée de renforts, dont un corps d'armée d'Indiens aux visages bruns, frissonnant dans leurs uniformes tropicaux. Quand la bataille s'acheva, soixante-quinze mille soldats britanniques avaient péri et la force expéditionnaire était brisée ; mais les Alliés avaient érigé une barricade défensive de la Manche à la frontière suisse et l'envahisseur allemand avait été arrêté.

Le 24 décembre, Fitz se trouvait au quartier général britannique à Saint-Omer, non loin de Calais. Il était d'humeur morose. Il se souvenait de la désinvolture avec laquelle lui et d'autres avaient déclaré aux soldats qu'ils seraient rentrés chez eux pour Noël. Aujourd'hui, tout donnait à penser que la guerre durerait toute une année, voire davantage. Les armées ennemies passaient leurs journées dans les tranchées, mangeaient de la nourriture avariée, souffraient de la dysenterie, des puces et du « pied des tranchées », et luttaient contre les rats qui dévoraient les cadavres jonchant le no man's land. Naguère, Fitz avait été convaincu que l'Angleterre devait entrer en guerre, mais il ne parvenait plus à se rappeler pour quelles raisons.

Ce jour-là, la pluie avait cessé et le froid s'était installé. Sir John envoya un message à toutes les unités pour les avertir que l'ennemi prévoyait une attaque pour Noël. Une attaque purement imaginaire, Fitz le savait : il n'avait reçu aucune information en ce sens. En vérité, Sir John ne voulait pas que la vigilance se relâche le jour de Noël.

Chaque soldat recevrait un cadeau de la princesse Mary, âgée de dix-sept ans, la fille du roi et de la reine d'Angleterre : une boîte de laiton estampé contenant des cigarettes, un portrait de la princesse et une carte de vœux signée du roi, les non-fumeurs, les sikhs et les infirmières auraient droit à du chocolat et à des confiseries à la place de tabac. Fitz participerait à la distribution des cadeaux aux chasseurs gallois. En fin de journée, comme il était trop tard pour regagner le confort relatif de Saint-Omer, il resta au quartier général du 4e bataillon, une tranchée-abri humide, à quatre cents mètres du front, à lire une aventure de Sherlock Holmes en fumant un de ces petits cigares qu'il avait appris à apprécier. Ils étaient moins bons que ses chers panatellas mais, désormais, il avait rarement le temps de fumer un gros cigare jusqu'au bout. Il se trouvait en compagnie de Murray, qui avait été promu capitaine après Ypres. Fitz, lui, n'était pas monté en grade. Hervey tenait sa promesse.

Peu après la tombée de la nuit, des coups de feu retentirent. Les hommes avaient vu des lumières et croyaient que l'ennemi lançait une attaque surprise. En fait, il s'agissait de lampions multicolores dont les Allemands décoraient leur parapet.

Murray, qui était sur le front depuis un certain temps, lui parla des troupes indiennes qui défendaient le secteur voisin. « Ces pauvres diables ont débarqué en uniforme d'été parce qu'on leur avait dit que la guerre serait finie avant les frimas. Mais je vais vous dire une chose, Fitz : ces moricauds sont sacrément ingénieux. Comme vous le savez, nous n'arrêtons pas de demander au ministère qu'il nous envoie des mortiers de tranchée comme ceux des Allemands, capables de lancer des grenades au-dessus d'un parapet. Eh bien, les Indiens s'en sont bricolé quelques-uns avec des bouts de tuyau en fer. On dirait la plomberie des toilettes d'un pub de campagne, mais ça marche ! »

Le matin, le paysage était recouvert de brouillard givrant et le sol durci par le gel. Fitz et Murray entamèrent la distribution des cadeaux de la princesse. Certains soldats s'étaient rassemblés autour d'un brasero pour essayer de se réchauffer, mais ils étaient plutôt contents de ce froid, préférable à l'humidité, surtout pour ceux qui souffraient du pied des tranchées. Fitz remarqua que quelques-uns se parlaient en gallois, alors qu'ils s'adressaient toujours en anglais aux officiers.

La tranchée allemande, distante de quatre cents mètres, était dissimulée par un banc de brume dont la couleur évoquait celle de l'uniforme allemand, un gris bleuâtre fané que l'on appelait « vert-de-gris ». Fitz entendit une mélodie lointaine : les Allemands chantaient des cantiques de Noël. Bien qu'il n'ait pas l'oreille musicale, il lui sembla reconnaître « Douce nuit, sainte nuit ».

Il retourna à la tranchée-abri, où il partagea avec les autres officiers un petit déjeuner sinistre de pain rassis et de jambon en conserve, avant de sortir fumer. De toute sa vie, jamais il n'avait été aussi accablé. Il pensa au breakfast que l'on devait servir en ce moment même à Tŷ Gwyn : saucisses chaudes, œufs du jour, rognons au poivre et à la moutarde, harengs fumés, toasts beurrés et café crème odorant. Il aurait tant aimé avoir des sous-vêtements propres, une chemise repassée de frais et un costume de laine moelleux ! Et pouvoir passer la matinée devant la cheminée, sans rien d'autre à faire qu'à lire les blagues stupides de *Punch !*

Murray le rejoignit : « On vous demande au téléphone, mon commandant. C'est le quartier général. »

Fitz s'étonna. Quelqu'un avait dû se donner bien du mal pour le retrouver. Il espéra qu'une nouvelle crise franco-anglaise n'avait pas éclaté pendant qu'il distribuait les cadeaux de Noël. Le front barré d'un pli soucieux, il rentra dans la tranchée-abri et prit le téléphone de campagne. « Fitzherbert.

— Bonjour, mon commandant, dit une voix qui lui était inconnue. Ici le capitaine Davies. Vous ne me connaissez pas, mais on m'a demandé de vous transmettre un message de votre famille. »

De sa famille ? Fitz craignit une mauvaise nouvelle. « C'est fort aimable à vous, capitaine. Que dit ce message ?

— Votre épouse a donné naissance à un garçon, mon commandant. La mère et l'enfant se portent bien.

— Oh ! » Fitz se laissa tomber sur une caisse. Le bébé n'aurait pas dû naître aussi tôt – il devait être en avance d'une ou deux semaines. Les prématurés étaient fragiles, il le savait. Mais il était en bonne santé, à en croire le message. Et Bea aussi.

Fitz avait un fils, et son domaine un héritier.

« Vous êtes toujours là, mon commandant ? demanda le capitaine Davies.

— Oui, oui. Un peu ému, c'est tout. C'est plus tôt que prévu.

— Comme c'est Noël, nous avons pensé que cette nouvelle vous ferait plaisir.

— Vous avez eu raison, croyez-moi !

— Permettez-moi d'être le premier à vous féliciter.

— Trop aimable, dit Fitz. Je vous remercie. » Mais le capitaine Davies avait déjà raccroché.

Au bout d'un moment, Fitz se rendit compte que les autres

officiers le regardaient en silence. L'un d'eux finit par demander : « Bonne ou mauvaise nouvelle ?

— Bonne ! Excellente, même. Je suis père. »

Il eut droit à moult poignées de main et tapes dans le dos. En dépit de l'heure matinale, Murray sortit la bouteille de whisky et ils burent tous à la santé du bébé. « Comment s'appelle-t-il ? demanda Murray.

— Tant que je vivrai, il sera vicomte d'Aberowen, répondit Fitz, qui comprit un peu tard que le capitaine ne s'intéressait pas au titre du bébé mais à son prénom. George, en l'honneur de mon père, et William, en l'honneur de mon grand-père. Le père de Bea s'appelait Piotr Nikolaïevitch, alors peut-être ajouterons-nous ces deux prénoms. »

Murray semblait amusé. « George William Peter Nicholas Fitzherbert. Que de noms à porter ! »

Fitz opina en souriant. « D'autant qu'il ne pèse sans doute que sept livres. »

Le cœur plein de fierté et de bonne humeur, il mourait d'envie de partager cette nouvelle. « Je vais peut-être aller faire un tour sur le front, dit-il lorsqu'ils eurent fini leur whisky. Distribuer quelques cigares aux hommes. »

Il sortit de la tranchée-abri pour s'engager dans le boyau de communication. Il était euphorique. On n'entendait pas un coup de feu, l'air était frais et pur, sauf à proximité des latrines. Ce n'était pas à Bea qu'il pensait en cet instant, mais à Ethel. Son enfant était-il déjà né ? Était-elle heureuse dans la maison achetée avec l'argent qu'elle lui avait extorqué ? L'âpreté avec laquelle elle avait mené les négociations l'avait refroidi, mais il ne pouvait s'empêcher de se rappeler que c'était son enfant qu'elle portait. Il espéra que son accouchement se passerait sans problème, comme celui de Bea.

Il oublia toutes ces pensées en arrivant sur le front. Comme il s'engageait dans la tranchée principale, il resta figé de surprise.

Il n'y avait personne.

Il s'avança dans la tranchée, zigzaguant autour d'un redan, puis d'un autre. Il se serait cru dans un conte fantastique, sur l'un de ces vaisseaux fantômes voguant intacts, sans âme qui vive à bord.

Il y avait forcément une explication. La tranchée avait-elle subi une attaque dont on ne l'avait pas informé ?

Il décida de jeter un coup d'œil par-dessus le parapet.

Ce n'était pas sans risque. Nombre d'hommes se faisaient tuer dès leur premier jour dans les tranchées, victimes de leur curiosité.

Fitz ramassa une pelle-bêche et la leva progressivement pour faire émerger le fer au-dessus du parapet. Puis il grimpa sur la première marche et leva lentement la tête, le regard aux aguets dans l'étroit interstice entre le fer de la pelle et le bord de la tranchée.

Ce qu'il vit le stupéfia.

Tous les hommes se trouvaient dans le « no man's land », ce désert criblé de cratères. Mais ils ne se battaient pas. Rassemblés en petits groupes, ils bavardaient.

Il y avait quelque chose d'étrange dans leur apparence et, au bout de quelques instants, Fitz aperçut des uniformes kaki qui se mêlaient aux tenues vert-de-gris.

Les hommes discutaient avec l'ennemi.

Laissant tomber sa pelle, Fitz releva encore la tête. Plusieurs centaines de soldats foulaient le no man's land, Anglais et Allemands confondus, à perte de vue.

Que diable se passait-il ?

Il trouva une échelle et monta sur le parapet. Il traversa l'étendue de terre retournée. Les hommes se montraient des photographies de leur famille ou de leur fiancée, s'offraient des cigarettes et cherchaient à communiquer à l'aide de phrases simples comme : « Moi Robert, et toi ? »

Il repéra deux sergents en grande conversation, un Allemand et un Britannique. Il tapa sur l'épaule de ce dernier. « Vous, là ! Bon sang, qu'est-ce que vous êtes en train de faire ? »

L'homme lui répondit d'une voix où perçait l'accent monocorde et guttural des docks de Cardiff. « Je ne sais pas comment c'est arrivé, mon commandant, pas exactement. Quelques Boches sont sortis de leur tranchée les mains en l'air et ont crié : "Joyeux Noël !", et puis un de nos gars en a fait autant, et puis ils se sont rejoints et, avant qu'on ait eu le temps de dire ouf, tout le monde les a imités.

— Mais il n'y a personne dans les tranchées ! s'écria Fitz, furieux. Vous ne voyez pas que c'est peut-être une ruse ? »

Le sergent parcourut le front du regard. « Non, mon commandant, pour être franc, je ne vois pas ça », répondit-il sans se démonter.

Fitz dut convenir qu'il avait raison. Si les soldats sympathisaient de part et d'autre de la ligne de front, quel avantage l'ennemi en tirerait-il ?

Le sergent désigna l'Allemand avec lequel il bavardait. « Je vous présente Hans Braun, mon commandant. Avant la guerre, il était garçon à l'hôtel Savoy, à Londres. Il parle anglais ! »

Le sergent allemand salua Fitz. « Ravi de faire votre connaissance, mon commandant. Joyeux Noël ! » Son accent était moins prononcé que celui du sergent de Cardiff. Il lui tendit une flasque. « Aimeriez-vous une goutte de schnaps ?

— Fichtre ! » dit Fitz en s'éloignant.

Il ne pouvait rien faire. Même s'il avait pu compter sur le soutien de sous-officiers comme ce sergent gallois, la tâche n'aurait pas été aisée. Sans eux, elle était impossible. Mieux valait signaler l'incident à un supérieur et le laisser régler le problème.

Avant d'avoir pu regagner la tranchée, il s'entendit héler par son nom : « Fitz ! Fitz ! C'est bien toi ? »

La voix lui était familière. Il se retourna et vit un Allemand se diriger vers lui. Comme il s'approchait, il le reconnut. « Von Ulrich ? dit-il, ébahi.

— En personne ! » Walter lui adressa un large sourire et lui tendit la main. Fitz la prit machinalement. Walter le gratifia d'une vigoureuse poignée de main. Il semblait amaigri, et sa peau claire était tannée. J'ai sûrement changé, moi aussi, songea Fitz.

« Alors ça, quelle coïncidence ! s'émerveilla Walter.

— Je suis content de te voir en forme, répondit Fitz. Mais je suppose que je ne devrais pas m'en réjouir.

— Je peux en dire autant !

— Qu'allons-nous faire de ça ? » Fitz désigna les soldats en train de fraterniser. « C'est inquiétant.

— Je suis bien de cet avis. Demain, ils risquent de refuser de tirer sur leurs nouveaux amis.

— Que ferions-nous alors ?

— Il nous faut une bataille, le plus vite possible, pour que les choses reprennent leur cours normal. Si les deux camps s'envoient des obus dès demain matin, les hommes recommenceront à se détester mutuellement.

— J'espère que tu as raison.

— Et à part ça, comment vas-tu, mon vieux ? »

Fitz se rappela la bonne nouvelle et son visage s'éclaira. « Je suis père depuis quelques heures. Bea a donné naissance à un garçon. Tiens, je t'offre un cigare. »

Ils fumèrent ensemble. Walter lui apprit qu'il revenait du front oriental. « Les Russes sont tous corrompus, dit-il avec une grimace de dégoût. Les officiers revendent les provisions au marché noir et laissent leurs hommes souffrir de faim et de froid. La moitié des habitants de Prusse-Orientale portent des bottes de l'armée russe achetées à bas prix, alors que les soldats du tsar marchent pieds nus. »

Fitz lui apprit qu'il était allé à Paris. « Voisin, ton restaurant préféré, est toujours ouvert », lui dit-il.

Les soldats avaient organisé un match de football, Angleterre contre Allemagne, empilant des casques pour matérialiser les buts. « Il faut que j'aille signaler ce qui se passe, murmura Fitz.

— Moi aussi. Mais d'abord, dis-moi : comment va Lady Maud ?

— Très bien, je crois.

— J'aimerais que tu lui transmettes mon meilleur souvenir. »

Fitz fut frappé par l'insistance avec laquelle Walter lui fit cette requête pourtant banale. « Bien sûr. Tu as une raison en particulier ? »

Walter détourna le regard. « Juste avant de quitter Londres... j'ai dansé avec elle au bal de Lady Westhampton. C'est la dernière chose civilisée que j'aie faite avant cette *verdammten* guerre. »

Walter semblait en proie à une violente émotion. Sa voix tremblait et il n'avait pas l'habitude d'émailler son anglais de mots allemands. Peut-être était-il lui aussi contaminé par cette atmosphère de fête.

« J'aimerais qu'elle sache que je pensais à elle le jour de Noël », reprit-il. Il fixa sur Fitz des yeux humides. « Tu le lui diras, mon vieux ?

— Je n'y manquerai pas. Je suis sûr qu'elle en sera très touchée. »

XIV

Février 1915

1.

«Je suis allée chez le docteur, dit la voisine d'Ethel. Je lui ai dit : "J'ai la chatte qui me démange."»

La pièce croula sous les rires. Au dernier étage de cette petite maison de l'est de Londres, près d'Aldgate, vingt femmes étaient assises en rangées de part et d'autre d'un établi tout en longueur, chacune devant sa machine à coudre. Il n'y avait pas de chauffage et l'unique fenêtre était fermée hermétiquement pour ne pas laisser entrer le froid du mois de février. Le plancher était nu. Le plâtre chaulé des murs s'effritait sous l'effet de l'âge, laissant apparaître les lattes par endroits. La présence de vingt femmes dans ce local exigu finissait par rendre l'atmosphère étouffante sans parvenir pourtant à la réchauffer, et elles gardaient toutes manteau et chapeau.

Elles venaient de s'arrêter pour une brève pause et les pédales restaient silencieuses sous leurs pieds. La voisine d'Ethel s'appelait Mildred Perkins, elle avait le même âge qu'elle et c'était une authentique cockney. C'était aussi sa locataire. Sans ses incisives proéminentes, elle aurait été très belle. Les histoires salées étaient sa spécialité. Elle conclut : «Et figurez-vous que le docteur, il me dit : "Il ne faut pas dire ça, c'est un gros mot."»

Ethel sourit. Mildred réussissait à égayer leurs douze heures de labeur quotidiennes. Jamais Ethel n'avait entendu parler aussi crûment. À Tŷ Gwyn, les domestiques s'exprimaient avec distinction. Ces Londoniennes n'avaient pas froid aux yeux. Il y en avait de tous âges et de toutes nationalités; certaines parlaient à peine anglais, notamment les deux réfugiées belges qui avaient fui l'envahisseur allemand. Leur seul point commun était d'avoir désespérément besoin d'un emploi.

« Alors je lui fais : "Mais qu'est-ce que je dois dire, docteur ?" Et lui : "Dites que vous avez le doigt qui vous démange." »

Elles confectionnaient des uniformes pour l'armée, des milliers d'uniformes, tuniques et pantalons. Jour après jour, l'atelier de coupe voisin leur livrait des pièces d'épais tissu kaki, des grosses caisses remplies de manches, de dos et de jambes, qu'elles assemblaient avant de les envoyer à un troisième petit atelier, chargé de coudre les boutons et les boutonnières. Les couturières étaient payées à la pièce.

« Et après, il me demande : "Est-ce que votre doigt vous démange en permanence, madame Perkins, ou seulement de temps en temps ?" »

Mildred marqua une pause et les autres se turent, attendant la chute.

« "Non, docteur, que je lui dis, seulement quand je pisse à travers." »

Les femmes s'esclaffèrent en applaudissant.

Une fillette malingre d'une douzaine d'années entra, portant un bâton sur l'épaule. Une vingtaine de grandes tasses y étaient accrochées par l'anse. Elle posa sa perche sur l'établi avec un luxe de précautions. Les tasses étaient pleines de thé, de chocolat chaud, de bouillon clair et de café dilué. Chaque femme avait sa propre tasse. Deux fois par jour, en milieu de matinée et d'après-midi, elles donnaient quelques pennies et demi-pennies à la petite Allie, qui allait faire remplir les tasses au café voisin.

Elles sirotèrent leurs boissons, s'étirèrent et se frottèrent les yeux. Le travail était moins pénible que la mine, se dit Ethel, mais il n'en était pas moins épuisant de rester penchée des heures durant sur cette machine, les yeux rivés sur les coutures. Il n'était pas question de se tromper. Mannie Litov, le patron, vérifiait chaque pièce et, au moindre défaut, il refusait de la payer, bien qu'Ethel le soupçonnât d'envoyer quand même à l'armée les uniformes défectueux.

Cinq minutes plus tard, Mannie entra dans l'atelier et tapa dans ses mains : « Allez, au travail maintenant ! » Elles vidèrent leurs tasses avant de retourner à l'établi.

Mannie était un exploiteur mais, à en croire les couturières, ce n'était pas le pire. Au moins, il ne pelotait pas les filles et ne leur réclamait pas de gâteries. Les yeux aussi noirs que la barbe, il avait une trentaine d'années. Son père était un tailleur venu de Russie, qui avait ouvert un atelier dans Mile End Road, confectionnant à bas prix des costumes pour les courtiers et les employés de banque. Après avoir appris le métier avec lui, Mannie s'était lancé dans une entreprise plus ambitieuse.

La guerre était bonne pour les affaires. Entre le mois d'août et la Noël, un million d'hommes s'étaient engagés et ils avaient tous besoin d'un uniforme. Mannie recrutait toutes les couturières qu'il pouvait trouver. Ethel se félicitait d'avoir appris à se servir d'une machine à Tŷ Gwyn.

Car elle avait besoin de travailler. Sa maison lui appartenait et Mildred lui versait un loyer, mais elle devait mettre de l'argent de côté en prévision de la naissance du bébé. Et la recherche d'un emploi n'avait pas été sans colère ni amertume.

Si toutes sortes de métiers s'ouvraient désormais aux femmes, Ethel avait vite compris que l'égalité des sexes restait une utopie. Là où un homme était payé trois ou quatre livres par semaine, une femme ne s'en voyait proposer qu'une. Et encore devait-elle s'attendre à rencontrer une hostilité qui frisait parfois la persécution. Si une femme conduisait un autobus, les passagers masculins refusaient de lui présenter leur ticket ; les mécaniciens versaient de l'huile dans sa boîte à outils ; et les pubs voisins des usines restaient interdits aux femmes. Ce qui rendait Ethel encore plus furieuse, c'était que ces mêmes hommes étaient les premiers à leur reprocher leur paresse et leur négligence si leurs enfants étaient vêtus de guenilles.

Finalement, elle s'était décidée, à contrecœur et en grinçant des dents, pour une activité traditionnellement féminine, se jurant de réformer ce système injuste avant sa mort.

Elle se massa le dos. Son bébé devait naître dans une ou deux semaines et elle devrait cesser le travail d'un jour à l'autre. Il était malaisé de coudre avec un ventre comme le sien, mais le plus pénible, à ses yeux, était la fatigue qui l'accablait.

Deux femmes entrèrent dans l'atelier, dont l'une avait la main bandée. Les couturières se blessaient souvent avec leurs aiguilles ou leurs ciseaux, particulièrement aiguisés.

« Écoutez, Mannie, dit Ethel, vous devriez avoir une petite trousse de secours ici, une boîte en fer-blanc avec des bandages, un flacon de teinture d'iode et quelques autres bricoles.

— Tu crois que l'argent tombe du ciel ou quoi ? » C'était

la réponse toute faite qu'il opposait aux demandes de ses ouvrières.

« Mais vous perdez forcément de l'argent chaque fois que l'une de nous se blesse, rétorqua Ethel d'une voix posée et raisonnable. Ça fait près d'une heure que ces deux femmes n'ont pas touché à leurs machines, parce qu'elles ont été obligées d'aller chez le pharmacien pour faire soigner une bête coupure.

— Sans compter que j'ai dû faire un saut au Chien et au Canard pour me redonner un peu de courage, dit en souriant la femme à la main bandée.

— C'est une bouteille de gin qu'il faudrait prévoir dans cette fameuse trousse », lança Mannie à Ethel d'un ton sarcastique.

Elle fit celle qui n'avait pas entendu. « Je vais noter sur une liste les articles nécessaires et ce que ça coûterait. Comme ça, vous pourrez décider en connaissance de cause.

— Je ne promets rien, dit Mannie, ce qui, dans sa bouche, se rapprochait le plus d'une promesse.

— Très bien. » Ethel retourna à sa machine.

C'était toujours elle qui demandait à Mannie d'apporter de petites améliorations à leurs conditions de travail, qui protestait quand il tentait d'imposer des mesures injustes, comme leur faire payer l'affûtage de leurs ciseaux. Sans l'avoir voulu, elle semblait avoir endossé le même rôle que son père.

Derrière la fenêtre sale, le jour déclinait déjà. Pour Ethel, les trois dernières heures étaient les plus pénibles. Son dos lui faisait mal et la lumière crue des plafonniers lui donnait la migraine.

Mais, lorsque sept heures sonnèrent, elle n'avait pas envie de rentrer chez elle. L'idée de passer la soirée seule était trop déprimante.

Quand Ethel était arrivée à Londres, plusieurs jeunes gens s'étaient intéressés à elle. Aucun d'eux ne l'attirait réellement, elle avait pourtant accepté leurs invitations au cinéma, au café-concert, à des soirées de poésie ou au pub ; elle en avait même embrassé un, sans grande passion il est vrai. Mais dès que son ventre avait commencé à s'arrondir, tous ses soupirants s'étaient éclipsés. Une jolie fille, c'est une chose ; une femme avec un bébé sur les bras, c'en est une autre.

Heureusement, il y avait une réunion ce soir-là. Ethel avait adhéré à la section du parti travailliste indépendant d'Aldgate peu après avoir acheté sa maison. Elle se demandait souvent ce que son père en aurait pensé. Aurait-il souhaité l'exclure de son parti comme il l'avait exclue de sa maison ? Ou bien en aurait-il été secrètement ravi ? Elle ne le saurait sans doute jamais.

Ce soir-là, l'orateur prévu n'était autre que Sylvia Pankhurst, une des responsables du mouvement des suffragettes qui militaient pour le droit de vote des femmes. La guerre avait divisé la célèbre famille Pankhurst. Emmeline, la mère, avait renoncé à sa campagne pour la durée du conflit. Christabel, l'une de ses filles, s'était rangée à sa décision, mais l'autre, Sylvia, avait rompu avec elles et poursuivait sa campagne. Ethel l'approuvait : en temps de guerre comme en temps de paix, les femmes étaient opprimées, et elles ne seraient jamais traitées équitablement tant qu'on leur refuserait le droit de vote.

Sur le trottoir, elle souhaita bonne nuit aux autres couturières. La rue éclairée au gaz grouillait d'ouvriers qui rentraient chez eux, de ménagères qui achetaient de quoi préparer le dîner et de fêtards en goguette. La porte du pub Au Chien et au Canard laissa échapper un souffle d'air chaud parfumé de houblon. Ethel comprenait les femmes qui passaient leurs soirées dans ce genre d'endroits. Les pubs étaient plus accueillants que la plupart des foyers et on y trouvait de la compagnie et du gin pour oublier ses soucis.

À côté du pub, l'épicerie Lippmann's était fermée : son nom germanique lui avait valu d'être vandalisée par une bande de prétendus patriotes et elle était à présent condamnée par des planches. Ironie de l'histoire, l'épicier était un Juif de Glasgow dont le fils s'était engagé dans l'infanterie légère des Highlands.

Ethel prit le bus, trop fatiguée pour marcher.

Elle se rendait au temple du Calvaire, qui abritait le dispensaire de Lady Maud à Aldgate. C'est dans ce quartier qu'Ethel avait choisi de s'établir parce que c'était le seul dont elle connaissait le nom, Lady Maud l'ayant cité à plusieurs reprises.

La salle était éclairée par des appliques à gaz à l'éclat chaleureux, et, au milieu, un poêle à charbon dissipait le froid. On avait disposé des rangées de chaises pliantes bon marché en face d'une table et d'un pupitre. Ethel fut accueillie par le secrétaire de section, Bernie Leckwith, un homme studieux et pédant mais qui avait un cœur d'or. Il semblait soucieux. « Notre oratrice s'est décommandée », annonça-t-il.

Ethel était déçue. « Qu'allons-nous faire ? » Elle parcourut la salle du regard. « Il y a déjà plus de cinquante personnes.

— Ils nous envoient quelqu'un d'autre, mais elle n'est pas encore arrivée, et je ne sais pas ce qu'elle vaut. Elle n'est même pas membre du parti.

— Qui est-ce ?

— Une certaine Lady Maud Fitzherbert. » Bernie ajouta d'un air désapprobateur : « Si j'ai bien compris, elle vient d'une famille de propriétaires miniers. »

Ethel éclata de rire. « Ça alors ! J'ai travaillé chez eux dans le temps.

— C'est une bonne oratrice ?

— Aucune idée. »

Ethel était intriguée. Elle n'avait pas revu Maud depuis ce fameux mardi où elle avait épousé Walter von Ulrich. Le jour où l'Angleterre avait déclaré la guerre à l'Allemagne. Ethel avait toujours la robe que Walter lui avait achetée pour l'occasion, accrochée dans sa penderie et protégée par du papier mousseline. Une robe de soie rose avec une chasuble vaporeuse. Elle n'avait jamais rien possédé de plus beau. Naturellement, elle était beaucoup trop étroite pour elle aujourd'hui. De toute façon, ce n'était pas une tenue appropriée pour une réunion du parti travailliste. Elle conservait le chapeau assorti, bien rangé dans son carton à l'enseigne d'une modiste de Bond Street.

Elle prit place, soulagée de ne plus avoir à porter son propre poids, et attendit le début de la réunion. Jamais elle n'oublierait le dîner au Ritz qui avait suivi le mariage, en compagnie de Robert von Ulrich, le fringant cousin de Walter. En entrant dans le restaurant, elle avait senti le regard malveillant que lui décochaient deux femmes et avait deviné que, sous sa robe hors de prix, elle conservait quelque chose de ses origines ouvrières. Mais cela lui était bien égal. Robert s'était répandu en commentaires hilarants sur leurs vêtements et leurs bijoux, et elle lui avait un peu décrit la vie dans une ville minière du pays de Galles, une existence qui lui était aussi étrangère que celle des Esquimaux.

Où étaient-ils aujourd'hui ? Walter et Robert étaient à la guerre, évidemment, l'un dans l'armée allemande, l'autre dans l'autrichienne, et Ethel n'avait aucun moyen de savoir s'ils étaient encore en vie. Elle n'en savait pas davantage sur Fitz.

Elle supposait qu'il était parti en France avec les chasseurs gallois, mais n'en était même pas sûre. Ce qui ne l'empêchait pas de consulter les listes de morts au champ d'honneur que publiaient les journaux, craignant d'y découvrir le nom de Fitzherbert. Elle le détestait pour la manière dont il l'avait traitée, et pourtant, elle remerciait le Ciel de ne pas y trouver son nom.

Elle aurait pu garder le contact avec Maud, tout simplement en se rendant au dispensaire le mercredi, mais comment auraitelle justifié sa visite ? Exception faite d'une petite alerte en juillet – quelques taches de sang dans sa culotte, dont le docteur Greenward lui avait assuré qu'elles n'avaient rien d'inquiétant –, elle allait parfaitement bien.

Maud n'avait pas changé en six mois. Elle entra dans la salle dans une tenue aussi spectaculaire que d'habitude, coiffée d'un grand chapeau à larges bords orné d'une immense plume aussi raide que le mât d'un yacht. Ethel se sentit soudain miteuse dans son vieux manteau marron.

Maud l'aperçut et se dirigea vers elle. « Bonjour, Williams ! Pardonnez-moi, je veux dire Ethel. Quelle bonne surprise ! »

Ethel lui serra la main. « Vous m'excuserez si je reste assise, dit-elle en tapotant son ventre rebondi. Je ne sais même pas si j'aurais la force de me lever pour saluer le roi.

— Surtout n'en faites rien. Pourrions-nous trouver quelques minutes pour bavarder après la réunion ?

— J'en serais ravie. »

Maud gagna la table et Bernie ouvrit la séance. Comme de nombreux habitants de l'East End, c'était un Juif d'origine russe. Rares étaient les Anglais de souche dans ce quartier. On y trouvait quantité de Gallois, d'Écossais et d'Irlandais. Avant la guerre, il y avait aussi beaucoup d'Allemands, mais ils avaient été remplacés par des milliers de réfugiés belges. C'était dans l'East End qu'ils arrivaient par bateau, et ils avaient tout naturellement tendance à y rester.

Malgré la présence d'une invitée, Bernie insista pour commencer par s'excuser du changement de programme, commenter le procès-verbal de la précédente réunion et régler un certain nombre d'affaires courantes. Il était chargé du service des bibliothèques au conseil municipal, et c'était un maniaque du détail.

Il présenta ensuite Maud à l'assistance. Elle parla avec assurance de l'oppression subie par les femmes, un sujet qu'elle maîtrisait parfaitement. « Une femme qui effectue le même travail qu'un homme doit toucher le même salaire. Mais on nous objecte souvent que c'est l'homme qui est soutien de famille. »

Plusieurs hommes dans l'assistance hochèrent la tête d'un air entendu : ils étaient bien de cet avis.

« Mais que dire d'une femme qui est seule pour nourrir sa famille ? »

Le public féminin fit entendre des murmures d'approbation.

« La semaine dernière, à Acton, j'ai rencontré une jeune femme qui doit nourrir et habiller cinq enfants et ne gagne que deux livres par semaine, alors que son mari, qui a abandonné le domicile conjugal, touche quatre livres et dix shillings à l'usine de Tottenham, qui fabrique des hélices de bateau – et il s'empresse d'aller les boire au pub !

— Bien dit ! lança une femme derrière Ethel.

— Récemment, j'ai parlé à une veuve de Bermondsey dont le mari a été tué à Ypres : elle a quatre enfants à nourrir, mais elle est sous-payée parce que c'est une femme.

— C'est une honte ! entendit-on.

— Si un employeur est prêt à payer un homme un shilling la pièce pour fabriquer des axes de piston, pourquoi refuse-t-il le même salaire à une femme ? »

Les hommes s'agitèrent sur leurs sièges, mal à l'aise.

Maud embrassa son public d'un regard d'acier. « Quand j'entends des hommes socialistes s'opposer à l'égalité des salaires, je leur dis : "Laisserez-vous les patrons cupides traiter les femmes comme des esclaves ?" »

Pour une femme de son milieu, songea Ethel, il fallait à Maud beaucoup de courage et d'indépendance d'esprit pour affirmer de telles opinions. Elle ne pouvait s'empêcher d'en être un peu jalouse et de lui envier ses beaux vêtements, son talent d'oratrice. Par-dessus le marché, Maud avait épousé l'homme qu'elle aimait.

Après la conférence, les hommes du parti posèrent à Maud des questions agressives. Le trésorier de la section, un Écossais rougeaud du nom de Jock Reid, lui lança : « Comment pouvez-vous remettre le droit de vote des femmes sur le tapis alors que nos gars se font tuer en France ? » On entendit plusieurs grognements approbateurs.

« Je suis ravie que vous me posiez cette question, car elle tracasse beaucoup d'hommes, et beaucoup de femmes aussi », répondit Maud. Ethel releva son ton conciliant, qui contrastait agréablement avec l'hostilité de son interlocuteur, et ne l'admira que davantage. «A-t-on le droit de poursuivre une activité politique normale en temps de guerre? A-t-on le droit d'assister à une réunion du parti travailliste? Les syndicats ont-ils le droit de continuer à lutter contre l'exploitation des ouvriers? Le Parti conservateur a-t-il interrompu ses activités pendant le conflit? A-t-on provisoirement interdit l'injustice et l'oppression? Bien sûr que non, camarade. Nous ne devons pas permettre aux ennemis du progrès de tirer avantage de la guerre. Celle-ci ne doit pas devenir une excuse commode pour les réactionnaires qui cherchent à nous empêcher d'agir. Comme l'a dit Mr Lloyd George, pendant la guerre, les affaires continuent.»

Après la réunion, on prépara du thé – ou, plus exactement, les femmes préparèrent du thé – et Maud s'assit près d'Ethel, retirant ses gants pour envelopper de ses mains douces une tasse de grès bleu. Préférant ne pas lui dire la vérité sur son frère, Ethel raconta à Maud la dernière version en date de sa saga «Teddy Williams» : celui-ci était mort au combat, en France. «Je dis aux gens que nous étions mariés, ajouta-t-elle en touchant son alliance bon marché. D'ailleurs, personne ne s'en soucie de nos jours. Quand un garçon part à la guerre, la fille veut lui faire plaisir, qu'ils soient mariés ou non.» Elle baissa la voix. «Je suppose que vous êtes sans nouvelles de Walter.»

Maud lui sourit. «En fait, il est arrivé quelque chose de fantastique. Vous avez lu les articles sur la trêve de Noël?

— Oui, bien sûr : les soldats anglais et allemands ont échangé des cadeaux et joué au football dans le no man's land. Quel dommage qu'ils n'aient pas prolongé cette trêve et refusé de reprendre les armes.

— En effet. Fitz a vu Walter ce jour-là!

— Vraiment! C'est merveilleux!

— Bien entendu, Fitz ignore que nous sommes mariés, et Walter a dû être très prudent. Mais il m'a transmis un message pour me dire qu'il pensait à moi en ce jour de Noël.»

Ethel serra la main de Maud. «Donc, il va bien!

— Il a combattu en Prusse-Orientale, puis il a été affecté sur le front français, mais il n'a pas été blessé.

— Dieu merci. Mais vous n'aurez sans doute pas de nouvelles de sitôt. Une chance pareille, cela n'arrive pas tous les jours.

— Vous avez raison. J'espère tout de même qu'on l'enverra,

pour une raison ou pour une autre, dans un pays neutre, la Suisse ou les États-Unis, par exemple, d'où il pourra me poster une lettre. Sinon, je devrai attendre la fin de la guerre.

— Et comment va Monsieur le comte ?

— Fitz va bien. Il a passé les premières semaines de guerre à mener la grande vie à Paris. »

Pendant que je cherchais du boulot dans un atelier de couture, pensa Ethel avec une bouffée de ressentiment.

« La princesse Bea a eu un petit garçon, poursuivit Maud.

— Votre frère doit être ravi d'avoir un héritier.

— Nous sommes tous enchantés », dit Maud, et Ethel se rappela que, même rebelle, c'était une aristocrate.

L'assistance se dispersa. Un taxi attendait Maud et les deux femmes se dirent au revoir. Bernie Leckwith monta dans l'autobus avec Ethel. « Elle était mieux que je ne pensais, décréta-t-il. D'accord, c'est une aristo, mais elle a la tête sur les épaules. Et puis très aimable, surtout avec toi. Je suppose qu'à force de travailler pour une famille, on finit par la connaître de près. »

Plus que tu ne crois ! se dit Ethel.

Elle demeurait dans une rue paisible, bordée de maisons attenantes, anciennes mais solides, occupées par des familles d'ouvriers, d'artisans et d'employés relativement aisés. Bernie l'accompagna jusqu'à sa porte. Il avait certainement l'intention de l'embrasser, comprit-elle. Soulagée de constater qu'il existait encore un homme au monde qui la trouvait séduisante, elle envisagea de le laisser faire, simplement. Mais le bon sens l'emporta : elle ne voulait pas lui donner de faux espoirs. « Bonne nuit, camarade ! » lança-t-elle gaiement, et elle rentra chez elle.

Pas un bruit, pas une lumière à l'étage : Mildred et ses enfants dormaient déjà. Ethel se déshabilla et se coucha, épuisée ; pourtant, les pensées se bousculaient dans sa tête et elle n'arrivait pas à dormir. Elle finit par se relever et prépara du thé.

Elle décida d'écrire à son frère. Elle prit son bloc de papier à lettres et commença :

Ma très chère jeune sœur Libby.

Dans le code de leur enfance, seul un mot sur trois comptait et les noms propres étaient écrits dans le désordre. Cette phrase se traduisait tout simplement par : *Cher Billy.*

Le plus simple, se rappela-t-elle, c'était de rédiger le message qu'elle voulait lui adresser puis de combler les vides. Elle écrivit :

Assise seule très malheureuse.

Puis elle transforma la phrase :

Je suis assise chez moi, seule et pas très heureuse ni malheureuse.

Enfant, elle avait adoré ce jeu, prenant plaisir à inventer un message imaginaire pour dissimuler le vrai. Billy et elle avaient conçu différents stratagèmes : un mot biffé comptait, un mot souligné ne comptait pas.

Elle décida de rédiger l'intégralité de sa lettre avant de la coder.

Les rues de Londres ne sont pas pavées d'or, du moins à Aldgate.

Elle avait eu l'intention d'écrire une lettre enjouée, en minimisant ses problèmes. Au diable, se dit-elle, je peux bien dire la vérité à mon frère !

Je me croyais différente des autres, ne me demande pas pourquoi. Les gens disaient : « Elle se croit trop bien pour Aberowen », et ils avaient raison.

Elle refoula ses larmes en repensant à ce temps-là : son uniforme impeccable, les repas copieux à l'office et, surtout, le corps svelte et splendide qui avait jadis été le sien.

Si tu me voyais aujourd'hui. Je travaille douze heures par jour pour une misère à l'atelier de Mannie Litov. J'ai mal à la tête tous les soirs et mal au dos tout le temps. Je vais avoir un bébé dont personne ne veut. Personne ne veut de moi non plus, sauf un bibliothécaire assommant à lunettes.

Elle suçota son crayon un long moment, plongée dans ses réflexions, avant d'ajouter :

Autant être morte.

2.

Le deuxième dimanche du mois, un prêtre orthodoxe prenait le train à Cardiff pour remonter la vallée jusqu'à Aberowen, chargé d'une valise remplie d'icônes et de cierges emballés avec soin, afin de célébrer le rite liturgique pour les Russes.

Lev Pechkov détestait les prêtres, ce qui ne l'empêchait pas d'assister régulièrement à l'office – c'était obligatoire si on voulait déjeuner gratis ensuite. L'office se déroulait dans la salle de lecture de la bibliothèque publique. À en croire la plaque dans l'entrée, la construction de l'édifice avait été financée par la fondation Carnegie, créée par le célèbre philanthrope américain. Lev savait lire, mais il ne comprenait pas le plaisir que certains y prenaient. Les journaux étaient fixés à des baguettes de bois pour éviter qu'on ne les vole et il y avait partout des écriteaux qui réclamaient le SILENCE. Comment s'amuser dans un tel endroit?

Dans l'ensemble, Lev n'aimait rien à Aberowen.

Les chevaux étaient les mêmes qu'ailleurs, mais il détestait travailler sous terre : les galeries étaient presque toujours obscures et l'épaisse poussière de charbon le faisait tousser. Et en surface, il pleuvait tout le temps. Jamais il n'avait vu autant d'eau. Elle ne tombait pas sous forme d'orages, ni d'averses soudaines, suivies d'une période de ciel clair et de temps sec. Non, c'était un crachin insistant qui ne cessait pas de la journée, voire de la semaine, et finissait par imbiber les jambes de votre pantalon et parfois jusqu'au dos de votre chemise.

Le mouvement de grève avait été levé en août, après la déclaration de guerre, et les mineurs avaient repris le travail. La majorité d'entre eux avaient retrouvé leur emploi et leur maison. Quant aux autres, ceux que la direction qualifiait d'« agitateurs », ils s'étaient pour la plupart engagés dans les chasseurs gallois. Les veuves expulsées avaient trouvé d'autres logements. Les briseurs de grève ne subissaient plus d'ostracisme : les habitants avaient fini par conclure que ces étrangers étaient, eux aussi, des victimes du système capitaliste.

Mais Lev n'avait pas fui Saint-Pétersbourg pour pourrir ici. La Grande-Bretagne était certes préférable à la Russie : ici, les syndicats n'étaient pas interdits, les flics n'étaient pas des brutes incontrôlables, les Juifs eux-mêmes étaient libres. Pourtant, il ne fallait pas compter sur lui pour passer le restant de ses jours à travailler dans une ville minière au bout du monde. Ce n'était pas ce dont ils avaient rêvé, Grigori et lui. Ce n'était pas l'Amérique.

Même s'il avait été tenté de s'installer ici, il devait à Grigori de poursuivre sa route. Il savait qu'il avait abusé de son frère, il s'était donc juré de lui envoyer le prix d'un nouveau billet. Lev avait trahi beaucoup de promesses durant sa courte vie, mais il avait l'intention de tenir celle-ci.

Il avait presque réuni de quoi acheter un billet de Cardiff à New York. L'argent était dissimulé sous une dalle dans la cuisine de sa maison de Wellington Row, avec son revolver et le passeport de son frère. Ce n'était pas avec son salaire hebdomadaire qu'il avait pu mettre cette somme de côté, évidemment : il lui payait à peine sa bière et son tabac. Non, ses économies venaient des parties de cartes qu'il disputait en fin de semaine.

Spiria n'était plus son complice. Le jeune homme avait quitté Aberowen au bout de quelques jours pour aller chercher un travail moins pénible à Cardiff. Mais on trouve toujours des gens appâtés par le gain, et Lev s'était lié d'amitié avec Rhys Price, un sous-directeur des houillères. Lev veillait à ce que Rhys gagne régulièrement, après quoi ils partageaient les gains. Tout l'art consistait à ne pas dépasser la mesure : il fallait laisser gagner les autres de temps en temps. Si les mineurs comprenaient ce qui se passait, non seulement c'en serait fini du jeu, mais ils risquaient de lui faire la peau. Son magot grossissait donc lentement et il ne pouvait pas se permettre de refuser un repas gratuit.

C'était la voiture du comte qui allait chercher le prêtre à la gare. On le conduisait à Tŷ Gwyn, où on lui servait du gâteau et du xérès. Si la princesse Bea séjournait au château, elle accompagnait le prêtre à la bibliothèque, où elle le précédait de quelques secondes, ce qui lui évitait d'avoir à passer trop de temps en compagnie de ces fidèles de basse extraction.

Ce jour-là, la pendule murale de la salle de lecture affichait onze heures passées de quelques minutes lorsqu'elle fit son entrée, vêtue d'un manteau et d'un chapeau de fourrure blanche pour se protéger du froid. Lev réprima un frisson : il ne pouvait jamais la voir sans ressentir la terreur qu'il avait éprouvée en assistant à la pendaison de son père, à six ans.

Le prêtre la suivait, vêtu d'une aube couleur crème et d'une large ceinture dorée. Pour la première fois, il n'était pas seul. Il était accompagné d'un homme en habit de novice... Choqué et horrifié, Lev reconnut Spiria, son ancien complice.

L'esprit en déroute, il regarda les deux ecclésiastiques préparer les cinq miches de pain et le vin rouge coupé d'eau pour l'office. Spiria avait-il trouvé Dieu et décidé de s'amender ? Ou bien la soutane lui servait-elle de camouflage pour mieux voler et escroquer son prochain ?

Le prêtre entonna le chant de bénédiction. Quelques hommes parmi les plus dévots avaient formé une chorale – initiative chaleureusement saluée par leurs voisins gallois – et ils chantèrent le premier « Amen ». Lev se signa comme tout le monde, mais il était inquiet. Il ne cessait de penser à Spiria. Un prêtre était parfaitement capable de le dénoncer et de tout faire échouer : adieu les cartes, adieu le billet pour l'Amérique, adieu l'argent pour Grigori.

Lev se rappela son dernier jour à bord de l'*Ange Gabriel*, quand il avait menacé de jeter Spiria par-dessus bord simplement parce que l'autre avait évoqué la possibilité de le doubler. Spiria ne l'avait sûrement pas oublié. Lev regrettait amèrement de l'avoir humilié.

Il ne le quitta pas des yeux pendant l'office, cherchant à déchiffrer son expression. Lorsqu'il s'avança pour recevoir la communion, il tenta de croiser le regard de son ancien complice, mais celui-ci ne sembla même pas le reconnaître : Spiria était totalement absorbé par le rituel... ou feignait de l'être.

À la fin de la messe, les deux ecclésiastiques remontèrent en voiture avec la princesse tandis que la trentaine de chrétiens russes les suivaient à pied. Lev se tracassait toujours, se demandant si Spiria lui adresserait la parole à Tŷ Gwyn. Prétendrait-il n'avoir jamais été son complice ? Cracherait-il le morceau, attirant délibérément sur Lev la colère des mineurs ? Chercherait-il à monnayer son silence ?

Lev aurait préféré quitter la ville sans délai. Il y avait un train pour Cardiff toutes les heures ou presque. S'il avait eu plus d'argent, il n'aurait peut-être pas hésité à filer tout de suite. Mais il n'avait pas encore de quoi se payer un billet pour l'Amérique. Il se dirigea donc vers le château du comte pour le déjeuner.

On les installa à l'office, au sous-sol. Le menu était roboratif : du ragoût de mouton avec du pain à volonté et de la bière pour faire glisser le tout. Nina, la femme de chambre de la princesse, une Russe d'un certain âge, se joignit à eux pour servir d'interprète. Elle avait un faible pour Lev et veilla à ce qu'on le resserve généreusement.

Tandis que le prêtre mangeait avec la princesse, Spiria descendit à l'office et s'assit à côté de Lev. Celui-ci lui adressa son sourire le plus chaleureux. « Eh bien, mon vieux, quelle surprise ! s'écria-t-il en russe. Félicitations ! »

Spiria ne s'y laissa pas prendre. « Est-ce que tu joues toujours aux cartes, mon fils ? » interrogea-t-il.

Lev conserva son sourire mais baissa la voix. « Je ne dirai rien si tu en fais autant. Marché conclu ?

— Nous en reparlerons tout à l'heure. »

Lev était agacé de ne pas savoir de quel côté Spiria pencherait – celui de la vertu ou celui du chantage ?

Le repas terminé, Spiria sortit par la porte de service et Lev le suivit. Sans un mot, Spiria se dirigea vers une rotonde blanche évoquant un temple grec miniature dont la plateforme surélevée leur permettrait de repérer tout intrus éventuel. Il pleuvait et l'eau ruisselait le long des colonnes de marbre. Lev ôta sa casquette pour la secouer puis se recoiffa.

« Tu te rappelles, sur le bateau, je t'ai demandé ce que tu ferais si je refusais de te donner ta part ? » lança Spiria.

Lev l'avait poussé contre le bastingage et menacé de lui briser la nuque puis de le jeter à l'eau. « Non, je ne m'en souviens pas, mentit-il.

— Peu importe, répondit Spiria. Je souhaitais simplement t'accorder mon pardon. »

C'était donc la vertu qui l'emportait, se dit Lev, soulagé.

« Ce que nous faisions était un péché, reprit Spiria. Je me suis confessé et j'ai reçu l'absolution.

— Je ne proposerai pas à ton prêtre de jouer avec moi, dans ce cas.

— Ne plaisante pas avec ça. »

Lev aurait voulu le saisir à la gorge, comme sur le bateau, mais Spiria ne semblait plus homme à se laisser intimider. Paradoxalement, la soutane lui avait donné des couilles.

« Je devrais révéler tes crimes à ceux que tu as volés.

— Ils ne t'en remercieront pas. Tu les as plumés en même temps que moi.

— Ma soutane me protégera. »

Lev secoua la tête. « La plupart de ceux que nous avons plumés étaient des Juifs. Ils n'ont sans doute pas oublié les prêtres qui les regardaient en souriant pendant que les Cosaques les brutalisaient. Si ça se trouve, ta soutane ne fera que décupler leur rage. »

La colère assombrit un instant le visage juvénile de Spiria, qui se força à afficher un sourire bienveillant. « C'est surtout pour toi que je m'inquiète. Je ne voudrais pas que tu aies à subir des actes de violence à cause de moi. »

La menace n'échappa pas à Lev. « Que vas-tu faire ?

— L'important, c'est ce que *tu* vas faire.

— Tu la boucleras si j'arrête ?

— Si tu te confesses, si tu fais acte de contrition et que tu arrêtes de pécher, Dieu te pardonnera – comme ça, je n'aurai pas à te punir. »

Et tu seras tiré d'affaire, toi aussi, se dit Lev. « D'accord, j'accepte. » Dès qu'il eut prononcé ces mots, il sut qu'il avait cédé trop vite.

La réponse de Spiria lui confirma qu'il ne s'en sortirait pas aussi facilement. « Je veillerai à ce que tu tiennes parole, insista-t-il. Et si je découvre que tu as trahi ta promesse, je révélerai tes crimes à tes victimes.

— Ils me tueront. Bien joué, mon père.

— À mes yeux, c'est la meilleure façon de résoudre mon dilemme. Mon prêtre est du même avis que moi. C'est à prendre ou à laisser.

— Je n'ai pas le choix.

— Dieu te bénisse, mon fils », conclut Spiria.

Lev s'éloigna.

Il quitta le domaine de Tŷ Gwyn pour redescendre vers Aberowen, en fulminant sous la pluie. On peut toujours compter sur un prêtre pour empêcher un homme d'améliorer sa position, ragea-t-il intérieurement. Spiria était tranquille à présent, le gîte, le couvert et les vêtements assurés pour la vie, grâce à l'Église et aux fidèles crevant de faim qui gaspillaient ainsi leur bon argent. Il n'aurait plus qu'à chanter des cantiques et à tripoter des enfants de chœur.

Que faire ? Si Lev renonçait aux cartes, il lui faudrait une éternité pour réunir le prix de son billet. Il passerait des années à soigner des chevaux à sept cents mètres sous terre. Et jamais il n'aurait les moyens de se racheter en envoyant à Grigori le prix de son billet pour l'Amérique.

Il n'était pas homme à reculer devant le danger.

Il se dirigea vers les Deux Couronnes. Dans cette contrée profondément religieuse qu'était le pays de Galles, les pubs n'avaient pas le droit d'ouvrir le dimanche, mais à Aberowen, on se souciait peu de la loi. Il n'y avait qu'un policier dans toute la ville et, comme tout le monde, il ne travaillait pas le jour du Seigneur. Le patron des Deux Couronnes fermait la porte d'entrée pour sauver les apparences, les habitués faisaient le tour par la cuisine et l'établissement travaillait normalement.

Accoudés au comptoir, les frères Ponti, Joey et Johnny, buvaient du whisky, ce qui n'était pas dans leurs habitudes. Les mineurs buvaient de la bière. Le whisky était une boisson de riches et, aux Deux Couronnes, une seule bouteille suffisait certainement d'un Noël à l'autre.

Lev commanda une pinte de bière et salua l'aîné des deux frères. « Salut, Joey.

— Salut, Grigori. » Lev continuait d'utiliser le prénom de son frère, celui qui figurait sur son passeport.

« Hé, Joey, tu es plein aux as, aujourd'hui !

— Oui. Le frangin et moi, on est allés à Cardiff hier pour un match de boxe. »

Les deux frères ressemblaient eux-mêmes à des boxeurs, songea Lev : de larges épaules, un cou de taureau, des mains comme des battoirs. « C'était bien ? demanda-t-il.

— Darkie Jenkins contre Roman Tony. On a misé sur Tony, parce qu'il est italien comme nous. À treize contre un, qu'ils le donnaient, et il a descendu Jenkins en trois rounds. »

Lev ne maîtrisait pas encore toutes les subtilités de l'anglais, mais il savait ce que signifiait « treize contre un ». « Venez donc faire une partie. J'ai l'impression... » Il hésita, puis se rappela l'expression qu'il cherchait. « J'ai l'impression que vous êtes en veine.

— Oh ! j'ai pas envie de perdre ce fric aussi vite que je l'ai gagné », hésita Joey.

Mais lorsque la partie débuta une demi-heure plus tard dans la grange, Joey et Johnny étaient là. Les autres joueurs se partageaient entre Russes et Gallois.

Ils jouaient à une variante locale de poker baptisée *three-card brag* que Lev aimait bien. Une fois les trois premières cartes distribuées, on ne touchait plus au jeu, ce qui assurait des parties rapides. Si un joueur relançait, le suivant devait en faire autant – il ne pouvait pas en rester à sa mise initiale –, de sorte que le pot grossissait très vite. Les enjeux se poursuivaient jusqu'à ce qu'il ne reste plus que deux joueurs en lice, chacun pouvant alors mettre un terme à la partie en doublant sa mise, ce qui obligeait son adversaire à abattre son jeu. La meilleure main possible était le *prial*, autrement dit le brelan, le brelan de trois l'emportant sur tous les autres.

Lev avait l'instinct du jeu et, la plupart du temps, il n'aurait pas eu besoin de tricher pour gagner. Mais il était pressé.

On changeait de donneur à chaque tour, si bien que Lev ne pouvait truquer le jeu que de temps à autre. Mais il existe mille façons de tricher, et Lev avait conçu un code tout simple qui permettait à Rhys de l'avertir quand il avait une bonne main. Lev continuait alors de miser, indépendamment de la qualité de ses cartes, pour faire monter les enjeux et grossir le pot. Habituellement, tous les autres joueurs se défaussaient et Rhys l'emportait sur Lev.

Pendant qu'on distribuait la première donne, Lev décida que cette partie serait la dernière. S'il nettoyait les frères Ponti, il aurait sûrement de quoi payer son billet. Dimanche prochain, quand Spiria ne manquerait pas de faire sa petite enquête, Lev aurait pris le large.

Au cours des deux heures suivantes, voyant les gains de Rhys augmenter, il se dit que l'Amérique se rapprochait un peu plus à chaque penny. D'ordinaire, il évitait de vider les poches des autres joueurs, car il souhaitait les voir revenir la semaine suivante. Mais aujourd'hui, il visait le jackpot.

Lorsque ce fut à nouveau son tour de donner, le jour commençait à décliner. Joey Ponti eut droit à un brelan d'as et Rhys à un brelan de trois. Il l'emportait donc haut la main. Lev se servit deux rois, ce qui lui donnait des raisons de miser gros. Ce qu'il fit jusqu'à ce que Joey soit presque à sec – il ne voulait pas s'encombrer de reconnaissances de dette. Joey demanda à voir la main de Rhys. L'expression qu'il afficha en la découvrant était aussi comique que déchirante.

Rhys ramassa le pot. Lev se leva et dit : « Je suis lessivé. » La partie prit fin et tous regagnèrent le bar, où Rhys paya une tournée générale pour consoler les perdants. Les frères Ponti se remirent à la bière et Joey déclara : « Eh bien, ça va, ça vient, pas vrai ? »

Quelques minutes plus tard, Lev ressortit et Rhys le suivit. Il n'y avait pas de toilettes aux Deux Couronnes et ils faisaient leurs affaires dans une ruelle derrière la grange. La seule lumière était celle d'un réverbère lointain. Rhys s'empressa de remettre à Lev la moitié de ses gains, une partie en monnaie et l'autre en nouveaux billets de banque – verts pour une livre, bruns pour dix shillings.

Lev connaissait le montant exact de sa part. Il avait un don inné pour l'arithmétique, autant que pour le jeu. Il recompterait son argent plus tard, mais il savait que Rhys ne chercherait pas à l'escroquer. Il avait essayé – une seule fois. Lev avait constaté qu'il lui manquait cinq shillings, une différence qui n'aurait pas attiré l'attention d'un homme moins vigilant que lui. Il s'était rendu chez Rhys, lui avait enfoncé le canon de son revolver dans la bouche et avait relevé le percuteur. Rhys avait eu tellement peur qu'il avait fait sous lui. Depuis, ses calculs étaient toujours exacts, au demi-penny près.

Lev fourra l'argent dans la poche de son manteau et retourna au bar.

Comme ils entraient, il aperçut Spiria.

Il avait ôté sa soutane pour enfiler le pardessus qu'il portait à bord du cargo. Accoudé au comptoir, il ne buvait pas mais parlait avec animation à un petit groupe de Russes, parmi lesquels figuraient des habitués du tripot.

Son regard croisa celui de Lev.

Ce dernier tourna les talons et sortit, mais il savait que c'était trop tard.

Il s'éloigna d'un pas vif en direction de Wellington Row, plus haut sur la colline. Spiria allait le trahir, il en était sûr. En ce moment même, il était sans doute déjà en train d'expliquer comment Lev réussissait à tricher tout en donnant l'impression de perdre. Les hommes seraient furieux et les frères Ponti voudraient récupérer leur argent.

Comme il approchait de sa maison, il vit arriver un homme chargé d'une valise et reconnut à la lueur d'un réverbère un jeune voisin surnommé Billy Jésus-y-était. « Salut, Billy, lança-t-il.

— Salut, Grigori. »

Le garçon semblait s'apprêter à quitter la ville et Lev était curieux. « Où tu vas comme ça ?

— À Londres. »

Cela éveilla son intérêt. « Par quel train ?

— Celui de six heures pour Cardiff. » Les passagers à destination de Londres étaient obligés de changer à Cardiff.

« Quelle heure il est ?

— Moins vingt.

— Eh bien, salut. » En se dirigeant vers la maison sa décision était prise : il allait prendre le même train que Billy.

Il alluma la lumière électrique de la cuisine et souleva la dalle. Il récupéra son magot, le passeport portant le nom et la photographie de son frère, une boîte de cartouches et son arme, un Nagant 1895 qu'il avait gagné au jeu à un capitaine de l'armée. Il en fit tourner le barillet pour vérifier qu'il était bien chargé : l'éjection des douilles n'était pas automatique et il fallait les retirer au moment de recharger. Puis il répartit l'argent, le passeport et le revolver dans les poches de son manteau.

À l'étage, il trouva la valise en carton de Grigori, ornée de son impact de balle. Il y fourra ses munitions, sa chemise et ses sous-vêtements de rechange ainsi que deux paquets de cartes.

Il n'avait pas de montre mais jugea que cinq minutes avaient dû s'écouler depuis qu'il avait croisé Billy. Cela lui laissait un quart d'heure pour se rendre à la gare, un délai amplement suffisant.

Des voix d'hommes lui parvinrent de la rue.

Il ne voulait pas d'affrontement. C'était un dur, cependant les mineurs l'étaient tout autant que lui. Et même s'il l'emportait, il manquerait son train. Il pouvait leur tirer dessus mais, dans ce pays, la police se faisait un point d'honneur d'arrêter les meurtriers, même quand leurs victimes étaient des rien-du-tout. Au minimum, il y aurait un contrôle des passagers dans les ports et il aurait du mal à s'acheter un billet. De tout point de vue, mieux valait quitter la ville sans violence.

Il sortit par-derrière et descendit hâtivement l'allée, veillant à ne pas faire trop de bruit avec ses lourdes bottes. Heureusement, le sol était boueux comme toujours au pays de Galles et ses pas étaient presque silencieux.

Au bout de l'allée, il s'engagea dans une ruelle qui le reconduisit dans la rue bien éclairée. Les latrines qui se trouvaient au milieu de la chaussée le cachaient à tous ceux qui pouvaient l'attendre devant chez lui. Il s'éloigna rapidement.

Deux rues plus loin, il se rendit compte qu'il serait obligé de passer devant les Deux Couronnes. Il s'arrêta pour réfléchir quelques instants. Il connaissait bien la ville. Le seul autre chemin possible l'aurait obligé à faire demi-tour. Or les hommes qu'il avait entendus étaient peut-être encore devant chez lui.

Il n'avait pas le choix. Lev s'engouffra dans une autre ruelle et remonta l'allée qui passait derrière le pub.

Alors qu'il approchait de la grange abritant le tripot, il perçut des voix et entrevit deux hommes, peut-être plus, dont le réverbère au bout de l'allée découpait les silhouettes en ombres chinoises. Le temps pressait, mais il fit halte et attendit qu'ils soient rentrés. Pour se rendre moins visible, il se colla à une haute palissade en bois.

Ils n'en finissaient pas. « Allez, allez, murmura-t-il. Vous n'avez pas envie d'aller vous mettre au chaud ? » La pluie dégoulinait de sa casquette et jusque dans sa nuque.

Quand ils se décidèrent enfin à rentrer, Lev sortit de l'ombre pour reprendre sa route, et longea la grange sans incident. Au moment où il s'éloignait, il entendit à nouveau des voix. Il pesta. Les clients buvaient de la bière depuis midi, et à cette heure de l'après-midi ils avaient souvent besoin de sortir. Il entendit quelqu'un lui lancer : « Salut, mon pote. » Il l'avait pris pour un ami. On ne l'avait donc pas reconnu.

Il fit la sourde oreille et continua de marcher.

Des murmures lui parvinrent. Ils étaient en grande partie inintelligibles, mais il crut entendre : « On dirait un Russkoff. » Les vêtements russes n'étaient pas identiques à ceux des Britanniques, et peut-être avaient-ils remarqué à la lueur du réverbère à présent tout proche la coupe de son manteau et la forme de sa casquette. Un homme sortant d'un pub avait généralement plus urgent à faire que de suivre les passants, et il pouvait espérer que ceux-ci penseraient d'abord à se soulager.

Il obliqua dans la première ruelle et disparut à leurs regards. Malheureusement, se dit-il, il n'avait sûrement pas disparu de leurs pensées. Spiria avait dû leur raconter son histoire et il s'en trouverait bien un pour comprendre pourquoi un homme habillé comme un Russe filait vers le centre-ville, une valise à la main.

Il ne fallait pas qu'il manque son train.

Il se mit à courir.

La voie ferrée suivait le fond de la vallée, et le chemin de la gare descendait de bout en bout. Il courait avec facilité, à longues foulées. Au-dessus des toits, il distingua les lumières de la gare et, à mesure qu'il s'approchait, le panache de fumée du train à l'arrêt le long du quai.

Il traversa la place et s'engouffra dans le hall. La grande horloge murale indiquait six heures moins une. Il se précipita vers le guichet et pêcha des pièces dans sa poche : « Un billet, s'il vous plaît.

— Et où voulez-vous aller ce soir ? » demanda aimablement l'employé.

Lev montra le quai avec impatience. « Ce train, là !

— Il s'arrête à Aberdare, à Pontypridd...

— Cardiff ! » Levant les yeux, Lev vit que l'aiguille des minutes venait de bouger imperceptiblement pour se poser dans un léger tremblement sur le chiffre XII.

« Aller-retour ou aller simple ? ajouta l'employé sans se presser.

— Aller simple, vite ! »

Lev entendit siffler le train. Désespéré, il examina les pièces de monnaie qu'il avait en main. Il connaissait le tarif – il s'était rendu deux fois à Cardiff au cours des six derniers mois – et posa l'argent sur le comptoir.

Le train s'ébranla.

L'employé lui donna son billet.

Lev s'en empara et tourna les talons.

« N'oubliez pas votre monnaie ! » lança l'employé.

Lev gagna la barrière en deux enjambées. « Billet, s'il vous plaît », dit le contrôleur, qui l'avait pourtant vu l'acheter.

Le train prenait déjà de la vitesse.

Le contrôleur poinçonna son billet et demanda : « Vous ne voulez vraiment pas votre monnaie ? »

La porte du hall s'ouvrit brusquement et les frères Ponti entrèrent au pas de course. « Te voilà, toi ! » cria Joey en fonçant sur Lev.

Celui-ci le prit par surprise : il fit un pas vers lui et lui décocha un coup de poing dans la mâchoire. Joey pila sur place. Johnny heurta son frère et tous deux tombèrent à genoux.

Lev arracha son billet au contrôleur et s'élança vers le quai. Le train roulait déjà à vive allure. Il longea un moment les voitures sans cesser de courir. Soudain, une portière s'ouvrit et Lev aperçut le visage amical de Billy Jésus-y-était.

« Saute ! » hurla ce dernier.

Lev prit son élan, posa un pied sur le marchepied. Billy l'agrippa par le bras. Ils restèrent suspendus quelques instants tandis que Lev s'efforçait de se hisser à bord. Puis Billy tira un coup sec et le fit monter à l'intérieur.

Lev s'effondra sur un siège, soulagé.

Billy referma la portière et s'assit face à lui.

« Merci, lui dit Lev.

— Il était moins une.

— Mais j'y suis arrivé, nota Lev en souriant. C'est tout ce qui compte. »

3.

Le lendemain matin, à la gare de Paddington, Billy demanda le chemin d'Aldgate. Ethel avait cité ce nom dans sa lettre. Un aimable Londonien le noya sous un flot d'instructions détaillées dont il ne comprit pas un traître mot. Il le remercia.

Il n'était jamais venu à Londres, mais savait que Paddington était à l'ouest et que les pauvres vivaient à l'est. Il se mit donc en marche en direction du soleil matinal. La ville était encore plus grande qu'il ne l'avait imaginé, bien plus animée et plus déconcertante que Cardiff, et il était ravi de découvrir tout cela : le bruit, la circulation, la foule et surtout les magasins. Il n'aurait pas cru qu'il puisse en exister autant dans le monde entier. Combien d'argent dépensait-on chaque jour dans les magasins de Londres ? se demanda-t-il. Des milliers de livres, sans doute – peut-être des millions.

Il éprouvait un sentiment de liberté qui lui montait à la tête. Ici, personne ne le connaissait. À Aberowen, et même lors de ses quelques séjours à Cardiff, il était toujours susceptible de croiser un ami ou un parent. À Londres, s'il s'était promené en tenant une jolie fille par la main, jamais ses parents ne l'auraient su. Cette seule possibilité – ajoutée à la présence d'une foule de jolies filles élégamment vêtues – était grisante.

Au bout d'un moment, il vit un autobus portant l'inscription Aldgate au-dessus du pare-brise, il y monta.

Il avait été très inquiet en décodant la lettre de sa sœur. Évidemment, il ne pouvait pas en parler à ses parents. Il avait attendu qu'ils partent à l'office du soir au temple Bethesda – lui-même avait cessé de s'y rendre – pour écrire à sa mère.

Chère mam,

Je me fais du souci pour notre Eth et je suis allé la voir. Pardon de filer en douce comme ça mais je ne veux pas de dispute.

Ton fils qui t'aime,

Billy

Comme on était dimanche, il était déjà lavé, rasé et vêtu de ses plus beaux habits. Le costume lui venait de son père et était un peu miteux, mais il portait une chemise blanche impeccable et une cravate noire. Il s'était endormi dans la salle d'attente de Cardiff et avait pris le premier train pour Londres le lundi matin.

Le conducteur de bus l'avertit quand ils arrivèrent à Aldgate et il descendit. C'était un quartier pauvre, avec des taudis délabrés, des marchands ambulants qui vendaient des fripes et des enfants aux pieds nus qui jouaient dans des cages d'escalier malodorantes. Il ignorait où vivait Ethel – elle ne lui avait pas laissé son adresse dans sa lettre. Son seul indice était cette phrase : *Je travaille douze heures par jour pour une misère à l'atelier de Mannie Litov.*

Il était impatient de lui donner toutes les nouvelles d'Aberowen. Sans doute avait-elle appris par les journaux que la grève des veuves s'était soldée par un échec. Billy bouillait encore intérieurement quand il y repensait. Les patrons se croyaient tout permis car ils avaient toutes les cartes en main. Ils étaient propriétaires de la mine et des maisons, et faisaient comme s'ils étaient aussi propriétaires des gens. Compte tenu des règles complexes régissant le droit de vote, la majorité des mineurs étaient exclus du corps électoral. Le député d'Aberowen était donc un conservateur qui prenait systématiquement le parti des houillères. D'après le père de Tommy Griffiths, les choses ne changeraient qu'après une révolution comme celle qu'avait connue la France. Da affirmait qu'ils avaient besoin d'un gouvernement travailliste. Billy ne savait pas à qui donner raison.

Il aborda un jeune homme au visage amical : « Savez-vous où se trouve l'atelier de Mannie Litov ? »

L'autre lui répondit dans une langue qui ressemblait à du russe.

Il fit une nouvelle tentative et tomba cette fois sur un Anglais qui n'avait jamais entendu parler de Mannie Litov. Aldgate ne ressemblait pas à Aberowen, où tout le monde savait où étaient tous les magasins et tous les ateliers de la ville. Avait-il fait tout ce chemin – et dépensé tout cet argent – pour rien ?

Pas question de renoncer aussi vite. Il scruta la rue en quête de passants au type britannique, qui auraient l'air d'exercer une activité quelconque, portant des outils, ou poussant une charrette. Au bout de cinq tentatives infructueuses, il interrogea un laveur de carreaux chargé d'une échelle.

« Mannie Li'ov ? » répéta l'homme. Il disait Litov sans prononcer le *t*, qu'il remplaçait par un petit bruit de gorge. « L'a'elier de 'ou'ure ?

— Je vous demande pardon, dit poliment Billy. Pouvez-vous répéter ?

— L'a'elier de 'ou'ure. Là où on fabrique des vê'ements – des ves'es et des pan'alons.

— Euh... oui, ça doit être ça », bredouilla Billy, qui commençait à s'inquiéter.

Le laveur de carreaux hocha la tête. « 'out d'oit, un qua't de mile, 'ou'nez à d'oi'e, A'k 'av 'ad.

— Tout droit ? répéta Billy. Un quart de mile ?

— C'est ça, puis 'ou'nez à d'oi'e.

— Je dois tourner à droite ?

— A'k 'av 'ad.

— Ark Rav Road ?

— Vous pouvez pas vous 'omper. »

La rue s'appelait en réalité Oak Grove Road, la « rue du bosquet des chênes ». Les chênes y brillaient par leur absence, comme les bosquets en général. C'était une venelle étroite et tortueuse, bordée de bâtiments en brique délabrés, grouillante de piétons, de chevaux et de charrettes à bras. Les deux passants que Billy interrogea l'orientèrent vers une maison coincée entre un pub, Au Chien et au Canard, et une boutique condamnée à l'enseigne de Lippmann's. La porte d'entrée était ouverte. Billy monta à l'étage et se retrouva dans une salle où vingt femmes cousaient des uniformes de l'armée britannique.

Elles continuèrent à travailler, actionnant leurs pédales en cadence, sans paraître lui prêter attention. L'une d'elles finit par lui lancer : « Entre, mon chou, on ne va pas te manger – encore qu'en ce qui me concerne, j'aurais bien envie d'y goûter un peu. » Elles s'esclaffèrent toutes bruyamment.

« Je cherche Ethel Williams, dit-il.

— Elle n'est pas là, lui répondit la femme.

— Pourquoi ? demanda-t-il, inquiet. Elle est malade ?

— En quoi ça te regarde ? » La femme se leva. « Moi, c'est Mildred, et toi ? »

Billy la dévisagea. Elle était jolie malgré ses dents en avant. Elle portait un rouge à lèvres très vif et des boucles blondes dépassaient de son chapeau. Son gros manteau gris informe n'arrivait pas à dissimuler tout à fait le balancement sensuel de ses hanches lorsqu'elle s'avança vers lui. Il était trop ébahi pour parler.

« Dis donc, lança-t-elle, ce serait pas toi le salaud qui l'a engrossée et puis qui a mis les voiles, au moins ? »

Billy retrouva sa voix. « Je suis son frère.

— Oh, foutre ! C'est toi, Billy ? »

Il en resta bouche bée. Jamais il n'avait entendu une femme prononcer ce mot.

Elle l'observa avec aplomb. « Oui, tu es son frère, ça se voit, même si tu fais plus que tes seize ans. » Sa voix s'adoucit et il se sentit fondre. « Tu as les mêmes yeux noirs et les mêmes cheveux bouclés.

— Où est-ce que je peux la trouver ? » demanda-t-il.

Elle lui jeta un regard de défi. « Figure-toi que je sais qu'elle n'a pas envie que sa famille sache où elle vit.

— C'est mon père qui lui fait peur, répliqua Billy. Mais elle m'a écrit. Je me fais du souci pour elle, c'est pourquoi j'ai pris le train.

— Tu es venu exprès de ce trou perdu du pays de Galles où elle est née ?

— Ce n'est pas un trou perdu ! » s'indigna Billy. Puis il haussa les épaules : « Enfin, peut-être que si.

— J'adore ton accent, reprit Mildred. J'ai l'impression d'entendre quelqu'un chanter.

— Vous savez où elle habite ?

— Comment tu as fait pour arriver jusqu'ici ?

— Elle m'a dit qu'elle travaillait pour Mannie Litov, à Aldgate.

— Un vrai petit Sherlock Holmes, pas vrai ? railla-t-elle, avec une pointe d'admiration dans la voix.

— Si vous ne voulez pas me dire où elle est, je trouverai bien quelqu'un d'autre pour me renseigner, déclara-t-il avec une feinte assurance. Je ne rentrerai pas chez moi avant de l'avoir vue.

— Elle va me tuer, mais tant pis, dit Mildred. Vingt-trois Nutley Street. »

Billy lui demanda comment s'y rendre. Il la pria de parler lentement.

« Ne me remercie pas, lança-t-elle comme il prenait congé. Mais tu me défendras si Ethel veut me tuer, hein ?

— D'accord », dit Billy, qui ne demandait qu'à défendre Mildred contre n'importe quel danger.

Les autres femmes lui lancèrent des baisers en guise d'adieu, et il en fut tout gêné.

Nutley Street n'avait rien d'un havre de paix. Une seule journée à Londres avait suffi à Billy pour s'habituer à ces rangées de maisons attenantes. Bien plus grandes que les habitations de mineurs, elles étaient séparées de la rue par une petite cour. L'impression d'ordre et de monotonie était accentuée par les fenêtres à guillotine toutes identiques, composées de douze carreaux, alignées tout le long des façades.

Il frappa au numéro 23, mais personne ne répondit.

Il commençait à s'inquiéter. Pourquoi n'était-elle pas allée travailler ? Était-elle malade ? Sinon, pourquoi n'était-elle pas chez elle ?

En jetant un coup d'œil par la fente de la boîte aux lettres, il distingua un couloir au plancher ciré et un portemanteau avec un vieux manteau brun qui lui était familier. Il faisait froid ce jour-là. Ethel ne serait pas sortie sans se couvrir.

Il s'approcha de la fenêtre et chercha à voir à l'intérieur ; un rideau l'en empêchait.

Retournant à la porte, il jeta encore un coup d'œil par la boîte aux lettres. Tout était comme avant, pourtant cette fois, il entendit du bruit. Un long gémissement. Collant ses lèvres à la fente, il cria : « Eth ! C'est toi ? C'est moi, Billy ! »

Il y eut un long silence, puis les plaintes reprirent.

« Nom de Dieu ! »

La porte étant équipée d'une serrure Yale, le verrou était sans doute fixé au montant par deux vis. Il frappa le battant du plat de la main. Il ne semblait pas très solide, probablement du pin bon marché, plus très neuf. Il recula, leva une jambe et frappa la porte du talon de sa lourde botte de mineur. Le bois craqua, mais résista. Il fit plusieurs autres tentatives. La porte tenait bon.

Si seulement il avait un marteau !

Il parcourut la rue du regard, espérant apercevoir un ouvrier avec ses outils, mais elle était déserte et il ne vit que deux gamins sales qui l'observaient avec intérêt.

Il redescendit jusqu'au portail, pivota sur ses talons et fonça sur la porte, la frappant de l'épaule droite. Elle céda, et il tomba dans le couloir.

Il se releva en se frottant l'épaule puis écarta le battant arraché. Tout était silencieux. « Ethel ? appela-t-il. Où es-tu ? »

Entendant un nouveau gémissement, il le suivit jusqu'à une pièce du rez-de-chaussée, située sur l'avant de la maison. C'était une chambre de femme, avec des bibelots en porcelaine sur le manteau de la cheminée et des rideaux à fleurs à la fenêtre. Ethel était sur le lit, vêtue d'une robe grise qui la couvrait comme une tente. Elle n'était pas allongée, mais à quatre pattes. C'était elle qui gémissait.

« Qu'est-ce que tu as, Eth ? » fit Billy d'une toute petite voix terrifiée.

Elle retint son souffle. « C'est le bébé qui arrive.

— Mince alors ! Je ferais mieux d'aller chercher un docteur.

— Trop tard, Billy. Bon sang, que ça fait mal !

— On dirait que tu vas mourir !

— Mais non, Billy, c'est toujours comme ça quand on accouche. Approche-toi, tiens-moi la main. »

Billy s'agenouilla près du lit et Ethel lui prit sa main. Elle accentua son étreinte avant de se remettre à gémir. Le cri était plus long, plus angoissé, et elle le serra si fort qu'il crut que ses os allaient se briser. Elle se mit à hurler, puis à haleter comme si elle avait couru longtemps.

Une minute plus tard, elle dit : « Je te demande pardon, Billy, mais tu vas être obligé de regarder sous ma jupe.

— Ah ! fit-il. Bon, d'accord. » Il ne comprenait pas ce qui se passait mais se dit qu'il valait mieux obéir. Il souleva l'ourlet de la robe grise. « Seigneur ! » Le couvre-lit était imbibé de sang. Et au milieu gisait une petite chose rose enveloppée de mucosités. Il distingua une grosse tête ronde aux yeux fermés, deux bras et deux jambes minuscules. « C'est un bébé ! s'écria-t-il.

— Prends-le, Billy.

— Qui ça, moi ? Oh ! Bien. » Il se pencha au-dessus du lit, passa une main sous la tête du bébé et une autre sous ses petites fesses. Il était tout gluant et tout glissant, mais Billy réussit à le soulever. Un cordon l'attachait encore à Ethel.

« Tu le tiens ? demanda celle-ci.

— Oui, oui. C'est un garçon.

— Il respire ?

— Je ne sais pas. Comment on voit ça ? » Billy lutta contre la panique. « Non, je crois qu'il ne respire pas.

— Tape-lui sur le derrière, pas trop fort. »

Billy retourna le bébé, le cala dans une de ses mains et lui donna une claque sur les fesses. Aussitôt, l'enfant ouvrit la bouche, inspira et poussa un cri de protestation. Billy était ravi. « Tu as entendu ça !

— Tiens-le encore une minute, le temps que je me retourne. » Ethel s'assit et rajusta sa robe. « Donne-le-moi. »

Billy le lui tendit avec précaution. Ethel nicha le bébé au creux de son bras et lui essuya le visage de sa manche. « Il est splendide », déclara-t-elle.

Billy en était moins sûr.

Le cordon attaché au nombril du bébé, jusque-là bleu et tendu, se flétrit et pâlit. « Ouvre ce tiroir, et passe-moi les ciseaux et un rouleau de coton, tu veux », demanda Ethel.

Elle fit deux nœuds au cordon et le coupa entre les nœuds. « Et voilà. » Puis elle déboutonna le haut de sa robe. « Après ce que tu as vu, je suppose que ça ne va pas te gêner », dit-elle. Elle dénuda un sein et glissa le mamelon dans la bouche du bébé. Il se mit à téter.

Elle ne se trompait pas. Billy n'était absolument pas gêné. Une heure plus tôt, il aurait été mort de honte à l'idée de voir le sein nu de sa sœur, mais à présent, un tel sentiment lui paraissait futile. Tout ce qu'il éprouvait, c'était un immense soulagement : le bébé était visiblement en bonne santé. Fasciné, il le regarda téter et s'émerveilla de ses doigts minuscules. Il avait l'impression d'avoir assisté à un miracle. Il s'aperçut que ses joues étaient mouillées de larmes, sans pouvoir se souvenir à quel moment il avait pleuré.

Le bébé ne tarda pas à s'endormir, Ethel reboutonna sa robe. « Nous le laverons tout à l'heure. » Puis elle ferma les yeux. « Mon Dieu ! Je ne me doutais pas que ça ferait aussi mal.

— Qui est le père, Eth ?

— Le comte Fitzherbert. » Elle rouvrit les yeux. « Oh ! non ! je m'étais juré de ne jamais le dire.

— Le salaud ! Je le tuerai », promit Billy.

XV

Juin-septembre 1915

1.

Au moment où le bateau entra dans le port de New York, Lev Pechkov se demandait si l'Amérique serait aussi formidable que le disait son frère Grigori. Il se durcit en prévision d'une affreuse déception. C'était inutile, l'Amérique était exactement ce qu'il avait espéré : riche, vibrante d'activités, passionnante et libre.

Trois mois plus tard, il avait trouvé un emploi de palefrenier à Buffalo, dans un hôtel connu jadis sous le nom de Central Tavern et que son propriétaire actuel, un certain Josef Vialov, avait agrémenté d'un toit en bulbe et rebaptisé hôtel de Saint-Pétersbourg – par nostalgie peut-être pour la ville de son enfance.

Lev travaillait donc pour Vialov, à l'instar de nombreux émigrés russes de Buffalo. Toutefois il ne l'avait jamais rencontré et s'interrogeait sur ce qu'il pourrait bien lui dire si cela lui arriverait un jour. Les Vialov de Russie l'avaient berné en le faisant débarquer à Cardiff, et il ne l'avait toujours pas digéré ; d'un autre côté, c'était grâce aux papiers qu'ils lui avaient fournis qu'il avait pu franchir sans encombre le barrage des services d'immigration américains. Enfin, à Buffalo, la seule mention de leur nom dans un bar de Canal Street lui avait immédiatement procuré un emploi.

À présent, cela faisait un an qu'il parlait anglais tous les jours, depuis qu'il avait posé le pied à Cardiff, et il maîtrisait de mieux en mieux cette langue. Les Américains lui trouvaient l'accent anglais et certaines de ses expressions, typiques d'Aberowen, telles que « ici même, là même » ou son habitude de terminer ses phrases par « n'est-ce pas ? », ne laissaient pas de les étonner. Quant à ses « ma belle », les filles n'y résistaient pas. En un mot, il se débrouillait très bien.

Par un beau soir de juin, un peu avant la fin de son service à six heures, alors qu'il était occupé à étriller le cheval d'un client, son ami Nick entra dans la cour de l'écurie, une cigarette aux lèvres. « Une Fatima, dit-il en inhalant une longue bouffée avec un plaisir exagéré. Du tabac turc. Exquis. »

Ce Nikolaï Davidovitch Fomek – de son nom complet – se faisait appeler ici Nick Forman. Dans les parties de cartes que Lev organisait, il jouait parfois le rôle tenu autrefois par Spiria et Rhys Price, mais sa principale activité était le vol.

« Combien ? demanda Lev.

— En magasin, cinquante *cents* la boîte de cent cigarettes. Je te la laisse à dix. Tu pourras la fourguer à vingt-cinq. »

Les Fatima étaient très appréciées, Lev le savait. Il n'aurait aucun mal à les vendre à moitié prix. Il balaya la cour du regard. Le patron n'était pas dans les parages. « C'est bon, dit-il.

— Tu en veux combien ? J'en ai un plein camion. »

Lev n'avait qu'un dollar sur lui. « Vingt boîtes. Je te donne un dollar maintenant, l'autre plus tard.

— Je ne fais pas crédit. »

Lev posa la main sur l'épaule de Nick avec un grand sourire. « Allez, l'ami, tu peux me faire confiance. On est copains, n'est-ce pas ?

— Ça marche. Je reviens. »

Un instant plus tard, il réapparut chargé de vingt boîtes rectangulaires vertes au couvercle orné d'un dessin de femme voilée. Lev les fourra dans un sac et tendit un dollar à Nick.

« Toujours un plaisir de filer un coup de main à un compatriote », déclara celui-ci et il s'éloigna d'un pas tranquille.

Lev nettoya son étrille et son cure-pied. À six heures cinq, il dit au revoir au chef palefrenier et se dirigea vers le premier secteur. C'était un peu gênant de se promener dans les rues, un sac de fourrage à la main. Que dirait-il si un agent de police voulait y jeter un coup d'œil ? Cependant, il ne s'inquiétait pas outre mesure : son bagout l'avait toujours aidé à se tirer des situations fâcheuses.

Il se rendit à l'Irish Rover, un grand bar toujours bondé. Après s'être frayé un chemin jusqu'au comptoir, il commanda une chope de bière et en descendit la moitié d'un trait avant d'aller s'asseoir près d'un groupe d'ouvriers qui baragouinaient un mélange d'anglais et de polonais. Au bout d'un moment, il demanda : « Y en a qui fument des Fatima ici ?

— Ouais, répondit un chauve en tablier de cuir. De temps en temps.

— Tu veux une boîte à moitié prix ? Vingt-cinq *cents* les cent cigarettes.

— Qu'est-ce qu'elles ont qui cloche ?

— Quelqu'un les a perdues, un autre les a retrouvées.

— C'est pas un peu risqué ?

— Écoute-moi : tu poses ton fric sur la table. Je ne le prendrai que quand tu m'auras dit que c'est d'accord. »

Il avait maintenant l'attention de toute la tablée. Le chauve extirpa de sa poche une pièce de vingt-cinq *cents*. Lev sortit une boîte de son sac et la lui tendit. L'autre l'ouvrit. Il en retira un petit rectangle de papier qu'il déplia. C'était une photographie. « Ben dis donc ! Y a même une carte de base-ball ! » Il attrapa une cigarette et l'alluma. « Extra, dit-il, tu peux ramasser ta pièce. »

Un autre homme qui regardait la scène par-dessus l'épaule de Lev demanda : « C'est combien ? » Lev lui indiqua le prix, le type lui acheta deux boîtes.

En une demi-heure, toute la marchandise était vendue. Lev était ravi : en moins d'une heure, il avait transformé deux dollars en cinq. À l'écurie, il mettait une journée et demie à en gagner trois. Ça vaudrait peut-être le coup d'acheter d'autres boîtes volées à Nick, le lendemain.

Il s'offrit encore une bière avant de sortir, abandonnant le sac vide par terre. Il prit la direction de Lovejoy, un quartier pauvre de Buffalo où vivaient la plupart des Russes ainsi que nombre d'Italiens et de Polonais. Il pourrait s'acheter un bifteck en rentrant chez lui et le faire cuire avec des pommes de terre. Il pouvait aussi inviter Marga à aller danser, ou encore s'acheter un costume neuf.

Non, il fallait mettre cet argent de côté pour payer le passage de Grigori en Amérique. Mais Lev savait qu'il ne le ferait pas et il en éprouva un peu de honte. Après tout, trois dollars, ce n'était qu'une goutte d'eau dans la mer. Ce qu'il fallait, c'était frapper un grand coup. Il pourrait alors envoyer à son frère toute la somme en une fois, avant d'avoir été tenté de la dépenser.

Une petite tape sur l'épaule l'arracha à ses pensées.

Il sursauta, le cœur battant, se retourna, s'attendant à se retrouver nez à nez avec un policier en uniforme. Ce n'était pas un flic. C'était un costaud, en salopette, avec un nez cassé et l'air mauvais. Lev se crispa : il connaissait ce genre de gars.

« Qui t'a dit d'aller vendre tes cibiches à l'Irish Rover ? » lui demanda le type.

Lev sourit.

« J'essayais de me faire un peu de ronds, c'est tout, j'espère que je n'ai pas marché sur les plates-bandes de quelqu'un.

— C'est Nicky Forman ? À ce qu'on dit, il a fait main basse sur un camion de cigarettes. »

Ce n'était pas le genre d'information qu'on révélait à un inconnu. « Je ne connais personne de ce nom, répondit Lev sans se départir de son amabilité.

— Tu sais pas que l'Irish Rover appartient à Mr V. ? »

Lev sentit la moutarde lui monter au nez : ce Mr V. était sûrement Josef Vialov. Il abandonna son ton conciliant.

« Il a qu'à mettre un panneau.

— Pour vendre ta camelote dans les bars de Mr V., il faut sa permission.

— Je ne savais pas ! fit Lev en haussant les épaules.

— Tiens, prends ça ! Ça t'aidera à t'en souvenir ! »

L'homme brandit son poing. Lev, qui s'y attendait, recula d'un bond. Emportée par son élan, la brute perdit l'équilibre et chancela. Lev s'avança d'un pas et lui envoya un coup de pied dans le tibia. Un coup d'autant plus redoutable que Lev était chaussé de bottes. Il frappa de toutes ses forces, sans réussir à casser la jambe de son adversaire, qui poussa un hurlement furieux et repartit à l'assaut. Mais une fois de plus, son poing ne rencontra que le vide.

Il était inutile de frapper un type pareil au visage : cette partie de son corps avait certainement perdu toute sensibilité. Lev visa donc sous la ceinture. L'autre, les mains crispées sur l'entrejambe, se plia en deux, haletant. Lev lui balança un coup de pied dans le ventre. Le souffle coupé, l'autre ouvrit et referma la bouche comme un poisson hors de l'eau. Lev se dégagea sur le côté et lui fit un croche-pied. L'homme tomba sur le dos. Lev lui donna un dernier coup dans le genou pour qu'il ne soit plus capable de courir quand il se relèverait.

« Dis à Mr V. d'être plus poli », lâcha-t-il, tout essoufflé, puis il s'éloigna en essayant de reprendre haleine.

Derrière lui, il entendit quelqu'un s'exclamer : « Merde alors, Ilia, qu'est-ce qui t'est arrivé ? »

Deux rues plus loin, sa respiration s'apaisa et ses battements de cœur ralentirent. Au diable, Josef Vialov ! se dit-il. Ce salaud-là m'a roulé, je ne vais pas me laisser intimider.

De toute façon, Vialov ne saurait pas qui avait rossé son homme de main. À l'Irish Rover, personne ne connaissait Lev. Vialov aurait beau être fou de rage, il ne pourrait rien faire.

Lev était très content de lui. J'ai flanqué Ilia par terre sans même écoper d'un bleu ! songea-t-il.

Et il avait toujours son argent en poche. De quoi acheter deux biftecks et une bouteille de gin.

Il vivait dans une rue bordée d'immeubles en brique délabrés, divisés en petits appartements. Marga était assise sur le perron de la maison voisine de la sienne, en train de se faire les ongles. C'était une jolie Russe d'environ dix-neuf ans, aux cheveux noirs et au sourire charmeur. Elle était serveuse, mais rêvait de devenir chanteuse. Il lui avait déjà offert à boire deux ou trois fois et, un jour, il l'avait même embrassée. Elle avait répondu à son baiser avec fougue.

« Salut, la môme ! lui lança-t-il en arrivant à sa hauteur.

— C'est moi que tu appelles la môme ?

— T'es libre ce soir ?

— J'ai rendez-vous. »

Lev ne la crut qu'à moitié. Ce n'était pas le genre de fille à admettre n'avoir rien de prévu pour la soirée.

« Laisse-le tomber, il pue du bec !

— Tu ne sais même pas qui c'est ! répliqua-t-elle avec un sourire.

— Viens plutôt chez moi ! Regarde ! » Il brandit son paquet. « Je fais des biftecks.

— Je vais y réfléchir.

— Apporte des glaçons ! »

Il entra dans son immeuble.

Pour les normes américaines, l'appartement de Lev était modeste mais, à ses yeux, il était vaste et luxueux. Il se composait d'un salon-chambre à coucher et d'une cuisine avec l'eau courante et l'électricité. Et, surtout, Lev y habitait seul. À Saint-Pétersbourg, il aurait dû partager un logement pareil avec dix autres personnes au moins.

Il retira sa veste, remonta ses manches, se lava le visage et les mains à l'évier. Il espérait que Marga viendrait. C'était le genre de fille qu'il aimait bien, toujours prête à rire, à danser et à s'amuser sans trop s'inquiéter du lendemain. Il éplucha des pommes de terre, les coupa en tranches, puis alluma la plaque chauffante et y plaça une poêle avec un morceau de saindoux. Marga arriva avec un pot de glace pilée pendant qu'il faisait revenir les pommes de terre. Elle prépara à boire, ajoutant du sucre au gin.

Lev but son verre à petites gorgées, puis déposa un léger baiser sur les lèvres de la jeune fille.

« Tu as bon goût !

— Et toi, tu es tout froid ! » protesta-t-elle pour la forme, et il se demanda s'il arriverait à la fourrer dans son lit plus tard.

Il mit la viande à cuire.

« Tu m'épates, dit-elle. Il n'y a pas beaucoup de garçons qui savent faire la cuisine.

— Mon père est mort quand j'avais six ans, ma mère quand j'en avais onze, expliqua Lev. C'est mon frère Grigori qui m'a élevé. On a appris à se débrouiller tout seuls. Mais en Russie, on ne mangeait pas de bifteck, tu peux me croire. »

Elle l'interrogea sur Grigori et il lui raconta sa vie tout au long du dîner. En général, les filles étaient émues par l'histoire de ces deux petits orphelins malmenés par la vie, obligés de travailler dans une immense usine de locomotives pour gagner de quoi se payer un lit à partager. Il passa sous silence, avec un petit pincement de culpabilité, le chapitre où il avait abandonné sa petite amie enceinte.

Ils sirotèrent leur deuxième verre dans le salon-chambre à coucher. La nuit tombait quand ils entamèrent le troisième. Marga était assise sur les genoux de Lev, qui l'embrassait entre deux gorgées. Lorsqu'elle ouvrit les lèvres sous la pression de sa langue, il posa la main sur son sein.

Au même instant, la porte s'ouvrit à toute volée.

Marga hurla.

Trois hommes déboulèrent dans la pièce. Marga quitta d'un bond les genoux de Lev, sans cesser de crier. Un des hommes la frappa sur la bouche du revers de la main. « Tu vas la fermer, salope ! » Les deux mains sur ses lèvres ensanglantées, elle courut vers la porte. Personne ne chercha à la retenir.

Lev sauta sur ses pieds et se rua contre l'homme qui venait de frapper la jeune fille. Il lui assena un solide coup de poing sur l'arcade sourcilière. Les deux autres l'attrapèrent par les bras. C'étaient des costauds, et Lev n'arriva pas à échapper à leur étreinte. Le premier, qui devait être leur chef, le frappa à plusieurs reprises au visage et au ventre. Lev cracha du sang puis vomit son repas.

Quand, souffrant le martyre, il fut réduit à l'impuissance, ils lui firent dévaler l'escalier et le traînèrent dans la rue. Une Hudson bleue attendait devant l'immeuble, moteur allumé. Ils le jetèrent à l'arrière, sur le plancher. Deux hommes s'assirent, l'écrasant sous leurs pieds, le troisième prit le volant et démarra.

Lev était trop sonné pour se demander où on l'emmenait. Ces types devaient travailler pour Vialov. Comment l'avaient-ils trouvé ? Qu'allaient-ils faire de lui ? Il essaya de ne pas céder à la panique.

Au bout de quelques minutes, la voiture s'arrêta. On l'en extirpa. Il aperçut un entrepôt, dans une rue noire et déserte. L'odeur d'eau stagnante lui fit comprendre qu'ils n'étaient pas loin du lac Erié. L'endroit idéal pour tuer quelqu'un, se dit-il avec un sombre fatalisme. Pas de témoins, le cadavre fourré dans un sac lesté de briques, pour s'assurer qu'il coulerait à pic.

Ils le poussèrent à l'intérieur du bâtiment. Lev essaya de rassembler ses esprits. Cette fois, il aurait bien du mal à s'en sortir par de beaux discours. Pourquoi faut-il que je me fourre toujours dans le pétrin ? se lamenta-t-il intérieurement.

L'entrepôt était rempli de pneus neufs entassés en piles de quinze ou vingt. Ils le firent avancer le long des rangées jusqu'à une porte gardée par un autre malabar qui tendit le bras pour leur barrer le passage.

Pas un mot ne fut échangé.

Au bout d'une minute, Lev lança : « Puisqu'on est là à poireauter, quelqu'un n'aurait pas un jeu de cartes ? »

Personne ne sourit.

La porte s'ouvrit enfin et Nick Forman en sortit. Il avait la lèvre supérieure tuméfiée et un œil fermé. En apercevant Lev, il bredouilla : « J'ai pas pu faire autrement. Ils m'auraient tué. »

C'était donc par Nick qu'ils l'avaient retrouvé.

Un homme malingre à lunettes s'avança sur le pas de la porte. « Fais-le entrer, Theo. »

Ce gringalet ne pouvait pas être Vialov, pensa Lev. Le chef des gros bras répondit : « Tout de suite, monsieur Niall. »

Le bureau rappela à Lev l'isba de son enfance : une pièce surchauffée, saturée de fumée où, dans un coin, des icônes trônaient sur une petite étagère.

Un homme d'âge moyen à la carrure imposante était assis derrière un bureau métallique. Vêtu d'un costume élégant, avec faux col et cravate, il fumait. Deux bagues étincelaient aux doigts de la main qui tenait sa cigarette.

« Qu'est-ce qui pue comme ça ?

— C'est du vomi, monsieur V., excusez-nous, expliqua Theo. Il a résisté et on a dû le calmer un peu. Il a dégueulé son repas.

— Lâchez-le. »

Les sbires obtempérèrent, sans s'éloigner.

Mr V. dévisagea Lev. « On m'a transmis ton message. À propos de politesse. »

Lev rassembla son courage. Quitte à mourir, que ce ne soit pas en pleurnichant.

« Vous êtes Josef Vialov ?

— Alors ça, tu manques pas de culot, toi ! Me demander qui je suis !

— Justement, je vous cherchais.

— Toi, tu me cherchais ?

— À Saint-Pétersbourg, les Vialov m'ont vendu mon billet pour New York. Et puis ils m'ont débarqué à Cardiff.

— Et alors ?

— Je veux récupérer mon fric. »

Vialov le regarda fixement un long moment, avant d'éclater de rire. « Je n'y peux rien, tu me plais. »

Lev retint son souffle. Cela voulait-il dire que, finalement, Vialov n'allait pas le tuer ?

« Tu as du travail ? demanda Vialov.

— Je bosse pour vous.

— Où ça ?

— À l'hôtel Saint-Pétersbourg, aux écuries. »

Vialov hocha la tête. « Je crois qu'on peut te trouver mieux. »

2.

En juin 1915, l'Amérique franchit un pas de plus sur le chemin de la guerre.

Gus Dewar était consterné. Pour lui, ce conflit concernait l'Europe, et les États-Unis n'avaient pas à y prendre part. La population américaine partageait ce sentiment, le président Woodrow Wilson aussi. Et pourtant, le danger se précisait de plus en plus.

La crise avait éclaté en mai, quand une torpille lancée par un sous-marin allemand avait coulé le *Lusitania*, un navire anglais transportant cent soixante-treize tonnes de fusils, de munitions et de shrapnels, ainsi que deux mille passagers, dont cent vingt-huit citoyens américains.

Les Américains en avaient été indignés. La presse ne mâchait pas ses mots pour exprimer sa colère. Dans le Bureau ovale, en s'adressant au président, Gus s'était écrié avec véhémence : « Ils veulent que vous vous montriez plus ferme vis-à-vis des Allemands sans compromettre la paix pour autant ! »

Wilson avait acquiescé d'un signe de tête. Levant les yeux de sa machine à écrire, il avait déclaré : « Aucune loi n'oblige l'opinion publique à être cohérente. »

Si Gus avait admiré la sérénité de son patron, il n'en avait pas moins été un peu agacé. « Bon sang, qu'allez-vous faire ? »

Wilson avait souri, révélant ses dents gâtées. « Quelqu'un vous aurait-il dit que la politique est une sinécure, Gus ? »

Finalement, Wilson avait adressé une note sévère au gouvernement allemand, exigeant l'arrêt immédiat des agressions navales. Le président et ses conseillers, Gus compris, espéraient que les Allemands accepteraient un compromis. Mais s'ils poursuivaient leurs provocations, Wilson parviendrait-il à éviter l'escalade ? Gus ne voyait pas comment. Dans ce jeu périlleux, il se découvrait incapable de conserver le même détachement que le président.

Tandis que les télégrammes diplomatiques continuaient à se croiser au-dessus de l'Atlantique, Wilson partit pour sa résidence d'été du New Hampshire. Gus se rendit à Buffalo, chez ses parents, qui possédaient un hôtel particulier sur Delaware Avenue. Son père disposait également d'une résidence à

Washington, mais Gus avait son propre appartement dans la capitale. À Buffalo, il retrouvait avec plaisir le confort d'une maison parfaitement tenue grâce à sa mère : le bouquet de roses fraîches dans le vase en argent sur sa table de nuit, les petits pains chauds au petit déjeuner, la nappe blanche amidonnée, changée à chaque repas, la discrétion avec laquelle ses costumes disparaissaient de son armoire pour y revenir, brossés et repassés, sans qu'il ait seulement remarqué leur absence.

Le décor se distinguait par une simplicité affichée, une réaction de sa mère au style surchargé qui avait été à la mode du temps de ses parents. Elle affectionnait les meubles Biedermeier, un style allemand fonctionnel qui connaissait un regain de faveur. Dans la salle à manger, chacun des quatre murs s'ornait d'un tableau de prix et, sur la table, ne trônait qu'un unique chandelier à trois branches. Le premier jour, au cours du déjeuner, sa mère lui lança : «J'imagine que tu as l'intention de retourner dans les bas-fonds assister à quelques combats?

— Je ne vois pas ce que la boxe a de répréhensible», répondit Gus. C'était sa grande passion. Il s'y était même frotté autrefois, avec l'imprudence de ses dix-huit ans, et la longueur de ses bras lui avait assuré une ou deux victoires. Mais il lui manquait l'instinct du tueur.

«C'est tellement *canaille*! laissa-t-elle tomber avec mépris, usant d'une expression snob rapportée d'un voyage en Europe.

— Ça me fera du bien d'oublier un peu la politique internationale, si j'y parviens.

— Cet après-midi, à l'Albright, on donne une conférence sur le Titien accompagnée de projections à la lanterne magique.»

Depuis l'enfance, Gus avait été entouré de peintures de la Renaissance; s'il aimait beaucoup les portraits du Titien, il n'avait pas très envie d'aller écouter une conférence. Toutefois, c'était précisément le genre d'événement qui pouvait attirer les jeunes gens et les jeunes filles de la bonne société; ce serait une excellente occasion de renouer d'anciennes amitiés.

L'Albright était l'une des institutions culturelles les plus importantes de Buffalo. Bâtiment blanc de style classique, il se dressait dans le parc du Delaware, à une courte distance en voiture de chez Gus. Il pénétra dans la grande salle à colonnades et prit un siège. Comme il s'y attendait, il reconnut plusieurs personnes. Il était placé à côté d'une jeune fille remarquablement jolie, qu'il lui semblait avoir déjà rencontrée. Il lui adressa un vague sourire.

« Vous ne savez plus qui je suis, n'est-ce pas, monsieur Dewar ? » fit-elle avec vivacité.

Il se sentait idiot. « Ah... j'ai été absent pendant un certain temps.

— Olga Vialov. » Elle lui tendit une main gantée de blanc.

« Bien sûr », s'exclama-t-il. Son père était un immigré russe qui avait commencé sa carrière comme videur dans un bar de Canal Street et possédait maintenant toute la rue. Membre du conseil municipal, c'était aussi un des piliers de l'église orthodoxe russe. Gus avait effectivement rencontré Olga plusieurs fois, mais ne se souvenait pas qu'elle ait été aussi ravissante. Elle avait dû s'épanouir d'un coup, se dit-il. Elle devait avoir dans les vingt ans à présent. Sa jaquette rose à col montant et son chapeau cloche piqué de fleurs en soie rose faisaient ressortir la pâleur de son teint et le bleu de ses yeux.

« J'ai entendu dire que vous travailliez pour le président. Que pensez-vous de Mr Wilson ?

— Je l'admire profondément, répondit Gus. C'est un homme qui sait être pragmatique en politique sans renoncer pour autant à ses idéaux.

— Ce doit être tellement passionnant d'être au cœur du pouvoir !

— C'est passionnant en effet mais, curieusement, on n'a pas l'impression de se trouver au centre du pouvoir. En démocratie, le président se soumet à la volonté des électeurs.

— Oh, j'ai du mal à croire qu'il fasse exactement ce que veut l'opinion publique.

— Pas au sens littéral du terme, naturellement. Le président Wilson estime qu'un chef d'État doit tenir compte de l'opinion publique de la même façon qu'un marin tient compte du vent : en l'utilisant pour pousser son bateau dans une direction ou une autre, sans jamais chercher à s'y opposer de front.

— J'aurais tant aimé étudier ces choses-là ! soupira-t-elle. Hélas, mon père n'a pas voulu que j'aille à l'université.

— Il devait redouter que vous n'y appreniez à fumer et à boire du gin, dit Gus avec un sourire.

— Ou pire, je n'en doute pas ! » Venant d'une jeune fille, la remarque était osée. L'étonnement dut se lire sur le visage de Gus, car elle s'empressa d'ajouter : « Pardon, je vous ai choqué.

— Mais pas du tout ! » En réalité, il était sous le charme. À seule fin de prolonger la conversation, il demanda : « Quelle matière choisiriez-vous d'étudier si vous alliez à l'université ?

— L'histoire, je pense.

— J'aime beaucoup l'histoire. Une période en particulier ?

— Je voudrais comprendre mon passé. Pourquoi mon père a-t-il été obligé de quitter la Russie ? Pourquoi la vie est-elle plus facile en Amérique ? Il doit bien y avoir des explications.

— Bien sûr ! » s'écria Gus. L'idée qu'une aussi jolie fille puisse partager ses intérêts intellectuels le faisait frémir de joie. Soudain, une vision lui traversa l'esprit. Il imagina qu'ils étaient mariés et se retrouvaient un soir, après une réception, dans son boudoir, à discuter des affaires du monde avant de se coucher ; lui-même en pyjama, la regardant ôter ses bijoux et retirer sans hâte ses vêtements... Quand il surprit son regard, il eut le sentiment qu'elle avait deviné ses pensées. Embarrassé, il chercha en vain quelque chose à dire.

Sur ces entrefaites, l'orateur arriva et le silence se fit.

La causerie lui plut davantage qu'il ne s'y était attendu. Le conférencier avait apporté des autochromes en couleurs de plusieurs œuvres du Titien et les projetait sur un grand écran blanc à l'aide d'une lanterne magique.

La conférence achevée, Gus voulut reprendre sa conversation avec Olga. Il en fut empêché par Chuck Dixon, un jeune homme qu'il connaissait depuis les bancs de l'école. Chuck possédait un charme et une éloquence facile que Gus lui enviait. Ils avaient le même âge, vingt-cinq ans, mais en sa présence, Gus se sentait gauche comme un adolescent. « Olga, décréta le nouveau venu d'un ton jovial, il faut absolument que je vous présente à mon cousin. Il n'a pas cessé de vous dévorer des yeux de l'autre bout de la salle !... Désolé de te priver d'une compagnie aussi enchanteresse, Dewar, ajouta-t-il avec un sourire affable, mais tu ne peux quand même pas l'accaparer tout l'après-midi. » Passant un bras possessif autour de la taille d'Olga, il l'entraîna à sa suite.

Gus se sentit abandonné. Ils s'étaient si bien entendus. D'habitude, il avait beaucoup de mal à engager la conversation avec une jeune fille. Avec Olga, il avait devisé de tout et de rien le plus facilement du monde. Jusqu'à ce que Chuck Dixon, qui avait toujours été le dernier de la classe, l'embarque sans plus de façons que pour prendre une coupe sur le plateau d'un serveur.

Gus promenait les yeux sur l'assistance à la recherche d'un visage connu, quand une jeune fille borgne l'accosta.

Le soir où il avait fait la connaissance de Rosa Hellman, à un dîner de bienfaisance en l'honneur de l'orchestre symphonique de Buffalo où jouait son frère, il avait cru qu'elle lui faisait de l'œil. En réalité, l'une de ses paupières restait constamment fermée. Son infirmité se remarquait d'autant plus qu'elle avait de jolis traits. En outre, par défi probablement, elle s'habillait avec une élégance provocante. Aujourd'hui, elle portait un canotier coquettement incliné sur le côté qui lui donnait un petit air déluré.

Lors de leur dernière rencontre, Rosa travaillait comme rédactrice au *Buffalo Anarchist*, un journal radical à tirage limité. « Les anarchistes s'intéressent à l'art ? demanda Gus.

— Je suis maintenant à l'*Evening Advertiser.* »

Gus s'étonna. « Le rédacteur en chef est au courant de vos opinions politiques ?

— J'ai mis un peu d'eau dans mon vin, mais il connaît mon passé, oui.

— Il a dû se dire qu'il fallait avoir beaucoup de talent pour arriver à maintenir à flot un journal anarchiste.

— Il m'a engagée parce que j'ai plus de couilles que deux de ses journalistes hommes réunis. »

Rosa aimait choquer. Gus, qui ne l'ignorait pas, en resta pourtant bouche bée.

Elle éclata de rire. « Mais c'est quand même moi qu'il envoie couvrir les expositions d'art et les défilés de mode. Et ce travail à la Maison-Blanche, c'est comment ? demanda-t-elle en sautant du coq à l'âne.

— Passionnant, répondit Gus, conscient que ses propos pouvaient être rapportés dans le journal de Rosa. Je trouve que Wilson est un grand président. Peut-être le meilleur que nous ayons jamais eu.

— Comment pouvez-vous dire une chose pareille ? Il est à deux doigts de nous engager dans un conflit européen. »

Cette opinion était largement répandue dans la population d'origine germanique qui considérait évidemment les choses du point de vue allemand ; elle l'était également parmi les gens de gauche qui rêvaient, eux, de la défaite du tsar. Et elle ralliait aussi une foule de gens qui n'étaient ni allemands ni de gauche. Gus prit soin de peser ses paroles : « Quand les sous-marins allemands assassinent des citoyens américains, le président ne peut pas... » Il faillit dire « *fermer les yeux* », hésita, rougit et conclut : « ... ne peut pas ignorer les faits. »

Elle n'avait apparemment pas relevé son embarras. « En revanche, quand les Anglais font le blocus des ports allemands en violation de tous les traités internationaux, condamnant ainsi des civils allemands, femmes et enfants, à mourir de faim, ça, Wilson peut l'ignorer ! Et pendant ce temps, en France, la guerre est dans l'impasse : ces six derniers mois, le front n'a bougé que de quelques mètres. Les Allemands sont bien obligés de couler les navires anglais : s'ils ne le font pas, ils perdront la guerre. »

Elle avait une façon d'appréhender les problèmes dans toute leur complexité qui impressionnait Gus. Voilà pourquoi il avait toujours plaisir à discuter avec elle. « J'ai étudié le droit international, répliqua-t-il. À proprement parler, les Anglais ne sont pas dans l'illégalité. La déclaration de Londres de 1909 interdit effectivement le blocus maritime, mais elle n'a jamais été ratifiée. »

Rosa ne se laissa pas démonter par cet argument facile. « Laissons la loi de côté. Les Allemands avaient prévenu les Américains et leur avaient déconseillé de voyager à bord de navires britanniques. Ils avaient même publié des encarts dans les journaux, que diable ! Que pouvaient-ils faire de plus ? Imaginez que nous ayons été en guerre contre le Mexique et que le *Lusitania*, bâtiment mexicain, ait transporté des armes destinées à tuer nos soldats américains. Ne l'aurions-nous pas coulé ? »

La question était pertinente. N'ayant pas d'objection rationnelle à lui opposer, Gus répondit : « Ma foi, le secrétaire d'État Bryan était de votre avis. » William Jennings Bryan avait démissionné à la suite de la note de Wilson aux Allemands. « Selon lui, la seule chose à faire était d'avertir les Américains pour les dissuader de voyager sur les bateaux des nations belligérantes. »

Mais Rosa n'avait pas l'intention de le laisser s'en sortir par une pirouette. « Wilson a pris là un très gros risque, dit-elle, et Bryan l'a bien compris. Si les Allemands campent sur leurs positions, je ne vois pas comment nous pourrons éviter la guerre. »

Gus ne pouvait admettre devant une journaliste qu'il partageait ces craintes. Wilson avait réclamé du gouvernement allemand qu'il désavoue les attaques perpétrées contre des navires de la marine marchande, qu'il verse des réparations et veille à ce qu'un tel événement ne se reproduise pas – autrement dit, que l'Allemagne abandonne le contrôle des mers aux Anglais et accepte que sa propre flotte reste à quai, prisonnière du blocus. Il était difficile d'imaginer qu'un gouvernement quelconque puisse se plier à de telles exigences. « En tout cas, l'opinion publique suit le président, reprit Gus.

— L'opinion publique peut se tromper.

— Mais Wilson ne peut pas aller contre la volonté du pays. Il est sur la corde raide, vous le savez bien. Il veut maintenir l'Amérique hors du conflit sans donner pour autant l'impression qu'elle fait preuve de faiblesse dans ses relations internationales. Je pense que, pour le moment, il a trouvé le bon équilibre.

— Et par la suite ? »

La suite, voilà bien ce qui inquiétait tout le monde. « Qui peut dire de quoi demain sera fait ? répondit Gus. Woodrow Wilson lui-même en est incapable. »

Elle rit. « Réponse de politicien. Vous irez loin à Washington. » Comme quelqu'un s'adressait à elle, elle se retourna.

Gus s'écarta. Il éprouvait le même sentiment qu'un boxeur au moment où l'arbitre déclare le match nul.

Certains privilégiés étaient conviés à prendre le thé avec le conférencier. Gus était du nombre, sa mère étant l'une des mécènes du musée. Il laissa Rosa à sa conversation et se dirigea vers un salon privé. Il eut le plaisir d'y retrouver Olga. Son père devait appartenir, lui aussi, au petit cercle des donateurs.

Il prit une tasse de thé et alla la rejoindre. « Si vous venez un jour à Washington, je me ferai un plaisir de vous faire visiter la Maison-Blanche.

— Oh ! Pourrez-vous me présenter au président ? »

Il aurait aimé lui répondre *Oui, tout ce que vous voudrez !* mais il hésita à faire une promesse qu'il n'était pas sûr de pouvoir tenir. « J'essaierai, cela dépendra de son emploi du temps. Quand il s'installe devant sa machine à écrire pour rédiger un discours ou un communiqué de presse, personne n'a le droit de le déranger.

— J'ai été si attristée par la mort de son épouse. »

Ellen Wilson était décédée depuis presque un an, au tout

début de la guerre européenne. Gus hocha la tête. « Il en a été désespéré.

— J'ai entendu dire qu'il fait déjà la cour à une veuve fortunée. »

Gus fut déconcerté. Il est vrai que c'était un secret de polichinelle à Washington : huit mois seulement après la disparition de son épouse, Wilson s'était pris d'une passion de jeune homme pour la voluptueuse Edith Galt. Le président avait cinquante-huit ans, l'objet de sa flamme quarante et un. En ce moment même, ils étaient ensemble dans le New Hampshire. Gus faisait partie du très petit nombre de gens à savoir que Wilson avait demandé sa main à Mrs Galt le mois précédent et que celle-ci tardait à lui donner sa réponse. Il demanda : « D'où tenez-vous cette information ?

— Est-elle exacte ? »

Il sut résister à l'envie d'impressionner la jeune fille en lui révélant des secrets. « Je ne peux pas évoquer ce genre de sujet, dit-il à contrecœur.

— Oh, quel dommage ! Moi qui espérais tant apprendre quelques potins.

— Désolé de jouer les rabat-joie.

— Ne soyez pas bête ! » Elle posa la main sur son bras, et Gus frémit comme sous l'effet d'une décharge électrique. « J'organise un tournoi de tennis demain après-midi. Vous jouez ? »

Gus se défendait plutôt bien, grâce à la longueur de ses membres. « Oui, dit-il, j'adore le tennis.

— Serez-vous des nôtres ?

— J'en serai ravi. »

3.

Il ne fallut qu'une journée à Lev pour apprendre à conduire. Quant au second talent indispensable à un chauffeur, celui de changer les pneus, deux heures d'apprentissage lui suffirent. À la fin de la semaine, il savait faire le plein, changer l'huile et régler les freins. Si la voiture refusait de démarrer, il était capable de dire si la batterie était à plat ou une durite bouchée.

En tant que moyen de locomotion, les chevaux appartenaient

au passé, lui avait assuré Josef Vialov. Les garçons d'écurie étaient payés une misère parce qu'on en trouvait à la pelle. À l'inverse, les chauffeurs, peu nombreux, touchaient des salaires élevés.

De plus, Vialov appréciait d'avoir un chauffeur assez costaud pour lui servir de garde du corps au besoin.

Il avait une Packard Twin Six flambant neuve, une limousine de sept places en plus du chauffeur, un modèle lancé quelques semaines plus tôt et qui laissait les collègues de Lev bouche bée. Son moteur à douze cylindres faisait pâlir d'envie jusqu'à ceux qui trônaient au volant d'une Cadillac V8.

Lev avait été moins épaté par la demeure ultramoderne de Vialov. Le jardinier en chef lui avait dit que c'était une « maison de la Prairie », un style architectural tout récent. À ses yeux, ce bâtiment de plain-pied et tout en longueur avec des avant-toits plongeants ressemblait plutôt à la plus grande étable du monde.

« Moi, si j'avais une maison aussi grande, je voudrais qu'elle ait *vraiment* l'air d'un palais », avait répliqué Lev.

Il aurait bien écrit à Grigori pour lui parler de sa vie à Buffalo, de son travail, de la voiture, mais il hésitait. Il aurait voulu pouvoir lui dire qu'il avait mis de l'argent de côté pour son billet, mais la vérité était qu'il n'avait pas économisé un sou. Il se promit de lui envoyer une lettre dès qu'il aurait amassé un petit pécule. Grigori, de son côté, ne pouvait pas lui donner de nouvelles car il n'avait pas son adresse.

Outre Josef, la famille Vialov se composait de son épouse Lena, qui prenait rarement la parole, et d'Olga, une jolie fille au regard effronté qui avait à peu près l'âge de Lev. Josef se montrait attentionné et courtois envers son épouse, ce qui ne l'empêchait pas de passer la plupart de ses soirées dehors, en compagnie de ses amis. Avec sa fille, il était affectueux mais sévère. Il rentrait souvent déjeuner en famille et, après le repas, faisait volontiers une petite sieste avec sa femme.

En attendant de reconduire son patron en ville, Lev bavardait parfois avec Olga.

La jeune fille aimait fumer, malgré l'interdiction de son père qui tenait absolument à faire d'elle une jeune fille respectable afin de lui trouver un mari dans l'élite de Buffalo. Il y avait quelques endroits de la propriété où Josef ne mettait jamais les pieds, le garage notamment. C'était donc là qu'Olga venait fumer. Elle s'asseyait à l'arrière de la Packard, sa robe en soie étalée sur le cuir neuf, et Lev bavardait avec elle, appuyé contre la portière, le pied posé sur le marchepied.

Il se savait séduisant dans son uniforme de chauffeur, la casquette repoussée crânement en arrière. Il avait eu tôt fait de découvrir que le meilleur moyen de plaire à Olga était de la complimenter sur sa distinction. Elle aimait s'entendre dire qu'elle avait un port de reine, qu'elle s'exprimait comme l'épouse d'un président et s'habillait avec l'élégance d'une Parisienne. Elle était aussi snob que son père. Celui-ci avait beau se conduire le plus souvent comme le gangster et le despote qu'il était, en présence de personnages importants, présidents de banque ou membres du Congrès, Josef adoptait un comportement policé jusqu'à l'obséquiosité, comme Lev n'avait pas manqué de le remarquer.

Le jeune homme avait de l'intuition et Olga n'eut bientôt plus aucun mystère pour lui. C'était une demoiselle riche, très protégée et qui ne disposait d'aucun exutoire à ses pulsions naturelles, d'ordre amoureux ou sexuel. À la différence des filles qu'il avait connues dans les taudis de Saint-Pétersbourg, Olga ne pouvait pas s'échapper le soir pour retrouver un garçon qui l'aurait caressée dans l'obscurité d'une porte cochère. Elle avait vingt ans et était vierge, de toute évidence. Peut-être même n'avait-elle encore jamais été embrassée par un garçon.

Ce jour-là Lev observa la partie de tennis de loin, admirant le corps souple et mince d'Olga, la façon dont ses seins tressautaient sous le léger coton de sa robe tandis qu'elle volait d'un bout à l'autre du court. Elle avait pour adversaire un homme de très haute taille en pantalon de flanelle blanche, que Lev avait l'impression d'avoir déjà rencontré. À force de le regarder, il finit par se souvenir où il l'avait vu : aux usines Poutilov. Oui, c'était bien le type qu'il avait allégé d'un dollar et à qui Grigori avait demandé des renseignements sur Josef Vialov. Comment s'appelait-il déjà ? Le même nom qu'une marque de whisky. Dewar. Oui, c'était ça. Gus Dewar.

Une demi-douzaine de jeunes gens suivaient la partie, les filles en robes d'été aux couleurs vives, les garçons en canotiers. Sous son ombrelle, Mrs Vialov affichait un sourire satisfait. Une bonne en uniforme proposait des rafraîchissements.

Gus remporta la partie et quitta le court en compagnie d'Olga. Un autre couple prit aussitôt leur place. Olga accepta hardiment une cigarette de son adversaire. Lev regarda Gus la lui allumer. Il aurait tant aimé être des leurs, jouer au tennis, porter de beaux habits et boire de la citronnade.

Un coup violent envoya la balle de son côté. Il la ramassa mais, au lieu de la relancer sur le court, il alla la rapporter au joueur. Il regarda Olga. Elle était en pleine conversation avec Dewar, cherchant à le séduire par ses manières aguicheuses, exactement comme elle le faisait avec lui au garage. Il en éprouva un pincement de jalousie si violent qu'il aurait volontiers balancé son poing dans la figure de ce grand escogriffe. Croisant le regard d'Olga, il lui décocha son plus charmant sourire, mais elle se détourna. Les autres jeunes gens l'ignoraient complètement.

Quoi de plus normal, se dit-il. Une jeune fille de bonne famille pouvait être aimable avec le chauffeur quand elle allait fumer dans le garage et lui prêter autant d'attention qu'à un meuble en présence de ses amis. Il n'en était pas moins blessé dans son orgueil.

Il s'éloigna et aperçut Vialov en complet trois pièces descendant l'allée de gravier qui menait au tennis. Probablement venait-il saluer les invités de sa fille avant de repartir travailler en ville.

Une seconde de plus et il surprendrait Olga en train de fumer. Cela ferait du grabuge, c'était sûr.

Pris d'une inspiration soudaine, en deux enjambées, Lev rejoignit le fauteuil d'Olga et lui arracha la cigarette des doigts.

« Hé ! protesta-t-elle.

— Qu'est-ce qui vous prend ? » lança Gus Dewar en fronçant les sourcils.

Lev avait déjà vissé la cigarette entre ses lèvres quand Vialov le repéra. « Qu'est-ce que tu fabriques ici ? Sors ma voiture du garage !

— Oui, monsieur, s'empressa Lev.

— Et éteins cette fichue cigarette quand tu me parles ! »

Lev pinça le bout incandescent entre ses doigts et fourra le mégot dans sa poche. « Excusez-moi, monsieur, je me suis oublié.

— Que cela ne se reproduise plus !

— Non, monsieur.

— Allez, file ! »

Lev s'éloigna rapidement avant de regarder par-dessus son

épaule. Les jeunes gens avaient bondi sur leurs pieds et Vialov leur serrait jovialement la main pendant qu'Olga, l'air penaud, faisait les présentations. Elle avait failli se faire prendre. Lev croisa son regard éperdu de reconnaissance.

Il lui adressa un clin d'œil et poursuivit son chemin.

4.

Le salon d'Ursula Dewar contenait de rares objets de décoration, tous inestimables chacun à sa façon : une tête en marbre d'Elie Nadelman, une première édition de la *Bible de Genève*, une rose unique dans un vase en cristal taillé et une photographie encadrée représentant son grand-père, qui avait ouvert l'un des tout premiers grands magasins d'Amérique. À six heures, quand Gus entra, sa mère s'y trouvait, en robe du soir, en train de lire un roman récent intitulé *Le Bon Soldat*.

« C'est bien ? lui demanda-t-il.

— Excellent. Il paraît pourtant que l'auteur est un affreux goujat. »

Il lui prépara un cocktail comme elle les aimait, du bitter sans sucre. Il était dans ses petits souliers. À mon âge, je ne devrais pas avoir peur de ma mère, se dit-il. Il est vrai qu'elle pouvait être cinglante. Il lui tendit le verre.

« Merci. Alors, comment se passent ces vacances ?

— Très bien.

— Je craignais que la vie trépidante de Washington et de la Maison-Blanche ne te manque. »

Gus l'avait lui-même redouté, mais ce congé lui procurait des plaisirs inattendus. « J'y retournerai en même temps que le président. Pour le moment, je m'amuse beaucoup.

— À ton avis, est-ce que Woodrow va déclarer la guerre à l'Allemagne ?

— J'espère que non. Les Allemands sont prêts à faire machine arrière. En échange, ils veulent que les Américains cessent de vendre des armes aux Alliés.

— Le ferons-nous ? » Comme une bonne moitié de la population de Buffalo, Ursula était d'ascendance allemande, mais par ce « nous », elle désignait l'Amérique.

« Certainement pas. Les commandes anglaises rapportent beaucoup trop d'argent à nos usines.

— C'est l'impasse, alors ?

— Pas encore. Le petit ballet se poursuit. Et pendant ce temps, comme pour nous rappeler la pression que subissent les pays neutres, l'Italie a rejoint le camp des Alliés.

— Cela pourrait-il faire basculer la situation ?

— Ce ne sera pas suffisant. » Gus prit une profonde inspiration et se lança : « Cet après-midi, j'ai joué au tennis chez les Vialov. » Le ton de sa voix lui parut moins détaché qu'il ne l'aurait souhaité.

« As-tu gagné, mon chéri ?

— Oui. Ils ont une maison de la Prairie. C'est une chose incroyable.

— Ça fait tellement nouveau riche !

— Nouveau riche ? Nous l'avons été nous aussi, tu ne crois pas ? À l'époque où ton grand-père a ouvert son magasin, par exemple ?

— Je n'aime pas quand tu te mets à parler comme un socialiste, Angus. Même si je sais que tu ne penses pas un mot de ce que tu dis. » Elle but une gorgée de sa boisson. « Mm, c'est délicieux. »

Il prit à nouveau une grande inspiration. « Mère, ferais-tu quelque chose pour moi ?

— Naturellement, mon chéri, si c'est dans mes possibilités.

— Ça ne va pas te plaire.

— De quoi s'agit-il ?

— Je voudrais que tu invites Mrs Vialov à prendre le thé. »

Sa mère reposa son verre lentement et précautionneusement. « Je vois, dit-elle.

— Tu ne me demandes pas pourquoi ?

— Je sais bien pourquoi. Il ne peut y avoir qu'une raison. J'ai rencontré leur ravissante fille.

— Il ne faut pas te fâcher. Vialov est un homme important dans cette ville, et très riche. Quant à Olga, c'est un ange.

— Peut-être pas un ange, mais chrétienne, c'est toujours ça.

— Les Vialov sont orthodoxes, précisa Gus, estimant préférable d'annoncer toutes les mauvaises nouvelles d'un coup. Ils fréquentent l'église Saint-Pierre-et-Saint-Paul, sur Ideal Street. » Les Dewar étaient épiscopaliens.

« Au moins, ils ne sont pas juifs, Dieu merci ! » Ursula avait craint un moment que son fils n'épouse Rachel Abramov, pour laquelle il éprouvait une grande amitié, sans plus. « Et je suppose que nous pouvons bénir le ciel qu'Olga ne soit pas une croqueuse de diamants.

— En effet. Je pense que Vialov est plus fortuné que père.

— Je n'en ai pas la moindre idée ! » Dans le monde d'Ursula, les femmes n'étaient pas censées être informées des questions d'argent. Gus les soupçonnait cependant de connaître au centime près la valeur des biens que possédaient non seulement leurs époux mais les époux de leurs amies, et de ne prétendre l'ignorer que par souci des convenances.

Sa mère n'était pas aussi contrariée qu'il l'avait craint. Il insista : « Vous voulez bien ?

— Naturellement. J'enverrai un mot à Mrs Vialov. »

Gus était ravi, mais une nouvelle crainte s'empara de lui. « Mère, surtout n'invitez pas vos amies snobs à seule fin de rabaisser Mrs Vialov.

— Je n'ai pas d'amies snobs. »

La remarque était trop risible pour que le jeune homme s'y arrête. « Invitez Mrs Fischer, elle est charmante. Et tante Gertrude.

— Très bien.

— Merci, mère. » Le soulagement de Gus était aussi grand que s'il avait survécu à une terrible épreuve. « Je sais bien qu'Olga n'est peut-être pas la fiancée dont vous rêviez pour moi, mais je suis sûr que vous l'apprécierez très vite.

— Mon cher fils, tu as presque vingt-six ans. Il y a cinq ans, j'aurais pu tenter de te dissuader d'épouser la fille d'un homme d'affaires douteux, mais je commence à désespérer d'avoir des petits-enfants un jour. Si tu m'avais annoncé que tu voulais épouser une serveuse de bar polonaise et divorcée, je crois bien que mon premier souci aurait été de savoir si elle était assez jeune pour avoir des enfants.

— Pas de précipitation ! Olga n'a pas encore accepté de m'épouser. Je ne lui ai même pas demandé sa main.

— Comment pourrait-elle te résister ? » Elle se leva et l'embrassa. « Prépare-moi un autre verre, veux-tu ? »

5.

« Vous m'avez sauvé la vie ! s'exclama Olga. Mon père m'aurait tuée. »

Lev sourit. « Je l'avais vu venir. Il n'y avait pas de temps à perdre.

— Je vous en suis vraiment reconnaissante. » Elle posa un baiser sur ses lèvres.

Il en fut ébahi. Elle s'écarta avant qu'il n'ait eu le temps d'en tirer avantage. Mais il sentit immédiatement que leurs rapports avaient pris une tournure nouvelle. Il balaya le garage d'un regard inquiet. Ils étaient seuls.

Elle sortit un paquet de cigarettes et en prit une. Il l'alluma en imitant les façons de Gus Dewar la veille. Ce geste plein d'intimité obligeait la femme à baisser la tête et permettait à l'homme de garder les yeux fixés sur sa bouche. C'était romantique.

Elle se laissa retomber sur les coussins de la Packard et exhala un nuage de fumée. Lev monta dans la voiture et s'assit à côté d'elle. Elle n'éleva aucune objection. Il alluma une cigarette. Ils restèrent là, dans la pénombre, la fumée de leurs cigarettes se mêlant aux odeurs d'huile et de cuir et au parfum fleuri d'Olga.

Pour rompre le silence, Lev dit : « J'espère que votre partie de tennis vous a plu. »

Elle soupira. « Les garçons de cette ville sont tous terrorisés par mon père. Ils croient qu'il les tuerait d'un coup de pistolet s'ils osaient m'embrasser.

— Il le ferait ? »

Elle rit. « Sans doute, oui.

— Je n'ai pas peur de lui », répliqua Lev, ce qui était assez proche de la vérité. En fait, ce n'était pas que Lev n'avait pas peur, mais il n'y prêtait pas attention, persuadé que sa langue bien pendue l'aiderait toujours à se tirer d'affaire.

Elle n'avait pas l'air convaincu. « C'est vrai ?

— C'est pour ça qu'il m'a engagé. » Là encore, ce n'était pas très éloigné de la vérité. « Vous pouvez lui demander.

— Je le ferai peut-être.

— On dirait que Gus Dewar vous aime bien.

— Mon père serait ravi que je l'épouse.

— Pourquoi ?

— Il est riche, sa famille appartient à la vieille aristocratie de Buffalo et son père est sénateur.

— Vous faites toujours ce que votre papa vous dit de faire ? »

Elle tira pensivement sur sa cigarette. « Oui, dit-elle en soufflant la fumée.

— J'aime bien regarder vos lèvres quand vous fumez. »

Elle ne répondit pas, mais lui jeta un regard perplexe.

Pour Lev, l'invitation était suffisante : il l'embrassa.

Un petit gémissement s'échappa du fond de la gorge d'Olga tandis qu'elle le repoussait faiblement d'une main sur sa poitrine. Mais ces deux signes de protestation n'étaient guère convaincants. Il jeta son mégot par la portière ouverte et posa la main sur son sein. Elle saisit son poignet comme pour l'écarter puis plaqua plus fermement les doigts de Lev sur sa chair tendre.

Lev caressa ses lèvres closes du bout de la langue. Elle recula et le regarda, éberluée. Il comprit qu'elle ignorait tout de ce genre de baiser. Elle n'avait absolument aucune expérience. « Tout va bien, chuchota-t-il. Fais-moi confiance. »

Elle laissa tomber sa cigarette, l'attira contre elle, ferma les yeux et l'embrassa, bouche ouverte.

Après, tout se passa très vite. Il y avait dans le désir d'Olga une urgence désespérée. Lev, qui avait une certaine expérience des femmes, préférait les laisser donner le rythme. Il était tout aussi vain de hâter une femme hésitante que de retenir une femme impatiente. Quand il se fut frayé un chemin dans le dédale de ses sous-vêtements et commença à caresser le doux monticule de son sexe, elle atteignit un tel degré d'excitation qu'elle se mit à sangloter de passion. S'il était vrai qu'elle avait fêté ses vingt ans sans jamais avoir été embrassée par un de ces timides garçons de Buffalo, elle devait avoir accumulé bien des frustrations, se dit Lev. Elle souleva les hanches avec ardeur pour qu'il puisse baisser sa culotte. Lorsqu'il l'embrassa entre les jambes, elle poussa un cri de surprise et de plaisir. Il fallait qu'elle reste vierge, mais Lev était trop échauffé pour s'en préoccuper.

Elle était allongée, un pied sur le siège, l'autre sur le plancher de la voiture, sa jupe remontée autour de la taille, les cuisses écartées, prête à l'accueillir. La bouche ouverte, elle respirait bruyamment. Les yeux écarquillés, elle le regarda déboutonner son pantalon. Il la pénétra avec précaution, sachant combien il est facile de faire mal à une fille. Mais elle agrippa ses hanches et l'attira en elle avec impatience, comme si elle craignait de voir l'objet de son désir lui échapper à la dernière minute. Il sentit la membrane de sa virginité résister un peu, puis se rompre aisément, sans lui arracher autre chose que le petit cri d'une douleur aussitôt évanouie. Elle se mit à bouger contre lui et, là encore, il se laissa guider, devinant qu'elle répondait à un instinct plus fort qu'elle.

Cette aventure-là était plus émoustillante que toutes celles que Lev avait connues. Certaines filles avaient de l'expérience ; d'autres, quoique innocentes, étaient avides de donner du plaisir ; certaines veillaient à satisfaire l'homme avant de rechercher leur propre assouvissement ; mais un besoin aussi sauvage que celui d'Olga, Lev n'en avait encore jamais rencontré, et cela l'emplissait d'une ardeur démesurée.

Il se retenait. Comme Olga criait, il lui couvrit la bouche de sa main. Elle rua comme une pouliche, puis enfouit son visage dans le creux de son épaule. Elle atteignit l'orgasme dans un cri étouffé. Lev ne tarda pas à en faire autant.

Il s'écarta d'elle et resta assis sur le plancher de la voiture. Elle était toujours étendue, haletante. Pendant une minute, aucun d'eux ne souffla mot. Puis elle se redressa. « Bon sang, dit-elle. Je ne savais pas que c'était comme ça.

— Ça ne l'est pas toujours. »

Après un long silence, pendant lequel elle rassembla ses idées, elle murmura : « Qu'est-ce que j'ai fait ? »

Il ne répondit pas.

Elle remit sa culotte, demeura encore un moment immobile, le temps de reprendre son souffle, puis descendit de la voiture.

Lev ne la lâchait pas des yeux, attendant un mot, mais elle marcha en silence jusqu'à la porte du garage et sortit.

Le lendemain, elle revenait.

6.

Le 29 juin, Edith Galt accepta la demande en mariage du président Wilson et, en juillet, celui-ci retourna provisoirement à la Maison-Blanche. « Je dois retourner à Washington quelques jours, dit Gus à Olga tandis qu'ils se promenaient dans les allées du zoo de Buffalo.

— Combien de jours ?

— Tant que le président aura besoin de moi.

— Comme c'est palpitant ! »

Gus hocha la tête. « C'est le plus beau métier du monde, mais je ne suis pas mon maître. Si la crise avec l'Allemagne se prolonge, il se peut que je ne revienne pas à Buffalo avant longtemps.

— Vous nous manquerez.

— Et vous me manquerez. Nous avons été si bons amis depuis mon retour. » Ils avaient canoté sur le lac de Delaware Park et s'étaient baignés à Crystal Beach ; ils avaient remonté la rivière à bord d'un vapeur jusqu'aux chutes du Niagara et navigué sur le lac jusqu'au Canada ; un jour sur deux, ils avaient joué au tennis – toujours avec un groupe d'amis, et toujours chaperonnés par une mère au moins. Aujourd'hui, c'était Mrs Vialov qui les accompagnait ; elle marchait quelques pas derrière eux en bavardant avec Chuck Dixon.

« Savez-vous seulement combien vous allez me manquer ? » poursuivit Gus.

Olga sourit sans répondre.

Gus ajouta : « Cet été aura été le plus heureux de ma vie.

— Pour moi aussi ! » dit-elle en faisant tourner son ombrelle rouge à pois blancs.

Gus en fut ravi sans savoir vraiment si c'était sa présence qui l'avait comblée. Il avait encore du mal à lire dans ses pensées. Même si elle semblait enchantée de le voir et heureuse de bavarder avec lui pendant des heures, il n'avait relevé chez elle aucune émotion à sa vue, aucune expression d'un sentiment autre que l'amitié. Certes, une jeune fille respectable ne devait pas extérioriser son amour, du moins jusqu'aux fiançailles, mais il se sentait tout de même un peu perdu. Après tout, peut-être cela faisait-il partie du charme d'Olga.

Caroline Wigmore, se rappelait-il très bien, avait manifesté ses désirs avec une clarté indubitable. Il se surprenait souvent à penser à elle, ces derniers temps ; c'était la seule autre femme qu'il avait aimée. Si Caroline savait exprimer ce qu'elle voulait, pourquoi Olga ne le faisait-elle pas ? Il est vrai que la première était une femme mariée, la seconde une jeune ingénue.

Gus s'arrêta devant la fosse aux ours. À travers les barreaux métalliques, ils observèrent un petit ours brun qui leur rendit leurs regards, assis sur ses pattes arrière. «Je me demande si nous pourrions connaître le même bonheur tous les jours de notre vie, murmura Gus.

— Pourquoi pas ? »

Était-ce un encouragement? Il posa les yeux sur elle. Elle ne lui rendit pas son regard et continua à observer l'ourson. Gus en profita pour admirer ses yeux bleus, le doux arrondi de sa joue rose, la peau délicate de son cou. «Je regrette de ne pas être le Titien, observa-t-il, j'aurais aimé vous peindre. »

Chuck et la mère d'Olga les dépassèrent et poursuivirent leur promenade. Ils étaient seuls.

Comme Olga levait enfin les yeux vers lui, il crut y lire quelque chose qui ressemblait à de la tendresse. Cela l'enhardit. Il se dit : si un président peut dire ces mots-là moins d'un an après avoir perdu sa femme, je devrais tout de même en être capable.

« Olga, je vous aime. »

Elle ne répondit pas, mais ne détourna pas non plus les yeux.

Il déglutit, incapable une fois encore de déchiffrer ses pensées. « Y a-t-il une chance..., osa-t-il. Puis-je espérer qu'un jour, vous puissiez m'aimer en retour ? » Il la regardait fixement, retenant son souffle : en cet instant, sa vie reposait entre ses mains.

Le silence se prolongeait. Réfléchissait-elle? Pesait-elle le pour et le contre? Ne s'agissait-il que d'une légère hésitation au moment de prendre une décision susceptible de changer toute sa vie ?

Enfin elle sourit : « Oh oui !

— Vraiment ? » Il y croyait à peine.

Elle rit de bonheur. « Vraiment. »

Il lui prit la main. « Vous m'aimez ? »

Elle acquiesça d'un signe de tête.

« Il faut me le dire.

— Oui, Gus, je vous aime. »

Il baisa sa main. «Je parlerai à votre père avant mon départ pour Washington. »

Elle sourit encore. «Je crois que je sais ce qu'il vous répondra.

— Après, nous pourrons l'annoncer à tout le monde.

— Oui.

— Merci, dit-il ardemment. Vous m'avez rendu très heureux. »

7.

Au matin, Gus se présenta au bureau de Josef Vialov et lui demanda dans les formes l'autorisation de faire sa déclaration à sa fille. Vialov se déclara enchanté. Bien qu'il se soit attendu à cette réponse, Gus en eut les jambes coupées de soulagement.

Comme il devait se rendre sur-le-champ à la gare pour regagner Washington, il fut convenu que l'on célébrerait les fiançailles à son retour. Gus était enchanté de laisser à la mère d'Olga et à la sienne le soin d'organiser le mariage.

Entrant d'un pas alerte dans la gare centrale d'Exchange Street, il tomba sur Rosa Hellman qui en sortait. Elle était coiffée d'un chapeau rouge et tenait à la main un petit sac de voyage. « Bonjour, dit-il. Puis-je vous aider à porter votre bagage ?

— Non, merci, il est léger. Je n'ai été absente qu'une nuit. Une entrevue avec des agences de presse. »

Il haussa les sourcils, visiblement étonné. « Pour un emploi de journaliste ?

— Oui, et je l'ai obtenu.

— Félicitations ! Pardonnez-moi si j'ai eu l'air surpris, je ne pensais pas qu'elles employaient des femmes.

— C'est rare, mais cela arrive. Le *New York Times* a engagé sa première femme journaliste en 1869. Elle s'appelait Maria Morgan.

— Que ferez-vous au juste ?

— Je serai assistante du correspondant à Washington. Pour ne rien vous cacher, c'est la vie amoureuse du président qui leur a soufflé l'idée qu'ils seraient bien avisés de mettre une femme à ce poste. Les hommes ont tendance à faire l'impasse sur les histoires sentimentales. »

Avait-elle mentionné l'amitié qui la liait à l'un des plus proches collaborateurs de Wilson ? Sans doute, songea Gus : la réserve n'était pas la qualité première des journalistes. Et sans doute cela l'avait-il aidée à obtenir le poste. « Je rentre justement à Washington, dit-il. Nous nous y verrons probablement.

— Je l'espère.

— J'ai moi aussi une bonne nouvelle à vous annoncer, lança-t-il tout heureux. J'ai demandé sa main à Olga Vialov et elle a accepté. Nous allons nous marier. »

Elle le regarda longuement avant de lâcher : « Imbécile ! »

Il n'aurait pas été plus ébahi si elle l'avait giflé. Il la dévisagea, bouche bée.

« Pauvre imbécile ! » répéta-t-elle et elle le planta là.

8.

Deux autres Américains périrent le 19 août quand les Allemands coulèrent l'*Arabic*, un autre paquebot anglais.

Gus fut navré pour les victimes, mais encore plus consterné de voir l'Amérique inexorablement entraînée dans le conflit européen. Il sentait que le président était tout près de franchir le pas. Gus aurait tant voulu se marier dans un monde de paix et de bonheur; il redoutait de voir l'avenir ruiné par le chaos, les cruautés et les destructions de la guerre.

À la demande de Wilson, il annonça à plusieurs journalistes, officieusement, que le président s'apprêtait à rompre les relations diplomatiques avec l'Allemagne. Dans le même temps, le nouveau secrétaire d'État, Robert Lansing, mettait tout en œuvre pour parvenir à un accord avec l'ambassadeur d'Allemagne, le comte Johann von Bernstorff.

Cela risquait de mal finir, se disait Gus. Que ferait Wilson si les Allemands le prenaient au mot et le mettaient au défi d'intervenir? Il ne pourrait pas rester sans rien faire, au risque de passer pour un idiot. Wilson avait beau lui soutenir que la rupture des relations diplomatiques ne mènerait pas *nécessairement* à la guerre, Gus avait le sentiment effrayant que la crise échappait à tout contrôle.

Mais le kaiser ne voulait pas se battre contre l'Amérique et, à l'immense soulagement de Gus, le bluff de Wilson s'avéra payant. À fin du mois d'août, les Allemands s'engagèrent à ne pas attaquer sans sommation les navires transportant des passagers. Si ce n'était pas pleinement satisfaisant, au moins était-on sorti de l'impasse.

Les journaux américains, aveugles aux nuances, rivalisèrent d'enthousiasme. Le 2 septembre, d'une voix triomphante, Gus lut à Wilson un paragraphe extrait d'un article dithyrambique paru le jour même dans l'*Evening Post* de New York : « Sans avoir eu à mobiliser un seul régiment ni à armer le moindre bâtiment, par ses seules qualités de persistance et de ténacité, par sa fermeté à invoquer le droit, il a su contraindre la plus fière, la plus arrogante et la mieux armée des nations à capituler.

— Ils n'ont pas encore capitulé », laissa tomber Wilson.

9.

Un soir de la fin du mois de septembre, Lev fut conduit à l'entrepôt. Là, on le dévêtit entièrement et on lui ligota les mains dans le dos. Vialov surgit de son bureau. « Chien ! Espèce de sale chien enragé ! hurla-t-il.

— Qu'est-ce que j'ai fait ? implora Lev.

— Tu as le culot de me le demander, chien galeux ? »

Lev fut terrifié. Comment allait-il se sortir de là si Vialov refusait de l'écouter ?

Celui-ci retirait déjà sa veste et remontait ses manches. « Amenez-le-moi ! »

Norman Niall, le comptable gringalet, alla dans le bureau et revint avec un knout.

Lev regarda fixement l'instrument de torture russe utilisé traditionnellement pour châtier les criminels. Au bout d'un long manche de bois, trois lanières en cuir durci étaient terminées chacune par une bille de plomb. Lev n'avait jamais subi le supplice du fouet, mais il avait eu l'occasion d'assister à ce châtiment couramment pratiqué dans les campagnes pour punir les larcins ou l'adultère. À Saint-Pétersbourg, les opposants politiques étaient souvent condamnés au knout. Vingt coups pouvaient laisser un homme infirme, cent le tuer.

Dans son gilet barré d'une chaîne de montre en or, Vialov brandit l'instrument. Niall ne put réprimer un rire nerveux. Ilia et Theo ouvrirent des yeux intéressés.

Lev se recroquevilla sur lui-même ; en appui sur une pile de pneus, il présenta son dos. Avec un sifflement cruel, le fouet s'abattit, entamant les chairs de son cou et de ses épaules. Il hurla de douleur.

Vialov lui assena un deuxième coup de fouet. La souffrance fut pire encore.

Comment ai-je pu être aussi stupide? se dit Lev. Baiser une pucelle, la fille d'un homme tout-puissant et brutal? Où est-ce que j'avais la tête? Pourquoi est-ce que je ne peux jamais résister à la tentation?

Vialov frappa encore. Cette fois, Lev se projeta le plus loin possible pour esquiver le coup. Seules les extrémités des lanières l'atteignirent, mais elles s'incrustèrent profondément dans sa chair. La douleur fut intolérable. Il hurla encore; comme il cherchait à s'enfuir, les hommes de Vialov le ramenèrent en riant au milieu de la pièce.

Vialov brandit le fouet, abaissa le bras et interrompit son geste en voyant que Lev se jetait de côté, puis frappa. Le coup lui cingla les jambes. Lev vit le sang jaillir des entailles. Quand Vialov recommença, il se précipita pour lui échapper, trébucha et s'écroula sur le sol en béton. Il était allongé sur le dos, à bout de force Vialov en profita pour le frapper au ventre et aux cuisses. Lev roula sur lui-même, terrorisé, trop faible pour se relever. Le knout s'abattait toujours. Il parvint à rassembler l'énergie nécessaire pour se traîner sur une courte distance, à quatre pattes comme un bébé, mais il dérapa dans son sang et le fouet l'atteignit encore. Ses hurlements se turent, il n'avait plus la force de crier. Vialov allait le battre à mort, c'était évident. Lev aspira à l'oubli éternel.

Mais Vialov lui refusa ce soulagement. Haletant, il lâcha le knout. «Je devrais te tuer, mais je ne peux pas», dit-il quand il eut repris son souffle.

Lev gisait dans son sang, déconcerté, les yeux fixés sur son tortionnaire.

« Elle est enceinte ! »

Malgré la terreur et la douleur qui lui brouillaient l'esprit, Lev essaya de réfléchir. Ils avaient toujours utilisé des préservatifs. On en trouvait dans toutes les grandes villes d'Amérique. Il avait veillé à en mettre un, sauf la première fois bien sûr, qui l'avait pris au dépourvu; et aussi le jour où elle lui avait fait visiter la maison en l'absence de ses parents; et quand ils avaient fait l'amour sur le grand lit de la chambre d'amis; et une fois encore, dans le jardin, à la nuit tombée...

Oui, il y avait eu plusieurs fois, se rendait-il compte maintenant.

« Elle devait épouser le fils du sénateur Dewar, dit Vialov d'une voix dure où l'amertume le disputait à la rage. Mon petit-fils aurait pu être président. »

Lev avait du mal à aligner deux idées, mais il comprit que le mariage devrait être annulé. Gus Dewar n'épouserait pas une fille enceinte d'un autre, même s'il l'adorait. À moins que...

Il parvint à balbutier : « Elle n'est pas obligée d'avoir le bébé... Il y a des médecins ici, en ville... »

Vialov reprit le knout. Lev se recroquevilla.

« N'y songe même pas ! hurla Vialov. C'est contre la volonté de Dieu ! »

Lev en fut abasourdi. Certes, il conduisait la famille au grand complet à l'église le dimanche, mais il avait toujours supposé que la religion n'était qu'une façade pour Josef. Et voilà que ce type qui vivait de malhonnêtetés et de violences ne supportait pas qu'on prononce le mot d'« avortement » ! Lev lui aurait bien demandé ce que son Église pensait de la corruption et du knout.

« Tu te rends compte de l'humiliation que tu m'infliges ? poursuivit Vialov. Tous les journaux de la ville ont annoncé les fiançailles. » Son visage s'empourpra, sa voix s'enfla jusqu'au hurlement. « Qu'est-ce que je vais dire au sénateur Dewar ? J'ai convenu de la date avec le prêtre ! J'ai retenu les traiteurs ! Les invitations sont sous presse ! Je vois déjà cette vieille garce prétentieuse de Mrs Dewar rire de moi derrière sa main ridée. Et tout ça à cause d'une saloperie de chauffeur ! »

Il leva encore le knout, puis le jeta violemment loin de lui. « Je ne peux pas te tuer. » Se tournant vers Theo, il ordonna : « Emmène ce tas de merde chez le docteur, qu'il le recouse. Ce type va épouser ma fille. »

XVI

Juin 1916

1.

« Dis donc, fiston, et si on causait un peu tous les deux ? » lui lança son père.

Billy fut tout ébahi. Depuis près de deux ans – en fait depuis qu'il avait cessé de se rendre au temple Bethesda –, ils ne s'adressaient pour ainsi dire plus la parole. L'atmosphère était toujours tendue dans leur petite maison de Wellington Row. Il en avait presque oublié l'effet que cela faisait d'entendre des voix douces bavarder gentiment à la cuisine – ou même élever le ton au cours d'une discussion passionnée. S'il s'était engagé dans l'armée, c'était en partie à cause de ce climat délétère.

Or Da lui avait parlé d'une voix presque humble. Billy le dévisagea attentivement. Son expression confirmait ce que son ton laissait pressentir : aucune agressivité, aucun défi, une requête, sans plus.

N'empêche, il n'avait pas l'intention de se plier aux volontés de son père. « Et pour quoi faire ? » répondit-il.

Da ouvrit la bouche, prêt à répliquer vertement. Il réussit pourtant à se contenir. « J'ai agi par orgueil, dit-il. C'est un péché. Toi aussi, tu as peut-être été orgueilleux, mais c'est une affaire qui vous regarde, le Seigneur et toi – en tout cas, ce n'est pas une excuse pour moi.

— Il t'a fallu deux ans pour comprendre ça ?

— Ça m'aurait pris encore plus longtemps si tu n'étais pas parti à l'armée. »

Billy et Tommy s'étaient engagés l'année précédente en mentant sur leur âge. Ils avaient été affectés au huitième bataillon des Welsh Rifles, les chasseurs gallois, connu sous le nom d'Aberowen Pals, les copains d'Aberowen. On avait constitué ces bataillons de copains en vertu d'une idée toute nouvelle : de regrouper les soldats originaires de la même ville, des hommes qui se connaissaient depuis toujours, les entraîner puis de les faire combattre côte à côte. On pensait que ce serait bon pour le moral des troupes.

Le groupe de Billy avait suivi un an de formation, essentiellement dans un nouveau camp aux abords de Cardiff. Cet entraînement lui avait plu : c'était plus facile que le travail à la mine et beaucoup moins dangereux, même si parfois l'ennui était accablant, le mot *entraînement* étant souvent synonyme d'*attente.* Mais il y avait le sport, les jeux et la camaraderie d'un bataillon de jeunes découvrant ensemble tant de choses inconnues. Au cours d'une longue période d'inactivité, Billy avait pris un livre au hasard. À sa grande surprise, il avait trouvé l'histoire passionnante de Macbeth et la langue de Shakespeare d'une poésie étrangement fascinante. Pour un garçon qui avait passé tant d'heures à étudier l'anglais du XVIIe siècle dans la Bible protestante, Shakespeare n'était pas difficile à comprendre. Par la suite, Billy avait lu ses œuvres complètes, relisant les meilleures pièces plusieurs fois.

Leur formation achevée, les copains d'Aberowen avaient obtenu deux jours de permission avant d'embarquer pour la France. Da avait dû se dire que c'était peut-être la dernière fois qu'il voyait son fils vivant. Sans doute était-ce pour cela qu'il s'abaissait à lui parler.

Billy jeta un coup d'œil à la pendule. Il n'était venu ici que pour dire au revoir à sa mère. Il comptait passer son congé à Londres, avec sa sœur Ethel et sa séduisante locataire. Le joli minois de Mildred, ses lèvres rouges et ses dents de lapin s'étaient gravés dans son esprit depuis la seconde où elle l'avait accueilli par ces mots époustouflants : « Oh, foutre ! C'est toi, Billy ? » Son barda était posé par terre près de la porte, son Shakespeare à l'intérieur. Tommy l'attendait à la gare. Il répondit : « J'ai un train à prendre.

— Les trains, ce n'est pas ce qui manque, répliqua Da. Assieds-toi, Billy... S'il te plaît. »

Il était gêné de voir son père dans cet état. Da pouvait être moralisateur, arrogant et dur, mais au moins il était fort. Billy n'avait pas envie de le voir affaibli.

De son fauteuil habituel, Gramper n'avait rien perdu de la conversation. « Allez, Billy, sois bon garçon, intervint-il d'un ton persuasif. Donne une chance à ton Da, n'est-ce pas ?

— C'est bon. » Billy s'assit à la table.

Sa mère ressortit de l'office.

Il y eut un moment de silence. Billy se dit qu'il ne remettrait peut-être jamais plus les pieds dans cette maison. Arrivant du camp militaire, il remarquait pour la première fois de sa vie l'exiguïté de leur logis, l'obscurité des pièces, l'atmosphère chargée de poussière de charbon et de relents de cuisine. Et surtout, après les plaisanteries faciles et la liberté de parole qu'il avait connues à la caserne, il prenait conscience d'avoir reçu sous ce toit une éducation figée dans le respect des principes de la Bible, qui ne laissait s'exprimer rien de naturel et d'humain. Pourtant l'idée de partir l'attristait. Ce n'était pas seulement un lieu qu'il quittait, c'était toute une vie. Ici, tout avait été si simple ! Il avait cru en Dieu, obéi à son père et fait confiance à ses camarades de travail, au fond de la mine. Les propriétaires des mines étaient de mauvaises gens, le syndicat protégeait les ouvriers et le socialisme leur offrait un avenir meilleur. Mais voilà, la vie était plus compliquée que cela. Peut-être reviendrait-il un jour à Wellington Row, mais plus jamais il ne serait le garçon qui avait vécu ici.

Da joignit les mains et ferma les paupières pour prier : « Ô Seigneur, donne à ton serviteur la force d'être humble et doux comme Jésus. » Puis il ouvrit les yeux : « Pourquoi as-tu fait ça, Billy ? Pourquoi t'es-tu engagé ?

— Parce qu'on est en guerre. Que ça te plaise ou non, il faut se battre.

— Mais ne vois-tu pas... » Da s'interrompit et leva les mains dans un geste d'apaisement. « Je vais recommencer. Tu ne crois pas ce que tu lis dans les journaux, quand même ? À propos de ces affreux Allemands qui violent les bonnes sœurs ?

— Non. Les journaux ont toujours menti à propos des mineurs, je ne vois pas pourquoi ils diraient la vérité sur les Allemands.

— C'est une guerre de capitalistes qui ne concerne pas les ouvriers. Voilà ce que je pense, mais tu n'es peut-être pas d'accord. »

Billy était stupéfait par les efforts que consentait son père pour se montrer conciliant. C'était bien la première fois qu'il l'entendait dire « Mais tu n'es peut-être pas d'accord ». Il répondit : « Je ne sais pas grand-chose sur le capitalisme, et je suppose que tu as raison. Mais quand même. Il faut arrêter les Allemands. Ils croient qu'ils ont le droit de gouverner le monde !

— Et nous, les Anglais ? Avec notre empire, nous tenons plus de quatre cents millions de gens sous le joug. Parmi eux, presque personne n'a le droit de vote. Ils n'exercent aucun contrôle sur ce qui se passe dans leurs pays. Demande pourquoi à un Anglais moyen, il te répondra que c'est notre destin de régner sur les peuples inférieurs. » Da écarta les mains pour souligner l'évidence. « Billy, mon garçon, ce ne sont pas les Allemands qui pensent avoir le droit de gouverner le monde, c'est nous ! »

Billy soupira. Il ne pouvait que l'approuver. « Je te rappelle que nous avons été attaqués. Peut-être que nous faisons la guerre pour de mauvaises raisons, mais nous sommes bien obligés de nous battre malgré tout.

— Combien y a-t-il eu de morts au cours des deux dernières années ? reprit Da. Des millions ! » Sa voix était montée d'un cran ; toutefois, il était plus affligé qu'irrité. « Et ça continuera tant qu'il se trouvera un jeune homme prêt à en tuer un autre *malgré tout*, comme tu dis.

— Ça continuera jusqu'à ce que l'un des deux camps l'emporte, en fait.

— Ce que je crois, moi, intervint sa mère, c'est que tu ne voudrais surtout pas que les autres pensent que tu as peur.

— Mais non », répondit-il tout en sachant qu'elle disait vrai. Comme toujours, elle lisait dans son cœur. Les raisons qu'il avait eues de s'engager ne se limitaient pas aux explications rationnelles qu'il donnait maintenant. Depuis presque deux ans, il ne faisait qu'entendre et lire un peu partout que les jeunes gens bons pour le service qui ne partaient pas à la guerre étaient des lâches. C'était écrit dans tous les journaux, répété à l'envi dans toutes les boutiques et dans tous les pubs. Dans le centre de Cardiff, des jolies filles tendaient des plumes blanches à tous les garçons qui ne portaient pas l'uniforme et, dans la rue, les sergents recruteurs se moquaient des jeunes en civil. Billy avait beau savoir que c'était de la propagande, cela le touchait. L'idée de passer pour un lâche lui était insupportable.

Il aurait volontiers expliqué à ces filles qui brandissaient leurs plumes blanches qu'extraire le charbon était bien plus dangereux que d'être sous les drapeaux, qu'il y avait plus de tués ou de blessés chez les mineurs que parmi les soldats, sauf au front bien sûr, et que la Grande-Bretagne avait besoin de charbon pour alimenter la flotte. Le gouvernement avait d'ailleurs fait savoir qu'il ne voulait pas que les mineurs s'engagent. Mais rien de tout cela ne comptait : depuis qu'il portait l'uniforme, la tunique et le pantalon coupés dans une étoffe kaki qui grattait, les bottes toutes neuves et le calot pointu, il se sentait mieux.

« À ce qu'on dit, une grande offensive se prépare pour la fin du mois », reprit Da.

Billy hocha la tête. « Les officiers se taisent, mais tout le monde en parle. Je pense que c'est pour ça qu'on envoie soudain plus de soldats là-bas.

— Les journaux prétendent que cette bataille pourrait être décisive – le début de la fin.

— Espérons-le.

— Vous devriez avoir suffisamment de munitions maintenant. Grâce à Lloyd George.

— Oui. » L'année passée, il y avait eu pénurie. Le « scandale des obus » avait provoqué un tel émoi dans la presse que le gouvernement Asquith avait failli tomber. Le Premier ministre avait formé un gouvernement de coalition et créé un nouveau portefeuille, celui de ministre des Munitions, qu'il avait confié au membre le plus populaire de son cabinet, David Lloyd George. Depuis, la production avait augmenté.

« Fais attention à toi », dit Da.

Et Mam renchérit : « Ne joue pas au héros. Laisse ça à ceux qui ont déclenché cette guerre – les classes dirigeantes, les conservateurs et les officiers. Fais ce qu'on te dit mais rien de plus.

— La guerre, c'est la guerre, intervint Gramper. On ne peut pas la faire sans risquer sa peau. »

Comprenant soudain qu'ils étaient en train de lui faire leurs adieux, Billy réprima durement les larmes qui lui montaient aux yeux. « C'est bon », dit-il en se levant.

Gramper lui serra la main. Mam l'embrassa. Da lui prit les deux mains puis, cédant à l'impulsion, le serra contre lui. Billy n'avait pas souvenir que son père l'ait jamais pris dans ses bras.

« Que Dieu te garde et te bénisse, Billy ! »

En voyant ses yeux humides, Billy faillit s'effondrer. « Allez, salut ! » dit-il et il ramassa son barda. Il entendit sa mère sangloter. Il sortit sans se retourner, refermant la porte sur lui.

Inspirant profondément, il se calma et s'élança sur la pente abrupte qui conduisait à la gare.

2.

La Somme traversait le nord de la France d'est en ouest pour rejoindre la mer en faisant de nombreux méandres. La ligne de front s'étirait du nord au sud et coupait le fleuve à proximité d'Amiens. Au sud de la ville et jusqu'à la Suisse, les lignes alliées étaient tenues par les Français. Les troupes stationnées au nord étaient anglaises pour la plupart ou originaires du Commonwealth.

À partir de là, vers le nord-ouest, une rangée de collines s'étendait sur une trentaine de kilomètres et les Allemands y avaient creusé leurs tranchées à flanc de coteau. C'était de l'une d'elles que Walter von Ulrich observait les positions britanniques à l'aide de ses puissantes jumelles télescopiques Zeiss Doppelfernrohr.

En ce début d'été, la journée était belle et ensoleillée, on entendait les oiseaux chanter. Dans un verger voisin jusqu'ici épargné par les tirs, des pommiers courageux étaient en fleur. L'homme était le seul animal à exterminer ses congénères par millions ; il avait fait de cette campagne un terrain vague criblé de cratères d'obus et hérissé de barbelés. Peut-être la race humaine finirait-elle par s'effacer toute seule de la surface de la terre et par abandonner le monde aux oiseaux et aux arbres, se dit Walter, emporté par des réflexions apocalyptiques. Et peut-être serait-ce une excellente chose.

Cette position en hauteur présentait de nombreux avantages, pensa-t-il en revenant à des considérations plus pratiques. Notamment celui d'obliger les Anglais à escalader la pente pour attaquer. Mais il y en avait un autre, plus précieux encore : les Allemands pouvaient voir ce que faisait l'ennemi. Et en ce moment, justement, Walter était persuadé qu'il préparait une offensive massive.

Une activité aussi intense ne pouvait pas passer inaperçue. Depuis des mois, les Anglais cherchaient à améliorer les routes et les voies de chemin de fer de cette région jadis endormie de la province française. Ce n'était pas bon signe. Maintenant, ils utilisaient ces voies d'accès pour acheminer jusqu'au front des canons par centaines, des chevaux par milliers et des hommes par dizaines de milliers. À l'arrière, des convois incessants de trains et de camions livraient des caisses de munitions, des barils d'eau potable et des balles de foin. Walter régla ses jumelles sur un détachement des communications occupé à creuser une étroite tranchée et à y dérouler une énorme bobine – des fils téléphoniques, sans aucun doute.

Ils doivent caresser de grands espoirs, se dit-il avec une appréhension glacée. Une dépense aussi colossale en hommes, en argent et en énergie ne se justifiait que si les Britanniques considéraient cette offensive comme décisive. Walter espéra que ce serait le cas. Quelle que soit l'issue des combats.

Chaque fois qu'il posait les yeux sur le terrain occupé par l'ennemi, il pensait à Maud. La photographie qu'il conservait dans son portefeuille, découpée dans les pages de la revue *Tatler*, la montrait au Savoy, dans une robe de bal d'une simplicité éblouissante. « Lady Maud Fitzherbert, comme toujours à la pointe de la mode », indiquait la légende. Aujourd'hui, Maud ne devait plus beaucoup aller au bal. Participait-elle à l'effort de guerre, comme le faisait à Berlin Greta, la sœur de Walter, qui visitait les blessés dans les hôpitaux militaires ? S'était-elle retirée à la campagne, comme sa mère à lui, et cultivait-elle des pommes de terre dans ses massifs de fleurs en raison de la pénurie alimentaire ?

Il ignorait si les Anglais subissaient des rationnements eux aussi. En Allemagne, à cause du blocus britannique qui interdisait aux bateaux de prendre la mer, cela faisait près de deux ans qu'aucune denrée n'était entrée dans le pays par cette voie, alors que l'Angleterre était toujours ravitaillée par l'Amérique. De temps à autre, les sous-marins allemands torpillaient bien des paquebots transatlantiques, mais le haut commandement allemand se refusait encore à mener une guerre navale à outrance, de crainte d'entraîner les Américains dans le conflit. Maud ne devait donc pas souffrir de la faim autant que lui. Et encore, en tant que soldat, Walter bénéficiait de meilleures conditions que les civils. Dans plusieurs villes, la disette avait déjà provoqué des grèves et des manifestations.

Il ne lui avait pas écrit, elle non plus. Les échanges postaux étaient interrompus entre leurs deux pays. Le seul moyen éventuel de communication aurait été que l'un d'eux se rende dans un pays neutre, aux États-Unis ou en Suède peut-être, et y poste une lettre. Il n'en avait pas encore eu l'occasion. Pas plus qu'elle, probablement.

Cette absence de nouvelles était une torture. Elle pouvait très bien être malade, à l'hôpital, sans qu'il le sache. Son plus cher désir était de voir la guerre se terminer au plus vite pour pouvoir enfin la retrouver. Il souhaitait la victoire de l'Allemagne de tout son cœur, naturellement, mais à certains moments, il aurait accueilli la défaite avec indifférence, pourvu que Maud soit en bonne santé. L'idée qu'il puisse se rendre à Londres, la guerre finie, et découvrir qu'elle était morte était son cauchemar.

Il chassa de son esprit cette pensée terrifiante et fixa ses jumelles sur un point plus proche de lui : les barbelés qui protégeaient le côté allemand du no man's land. Les fils, solidement arrimés au sol à l'aide de piquets métalliques qui les rendaient très difficiles à déplacer, couraient sur deux rangées de quatre mètres cinquante de large chacune, formant une redoutable et fort rassurante barrière.

Il sauta au bas du parapet qui longeait la tranchée et descendit une longue volée de marches de bois qui conduisaient à un abri souterrain. L'inconvénient de cette position surélevée était que l'artillerie ennemie avait vue sur les tranchées. Aussi les abris de ce secteur avaient-ils été creusés à une très grande profondeur dans le sol calcaire, suffisante pour être protégés de tous les dangers, à l'exception de la frappe directe d'un gros obus. Celui dans lequel il se trouvait était assez vaste pour accueillir la totalité des hommes déployés dans cette tranchée pendant la durée d'un bombardement. Nombre de ces abris étaient reliés les uns aux autres par des boyaux souterrains, offrant ainsi une issue de secours au cas où un tir ennemi aurait rendu une entrée impraticable.

Walter s'assit sur un banc en bois et sortit son carnet. Il prit quelques minutes pour consigner ses observations en abrégé. Son rapport confirmerait les renseignements obtenus par d'autres sources. Les agents secrets avaient déjà transmis des informations sur cette grande offensive, ce *big push,* pour reprendre le terme utilisé par les Anglais.

Il rejoignit les lignes arrière en suivant le dédale des tranchées. Les Allemands les avaient creusées sur trois lignes, à deux ou trois kilomètres d'écart, de manière à disposer d'un second réseau s'ils étaient délogés de la ligne de front et à pouvoir se replier sur un troisième dans l'éventualité où la seconde ne suffirait pas. Quoi qu'il advienne, se dit-il avec une grande satisfaction, les Anglais ne l'emporteraient pas facilement.

Ayant récupéré son cheval, Walter repartit pour le quartier général de la 2e armée. Il y arriva à l'heure du déjeuner et eut la surprise de tomber sur son père au mess des officiers. Otto, qui occupait un poste de haut rang à l'état-major général, courait d'un champ de bataille à l'autre, tout comme en temps de paix il avait sillonné l'Europe pour se rendre d'une capitale à une autre.

Otto paraissait vieilli ; il avait maigri aussi, comme tous les Allemands. Sa frange de moine était coupée si court qu'on aurait pu le croire chauve. Mais il était joyeux et plein d'entrain. La guerre lui convenait. Il en aimait l'excitation, la hâte, les décisions rapides et le constant sentiment d'urgence.

Il n'évoquait jamais Maud.

« Qu'est-ce que tu as vu ? demanda-t-il.

— Une offensive majeure se prépare dans ce secteur d'ici quelques semaines », répondit Walter.

Son père secoua la tête d'un air sceptique. « C'est sur la Somme que nos lignes sont le mieux défendues. Nous tenons les hauteurs et nous avons trois lignes de tranchées. À la guerre, tu attaques l'ennemi à son point le plus faible, pas à l'endroit où il est le plus fort – même les Anglais savent cela. »

Walter rapporta ce qu'il venait de voir : les camions, les trains, le détachement de communications qui posaient des lignes téléphoniques.

« C'est certainement une ruse, commenta Otto. Si c'était vraiment là qu'ils comptaient attaquer, ils se donneraient plus de mal pour dissimuler leurs préparatifs. Ce sera une fausse offensive ; la vraie aura lieu plus loin au nord, en Flandres.

— Que croit von Falkenhayn ? » demanda Walter. Erich von Falkenhayn était chef d'état-major depuis presque deux ans.

Son père sourit. « Il croit ce que je lui dis. »

3.

Au moment du café, après le déjeuner, Lady Maud interrogea Lady Hermia : « En cas d'urgence, ma tante, sauriez-vous comment contacter l'avocat de Fitz ? »

Tante Herm eut l'air passablement émue. « Ma chérie, voyons, que veux-tu que j'aie à faire avec des avocats ?

— On ne sait jamais. » Maud se tourna vers le majordome qui reposait la cafetière sur son petit trépied d'argent. « Grout, soyez gentil et apportez-moi une feuille de papier et un crayon. » Grout sortit et revint avec les objets demandés. Maud nota le nom et l'adresse de l'avocat de la famille.

« Pourquoi en aurais-je besoin ? insista tante Herm.

— Il n'est pas impossible que je sois arrêtée cet après-midi, répondit Maud gaiement. Dans ce cas, voulez-vous bien le prier de me faire sortir de prison ?

— Oh ! Tu ne parles pas sérieusement, j'espère !

— Non, cela n'arrivera pas, j'en suis sûre, dit Maud. Mais, vous savez, au cas où... » Elle embrassa sa tante et quitta la pièce.

L'attitude de sa tante l'exaspérait. Elle savait bien, pourtant, que la plupart des femmes auraient réagi comme elle. Une dame n'avait pas à connaître le nom de l'avocat de la famille et moins encore à être informée de ses droits légaux. Cela suffisait à expliquer l'exploitation éhontée que subissaient les femmes.

Maud mit son chapeau, ses gants et un léger manteau d'été, puis gagna la rue et monta dans l'autobus qui se dirigeait vers Aldgate.

Elle était seule, sans chaperon. Les règles de bienséance étaient moins strictes depuis le début de la guerre et il n'était plus scandaleux qu'une femme célibataire sorte non accompagnée pendant la journée. Tante Herm désapprouvait ce relâchement, mais elle ne pouvait pas davantage tenir Maud cloîtrée qu'elle ne pouvait s'en remettre à Fitz, qui se trouvait en France. À son corps défendant, elle était bien obligée d'accepter la situation.

Maud était rédactrice de *La Femme du soldat*, un journal à petit tirage qui luttait pour assurer quelques droits aux personnes à la charge des combattants. Un député conservateur avait qualifié ce périodique de « gêne pestilentielle pour le gouvernement ». Depuis, cette citation, tel un emblème, figurait en première page de tous les numéros. La rage que mettait Maud à faire campagne se nourrissait de l'indignation que lui inspiraient la soumission imposée aux femmes et la boucherie inutile provoquée par cette guerre. Son petit héritage lui permettait de financer le journal. Elle n'avait pas vraiment besoin de cet argent de toute façon, puisque Fitz continuait à assumer toutes ses dépenses.

Le journal était dirigé par Ethel Williams. La promesse d'un meilleur salaire et d'un rôle dans cette campagne l'avait facilement persuadée de quitter l'atelier où elle travaillait. Ethel partageait la colère de Maud, mais ses compétences étaient très différentes des siennes. Maud comprenait la politique vue d'en haut : elle fréquentait des ministres et débattait avec eux de sujets d'actualité. Le monde politique que connaissait Ethel était à cent lieues de celui de Maud : c'était celui du syndicat national des ouvriers du textile, du parti travailliste indépendant, des grèves, des lock-out, des défilés dans les rues.

Comme prévu, les deux jeunes femmes se retrouvèrent dans la rue, en face de l'immeuble qui abritait les bureaux d'Aldgate de l'Association de secours aux familles de soldats et de marins.

Avant guerre, cette œuvre de bienfaisance permettait aux dames fortunées de dispenser gracieusement assistance et conseils aux épouses de soldats dans le besoin. Elle jouait désormais un rôle nouveau. Le gouvernement versait en effet une livre et un shilling à toute épouse de soldat, mère de deux enfants, séparée de son mari par la guerre. Ce n'était pas beaucoup – à peu près la moitié de ce que gagnait un mineur –, mais c'était suffisant pour arracher des millions de femmes et d'enfants à une misère noire. L'Association de secours aux familles de soldats et de marins était chargée d'assurer le versement de cette allocation.

À une condition toutefois : seules les femmes dites de « bonne moralité » y avaient droit et il arrivait à des dames patronnesses de refuser cette somme à des mères de famille, sous prétexte qu'elles n'écoutaient pas leurs avis sur l'éducation des enfants et la tenue du ménage ou s'obstinaient à fréquenter les music-halls et à boire du gin.

Certes, ces malheureuses feraient mieux de ne pas boire, estimait Maud. Pour autant, cela n'autorisait personne à les condamner à la misère. Elle enrageait de voir ces dames aisées, issues des classes moyennes, juger les femmes de soldats et les priver des moyens de nourrir leurs enfants. Si les femmes avaient le droit de vote, le Parlement n'autoriserait pas de tels abus, elle en était convaincue.

Ethel était accompagnée d'une bonne dizaine d'ouvrières et de Bernie Leckwith, secrétaire de la section locale du parti travailliste indépendant. Le parti approuvait le journal de Maud et soutenait ses campagnes.

Au moment où Maud rejoignit le groupe sur le trottoir, Ethel parlait à un jeune homme muni d'un carnet. « L'allocation de séparation n'est pas un cadeau offert aux épouses de soldats par pure bonté d'âme, disait-elle, c'est un droit. Vous-même, vous oblige-t-on à passer un examen de moralité avant de vous verser votre salaire de journaliste ? Demande-t-on à Mr Asquith combien de verres de madère il a bus avant de l'autoriser à percevoir son traitement de député ? Ces femmes ont droit à cet argent exactement comme si c'était un salaire. »

Ethel savait trouver les mots justes, pense Maud. Elle s'exprimait avec simplicité et clarté. Peut-être tenait-elle ce talent de son père prédicateur.

Le journaliste la dévorait des yeux, sans dissimuler son admiration. Il avait presque l'air d'en être amoureux, et ce fut d'un ton contrit qu'il reprit : « Vos adversaires prétendent qu'une femme infidèle à son mari soldat ne devrait pas toucher cette aide.

— Et les maris ? répliqua Ethel, indignée. Si je ne me trompe, il existe des maisons de mauvaise réputation en France, en Mésopotamie et dans bien d'autres endroits où nos hommes sont stationnés. L'armée tient-elle une liste des soldats mariés qui fréquentent ces lieux ? Les prive-t-elle de leur solde ? L'adultère est un péché, mais ce n'est pas une raison pour enfoncer la pécheresse dans la misère et laisser ses enfants mourir de faim. »

Ethel portait son petit garçon sur la hanche. Lloyd avait seize mois et marchait déjà, mais il n'était pas encore très solide sur ses jambes. Avec ses cheveux bruns et ses yeux verts, il était aussi beau que sa mère. Maud lui tendit les mains et Lloyd se blottit dans ses bras avec bonheur. Elle en éprouva un pincement de nostalgie, regrettant, malgré tous les problèmes qui en auraient résulté, de ne pas être tombée enceinte après son unique nuit avec Walter.

Elle n'avait aucune nouvelle de son mari depuis Noël 1914. Était-il mort, était-il vivant? Peut-être était-elle veuve sans le savoir? Elle essayait de ne pas y penser mais, parfois, de sombres pensées la submergeaient aux moments les plus inattendus, et elle avait du mal à refouler ses larmes.

Quand Ethel eut fini de charmer le journaliste, elle présenta à Maud une jeune femme qui avait deux enfants accrochés à ses jupes. «Voici Jayne McCulley, dont je vous ai parlé.» Jayne avait un joli visage et l'air résolu.

Maud lui serra la main. «J'espère que nous obtiendrons justice pour vous aujourd'hui, madame McCulley.

— Très aimable à vous, m'dame. Vraiment, m'dame.» Les marques de déférence avaient la vie dure, même dans les mouvements politiques qui prônaient l'égalité.

«Tout le monde est prêt?» demanda Ethel.

Maud lui rendit Lloyd et le groupe traversa la rue pour pénétrer dans le bureau de l'association. Dans le vestibule, une femme entre deux âges était assise à une table. Elle parut un peu effrayée à la vue de cette foule.

«Ne vous inquiétez pas, la rassura Maud. Mrs Williams et moi-même sommes ici pour rencontrer Mrs Hargreaves, votre directrice.»

La réceptionniste se leva. «Je vais voir si elle est là, dit-elle nerveusement.

— Elle est là, je le sais, intervint Ethel. Je l'ai vue entrer il y a une demi-heure.»

La réceptionniste sortit à la hâte.

La directrice n'était pas du genre à se laisser impressionner aussi facilement. Mrs Hargreaves était une femme corpulente d'une bonne quarantaine d'années; elle portait une redingote, une jupe et un chapeau à la dernière mode, orné d'un grand nœud plissé. Mais cette tenue perdait tout son chic sur sa silhouette massive, pensa Maud méchamment. Cette femme avait l'assurance que procure l'argent. Et un gros nez. «Oui?» lança-t-elle sèchement.

La lutte pour l'égalité des femmes, songea Maud, vous obligeait parfois à combattre également les femmes. «Je suis venue vous voir parce que je reste confondue devant le traitement que vous avez réservé à Mrs McCulley.»

Mrs Hargreaves parut déstabilisée, sans doute par l'accent aristocratique de sa visiteuse. Elle dévisagea Maud de haut en bas en examinant soigneusement sa tenue. Elle dut en conclure que son interlocutrice portait des vêtements aussi coûteux que les siens. Et ce fut sur un ton beaucoup moins arrogant qu'elle répondit : « Je crains de ne pouvoir discuter de cas individuels.

— Mrs McCulley, ici présente, m'a demandé de venir vous parler.

— Vous vous souvenez pas de moi, madame Hargreaves ? intervint Jayne McCulley.

— Si, parfaitement. Vous vous êtes montrée d'une grossièreté insigne. »

Jayne se tourna vers Maud. « J'y ai dit qu'elle avait qu'à aller fourrer son nez dans les affaires de quelqu'un d'autre. »

Cette allusion à l'appendice nasal de Mrs Hargreaves provoqua de petits gloussements chez les femmes présentes. L'intéressée rougit.

« Tout de même, vous ne pouvez pas rejeter une demande d'allocation de séparation sous prétexte que la personne qui la réclame s'est montrée impolie, déclara Maud en maîtrisant sa colère et en adoptant un ton de réprobation glaciale. Vous ne l'ignorez certainement pas. »

Mrs Hargreaves redressa le menton d'un air de défi. « On a vu Mrs McCulley au pub Au Chien et au Canard et au music-hall Stepney, les deux fois avec un jeune homme. L'allocation de séparation est destinée aux femmes d'une parfaite moralité. Le gouvernement ne souhaite pas financer les comportements impudiques. »

Maud l'aurait étranglée avec joie. « Je crains que vous n'ayez une conception erronée de votre rôle, dit-elle. Il ne vous revient en aucun cas de refuser le versement de cette allocation sur la seule foi de soupçons. »

Mrs Hargreaves parut un peu moins sûre d'elle.

« Je suppose, intervint Ethel, que Mr Hargreaves est en Angleterre, en sécurité ?

— Non, pas du tout, répliqua vivement Mrs Hargreaves. Il est en Égypte, avec l'armée.

— Oh ! s'écria Ethel. Dans ce cas, vous touchez également une allocation de séparation ?

— Là n'est pas la question.

— Quelqu'un se rend-il chez vous, Mrs Hargreaves, pour vérifier que vous menez bien une vie rangée ? Vérifie-t-on le niveau de xérès dans la carafe, sur votre buffet ? Vous interroge-t-on sur l'amitié qui vous lie au livreur de l'épicier ?

— Comment osez-vous ! »

Maud enchaîna immédiatement : « Votre indignation est parfaitement légitime, madame. Peut-être comprenez-vous maintenant que Mrs McCulley ait réagi à vos questions comme elle l'a fait ?

— C'est grotesque ! jeta Mrs Hargreaves en haussant le ton. Cela n'a rien de comparable !

— Ah bon ? s'indigna Maud. Son mari risque sa vie pour son pays autant que le vôtre. Vous réclamez, l'une et l'autre, cette allocation de séparation. La seule différence, c'est que vous vous arrogez le droit de juger la conduite de cette femme et de ne pas lui verser cette somme, alors que personne ne s'autorise à juger la vôtre. Et pourquoi ? Il arrive que des épouses d'officiers s'enivrent, vous savez.

— Ou commettent l'adultère, ajouta Ethel.

— C'est le comble ! s'exclama Mrs Hargreaves. Je ne permettrai pas qu'on m'insulte !

— Jayne McCulley non plus », répliqua Ethel.

Maud poursuivit : « L'homme que vous avez aperçu en compagnie de Mrs McCulley était son frère. Revenu de France pour une permission de deux jours seulement. Elle voulait qu'il prenne un peu de bon temps avant de repartir dans les tranchées. Voilà pourquoi elle l'a emmené au pub et au music-hall. »

Mrs Hargreaves en resta interdite mais se reprit rapidement. « Elle aurait dû me l'expliquer quand je l'ai interrogée, dit-elle d'un ton provocant. Maintenant, je vous demanderai de bien vouloir quitter les lieux.

— À présent, vous savez la vérité, et je vous fais confiance pour approuver la requête de Mrs McCulley.

— Nous verrons.

— J'insiste pour que vous le fassiez tout de suite, ici même.

— C'est impossible.

— Nous ne partirons pas avant d'avoir obtenu satisfaction.

— Dans ce cas, j'appellerai la police.

— Fort bien. »

Mrs Hargreaves se retira.

Ethel se tourna vers le journaliste muet d'admiration. « Où est votre photographe ?

— Il attend dehors. »

Quelques minutes plus tard, un robuste agent de police fit son apparition. « Allez, allez, mesdames. Retirez-vous gentiment, s'il vous plaît, sans faire de scandale. »

Maud s'avança d'un pas. « Je refuse de quitter les lieux. Cela n'engage que moi.

— Et vous êtes madame...

— Lady Maud Fitzherbert. Si vous voulez que je sorte, il faudra me porter.

— Puisque vous insistez ! » Sur ces mots, le policier la saisit à bras-le-corps.

Le photographe prit un cliché du couple au moment où ils franchissaient la porte de l'immeuble.

« Tu n'as pas peur ? demanda Mildred.

— Si, un peu », avoua Billy.

Avec Mildred au moins, il pouvait parler. De toute façon, elle semblait tout savoir de lui. Évidemment, cela faisait près de deux ans qu'elle vivait avec sa sœur, et les jeunes femmes se disaient tout. Il y avait autre chose pourtant qui le mettait à l'aise avec Mildred. Les filles d'Aberowen cherchaient toujours à impressionner les garçons, à dire des choses pour les épater et à se faire belles devant la glace. Mildred, elle, se contentait d'être elle-même. Il lui arrivait de tenir des propos scandaleux, et cela faisait rire Billy. Il avait le sentiment de pouvoir lui parler de tout.

Et puis elle était tellement séduisante ! Il n'en revenait pas. Ce qui le fascinait n'était pas tant ses cheveux blonds et bouclés ou ses yeux bleus que son insouciance. S'y ajoutait leur différence d'âge. Mildred avait vingt-trois ans, il n'en avait même pas dix-huit. Elle avait l'air d'avoir une sacrée expérience tout en s'intéressant sincèrement à lui, ce qui était terriblement flatteur. Il la regarda amoureusement, espérant avoir l'occasion de lui parler seul à seule. Oserait-il frôler sa main, passer le bras autour de sa taille, l'embrasser ?

Ils étaient chez sa sœur, assis tous les quatre dans la cuisine, autour de la table carrée : Billy, Tommy, Ethel et Mildred. Il faisait doux ce soir-là, et la porte qui donnait sur la cour arrière était ouverte. Les deux petites filles de Mildred jouaient par terre avec Lloyd, sur le dallage. Enid et Lillian avaient respectivement trois et quatre ans, mais Billy n'était pas encore capable de les distinguer l'une de l'autre. Les femmes n'ayant pas voulu sortir à cause des enfants, il était allé avec Tommy chercher des bouteilles de bière au pub.

« Tout va bien se passer, lui dit Mildred. Tu as été bien formé.

— Oui. » Billy n'était pas très confiant dans l'entraînement qu'il avait suivi et qui s'était largement limité à de longues marches, à des saluts et à l'apprentissage du maniement de la baïonnette. Il n'avait pas l'impression d'avoir appris à survivre.

« Si tous les Allemands se transforment en poupées de chiffon ficelées à des poteaux, nous saurons les transpercer avec nos baïonnettes c'est sûr, ironisa Tommy.

— Vous savez quand même vous servir d'un fusil, non ? »

Pendant un temps, ils s'étaient exercés avec des fusils rouillés et cassés estampillés A.E. – arme d'exercice – ce qui voulait dire qu'il ne fallait en aucun cas s'en servir pour tirer. Par la suite, on leur avait donné à chacun un fusil Lee-Enfield à chargeur amovible contenant dix cartouches de 303. Billy s'était révélé bon tireur, capable de vider son chargeur en moins d'une minute et d'atteindre à tous les coups la cible représentant un homme grandeur nature placée à trois cents mètres. Les Lee-Enfield étaient réputés pour leur rapidité de tir, avait-on expliqué aux recrues : le record du monde était de trente-huit cartouches à la minute.

« L'équipement, ça va, répondit Billy à Mildred. Ce sont les officiers qui m'inquiètent. Jusqu'ici je n'en ai pas rencontré un seul à qui je ferais confiance au fond de la mine en cas de problème.

— Les bons sont déjà tous en France, j'imagine, dit Mildred avec optimisme. Ils laissent les branleurs au pays, pour former les jeunes. »

Billy éclata de rire. Quel vocabulaire ! Elle n'avait pas froid aux yeux ! « J'espère que tu as raison. »

Ce dont il avait vraiment peur, c'était de faire volte-face et de prendre ses jambes à son cou dès que les Allemands commenceraient à lui tirer dessus. Voilà ce qui l'effrayait le plus. Il préférait encore être blessé que s'infliger une telle humiliation, se disait-il. Parfois il était tellement angoissé qu'il n'avait plus qu'un désir : que ce moment effroyable arrive au plus vite. Pour savoir comment il réagirait.

« Quoi qu'il en soit, je suis bien contente que tu ailles canarder ces tordus d'Allemands. Tous des violeurs !

— À ta place, je ne croirais pas tout ce que je lis dans le *Daily Mail,* intervint Tommy. Pour eux, les syndicalistes sont des planqués. Ce n'est pas vrai, je le sais bien, moi. Dans ma section syndicale, la plupart des gars se sont portés volontaires. Alors, les Allemands peuvent très bien ne pas être aussi horribles que ne le dit le *Mail.*

— Ouais, tu as sans doute raison, acquiesça Mildred, puis se tournant vers Billy, elle demanda : Tu as vu *Le Vagabond* ?

— Oui, j'adore Charlie Chaplin. »

Ethel prit son fils dans ses bras. « Dis bonsoir à oncle Billy. » Le bébé se mit à gigoter, il n'avait pas envie d'aller se coucher.

Billy se rappela le jour de sa naissance, le moment où il avait ouvert la bouche et crié. Qu'il était grand et fort maintenant! « Bonsoir, Lloyd », lui dit-il.

C'était en l'honneur de Lloyd George qu'Ethel lui avait donné ce prénom, mais son acte de naissance en portait un second, que Billy était seul à connaître : Fitzherbert. Ethel ne l'avait dit à personne d'autre qu'à lui.

Le comte Fitzherbert! Celui-là, il aurait bien aimé le tenir dans le viseur de son Lee-Enfield!

« Il ressemble à Gramper, tu ne trouves pas? lui demanda Ethel.

— Je te le dirai quand il aura de la moustache », répliqua Billy, qui ne voyait aucune ressemblance entre eux.

Après que Mildred eut aussi couché ses deux filles, les femmes annoncèrent qu'elles voulaient souper. Ethel et Tommy partirent acheter des huîtres, laissant Billy et Mildred en tête à tête.

« Tu sais, Mildred, je t'aime vraiment beaucoup, déclara Billy, dès qu'ils eurent disparu.

— Moi aussi. »

Il rapprocha alors sa chaise de la sienne et l'embrassa. Elle lui rendit son baiser avec fougue.

Ce n'était pas la première fois qu'il embrassait une fille. Il en avait embrassé plusieurs, quand il était encore au pays de Galles, au dernier rang du cinéma Majestic, dans Cwm Street. Elles ouvraient tout de suite la bouche. Alors, il fit la même chose.

Mildred le repoussa gentiment. « Pas si vite, dit-elle. Comme ça. » De ses lèvres closes, elle lui effleura la joue, les paupières, le cou, avant de revenir à ses lèvres. C'était étrange mais agréable. « À toi », réclama-t-elle. Il suivit ses instructions. « Maintenant, fais ça ! » Il sentit le bout de sa langue lui caresser les lèvres, les frôlant à peine. Cette fois encore, il l'imita. Puis elle lui montra une autre façon d'embrasser, lui mordillant le cou et le lobe des oreilles. Il se dit qu'il pourrait passer sa vie à l'étreindre ainsi.

« Tu apprends vite ! » lui confia-t-elle quand ils firent une pause pour reprendre haleine. Elle lui passa la main sur la joue. « Tu es belle. »

Il l'embrassa encore et lui caressa le sein. Elle le laissa faire avant de retirer sa main en l'entendant respirer bruyamment. « Ne t'excite pas trop, ils vont rentrer d'une minute à l'autre. »

Quelques instants plus tard, la porte d'entrée s'ouvrait. « Oh, merde, dit-il.

— Patience, chuchota-t-elle.

— De la patience ? Je pars demain pour la France.

— On n'est pas encore demain, si ? »

Quand Ethel et Tommy entrèrent, il se demandait encore ce qu'elle avait voulu dire.

Ils dînèrent et finirent la bière. Ethel leur raconta l'histoire de Jayne McCulley et comment Lady Maud avait été expulsée du bureau de l'association dans les bras d'un policier. Elle avait présenté les choses sur le ton de la comédie ; Billy n'en rayonnait pas moins de fierté à l'idée d'avoir une sœur pareille, qui défendait les droits des pauvres femmes. En plus, elle dirigeait un journal et était l'amie de Lady Maud ! Lui aussi, décida-t-il, serait un jour l'avocat des petites gens. C'était d'ailleurs cette qualité-là qu'il admirait chez son père. Da était borné et têtu, mais il s'était battu toute sa vie pour la classe ouvrière.

La nuit était tombée et Ethel déclara qu'il était temps de se coucher. Elle prépara des lits pour Billy et Tommy dans la cuisine, à l'aide de coussins jetés à même le sol. Toutes les lumières s'éteignirent.

Étendu par terre, Billy tentait de comprendre ce que Mildred avait insinué en disant : « On n'est pas encore demain. » N'était-ce que la promesse d'un nouveau baiser au matin, quand il partirait prendre son train pour Southampton ? Il avait pourtant cru percevoir autre chose dans sa phrase. Se pouvait-il qu'elle veuille le revoir ce soir ?

L'idée d'aller la retrouver dans sa chambre le grisait tant qu'il n'arrivait pas à dormir. Mildred serait en chemise de nuit, son corps tiède attendant ses caresses sous les draps. Il imaginait son visage sur l'oreiller et enviait la taie sur laquelle sa joue était posée.

Quand il lui sembla que Tommy respirait régulièrement, Billy se glissa hors du lit.

« Où vas-tu ? demanda Tommy, qui ne dormait pas aussi profondément que Billy l'avait cru.

— Aux toilettes, répondit celui-ci à mi-voix. Avec toute cette bière... »

Tommy grogna et se retourna.

Billy grimpa l'escalier en sous-vêtements. Trois portes donnaient sur le palier. Il hésita. Et s'il avait mal interprété les pensées de Mildred ? Si elle criait en le voyant ? Quel embarras !

Non, pensa-t-il, ce n'est pas le genre de fille à hurler.

Il ouvrit la première porte. À la faible lueur venant de la rue, il distingua un lit étroit et les têtes blondes de deux petites filles sur l'oreiller. En refermant la porte doucement, il se fit l'effet d'un cambrioleur.

Il essaya la porte suivante. Une bougie était allumée dans cette chambre ; il lui fallut un moment pour s'habituer à cette lumière vacillante. Il aperçut un lit plus grand, une tête sur l'oreiller. Mildred ! Elle avait le visage tourné vers lui, mais il ne voyait pas si elle avait les yeux ouverts. Il attendit une protestation. Rien ne vint.

Il entra dans la chambre et referma la porte.

« Mildred ? » chuchota-t-il en hésitant.

Elle répondit d'une voix claire : « Pas trop tôt ! Allez, hop ! Saute au lit, grouille ! »

Il se glissa entre les draps et la prit dans ses bras. Il s'attendait à la trouver en chemise de nuit et constata avec stupeur et ravissement qu'elle était nue.

Subitement, l'inquiétude le saisit. « Je n'ai encore...

— Je sais, dit-elle. Tu seras mon premier puceau. »

5.

En juin 1916, le commandant Fitzherbert fut affecté au 8e bataillon des chasseurs gallois et nommé à la tête de la compagnie B, constituée de cent vingt-huit hommes et de quatre lieutenants. Il n'avait jamais commandé d'hommes sous le feu, et était secrètement dévoré d'inquiétude.

Il était en France, mais son bataillon n'était toujours pas arrivé d'Angleterre. C'étaient des recrues qui venaient de finir leur entraînement et que l'on renforcerait par une poignée de vétérans, lui avait expliqué son général de brigade. Il ne restait plus rien de l'armée de métier envoyée en France en 1914 – plus de la moitié du contingent était mort. Parmi ce qui constituait la nouvelle armée de Kitchener, les hommes de Fitz étaient surnommés les « copains d'Aberowen ». « Vous connaîtrez probablement la plupart de vos soldats », avait ajouté le général de brigade, visiblement ignorant de l'abîme qui séparait les comtes des mineurs.

Fitz reçut ses instructions en même temps qu'une demi-douzaine d'autres officiers. Au mess, il offrit une tournée à ses compagnons pour célébrer l'événement. Le capitaine à qui avait été confiée la compagnie A leva son verre de whisky en l'interrogeant : « Fitzherbert ? Vous êtes bien le propriétaire des houillères ? Gwyn Evans, commerçant. C'est probablement chez moi que vous vous fournissez en draps et en serviettes. »

L'armée comptait à présent un grand nombre de ces hommes d'affaires impudents qui s'adressaient à vous comme s'ils étaient vos égaux et ne se distinguaient de vous que par le métier qu'ils pratiquaient. Toutefois, ces négociants possédaient des qualités d'organisation fort appréciées dans l'armée, Fitz ne l'ignorait pas. En l'occurrence, ce capitaine faisait preuve de fausse modestie en se présentant comme un simple commerçant, car le nom de Gwyn Evans s'étalait sur les grands magasins de toutes les villes importantes du sud du pays de Galles. Le nombre de ses employés dépassait largement la petite centaine de soldats qui constituait sa compagnie A, alors que Fitz, pour sa part, n'avait jamais rien organisé de plus compliqué qu'une équipe de cricket. Face à l'affolante complexité de la machine de guerre, il prenait cruellement conscience de son inexpérience.

« Il doit s'agir de l'offensive décidée à Chantilly », dit Evans.

Fitz savait à quoi il faisait allusion. Au mois de décembre, Sir John French, commandant en chef de l'armée britannique en France, avait enfin été révoqué et remplacé par Sir Douglas Haig. Quelques jours plus tard, Fitz, qui était encore officier de liaison, avait assisté à une conférence des forces alliées à

Chantilly. Les Français avaient proposé de mener une offensive massive sur le front ouest dans le courant de l'année 1916 et les Russes avaient accepté d'en faire autant à l'est.

«J'ai entendu dire à l'époque, poursuivit Evans, que les Français attaqueraient avec quarante divisions et nous avec vingt-cinq. C'est évidemment exclu maintenant.»

Ces propos pessimistes ne plaisaient pas à Fitz – il était déjà bien assez inquiet – mais Evans avait raison, malheureusement. «C'est à cause de Verdun», répondit-il. Depuis l'accord conclu au mois de décembre, les Français avaient perdu deux cent cinquante mille hommes dans la défense de cette forteresse. Aussi leur restait-il bien peu de divisions à déployer sur la Somme.

«Quoi qu'il en soit, nous voilà pratiquement seuls, répliqua Evans.

— Ça ne devrait pas changer grand-chose, dit Fitz d'un air faussement détaché. Nous attaquerons sur la longueur de notre front, indépendamment de ce qu'ils feront.

— Je ne suis pas de votre avis, répondit Evans, avec un aplomb qui frisait l'insolence. Le retrait des Français permet aux Allemands de libérer une grande partie de leurs réserves, qui pourront toutes être envoyées en renfort dans notre secteur.

— Je pense que nous agirons trop vite pour qu'ils puissent le faire.

— Vraiment, mon commandant? rétorqua Evans avec la même irrévérence. Si nous arrivons à franchir la première ligne de barbelés allemands, nous devrons encore passer à travers la seconde, et la troisième.»

L'homme commençait à agacer Fitz. Les propos de ce genre étaient mauvais pour le moral des troupes. «Notre artillerie détruira les barbelés, répliqua-t-il.

— D'après ce que j'ai constaté, l'artillerie n'est pas très efficace contre les barbelés. Les shrapnels s'ouvrent et lâchent leurs billes d'acier vers le bas et vers l'avant...

— Je sais ce qu'est un shrapnel, merci.

— Pour avoir de l'effet, poursuivit Evans sans se démonter, il faut qu'ils éclatent quelques mètres au-dessus et à l'avant de la cible. Nos canons ne sont pas assez précis pour ça. Un obus explose au moment où il touche le sol, de sorte que dans certains cas, un tir direct lui-même ne fait que projeter le barbelé en l'air et il retombe sans avoir vraiment été endommagé.

— Vous sous-estimez la puissance de nos tirs de barrage. » L'idée qu'Evans puisse avoir raison ne faisait qu'accroître l'irritation de Fitz. Pis, elle nourrissait son anxiété. « Il ne restera plus rien des tranchées allemandes. Elles auront été complètement détruites.

— J'espère que vous dites vrai. Mais s'ils se terrent dans leurs abris pendant la canonnade et ressortent ensuite avec leurs mitrailleuses, tous nos hommes seront fauchés.

— Vous n'avez pas l'air de comprendre, lança Fitz avec colère. Dans toute l'histoire militaire, il n'y a jamais eu de bombardement de cette intensité. Sur la ligne de front, nous avons un canon tous les vingt mètres. Nous avons l'intention de tirer plus d'un million d'obus ! Rien ni personne n'y survivra.

— Eh bien, nous sommes au moins d'accord sur un point, conclut le capitaine Evans. Comme vous le dites, on n'a jamais rien fait de tel, si bien qu'aucun de nous ne peut prédire ce qui en résultera. »

6.

Lady Maud comparut devant le juge de paix d'Aldgate, coiffée d'un grand chapeau rouge orné de rubans et de plumes d'autruche. Elle fut condamnée à payer une amende d'une guinée pour avoir troublé l'ordre public. « J'espère que le Premier ministre Asquith en sera informé », dit-elle à Ethel alors qu'elles quittaient le prétoire.

Ethel n'était pas optimiste. « Nous n'avons aucun moyen pour l'obliger à faire quelque chose, observa-t-elle avec exaspération. Et rien ne changera tant que les femmes n'auront pas le pouvoir de faire tomber un gouvernement. » Les suffragettes avaient voulu faire du droit de vote des femmes un des grands sujets des élections législatives de 1915, mais le Parlement de guerre avait reporté la date du scrutin. « Il va falloir attendre la fin des hostilités.

— Pas forcément », objecta Maud. Elles s'arrêtèrent sur les marches du tribunal à la demande d'un photographe, puis prirent le chemin de *La Femme du soldat.* « Asquith se bat comme un beau diable pour préserver la coalition des libéraux et des conservateurs. Si elle se dissout, il sera obligé d'organiser des élections. Cela nous donne une chance.

— Comment ça ? s'étonna Ethel, persuadée que la question du vote des femmes était presque enterrée.

— Le gouvernement a un problème. Le système actuel prévoit que les soldats qui sont sous les drapeaux ne peuvent pas voter, parce qu'ils ne sont pas considérés comme chefs de famille. Avant la guerre, quand l'armée ne comptait qu'une centaine de milliers d'hommes, ce n'était pas très important. Aujourd'hui, ils sont plus d'un million. Le gouvernement ne peut pas se permettre d'organiser des élections en les excluant du vote – ces hommes meurent pour leur pays. Il y aurait des mutineries.

— Et s'il y a une réforme du système électoral, comment ne pas accorder le droit de vote aux femmes ?

— C'est précisément ce que ce molasson d'Asquith cherche à faire.

— C'est impossible ! Les femmes participent à l'effort de guerre au même titre que les hommes : elles fabriquent les munitions, soignent les soldats qui ont été blessés en France, et exercent un tas de métiers jusque-là réservés aux hommes.

— Asquith espère arriver à s'en sortir en évitant ce genre d'arguments.

— Alors, il faut tout faire pour l'en empêcher. »

Maud sourit. « Exactement. Voilà notre prochain thème de campagne. »

7.

« Je me suis engagé pour me tirer de la maison de redressement, expliqua George Barrow, penché sur le bastingage du navire de transport de troupes qui s'éloignait de Southampton. Je me suis fait pincer à seize ans pour cambriolage. J'ai écopé de trois ans, mais au bout d'un an, j'en ai eu ma claque de sucer la bite du maton, alors j'ai dit que je voulais m'engager. On m'a emmené au centre de recrutement et l'affaire a été réglée. »

Billy le regarda. Avec son nez tordu, son oreille abîmée et sa

cicatrice sur le front, George ressemblait à un ancien boxeur.
« Tu as quel âge, maintenant ? demanda-t-il.

— Dix-sept. »

En théorie, les garçons de moins de dix-huit ans n'avaient pas le droit de s'engager et il fallait en avoir dix-neuf pour être envoyé à l'étranger. Cependant l'armée enfreignait systématiquement ces deux règles. Les sergents recruteurs et les médecins militaires, qui touchaient une demi-couronne chacun pour tout engagé, posaient rarement de questions à ceux qui prétendaient être plus âgés qu'ils n'en avaient l'air. Dans le bataillon de Billy, il y en avait un, Owen Bevin, qui ne paraissait pas plus de quinze ans.

« C'est une île qu'on vient de passer ? demanda George.

— Oui, répondit Billy, l'île de Wight.

— Oh. J'ai cru que c'était la France.

— Non, c'est beaucoup plus loin. »

Le voyage dura jusqu'au lendemain matin. Il était encore tôt quand ils débarquèrent au Havre. C'était la première fois de sa vie que Billy posait le pied en terre étrangère. En fait de terre, ils débarquèrent sur des pavés qui rendaient la marche difficile en godillots ferrés. Ils traversèrent la ville sous l'œil indifférent de la population. Billy avait entendu dire que les jolies Françaises, éperdues de reconnaissance, se pendaient au cou des Anglais qui arrivaient, mais il ne vit que des femmes entre deux âges, apathiques, les cheveux cachés sous des fichus.

Ils marchèrent jusqu'à un camp où ils passèrent la nuit. Au matin, ils montèrent dans un train. Ce voyage à l'étranger était bien moins grisant que Billy ne l'avait espéré. Tout était différent, certes, mais comme en Grande-Bretagne, il y avait surtout des champs, des villages, des routes et des chemins de fer. Les champs étaient clos par des barrières plus souvent que par des haies et les maisons paysannes paraissaient plus grandes et mieux construites, voilà tout. C'était décevant. À la fin du jour, ils atteignirent leur cantonnement, un camp récent, immense et constitué de baraquements montés à la hâte.

Promu caporal, Billy était responsable de son escouade. Elle comprenait huit hommes, dont Tommy, le jeune Owen Bevin et George Barrow, l'ancien délinquant. S'y ajoutait un mystérieux seconde classe d'une bonne trentaine d'années, un certain Robin Mortimer. Comme ils s'étaient assis pour prendre leur thé avec des tartines de confiture dans une immense salle qui devait bien abriter un millier d'hommes, Billy lui demanda : « On est tous des bleus, ici, mais toi, Robin, tu as l'air d'avoir plus d'expérience. C'est quoi ton histoire ?

— Occupe-toi de tes oignons, sale Gallois ! » répliqua l'autre avant d'aller s'asseoir à l'écart.

Son accent révélait le Gallois de bonne éducation, mais contrastait avec son langage typique de la mine. Venant d'un autre Gallois, l'insulte n'en était pas vraiment une et Billy se contenta de hausser les épaules.

Quatre groupes de combat formaient une section ; celle de Billy avait été placée sous les ordres d'un sergent de vingt ans, Elijah Jones, qui n'était autre que le fils de John Jones l'Épicerie. Au front depuis un an, Jones faisait figure de vétéran. Jones fréquentait le temple Bethesda, et Billy le connaissait depuis les bancs de l'école où il avait reçu le sobriquet de Prophète Jones à cause de son prénom tiré de l'Ancien Testament.

Prophète avait surpris l'échange avec Mortimer : « Je lui toucherai un mot, Billy, dit-il. C'est un foutu crâneur, mais il ne peut pas parler comme ça à son caporal.

— Pourquoi est-il aussi désagréable ?

— Il était chef de bataillon, avant. Je ne sais pas trop ce qu'il a fait, mais il est passé en conseil de guerre et il a été cassé. Il a perdu son rang d'officier. Comme il était en âge d'être appelé, il l'a été parmi les premiers, comme deuxième classe. C'est le sort des officiers qui font des conneries. »

Après le thé, on leur présenta leur chef de section, le sous-lieutenant James Carlton-Smith, un garçon du même âge que Billy. Raide et embarrassé, il semblait bien trop jeune pour se voir confier une telle responsabilité. « Soldats, dit-il avec l'accent emprunté de la haute société, c'est un honneur pour moi que d'avoir été nommé à votre tête ; je sais que vous serez courageux comme des lions au cours de la bataille à venir.

— Espèce de sous-bite ! » marmonna Mortimer.

C'était le surnom qu'on utilisait dans le jargon de l'armée pour désigner les sous-lieutenants, Billy le savait.

Carlton-Smith leur présenta alors le commandant de la compagnie B, le comte Fitzherbert.

« Merde alors ! » s'exclama Billy. Bouche bée, il vit l'homme qu'il détestait le plus au monde grimper sur une chaise pour s'adresser à la compagnie. Sanglé dans un uniforme kaki à la coupe impeccable, Fitz tenait à la main la badine en bois de frêne chère à certains officiers. S'exprimant avec le même accent que Carlton-Smith, il proféra des platitudes identiques. Quelle poisse, ragea Billy. Que venait faire Fitz ici – engrosser les soubrettes françaises ? Se retrouver sous les ordres de ce salopard, c'était dur à avaler.

« Le sous-lieutenant Carlton-Smith était encore à Eton l'année dernière », souffla Prophète à Billy et à Mortimer, une fois les officiers partis. Eton, l'une des écoles les plus chic d'Angleterre : Fitz y était allé lui aussi.

« Comment ça se fait qu'il soit déjà officier ? voulut savoir Billy.

— Il était préfet d'études là-bas.

— Parfait ! Dans ce cas, on est sauvés ! ironisa Billy.

— Il connaît pas grand-chose à la guerre, mais au moins il a l'intelligence de pas faire son petit coq. Il n'y aura pas de problème avec lui tant qu'on le tiendra à l'œil. Mais si vous avez l'impression qu'il va faire une grosse connerie, prévenez-moi. » Et d'ajouter, en fixant Mortimer : « Tu as compris ? »

Mortimer acquiesça à contrecœur.

« Je compte sur vous. »

Quelques minutes plus tard, c'était l'extinction des feux. Il n'y avait pas de lits de camp, seulement des paillasses étalées par terre sur plusieurs rangées.

Couché sur l'une d'elles, Billy se remémora avec admiration la façon dont Prophète s'était conduit avec Mortimer : d'un subalterne réticent, il s'était fait un allié. Da ne s'y prenait pas autrement pour retourner les fauteurs de troubles.

Et Prophète en avait profité pour lui adresser le même message qu'à Mortimer. Était-ce parce qu'il voyait en lui un rebelle ? Il se rappela la scène du temple, le dimanche où il avait lu l'histoire de la femme adultère. Prophète était parmi les fidèles, ce jour-là. Il n'a pas tort, se dit Billy, je suis un fauteur de troubles.

Il n'avait pas sommeil et il faisait encore jour dehors ; néanmoins, il s'endormit immédiatement. Il fut réveillé par un bruit effroyable. On aurait dit qu'un orage avait éclaté juste au-dessus de sa tête. Il se redressa. La lumière terne de l'aube pénétrait par les fenêtres striées de pluie, mais il n'y avait pas d'orage.

Les autres soldats étaient tout aussi ahuris. « Nom de Dieu ! Qu'est-ce que c'était ? s'exclama Tommy.

— Tir d'artillerie, répondit Mortimer en allumant une cigarette. Nos canons. Bienvenue en France, Gallois ! »

Billy ne l'écoutait pas. Il regardait Owen Bevin, sur la paillasse en face de lui. Assis tout droit, le gamin mordillait un coin de son drap en pleurant.

8.

Maud rêva que Lloyd George glissait sa main sous sa jupe, sur quoi elle lui disait qu'elle était mariée à un Allemand ; il prévenait la police, qui venait l'arrêter et frappait à la fenêtre de sa chambre à coucher.

Elle s'assit dans son lit, les idées confuses, et mit un moment à se rendre compte qu'il était tout à fait improbable que, même pour l'arrêter, des policiers frappent au carreau d'une chambre située au deuxième étage d'une maison. Son rêve se dissipa, mais le bruit persistait. On entendait aussi un grondement sourd, semblable à celui d'un train au loin.

Elle alluma sa lampe de chevet. Sur le manteau de la cheminée, l'horloge en argent de style art nouveau indiquait quatre heures du matin. Y avait-il eu un tremblement de terre ? Une explosion dans une usine de munitions ? Un accident de chemin de fer ? Elle rabattit sa courtepointe brodée et se leva.

Ayant tiré ses lourds rideaux rayés vert et bleu marine, elle regarda par la fenêtre. Dans la lumière de l'aube, elle aperçut une jeune femme en robe rouge, probablement une prostituée qui rentrait chez elle, parler d'un air inquiet au livreur de lait dans sa carriole. On ne voyait personne d'autre dans cette rue de Mayfair. Les vitres continuaient à vibrer sans raison apparente : il n'y avait même pas de vent.

Maud passa une robe de chambre en soie moirée sur sa chemise de nuit et jeta un coup d'œil dans la psyché. Malgré ses cheveux défaits, elle était présentable. Elle sortit dans le couloir.

Tante Herm s'y trouvait déjà, en bonnet de nuit, à côté de Sanderson, la femme de chambre de Maud, dont le visage rond était pâle de terreur. Grout apparut dans l'escalier. « Je vous souhaite le bonjour, Lady Hermia ; je vous souhaite le bonjour, Lady Maud, dit-il imperturbable. Il n'y a pas lieu de s'alarmer. Ce sont les canons.

— Les canons ? demanda Maud.
— En France, mademoiselle », répondit le majordome.

9.

Le tir de barrage de l'artillerie britannique se poursuivit toute la semaine.

Il était censé ne durer que cinq jours, mais à la consternation de Fitz, il n'avait fait beau que vingt-quatre heures. Le reste du temps, malgré l'été, la pluie et les nuages bas avaient empêché les canonniers d'ajuster leurs tirs et les avions de réglage n'avaient pas pu leur communiquer les résultats sur le terrain. La tâche avait été particulièrement difficile pour ceux qui étaient chargés de la contre-batterie – c'est-à-dire de détruire l'artillerie allemande. Avec sagesse, l'ennemi ne cessait de déplacer ses canons, de sorte que les obus anglais tombaient sur des positions déjà évacuées sans causer le moindre dégât.

Enfermé dans l'abri détrempé qui servait de quartier général à son bataillon, Fitz fumait le cigare d'un air morose en essayant de ne pas entendre ce bruit sourd incessant. En l'absence de photographies aériennes, les commandants des autres compagnies et lui-même avaient lancé des raids contre les tranchées ennemies. Cela avait au moins permis de se faire une idée un peu plus claire de la situation. Mais c'était dangereux et les patrouilles qui s'attardaient ne revenaient pas. Les hommes devaient donc observer le plus rapidement possible une courte section de la ligne ennemie et rentrer immédiatement.

Au grand dam de Fitz, les informations qu'ils rapportaient étaient contradictoires. Quelques tranchées allemandes avaient effectivement été détruites, d'autres demeuraient intactes. Des rangées de barbelés avaient bien été sectionnées, mais seulement par endroits. Plus ennuyeux, certaines patrouilles avaient été repoussées par des tirs ennemis. Si les Allemands continuaient à tirer, cela voulait évidemment dire que l'artillerie britannique n'était pas arrivée à nettoyer leurs positions.

Pendant le tir de barrage, la 4e armée avait fait très exactement douze prisonniers allemands. On les avait tous interrogés séparément, mais ils avaient livré des renseignements divergents. C'était exaspérant. Les uns disaient que leurs abris avaient été détruits, les autres que les Allemands étaient tranquillement installés sous terre pendant que les Anglais gaspillaient leurs munitions au-dessus de leurs têtes.

Les Anglais étaient dans une telle ignorance des résultats de leurs bombardements que Haig décida de reporter l'attaque prévue le 29 juin. Mais le mauvais temps perdurait.

« Il va falloir encore annuler ! annonça le capitaine Evans pendant le petit déjeuner le 30 juin au matin.

— Ça m'étonnerait, réagit Fitz.

— On n'attaque pas tant qu'on n'a pas confirmation que les défenses ennemies ont été détruites, insista Evans. C'est un principe élémentaire de la guerre de siège. »

Tel avait été effectivement le principe retenu à l'origine, au moment des préparatifs de l'offensive, mais Fitz savait qu'il avait été abandonné par la suite. « Il faut être réaliste, dit-il à Evans. Cela fait six mois que nous préparons cette attaque. C'est l'offensive majeure de l'année. Nous y avons consacré tous nos efforts. Comment pourrait-on l'annuler ? Haig serait contraint de démissionner. Cela pourrait même faire tomber le gouvernement Asquith. »

La remarque irrita Evans. Le rouge lui monta aux joues et sa voix partit dans les aigus : « Mieux vaut que le gouvernement tombe que d'envoyer nos hommes se faire tailler en pièces par des mitrailleuses dissimulées dans des tranchées. »

Fitz secoua la tête. « Regardez les millions de tonnes de matériel qui ont été expédiées jusqu'ici par la mer, les routes et les voies de chemin de fer qui ont été construites pour les acheminer jusqu'à nous, les centaines de milliers d'hommes qui ont été entraînés, armés et transportés sur le front depuis les quatre coins de la Grande-Bretagne : qu'est-ce que vous voulez en faire ? Les renvoyer tous en Angleterre ? »

Il y eut un long silence, puis Evans répondit : « Vous avez raison, bien sûr, mon commandant. » Mais ces paroles conciliantes étaient exprimées avec une rage difficilement contenue. « À quoi bon les renvoyer en effet ? ajouta-t-il en serrant les mâchoires. Autant les enterrer ici ! »

À midi, la pluie cessa et le soleil apparut. Peu après, la nouvelle courut d'un bout à l'autre de la ligne de front : « C'est pour demain. »

XVII

1er juillet 1916

1.

C'était l'enfer.

Depuis sept jours et sept nuits le bombardement anglais se poursuivait sans relâche. Dans les tranchées allemandes, Walter von Ulrich avait vu les hommes vieillir de dix ans en une semaine. Ils avaient beau se blottir dans leurs abris profondément creusés derrière les tranchées, le bruit restait assourdissant et, sous leurs pieds, la terre tremblait sans répit. Pis encore, ils savaient que si un obus de gros calibre les frappait directement, le refuge le plus solide ne résisterait pas.

À chaque accalmie, les soldats sortaient de leurs abris pour rejoindre les tranchées, prêts à repousser la grande offensive que tout le monde attendait. Dès qu'ils constataient que les Anglais n'avaient pas bougé, ils inspectaient les dégâts : une tranchée éventrée, une entrée d'abri ensevelie sous des monceaux de terre ou une cantine fracassée, comme celle qu'ils aperçurent par un triste après-midi, laissant échapper des tessons de vaisselle brisée, de la confiture et du savon liquide dégoulinant des boîtes en fer. Épuisés, ils déblayaient la terre, retapaient les contreforts écroulés avec des planches neuves et commandaient de nouvelles rations de vivres.

Mais le ravitaillement n'arrivait pas. Peu de choses parvenaient jusqu'au front. Le bombardement incessant rendait l'approvisionnement difficile. Les hommes souffraient de la faim et de la soif. Plus d'une fois Walter avait été heureux de se désaltérer avec de l'eau de pluie stagnant au fond d'un trou d'obus.

Entre les bombardements, les hommes ne pouvaient pas rester calfeutrés dans les abris. Ils devaient rejoindre les tranchées et se préparer à accueillir les Anglais. Les sentinelles exerçaient une surveillance continue. Les autres s'installaient dans les abris ou à proximité des entrées, prêts à dévaler les marches en cas de tir ou à bondir vers les parapets pour défendre leur position si l'attaque avait enfin lieu. Et, chaque fois, il fallait transporter les mitrailleuses sous terre pour les ressortir ensuite et les remettre en place.

Entre deux canonnades, les Anglais les pilonnaient au mortier. Ces petites bombes, peu bruyantes au moment de la mise à feu, étaient toutefois assez puissantes pour déchiqueter le revêtement de bois des tranchées. Comme elles dessinaient une vaste courbe au-dessus du no man's land et descendaient lentement, on avait le temps de les voir venir et de se mettre à l'abri. Un jour, Walter en avait évité une en s'éloignant suffisamment pour ne pas être blessé, mais l'explosion de l'engin avait projeté de la terre sur son repas, l'obligeant à délaisser un plein bol de ragoût de porc revigorant. Il n'avait plus rien avalé de chaud depuis et se disait que si cela devait se reproduire, il mangerait tout de même son frichti, avec la terre.

Les problèmes ne se limitaient pas aux bombes. Son secteur avait également essuyé une attaque au gaz. Si les hommes, protégés par leurs masques, n'avaient pas trop souffert du chlore, en revanche, rats, souris et autres petites bêtes avaient péri en grand nombre, et leurs cadavres jonchaient le sol des tranchées. Quant aux canons des fusils, ils avaient viré au noir verdâtre.

Peu après minuit, la septième nuit du bombardement, les tirs s'espacèrent. Walter décida de partir en reconnaissance.

Il se coiffa d'un bonnet de laine et se noircit le visage avec de la terre, puis il prit son pistolet, le Luger 9 mm des officiers allemands, en éjecta le chargeur et vérifia ses munitions. Elles étaient au complet.

Il escalada une échelle et franchit le parapet. Cet acte, suicidaire en plein jour, était relativement sûr sous le couvert de la nuit. Plié en deux, il dévala la pente douce jusqu'à l'endroit où se dressait l'enchevêtrement de barbelés. Une brèche avait été percée juste devant un nid de mitrailleuse. Il s'y faufila à plat ventre.

Les récits d'aventures qu'il lisait dans son enfance lui revinrent en mémoire. En général, il y était question de jeunes Allemands résolus, menacés par des Peaux-Rouges ou des Pygmées armés de sarbacanes, quand ce n'était pas par de sournois espions anglais. Les héros de ces livres passaient leur temps à se frayer un chemin à travers les broussailles, au cœur de la jungle ou dans les hautes graminées des prairies américaines.

Mais ici, après dix-huit mois de guerre, il n'y avait plus guère de broussailles, à peine quelques touffes d'herbe, de rares buissons ou un arbre isolé çà et là, perdu au milieu d'un terrain boueux criblé de trous d'obus.

Cette absence de couverture végétale rendait sa mission d'autant plus dangereuse. Par cette nuit sans lune, une explosion ou une fusée éclairante illuminait parfois brièvement le paysage. Walter n'avait alors d'autre solution que de se plaquer à terre sans bouger. S'il avait la chance de se trouver dans un cratère d'obus, il ne risquait pas trop de se faire repérer. Sinon, il ne lui restait qu'à espérer que l'ennemi regarde ailleurs.

Le sol était parsemé de bombes anglaises qui n'avaient pas explosé. Walter calcula que près du tiers de l'armement britannique était défectueux. Il savait que ce démagogue de Lloyd George, toujours soucieux de plaire aux foules, avait donné priorité à la quantité au détriment de la qualité. Une erreur que les Allemands ne commettraient jamais, songea-t-il.

Il atteignit enfin les barbelés britanniques. Il les longea en rampant jusqu'à un passage, et s'y glissa.

Lorsque les lignes britanniques se profilèrent devant lui, tel un trait de peinture noire sur fond de ciel anthracite, il se laissa tomber à plat ventre et commença à se déplacer sans bruit. Il devait s'approcher au plus près de l'ennemi pour pouvoir entendre ce que les hommes se disaient dans les tranchées.

Toutes les nuits, les deux camps s'envoyaient réciproquement des patrouilles. Le plus souvent, Walter missionnait deux jeunes gens intelligents qui s'ennuyaient suffisamment pour se laisser tenter par une aventure, aussi dangereuse soit-elle. Mais parfois il préférait s'en charger lui-même, pour prouver qu'il était prêt à risquer sa vie comme les autres, et aussi parce que ses propres observations étaient généralement plus précises.

Il tendit l'oreille, guettant une toux, un murmure, peut-être un vent, suivi d'un soupir d'aise. Le secteur semblait parfaitement calme. Il se dirigea vers la gauche, rampa sur une cinquantaine de mètres et s'arrêta. Il entendait maintenant un bruit inconnu – comme le vrombissement de machines au loin.

Il reprit sa progression en veillant à garder ses repères. Dans le noir, il était facile de perdre son sens de l'orientation. Une nuit, après avoir longuement rampé, il s'était retrouvé exactement à l'endroit où il avait franchi le barbelé : il avait tourné en rond pendant une demi-heure.

Une voix dit tout bas : « Par ici. » Il s'immobilisa. Le faisceau tamisé d'une torche électrique traversa son champ de vision, telle une luciole. Dans la faible lueur, il distingua à trente mètres de lui les silhouettes de trois soldats portant des casques d'acier anglais. Il fut tenté de s'écarter en roulant sur lui-même, puis craignit que ce mouvement ne trahisse sa présence. Il dégaina son pistolet : quitte à perdre la vie, autant entraîner quelques ennemis dans la mort. Le cran de sûreté se trouvait à gauche, juste au-dessus de la crosse. Il le souleva avec son pouce et le fit basculer vers l'avant. Le déclic retentit à ses oreilles comme un coup de tonnerre, mais les soldats britanniques ne semblèrent pas l'avoir entendu.

Deux d'entre eux portaient un rouleau de barbelé. Walter se dit qu'ils allaient remplacer une section endommagée par l'artillerie allemande au cours de la journée. Je devrais peut-être les abattre tout de suite, pensa-t-il. Un - deux - trois. Demain, ce sont eux qui essaieront de me tuer. Mais il avait une tâche plus importante à accomplir. Il se contenta donc de les regarder passer devant lui et se fondre dans l'obscurité.

Ayant replacé le cran de sûreté de son pistolet et rangé l'arme dans son étui, il se rapprocha encore de la tranchée britannique.

À présent, le bruit était plus fort. Il resta immobile un moment, plongé dans ses réflexions. Il comprit soudain que c'était une foule qu'il entendait, une multitude d'hommes qui, malgré tous leurs efforts, ne pouvaient pas se déplacer dans un silence absolu. Ce bruit était fait de piétinements, de frottements de vêtements, de reniflements, de bâillements et de rots. De temps en temps s'élevait un mot chuchoté sur un ton autoritaire.

Intrigué et alarmé, Walter devina que cette masse humaine devait être immense. Il n'était pas en mesure d'en évaluer précisément l'importance, mais ces derniers temps, les Anglais avaient creusé de nouvelles tranchées beaucoup plus larges, comme s'ils s'apprêtaient à stocker de grandes quantités de ravitaillement ou de très grosses pièces d'artillerie. Peut-être étaient-elles destinées en réalité à accueillir des soldats encore plus nombreux.

Il voulait en avoir le cœur net.

Il repartit droit devant lui. La rumeur s'intensifiait. Il allait devoir regarder à l'intérieur même de la tranchée. Comment y parvenir sans se faire voir ?

Une voix retentit derrière lui, et son cœur fit un bond dans sa poitrine.

Se retournant, il aperçut le clignotement de luciole de la lampe torche. Le détachement chargé du barbelé revenait. Il s'enfonça dans la boue et dégaina lentement son pistolet.

Les hommes, pressés de retrouver leurs camarades, se souciaient peu d'être discrets, heureux d'avoir accompli leur tâche sans anicroche. Ils passèrent tout près de lui sans le voir.

À peine s'étaient-ils éloignés qu'il bondit sur ses pieds, saisi d'une inspiration subite.

Si quelqu'un allumait une torche maintenant et l'apercevait, il pourrait croire qu'il faisait partie du groupe.

Il les suivit, persuadé que le bruit de ses pas se mêlerait aux leurs. Aucun des hommes ne se retourna.

Il avançait, sans quitter du regard la source du brouhaha. À présent, il pouvait voir à l'intérieur de la tranchée. Au début, il discerna seulement quelques points de lumière, des lampes électriques sans doute. Peu à peu, sa vision devint plus nette et il réussit enfin à comprendre ce qu'il voyait. Il en fut éberlué.

Il avait sous les yeux plusieurs milliers d'hommes.

Il s'arrêta. Cette large tranchée, dont la raison d'être était restée mystérieuse, était une zone de rassemblement. Les Anglais amassaient leurs troupes en vue de l'offensive majeure. Les hommes attendaient debout, trépignant d'impatience, et la lumière des torches que tenaient les officiers se reflétait sur leurs baïonnettes et leurs casques en acier. Les rangées de soldats se succédaient à perte de vue. Walter essaya de les compter : dix rangs de dix, cela faisait cent hommes ; multipliés par deux : deux cents, quatre cents, huit cents... Il y avait mille six cents hommes alignés devant lui ; au-delà, ils se perdaient dans l'obscurité.

L'attaque allait commencer.

Il devait transmettre au plus vite ce renseignement à ses supérieurs. Si l'artillerie allemande ouvrait le feu maintenant, elle pourrait tuer des milliers d'ennemis sur place, derrière les lignes anglaises, avant même le déclenchement de l'assaut. C'était une occasion envoyée par le ciel, ou par les démons qui lançaient les dés dans ce jeu cruel de la guerre. Dès qu'il aurait rejoint ses propres lignes, il téléphonerait au quartier général.

Une fusée éclairante s'éleva dans les airs. La lumière permit à Walter d'apercevoir une sentinelle britannique scrutant la nuit au-dessus du parapet, fusil à l'épaule, prête à tirer.

Il se laissa glisser à terre, le visage dans la boue.

Un coup de feu retentit. « Tire pas, espèce de crétin, c'est nous ! » cria un des membres du détachement chargé du barbelé. Son accent ressemblait à celui des domestiques de Fitz, au pays de Galles. Il devina que c'était un régiment gallois.

Quand la fusée s'éteignit, il bondit sur ses pieds et fila vers les lignes allemandes. La sentinelle, éblouie par la fusée, allait rester aveuglée quelques secondes. Walter courait plus vite qu'il ne l'avait fait de sa vie, redoutant à tout moment d'entendre un nouveau coup de feu. Il ne lui fallut qu'une demi-minute pour atteindre les barbelés britanniques. Soulagé, il tomba à genoux. Ayant découvert une brèche, il s'y faufila. Une nouvelle fusée s'élança dans le ciel. Il était toujours à portée de fusil, mais beaucoup moins visible à présent. Il s'aplatit au sol. La boule de lumière était juste au-dessus lui, un dangereux morceau de magnésium incandescent atterrit à un mètre de sa main. Il n'y eut pas d'autre tir.

Il attendit que la fusée éclairante se soit éteinte pour repartir, courant jusqu'aux lignes allemandes.

2.

À trois kilomètres derrière la ligne de front britannique, Fitz regardait avec angoisse le 8e bataillon former les rangs. Il était un tout petit peu plus de deux heures du matin. Il avait craint que ces soldats tout juste sortis de l'entraînement ne lui fassent honte. Ce n'était pas le cas. Ils étaient d'humeur morose mais obéissaient aux ordres avec empressement.

À cheval, le général de brigade les harangua brièvement. Éclairé en contre-plongée par la lampe d'un sergent, il ressemblait au scélérat d'un film américain. « Notre artillerie a anéanti les défenses allemandes, déclara-t-il. Quand vous atteindrez l'autre côté, vous ne trouverez plus que des cadavres d'Allemands. »

Une voix typiquement galloise murmura : « C'est quand même merveilleux, pas vrai, que tous ces Allemands crevés soient encore capables de nous tirer dessus ! »

Fitz balaya les rangs des yeux pour repérer le beau parleur, mais l'obscurité l'en empêcha.

Le général de brigade continuait : « Emparez-vous des tranchées et prenez-en le contrôle, les cuisines roulantes vous suivent et vous serviront un repas chaud. »

La compagnie B partit au combat, menée par les sergents de section. Ils coupèrent à travers champs pour laisser la route aux véhicules. Ces hommes entonnèrent « Guide-moi, ô grand Jéhovah », et leurs voix continuèrent à vibrer dans l'air plusieurs minutes après qu'ils se furent fondus dans les ténèbres.

Fitz retourna au quartier général du bataillon. Un camion ouvert attendait les officiers pour les conduire au front. Fitz s'assit à côté du lieutenant Roland Morgan, fils du directeur des charbonnages d'Aberowen.

Tout en faisant de son mieux pour décourager les propos défaitistes, il ne pouvait s'empêcher de se demander si l'optimisme du général de brigade était vraiment fondé. Aucune armée n'avait jamais mis sur pied une opération d'une telle envergure, et personne ne pouvait en prédire l'issue. Ces sept jours de tirs ininterrompus n'étaient pas venus à bout des défenses ennemies : comme l'avait fait ironiquement remarquer le soldat anonyme, les Allemands ripostaient toujours. Fitz l'avait d'ailleurs consigné dans un rapport, à la suite de quoi le colonel Hervey lui avait demandé s'il avait peur.

Fitz s'inquiétait : quand l'état-major général refusait d'écouter les mises en garde, des hommes mouraient.

Comme pour lui confirmer la justesse de ses réflexions, un obus éclata sur la route juste derrière lui. Fitz, en se retournant, vit un camion identique au sien voler dans les airs, déchiqueté. La voiture qui le suivait fit une embardée, tomba dans le fossé avant d'être percutée à son tour par un autre camion. C'était une scène de carnage, mais le chauffeur de Fitz ne s'arrêta pas pour porter secours aux blessés. Il avait raison : c'était aux médecins de s'en occuper.

D'autres obus s'abattaient dans les champs, de part et d'autre de la route. Les Allemands visaient les voies d'accès qui menaient à la ligne de front plutôt que le front lui-même. Ils devaient avoir deviné qu'une grande offensive se préparait – leurs services de renseignements avaient forcément repéré un mouvement de troupes aussi important et, avec une efficacité mortelle, ils massacraient les soldats avant même qu'ils n'atteignent les tranchées. Fitz réprima un sentiment de panique, mais la peur le tenaillait. La compagnie B parviendrait-elle seulement jusqu'au champ de bataille ?

Il rejoignit le point de rassemblement sans autre incident. Plusieurs milliers d'hommes étaient déjà là ; appuyés sur les crosses de leurs fusils, ils discutaient à voix basse. Plusieurs groupes, apprit-il, venaient d'être décimés dans ce bombardement. Il attendit sa compagnie dans l'angoisse, se demandant si elle existait toujours. À son grand soulagement, les copains d'Aberowen finirent par arriver sains et saufs. Ils se mirent en formation et Fitz conduisit lui-même ses hommes sur les dernières centaines de mètres qui les séparaient de la tranchée de rassemblement, sur la ligne de front.

Il ne leur restait qu'à attendre l'heure de l'assaut. De l'eau stagnait au fond de la tranchée et les bandes molletières de Fitz furent bientôt trempées. Il n'était plus permis de chanter, car l'ennemi aurait pu les entendre. Fumer était également interdit. Certains priaient. Un soldat de haute taille prit son livret militaire et, à la lueur de la lampe du sergent Elijah Jones, il commença à en noircir la dernière page : « Dernières volontés et testament. » Il était gaucher et Fitz reconnut Morrison, un ancien valet de Tŷ Gwyn, qui faisait partie de l'équipe de cricket et lançait de la main gauche.

Le jour se leva de bonne heure, on venait de passer le solstice d'été. Dans la lumière de l'aube, des hommes sortirent des photos et se mirent à les contempler fixement ou à les embrasser. C'était un peu sentimental et il fallut un certain temps à Fitz pour se décider à les imiter. Il regarda un portrait de son fils George, que tout le monde appelait Boy. Il avait déjà dix-huit mois, mais ce cliché datait du jour de son anniversaire. Bea avait dû le conduire chez un photographe, la toile de fond d'un goût douteux représentait une clairière fleurie. L'enfant ne ressemblait pas beaucoup à un garçon, vêtu d'une sorte de robe blanche et d'un bonnet. Néanmoins il était robuste et en parfaite santé. Surtout, il hériterait du titre si Fitz venait à mourir aujourd'hui.

Bea et Boy devaient être à Londres en ce moment, se dit Fitz. On était en juillet et la vie mondaine se poursuivait, même si une certaine austérité était de mise : il fallait bien que les jeunes filles fassent leurs débuts dans le monde, sinon comment trouveraient-elles un mari ?

La lumière s'intensifia et le soleil apparut. Les casques en acier des copains d'Aberowen étincelèrent, le jour nouveau se reflétait sur leurs baïonnettes. La plupart d'entre eux n'avaient jamais participé à une bataille. Victoire ou défaite, ce serait un sacré baptême du feu.

Le lever du jour marqua le déclenchement d'un gigantesque tir de barrage d'artillerie. Les canonniers britanniques jouaient leur va-tout. Cet ultime effort parviendrait peut-être à anéantir les positions allemandes. Le général Haig devait prier pour cela.

Les copains d'Aberowen ne faisaient pas partie de la première vague, mais Fitz s'avança pour observer le champ de bataille après avoir confié la compagnie B aux lieutenants. S'étant frayé un chemin jusqu'à la première tranchée à travers la foule de soldats qui attendaient, il grimpa sur le poste de tir et regarda par un trou spécialement ménagé entre les sacs de sable qui protégeaient le parapet.

La brume matinale se dispersait, chassée par les rayons du soleil. Le ciel bleu était assombri par l'épaisse fumée des explosions. Il allait faire beau, une radieuse journée d'été en terre de France. « Un temps parfait pour massacrer des Allemands », dit-il tout haut.

Il resta à l'avant à l'approche de l'heure fatidique, impatient de voir ce que donnerait la première vague d'assaut afin d'en tirer d'éventuels enseignements. Il avait beau être officier en France depuis presque deux ans maintenant, ce serait la première fois qu'il commanderait des hommes sous le feu. Cela l'inquiétait plus que le risque de se faire tuer.

On servit une ration de rhum aux soldats. Fitz en but également. La chaleur qui se répandit dans ses veines n'apaisa pas sa nervosité, bien au contraire. L'attaque était prévue pour sept heures et demie. Sur le coup de sept heures, les hommes se figèrent.

À sept heures vingt, les canons anglais se turent.

« Non ! s'écria Fitz tout haut. C'est trop tôt ! » Personne ne l'écoutait, évidemment. Il était consterné. Ce silence révélerait aux Allemands l'imminence de l'attaque. Ils allaient jaillir de leurs abris, hisser leurs mitrailleuses et prendre position. Les artilleurs anglais venaient d'offrir à l'ennemi dix minutes pour se préparer. Il avait été convenu qu'ils continueraient à tirer jusqu'au tout dernier moment, jusqu'à sept heures vingt-neuf et cinquante-neuf secondes.

Mais il ne pouvait rien y faire.

Combien d'hommes allaient périr à cause de cette erreur ? se demanda-t-il sombrement.

Sur ordre de leurs sergents, les hommes qui entouraient Fitz escaladèrent les échelles et se laissèrent tomber de l'autre côté du parapet. Ils se regroupèrent en deçà des barbelés britanniques, à quatre cents mètres environ des lignes allemandes. Dans le camp ennemi, personne ne tira. « En rangs, à droite, alignement ! » ordonnèrent les sergents à la stupéfaction de Fitz, et les soldats entreprirent de s'écarter les uns des autres, comme pour une parade, en respectant soigneusement leurs distances aussi précisément que des quilles dans une allée. C'était de la folie pure ! songea Fitz. Encore un délai supplémentaire accordé aux Allemands.

À sept heures et demie tapantes, on entendit un coup de sifflet. Tel un seul homme, tous les signaleurs abaissèrent leurs fanions et la première ligne se propulsa en avant.

Les hommes ne couraient pas, car ils étaient ralentis par leur paquetage : munitions de rechange, bâche imperméable, rations de nourriture et d'eau, sans compter leurs deux grenades Mills qui pesaient presque un kilo pièce. Ils partirent au petit trot, pataugeant dans les trous d'obus, et se faufilèrent dans les brèches percées dans les barbelés britanniques. Ayant reformé les rangs de l'autre côté, selon les instructions, ils continuèrent, épaule contre épaule, à travers le no man's land.

Ils avaient franchi la moitié de la distance quand les mitrailleuses allemandes ouvrirent le feu.

Fitz vit les hommes commencer à tomber une seconde avant que le crépitement familier des armes ne parvienne à ses oreilles. Un homme s'effondra, puis dix, puis vingt, et d'autres encore. « Mon Dieu ! » s'exclama Fitz, atterré, alors que le carnage se poursuivait – cinquante, cent. Quand ils étaient touchés, certains soldats levaient les bras en l'air ; d'autres hurlaient ou se tordaient; d'autres encore s'affaissaient lourdement, comme un sac.

C'était pire que tout ce que ce pessimiste de Gwyn Evans avait prédit, pire que ce que lui-même avait pu craindre de plus effroyable.

La plupart des Anglais avaient été fauchés avant même d'atteindre les barbelés allemands.

Un second coup de sifflet retentit. La deuxième ligne s'avança.

3.

Le soldat Robin Mortimer ne cachait pas sa colère. « C'est de la connerie, dit-il quand les mitrailleuses crépitèrent. On aurait dû approcher de nuit. Faut être cinglé pour vouloir traverser cette saloperie de no man's land en plein jour. Sans même un écran de fumée pour nous protéger ! Ils nous envoient au suicide, bordel ! »

Dans la tranchée de rassemblement, les hommes étaient troublés. En voyant décliner le moral des copains d'Aberowen, Billy s'inquiéta. Ils avaient essuyé leur premier tir d'artillerie entre le cantonnement et la ligne de front. Ils n'avaient pas été touchés directement, mais des groupes qui marchaient devant et derrière eux avaient été massacrés. Et, ce qui était presque pire, ils avaient vu en chemin plusieurs séries de fosses récemment creusées, toutes à une même profondeur de deux mètres; ils en avaient déduit que c'étaient les tombes collectives destinées à accueillir les tués de la journée.

« Le vent ne souffle pas dans le bon sens pour des écrans de fumée, expliqua Prophète Jones doucement. C'est pour ça aussi qu'ils n'utilisent pas de gaz aujourd'hui.

— C'est complètement cinglé, oui ! marmonna Mortimer.

— Ils en savent plus que toi, ceux d'en haut, répliqua joyeusement George Barrow. Ils ont été élevés pour diriger. Laisse-les faire, je te dis ! »

Tommy Griffiths ne pouvait pas laisser passer ça. « C'est ce que tu t'es dit quand ils t'ont envoyé en maison de redressement ?

— Il faut bien qu'ils mettent les types comme moi en taule ! soutint George mordicus. Sinon, tout le monde chaparderait et je pourrais bien me faire voler, moi aussi ! »

Tout le monde s'esclaffa, à l'exception de Mortimer, toujours morose.

Le commandant Fitzherbert réapparut, la mine sombre, un pichet de rhum à la main. Le lieutenant entreprit d'en verser une ration dans les gobelets en fer que tendaient les soldats. Billy but la sienne sans plaisir. L'alcool redonna aux hommes un peu de cœur au ventre, pour quelques instants.

L'angoisse que Billy ressentait lui rappela le jour où il était descendu dans la mine pour la première fois, quand Rhys Price l'avait laissé seul et que sa lampe s'était éteinte. Une vision l'avait secouru alors. Malheureusement, Jésus apparaissait aux jeunes garçons à l'imagination fertile, pas aux hommes rationnels et prosaïques. Aujourd'hui, Billy était vraiment seul.

L'épreuve suprême l'attendait, dans quelques minutes peut-être. Saurait-il garder la tête froide ? Et s'il se roulait en boule par terre, les yeux fermés ? Et s'il fondait en larmes, ou prenait ses jambes à son cou ? La honte le poursuivrait jusqu'à son dernier jour. Je préférerais encore mourir, se dit-il. Mais aurait-il la même conviction quand les tirs commenceraient ?

Ils avancèrent tous de quelques pas.

Il sortit son portefeuille où il avait rangé une photo de Mildred en manteau et en chapeau – il aurait préféré se la rappeler telle qu'elle était le soir où il l'avait rejointe dans sa chambre.

Il se demanda ce qu'elle faisait en ce moment. On était samedi, elle devait être chez Mannie Litov, en train de coudre des uniformes ; au milieu de la matinée, les ouvrières feraient une pause et Mildred leur raconterait peut-être des blagues.

Il pensait à elle tout le temps. Leur nuit avait été le prolongement de sa leçon de baisers. Elle l'avait empêché de se précipiter sur elle comme un taureau contre une barrière ; elle lui avait appris la lenteur, des approches plus coquines, des caresses extraordinaires, plus agréables encore que tout ce qu'il avait pu imaginer. Elle avait embrassé son sexe, lui avait demandé ensuite de lui faire la même chose. Et, surtout, elle lui avait montré comment la faire crier de plaisir. Finalement, elle avait pris un préservatif dans le tiroir de sa table de nuit. Il n'en avait encore jamais vu. Les garçons en parlaient entre eux et appelaient ça des « popols en caoutchouc ». C'était elle qui le lui avait enfilé, et ce geste même lui avait semblé délicieux.

Pour Billy, cette nuit avait été comme un rêve, au point qu'il se demandait parfois si tout cela était vraiment arrivé. Rien dans son éducation ne l'avait préparé à la liberté de Mildred ni à sa gourmandise amoureuse, et cela avait été une révélation. Ses parents, comme la majorité des habitants d'Aberowen, auraient jugé la jeune femme infréquentable. Pensez donc, deux enfants et pas de mari ! Elle aurait pu avoir six enfants que cela n'aurait rien changé pour Billy. Elle lui avait ouvert les portes du paradis et il n'avait plus qu'un désir : y revenir. Voilà pourquoi il voulait absolument survivre à cette journée – pour revoir Mildred et passer une nouvelle nuit avec elle.

Les copains d'Aberowen avancèrent encore en traînant les pieds, se rapprochant lentement de la première tranchée. Billy découvrit qu'il transpirait à grosses gouttes.

Owen Bevin se mit à pleurer. « Reprends-toi, soldat Bevin, lui lança Billy d'un ton bourru. À quoi ça te sert de chialer ?

— Je veux rentrer chez moi.

— Moi aussi, p'tit gars, moi aussi.

— Je vous en supplie, mon caporal, je ne pensais pas que ça serait comme ça.

— Quel âge tu as, dis-moi ?

— Seize ans.

— Merde ! lâcha Billy. Comment tu as réussi à te faire engager ?

— Quand j'ai dit au docteur que j'avais seize ans, il a répondu : "Rentre chez toi et reviens demain matin. Tu es grand pour ton âge, tu pourrais très bien avoir dix-huit ans d'ici demain." Il m'a fait un clin d'œil pour que je comprenne que je n'avais qu'à mentir.

— Le salaud ! » Billy regarda Owen. Ce gamin ne serait bon à rien sur le champ de bataille. Il tremblait comme une feuille et sanglotait.

Billy s'adressa au lieutenant Carlton-Smith. « Mon lieutenant, le soldat Bevin n'a que seize ans.

— Bon sang !

— Il faut le renvoyer. Il va nous attirer des ennuis.

— Je ne sais pas », dit Carlton-Smith dont la mine déconfite trahissait l'impuissance.

Billy se souvint comment Prophète s'y était pris pour se faire un allié de Mortimer. Prophète était un bon chef, il savait anticiper les problèmes et agir en conséquence. À l'inverse, Carlton-Smith était manifestement dépassé, c'était pourtant lui, l'officier. Voilà pourquoi on appelle ça le système de classes, aurait dit Da.

Une minute plus tard, Carlton-Smith se dirigea vers Fitzherbert et lui parla à voix basse. Le commandant secoua la tête en signe de refus et Carlton-Smith haussa les épaules, résigné.

Son éducation n'avait pas préparé Billy à assister à une cruauté sans réagir. « Ce gamin n'a que seize ans, mon commandant !

— Il fallait le dire plus tôt, rétorqua Fitzherbert. Et vous n'avez pas à m'adresser la parole sans y avoir été invité, caporal. »

Fitzherbert ne l'avait pas reconnu. Billy n'avait été qu'un ouvrier parmi les centaines qui travaillaient dans ses mines. Fitzherbert ne savait pas qu'il était le frère d'Ethel. Tout de même, cette façon de régler la question d'un revers de la main irrita Billy ! « C'est contraire à la loi, insista-t-il avec d'autant plus d'obstination qu'en d'autres circonstances le comte aurait été le premier à pontifier en exigeant le respect des règles.

— C'est à moi d'en juger, lâcha Fitz avec aigreur. C'est pourquoi je suis officier. »

Billy sentit son sang bouillir. Fitzherbert et Carlton-Smith, dans leurs uniformes sur mesure, le foudroyaient du regard, dans sa tenue en toile rugueuse. Ces hommes-là se croyaient tout permis. « La loi est la loi, dit-il encore.

— Je vois que vous n'avez pas votre badine ce matin, commandant Fitzherbert, intervint calmement Prophète. Dois-je renvoyer Bevin la chercher au QG ? »

C'était un compromis qui permettrait à tout le monde de sauver la face. Bravo, Prophète ! pensa Billy.

Mais Fitzherbert refusa d'être dupe. « Ne soyez pas ridicule ! »

Soudain, Bevin partit comme une flèche. Il se glissa à travers la masse d'hommes debout derrière lui et disparut en un instant. C'était tellement inattendu que quelques soldats s'esclaffèrent.

« Il n'ira pas loin, dit Fitzherbert. Et vous ririez moins si vous saviez ce qui l'attend.

— C'est un enfant ! » s'écria Billy.

Fitzherbert le dévisagea. « Votre nom ?
— Williams, mon commandant. »
Fitzherbert sursauta mais se reprit immédiatement. « Des Williams, il y en a des centaines. Votre prénom ?
— William, mon commandant. On m'appelle Billy Deux-fois. »
Fitzherbert le regarda durement.
Il sait, pensa Billy. Il sait qu'Ethel a un frère qui s'appelle Billy Williams. Il lui rendit son regard sans ciller.
« Un mot de plus, soldat William Williams, et vous êtes aux arrêts. »
Il y eut un sifflement au-dessus de leurs têtes. Billy se recroquevilla. Une explosion assourdissante se produisit derrière lui. Un véritable ouragan souffla tout ce qui se trouvait alentour, faisant voler planches et mottes de terre. Des hurlements s'élevèrent. Brusquement, il fut à plat ventre sur le sol, sans savoir s'il s'y était plaqué de lui-même ou s'il y avait été projeté. Quelque chose de lourd lui heurta le crâne et il poussa un juron. Puis une botte atterrit près de son visage, une botte avec une jambe à l'intérieur et rien d'autre. « Nom de Dieu ! » s'écria-t-il.
Il bondit sur ses pieds. Il était indemne. Il chercha des yeux les membres de son escouade : Tommy, George Barrow, Mortimer... ils étaient tous debout. Tout le monde fonça en avant comme si la ligne de front pouvait leur offrir le salut.
Le major Fitzherbert cria : « Gardez vos positions, soldats ! »
Et Prophète Jones renchérit : « Restez comme vous étiez, restez comme vous étiez ! »
La course en avant s'arrêta. Billy se mit à frotter son uniforme pour en retirer la boue qui le maculait. Un autre obus atterrit derrière eux. Plus loin, semblait-il, mais cela ne faisait guère de différence. Il y eut la même déflagration, le même ouragan et la même pluie de débris et de fragments de corps humains. Sur l'avant et sur les côtés, des soldats commencèrent à se hisser hors de la tranchée de rassemblement. Billy et son escouade en firent autant. Fitzherbert, Carlton-Smith et Roland Morgan leur hurlèrent de rester à leur place, mais personne n'écoutait.
Ils couraient droit devant, cherchant à mettre le plus de distance possible entre eux et l'endroit où les obus tombaient. Arrivés devant les barbelés britanniques, ils ralentirent puis s'arrêtèrent juste au bord du no man's land, comprenant subite-

ment qu'un danger aussi grand que celui qu'ils fuyaient les attendait au-delà.

Faisant contre mauvaise fortune bon cœur, les officiers les rejoignirent. « En ligne ! » cria Fitzherbert.

Billy regarda Prophète. Le sergent hésitait, puis il se résigna. « En ligne, ordonna-t-il. En ligne !

— Tu as vu ça ? souffla Tommy à Billy.

— Quoi ?

— De l'autre côté des barbelés ! »

Billy tourna la tête.

« Les corps », dit Tommy.

Billy comprit ce qu'il voulait dire. Le sol était jonché de cadavres en uniforme kaki, les uns affreusement enchevêtrés, certains aussi paisiblement allongés que s'ils dormaient, d'autres encore enlacés comme des amants.

Il y en avait des milliers.

« Dieu nous protège ! » murmura Billy.

Il en avait la nausée. Dans quel monde vivait-on ? Dans quel dessein Dieu pouvait-il autoriser une telle boucherie ?

La compagnie A se mit en ligne, Billy et le reste de la compagnie B prirent place derrière elle.

L'horreur de Billy se mua en colère. C'était le comte Fitzherbert et ses semblables qui avaient organisé cela. C'étaient eux, les responsables de ce massacre, eux qui étaient à blâmer. Il faudrait les passer par les armes, ces salauds ! pensa-t-il avec rage. Tous jusqu'au dernier !

Le lieutenant Morgan donna un coup de sifflet ; la compagnie A s'élança comme au rugby. Carlton-Smith siffla à son tour, et Billy partit au petit trot.

C'est alors que les mitrailleuses allemandes ouvrirent le feu.

Les soldats de la compagnie A commencèrent à s'écrouler. Morgan fut le premier. Ils n'avaient même pas tiré un coup de feu. Ce n'était pas une bataille, c'était un carnage. Billy regarda les hommes qui l'entouraient. Il ne se laisserait pas faire. Les officiers avaient failli à leur mission. C'était aux soldats de décider. Qu'ils aillent au diable, avec leurs ordres. « Qu'ils aillent se faire foutre ! hurla-t-il. Planquez-vous ! » Et il se jeta dans un trou d'obus.

Les parois étaient boueuses et le fond rempli d'eau nauséabonde, mais il s'aplatit avec soulagement contre la terre humide pendant que les balles sifflaient au-dessus de sa tête. Un instant plus tard, Tommy atterrissait à côté de lui, suivi du reste de l'escouade. Des soldats d'autres escouades les imitèrent.

Fitzherbert passa devant leur trou en courant : « Continuez à avancer, soldats ! »

« S'il insiste, je le descends, ce salaud ! »

Au même instant, Fitzherbert fut fauché par un tir de mitrailleuse. Du sang gicla de sa joue, une de ses jambes fléchit et il s'affaissa.

Les officiers risquaient leur vie autant que leurs hommes, comprit Billy. Sa colère s'apaisa, laissant place à la honte. Comment l'armée britannique pouvait-elle être aussi lamentable ? Après tous ces efforts, tout cet argent dépensé, tous ces mois de préparatifs, la grande offensive était un fiasco. Quelle humiliation !

Billy regarda autour de lui. Fitz gisait à terre, sans connaissance. Ni le lieutenant Carlton-Smith ni le sergent Jones n'étaient en vue. Les hommes de son escouade avaient les yeux braqués sur lui. Il n'était que caporal, mais ils attendaient ses ordres.

Il se tourna vers Mortimer, qui avait été officier. « Est-ce que tu crois que...

— Ne me regarde pas comme ça, le Gallois, lui rétorqua froidement celui-ci. C'est toi, le caporal. »

Il ne pouvait compter que sur lui-même.

Il était inenvisageable de faire reculer ses hommes. Ceux qui étaient déjà tombés seraient morts pour rien. Il fallait tirer quelque chose de tout cela, accomplir une action qui les grandisse à leurs propres yeux.

Mais il n'était pas question non plus de courir sous le feu des mitrailleuses ennemies.

La première chose à faire était d'évaluer la situation.

Ayant retiré son casque en acier, il l'agita à bout de bras au-dessus du cratère, comme un leurre. Juste pour voir si un Allemand regardait de ce côté. Il ne se passa rien.

Il sortit la tête du trou, s'attendant à tout moment à recevoir une balle dans le crâne.

Il parcourut des yeux le no man's land jusqu'au promontoire tenu par l'ennemi ; son regard remonta ensuite le long de la pente, au-dessus des barbelés allemands, vers leur ligne de front creusée à flanc de coteau. Quantité de fusils pointaient à travers les trous dans le parapet. « Où est-ce qu'ils ont bien pu planquer leur foutue mitrailleuse ?

— Pas la moindre idée », répondit Tommy.

La compagnie C les devança en courant. Des soldats se mirent à l'abri, d'autres maintinrent leur position. La mitrailleuse ouvrit à nouveau le feu, balayant la ligne ; les hommes s'écroulèrent comme des quilles. Billy avait dépassé le stade de l'ébahissement. Il cherchait à repérer d'où venaient les balles.

« Je l'ai, dit Tommy.

— Où ça ?

— Tire une ligne d'ici jusqu'aux buissons au sommet de la colline.

— Oui.

— Tu vois l'endroit où cette ligne croise la tranchée allemande ?

— Oui.

— Un peu plus à droite.

— Où ça ?... Ça y est, je les vois, ces salauds ! » Juste devant lui, un peu sur la droite, il distinguait quelque chose au-dessus du parapet, quelque chose qui ressemblait à un bouclier d'acier et d'où émergeait le canon parfaitement identifiable d'une mitrailleuse. Billy crut apercevoir les casques de trois servants autour de la machine, mais c'était difficile d'en être sûr.

Ils doivent se concentrer sur la brèche de nos barbelés, pensa-t-il. Cela faisait en effet plusieurs fois qu'ils tiraient sur les soldats qui surgissaient à cet endroit. Le mieux était probablement d'attaquer les Allemands par un angle différent. Si son escouade arrivait à traverser le no man's land en diagonale, elle pourrait rejoindre la mitrailleuse sur la gauche pendant que les Allemands regardaient de l'autre côté.

Il élabora un itinéraire en se servant de trois grands cratères. Le troisième était juste au-delà d'une section complètement aplatie des barbelés allemands.

Était-ce une bonne stratégie militaire ? Il n'en avait aucune idée depuis ce matin, la bonne stratégie avait fait plusieurs milliers de morts. Qu'elle aille au diable !

Il se laissa glisser au fond du trou et regarda ses hommes. George Barrow était bon tireur malgré sa jeunesse. « La prochaine fois que la mitrailleuse ouvre le feu, prépare-toi à tirer, lui dit-il. Dès qu'elle s'arrête, tu commences. Avec un peu de chance, ils se mettront à l'abri. J'en profiterai pour courir dans le trou d'obus qui est là-bas. Tire régulièrement et sans t'arrêter, vide ton chargeur. Tu as dix coups. Débrouille-toi pour les faire durer au moins trente secondes. Que j'aie le temps de me planquer avant que les Allemands relèvent la tête. » Il se tourna vers les autres : « Vous, vous attendez une autre pause et alors, tous ensemble, vous courrez me rejoindre. Tommy vous couvrira. La troisième fois, c'est moi qui couvrirai Tommy qui nous rejoindra. »

La compagnie D s'élança dans le no man's land. La mitrailleuse ouvrit le feu. Fusils et mortiers tirèrent en même temps. Mais le carnage fut moindre, les soldats étant plus nombreux à se laisser tomber dans les trous d'obus au lieu de courir sous la grêle de balles.

Encore une minute, et j'y vais, pensa Billy. Maintenant qu'il avait expliqué à ses hommes ce qu'il allait faire, il ne pouvait plus reculer, il aurait trop honte. Il serra les dents. Mieux vaut mourir qu'être lâche ! se dit-il encore.

La mitrailleuse se tut.

En un clin d'œil, Billy bondit sur ses pieds, offrant à l'ennemi une cible facile. Courbé en deux, il s'élança à toutes jambes.

Dans son dos, il entendit Barrow tirer. Sa vie était entre les mains d'un gamin de dix-sept ans réchappé d'une maison de correction. George tirait avec régularité : pan, deux, trois; pan, deux, trois – exactement comme il le lui avait ordonné.

Billy courait aussi vite que le lui permettait son équipement pesant. Ses bottes s'enfonçaient dans la boue, sa respiration était saccadée, il avait la poitrine en feu, mais il n'avait qu'une idée en tête : courir plus vite. Jamais il n'avait frôlé la mort d'aussi près.

À deux mètres du cratère, il lança son pistolet dans le trou et plongea comme pour plaquer un adversaire au rugby. Il atterrit au bord et dévala au fond, dans la boue. Il était vivant, c'était à peine croyable !

Des acclamations parvinrent à ses oreilles. C'était son escouade qui l'applaudissait. Comment pouvaient-ils être aussi joyeux au milieu d'un tel carnage ? Décidément, les hommes étaient bien étranges !

Quand il eut repris son souffle, il glissa un œil prudent au-dessus du bord du cratère. Il avait parcouru une centaine de mètres. Il allait falloir un certain temps pour faire traverser le no man's land à tous ses hommes. Mais c'était ça ou le suicide.

La mitrailleuse ouvrit à nouveau le feu. Quand elle s'arrêta, Tommy commença à tirer. Prenant exemple sur George, il marquait un temps d'arrêt entre chaque coup de feu. Comme nous apprenons vite quand notre vie est en jeu, pensa Billy. Tommy tirait la dixième et dernière balle de son chargeur quand le reste de son escouade se laissa tomber dans le cratère à côté de lui.

« Par ici ! » hurla Billy à ses hommes pour qu'ils se rapprochent de lui. De leur position élevée, les Allemands risquaient de voir tout l'arrière du trou.

Son fusil calé contre le rebord, il avait les yeux rivés sur la mitrailleuse. Au bout d'un moment, les Allemands se remirent à tirer. Quand ils s'arrêtèrent, Billy prit la relève. Pourvu que Tommy coure assez vite ! pensa-t-il et il s'aperçut qu'il s'inquiétait plus pour lui que pour son escouade. Il stabilisa son fusil et tira à intervalles d'environ cinq secondes. Peu lui importait que ses coups de feu ne touchent personne. Ce qui comptait, c'était que les Allemands baissent la tête aussi longtemps que Tommy courrait.

Son fusil émit un cliquetis. Le chargeur était vide. Au même instant, Tommy se laissait tomber près de lui.

« Saloperie de merde ! lâcha Tommy. On va devoir refaire ça combien de fois ?

— Seulement deux, j'espère, dit Billy en rechargeant son arme. À ce moment-là, on sera assez près pour leur balancer nos Mills... ou alors, bordel de merde, on sera tous crevés.

— Pas de gros mots, Billy, s'il te plaît, répliqua Tommy d'un air sévère. Tu sais que j'aime pas ça. »

Billy émit un petit rire qui l'étonna lui-même. Je suis planqué dans un trou d'obus avec l'armée allemande qui me tire dessus et je me marre ! pensa-t-il. Dieu ait pitié de moi !

Ils procédèrent de la même façon pour gagner le cratère suivant. La distance à parcourir était plus longue et, cette fois, ils perdirent un homme : Joey Ponti touché à la tête pendant qu'il courait. George Barrow le souleva et le porta, mais il était déjà mort, le crâne transpercé. Billy se demanda où était son petit frère, Johnny. Il ne l'avait pas vu depuis qu'ils avaient quitté la tranchée de rassemblement. Ce sera à moi de lui apprendre la nouvelle, pensa-t-il. Johnny vouait une adoration sans borne à son frère.

Il y avait déjà des morts dans ce cratère : trois soldats en kaki flottaient dans une eau couverte d'écume. Ils faisaient sans doute partie de la première vague d'assaut. Billy ne comprenait pas comment ils étaient parvenus à aller aussi loin. Peut-être avaient-ils simplement eu de la chance. Quand les mitrailleuses balayaient le terrain, elles ne pouvaient pas faucher d'un coup tous les soldats qui s'y trouvaient. Mais le mouvement de retour leur était fatal.

D'autres groupes d'Anglais se rapprochaient des lignes allemandes en suivant la même tactique. Ils avaient imité l'escouade de Billy ou bien, ce qui était plus probable, leur caporal avait tenu le même raisonnement et décidé de renoncer à l'idée ridicule de charger en ligne comme l'ordonnaient les officiers pour élaborer une tactique plus raisonnable. Le résultat était que les Allemands n'avaient plus l'entière maîtrise des événements. Essuyant eux-mêmes des tirs, ils n'étaient plus en mesure de soutenir leur cadence implacable. Ce fut peut-être ce qui permit au groupe de Billy d'atteindre le dernier trou d'obus sans nouvelle perte.

En fait, son escouade avait même gagné un homme. Un parfait inconnu était allongé à côté de Billy. « D'où est-ce que tu sors, toi ? s'étonna celui-ci.

— J'ai perdu mon groupe, répondit l'autre. Tu as l'air de savoir ce que tu fais, alors je t'ai suivi. Ça ne te dérange pas, j'espère ? »

Il avait un drôle d'accent, canadien peut-être, se dit Billy. « Tu es bon lanceur ? lui demanda-t-il.

— Au lycée, j'étais dans l'équipe de base-ball.

— Bon. Quand je te le dirai, essaye de toucher le nid de mitrailleuse avec ta grenade. »

S'adressant à Grêlé Llewellyn et à Alun Pritchard, Billy leur ordonna de balancer leurs grenades pendant que le reste de l'escouade les couvrirait. Cette fois encore, le groupe attendit que la mitrailleuse cesse de tirer. « Maintenant ! » hurla Billy, et il se leva.

Quelques coups de feu furent tirés depuis la tranchée allemande. Grêlé et Alun, terrifiés par les balles, lancèrent leur grenade n'importe comment. Aucune n'atteignit la tranchée qui courait à cinquante mètres d'eux ; elles explosèrent sans causer le moindre dégât. Billy jura. La mitrailleuse, intacte, reprit aussitôt du service, évidemment. Une minute plus tard, Grêlé se tordait atrocement sous une avalanche de balles.

Billy était étrangement calme. Il prit une seconde pour viser soigneusement et ramena son bras complètement en arrière. Il avait calculé la distance comme s'il s'apprêtait à lancer un ballon de rugby. Il se rendait vaguement compte que le Canadien, à côté de lui, était tout aussi serein. La mitrailleuse cliqueta et cracha ses balles tout en effectuant un mouvement de rotation dans leur direction.

Ils lancèrent leurs grenades en même temps.

Elles atterrirent dans la tranchée juste à côté de l'emplacement. On entendit un double bruit sourd. Billy poussa un hurlement de triomphe en voyant le canon de la mitrailleuse projeté en l'air. Il dégoupilla sa deuxième grenade et se précipita à l'assaut de la pente en criant : « Chargez ! »

L'euphorie coulait dans ses veines comme une drogue. Il avait à peine conscience du danger. Il n'avait aucune idée du nombre d'Allemands qui pouvaient encore se cacher au fond de cette tranchée, leurs fusils pointés sur lui. Ses hommes le suivirent. Il lança sa deuxième grenade, le reste de l'escouade l'imita. Plusieurs grenades volèrent n'importe où, d'autres atterrirent dans le trou et y explosèrent.

Billy atteignit la tranchée. Et s'aperçut à cet instant qu'il avait toujours son fusil Enfield en bandoulière. Le temps qu'il soit en position de tir, les Allemands pouvaient le descendre.

Pas une balle ne l'atteignit.

Leurs grenades avaient causé des dégâts effroyables. Le fond de la tranchée était jonché de cadavres et – pire encore – de débris de corps. Si des Allemands avaient survécu à cet assaut, ils avaient battu en retraite. Billy sauta dans le boyau et saisit son fusil des deux mains, prêt à tirer. C'était parfaitement inutile. Il n'y avait plus un seul ennemi à abattre.

Tommy se laissa tomber près de lui en criant d'une voix vibrante : « Victoire ! On a pris une tranchée allemande ! »

Un sentiment d'allégresse sauvage submergea Billy. Des ennemis avaient voulu le tuer et c'était lui qui les avait éliminés. Il n'avait jamais ressenti une telle satisfaction. « Tu as raison, Tommy. On a réussi ! »

Il examina les fortifications allemandes et fut frappé par leur qualité. Son œil de mineur savait juger de la sécurité d'un ouvrage. Les parois étaient étayées par des planches et les traverses parfaitement à angle droit ; les abris étaient creusés à une profondeur incroyable, jusqu'à dix mètres sous terre, avec de vraies portes à chambranle et des escaliers équipés de marches en bois. Cela expliquait qu'autant d'Allemands aient pu survivre à sept jours de bombardements continus.

Ils avaient sûrement creusé leurs tranchées en réseau, avec des boyaux de communication qui reliaient le front aux zones de stockage et d'entretien à l'arrière. Il fallait donc s'assurer qu'il n'y avait pas de soldats ennemis en embuscade. Billy partit en éclaireur à la tête de son groupe, le fusil prêt à tirer; ils ne trouvèrent personne.

Le réseau de tranchées débouchait au sommet de la colline. De là, Billy regarda autour de lui. À leur gauche, au-delà d'une étendue entièrement ravagée par les obus, d'autres Britanniques s'étaient rendus maîtres du secteur voisin; sur leur droite, la tranchée s'arrêtait et une pente descendait vers un vallon traversé par un ruisseau.

Portant le regard à l'est, il scruta le territoire tenu par l'ennemi. Il savait qu'un autre réseau de tranchées s'étendait à deux ou trois kilomètres de distance : la deuxième ligne de défense allemande. Il était prêt à poursuivre la progression avec son petit groupe, mais hésita. Il ne voyait pas d'autres soldats anglais avancer. En outre, ses hommes avaient presque épuisé leurs munitions. D'un moment à l'autre, des camions de ravitaillement bringuebalants allaient certainement traverser le no man's land parsemé de trous d'obus pour leur apporter des munitions et des instructions concernant la phase suivante.

Il leva la tête. Il devait être midi. Ses hommes n'avaient pas mangé depuis la veille au soir. « Allons voir si les Allemands n'ont pas laissé de la boustifaille », dit-il. Il posta Graisse-de-rognon Hewitt en sentinelle au sommet de la colline, pour s'assurer que les Allemands ne contre-attaqueraient pas.

Maigre butin. Apparemment, l'ennemi n'était pas très bien nourri. Ils ne trouvèrent que du pain noir rassis et du saucisson sec, genre salami. Il n'y avait même pas de bière. Pourtant les Allemands étaient célèbres pour leur bière, à ce que l'on disait.

Le général de brigade avait assuré que les cantines suivaient l'avancée des troupes, mais quand Billy, impatienté, alla jeter un coup d'œil en direction du no man's land, il ne repéra pas la moindre cuisine roulante.

Ils s'étaient installés pour manger leurs rations de singe et de biscuits quand il lui vint à l'esprit qu'il fallait envoyer quelqu'un au rapport. Avant qu'il ait eu le temps de désigner quelqu'un,

L'artillerie allemande changea de cible. Au début de la journée, elle avait bombardé l'arrière des lignes britanniques, à présent, elle se concentrait sur le no man's land. Des volcans de terre entrèrent en éruption entre les lignes britanniques et allemandes. Le bombardement était si intense que personne n'aurait pu en revenir vivant.

Par bonheur, les canonniers allemands évitaient leur propre ligne de front, ignorant sans doute quels secteurs étaient tombés aux mains des Anglais et lesquels étaient restés aux Allemands.

Le groupe de Billy était pris au piège : impossible de poursuivre l'offensive en l'absence de munitions, impossible de battre en retraite à cause du bombardement. Pourtant, Billy semblait être le seul à s'inquiéter; les autres fouillaient les tranchées en quête de souvenirs. Ils avaient ramassé des casques à pointe, des insignes de calot et des couteaux de poche. George Barrow retournait tous les cadavres pour les délester de leurs montres et de leurs bagues. Tommy s'empara du Luger 9 mm d'un officier et d'une boîte de balles.

La fatigue commençait aussi à se faire sentir. Ce n'était pas étonnant : ils n'avaient pas dormi de la nuit. Billy désigna deux sentinelles et laissa les autres somnoler. Il était déçu. En ce premier jour de bataille, il avait remporté une petite victoire et il avait envie d'en parler à quelqu'un.

Vers le soir, le tir de barrage cessa. Billy envisagea de se replier avec son escouade. Il hésitait, craignant d'être accusé de désertion face à l'ennemi. Les officiers supérieurs étaient capables de tout.

L'ennemi décida pour lui. Graisse-de-rognon Hewitt, toujours de guet sur la crête, signala des Allemands à l'est. Un groupe important, comme Billy put s'en convaincre : une cinquantaine d'hommes, peut-être une centaine, traversait la vallée au pas de course dans sa direction. Avec sa poignée de soldats, il ne pourrait pas défendre le terrain conquis, surtout sans munitions.

Mais s'ils fuyaient, ils ne couperaient pas au blâme.

Il réunit ses hommes. « Écoutez, les gars : feu à volonté et tirez-vous dès que vous serez à court de munitions. » Il vida son chargeur sur les troupes qui avançaient et se trouvaient encore à huit cents mètres de lui, puis il tourna les talons et prit ses jambes à son cou. Les autres en firent autant.

Ils traversèrent les tranchées allemandes et le no man's land en direction du soleil couchant, sautant par-dessus les morts, évitant de justesse les brancardiers qui ramassaient les blessés. Personne ne leur tira dessus.

Quand Billy eut rejoint le côté britannique, il sauta dans une tranchée encombrée de cadavres, de blessés et de survivants aussi épuisés que lui. Il aperçut le commandant Fitzherbert étendu sur une civière, le visage en sang mais les yeux ouverts. Il était vivant. En voilà un que je n'aurais pas regretté ! songea-t-il. Un grand nombre de soldats, assis ou allongés dans la boue, regardaient droit devant eux, hébétés, paralysés d'épuisement. Les officiers s'efforçaient d'organiser le retour des vivants et des morts vers l'arrière. On ne relevait aucune manifestation de triomphe, personne ne bougeait, les officiers eux-mêmes détournaient les yeux du champ de bataille. La grande offensive s'était soldée par un échec cuisant.

Les survivants de l'escouade de Billy l'avaient suivi dans la tranchée.

« Mais quel merdier ! s'exclama-t-il. Quelle saloperie de merdier ! »

4.

Une semaine plus tard, Owen Bevin passait en conseil de guerre pour lâcheté et désertion.

On lui proposa de se faire défendre par un officier désigné pour jouer le rôle d'« ami du prisonnier ». Il refusa. Le crime étant passible de la peine capitale, le prévenu plaidait automatiquement non coupable. Cependant, Bevin ne chercha pas à se défendre. Le procès dura moins d'une heure ; il fut jugé coupable.

Et condamné à être passé par les armes.

Le dossier fut transmis au quartier général pour examen. Le commandant en chef approuva la sentence. Deux semaines plus tard à l'aube, sur le sol bourbeux d'un pâturage à vaches français, Bevin, les yeux bandés, était face au peloton d'exécution.

Certains soldats firent sans doute exprès de mal viser : après leurs tirs, Bevin, couvert de sang, était toujours vivant. L'officier responsable du peloton d'exécution s'approcha de lui, sortit son pistolet et lui tira deux balles dans le front.

Enfin Owen Bevin rendit l'âme.

Depuis le départ de Billy pour la France, Ethel pensait beaucoup à la vie et à la mort. Elle savait qu'elle ne le reverrait peut-être jamais et était heureuse qu'il soit devenu un homme dans les bras de Mildred. «J'ai permis à ton petit frère de faire des bêtises avec moi, lui avait confié celle-ci un peu plus tard. C'est un gentil garçon. Vous en avez d'autres comme ça, au pays de Galles ?» Mais Ethel la soupçonnait d'éprouver des sentiments moins superficiels qu'elle ne le prétendait parce que le soir, dans leur prière, Enid et Lillian demandaient maintenant à Dieu de protéger oncle Billy qui était en France et de le ramener sain et sauf à la maison.

Quelques jours plus tard, Lloyd attrapa une méchante infection pulmonaire. Ethel le berçait dans ses bras, folle d'inquiétude en le voyant s'étouffer. Terrifiée à l'idée qu'il puisse mourir, elle regrettait amèrement que ses parents ne l'aient jamais vu ; elle décida de l'emmener à Aberowen dès qu'il serait rétabli.

Elle revint au pays deux ans jour pour jour après en être partie. Il pleuvait.

La petite ville n'avait guère changé, mais après avoir vécu à Londres, Ethel la trouva lugubre. Pendant les vingt et un ans qu'elle y avait passés, elle n'avait jamais remarqué que tout y était d'un gris uniforme : les maisons, les rues, les terrils. Jusqu'aux nuages bas chargés de pluie, tristement accrochés à la crête de la montagne.

Elle sortit de la gare en milieu d'après-midi, épuisée. Une

journée de train avec un bambin de dix-huit mois n'était pas une sinécure; pourtant, Lloyd avait été sage et il avait charmé les autres voyageurs avec ses sourires dévoilant ses petites quenottes. Mais il avait fallu le nourrir dans un compartiment brinquebalant, le changer dans des toilettes malodorantes, lui chanter des berceuses pour le calmer quand il était devenu grognon, et tout cela sous le regard d'inconnus.

Lloyd sur la hanche, une petite valise au bout du bras, elle traversa la place de la gare et entreprit de remonter Clive Street. Elle fut bientôt tout essoufflée. Encore une chose qu'elle avait oubliée : Londres était presque entièrement plat; à Aberowen, il était difficile d'aller où que ce soit sans avoir à gravir ou à descendre une colline, et les pentes étaient raides.

Elle ignorait ce qui s'était passé ici depuis son départ. Billy était sa seule source d'informations, et les hommes ne sont pas doués pour les potins. À coup sûr, elle avait été au cœur de toutes les conversations pendant un certain temps, jusqu'à ce qu'un nouveau scandale prenne la relève.

Son retour aujourd'hui allait faire sensation. Plusieurs femmes la dévisagèrent ouvertement tandis qu'elle remontait la rue avec son bébé. Il n'était pas difficile de deviner leurs pensées. Cette Ethel Williams, qui se donnait des grands airs, voilà qu'elle revenait dans une vieille robe marron avec un bébé dans les bras et pas de mari. L'arrogance précède la chute, diraient-elles, cachant leur malveillance sous une apparente pitié.

Elle se rendit à Wellington Row, mais se refusa à retourner chez ses parents. Son père lui avait dit de ne jamais revenir. Elle avait écrit à la mère de Tommy Griffiths, qu'on appelait Mrs Griffiths Socialiste en référence aux idées politiques passionnées de son mari (pour la distinguer de Mrs Griffiths l'Église, qui habitait la même rue). Les parents de Tommy, qui n'étaient pas pratiquants, réprouvaient la sévérité du père d'Ethel. À Londres, la jeune femme avait hébergé Tommy pour la nuit et Mrs Griffiths était heureuse de pouvoir lui rendre la pareille. Tommy était enfant unique. Depuis son départ pour l'armée, son lit était vide.

Quant à Da et à Mam, ils ne savaient même pas qu'Ethel était de retour.

Mrs Griffiths l'accueillit chaleureusement et fit des gazouillis à Lloyd. Elle avait eu une fille de l'âge d'Ethel, qui était morte de la coqueluche. Ethel se souvenait à peine de cette enfant blonde prénommée Gwenny.

Elle nourrit et changea Lloyd puis s'assit à la cuisine pour prendre une tasse de thé. « Tu es mariée ? demanda Mrs Griffiths en remarquant son alliance.

— Veuve, répondit Ethel. Il est mort à Ypres.

— Ah, quelle misère !

— Il s'appelait aussi Williams. Comme ça, je n'ai pas eu à changer de nom. »

L'histoire ferait bientôt le tour de la ville. Certains douteraient qu'un Mr Williams ait réellement existé et épousé Ethel, mais peu importait : une femme qui faisait semblant d'être mariée était fréquentable ; une mère qui admettait ne pas avoir de mari était une traînée. À Aberowen, on avait des principes.

Mrs Griffiths demanda : « Quand comptes-tu aller voir ta mère ? »

Ethel redoutait la réaction de ses parents. Ils pouvaient aussi bien la jeter à la rue une nouvelle fois, que tout lui pardonner ou trouver un moyen de condamner son péché sans la bannir pour autant. « Je ne sais pas, ça m'angoisse.

— Je comprends, répondit Mrs Griffiths d'un ton compatissant. C'est vrai que ton père n'est pas toujours drôle. Ça ne l'empêche pas de t'aimer.

— Tout le monde dit ça : "Il t'aime vraiment, tu sais." Quand même, il m'a fichue dehors. Je voudrais bien savoir où est son amour.

— Les gens réagissent souvent trop vivement quand leur fierté est blessée, observa Mrs Griffiths avec douceur. Surtout les hommes. »

Ethel se leva. « Bon, inutile de remettre les choses à plus tard. » Elle prit dans ses bras Lloyd qui jouait par terre. « Viens par ici, mon joli. Il est temps que tu apprennes que tu as des grands-parents.

— Bonne chance », lui souhaita Mrs Griffiths.

Les Williams habitaient à deux pas. Ethel espérait que son père serait absent. Cela lui permettrait de passer un moment avec sa mère qui se montrait plus compréhensive.

Elle envisagea de frapper à la porte, puis se dit que c'était ridicule et entra.

Elle pénétra dans cette cuisine où elle avait passé tant d'années. Ses parents n'y étaient pas. Il n'y avait que Gramper qui somnolait dans son fauteuil. Il ouvrit les yeux, eut l'air intrigué puis s'écria, tout content : « Mais c'est notre Eth !

— Bonjour, Gramper. »

Il se leva et vint à sa rencontre. Il avait l'air plus fragile qu'avant son départ et dut s'appuyer à la table de la cuisine pour traverser la petite pièce. Il embrassa Ethel sur la joue puis regarda le bébé : « Mais qui c'est, ce petit garçon-là ? demanda-t-il, ravi. Est-ce que par hasard ce serait mon premier arrière-petit-fils ?

— Il s'appelle Lloyd.

— Quel joli nom ! »

Le bébé enfouit son visage dans l'épaule de sa mère.

« Il est intimidé, dit-elle.

— Ah, il a peur du vieux monsieur bizarre avec sa moustache blanche. Il va s'habituer à moi. Assieds-toi, ma belle, et raconte-moi tout.

— Où est Mam ?

— Descendue à la Coop acheter un pot de confiture. » L'épicerie du quartier était un magasin en coopérative, dont les bénéfices étaient partagés entre les clients. Ce type de commerce était assez courant dans le sud du pays de Galles. Personne ne sachant comment prononcer Coop, les gens disaient *Cop* aussi bien que *Quouop* ou toute autre variante. « Elle n'en a pas pour longtemps. »

Ethel posa Lloyd par terre. Il entreprit d'explorer la pièce, vacillant sur ses petites jambes, s'appuyant d'un point à l'autre, un peu comme Gramper. Ethel parla de son travail de directrice à *La Femme du soldat* : les discussions avec l'imprimeur, la distribution des paquets de journaux, le ramassage des invendus, la recherche de publicité. Gramper lui demanda comment elle avait appris tout cela, et elle lui expliqua qu'elle s'était formée sur le tas, avec Maud. L'imprimeur lui donnait du fil à retordre, il n'aimait pas recevoir ses ordres d'une femme ; en revanche, elle était plutôt douée pour vendre de l'espace publicitaire. Tandis qu'ils discutaient, Gramper avait dégrafé sa chaîne de montre et la balançait entre ses doigts sans regarder Lloyd. Attiré par cet objet brillant, le petit chercha à la saisir. Gramper le laissa faire et Lloyd prit bientôt appui sur ses genoux pour examiner la montre.

Ethel ne se sentait plus chez elle. Elle avait imaginé que son ancienne maison lui serait agréablement familière, telles de vieilles bottes qui ont pris la forme de vos pieds à force d'être portées; en réalité, elle se sentait vaguement mal à l'aise, comme si elle rendait visite à des voisins qu'elle connaissait bien. Elle ne pouvait détacher les yeux des broderies délavées avec leurs versets bibliques moralisateurs, et ne comprenait pas que sa mère ne les ait jamais changées durant toutes ces années.

« Vous avez des nouvelles de notre Billy? demanda-t-elle à Gramper.

— Non, et toi ?

— Pas depuis son départ pour la France.

— Il participe sûrement à cette grande bataille sur la Somme.

— J'espère que non. Il paraît que c'est une horreur.

— Oui, c'est atroce à en croire les rumeurs. »

On était bien obligé de se contenter de rumeurs, car les journaux publiaient des comptes rendus volontairement flous et optimistes. De nombreux blessés avaient toutefois été rapatriés dans les hôpitaux britanniques et les récits qui circulaient faisaient état de scènes à vous glacer le sang, d'un carnage et d'une incompétence avérée.

Mam entra. « Qu'est-ce qu'ils peuvent être bavards dans ce magasin, à croire qu'ils n'ont rien d'autre à faire ! Oh !... » Elle s'interrompit. « Grand Dieu, mais c'est notre Eth ! » Elle éclata en sanglots.

Ethel la serra contre elle.

« Regarde, Cara, intervint Gramper. C'est ton petit-fils, Lloyd. »

Mam s'essuya les yeux et prit le petit garçon dans ses bras. « Qu'il est beau ! Et ces cheveux tout bouclés ! On dirait Billy au même âge ! »

Lloyd dévisagea longuement Mam d'un air apeuré, puis il se mit à pleurer.

Ethel le reprit dans ses bras en disant sur un ton d'excuse : « Ces derniers temps, il fait le petit garçon à sa maman.

— Ils sont tous pareils à cet âge, répondit Mam. Profites-en, ça ne durera pas.

— Où est Da ? » demanda Ethel en essayant de ne pas laisser transparaître son anxiété.

Sa mère se crispa. « À Caerphilly, à une réunion syndicale. » Elle jeta un coup d'œil à la pendule. « Il ne va plus tarder, il devrait être de retour pour le thé. S'il n'a pas manqué son train. »

Ethel sentit que Mam espérait qu'il serait en retard. Elle le souhaitait elle aussi, pour pouvoir passer plus de temps avec sa mère avant l'orage.

Mam prépara le thé et posa sur la table une assiette de gâteaux sucrés, une spécialité galloise. « Ça fait deux ans que je n'en ai pas mangé, dit Ethel en se servant. Quel délice !

— Voilà ce que j'appelle le bonheur ! s'écria Gramper avec plaisir. Ma fille, ma petite-fille et mon arrière-petit-fils tous ensemble dans la même pièce. Qu'est-ce qu'un homme peut demander de plus à la vie ? » Il prit un gâteau.

La plupart des gens, songea Ethel, trouveraient bien médiocre la vie de Gramper, assis toute la journée dans une cuisine enfumée, vêtu de son unique costume. Mais il était content de son sort et, aujourd'hui au moins, elle l'avait rendu heureux.

Sur ces entrefaites, son père arriva.

Mam était en train de parler : « Une fois, à ton âge, j'aurais eu l'occasion d'aller à Londres, mais ton Gramper... » quand la porte d'entrée s'ouvrit. Elle s'interrompit net. Tous les yeux se braquèrent sur Da, en costume de ville et casquette plate de mineur. Il était en nage après avoir monté la côte. Il fit un pas à l'intérieur de la pièce et se figea, le regard dur.

« Regarde qui est venu, fit Mam avec une gaieté forcée. Ethel et ton petit-fils. » Sa pâleur trahissait son appréhension.

Da ne dit rien. Il ne retira même pas sa casquette.

Ethel lança : « Bonjour, Da. Je te présente Lloyd. »

Il ne la regarda pas.

Gramper intervint : « Le petit te ressemble, Dai mon garçon. Il a ta bouche, regarde un peu. »

Sensible à la tension soudaine, Lloyd se mit à pleurer.

Da ne desserrait pas les dents. Ethel se dit qu'elle n'aurait pas dû lui imposer sa présence sans l'avertir. Elle n'avait pas voulu lui donner l'occasion de lui interdire de venir et se rendait compte que la surprise avait pour effet de le mettre sur la défensive. Il avait l'air acculé. Pousser Da dans ses retranchements n'était pas la chose à faire, elle aurait dû s'en souvenir.

Il avait pris son ait buté. Tournant les yeux vers son épouse, il lâcha : « Je n'ai pas de petit-fils.

— Allons, voyons ! » répondit Mam d'une voix suppliante.

Da demeurait inflexible. Immobile, il fixait Mam sans dire un mot, comme s'il attendait quelque chose. Ethel comprit qu'il ne bougerait pas tant qu'elle n'aurait pas quitté les lieux. Elle fondit en larmes.

« Bon sang ! » laissa échapper Gramper.

Ethel prit Lloyd dans ses bras. « Je suis désolée, Mam, dit-elle d'une voix entrecoupée de pleurs. J'avais cru que peut-être... » Elle se tut, la voix étranglée par les sanglots. Serrant son enfant contre elle, elle se dirigea vers la porte en passant devant son père. Il évita son regard.

Ethel sortit et claqua la porte.

2.

Le matin, une fois les hommes partis pour la mine et les enfants pour l'école, les femmes avaient pour habitude de s'attaquer aux tâches extérieures. Elles lavaient le trottoir à grande eau, récuraient les marches des perrons, nettoyaient les carreaux. Certaines allaient aux provisions ou faire d'autres courses. Il fallait bien qu'elles voient le monde qui s'étendait au-delà de leurs maisonnettes, songea Ethel, quelque chose qui leur rappelle que la vie ne s'arrêtait pas à leurs quatre murs mal bâtis.

Ethel se chauffait au soleil, appuyée au mur de la maison de Mrs Griffiths. D'un bout à l'autre de la rue, les femmes s'étaient trouvé une excuse pour sortir. Lloyd jouait avec une balle. Il avait vu d'autres enfants lancer des ballons et il essayait d'en faire autant, sans grand succès. Comme lancer est compliqué ! se dit Ethel en le regardant. Il fallait se servir à la fois de son épaule, de son bras, de son poignet et de sa main. Les doigts devaient lâcher prise juste avant que le bras ne se soit tendu au maximum, et Lloyd n'avait pas encore maîtrisé ce mouvement. Ou bien il lâchait la balle trop tôt, la laissant parfois tomber derrière son épaule, ou bien il la lâchait trop tard et elle n'avait pas d'élan. Il persévérait tout de même. Il finira bien par y arriver, se dit Ethel, et n'oubliera plus jamais ce geste. Tant qu'on n'a pas d'enfant, on mesure mal tout ce qu'ils ont à apprendre.

Elle ne comprenait pas que son père puisse rejeter ce petit garçon. Lloyd n'avait rien fait de mal. C'était elle, la pécheresse, et elle était loin d'être la seule. Dieu pardonnait aux pécheurs. Qui était Da pour s'ériger en juge? Sa réaction la mettait en colère et l'attristait en même temps.

Geraint Jones le préposé de la poste montait la rue sur son cheval, qu'il attacha près des toilettes publiques. Il était chargé de porter colis et télégrammes, mais aujourd'hui il n'avait manifestement pas de paquet. Ethel frissonna soudain, comme si un nuage avait masqué le soleil. Les habitants de Wellington Row ne recevaient pas souvent de télégrammes, et ils apportaient généralement de mauvaises nouvelles.

Geraint redescendait la colline, et s'éloignait d'elle. Ethel fut soulagée : les nouvelles ne concernaient pas sa famille.

Ses pensées dérivèrent vers une lettre qu'elle avait reçue de Lady Maud. Avec d'autres femmes, Ethel et Maud avaient lancé une campagne pour que la question du suffrage féminin fasse partie de tous les débats sur la réforme du droit de vote des soldats. Leur mouvement avait fait tant de bruit que le Premier ministre Asquith ne pourrait certainement pas faire l'impasse sur cette question.

Dans cette lettre, Maud annonçait qu'Asquith avait éludé le problème en confiant tout le dossier à une commission spéciale de la Chambre des communes, la Speaker's Conference. Ce n'était pas une mauvaise chose, affirmait-elle, car le débat se tiendrait en privé et dans le calme, sans discours mélodramatiques à la Chambre, ce qui permettrait peut-être au bon sens de prévaloir. Néanmoins, elle mettait tout en œuvre pour tenter de savoir qui Asquith avait nommé dans cette commission.

À quelques portes de là, plus haut dans la rue, Gramper sortit de chez lui, s'assit sur l'appui de la fenêtre et alluma sa première pipe de la journée. Apercevant Ethel, il lui sourit et lui fit un petit signe de la main.

Sur le trottoir d'en face, Minnie Ponti, la mère de Joey et de Johnny, entreprit de battre un tapis. La poussière la fit tousser.

Mrs Griffiths sortit à son tour avec une pelle remplie de cendres de la cuisinière qu'elle alla vider dans une ornière du chemin en terre.

« Je peux faire quelque chose pour vous? demanda Ethel. Vous voulez que j'aille à la Coop? » Elle avait déjà fait les lits et la vaisselle du petit déjeuner.

« Volontiers, dit Mrs Griffiths. Je vais te faire une liste. » Elle s'appuya au mur, haletante. C'était une femme corpulente, que le moindre effort essoufflait.

Ethel remarqua alors une certaine agitation dans le bas de la rue. Plusieurs voix s'élevèrent. Puis un cri perçant retentit.

Ethel échangea un regard avec Mrs Griffiths. Se précipitant vers Lloyd, elle le prit dans ses bras et les deux femmes se hâtèrent d'aller voir ce qui se passait de l'autre côté des toilettes publiques.

Ethel aperçut d'abord un petit groupe de femmes amassées autour de Mrs Pritchard, qui se lamentait d'une voix stridente. Chacune essayait de la calmer, mais elle n'était pas la seule à être dans tous ses états. Moignon Pugh, un ancien mineur qui avait perdu une jambe dans l'effondrement du plafond d'une galerie, était assis au milieu de la rue, comme assommé, encadré par deux voisins. Sur le trottoir d'en face, Mrs John Jones l'Épicerie sanglotait devant sa porte, un papier à la main.

Ethel aperçut Geraint. Le facteur, blanc comme un linge et les larmes aux yeux, traversait la rue pour aller frapper à une autre porte.

« Des télégrammes du ministère de la Guerre, dit Mrs Griffith. Oh, Dieu nous garde.

— C'est la bataille de la Somme, murmura Ethel. Les copains d'Aberowen y ont sûrement participé.

— Alun Pritchard doit être mort, et puis Clive Pugh. Et aussi Prophète Jones. Il était sergent, lui, ses parents en étaient si fiers...

— Pauvre Mrs Jones ! Elle a déjà perdu son autre fils dans l'explosion de la mine.

— Pourvu que mon Tommy n'ait rien, je vous en prie, mon Dieu ! implora Mrs Griffiths sans s'inquiéter que son mari soit un athée notoire. Épargnez Tommy, je vous en supplie !

— Et Billy ! » ajouta Ethel, avant de chuchoter à la petite oreille de Lloyd : « Et ton papa aussi. »

Geraint portait une sacoche de toile en bandoulière. Ethel se demanda, inquiète, combien de télégrammes elle contenait encore. Le facteur retraversa la rue, tel un ange de la mort coiffé d'une casquette de la Poste.

Le temps qu'il arrive aux toilettes et entreprenne de remonter l'autre moitié de la rue, tous les habitants étaient sortis de chez eux. Les femmes avaient interrompu leurs activités et se tenaient sur le pas de leur porte. Les parents d'Ethel étaient là, eux aussi – Da, qui n'était pas encore parti au travail, à côté de Gramper, silencieux et angoissés.

Geraint s'approcha de Mrs Llewellyn. Son fils, Arthur, était sans doute mort. On l'appelait Grêlé, se souvint Ethel. Dorénavant, le pauvre garçon n'aurait plus à s'inquiéter de ses problèmes de peau.

Mrs Llewellyn leva les mains comme pour empêcher Geraint d'approcher. « Non ! s'écria-t-elle. Va-t'en, je t'en supplie ! »

Il lui tendit son télégramme. « Je n'y peux rien, madame Llewellyn », dit-il. Il ne devait pas avoir plus de dix-sept ans lui-même. « Il y a votre adresse dessus, vous voyez bien. »

Mais elle refusait toujours de toucher l'avis de décès. « Non ! » répéta-t-elle, et elle lui tourna le dos, le visage enfoui dans ses mains.

Les lèvres du garçon se mirent à trembler. « Vous devez le prendre, s'il vous plaît. J'ai encore tout ça à distribuer. Et il y en a encore plein au bureau, des centaines ! Il est déjà dix heures, je ne sais même pas si j'aurai tout distribué avant ce soir. S'il vous plaît. »

Sa voisine, Mrs Parry Price, proposa : « Je vais le prendre pour elle. Je n'ai pas de fils.

— Merci beaucoup, madame Price », dit Geraint avant de poursuivre sa tournée.

Il sortit un autre télégramme de sa sacoche, regarda l'adresse et passa devant la maison des Griffiths sans s'arrêter. « Oh, Seigneur, merci ! s'exclama Mrs Griffiths. Mon Tommy est vivant, merci, mon Dieu ! » Et, de soulagement, elle éclata en sanglots. Ethel fit passer Lloyd sur son autre hanche et prit Mrs Griffiths par les épaules.

Le facteur s'avança vers Minnie Ponti. Elle ne cria pas, mais son visage était baigné de larmes. « Lequel des deux ? demanda-t-elle d'une voix brisée. Joey ou Johnny ?

— Je sais pas, madame Ponti, répondit Geraint. Il faut lire ce qui est écrit. »

Elle ouvrit le télégramme. « Je n'arrive pas à voir ! » dit-elle entre deux sanglots. Elle se frotta les yeux pour chasser les larmes qui lui brouillaient la vue et regarda encore. « Giuseppe ! Mon Joey est mort. Ah, mon pauvre petit garçon ! »

La maison de Mrs Ponti était presque la dernière de la rue. Ethel attendit, le cœur battant, se demandant si Geraint monterait jusqu'à celle de ses parents. Billy était-il vivant ou mort ?

L'employé de la Poste fit demi-tour, abandonnant Mrs Ponti en larmes. De l'autre côté, il aperçut Da, Mam et Gramper qui le fixaient avec angoisse. Il fouilla dans sa sacoche et releva la tête : « C'est tout pour Wellington Row », annonça-t-il.

Ethel faillit s'évanouir. Billy était vivant.

Elle regarda ses parents : Mam pleurait, Gramper essayait d'allumer sa pipe sans y parvenir, tant ses mains tremblaient.

Da avait les yeux rivés sur elle. Son expression était indéchiffrable. Il était en proie à une vive émotion, mais Ethel n'aurait su la définir.

Il fit un pas vers elle.

Ce n'était pas grand-chose, mais cela lui suffit. Lloyd dans les bras, elle courut vers lui.

Il les étreignit tous les deux. « Billy est vivant, et toi aussi.

— Oh, Da ! dit-elle. Je suis tellement désolée de t'avoir déçu.

— Ça ne fait rien. Ça ne fait plus rien maintenant ! » Il lui tapota le dos, comme quand elle était petite et qu'elle s'était égratigné les genoux. « Là, là, dit-il. Ça va aller, ça va aller. »

3.

Les offices interconfessionnels étaient rares chez les chrétiens d'Aberowen, Ethel le savait. Pour les Gallois, les différences doctrinales n'avaient rien d'insignifiant. Les uns refusaient de célébrer Noël parce que la Bible ne précisait pas la date exacte de la naissance du Christ, d'autres interdisaient à leurs adeptes de prendre part aux élections sous prétexte que l'apôtre Paul avait écrit : « Car notre cité, à nous, est dans les cieux », et ni les uns ni les autres ne voulaient célébrer leur culte à côté de gens qui ne partageaient pas leurs opinions.

Cependant, après ce mercredi des Télégrammes, ces divergences semblèrent provisoirement bien futiles.

Le pasteur anglican d'Aberowen, le révérend Thomas Ellis-Thomas, proposa de célébrer en commun une messe du souvenir. Le premier jour, une fois tous les télégrammes distribués, le décompte des morts s'élevait à deux cent onze. La bataille de la Somme se poursuivant, chaque jour apportait un ou deux avis de décès de plus. Pas une rue n'avait été épargnée et, dans les quartiers des mineurs où les maisons étaient accolées, on pleurait un fils ou un mari toutes les cinq ou six portes.

Méthodistes, baptistes et catholiques avaient accepté la proposition du pasteur anglican. Les cultes plus modestes, baptistes réformés, Témoins de Jéhovah, adventistes ou le temple Bethesda, auraient certainement préféré ne pas y participer. Ethel avait bien vu que c'était un cas de conscience pour son père. Mais personne ne voulait manquer ce qui promettait d'être la plus grande cérémonie religieuse de l'histoire de la ville, et, finalement, tout le monde y participa. Il n'y avait pas de synagogue à Aberowen, mais comme le jeune Jonathan Goldman figurait au nombre des victimes, les rares Juifs pratiquants décidèrent d'assister eux aussi à cette commémoration quand bien même leur religion n'y serait pas représentée.

L'office eut lieu un dimanche, à deux heures et demie de l'après-midi, dans le parc municipal que tout le monde appelait le Rec, abréviation de « terrain de récréation ». Pour l'occasion, le conseil municipal avait fait dresser une estrade sur laquelle se tiendrait le clergé. C'était une belle journée ensoleillée et trois mille personnes se rassemblèrent.

Ethel passa la foule en revue. Perceval Jones était là, en chapeau haut-de-forme. Il n'était plus seulement maire de la ville, mais également membre du Parlement ; en sa qualité de commandant honoraire des copains d'Aberowen, il avait pris la tête de la campagne de recrutement. Il était accompagné de plusieurs directeurs de Celtic Minerals. Comme s'ils étaient pour quelque chose dans l'héroïsme des soldats ! pensa Ethel avec aigreur. Maldwyn Morgan, Parti-pour-Merthyr, était là, avec son épouse, mais ils avaient une bonne raison, eux, d'assister à la cérémonie puisque leur fils Roland était mort.

Puis elle aperçut Fitz.

Elle ne le reconnut pas tout de suite. Elle vit d'abord la princesse Bea, en robe et en chapeau noirs, suivie d'une gouvernante qui portait dans ses bras le jeune vicomte d'Aberowen, un petit garçon du même âge que Lloyd. La princesse était accompagnée d'un homme qui se déplaçait avec des béquilles. Il avait la jambe gauche dans le plâtre ; le bandage qui recouvrait la moitié de sa tête dissimulait son œil gauche. Il fallut un long moment à Ethel pour comprendre que c'était Fitz. Elle ne put retenir un cri.

« Qu'est-ce qui se passe ? demanda Mam.

— Tu as vu le comte ?

— C'est lui ? Mince alors, le pauvre homme. »

Ethel ne pouvait en détacher les yeux. Si sa cruauté avait eu raison de son amour, elle était encore incapable de regarder avec indifférence ce visage bandé qu'elle avait si souvent embrassé, ce grand corps solide affreusement mutilé aujourd'hui qu'elle avait si tendrement caressé. Pour un homme aussi vaniteux que Fitz – et, de tous ses défauts, c'était sans doute le plus excusable –, l'humiliation qu'il devait éprouver aujourd'hui en se voyant dans le miroir était certainement plus douloureuse encore que ses blessures.

« Je me demande pourquoi il n'est pas resté chez lui, dit Mam. Les gens auraient compris. »

Ethel secoua la tête. « Il est trop fier pour ça. C'est lui qui a conduit ces hommes à la mort, il se devait de venir.

— Tu le connais bien ! laissa tomber Mam et, au regard qu'elle lui lança, Ethel se demanda si elle soupçonnait la vérité. Moi, je crois qu'il veut surtout montrer au peuple que la haute société souffre aussi. »

Ethel hocha la tête. Mam avait raison. Fitz était arrogant et tyrannique, mais, paradoxalement, il souhaitait ardemment mériter le respect des gens du peuple.

Un jeune homme de petite taille dans un costume impeccable s'approcha d'elle. C'était Dai Côtelette, le fils du boucher. « Ça me fait drôlement plaisir de te revoir à Aberowen. »

Elle se tourna vers lui. « Comment vas-tu, Dai ?

— Très bien, merci. On donne un nouveau film de Charlie Chaplin à partir de demain. Tu aimes Chaplin ?

— Je n'ai pas le temps d'aller au cinéma, tu sais.

— Tu pourrais laisser ton petit à ta Mam demain soir et venir avec moi ? »

Un jour, Dai avait glissé la main sous sa jupe, au Palace Cinema de Cardiff. Cinq années s'étaient écoulées depuis mais, à l'éclat de son regard, Ethel devina qu'il n'avait rien oublié de cette scène. Elle répondit fermement : « Non merci, Dai. »

Il ne se laissa pas rebuter aussi facilement. « Je travaille à la mine maintenant, mais c'est moi qui serai à la tête du magasin quand mon Da prendra sa retraite.

— Tu te débrouilleras très bien, j'en suis sûre.

— Tu sais, il y a des gars qui ne poseraient même pas les yeux sur une fille qui a un gosse, mais je ne suis pas comme ça. »

C'était un peu condescendant, mais Ethel décida de ne pas en prendre ombrage. « Au revoir, Dai. C'était vraiment gentil de ta part de m'inviter. »

Il lui sourit tristement. « Tu es toujours la plus jolie fille que j'aie jamais rencontrée. » Il porta la main à sa casquette et s'éloigna.

Mam réagit avec indignation : « Qu'est-ce qui ne te plaît pas chez lui ? Il te faut un mari, et c'est un beau parti ! »

Ce qui ne lui plaisait pas chez Dai Côtelette ? Sa petite taille, mais il est vrai que son charme compensait largement ce défaut. Il avait un bel avenir et voulait bien s'occuper d'un enfant qui n'était pas de lui. Ethel se demanda pourquoi elle avait refusé de l'accompagner au cinéma. Pensait-elle toujours, au fond de son cœur, qu'elle valait mieux que les gens d'Aberowen ?

Une rangée de chaises avait été disposée au pied de l'estrade à l'intention des notables. Fitz et Bea y prirent place à côté de Perceval Jones et de Maldwyn Morgan, et l'office commença.

Ethel croyait vaguement aux principes du christianisme. Il devait bien y avoir un Dieu, mais il était certainement plus raisonnable que son père ne le croyait. La violente hostilité de Da contre les Églises établies n'avait laissé chez elle qu'une légère aversion pour les statues, l'encens et le latin. À Londres, s'il lui arrivait d'aller parfois à la chapelle évangélique du Calvaire, le dimanche matin, c'était surtout parce que le pasteur était un socialiste convaincu qui mettait ses locaux à la disposition du dispensaire de Maud et des réunions du parti travailliste.

Il n'y avait pas d'orgue au Rec, évidemment, ce qui avait évité aux puritains de protester contre l'emploi d'instruments de musique au cours de la commémoration. En revanche – Ethel le savait par Da – il y avait eu d'âpres discussions concernant le chef de chœur, une fonction bien plus importante dans cette ville que celle de prédicateur. Pour finir, il avait été décidé que le chef attitré du chœur des hommes d'Aberowen, qui n'appartenait à aucune confession particulière, serait chargé de l'accompagnement musical, et c'est ainsi que les choristes prirent place au premier rang.

La cérémonie débuta par un extrait du *Messie* de Haendel, « He shall Feed his Flock like a Shepherd », que tout le monde connaissait. Malgré sa difficulté, l'assemblée l'exécuta à la perfection. En entendant des centaines de voix de ténor s'élever dans le parc en chantant « And gather the lambs with his arm »,

Ethel se rendit compte à quel point cette musique exaltante lui manquait à Londres.

Le prêtre catholique récita en latin le psaume 129, « De Profundis ». Il eut beau déclamer à pleins poumons, les derniers rangs l'entendirent à peine. Le pasteur anglican lut la « Collecte pour l'enterrement des défunts », tirée du *Livre des prières courantes*. Dilys Jones, un jeune méthodiste, chanta, lui, « Amour divin, amour qui surpasse toutes les autres », cantique de Charles Wesley. Enfin, le pasteur baptiste lut la première épître aux Corinthiens, chapitre 15, du verset 20 jusqu'à la fin.

Il fallait un prédicateur pour représenter les groupes indépendants, et le choix s'était porté sur Da.

Il commença par un unique verset de l'épître aux Romains, chapitre 8 : « Si l'esprit de Celui qui a ressuscité Jésus d'entre les morts habite en vous, Celui qui a ressuscité Jésus-Christ d'entre les morts donnera aussi la vie à vos corps mortels, par son Esprit qui habite en vous. » Da avait une voix puissante qui portait d'un bout à l'autre du parc.

Ethel était fière de lui. L'honneur consenti à son père le désignait comme l'un des hommes les plus importants de la ville, un chef spirituel et politique. De plus, il était très élégant : Mam lui avait acheté une nouvelle cravate noire, en soie, au grand magasin Gwyn Evans de Merthyr.

Il parla de la résurrection et de l'Au-delà, et Ethel relâcha son attention : elle avait déjà entendu tout cela. Elle était prête à croire à une vie après la mort, mais il lui arrivait d'en douter. De toute façon, elle le découvrirait bien assez tôt.

Un remous dans la foule l'alerta : Da s'était peut-être éloigné de ses thèmes habituels. Elle l'entendit dire : « Lorsque notre pays a décidé de faire la guerre, j'espère que chaque membre du Parlement a interrogé sa conscience, en toute sincérité et dans la prière, afin que le Seigneur le guide. Mais qui a élu ces hommes au Parlement ? »

Il va se lancer dans une diatribe politique, pensa Ethel. Bravo, Da. Ça rabaissera son caquet au pasteur.

« En principe, tous les hommes du pays sont tenus de faire leur service militaire. En revanche, tous ne sont pas autorisés à prendre part à la décision de faire la guerre. »

Des cris d'approbation fusèrent de la foule.

« Les lois électorales excluent du scrutin plus de la moitié des hommes de ce pays !

— Et toutes les femmes ! renchérit Ethel d'une voix forte.

— Tais-toi ! chuchota Mam. C'est ton Da qui prêche, pas toi.

— Plus de deux cents hommes d'Aberowen ont été tués là-bas, sur les rives de la Somme, le 1er juillet. D'après ce qu'on m'a dit, le nombre des victimes britanniques dépasserait aujourd'hui cinquante mille ! »

La foule frémit d'horreur. Peu de gens connaissaient ce chiffre. Da le tenait d'Ethel, laquelle le tenait de Maud, elle-même informée par des amis du ministère de la Guerre.

« Cinquante mille victimes, dont vingt mille morts, poursuivit Da. Et la bataille continue. Chaque jour, de nouveaux jeunes gens se font massacrer. » Dans la foule, quelques voix protestèrent mais elles furent noyées sous les cris d'approbation. Da tendit le bras pour réclamer le silence. « Je ne blâme personne en particulier, je dis seulement ceci : il n'est pas juste que des hommes se fassent tuer alors qu'on leur a refusé le droit de décider de faire ou de ne pas faire la guerre. »

Le pasteur fit un pas en avant, pour tenter de l'interrompre ; Perceval Jones essaya sans succès de se hisser sur l'estrade.

Mais Da avait presque terminé. « Si jamais on nous demande encore de partir à la guerre, que ce ne soit plus sans le consentement du peuple *tout entier.*

— Des femmes comme des hommes ! » hurla Ethel, dont la voix se perdit sous les acclamations des mineurs.

À présent, plusieurs hommes indignés cherchaient à faire taire Da, mais sa voix continuait à couvrir le brouhaha. « Plus jamais nous ne ferons la guerre sur l'injonction d'une minorité ! Jamais ! Jamais ! Jamais ! »

Il s'assit sous un tonnerre d'applaudissements.

XIX

Juillet-octobre 1916

1.

Kovel était un nœud ferroviaire situé dans une région de la Russie qui avait autrefois appartenu à la Pologne, à proximité de l'ancienne frontière avec l'Autriche-Hongrie. L'armée russe avait pris position sur les rives du Stokhod, à trente kilomètres à l'est de la ville. Sur des centaines de kilomètres carrés, cette contrée n'était que marécages entrecoupés de sentiers. Ayant trouvé une étendue de terre plus sèche, Grigori donna ordre à sa section de dresser le camp. Ils n'avaient pas de tentes : le commandant Azov les avait toutes vendues trois mois plus tôt à une usine de confection de Pinsk, expliquant aux hommes qu'ils n'en avaient pas besoin en été, et qu'ils seraient tous morts avant l'hiver.

Par miracle, Grigori était toujours vivant. Il était sergent et son ami Isaak caporal. Les rares survivants du contingent de 1914 avaient pour la plupart été promus sous-officiers. Le bataillon de Grigori avait été décimé, transféré, renforcé et à nouveau décimé. Il avait été envoyé dans tout le pays, sans jamais revenir dans sa ville d'origine.

Grigori avait tué beaucoup d'hommes ces deux dernières années, au fusil, à la baïonnette ou à la grenade, le plus souvent d'assez près pour les voir mourir. Certains de ses camarades en avaient des cauchemars la nuit, surtout les plus instruits. Ce n'était pas son cas. Il avait vu le jour dans un village paysan où la brutalité était monnaie courante et avait dû, dès son enfance, se débrouiller seul dans les rues de Saint-Pétersbourg : la violence ne troublait pas son sommeil.

Ce qui le choquait, en revanche, c'était la stupidité, l'insensibilité et la corruption des officiers. Vivre et combattre aux côtés de représentants de la classe dirigeante avait fait de lui un révolutionnaire.

Il devait rester en vie. Sinon, qui prendrait soin de Katerina ?

Il lui écrivait régulièrement et elle lui envoyait de temps en temps une lettre, d'une écriture appliquée d'écolière, bourrée de fautes et de ratures. Il gardait toutes ses missives, soigneusement rangées dans sa musette, et les relisait quand il restait trop longtemps sans nouvelles.

Dans la première, elle lui avait annoncé qu'elle avait accouché d'un garçon, Vladimir, qui avait maintenant dix-huit mois. C'était le fils de Lev. Grigori aurait tant voulu le voir ! Il se souvenait très bien de son frère bébé, quand il n'avait pas encore de dents. Vladimir avait-il le même sourire irrésistible ? Il devait avoir quelques quenottes, à présent, et même marcher, prononcer ses premiers mots. Grigori aurait bien aimé que l'enfant apprenne à dire oncle Gricha.

Il pensait souvent à la nuit où Katerina était venue le rejoindre dans son lit. Dans ses songes, il modifiait parfois le cours des événements : au lieu de la chasser, il la prenait dans ses bras, embrassait sa bouche pulpeuse et lui faisait l'amour. En réalité, il savait bien que le cœur de la jeune femme appartenait à son frère.

Grigori n'avait aucune nouvelle de Lev, parti pour l'Amérique depuis plus de deux ans, et il craignait qu'il ne lui soit arrivé quelque chose de grave. Lev avait le chic pour se retrouver dans de sales draps. Mais en général, il s'en sortait toujours. Il avait de nombreux défauts, qui tenaient tous à la façon dont il avait grandi : en tirant toujours le diable par la queue, sans discipline, sans parents, sans autre autorité que celle d'un frère qui n'était lui-même qu'un gosse à l'époque. Grigori regrettait de n'avoir pas su faire mieux.

À présent, Katerina n'avait que lui, Grigori, pour veiller sur elle et sur son bébé. C'était pour cette raison, pour pouvoir rentrer chez lui un jour auprès de Katerina et de Vladimir, qu'il était aussi farouchement déterminé à rester en vie au milieu du chaos général dû à l'inefficacité de l'armée russe.

Le général Broussilov, qui commandait la région, était un militaire de carrière, à la différence de tant de généraux qui étaient des courtisans. Sous ses ordres, les Russes avaient gagné du terrain au mois de juin, repoussant les Autrichiens dans la plus grande confusion. Grigori et ses hommes se battaient vaillamment quand ils recevaient des ordres sensés. Dans le cas contraire, ils consacraient toute leur énergie à se tenir éloignés de la ligne de feu. Passé maître dans cet art, Grigori s'était ainsi gagné la fidélité de sa section.

En juillet, l'avancée russe avait ralenti, retardée comme toujours par des problèmes de ravitaillement. À présent, la garde était arrivée en renfort. C'était un corps d'élite, constitué des soldats russes les plus aptes et les plus grands. Contrairement au reste de l'armée, ils portaient des bottes neuves et de beaux uniformes, vert foncé avec des galons dorés. Malheureusement, ils étaient sous les ordres d'un commandant médiocre, le général Bezobrazov, homme de cour, lui aussi. Et ce Bezobrazov ne prendrait pas Kovel, malgré sa garde de géants, Grigori en était convaincu.

Ce fut le commandant Azov qui communiqua les ordres à l'aube. Cet homme robuste et de haute taille, boudiné dans son uniforme, avait, comme chaque jour, les yeux rouges dès le matin. Il était accompagné du lieutenant Kirillov, qui se chargea de rassembler les sergents. Azov leur donna instruction de franchir le fleuve à gué, puis de traverser les marais vers l'ouest en suivant les sentiers. Les Autrichiens avaient pris position dans les marécages, mais sans creuser de tranchées, le sol détrempé ne le permettant pas.

Grigori sentait qu'ils couraient à la catastrophe : les Autrichiens étaient embusqués sur des sites qu'ils avaient eu tout le temps de choisir, alors que les Russes, massés sur les sentiers bourbeux, seraient dans l'impossibilité de se déplacer rapidement. Le massacre était inévitable.

D'autant que les réserves en munitions étaient au plus bas.

Il prit la parole : « Votre Excellence, il nous faut des munitions supplémentaires. »

Pour un homme de sa corpulence, Azov était vif. Il frappa Grigori au visage sans prévenir. Grigori tomba à la renverse, les lèvres en feu. « Voilà qui devrait te faire taire un moment, lança Azov. Tu recevras des cartouches quand tes officiers estimeront que tu en as besoin. » Puis, s'adressant aux autres : « Formez les rangs et mettez-vous en route au signal. »

Grigori se releva, un goût de sang dans la bouche. Portant délicatement la main à son visage, il constata qu'il avait perdu une incisive. Il maudit son imprudence. Dans un moment d'inattention, il s'était tenu trop près d'un officier. Il savait bien, pourtant, qu'ils se jetaient sur vous à la moindre provocation ! Une chance qu'Azov n'ait pas eu son fusil entre les mains, sinon c'est un coup de crosse qu'il aurait reçu.

Il rassembla sa section et l'aligna à peu près correctement. Il avait l'intention de traîner et de se laisser dépasser par les autres. À son grand regret, Azov fit partir sa compagnie rapidement, et sa section était de celles qui marchaient en tête.

Il fallait trouver autre chose.

Il entra dans la rivière, suivi par ses trente-cinq soldats. L'eau était froide mais le soleil brillait et il faisait chaud, aussi les hommes ne rechignèrent-ils pas trop. Grigori marchait lentement; derrière lui, ses hommes l'imitèrent, attendant ses instructions.

Le Stokhod était large mais peu profond; ils atteignirent la rive opposée sans se mouiller plus haut que les cuisses. Des soldats plus enthousiastes les avaient déjà rattrapés, constata Grigori avec satisfaction.

Arrivé sur l'étroit sentier qui traversait les marais, Grigori fut obligé de progresser à la même allure que les autres sections. Impossible de se laisser délibérément distancer. Il commença à s'inquiéter. Il ne voulait pas que ses hommes se trouvent parmi cette masse de soldats quand les Autrichiens ouvriraient le feu.

Au bout de deux kilomètres environ, le chemin rétrécit encore et la cadence ralentit. Les hommes de tête se mirent en file indienne. Grigori décida de saisir sa chance. Feignant d'être agacé par ce piétinement, il quitta le sentier et entra dans l'eau. Ses hommes en firent autant. La section suivante accéléra le pas pour combler l'espace.

Grigori avait de l'eau jusqu'à la poitrine. Dans cette boue visqueuse, on ne pouvait avancer que très lentement. Comme prévu, sa section fut bientôt dépassée par les autres.

Le lieutenant Kirillov, remarquant le manège, cria d'un ton irrité : « Hé, vous, les soldats ! Remontez sur le chemin !

— Oui, Votre Excellence », répondit Grigori et, tout en faisant semblant de chercher un sol plus ferme, il entraîna ses hommes encore plus loin.

Le lieutenant jura et renonça.

Grigori étudiait le terrain avec autant de soin que les officiers, mais pour des raisons bien différentes : ils cherchaient l'armée autrichienne, lui un endroit où se dissimuler avec sa section.

Il continuait d'avancer, en laissant plusieurs centaines de soldats le dépasser. Que la garde se batte puisqu'elle est tellement fière d'elle-même, songeait-il.

Vers le milieu de la matinée, il entendit les premiers coups de feu au loin. L'avant-garde avait engagé le combat. Il était temps de se mettre à l'abri.

Grigori parvint à un point légèrement surélevé où le sol était plus sec. Le reste de la compagnie du commandant Azov était maintenant très loin devant, hors de vue. Du haut de son promontoire, Grigori cria : « Garez-vous ! Position ennemie devant à gauche ! »

Il n'y avait pas plus d'ennemis que de beurre en broche et ses hommes le savaient. Ce qui ne les empêcha pas de se laisser tomber derrière des arbres et des buissons, fusils braqués dans la direction indiquée, au-delà du versant. Grigori tira une cartouche contre un bosquet à cinq cents mètres de là, pour vérifier s'il n'avait pas choisi, par malheur, un endroit où se trouvaient effectivement des Autrichiens. Il n'y eut aucun coup de feu en retour.

Aussi longtemps qu'ils ne bougeraient pas d'ici, ils seraient en sécurité, se dit Grigori non sans satisfaction. Au cours de la journée, il se passerait bien quelque chose. Ou bien, ce qui était le plus probable, dans les heures à venir, les soldats russes, portant leurs blessés, se replieraient à travers les marais, l'ennemi aux trousses – et dans ce cas, sa section se joindrait aux troupes en retraite ; ou bien, n'ayant vu personne revenir à la nuit tombée, il en déduirait que les Russes avaient remporté la bataille et il conduirait son groupe en avant pour participer aux réjouissances. Mais en attendant, il fallait que ses hommes continuent à simuler un engagement contre une position autrichienne.

Rester couché par terre des heures durant à regarder devant soi en faisant semblant de scruter le terrain à la recherche d'ennemis inexistants était d'un ennui pesant. Les soldats avaient tendance à se mettre à manger et à boire, à fumer, à jouer aux cartes, ou à piquer un roupillon, ce qui risquait de ne pas faire illusion bien longtemps.

Mais ils n'eurent pas le temps de prendre leurs aises. Le lieutenant Kirillov surgit à deux cents mètres sur leur droite, de

l'autre côté d'un étang. Grigori gémit : il allait tout faire rater.
« Qu'est-ce que tu fous là-bas avec tes hommes ? brailla Kirillov.
— Couchez-vous, Excellence ! » lui cria Grigori en retour.
Isaak tira un coup de fusil en l'air et Grigori plongea. Kirillov en fit autant, puis rebroussa chemin.
Isaak rit sous cape. « Ça marche à tous les coups. »
Grigori n'en était pas aussi sûr. Kirillov avait eu l'air irrité, comme s'il se doutait qu'on se moquait de lui mais ne savait pas comment réagir.
Grigori entendait le mugissement, le fracas et le grondement de la bataille. Il la situait à un kilomètre et demi d'eux et il ne semblait pas y avoir de mouvements de troupes.
Le soleil monta dans le ciel, séchant ses vêtements détrempés. Il commençait à avoir faim et grignota un morceau de viande séchée en évitant de toucher la gencive, là où sa dent s'était déchaussée.
Lorsque la brume se fut entièrement dissipée, il aperçut des avions allemands qui volaient à basse altitude, à un peu plus d'un kilomètre de là. À l'oreille, il se dit qu'ils devaient mitrailler les troupes au sol. Regroupée sur les sentiers étroits ou pataugeant dans l'eau, la garde constituait une cible facile. Grigori se réjouit d'autant plus d'avoir évité de conduire ses hommes là-bas.
Vers le milieu de l'après-midi, le bruit de la bataille se rapprocha : les Russes étaient repoussés. Il se prépara à ordonner à ses hommes de se joindre aux troupes en déroute. Dans un moment. Pour l'heure, il était encore trop tôt. Il ne fallait surtout pas attirer l'attention. La lenteur dans la retraite était presque aussi primordiale que dans la progression.
Il repéra quelques soldats isolés, à gauche et à droite, qui revenaient vers la rivière à travers le marais, soulevant des gerbes d'eau sous leurs pas ; à l'évidence, plusieurs étaient blessés. La retraite avait commencé, mais ce n'était pas encore la débâcle.
Tout près, un cheval hennit. Or qui disait cheval disait officier. Grigori s'empressa d'ouvrir le feu sur des Autrichiens imaginaires, aussitôt imité par ses hommes qui firent entendre le crépitement d'une fusillade peu nourrie. Se retournant, il aperçut Azov juché sur un grand cheval de chasse gris qui éclaboussait tout autour de lui. Le commandant hurlait à un groupe de fuyards de retourner au combat, mais les soldats ne voulaient

rien entendre. Le commandant finit par dégainer son revolver, un Nagant – exactement le même que celui de Lev, pensa Grigori hors de propos – et les mit en joue. Les soldats firent demi-tour à contrecœur.

Ayant rangé son arme dans son étui, le commandant s'avança au trot jusqu'à la position qu'occupait Grigori. « Qu'est-ce que vous foutez ici, bande de crétins ? »

Feignant de réagir avec empressement, Grigori roula sur lui-même sans se relever. En même temps, il rechargea son fusil, mettant en place son dernier chargeur de cinq cartouches. « Position ennemie dans le bosquet, juste devant vous, Votre Excellence. Vous feriez mieux de descendre de cheval, ils risquent de vous voir. »

Azov resta en selle. « Mais alors qu'est-ce que tu fiches ? Vous vous cachez ?

— Son Excellence le lieutenant Kirillov nous a dit de les déloger. J'ai envoyé une patrouille les attaquer par le flanc pendant qu'on les couvrirait. »

Azov n'était pas complètement idiot. « D'après ce que je vois, personne ne riposte.

— C'est parce qu'on les bloque. »

Le commandant secoua la tête. « Ils ont battu en retraite. En admettant qu'il y ait eu des soldats à cet endroit-là !

— Je ne crois pas, Votre Excellence. Il y a encore cinq minutes, ils nous canardaient !

— Il n'y a personne, je te dis ! lança Azov en haussant le ton. Cessez de tirer ! Hé, vous, soldats ! Cessez de tirer ! »

La section de Grigori obtempéra et regarda le commandant.

« À mon signal, chargez ! » hurla-t-il et il dégaina son pistolet.

Grigori hésitait. De toute évidence, la bataille s'était soldée par le désastre prévu. Il n'avait pas réussi à éviter le combat toute la journée pour mettre en péril la vie de ses hommes maintenant, quand tout était fini. D'un autre côté, il ne faisait pas bon se mettre un officier à dos.

À cet instant, un groupe de soldats émergea du bosquet que Grigori avait présenté comme une position ennemie. Il les regarda, éberlué. Ce n'étaient pas des Autrichiens, constata-t-il dès qu'il put distinguer leurs uniformes, mais des Russes qui fuyaient.

« Chargez ! répéta Azov, cramponné à son idée. Ce sont des

déserteurs. Des lâches! » cria-t-il d'une voix stridente. Et il tira sur les Russes qui approchaient.

Les hommes de la section étaient tétanisés. Les officiers menaçaient souvent de tirer sur les soldats réticents à marcher au combat, mais jamais encore les hommes de Grigori n'avaient reçu l'ordre d'abattre des compagnons d'armes. Ils se tournèrent vers leur sergent, attendant ses instructions.

Azov mit Grigori en joue. « Chargez! hurla-t-il encore. Tuez-moi ces traîtres! »

Grigori se décida. « C'est bon, soldats! » cria-t-il en se remettant debout. Tournant le dos aux Russes qui approchaient, il regarda à gauche et à droite en brandissant son fusil. « Vous avez entendu ce qu'a dit le commandant? » Il agita son arme comme s'il s'apprêtait à se retourner contre les fuyards, puis la pointa sur Azov.

Quitte à tirer sur les siens, plutôt abattre un officier qu'un soldat!

Azov le regarda fixement; pendant une seconde, le temps parut s'arrêter. Grigori tira.

Sa première balle atteignit le cheval qui fit un écart. Ce qui lui sauva la vie car Azov avait tiré en même temps. Mais le brusque mouvement de sa monture fit dévier la balle. Sans réfléchir, Grigori manœuvra la culasse mobile et tira à nouveau.

Le deuxième projectile manqua également sa cible. Grigori jura. Il était vraiment en danger à présent. Le commandant aussi.

Se débattant avec son cheval, Azov était incapable de viser. Grigori suivait les mouvements saccadés du canon de son fusil. Il tira pour la troisième fois. Sa balle atteignit le commandant qui tomba lentement de sa monture. Avec une sombre satisfaction, Grigori vit le corps pesant s'enfoncer dans la boue.

L'animal s'écarta en vacillant et, subitement, s'assit sur la croupe comme un chien.

Grigori s'approcha d'Azov. Le commandant gisait sur le dos, les yeux ouverts, immobile mais toujours en vie. Du sang coulait du côté droit de sa poitrine. Grigori regarda autour de lui. Les fuyards étaient trop loin pour avoir vu la scène distinctement; quant à ses hommes, il avait en eux une confiance absolue. Il leur avait sauvé la vie tant de fois! Il appuya le canon de son fusil sur le front d'Azov. « Pour tous les bons Russes que tu as tués, salopard d'assassin ! » Il grimaça un sourire, lèvres écartées. « Et pour ma dent de devant », ajouta-t-il avant de tirer.

Le corps du commandant devint flasque, il cessa de respirer.

Grigori regarda ses hommes. « Le commandant a malheureusement été abattu par une balle ennemie. Retraite !

— Hourrah ! » s'exclamèrent-ils et ils partirent en courant.

Grigori s'approcha du cheval qui essaya de se relever, mais il avait visiblement une jambe cassée. Grigori posa son fusil contre l'oreille de l'animal et tira sa dernière cartouche. Le cheval s'affaissa sur le côté et s'immobilisa.

Cette pauvre bête lui inspira plus de pitié que le commandant Azov.

Il s'élança derrière ses hommes.

2.

Après l'échec de l'offensive Broussilov, Grigori reçut l'ordre de regagner la capitale, rebaptisée depuis peu Petrograd, le nom Saint-Pétersbourg ayant une consonance trop germanique. On avait apparemment besoin de soldats aguerris pour protéger le tsar, sa famille et ses ministres de la vindicte populaire. Les vestiges de son bataillon fusionnèrent avec un corps d'élite, le 1er régiment de mitrailleurs, et Grigori prit alors ses quartiers dans la caserne de la perspective Samsonievski, dans le district de Vyborg, quartier ouvrier d'usines et de taudis. Les soldats du 1er mitrailleurs étaient bien nourris et correctement logés. On espérait les convaincre ainsi de défendre un régime haï.

S'il était heureux d'être de retour, Grigori éprouvait une certaine appréhension à l'idée de revoir Katerina. Bien sûr, il était impatient de la retrouver, d'entendre le son de sa voix et de tenir son enfant – son neveu – dans ses bras, mais en même temps, il s'inquiétait du désir qu'elle lui inspirait. Celle qui était son épouse sur le papier avait en vérité choisi son frère, et Vladimir était le fils de Lev. Grigori n'avait pas le droit d'aimer cette femme.

Il envisagea même de ne pas la prévenir de son retour ; dans une ville de plus de deux millions d'habitants, il avait peu de chances de tomber sur elle par hasard. Mais il n'en eut pas le courage.

Le premier jour, ils furent consignés à la caserne, et il enragea de ne pas pouvoir rejoindre Katerina. Au lieu de quoi, ce soir-là, accompagné d'Isaak, il prit contact avec d'autres bolcheviks à l'intérieur de la garnison et accepta d'organiser un groupe de discussion.

Le lendemain matin, sa section fut intégrée à la garde affectée à la protection du palais du prince Andreï, son ancien seigneur, à l'occasion d'un banquet. C'était un immeuble rose et jaune, situé quai des Anglais, le long de la Neva. À midi, les soldats prirent position sur les marches. Des nuages bas, chargés de pluie, obscurcissaient la ville, tandis que la lumière brillait à toutes les fenêtres du palais. À travers les vitres encadrées de rideaux de velours comme une scène de théâtre, on pouvait apercevoir valets et femmes de chambre dans des uniformes impeccables passer rapidement, portant des bouteilles de vin, des plats remplis de mets raffinés et des plateaux en argent croulant sous les fruits. Dans le vestibule un petit orchestre jouait et les accords d'une symphonie se faisaient entendre jusque dans la rue. De grandes voitures rutilantes venaient se garer devant le perron, les valets se précipitaient pour ouvrir les portières et les invités en émergeaient, les hommes en redingote noire et haut-de-forme, les femmes emmitouflées dans des fourrures. Une petite foule s'était massée sur le trottoir d'en face pour assister au spectacle.

La scène n'avait rien d'exceptionnel, à une différence près : chaque fois qu'un invité descendait de voiture, la foule le huait et se moquait de lui. Jadis, la police aurait dispersé la populace à coups de bâton en moins d'une minute. À présent, il n'y avait pas de policiers, et les convives se hâtaient de gravir les marches entre les deux rangées de soldats et de s'engouffrer à l'intérieur, peu désireux de rester à découvert plus longtemps que nécessaire.

Les badauds avaient bien raison de railler la noblesse qui avait fait de cette guerre un épouvantable gâchis, se disait Grigori. Si des troubles devaient éclater, il aurait tendance à prendre le parti de la foule. En tout cas, il ne tirerait pas sur ces gens. Pas plus que ne le feraient nombre de ses compagnons, il en était convaincu.

Comment les nobles pouvaient-ils donner des fêtes aussi

somptueuses par les temps qui couraient, quand la moitié de la Russie mourait de faim et que même sur le front les soldats ne recevaient que des rations réduites ? Les hommes comme Andreï méritaient d'être égorgés dans leur lit. Si je le vois, pensa Grigori, il faudra que je me retienne pour ne pas l'abattre comme le commandant Azov.

Le ballet des voitures s'acheva sans incident ; la foule se lassa et finit par se disperser. Grigori passa l'après-midi à dévisager les femmes qui allaient et venaient, espérant malgré tout apercevoir Katerina. Quand les invités commencèrent à repartir, il faisait déjà sombre. Le froid n'incitant pas les curieux à traîner dans les rues, les quolibets avaient cessé.

La soirée achevée, les soldats furent invités à entrer par la porte de service et à terminer les restes dont le personnel n'avait pas voulu : reliefs de viande et de poisson, légumes froids, petits pains à moitié grignotés, pommes et poires. La nourriture avait été abandonnée en vrac sur une table à tréteaux, les tranches de jambon recouvertes de pâté au poisson, les fruits baignant dans la sauce de la viande et le pain parsemé de cendres de cigare. Mais les soldats avaient connu bien pire dans les tranchées. De plus, ils n'avaient rien avalé depuis la bouillie de sarrasin et la morue salée du petit déjeuner. Ils se jetèrent donc sur ces victuailles avec voracité.

À aucun moment Grigori n'entrevit le visage haï du prince Andreï. Cela valait peut-être mieux.

De retour à la caserne, ils remirent leurs armes et on leur accorda quartier libre pour la soirée. Grigori était fou de joie : il allait enfin revoir Katerina. Il se rendit à la baraque des cuisines, quémanda un quignon de pain et de la viande : les sergents avaient quelques privilèges. Puis il astiqua ses bottes et partit.

Le quartier de Vyborg, où se trouvait la caserne, s'étendait au nord-est de la ville ; Katerina vivait à Narva, situé diamétralement à l'opposé, en admettant qu'elle n'ait pas quitté la chambre qu'il occupait autrefois, près des usines Poutilov.

Il descendit la perspective Samsonievski en direction du sud et franchit le pont Liteïni qui menait au centre de la ville. Certains magasins chic aux vitrines brillamment éclairées étaient encore ouverts, mais la plupart des boutiques étaient fermées. Les commerces populaires n'avaient pas grand-chose à vendre. L'étalage d'une boulangerie contenait en tout et pour tout un unique gâteau et un écriteau annonçant : « Pas de pain avant demain. »

La vaste perspective Nevski lui rappela le jour fatidique de 1905 où il était sorti se promener avec sa mère et où les soldats du tsar l'avaient tuée sous ses yeux. Il était devenu soldat du tsar. Mais jamais il ne mettrait des femmes et des enfants en joue. D'ailleurs, si le tsar faisait aujourd'hui une chose pareille, les troubles qui éclateraient seraient d'une autre nature.

Il aperçut dix ou douze jeunes brutes en manteau et en chapeau noir, brandissant un portrait du tsar Nicolas encore jeune, avec une abondante chevelure brune et une barbe fournie tirant sur le roux. « Longue vie au tsar ! » brailla l'un d'eux et tout le groupe s'arrêta pour soulever son chapeau et crier des vivats. Plusieurs passants soulevèrent eux aussi leurs chapeaux.

Grigori avait déjà croisé des bandes de ce genre. On les appelait les Cent Noirs. Ils appartenaient à l'Union du peuple russe, un groupe d'extrême droite qui prônait le retour à l'âge d'or où le tsar était le père incontesté du peuple dans une Russie où il n'y avait ni libéraux, ni Juifs, ni socialistes. Leurs journaux étaient financés par le gouvernement et leurs tracts imprimés dans le sous-sol du quartier général de la police, à en croire certains renseignements que les bolcheviks tenaient de contacts au sein même des forces de l'ordre.

Grigori leur jeta un regard de mépris et poursuivit son chemin. L'un d'eux l'aborda. « Hé, toi ! Pourquoi tu ne te découvres pas ? »

Grigori continua à marcher sans répondre. Un autre membre de la troupe le saisit par le bras. « Qu'est-ce que tu as ? Tu es juif ? Découvre-toi ! »

Grigori répondit tranquillement : « Si tu me touches encore, je te décolle ta grande gueule, sale gamin ! »

Le jeune homme recula, puis tendit un pamphlet à Grigori. « Tiens, l'ami, lis ça. Ça explique comment les Juifs vous trahissent, vous, les soldats.

— Tire-toi de mon chemin ou je t'enfile ton pamphlet à la noix dans le cul ! » répliqua Grigori.

L'homme jeta un regard vers ses camarades, cherchant leur soutien, mais ils étaient en train de tabasser un type d'âge mûr en toque de fourrure. Grigori reprit son chemin.

Comme il passait devant la porte d'un magasin barricadé de planches, une femme l'interpella. « Hé, mon grand, si tu veux baiser, c'est un rouble. » C'était la formule habituelle des prostituées, mais prononcée sur un ton bien élevé qui l'étonna. Il jeta un coup d'œil à la fille. Elle portait un manteau long, qu'elle ouvrit quand il la regarda. Dessous elle était nue, malgré le froid. Elle devait avoir une trentaine d'années.

En voyant sa poitrine opulente et son ventre rond, Grigori éprouva un élan de désir. Il n'avait pas couché avec une femme depuis des années. Les prostituées des tranchées étaient ignobles, sales et malades. Celle-ci, en revanche, il l'aurait volontiers embrassée.

Elle referma son manteau. « Alors, c'est oui ou c'est non ?

— Je n'ai pas d'argent.

— Qu'est-ce que tu as là-dedans? demanda-t-elle avec un signe de tête vers sa musette.

— Des bricoles à manger.

— Je le fais pour une miche de pain, dit la femme, mes enfants meurent de faim. »

Grigori repensa à ses seins généreux. « Où ça?

— Dans l'arrière-boutique. »

Au moins, je serai calmé quand je verrai Katerina, se dit-il, et il accepta.

Elle ouvrit la porte, le fit entrer et referma à clé. Ils traversèrent le magasin désert et pénétrèrent dans une autre pièce. À la faible lumière d'un réverbère Grigori aperçut un matelas par terre avec des couvertures.

La femme se tourna vers lui, laissant son manteau s'ouvrir une nouvelle fois. Grigori ne pouvait détacher son regard du triangle noir de son pubis. Elle tendit la main. « Le pain d'abord, sergent, s'il te plaît. »

Il sortit un gros pain noir de son sac et le lui donna.

« Je reviens tout de suite », dit-elle.

Elle gravit un escalier et ouvrit une porte. Grigori entendit une voix d'enfant, puis une toux d'homme, sèche et douloureuse, un râle qui venait du fond de la poitrine. Puis pendant quelques instants, il perçut des bruits étouffés, des chuchotements. La porte grinça. La femme redescendit.

Elle retira son manteau, s'allongea sur le matelas et écarta les jambes. Grigori s'étendit près d'elle et la prit dans ses bras. Elle avait un joli visage intelligent, ridé par les difficultés de la vie. Elle murmura : « Hmmm, que tu es fort ! »

Il caressa sa peau douce. Tout désir l'avait abandonné. La

scène était vraiment trop pathétique : la boutique vide, le mari malade, les enfants affamés et la coquetterie forcée de cette femme.

Elle défit son pantalon et entoura son sexe flasque de sa main. « Tu veux que je te suce ?

— Non. » Il se redressa et lui tendit son manteau. « Rhabille-toi. »

D'une voix craintive, elle dit : « Je ne peux pas te rendre le pain, ils l'ont déjà presque fini. »

Il secoua la tête. « Qu'est-ce qui t'est arrivé ? »

Elle enfila son manteau puis le reboutonna. « Tu n'aurais pas une cigarette ? »

Il lui en tendit une et en prit une lui aussi.

Elle souffla la fumée. « Nous avions un magasin de chaussures – de la bonne qualité à un prix raisonnable, pour la clientèle bourgeoise. Mon mari est un commerçant avisé, nous vivions bien, dit-elle avec amertume. Mais plus personne dans cette ville n'achète de chaussures depuis deux ans, à part la noblesse.

— Vous ne pouviez pas faire un autre métier ?

— Si, bien sûr ! » Ses yeux étincelèrent de colère. « Nous ne sommes pas restés les bras croisés à pleurer sur notre sort. Toutes les petites fabriques qui nous fournissaient attendaient désespérément des commandes. Mon mari a eu l'idée de proposer à l'armée de bonnes bottes pour les soldats à la moitié du prix pratiqué d'ordinaire. Il s'est adressé au comité de l'Industrie de guerre.

— C'est quoi, ça ?

— Ça doit faire un moment que tu es parti, sergent. De nos jours, tout ce qui fonctionne ici est dirigé par des comités indépendants : le gouvernement n'est plus capable de rien. Le comité de l'Industrie de guerre fournit l'armée – enfin, la fournissait du temps où Polivanov était ministre de la Guerre.

— Pourquoi est-ce que ça n'a pas marché, alors ?

— Nous avons bien reçu la commande ; mon mari a dépensé toutes ses économies pour payer les fabricants, et le tsar a révoqué Polivanov.

— Pourquoi ?

— Parce qu'il avait ouvert son comité à des délégués élus par les ouvriers. La tsarine l'a accusé d'être un révolutionnaire. Bref, la commande a été annulée – et nous avons fait faillite. »

Grigori secoua la tête de dégoût. « Et moi qui pensais que les officiers du front étaient les seuls à être cinglés.

— Nous avons essayé autre chose. Mon mari était prêt à faire n'importe quel métier, serveur, conducteur de tramway, cantonnier, mais personne n'embauchait. Avec tous ces soucis, et la faim en plus, il a fini par tomber malade.

— Alors toi, tu fais ça, maintenant.

— Je ne suis pas très douée. Certains hommes sont gentils, comme toi, mais d'autres... » Elle frissonna en détournant les yeux.

Grigori finit sa cigarette et se leva. « Au revoir. Je ne te demande pas ton nom. »

Elle se leva à son tour. « Grâce à toi, ma famille ne mourra pas aujourd'hui. » Sa voix se brisa. « Et je n'aurai pas besoin de retourner dans la rue avant demain. » Elle se dressa sur la pointe des pieds pour poser un baiser sur ses lèvres. « Merci, sergent. »

Grigori sortit.

Le temps s'était refroidi. Il se hâta par les rues jusqu'au quartier de Narva. À mesure qu'il s'éloignait de la boutique, il sentait le désir l'envahir à nouveau et pensa avec regret au tendre corps qui s'était offert à lui.

Il lui vint à l'esprit que Katerina devait souffrir de la solitude elle aussi. Deux ans sans amour, c'était bien long pour une jeune femme – elle n'avait jamais que vingt-trois ans. Quelle raison aurait-elle eue de rester fidèle à Lev, ou à lui ? Bien des hommes hésitaient sans doute à faire des avances à une femme ayant un bébé à charge, mais elle était très attirante – du moins l'était-elle deux ans plus tôt. Il pouvait très bien ne pas la trouver seule ce soir. Ce serait affreux.

Il longea la ligne de chemin de fer en direction de sa maison. Était-ce une illusion ou la rue était-elle plus sordide encore qu'auparavant ? Pendant ces deux années, on n'avait rien repeint, rien réparé ni même nettoyé. Au coin, devant la boulangerie, il remarqua une file d'attente alors que le magasin était déjà fermé.

Il avait toujours sa clef. Il pénétra dans l'immeuble.

Il gravit l'escalier, le cœur serré d'angoisse à l'idée de découvrir Katerina en galante compagnie. Il aurait dû la prévenir de sa visite. Elle se serait arrangée pour être seule.

Il frappa à la porte.

« Qui est-ce ? »

Le timbre de sa voix lui fit presque monter les larmes aux yeux. « Un visiteur », répondit-il d'un ton bourru, et il ouvrit la porte.

Elle était près de l'âtre. Elle laissa échapper la casserole qu'elle tenait et du lait se répandit par terre. Elle porta les mains à sa bouche en poussant un petit cri.

« Ce n'est que moi », dit Grigori.

Au sol, à ses pieds, un petit garçon jouait avec une cuiller en fer-blanc. De toute évidence, il s'amusait à taper sur une boîte vide quand Grigori était arrivé. Il fixait maintenant l'inconnu, les yeux écarquillés. Il se mit à pleurnicher.

Katerina le prit dans ses bras et le berça. « Ne pleure pas, Volodia. Il ne faut pas avoir peur. » Il se calma et Katerina ajouta : « C'est ton papa. »

Grigori se demanda s'il fallait vraiment faire croire à Vladimir qu'il était son père, mais ce n'était pas le moment d'en discuter. Il fit un pas à l'intérieur de la pièce puis referma la porte derrière lui. Il les prit tous les deux dans ses bras, embrassa le petit et posa un baiser sur le front de Katerina.

Il recula pour mieux les regarder. Katerina ne ressemblait plus beaucoup à la gamine naïve qu'il avait arrachée aux griffes de Pinski, le commissaire de police. Elle était amaigrie et paraissait fatiguée, tendue.

Étrangement, l'enfant ne ressemblait pas beaucoup à Lev : il n'en avait ni les traits harmonieux, ni le sourire charmeur. En revanche, il avait les mêmes yeux bleus au regard intense que ceux que Grigori voyait en se regardant dans un miroir.

« Qu'il est beau ! s'exclama-t-il en souriant.

— Qu'est-ce qui t'est arrivé à l'oreille ? »

Grigori toucha le petit bout de lobe droit qui lui restait. « Je l'ai perdue à la bataille de Tannenberg.

— Et ta dent ?

— J'ai déplu à un officier. Il est mort maintenant. Alors, finalement, je m'en tire mieux que lui.

— Tu n'es plus aussi beau qu'avant. »

Elle ne lui avait jamais dit auparavant qu'elle le trouvait séduisant. « C'est trois fois rien. J'ai de la chance d'être encore en vie. »

Il promena les yeux sur son ancienne chambre, qui lui parut légèrement différente. Sur le manteau de la cheminée, là où son frère et lui rangeaient leurs pipes, leur pot de tabac, les allumettes et l'allume-feu, Katerina avait posé un vase en terre cuite, une poupée et une carte postale en couleurs de Mary Pickford. Une tenture masquait la fenêtre. Elle était faite de chutes de tissu cousues ensemble, certes, mais jamais encore Grigori n'avait eu de rideau. L'odeur aussi avait changé ; en fait, c'était plutôt une absence d'odeur. Il prit conscience tout à coup de l'atmosphère lourde qui régnait autrefois dans cette pièce, mélange de tabac, de chou bouilli et d'hommes mal lavés. À présent, ça sentait bon le frais.

Katerina épongea le lait renversé. « J'ai gâché le dîner de Volodia. Qu'est-ce que je vais lui donner maintenant ? Mes seins sont vides, je ne peux plus l'allaiter !

— Ne t'en fais pas ! » Grigori sortit de son sac un morceau de saucisse, un chou et un pot de confiture. Katerina était ébahie. « La cantine de la caserne », expliqua-t-il.

Elle ouvrit le pot de confiture, en donna une cuillerée à Vladimir qui l'avala et dit : « Encore ? »

Katerina en mangea elle-même une cuillerée avant d'en redonner à l'enfant. « C'est un vrai conte de fées ! Toute cette nourriture ! Je n'aurai pas besoin de passer la nuit devant la boulangerie. »

Grigori fronça les sourcils. « Qu'est-ce que tu veux dire ? »

Elle reprit un peu de confiture. « Il faut faire la queue pour le pain. Il n'y en a jamais assez pour tout le monde. Le matin, dès que la boulangerie ouvre, il n'y a déjà plus rien. Si tu n'as pas ta place dans la file avant minuit, tout est vendu avant que ce soit ton tour.

— Mon Dieu ! » L'idée qu'elle puisse rester dehors toute la nuit lui était odieuse. « Et que fais-tu de Volodia ?

— Une voisine tend l'oreille pendant que je ne suis pas là. De toute façon, il fait ses nuits maintenant. »

Dans ces conditions, comment s'étonner que la femme du marchand de chaussures ait accepté de coucher avec lui pour une miche de pain ? C'était même probablement trop cher payé. « Comment tu te débrouilles ?

— Je touche douze roubles par semaine à l'usine. »

Il en resta perplexe. « Mais c'est le double de ce que tu gagnais quand je suis parti !

— Le loyer de la chambre est passé de quatre à huit roubles par semaine. Ça me laisse quatre roubles pour tout le reste. Et un sac de patates vaut sept roubles, contre un avant.

— Sept roubles, le sac de patates! s'exclama Grigori, consterné. Comment font donc les gens?

— Ils ont faim. Les enfants tombent malades et meurent. Les vieux s'éteignent, tout simplement. La situation empire de jour en jour, et personne ne fait rien. »

Grigori était effondré. À l'armée, dans les moments durs, il se consolait en se disant que Katerina et le bébé allaient bien, qu'ils avaient un toit au-dessus de leur tête et de quoi se nourrir correctement. S'il avait su! Il était fou de rage à l'idée que Katerina soit obligée de laisser le petit tout seul pour faire le pied de grue devant la boulangerie.

Ils s'assirent à la table et Grigori entreprit de couper des tranches de saucisse avec son couteau. « Est-ce que tu pourrais faire du thé? » demanda-t-il.

Katerina sourit : « Ça fait un an que je n'en ai pas bu.

— Je t'en rapporterai de la caserne. »

Comme elle mordait dans une rondelle de saucisse, il remarqua qu'elle se retenait pour ne pas l'avaler tout rond. Il prit Vladimir sur ses genoux et lui donna de la confiture. Le petit garçon était un peu jeune pour manger de la viande.

Grigori sentit une sorte de béatitude l'envahir. Cette chambre, la table couverte de nourriture, le bébé et Katerina, cette scène dont il avait rêvé au front, voilà qu'il la vivait enfin. Il murmura d'un air songeur : « Ça ne devrait pas être si difficile.

— Quoi donc?

— Nous sommes jeunes et solides tous les deux, durs à la peine. Je ne demande pas grand-chose : une chambre, de quoi manger, du repos en fin de journée. On devrait vivre comme ça tous les jours.

— On a été trahis par les partisans de l'Allemagne à la cour du tsar.

— Vraiment? Comment ça?

— La tsarine est allemande, tu le sais bien.

— Et alors? » Le tsar avait effectivement épousé la princesse Alix de Hesse et du Rhin. « Et Stürmer est évidemment allemand. »

Grigori haussa les épaules. À sa connaissance, Stürmer, le Premier ministre, était né en Russie. De nombreux Russes portaient des noms allemands et inversement : les habitants des deux pays traversaient la frontière dans un sens ou dans l'autre depuis des siècles.

« Quant à Raspoutine, il est pro-allemand.

— Ah bon ? » Pour Grigori, les seules préoccupations du moine fou étaient d'hypnotiser les jolies femmes de la cour ainsi que d'accroître son pouvoir et son influence.

« Ils sont tous de mèche : Stürmer est payé par les Allemands pour affamer les paysans ; le tsar téléphone à son cousin, l'empereur Guillaume, pour lui indiquer où nos troupes se déploieront ; Raspoutine veut que nous nous rendions ; quant à la tsarine et à sa dame d'honneur, Anna Viroubova, elles couchent toutes les deux avec lui. »

Grigori avait entendu la plupart de ces ragots. Il ne croyait pas que la cour soit pro-allemande. C'étaient simplement des gens stupides et incompétents. Mais grand nombre de soldats gobaient ces histoires – et pas mal de civils aussi à en juger par le discours de Katerina. C'était aux bolcheviks d'expliquer au peuple les vraies raisons pour lesquelles la Russie perdait la guerre et mourait de faim.

Mais pas ce soir. Vladimir bâilla. Grigori se leva, le prit dans ses bras et se mit à faire les cent pas en le berçant pendant que Katerina lui racontait sa vie. Elle parla de son travail à l'usine, des autres locataires de l'immeuble et des gens qu'il connaissait. Le commissaire Pinski, maintenant promu lieutenant de la police secrète, traquait ces gens dangereux qu'étaient les libéraux et les démocrates. Les rues grouillaient d'orphelins ; ils étaient des milliers à vivre de rapines et de la prostitution, quand ils ne mouraient pas de faim et de froid. Konstantin, le meilleur ami de Grigori aux usines Poutilov, était à présent membre du Comité bolchevique de Petrograd. Les Vialov étaient les seuls à s'enrichir : malgré les restrictions, ils avaient toujours de la vodka à vendre, du caviar, des cigarettes et du chocolat. Grigori ne quittait pas des yeux la bouche de Katerina, ses lèvres pleines. Il adorait la regarder parler. Malgré son menton résolu et ses yeux bleus au regard hardi, elle lui paraissait toujours aussi vulnérable. Vladimir s'était endormi dans ses bras, apaisé par le bercement de Grigori et par la voix de sa mère. Il le déposa délicatement dans le lit de fortune que Katerina lui avait préparé dans un coin de la pièce. Le matelas n'était qu'un sac rempli de chiffons, mais le bébé s'y blottit confortablement sous la couverture en suçant son pouce.

Neuf heures sonnèrent. Katerina demanda : « À quelle heure tu dois être rentré ?

— Dix heures. Il faut que j'y aille.

— Attends. » Elle passa les bras autour de son cou et l'embrassa.

Ce fut un instant délicieux. Les lèvres de la jeune femme étaient douces et souples contre les siennes. Il ferma les yeux une seconde, inhalant profondément le parfum de sa peau. Puis il s'écarta. « Il ne faut pas.

— Ne sois pas idiot.

— C'est Lev que tu aimes. »

Elle le regarda droit dans les yeux. «Je n'étais qu'une petite paysanne de vingt ans qui venait de débarquer en ville. Lev m'a séduite avec ses beaux costumes, ses cigarettes, sa vodka, ses largesses. Il était charmant, beau et drôle. Mais j'ai vingt-trois ans maintenant et un enfant. Et où est Lev? »

Grigori haussa les épaules. « Aucune idée !

— Toi, tu es là. » Elle lui caressa la joue. Il devait la repousser, il le savait, mais il en était incapable. « Tu payes le loyer, tu apportes à manger à mon bébé. Tu t'imagines que je n'ai pas compris à quel point j'étais bête d'aimer Lev plutôt que toi ? Tu crois que je n'y vois pas plus clair aujourd'hui? Tu ne comprends pas que j'ai appris à t'aimer ? »

Grigori la regardait, hébété.

Ses beaux yeux bleus soutenaient son regard avec sincérité. « C'est vrai, dit-elle. Je t'aime. »

Il gémit, ferma les yeux et, capitulant, il la prit dans ses bras.

XX

Novembre-décembre 1916

1.

Ethel Williams parcourut anxieusement la liste des victimes publiée dans le journal. Il y avait plusieurs Williams, mais aucun caporal William Williams des chasseurs gallois. Remerciant silencieusement le ciel, elle replia le journal, le tendit à Bernie Leckwith et alla poser la bouilloire sur le feu pour préparer du cacao.

Cela ne voulait pas dire que Billy soit vivant. Il pouvait très bien avoir été tué au cours des derniers jours ou des dernières heures. Elle n'arrivait pas à chasser de son esprit cette journée des télégrammes d'Aberowen, les visages crispés de crainte et de douleur de toutes ces femmes, des visages qui porteraient à jamais les marques cruelles de cette nouvelle affreuse. Elle avait honte de la joie qu'elle avait éprouvée en constatant que Billy n'était pas au nombre des victimes.

À Aberowen, les télégrammes n'avaient pas cessé d'affluer. La bataille de la Somme ne s'était pas achevée en ce premier jour. Tout au long des mois de juillet, d'août, de septembre et d'octobre, l'armée britannique avait continué d'envoyer de jeunes recrues à travers le no man's land se faire faucher par les mitrailleuses allemandes. La presse criait régulièrement victoire, mais les télégrammes, eux, racontaient une tout autre histoire.

Bernie se trouvait dans la cuisine d'Ethel, comme presque tous les soirs. Le petit Lloyd aimait bien oncle Bernie. D'habitude, il s'asseyait sur ses genoux et Bernie lui lisait le journal à haute voix. L'enfant ne comprenait pas grand-chose, mais il avait l'air content. Ce soir-là, pour une raison inconnue, Bernie était énervé et ne prêtait pas attention au petit garçon.

Mildred apparut une théière à la main. « Tu aurais une cuiller de thé à nous prêter, Eth ?

— Sers-toi, tu sais où il est. Tu ne préfères pas une tasse de cacao ?

— Non, merci, ça me fait péter. Salut, Bernie ! Alors cette révolution, ça vient ou quoi ? »

Le jeune homme leva les yeux du journal en souriant. Il aimait bien Mildred. Comme tout le monde. « Un simple petit report de date. »

Mildred mit quelques feuilles de thé dans sa théière. « Des nouvelles de Billy ?

— Pas récemment, répondit Ethel. Et toi ?

— Rien depuis une quinzaine de jours. »

Ethel, qui ramassait le courrier déposé dans l'entrée le matin, savait que Mildred recevait fréquemment des lettres de Billy. C'étaient sûrement des lettres d'amour ; quelle autre raison un jeune homme aurait-il d'écrire à la locataire de sa sœur ? Apparemment, Mildred n'était pas insensible aux sentiments de Billy : le petit ton détaché qu'elle prenait pour lui demander régulièrement des nouvelles de son frère cachait mal son inquiétude.

Ethel appréciait beaucoup Mildred, mais se demandait si, à dix-huit ans, Billy était prêt à prendre en charge une femme de vingt-trois ans, mère de deux enfants. Il est vrai que Billy avait toujours été extraordinairement mûr et responsable pour son âge. Et avant que la guerre soit finie, il risquait d'avoir quelques années de plus. Après tout, la seule chose qui comptait était qu'il rentre vivant. Le reste n'avait pas grande importance.

« Son nom ne figure pas sur la liste des victimes d'aujourd'hui, grâce à Dieu, dit-elle.

— Je me demande quand il aura une permission.

— Ça ne fait que cinq mois qu'il est parti. »

Mildred posa sa théière. « Ethel, je voudrais te parler de quelque chose.

— Je t'écoute.

— J'envisage de me mettre à mon compte. Comme couturière, je veux dire. »

Ethel s'étonna. Mildred était passée première d'atelier chez Mannie Litov et son salaire avait été augmenté.

Mildred poursuivit : «J'ai une amie qui peut me trouver des travaux de modiste, des voilettes à poser, des chapeaux à garnir de rubans, de plumes ou de perles. Il faut être habile, et ça paye bien mieux que de coudre des uniformes.

— C'est formidable !

— Le seul problème, c'est que je devrai travailler à la maison. Au début du moins. Plus tard, j'aimerais bien engager quelques filles et louer un petit atelier.

— On peut dire que tu vois loin !

— Il faut bien, non ? Quand la guerre sera finie, les gens en auront par-dessus la tête des uniformes.

— C'est vrai.

— Ça t'ennuierait que je me serve de l'étage comme atelier pendant un moment ?

— Bien sûr que non. Bonne chance !

— Merci. » Impulsivement, elle embrassa Ethel sur la joue, prit sa théière et repartit.

Lloyd bâilla et se frotta les yeux. Ethel le porta jusqu'à sa chambre où elle resta quelques instants à le regarder tendrement pendant qu'il s'endormait. Comme toujours, la vulnérabilité du petit garçon lui serra le cœur. Quand tu seras grand, le monde sera meilleur, petit Lloyd, lui promit-elle silencieusement. Nous y veillerons.

De retour à la cuisine, elle essaya d'arracher Bernie à sa morosité. « Il devrait y avoir plus de livres pour enfants », dit-elle.

Il hocha la tête. « Oui, ce serait bien qu'il y ait dans toutes les bibliothèques une petite section de livres pour enfants, approuva-t-il sans lever la tête de son journal.

— Peut-être que si vous le faisiez, vous, les bibliothécaires, ça inciterait les éditeurs à en publier davantage.

— C'est ce que j'espère. »

Ethel ajouta du charbon dans le poêle et remplit deux tasses de cacao. Il était rare que Bernie soit aussi maussade. En général, elle aimait ces soirées, pleines d'intimité. Ils étaient deux étrangers à Londres, une Galloise et un Juif. Il ne manquait pourtant pas de Gallois ni de Juifs dans la capitale. Mais, pour une raison ou pour une autre, c'était avec Bernie qu'elle s'était liée d'amitié au fil des deux dernières années ; il lui était devenu aussi proche que Mildred et Maud.

Elle se doutait un peu de ce qui le préoccupait. La veille, à la réunion du parti travailliste local, un orateur de la Fabian Society, un jeune homme brillant, avait tenu un discours sur le socialisme après la guerre. Ethel avait discuté avec lui et, de toute évidence, ne l'avait pas laissé indifférent. Après la réunion, il avait joué les séducteurs, alors que tout le monde le savait marié. Ethel avait été flattée par ces marques d'attention, sans les prendre le moins du monde au sérieux. Peut-être Bernie était-il jaloux.

Elle décida de le laisser tranquille si c'était ce qu'il voulait. Elle s'assit à la table de la cuisine et ouvrit une grande enveloppe remplie de lettres en provenance du front. Les lectrices transmettaient à *La Femme du soldat* les messages qu'elles recevaient de leurs maris et touchaient un shilling par lettre publiée. Ces extraits de correspondance donnaient de la vie au front une image bien plus fidèle que tout ce que rapportait la presse traditionnelle. Maud rédigeait l'essentiel du journal. Mais Ethel ayant eu l'idée de cette publication, c'était elle qui se chargeait intégralement de cette page, devenue la plus lue du journal.

Ethel s'était vu proposer un emploi mieux payé au Syndicat national des ouvriers du textile, un travail d'organisatrice à plein temps, mais elle avait préféré rester auprès de Maud et continuer à faire campagne.

Elle parcourut une demi-douzaine de lettres et soupira. Puis elle se tourna vers Bernie : « On pourrait penser que les gens se révolteraient contre cette guerre.

— Eh bien, pas du tout ! Tu as vu les résultats de l'élection. »

Le mois dernier, à la suite du décès d'un député, des élections partielles avaient eu lieu dans une circonscription de l'Ayrshire, opposant le général de division Hunter-Weston, un conservateur qui avait participé à la bataille de la Somme, au pasteur Chalmers, partisan de la paix. Le militaire l'avait emporté à une majorité écrasante de sept mille cent quarante-neuf voix contre mille trois cents.

« C'est la faute des journaux ! dit Ethel avec dépit. Que peut faire une petite publication comme la nôtre pour encourager la paix, face à la propagande de l'infecte presse de Northcliffe ? » Lord Northcliffe, militariste convaincu, était le propriétaire du *Times* et du *Daily Mail.*

« Il n'y a pas que la presse en cause, observa Bernie, c'est aussi une question d'argent. »

Bernie s'intéressait de près aux questions financières, ce qui était curieux pour un homme qui n'avait jamais eu plus de quelques shillings en poche.

« Que veux-tu dire ? demanda Ethel, saisissant l'occasion de l'arracher à sa morosité.

— Avant guerre, le gouvernement dépensait environ cinq cent mille livres par jour, tout compris : l'armée, la justice et les prisons, l'éducation, les pensions, les colonies, tout, quoi.

— Tant que ça ! C'est le genre de statistiques que mon père a toujours connues par cœur », remarqua-t-elle avec un sourire affectueux.

Il but une gorgée de cacao avant de poursuivre : « Devine combien nous dépensons aujourd'hui ?

— Le double ? Un million par jour ? Ça paraît impossible.

— Tu n'y es pas du tout ! La guerre nous coûte cinq millions de livres par jour. Dix fois le budget normal du fonctionnement du pays. »

Ethel en resta bouche bée. « Et d'où tirons-nous tout cet argent ?

— Nous l'empruntons. Voilà le problème.

— Mais la guerre dure depuis plus de deux ans. Nous avons donc dû emprunter... près de quatre milliards de livres ?

— Quelque chose comme ça. Soit vingt-cinq années de ce que nous dépensions en temps normal.

— Et comment rembourserons-nous ?

— Nous ne pourrons jamais le rembourser. Si un gouvernement voulait augmenter les impôts suffisamment pour payer cet emprunt, ce serait la révolution.

— Qu'allons-nous faire alors ?

— Si nous perdons la guerre, les Américains – qui sont nos principaux créanciers – feront faillite. Si nous gagnons, nous obligerons les Allemands à payer. "Réparations", c'est le mot qu'on utilise.

— Et eux, comment pourront-ils payer ?

— Ils mourront de faim. Mais qui se soucie des perdants ? D'autant que les Allemands ont déjà fait le coup aux Français en 1871. » Il se leva et posa sa tasse dans l'évier. « Tu comprends maintenant pourquoi nous ne pouvons pas faire la paix avec l'Allemagne ? Qui paierait la note ? »

Ethel était consternée. « Il faut donc que nous continuions à envoyer nos garçons mourir dans les tranchées ? Parce que nous ne pouvons pas régler l'addition? Pauvre Billy. Dans quel monde vivons-nous!

— Nous allons le changer, crois-moi.»

Espérons-le, pensa Ethel. Bernie était persuadé qu'il faudrait en passer par une révolution. Elle avait lu des livres sur la Révolution française et savait que les choses ne se déroulaient pas toujours comme prévu. Néanmoins, elle était bien décidée à tout faire pour que Lloyd connaisse une vie meilleure.

Ils gardèrent le silence un moment, puis Bernie se leva. Il se dirigea vers la porte, comme s'il s'apprêtait à partir, puis se ravisa et revint s'asseoir. «Il était intéressant, cet orateur, hier soir.

— Oui, dit-elle.

— Et intelligent aussi.

— Oui, très intelligent.

— Ethel... il y a deux ans, tu m'as dit que tu ne recherchais pas l'amour mais l'amitié.

— Je suis vraiment désolée de t'avoir fait de la peine.

— Tu n'as aucune raison de l'être. Notre amitié est ce qui m'est arrivé de meilleur dans la vie.

— Moi aussi.

— Tu disais également que j'oublierais vite toutes ces bêtises sentimentales et que nous serions bons amis, c'est tout. Tu avais tort.» Il se pencha en avant sur sa chaise. «Plus je te connais, plus je t'aime.»

Elle vit briller le désir dans ses yeux et en éprouva une grande tristesse. «Je t'aime beaucoup moi aussi, mais pas comme ça.

— À quoi bon rester seuls? Nous avons beaucoup de sympathie l'un pour l'autre. Nous formons une équipe formidable! Nous partageons les mêmes idéaux, nous avons les mêmes buts dans la vie, les mêmes opinions. Nous sommes faits l'un pour l'autre!

— Le mariage, c'est plus que cela.

— Je sais bien. Et je n'ai qu'une envie : te prendre dans mes bras.» Il tendit la main vers elle comme pour la toucher. Elle croisa les jambes et se tourna de côté. Il retira sa main, ses traits, habituellement aimables, crispés dans un sourire amer. «Je me doute bien que je ne suis pas le plus bel homme que tu aies rencontré, mais je sais aussi que personne ne t'a jamais aimé autant que moi.»

Sur ce point, il avait raison, songea-t-elle tristement. Bien des hommes s'étaient épris d'elle, l'un d'eux l'avait séduite, pourtant aucun ne lui avait manifesté une dévotion aussi patiente. Si elle épousait Bernie, ce serait pour la vie, elle le savait, et au fond d'elle-même, elle désirait ardemment cette sécurité.

Sentant son hésitation, Bernie poursuivit : « Épouse-moi, Ethel. Je t'aime. Je consacrerai ma vie à te rendre heureuse. C'est tout ce que je demande. »

Avait-elle besoin d'un homme ? Elle n'était pas malheureuse. Lloyd était une source de joie constante. Ses premiers pas hésitants, ses efforts pour parler, sa curiosité insatiable, tout cela la comblait.

« Le petit Lloyd a besoin d'un père », insista Bernie.

Elle éprouva un douloureux sentiment de culpabilité. Bernie remplissait déjà ce rôle à temps partiel. Devait-elle l'épouser pour le bien de son fils ? Il n'était pas trop tard pour que le petit garçon commence à l'appeler papa.

Cela voulait dire abandonner tout espoir de retrouver la passion dévorante qu'elle avait découverte dans les bras de Fitz. Quand elle y pensait, c'était toujours avec un pincement de nostalgie. Mais, réfléchit-elle, essayant de rester objective malgré ses sentiments, qu'ai-je tiré de cette passion ? J'ai été déçue par Fitz, rejetée par ma famille, exilée loin de chez moi. À quoi bon recommencer ?

Malgré tous ses efforts, elle n'arrivait pas à se résoudre à accepter la proposition de Bernie. « Il faut que je réfléchisse », dit-elle.

Un sourire radieux éclaira le visage du jeune homme. Manifestement, cette réponse était plus positive qu'il n'avait osé l'espérer. « Prends tout le temps que tu voudras. J'attendrai. »

Elle ouvrit la porte d'entrée. « Bonsoir, Bernie.

— Bonsoir, Ethel. » Il se pencha vers elle et elle lui tendit la joue. Ses lèvres s'y attardèrent un peu trop longtemps. Elle recula aussitôt. Il la prit par le poignet. « Ethel...

— Bonne nuit, Bernie. »

Après un instant d'hésitation, il hocha la tête. « Bonne nuit à toi aussi. » Et il partit.

2.

En ce soir d'élection du mois de novembre 1916, Gus Dewar se dit que sa carrière politique était finie.

Il était à la Maison-Blanche où il répondait aux appels téléphoniques et transmettait des messages au président Wilson, lequel se trouvait à Shadow Lane, la nouvelle résidence d'été de la Maison-Blanche dans le New Jersey, avec Edith, sa seconde épouse. Le service des postes y expédiait quotidiennement des documents de Washington, mais dans certains cas, il fallait que les nouvelles parviennent plus rapidement au président.

Vers vingt et une heures, le candidat républicain, Charles Evans Hughes, juge à la Cour suprême, avait incontestablement remporté quatre États décisifs : l'État de New York, l'Indiana, le Connecticut et le New Jersey.

Mais Gus ne prit pleinement conscience de la réalité qu'en recevant les éditions matinales des journaux new-yorkais.

HUGUES PRÉSIDENT DÉSIGNÉ

Ces gros titres le laissèrent sans voix. Jusque-là, la victoire de Woodrow Wilson n'avait fait aucun doute dans son esprit. Les électeurs n'avaient pas oublié l'habileté avec laquelle le président avait réglé la crise du *Lusitania* : les États-Unis avaient su se montrer fermes avec les Allemands tout en conservant leur neutralité. Dans cette campagne électorale, le slogan de Wilson avait été : « Il nous a préservés de la guerre. »

Hughes avait au contraire accusé le président de ne pas préparer le pays à la guerre, mais ses propos s'étaient retournés contre lui. Après la brutalité avec laquelle la Grande-Bretagne avait maté l'insurrection de Pâques à Dublin, les Américains étaient plus résolus que jamais à rester à l'écart du conflit. Puisque la Grande-Bretagne ne se comportait pas mieux avec les Irlandais que l'Allemagne avec les Belges, pourquoi l'Amérique devrait-elle prendre son parti ?

Après avoir lu les journaux, Gus desserra sa cravate et s'allongea sur le canapé de la pièce contiguë au Bureau ovale. L'idée de devoir quitter la Maison-Blanche le désolait. Travailler pour Wilson était devenu la pierre angulaire de son existence, il s'en rendait bien compte. Si sa vie amoureuse était un désastre, au moins il savait qu'il était utile au président des États-Unis.

Cependant, ses inquiétudes dépassaient largement le cadre de ses préoccupations personnelles. Wilson était déterminé à créer un ordre international où les guerres pourraient être évitées. De même que les conflits de voisinage ne se réglaient plus à coups de carabine, les querelles internationales devaient se résoudre pacifiquement, par le biais d'un jugement indépendant. Dans une lettre adressée à Wilson, Sir Edward Grey, le ministre britannique des Affaires étrangères, avait employé une expression qui avait beaucoup plu au président : « Société des nations ». Participer à la mise en œuvre de ce projet, voilà un rêve qui aurait donné un sens à la vie de Gus.

Et qui semblait s'évanouir aujourd'hui. Sur ces tristes pensées, il sombra dans le sommeil.

Il fut réveillé de bonne heure le lendemain matin par un télégramme annonçant que Wilson avait remporté non seulement l'Ohio – dont la population, en majorité ouvrière, avait apprécié ses positions sur la journée de huit heures – mais aussi le Kansas. Wilson restait donc dans la course. Un peu plus tard, on apprenait que le Minnesota s'était prononcé en sa faveur, avec une avance de moins de mille voix.

Finalement, tout n'est peut-être pas perdu, se dit Gus, et il reprit courage.

Le mercredi soir, Wilson avait dix voix de grands électeurs d'avance : deux cent soixante-quatre contre deux cent cinquante-quatre pour son adversaire. Mais on attendait encore les résultats de la Californie, qui comptait treize grands électeurs. Le candidat qui remporterait cet État serait président.

Le téléphone de Gus ne sonnait plus. Il n'avait pas grand-chose à faire. À Los Angeles, le décompte des voix traînait en longueur. Toutes les urnes encore scellées étaient gardées par des démocrates armés, persuadés qu'en 1876, des fraudes seules pouvaient expliquer leur défaite.

Le résultat était toujours indécis quand on l'appela depuis le hall d'entrée pour lui annoncer une visite. Il découvrit avec étonnement Rosa Hellman, l'ancienne rédactrice en chef du *Buffalo Anarchist*. Il était enchanté : c'était toujours intéressant de discuter avec elle. Il se rappela toutefois qu'un anarchiste avait assassiné le président McKinley à Buffalo, en 1901. Heureusement, Wilson était loin, dans le New Jersey. Il fit donc monter Rosa dans son bureau et lui offrit un café.

Elle portait un manteau rouge. Quand il l'aida à s'en défaire, la dominant de sa haute taille, il perçut la fragrance d'un léger parfum fleuri.

«La dernière fois que nous nous sommes vus, je vous ai annoncé mes fiançailles avec Olga Vialov et vous m'avez traité de pauvre imbécile», dit-il en suspendant son manteau à la patère.

Elle parut embarrassée. «Je vous présente mes excuses.

— En fait, vous aviez raison... Alors, maintenant, vous travaillez pour une agence de presse?

— Oui.

— Vous avez le poste de correspondant à Washington?

— Non, je ne suis que son adjointe borgne.»

C'était la première fois qu'elle mentionnait son infirmité et Gus marqua une hésitation avant d'avouer : «Je me suis toujours demandé pourquoi vous ne portiez pas de bandeau. En fait, je suis enchanté que vous ne le fassiez pas. Vous êtes une ravissante jeune femme qui a un œil fermé, c'est tout.

— Merci, c'est très gentil. Dites-moi, quel genre de travail faites-vous pour le président?

— À part décrocher le téléphone? Je lis les rapports alambiqués du Département d'État, puis je dis à Wilson les choses telles qu'elles sont en réalité.

— Par exemple?...

— Nos ambassadeurs en Europe affirment que l'offensive de la Somme n'a atteint qu'une partie de ses objectifs et qu'il y a de lourdes pertes de part et d'autre. Il est presque impossible de prouver que c'est faux – et cela n'apprend rien au président. Je lui dis donc que la bataille de la Somme est une catastrophe pour les Anglais.» Il haussa les épaules. «Enfin, c'est ce que je le lui disais, avant. Je n'aurai peut-être plus à le faire.» Il dissimulait ses sentiments. En réalité, l'idée que Wilson puisse perdre les élections lui était insupportable.

Elle hocha la tête. «En Californie, ils recomptent les bulletins. Presque un million de personnes ont voté et il y a à peu près cinq mille voix de différence.

— Quand on pense que tant de choses dépendent de la décision d'une poignée d'individus à peine instruits.

— C'est ça, la démocratie.»

Gus sourit. «Un système de gouvernement épouvantable, mais les autres sont encore pires.

— Si Wilson l'emporte, quelle sera sa priorité?

— Entre nous ?
— Naturellement.
— La paix en Europe, répondit Gus sans l'ombre d'une hésitation.
— Vraiment ?
— Il n'a jamais beaucoup aimé le slogan : "Il nous a préservés de la guerre." Tout ne dépend pas de lui. Nous risquons d'y être entraînés, bon gré, mal gré.
— Et que peut-il faire ?
— Faire pression sur les deux camps pour qu'ils trouvent un compromis.
— Il peut y arriver ?
— Je ne sais pas.
— Ils ne peuvent quand même pas continuer à se massacrer comme ils l'ont fait sur la Somme.
— Allez savoir !... Et si vous me donniez quelques nouvelles de Buffalo ? »

Elle planta ses yeux dans les siens. « Vous voulez savoir ce que devient Olga ou est-ce trop embarrassant ? »

Gus détourna le regard. Que pouvait-il effectivement y avoir de plus embarrassant ? D'abord, il avait reçu un mot d'Olga lui annonçant la rupture de leurs fiançailles. Elle s'y excusait platement, sans lui donner la moindre explication. Refusant d'en rester là, Gus avait réclamé de la voir en personne. Il ne comprenait pas ce qui se passait et se demandait si quelqu'un ne faisait pas pression sur elle. Mais le même jour, sa mère avait appris par le réseau de ses amies cancanières qu'Olga s'apprêtait à épouser le chauffeur de son père. « Pourquoi ? » s'était exclamé Gus au supplice. À quoi sa mère avait répondu : « Mon cher fils, quand une fille épouse le chauffeur de la maison, il ne peut y avoir qu'une raison. » Comme il la regardait, ahuri, sa mère avait lâché : « Elle doit être enceinte. » De sa vie, Gus ne s'était jamais senti aussi humilié. Un an plus tard encore, il ne pouvait songer à cette scène sans réprimer une grimace.

Rosa lut tout cela sur son visage. « Je n'aurais pas dû prononcer son nom, excusez-moi. »

Après tout, mieux valait savoir ce que tout le monde savait déjà, se dit Gus. Il effleura la main de Rosa : « Merci de votre franchise. Je préfère ça. En effet, je suis curieux de d'apprendre ce que devient Olga.
— Eh bien, ils se sont mariés à l'église orthodoxe russe

d'Ideal Street, et il y a eu une réception à l'hôtel Statler. Six cents invités; Josef Vialov avait loué la salle de bal *et* la salle à manger. On a servi du caviar à tout le monde. Ces noces ont été les plus fastueuses des annales de Buffalo.

— Comment est le mari?

— Lev Pechkov? Beau, charmeur et totalement indigne de confiance. Au premier coup d'œil, on voit que c'est un voyou. Et le voilà devenu le gendre d'un des hommes les plus riches de Buffalo.

— Et l'enfant?

— C'est une petite fille, Daria, mais ils l'appellent Daisy. Elle est née en mars. Et Lev n'est plus chauffeur, vous vous en doutez bien. Je crois qu'il dirige une des boîtes de nuit de Vialov. »

Ils bavardèrent ainsi pendant une heure, puis Gus la raccompagna au rez-de-chaussée et appela un taxi pour la reconduire chez elle.

Le lendemain matin, de bonne heure, il apprit par câble les résultats du vote californien : Wilson avait remporté les élections par trois mille sept cent soixante-dix-sept voix. Il était réélu président.

Gus était ravi. Quatre années de plus pour tenter de réaliser les objectifs qu'ils s'étaient fixés. En quatre ans, ils pouvaient changer le monde!

Il avait toujours les yeux fixés sur le télégramme lorsque le téléphone sonna.

Il décrocha et entendit la standardiste lui dire : « Un appel de Shadow Lane, monsieur Dewar. Le président veut vous parler.

— Merci. »

Une seconde plus tard, la voix familière de Wilson résonnait à son oreille. « Bonjour, Gus.

— Félicitations, monsieur le président.

— Merci. Faites votre valise. Je veux que vous alliez à Berlin. »

3.

Quand Walter von Ulrich eut une permission, sa mère organisa une réception.

À Berlin, la vie mondaine était désormais presque inexistante.

Il était très difficile de trouver de quoi manger, même pour une femme riche au mari influent. Susanne von Ulrich n'était pas au sommet de sa forme : elle était amaigrie et toussait, mais elle tenait malgré tout à donner une petite fête en l'honneur de son fils.

La cave d'Otto contenait quantité de grands crus achetés avant la guerre. Susanne décida que cette réunion amicale aurait lieu l'après-midi, ce qui lui éviterait de servir un vrai dîner. Elle préparerait des canapés au poisson fumé et au fromage sur du pain grillé découpé en triangles et ferait couler le champagne à flots pour compenser la modestie du buffet.

Walter lui était reconnaissant d'avoir eu cette pensée, mais il n'avait pas très envie de tout ce tralala. Pour les deux seules semaines qu'il avait à passer loin du champ de bataille, il souhaitait surtout un lit moelleux, des vêtements secs et la possibilité de traîner toute la journée dans l'élégant salon de l'hôtel particulier de ses parents, à regarder par la fenêtre, penser à Maud et s'asseoir au piano, un Steinway de concert, pour jouer le lied de Schubert, *Frühlingsglaube* : « Dorénavant, tout, tout doit changer. »

Avec quelle désinvolture Maud et lui avaient-ils cru, en août 1914, qu'ils seraient réunis pour la Noël ! Cela faisait maintenant plus de deux ans qu'il n'avait pas vu le beau visage de sa femme. Et il s'en écoulerait certainement deux de plus avant que l'Allemagne ne gagne la guerre. Walter plaçait tous ses espoirs dans l'effondrement de la Russie, qui permettrait aux Allemands de concentrer leurs forces sur le front occidental, pour un assaut final.

Après tout ce temps, Walter avait parfois du mal à se remémorer les traits de Maud sans regarder la photo de presse jaunie qu'il portait sur lui : « Lady Maud Fitzherbert, comme toujours à la pointe de la mode ». Il ne pouvait imaginer une réception sans elle. Tout en se préparant, il regretta que sa mère se soit donné autant de peine.

La maison avait l'air mal tenue. Il n'y avait plus assez de personnel pour entretenir impeccablement une demeure aussi vaste. Les hommes étaient à l'armée, les femmes conduisaient les tramways ou portaient le courrier. Il ne restait que les serviteurs les plus âgés, qui faisaient de leur mieux pour donner satisfaction à sa mère. De plus, les pièces étaient glacées. Le charbon étant rationné, il était impossible de faire fonctionner le chauffage central avec la quantité allouée ; sa mère avait donc fait installer des poêles dans l'entrée, la salle à manger et le salon, mais ils ne suffisaient pas à lutter contre le froid d'un mois de novembre berlinois.

Cependant, lorsque les salles commencèrent à se remplir de jeunes gens et de jeunes filles et qu'un petit orchestre se mit à jouer dans le vestibule, la morosité de Walter se dissipa. Sa jeune sœur, Greta, avait invité tous ses amis. Il comprit alors combien la vie mondaine lui manquait. Il aimait admirer les jeunes filles en jolies toilettes, les messieurs tirés à quatre épingles. Il adorait plaisanter, badiner, causer. Il avait pris plaisir à son existence de diplomate – c'était une vie qui lui convenait. Il savait charmer ses interlocuteurs et parler de tout et de rien.

En l'absence de salle de bal, les invités se mirent à danser dans le vestibule carrelé. Walter invita plusieurs fois Monika von der Helbard, la meilleure amie de sa sœur, une jeune fille svelte et élancée dont les longs cheveux roux lui rappelaient les tableaux de ces peintres anglais qui avaient pris le nom de préraphaélites.

Il alla lui chercher une coupe de champagne et s'assit à ses côtés. Elle l'interrogea sur les tranchées, comme tout le monde. Il répondait habituellement que la vie y était dure, mais que les hommes avaient bon moral et finiraient par remporter la victoire. Sans savoir pourquoi, il dit la vérité à Monika : « Le pire, c'est que cela ne sert à rien. À peu de chose près, nous occupons les mêmes positions qu'il y a deux ans, et je ne vois pas ce que le haut commandement pourrait ou devrait faire pour que cela change. Nous souffrons du froid, de la faim, de la toux, du pied des tranchées et de maux d'estomac, pour ne rien dire de l'ennui. Et tout cela pour rien.

— Ce n'est pas ce qu'on lit dans les journaux, observa-t-elle. C'est bien triste. » Elle lui serra le bras dans un geste de compassion. Ce simple contact lui fit l'effet d'une légère décharge électrique. Aucune femme, hormis celles de sa famille, ne l'avait touché depuis deux ans. Il songea soudain que ce serait merveilleux de prendre Monika dans ses bras, de serrer son corps tiède, de poser ses lèvres sur les siennes. Ses yeux d'ambre lui rendirent un regard plein de franchise. Il lui fallut un moment pour se rendre compte qu'elle avait lu dans ses pensées. Les femmes sentaient souvent ce que les hommes avaient à l'esprit, il l'avait déjà constaté. Il en fut un peu gêné. Mais visiblement, elle ne lui en tenait pas rigueur et cette constatation augmenta encore son désir.

Quelqu'un s'approcha. Il releva les yeux, agacé, supposant que cet individu voulait inviter sa compagne à danser. Puis il reconnut ce visage. « *Sapristi !* » s'écria-t-il. Le nom lui revint immédiatement : il avait une excellente mémoire des gens, comme tout bon diplomate.

« Mais c'est Gus Dewar ! » dit-il en anglais.

Gus lui répondit en allemand. « En effet, mais nous pouvons parler allemand. Comment allez-vous ? »

Walter se leva, et ils échangèrent une poignée de main. « Puis-je te présenter la baronne Monika von der Helbard ?... Gus Dewar, conseiller du président Woodrow Wilson.

— Ravie de vous rencontrer, monsieur Dewar, dit la jeune fille. Vous avez certainement beaucoup de choses à vous dire, messieurs. »

Tandis qu'elle s'éloignait, Walter la suivit des yeux avec un sentiment de regret mêlé de culpabilité. L'espace d'un instant, il avait oublié qu'il était marié.

Il se tourna vers Gus. Lorsqu'ils avaient fait connaissance, à Tŷ Gwyn, il avait tout de suite apprécié l'Américain. Gus avait une drôle d'allure, avec sa grosse tête perchée au sommet d'un corps interminable, mais il avait l'esprit aussi aiguisé qu'une dague. À l'époque, frais émoulu de Harvard, il était d'une timidité charmante mais ses deux ans de travail à la Maison-Blanche lui avaient donné de l'assurance. Il portait fort bien le complet un peu informe que les Américains affectionnaient. Walter reprit : « Je suis enchanté de vous revoir. De nos jours, peu de gens passent leurs vacances à Berlin.

— Je ne suis pas vraiment en vacances. »

Walter attendit que Gus en dise davantage. Devant son silence, il demanda : « Quel bon vent vous amène, dans ce cas ?

— Je suis là pour prendre la température de l'eau. Voir si elle est assez chaude pour que le président s'y baigne. »

Il était donc là en mission officielle. « Je vois.

— À vrai dire... » Gus hésita encore et Walter attendit patiemment. Il reprit enfin, d'une voix plus basse : « ... le président Wilson voudrait que les Allemands et les Alliés engagent des pourparlers de paix. »

Le cœur de Walter se mit à battre plus vite ; il se contenta pourtant de lever un sourcil dubitatif. « Il *vous* a envoyé me dire cela, *à moi*?

— Vous savez comment les choses se passent. Le président ne peut se permettre d'essuyer un refus officiel. Sa crédibilité en souffrirait. Naturellement, notre ambassadeur à Berlin pourrait s'entretenir avec votre ministre des Affaires étrangères, mais cela donnerait une tournure officielle à l'affaire et, tôt ou tard, ça finirait par se savoir. Il a donc demandé à son conseiller le plus modeste, c'est-à-dire moi, de se rendre à Berlin et de faire jouer les quelques contacts que j'ai pu nouer en 1914. »

Walter hocha la tête. Ce genre de méthode n'était pas rare dans la sphère diplomatique. « Si nous rejetons votre offre, personne n'en saura rien.

— Et quand bien même l'affaire s'ébruiterait, on pourrait toujours prétendre que des jeunes gens de rang subalterne ont pris sur eux d'agir à titre personnel. »

C'était cohérent. Une légère excitation s'empara de Walter. « Que veut exactement Mr Wilson ? » demanda-t-il.

Gus prit une profonde inspiration. « Si le kaiser adressait aux Alliés une note leur proposant la tenue d'une conférence de paix, le président Wilson appuierait publiquement son initiative. »

Walter réprima son exaltation. Cet entretien privé, totalement inattendu, pouvait avoir des conséquences qui ébranleraient le monde. Était-il possible que le cauchemar des tranchées touche à sa fin ? Qu'il revoie Maud dans quelques mois, et non dans plusieurs années ? Il devait garder son calme. Les ballons d'essai lancés au cours de conversations privées comme celle-ci ne débouchaient généralement sur rien. Mais son enthousiasme l'emporta. « C'est fou, Gus. Vous êtes sûr que c'est bien l'intention de Mr Wilson ?

— Absolument. C'est la première chose qu'il m'a dite après avoir remporté les élections.

— Quels sont ses motifs ?

— Il ne veut pas conduire l'Amérique à la guerre. Or nous risquons d'y être entraînés tout de même. Il veut la paix. Il veut aussi créer un nouveau système international susceptible à l'avenir d'éviter des guerres comme celle-ci.

— Je souscris entièrement à ce projet, dit Walter. Que voulez-vous que je fasse ?

— Que vous parliez à votre père.

— Cette proposition risque de ne pas être à son goût.

— Usez de toute votre force de persuasion.

— Je ferai de mon mieux. Puis-je vous joindre à l'ambassade américaine ?

— Non. Je suis ici à titre privé. Je suis descendu à l'hôtel Adlon.

— J'aurais dû m'en douter, Gus. » Walter sourit. L'Adlon était le meilleur hôtel de la ville. Il passait autrefois pour le palace le plus luxueux du monde. Et ce fut presque avec nostalgie, en songeant aux dernières années de paix, qu'il ajouta : « Redeviendrons-nous un jour deux jeunes hommes n'ayant d'autre souci en tête que d'attirer l'attention du serveur pour commander une nouvelle bouteille de champagne ? »

Gus répondit d'un ton grave. « Non, je ne crois pas que ces jours-là reviendront. Pas de notre vivant, en tout cas. »

Greta, la sœur de Walter, s'approcha. Ses boucles blondes remuaient gracieusement quand elle rejetait la tête en arrière. « Vous avez l'air bien sinistre, messieurs, lança-t-elle gaiement. Venez, monsieur Dewar, invitez-moi pour cette danse ! »

Le visage de Gus s'éclaira. « Avec plaisir ! »

Elle l'entraîna.

Walter rejoignit ses invités. Tout en devisant avec ses amis et relations, il ne pouvait s'empêcher de retourner la proposition de Gus dans sa tête et de réfléchir au moyen de lui apporter le meilleur soutien. Quand il aborderait le sujet avec son père, il ne devrait pas manifester trop d'enthousiasme. Père pouvait avoir un tel esprit de contradiction ! Il se contenterait du rôle de messager neutre.

Lorsque les invités furent partis, sa mère le prit à part au salon. La pièce était décorée dans le style rococo très prisé des Allemands de la génération précédente : miroirs au cadre chantourné, tables à pieds grêles incurvés, lustre imposant. « Quelle gentille fille que cette Monika von der Helbard ! dit-elle.

— Charmante, en effet », admit Walter.

Sa mère ne portait pas de bijoux. Présidente du comité de collecte de l'or, elle avait tout vendu, sauf son alliance. « Il faudra la réinviter, mais avec ses parents cette fois. Son père est le margrave von der Helbard.

— Oui, je sais.

— C'est une excellente famille de l'*Uradel,* l'ancienne noblesse. »

Walter fit quelques pas en direction de la porte. « À quelle heure attendez-vous père, ce soir ?

— Bientôt. Walter. Mais assieds-toi, bavardons un peu. »

Walter devina qu'elle avait senti qu'il cherchait à s'éclipser. Il voulait en effet jouir d'une heure de tranquillité pour réfléchir au message de Gus. Toutefois, il avait manqué de courtoisie à l'égard de sa mère qu'il aimait tendrement. Désireux de faire amende honorable, il lui avança une chaise. « Avec plaisir, mère. Je pensais que vouliez vous reposer un peu. Mais je serai enchanter de bavarder avec vous. » Il prit place en face d'elle. « La réception était très réussie. Merci infiniment de l'avoir organisée. »

Elle hocha la tête avec reconnaissance. « Ton cousin Robert est porté disparu, dit-elle sans préambule. Pendant l'offensive Broussilov.

— Je sais. Il est peut-être prisonnier des Russes.

— Ou mort. Et ton père a soixante ans. Le titre pourrait te revenir bientôt. »

Cette perspective n'enchantait pas particulièrement Walter. Les titres nobiliaires avaient de moins en moins d'importance. Peut-être tirerait-il quelque fierté d'être comte, mais il n'était pas exclu que ce soit un handicap dans le monde de l'après-guerre.

De toute façon, la question n'était pas là. « La mort de Robert n'a pas été confirmée.

— Bien sûr. Mais tu dois te préparer.

— Comment cela ?

— Tu devrais te marier.

— Oh ! » s'étonna Walter. Il aurait pourtant dû s'y attendre.

« Il te faut un héritier pour que le titre ne s'éteigne pas à ta mort. Et tu peux mourir bientôt, malgré toutes mes prières... » Sa voix s'étrangla et elle ferma les yeux, le temps de se ressaisir. « ... malgré mes prières quotidiennes pour que le ciel te protège. Il vaudrait mieux que tu aies un fils au plus tôt. »

Elle craignait autant de le perdre qu'il redoutait lui-même de la perdre. Il la regarda avec tendresse. Elle était blonde et jolie comme Greta. Peut-être avait-elle eu jadis la même vivacité. En cet instant, l'excitation de la fête et les coupes de champagne lui avaient redonné quelques couleurs. Elle avait les yeux brillants. Cependant, le simple fait de monter l'escalier l'essoufflait à présent. Elle avait besoin de repos, d'une nourriture saine et abondante et de tranquillité d'esprit. Toutes choses dont hélas, la guerre la privait. Les soldats n'étaient pas les seuls à mourir, songea Walter avec amertume.

«Je t'en prie, pense à Monika», insista sa mère.

Il avait tellement envie de lui parler de Maud. «Monika est une jeune fille charmante, mère, mais je ne suis pas amoureux d'elle. Je la connais à peine.

— Le temps presse. En temps de guerre, on peut négliger les convenances. Revois-la. Tu restes encore dix jours avec nous. Rencontre-la quotidiennement, tu pourras la demander en mariage juste avant de repartir.

— Que faites-vous de ses sentiments? Elle n'a peut-être pas du tout envie de m'épouser.

— Elle t'aime, répondit sa mère en détournant le regard. Et elle fera ce que ses parents lui diront.»

Walter ne sut s'il devait s'amuser de sa réplique ou s'en offusquer. «Vous avez tout manigancé entre mères, n'est-ce pas?

— Nous vivons des temps effroyables. Tu pourrais te marier dans trois mois. Ton père veillera à ce que l'on t'accorde une permission extraordinaire pour ton mariage et ta lune de miel.

— Il a dit cela?» En temps normal, Otto était farouchement opposé à l'idée d'accorder des privilèges exceptionnels aux militaires.

«Il comprend que le titre ne doit pas s'éteindre.»

Elle avait donc réussi à embobiner son père. Combien de temps lui avait-il fallu pour arriver à ses fins? Le vieux comte n'était pas homme à céder facilement.

Walter était au supplice. La situation était inextricable : marié à Maud, il ne pouvait épouser Monika ni même feindre de s'y intéresser. Il ne pouvait pas non plus révéler ses raisons. «Mère, je regrette de vous décevoir, mais je ne demanderai pas la main de Monika von der Helbard.

— Mais pourquoi?» s'écria-t-elle.

Il était de plus en plus mal à l'aise. «Tout ce que je peux dire, c'est que j'aurais souhaité de tout cœur pouvoir vous faire plaisir.»

Elle lui jeta un regard dur. «Ton cousin Robert ne s'est jamais marié. Dans la famille, personne ne s'en est étonné. J'espère qu'il ne s'agit pas d'un problème de même nature...»

Cette allusion à l'homosexualité de son cousin ne fit que l'embarrasser davantage. «Mère, je vous en prie! Je sais ce que vous pensez de Robert; soyez rassurée, je ne suis pas comme lui. »

Elle détourna les yeux. « Pardonne-moi d'avoir abordé le sujet. Mais qu'y a-t-il alors ? Tu as trente ans !

— Il est difficile de trouver la jeune fille idéale.

— Moins que tu ne crois.

— C'est que je cherche quelqu'un qui soit exactement comme vous.

— Cesse de me taquiner ! » répondit-elle, fâchée.

Une voix d'homme résonna de l'autre côté de la porte. Un instant plus tard, Otto faisait son entrée en se frottant les mains pour les réchauffer. Il était en uniforme. « Il va neiger », annonça-t-il. Il embrassa son épouse et adressa un salut de la tête à Walter. « La réception a été une réussite, je suppose ? Je n'ai pas pu me dégager, les réunions se sont succédé sans interruption tout l'après-midi.

— C'était magnifique, dit Walter. Mère avait préparé les meilleurs canapés du monde à partir de rien du tout, et le Perrier-Jouët était excellent.

— Quel cru ?

— Mille huit cent quatre-vingt-dix-neuf.

— Tu aurais dû prendre le quatre-vingt-douze.

— Il n'en reste plus beaucoup.

— Ah.

— J'ai eu une conversation intéressante avec Gus Dewar.

— Je me souviens de lui – c'est cet Américain dont le père est proche du président Wilson.

— Son fils l'est encore plus maintenant. Il travaille à la Maison-Blanche.

— Qu'est-ce qu'il raconte ? »

Susanne von Ulrich quitta son siège. « Je vous laisse discuter entre hommes. »

Ils se levèrent. Elle s'arrêta sur le seuil :

« Walter chéri, réfléchis à ce que je t'ai dit. »

Quelques instants plus tard, le maître d'hôtel entra, portant un plateau sur lequel était posé un verre bien rempli d'un cognac brun doré. Otto s'en empara. « Tu en veux un ? demanda-t-il à Walter.

— Non, merci. J'ai bu assez de champagne ! »

Otto descendit son verre d'un trait et étendit les jambes vers le feu. « Alors comme cela, le jeune Gus Dewar a fait une apparition. Porteur d'un message ?

— Des plus confidentiels.

— Je n'en doute pas. »

Walter n'avait pas une immense affection pour son père. Leurs désaccords étaient trop passionnés et Otto trop intransigeant. Il était borné, vieux jeu et sourd à toute raison. De plus, il persistait dans ses défauts avec une obstination allègre que son fils avait du mal à supporter. Sa sottise, et celle des hommes de sa génération dans tous les pays d'Europe, avait eu pour conséquence le massacre de la Somme, chose impardonnable aux yeux de Walter.

Ce fut néanmoins avec une amabilité enjouée et d'une voie douce qu'il s'adressa à son père. Il souhaitait que leur conversation soit aussi agréable et raisonnable que possible. « Le président américain ne veut pas être entraîné dans la guerre, commença-t-il.

— Parfait !

— En fait, il voudrait que nous fassions la paix.

— Mais voyons ! ironisa le comte. Un moyen bon marché de nous acculer à la défaite ! Quelle arrogance ! »

Ce mépris immédiat consterna Walter. Il insista pourtant, choisissant ses mots avec soin. « Nos ennemis prétendent que c'est l'Allemagne qui a provoqué la guerre par son agressivité et son militarisme, ce qui n'est pas le cas, évidemment.

— Bien sûr que non ! lança Otto. Nous étions menacés à l'est par les Russes qui avaient mobilisé et à l'ouest par les Français qui en avaient fait autant. Le plan Schlieffen était notre seule solution. » Fidèle à son habitude, Otto parlait à Walter comme s'il avait toujours douze ans.

« Exactement, répondit patiemment celui-ci. Je me rappelle fort bien ce que vous disiez : que c'était une guerre défensive, répondant à une menace intolérable. Que nous devions nous protéger. »

Si Otto s'étonna d'entendre Walter répéter ces phrases si souvent utilisées pour justifier la guerre, il n'en montra rien. « C'est exact, admit-il.

— Et nous l'avons fait, dit Walter, abattant son atout. Nous avons atteint nos objectifs.

— Que veux-tu dire ? demanda Otto surpris.

— Nous avons repoussé la menace. L'armée russe est

détruite ; le régime tsariste est au bord de l'effondrement. Nous avons conquis la Belgique, envahi la France et définitivement stoppé l'avance des Français et de leurs alliés britanniques. Nous avons fait ce que nous voulions faire. Nous avons protégé l'Allemagne.

— Un triomphe.

— Que voulons-nous de plus ?

— La victoire totale ! »

Walter se pencha en avant, scrutant le visage de son père. « Pourquoi ?

— L'ennemi doit payer cette agression ! Il doit y avoir des réparations. Peut-être des rectifications de frontières, des concessions coloniales.

— Cela ne faisait pas partie de nos objectifs initiaux... je me trompe ? »

Otto était bien décidé à ne rien lâcher. « Sans doute, mais maintenant que nous avons engagé tant d'argent et d'efforts dans cette guerre, sans parler de la vie de tant de jeunes Allemands, il faut bien que nous obtenions quelque chose en retour. »

L'argument d'Otto était faible, mais Walter était trop avisé pour essayer de le faire changer d'avis. De toute façon, il l'avait déjà obligé à admettre que, sur le plan militaire, l'Allemagne avait atteint ses objectifs. Il changea donc de tactique « Êtes-vous certain que la victoire totale soit possible ?

— Oui !

— En février dernier, nous avons lancé une attaque de grande envergure contre la place forte de Verdun, sans réussir à la prendre. Les Russes nous ont attaqués à l'est, et les Anglais ont jeté toutes leurs divisions dans l'offensive de la Somme. Des efforts gigantesques ont été mis en œuvre par les deux camps et nous sommes toujours dans l'impasse. » Il se tut et attendit.

« Pour le moment, oui, admit Otto à contrecœur.

— Le haut commandement l'a reconnu, c'est un fait. Depuis le mois d'août, c'est-à-dire depuis que Ludendorff a remplacé von Falkenhayn à la tête de l'état-major, notre tactique a changé : nous sommes passés de l'attaque à la défense en profondeur. Comment, selon vous, une défense en profondeur peut-elle conduire à la victoire totale ?

— Par une guerre sous-marine à outrance ! déclara Otto. L'Amérique continue d'approvisionner les Alliés, tandis que la marine britannique soumet tous nos ports à un blocus. Nous devons couper leur voie de ravitaillement. Ils seront bien obligés de céder. »

Walter ne souhaitait pas s'engager sur ce terrain, mais maintenant qu'il avait commencé, il devait aller jusqu'au bout. Serrant les dents, il dit le plus calmement possible : « Si nous faisons cela, nous pouvons être sûrs que l'Amérique entrera en guerre.

— Tu connais les effectifs de l'armée américaine ?

— À peine une centaine de milliers d'hommes, mais...

— C'est exact. Elle n'est même pas capable de pacifier le Mexique ! De là à nous menacer... »

Comme la grande majorité des hommes de sa génération, Otto n'avait jamais mis les pieds aux États-Unis. Il ne savait pas de quoi il parlait. « Les États-Unis sont un grand pays, immensément riche », observa Walter. Il bouillait intérieurement mais veillait à ne pas se départir d'un ton courtois et à conserver toutes les apparences d'un entretien amical. « Ils peuvent renforcer leur armée.

— Ça leur prendra du temps. Au moins un an. À cette date, les Anglais et les Français auront capitulé. »

Walter hocha la tête. « Nous avons déjà discuté de tout cela, père, répondit-il d'une voix conciliante. Comme tous ceux qui s'intéressent à la stratégie militaire. Il y a du pour et du contre de chaque côté. »

Ne pouvant le nier, Otto se contenta de grommeler.

Walter reprit : « Quoi qu'il en soit, ce n'est évidemment pas à moi de décider de la réponse que l'Allemagne doit donner à cette démarche officieuse de Washington. »

Otto comprit le sous-entendu. « Ni à moi, naturellement.

— Wilson affirme que si nous adressons une note officielle aux Alliés pour suggérer l'organisation de pourparlers de paix, il appuiera publiquement cette proposition. Je suppose qu'il est de notre devoir de transmettre ce message à notre souverain.

— En effet, dit Otto. C'est au kaiser d'en décider. »

4.

Walter écrivit à Maud sur une feuille de papier blanc sans en-tête.

Ma chérie adorée,

C'est l'hiver en Allemagne et dans mon cœur.

Il écrivait en anglais. Il n'avait pas indiqué son adresse en haut de la page, et prit grand soin de ne pas désigner Maud par son nom.

Comment te dire à quel point je t'aime et combien tu me manques ?

Il était difficile de choisir ses mots. La lettre pouvait être lue par des policiers indiscrets; il devait s'assurer que ni Maud ni lui ne pourraient être identifiés.

Je suis comme ce million d'hommes séparés aujourd'hui de la femme qu'ils aiment, et le vent du nord glace nos âmes.

Cette lettre devait ressembler à celle de n'importe quel soldat arraché à sa famille par la guerre.

Le monde doit te paraître aussi froid et morne qu'il l'est pour moi. Le plus dur à supporter, c'est d'être loin de toi.

Il aurait voulu pouvoir lui parler de ses activités dans le renseignement militaire, de sa mère qui voulait lui faire épouser Monika, de la disette qui régnait à Berlin, et même du livre qu'il lisait, une saga familiale intitulée *Les Buddenbrook,* mais il craignait qu'un simple détail ne puisse les mettre en danger, elle ou lui.

Je ne peux pas te raconter grand-chose, mais je veux que tu saches que je te suis fidèle...

Il s'interrompit, se rappelant avec honte l'envie qu'il avait eue d'embrasser Monika. Mais il n'avait pas succombé.

... ainsi qu'aux vœux sacrés que nous avons prononcés lors de notre dernière rencontre.

Impossible d'évoquer leur mariage avec plus de précision. Il fallait éviter que chez elle aussi quelqu'un n'apprenne la vérité en lisant ces mots.

Je pense chaque jour à l'instant où nous nous retrouverons et où nous nous dirons, en nous regardant dans les yeux : « Bonjour, mon amour. »

En attendant, ne m'oublie pas.

Il ne signa pas.

Il mit cette lettre dans une enveloppe et la glissa dans la poche intérieure de son veston.

Les échanges postaux étaient interrompus entre l'Allemagne et l'Angleterre.

Il quitta sa chambre et descendit dans le vestibule. S'étant coiffé d'un chapeau, il enfila un épais pardessus à col de fourrure et sortit dans les rues glacées de Berlin.

Il avait rendez-vous avec Gus Dewar au bar de l'Adlon. L'hôtel s'efforçait de conserver un semblant de son ancienne splendeur, les serveurs officiaient en tenue de soirée et un quatuor à cordes assurait un fond sonore. Mais on n'y trouvait plus aucun alcool étranger – ni scotch, ni cognac, ni gin. Ils commandèrent donc du schnaps.

« Alors ? demanda Gus avec impatience. Comment a été reçu mon message ? »

Walter était plein d'espoir, mais il savait que la situation n'incitait guère à l'optimisme ; il préféra donc tempérer son enthousiasme. Les nouvelles qu'il avait à transmettre à Gus étaient positives, sans plus. « Le kaiser adressera une note à votre président.

— Parfait ! Que compte-t-il lui dire ?

— Je n'ai vu qu'un brouillon. Je crains que le ton ne soit pas des plus conciliants.

— Autrement dit ? »

Walter ferma les yeux pour se remémorer les termes exacts de la missive. « "Depuis deux ans et demi, la guerre la plus redoutable de tous les temps fait rage. Dans ce conflit, l'Allemagne et ses alliés ont prouvé leur force indestructible. Nos lignes résistent sans fléchir à des assauts incessants. Les événements récents montrent que la poursuite de la guerre ne parviendra pas à briser notre résistance..." Ça continue dans la même veine.

— Pas des plus conciliants, en effet, je vois ce que vous voulez dire.

— Il finit quand même par aborder le nœud de la question, reprit Walter en essayant de se souvenir de la suite. "Conscients de notre supériorité militaire et économique, prêts, s'il le faut, à poursuivre jusqu'au bout un combat qui nous a été imposé, nous sommes cependant animés du désir de mettre un terme à l'effusion de sang et aux horreurs de cette guerre..." Attention, voici le passage important : “Nous proposons donc dès à présent d’engager des négociations de paix.”

— Excellent ! s’écria Gus au comble de la joie. Il accepte !

— Moins fort, s’il vous plaît ! » coupa Walter en promenant un regard inquiet autour de lui. Mais apparemment, personne ne leur prêtait attention. La musique du quatuor couvrait leur conversation.

« Excusez-moi, dit Gus.

— Vous avez tout de même raison, approuva Walter avec un sourire qui laissait transparaître un peu d’optimisme. Le ton est arrogant, belliqueux et méprisant, mais l’empereur propose bel et bien des négociations de paix.

— Je ne peux pas vous dire à quel point je vous suis reconnaissant. »

Walter l’arrêta d’un geste de la main. « Je vais vous parler franchement. Dans l’entourage du kaiser, des hommes puissants et farouchement hostiles à la paix ont appuyé cette proposition par pur cynisme, dans le seul but de faire bonne figure aux yeux de votre président, et parce qu’ils sont sûrs que les Alliés rejetteront cette proposition.

— Espérons qu’ils se trompent !

— Le ciel vous entende !

— Quand la lettre partira-t-elle ?

— Ils discutent encore de la formulation définitive. Quand tout le monde sera d’accord, elle sera remise à l’ambassadeur des États-Unis, ici à Berlin, et on demandera de la transmettre aux gouvernements alliés. » Ce petit jeu de furet diplomatique était indispensable, toute relation officielle ayant été rompue entre les gouvernements ennemis.

« Je ferais bien d’aller à Londres, dit Gus. Je pourrais peut-être préparer le terrain.

— Je m’attendais à cette réaction. J’ai une requête à vous faire.

— Tout ce que vous voudrez, après l’aide que vous m’avez apportée !

— C’est d’ordre strictement personnel.

— Pas de problème.

— Cela m’oblige à vous confier un secret. »

Gus sourit. « Vous m’intriguez !

— Je voudrais vous charger d’une lettre pour Lady Maud Fitzherbert.

— Ah », fit Gus d'un air pensif. Il ne pouvait y avoir qu'une raison pour que Walter écrive à Maud en secret. « Je comprends que la discrétion soit de mise. C'est entendu.

— Si on fouille vos bagages au moment de votre départ d'Allemagne ou de votre arrivée en Angleterre, vous devrez dire que c'est la lettre d'amour d'un Américain en poste en Allemagne à sa fiancée qui vit à Londres. Aucun nom et aucune adresse n'y figurent.

— Bien.

— Merci, s'écria Walter avec émotion. Je ne saurais vous dire ce que cela représente pour moi. »

5.

Une partie de chasse devait avoir lieu à Tŷ Gwyn le samedi 2 décembre. Le comte Fitzherbert et la princesse Bea ayant été retenus à Londres, Bing Westhampton, l'ami de Fitz, et Lady Maud accueillaient les invités à leur place.

Avant la guerre, Maud appréciait beaucoup ce genre de mondanités. Les femmes ne tiraient pas, évidemment, mais elle aimait voir la maison pleine ; pour le déjeuner, on organisait un pique-nique pour lequel les dames rejoignaient les messieurs ; on faisait de grandes flambées et, le soir, tout le monde se retrouvait autour d'un plantureux dîner. Ce jour-là cependant, l'image de tous ces soldats qui souffraient dans les tranchées lui gâchait son plaisir. Elle tenta, sans succès, de se convaincre qu'on ne pouvait pas passer sa vie à ressasser son malheur, même en temps de guerre. Ayant plaqué sur son visage son plus large sourire, elle encouragea chacun à manger et à boire à satiété. Mais le claquement des fusils de chasse ne faisait que lui rappeler les champs de bataille. Elle ne toucha pas à son assiette, ne goûta aucun des superbes vins de Fitz.

Elle ne supportait pas l'oisiveté ces derniers temps, parce Walter occupait alors toutes ses pensées. Était-il vivant ou mort ? La bataille de la Somme s'était achevée, enfin. À en croire Fitz, les Allemands avaient perdu un demi-million d'hommes. Walter faisait-il partie des victimes ? Gisait-il dans quelque hôpital, affreusement mutilé ?

Ou peut-être célébrait-il la victoire? Les journaux ne pouvaient pas entièrement dissimuler que cette offensive, la plus importante de l'année 1916, n'avait fait gagner à l'armée britannique que onze malheureux kilomètres de terrain. Les Allemands avaient tout lieu de se féliciter. Fitz lui-même reconnaissait, tout bas et en privé, que la Grande-Bretagne n'avait plus qu'un espoir : que les Américains entrent en guerre. Walter se prélassait-il dans un bordel de Berlin, une bouteille de schnaps dans une main, caressant de l'autre une jolie *Fraülein* blonde? Je préférerais encore qu'il soit blessé, se dit-elle, et cette idée lui fit honte aussitôt.

Gus Dewar avait été invité à Tŷ Gwyn; à l'heure du thé, il partit à la recherche de Maud. Les hommes portaient tous des culottes de golf bouffantes, un pantalon de tweed boutonné juste en dessous du genou. L'immense Américain était particulièrement ridicule dans cette tenue. Tenant périlleusement une tasse de thé, il traversa le petit salon bondé jusqu'à l'endroit où Maud était assise.

Elle réprima un soupir. Quand un célibataire s'approchait d'elle, c'était le plus souvent avec une idée bien précise en tête et elle devait l'éconduire sans révéler pour autant qu'elle était mariée. Ce n'était pas toujours facile. Maintenant que tant de beaux partis avaient été tués, les hommes les moins séduisants s'imaginaient avoir une chance auprès d'elle : fils cadets de barons ruinés ou hommes d'Église chétifs à mauvaise haleine. Jusqu'à des homosexuels notoires, en quête de respectabilité.

Gus Dewar ne faisait pas partie de ces tristes sires. Il n'était pas beau, certes, et n'avait pas la grâce innée d'hommes tels que son frère ou Walter, mais il était intelligent et poursuivait des idéaux élevés. Surtout, il s'intéressait passionnément, comme elle, aux affaires du monde. Ce mélange entre une légère maladresse, physique aussi bien que sociale, et une franchise brutale n'était pas dépourvu de charme. Si Maud n'avait pas été mariée, il aurait pu avoir ses chances.

Gus plia ses longues jambes et prit place à côté d'elle sur le divan de soie jaune. « Quel plaisir de revenir à Tŷ Gwyn, dit-il.

— Vous êtes venu juste avant la guerre », répondit Maud. Elle n'oublierait jamais ce dimanche de janvier 1914 : la visite du roi, la catastrophe effroyable dans la mine d'Aberowen et surtout, les baisers de Walter – elle se rendit compte avec un soupçon de honte que c'était ce moment-là dont elle se souvenait le mieux. Si seulement elle pouvait encore l'embrasser ! Qu'ils avaient été sots de se limiter à des baisers ! Ils auraient dû faire l'amour. Elle serait tombée enceinte, ils auraient été obligés de se marier avec une précipitation qui aurait terriblement manqué de dignité. Ils auraient été contraints d'aller vivre dans le déshonneur éternel en quelque lieu effroyable comme la Rhodésie ou le Bengale. Famille, société, carrière, toutes ces considérations qui les avaient retenus étaient si peu de chose en regard de l'éventualité affreuse que Walter soit tué et qu'elle ne le revoie jamais. « Comment les hommes peuvent-ils être assez bêtes pour faire la guerre ? demanda-t-elle à Gus. Et pour continuer à se battre alors que le coût en vies humaines a depuis longtemps réduit à néant tous les bénéfices qu'on pouvait attendre d'une victoire ?

— Le président Wilson estime que les deux parties devraient envisager une paix sans victoire. »

Elle fut soulagée qu'il ne lui ait pas répondu « Quels jolis yeux vous avez ! » ou une autre bêtise du même genre. « Je suis bien de son avis, dit-elle. L'armée britannique a déjà perdu un million d'hommes. À elle seule, la bataille de la Somme a fait quatre cent mille victimes dans nos rangs.

— Qu'en pense le peuple britannique ? »

Maud réfléchit. « La plupart des journaux continuent à faire comme si la Somme avait été une grande victoire. Tous les efforts de jugement réaliste sont taxés d'antipatriotisme. Je suis sûre que Lord Northcliffe ne serait pas fâché de vivre sous une dictature militaire. Mais la majorité de la population comprend que nous nous trouvons plus ou moins dans l'impasse.

— Il n'est pas impossible que les Allemands soient sur le point de proposer des négociations de paix.

— Si seulement !

— Je crois savoir qu'une démarche officielle pourrait être entreprise bientôt. »

C'était passionnant. Des négociations de paix ? Serait-ce possible ? Maud le regarda attentivement. « Pardonnez-moi, j'ai cru que nous ne faisions qu'échanger quelques phrases polies, mais ce n'est manifestement pas le cas.

— Non, je ne parlais pas dans le vide, répondit Gus. Je sais que vous avez des amis au sein du gouvernement libéral.

— Ce n'est plus vraiment un gouvernement libéral, c'est une

coalition. Plusieurs ministres conservateurs sont entrés au cabinet.

— Excusez-moi, je me suis mal exprimé. Je sais, bien sûr, que c'est un gouvernement de coalition, mais Asquith est toujours Premier ministre, et c'est un libéral. Je sais aussi que vous êtes au mieux avec certains membres importants de son parti.

— En effet.

— C'est pourquoi je suis venu vous demander votre avis : selon vous, quel accueil pourrait recevoir la proposition allemande ? »

Elle prit son temps pour réfléchir. Parfaitement consciente qu'à travers Gus, c'était le président des États-Unis qui lui posait cette question. Elle se devait de lui répondre avec précision. Or il se trouvait qu'elle était justement en possession d'une information capitale. « Il y a dix jours, le cabinet a débattu d'un rapport de Lord Lansdowne, un conservateur qui a été un moment notre ministre des Affaires étrangères. Il y affirmait que nous ne pouvions pas gagner la guerre. »

Le visage de Gus s'éclaira. « Vraiment ? Je l'ignorais.

— Évidemment, c'était un rapport secret. Mais il y a eu des fuites, et Northcliffe s'en est pris vertement à ce qu'il appelle des propos défaitistes en faveur d'une paix négociée.

— Et comment a été accueilli le rapport de Lansdowne ? s'enquit Gus avec impatience.

— Je dirais que quatre personnes ont tendance à épouser ses vues : Sir Edward Grey, le ministre des Affaires étrangères, McKenna, le chancelier de l'Échiquier, Runciman, le ministre du Commerce, et le Premier ministre en personne.

— C'est une faction de poids ! s'écria Gus d'un ton plein d'espoir.

— Surtout depuis le départ de cet agressif de Winston Churchill. Il ne s'est pas remis de la catastrophe des Dardanelles. Cette expédition était son projet chéri.

— Qui, au sein du cabinet, a pris position contre Lansdowne ?

— David Lloyd George, le secrétaire d'État à la Guerre, l'homme politique le plus populaire du pays. Et aussi Lord Robert Cecil, le ministre du Blocus, Arthur Henderson, le trésorier-payeur de l'Échiquier, qui est également chef du parti travailliste, et Arthur Balfour, premier lord de l'Amirauté.

— J'ai lu le communiqué de presse de Lloyd George : il annonce qu'il se battra jusqu'au bout.

— Il a le soutien de la majorité de la population, malheureusement. Il est vrai que les gens n'ont guère l'occasion d'entendre un autre son de cloche. Les rares à prendre position contre la guerre, comme le philosophe Bertrand Russell, font l'objet d'un harcèlement constant de la part du gouvernement.

— Qu'a décidé le cabinet ?

— Rien. Ce n'est pas rare avec Asquith. Beaucoup se plaignent de son indécision.

— C'est agaçant. Il me semble cependant qu'une proposition de paix ne devrait pas tomber dans l'oreille d'un sourd. »

Qu'il était réconfortant, songea Maud, de converser avec un homme qui vous prenait véritablement au sérieux. Même ceux qui lui parlaient intelligemment avaient tendance à se montrer un peu condescendants. Walter avait été le seul homme, avant Gus, à lui parler d'égal à égale.

À cet instant, Fitz entra dans la pièce. Il était encore vêtu de son costume de ville noir et gris. De toute évidence, il venait d'arriver de la gare. Il portait un bandeau sur l'œil et s'appuyait sur une canne pour marcher. « Je suis vraiment désolé de vous avoir fait faux bond, dit-il à la cantonade. J'ai dû passer la nuit en ville. Londres est en effervescence à cause des derniers événements politiques.

— Quels événements ? interrogea Gus. Nous n'avons pas encore lu la presse d'aujourd'hui.

— Hier, Lloyd George a adressé une note à Asquith pour lui demander de modifier radicalement notre conduite de la guerre. Il veut confier toutes les décisions à un conseil de guerre tout-puissant, composé de trois ministres.

— Et Asquith acceptera ? demanda Gus.

— Bien sûr que non ! Il a répondu que si un tel organe devait exister, ce serait au Premier ministre d'en assurer la présidence.

— Ce qui revient à enterrer cette proposition, déclara Bing Westhampton depuis la banquette de fenêtre où il était assis, les pieds en l'air. N'importe quel conseil présidé par Asquith sera inévitablement aussi faible et aussi indécis que le cabinet. » Il promena un regard contrit autour de lui. « Que les ministres du gouvernement ici présents veuillent bien me pardonner !

— Il n'empêche que tu as raison, admit Fitz. En réalité, cette note remet sérieusement en question l'autorité d'Asquith.

D'autant plus que c'est Max Aitken, l'ami de Lloyd George, qui a révélé l'affaire à la presse. À présent, il ne peut plus y avoir de compromis. Ils se battront jusqu'au bout, comme dirait Lloyd George. S'il n'obtient pas satisfaction, il sera obligé de démissionner. S'il l'emporte, c'est Asquith qui devra partir, et nous aurons à choisir un nouveau Premier ministre. »

Maud croisa le regard de Gus. Elle savait qu'une même pensée muette les agitait : tant qu'Asquith était à Downing Street, l'initiative de paix avait une chance d'aboutir; si ce va-t-en-guerre de Lloyd George imposait sa volonté, tout serait différent.

Le gong résonna dans le vestibule, indiquant aux invités qu'il était temps de se changer pour le dîner. Le petit groupe se dispersa et Maud se rendit dans sa chambre.

Ses vêtements avaient déjà été préparés. Sa robe était l'une de celles qu'elle avait rapportées de Paris pour la saison londonienne de 1914. Elle avait acheté peu de toilettes depuis. Elle se déshabilla et enfila un négligé en soie. Elle ne sonnerait pas sa femme de chambre tout de suite, elle avait envie de rester seule quelques instants. Elle s'assit devant sa coiffeuse et se regarda dans le miroir. Elle avait vingt-six ans, et cela se voyait. Elle n'avait jamais été jolie, mais on l'avait dite séduisante. Les privations avaient effacé le peu de douceur juvénile qui lui restait et accentué le côté anguleux de ses traits. Que penserait Walter en la revoyant – s'ils se revoyaient ? Elle posa les mains sur ses seins. Ils étaient encore fermes, Dieu merci. Il en serait heureux. Il lui suffit de penser à lui pour sentir ses tétons durcir. Elle se demanda si elle avait le temps de...

On frappa à la porte. Elle baissa les mains, un peu honteuse. « Qui est-ce ? » demanda-t-elle.

La porte s'ouvrit sur Gus Dewar.

Maud se leva. Serrant étroitement sur elle sa robe d'intérieur, elle lança de sa voix la plus revêche : « Monsieur Dewar, je vous prie de sortir immédiatement !

— Ne vous inquiétez pas. Il faut que je vous voie en privé.

— J'imagine mal quelle raison pourrait...

— J'ai rencontré Walter à Berlin. »

Maud se tut, tout émue. Elle avait les yeux rivés sur Gus. Comment pouvait-il être au courant ?

« Il m'a remis une lettre pour vous. » Il sortit une enveloppe de la poche intérieure de sa veste en tweed.

Maud la prit d'une main tremblante.

« Il m'a dit qu'il n'avait pas mentionné votre nom ni le sien, poursuivit Gus, de crainte que la lettre ne soit lue à la frontière, mais mes bagages n'ont pas été fouillés. »

Maud tenait l'enveloppe d'une main hésitante. Elle avait tant espéré avoir des nouvelles de Walter ; maintenant, elle redoutait le pire. Peut-être avait-il une maîtresse, et la suppliait-il de le comprendre ? Peut-être avait-il épousé une Allemande, et lui demandait-il de garder à jamais le secret sur leur mariage antérieur ? Pire encore, peut-être avait-il engagé une procédure de divorce ?

Elle décacheta l'enveloppe.

Elle lut :

Ma chérie adorée,

C'est l'hiver en Allemagne et dans mon cœur. Comment te dire à quel point je t'aime et combien tu me manques ?...

Ses yeux se remplirent de larmes. « Oh ! s'écria-t-elle, Monsieur Dewar, merci de me l'avoir apportée ! »

Il fit un pas hésitant vers elle. « Là, là », dit-il. Il lui tapota le bras.

Elle essaya de lire le reste, mais les larmes lui brouillaient la vue. « Je suis tellement heureuse. »

Elle laissa tomber sa tête sur l'épaule de Gus ; il referma ses bras autour d'elle. « Ça va aller », chuchota-t-il.

Submergée d'émotion, Maud se mit à sangloter.

XXI

Décembre 1916

1.

Fitz avait été transféré à l'Amirauté, à Whitehall, ce qui était loin de lui plaire. Il ne songeait qu'à une chose : retourner en France auprès des chasseurs gallois. Autant il haïssait la crasse et l'inconfort des tranchées, autant il se sentait mal à l'aise à Londres, en sécurité, quand tant d'autres risquaient leur vie sur les champs de bataille. L'idée d'être pris pour un lâche lui était insupportable. Mais sa jambe n'étant pas encore assez solide, à en croire les médecins, l'armée refusait de le renvoyer au front.

Comme Fitz parlait allemand, Smith-Cumming du Secret Service Bureau – l'homme qui se faisait appeler C. – l'avait recommandé à ses collègues de la marine, et il avait été affecté temporairement au bureau 40. Il n'avait pas la moindre envie d'exercer un emploi de bureau, mais il avait découvert que ce travail était d'une extrême importance pour l'effort de guerre.

Dès le premier jour du conflit, le *CS Alert*, un bâtiment de la Poste britannique, avait fait une sortie en mer du Nord; il avait remonté du fond les lourds câbles allemands de télécommunications et les avait tous sectionnés. Par ce coup de maître, les Anglais avaient obligé l'ennemi à utiliser la radio pour transmettre la plupart de leurs messages. Or les signaux sans fil pouvaient être interceptés. Les Allemands, qui n'étaient pas idiots, utilisaient donc des codes. Que le bureau 40 était chargé de décrypter.

Fitz travaillait avec un groupe de gens assez étranges, et fort peu militaires pour la plupart. Leur mission consistait à déchiffrer le charabia que détectaient des stations d'écoute installées le long de la côte. Fitz n'avait aucun talent pour les tâches de décryptage proprement dites, qui exigeaient une grande intuition – il n'était même pas fichu de découvrir l'assassin dans les romans de Sherlock Holmes; en revanche, il était capable de traduire en anglais les messages allemands décryptés et, chose plus précieuse encore, de faire le tri, grâce à son expérience du terrain, entre les renseignements importants et les autres.

Cela ne changeait pas grand-chose à la situation, il faut bien l'admettre. À la fin de l'année 1916, le front occidental avait à peine bougé par rapport au début de l'année, malgré les efforts considérables déployés par les deux camps : l'assaut implacable des Allemands à Verdun et l'offensive des Anglais sur la Somme, encore plus coûteuse en vies humaines. Les Alliés avaient absolument besoin d'un événement qui leur remonte le moral. Si les États-Unis rejoignaient leur camp, ils pouvaient espérer faire pencher la balance de leur côté – mais, pour le moment, rien ne laissait présager une entrée en guerre de l'Amérique.

Dans toutes les armées du monde, les ordres sont donnés tard dans la nuit ou à l'aube. Fitz arrivait donc au bureau de très bonne heure et travaillait avec acharnement jusqu'à midi. Le mercredi qui suivit la partie de chasse, il quitta l'Amirauté à midi et demi et rentra chez lui en taxi. La côte de Whitehall à Mayfair, pourtant courte, exigeait de lui un trop gros effort.

Les trois femmes qui partageaient sa vie – Bea, Maud et tante Herm – étaient en train de prendre place à table. Il tendit sa canne et sa casquette d'uniforme à Grout et rejoignit ces dames à la salle à manger. Après le décor fonctionnel de son bureau, il avait plaisir à retrouver sa maison, le riche mobilier, les serviteurs discrets, la porcelaine française et la nappe immaculée.

Il demanda à Maud des nouvelles du monde politique. Entre Asquith et Lloyd George, la bataille faisait rage. La veille, dans un geste théâtral, Asquith avait démissionné de son poste de Premier ministre. Fitz, qui était pourtant loin d'admirer ce libéral d'Asquith, craignait que son successeur ne se laisse séduire par des discours de paix simplistes.

« Le roi a reçu Bonar Law », lui apprit Maud. Dans la politique britannique, le privilège de nommer le Premier ministre était l'ultime vestige de pouvoir encore entre les mains du souverain – mais son choix devait ensuite être approuvé par le Parlement. Andrew Bonar Law était le chef de file des conservateurs.

« Et le résultat ? demanda Fitz.

— Bonar Law a refusé.

— Décliner une requête du roi ? Comment a-t-il osé ? s'indigna Fitz, pour qui l'obéissance au souverain était un devoir absolu, surtout de la part d'un conservateur.

— Il considère que ce poste revient à Lloyd George. Mais le roi n'en veut pas.

— Je l'espère bien, intervint Bea. C'est un socialiste, ni plus ni moins !

— Vous avez parfaitement raison, renchérit Fitz. Mais il est plus pugnace que tous les autres réunis. Au moins, il mettrait un peu de ressort dans l'effort de guerre.

— Je crains en effet qu'il ne laisse passer toute occasion de faire la paix, dit Maud.

— La paix ? À ta place, je ne m'en ferais pas trop pour ça. » Il essayait de ne pas s'énerver mais les discours défaitistes sur la paix lui rappelaient toutes ces vies sacrifiées : le pauvre jeune lieutenant Carlton-Smith, tous ces soldats des copains d'Aberowen, et même ce misérable Owen Bevin, fusillé par le peloton d'exécution. Leur sacrifice aurait-il été vain ? Cette idée lui paraissait blasphématoire. Se forçant à garder un ton neutre, il ajouta : « Tant qu'aucun des deux camps n'aura remporté la victoire, il n'y aura pas de paix. »

Les yeux de Maud brillèrent de colère, pourtant elle se contint, elle aussi. « Le mieux serait sans doute de jouer sur les deux tableaux : laisser Lloyd George conduire la guerre avec l'énergie nécessaire en lui confiant la présidence du conseil de guerre et nommer au poste de Premier ministre un homme d'État de l'envergure d'Arthur Balfour – quelqu'un qui soit capable de négocier la paix si nous nous y décidons.

— Hmm. » Cette idée déplaisait souverainement à Fitz, mais sa sœur avait une façon de présenter les choses qui rendait la contradiction difficile. Il préféra changer de sujet. « Vous avez des projets pour cet après-midi ?

— Tante Herm m'accompagne dans l'East End. Il y a une réunion de l'Association des femmes de soldats. Nous leur offrirons du thé et des gâteaux – payés de tes deniers, mon cher Fitz, ce dont nous te remercions –, et nous essaierons de les aider à résoudre leurs problèmes.

— De quel genre ? »

Ce fut tante Herm qui répondit. « Le plus souvent, il s'agit de trouver un logement décent et quelqu'un de sérieux pour garder leurs enfants. »

Fitz reprit, amusé. « Vous m'étonnez, ma tante. Vous n'approuviez pas beaucoup autrefois les expéditions de Maud dans l'East End.

— C'est la guerre, répliqua Lady Hermia d'un petit air de défi, nous devons tous faire de notre mieux.

— Si je me joignais à vous ? déclara Fitz sur un coup de tête. Il n'est pas inutile de montrer que les comtes se font canarder tout autant que les dockers. »

Prise de court, Maud balbutia : « Oui, bien sûr, si tu y tiens. »

Fitz devina sans peine que cette perspective ne l'enchantait pas. À coup sûr, les membres de cette association devaient discuter d'un certain nombre de ces ridicules questions chères à la gauche, telles que le droit de vote pour les femmes et autres fariboles. Mais comme c'était lui qui payait tout, elle ne pouvait s'opposer à sa présence.

Le déjeuner achevé, ils montèrent se préparer. Fitz se rendit dans le boudoir de Bea, qui était en train de retirer la robe qu'elle avait portée au déjeuner, aidée par Nina, sa femme de chambre grisonnante. Bea lui chuchota une phrase en russe, et Nina lui répondit dans la même langue. Fitz en fut irrité et eut l'impression que les deux femmes cherchaient à l'exclure de leur conversation. S'adressant à la domestique en russe pour leur faire croire qu'il comprenait tout ce qu'elles disaient, il lui ordonna : « Laissez-nous seuls, voulez-vous. » Nina fit une révérence et sortit.

« Je n'ai pas encore vu Boy aujourd'hui, dit Fitz, qui avait quitté la maison de bonne heure. Je vais faire un saut à la nursery avant sa promenade.

— Je ne le laisse pas sortir en ce moment, expliqua Bea d'une voix inquiète. Il tousse un peu. »

Fitz fronça les sourcils. « Il faut tout de même qu'il prenne l'air. »

Il remarqua, étonné, que Bea avait les larmes aux yeux. « J'ai peur pour lui, murmura-t-elle. Vous risquez votre vie à la guerre, Andreï et vous, et mon frère n'a pas d'enfant. Peut-être n'aurai-je plus que Boy bientôt ? »

Andreï était marié mais n'avait effectivement pas d'enfants. Si Bea perdait son frère et son mari, Boy serait sa seule famille.

Cela expliquait qu'elle le couve autant. « Ce n'est pas une raison pour l'élever dans du coton.

— Je ne connais pas cette expression, fit-elle d'un ton boudeur.

— Vous comprenez très bien ce que je veux dire. »

Bea laissa tomber ses jupons. Sa silhouette était plus voluptueuse que par le passé. Fitz la regarda dénouer les rubans de ses jarretières. Il eut envie de mordre la chair tendre de l'intérieur de la cuisse.

Elle surprit son regard. « Je suis lasse, dit-elle. Je voudrais dormir une heure.

— Je peux vous tenir compagnie.

— Je croyais que vous vouliez aller visiter les taudis avec votre sœur.

— Rien ne m'y oblige.

— J'ai vraiment besoin de me reposer. »

Il se leva, puis se ravisa. Il se sentait rejeté et cela l'irritait. « Cela fait bien longtemps que vous ne m'avez pas accueilli dans votre lit.

— Je n'ai pas compté les jours.

— Moi si, et cela fait des semaines.

— Je suis désolée. Je me fais tant de souci pour tout, ces derniers temps. » Elle était à nouveau au bord des larmes.

Fitz savait qu'elle s'inquiétait pour son frère et il compatissait. Pourtant des millions de femmes connaissaient les mêmes tourments. La noblesse devait se montrer stoïque. « Il paraît que vous vous êtes mise à suivre les offices religieux à l'ambassade russe pendant que j'étais en France. » Il n'y avait pas d'église orthodoxe russe à Londres, mais il y avait une chapelle à l'ambassade.

« Qui vous a dit cela ?

— Peu importe ! » En réalité, c'était tante Herm. « Avant notre mariage, je vous ai demandé de vous convertir à l'Église d'Angleterre, et vous l'avez fait.

— Je ne pensais pas mal faire en assistant à un ou deux offices, répondit-elle tout bas, en fuyant son regard. Je suis désolée que cela vous contrarie. »

Fitz se méfiait des représentants du clergé étrangers. « C'est ce prêtre-là qui vous dit que c'est un péché de prendre du plaisir avec votre mari ?

— Bien sûr que non ! Mais quand vous n'êtes pas là, je me

sens si seule, si loin de tout ce que j'ai connu dans mon enfance... C'est un réconfort pour moi d'entendre les cantiques et les prières russes que je connais si bien. »

Fitz eut pitié d'elle. Cela devait être difficile, en effet. Il ne pouvait s'imaginer devoir vivre à tout jamais en terre étrangère. Et il savait aussi, par des amis mariés, qu'il n'était pas rare qu'une femme se refuse à son mari après avoir donné naissance à un enfant.

Mais il décida de ne pas céder. Tout le monde devait faire des sacrifices. Bea pouvait s'estimer heureuse de ne pas être sous le feu des mitrailleuses. « Je pense avoir accompli mon devoir à votre égard, dit-il. Quand nous nous sommes mariés, j'ai remboursé les dettes de votre famille. J'ai fait venir des experts, russes et anglais pour réorganiser l'exploitation de vos domaines. » Ces experts avaient conseillé d'assécher les marais afin d'augmenter la superficie des terres arables, d'entreprendre des sondages de prospection pour voir si le sol ne renfermait pas du charbon ou un autre minerai, – toutes choses qu'Andreï n'avait jamais faites. « Ce n'est pas ma faute si votre frère est un incapable.

— C'est vrai, Fitz, acquiesça-t-elle. Vous avez tenu toutes vos promesses.

— Je vous demande donc de faire votre devoir. Nous devons avoir plusieurs héritiers. Si Andreï meurt sans enfant, notre fils héritera de deux immenses domaines. Il sera l'un des plus grands propriétaires fonciers du monde. Il nous faut d'autres fils, au cas où – à Dieu ne plaise – il lui arriverait quelque chose. »

Elle gardait les yeux obstinément fixés à terre. « Je sais quel est mon devoir. »

Fitz se sentait un peu malhonnête : il avait évoqué la question de leurs héritiers – et tout ce qu'il avait dit était vrai –, mais il ne lui avait pas dit qu'il aspirait à voir son corps tendre s'offrir à lui sur les draps, blancheur contre blancheur, et ses cheveux blonds épars sur l'oreiller. Il chassa cette vision. « Puisque vous savez quel est votre devoir, je vous prierai de l'accomplir. La prochaine fois que j'entrerai dans votre chambre, je compte y être accueilli comme l'époux affectueux que je suis.

— Oui, Fitz. »

Il sortit, heureux d'avoir mis les points sur les i. Il n'en éprouvait pas moins un certain malaise, la vague impression d'avoir fait quelque chose de mal. C'était ridicule : il s'était contenté de signaler à Bea qu'elle ne se conduisait pas comme il le fallait et celle-ci avait d'ailleurs accepté ses reproches. C'était ainsi que les choses devaient se passer, entre mari et femme. Mais il était moins satisfait de lui qui ne l'aurait dû.

En retrouvant Maud et tante Herm dans le vestibule, il écarta Bea de son esprit. Il se coiffa de sa casquette d'uniforme et se jeta un coup d'œil dans le miroir. Ces derniers temps, il essayait de ne pas penser à son apparence. La balle avait endommagé les muscles du côté gauche de son visage, et il avait une paupière à demi fermée en permanence. Il n'était pas vraiment défiguré, néanmoins sa vanité en souffrait. Il se forçait à rendre grâce au ciel de ne pas avoir perdu la vue.

Sa Cadillac bleue étant restée en France, il était arrivé à s'en procurer une autre. Le chauffeur connaissait le chemin : manifestement, il avait déjà conduit Maud dans l'East End. Une demi-heure plus tard, il garait la voiture devant la chapelle évangélique du Calvaire. En voyant cette affreuse petite bâtisse au toit de tôle, qu'on aurait pu croire transplantée d'Aberowen, Fitz se demanda si son pasteur était gallois.

Le thé était déjà servi. La salle grouillait de jeunes femmes et d'enfants. L'odeur y était pire qu'à la caserne, et Fitz dut résister à l'envie de se couvrir le nez d'un mouchoir.

Maud et Hermia se mirent immédiatement à la tâche, tante Herm se chargeant de diriger les femmes vers la pièce où Maud les recevait une par une. Fitz passa en boitant d'une table à l'autre au milieu des enfants qui jouaient par terre. Il interrogea les femmes sur l'affectation de leurs maris et sur ce qu'elles faisaient dans la vie. D'ordinaire, quand il adressait la parole à de jeunes filles, elles se mettaient à glousser bêtement et perdaient l'usage de la parole. Celles-ci, en revanche, ne se laissaient pas intimider. Elles lui demandèrent dans quel régiment il avait servi lui-même et dans quelles circonstances il avait été blessé.

Il avait déjà parcouru la moitié de la pièce lorsqu'il aperçut Ethel.

Il avait bien remarqué les deux bureaux au fond de la salle et s'était vaguement demandé qui occupait la pièce voisine de celle où Maud était entrée. Par hasard, il releva les yeux juste au moment où la porte s'ouvrait sur Ethel sortant.

Il ne l'avait pas vue depuis deux ans, mais elle n'avait guère changé. Ses boucles sombres rebondissaient sur ses épaules à chacun de ses pas et son sourire était plus radieux qu'un rayon de soleil. Elle portait une robe terne et usée comme toutes les femmes ici, à l'exception de Maud et de tante Herm, mais elle avait toujours cette même silhouette bien prise, et Fitz ne put s'empêcher de penser au corps menu qu'il avait si bien connu. Elle ne lui avait même pas jeté un regard et il était à nouveau sous le charme. À croire qu'il ne s'était pas écoulé une minute depuis le jour où ils s'étaient laissés tomber sur le lit de la chambre des gardénias en riant et en se couvrant mutuellement de baisers.

Elle avait rejoint le seul autre homme présent dans cette salle, un type voûté en costume gris foncé coupé dans un tissu grossier, assis à une table en train de prendre des notes dans un registre. Fitz surprit, malgré les verres épais de ses lunettes, le regard d'adoration qu'il posait sur Ethel. Elle lui parlait avec une gentille simplicité et Fitz se demanda s'ils étaient mariés.

Ethel se retourna et croisa le regard de Fitz. Ses sourcils se haussèrent, sa bouche forma un O ébahi. Elle esquissa un mouvement de recul comme si elle avait reçu un coup, et heurta la chaise derrière elle. La femme qui l'occupait la dévisagea, l'air irrité. Ethel lui marmonna « Pardon » du bout des lèvres, sans même la regarder.

Les yeux rivés sur Ethel, Fitz se leva du siège sur lequel il s'était assis, ce qui n'était pas facile avec sa jambe raide. Elle marqua une hésitation, ne sachant si elle devait s'approcher de lui ou se réfugier dans son bureau. Il lança : « Bonjour, Ethel. » Il y avait trop de bruit dans la salle pour qu'elle puisse l'entendre, mais elle verrait certainement ses lèvres remuer et devinerait ce qu'il avait dit.

Elle se décida enfin et se dirigea vers lui.

« Bonjour, Lord Fitzherbert », dit-elle, et son accent chantant du pays de Galles transforma en mélodie ces mots si banals. Elle lui tendit la main, il la serra. Elle avait la peau rêche.

Imitant la froideur avec laquelle elle s'était adressée à lui, il demanda : « Comment allez-vous, madame Williams ? »

Elle approcha une chaise et s'assit. Tout en reprenant place sur son propre siège, Fitz ne put qu'admirer l'habileté avec laquelle elle venait de les placer sur un pied d'égalité tout en excluant la moindre intimité.

« Je vous ai aperçu lors de la commémoration au Rec d'Aberowen, dit-elle. J'ai été bien désolée... » Sa voix s'étrangla. Elle baissa les yeux et reprit. «J'ai été très désolée de voir que vous aviez été blessé. J'espère que vous vous remettez.

— Doucement.» Il voyait bien que sa sollicitude était sincère. Apparemment, elle ne le haïssait pas, malgré tout ce qui s'était passé. Il en fut touché.

« Comment avez-vous été blessé ? »

Il avait raconté l'histoire tant de fois que cela l'ennuyait. « C'est arrivé le premier jour de la bataille de la Somme. Je n'ai pour ainsi dire pas participé aux combats. Nous avons franchi le parapet, traversé nos barbelés et commencé à avancer dans le no man's land. Ensuite, tout ce dont je me souviens, c'est de m'être retrouvé allongé sur une civière. Je souffrais atrocement.

— Mon frère vous a vu tomber. »

Fitz n'avait pas oublié l'insolent caporal William Williams. « Vraiment ? Et lui, que lui est-il arrivé ?

— Sa section a pris une tranchée allemande mais ensuite ils ont dû l'abandonner, faute de munitions. »

Étant à l'hôpital, Fitz n'avait pas assisté à tous les comptes rendus de mission. Il demanda donc : « Il a été décoré ?

— Non. Le colonel lui a dit qu'il aurait dû défendre sa position jusqu'à la mort. Alors Billy a répliqué : "Comme vous, c'est ça ?" Et il a été mis aux arrêts. »

Fitz n'en fut pas étonné. Ce Williams était un fauteur de troubles. « Alors, dites-moi, que faites-vous ici ?

— Je travaille avec votre sœur.

— Elle ne me l'avait pas dit. »

Ethel soutint calmement son regard. « Elle a dû penser que les nouvelles de vos anciens domestiques ne vous intéressaient pas particulièrement. »

Il préféra ignorer la pique. « Mais que faites-vous, exactement ?

— Je suis rédactrice en chef de *La Femme du soldat.* C'est moi qui suis chargée de l'impression du journal et de sa distribution. Je rédige aussi la page du courrier des lectrices et je m'occupe des finances. »

Il était impressionné. Pour une ancienne intendante, elle avait fait du chemin ! Il est vrai qu'Ethel avait toujours été une organisatrice hors pair. « C'est-à-dire de mon argent, c'est bien cela ?

— Je ne crois pas. Maud est très sourcilleuse sur ce point. Elle sait que vous ne verrez pas d'inconvénient à payer le thé, les gâteaux ou les traitements médicaux des enfants de soldats, mais jamais elle n'utiliserait votre argent pour faire de la propagande contre la guerre. »

Il prolongea la conversation pour le seul plaisir de la regarder parler. « Parce que c'est cela, le contenu de votre journal ? demanda-t-il. De la propagande pacifiste ?

— Nous débattons publiquement de questions dont vous discutez en secret : la possibilité de faire la paix. »

Elle avait raison. Dans les deux partis, des hommes politiques haut placés avaient commencé à évoquer cette paix, ce dont Fitz s'irritait fort. Mais il n'avait aucune envie de se quereller avec Ethel. « Lloyd George, votre héros, voudrait lui aussi qu'on se batte avec plus d'acharnement.

— Croyez-vous qu'il sera nommé Premier ministre ?

— Le roi ne veut pas de lui. Mais il est peut-être le seul candidat à pouvoir rassembler le Parlement derrière lui.

— Je crains qu'il ne fasse durer la guerre encore plus longtemps. »

Maud sortit de son bureau. Fitz se rendit compte que le thé touchait à sa fin : des femmes étaient en train de laver les tasses et les soucoupes, d'autres faisaient déjà sortir leurs enfants. Il s'émerveilla de voir tante Herm porter une pile d'assiettes sales. Comme la guerre avait changé les gens !

Son regard revint sur Ethel. Elle était toujours la femme la plus attirante qu'il ait jamais rencontrée. À brûle-pourpoint, il lui souffla tout bas : « Veux-tu me voir demain ? »

Elle eut l'air interloqué et demanda doucement : « Pour quoi faire ?

— C'est oui ou c'est non ?

— Où ?

— À la gare Victoria. À une heure. À l'entrée du quai trois. »

Elle n'eut pas le temps de répondre, car l'homme aux grosses lunettes s'était approché. « Monsieur le comte, puis-je vous présenter Bernie Leckwith, président de la section d'Aldgate du parti travailliste indépendant ? »

Fitz lui serra la main. Leckwith avait une bonne vingtaine d'années. Sans doute était-ce à cause de sa mauvaise vue qu'il n'était pas sous les drapeaux, songea Fitz.

« Je suis désolé de constater que vous avez été blessé, Lord Fitzherbert, dit Leckwith avec un fort accent cockney.

— Comme des milliers d'autres, mais au moins, j'ai la chance d'être encore en vie.

— Rétrospectivement, pensez-vous qu'il y a des choses que nous aurions pu faire autrement sur la Somme, des choses qui auraient changé radicalement l'issue des combats ? »

Fitz réfléchit un moment. C'était une sacrément bonne question.

Leckwith ajouta : « Aurions-nous dû avoir plus d'hommes sur le terrain et plus de munitions, comme le prétendent les généraux, ou bien aurions-nous dû recourir à une tactique moins rigide et disposer d'un meilleur système de communications, comme le soutiennent les politiques ?

— Tout cela nous aurait été d'un grand secours, évidemment, répondit Fitz pensivement, mais pour être franc, cela n'aurait pas suffi à nous assurer la victoire. Cette offensive était vouée à l'échec dès le départ. Or cela, nous ne pouvions pas le savoir à l'avance. Il fallait tenter le coup. »

Leckwith hocha la tête, cette réponse semblait confirmer son opinion. « J'apprécie votre honnêteté. » À la façon dont il le dit, on aurait pu croire que Fitz venait de confesser une faute personnelle.

Ils quittèrent la chapelle. Fitz fit monter tante Herm et Maud dans la voiture avant d'y prendre place lui-même, et le chauffeur démarra.

Il avait le souffle court. L'émotion avait été vive. Trois ans plus tôt, Ethel comptait encore les taies d'oreiller à Tŷ Gwyn. Aujourd'hui, elle dirigeait un journal. Une publication de faible tirage, certes, mais que plusieurs ministres, et non des moindres, ne considéraient pas moins comme une épine dans le pied du gouvernement.

Quelles étaient ses relations avec ce Bernie Leckwith si intelligent ? « Tu connais ce Leckwith ? demanda-t-il à Maud.

— C'est un homme politique influent sur le plan local. Il est aussi bibliothécaire.

— Est-ce le mari de Williams ? »

Maud éclata de rire. « Non, bien que tout le monde pense qu'il devrait l'être. C'est un homme brillant qui partage ses idéaux et qui adore son fils. Je me demande pourquoi Ethel ne l'a pas épousé, depuis le temps.

— Peut-être ne fait-il pas battre son cœur. »

En voyant la surprise de sa sœur, Fitz se rendit compte qu'il avait été d'une franchise périlleuse. Il s'empressa d'ajouter : «Les filles de ce genre veulent du romanesque, n'est-ce pas? Elle épousera un héros de guerre, pas un bibliothécaire.

— Ethel n'est pas une "fille de ce genre", ni d'aucun autre d'ailleurs! répliqua Maud d'un ton presque glacial. Elle est exceptionnelle, voilà tout. Des femmes comme elle, on n'en rencontre pas deux dans sa vie.»

Fitz détourna les yeux. Il savait que c'était vrai.

Il se demanda comment était son enfant. C'était sans doute l'un des bambins crasseux qui jouaient par terre dans le local de la chapelle. Oui, il avait probablement vu son propre fils cet après-midi-là sans même le savoir. Étrangement, il en eut les larmes aux yeux.

Comme la voiture traversait Trafalgar Square, il ordonna au chauffeur de s'arrêter. «Il faut que je passe au bureau», expliqua-t-il à Maud.

Il pénétra dans l'Old Admiralty Building d'une démarche claudicante et gravit l'escalier. Son bureau se trouvait dans la section diplomatique, qui abritait le bureau 40. L'enseigne de vaisseau Carver, un spécialiste de latin et de grec qui s'était arraché aux bancs de Cambridge pour aider à décrypter les signaux allemands, lui annonça qu'ils n'avaient pas intercepté grand-chose dans l'après-midi, comme à l'habitude, et qu'il n'y avait rien à faire pour lui. En revanche, lui apprit-il, l'agitation grandissait sur le front politique. «Vous savez la nouvelle? Le roi a convoqué Lloyd George.»

2.

Le lendemain, Ethel passa sa matinée à se dire qu'elle n'irait pas rejoindre Fitz. Comment osait-il lui faire une telle proposition? En deux ans, il ne lui avait pas fait signe une fois et quand, enfin, ils se rencontraient, il ne lui posait pas une seule question sur Lloyd – son propre fils! Il était bien toujours le même : trompeur, égoïste, sans considération pour autrui.

Pourtant, cette entrevue l'avait plongée dans un tourbillon d'émotions. Le regard intense des yeux verts de Fitz, les questions qu'il lui avait posées sur sa vie lui avaient donné l'impression – contre toute évidence – qu'elle comptait pour lui. Fitz n'était plus l'homme idéal, le demi-dieu qu'il était jadis : son beau visage était défiguré par cet œil à demi clos et il s'appuyait lourdement sur sa canne. Mais cette faiblesse ne faisait que lui donner envie de veiller sur lui. Elle se traita d'idiote, il avait l'argent nécessaire pour se payer les meilleurs soins du monde. Non, elle n'irait pas au rendez-vous.

À midi douze, elle quittait le bureau de *La Femme du soldat* – deux petites pièces situées au-dessus d'une imprimerie et que le journal partageait avec le parti travailliste indépendant – et sautait dans un autobus. Maud n'étant pas venue au bureau ce matin, elle n'avait pas eu besoin d'inventer un prétexte.

Le trajet en bus puis en métro était long d'Aldgate à la gare Victoria, et c'est avec quelques minutes de retard qu'Ethel arriva au rendez-vous. Elle se demanda si Fitz, impatienté, était déjà reparti, et cette idée la rendait malade. Mais il était là, en costume de tweed, comme pour un séjour à la campagne. Aussitôt, elle se sentit mieux.

Il lui sourit. « J'avais peur que tu ne viennes pas.

— Je ne sais pas pourquoi je suis là, répondit-elle. Ni pourquoi tu m'as demandé de venir.

— Je voudrais te montrer quelque chose. » Il lui prit le bras.

Ils sortirent de la gare. Ethel était ridiculement heureuse de marcher au bras de Fitz. La hardiesse dont il faisait preuve l'intriguait. Il était facilement reconnaissable. Et s'ils rencontraient un de ses amis ? Ils feraient semblant de ne pas se voir, certainement. Dans le milieu de Fitz, on n'attendait pas d'un homme marié depuis plusieurs années qu'il soit fidèle à son épouse.

Ils montèrent dans un autobus et descendirent quelques arrêts plus loin, à Chelsea, un quartier populaire apprécié des peintres et des écrivains pour ses loyers bon marché. Ethel était curieuse de savoir ce que Fitz pouvait bien vouloir lui montrer. Ils longèrent une rue bordée de petites maisons.

« As-tu déjà assisté à un débat parlementaire ? demanda Fitz.

— Non, mais j'aimerais bien.

— Il faut être invité par un député ou par un pair. Tu veux que j'arrange ça ?

— Oui, s'il te plaît ! »

La réaction d'Ethel lui fit manifestement plaisir. « Je me renseignerai pour savoir quand il y aura un débat intéressant. Tu aimerais peut-être voir Lloyd George à l'œuvre.

— Oh oui !

— Il constitue son gouvernement aujourd'hui. Je pense qu'il sera Premier ministre ce soir et ira baiser la main du roi. »

Ethel regardait autour d'elle d'un air pensif. Par endroits, Chelsea ressemblait encore au petit village campagnard qu'il était un siècle plus tôt. Les bâtiments les plus anciens étaient des cottages ou des fermes basses entourés de grands jardins et de vergers. En ce mois de décembre, le quartier n'était pas très verdoyant, mais il s'en dégageait une agréable atmosphère presque rurale. « La politique est vraiment une drôle de chose ! dit-elle. Depuis que je suis en âge de lire le journal, j'ai toujours voulu que Lloyd George soit Premier ministre. Maintenant qu'il l'est, je suis consternée.

— Pourquoi ?

— De tous les ministres, c'est le belliciste le plus acharné. Sa nomination risque de tuer dans l'œuf la moindre chance de paix. En même temps...

— Oui ? la pressa Fitz, curieux d'avoir son avis.

— C'est le seul homme qui puisse accepter des pourparlers de paix sans se faire assassiner par la presse de Northcliffe.

— C'est exact, dit Fitz d'une voix où perçait l'inquiétude. Je vois d'ici les gros titres si quelqu'un d'autre s'y risquait : "Asquith – ou Balfour, ou Bonar Law – démission ! Nous voulons Lloyd George !" Mais s'ils s'en prennent à Lloyd George, il ne restera personne d'autre.

— Il y a donc encore un petit espoir de paix.

— Pourquoi n'espères-tu pas la victoire plutôt que la paix ? jeta Fitz avec un soupçon d'humeur.

— Parce que c'est cette volonté de victoire qui nous a mis dans le pétrin, répondit-elle d'une voix égale. Alors, que voulais-tu me montrer ?

— Ceci. » Il souleva le loquet d'un portillon et s'effaça devant elle. Ils entrèrent dans le jardin envahi par la végétation d'une maison de deux étages. Les murs avaient besoin d'un bon coup de peinture, mais c'était une charmante demeure de dimensions moyennes, qui aurait parfaitement pu appartenir à un musicien à succès ou à un acteur célèbre, se dit Ethel. Fitz sortit une clé de sa poche et ouvrit la porte. Dès qu'il eut passé le seuil, il la referma et prit Ethel dans ses bras.

Elle s'abandonna. Cela faisait si longtemps qu'on ne l'avait pas embrassée. Elle avait l'impression d'être un voyageur assoiffé perdu en plein désert. Elle caressa son long cou et pressa ses seins contre son torse, le sentant aussi avide qu'elle-même de caresses. Elle s'écarta avant de perdre la tête. « Arrête, dit-elle, le souffle court. Arrête.

— Pourquoi ?

— La dernière fois qu'on a fait ça, je me suis retrouvée en face de ton satané avocat ! » Elle s'éloigna de quelques pas. « Je ne suis plus aussi naïve tu sais.

— Ce ne sera plus pareil, dit-il en respirant difficilement. J'ai été un imbécile de te laisser partir, je m'en rends compte maintenant. J'étais jeune, moi aussi. »

Pour retrouver son sang-froid, Ethel visita la maison. Les pièces étaient remplies de vieux meubles démodés. « À qui est cette maison ?

— À toi, si tu la veux. »

Elle le dévisagea. Que voulait-il dire ?

« Tu pourrais vivre ici avec le petit, expliqua-t-il. Elle a été habitée pendant des années par une vieille dame. C'était notre intendante, du temps de mon père. Elle est morte il y a quelques mois. Tu pourrais l'aménager à ton goût, acheter de nouveaux meubles.

— Vivre ici ? En tant que quoi ? »

Il ne put se résoudre à prononcer le mot.

« Ta maîtresse ?

— Tu pourrais avoir une nurse pour le petit, du personnel, un jardinier. Même une voiture avec chauffeur, si tu en as envie. »

La seule chose qui lui faisait envie dans tout cela, c'était lui.

Fitz se méprit sur son expression pensive. « La maison est trop petite ? Tu préférerais Kensington ? Veux-tu un maître d'hôtel et une intendante ? Je te donnerai tout ce que tu voudras, tu ne comprends pas ? Sans toi, ma vie est vide. »

Il était sincère, elle le voyait bien. Sincère en cet instant du moins où il brûlait de désir pour elle. Mais elle était bien placée pour savoir avec quelle rapidité il pouvait faire volte-face.

Malheureusement, elle éprouvait un désir tout aussi ardent.

Sans doute le lut-il sur ses traits car il la reprit dans ses bras. Elle leva le visage pour qu'il l'embrasse. Je veux plus que cela, se dit-elle.

Cette fois encore, elle se dégagea de son étreinte avant de ne plus pouvoir résister.

« Alors ? » insista-t-il.

Elle était incapable de prendre une décision raisonnable pendant qu'il l'embrassait. « J'ai besoin d'être seule. » Elle s'écarta de lui à contrecœur, avant qu'il ne soit trop tard. « Je rentre chez moi. Il me faut un peu de temps pour réfléchir. » Sur le seuil, elle hésita.

« Prends tout le temps que tu voudras, dit-il. J'attendrai. »

Elle referma la porte et s'enfuit en courant.

3.

Gus Dewar était à la National Gallery, à Trafalgar Square, devant un tableau de Rembrandt intitulé *Autoportrait à l'âge de 63 ans* quand, près de lui, une femme s'exclama : « Dieu que cet homme est laid ! »

Il se retourna et eut la surprise de reconnaître Maud Fitzherbert. « Qui ça ? dit-il. Rembrandt ou moi ? » Elle éclata de rire.

Ils flânèrent ensemble dans le musée. « Je ne m'attendais pas à vous rencontrer ici. Quelle délicieuse coïncidence !

— Pour tout vous dire, je vous ai vu entrer et je vous ai suivi », avoua-t-elle. Elle baissa la voix : « Je voulais vous demander pourquoi les Allemands n'ont pas encore fait la proposition de paix dont vous m'avez parlé. J'avais cru comprendre que c'était imminent. »

Il était incapable de lui répondre. « Ils ont peut-être changé d'avis, dit-il sombrement. Là-bas, comme ici, il y a une faction en faveur de la guerre et une autre en faveur de la paix. Peut-être les bellicistes l'ont-ils emporté et ont-ils réussi à convaincre le kaiser.

— Ils doivent bien se rendre compte que poursuivre le combat n'a aucun sens ! s'écria-t-elle, exaspérée. Avez-vous lu la presse de ce matin ? Les Allemands ont pris Bucarest. »

Gus acquiesça. La Roumanie était entrée en guerre au mois d'août. Pendant un moment, les Anglais avaient espéré que ce nouvel allié porterait un coup fatal à l'Allemagne, mais celle-ci avait envahi le pays en septembre et à présent, la capitale roumaine était tombée. « En fait, la situation s'est retournée à l'avantage des Allemands, et ils disposent maintenant du pétrole roumain.

— Exactement, approuva Maud. C'est toujours la même chose : un pas en avant, un pas en arrière. Quand finiront-ils par comprendre !

— La nomination de Lloyd George n'est pas un signe encourageant, dit Gus.

— Ah, là, vous pourriez avoir tort.

— Vous croyez ? Il a établi sa réputation politique en se montrant plus agressif que tous les autres. Il ne lui sera pas facile de conclure la paix.

— N'en soyez pas si sûr. Lloyd George est imprévisible. Il peut très bien faire volte-face. Cela ne surprendrait que ceux qui ont été assez naïfs pour le croire sincère.

— Voilà qui redonne un peu espoir.

— Tout de même, je regrette que nous n'ayons pas une femme Premier ministre. »

Gus se retint de lui dire qu'il doutait fort que cela arrive un jour.

« Je voudrais vous demander quelque chose », fit-elle en s'arrêtant.

Gus se tourna pour lui faire face. Peut-être la vue des tableaux l'avait-il sensibilisé à la beauté, toujours est-il qu'il se surprit à admirer son visage levé vers lui, la fine arête du nez, le contour accusé du menton, les pommettes hautes, le long cou ; l'aspect anguleux des traits de Maud était adouci par ses lèvres pleines et ses grands yeux verts. « Tout ce que vous voudrez.

— Que vous a dit Walter exactement ? »

Gus se remémora leur étonnante conversation au bar de l'hôtel Adlon à Berlin. « Il m'a dit qu'il était obligé de me confier un secret. Mais en fait, il ne m'a rien révélé du tout.

— Il a dû penser que vous le devineriez.

— J'en ai déduit qu'il était amoureux de vous. Et j'ai pu constater, à votre réaction lorsque je vous ai remis sa lettre à Tŷ Gwyn, que ce sentiment était réciproque. » Il sourit. « Si je puis me permettre, il a beaucoup de chance. »

Elle hocha la tête. Elle avait l'air curieusement soulagé, et Gus songea que le secret ne devait pas se borner à cela. Voilà pourquoi elle tenait à découvrir ce qu'il savait exactement. Il se demanda ce qu'ils pouvaient cacher d'autre. Peut-être étaient-ils déjà fiancés ?

Ils recommencèrent à déambuler. Je comprends pourquoi il vous aime, pensa Gus. Je pourrais m'éprendre de vous en un clin d'œil.

Elle l'étonna encore en lançant à brûle-pourpoint : « Avez-vous déjà été amoureux, monsieur Dewar ? »

La question était indiscrète, mais il y répondit tout de même. « Oui, deux fois.

— Et vous ne l'êtes plus ? »

Il éprouva une envie soudaine de se confier à elle. « L'année où la guerre a éclaté, j'ai eu le mauvais goût de tomber amoureux d'une femme mariée.

— Elle vous aimait ?

— Oui.

— Que s'est-il passé ?

— Je lui ai demandé de quitter son mari pour moi. Je n'aurais pas dû le faire, vous devez être scandalisée. Mais elle avait une morale bien plus haute que la mienne, car elle a rejeté ma proposition.

— Il en faut plus pour me scandaliser. Et la deuxième fois ?

— L'année dernière, je me suis fiancé avec une jeune fille de ma ville natale, Buffalo mais elle en a épousé un autre.

— Oh, je suis désolée. Je n'aurais pas dû vous poser la question. J'ai ravivé des souvenirs douloureux.

— Très douloureux, en effet.

— Excusez-moi de vous le dire, mais votre peine me réconforte. C'est que vous non plus, vous n'ignorez rien des tourments de l'amour.

— Vous avez raison.

— Peut-être la paix viendra-t-elle enfin. Alors toutes ces souffrances ne seront plus qu'un mauvais souvenir.

— Je l'espère de tout cœur, Lady Maud. »

4.

Ethel se tourmenta pendant des jours sans parvenir à se décider. Dans le froid de sa cour, en tournant la manivelle de l'essoreuse, elle s'imaginait dans la jolie maison de Chelsea, Lloyd gambadant dans le jardin sous l'œil attentif d'une nurse. « Je te donnerai tout ce que tu voudras », avait dit Fitz et elle savait que c'était vrai. Il mettrait la maison à son nom. Il l'emmènerait en Suisse et dans le sud de la France. Si elle insistait un peu, elle obtiendrait qu'il lui verse une rente lui garantissant un revenu jusqu'à sa mort, même s'il se lassait d'elle – ce qui n'arriverait pas, elle saurait y veiller !

C'était pourtant scandaleux et répugnant ! se morigéna-t-elle. Elle se ferait payer pour faire l'amour ! N'était-ce pas exactement ce qu'on appelait une « prostituée » ? Elle ne pourrait jamais inviter ses parents dans son refuge de Chelsea : ils comprendraient tout de suite la situation.

Cela lui importait-il ? Peut-être que non, mais ce n'était pas tout. Elle attendait davantage de la vie que le simple confort. Maîtresse en titre d'un millionnaire, elle pourrait difficilement poursuivre sa lutte en faveur des femmes de la classe ouvrière. Ce serait la fin de son engagement politique. Elle perdrait tout contact avec Bernie et Mildred, elle serait même gênée de voir Maud.

Mais qui était-elle pour exiger autant de la vie ? Elle n'était qu'Ethel Williams, fille de mineurs ! Comment pouvait-elle faire la dégoûtée alors qu'on lui offrait une vie plus facile ? Elle pouvait s'estimer heureuse ! se dit-elle, usant d'une expression chère à Bernie.

Et puis, il y avait son fils. Lloyd aurait une gouvernante ; plus tard, Fitz lui payerait des études dans un collège huppé. Il grandirait parmi l'élite du pays et mènerait une vie privilégiée. Avait-elle le droit de le priver d'une chance pareille ?

Elle hésitait encore quand en ouvrant les journaux dans le bureau qu'elle partageait avec Maud, elle y découvrit une nouvelle non moins sensationnelle : le 12 décembre, le chancelier allemand, Theobald von Bethmann-Hollweg, avait proposé aux Alliés l'ouverture de pourparlers de paix.

Ethel ne se sentait plus de joie. La paix ! Était-ce possible ? Billy allait-il rentrer à la maison ?

Le Premier ministre français avait déjà qualifié cette note de manœuvre habile, et le ministre russe des Affaires étrangères avait dénoncé les « propositions mensongères » des Allemands. Mais ce qui comptait, se dit Ethel, c'était la réaction britannique.

Prétextant un mal de gorge, Lloyd George avait renoncé à toute déclaration publique. Certes, en décembre, la moitié de

Londres toussait et l'autre était enrhumée, toutefois Ethel soupçonnait Lloyd George de vouloir prendre le temps de réfléchir. C'était sûrement bon signe. Une réponse immédiate aurait forcément été négative; tout espoir n'était donc pas perdu. Au moins, il envisageait la possibilité d'un cessez-le-feu, se dit-elle avec optimisme.

Sur ces entrefaites, le président Wilson jeta tout le poids de l'Amérique dans la balance, en faveur de la paix. Il avait suggéré qu'en préambule aux pourparlers toutes les puissances belligérantes précisent leurs objectifs : ce qu'elles cherchaient à obtenir en poursuivant le combat.

« Ça, ça leur pose un problème, déclara Bernie Leckwith le soir même. Elles ont déjà oublié pourquoi elles sont entrées en guerre. Aujourd'hui, elles ne se battent plus que parce qu'elles veulent gagner. »

Ces paroles rappelèrent à Ethel la remarque de Mrs Dai Cheval à propos de la grève : « Ces hommes, quand ils commencent à se battre, ils n'ont plus qu'une idée en tête : gagner. Ils ne céderont à aucun prix. » Elle se demanda comment cette proposition de paix aurait été accueillie si le fauteuil de Premier ministre avait été occupé par une femme.

Mais Bernie avait raison, comme elle put s'en convaincre dans les jours qui suivirent : la proposition du président Wilson se heurta à un étrange silence. Aucun pays n'y répondit immédiatement. Ethel ne décolérait pas. Comment pouvaient-ils continuer à se battre s'ils ne savaient même plus pourquoi ?

Bernie organisa une réunion publique à la fin de la semaine, pour débattre de la note allemande. Ce jour-là, lorsque Ethel se réveilla, elle découvrit au pied de son lit son frère en uniforme. « Billy ! s'écria-t-elle. Tu es vivant !

— Et j'ai une semaine de permission. Allez, lève-toi, flemmarde ! »

Elle bondit sur ses pieds, passa une robe de chambre sur sa chemise de nuit et se jeta dans ses bras. « Oh, Billy, que je suis heureuse de te voir ! Et tu es sergent, par-dessus le marché ! ajouta-t-elle en remarquant les galons sur sa manche.

— Eh oui.

— Comment es-tu entré ?

— Mildred m'a ouvert. En fait, je suis arrivé cette nuit.

— Où as-tu dormi ?

— En haut », dit-il avec un petit air gêné.

Ethel sourit. « Heureux garçon !

— Je l'aime tellement, Eth.

— Moi aussi. Mildred, c'est de l'or en barre. Tu vas l'épouser ?

— Oui, si je reviens vivant.

— Et la différence d'âge ? Ça ne te fait pas peur ?

— Elle n'a que vingt-trois ans. Elle n'est pas vieille. Ce n'est pas comme si elle avait trente ans ou plus.

— Et ses filles ? »

Billy haussa les épaules. « Elles sont mignonnes. Et même si elles ne l'étaient pas, je m'en accommoderais, pour Mildred.

— Tu es vraiment amoureux, dis donc.

— Ce n'est pas difficile.

— Elle vient de démarrer une petite affaire. Tu as sûrement vu tous ces chapeaux en haut, dans sa chambre ?

— Oui. Ça ne marche pas trop mal, à ce qu'elle dit.

— Très bien, même. C'est une bosseuse. Tommy est avec toi ?

— On était ensemble sur le bateau, mais il a pris le train pour Aberowen. »

Lloyd se réveilla. En voyant un inconnu dans la chambre, il se mit à pleurer. Ethel le sortit de son lit et le tranquillisa. « Allons à la cuisine, dit-elle. Je vais faire le petit déjeuner. »

Billy s'assit et se mit à lire le journal pendant qu'Ethel préparait du porridge. Au bout d'un moment, il s'exclama : « Nom de Dieu !

— Quoi ?

— Ce salopard de Fitzherbert a encore ouvert sa grande gueule. » Il jeta un coup d'œil à Lloyd, comme si le bébé pouvait s'offusquer de l'insulte faite à son père.

Ethel se pencha au-dessus de son épaule.

LA PAIX : L'APPEL D'UN SOLDAT

« Ne nous abandonnez pas maintenant ! »

Un pair blessé se livre à un vibrant plaidoyer en faveur de la poursuite de la guerre.

Un discours émouvant a été prononcé hier à la Chambre des lords contre la récente proposition du chancelier allemand d'engager des pourparlers de paix. L'orateur était le comte Fitzherbert, commandant du régiment des chasseurs gallois, actuellement à Londres où il se remet des blessures qu'il a reçues à la bataille de la Somme.

Selon Lord Fitzherbert, engager des pourparlers de paix avec les Allemands équivaudrait à trahir tous ceux qui ont sacrifié leur vie pendant la guerre. « Nous sommes convaincus qu'une victoire complète est à portée de main et qu'elle ne nous échappera pas, pourvu que vous ne nous abandonniez pas maintenant », a-t-il déclaré.

En grand uniforme, un œil caché sous un bandeau et s'appuyant sur une béquille, le comte a fait grande impression. La Chambre l'a écouté dans un silence total et l'a applaudi lorsqu'il s'est assis.

L'article continuait dans cette veine. Ethel était atterrée. Ce n'était que du blabla sentimental, mais ce serait efficace. En temps normal, Fitz ne portait pas de cache sur l'œil, il avait dû le mettre pour apitoyer. Son discours allait prévenir beaucoup de gens contre le plan de paix.

Après le petit déjeuner, elle habilla Lloyd et se prépara pour sortir. Billy passerait la journée avec Mildred, mais il avait promis d'assister à la réunion le soir.

Arrivée à *La Femme du soldat,* Ethel remarqua que tous les journaux reproduisaient le discours de Fitz. Plusieurs en avaient même fait le sujet de leur éditorial. Ils ne défendaient pas forcément les mêmes positions, mais tous s'accordaient à dire que l'appel du comte n'avait laissé personne indifférent.

« Comment peut-on être contre le simple fait de *discuter* de la paix ? demanda-t-elle à Maud.

— Vous pourrez lui poser vous-même la question. Je lui ai proposé d'assister à la réunion de ce soir et il a accepté. »

Ethel en fut ébahie. « Il va se faire drôlement recevoir !

— Je l'espère bien. »

Les deux femmes passèrent la journée à travailler sur une édition spéciale de leur journal, dont la une avait pour titre : « Petit danger de paix ». Maud appréciait l'ironie de la formule, mais Ethel la trouvait trop subtile. Tard dans l'après-midi, elle alla chercher Lloyd chez sa nourrice, le ramena chez elle, le fit dîner et le coucha, le confiant à Mildred qui ne participait pas aux débats politiques.

La salle de la chapelle évangélique du Calvaire se remplissait déjà quand Ethel arriva ; bientôt, il ne resta plus que des places debout. L'assistance comptait de nombreux soldats et marins en uniforme. Bernie présidait la réunion. Il ouvrit la séance par un discours qu'il parvint à rendre ennuyeux malgré sa brièveté : il n'était pas bon orateur. Il appela ensuite le premier intervenant, un philosophe de l'université d'Oxford.

Connaissant déjà les arguments en faveur de la paix, Ethel profita de ce nouveau discours pour comparer les deux hommes assis sur l'estrade, qui tous deux la courtisaient. Fitz était le produit de plusieurs siècles de richesse et de culture. Comme toujours, il était élégamment vêtu, les cheveux parfaitement coupés, les mains soignées et les ongles impeccables. Bernie était issu d'un groupe de population persécuté qui avait erré de pays en pays, ne devant sa survie qu'à une intelligence bien supérieure à celle de ses tortionnaires. Il portait son unique costume en lourde serge gris foncé. C'était la seule tenue qu'Ethel lui connaissait : quand il faisait chaud, il tombait la veste, tout simplement.

L'auditoire était attentif. La question de la paix divisait en effet le parti travailliste. Ramsay MacDonald, qui s'était prononcé contre la guerre au Parlement le 3 août 1914, avait démissionné de son poste de chef du parti deux jours plus tard, lorsque la guerre avait été déclarée. Depuis, les députés travaillistes avaient soutenu la guerre, comme la majorité de leurs électeurs. Mais au sein de la classe ouvrière, les partisans du parti travailliste étaient les plus sceptiques; aussi y avait-il une forte minorité en faveur de la paix.

Fitz commença son discours en évoquant les fières traditions britanniques. Pendant des siècles, la Grande-Bretagne avait su préserver l'équilibre des forces en Europe, le plus souvent en se rangeant du côté des nations les plus faibles pour éviter qu'un seul pays ne domine les autres. « Le chancelier allemand n'a rien dit des conditions d'un accord de paix, souligna-t-il. Mais toute discussion s'ouvrirait par l'affirmation du statu quo. Conclure la paix maintenant reviendrait à accepter que la France soit humiliée et amputée d'une partie de son territoire et la Belgique transformée en satellite de l'Allemagne. L'Allemagne dominerait le continent du seul fait de sa puissance militaire. Nous ne pouvons pas permettre cela. Nous devons nous battre jusqu'à la victoire. »

Au moment d'ouvrir les débats, Bernie prit soin de préciser : « Le comte Fitzherbert est parmi nous à titre purement personnel et non en tant qu'officier. Il m'a donné sa parole d'honneur qu'aucun soldat actuellement sous les drapeaux et présent dans cette salle ne fera l'objet de sanctions disciplinaires pour ce qu'il pourrait dire ici. C'était évidemment la condition préalable à la présence du comte parmi nous. »

Bernie posa lui-même la première question. Excellente, comme toujours. « Pour reprendre votre analyse, Lord Fitzherbert, si la France est humiliée et perd des territoires, la stabilité de l'Europe sera compromise. »

Fitz hocha la tête.

« En revanche, si l'Allemagne est humiliée, si elle perd l'Alsace et la Lorraine – comme ce sera assurément le cas –, la stabilité de l'Europe sera renforcée. »

Le trouble momentané de Fitz n'échappa pas à Ethel. Il ne s'était pas attendu à devoir affronter une opposition d'une intelligence aussi pénétrante dans l'East End. Sur le plan intellectuel, il n'arrivait pas à la cheville de Bernie, et elle en eut un peu de peine pour lui.

« Comment expliquez-vous cette différence ? » demanda Bernie, et des murmures d'approbation s'élevèrent de la partie de l'assistance favorable à la paix.

Fitz se reprit rapidement. « La différence, dit-il, c'est que l'Allemagne est l'agresseur, que c'est un pays brutal, militariste et cruel. En concluant la paix maintenant, nous récompenserions un tel comportement. Et nous l'encouragerions à l'avenir ! »

L'autre partie de la salle applaudit. Fitz avait réussi à sauver la face. Mais son argument manquait de force, estima Ethel, et Maud se leva pour le dénoncer : « La guerre n'a pas éclaté par la faute d'une seule nation ! Il est devenu de bon ton d'accuser l'Allemagne et nos journaux militaristes propagent cette légende. Nous évoquons l'invasion de la Belgique par l'Allemagne sans reconnaître qu'il y a eu provocation. Nous oublions les six millions de soldats russes mobilisés sur la frontière orientale de l'Allemagne ; nous oublions le refus de la France d'affirmer sa neutralité. » Comme plusieurs hommes commençaient à huer Maud, Ethel songea amèrement que ce n'était pas en montrant aux gens que la situation était plus complexe qu'ils ne le pensaient que l'on était applaudi. « Je ne dis pas que l'Allemagne est innocente ! protesta Maud. Je dis qu'aucun pays ne l'est ! Je dis que ce n'est pas pour préserver la stabilité de l'Europe que nous nous battons, pas pour que justice soit rendue aux Belges ni pour punir le militarisme allemand. Nous nous battons parce que nous sommes trop orgueilleux pour reconnaître que nous nous sommes trompés ! »

Un soldat en uniforme se leva à son tour. Ethel reconnut avec fierté Billy. «J'ai participé à la bataille de la Somme, dit-il en guise de préambule et aussitôt le silence se fit. Je vais vous expliquer pourquoi nous avons perdu tant d'hommes là-bas.» Dans sa voix puissante, Ethel retrouva l'assurance convaincue et tranquille de leur père, et elle pensa que son frère aurait fait, lui aussi, un grand prédicateur. «Nos officiers nous ont affirmé – et il pointa un doigt accusateur vers Fitz – que cet assaut serait une promenade de santé.»

Ethel vit Fitz remuer sur sa chaise, mal à l'aise.

«On a prétendu, continua Billy, que notre artillerie avait anéanti les positions ennemies, démoli leurs tranchées, détruit leurs abris et qu'en arrivant en face, nous ne trouverions que des cadavres d'Allemands.»

Il ne s'adressait pas aux personnes assises sur l'estrade, nota Ethel, il promenait son regard intense sur la salle pour s'assurer que tous les yeux étaient rivés sur lui.

«Pourquoi nous a-t-on dit ça?» Il regarda Fitz droit dans les yeux et reprit, en haussant le ton : «Des choses qui n'étaient pas vraies?» Des murmures approbateurs se firent entendre.

Le visage de Fitz s'assombrit. Pour les hommes de sa classe, être accusé de mensonge était la pire des insultes. Ethel ne l'ignorait pas, son frère non plus.

Billy poursuivit : «Les positions allemandes n'étaient absolument pas détruites. Nous avons pu nous en convaincre quand nous nous sommes retrouvés sous le feu de leurs mitrailleuses.»

Le public avait du mal à se contenir. Un cri fusa : «Honte à eux!»

Fitz voulut répliquer, mais Bernie intervint : «Un moment, je vous prie, Lord Fitzherbert, laissez l'orateur achever.» Fitz se rassit en secouant énergiquement la tête.

Billy éleva la voix. «Nos officiers avaient-ils vérifié, par des moyens de reconnaissance aérienne ou par l'envoi de patrouilles, l'étendue des dégâts que notre artillerie avait causés sur les lignes allemandes? Dans le cas contraire, pourquoi ne l'ont-ils pas fait?»

Fitz se dressa, furieux. Des huées montèrent de la foule, assorties de quelques encouragements. «Vous ne comprenez pas!» s'écria-t-il.

La voix de Billy couvrit la sienne : «S'ils savaient la vérité, pourquoi nous ont-ils dit le contraire?»

Malgré les vociférations de Fitz et de la moitié de l'assistance, la voix de Billy résonnait au-dessus du vacarme : « Je n'ai qu'une question à poser : nos officiers sont-ils des imbéciles ou des menteurs ? »

5.

Ethel reçut de Fitz une lettre rédigée de sa grande écriture assurée sur son luxueux papier à lettres orné de ses armoiries. Il n'évoquait pas la réunion d'Aldgate, mais l'invitait au palais de Westminster le lendemain, mardi 19 décembre, pour assister, depuis la galerie des visiteurs, au premier discours de Lloyd George à la Chambre des communes en qualité de Premier ministre. Elle était aux anges. Elle n'avait jamais imaginé voir un jour l'intérieur du palais de Westminster et encore moins y entendre son héros y prendre la parole.

« Pourquoi crois-tu qu'il t'a invitée ? » lui demanda Bernie le soir même, posant comme toujours la vraie question.

Ethel n'avait pas de réponse plausible à lui proposer. La bonté pure et simple n'avait jamais été le trait dominant du caractère de Fitz, même s'il lui arrivait de se montrer généreux – lorsque cela lui convenait. Avec sa perspicacité habituelle, Bernie insinuait que le comte cherchait à obtenir une faveur en échange.

S'il était plus cérébral qu'intuitif, Bernie n'en avait pas moins senti qu'il y avait quelque chose entre Fitz et Ethel, et il y avait réagi en se montrant plus entreprenant. Ses avances n'avaient rien de très spectaculaire – ce n'était pas dans sa nature –, mais il gardait la main d'Ethel dans la sienne un peu plus longtemps que nécessaire, se tenait un tout petit peu trop près d'elle, lui tapotait l'épaule en lui parlant ou lui soutenait le coude quand elle descendait une marche. Se sentant subitement menacé, Bernie faisait instinctivement comprendre que cette femme lui appartenait. » Malheureusement, Ethel avait du mal à ne pas se dérober. Revoir Fitz lui avait cruellement rappelé ce qu'elle n'éprouvait pas pour Bernie.

Ce mardi-là, Maud arriva au bureau à dix heures et demie. Elles travaillèrent côte à côte pendant toute la matinée. Maud devait attendre que Lloyd George ait prononcé son discours pour rédiger l'éditorial du prochain numéro, mais le journal comportait bien d'autres rubriques : offres d'emplois, annonces pour des gardes d'enfant, conseils de santé destinés aux femmes et aux enfants écrits par le docteur Greenward, recettes de cuisine et courrier des lectrices.

« Fitz ne décolère pas depuis la réunion, dit Maud.

— Je vous avais bien dit qu'il allait passer un sale quart d'heure.

— Ce n'est pas ça qui le dérange. C'est que Billy l'ait traité de menteur.

— Vous êtes sûre que ce n'est pas plutôt parce que Billy a eu le dessus ? »

Maud sourit d'un air contrit. « Peut-être.

— J'espère simplement qu'il ne le lui fera pas payer.

— Il ne ferait jamais cela ! répondit Maud fermement. Ce serait manquer à sa parole.

— Tant mieux. »

Elles déjeunèrent dans un café de Mile End Road. « Une bonne étape pour les routiers », disait l'enseigne, et l'endroit était en effet apprécié des chauffeurs de camion. Maud fut accueillie chaleureusement par le personnel. Elles prirent une tourte au bœuf et aux huîtres. L'abondance d'huîtres, produit bon marché, compensait la quasi-absence de viande.

Elles montèrent ensuite dans un autobus pour rejoindre le West End, à l'autre bout de Londres. En passant devant Big Ben, Ethel leva les yeux vers l'immense cadran et vit qu'il était déjà trois heures et demie. Lloyd George devait prendre la parole à quatre heures. Cet homme avait le pouvoir de mettre un terme à la guerre et de sauver des millions de vies humaines. Le ferait-il ?

Lloyd George s'était toujours battu pour les ouvriers. Avant la guerre, il avait mené une âpre lutte contre la Chambre des lords et contre le roi pour que soient créées des pensions de retraite. Ethel savait ce que cela représentait pour les personnes âgées sans ressources. Le jour où cette pension avait été versée pour la première fois, elle avait vu des mineurs à la retraite, des hommes autrefois pleins de force et maintenant courbés en deux, tremblants, sortir de la poste d'Aberowen en pleurant de bonheur à l'idée de ne plus être des indigents. C'était à cette époque que Lloyd George était devenu le héros de la classe ouvrière. La Chambre des lords aurait préféré affecter ces sommes à la marine.

Je pourrais écrire son discours aujourd'hui, pensa-t-elle. Je déclarerais : «Il y a des moments dans la vie d'un homme et d'une nation où il est juste de dire : "J'ai fait l'impossible, je ne peux pas faire plus. J'abandonne donc la lutte pour chercher une autre voie. Il y a une heure, j'ai ordonné le cessez-le-feu en France sur toute la ligne de front britannique. Messieurs, les canons se sont tus."»

Ce n'était pas complètement irréalisable. Les Français seraient furieux, mais ils seraient bien obligés de suivre au risque de voir la Grande-Bretagne signer un accord de paix séparé qui les condamnerait à une défaite certaine. Oui, cet accord de paix serait cruel pour la France et pour la Belgique, mais moins cruel que la perte de plusieurs millions de vies encore.

Ce serait agir en homme d'État. Mais ce serait aussi la fin de la carrière politique de Lloyd George : les électeurs ne donneraient pas leur voix à celui qui avait perdu la guerre. Pourtant, quelle fin grandiose !

Fitz attendait Ethel et Maud dans le hall central, accompagné de Gus Dewar. De toute évidence, l'Américain était tout aussi impatient de connaître la réaction de Lloyd George à l'initiative de paix.

Ils gravirent le long escalier conduisant à la galerie qui surplombait la Chambre des débats et prirent place. Ethel avait Fitz à sa droite et Gus à sa gauche. Au parterre, les députés occupaient déjà les bancs recouverts de cuir vert des deux côtés de la salle. Seules restaient vacantes les places du premier rang réservées aux membres du cabinet.

«Tous les députés sont des hommes, fit remarquer Maud d'une voix sonore.

— Silence, je vous prie !» souffla avec zèle un huissier en habit de cour, culotte de velours et bas blancs.

Un député prononçait un discours, mais presque personne ne lui prêtait attention. Tout le monde attendait le nouveau Premier ministre. Fitz s'adressa tout bas à Ethel : «Ton frère m'a insulté.

— Pauvre petit ! Tu es vexé ? ironisa-t-elle.

— Jadis on se battait en duel pour moins que ça.

— Eh bien, le XXe siècle aura au moins fait un pas sur le chemin du bon sens.»

Son mépris le laissa impassible. « Sait-il qui est le père de Lloyd ? »

Elle hésita, partagée entre le refus de lui mentir et celui de lui dire la vérité.

Son embarras confirma ses soupçons. « Je vois, murmura-t-il. Cela explique sans doute sa virulence.

— Je ne crois pas qu'il ait eu la moindre arrière-pensée, répliqua-t-elle. Ce qui s'est passé sur la Somme suffit à expliquer la colère des soldats, tu ne crois pas ?

— Il mériterait de passer en conseil de guerre pour cette insolence.

— Tu as promis que...

— En effet, et je le regrette », répondit-il furieux.

Lloyd George fit alors son entrée.

De petite taille, il paraissait fluet dans sa tenue de ville. Ses cheveux un peu trop longs n'étaient pas très bien coiffés et sa moustache broussailleuse était toute blanche à présent. Il avait cinquante-trois ans, mais marchait d'un pas vif. Il s'assit et adressa quelques mots à un député. Ethel reconnut son sourire, si souvent reproduit en photo dans les journaux.

Il prit la parole à quatre heures dix. Un peu enroué, il expliqua qu'il avait mal à la gorge et fit une pause avant d'ajouter : « Je me présente aujourd'hui devant la Chambre des communes chargé de la plus lourde responsabilité qui puisse incomber à un homme. »

C'était un bon début, pensa Ethel. Au moins, il ne balaierait pas la note allemande d'un revers de main comme l'avaient fait les Français et les Russes, en prétextant que ce n'était qu'un piège habile ou une manœuvre de diversion.

« Tout homme ou groupe d'hommes qui, de gaieté de cœur ou sans cause suffisante, prolonge une lutte terrible comme celle-ci aurait sur sa conscience un crime que des océans ne sauraient laver. »

Petit rappel biblique, se dit Ethel, référence baptiste aux péchés qui peuvent être absous.

Puis, comme un prédicateur, il enchaîna par une proposition contraire : « Mais d'autre part, il est également vrai que tout homme ou groupe d'hommes qui, obéissant à un sentiment de fatigue ou de désespoir, abandonnerait la lutte sans avoir atteint le but élevé pour lequel nous y sommes entrés serait coupable du plus coûteux acte de lâcheté qu'un homme d'État ait jamais commis. »

Ethel ne tenait plus en place. De quel côté allait-il pencher? Le jour des télégrammes lui revint en mémoire, elle revit les visages de ces femmes ravagées par la douleur. Assurément, un homme politique comme Lloyd George ne pouvait permettre que des drames aussi poignants se poursuivent s'il était en son pouvoir de l'empêcher. Sinon, à quoi bon faire de la politique?

Lloyd George cita la phrase d'Abraham Lincoln : «Nous avons accepté cette guerre avec un objectif en vue, un objectif international, et la guerre cessera quand cet objectif aura été réalisé. »

C'était inquiétant. Ethel aurait bien voulu lui demander en quoi consistait cet objectif. Woodrow Wilson, qui avait posé la question, n'avait pas reçu de réponse à ce jour. Lloyd George n'en fournissait pas davantage maintenant. «Avons-nous des chances d'atteindre cet objectif en acceptant l'invitation du chancelier? demanda-t-il alors. C'est la seule question que nous avons à nous poser. »

Ethel était exaspérée. Comment débattre de cette question si personne ne connaissait l'objectif de cette guerre?

Lloyd George éleva la voix à la façon d'un prêtre s'apprêtant à évoquer l'enfer. «Au moment où l'Allemagne se proclame victorieuse, entrer, sur son invitation, dans une conférence sans savoir les propositions qu'elle fera... » – il s'interrompit pour parcourir la salle du regard, se tournant d'abord vers les libéraux derrière lui et à sa droite, puis vers les conservateurs, de l'autre côté de la salle – «... ce serait passer notre tête dans un nœud coulant en laissant le bout de la corde entre les mains de l'Allemagne ! »

Un tonnerre d'applaudissements s'éleva des bancs des députés.

La proposition de paix était rejetée.

À côté d'Ethel, Gus Dewar enfouit son visage dans ses mains.

«Que faites-vous d'Alun Pritchard, mort sur la Somme?» lança Ethel d'une voix forte.

L'huissier chuchota : « Silence, là-bas ! »

Ethel se leva. « Du sergent Prophète Jones, mort lui aussi !

— Au nom du ciel, asseyez-vous et calmez-vous ! » intervint Fitz.

En bas, dans la chambre, Lloyd George poursuivait son discours. Un ou deux députés avaient levé les yeux vers la galerie.

« De Clive Pugh ! » hurla Ethel à tue-tête.

Deux huissiers se dirigèrent vers elle et l'encadrèrent.

« De Grêlé Llewellyn ! »

Ils la prirent par les bras et l'entraînèrent.

« De Joey Ponti ! » cria-t-elle encore comme ils lui faisaient franchir le seuil.

XXII

Janvier-février 1917

1.

Walter von Ulrich rêvait qu'il se trouvait dans une calèche pour rejoindre Maud. Dans une pente, la voiture commençait à gagner de la vitesse et bringuebalait dangereusement sur la chaussée inégale. « Pas si vite ! Pas si vite ! » hurlait-il, mais le martèlement des sabots empêchait le cocher de l'entendre. Ce bruit lui rappelait curieusement le ronronnement d'un moteur de voiture. Plus que cette bizarrerie, c'était la crainte de verser qui terrifiait Walter, la peur de ne jamais revoir Maud. Il essaya encore d'ordonner au cocher de ralentir et l'effort qu'il fit pour crier le réveilla.

En réalité, il était assis dans une automobile, une Mercedes 37/95 Double Phaéton conduite par un chauffeur qui roulait à vitesse raisonnable sur une route cahoteuse de Silésie. Son père, assis près de lui, fumait un cigare. Ils avaient quitté Berlin le jour même, à l'aube, enveloppés dans des manteaux de fourrure – c'était une voiture découverte – pour regagner le quartier général du haut commandement sur le front est.

Ce rêve n'était pas difficile à interpréter. Les Alliés avaient repoussé avec mépris la proposition de paix pour laquelle Walter avait œuvré avec tant d'énergie. Dans le camp allemand, ce rejet avait renforcé le pouvoir des militaires qui voulaient reprendre la guerre sous-marine à outrance et couler tout navire militaire ou civil faisant route en zone de guerre, les paquebots aussi bien que les cargos, qu'ils appartiennent à un pays neutre ou à une puissance belligérante, afin d'affamer la Grande-Bretagne et la France et les contraindre à capituler. Les hommes politiques, en revanche, et notamment le chancelier, craignaient que cette attitude ne les conduise à la défaite ; elle risquait fort en effet de décider les États-Unis à entrer en guerre. Mais pour le moment, les partisans de la guerre sous-marine l'emportaient. Le kaiser avait clairement exprimé ses préférences en nommant aux Affaires étrangères un va-t-en-guerre avéré, Arthur Zimmermann. En vérité Walter rêvait que des chevaux emballés précipitaient le pays vers le désastre.

Il était persuadé que pour l'Allemagne, le plus grand danger venait des États-Unis. L'objectif de la politique allemande devait donc être de maintenir l'Amérique à l'écart du conflit. Certes, le blocus allié affamait la population, mais les Russes ne pourraient pas résister longtemps. Dès qu'ils auraient capitulé, l'Allemagne envahirait les riches régions occidentales et méridionales de leur empire, avec leurs immenses champs de blé et leurs puits de pétrole intarissables et elle pourrait alors concentrer toutes ses forces sur le front ouest. C'était le seul espoir.

Le kaiser le comprendrait-il ?

Il devait rendre sa décision aujourd'hui.

Un triste jour d'hiver se levait sur la campagne émaillée de plaques de neige. Retenu loin des combats, Walter se faisait l'effet d'être un tire-au-flanc. « Je devrais être sur le front depuis des semaines, murmura-t-il.

— De toute évidence, l'armée veut que tu restes ici, dit Otto. Les services secrets apprécient tes qualités d'analyste.

— Le pays est bourré d'hommes plus expérimentés qui pourraient faire ce travail aussi bien que moi, sinon mieux. Avez-vous fait jouer vos relations ? »

Otto haussa les épaules. « Je pense que si tu te mariais et que tu avais un fils, tu pourrais être transféré où tu voudrais.

— Vous me gardez à Berlin pour m'obliger à épouser Monika von der Helbard ? demanda Walter, incrédule.

— Je n'en ai pas le pouvoir. Mais il n'est pas impossible qu'au haut commandement, certains comprennent la nécessité de perpétuer les lignées aristocratiques. »

Devant cette duplicité manifeste, Walter s'apprêtait à protester mais, à cet instant, la voiture quitta la route pour franchir un portail sculpté. Elle s'engagea dans une longue allée bordée d'arbres dénudés et de pelouses enneigées qui débouchait sur une demeure immense, plus grande que tout ce que Walter avait pu voir en Allemagne. « C'est le château de Pless ?

— Effectivement.
— C'est vaste !
— Trois cents pièces. »

Ils descendirent de voiture et entrèrent dans un vestibule aussi vaste qu'une gare, aux murs décorés de têtes de sanglier encadrées de soie rouge. Un escalier de marbre massif conduisait aux salles de réception du premier étage. Walter, qui avait passé la moitié de sa vie dans des demeures somptueuses, trouva celle-ci exceptionnelle.

Un général s'avança vers eux, Walter reconnut von Henscher, un ami de son père. « Si tu fais vite, tu as le temps de faire un brin de toilette, dit-il aimablement mais avec insistance. On vous attend dans la salle à manger d'apparat dans quarante minutes... » Il se tourna vers Walter. « Ce jeune homme est sans doute ton fils. »

Walter claqua des talons.

« Il est dans les services secrets, expliqua Otto.

— Je sais. C'est moi qui l'ai inscrit sur la liste. » Le général s'adressa à Walter : « Je crois que vous connaissez l'Amérique.

— J'ai séjourné trois ans à notre ambassade de Washington, mon général.

— Bien. Je ne suis jamais allé aux États-Unis, ton père non plus. Pas plus que la plupart des hommes qui sont ici, à l'exception notable de notre nouveau ministre des Affaires étrangères. »

Vingt ans plus tôt, au retour d'un séjour en Chine, Arthur Zimmermann avait traversé les États-Unis en chemin de fer de San Francisco à New York. Depuis, il était considéré comme un spécialiste de l'Amérique. Walter se tut.

Von Henscher reprit : « Herr Zimmermann m'a demandé de vous consulter tous les deux sur un point. » Walter en fut à la fois flatté et intrigué. Pour quelle raison le nouveau ministre voulait-il connaître son avis ? « Mais nous en reparlerons tout à l'heure. » Von Henscher fit signe à un valet vêtu d'une livrée à l'ancienne mode, qui les conduisit jusqu'à leurs chambres.

Une demi-heure plus tard, ils étaient dans la salle à manger reconvertie en salle de conférences. Parcourant l'assemblée du regard, Walter s'étonna de découvrir la quasi-totalité des personnalités les plus influentes d'Allemagne, parmi lesquelles le chancelier Theobald von Bethmann-Hollweg, un homme de soixante ans aux cheveux presque blancs et coupés ras.

La majorité des officiers supérieurs étaient assis autour d'une longue table. Plusieurs rangées de chaises inconfortables avaient été disposées le long du mur à l'intention des hommes de rang inférieur, comme Walter. Un aide de camp fit circuler quelques exemplaires d'un mémorandum de deux cents pages. Par-dessus l'épaule de son père, Walter jeta un coup d'œil au dossier. Il vit des diagrammes représentant le tonnage des marchandises qui entraient et sortaient des ports britanniques, des tableaux des tarifs d'expédition et du volume des cargaisons, de la valeur calorifique des repas anglais, et même des calculs sur la quantité de laine nécessaire à la confection des jupes des Anglaises.

Ils attendirent deux heures. Enfin, l'empereur Guillaume fit son entrée en uniforme de général. Tout le monde bondit sur ses pieds. Sa Majesté, qui venait tout juste de fêter ses cinquante-huit ans, avait l'air pâle et de mauvaise humeur. Comme toujours, son bras gauche atrophié pendait le long de son corps, inerte, et il cherchait à le dissimuler. Walter eut du mal à retrouver l'émotion de joyeuse loyauté qu'il éprouvait si facilement, enfant, à la vue de son souverain. Il ne pouvait plus reconnaître en lui le père rempli de sagesse de son peuple. Guillaume II était de toute évidence un homme ordinaire, complètement dépassé par les événements. Incompétent, perplexe et affreusement malheureux, c'était un argument vivant contre la monarchie héréditaire.

Le kaiser promena son regard sur l'assistance, inclina la tête pour saluer quelques favoris, dont Otto, puis s'assit et fit signe à un militaire à barbe blanche, Henning von Holtzendorff, chef d'état-major de la marine.

L'amiral entreprit de lire des extraits de son mémorandum : le nombre de sous-marins susceptibles d'être déployés à tout moment, le tonnage de fret nécessaire aux Alliés pour assurer leur subsistance et le temps qu'il leur faudrait pour remplacer les bâtiments coulés. « D'après nos estimations, nous pouvons envoyer par le fond six cent mille tonnes de fret par mois », dit-il. C'était un exploit impressionnant, et l'amiral étayait chacune de ses affirmations par de nouveaux chiffres; sa précision même, sa certitude éveillèrent le scepticisme de Walter : la guerre ne pouvait être prévisible à ce point.

Holtzendorff désigna sur la table un document fermé par un ruban, probablement le décret impérial sur la guerre sous-marine à outrance. « Si Votre Majesté daigne approuver le plan qui lui est soumis aujourd'hui, je lui garantis que les Alliés capituleront dans cinq mois précisément. » Il s'assit.

Le kaiser se tourna vers le chancelier. Walter se prépara à entendre une évaluation plus réaliste de la situation. En poste depuis sept ans, Bethmann-Hollweg comprenait parfaitement la complexité des relations internationales, à la différence du monarque.

La mine sombre, il évoqua l'entrée en guerre des États-Unis et les immenses réserves de main-d'œuvre, de fournitures et de moyens financiers dont disposait ce pays. Pour appuyer ses propos, il évoqua l'opinion de toutes les personnalités allemandes qui connaissaient bien les États-Unis. Mais, à la grande déception de Walter, il n'avait pas l'air d'y croire. Sans doute était-il convaincu que le kaiser avait déjà tranché. Cette réunion avait-elle pour but de ratifier une décision déjà prise ? se demanda le jeune homme. L'Allemagne était-elle condamnée ?

Le kaiser ne manifestait pas une grande patience à l'égard de ceux qui ne partageaient pas son avis ; pendant tout le discours du chancelier, il se tortilla sur son siège, poussa des grognements d'agacement et fit toutes sortes de grimaces exprimant sa désapprobation. Bethmann-Hollweg finit par perdre pied. « Si les autorités militaires jugent la guerre sous-marine essentielle, je ne suis pas en mesure de les contredire. D'un autre côté... »

Il n'eut pas le temps d'exposer l'autre membre de l'alternative. Holtzendorff avait bondi sur ses pieds. « Je vous donne ma parole d'officier de marine qu'aucun Américain ne posera le pied sur le continent ! »

C'était ridicule, songea Walter. Comme si sa parole d'officier avait quelque chose à voir dans l'affaire ! Mais cette assurance eut plus d'effet que toutes ses statistiques. Le visage du souverain s'éclaira et plusieurs officiers hochèrent la tête d'un air approbateur.

Bethmann-Hollweg donna l'impression d'abandonner la partie. Son corps s'avachit dans son siège, les muscles de son visage se relâchèrent et ce fut d'une voix défaite qu'il déclara : « Si le succès est assuré, nous devons suivre. »

Le kaiser fit un geste, et Holtzendorff lui tendit le document enrubanné.

Non, protesta Walter en son for intérieur, nous ne pouvons tout de même pas prendre une décision d'une telle importance sur des bases aussi insuffisantes !

L'empereur s'était déjà emparé d'un stylographe et signait : « Wilhelm I.R. »

Il reposa le stylo et quitta son siège.

Toutes les personnes présentes dans la salle l'imitèrent précipitamment.

Ce n'est pas possible ! se dit Walter.

Le kaiser quitta la salle. L'atmosphère se détendit et un bourdonnement de conversations s'éleva. Effondré dans son fauteuil, Bethmann-Hollweg marmonnait, les yeux fixés sur la table. On aurait dit un homme foudroyé. Walter s'approcha pour l'entendre. Il répétait une phrase en latin : *Finis Germaniae* – la fin de l'Allemagne.

Le général von Henscher rejoignit Otto : « Si tu veux bien me suivre, nous déjeunerons en tête à tête. Vous aussi, jeune homme. » Il les conduisit dans une salle adjacente où un buffet froid était servi.

Le château de Pless servant de résidence au kaiser, la nourriture y était excellente. En dépit de sa colère et de son abattement, Walter avait faim, comme tout le monde en Allemagne ; il se servit une montagne de poulet froid, de salade de pommes de terre et de tranches de pain blanc.

« Zimmermann, le ministre des Affaires étrangères, s'attendait à cette décision, dit von Henscher. Il se demande comment dissuader les États-Unis d'entrer en guerre. »

Si nous coulons leurs navires et faisons périr leurs citoyens, l'affaire est mal engagée, pensa Walter.

« Pouvons-nous, par exemple, poursuivit le général, fomenter un mouvement de contestation parmi les Américains de souche allemande ? Ils sont, je crois, un million trois cent mille. »

Walter soupira en son for intérieur. « Quelle blague ! dit-il tout haut. Cela n'a aucune chance de marcher !

— Surveille ton langage quand tu t'adresses à tes supérieurs ! » lança Otto sèchement.

Henscher fit un geste d'apaisement. « Laisse ton garçon dire ce qu'il pense, Otto. J'aime autant qu'il s'exprime franchement. Qu'est-ce qui vous fait dire cela, commandant ?

— Si ces Allemands aimaient leur patrie, ils ne l'auraient pas quittée ! expliqua Walter. Ils mangent peut-être de la *Wurst* et boivent de la bière, mais ils sont américains. Ils se battront pour l'Amérique.

— Et les Irlandais de souche ?

— Pareil. Ils détestent les Anglais, bien sûr, mais quand nos sous-marins auront tué des Américains, ils nous détesteront plus encore.

— Comment le président Wilson pourrait-il nous déclarer la guerre ? intervint Otto sur un ton irrité. Il vient d'être réélu parce qu'il a su tenir l'Amérique à l'écart du conflit ! »

Walter haussa les épaules. « En un sens, cela lui facilite la tâche. Les gens se diront qu'il n'avait pas le choix.

— Qu'est-ce qui pourrait le retenir ? demanda von Henscher.

— Que l'on protège les navires des pays neutres...

— Hors de question ! l'interrompit son père. À outrance signifie à outrance. C'est ce que la marine réclamait, et Sa Majesté le lui a accordé. »

Von Henscher ajouta : « Si les questions de politique intérieure ont peu de chances d'influencer Wilson, pensez-vous que des problèmes de politique extérieure, dans sa moitié du monde, pourraient retenir son attention ailleurs ? Au Mexique, par exemple », précisa-t-il en se tournant vers Otto.

Celui-ci esquissa un petit sourire de satisfaction. « Ah, vous songez à l'*Ypiranga* ? Je reconnais que cela a été un petit chef-d'œuvre de diplomatie agressive. »

Walter n'avait jamais partagé l'enthousiasme de son père à propos de cette affaire de livraison d'armes allemandes au Mexique. Il considérait qu'Otto et ses amis pourraient bien regretter un jour d'avoir humilié le président Wilson.

« Alors ? demanda Henscher.

— La plus grande partie de l'armée américaine se trouve déjà au Mexique ou le long de la frontière, expliqua Walter. Sous le prétexte de traquer un certain Pancho Villa, un bandit qui se livre à des pillages de part et d'autre de la frontière. Le président Carranza crie au scandale et à la violation de son territoire, mais il ne peut pas faire grand-chose.

— Et si nous lui prêtions main-forte ? »

Walter réfléchit. Ce genre de machination diplomatique lui paraissait extrêmement risquée, mais il était de son devoir de répondre aux questions avec le maximum de précision. « Les Mexicains ont le sentiment d'avoir été dépossédés du Texas, du Nouveau-Mexique et de l'Arizona. Ils rêvent de récupérer ces territoires, de la même façon que la France s'imagine pouvoir un jour reprendre l'Alsace et la Lorraine. Le président Carranza pourrait être assez fou pour croire la chose possible.

— Quoi qu'il en soit, s'enflamma Otto, une telle tentative détournerait certainement l'attention des Américains du continent européen !

— Pendant un temps, oui, convint Walter à contrecœur. Mais à longue échéance, notre ingérence renforcerait la position des Américains qui souhaitent entrer en guerre aux côtés des Alliés.

— C'est le court terme qui nous intéresse. Tu as entendu Holtzendorff : dans cinq mois, nos sous-marins auront mis les Alliés à genoux. Ce qu'il faut, c'est occuper les Américains jusque-là.

— Et les Japonais? avança Henscher. À votre avis, pourrait-on les persuader d'attaquer le canal de Panamá? Ou même la Californie?

— D'un point de vue réaliste, non! » répondit Walter. À ses yeux, ils se laissaient emporter par leur imagination.

Henscher insista : « Pareille menace les obligerait tout de même à concentrer une partie de leurs troupes sur la côte ouest, n'est-ce pas?

— Sans doute, oui. »

Otto se tamponna les lèvres avec sa serviette. « Tout cela est du plus grand intérêt, mais il faut que j'aille voir si Sa Majesté a besoin de moi. »

Ils se levèrent. « Si je peux me permettre, mon général... », ajouta Walter.

Son père soupira.

« Je vous en prie, répondit von Henscher.

— Tout cela me paraît extrêmement dangereux, mon général. S'il venait à se savoir que des responsables militaires allemands envisagent de fomenter des troubles au Mexique et d'encourager les Japonais à débarquer en Californie, le tollé serait tel que l'Amérique entrerait en guerre très rapidement, pour ne pas dire tout de suite. Pardonnez-moi de souligner une évidence, mais cet entretien doit rester strictement entre nous.

— Parfaitement, dit von Henscher. Évidemment, ajouta-t-il avec un sourire à l'adresse d'Otto, nous sommes de la vieille école, votre père et moi, mais nous n'avons pas tout oublié. Vous pouvez compter sur notre discrétion. »

2.

Fitz fut d'abord heureux de voir la proposition de paix rejetée, et fier du rôle qu'il avait joué dans ce processus. Mais peu à peu, le doute s'insinua en lui.

Au matin du mercredi 17 janvier, tout en cheminant – ou plus exactement en claudiquant – le long de Piccadilly pour rejoindre son bureau de l'Amirauté, il réfléchit à la question. Ces pourparlers de paix auraient permis à l'Allemagne l'occasion de consolider furtivement ses gains territoriaux, en légitimant sa mainmise sur la Belgique, le nord-est de la France et sur de vastes territoires en Russie. Pour la Grande-Bretagne, participer à de telles négociations aurait représenté à peu de chose près un aveu de défaite. Mais l'Angleterre n'avait pas encore gagné.

Si la presse avait chaleureusement accueilli le discours de Lloyd George promettant de se battre jusqu'au bout, les gens de bon sens savaient que ce n'était qu'une chimère. La guerre se prolongerait pendant un an, voire davantage. Et si les Américains s'obstinaient à rester neutres, on finirait sans doute par devoir tout de même négocier. Que se passerait-il alors si aucun camp *ne pouvait remporter cette guerre*? Encore un million de soldats se feraient-ils tuer pour rien? Après tout, Ethel avait peut-être raison; cette idée obsédait Fitz.

Et si la Grande-Bretagne perdait? Ce serait la crise financière, le chômage, la misère. La classe ouvrière reprendrait à son compte le discours du père d'Ethel et rappellerait qu'on ne l'avait jamais autorisée à voter pour ou contre la guerre. La fureur du peuple contre ses dirigeants serait sans limite. Défilés et manifestations dégénéreraient, on assisterait à des émeutes. Cela faisait à peine plus d'un siècle que les Parisiens avaient exécuté leur roi et une grande partie de la noblesse. Les Londoniens en feraient-ils autant? Fitz s'imagina, pieds et poings liés, dans la charrette le conduisant à l'échafaud, livré aux quolibets et aux crachats de la foule. Pire, Maud pourrait subir la même infamie, et tante Herm, Bea, Boy! Il chassa ces idées noires pour penser à Ethel.

Quelle petite enragée! se dit-il avec une admiration teintée de regret. Le fait qu'Ethel, une de ses invités, ait été expulsée de la galerie pendant le discours de Lloyd George le mortifiait au plus haut point, mais en même temps, cela ne diminuait en rien l'attrait qu'il éprouvait pour elle, bien au contraire.

Malheureusement, elle s'était retournée contre lui. Il était sorti de la galerie à sa suite et l'avait rattrapée dans le hall central. Là, elle l'avait admonesté, lui reprochant, à lui et à ses semblables, de prolonger la guerre délibérément. À l'entendre, on aurait pu croire que tous les soldats tombés en France avaient été tués par Fitz lui-même.

Il pouvait renoncer à son projet de Chelsea. Il lui avait adressé quelques messages, auxquels elle n'avait pas répondu. Il en était profondément déçu. Quand il songeait aux délicieux après-midi qu'ils auraient pu passer ensemble dans ce petit nid d'amour, il éprouvait une douleur aiguë dans la poitrine.

Il avait heureusement une consolation. Bea avait pris sa réprimande au sérieux. Elle l'accueillait dorénavant dans sa chambre dans de charmants déshabillés et lui offrait son corps parfumé comme aux premiers jours de leur mariage. Finalement, c'était une aristocrate bien élevée, qui n'ignorait rien des devoirs d'une épouse.

Laissant son esprit voguer de l'obligeante princesse à l'irrésistible activiste, il atteignit l'Amirauté. Un télégramme partiellement décodé l'attendait sur son bureau.

Il avait pour en-tête : « De Berlin à Washington. W.158. 16 janvier 1917. » Par automatisme, Fitz chercha la signature au bas du document : « Zimmermann. »

Son intérêt en fut piqué. C'était un message du ministre allemand des Affaires étrangères adressé à son ambassadeur aux États-Unis. Fitz en rédigea une traduction au crayon, remplaçant les groupes de mots encore chiffrés par des croix et des points d'interrogation.

Hautement confidentiel, à l'attention personnelle de Votre Excellence et destiné au ministre impérial au (? Mexique ?) avec xxxx par itinéraire sûr.

Les points d'interrogation indiquaient un ensemble de mots codés dont la signification demeurait incertaine et que les spécialistes du chiffre avaient cherché à deviner. S'ils ne se trompaient pas, ce message était destiné à l'ambassadeur d'Allemagne au Mexique. Il lui était simplement envoyé par l'intermédiaire de l'ambassade allemande à Washington.

Le Mexique, tiens, tiens ! s'étonna Fitz.

La phrase suivante avait été entièrement décryptée.

Nous proposons de commencer la guerre sous-marine à outrance le 1er février.

« Mon Dieu ! » s'écria Fitz tout haut. Voilà que ce télégramme ne se bornait pas à confirmer le bien-fondé de leurs pires craintes, mais annonçait la date de mise à exécution de cette menace. Au bureau 40, la nouvelle allait faire l'effet d'une bombe.

Parallèlement, nous devrons tout faire pour que l'Amérique conserve sa neutralité xxxx. En cas d'échec, nous proposons au (? Mexique ?) une alliance sur cette base : conduite de la guerre, conclusion de la paix.

Une alliance avec le Mexique ? réfléchit Fitz. C'est du sérieux. Les Américains vont être fous de rage !

Pour l'heure, Votre Excellence devrait informer en secret le président xxx guerre avec les États-Unis xxxx et en même temps négocier entre nous et le Japon xxxx nos sous-marins contraindront l'Angleterre à accepter la paix d'ici à quelques mois. Accuser réception.

Levant les yeux, Fitz croisa le regard du jeune Carver qui bouillait visiblement d'excitation. « Vous êtes en train de lire le message de Zimmermann, c'est ça ?

— En effet », répondit Fitz calmement. Il était aussi euphorique que Carver, mais savait mieux le cacher. « Pourquoi y a-t-il autant de mots manquants dans la transcription ?

— Le message est écrit dans un nouveau code que nous n'avons pas encore fini de décrypter. Il n'empêche, l'affaire est grave, n'est-ce pas ? »

Grave ? Carver ne croyait pas si bien dire ! pensa Fitz en reposant les yeux sur sa page. Ce texte ressemblait fort à une tentative de l'Allemagne pour obtenir l'alliance du Mexique contre les États-Unis. Ça allait faire sensation !

La nouvelle pourrait irriter le président américain au point de le décider enfin à déclarer la guerre à l'Allemagne.

Le pouls de Fitz se mit à battre plus vite. « Je vais de ce pas transmettre ce message à Clignoteur Hall. » Le capitaine William Reginald Hall, directeur des services de renseignements de la marine, souffrait d'un tic facial qui n'affectait en rien ses facultés mentales, mais lui avait valu ce surnom. « Il va me poser des questions, et il faut que je puisse lui répondre : à votre avis, quand pouvons-nous espérer avoir un texte entièrement déchiffré ?

— Il va nous falloir plusieurs semaines. »

Fitz émit un grognement d'exaspération. Le décryptage de

nouveaux codes à partir de leurs principes de base était un travail de longue haleine, qui ne pouvait en aucun cas être précipité.

« Cependant, reprit Carver, je vois que Washington doit transmettre ce message au Mexique. Sur cette voie-là, ils utilisent toujours un vieux code diplomatique que nous avons décrypté voici plus d'un an. Peut-être pourrions-nous obtenir une copie du télégramme retransmis.

— Je crois que c'est possible ! dit Fitz avec fougue. Nous avons un agent au bureau du télégraphe de Mexico... » Et il ajouta, imaginant déjà l'avenir : « Quand le monde saura...

— Le monde n'en saura rien ! coupa Carver sèchement.

— Pourquoi ?

— Parce que les Allemands comprendraient aussitôt que nous interceptons leurs messages. »

Il avait raison, Fitz était bien obligé d'en convenir. C'était l'éternel problème des services secrets : utiliser un renseignement sans révéler qu'on le possédait. Il insista pourtant : « Compte tenu de l'importance de l'affaire, nous pourrions envisager de prendre ce risque.

— J'en doute. Notre service a obtenu trop d'informations précieuses pour qu'ils acceptent de mettre son existence en péril !

— Sapristi ! On ne peut quand même pas détenir un renseignement pareil et ne pas l'exploiter !

— Ce sont les aléas du métier. »

Fitz n'était pas prêt à l'accepter. L'entrée en guerre de l'Amérique pouvait apporter la victoire. Cela valait indéniablement n'importe quel sacrifice. Mais il connaissait suffisamment l'armée pour savoir que certains manifesteraient plus de courage et d'ingéniosité à défendre leur service qu'un soldat son fortin. Il fallait prendre au sérieux les objections de Carver. « Alors, il va falloir trouver une couverture, dit-il.

— Faisons croire que ce câble a été intercepté par les Américains », suggéra Carver.

Fitz renchérit : « Puisque ce télégramme doit être expédié de Washington, nous pourrions dire que le gouvernement des États-Unis l'a obtenu de Western Union.

— Ils l'auraient mauvaise à Western Union !...

— Qu'ils aillent se faire voir ! Mais comment tirer le meilleur parti de ce renseignement ? Est-ce à notre gouvernement de révéler l'affaire ? Faut-il laisser cela aux Américains ? Doit-on au contraire charger un tiers de défier les Allemands ? »

Caver leva les deux mains en un geste d'impuissance. « Je suis complètement dépassé.

— Pas moi, dit Fitz, saisi d'une inspiration. Et je sais qui peut nous aider. »

3.

Fitz retrouva Gus Dewar au Ring, un pub du sud de Londres.

Il découvrit avec surprise que Gus Dewar se passionnait pour la boxe. Adolescent, celui-ci avait fréquenté un ring de Buffalo situé au bord du lac et, plus tard, en 1914, au cours de ses voyages en Europe, il avait assisté à des combats dans toutes les capitales. Il n'en faisait pas étalage, se dit Fitz, narquois, la boxe n'étant pas un sujet de conversation populaire autour d'une tasse de thé dans les salons de Mayfair.

Pourtant, toutes les classes de la société se mêlaient au Ring, des messieurs en queue-de-pie y côtoyaient des dockers en vestes déchirées. Dans tous les coins, des bookmakers prenaient des paris clandestins tandis que les serveurs portaient des plateaux chargés de chopes de bière. La fumée des cigares, des pipes et des cigarettes rendait l'atmosphère opaque. Il n'y avait pas de sièges, et pas de femmes.

Fitz trouva Gus en pleine conversation avec un Londonien au nez cassé. Ils parlaient du boxeur américain Jack Johnson, le premier Noir champion du monde des poids lourds, dont le mariage avec une Blanche avait provoqué des appels au lynchage de la part de pasteurs chrétiens. À la stupéfaction de Gus, le Londonien approuvait ces ecclésiastiques.

Fitz caressait secrètement l'espoir que Gus s'éprenne de Maud. Ce serait une alliance parfaite. Intellectuels et libéraux tous les deux, ils passaient leur temps dans les livres et prenaient tout terriblement au sérieux. Gus Dewar était issu de cette classe que les Américains appelaient *Old Money*, ce qu'il y avait de plus proche de l'aristocratie européenne.

En outre, Gus et Maud étaient l'un et l'autre partisans de la paix. Maud avait toujours manifesté une étrange ardeur à voir le conflit s'achever au plus vite, Fitz se demandait pourquoi. Quant à Gus, il portait Woodrow Wilson aux nues et celui-ci, justement, avait tenu un discours le mois passé enjoignant à une « paix sans victoire ». Expression qui avait irrité Fitz et la plus grande partie des milieux dirigeants, en Angleterre comme en France.

Malgré tout ce qui les rapprochait, il ne s'était rien passé entre Gus et Maud. Fitz, qui aimait beaucoup sa sœur, commençait à s'inquiéter. Voulait-elle vraiment finir vieille fille ?

Quand il eut réussi à arracher Gus à son interlocuteur, il mit le sujet du Mexique sur le tapis.

« C'est un sacré gâchis, commenta Gus. Dans l'espoir de contenter le président mexicain, Wilson a rappelé le général Pershing et ses troupes, mais ça n'a servi à rien : Carranza ne veut même pas entendre parler de maintien de l'ordre sur la frontière. Mais dites-moi, en quoi cette question vous intéresse-t-elle ?

— Je vous le dirai tout à l'heure. Le prochain combat va commencer. »

Tout en regardant Benny le Yid marteler le crâne d'Albert Collins le Chauve, Fitz décida de ne pas évoquer la proposition de paix allemande. Il savait que Gus, navré de l'échec de l'initiative de Wilson, ne cessait de se demander s'il n'aurait pas pu mieux s'y prendre, ou se démener davantage, pour faire aboutir le projet de son président. Fitz, quant à lui, considérait ce plan d'emblée voué à l'échec, pour la simple raison qu'aucun des camps ne voulait sincèrement la paix.

Au troisième round, Albert le Chauve s'écroula et ne se releva pas.

« Vous m'avez attrapé au bon moment, dit Gus. Je suis sur le point de rentrer chez moi.

— Vous vous en réjouissez ?

— Je m'en réjouirai si j'arrive à bon port. Je peux très bien être coulé par un sous-marin au cours de la traversée. »

Les Allemands avaient déclenché leur guerre sous-marine à outrance le 1er février, à la date exacte indiquée dans le message de Zimmermann. Les Américains étaient furieux, moins pourtant que Fitz ne l'avait espéré. « Le président Wilson a réagi bien mollement à l'annonce des Allemands, fit-il remarquer.

— Vous ne pouvez pas dire ça : il a rompu les relations diplomatiques entre nos deux pays.

— Mais il n'a pas déclaré la guerre», répliqua Fitz, qui en avait été effondré, quoiqu'il ait violemment combattu l'idée de pourparlers de paix. Cependant Maud, Ethel et leurs amis pacifistes avaient raison d'affirmer qu'il n'y avait aucun espoir de victoire dans un avenir prévisible – sans aide extérieure. Fitz avait été convaincu que la guerre sous-marine à outrance entraînerait les Américains dans le conflit. Pour le moment, ce n'était pas le cas.

«Franchement, reprit Gus, je pense que la décision allemande a mis le président Wilson hors de lui et qu'après avoir tout fait pour l'éviter, il est prêt maintenant à déclarer la guerre. Le problème est qu'il a été réélu parce qu'il nous en a préservés. Pour pouvoir changer son fusil d'épaule, il faudrait qu'il soit porté par une vague d'enthousiasme populaire.

— Dans ce cas, dit Fitz, j'ai quelque chose qui pourrait l'aider.»

Gus leva un sourcil intrigué.

«Depuis que j'ai été rapatrié à cause de mes blessures, expliqua Fitz, je travaille dans un service chargé de décoder les messages allemands que nous interceptons.» Il sortit de sa poche une feuille couverte de son écriture. «Ce texte sera officiellement transmis à votre gouvernement dans les jours qui viennent. Je vous le montre d'ores et déjà parce que nous avons besoin d'un conseil sur la façon d'aborder cette affaire.» Il tendit le papier à Gus.

L'espion britannique en place à Mexico avait mis la main sur le message transmis par câble en utilisant l'ancien code. Le document que Fitz venait de remettre à Gus était un décryptage complet du billet de Zimmermann intercepté antérieurement :

De Washington au Mexique, 19 janvier 1917.

Nous prévoyons de commencer la guerre sous-marine à outrance le 1er février. Malgré tout, nous ferons tout ce qui est en notre pouvoir pour forcer les États-Unis à conserver leur neutralité. En cas d'échec, nous présenterons au Mexique une proposition d'alliance selon les conditions suivantes :

— Faire la guerre ensemble.

— Faire la paix ensemble.

— De notre part, soutien financier généreux et promesse que le Mexique reconquerra ses territoires perdus du Texas, du Nouveau-

Mexique et de l'Arizona. Le règlement des détails est laissé à votre appréciation.

Vous informerez le président de ce qui précède dans le plus grand secret, dès que l'entrée en guerre des États-Unis sera certaine. Vous ajouterez, sous forme de suggestion, qu'il serait judicieux qu'il invite, de sa propre initiative, le Japon à adhérer immédiatement à ce plan, et qu'il serve parallèlement d'intermédiaire entre le Japon et nous-mêmes.

Veuillez attirer l'attention du président sur le fait que l'action impitoyable menée par nos sous-marins nous ouvre la perspective de contraindre l'Angleterre à conclure la paix dans les mois à venir.

« Une alliance ? Ah ! mon Dieu ! » s'écria Gus après avoir lu les premières lignes de ce texte, tenant le papier tout près de ses yeux en raison de la lumière tamisée.

Fitz jeta un coup d'œil autour de lui. Un nouveau combat venait de commencer ; la foule faisait trop de bruit pour que leurs voisins aient pu entendre Gus.

L'Américain avait repris sa lecture. « Reconquérir le Texas ? s'exclama-t-il, incrédule, avant d'ajouter avec colère, en levant les yeux : Et inviter le Japon à participer ? Quelle indignité ! »

Fitz n'espérait pas d'autre réaction, et il fit de son mieux pour dissimuler sa joie. « Indigne est bien le mot, insista-t-il avec une solennité forcée.

— Les Allemands proposent de payer le Mexique pour qu'il envahisse les États-Unis !

— Oui.

— Et, en plus, ils lui demandent de convaincre le Japon d'entrer dans leur jeu !

— Oui.

— Attendez un peu que cela se sache !

— Voilà justement ce dont je tenais à vous entretenir. Nous voulons nous assurer que cette nouvelle sera rendue publique d'une manière favorable à votre président.

— Pourquoi votre gouvernement ne la révèle-t-il pas lui-même, tout simplement ?

— Pour deux raisons, répondit Fitz en comprenant que Gus n'avait pas saisi toute la subtilité du problème. Premièrement, nous ne voulons pas que les Allemands sachent que nous lisons leurs câbles. Deuxièmement, nous ne voulons pas être accusés d'avoir fabriqué un faux. »

Gus hocha la tête. « Pardonnez-moi. La colère m'empêche de réfléchir. Examinons calmement la situation.

— Nous souhaiterions, si possible, que le gouvernement des États-Unis prétende avoir reçu une copie de ce câble de Western Union.

— Wilson refusera de mentir.

— Alors débrouillez-vous pour obtenir effectivement de Western Union une copie de ce câble, et ce ne sera pas un mensonge.

— Ce devrait être faisable. Quant au second point, qui pourrait révéler au public l'existence de ce télégramme sans être soupçonné d'avoir fait un faux ?

— Le président en personne, je présume.

— C'est une possibilité.

— Vous avez une meilleure idée ?

— Oui, répondit Gus pensivement, je crois que oui. »

4.

Ethel et Bernie se marièrent à la chapelle évangélique du Calvaire. Ils n'étaient ni l'un ni l'autre très portés sur la religion, mais ils aimaient bien le pasteur.

Ethel n'avait plus parlé à Fitz depuis le jour du discours de Lloyd George. Son hostilité à la paix, revendiquée publiquement, lui avait cruellement rappelé sa vraie nature. Il incarnait tout ce qu'elle détestait : la tradition, le conservatisme, l'exploitation de la classe ouvrière, la fortune imméritée. Comment avait-elle pu envisager un instant d'être la maîtresse d'un tel homme ? Elle ne pouvait se rappeler la maison de Chelsea sans en éprouver de la honte. Si elle avait une âme sœur, c'était Bernie.

Ethel avait revêtu la robe en soie rose et le chapeau à fleurs que Walter von Ulrich lui avait achetés pour le mariage de Maud Fitzherbert. Il n'y avait pas de demoiselles d'honneur, mais Mildred et Maud étaient dames d'honneur. Les parents d'Ethel avaient pris le train depuis Aberowen. Billy, toujours en France, n'avait malheureusement pas obtenu de permission. Le petit Lloyd portait une tenue de page que Mildred lui avait confectionnée tout spécialement : bleu ciel, avec des boutons en laiton et un petit chapeau assorti.

À la surprise d'Ethel, Bernie arriva accompagné de parents dont tout le monde ignorait l'existence : une mère âgée qui ne parlait que le yiddish et marmonna dans sa barbe pendant toute la cérémonie, et un frère aîné, Theo, qui vivait avec elle et possédait une prospère usine de bicyclettes à Birmingham, comme le découvrit Mildred en bavardant avec lui.

On servit ensuite du thé et des gâteaux dans la salle de réunion. Il n'y avait pas d'alcool, au grand contentement de Da et de Mam. Quant aux fumeurs, ils furent envoyés dans la rue. Mam embrassa Ethel et lui dit : «Je suis heureuse de te voir enfin casée, malgré tout.» Un «malgré tout» lourd de sous-entendus, pensa Ethel, et qui signifiait : «Tous mes vœux de bonheur, bien que tu sois une femme déchue et la mère d'un bâtard né de père inconnu, bien que tu épouses un Juif, et bien que tu habites à Londres qui ne vaut pas mieux que Sodome et Gomorrhe.» Mais Ethel accepta cette demi-bénédiction en se jurant de ne jamais tenir de tels propos à son enfant.

Mam et Da avaient acheté des billets à prix réduit qui les obligeaient à faire l'aller-retour dans la journée, et partirent pour ne pas rater leur train. Une fois que la plupart des invités se furent éclipsés, le petit groupe restant se rendit au Chien et au Canard pour prendre un verre.

Quand ce fut l'heure de coucher Lloyd, Ethel et Bernie rentrèrent. Le matin même, Bernie avait entassé ses rares vêtements et ses nombreux livres dans une brouette et les avait transportés de son logement de location à la maison d'Ethel.

Pour s'offrir une nuit d'intimité, ils installèrent Lloyd à l'étage, dans la chambre des filles de Mildred, ce que le petit garçon considéra comme une fête. Puis ils burent un cacao à la cuisine avant d'aller se coucher à leur tour.

Ethel avait enfilé une chemise de nuit neuve et Bernie un pyjama propre. Quand il se glissa dans le lit à côté d'elle, il se mit à transpirer de nervosité. Ethel lui caressa la joue. «J'ai beau être une femme de mauvaise vie, je n'ai pas beaucoup d'expérience, dit-elle. Je n'ai connu que mon premier mari, et cela n'a duré que quelques semaines. Après, il est parti.» Jamais elle ne dirait à Bernie que c'était Fitz. Seuls Billy et l'avocat Albert Solman savaient la vérité.

« C'est toujours plus que moi, dit Bernie. Quelques essais ratés seulement. »

Elle le sentit réconforté et demanda :

« Comment s'appelaient-elles ?

— Oh, ça n'a aucun intérêt. »

Elle sourit. « Mais si. Avec combien de femmes as-tu couché ? Six ? Dix ? Vingt ?

— Mon Dieu, non. Trois. La première s'appelait Rachel Wright, c'était à l'école. Après, elle a dit qu'il allait falloir qu'on se marie. Je l'ai crue. J'étais terrorisé. »

Ethel éclata de rire. « Et qu'est-ce qui s'est passé ?

— La semaine suivante, elle a remis ça avec Micky Armstrong. Du coup j'étais libéré.

— C'était comment ?

— Moyen. Je n'avais que seize ans. C'était surtout pour pouvoir me vanter devant les copains. »

Elle l'embrassa tendrement : « Et la deuxième ?

— Carol McAllister. Une voisine. Je lui ai donné un shilling. Ça a été un peu court. Je pense qu'elle savait ce qu'il fallait faire, elle m'a dit de ne pas perdre de temps. Ce qu'elle préférait, c'était empocher l'argent. »

Ethel esquissa une moue réprobatrice. Puis elle songea à la maison de Chelsea et se dit qu'elle avait bien failli agir comme cette Carol McAllister. Un peu gênée, elle demanda : « Et la troisième ?

— Une femme plus âgée, ma propriétaire. Elle me rejoignait dans mon lit quand son mari était absent.

— C'était bien avec elle ?

— Très. C'est une période de ma vie qui a été très heureuse.

— Mais ça a mal tourné ? Pourquoi ?

— Son mari s'est mis à avoir des soupçons, j'ai dû partir.

— Et après ?

— Après, j'ai fait ta connaissance et j'ai perdu tout intérêt pour les autres femmes. »

Ils commencèrent à s'embrasser. Bientôt, il remonta le bas de sa chemise de nuit et s'allongea sur elle. Il était doux, craignait de lui faire du mal mais la pénétra facilement. Elle éprouva un élan d'affection pour lui, pour sa bonté et son intelligence, pour l'amour qu'il leur vouait, à elle et son enfant. Elle l'enlaça et le serra contre elle. Il atteignit l'orgasme rapidement. Ils restèrent ensuite étendus côte à côte, satisfaits, et s'endormirent.

5.

Les jupes avaient changé, découvrit Gus Dewar. À présent, elles laissaient apercevoir les chevilles. Dix ans plus tôt, cette vision passait pour terriblement suggestive ; aujourd'hui, c'était monnaie courante. Peut-être les femmes couvraient-elles en réalité leur nudité pour être plus attirantes.

Rosa Hellman portait un manteau grenat plissé dans le dos à partir de l'empiècement, très à la mode. Il était garni de fourrure noire, ce qui devait être bien agréable à Washington en ce mois de février. Son chapeau gris, petit et rond, s'agrémentait d'un ruban rouge et d'une plume fort encombrante. Mais quand avait-on vu des Américaines porter des chapeaux pratiques ?

« Votre invitation m'honore, dit-elle et il se demanda si elle se moquait de lui. Vous rentrez tout juste d'Europe, n'est-ce pas ? » Ils déjeunaient dans la salle à manger de l'hôtel Willard, à deux rues à l'est de la Maison-Blanche. Elle se doutait que Gus ne l'avait pas invitée sans une idée derrière la tête.

« J'ai une information pour vous, annonça-t-il, à peine eurent-ils passé commande.

— Magnifique ! Laissez-moi deviner. Le président va divorcer d'Edith pour épouser Mary Peck ? »

Gus fronça les sourcils. Wilson avait eu un flirt avec Mary Peck à l'époque où il était marié à sa première épouse. Gus doutait qu'ils soient allés jusqu'à l'adultère, mais Wilson avait eu la bêtise d'écrire à sa dulcinée des lettres plus tendres que ne l'autorisaient les convenances. Les ragots étaient allés bon train à Washington, même si rien n'avait transpiré dans la presse. « Je vous parle de quelque chose de très sérieux, dit Gus sur un ton sévère.

— Oh, pardon ! s'exclama Rosa d'un air si solennel que Gus faillit éclater de rire.

— La seule condition, c'est que vous ne révéliez à personne que vous tenez cette information de la Maison-Blanche.

— Entendu.

— Je vais vous montrer un télégramme du ministre allemand

des Affaires étrangères, Arthur Zimmermann, adressé à l'ambassadeur d'Allemagne au Mexique. »

Elle ne cacha pas sa surprise. « Où avez-vous obtenu ça ?

— De Western Union, mentit-il.

— Il n'est pas codé ?

— Les codes sont faits pour être décryptés. » Il lui remit une copie dactylographiée du texte intégral traduit en anglais.

— C'est confidentiel ?

— Non. La seule chose que je vous demande, c'est de ne dire à personne comment vous avez obtenu ce document. J'y tiens.

— Bien. » Elle commença à lire. Très vite, sa lèvre inférieure tomba. Elle leva les yeux. « Gus, dit-elle. C'est vrai ?

— Vous m'avez déjà vu faire des blagues ?

— Jamais. » Elle reprit sa lecture. « Les Allemands vont payer le Mexique pour qu'il envahisse le Texas ?

— C'est ce que prétend Herr Zimmermann.

— Ce n'est pas un sujet d'article, Gus, c'est le scoop du siècle ! »

Il s'autorisa un petit sourire, essayant de masquer son sentiment de triomphe. « Je pensais bien que vous diriez ça.

— Vous agissez de votre propre chef ou au nom du président ?

— Rosa, croyez-vous que je ferais une chose pareille sans l'approbation des plus hautes autorités ?

— Non, sûrement pas. Eh bien ! C'est donc le président des États-Unis qui me transmet cette information.

— Pas officiellement.

— Mais comment puis-je être certaine que tout cela est vrai ? Je ne peux pas écrire un article en me fondant uniquement sur un bout de papier et sur votre parole. »

Gus s'y attendait. « Le secrétaire d'État Lansing confirmera personnellement l'authenticité de ce télégramme à votre patron, à condition que leur conversation demeure confidentielle.

— Ça ira. » Elle reposa les yeux sur la page. « Ça change tout. Vous imaginez la réaction de la population américaine quand elle lira cela ?

— Je pense que cela pourrait l'inciter à envisager d'entrer en guerre contre l'Allemagne.

— Envisager ? s'écria-t-elle. Ils écumeront de rage, oui ! Wilson sera obligé de déclarer la guerre ! »

Gus ne broncha pas.

« Oh, je vois, reprit Rosa au bout d'un moment. Je comprends pourquoi vous tenez à publier ce télégramme. En fait, le président *veut* déclarer la guerre. »

Il sourit. C'était un plaisir de discuter avec une femme aussi intelligente que spirituelle. « Je n'ai pas dit ça.

— Mais les Américains vont être tellement en colère quand ils auront connaissance de ce télégramme qu'ils exigeront d'entrer en guerre. Et Wilson pourra dire qu'il n'a pas manqué à ses promesses électorales, que c'est l'opinion publique qui l'a contraint à changer de politique. »

En fait Rosa était peut-être un peu trop brillante. Et c'est d'un ton anxieux qu'il demanda : « Vous n'allez pas écrire cela dans votre article, n'est-ce pas ? »

Elle sourit. « Mais non. Simplement je ne prends rien pour argent comptant. J'ai été anarchiste dans le temps, vous savez bien.

— Et maintenant ?

— Maintenant, je suis journaliste. Et il n'y a qu'une seule façon d'écrire cet article. »

Il poussa un soupir de soulagement.

Le serveur apporta les plats : saumon poché pour elle, bifteck et purée de pommes de terre pour lui. Rosa se leva. « Je rentre au bureau. »

Gus en resta pantois. « Et le déjeuner ?

— Vous rigolez ! Je ne pourrai rien avaler. Vous ne comprenez pas ce que vous venez de faire ? »

Je crois que si, pensa-t-il, mais il répondit tout haut : « Dites-le-moi !

— Vous venez d'engager l'Amérique dans la guerre. »

Gus hocha la tête. « Je sais. Allez écrire votre article.

— Salut, merci d'avoir pensé à moi ! »

Une seconde plus tard, elle avait disparu.

XXIII

Mars 1917

1.

Cet hiver-là, le froid et la famine sévissaient à Petrograd. Pendant tout un mois, le thermomètre accroché au mur extérieur de la caserne du 1er régiment de mitrailleurs n'était pas remonté au-dessus de moins quinze. Les boulangers avaient cessé de confectionner des tartes, gâteaux et autres pâtisseries ; ils ne cuisaient plus que du pain et, malgré tout, la farine manquait. À la caserne, tant de soldats essayaient de quémander ou de voler un peu de nourriture qu'il avait fallu poster des gardes armés à la porte de la cantine.

Par une âpre journée du début du mois de mars, Grigori décida d'aller voir Vladimir, que Katerina confiait à sa propriétaire quand elle était à l'usine. Il avait quartier libre pour l'après-midi. Ayant enfilé sa capote d'hiver, il partit dans les rues verglacées. Sur la perspective Nevski, il aperçut une petite fille d'environ neuf ans qui mendiait au coin d'une rue dans le vent polaire. Quelque chose en elle retint son attention, il ne savait pas quoi. Il poursuivit son chemin. Une minute plus tard, il comprit ce qui l'avait frappé : c'était son regard, un regard d'invitation sexuelle. Son émotion fut si vive qu'il en resta pétrifié. Était-il possible qu'une fillette aussi jeune se prostitue ? Il fit demi-tour, voulant l'interroger, mais elle avait disparu.

Il se remit en marche, l'esprit troublé. Il savait bien sûr que certains hommes étaient sexuellement attirés par les enfants : il en avait fait lui-même l'expérience voilà bien longtemps, avec son petit frère, Lev, à l'époque où ils avaient demandé de l'aide à un prêtre. Mais l'image de cette petite fille de neuf ans imitant maladroitement un sourire racoleur lui serrait le cœur. Il avait les larmes aux yeux en songeant à son pays. Nous obligeons nos enfants à se prostituer, pensa-t-il amèrement. Pouvait-on imaginer pire ?

Il était d'humeur morose quand il atteignit son ancien immeuble. À peine entré, il entendit des cris d'enfant. Il monta dans la chambre de Katerina et découvrit Vladimir, seul, en pleurs, le visage congestionné et crispé. Il le prit dans ses bras et le berça.

La pièce, propre et rangée, conservait l'odeur de Katerina. Grigori y venait presque tous les dimanches. Ils avaient désormais leurs habitudes : le matin, ils sortaient se promener puis, de retour à la maison, ils préparaient à déjeuner avec les provisions qu'il avait apportées de la caserne, s'il était parvenu à s'en procurer. Après, pendant que Vladimir dormait, ils faisaient l'amour. Les jours où la nourriture était abondante, Grigori connaissait un vrai bonheur dans cette chambre.

Les hurlements de Vladimir s'apaisèrent, cédant la place à des pleurnichements maussades. Le petit dans les bras, Grigori partit à la recherche de la propriétaire, censée le surveiller. Il la trouva dans l'appentis qui abritait la buanderie, à l'arrière de la maison, en train d'essorer les draps, un foulard rouge sur ses cheveux gris. En 1914, quand Grigori était parti pour l'armée, c'était une femme replète ; aujourd'hui, à cinquante ans, elle avait la poitrine plate, les joues creuses. Les logeuses elles-mêmes ne mangeaient pas à leur faim.

À sa vue, elle se troubla. « Vous n'avez pas entendu le petit pleurer ? demanda Grigori.

— Je ne peux pas passer toute la journée à le bercer, répliqua-t-elle, sur la défensive, et elle se remit à tourner la poignée de l'essoreuse.

— Il a peut-être faim.

— Je lui ai donné son lait », répondit-elle un peu trop promptement et Grigori la soupçonna de l'avoir bu elle-même. Il l'aurait volontiers étranglée.

Il se rendit compte que malgré le froid qui régnait dans la buanderie, la tendre peau de Vladimir était brûlante. « Je crois qu'il a de la fièvre, dit-il. Vous ne vous en êtes pas aperçue ?

— Parce qu'en plus il faut que je sois docteur, maintenant ? »

Le petit garçon cessa de pleurer et sombra dans une apathie que Grigori jugea encore plus inquiétante. Sans être un brise-fer, Vladimir était d'habitude un enfant alerte, plein de vie et de curiosité. Aujourd'hui, il restait avachi dans les bras de Grigori, le visage empourpré, le regard fixe.

Grigori remonta dans la chambre de Katerina et le recoucha. Il attrapa une cruche sur l'étagère et courut à l'épicerie de la rue voisine acheter du lait, une pomme et un peu de sucre dans un cornet en papier.

À son retour, Vladimir n'avait pas bougé.

Il mit le lait à chauffer, y fit fondre le sucre et y émietta du pain rassis comme le faisait sa mère quand Lev était malade. Vladimir se jeta sur cette bouillie comme s'il mourait de faim et de soif.

Quand il n'en resta plus rien, Grigori découpa la pomme en quartiers avec son couteau de poche. Les ayant épluchés, il mangea la peau et donna le reste à Vladimir en disant : « Un morceau pour toi, un morceau pour moi. » Mais aujourd'hui, ce petit jeu n'amusait pas l'enfant qui recrachait ses bouchées.

Il n'y avait pas de médecin dans le voisinage ; de toute façon, Grigori n'aurait pas eu de quoi le payer. En revanche, une sage-femme habitait à quelques rues de là : Magda, la ravissante épouse de son vieil ami Konstantin, le secrétaire du comité bolchevique des usines Poutilov, avec qui il disputait volontiers une partie d'échecs à l'occasion – et qu'il battait généralement.

Grigori changea Vladimir et l'enveloppa dans la couverture du lit de Katerina, ne laissant apparaître que ses yeux et son nez. Ils sortirent dans le froid.

Konstantin et Magda vivaient dans un appartement de deux pièces avec leurs trois enfants et la tante de Magda qui surveillait les petits. Pourvu qu'elle ne soit pas partie aider une femme en couches ! s'inquiéta Grigori tout au long du chemin. Mais la chance était avec lui, Magda était chez elle.

C'était une femme compétente et pleine de cœur, quoiqu'un peu vive. Elle posa la main sur le front de Vladimir et déclara : « C'est une infection.

— C'est grave ?

— Il tousse ?

— Non.

— Comment étaient ses selles ?

— Liquides.

— Je suppose que Katerina n'a plus de lait, observa-t-elle tout en déshabillant l'enfant.

— Comment le sais-tu ? s'étonna Grigori.
— C'est courant. Une femme ne peut pas nourrir un bébé si elle ne mange pas elle-même à sa faim. On n'a rien sans rien. C'est pour ça qu'il est si maigrichon. »
Maigrichon, Vladimir ? Grigori ne s'en était jamais aperçu.
Magda appuya sur le ventre de l'enfant qui poussa un cri. « Inflammation des intestins, dit-elle.
— Il s'en sortira ?
— Probablement. Les enfants attrapent ce genre de cochonneries tout le temps. En général, ce n'est pas mortel.
— Qu'est-ce qu'il faut faire ?
— Lui bassiner le front avec de l'eau tiède pour faire tomber la température. Lui donner beaucoup à boire, autant qu'il voudra. Ne pas s'inquiéter s'il ne mange pas. Et nourrir Katerina, pour qu'elle puisse le nourrir à son tour. Le lait de sa mère, voilà ce dont il a besoin. »
Grigori repartit. En cours de route, il acheta encore du lait. Arrivé à la maison, il le fit chauffer et le donna à la cuillère à Vladimir qui n'en laissa pas une goutte. Puis il mit une casserole d'eau à bouillir et lui baigna le visage avec un chiffon. Apparemment, le traitement était efficace : l'enfant était moins rouge, son regard plus vif et il respirait normalement.
À sept heures et demie quand Katerina rentra, Grigori était déjà moins anxieux. Elle avait froid et paraissait fatiguée. Elle avait acheté un chou et quelques grammes de saindoux ; Grigori se chargea de préparer un ragoût pendant qu'elle se reposait. Il lui parla de la fièvre de Vladimir, se plaignit de la négligence de la propriétaire et lui rapporta ce qu'avait dit Magda. « Qu'est-ce que tu veux que je fasse ? s'exclama Katerina avec un désespoir plein de lassitude. Il faut bien que j'aille à l'usine. Je n'ai personne d'autre à qui le confier. »
Grigori nourrit l'enfant avec le bouillon du ragoût et le coucha. Après le dîner, Grigori et Katerina s'étendirent sur le lit l'un contre l'autre. « Ne me laisse pas dormir trop longtemps, dit-elle. Il faut que je prenne mon tour dans la queue à la boulangerie.
— Repose-toi tranquillement, j'irai à ta place. » Une fois de plus, il serait en retard à la caserne, mais ça ne ferait probablement pas de vagues : ces derniers temps, les officiers craignaient trop la révolte pour sanctionner des fautes vénielles.

Katerina ne se le fit pas dire deux fois et sombra dans un profond sommeil.

Quand il entendit sonner deux heures, Grigori enfila ses bottes et son manteau; Vladimir dormait paisiblement, semblait-il. Il partit pour la boulangerie. Il constata avec surprise que la file était déjà longue. Il aurait dû venir plus tôt. Une centaine de personnes, emmitouflées jusqu'aux oreilles, se réchauffaient en tapant des pieds dans la neige. Certaines avaient apporté des chaises ou des tabourets. Derrière un brasero, un jeune homme dégourdi vendait de la bouillie, nettoyant les bols vides dans la neige. Une douzaine de personnes vinrent se masser derrière Grigori.

En attendant, les gens échangeaient des rumeurs et rouspétaient. Devant Grigori, deux femmes se querellaient à propos de la pénurie de pain, l'une la reprochant aux Allemands de la cour, l'autre aux Juifs qui stockaient la farine. Grigori intervint : « Qui gouverne le pays ? Quand un tramway verse, c'est le chauffeur qu'on critique, parce que c'est lui le responsable. Ce ne sont pas les Juifs qui nous gouvernent, ni les Allemands. C'est le tsar et les seigneurs. » C'était le message des bolcheviks.

« Et qui dirigerait le pays s'il n'y avait plus de tsar ? » rétorqua d'un air sceptique la plus jeune des deux femmes. Elle portait un chapeau en feutre jaune.

« Nous, je pense, dit Grigori. Comme en France et en Amérique.

— Tout ce que je sais, rétorqua la plus âgée, c'est que ça ne peut plus durer comme ça ! »

À cinq heures, le magasin ouvrit ses portes. Une minute plus tard, la nouvelle se propageait le long de la file : un seul pain par personne. « Toute la nuit dehors pour un seul pain ! » maugréa la femme au chapeau jaune.

Grigori dut encore piétiner toute une heure avant d'arriver en tête de la queue. La femme du boulanger ne laissait entrer les clients qu'un par un. La plus âgée des deux femmes pénétra dans la boutique. Tout de suite après, la boulangère annonça : « C'est fini, il n'y a plus de pain ! »

La femme au chapeau jaune supplia : « S'il vous plaît, encore un ! »

La boulangère afficha un masque de pierre. Elle devait avoir l'habitude. « Si on nous livrait plus de farine, on pourrait en cuire davantage, dit-elle. Tout est parti, vous entendez? Je ne peux pas vous vendre du pain si je n'en ai pas. »

La dernière cliente ressortit du magasin, la miche cachée sous son manteau, et s'éloigna rapidement.

La femme au chapeau jaune fondit en larmes.

La boulangère claqua la porte.

Grigori fit demi-tour et rentra chez lui.

2.

À Petrograd, le printemps arriva le jeudi 8 mars, c'est-à-dire le 23 février selon le calendrier julien auquel l'empire russe s'accrochait obstinément. Cela faisait trois siècles que le reste de l'Europe avait adopté le calendrier moderne.

En cette journée internationale de la Femme, la température s'était adoucie. Les ouvrières des fabriques de textile, qui s'étaient mises en grève, convergèrent des banlieues industrielles vers le centre-ville pour protester contre les files devant les boulangeries, la guerre et le tsar. On avait annoncé le rationnement du pain, mais apparemment cela n'avait fait qu'aggraver la pénurie.

Le 1er régiment de mitrailleurs, ainsi que toutes les unités militaires stationnées en ville, fut affecté au maintien de l'ordre et dut prêter main-forte à la police et aux Cosaques. Que se passerait-il, se demanda Grigori, si les soldats recevaient l'ordre de tirer sur les manifestants? Obéiraient-ils ou retourneraient-ils leurs armes contre leurs officiers? En 1905, ils avaient obéi aux ordres et tiré sur les ouvriers. Mais depuis, les Russes avaient subi dix ans de tyrannie, de répression, de guerre et de famine.

Il n'y eut pas de troubles cependant. Le soir, Grigori et son escouade regagnèrent la caserne sans avoir tiré un seul coup de feu.

Le vendredi, d'autres ouvriers se mirent en grève.

Le tsar se trouvait à sept cents kilomètres de là, à Moguilev, où était basé l'état-major général de l'armée impériale. La ville de Petrograd avait été confiée au général Khabalov, commandant de la région militaire de Petrograd. Il posta des soldats à l'entrée des ponts pour interdire le centre aux manifestants.

L'escouade de Grigori fut envoyée non loin de la caserne, au pont Liteïni. Mais la Neva étant encore prise par les glaces, les manifestants déjouèrent les plans de l'armée en traversant la rivière à pied – pour la plus grande joie des soldats qui les regardaient du haut du pont. La plupart d'entre eux sympathisaient avec les manifestants, à l'instar de Grigori.

Cette grève n'avait pas été organisée par un parti politique précis. Les bolcheviks, comme les autres groupes révolutionnaires de gauche, suivaient la classe ouvrière plus qu'ils ne la menaient.

Cette fois encore, Grigori et son escouade ne furent témoins d'aucune échauffourée. Ce qui n'avait pas été le cas partout. Quand ils regagnèrent la caserne dans la soirée, il apprit que la police s'en était prise à des manifestants près de la gare, tout au bout de la perspective Nevski. Chose surprenante, les Cosaques s'étaient rangés du côté des manifestants et les avaient défendus contre la police. Les hommes parlaient même des « camarades cosaques ». Grigori était sceptique. Les Cosaques n'avaient jamais vraiment été loyaux envers qui que ce soit, sinon eux-mêmes. Ils aimaient se battre, un point c'est tout.

Le dimanche matin, on sonna le réveil à cinq heures, bien avant le point du jour. Au petit déjeuner, la rumeur courut que le tsar avait ordonné au général Khabalov de mettre un terme aux grèves et aux manifestations par tous les moyens. Tous les moyens... cela laissait présager le pire, pensa Grigori.

Les sergents reçurent leurs instructions bien plus tard. Chaque section devait garder un point précis de la ville : non seulement les ponts, mais les carrefours, les gares, les bureaux de poste. Ces détachements communiqueraient entre eux par téléphone de campagne. Il fallait prendre le contrôle de la capitale comme s'il s'agissait d'une ville ennemie. Mais le pire était que le régiment devait installer des mitrailleuses à tous les endroits où des troubles risquaient d'éclater.

Quand Grigori transmit les ordres à ses hommes, ils furent horrifiés. Isaak s'écria : « Est-ce que le tsar va vraiment ordonner à l'armée de mitrailler le peuple ? »

Grigori répliqua : « S'il le fait, les soldats lui obéiront-ils ? »

L'excitation qui l'envahissait n'avait d'égale que sa crainte. Les grèves étaient une bonne chose, car le peuple russe devait tenir tête à ses dirigeants, il le savait. Autrement, la guerre s'éterniserait, les gens mourraient de faim et Vladimir ne connaîtrait jamais une vie meilleure que la sienne et celle de Katerina. C'était cette conviction qui l'avait poussé à adhérer au Parti bolchevique. Il espérait pourtant secrètement que si la troupe refusait d'obtempérer, le bain de sang serait évité. Mais quand son propre régiment reçut l'ordre d'installer des mitrailleuses aux intersections des rues de Petrograd, il commença à se dire que ses espoirs étaient dérisoires.

Les Russes parviendraient-ils un jour à se libérer de la tyrannie des tsars? Parfois, ce rêve lui paraissait chimérique. Pourtant, d'autres nations avaient fait la révolution, renversé leurs oppresseurs. Les Anglais eux-mêmes avaient jadis tué leur roi.

Petrograd était comme une casserole d'eau sur le feu, pensa Grigori : il y avait des jets de vapeur et quelques bulles de violence, la surface frémissait sous l'effet d'une chaleur intense, mais l'eau semblait hésiter et la casserole ne débordait pas.

Sa section fut postée au palais de Tauride, la vaste demeure d'été de Catherine II qui abritait aujourd'hui le parlement de Russie, l'impuissante douma. La matinée s'écoula tranquillement : même les gens tenaillés par la faim aimaient faire la grasse matinée le dimanche. Mais le temps restait radieux et, sur le coup de midi, la foule commença à affluer des faubourgs, à pied ou en tramway. Certains se rassemblèrent dans les jardins du palais. Ce n'étaient pas tous des ouvriers, nota Grigori. On reconnaissait des représentants de la classe moyenne, des étudiants et même quelques hommes d'affaires visiblement prospères. Beaucoup étaient accompagnés de leurs enfants. Étaient-ils venus exprimer leurs opinions politiques ou simplement se promener? Peut-être ne le savaient-ils pas bien eux-mêmes, se dit Grigori.

À l'entrée du palais, il remarqua un jeune homme bien mis, dont il reconnut immédiatement le visage séduisant pour l'avoir souvent vu en photographie dans les journaux. C'était le député Alexandre Fedorovitch Kerenski, membre des troudoviks, une faction modérée des socialistes révolutionnaires. Grigori lui demanda ce qui se passait à l'intérieur. « Le tsar a officiellement dissous la douma aujourd'hui », répondit Kerenski.

Grigori secoua la tête avec dégoût. « Réaction typique : s'en prendre à ceux qui se plaignent au lieu de s'atteler aux problèmes. »

Kerenski lui jeta un regard perçant. Il ne s'attendait sans

doute pas à ce qu'un soldat analyse aussi bien la situation. « Exactement, dit-il. De toute façon, les députés ont décidé d'ignorer ce décret.

— Qu'est-ce qui va se passer ?

— La plupart des gens pensent que les manifestations tourneront court, dès que le pouvoir aura réussi à rétablir l'approvisionnement en pain », répondit Kerenski avant de s'engouffrer à l'intérieur du palais.

Grigori se demanda comment les modérés pouvaient y croire. Si le gouvernement avait été capable de rétablir l'approvisionnement, il l'aurait fait depuis longtemps au lieu d'instaurer le rationnement. Comme toujours, les modérés vivaient d'espoirs, aveugles aux réalités.

Tôt dans l'après-midi, Grigori eut la surprise d'apercevoir dans la foule les visages souriants de Katerina et de Vladimir. Il s'était préparé à passer ce dimanche loin d'eux, contrairement à son habitude. À son grand soulagement, Vladimir avait l'air en bonne forme et heureux. De toute évidence, il s'était remis de son infection. Il faisait assez chaud pour que Katerina porte son manteau ouvert, laissant entrapercevoir sa silhouette séduisante. Grigori aurait tant voulu la caresser. Elle lui sourit, et il pensa aux baisers dont elle aurait pu lui couvrir le visage, au lit ; un sentiment de regret lui transperça le cœur. Leurs étreintes du dimanche après-midi lui étaient si chères !

« Comment as-tu su que j'étais ici ? lui demanda-il.

— Je passais par hasard.

— Ça me fait plaisir de vous voir, mais ne restez pas dans le centre, c'est dangereux. »

Katerina porta les yeux sur la foule qui déambulait dans les jardins. « Ça a l'air plutôt calme par ici. »

Grigori ne pouvait pas la contredire. Il n'y avait effectivement aucun signe de troubles.

La mère et l'enfant partirent faire le tour du lac gelé. Ils n'avaient fait que quelques pas quand le petit tomba. Grigori, qui les suivait du regard, en eut le souffle coupé. Katerina prit Vladimir dans ses bras et le consola. Ils repartirent. Ils semblaient si vulnérables. Que leur réservait la vie ?

Quand ils revinrent, Katerina lui annonça qu'elle ramenait Vladimir à la maison pour sa sieste.

« Passez par les petites rues, recommanda Grigori. Évitez la foule. Je ne sais pas ce qui peut se passer.

— Entendu, dit-elle.
— C'est promis ?
— C'est promis. »

Ce jour-là non plus, Grigori n'assista à aucune effusion de sang. Mais à la caserne, le soir, d'autres groupes lui racontèrent une histoire bien différente. Place Znamenskaïa, des soldats avaient reçu l'ordre de tirer et il y avait eu quarante morts parmi les manifestants. Grigori sentit un étau glacé lui serrer le cœur. Katerina avait peut-être été tuée en rentrant chez elle !

D'autres étaient aussi scandalisés que lui ; à la cantine, la fièvre montait. Sentant l'humeur de ses hommes, Grigori grimpa sur une table et réclama le silence. Il proposa aux soldats de s'exprimer tour à tour. Le dîner ne tarda pas à se transformer en meeting. Il appela d'abord Isaak, connu de tous pour être le meilleur footballeur du régiment.

« Je suis à l'armée pour tuer des Allemands, pas pour descendre des Russes ! déclara celui-ci, déclenchant un tonnerre d'acclamations. Ces manifestants sont nos frères et nos sœurs, nos pères et nos mères – leur seul crime est de réclamer du pain ! »

Grigori, qui connaissait tous les bolcheviks du régiment, en invita plusieurs à s'exprimer, tout en veillant à donner également la parole à d'autres, pour qu'on ne lui reproche pas d'être partial. En général, les soldats hésitaient à s'exprimer, de peur d'être sanctionnés si leurs propos étaient rapportés en haut lieu ; mais aujourd'hui, ils faisaient fi de toute prudence.

Iakov fut celui qui marqua le plus l'auditoire. Debout sur la table à côté de Grigori, ce grand type à carrure d'ours avait les larmes aux yeux. « Quand ils nous ont dit de tirer, je n'ai pas su quoi faire », dit-il. Il était manifestement incapable de hausser la voix, et un profond silence s'établit. Chacun tenait à l'entendre. « Je me suis dit : "Seigneur, sauve-moi et protège-moi. Guide-moi dans cette épreuve." J'ai eu beau écouter du fond de mon cœur, Dieu ne m'a pas répondu. » Personne ne pipait mot. « Alors, j'ai épaulé mon fusil, poursuivit Iakov. Le capitaine hurlait : "Tire ! Tire !" Mais sur qui est-ce que je devais tirer ? En Galicie, on savait qui étaient nos ennemis, parce qu'ils nous canardaient. Mais là, sur cette place, personne ne nous attaquait. Les trois quarts des gens, c'étaient des femmes, certaines avec des gosses. Même les hommes n'avaient pas d'armes. »

Il se tut. Les soldats étaient immobiles comme des pierres ; on aurait cru qu'ils craignaient de rompre le charme s'ils bougeaient. Au bout d'un moment, Isaak demanda : « Qu'est-ce qui s'est passé ensuite, Iakov Davidovitch ?

— J'ai appuyé sur la détente », répondit Iakov. Les larmes ruisselaient sur ses joues et se perdaient dans sa barbe noire broussailleuse. « Je n'ai même pas visé ; le capitaine me criait après. J'ai tiré, juste pour qu'il ferme sa gueule. Mais j'ai touché une femme. Une fille plutôt, dix-neuf ans, je dirais. Elle avait un manteau vert. Je l'ai touchée à la poitrine, et le sang s'est répandu sur son manteau, une grosse tache rouge sur le vert. Et puis elle est tombée. » Il pleurait sans chercher à se cacher, poursuivant d'une voix entrecoupée de sanglots : « J'ai lâché mon fusil ; j'ai voulu courir vers elle, pour l'aider, mais la foule s'est jetée sur moi, à coups de poing et de pied. Je ne les sentais même pas. » Il s'essuya le visage avec sa manche. « Et maintenant, je suis dans le pétrin parce que j'ai perdu mon fusil. » Il laissa passer un long silence. « Dix-neuf ans, murmura-t-il. Je pense qu'elle devait avoir dix-neuf ans. »

Grigori n'avait pas vu la porte s'ouvrir. Le lieutenant Kirillov surgit devant eux. « Iakov ! hurla-t-il. Descends de cette fichue table. Et toi aussi, Pechkov, espèce d'agitateur ! » Se tournant vers les soldats assis sur leurs bancs derrière les tables à tréteaux, il lança : « Regagnez vos quartiers, tous autant que vous êtes ! Vous avez une minute pour quitter les lieux. Sinon, c'est le knout. »

Personne ne bougea. Les soldats fixaient le lieutenant d'un air buté. Grigori se demanda si c'était ainsi que débutaient les mutineries.

Muré dans son désespoir, Iakov n'avait pas pris conscience du drame qui se déroulait sous ses yeux. Il descendit lourdement de la table. La tension se relâcha. Plusieurs hommes qui se tenaient près de Kirillov se levèrent en grommelant, effrayés. Par pure provocation, Grigori resta encore un peu sur la table. Mais il sentit que la colère des hommes n'était pas suffisante pour qu'ils s'en prennent à un officier. Il finit par sauter à terre. Les soldats commencèrent à évacuer la salle. Kirillov, immobile, les suivait du regard.

Grigori regagna son quartier et l'on sonna bientôt l'extinction des feux. En tant que sergent, il avait droit à une alcôve entourée de rideaux, tout au fond du dortoir de sa section. Il entendit les hommes discuter à voix basse.

« Pas question de tirer sur des femmes, affirmait l'un.

— Je suis bien d'accord », disait un autre.

Un troisième objecta : « Si tu ne le fais pas, ces salopards d'officiers t'exécuteront pour refus d'obéissance !

— Je tirerai à côté, répliqua un quatrième.

— Ils peuvent s'en apercevoir.

— Suffit de viser un tout petit plus haut que la tête. Personne ne peut dire que tu l'as fait exprès.

— C'est ce que je ferai, approuva une autre voix.

— Ouais, moi aussi.

— Moi aussi. »

On verra bien, se dit Grigori en se laissant glisser dans le sommeil. Il était facile d'être courageux en paroles, et dans le noir. En plein jour, ce serait une autre paire de manches.

3.

Le lundi, son peloton fut conduit au pont Liteïni, non loin de la caserne, au bout de la perspective Samsonievski. Ce pont de quatre cents mètres de long s'appuyait sur de massifs piliers en pierre enfoncés dans les eaux gelées du fleuve comme des brise-glace échoués. L'objectif était identique à celui de vendredi : empêcher les contestataires de rejoindre le centre-ville. Cependant, les ordres étaient un peu différents.

Le lieutenant Kirillov transmit ses directives à Grigori. Ces derniers temps, il semblait en permanence d'humeur massacrante, et peut-être l'était-il vraiment : les officiers n'appréciaient sans doute pas plus que les soldats l'idée de se dresser contre leurs compatriotes. « Aucun manifestant ne doit pouvoir traverser le fleuve, que ce soit par le pont ou sur la glace, c'est clair ? Tirez sur les gens qui enfreindront les instructions !

— Compris, Votre Excellence », répondit Grigori d'un ton sec en cachant son mépris.

Kirillov répéta ses ordres et disparut. Grigori se dit qu'il avait peur : peur d'être tenu pour responsable de ce qui pourrait se passer, que ses instructions soient suivies ou non.

Grigori n'avait aucune intention d'obéir. Il se laisserait entraîner dans une discussion avec les meneurs pendant que le gros des manifestants traverserait, exactement comme cela s'était passé la fois précédente.

Tôt dans la matinée cependant, un détachement de police vint se joindre à sa section. Grigori constata avec horreur qu'il était dirigé par son vieil ennemi, Mikhaïl Pinski. Le policier ne souffrait manifestement pas de la faim : ses joues étaient plus rebondies que jamais et son uniforme le boudinait. Il tenait un porte-voix à la main. Cette fois, il n'était pas flanqué de Kozlov, son acolyte à face de fouine.

«Je te connais, toi ! lança-t-il à Grigori. Tu travaillais aux usines Poutilov.

— Jusqu'à ce que vous m'obligiez à m'engager pour l'armée, répliqua Grigori.

— Ton frère est un assassin qui s'est enfui en Amérique.

— Si vous le dites !

— Personne ne traversera le fleuve ici aujourd'hui.

— On verra bien.

— J'attends de tes hommes une collaboration pleine et entière, tu m'entends ?

— Vous n'avez pas peur ? demanda Grigori.

— De la populace ? Ne sois pas idiot.

— Non, de l'avenir. Imaginez que les révolutionnaires l'emportent. À votre avis, qu'est-ce qu'ils vous feront ? Vous avez passé votre vie à intimider les faibles, tabasser les gens, harceler les femmes et empocher les pots-de-vin. Vous ne craignez pas d'avoir à le payer un jour ? »

Pinski pointa son doigt ganté sur Grigori. « Ces propos subversifs seront rapportés à qui de droit ! » Et il s'éloigna.

Grigori haussa les épaules. La police n'arrêtait plus les gens aussi facilement que par le passé. Les officiers savaient que s'il était mis aux arrêts, Isaak et les autres risquaient de se mutiner.

Le jour se leva dans une atmosphère paisible. Il y avait très peu d'ouvriers dans les rues. Bon nombre d'usines avaient fermé, faute de combustible pour faire tourner les machines ou alimenter les fourneaux. D'autres étaient en grève. Les salariés réclamaient des augmentations pour compenser la hausse des prix, ils exigeaient qu'on chauffe les ateliers glacials ou qu'on installe des barrières de sécurité autour des machines dangereuses. De toute évidence, personne ou presque n'irait travailler aujourd'hui. Mais avec ce beau soleil, les gens ne resteraient pas cloîtrés chez eux. Effectivement, vers le milieu de la matinée,

Grigori vit une grande foule arriver par la perspective Samsonievski – des hommes et des femmes en vêtements loqueteux d'ouvriers.

Il avait sous ses ordres trente soldats et deux caporaux, déployés sur quatre rangs de huit en travers de la rue pour bloquer l'accès au pont. Les hommes de Pinski étaient en nombre à peu près égal, la moitié à pied, l'autre à cheval, disposés des deux côtés de la rue.

Grigori observait anxieusement les manifestants, incapable de prédire comment les choses allaient tourner. S'il avait été seul avec sa section, il aurait empêché le bain de sang en laissant passer la foule après lui avoir opposé une résistance symbolique. Mais il y avait Pinski. Comment allait-il réagir ?

Les manifestants s'approchèrent. Ils étaient des centaines, non, des milliers – hommes et femmes en tuniques bleues ou en blouses de travail usées. La plupart arboraient des brassards ou des rubans rouges. Leurs banderoles proclamaient : « À bas le tsar ! » ou encore : « Du pain, la paix et la terre ! » De simple protestation, le mouvement était devenu politique.

À mesure que le cortège se rapprochait, Grigori sentait l'inquiétude s'emparer de ses hommes.

Il se porta à la rencontre des manifestants. Quelle ne fut pas sa surprise de découvrir à leur tête Varia, la mère de Konstantin. Ses cheveux gris étaient retenus par un foulard rouge et elle brandissait au bout d'un gros bâton un drapeau de la même couleur. « Bonjour, Grigori Sergueïevitch, lui dit-elle aimablement. Tu vas me tirer dessus ?

— Bien sûr que non, répondit-il. Mais je ne sais pas ce que fera la police. »

Varia s'était arrêtée, tandis que ses compagnons marchaient toujours, poussés par les milliers de gens massés derrière eux. Grigori entendit Pinski ordonner à la cavalerie d'avancer. Surnommés les « pharaons », ces policiers montés, armés de fouets et de matraques, étaient les plus haïs de tous.

« Tout ce qu'on veut, expliqua Varia, c'est gagner de quoi pouvoir nourrir nos familles. Ce n'est pas ce que tu veux toi aussi, Grigori ? »

Les manifestants ne recherchaient pas l'affrontement et n'essayèrent pas de forcer les rangs des soldats de Grigori pour accéder au pont. Ils se dispersèrent au contraire le long du quai, de part et d'autre du pont. Les pharaons de Pinski, répartis sur le chemin de halage, faisaient évoluer nerveusement leurs chevaux pour empêcher la foule de descendre sur la glace, mais ils n'étaient pas assez nombreux pour former une barrière continue. Du côté des manifestants, personne n'avait envie d'être le premier à s'engager sur le fleuve. Pendant un moment, ce fut l'impasse.

Le lieutenant Pinski leva son porte-voix. « Rentrez chez vous ! » cria-t-il. Son instrument, une feuille de tôle enroulée en cône, amplifiait à peine sa voix. « Vous n'êtes pas autorisés à vous rendre dans le centre. Regagnez vos usines dans le calme. C'est un ordre. Demi-tour ! »

Personne ne s'exécuta – la plupart des gens ne l'avaient même pas entendu – mais quolibets et huées ne tardèrent pas à fuser. À l'intérieur de la foule, quelqu'un jeta une pierre. Elle frappa la croupe d'un cheval qui partit au galop. Son cavalier, surpris, faillit être désarçonné. Il parvint à se remettre en selle en tirant furieusement sur les rênes et punit sa bête d'un coup de cravache. La foule rit, ce qui accrut la colère du policier, qui réussit pourtant à maîtriser sa monture.

Tirant profit de la situation, un manifestant plus audacieux que les autres contourna un pharaon et sauta sur la glace. Des deux côtés du pont, plusieurs personnes l'imitèrent. Brandissant fouets et matraques, les pharaons dirigèrent leurs chevaux sur la foule, faisant pleuvoir les coups. Quelques manifestants s'écroulèrent, mais ils furent plus nombreux à réussir à passer ; d'autres décidèrent alors de tenter leur chance. En l'espace de quelques secondes, une bonne trentaine de personnes se mit à courir sur le fleuve gelé.

Cela convenait parfaitement à Grigori. Il pourrait dire qu'il avait fait de son mieux pour interdire le passage, qu'il avait réussi à bloquer l'accès au pont, mais que la foule était trop nombreuse pour qu'il puisse l'empêcher de traverser la glace.

Pinski voyait les choses autrement.

Tournant son porte-voix en direction des forces de police, il ordonna : « En joue !

— Non ! » hurla Grigori, mais il était trop tard. Les policiers se mirent en position de tir, genou au sol, fusil à l'épaule. Les premiers manifestants voulurent faire demi-tour, la poussée des milliers de gens qui les suivaient les en empêcha. Certains s'élancèrent vers le fleuve, bravant les pharaons.

« Feu ! » hurla Pinski.

Les balles crépitèrent dans un bruit de feu d'artifice; des manifestants s'écroulèrent, morts ou blessés, dans des hurlements de peur et de douleur.

Grigori fut ramené douze ans en arrière, sur la place du palais d'Hiver. Il revit les centaines d'hommes et de femmes agenouillés dans la prière, les soldats avec leurs fusils, sa mère étendue par terre et la neige rougie par son sang. Le hurlement de son petit frère de onze ans résonnait encore à ses oreilles : « Elle est morte ! Mamotchka est morte, ma mère est morte !

— Non, dit-il tout haut. Je ne veux pas que ça recommence. » Ayant relevé le cran de sûreté, il épaula son Mosin-Nagant.

La foule courait dans tous les sens en criant et en piétinant ceux qui étaient à terre. Les pharaons, déchaînés, abattaient leurs fouets au hasard. La police tirait aveuglément dans la foule.

Grigori, quant à lui, choisit précisément sa cible, visant Pinski à hauteur de la taille. Il n'était pas très bon tireur et Pinski se trouvait à soixante mètres de lui, mais il avait des chances de l'atteindre. Il pressa la gâchette.

Pinski s'époumonait toujours dans son porte-voix.

Raté ! Grigori pointa le canon de son arme un peu plus bas, parce que le fusil avait tendance à se relever au moment où la balle était éjectée. Il pressa à nouveau la détente.

Manqué encore une fois !

Le carnage se poursuivait, la police tirant n'importe où dans la foule en déroute.

Le chargeur de Grigori contenait cinq balles. En général, il finissait bien par toucher sa cible. Il tira une troisième fois.

Pinski poussa un cri de douleur, amplifié par son porte-voix qui lui tomba des mains. Son genou droit fléchit et il s'effondra sur la chaussée.

Les soldats de Grigori, suivant son exemple, s'en prirent aux policiers, les uns en tirant sur eux, d'autres en se servant de leur arme comme d'une massue, d'autres encore en désarçonnant les pharaons. Les manifestants reprirent courage et se joignirent à eux. Certains, qui s'étaient déjà engagés sur la glace, firent demi-tour pour leur prêter main-forte.

La fureur de la populace était effrayante à voir. Depuis toujours, la police de Petrograd avait été formée de brutes méprisantes, qui ignoraient toute autorité et toute discipline. Aujourd'hui, le peuple tenait sa revanche. Les policiers à terre étaient piétinés, bourrés de coups de pied; ceux qui étaient encore debout étaient renversés; quant aux pharaons, les manifestants abattaient leurs chevaux. Les membres de la police ne résistèrent que quelques instants avant de prendre la fuite, s'ils en avaient la force.

Grigori aperçut ce salopard de Pinski qui tentait de se relever. Il visa à nouveau, bien décidé à l'achever. Mais un pharaon s'interposa et hissa Pinski sur l'encolure de son cheval avant de s'enfuir au galop.

Grigori se redressa, les yeux rivés sur la police en déroute.

Il était dans le plus grand pétrin de sa vie.

Sa section s'était mutinée. En violation flagrante des ordres reçus, ses hommes avaient attaqué la police au lieu de s'en prendre aux manifestants. Et c'était lui qui les y avait incités en tirant sur Pinski. Lequel était toujours en vie et ne manquerait pas de rapporter ce qui s'était passé. Il n'y avait pas moyen d'étouffer l'affaire. Aucune excuse ne serait prise en compte. Coupable de trahison, il n'échapperait pas au châtiment. Conseil de guerre et peloton d'exécution.

Malgré tout, il était heureux.

Varia se fraya un chemin jusqu'à lui. Elle avait le visage éclaboussé de sang, mais elle souriait. « Et maintenant, sergent ? »

Pas question pour Grigori de se résigner. Le tsar assassinait le peuple, eh bien, le peuple rendrait les coups. « À la caserne, lança-t-il. Armons la classe ouvrière ! » S'étant emparé du drapeau rouge, il hurla : « Suivez-moi ! »

Il reprit la perspective Samsonievski en sens inverse, accompagné de ses hommes qu'Isaak avait regroupés; la foule leur emboîta le pas. Grigori ne savait pas très bien ce qu'il allait faire, et ne s'en souciait pas. À la tête du cortège, il avait l'impression d'être invincible.

La sentinelle ouvrit le portail pour les soldats mais ne put le refermer sur les manifestants. Grigori mena la foule à travers la cour d'honneur jusqu'à l'arsenal. Le lieutenant Kirillov jaillit du bâtiment administratif. À la vue de cette marée humaine, il s'élança vers elle au pas de course. « Soldats ! Halte ! Arrêtez ! »

Grigori l'ignora.

Kirillov pila net et sortit son revolver. « Halte ! Halte, ou je tire ! »

Deux ou trois hommes de la section de Grigori armèrent leur

fusil et tirèrent en même temps. Kirillov s'écroula dans une mare de sang, le corps criblé de balles.

Grigori poursuivit son chemin.

L'arsenal était gardé par deux sentinelles, qui ne cherchèrent pas à l'arrêter. Grigori utilisa ses deux dernières cartouches pour faire sauter la serrure des lourdes portes de bois. La foule se précipita à l'intérieur, se bousculant et jouant des coudes pour s'emparer des armes. Plusieurs soldats de Grigori prirent les choses en main, ouvrirent les caisses de fusils et de revolvers qu'ils distribuèrent avec des boîtes de munitions.

Ça y est ! se dit Grigori. C'est la révolution. Il était tout à la fois grisé et terrifié.

Il se munit de deux revolvers Nagant réservés aux officiers, rechargea son fusil et bourra ses poches de munitions. Peu importait ce qu'il allait en faire : puisqu'il était un criminel, il lui fallait des armes.

Le reste des troupes se joignit au pillage de l'arsenal et, bientôt, tout le monde fut armé jusqu'aux dents.

Brandissant le drapeau rouge de Varia, Grigori conduisit la foule hors de la caserne. Les manifestations se dirigeaient toujours vers le centre de la ville. Flanqué d'Isaak, de Iakov et de Varia, il traversa le pont Liteïni pour rejoindre les quartiers riches du cœur de Petrograd. Il avait l'impression de voler, de rêver ou d'avoir bu une grande gorgée de vodka. Des années durant, il avait parlé de braver l'autorité du régime et voilà qu'il le faisait enfin ! Il avait la sensation d'être un homme neuf, un être différent, un oiseau traversant le ciel à tire-d'aile. Il se rappela les paroles du vieil homme quand sa mère avait été abattue. « Puisses-tu vivre longtemps ! lui avait-il dit pendant qu'il fuyait la place du palais d'Hiver en portant dans ses bras le corps de sa mère. Assez longtemps pour nous venger de ce tsar sanguinaire et lui faire payer le mal qu'il a fait aujourd'hui. » Il se pourrait bien que ton vœu se réalise, vieil homme ! songea-t-il avec exaltation.

Le 1er régiment de mitrailleurs n'était pas le seul à s'être mutiné ce matin-là. Lorsqu'il eut traversé le pont, Grigori eut la joie de voir quantité de soldats déambuler dans les rues, casquette repoussée sur la nuque et capote déboutonnée, enfreignant ainsi allègrement le règlement. La plupart arboraient des brassards ou des rubans rouges à leur revers pour montrer qu'ils étaient des révolutionnaires. Moteurs grondant, des voitures réquisitionnées roulaient n'importe comment sur la chaussée, leurs vitres hérissées de fusils et de baïonnettes; à l'intérieur, des filles riaient aux éclats, assises sur les genoux des soldats. Les détachements de soldats et les points de contrôle de la veille s'étaient évaporés. Le peuple avait pris possession des rues.

Grigori vit une boutique de vin, la vitrine fracassée et la porte arrachée. Un soldat et une fille en sortaient, les bras chargés de bouteilles, piétinant le verre brisé. À deux pas de là, un cafetier avait entassé sur une table, dehors, des plats de poisson fumé et de tranches de saucisse. Ruban rouge au plastron, il souriait nerveusement, invitant les soldats à se servir. Il s'assurait ainsi que son café ne serait pas pris d'assaut et pillé, comprit Grigori.

L'atmosphère de carnaval devenait de plus en plus sensible à mesure qu'ils approchaient du centre. Des gens étaient déjà complètement ivres alors qu'il était à peine midi. Les filles étaient prêtes à embrasser tous ceux qui arboraient un ruban rouge au bras. Grigori vit un soldat caresser ostensiblement la poitrine opulente d'une femme entre deux âges qui ne semblait pas s'en offusquer. Des filles avaient enfilé des uniformes militaires et se pavanaient, arborant des casquettes et des bottes trop grandes pour elles, éprouvant à l'évidence un sentiment de liberté nouvelle.

Une Rolls-Royce rutilante s'engagea dans la rue; la foule tenta de l'arrêter. Le chauffeur accéléra, mais un passant réussit à ouvrir la portière et à l'arracher de son siège. Les gens se bousculaient pour tenter de monter dans la voiture. À l'arrière, Grigori reconnut le comte Malakov, un des directeurs des usines Poutilov, qui cherchait à s'échapper. Il se rappela la façon dont Malakov avait dévoré des yeux la princesse Bea, le jour où elle avait visité les ateliers. La foule le laissa partir sous les quolibets sans le molester; il s'enfuit à toutes jambes, son col de fourrure remonté jusqu'aux oreilles. Neuf ou dix personnes s'entassèrent dans la Rolls, quelqu'un prit le volant et démarra en klaxonnant gaiement.

Au carrefour suivant, un groupe s'en était pris à un homme mince et de haute taille portant un chapeau en feutre et un manteau usé – manifestement un employé issu des classes moyennes. Un soldat lui enfonçait son fusil dans les côtes pendant qu'une vieille femme lui crachait au visage et qu'un jeune en salopette lui jetait une poignée d'ordures. « Laissez-moi passer ! » disait l'homme sur un ton qui se voulait autoritaire, mais les autres riaient de plus belle. Grigori reconnut Kanine, un des surveillants de l'atelier de fonderie. Son chapeau tomba, et Grigori vit qu'il avait perdu tous ses cheveux.

Il se fraya un chemin jusqu'à lui. « Je le connais, c'est un type correct ! cria-t-il. Il est ingénieur. J'ai travaillé avec lui ! »

Kanine le reconnut aussi. « Merci, Pechkov, dit-il. Il faut que j'aille chez ma mère, voir si tout va bien. »

Grigori se retourna vers la foule. « Laissez-le passer. Je réponds de lui. » Repérant une femme qui portait une bobine de ruban rouge – vraisemblablement volée dans une mercerie –, il lui en demanda un morceau. Sous les vivats de la foule, Grigori le noua autour de la manche gauche de Kanine.

« Comme ça, vous serez tranquille ! »

Kanine lui serra la main et reprit son chemin. La foule s'écarta.

Le groupe de Grigori déboucha sur la perspective Nevski, la large artère commerçante qui reliait le palais d'Hiver à la gare Nikolaïevski. Elle était noire de monde ; les gens buvaient au goulot, s'empiffraient, s'embrassaient ou tiraient en l'air. Les restaurants ouverts portaient des panonceaux indiquant : « On nourrit les révolutionnaires gratis ! » ou : « Mange ce que tu veux, paye ce que tu peux ! » Un grand nombre de vitrines avaient été brisées et les pavés étaient jonchés d'éclats de verre. Un des tramways haïs des ouvriers – parce que le prix du billet était trop élevé – était renversé au milieu de la chaussée et une automobile Renault s'y était emboutie.

Grigori entendit un coup de feu, mais il y en avait tant qu'il ne réagit pas immédiatement. Soudain Varia, à côté de lui, chancela et s'écroula. Grigori et Iakov s'agenouillèrent auprès d'elle. Elle semblait inconsciente. Ils la retournèrent, non sans mal, compte tenu de son poids. Ils ne pouvaient plus rien pour elle, ils le comprirent tout de suite : elle avait été touchée d'une balle en plein front et ses yeux fixaient le ciel sans le voir.

Grigori refusa de céder au chagrin, et même de s'apitoyer sur Konstantin, le fils de Varia et son meilleur ami. À la guerre, il avait appris à riposter d'abord et à pleurer ensuite. Mais cette rue n'était pas un champ de bataille. Qui pouvait avoir voulu tuer Varia ? La blessure était si précisément placée qu'il était difficile de croire à une balle perdue.

Il ne tarda pas à obtenir la réponse quand Iakov s'effondra sur les pavés avec un bruit sourd, la poitrine transpercée.

« Nom de Dieu ! » s'écria Grigori en s'écartant rapidement des deux victimes. Il s'accroupit et balaya la rue des yeux, cherchant un endroit où se réfugier.

Un autre coup de feu claqua, et un soldat qui passait, un foulard rouge à la chapka, s'écroula en se tenant le ventre.

Un tireur embusqué abattait les révolutionnaires !

En trois enjambées, Grigori eut atteint le tramway renversé et plongea derrière.

Une femme cria, puis d'autres. En voyant les corps ensanglantés, tout le monde commença à s'enfuir.

Grigori leva la tête et observa les immeubles alentour. Le tireur devait appartenir à la police, mais où était-il ? Les claquements de fusil venaient de l'autre côté de la rue, à moins d'un pâté de maisons de distance, semblait-il. Le soleil de l'après-midi éclairait parfaitement les bâtiments : un hôtel, une bijouterie au rideau de fer baissé, une banque et, au coin, une église. Il ne voyait aucune fenêtre ouverte. Le tireur devait se dissimuler en hauteur. Or les toits de ces immeubles n'offraient aucune couverture à un tireur – sauf l'église, en pierre, de style hybride avec son parapet au sommet, ses tours et son unique dôme en bulbe.

Un autre coup de feu éclata : une femme en tenue d'ouvrière poussa un cri et tomba, en portant la main à son épaule. Grigori était sûr que le coup de feu avait été tiré de l'église, mais il ne voyait pas de fumée. Cela voulait dire que la police avait fourni à ses tireurs isolés des munitions discrètes. C'était vraiment la guerre.

La perspective Nevski était maintenant déserte, sur toute la longueur du pâté de maisons.

Grigori visa le parapet qui surplombait la façade latérale de l'église. C'était l'emplacement qu'il aurait choisi : de là, on devait voir la rue entière en enfilade. Il se concentra, cherchant à repérer le tireur. Du coin de l'œil, il aperçut deux autres fusils pointés dans la même direction. Des soldats s'étaient mis à couvert tout près de lui.

Un soldat et une fille arrivèrent dans la rue en titubant, ivres tous les deux. La fille dansait une gigue, relevant le bas de sa jupe pour montrer ses genoux pendant que son ami valsait autour d'elle, le fusil posé contre son cou comme un violon.

Tous deux arboraient des brassards rouges. Plusieurs personnes leur crièrent de s'éloigner, mais ils n'entendaient rien. Comme ils passaient devant l'église, inconscients du danger, deux balles claquèrent : ils s'écroulèrent l'un après l'autre.

Une fois de plus, Grigori ne repéra pas la moindre fumée, ce qui ne l'empêcha pas de vider avec colère son chargeur sur la partie du parapet située juste au-dessus du portail de l'église. Des nuages de poussière s'élevèrent de la maçonnerie ébréchée. Les deux autres fusils claquèrent aussi. Dans la même direction, nota Grigori. Apparemment sans faire mouche non plus.

C'était impossible, songea Grigori tout en rechargeant. Ils tiraient sur une cible invisible : on ne voyait pas le moindre bout de fusil pointer entre les créneaux. Le tireur embusqué devait être allongé à plat ventre, très en retrait du bord.

Il fallait mettre un terme à ce carnage. Il avait déjà tué Varia, Iakov, deux soldats et une jeune fille innocente.

Il n'y avait qu'un moyen de parvenir jusqu'à lui : grimper sur le toit.

Grigori tira encore contre le parapet. Comme il s'y attendait, les deux autres soldats l'imitèrent. Il se releva, supposant que le tireur embusqué s'était baissé et ne se relèverait pas avant quelques secondes. Abandonnant l'abri du tramway renversé, il traversa la rue à toutes jambes et s'aplatit contre la vitrine d'une librairie – un des rares magasins à n'avoir pas été pillé.

Restant dans l'ombre que projetaient les bâtiments en cette heure de l'après-midi, il remonta le trottoir en direction de l'église. Une ruelle la séparait du dernier magasin – une banque. Il attendit patiemment plusieurs minutes que le tir recommence, puis s'élança de l'autre côté de la ruelle pour se plaquer, dos au mur, contre le flanc est de l'église.

Le tireur l'avait-il vu traverser? Avait-il deviné ses intentions? Impossible à dire.

Rasant le mur, il fit le tour du bâtiment jusqu'à une petite porte. Il se faufila à l'intérieur.

C'était un édifice somptueux, magnifiquement décoré de marbre rouge, vert et jaune. Il n'y avait pas d'office à cette heure, mais vingt ou trente fidèles priaient, debout, tête baissée. Grigori parcourut du regard l'intérieur du sanctuaire, cherchant une porte donnant sur un escalier. Il avança rapidement le long du mur. À chaque minute qui passait, un autre innocent pouvait être abattu.

Un jeune prêtre d'une beauté spectaculaire avec ses cheveux noirs et son teint pâle l'aperçut, remarqua son fusil et ouvrit la bouche pour protester. Grigori l'ignora et passa devant lui.

Dans le vestibule, il repéra une petite porte en bois percée dans un mur. Il la poussa et découvrit les marches d'un escalier en colimaçon. Une voix s'éleva dans son dos : « Arrête-toi, mon fils. Que fais-tu ? »

Il se retourna. « Ça mène au toit ?

— Je suis le père Mikhaïl. Tu ne peux pas introduire d'arme dans la maison du Seigneur.

— Il y a un tireur embusqué sur le toit.

— C'est un officier de police !

— Vous êtes au courant ? s'ébahit Grigori. Vous savez qu'il est en train d'assassiner les passants ? »

Le prêtre ne répondit pas.

Grigori s'élança dans l'escalier.

Un vent froid arrivait d'en haut. De toute évidence, le père Mikhaïl était du côté de la police. Pouvait-il avertir le tireur ? Le seul moyen serait de sortir dans la rue pour lui faire signe – mais il risquait évidemment de se faire canarder.

Après une longue ascension dans la pénombre, Grigori vit une porte entrouverte.

Il s'arrêta à quelques marches de la porte, les yeux au niveau de la rainure du bas. Quasi invisible, il poussa un peu le battant de la main gauche. Dans la droite, il tenait toujours son fusil. Un rayon de soleil pénétra par l'entrebâillement. Il ouvrit tout grand.

Personne en vue !

Clignant les yeux à cause du soleil, il examina l'espace dégagé par l'embrasure. Il était à l'intérieur du clocher. La porte donnait au sud. La perspective Nevski s'ouvrait du côté nord de l'église. Le tireur était donc de l'autre côté. À moins qu'il ne se soit déplacé pour le prendre en embuscade.

Grigori gravit une marche avec précaution, puis une autre, et avança la tête.

Il ne se passa rien.

Il sortit.

Le toit descendait en pente douce jusqu'à la gouttière qui courait le long d'un parapet ornemental. Des planches permettaient aux ouvriers de se déplacer sans poser directement le pied sur le revêtement. Toujours collé au mur, il leva les yeux.

La tour, qui s'élevait encore, était ajourée au sommet, à la façon d'un beffroi.

Fusil à la main, il entreprit d'en faire le tour.

Passé le premier angle, il se trouva à l'ouest de la perspective Nevski. Dans la lumière éclatante, il distingua les jardins Alexandrovski et l'Amirauté, tout au bout. À mi-distance, la rue était noire de monde, mais à proximité de l'église, elle était déserte. Assurément, le tireur embusqué était toujours à l'œuvre.

Grigori tendit l'oreille. Aucun coup de feu.

Il continua à progresser autour de la tour jusqu'à l'angle suivant. Son regard embrassait à présent toute la longueur du mur nord de l'église. Il s'attendait à y débusquer le tireur, allongé à plat ventre derrière le parapet et tirant entre les montants verticaux – mais il n'y avait personne. Au-delà du parapet, il aperçut la rue en contrebas, des gens accroupis dans les portes cochères et d'autres, tapis dans les rues adjacentes, aux aguets.

Un instant plus tard, le fusil claquait. Un cri perçant venu de la rue apprit à Grigori que le tireur avait touché sa cible.

La balle était partie d'au-dessus de sa tête.

Grigori leva les yeux. Le clocher, percé d'ouvertures, était flanqué aux quatre angles de tourelles ajourées. Le tireur était posté là-haut, quelque part, et tirait de l'une des multiples ouvertures dont il disposait. Par chance, Grigori ne s'était pas écarté du mur. L'autre ne l'avait probablement pas vu.

Il retourna dans l'escalier. Dans cet espace exigu, son fusil l'embarrassait. Il le posa sur une marche et dégaina un de ses pistolets. Comprenant, à son poids, que l'arme était vide, il jura tout bas. Il fallait un certain temps pour charger un Nagant M1895. Il extirpa de sa poche une boîte de cartouches et en introduisit sept, une par une, dans le barillet, par l'ouverture malcommode pratiquée à cet effet. Puis il arma le chien.

Tenant l'arme dans sa main droite, canon pointé vers le haut, il gravit l'escalier en colimaçon sur la pointe des pieds à un rythme régulier pour éviter de s'essouffler et de trahir sa présence par des halètements.

Au bout d'un moment, il sentit une odeur de fumée.

Le tireur grillait une cigarette. L'odeur âcre du tabac se sentait de loin, et Grigori aurait été incapable de dire à quelle distance se trouvait l'homme.

Au-dessus de sa tête, il remarqua un reflet de soleil. Il continua son ascension, le doigt sur la gâchette. La lumière entrait par une des ouvertures de la paroi. Le tireur n'était pas là.

Grigori continua à monter en direction d'un nouveau rai de lumière. L'odeur de fumée devint plus forte. Était-ce un effet de son imagination ou sentait-il vraiment la présence du tireur tout près, juste caché par la courbe de l'escalier ? Si l'autre était là, pouvait-il le sentir également ?

Il perçut une soudaine inspiration. Sous l'effet de la surprise, il faillit presser la détente. Mais ce n'était que le bruit de la fumée qu'on inhale. De fait, un instant plus tard, il entendit le son plus doux, satisfait, du fumeur qui exhalait.

Il hésitait, ne sachant pas de quel côté le tireur regardait ni dans quelle direction son fusil était pointé. Il aurait bien voulu l'entendre tirer encore une fois, car alors toute son attention se concentrerait sur la rue.

Mais s'il attendait, il pouvait y avoir une autre victime, un autre Iakov ou une autre Varia perdant son sang sur les pavés glacés. D'un autre côté, si Grigori ratait son coup, combien de gens ce type tuerait-il encore au cours de l'après-midi ?

Il s'obligea à patienter. Comme à la guerre : on ne se précipite pas au secours d'un camarade blessé au risque d'y laisser sa peau ; les risques, on ne les prend qu'en cas de force majeure.

Il entendit une nouvelle inspiration, suivie d'une longue exhalation. Un moment plus tard, un mégot écrasé dévalait l'escalier, rebondissait contre le mur et s'immobilisait à ses pieds. Il perçut le bruit d'une personne qui changeait de position dans un espace réduit. Puis des marmonnements lui parvinrent, des imprécations pour la plupart : « Cochons de révolutionnaires... Juifs puants... putes malades... retardés mentaux. » À l'évidence, le tireur s'excitait et se préparait à tuer encore.

S'il pouvait l'arrêter maintenant, Grigori sauverait au moins une vie.

Il monta une marche.

La litanie se poursuivait : « Bestiaux... Slaves... tous des voleurs et des criminels... » Cette voix, Grigori avait l'impression de la connaître. Aurait-il déjà croisé ce type ?

Il gravit une autre marche et vit les pieds de l'homme chaussés de bottes de la police, toutes neuves, en cuir noir brillant. De toutes petites bottes. Ce type devait être nain. Il avait un genou à terre, la position la plus stable pour tirer. Grigori vit qu'il s'était installé à l'intérieur d'une des tourelles d'angle, ce qui lui permettait de tirer dans trois directions.

Une marche de plus et je pourrai l'abattre ! se dit-il.

Il leva le pied. Mais il était si crispé qu'il glissa. Il trébucha et tomba, lâchant son pistolet qui atterrit bruyamment sur la pierre.

Surpris, le tireur poussa un juron effrayé en regardant autour de lui.

Ébahi, Grigori reconnut Ilia Kozlov, l'acolyte de Pinski.

Il tendit le bras pour rattraper son arme, la manqua. Le revolver dévalait l'escalier avec une lenteur atroce, d'une marche à l'autre, avant de s'arrêter, hors d'atteinte.

Kozlov voulut pivoter sur lui-même, mais eut du mal à se déplacer rapidement, ayant toujours un genou à terre.

Grigori reprit l'équilibre et gravit une autre marche.

Kozlov essayait de faire passer son fusil devant lui. C'était un Mosin-Nagant standard, pourvu d'une lunette de visée. Il mesurait déjà un bon mètre de long, sans la baïonnette. Kozlov ne parvint pas à le reprendre en main assez vite. En quelques enjambées, Grigori s'approcha si près que le canon du fusil le heurta à l'épaule gauche. Kozlov pressa la détente, inutilement. La balle ricocha sur les parois incurvées de la cage d'escalier.

Kozlov bondit sur ses pieds avec une agilité surprenante. Il avait une petite tête et une expression mauvaise. Grigori se demanda s'il n'était pas devenu tireur pour se venger de tous les garçons et filles qui s'étaient moqués de sa taille.

Grigori empoigna le canon de l'arme à deux mains. Les deux hommes luttaient pour s'en emparer, face à face dans cette tourelle exiguë, juste à côté d'une ouverture. Des cris d'excitation s'élevèrent de la rue. On devait les voir d'en bas, se dit Grigori.

Plus grand et plus fort, il était certain de l'emporter. Kozlov en prit conscience et lâcha subitement le fusil. Grigori partit à la renverse. En un clin d'œil, Kozlov sortit sa matraque et la lui abattit sur le crâne. Grigori vit des étoiles. Dans un brouillard, il aperçut Kozlov qui s'apprêtait à recommencer, il eut la présence d'esprit de relever le fusil ; la matraque atterrit sur le canon. Kozlov n'eut pas le temps de réitérer son geste. Grigori lâcha l'arme pour l'attraper par le devant de sa capote et le soulever en l'air.

L'homme était fluet et ne pesait pas grand-chose. Grigori le tint ainsi au-dessus du sol pendant un moment avant de le jeter de toutes ses forces par l'ouverture.

La chute de Kozlov parut très lente. Les parements verts de son uniforme brillèrent dans le soleil tandis qu'il passait par-dessus le parapet. Un long cri de terreur déchira le silence. Puis son corps toucha le sol dans un bruit sourd que Grigori lui-même entendit depuis le sommet de la tour. Le hurlement s'interrompit net.

Après un instant de silence, une clameur colossale s'éleva.

Il fallut à Grigori quelques secondes pour se rendre compte que c'était lui que le peuple ovationnait. En apercevant l'uniforme de la police sur le trottoir et l'uniforme militaire toujours dans la tourelle, les gens avaient compris ce qui s'était passé. Grigori les vit sortir des encoignures de portes et des ruelles pour se rassembler au milieu de la rue, les yeux levés vers lui, l'applaudissant et l'acclamant. Il était un héros.

Ces vivats le mirent mal à l'aise. Il avait tué plusieurs personnes au cours de la guerre et cette idée ne le faisait plus frémir, mais tout de même. Il avait du mal à se réjouir de la mort de quelqu'un, même si Kozlov l'avait bien mérité. Il demeura sur place quelques instants, laissant les gens l'acclamer malgré sa gêne. Puis il regagna la tour et redescendit l'escalier en colimaçon.

En chemin, il récupéra son fusil et son revolver. Quand il arriva dans l'église, le père Mikhaïl l'attendait, effrayé. Grigori braqua son revolver sur lui. « Je devrais te descendre. Le tireur que tu as laissé monter sur ton toit a tué deux amis à moi et trois autres personnes au moins. Tu n'es qu'un diable d'assassin, toi aussi ! » Le prêtre fut tellement interloqué de s'entendre traiter de diable qu'il en resta muet. Grigori renifla de dégoût et passa la porte, incapable de tuer un civil désarmé.

Les hommes de sa section l'attendaient dehors. Ils l'accueillirent avec des hurlements de joie quand il posa le pied dans la rue ensoleillée. Il ne put les empêcher de le hisser sur leurs épaules et de le porter en triomphe.

De ce point de vue surélevé, il découvrit que l'atmosphère avait bien changé. Les gens avaient continué à boire et, à tous les coins de rue, un ou deux types ivres morts gisaient sur les pas de porte. Il constata avec stupéfaction que, dans les ruelles, les gens faisaient bien plus que s'embrasser. Et tout le monde était armé. Visiblement, d'autres arsenaux avaient été pillés, peut-être même des fabriques d'armes. À chaque croisement, il y avait des voitures embouties, des ambulances et des médecins qui s'occupaient des blessés. Les enfants traînaient dans les rues aussi bien que les adultes. Les petits garçons notamment prenaient du bon temps, chapardant de la nourriture, fumant des cigarettes et jouant dans les automobiles abandonnées.

Grigori vit qu'on pillait un magasin de fourrures avec une efficacité qui trahissait des professionnels et il repéra parmi eux un ancien copain de Lev, Trofim, sortant du magasin, les bras chargés de manteaux. Il les empila dans une brouette sous l'œil vigilant d'un autre ami de son frère, un policier véreux du nom de Fiodor, qui cachait son uniforme sous une pelisse de paysan. De toute évidence, les délinquants de tout poil étaient à la fête.

Les hommes de Grigori finirent par le reposer à terre. Le jour commençait à décliner ; çà et là, des feux de joie avaient été allumés. Les gens se rassemblaient autour d'eux, buvaient et chantaient.

Consterné, Grigori vit un gamin de dix ans s'emparer du pistolet d'un soldat écroulé sur le pavé. C'était un pistolet semi-automatique à canon allongé, un Luger P08 de l'armée allemande : le soldat devait l'avoir pris à un prisonnier sur le front. Le tenant des deux mains, le petit garçon le pointa sur l'homme à terre avec un grand sourire. Au moment précis où Grigori se précipitait pour le désarmer, le gamin pressa sur la détente. Une balle transperça la poitrine du soldat ivre. Le garçon poussa un cri. Dans son effroi, il gardait le doigt crispé sur la gâchette, de sorte que l'arme tirait toujours. Sous l'effet du recul, le gamin avait levé les bras en l'air et les balles partaient dans tous les sens. L'une d'elles toucha une vieille femme, une autre un soldat, jusqu'à ce que le chargeur soit vide. Le garçon laissa tomber le pistolet.

Grigori n'eut pas le temps de réagir à cette horreur. Des cris l'obligèrent à se retourner. Sur le seuil d'une chapellerie fermée, un couple se livrait sans vergogne à des ébats. Le dos plaqué au mur et les pieds ancrés au sol, la femme avait la jupe retroussée jusqu'à la taille. Debout entre ses jambes écartées, un caporal en uniforme, genoux pliés et pantalon déboutonné, donnait de grandes poussées sous les encouragements de la section de Grigori, massée autour du couple.

Une fois satisfait, l'homme se retira vivement et s'écarta tout en refermant sa braguette, tandis que la femme baissait ses jupes. « Hé, attends une minute ! lança un soldat du nom d'Igor. À mon tour ! » Il troussa la femme, livrant ses jambes blanches à la vue de tous.

Les autres l'acclamèrent.

« Non ! » gémit la femme en cherchant à le repousser. Elle était saoule, mais pouvait encore se défendre.

Petit, sec et nerveux, Igor possédait une force insoupçonnée. Il la plaqua contre le mur et la prit par les poignets. « Allons, dit-il. Un soldat en vaut bien un autre. »

Comme elle se débattait, deux autres soldats l'attrapèrent pour la maintenir.

Le caporal cria : « Hé, fichez-lui la paix, vous autres !

— T'as eu ton tour, à moi maintenant ! » rétorqua Igor en se déboutonnant.

Grigori intervint, révolté par cette scène. « Arrête ! » hurla-t-il.

Igor le défia du regard. « Tu te prends pour un officier, maintenant, Grigori Sergueïevitch, que tu me donnes des ordres ?

— Pas pour un officier, pour un être humain ! Voyons, Igor, tu vois bien qu'elle résiste. Tu en trouveras une autre.

— C'est elle que je veux ! » Igor regarda autour de lui. « Et on la veut tous, pas vrai, les gars ? »

Grigori fit un pas en avant, les poings sur les hanches. « Vous êtes quoi, des hommes ou des chiens ? cria-t-il. Elle a dit non ! » Passant le bras autour des épaules d'Igor, il ajouta : « Dis-moi plutôt, camarade, il n'y a pas un endroit dans le coin où on peut trouver de quoi se rincer le gosier ? »

Igor sourit, les soldats hurlèrent de joie, et la femme en profita pour s'éclipser.

« Je vois un petit hôtel juste en face, poursuivit Grigori. Allons voir le proprio. Avec un peu de chance, il lui reste de la vodka. »

Les hommes applaudirent encore et tout le groupe entra dans l'hôtel.

Dans le vestibule, le propriétaire effrayé servait de la bière gratuitement. Sage idée, se dit Grigori. Il fallait plus de temps pour boire de la bière que de la vodka, et ça incitait moins à la violence.

Il accepta un verre et en but une gorgée. Toute son exaltation avait disparu. Il était soudain dégrisé. La scène avec la femme dans l'embrasure de la porte l'avait affligé, pour ne rien dire du petit garçon au pistolet. C'était horrible ! La révolution ne consistait pas seulement à rejeter le joug. Il pouvait être dangereux d'armer le peuple. Quant à laisser des soldats conduire les voitures des bourgeois, c'était presque aussi meurtrier. Jusqu'à cette liberté, apparemment inoffensive, d'embrasser qui on voulait ! En quelques heures, elle avait failli conduire sa section à commettre un viol collectif.

Ça ne pouvait pas continuer ainsi.

Il fallait de l'ordre. Sans revenir au temps passé, bien sûr. C'était au tsar qu'on devait les queues pour le pain, la brutalité policière et la pénurie de bottes pour l'armée. La liberté sans le chaos, ce n'était tout de même pas impossible, si ?

Prétextant une envie de se soulager, Grigori abandonna ses hommes et rebroussa chemin le long de la perspective Nevski. Aujourd'hui, le peuple avait gagné la bataille. La police du tsar et les officiers de l'armée avaient été vaincus. Mais si ce n'était que pour aboutir à une orgie de violence, il ne faudrait pas longtemps avant que le peuple réclame le retour de l'ancien régime.

Qui détenait le pouvoir ? La douma ? À en croire Kerenski, elle avait bravé l'ordre du tsar et refusé sa dissolution. Certes, elle était pieds et poings liés, mais au moins elle symbolisait la démocratie. Grigori décida d'aller voir ce qui se passait au palais de Tauride.

Il prit au nord en direction du fleuve, puis obliqua à l'est vers le parc de Tauride. Quand il y arriva, la nuit était tombée. Les dizaines de fenêtres de la façade de ce bâtiment de style classique étaient toutes illuminées et la vaste esplanade était noire de monde. Plusieurs milliers de soldats et d'ouvriers avaient eu la même idée que Grigori.

Un homme muni d'un porte-voix était en train de faire une annonce, qu'il répétait à plusieurs reprises. Grigori se fraya un passage vers l'avant pour l'entendre.

« Les membres du groupe des ouvriers du comité de l'Industrie de guerre ont été libérés de la prison de Kresti », criait-il.

Grigori ne savait pas de qui il s'agissait, mais leur nom lui plaisait.

« Avec d'autres camarades, ils ont formé le comité exécutif temporaire du soviet des députés ouvriers. »

C'était une bonne idée, jugea Grigori. Un soviet était un conseil de représentants. Il se souvenait qu'en 1905, à Saint-Pétersbourg, un soviet, élu par des ouvriers, avait organisé des grèves. Il avait alors à sa tête un homme charismatique, Léon Trotski, qui avait été exilé depuis.

« Tout cela sera officiellement annoncé dans une édition spéciale des *Izvestia.* Le comité exécutif a nommé une commission chargée de l'approvisionnement alimentaire, qui veillera à ce que les ouvriers et les soldats soient nourris. Il a également créé une commission militaire pour défendre la révolution. »

Il n'était pas question de la douma. La foule salua ces initiatives avec joie, mais Grigori se demandait si les soldats recevraient leurs ordres d'une commission militaire cooptée. Où était la démocratie dans tout ça ?

La dernière phrase de la proclamation lui donna la réponse. « Le comité appelle les ouvriers et les soldats à élire leurs représentants au soviet dans les plus brefs délais et à les envoyer ici, au palais, pour qu'ils participent au nouveau gouvernement révolutionnaire ! »

C'était exactement ce que Grigori avait souhaité entendre : le nouveau gouvernement révolutionnaire serait un soviet d'ouvriers et de soldats. Désormais, le changement se ferait sans désordre. Débordant d'enthousiasme, il quitta l'esplanade et reprit le chemin de la caserne. Tôt ou tard, les soldats regagneraient leurs lits. Il avait hâte de leur annoncer la bonne nouvelle.

Bientôt, pour la première fois de leur vie, ses camarades et lui participeraient à des élections.

4.

Le lendemain matin, le 1er régiment de mitrailleurs se rassembla dans la cour d'honneur pour élire son représentant au soviet de Petrograd. Isaak proposa le sergent Grigori Pechkov.

Il fut élu à l'unanimité.

Grigori en fut ravi. Il connaissait la vie des soldats aussi bien que celle des ouvriers. Il ferait entrer l'odeur de la vie réelle dans les couloirs du pouvoir, l'odeur de la graisse des machines. Il n'oublierait jamais ses racines, jamais on ne le verrait en chapeau haut-de-forme. Il veillerait à ce que la révolte soit synonyme de progrès et non une violence débridée. Désormais, il avait une vraie chance de pouvoir rendre la vie plus douce à Katerina et Vladimir.

D'un pas vif, il traversa le pont Liteïni, seul cette fois, et se dirigea vers le palais de Tauride. La priorité absolue était le pain. Katerina, Vladimir et les deux millions et demi d'habitants de Petrograd devaient avoir de quoi manger ! Mais maintenant qu'il était au pouvoir – dans son imagination, du moins –, il se sentait un peu découragé. Il fallait que, dans les campagnes, fermiers et meuniers expédient sur-le-champ davantage de farine aux boulangers de Petrograd – or ils ne le feraient que s'ils étaient payés. Comment le soviet trouverait-il l'argent nécessaire ? Il commençait à se demander si renverser le gouvernement n'avait pas été la partie la plus facile au regard de ce qui les attendait.

Le palais était constitué d'un long corps de bâtiment flanqué de deux ailes. Grigori découvrit que la douma et le soviet étaient l'un et l'autre en session, la douma dans l'aile droite, chose pertinente pour ce vieux parlement des classes moyennes, le soviet dans l'aile gauche, ce qui était tout aussi bien. Mais qui décidait ? Personne n'en savait rien. Il fallait pourtant trancher avant de pouvoir aborder les problèmes réels, pensa Grigori avec impatience.

Sur les marches du palais, il repéra Konstantin à sa silhouette dégingandée et à ses cheveux noirs ébouriffés. Il se rendit compte alors, bouleversé, qu'il n'avait même pas cherché à le retrouver, la veille, pour lui annoncer la mort de sa mère. Mais il vit immédiatement que Konstantin avait été prévenu. En plus de son brassard rouge, il portait un ruban noir à sa casquette.

Grigori l'embrassa. « J'y étais, j'ai tout vu.

— C'est toi qui as tué le policier embusqué ?

— Oui.

— Merci. Mais la vraie vengeance de ma mère, ce sera la révolution. »

Konstantin avait été élu avec un autre camarade pour représenter les ouvriers des usines Poutilov. Les députés continuèrent d'affluer tout au long de l'après-midi. En début de soirée, ils étaient trois mille à se masser dans l'immense salle Catherine. Presque tous étaient des soldats. L'armée étant déjà divisée en régiments et en sections, il avait sans doute été plus facile d'y organiser des élections que parmi les ouvriers qui, pour un grand nombre d'entre eux, n'avaient pas pu entrer dans leurs usines, barricadées par les patrons. Certains délégués avaient été élus par quelques dizaines de personnes seulement, d'autres par des milliers. Décidément, la démocratie n'était pas simple.

Quelqu'un proposa de rebaptiser ce conseil « soviet des députés ouvriers et soldats de Petrograd », et l'idée fut approuvée par des tonnerres d'applaudissements. Apparemment, il n'y avait aucune procédure particulière, pas d'ordre du jour, pas de méthode pour proposer ou appuyer des résolutions, pas le moindre mécanisme électoral. Les députés n'avaient qu'à se lever et à prendre la parole, si bien qu'ils se retrouvaient souvent plusieurs à parler en même temps. Sur l'estrade, plusieurs individus – que leur allure bourgeoise rendait quelque peu suspects – avaient pris place, et Grigori se dit que ce devait être les membres de ce fameux comité exécutif constitué la veille. Quelqu'un se chargeait du procès-verbal, c'était toujours ça.

Malgré le désordre plutôt inquiétant, l'excitation était à son comble. Tout le monde avait le sentiment d'avoir livré une bataille et remporté la victoire. Pour le meilleur ou pour le pire, ils créaient un monde nouveau.

Pas un instant pourtant le problème du pain ne fut évoqué. Exaspérés par l'inaction du soviet, Grigori et Konstantin quittèrent la salle Catherine à un moment où la confusion était entière. Ils traversèrent le palais pour aller voir ce que faisait la douma. En cours de route, ils virent des soldats à brassard rouge amasser dans l'entrée nourriture et munitions comme s'ils se préparaient à soutenir un siège. Évidemment, pensa Grigori, le tsar ne va pas accepter la situation sans réagir. Tôt ou tard, il essaierait de reprendre le pouvoir par la force et il ferait alors donner l'assaut au bâtiment.

Dans l'aile droite, ils croisèrent le comte Malakov. Il était délégué d'un parti de centre droit, mais leur parla assez poliment. Il leur apprit qu'un autre comité avait été formé, le « comité provisoire des membres de la douma pour le rétablissement de l'ordre dans la capitale et les rapports avec les institutions et les personnalités ». Un titre ridicule, estima Grigori, et qui devait cacher une sinistre tentative de la douma pour reprendre le pouvoir. Son inquiétude s'accrut encore lorsque Malakov précisa que ce comité avait nommé le colonel Engelhardt commandant militaire de la place de Petrograd.

« Oui, dit Malakov avec satisfaction, ordre a été donné à tous les soldats de regagner leurs quartiers et d'obéir aux ordres.

— Quoi ? s'écria Grigori, choqué. Mais ce sera la fin de la révolution. Les officiers du tsar reprendront le pouvoir !

— Les membres de la douma ne croient pas qu'il s'agisse d'une révolution.

— Eh bien, ce sont des imbéciles ! » lança Grigori, furieux.

Malakov leva le nez et s'éloigna.

Konstantin partageait la colère de Grigori. « C'est une contre-révolution !

— Et il faut l'empêcher ! » renchérit Grigori.

Ils s'empressèrent de regagner l'aile gauche. Dans la grande salle, un président de séance cherchait à imposer un peu d'ordre dans un débat. Grigori bondit sur l'estrade. « J'ai une déclaration urgente à faire ! hurla-t-il.

— Comme tout le monde, dit le président d'un air las. Mais bon, vas-y !

— La douma ordonne aux soldats de regagner leurs quartiers et de se soumettre à l'autorité de leurs officiers ! »

Un cri de protestation jaillit de toutes les poitrines.

« Camarades ! reprit Grigori en hurlant plus fort que la foule. Il n'est pas question de revenir au temps passé. »

Les délégués hurlèrent leur assentiment.

« Le peuple de la ville doit avoir du pain. Nos femmes doivent se sentir en sécurité dans les rues. Les usines doivent rouvrir et les moulins doivent recommencer à tourner – mais plus comme avant ! »

Ils l'écoutaient maintenant, se demandant où il voulait en venir.

« Nous, les soldats, nous devons arrêter de casser la gueule aux bourgeois, arrêter de harceler les femmes dans la rue et arrêter de piller les débits de boissons. Nous devons regagner nos quartiers, nous calmer, et recommencer à faire notre devoir, mais... » – il fit durer la pause – « à nos conditions ! »

Il y eut un grondement d'approbation.

« Et quelles sont ces conditions ? »

Quelqu'un cria : « Que ce soit des comités élus et plus des officiers qui donnent les ordres ! »

Un autre ajouta : « Qu'on cesse de les appeler "Votre Excellence" et "Votre Grandeur", qu'on leur dise dorénavant "mon colonel" et "mon général".

— Et finis les saluts ! » braillèrent d'autres voix.

Grigori ne savait pas quoi faire. Chacun y allait de sa proposition. Il n'arrivait pas à les entendre toutes, encore moins à se les rappeler.

Le président de séance vint à sa rescousse. « Je propose que tous ceux qui ont des suggestions à faire constituent un groupe avec le camarade Sokolov. » Grigori se réjouit, Nikolaï Sokolov était l'homme de la situation. Avocat de gauche, il saurait formuler les motions en termes juridiques corrects. Le président continuait : « Quand vous vous serez mis d'accord sur ce que vous voulez, apportez la proposition au soviet pour approbation.

— Très bien », dit Grigori et il sauta de l'estrade.

Sokolov était assis à une petite table dans un coin de la salle. Grigori et Konstantin s'approchèrent de lui, accompagnés d'une bonne dizaine de députés.

« Parfait, dit Sokolov. À qui faut-il adresser ce document ? »

Grigori en fut tout déconcerté, une fois de plus. Il s'apprêtait à répondre : « Au monde » quand un soldat le devança : « À la garnison de Petrograd. »

D'autres s'exclamèrent : « Et à tous les soldats de la garde, de l'armée et de l'artillerie.

— Et de la marine ! renchérit un autre.

— Très bien, dit Sokolov, le stylo à la main. Pour exécution immédiate et précise, je suppose ?

— Oui.

— Et aux ouvriers de Petrograd, à titre d'information ?

— Oui, oui, s'impatienta Grigori. Bon, qui est-ce qui a parlé de comités élus, tout à l'heure ?

— Moi », répondit un soldat à moustache grise. Il s'assit sur le bord de la table juste devant Sokolov et récita, comme pour lui dicter un texte : « Tous les soldats doivent constituer des comités formés de leurs représentants élus. »

Sokolov poursuivit, sans cesser d'écrire : « Dans toutes les compagnies, tous les bataillons, régiments...

— Dépôts, batteries, escadrons, navires de guerre », ajouta quelqu'un.

Le soldat à la moustache grise reprit : « Que ceux qui n'ont pas encore élu de députés le fassent au plus vite !

— Bien sûr, fit Grigori impatiemment. Bon. Les armes de toutes sortes, y compris les véhicules blindés, sont sous le contrôle des comités de bataillons et de compagnies, et non plus des officiers. »

Plusieurs soldats exprimèrent leur accord.

« Très bien », acquiesça Sokolov.

Grigori continua : « Les unités militaires sont soumises au soviet des députés ouvriers et soldats et à ses comités. »

Sokolov releva les yeux pour la première fois. « Cela signifierait que le soviet a pleins pouvoirs sur l'armée.

— Oui. Les ordres de la commission militaire de la douma ne seront suivis que s'ils ne contredisent pas les décisions du soviet. »

Sokolov regardait toujours Grigori. « Cela rend la douma aussi impuissante qu'elle l'a toujours été. Avant, elle dépendait du caprice du tsar. Maintenant, chacune de ses décisions devra être approuvée par le soviet.

— Exactement, admit Grigori.

— Dans ce cas, le soviet est suprême.

— Eh bien, écrivez-le », suggéra Grigori.

Sokolov s'exécuta.

Quelqu'un lança : « Interdiction aux officiers de se montrer grossiers envers un militaire de quelque rang que ce soit.

— Bien, approuva Sokolov.

— Ils ne doivent pas non plus nous tutoyer comme des animaux ou des enfants. »

Des clauses bien futiles, pensa Grigori et, tout haut, il remarqua : « Ce document doit porter un titre !

— Que proposez-vous ? demanda Sokolov.

— Quels titres avez-vous donnés aux précédents décrets du soviet ?

— Il n'y en a pas eu. C'est le premier.

— Eh bien, on l'appellera comme ça : décret numéro un. »

5.

Grigori était profondément satisfait d'avoir fait voter son premier texte de loi de député élu. Il y en eut plusieurs autres au cours des deux jours qui suivirent et il s'absorba corps et âme, minute par minute, dans le travail du gouvernement révolutionnaire. Mais il pensait tout le temps à Katerina et à Vladimir et réussit enfin, le jeudi soir, à s'échapper pour aller les retrouver.

Empli d'un sombre pressentiment, il prit la direction des faubourgs du sud-ouest. Katerina avait promis d'éviter les troubles, pourtant les femmes de Petrograd considéraient cette révolution comme la leur autant que celle des hommes. N'avait-elle pas débuté en cette journée internationale de la Femme ? Leur intérêt n'avait rien de nouveau. La mère de Grigori était morte le jour de la révolution avortée de 1905. Comme bien d'autres mères, Katerina avait pu décider de se rendre au centre-ville, Vladimir dans les bras, pour voir ce qui se passait. Tant d'innocents avaient trouvé la mort – tués par la police, piétinés par la foule, écrasés par les soldats ivres au volant de voitures réquisitionnées, fauchés par une balle perdue. Au moment d'entrer dans son vieil immeuble, Grigori en était à craindre qu'un locataire, le visage grave et les larmes aux yeux, ne l'accueille par ces mots : *Il s'est passé quelque chose d'affreux.*

Il gravit l'escalier, frappa à la porte de son ancienne chambre et entra. Katerina bondit de sa chaise et se jeta dans ses bras. « Tu es vivant ! » Elle l'embrassa passionnément. « J'étais morte d'inquiétude ! Que ferions-nous sans toi ?

— Excuse-moi, je n'ai pas pu venir plus tôt. J'ai été élu délégué au soviet.

— Mon mari, délégué ! » Katerina rayonnait de fierté. Elle l'étreignit.

Elle était vraiment impressionnée, et Grigori, en le constatant, se dit que c'était bien la première fois ! Il répondit modestement : « Un délégué, ce n'est jamais qu'un représentant de ceux qui l'ont élu.

— Oui, mais on choisit toujours le plus intelligent, celui sur qui on sait qu'on peut compter.

— On essaye en tout cas. »

La chambre était faiblement éclairée par une lampe à huile. Grigori déposa un paquet sur la table. Son nouveau statut lui permettait d'obtenir plus facilement de la nourriture à la cantine de la caserne. « Il y a des allumettes et même une couverture, dit-il.

— Merci !

— J'espère que tu es restée à la maison le plus possible. Les rues demeurent dangereuses. Nous sommes un certain nombre à faire la révolution, mais d'autres sont comme fous.

— Je n'ai pour ainsi dire pas mis le nez dehors. J'attendais de tes nouvelles.

— Comment va notre petit garçon ? » Vladimir dormait dans son coin.

« Son papa lui manque. »

Elle voulait parler de Grigori. Celui-ci ne tenait pas du tout à ce que Vladimir l'appelle papa, mais il avait accepté ce caprice de Katerina. Ils ne reverraient sans doute plus jamais Lev, dont ils étaient sans nouvelles depuis presque trois ans – le petit ne saurait donc probablement jamais la vérité, et c'était peut-être aussi bien.

« Quel dommage qu'il dorme ! Il aurait été si heureux de te voir, ajouta Katerina.

— Je le verrai demain matin.

— Tu peux rester toute la nuit ? Quel bonheur ! »

Grigori s'assit. Katerina s'agenouilla devant lui et lui retira ses bottes. « Tu as l'air fatigué, observa-t-elle.

— Je le suis.

— Couchons-nous, il est tard. »

Elle entreprit de lui retirer sa tunique. Il la laissa faire puis se laissa aller contre le dossier de sa chaise. « Le général Khabalov se terre à l'Amirauté, dit-il. On avait peur qu'il reprenne les gares, mais il n'a même pas essayé.

— Pourquoi ? »

Grigori haussa les épaules. « Par lâcheté. Le tsar a ordonné à Ivanov de marcher sur Petrograd et d'établir une dictature militaire, mais ses soldats se sont révoltés et l'expédition a dû être annulée.

— L'ancienne classe dirigeante baisse les bras, c'est ça ? s'étonna Katerina.

— On dirait. C'est bizarre, n'est-ce pas ? Mais de toute évidence, il n'y aura pas de contre-révolution. »

Ils se couchèrent, Grigori en sous-vêtements, Katerina toujours en robe. Elle ne s'était jamais complètement dénudée devant lui. Peut-être tenait-elle à garder un peu de mystère. C'était une de ses lubies et il l'acceptait, non sans regret. Il la prit dans ses bras et la couvrit de baisers. Quand il la pénétra, elle chuchota : « Je t'aime », et il fut l'homme le plus heureux du monde.

Plus tard, elle murmura d'une voix endormie : « Qu'est-ce qui va se passer, maintenant ?

— Il y aura une assemblée constituante, élue sur la base du

suffrage universel, direct, secret et égalitaire. En attendant, la douma forme un gouvernement temporaire.

— Qui sera à sa tête ?

— Lvov.

— Un prince ! s'écria Katerina avec stupéfaction. Mais pourquoi ?

— Ils veulent obtenir la confiance de toutes les classes.

— Au diable toutes les classes ! » Son indignation l'embellissait encore : ses joues s'étaient colorées, ses yeux étincelaient. « Ce sont les ouvriers et les soldats qui ont fait la révolution. On n'a pas besoin de la confiance des autres, si ? »

Cette question avait également tracassé Grigori ; toutefois, la réponse qu'on lui avait faite l'avait convaincu. « Nous avons besoin que les hommes d'affaires rouvrent les usines, que les grossistes assurent le ravitaillement de la ville et que le petit commerce reprenne.

— Et le tsar ?

— La douma réclame son abdication. Elle a envoyé deux délégués à Pskov pour le lui faire savoir. »

Katerina le dévisagea, les yeux ronds. « Qu'il abdique ? Le tsar ? Mais ce serait la fin ?

— Oui.

— Tu crois que c'est possible ?

— Je n'en sais rien. On le saura demain. »

6.

Ce vendredi-là, dans la salle Catherine du palais de Tauride, les débats étaient décousus. Deux ou trois mille hommes et quelques femmes se pressaient dans une atmosphère saturée d'une odeur de fumée et de soldats mal lavés. On attendait la décision du tsar.

Les discours étaient souvent interrompus par toutes sortes de déclarations qui, le plus souvent, ne présentaient aucun caractère d'urgence. Tantôt c'était un soldat qui prenait la parole pour dire que son bataillon avait formé un comité et placé son colonel aux arrêts ; tantôt ce n'était même pas une annonce mais une harangue appelant à défendre la révolution.

Quand il vit bondir sur l'estrade un sergent aux cheveux gris brandissant un papier, Grigori comprit qu'il allait enfin se passer quelque chose. Les joues rouges et le souffle court, l'homme réclama le silence. Puis il proclama lentement et d'une voix sonore : « Le tsar a signé un document... »

Il n'avait pas fini que les acclamations fusaient déjà.

Il haussa le ton : « ... par lequel il abdique... »

Les acclamations s'étaient transformées en hurlements. Grigori était électrisé. Était-ce vrai ? Le rêve se serait réalisé ?

Le sergent tendit la main pour obtenir le calme. Il n'avait pas achevé.

« ... et en raison de la santé précaire de son fils Alexandre, âgé de douze ans, il appelle son frère cadet, le grand-duc Mikhaïl, à lui succéder sur le trône. »

La joie céda la place aux protestations. « Non ! » hurla Grigori, dont la voix se perdit parmi les milliers d'autres.

Au bout de plusieurs minutes, alors que le calme commençait à revenir dans la salle, une immense clameur retentit au-dehors. La foule massée devant le palais devait avoir appris la nouvelle et l'accueillait avec la même indignation.

« Le gouvernement provisoire ne peut pas accepter ça ! s'écria Grigori, s'adressant à Konstantin.

— Je suis bien d'accord, répondit celui-ci. Allons le leur dire ! »

Ils quittèrent le soviet et traversèrent le palais. Les ministres du gouvernement récemment formé tenaient assemblée dans la salle où l'ancien comité provisoire s'était réuni – en fait, c'était peu ou prou les mêmes hommes, ce qui ne laissait pas d'être inquiétant. Ils discutaient déjà de la déclaration du tsar.

Debout, Pavel Milioukov, un modéré portant monocle, arguait que la monarchie devait être préservée à tout prix comme symbole de la légitimité. « Foutaises ! » marmonna Grigori. Pour lui, la monarchie symbolisait l'incompétence, la cruauté et la défaite, sûrement pas la légitimité. Heureusement, d'autres partageaient son sentiment. Kerenski, désormais ministre de la Justice, proposa qu'on demande au grand-duc Mikhaïl de refuser la couronne. Au grand soulagement de Grigori, la majorité se rallia à ses vues.

Kerenski et le prince Lvov furent mandatés pour se rendre chez le grand-duc séance tenante. Toisant l'assemblée à travers son monocle, Milioukov lança : « Je les accompagne, pour représenter l'opinion de la minorité ! »

Grigori était convaincu que cette suggestion ridicule serait rejetée, mais les autres ministres l'approuvèrent mollement. Grigori se leva. Pris d'une inspiration subite, il déclara : « Je me joins au groupe en tant qu'observateur du soviet de Petrograd.

— Très bien, très bien », acquiesça Kerenski d'un air las.

Ils sortirent du palais par une porte dérobée et montèrent dans deux limousines Renault qui les attendaient. L'ancien président de la douma, Mikhaïl Rodzianko, un homme obèse, avait décidé de venir lui aussi. Grigori avait peine à croire ce qui lui arrivait : lui qui, moins d'une semaine auparavant, descendait docilement d'une table à la demande du lieutenant Kirillov, voilà qu'il faisait partie d'une délégation chargée de se rendre chez un prince du sang pour lui ordonner de refuser la couronne de tsar ! Le monde changeait si rapidement, il était difficile de suivre le mouvement.

Grigori n'avait jamais mis les pieds dans la demeure d'un aristocrate fortuné. Il avait l'impression de pénétrer dans un lieu de rêve. Le palais, immense, croulait sous les ors. Où qu'il pose les yeux, ce n'étaient que vases magnifiques, horloges raffinées, candélabres d'argent et ornements incrustés de pierreries. S'il s'était emparé d'un seul de ces plats en or et s'était enfui en courant, il en aurait tiré de quoi se payer une maison – il est vrai qu'en ce moment, personne n'achetait de plats en or. Ce que les gens voulaient, c'était du pain.

Le prince Gueorgui Lvov, un homme à la chevelure d'argent et à la barbe fournie, n'était visiblement pas impressionné par le décor, ni intimidé par la solennité de sa mission. Il était bien le seul. Tous les autres frémissaient d'anxiété. Ils attendaient sous l'œil sévère des portraits d'ancêtres en frottant nerveusement leurs pieds sur les épais tapis.

Le grand-duc Mikhaïl arriva enfin. C'était un homme de trente-huit ans, prématurément chauve et portant une petite moustache. Grigori constata avec étonnement qu'il était encore plus mal à l'aise que la délégation. Malgré l'inclinaison hautaine de sa tête, il paraissait timide et déconcerté. Il finit par rassembler assez de courage pour prendre la parole : « Qu'avez-vous à me dire ? »

Ce fut Lvov qui répondit : « Nous sommes venus vous prier de ne pas accepter la couronne.

— Oh, mon Dieu ! » s'exclama Mikhaïl, l'air complètement perdu.

Kerenski retrouva sa présence d'esprit. D'une voix ferme et claire, il énonça : « La population de Petrograd a réagi avec indignation à la décision de Sa Majesté le tsar. Un immense contingent de soldats marche déjà sur le palais de Tauride. Si nous n'annonçons pas immédiatement que vous refusez la couronne, on ne pourra éviter un violent soulèvement, suivi d'une guerre civile.

— Oh, Seigneur ! » lâcha Mikhaïl d'une voix étouffée.

Il n'est pas très malin, pensa Grigori. Mais pourquoi m'en étonner ? Si ces gens étaient intelligents, ils ne seraient pas sur le point de perdre le trône de Russie.

Milioukov, derrière son monocle, ajouta : « Votre Altesse impériale, l'opinion de la minorité que j'incarne au sein du gouvernement provisoire considère que la monarchie est l'unique symbole d'autorité représenté par le peuple. »

Son intervention ne fit que renforcer la confusion du grand-duc. À l'évidence, l'idée de devoir faire un choix lui était insupportable. Il finit par demander : « Verriez-vous un inconvénient à ce que j'échange quelques mots en tête à tête avec Rodzianko, messieurs ? Non, ne partez pas, nous allons simplement nous retirer dans la pièce à côté. »

Le tsar désigné mais hésitant sortit en compagnie du corpulent ex-président de la douma. Les membres de la délégation s'entretinrent à voix basse. Personne n'adressait la parole à Grigori. Il était le seul membre de la classe ouvrière, et sentait qu'il leur faisait un peu peur. Comme s'ils le soupçonnaient – à juste titre d'ailleurs – d'avoir les poches de son uniforme de sergent bourrées d'armes et de munitions.

Rodzianko réapparut. « Le grand-duc m'a demandé si nous pouvions garantir sa sécurité personnelle dans l'éventualité où il accepterait le trône », annonça-t-il. Le grand-duc s'inquiétait davantage pour sa peau que pour son pays, se dit Grigori, plus écœuré que surpris. « Je lui ai répondu que cela nous était impossible, acheva Rodzianko.

— Alors ?... intervint Kerenski.

— Il va nous rejoindre dans un instant. »

L'intermède parut durer une éternité. Puis le grand-duc revint. Le silence s'établit. Pendant un long moment, personne ne dit mot.

Enfin, Mikhaïl fit son annonce : «J'ai décidé de refuser la couronne.»

Grigori crut que son cœur s'était arrêté de battre. Huit jours plus tôt seulement, les femmes de Vyborg traversaient le pont Liteïni ; aujourd'hui, le pouvoir des Romanov était renversé.

Les dernières paroles de sa mère lui revinrent en mémoire : «Je ne connaîtrai pas le repos tant que la Russie ne sera pas une république.» Tu peux te reposer, maintenant, mère, murmura-t-il pour lui-même.

Kerenski serrait la main du grand-duc en prononçant des formules pompeuses, mais Grigori ne l'écoutait pas.

Il pensait : Nous avons gagné ! Le tsar est déposé !

Nous avons fait la révolution !

7.

À Berlin, Otto von Ulrich déboucha un magnum de champagne Perrier-Jouët 1892.

Les von Ulrich avaient invité les von der Helbard à déjeuner. Le père de Monika, Konrad, était *Graf*, c'est-à-dire comte, et sa mère *Gräfin* par voie de conséquence. La comtesse Eva von der Helbard était une femme impressionnante dont la chevelure poivre et sel s'étageait en une pyramide complexe. Avant le déjeuner, elle avait pris Walter à part pour lui dire que Monika était une violoniste accomplie et qu'elle avait été la meilleure élève de sa classe dans toutes les disciplines. Du coin de l'œil, le jeune homme avait vu son père s'entretenir avec Monika et en avait déduit que celle-ci se voyait confier un bulletin scolaire identique le concernant.

Il était furieux que ses parents persistent à lui imposer Monika. Et l'attirance qu'elle exerçait sur lui ne faisait qu'aggraver la situation. C'était une jeune fille aussi belle qu'intelligente. Elle était toujours impeccablement coiffée, et il ne pouvait s'empêcher de l'imaginer, le soir venu, retirant les épingles de ses cheveux et secouant la tête pour libérer ses boucles. Ces derniers temps, il avait parfois du mal à se rappeler le visage de Maud.

Otto brandit son verre. «Adieu le tsar !

— Vous m'étonnez, père, intervint Walter sur un ton cassant. Considérez-vous sérieusement qu'il faille célébrer le renversement d'un monarque légitime par une foule d'ouvriers et de soldats révoltés ? »

Le visage d'Otto vira au rouge. Greta, la sœur de Walter, tapota gentiment le bras de son père. « Ne l'écoutez pas. Walter ne dit cela que pour vous ennuyer, papa. »

Konrad déclara : « J'ai connu le tsar Nicolas lorsque j'étais à notre ambassade de Petrograd.

— Et que pensez-vous de lui, monsieur ? » s'enquit Walter.

Ce fut Monika qui répondit, avec un sourire de connivence à l'adresse de Walter. « Papa disait toujours que si le tsar était né dans une autre famille, il aurait pu, en se donnant du mal, faire un postier acceptable.

— C'est la tragédie de la monarchie héréditaire, approuva Walter en se tournant vers son père. Mais vous désapprouvez certainement l'instauration de la démocratie en Russie.

— La démocratie ? persifla Otto. C'est à voir. Pour l'heure, tout ce que nous savons, c'est que le chef du gouvernement provisoire est un aristocrate libéral. »

Monika demanda à Walter : « Croyez-vous que le prince Lvov cherchera à faire la paix avec nous ? »

C'était la grande question du moment. « Je l'espère, répondit Walter, en s'efforçant de ne pas regarder la poitrine de Monika. Si nous pouvions transférer en France la totalité des troupes que nous maintenons sur le front est, les Alliés ne feraient pas le poids. »

Elle souleva sa coupe et regarda Walter droit dans les yeux au-dessus du verre. « Eh bien, buvons à cela », dit-elle.

*

Dans une tranchée froide et humide du nord-est de la France, la section de Billy célébrait la nouvelle avec du gin.

La bouteille avait été fournie par Robin Mortimer, l'officier dégradé, accompagnée de ces mots : « Je la gardais précieusement.

— J'en suis sur le cul ! » s'était écrié Billy, reprenant une des expressions chères à Mildred. Mortimer était plus connu pour quémander un verre que pour offrir une tournée.

Mortimer remplit généreusement les quarts en fer-blanc. « À

la révolution, nom de Dieu ! » dit-il. Ils vidèrent leurs quarts d'un trait et en redemandèrent.

Billy n'avait pas besoin de gin pour être d'excellente humeur. Les Russes venaient de prouver qu'il était encore possible de renverser des tyrans.

Ils chantaient tous « The Red Flag », l'hymne du parti travailliste, quand le comte Fitzherbert arriva dans leur tranchée en boitant, faisant gicler la boue sous ses pas. Il était colonel à présent, et plus arrogant que jamais. « Silence, soldats ! » cria-t-il.

Le chant s'éteignit peu à peu.

« Nous fêtons le renversement du tsar de Russie ! expliqua Billy.

— C'était un monarque légitime, répliqua Fitz avec colère. Ceux qui l'ont déposé sont des criminels. Plus de chansons ! »

Le mépris de Billy pour Fitz monta d'un cran. « C'est un tyran qui a assassiné des milliers de ses sujets. Aujourd'hui, tous les hommes civilisés se réjouissent. »

Fitz le dévisagea durement. Le comte ne portait plus de bandeau sur l'œil gauche, mais sa paupière restait mi-close en permanence. Cela ne paraissait toutefois pas affecter sa vision. « Sergent Williams, j'aurais dû m'en douter ! Je vous connais – et votre famille aussi. »

Et comment, pensa Billy.

« Votre sœur fait de la propagande pour la paix.

— Avec la vôtre, mon colonel », répliqua Billy. Robin Mortimer partit d'un rire éraillé qui s'arrêta net.

« Une insolence de plus et je vous mets aux arrêts, dit Fitz à Billy.

— Je vous demande pardon, mon colonel.

— Maintenant calmez-vous, tous autant que vous êtes. Et plus de chants. » Fitz s'éloigna.

« Vive la révolution ! » dit Billy tout bas.

Fitz fit semblant de ne pas avoir entendu.

*

À Londres, la princesse Bea poussa un hurlement : « Non !

— Calmez-vous, dit Maud, qui venait de lui apprendre la nouvelle.

— Ils ne peuvent pas faire ça ! criait Bea. Ils ne peuvent

pas forcer notre tsar bien-aimé à abdiquer ! C'est le père du peuple...

— Peut-être cela vaut-il mieux...

— Je ne vous crois pas ! Vous mentez ! »

La porte s'ouvrit et Grout passa la tête dans l'embrasure, l'air inquiet.

Bea attrapa un vase japonais contenant un bouquet de fleurs séchées et le lança à travers la pièce. Il se fracassa contre un mur.

Maud tapota l'épaule de Bea. « Là, là », fit-elle, impuissante. Elle se réjouissait que le tsar ait été renversé mais, en même temps, elle compatissait avec ceux qui voyaient disparaître tout un mode de vie.

Grout fit signe à une bonne, qui entra, apeurée. Il désigna le vase de l'index. La domestique entreprit de ramasser les débris.

Le service à thé posé sur une table vola à son tour. Tasses, soucoupes, théières, pots à lait et à crème, sucrier, Bea avait tout balayé de la main. « Ces révolutionnaires tueront tout le monde ! »

Le maître d'hôtel s'agenouilla et se mit en demeure de tout nettoyer.

« Ne vous emportez pas », dit Maud.

Bea fondit en larmes. « Pauvre *tsaritsa* ! Et ses pauvres enfants ! Que vont-ils devenir ?

— Vous devriez peut-être vous allonger un moment, proposa Maud. Venez, je vais vous accompagner dans votre chambre. » Elle prit Bea par le coude, et celle-ci se laissa entraîner.

« C'est la fin de tout, dit-elle entre ses sanglots.

— Qu'importe ! répliqua Maud. C'est peut-être un nouveau départ. »

*

Ethel et Bernie se trouvaient à Aberowen. C'était en quelque sorte leur voyage de noces. Ethel se réjouissait de lui montrer les lieux de son enfance : le carreau de la mine, le temple, l'école. Elle le fit même entrer à Tŷ Gwyn, en l'absence de Fitz et de Bea, sans aller toutefois jusqu'à le conduire dans la chambre des gardénias.

Ils étaient descendus chez les Griffiths qui leur avaient proposé la chambre de Tommy, ce qui avait évité de déranger

Gramper. Ils étaient dans la cuisine quand Len, le mari de Mrs Griffiths, athée et socialiste révolutionnaire convaincu, fit irruption en brandissant un journal : « Le tsar a abdiqué ! »

Tout le monde battit des mains en poussant des cris de joie. Depuis une semaine, on entendait parler d'émeutes à Petrograd, et Ethel se demandait comment tout cela finirait.

Bernie se tourna vers Len : « Qui a pris le pouvoir ?

— Un gouvernement provisoire dirigé par le prince Lvov, répondit Len.

— Dans ce cas, ce n'est pas vraiment un triomphe du socialisme, fit remarquer Bernie.

— Non. »

Mais Ethel déclara : « Haut les cœurs, les hommes ! Chaque chose en son temps ! Allons aux Deux Couronnes fêter la déposition du tsar. Je laisserai Lloyd à Mrs Ponti. »

Les femmes mirent leurs chapeaux et tout le monde partit pour le pub. Moins d'une heure plus tard, il n'y avait plus une place. Ethel eut la surprise de voir entrer son père et sa mère. « Ça alors ! On aura tout vu ! » déclara Mrs Griffiths en les apercevant.

Quelques minutes plus tard, debout sur une chaise, Da réclamait le silence. « Je sais que certains d'entre vous s'étonnent de me voir ici, mais je leur répondrai : "Une fois n'est pas coutume !" » Il brandit sa chope à la vue de tous. « Rassurez-vous, je ne reviens pas sur les habitudes de toute une vie. Le patron a eu la gentillesse de remplir ma chope d'eau du robinet. » Tout le monde s'esclaffa. « Je suis venu partager le bonheur de mes voisins et fêter avec eux l'événement triomphal qui s'est produit en Russie. » Il leva son verre. « Je bois à la révolution ! »

Tout le monde l'applaudit et vida son verre.

« Da aux Deux Couronnes, s'exclama Ethel. Qui l'aurait cru ! »

*

À Buffalo, dans la maison ultramoderne de Josef Vialov, Lev Pechkov ouvrit la cave à liqueurs et se servit un verre. Il ne buvait plus de vodka. Auprès de son riche beau-père, il avait pris goût au whisky écossais. Il aimait la façon américaine de le boire, avec beaucoup de glace.

Lev n'appréciait guère d'habiter sous le même toit que ses beaux-parents. Il aurait préféré avoir une maison à lui où il aurait été seul avec Olga. Mais celle-ci préférait cet arrangement, et son père payait tout. Lev était coincé tant qu'il n'aurait pas mis un paquet de dollars de côté.

Josef lisait le journal et Lena cousait. Lev leva son verre dans leur direction. « Vive la révolution ! lança-t-il avec exubérance.

— Fais attention à ce que tu dis, coupa Josef. Ça risque d'être mauvais pour les affaires. »

Olga entra dans la pièce. « Verse-moi un petit verre de xérès, s'il te plaît, chéri. »

Lev réprima un soupir. Elle aimait à lui demander toutes sortes de menus services et, devant ses parents, il ne pouvait pas refuser. Il s'exécuta. En lui tendant son verre, il s'inclina devant elle comme un serveur. Elle lui adressa un charmant sourire, imperméable à l'ironie.

Il but une gorgée de whisky et en apprécia le goût autant que la sensation de brûlure.

« J'ai bien du chagrin pour cette pauvre tsarine et pour ses enfants, soupira Mrs Vialov. Que vont-ils devenir ?

— À mon avis, ils seront tués par la populace ! observa Josef.

— Les pauvres ! Qu'est-ce que le tsar a bien pu faire à ces révolutionnaires pour mériter ça ?

— Voilà une question à laquelle je peux répondre », déclara Lev. Il savait qu'il ferait mieux de tenir sa langue, mais il en était incapable, surtout quand le whisky lui mettait du cœur au ventre. « Quand j'avais onze ans, l'usine où ma mère travaillait a fait grève. »

— Tstt, tsst, tstt ! réagit Mrs Vialov qui désapprouvait les grèves.

— La police a ramassé les enfants de tous les grévistes. Je n'oublierai jamais ça. J'étais terrifié.

— Mais pour quoi faire ? s'étonna Mrs Vialov.

— Pour nous fouetter, dit Lev. Sur les fesses, avec des badines. Pour donner une bonne leçon à nos parents ! »

Mrs Vialov blêmit. Elle ne supportait pas qu'on soit cruel envers les enfants ou les animaux.

« Voilà ce que le tsar et son régime m'ont fait, à moi, mère, dit Lev et il fit tinter la glace dans son verre. Voilà pourquoi je bois à la révolution. »

*

« Quelle est votre opinion, Gus ? demanda le président Wilson. Vous êtes le seul, ici, à avoir mis les pieds à Petrograd. Que va-t-il se passer ?

— Je m'en veux de parler comme un fonctionnaire du Département d'État, mais cela peut évoluer dans un sens aussi bien que dans un autre », répondit Gus.

Le président rit. Ils étaient dans le Bureau ovale, Wilson assis à sa table de travail, Gus debout devant lui. « Allons, dit Wilson. Essayez de deviner : les Russes vont-ils renoncer à la guerre, oui ou non ? C'est la question la plus importante de l'année.

— Bien. Tous les ministres du nouveau gouvernement appartiennent à des partis politiques dont le nom comporte les mots effrayants de "socialiste" ou de "révolutionnaire". En réalité, ce sont des hommes d'affaires ou des membres des professions libérales, tous issus des classes moyennes. Ce qu'ils veulent en vérité, c'est une révolution bourgeoise, qui leur offre la liberté indispensable au développement du commerce et de l'industrie. En revanche, le peuple, lui, réclame du pain, la paix et des terres : du pain pour les ouvriers, la paix pour les soldats, des terres pour les paysans. Ces questions-là n'intéressent guère des hommes comme Lvov et Kerenski. Pour répondre à votre question, je pense que le gouvernement Lvov cherchera à obtenir un changement progressif. Et, plus précisément, qu'il poursuivra la guerre. Mais les ouvriers resteront mécontents.

— Et qui l'emportera, pour finir ? »

Gus se rappela son voyage à Saint-Pétersbourg et l'homme qui lui avait montré comment fondre une roue de locomotive dans un atelier crasseux et vétuste des usines Poutilov. Cet homme, il l'avait revu plus tard, se battant avec un policier à propos d'une fille. Il ne se rappelait pas son nom, mais il aurait pu le décrire, là, maintenant : il avait les épaules larges, des bras puissants, et il lui manquait un doigt à une main. Surtout, Gus n'avait pas oublié la détermination inébranlable qui illuminait son regard bleu et farouche. Il répondit : « Le peuple russe. C'est lui qui l'emportera. »

XXIV

Avril 1917

1.

Par une belle journée de printemps, Walter se promenait avec Monika von der Helbard dans le parc de la maison que les parents de la jeune fille possédaient à Berlin. C'était une imposante demeure, dont le vaste jardin comportait un tennis, un terrain de boules, un manège pour exercer les chevaux et une aire de jeux pour les enfants, avec toboggan et balançoires. Walter se rappelait y être venu quand il était petit. Pour lui alors, c'était le paradis. Mais l'endroit n'avait plus rien d'idyllique. Les chevaux avaient tous été envoyés à l'armée, à l'exception des plus vieux. Des poules arpentaient les dalles de l'immense terrasse. La mère de Monika engraissait un cochon dans l'ancien pavillon du tennis. Des chèvres broutaient l'herbe du terrain de boules. La rumeur prétendait que la comtesse les trayait elle-même.

Et pourtant, les arbres se couvraient de feuilles et le soleil brillait. Walter était en bras de chemise sous son gilet, son manteau négligemment jeté sur les épaules – un laisser-aller que sa mère aurait réprouvé ; mais elle était à l'intérieur en train de bavarder avec la comtesse. La sœur de Walter, Greta, les avait accompagnés un moment, puis elle s'était excusée et les avait laissés seuls, Monika et lui. Encore une chose que Mère aurait déplorée, du moins en principe.

Monika avait un chien qui s'appelait Pierre. C'était un caniche moyen, aux yeux marron clair, haut sur pattes, et gracieux, couvert de poils roux tout bouclés. Walter trouvait qu'il ressemblait à Monika, malgré tout le respect qu'il devait à sa beauté.

Il aimait la façon dont elle traitait son chien. Elle ne passait pas son temps à le dorloter, à lui donner à manger ni à lui parler en bêtifiant comme le faisaient certaines. Elle le laissait simplement marcher à ses côtés en lui lançant de temps en temps une vieille balle de tennis pour qu'il la rapporte.

« C'est vraiment décevant, ce qui se passe avec les Russes », dit-elle.

Walter acquiesça. Le gouvernement du prince Lvov avait annoncé qu'ils poursuivraient les combats. Il n'était pas question pour l'Allemagne de dégarnir son front est ni d'envoyer des renforts en France. La guerre continuait.

« Il ne reste plus qu'à espérer que le gouvernement Lvov tombera et que les partisans de la paix prendront le pouvoir, ajouta-t-il.

— C'est possible ?

— Difficile à dire. Les révolutionnaires de gauche continuent à réclamer du pain, la paix et des terres. Le gouvernement a promis de faire élire démocratiquement une assemblée constituante, mais qui va gagner ? »

Il ramassa un bâton qu'il jeta au chien. Pierre bondit et le rapporta fièrement. Walter se baissa pour lui caresser la tête. Quand il se redressa, Monika était tout près de lui.

« Je vous aime bien, Walter, dit-elle en le regardant droit dans les yeux. J'ai l'impression que nous ne manquerons jamais de sujets de conversation. »

Il partageait ce sentiment et il savait que s'il essayait de l'embrasser, là, tout de suite, elle ne lui résisterait pas.

Il s'écarta.

« Moi aussi, je vous aime bien. Votre chien aussi, je l'aime bien. »

Il rit pour lui faire comprendre qu'il plaisantait.

Mais il voyait bien qu'elle était blessée. Elle se mordit la lèvre et se détourna. Elle s'était montrée aussi hardie que pouvait l'être une jeune fille bien élevée et il l'avait repoussée.

Ils reprirent leur promenade. Après un long silence, Monika demanda :

« Quel est votre secret ? Je voudrais bien le savoir. »

Sapristi, pensa-t-il, elle ne manque pas de finesse. Il mentit :

« Je n'ai pas de secret. Et vous ?

— Aucun qui vaille la peine. » Elle leva la main et lui effleura l'épaule comme pour en chasser quelque chose. « Une abeille.

— C'est un peu tôt dans la saison.
— Nous aurons peut-être un été précoce.
— Il ne fait pas tellement chaud. »
Elle fit mine de frissonner.
« Vous avez raison, il fait frisquet. Vous voulez bien aller me chercher une étole ? Vous n'avez qu'à aller à la cuisine et demander à une domestique, elle en trouvera une.
— Volontiers. »
Il ne faisait pas vraiment froid, mais un gentleman se devait d'obtempérer, même si la requête paraissait saugrenue. Elle voulait manifestement rester seule un moment. Il repartit vers la maison. Il était obligé de repousser ses avances, tout en étant désolé de la faire souffrir. Ils étaient parfaitement assortis, leurs mères avaient raison, et, de toute évidence, Monika ne comprenait pas pourquoi il se dérobait.
Il entra dans la demeure, descendit au sous-sol par un escalier de service et tomba sur une vieille servante en robe noire et bonnet de dentelle. Elle partit à la recherche d'un châle.
Walter attendit dans l'entrée. Le décor de la maison était entièrement *Jugendstil*. À l'opposé des fioritures baroques qu'affectionnaient ses parents, ce nouveau style très à la mode privilégiait les pièces lumineuses et les couleurs tendres. Le hall orné de colonnades était tout en marbre d'un gris apaisant sur un tapis à dominante beige.
Il avait la sensation que Maud était à des milliers de kilomètres, sur une autre planète. C'était vrai en un sens, car le monde d'avant-guerre n'existerait jamais plus. Il n'avait pas vu sa femme ni eu de ses nouvelles depuis près de trois ans, et peut-être ne la reverrait-il jamais. Si elle ne quittait pas ses pensées – comment oublierait-il la passion qui les avait unis ? –, il s'apercevait, à son grand désarroi, qu'il ne se rappelait plus les menus détails des moments passés ensemble : la tenue qu'elle portait, le lieu où ils se trouvaient quand ils s'embrassaient ou se tenaient par la main, ce qu'ils avaient bu, mangé, et de quoi ils avaient parlé lors de toutes ces réceptions londoniennes qui se confondaient dans son esprit. Il se disait parfois que la guerre avait en quelque sorte prononcé leur divorce. Il écartait aussitôt cette idée affreusement déloyale.
La domestique lui apporta un foulard de cachemire jaune. Il retourna auprès de Monika. Elle était assise sur un tronc d'arbre, Pierre à ses pieds. Walter lui donna le châle, dont elle s'enve-

loppa. La couleur lui allait bien. Elle faisait briller ses yeux et rayonner son teint.

Elle lui tendit son portefeuille avec une expression étrange.

« Il a dû tomber de votre poche, dit-elle.

— Oh, merci. »

Il le remit dans la poche intérieure de son manteau, qu'il portait toujours jeté sur les épaules.

« Rentrons, proposa-t-elle.

— Si vous voulez. »

Son humeur avait changé. Elle avait peut-être tout simplement décidé de renoncer à lui. Ou y avait-il autre chose ?

Une pensée effrayante lui traversa l'esprit. Son portefeuille était-il vraiment tombé de sa poche ? Ou était-ce elle qui le lui avait pris, comme un pickpocket, en chassant cette abeille improbable de sa manche ?

« Monika. » Il s'arrêta pour lui faire face. « Avez-vous ouvert mon portefeuille ?

— Vous m'aviez dit que vous n'aviez pas de secret », se défendit-elle en rougissant.

Elle avait dû voir la coupure de presse qu'il gardait sur lui : « Lady Maud Fitzherbert, toujours à la pointe de la mode ». « Cela ne se fait pas », protesta-t-il d'un ton outré. Il était surtout en colère contre lui-même. Il n'aurait pas dû garder cette photo compromettante. Si Monika pouvait en deviner la signification, d'autres le pouvaient aussi. Il risquait le déshonneur, l'exclusion de l'armée. On pouvait l'accuser de trahison, le jeter en prison, peut-être même l'exécuter.

Il avait été imprudent. Mais il savait qu'il ne se débarrasserait jamais de cette photo. C'était tout ce qui lui restait de Maud.

Monika lui posa la main sur le bras. « De ma vie, je n'ai jamais fait une chose pareille et j'en suis honteuse. Mais, voyez-vous, je n'étais plus moi-même. Oh, Walter, il en faudrait si peu pour que je tombe amoureuse de vous et je sais que vous pourriez m'aimer, vous aussi. Je le lis dans vos yeux, je le vois à la façon dont vous souriez en me voyant. Et pourtant, vous ne vous êtes pas déclaré ! » Elle avait les larmes aux yeux. « Cela m'a fait perdre la tête.

— J'en suis désolé. » Il ne pouvait plus lui en vouloir. Elle avait à présent dépassé les limites de la bienséance en lui ouvrant son cœur. Il en était affreusement malheureux pour elle, pour eux deux.

« Il fallait que je comprenne pourquoi vous vous détourniez sans cesse de moi. Maintenant, je sais, bien sûr. Elle est belle. Elle me ressemble même un peu. » Elle essuya ses larmes. « Elle vous a trouvé avant moi, voilà tout. » Elle plongea son regard d'ambre dans le sien. « J'imagine que vous êtes fiancés. »

Il ne pouvait pas mentir à quelqu'un qui faisait preuve d'une telle franchise. Mais il ne savait pas quoi dire.

Elle devina la raison de son hésitation. « Oh, mon Dieu ! Vous êtes mariés ? »

C'était une catastrophe. « Si cela s'ébruite, je risque de graves ennuis.

— Je sais.

— J'espère que je peux compter sur vous pour ne pas trahir mon secret ?

— Comment pouvez-vous en douter ? Vous êtes un homme merveilleux, le meilleur que j'aie rencontré. Je ne ferai jamais rien qui puisse vous nuire. Je ne dirai pas un mot.

— Merci. Je sais que vous tiendrez parole. »

Elle se détourna, luttant contre les larmes. « Rentrons. »

Quand ils furent dans l'entrée, elle lui dit : « Allez-y le premier. Je vais me passer un peu d'eau sur le visage.

— Très bien.

— J'espère... » Sa voix se brisa dans un sanglot. « J'espère qu'elle est consciente de la chance qu'elle a », murmura-t-elle. Puis elle s'éloigna et disparut derrière une porte.

Walter enfila son manteau et se ressaisit avant de gravir l'escalier de marbre. Le salon était aménagé avec la même élégance discrète que le reste de la maison, bois blonds et rideaux d'un bleu-vert pâle. Décidément, les parents de Monika avaient meilleur goût que les siens.

Au premier coup d'œil, sa mère comprit que quelque chose n'allait pas.

« Où est Monika ? » demanda-t-elle d'un ton brusque.

Il haussa les sourcils. Elle n'était pourtant pas du genre à poser une question dont la réponse risquait d'être « aux toilettes ». Elle était manifestement préoccupée. Il répondit posément : « Elle nous rejoindra dans une minute.

— Regarde, lui dit son père en brandissant une feuille de papier. Le cabinet de Zimmermann vient de m'envoyer cela, pour avoir mon avis. Ces révolutionnaires russes veulent traverser l'Allemagne. Ils ne manquent pas de culot ! » Il avait bu quelques verres de schnaps et était en verve.

Walter demanda poliment : « De quels révolutionnaires parlez-vous, père ? » Il ne s'en souciait pas vraiment, mais était content d'avoir un sujet de conversation.

« Ceux de Zurich ! Martov, Lénine et toute la clique. Ils sont censés jouir de la liberté d'expression en Russie, maintenant que le tsar a été déposé, alors ils veulent rentrer chez eux. Mais ils ne peuvent pas ! »

Le père de Monika, Konrad von der Helbard, remarqua d'un air songeur : « En effet. Il est impossible de se rendre de Suisse en Russie sans passer par l'Allemagne. Tout autre trajet terrestre les obligerait à traverser les lignes. Toutefois il y a encore des bateaux qui font la liaison entre l'Angleterre et la Suède par la mer du Nord, non ?

— Oui, acquiesça Walter, mais ils ne vont pas prendre le risque de passer par l'Angleterre. Les Anglais ont mis Trotski et Boukharine en prison. Quant à la France et à l'Italie, n'en parlons pas.

— Autrement dit, ils sont coincés ! déclara Otto d'un air triomphant.

— Que conseillerez-vous au ministre des Affaires étrangères, père ?

— De refuser, naturellement. Il n'est pas question que cette vermine contamine notre peuple. Qui sait quels désordres ces énergumènes pourraient semer en Allemagne ?

— Lénine et Martov, dit Walter pensivement. Martov est menchevik, Lénine bolchevik. »

Les renseignements allemands s'intéressaient de très près aux révolutionnaires russes.

« Bolcheviks, mencheviks, socialistes, révolutionnaires, c'est du pareil au même répondit Otto.

— Ne croyez pas ça, corrigea Walter. Les bolcheviks sont les plus virulents.

— Raison de plus pour ne pas les laisser entrer chez nous », s'enflamma la mère de Monika.

Walter ne releva pas. « Surtout, les bolcheviks de l'étranger sont souvent plus radicaux que ceux qui sont sur place. Les bolcheviks de Petrograd soutiennent le gouvernement provisoire du prince Lvov, mais pas leurs camarades de Zurich.

— Comment le sais-tu ? » demanda sa sœur Greta.

Walter avait lu les rapports d'agents secrets allemands en Suisse, qui interceptaient le courrier des révolutionnaires. Mais il répondit : « Lénine a prononcé un discours à Zurich il y a quelques jours, dans lequel il désavouait le gouvernement provisoire. »

Otto émit un grognement de dédain, tandis que Konrad von der Helbard se penchait en avant dans son fauteuil. « Quel est le fond de votre pensée, jeune homme ?

— En refusant aux révolutionnaires l'autorisation de traverser l'Allemagne, nous mettons la Russie à l'abri de leurs idées subversives. »

Mère semblait perplexe. « Explique-toi.

— Je pense que nous devrions aider ces dangereux personnages à regagner leur pays. Une fois là-bas, soit ils essayeront de saper le gouvernement en place et entameront sa capacité à poursuivre la guerre, soit ils prendront le pouvoir et demanderont la paix. Dans un cas comme dans l'autre, l'Allemagne sera gagnante. »

Il y eut un moment de silence pendant que tous réfléchissaient à ce qu'il venait de dire. Puis Otto éclata de rire et battit des mains. « Mon fils ! Il a quand même hérité quelque chose de son père, finalement ! »

2.

Ma douce aimée,

Zurich est une ville froide au bord d'un lac, écrivait Walter, *mais le soleil brille sur l'eau, sur les collines boisées alentour et sur les Alpes dans le lointain. Les rues forment un quadrillage sans une seule courbe : les Suisses sont encore plus rigoureux que les Allemands ! J'aimerais que tu sois là, mon amie bien-aimée, comme j'aimerais que tu sois près de moi partout où je me trouve !!!*

(Les points d'exclamation avaient pour objet de faire croire à la censure postale que l'auteur de la lettre était une jeune fille exaltée. Walter avait beau être en Suisse, c'est-à-dire en territoire neutre, il veillait à ce que le texte de la lettre ne permette d'identifier ni l'expéditeur ni la destinataire.)

Je me demande si tu dois affronter les attentions embarrassantes de célibataires empressés. Avec ta beauté et ton charme, c'est certain. J'ai le même problème. Je n'ai ni beauté ni charme, mais on me fait tout de même des avances. Ma mère voudrait que j'épouse un jeune homme, un ami de ma sœur, quelqu'un que je connais depuis toujours et que j'apprécie. Cela a été vraiment difficile au début, mais je crains que cette personne n'ait fini par découvrir que j'entretiens une amitié qui exclut le mariage. Je crois tout de même que notre secret est préservé.

(Si un agent de la censure lisait ces lignes, il penserait avoir sous les yeux le message d'une lesbienne à son aimée. Un éventuel lecteur anglais en tirerait la même conclusion. Ce qui n'était pas très grave : féministe et apparemment célibataire à vingt-six ans, Maud était déjà soupçonnée de tendances saphiques.)

Dans quelques jours, je serai à Stockholm, une autre ville froide au bord d'un lac. Tu pourrais m'y écrire au Grand Hôtel. La Suède, comme la Suisse, était neutre et ses relations postales avec l'Angleterre n'étaient pas interrompues. *J'aimerais tant avoir de tes nouvelles !!!*

D'ici là, ma merveilleuse amie, n'oublie pas ton amour,

Waltraud.

3.

Les États-Unis déclarèrent la guerre à l'Allemagne le vendredi 6 avril 1917.

Walter s'y attendait. Pourtant, il accusa le coup. L'Amérique était un pays riche, puissant et démocratique. Il ne pouvait imaginer pire ennemi. Il ne restait qu'un espoir : que la Russie s'effondre, laissant à l'Allemagne une chance de l'emporter sur le front occidental avant que les Américains n'aient eu le temps de rassembler leurs forces.

Trois jours plus tard, trente-deux révolutionnaires russes exilés se réunissaient à l'hôtel Zähringerhof de Zurich : des hommes, des femmes et un enfant de quatre ans prénommé Robert. De là, ils se rendirent à la gare de chemin de fer, passèrent sous sa voûte baroque et embarquèrent dans un train à destination de leur pays.

Walter avait craint qu'ils ne partent pas. Martov, le dirigeant menchevik, avait refusé de s'en aller sans l'autorisation du gouvernement provisoire de Petrograd – un geste de déférence surprenant de la part d'un révolutionnaire. Ils avaient vainement attendu cet accord, et finalement, Lénine et les bolcheviks avaient décidé de partir quand même. Walter tenait à ce que le voyage se déroule sans accroc. Il accompagna le groupe à la gare, au bord de la rivière, et monta dans le train avec eux.

Voici l'arme secrète de l'Allemagne, songeait Walter : trente-deux mécontents marginalisés décidés à abattre le gouvernement de la Russie. À la grâce de Dieu.

Lénine, Vladimir Ilitch Oulianov de son vrai nom, avait quarante-six ans. C'était un petit homme trapu, vêtu avec soin mais sans élégance, trop occupé pour perdre son temps en coquetteries. Autrefois rouquin, il avait perdu ses cheveux prématurément et arborait désormais un crâne luisant bordé d'une couronne résiduelle et une barbiche rousse parsemée de gris. Lors de leur première rencontre, Walter l'avait jugé terne et sans charme.

Walter se faisait passer pour un fonctionnaire subalterne du Foreign Office chargé des détails pratiques du voyage des bolcheviks à travers l'Allemagne. Lénine l'avait jaugé d'un regard perçant, devinant certainement qu'il était en présence d'un agent quelconque du renseignement.

Le train les conduisit à Schaffhouse, à la frontière, où ils montèrent à bord d'un train allemand. Ayant vécu dans la partie germanophone de la Suisse, ils avaient tous quelques notions d'allemand. Lénine, quant à lui, le maîtrisait fort bien. C'était un remarquable linguiste, avait appris Walter. Il parlait français couramment, s'exprimait correctement en anglais et lisait Aristote dans le texte. Il consacrait ses moments de détente à se plonger dans un dictionnaire de langue étrangère pendant une heure ou deux.

À Gottmadingen, ils changèrent à nouveau de train pour monter dans un wagon plombé spécialement prévu pour eux, comme s'ils étaient porteurs de maladies infectieuses. Trois des quatre portes étaient verrouillées. La quatrième se trouvait à proximité du compartiment couchette de Walter. Cette mesure, censée rassurer les autorités allemandes terriblement inquiètes, n'était pas nécessaire : les Russes n'avaient aucune intention de s'échapper, ils voulaient rentrer chez eux.

Lénine et sa femme Nadia disposaient d'un espace réservé,

alors que les autres s'entassaient à quatre par compartiment. Au temps pour l'égalitarisme, se dit Walter avec cynisme.

Pendant que le train traversait l'Allemagne du sud au nord, Walter commença à percevoir la force de caractère que dissimulaient les dehors falots de Lénine. La nourriture, la boisson, le confort, les biens matériels ne l'intéressaient pas. Seule la politique occupait ses journées. Il consacrait tout son temps à discuter politique, à écrire sur la politique, à penser à la politique et à prendre des notes. Dans les débats, il semblait toujours mieux informé que ses camarades et donnait l'impression d'avoir réfléchi plus longuement qu'eux et plus en profondeur – sauf lorsque la conversation portait sur un sujet qui n'avait rien à voir avec la Russie ni avec la politique. Dans ce cas, il se révélait plutôt ignorant.

C'était un parfait rabat-joie. Le premier soir, Karl Radek, un jeune binoclard, racontait des blagues dans le compartiment voisin. « Un homme se fait arrêter pour avoir dit : "Nicolas est un crétin." Il explique au policier : "Je parlais d'un autre Nicolas, pas de notre tsar bien-aimé." Le policier lui répond : "Menteur ! Si tu as dit crétin, c'est forcément de notre tsar que tu parlais !" » Les compagnons de Radek étaient morts de rire. Lénine sortit de son compartiment, le visage crispé de fureur, pour les faire taire.

Lénine n'aimait pas qu'on fume. Il avait lui-même arrêté trente ans plus tôt à la demande insistante de sa mère. Par respect pour lui, les gens allaient fumer dans les toilettes, au bout du wagon. Comme il n'y avait qu'un seul cabinet pour trente-deux personnes, les queues et les disputes étaient sans fin. Lénine employa sa remarquable intelligence à résoudre ce problème. Il découpa des feuilles de papier et distribua à chacun des tickets de deux sortes, les uns destinés à l'utilisation normale des toilettes, les autres, moins nombreux, pour ceux qui voulaient fumer. Cela permit de réduire la file d'attente et de mettre un terme aux chamailleries. Walter trouva la chose amusante. C'était efficace et tout le monde était content. Pourtant, il n'y avait eu ni discussion ni tentative de décision collective. Dans le groupe, Lénine se comportait en petit dictateur. S'il accédait un jour véritablement au pouvoir, dirigerait-il l'empire russe de la même manière ?

Mais arriverait-il au pouvoir ? Dans le cas contraire, Walter perdait son temps.

Il n'y avait qu'un moyen d'améliorer les perspectives de réussite de Lénine, et il était décidé à s'y consacrer.

Walter descendit du train à Berlin, annonçant aux Russes qu'il les rejoindrait pour la dernière partie du voyage. « Ne traînez pas, lui dit l'un d'eux. Nous repartons dans une heure.

— Je n'en ai pas pour longtemps. » Le train repartirait quand Walter le déciderait, mais les Russes n'en savaient rien.

Le convoi était stationné dans la gare de la Potsdamer Platz, sur une voie de garage. Il ne fallut à Walter que quelques minutes pour gagner à pied le ministère des Affaires étrangères au 76 Wilhelmstrasse, au cœur du vieux Berlin. Le vaste bureau de son père était meublé d'une lourde table d'acajou, d'un portrait du kaiser et d'une vitrine abritant sa collection de céramiques, parmi lesquelles se trouvait un compotier en Wedgwood rapporté de son dernier voyage à Londres. Comme Walter l'avait espéré, Otto était là.

« Les convictions de Lénine ne font aucun doute, annonça-t-il à son père devant une tasse de café. Il dit qu'ils ont éliminé le symbole de l'oppression, le tsar, sans changer la société russe. Les ouvriers n'ont pas réussi à prendre les commandes. C'est la classe moyenne qui régente encore tout. De plus, pour une raison que j'ignore, Lénine a une dent contre Kerenski.

— Mais peut-il renverser le gouvernement provisoire ? »

Walter écarta les mains dans un geste d'ignorance. « Il est extrêmement intelligent, très déterminé, c'est un meneur d'hommes et il passe tout son temps à travailler. Mais les bolcheviks ne constituent qu'un petit parti parmi des dizaines d'autres qui convoitent le pouvoir, et il est impossible de dire lequel émergera.

— Autrement dit, tous ces efforts seront peut-être inutiles.

— À moins que nous n'aidions les bolcheviks à gagner.

— Comment ? »

Walter prit une profonde inspiration. « En leur donnant de l'argent.

— Quoi ? » Otto était indigné. « Que le gouvernement allemand donne de l'argent à des révolutionnaires socialistes ?

— Je suggérerais cent mille roubles pour commencer, dit Walter sans se laisser démonter. De préférence en pièces d'or de dix roubles, si vous pouvez vous les procurer.

— Le kaiser n'acceptera jamais.

— Est-il nécessaire de l'en informer ? Zimmermann pourrait prendre cette décision de son propre chef.

— Il ne ferait jamais une chose pareille.

— En êtes-vous sûr ? »

Otto regarda son fils sans parler pendant un long moment. Il réfléchissait. « Je vais lui poser la question », dit-il enfin.

4.

Après trois jours de train, les Russes quittèrent l'Allemagne. À Sassnitz, sur la côte, ils achetèrent des billets pour traverser la Baltique jusqu'à la pointe sud de la Suède sur le ferry *Queen Victoria.* Walter embarqua avec eux. La mer était agitée. Tout le monde fut malade, à l'exception de Lénine, Radek et Zinoviev, qui discutèrent âprement politique sur le pont sans se préoccuper du gros temps.

Ils prirent un train de nuit pour Stockholm, où le socialiste Borgmastare les reçut pour un petit déjeuner de bienvenue. Walter réserva une chambre au Grand Hôtel, espérant y trouver une lettre de Maud. Il n'y avait rien.

Il était tellement déçu qu'il aurait été prêt à se jeter dans les eaux glacées de la baie. C'était l'unique chance qu'il avait eue de communiquer avec sa femme en presque trois ans et elle lui avait échappé. Maud avait-elle seulement reçu sa lettre ?

De sombres pensées l'assaillaient. L'aimait-elle encore ? L'avait-elle oublié ? Et s'il y avait un autre homme dans sa vie ? Il était complètement désemparé.

Radek et les élégants socialistes suédois traînèrent Lénine, plus ou moins contre son gré, au rayon des vêtements pour homme du grand magasin PUB. Les chaussures de montagne ferrées que portait le Russe disparurent. Il s'équipa d'un manteau à col de fourrure et d'un chapeau neuf. Dans cette tenue au moins, déclara Radek, il ressemblait à un homme capable de diriger son peuple.

Le soir même, à la tombée de la nuit, les Russes se rendirent à la gare pour prendre un nouveau train en direction de la Finlande. C'était là que Walter les quittait, après les y avoir accompagnés. Avant le départ de leur convoi, il eut un entretien en tête à tête avec Lénine.

Ils prirent place dans un compartiment sous une ampoule électrique dont la lumière anémique se reflétait sur le crâne chauve de Lénine. Walter était tendu. Il fallait trouver le ton juste. Avec Lénine, il ne servait à rien de quémander ou de supplier, il en était conscient. L'intimidation ne serait pas plus efficace. Seule la froide logique pouvait convaincre cet homme.

Walter avait préparé son discours. « Le gouvernement allemand vous aide à rentrer chez eux, commença-t-il. Vous vous doutez bien que ce n'est pas par bonté d'âme. »

Lénine l'interrompit dans un allemand parfait. « Vous pensez que ce sera néfaste à la Russie ! »

Walter ne le contredit pas. « Vous avez pourtant accepté notre aide.

— Au nom de la révolution ! C'est le seul critère du bien et du mal.

— Je m'attendais à cette réponse. » Walter transportait une lourde valise. Il la posa sur le sol du wagon avec un bruit sourd. « Vous avez dans le double fond de cette valise cent mille roubles en pièces et en billets.

— Comment ? » Habituellement imperturbable, Lénine ne put cette fois dissimuler sa surprise. « Pour quoi faire ?

— C'est pour vous.

— Un pot-de-vin ? demanda Lénine, offusqué.

— En aucun cas. Nous n'avons pas besoin de vous acheter. Vos objectifs sont les mêmes que les nôtres. Vous appelez au renversement du gouvernement provisoire et à la fin de la guerre.

— Pour quoi, alors ?

— Pour votre propagande. Pour vous aider à faire passer votre message, qui est également celui que nous défendons. La paix entre la Russie et l'Allemagne.

— Afin que vous puissiez gagner votre guerre impérialiste et capitaliste contre la France ?

— Comme je vous l'ai dit, nous ne vous aidons pas par bonté d'âme. Vous le savez bien d'ailleurs. Il s'agit de politique réaliste, un point c'est tout. Pour le moment, vos intérêts coïncident avec les nôtres. »

Lénine affichait la même expression que quand Radek avait

insisté pour qu'il renouvelle sa garde-robe : l'idée le rebutait, mais il devait admettre qu'elle se défendait.

« Nous vous verserons le même montant tous les mois, poursuivit Walter, tant que vous continuerez à faire campagne pour la paix, évidemment. »

Il y eut un long silence.

« Vous venez de dire que le succès de la révolution était votre seul critère de jugement, insista Walter. Dans ce cas, vous devriez accepter cet argent. »

Un coup de sifflet retentit sur le quai.

Walter se leva. « Il faut que j'y aille. Au revoir, et bonne chance. »

Lénine regardait fixement la valise posée à ses pieds. Il ne répondit pas.

Walter s'engagea dans le couloir et descendit du train. Il se retourna vers la fenêtre du compartiment de Lénine. Il s'attendait presque à voir la vitre s'ouvrir et la valise voler.

Un nouveau coup de sifflet fut suivi d'un mugissement de sirène. Le convoi s'ébranla et le train s'éloigna lentement dans un panache de fumée, emportant Lénine, les autres exilés russes, et l'argent.

Walter sortit un mouchoir de sa poche de poitrine et s'épongea le front. Il était en nage malgré le froid.

5.

Walter quitta la gare et rejoignit le Grand Hôtel à pied en longeant le bord de mer. Il faisait sombre. Un vent d'est glacé soufflait de la Baltique. Il aurait dû être aux anges : il avait réussi à soudoyer Lénine ! Mais il était complètement abattu. Plus désespéré qu'il n'aurait dû par le silence de Maud. L'absence de lettre pouvait s'expliquer par mille raisons. Il ne fallait pas envisager le pire. Pourtant, il avait bien failli tomber amoureux de Monika. Pourquoi cela n'arriverait-il pas à Maud ? Il ne pouvait s'empêcher de penser qu'elle l'avait oublié.

Il décida de se soûler.

À la réception, on lui remit un billet dactylographié : « Prière de vous présenter à la suite 201 ; quelqu'un a un message pour vous. » Il s'agissait sans doute d'un fonctionnaire des Affaires étrangères. Ils avaient peut-être changé d'avis et décidé finalement de ne pas soutenir Lénine. Dans ce cas, ils arrivaient trop tard.

Il gravit l'escalier et frappa à la porte de la chambre 201. De l'intérieur, une voix étouffée répondit en allemand : « Oui ?

— Walter von Ulrich.

— Entrez, c'est ouvert. »

Il entra, referma la porte derrière lui. La pièce était éclairée aux chandelles. « Vous avez un message à me remettre ? » demanda-t-il en scrutant la pénombre. Une silhouette se leva d'un siège. Une femme. Elle lui tournait le dos mais, en la voyant, il sentit son cœur s'emballer. Elle se retourna.

C'était Maud.

Il resta bouche bée, tétanisé.

« Bonjour, Walter », dit-elle.

Puis, ne pouvant se contenir plus longtemps, elle se jeta dans ses bras.

Il retrouva son odeur familière. Il couvrit ses cheveux de baisers en lui caressant le dos. Il n'osait parler de peur de fondre en larmes. Il la serrait contre lui de toutes ses forces, il n'arrivait pas à croire que c'était bien elle, qu'il la serrait dans ses bras, qu'il la touchait, comme il en rêvait si douloureusement depuis trois ans. Elle leva vers lui des yeux humides de larmes et il contempla son visage, se repaissant de ses traits. Elle était toujours la même, à quelques détails près : plus mince, les yeux soulignés de petites rides qui n'y étaient pas autrefois, mais toujours ce regard perçant, brillant d'intelligence.

Elle dit en anglais : « Il s'est mis à examiner mon visage comme s'il voulait le dessiner. »

Il sourit. « Nous ne sommes pas Hamlet et Ophélie, alors, je t'en supplie, ne va pas au couvent.

— Mon Dieu ! Comme tu m'as manqué.

— Toi aussi. J'espérais trouver une lettre, mais ça ! Comment as-tu fait ?

— J'ai dit au bureau des passeports que je souhaitais interviewer des politiciens scandinaves sur le vote des femmes. Ensuite, j'ai rencontré le secrétaire du Home Office à une réception et je lui ai glissé un mot à l'oreille.

— Comment es-tu arrivée ici ?

— Il y a encore des bateaux qui transportent des passagers.

— Mais c'est terriblement dangereux. Nos sous-marins coulent tout ce qu'ils peuvent.

— Je sais. J'ai pris le risque. Je n'en pouvais plus. » Elle se remit à pleurer.

« Viens là. » Le bras toujours passé autour de sa taille, il l'entraîna vers le canapé.

« Non, dit-elle à l'instant où ils allaient s'asseoir. Nous avons attendu trop longtemps, avant la guerre. » Elle le prit par la main et le conduisit vers la chambre. Un feu pétillait dans la cheminée. « Nous avons déjà perdu trop de temps. Viens te coucher. »

6.

Le soir du lundi 16 avril, Grigori et Konstantin faisaient partie de la délégation du soviet de Petrograd qui se rendit à la gare de Finlande pour accueillir Lénine.

La plupart ne l'avaient jamais vu, car cela faisait presque dix-sept ans qu'il était en exil. Grigori avait onze ans quand Lénine avait quitté le pays. Mais il le connaissait de réputation, comme, apparemment, les milliers de personnes qui s'étaient rassemblées à la gare pour lui souhaiter la bienvenue. Pourquoi tous ces gens ? se demandait Grigori. Peut-être étaient-ils, comme lui, mécontents du gouvernement provisoire, méfiants à l'égard de ses ministres bourgeois et déçus que la guerre continue.

La gare de Finlande était située dans le quartier de Vyborg, près des usines textiles et de la caserne du 1er régiment de mitrailleurs. Il y avait foule sur la place. Grigori ne craignait aucun coup fourré, mais il avait demandé à Isaak de faire venir une ou deux sections et quelques véhicules blindés, pour parer à toute éventualité. Sur le toit de la gare, quelqu'un s'amusait à promener un projecteur sur la masse de gens qui attendaient dans le noir.

À l'intérieur, la salle des pas perdus grouillait d'ouvriers et de soldats brandissant des drapeaux rouges et des banderoles. Une fanfare jouait. À minuit moins vingt, deux unités de marins formèrent une garde d'honneur sur le quai. La délégation du soviet patientait dans la grandiose salle d'attente autrefois réservée au tsar et à la famille royale, mais Grigori rejoignit la foule sur le quai.

Il était à peu près minuit quand Konstantin désigna la voie de chemin de fer. En suivant la direction de son doigt, Grigori aperçut au loin les lumières d'un train. Une rumeur d'impatience parcourut la foule. Le train entra en gare en crachant de la fumée et s'arrêta dans un grincement de freins. La locomotive portait le numéro 293, peint sur le métal.

Au bout d'un moment, un petit homme râblé en manteau de laine croisé et chapeau mou descendit du train. Cela ne pouvait pas être Lénine, se dit Grigori. Tout de même, il ne s'habillerait pas en bourgeois ! Une jeune femme s'avança et lui tendit un bouquet, qu'il accepta d'un air renfrogné. C'était bien Lénine.

Lev Kamenev se tenait derrière lui. Le comité central bolchevik l'avait envoyé rejoindre Lénine à la frontière pour régler les difficultés éventuelles. En réalité, Lénine l'avait franchie sans encombre. Kamenev l'invita d'un geste de la main à se rendre dans la salle d'attente royale.

Lénine lui tourna le dos assez grossièrement pour s'adresser aux marins. « Camarades ! On vous a trompés ! Vous avez fait la révolution et ses fruits vous ont été volés par les traîtres du gouvernement provisoire ! »

Kamenev blêmit. À gauche, presque tout le monde avait décidé de soutenir le gouvernement provisoire, au moins temporairement.

Grigori, lui, était ravi. Il ne croyait pas à la démocratie bourgeoise. Le parlement autorisé par le tsar en 1905 avait été un leurre ; il avait perdu tout pouvoir dès que le calme était revenu et que les grévistes avaient repris le travail. Le gouvernement provisoire prenait le même chemin.

Voilà au moins quelqu'un qui avait le courage de le dire.

Grigori et Konstantin suivirent Lénine dans la salle d'attente. La foule se pressa derrière eux et la salle fut bientôt bondée. Nikolaï Tchkeidze, le président du soviet de Petrograd, un homme chauve et chafouin, s'avança. Il serra la main de Lénine et déclara : « Au nom du soviet de Petrograd et de la révolution, nous saluons votre retour en Russie. Mais... »

Grigori regarda Konstantin d'un air étonné. Ce « mais » semblait bien malvenu au début d'un discours de bienvenue. Konstantin haussa ses épaules osseuses.

« Mais nous pensons que la tâche prioritaire de la démocratie révolutionnaire est de défendre notre révolution contre toutes les attaques... » Tchkeidze s'interrompit avant de préciser avec emphase : « ... internes ou externes. »

Konstantin murmura : « Ce n'est pas un message de bienvenue, c'est un avertissement.

— Nous croyons que pour y parvenir, il faut non la division, mais l'unité de tous les révolutionnaires. Nous espérons qu'en accord avec nous, vous poursuivrez ces objectifs. »

Quelques membres de la délégation applaudirent poliment.

Lénine prit son temps avant de répondre. Il observa les visages de ceux qui l'entouraient et contempla l'ornementation chargée du plafond. Puis, dans un geste qui paraissait délibérément insultant, il tourna le dos à Tchkeidze pour haranguer la foule.

« Camarades, soldats, marins et ouvriers ! lança-t-il, excluant volontairement les parlementaires de la classe moyenne. Je salue en vous l'avant-garde de l'armée prolétarienne mondiale. Aujourd'hui, ou peut-être demain, l'impérialisme pourrait s'effondrer dans toute l'Europe. La révolution que vous avez faite inaugure une ère nouvelle. Vive la révolution socialiste mondiale ! »

Ils l'acclamèrent. Grigori était abasourdi. Ils venaient à peine de faire la révolution à Petrograd, et ses résultats étaient encore incertains. Comment pouvaient-ils envisager une révolution *mondiale*? Quoi qu'il en soit, l'idée le grisait. Lénine avait raison : il fallait que tous les peuples se soulèvent contre les maîtres qui avaient envoyé tant d'hommes à la mort dans cette guerre insensée.

Lénine s'écarta de la délégation et sortit sur la place.

Une clameur s'éleva de la foule. Les soldats d'Isaak hissèrent Lénine sur le toit d'une voiture blindée. Le projecteur était fixé sur lui. Il retira son chapeau.

Il avait la voix rude et monocorde, mais ses propos étaient exaltants.

« Le gouvernement provisoire a trahi la révolution », cria-t-il.

Le public l'ovationna. Grigori était surpris : il ne s'était pas rendu compte que tant de gens pensaient comme lui.

« Cette guerre est une guerre impérialiste, une guerre de pillage. Nous refusons de participer à ce massacre impérialiste scandaleux. Avec la chute du capital, nous pourrons conclure une paix démocratique ! »

Nouvelle ovation.

« Nous ne voulons pas des mensonges et des impostures d'un parlement bourgeois ! La seule forme de gouvernement possible est celle d'un soviet de députés ouvriers. Il faut annexer toutes les banques et les placer sous contrôle du soviet. Il faut confisquer toutes les terres privées. Et tous les officiers doivent être élus ! »

C'était exactement ce que pensait Grigori et il joignit ses acclamations à celles de la foule.

« Vive la révolution ! »

La foule s'enflamma de plus belle.

Lénine descendit du toit du véhicule et se glissa à l'intérieur. La voiture blindée se mit à rouler au pas. La foule l'entoura et la suivit en agitant des drapeaux rouges. La fanfare se joignit à la procession en entonnant une marche.

Grigori s'exclama : « Ça, c'est un homme ! »

Konstantin renchérit : « Je suis bien d'accord. »

Ils se mêlèrent au cortège.

XXV

Mai-juin 1917

1.

Le Monte-Carlo de Buffalo n'était pas beau à voir en plein jour, pourtant Lev Pechkov l'aimait bien. Le bois était fendu, la peinture écaillée, les tapisseries tachées et le sol jonché de mégots de cigarettes. Mais pour Lev, c'était le paradis. En arrivant, il embrassa la fille du vestiaire, donna un cigare au portier et dit au barman qui soulevait une caisse de ne pas se blesser.

Le rôle de gérant de boîte de nuit lui convenait parfaitement. Sa mission principale consistait à empêcher les vols. Voleur lui-même, il connaissait toutes les ficelles. Pour le reste, il devait seulement s'assurer que le bar était correctement approvisionné et qu'un orchestre correct se produisait sur scène. En plus de son salaire, il avait droit à des cigarettes gratuites et à tout l'alcool qu'il pouvait absorber avant de tomber raide. Il portait l'habit et se faisait l'effet d'un prince. Josef Vialov lui laissait carte blanche. Tant que l'argent rentrait, son beau-père ne s'intéressait pas au club. Il ne venait qu'une fois de temps en temps avec ses acolytes assister au spectacle.

Lev n'avait qu'un problème : sa femme.

Olga avait changé. Pendant quelques semaines, durant l'été 1915, elle s'était adonnée sans retenue au plaisir et ne semblait jamais rassasiée de son corps. Mais ce n'était pas son état naturel, il le savait maintenant. Depuis qu'ils étaient mariés, tout ce qu'il faisait lui déplaisait. Elle exigeait qu'il prenne un bain tous les jours, qu'il se brosse les dents et s'abstienne de péter. Elle n'aimait pas danser, ni boire, et lui interdisait de fumer. Elle ne mettait jamais les pieds à la boîte de nuit. Ils couchaient dans des lits séparés. Elle le traitait d'« homme du peuple ». Un jour, il lui avait dit : « En effet, je suis un homme du peuple. C'est pour ça que j'étais chauffeur. » Elle n'était jamais contente.

Alors il avait engagé Marga.

Son vieux béguin était justement sur scène, en train de répéter un nouveau numéro avec l'orchestre, tandis que deux Noires coiffées de foulards essuyaient les tables et balayaient la salle. Marga avait une robe moulante et un rouge à lèvres écarlate. Lev l'avait embauchée comme danseuse sans savoir ce qu'elle valait. Elle s'était révélée plus que douée – elle avait l'étoffe d'une vedette. Pour le moment, elle bramait à tue-tête une chanson suggestive racontant l'histoire d'une femme qui attend son homme toute la nuit.

Même si elle est frustrante,
L'attente
Pimente
Nos étreintes quand il vient.

Lev comprenait parfaitement ce qu'elle voulait dire.

Il la regarda jusqu'à la fin. Sortant de scène, elle lui posa un baiser sur la joue. Il attrapa deux bouteilles de bière et la suivit dans sa loge. « Il est excellent, ton numéro, dit-il en entrant.

— Merci. »

Elle porta la bouteille à sa bouche et l'inclina en arrière. Lev regardait ses lèvres rouges sur le goulot. Elle but une grande rasade. Elle surprit son regard et sourit.

« Ça te rappelle des choses ?

— Tu parles ! » Il l'enlaça et couvrit son corps de caresses. Au bout de quelques instants, elle s'agenouilla, déboutonna son pantalon et le prit dans sa bouche. Elle faisait ça drôlement bien, mieux que personne. Elle aimait ça, ou alors c'était la meilleure actrice du continent. Il ferma les yeux et poussa un soupir de plaisir.

La porte s'ouvrit sur Josef Vialov.

« C'était donc vrai ! » hurla-t-il, furieux.

Deux de ses sbires, Ilia et Theo, franchirent le seuil derrière lui.

Lev était mort de peur. Il se reboutonna précipitamment tout en bafouillant des excuses.

Marga se releva vivement et s'essuya la bouche. « Vous êtes dans ma loge ! protesta-t-elle.

— Et toi, dans mon night-club, répliqua-t-il. Plus pour longtemps, d'ailleurs. Tu es virée. » Il se tourna vers Lev. « Quand on est le mari de ma fille, on ne baise pas les employées. »

Marga fit observer insolemment : « Il ne me baisait pas, Vialov, au cas où vous n'auriez pas remarqué. »

Vialov lui envoya son poing dans la figure. Elle tomba en poussant un cri, la lèvre en sang. « Tu es virée, répéta-t-il. Fous le camp. »

Elle prit son sac et s'en alla.

Vialov regarda Lev. « Petit con ! Après tout ce que j'ai fait pour toi. »

Lev murmura : « Je suis désolé, Pa. » Son beau-père le terrorisait. Vialov était prêt à tout : ceux qui avaient le malheur de lui déplaire pouvaient aussi bien être fouettés que torturés, estropiés ou assassinés. Il était sans pitié et se moquait de la loi. À sa manière, il était aussi puissant que le tsar.

« Et ne me raconte pas que c'est la première fois. Il y a des rumeurs qui circulent depuis que je t'ai mis à la tête de la boîte. »

Lev ne répondit pas. Les rumeurs étaient vraies. Il avait eu d'autres filles, mais plus depuis l'arrivée de Marga.

« Je vais te mettre ailleurs, dit Vialov.

— Comment ça ?

— Tu quittes la boîte. Il y a trop de filles ici. »

Lev fut accablé. Il aimait sincèrement le Monte-Carlo.

« Mais qu'est-ce que je vais faire ?

— J'ai une fonderie sur le port. Il n'y a pas de femmes qui y travaillent. Le directeur est malade, il est à l'hôpital. Tu vas t'en occuper pour moi.

— Une fonderie ? demanda Lev, abasourdi. Moi ?

— Tu as bossé aux usines Poutilov.

— J'étais aux écuries !

— Et dans une mine de charbon.

— Pareil.

— En tout cas, tu connais le milieu.

— Et je le déteste !

— Est-ce que je t'ai demandé ce que tu aimais ? Merde alors, je viens de te prendre sur le fait, pantalon baissé. Tu peux t'estimer heureux de t'en tirer comme ça. »

Lev resta silencieux.

« Sors et monte dans la voiture », ordonna Vialov.

Lev quitta la loge et traversa le night-club, Vialov sur les talons. Il n'arrivait pas à croire qu'il partait pour de bon. Le barman et la fille du vestiaire les regardèrent passer, l'air ahuri. Ils sentaient qu'il y avait du grabuge. Vialov dit au barman : « Ce soir, tu t'occupes de tout, Ivan.

— Oui, patron. »

La Packard Twin Six de Vialov était garée le long du trottoir. Un nouveau chauffeur, un garçon de Kiev, se tenait fièrement à côté. Il se précipita pour ouvrir la porte à Lev. En tout cas, je voyage encore à l'arrière, pensa celui-ci.

Pour se consoler, il se rappela qu'il vivait comme un aristocrate russe. Olga et lui occupaient toute une aile de la vaste maison de la Prairie des Vialov. Les riches Américains n'avaient pas autant de domestiques que les Russes, mais leurs maisons étaient plus propres et mieux entretenues que les palais de Petrograd. Ils avaient des salles de bain modernes, des réfrigérateurs, des aspirateurs et le chauffage central. La nourriture était bonne. Vialov ne partageait pas le goût de la noblesse russe pour le champagne, mais on trouvait toujours du whisky sur le buffet. Et Lev avait six costumes.

Chaque fois qu'il se sentait brimé par son intraitable beau-père, il se remémorait sa vie passée à Petrograd : la pièce unique qu'il partageait avec Grigori, la vodka à deux sous, le pain noir et la potée de navets. Il se souvenait avoir rêvé de rouler en voiture au lieu de faire des kilomètres à pied. Les jambes allongées à l'arrière de la limousine, il contempla ses chaussettes de soie et ses chaussures noires luisantes et décida qu'il n'avait pas à se plaindre.

Vialov monta à côté de lui et ils se dirigèrent vers le bord de mer. La fonderie de Vialov était une version réduite de l'usine Poutilov : mêmes bâtiments délabrés aux vitres brisées, mêmes hautes cheminées crachant de la fumée noire, mêmes ouvriers taciturnes au visage sale. Lev sentit son cœur se serrer.

« Ce sont les Buffalo Metal Works, les Ateliers métallurgiques de Buffalo, lui expliqua Vialov. Mais en fait, on n'y fabrique qu'une seule chose. Des hélices. » La voiture franchit le portail étroit. « Avant la guerre, l'entreprise perdait de l'argent. Je l'ai rachetée et j'ai réduit les salaires pour la maintenir à flot. Nous avons une longue liste de commandes d'hélices d'avion et de bateau, et de ventilateurs pour les blindés. Les ouvriers réclament une augmentation, mais je tiens à avoir récupéré ma mise avant de commencer à faire des largesses. »

Si Lev était épouvanté à l'idée de travailler ici, la peur que lui inspirait son beau-père était plus forte encore et il ne voulait pas échouer. Il se dit que ce ne serait pas lui qui accorderait une augmentation aux ouvriers.

Vialov lui fit visiter l'usine. Lev aurait préféré ne pas être en smoking. Mais les ateliers n'avaient rien à voir avec ceux de Poutilov. Ils étaient nettement plus propres. Il n'y avait pas d'enfants qui couraient partout. À part les fourneaux, tout fonctionnait à l'électricité. Là où, en Russie, il fallait que douze hommes s'acharnent à tirer sur une corde pour soulever une chaudière de locomotive, ici, c'était un treuil électrique qui hissait les énormes hélices de bateau.

Vialov désigna un homme chauve qui portait chemise et cravate sous sa salopette. « Ce type-là, c'est ton ennemi. Brian Hall, secrétaire de la section syndicale locale. »

Lev l'observa. Hall était en train de régler une énorme presse à emboutir en serrant un écrou à l'aide d'une clé à long manche. Il n'avait pas l'air commode. Quand il aperçut Lev et Vialov, il leur jeta un regard de défi, comme s'il s'apprêtait à leur demander s'ils cherchaient la bagarre.

Vialov hurla pour couvrir le bruit d'une meuleuse : « Venez par ici, Hall. »

L'homme prit son temps, rangeant la clé dans une boîte à outils et s'essuyant les mains avant de s'approcher.

« Voici votre nouveau patron, lui annonça Vialov. Lev Pechkov.

— 'jour, fit Hall, puis il se tourna vers Vialov : Peter Fisher a été salement coupé au visage par un éclat d'acier ce matin. Il a fallu l'emmener à l'hôpital.

— Je suis navré de l'apprendre, dit Vialov. Le travail du métal n'est pas sans danger, mais personne n'est obligé de travailler ici.

— Il a manqué l'œil de peu, remarqua Hall d'un ton indigné. Nous devrions avoir des lunettes de protection.

— Personne n'a été blessé aux yeux depuis que je dirige cette boîte. »

Hall s'emporta aussitôt. « Il va falloir attendre que quelqu'un perde la vue pour obtenir des lunettes ?

— Il n'y a que comme ça que je saurai que vous en avez besoin.

— Les gens mettent des serrures à leur porte même quand ils n'ont jamais été cambriolés.

— Oui, mais c'est eux qui les payent. »

Hall hocha la tête comme s'il ne s'était pas attendu à autre chose et retourna à sa machine d'un air de vieux sage désabusé.

« Ils ont toujours une réclamation à faire », observa Vialov.

Lev comprit que Vialov comptait sur lui pour se montrer inflexible. Il savait faire. Les usines de Petrograd ne fonctionnaient pas autrement.

Ils quittèrent les ateliers et s'engagèrent sur Delaware Avenue. Lev en déduisit qu'ils rentraient dîner à la maison. Il ne serait pas venu à l'idée de son beau-frère de lui demander son avis. Il décidait pour tout le monde.

Arrivé chez lui, Lev enleva ses chaussures que le passage à la fonderie avait salies, et enfila une paire de pantoufles brodées qu'Olga lui avait offertes à Noël. Il se rendit dans la chambre du bébé. Lena, la mère d'Olga, était avec Daisy.

« Regarde, Daisy, c'est ton père ! » dit-elle.

La fille de Lev avait maintenant quatorze mois et commençait à marcher. Elle vint vers lui d'un pas chancelant, un grand sourire aux lèvres, tomba et se mit à pleurer. Il la releva et l'embrassa. Jamais encore il ne s'était intéressé aux enfants, mais Daisy avait conquis son cœur. Quand elle était grincheuse, qu'elle ne voulait pas aller se coucher et que personne n'arrivait à la calmer, il la berçait en lui murmurant des mots tendres et en fredonnant de vieilles chansons du folklore russe jusqu'à ce que ses yeux se ferment, que son petit corps se détende et qu'elle s'endorme dans ses bras.

« Comme elle est jolie ! C'est tout le portrait de son papa », affirma Lena.

Lev trouvait qu'elle ressemblait surtout à un bébé, mais il ne voulait pas contredire sa belle-mère. Lena était en adoration devant lui. Elle flirtait avec lui, l'effleurait pour un oui ou pour un non, l'embrassait à la moindre occasion. Elle était folle de lui, même si elle était persuadée de ne lui manifester que l'affection normale d'une belle-mère pour son gendre.

Il aperçut au fond de la pièce Polina, la jeune nourrice russe. Elle n'était pas débordée de travail : Olga et Lena passaient presque tout leur temps à s'occuper de Daisy. Lev tendit l'enfant à Polina. En la prenant, la jeune fille le regarda droit dans les yeux. C'était une beauté russe classique, une blonde aux pommettes saillantes. L'espace d'un instant, Lev se demanda s'il pourrait avoir une liaison avec elle sans se faire prendre. Elle avait une petite chambre pour elle toute seule. Pourrait-il s'y glisser sans être vu ? Cela valait peut-être la peine de tenter le coup : le regard qu'elle lui avait jeté était éloquent.

Olga arriva, et il se sentit coupable.

« Quelle surprise ! s'exclama-t-elle en le voyant. Je ne t'attendais pas avant trois heures du matin.

— Ton père m'a muté, dit-il d'un ton aigre. Maintenant, je dirige la fonderie.

— Pourquoi ? Je croyais que tu te débrouillais bien au club.

— Je ne sais pas ce qui lui a pris, mentit Lev.

— C'est peut-être à cause de la conscription. » Le président Wilson avait déclaré la guerre à l'Allemagne et s'apprêtait à lancer une campagne de mobilisation. « La fonderie sera classée parmi les industries nécessaires à l'effort de guerre. Papa veut t'éviter l'armée. »

Lev avait appris par les journaux que l'enrôlement serait confié à des conseils de révision locaux. Vialov aurait toujours au moins un copain dans le conseil, à qui il pourrait demander ce qu'il voudrait. Les choses se passaient comme ça dans cette ville. Mais Lev ne chercha pas à détromper Olga. Il avait besoin d'un prétexte qui ne mêle pas Marga à l'affaire, et Olga venait de lui en fournir un. « Oui, approuva-t-il. Tu dois avoir raison.

— Dadda, dit Daisy.

— Comme elle est maline ! s'extasia Polina.

— Je suis sûre que tu t'en sortiras à merveille à la fonderie », fit Lena.

Lev lui adressa son plus bel exemple de sourire modeste à l'américaine.

« Je ferai de mon mieux. »

2.

Gus Dewar estimait que sa mission en Europe pour le président avait été un échec.

« Un échec ? protesta Woodrow Wilson. Certainement pas ! Vous avez conduit les Allemands à faire une offre de paix. Ce n'est pas votre faute si les Anglais et les Français les ont envoyés aux pelotes. On ne peut pas forcer les gens, vous savez. »

Il n'empêchait que Gus n'avait pas réussi à rapprocher les deux camps, même pour des discussions préliminaires.

Il n'en était que plus désireux de mener à bien la nouvelle tâche que Wilson lui confiait. « Les Buffalo Metal Works sont paralysés par une grève, annonça le président. Nous avons des avions, des bateaux et des véhicules dont la production est arrêtée parce qu'il nous manque les hélices et les ventilateurs qu'ils fabriquent. Vous êtes de Buffalo. Allez-y et remettez-les au travail. »

Dès le premier soir de son retour dans sa ville natale, Gus dîna chez Chuck Dixon, son ancien rival auprès d'Olga Vialov. Chuck et son épouse, Doris, possédaient une demeure victorienne sur Elmwood Avenue, une rue parallèle à Delaware Avenue. Chuck prenait tous les matins le train de ceinture pour aller travailler à la banque de son père.

Doris était une jolie fille, qui ressemblait un peu à Olga. En regardant les jeunes mariés, Gus se demanda si cette vie casanière lui plairait. Fut un temps où il aurait rêvé de se réveiller tous les matins aux côtés d'Olga, mais cela remontait à deux ans déjà. Le charme s'était évanoui, et il se disait qu'il préférait sans doute sa garçonnière sur la 16e Rue, à Washington.

Quand ils s'assirent devant leurs steaks-purée, Doris demanda : « Et la promesse du président Wilson de nous préserver de la guerre ?

— Il faut lui rendre justice, répondit Gus d'un ton apaisant. Depuis trois ans, il n'a cessé de faire campagne pour la paix. Mais on ne l'écoute pas.

— Ce n'est pas une raison pour nous lancer dans la bataille. »

Chuck observa d'un ton agacé : « Chérie, les Allemands coulent les bateaux américains !

— Il n'y a qu'à dire aux bateaux américains d'éviter les zones de combat ! » Doris avait l'air fâché et Gus devina qu'ils en avaient déjà parlé. Sa colère était sûrement attisée par la crainte de voir son mari appelé sous les drapeaux.

Pour Gus, ces questions étaient trop complexes pour se réduire à des déclarations passionnées sur ce qu'il fallait faire ou ne pas faire. Il répondit d'une voix douce : « Oui, c'est une possibilité. Le président l'a d'ailleurs envisagée. Mais cela reviendrait à accepter que le pouvoir allemand nous dise où nos bateaux ont le droit d'aller. »

Chuck protesta avec véhémence : « On ne va tout de même pas se laisser enquiquiner par les Allemands ni par qui que ce soit ! »

Doris n'en démordait pas : « Si ça sauve des vies, pourquoi pas ?

— La plupart des Américains sont de l'avis de Chuck, observa Gus.

— Cela ne veut pas dire qu'ils ont raison !

— Wilson pense qu'un président doit composer avec l'opinion publique comme un voilier qui louvoie dans le vent : s'en servir, mais ne jamais s'y opposer directement.

— D'accord, mais pourquoi la conscription ? On traite les Américains comme des esclaves. »

Chuck intervint à nouveau : « Tu ne trouves pas juste que nous nous battions tous pour notre pays ?

— Nous avons une armée de métier. Ces hommes se sont engagés volontairement, au moins.

— Nous avons une armée de cent trente mille hommes, rappela Gus. Ce n'est pas grand-chose. Il nous en faudra au moins un million.

— Encore plus d'hommes à envoyer à la mort », regretta Doris.

Chuck reprit : « Je peux te dire qu'à la banque, nous sommes drôlement soulagés. Nous avons prêté des sommes considérables aux sociétés américaines qui fournissent les Alliés. Si les Allemands gagnent la guerre et que les Britanniques et les Français ne peuvent pas rembourser, nous serons dans le pétrin. »

Doris resta songeuse. « Je ne savais pas. »

Chuck lui tapota la main. « Ne t'en fais pas, ma chérie, ça n'arrivera pas. Les Alliés l'emporteront, surtout si les États-Unis leur donnent un coup de main.

— Nous avons une autre raison d'entrer en guerre, ajouta Gus. Quand tout sera fini, les États-Unis auront un rôle à jouer dans les arbitrages d'après-guerre. Cela peut paraître accessoire, mais Wilson rêve de créer une Société des nations pour régler les futurs conflits sans nous entre-tuer. » Il se tourna vers Doris. « C'est un projet qui devrait vous plaire.

— Certainement. »

Chuck changea de sujet. « Mais qu'est-ce qui t'amène ici, Gus ? À part l'envie d'expliquer les décisions du président aux profanes que nous sommes ? »

Il leur parla de la grève. Il exposa la situation d'un ton léger, comme s'il ne s'agissait que d'une conversation de salon, mais en réalité, il était inquiet. Les Buffalo Metal Works étaient indispensables à l'effort de guerre et il ne savait pas comment convaincre les ouvriers de reprendre le travail. Wilson avait mis fin à une grève nationale des chemins de fer peu avant sa réélection et semblait croire que le règlement des conflits sociaux était un élément ordinaire de la vie politique. Gus, quant à lui, trouvait que c'était une lourde responsabilité.

« Tu sais à qui appartient l'usine ? » demanda Chuck.

Gus s'était renseigné. « À Vialov.

— Et qui la dirige ?

— Non.

— Son gendre, Lev Pechkov.

— Ah ! fit Gus. Ça, je l'ignorais. »

3.

Lev était furieux. Avec cette grève, le syndicat cherchait à profiter de son inexpérience, Lev en était sûr. Brian Hall et les autres le croyaient faible. Il allait leur prouver le contraire.

Il avait essayé de leur faire entendre raison. « Mr V. a besoin de récupérer une partie de l'argent qu'il a perdu, avait-il expliqué à Hall.

— Les hommes, eux, ont besoin de récupérer ce qu'ils ont perdu à cause de la baisse des salaires, avait répliqué Hall.

— Ce n'est pas la même chose.

— Non, en effet. Vous êtes riches et ils sont pauvres. C'est plus dur pour eux. »

Ce type avait réponse à tout, c'était exaspérant.

Lev tenait absolument à rentrer dans les bonnes grâces de son beau-père. Il n'était pas sans risque de s'attirer durablement le déplaisir d'un homme comme Vialov. Le problème était que le seul atout de Lev était son charme, et que Vialov y était imperméable.

Mais Vialov le soutenait dans cette affaire. « Il faut parfois les laisser faire la grève, avait-il dit. Inutile de céder. Il suffit de tenir bon. Ils deviennent plus conciliants quand ils commencent à avoir faim. » Lev était cependant bien placé pour savoir que Vialov pouvait changer d'avis du jour au lendemain.

Lev avait un plan pour hâter la fin de la grève. Il allait se servir du pouvoir de la presse.

Il était membre du yacht-club de Buffalo grâce à son beau-père qui l'avait fait coopter. Tous les hommes d'affaires importants de la ville ou presque en étaient et, parmi eux, Peter Hoyle, rédacteur en chef du *Buffalo Advertiser.* Un après-midi, Lev l'aborda au club-house, en bas de Porter Avenue.

L'*Advertiser* était un journal conservateur qui désapprouvait le changement et accusait les étrangers, les Noirs et les agitateurs socialistes de tous les maux. Hoyle, un homme à la stature imposante, arborant une moustache noire, était un ami de Vialov. « Bonjour, jeune Pechkov », dit-il. Il avait la voix forte et un peu rauque, comme s'il avait l'habitude de hurler pour couvrir le vacarme des presses. « Il paraît que le président a envoyé le fils de Cam Dewar régler votre problème de grève.

— Oui, mais il ne s'est pas encore manifesté.

— Je le connais. C'est un naïf. Tu n'as pas grand-chose à craindre. »

Lev était du même avis. Il lui avait soutiré un dollar à Petrograd en 1914 et, l'année dernière, il lui avait piqué sa fiancée avec la même facilité.

« Je voulais vous parler de la grève, dit-il en s'asseyant dans un fauteuil de cuir en face de Hoyle.

— L'*Advertiser* a déjà condamné les grévistes en les dénonçant comme des socialistes et des révolutionnaires antiaméricains. Que pouvons-nous faire de plus ?

— Les accuser d'être des agents de l'ennemi. Ils empêchent la production de véhicules dont nos gars auront besoin en Europe – alors que les ouvriers, eux, échappent à la conscription.

— C'est un point de vue. » Hoyle fronça les sourcils. « Mais nous ne savons pas encore qui sera concerné par la conscription.

— Les industries de guerre en seront certainement exclues.
— C'est vrai.
— Et ils réclament une augmentation de salaire. Beaucoup de gens accepteraient d'être moins payés en échange d'un boulot qui leur évite l'armée. »
Hoyle sortit un carnet de sa poche de veste et se mit à écrire.
« Accepter un salaire moindre pour un travail qui évite la conscription, marmonna-t-il.
— Peut-être faudrait-il demander : dans quel camp sont-ils ?
— Ça ferait un bon titre. »
Lev était à la fois étonné et content. Cela s'était bien passé.
Hoyle leva les yeux de son carnet. « Je suppose que Mr V. est au courant de cet entretien ? »
Lev ne s'attendait pas à cette question. Il sourit pour dissimuler son embarras. S'il répondait négativement, Hoyle renoncerait à l'instant. Il mentit : « Oui, bien sûr. En fait, c'est lui qui en a eu l'idée. »

4.

Vialov demanda à Gus de le retrouver au yacht-club. Brian Hall proposait une table ronde au siège du syndicat de Buffalo. Chacun voulait que la réunion ait lieu sur son terrain pour être plus à l'aise et occuper une position de force. Gus réserva donc une salle de conférences à l'hôtel Statler.

Lev Pechkov avait traité les grévistes de « planqués » et l'*Advertiser* avait publié ses commentaires en première page, sous le titre : « Dans quel camp sont-ils ? » Gus avait été consterné en voyant cet article : ce ton agressif ne pouvait qu'envenimer le conflit. L'initiative de Lev s'était retournée contre lui. Les journaux du matin faisaient état d'une tempête de protestations de la part des ouvriers d'autres industries liées à l'effort de guerre, scandalisés que l'on puisse suggérer qu'ils devraient être moins payés parce qu'ils étaient privilégiés, et furieux de se faire traiter de planqués. La maladresse de Lev encourageait Gus, mais il savait que son véritable ennemi était Vialov, ce qui n'avait rien de rassurant.

Gus apporta tous les journaux au Statler et les posa sur une petite table dans un angle de la salle de réunion. Il plaça bien en vue une feuille de chou populaire qui titrait : « ET TOI, LEV, TU T'ENGAGES ? »

Gus avait demandé à Brian Hall d'arriver un quart d'heure avant Vialov. Le responsable syndical se présenta à l'heure dite, en costume chic et feutre gris. Gus admira l'intelligence de la tactique. C'était toujours une erreur d'apparaître comme un inférieur, même pour un représentant ouvrier. À sa manière, Hall était aussi imposant que Vialov.

Hall remarqua les journaux et arbora un grand sourire. « Le jeune Lev a fait une bourde, lança-t-il avec satisfaction. Il s'est attiré un tombereau d'ennuis.

— On ne manipule pas la presse impunément. C'est un jeu dangereux », admit Gus avant d'aller droit au but : « Vous réclamez un dollar d'augmentation.

— Ça ne représente que dix *cents* de plus que ce que mes hommes touchaient avant le rachat de l'usine par Vialov et...

— Peu importe, l'interrompit Gus avec un aplomb de façade. Si je vous obtiens cinquante *cents*, vous accepterez ? »

Hall eut l'air dubitatif. « Il faudra que j'en parle aux hommes...

— Non. Vous devez décider tout de suite. » Il espérait que sa nervosité ne se voyait pas.

Hall tenta de tergiverser.

« Vialov vous a donné son accord ?

— Je m'occupe de Vialov. Cinquante *cents*, à prendre ou à laisser. » Gus résista à l'envie de s'éponger le front.

Hall observa Gus longuement, comme pour le jauger. Derrière l'expression agressive, Gus devinait un esprit perspicace. Il finit par répondre : « Nous allons accepter... pour le moment.

— Merci. » Gus parvint à retenir un soupir de soulagement. « Voulez-vous du café ?

— Avec plaisir. »

Gus se détourna, heureux de pouvoir dissimuler son visage, et appuya sur la sonnette pour appeler un serveur.

Josef Vialov et Lev Pechkov entrèrent à cet instant. Gus ne leur serra pas la main. Il leur dit sèchement : « Asseyez-vous. »

Le regard de Vialov se posa sur les journaux et son visage se crispa de colère. Gus comprit que Lev devait déjà subir les conséquences de ces gros titres.

Il s'efforça de ne pas le regarder. C'était le chauffeur qui avait séduit sa fiancée, néanmoins, ce souvenir ne devait pas influencer son jugement. Tout de même, il aurait bien aimé lui envoyer son poing dans la figure. Mais si la réunion se déroulait comme prévu, le résultat serait encore beaucoup plus humiliant pour Lev – et beaucoup plus satisfaisant pour lui.

Un serveur apparut. Gus lui dit : « Apportez du café pour mes invités, s'il vous plaît, et des sandwichs au jambon. » Il s'abstint volontairement de leur demander ce qu'ils souhaitaient. Il avait vu Woodrow Wilson agir ainsi avec ceux qu'il voulait intimider.

Il s'assit et ouvrit un dossier. Il contenait une feuille blanche qu'il fit mine de lire.

Lev s'assit à son tour et prit la parole : « Alors, Gus, le président vous a chargé de négocier avec nous ? »

Cette fois, Gus regarda Lev. Il le dévisagea pendant un long moment sans rien dire. Beau, oui, songea-t-il, mais inconsistant et tout à fait indigne de confiance. Quand Lev manifesta des signes de gêne, Gus se décida à parler : « Merde, vous êtes complètement cinglé ou quoi ? »

Lev fut tellement estomaqué qu'il recula sa chaise comme s'il craignait de prendre un coup. « Qu'est-ce que... ? »

Gus prit un ton sévère. « L'Amérique est en guerre. Le président n'a pas la moindre intention de négocier avec vous. » Il se tourna vers Brian Hall. « Ni avec vous », ajouta-t-il malgré l'accord qu'ils avaient conclu dix minutes plus tôt. Son regard s'arrêta enfin sur Vialov. « Ni même avec vous. »

Vialov soutint tranquillement son regard. Contrairement à son gendre, il n'était pas impressionné. Il n'en avait pas moins perdu l'expression de mépris ironique qu'il arborait au début de la rencontre. Au terme d'un long silence, il demanda : « Alors, qu'est-ce que vous êtes venu faire ?

— Je suis venu vous expliquer ce qui va se passer. Et quand je vous l'aurai dit, vous accepterez.

— Hein ? fit Lev.

— Tais-toi, ordonna Vialov. Continuez, Dewar.

— Vous allez accorder aux ouvriers une augmentation de cinquante *cents* par jour. » Gus s'adressa à Brian Hall. « Et vous, vous allez accepter cette offre. »

Hall demeura impassible. « Ah bon ?

— Et je veux que vos hommes aient repris le travail aujourd'hui à midi. »

Vialov intervint : « Et pourquoi devrions-nous faire ce que vous dites ?

— À cause de la seconde option.

— C'est-à-dire ?

— Le président enverra un bataillon à la fonderie pour s'en emparer, en prendre le contrôle, livrer tous les produits finis aux clients et la faire tourner avec des ingénieurs de l'armée. Après la guerre, il vous la rendra peut-être. » Il regarda Hall. « Et à ce moment-là, vos hommes retrouveront sans doute leur emploi. »

Gus aurait préféré soumettre cette idée à Wilson au préalable mais il était trop tard.

Lev s'étonna : « Il a le droit de faire ça ?

— En temps de guerre, oui.

— Que vous dites, marmonna Vialov d'un air sceptique.

— Attaquez-nous en justice, rétorqua Gus. Vous croyez qu'il y aura un seul juge dans ce pays pour vous donner raison, à vous – et aux ennemis de notre pays ? »

Il se cala dans son fauteuil et les considéra avec une arrogance qu'il était loin d'éprouver. Cela allait-il prendre ? Le croiraient-ils ? Ou crieraient-ils au bluff et s'en iraient-ils en se moquant de lui ?

Il y eut un long silence. Le visage de Hall était impénétrable. Vialov semblait songeur. Lev avait l'air malade.

Au bout d'un moment, Vialov s'adressa à Hall : « Êtes-vous prêt à accepter cinquante *cents* ? »

Hall répondit laconiquement : « Oui. »

Vialov se retourna vers Gus. « Dans ce cas, nous acceptons aussi.

— Merci, messieurs. » Gus referma son dossier en s'efforçant de contenir le tremblement de ses mains. « Je vais en informer le président. »

5.

Samedi, il faisait beau et chaud. Lev raconta à Olga qu'il devait passer à la fonderie et se rendit chez Marga. Elle habitait une chambre à Lovejoy. Ils s'embrassèrent, mais comme Lev commençait à déboutonner son corsage, elle proposa : « Allons au parc Humboldt.

— Je préfère baiser.

— Plus tard. Emmène-moi au parc et au retour je te montrerai un truc spécial. Quelque chose qu'on n'a encore jamais fait. »

Lev déglutit difficilement. « Pourquoi attendre ?

— Il fait si beau !

— Et si on nous voit ?

— Il y a des millions de gens qui se promènent.

— Quand même...

— Tu as peur de ton beau-père, c'est ça ?

— Mais non. Je suis le père de sa petite-fille. Qu'est-ce que tu veux qu'il fasse, qu'il me bute ?

— Je vais me changer.

— Je t'attends dans la bagnole. Si je te vois te déshabiller, je ne réponds plus de rien. »

Il avait un nouveau coupé Cadillac trois places, pas la voiture la plus chic de la ville, mais pas mal pour un début. Il s'installa au volant et alluma une cigarette. Oui, il avait peur de Vialov, évidemment. Mais toute sa vie il avait pris des risques. Il n'était pas Grigori. Tout s'était plutôt bien goupillé pour lui jusqu'à maintenant, se disait-il, assis dans sa voiture vêtu d'un costume bleu léger, sur le point d'emmener une jolie fille au parc. La vie était belle.

Il n'avait pas fini sa cigarette que déjà Marga sortait de l'immeuble et montait à côté de lui. Elle portait une audacieuse robe sans manches et avait les cheveux remontés en coque au-dessus des oreilles selon la dernière mode.

Dans le parc Humboldt, sur l'East Side, ils s'assirent sur un banc de bois pour profiter du soleil et regarder les enfants jouer dans la mare. Lev ne pouvait s'empêcher de toucher les bras nus de Marga. Il savourait les regards envieux des autres hommes. C'est la plus jolie fille du parc et elle est avec moi. Ça vous en bouche un coin ?

« Je suis désolé pour ta lèvre », dit-il.

Elle avait encore la bouche enflée depuis le coup de poing de Vialov. Lev trouvait cela très sexy.

« Tu n'y es pour rien. Ton beau-père est un salaud.

— C'est bien vrai.

— Le Hot Spot m'a tout de suite proposé une place. Je commence dès que je pourrai me remettre à chanter.

— Ça va mieux, tout de même ? »

Elle essaya de fredonner quelques mesures.

Je lisse un peu mes cheveux
Joue au solitaire
En attendant mon millionnaire

Elle effleura sa lèvre avec précaution. « Ça fait encore mal. »

Il se pencha vers elle. « Laisse-moi t'embrasser pour te guérir. »

Elle leva le visage vers lui et il l'embrassa doucement, sans insister.

« Tu peux y aller plus franchement », l'encouragea-t-elle.

Il sourit. « D'accord, qu'est-ce que tu penses de ça ? » Il l'embrassa encore, cette fois en titillant l'intérieur de ses lèvres du bout de la langue.

« Ce n'est pas mal non plus, gloussa-t-elle.

— Dans ce cas... »

Il enfonça profondément sa langue dans sa bouche. Elle lui rendit son baiser avec fougue comme toujours. Leurs langues s'unirent. Elle lui posa la main derrière la tête et lui caressa la nuque. Il entendit quelqu'un dire : « C'est répugnant. »

Il se demandait si les passants pouvaient remarquer son érection.

Il chuchota à Marga en souriant : « On choque les braves gens. »

Levant les yeux pour voir si on les observait, il croisa le regard de sa femme, Olga.

Elle le fixait d'un air outragé, la bouche arrondie en un O silencieux. À côté d'elle, son père en costume trois-pièces et en canotier portait Daisy dans ses bras. La fille de Lev était coiffée d'un bonnet blanc destiné à la protéger du soleil. La nourrice, Polina, se tenait en retrait.

« Lev ! s'écria Olga. Qu'est-ce... Qui est-ce ? »

Lev aurait pu se sortir d'embarras une fois de plus en lui racontant n'importe quoi si Vialov n'avait pas été là.

Il se redressa. « Olga... Je ne sais pas quoi te dire.

— Surtout, ne dis rien », gronda Vialov.

Olga fondit en larmes.

Vialov tendit Daisy à la nourrice. « Ramenez tout de suite ma petite-fille à la voiture.

— Oui, monsieur Vialov. »

Il saisit Olga par le bras et l'écarta. « Accompagne Polina, ma chérie. »

Olga mit la main devant ses yeux pour cacher ses larmes et suivit la nourrice.

« Espèce de petit merdeux ! » lança Vialov.

Lev serra les poings. Si Vialov le frappait, il se défendrait. Vialov était bâti comme un taureau, mais il avait vingt ans de plus. Lev était plus grand et avait appris à se battre dans les bas quartiers de Petrograd. Il n'avait pas l'intention de se laisser faire.

Vialov lut dans ses pensées.

« Je ne vais pas te casser la gueule, rassure-toi. Tu t'en tirerais à trop bon compte. »

Lev avait envie de demander : « Qu'est-ce que vous comptez faire ? » Mais il se garda bien d'ouvrir la bouche.

Vialov se tourna vers Marga.

« J'aurais dû cogner plus fort. »

Marga ouvrit son sac et plongea la main à l'intérieur.

« Si vous approchez d'un poil, je vous tire une balle dans le bide, espèce de moujik mal dégrossi. »

Lev admira son culot. Il ne connaissait pas beaucoup de gens capables de menacer Josef Vialov.

Le visage de Vialov se durcit, mais il ravala sa colère pour s'adresser à Lev. « Tu sais ce que tu vas faire ? »

Qu'est-ce qui allait lui tomber dessus ? Lev ne répondit pas.

Vialov reprit : « Tu vas partir dans cette foutue armée. »

Lev se figea. « Vous ne le pensez pas vraiment.

— Tu m'as souvent vu dire quelque chose que je ne pensais pas ?

— Je n'irai pas. Vous ne pouvez pas m'y obliger.

— Si tu ne t'engages pas, c'est moi qui te ferai enrôler.

— Vous ne pouvez pas faire ça ! s'écria Marga.

— Bien sûr que si, lui dit Lev d'une voix désespérée. Il fait ce qu'il veut dans cette ville.

— Et tu sais quoi ? ajouta Vialov. Tu es peut-être mon gendre, mais j'espère bien que tu te feras descendre. »

6.

Fin juin, Chuck et Doris Dixon donnèrent une garden-party. Gus s'y rendit avec ses parents. Les hommes étaient tous en costume, mais les femmes en tenue d'été arboraient des chapeaux extravagants et la foule offrait un spectacle bigarré. Il y avait de la bière et des sandwichs, de la limonade et des gâteaux. Un clown distribuait des bonbons et un instituteur en short organisait des animations pour les enfants : courses en sac, courses à la cuillère, courses à trois pattes.

Doris voulait parler de la guerre avec Gus, pour changer. « On parle de mutineries dans l'armée française », dit-elle.

Gus savait que la réalité était pire que les rumeurs : il y avait effectivement eu des mutineries dans cinquante-quatre divisions françaises et vingt mille hommes avaient déserté. « C'est sans doute la raison pour laquelle ils ont changé de tactique et renoncé à l'attaque pour miser plutôt sur la défense, commenta-t-il d'un ton neutre.

— Il paraît que les officiers français traitent mal leurs hommes. » Doris se délectait des mauvaises nouvelles, qui apportaient de l'eau à son moulin. « En plus, l'offensive Nivelle a été un véritable désastre.

— L'arrivée des troupes américaines va leur remonter le moral. »

Les premières troupes américaines avaient été embarquées sur des navires à destination de la France.

« Pour l'instant, nous n'avons envoyé qu'un contingent symbolique. J'espère que cela veut dire que nous jouerons un rôle mineur dans les combats.

— Non, ce n'est pas cela. Nous devons recruter, entraîner et armer au moins un million d'hommes. Ça ne se fait pas du jour au lendemain. Mais l'année prochaine, nous serons en mesure d'envoyer plusieurs centaines de milliers de soldats. »

Regardant par-dessus l'épaule de Gus, Doris remarqua : « Tiens, voilà une de nos nouvelles recrues. »

Gus se retourna et aperçut la famille Vialov : Josef, Lena, Olga et Lev avec une petite fille. Lev était en uniforme. Il était superbe, malgré son air maussade.

Gus était un peu gêné, mais son père, coiffant sa casquette

publique de sénateur, serra cordialement la main de Josef en lui disant quelque chose qui le fit rire. La mère de Gus aborda aimablement Lena et cajola le bébé. Gus comprit que ses parents s'attendaient à cette rencontre et avaient décidé de faire comme s'ils avaient oublié qu'ils avaient été fiancés, Olga et lui.

Il croisa le regard d'Olga et lui adressa un signe de tête courtois. Elle rougit.

Lev faisait le bravache, comme toujours. «Alors, Gus, le président est content de la façon dont vous avez mis fin à la grève ? »

Les autres se turent pour entendre la réponse de Gus. «Il est content que vous vous soyez montrés raisonnables, répondit celui-ci avec diplomatie. Je vois que vous avez été incorporé.

— Je me suis engagé. Pour le moment, je suis élève officier.

— Et comment ça se passe à l'armée ? »

Gus s'aperçut soudain que Lev et lui étaient entourés de tout un auditoire : les Vialov, les Dewar et les Dixon. Depuis que les fiançailles avaient été rompues, c'était la première fois qu'on voyait les deux hommes se côtoyer en public. Ils étaient tous curieux.

«Je m'y ferai, dit Lev. Et vous ?

— Comment ça, moi ?

— Vous comptez vous engager ? Après tout, c'est vous et votre président qui nous avez entraînés dans cette guerre. »

Gus ne répondit pas. Il avait honte. Lev disait vrai.

«Vous pouvez toujours attendre de voir si vous serez appelé, poursuivit Lev, retournant le fer dans la plaie. On ne sait jamais, vous aurez peut-être la chance d'y échapper. D'ailleurs, si vous rejoignez Washington, le président pourra certainement vous faire exempter », ajouta-t-il en riant.

Gus secoua la tête. «Non. J'y ai réfléchi. Vous avez raison. Je fais partie du gouvernement qui a lancé la conscription. Je peux difficilement m'y soustraire. »

Il vit son père acquiescer, comme s'il s'y attendait. En revanche, sa mère protesta : «Mais enfin, Gus, tu travailles pour le président. N'est-ce pas la meilleure manière de servir ton pays ?

— On pourrait y voir une forme de lâcheté, intervint Lev.

— Exactement, acquiesça Gus. Je ne rentrerai pas à

Washington. C'est une page de ma vie qui se tourne, pour le moment en tout cas. »

Il entendit sa mère s'exclamer : « Gus, non !

— J'en ai déjà touché un mot au général Clarence, qui commande la division de Buffalo. Je rejoins l'armée nationale. »

Sa mère fondit en larmes.

XXVI

Mi-juin 1917

1.

Ethel n'avait jamais pensé aux droits des femmes jusqu'au jour où elle s'était retrouvée dans la bibliothèque de Tŷ Gwyn, enceinte et célibataire, devant Solman, l'avocat de Fitz, qui lui avait expliqué d'un ton obséquieux les réalités de la vie. Elle passerait les plus belles années de sa vie à s'éreinter au travail pour élever et nourrir l'enfant de Fitz, mais le père n'avait aucune obligation. Cette injustice lui avait inspiré des envies de meurtre.

Sa colère s'était embrasée de plus belle quand elle avait cherché du travail à Londres. Les seuls emplois accessibles étaient ceux dont aucun homme ne voulait, et on ne lui offrait que la moitié du salaire normal, et encore.

Toutes les années qu'elle avait vécues aux côtés des femmes tenaces de l'East End, qui se tuaient à la tâche dans une misère noire, n'avaient fait qu'endurcir son féminisme et renforcer son indignation. Les hommes racontaient des histoires à dormir debout, parlant de division du travail au sein de la famille, l'homme gagnant de l'argent à l'extérieur, tandis que la femme s'occupait des enfants et du ménage. La réalité était bien différente. La plupart des femmes qu'Ethel connaissait travaillaient douze heures par jour et s'occupaient, en plus, des enfants et de la maison. Sous-alimentées, harassées, logées dans des taudis et vêtues de haillons, elles trouvaient encore le courage de chanter, de rire et d'aimer leurs enfants. Pour Ethel, chacune de ces femmes avait dix fois plus le droit de voter que n'importe quel homme.

Elle défendait cette idée depuis si longtemps qu'elle se sentit presque désemparée quand on commença sérieusement à envisager d'accorder aux femmes le droit de vote au milieu de l'année 1917. Quand elle était petite, elle demandait : « Comment ça sera, au paradis ? » Elle n'avait jamais obtenu de réponse satisfaisante.

Le Parlement accepta d'inscrire la question à l'ordre du jour à la mi-juin. « C'est le résultat de deux compromis, expliqua Ethel, enthousiaste, à Bernie quand elle lut le compte rendu du *Times*. La commission spéciale de la Chambre des communes, constituée par Asquith pour éluder la question, a surtout cherché à éviter l'affrontement. »

Bernie était en train de donner son petit déjeuner à Lloyd, des tartines trempées dans du thé sucré. « Le gouvernement craint sans doute que les femmes ne recommencent à s'enchaîner aux grilles. »

Ethel acquiesça. « Et si les responsables politiques se laissent entraîner dans ce genre de débat, on les accusera de se disperser au lieu de tout faire pour gagner la guerre. La commission a donc recommandé d'accorder le droit de vote aux femmes de plus de trente ans qui sont propriétaires ou locataires en leur nom propre ou épouses d'un propriétaire ou d'un locataire. Autrement dit, je suis trop jeune.

— Premier compromis, dit Bernie. Et le second ?

— D'après Maud, le cabinet est divisé. » Le cabinet de guerre était formé de quatre hommes en plus du Premier ministre Lloyd George. « Curzon est contre, évidemment. » Le comte Curzon, président de la Chambre des lords, était misogyne et fier de l'être. Il présidait la Ligue d'opposition au vote des femmes. « Milner aussi. Mais Henderson nous appuie. » Arthur Henderson était le chef du parti travailliste, qui soutenait les femmes, même si ce n'était pas le cas de tous ses membres. « Bonar Law nous est favorable, mais sans conviction.

— Deux pour, deux contre, et Lloyd George qui veut faire plaisir à tout le monde, comme toujours.

— Là encore il y a eu compromis : le vote sera libre. »

Cela voulait dire que le gouvernement ne donnerait pas de consigne à ses partisans.

« Comme ça, quel que soit le résultat, le gouvernement n'y sera pour rien.

— La sincérité n'a jamais été le fort de Lloyd George.

— Il vous a quand même donné votre chance.

— Une chance, pas plus. Il va falloir faire campagne.

— À mon avis, tu t'apercevras que les attitudes ont changé, dit Bernie avec optimisme. Le gouvernement a terriblement besoin que les femmes aillent travailler à l'usine pour remplacer tous les hommes qu'on a envoyés en France. Il a lancé une sacrée opération de propagande vantant les compétences des femmes pour conduire les bus et fabriquer des munitions. Il devient plus difficile de prétendre qu'elles sont inférieures.

— J'espère que tu as raison », répondit Ethel avec ferveur.

Ils étaient mariés depuis quatre mois et Ethel n'éprouvait aucun regret. Bernie était intelligent, intéressant et gentil. Ils avaient les mêmes convictions et travaillaient ensemble pour les défendre. Bernie serait probablement le candidat travailliste d'Aldgate aux prochaines élections législatives – quand elles auraient lieu : comme pour beaucoup d'autres choses, il faudrait attendre la fin de la guerre. Bernie ferait un excellent député, sensé et dévoué. Néanmoins, Ethel ne savait pas si le parti travailliste pouvait l'emporter à Aldgate. Le député actuel était libéral, mais la situation avait profondément évolué depuis le scrutin de 1910. Même si la disposition sur le vote des femmes ne passait pas, les autres propositions de la commission accorderaient le droit de vote à un plus grand nombre d'hommes issus de la classe ouvrière.

Bernie était un homme merveilleux, pourtant, à sa grande honte, Ethel pensait encore parfois avec émoi à Fitz, qui n'était ni intelligent, ni intéressant, ni gentil, et dont les opinions étaient à l'opposé des siennes. Quand il lui venait ce genre d'idées, elle se disait qu'elle ne valait pas mieux que les hommes qui rêvaient de danseuses de french cancan. Ils étaient émoustillés par des bas, des jupons et des dentelles affriolantes. Elle était grisée par les mains douces de Fitz, son élocution raffinée et son odeur de propreté légèrement parfumée.

Maintenant, elle était Eth Leckwith. On parlait d'Eth et de Bernie comme on aurait parlé de la charrette et du cheval ou de la croûte et de la mie.

Elle mit ses chaussures à Lloyd et l'emmena chez sa gardienne avant de se rendre aux bureaux de *La Femme du soldat*. Il faisait beau et elle était pleine d'espoir. Nous *pouvons* changer le monde finalement, se disait-elle. Ce n'est pas facile, mais c'est possible. Le journal de Maud mobiliserait les femmes de la classe ouvrière pour qu'elles soutiennent le projet de loi et veillerait à ce que tous les regards soient rivés sur les députés quand ils voteraient.

Les bureaux occupaient deux pièces exiguës et mal éclairées au-dessus de l'atelier d'un imprimeur. Maud était déjà là. Elle était arrivée tôt, sans doute à cause de la nouvelle du jour. Elle était assise devant une vieille table tachée, en robe d'été lilas, coiffée d'un grand chapeau allongé, traversé d'une plume d'une longueur extraordinaire. Sa garde-robe datait d'avant-guerre, mais elle était toujours vêtue avec élégance. Elle paraissait trop racée pour ce lieu, comme un cheval de course égaré dans une cour de ferme.

« Il faut sortir un numéro spécial, expliqua-t-elle en griffonnant dans un calepin. Je suis en train de rédiger la une. »

Ethel sentit l'excitation la gagner. C'était ce qu'elle aimait : l'action. Elle s'assit de l'autre côté de la table et dit : « Je vérifie que les autres pages sont prêtes. Que diriez-vous d'un papier invitant les lectrices à nous aider ?

— Oui. « Venez à nos réunions, faites pression sur votre député, écrivez aux journaux », ce genre de choses.

— Je vais préparer un brouillon. » Elle sortit un crayon et un bloc-notes d'un tiroir.

« Il faut mobiliser les femmes contre ce projet de loi », reprit Maud.

Ethel se figea, le crayon à la main. « Comment ? Vous avez bien dit "contre" ?

— Évidemment. Le gouvernement va faire *semblant* d'accorder le droit de vote aux femmes, mais en réalité, il continue à en priver la majorité d'entre nous. »

Regardant de l'autre côté de la table, Ethel vit le gros titre qu'avait préparé Maud : « Votez contre cette escroquerie ! »

« Attendez ! » Elle ne voyait là aucune escroquerie. « Ce n'est peut-être pas exactement ce que nous voulions, mais c'est mieux que rien. »

Maud lui jeta un regard furieux. « C'est pire que rien. Cette loi fait croire qu'elle instaure l'égalité des femmes, rien de plus. »

Maud s'attachait trop à la théorie. Bien sûr, la discrimination envers les femmes les plus jeunes était par principe une mauvaise chose. Mais cela n'avait pas d'importance dans l'immédiat. Il fallait considérer la réalité politique. « Vous savez, dit Ethel, parfois les réformes doivent se faire petit à petit. Le droit de vote a été élargi pour les hommes très progressivement. Maintenant encore, seulement la moitié d'entre eux sont autorisés à voter... »

Maud l'interrompit d'un ton péremptoire. « Vous n'avez pas remarqué qui sont les exclues ? »

Il arrivait à Maud de se montrer cassante. C'était un de ses défauts. Ethel fit un effort pour ne pas se vexer et répondit calmement : « Bien sûr que si, j'en fais partie.

— La majorité des femmes qui fabriquent des munitions, poursuivit Maud, toujours aussi sèchement, et qui apportent ainsi une sacrée contribution à l'effort de guerre, seront trop jeunes pour voter. Il en va de même de la plupart des infirmières qui ont risqué leur vie pour secourir les soldats blessés en France. Les veuves de guerre ne pourront pas voter non plus, malgré l'immense sacrifice qu'elles ont consenti à la nation, pour peu qu'elles aient le malheur de loger en garni. Ne comprenez-vous pas que cette loi vise à réduire les femmes à une minorité ?

— Autrement dit, vous voulez faire campagne contre ce projet ?

— Naturellement !

— C'est insensé ! » Ethel découvrait, étonnée et bouleversée, qu'elle se trouvait en total désaccord avec cette femme qui était depuis si longtemps son amie et sa collaboratrice. « Je suis désolée. Je n'arrive pas à comprendre comment nous pouvons demander aux députés de voter contre quelque chose que nous réclamons depuis des années.

— Ce n'est pas ça du tout ! » La colère de Maud montait. « Nous avons fait campagne pour l'égalité et ce n'est pas ce qu'on nous propose. Si nous tombons dans le panneau, nous resterons sur la touche pendant toute une génération encore !

— Il ne s'agit pas de tomber dans un panneau, rétorqua Ethel d'un ton agacé. Je ne suis pas dupe. Je comprends parfaitement votre point de vue, il n'a rien de particulièrement subtil. Mais vous faites erreur.

— Ah oui, vraiment ? » dit Maud sèchement. Ethel perçut soudain sa ressemblance avec Fitz : le frère et la sœur campaient sur leurs positions avec la même obstination.

« Nos adversaires vont en faire leurs choux gras, pensez-y, répondit Ethel. "Les femmes ne savent jamais ce qu'elles veulent, c'est bien connu. Voilà pourquoi il est impensable de les laisser voter." Ils vont nous ridiculiser, une fois de plus.

— Notre propagande doit être meilleure que la leur. Il suffit d'expliquer clairement la situation à tout le monde. »

Ethel secoua la tête. « Vous avez tort. C'est un sujet trop passionnel. Depuis des années, nous nous battons contre la règle établie qui empêche les femmes de voter. C'est l'obstacle principal. Une fois qu'il sera tombé, les gens considéreront les autres concessions comme une simple formalité. Il sera relativement facile d'obtenir l'abaissement de l'âge du droit de vote et l'abandon des autres restrictions. Vous devez bien vous en rendre compte.

— Non », lâcha Maud d'un ton glacial. Elle n'aimait pas du tout s'entendre dire qu'elle devait se rendre compte de quelque chose. « Cette loi constitue un pas en arrière. Et tous ceux qui la soutiennent sont des traîtres. »

Ethel regarda Maud fixement. Elle était blessée. « Vous ne pouvez pas penser ce que vous venez de dire.

— Cessez, je vous prie, de me dire ce que je peux ou ne peux pas penser.

— Cela fait deux ans que nous travaillons et luttons ensemble, insista Ethel, les larmes aux yeux. Vous croyez vraiment que parce que je ne suis pas de votre avis, je trahis la cause du vote des femmes ? »

Maud demeura inflexible. « Absolument.

— Très bien. »

Et, ne sachant que faire, Ethel s'en alla.

2.

Fitz se fit faire six costumes par son tailleur. Les anciens flottaient lamentablement sur son corps amaigri et le vieillissaient. Il enfila sa tenue de soirée toute neuve : queue-de-pie noire, gilet blanc, col cassé et nœud papillon blancs. Il se regarda dans la psyché de son cabinet de toilette et se dit : voilà qui est mieux.

Il descendit au salon. Il pouvait maintenant se passer de

canne dans la maison. Maud lui servit un verre de madère. Tante Herm demanda : « Comment vas-tu ?

— Les médecins disent que ma jambe est en bonne voie de guérison, mais c'est bien long. »

Fitz était retourné sur le front au début de l'année, il n'avait pas supporté le froid et l'humidité des tranchées et avait été à nouveau rapatrié. On l'avait affecté au renseignement.

« Je sais que tu préférerais être là-bas, dit Maud, mais je t'assure que nous ne regrettons pas que tu aies échappé aux combats du printemps. »

Fitz hocha la tête. L'offensive Nivelle avait été un échec et le général français avait été relevé de ses fonctions. Les soldats français, d'humeur rebelle, acceptaient de défendre leurs tranchées mais refusaient d'avancer quand ils en recevaient l'ordre. Jusqu'à présent, l'année avait été mauvaise pour les Alliés.

Maud avait tort de croire que Fitz aurait préféré être au front. Son travail au bureau 40 était sans doute plus important que les combats qui se déroulaient en France. Beaucoup avaient craint que les sous-marins allemands ne coupent les voies d'approvisionnement des Anglais. Or le bureau 40 était capable de repérer la position des sous-marins et d'avertir les navires. Ces informations, ajoutées à la tactique des convois, réduisaient considérablement l'efficacité de la guerre sous-marine. C'était un triomphe, même si peu de gens en étaient conscients.

Le danger se situait désormais du côté de la Russie. Le tsar avait été déposé et tout pouvait arriver. Pour le moment, les modérés avaient la situation en main, mais cela durerait-il ? Ce n'était pas seulement la famille de Bea et l'héritage de Boy qui étaient en péril. Si les extrémistes prenaient le pouvoir en Russie, ils risquaient de signer la paix, permettant à des centaines de milliers de soldats allemands d'être transférés sur le front français.

« Au moins, nous n'avons pas perdu la Russie, dit Fitz.

— Pas encore, répliqua Maud. Les Allemands espèrent la victoire des bolcheviks, c'est de notoriété publique. »

Comme elle prononçait ces mots, Bea apparut sur le seuil, vêtue d'une robe décolletée en soie argentée, rehaussée d'une parure de diamants. Fitz et Bea devaient se rendre à un dîner suivi d'un bal. La saison battait son plein à Londres. Bea entendit la remarque de Maud et intervint : « Ne sous-estimez pas la famille impériale russe. Une contre-révolution n'est pas encore exclue. Après tout, qu'est-ce que le peuple russe a gagné ? Les ouvriers continuent à avoir faim, les soldats à se faire tuer et les Allemands à avancer. »

Grout entra avec une bouteille de champagne. Il la déboucha silencieusement et servit une coupe à Bea. Comme toujours, elle en but une petite gorgée et la reposa.

« Le prince Lvov a fait savoir que les femmes pourront voter pour élire l'assemblée constituante, fit remarquer Maud.

— Si elle est élue un jour, rétorqua Fitz. Le gouvernement provisoire multiplie les annonces, mais l'écoute-t-on vraiment ? D'après ce que je sais, le moindre petit village a instauré son soviet et administre lui-même ses affaires.

— Comment imaginer cela ! s'exclama Bea. Ces paysans superstitieux et illettrés, qui prétendent gouverner !

— C'est extrêmement dangereux, approuva Fitz d'un ton irrité. On ne se rend pas compte qu'ils peuvent à tout moment sombrer dans l'anarchie et la barbarie. » Ce sujet l'exaspérait.

Maud reprit : « Il serait tout de même paradoxal que la Russie devienne plus démocratique que la Grande-Bretagne.

— Le Parlement s'apprête à discuter du vote des femmes.

— Uniquement pour les femmes de plus de trente ans qui sont propriétaires ou locataires de leur logement, ou dont le mari l'est.

— Tout de même, vous devriez être contentes, c'est un progrès. J'ai lu un article de ta camarade Ethel dans une revue. » En feuilletant le *New Statesman* à son cercle, Fitz avait été stupéfié de tomber sur un texte de son ancienne intendante. Il avait reconnu avec un certain malaise qu'il n'aurait pas été capable de rédiger un article aussi clair et aussi solidement argumenté. « Son idée est que les femmes doivent accepter parce que c'est mieux que rien.

— J'ai bien peur de ne pas être de son avis, fit Maud d'un ton froid. Je n'ai pas l'intention d'attendre d'avoir trente ans pour être considérée comme un membre de la race humaine.

— Vous vous êtes disputées ?

— Nous avons décidé de poursuivre notre chemin chacune de son côté. »

Maud était manifestement furieuse. Pour détendre l'atmosphère, Fitz se tourna vers Lady Hermia. « Si le Parlement accorde le droit de vote aux femmes, ma tante, à qui donnerez-vous votre voix ?

— Je ne suis pas sûre que je voterai. C'est un peu commun, non ? »

Maud prit l'air exaspéré, mais Fitz sourit. « Si les dames de la bonne société réagissent comme vous, seules les ouvrières iront voter et elles porteront les socialistes au pouvoir.

— Oh, mon Dieu ! soupira Herm. Dans ce cas, il vaudra peut-être mieux que j'aille voter.

— Vous soutiendriez Lloyd George ?

— Un avocat gallois ? Jamais de la vie.

— Peut-être Bonar Law, le chef de file des conservateurs ?

— Probablement.

— Mais il est canadien.

— Oh, Seigneur !

— Voilà l'ennui quand on a un empire. La racaille du monde entier croit en faire partie. »

La bonne d'enfants arriva avec Boy. Il avait deux ans et demi maintenant. C'était un petit bonhomme potelé, blond comme sa mère. Il courut vers Bea, qui le prit sur ses genoux. Il annonça : « J'ai eu du porridge et Nursie a fait tomber le sucre ! » Et il éclata de rire. C'était la grande affaire du jour à la nursery.

Bea était vraiment épanouie en présence de son fils, constata Fitz. Son expression s'adoucissait. Elle se montrait affectueuse, le dorlotait, l'embrassait. Au bout d'un moment, il se tortilla pour s'échapper et se dirigea vers Fitz en se dandinant. « Comment va mon petit soldat ? Tu continues à bien grandir pour aller tuer les Allemands ?

— Pif ! Paf ! » fit Boy.

Fitz remarqua que son nez coulait. « Il est enrhumé, Jones ? » demanda-t-il d'un ton brusque.

La nurse eut l'air effrayé. C'était une jeune fille d'Aberowen qui avait suivi une formation professionnelle. « Non, monsieur le comte, certainement pas... nous sommes en juin !

— On peut attraper des rhumes en été.

— Il allait très bien aujourd'hui. Il a simplement le nez qui coule un peu.

— Sans doute. » Fitz prit un mouchoir de fil dans la poche intérieure de son costume de soirée et essuya le nez du petit garçon. « A-t-il joué avec des enfants du peuple ?

— Non, monsieur le comte...

— Et au parc ?

— Il n'y a que des enfants de bonne famille à l'endroit où nous allons. J'y veille soigneusement.

— Je l'espère. Cet enfant est l'héritier du titre des Fitzherbert. Il pourrait même être prince russe. »

Fitz posa Boy à terre et l'enfant se précipita vers sa nourrice.

Grout reparut, présentant une enveloppe sur un plateau d'argent.

« Un télégramme, monsieur le comte. Adressé à la princesse. »

Fitz fit signe à Grout de remettre le câble à Bea. Avec une moue inquiète – tout le monde redoutait les télégrammes en ces temps de guerre –, elle déchira l'enveloppe. Elle en parcourut le contenu puis poussa un cri d'effroi.

Fitz se leva d'un bond. « Que se passe-t-il ?

— Mon frère !

— Il est en vie ?

— Oui... blessé. » Elle se mit à pleurer. « On l'a amputé d'un bras, mais il se remet. Oh, pauvre Andreï ! »

Fitz prit le télégramme qui annonçait également que le prince Andreï avait été ramené à Boulovnir, sa propriété de la province de Tambov, au sud-est de Moscou. Fitz espérait qu'il se remettait réellement. Bien des hommes mouraient d'infection et l'amputation ne suffisait pas toujours à empêcher la gangrène.

« Je suis absolument désolé, ma chère », dit-il. Maud et Herm encadraient Bea, cherchant à la réconforter. « Le télégramme affirme qu'une lettre suit, mais Dieu sait combien de temps elle mettra à nous parvenir.

— Je veux savoir comment il va ! sanglotait Bea.

— Je vais demander à l'ambassadeur britannique de se renseigner discrètement », proposa Fitz.

Les comtes conservaient quelques privilèges, même en cette ère de démocratie.

« Nous allons vous reconduire à votre chambre, Bea », suggéra Maud.

Bea acquiesça et se leva.

« Il faut que j'assiste au dîner de Lord Silverman, s'excusa Fitz. Bonar Law y sera. » Fitz souhaitait être un jour ministre d'un gouvernement conservateur et ne manquait pas une occasion de bavarder avec le responsable du parti. « Mais je n'irai pas au bal. Je rentrerai directement. »

Bea hocha la tête et monta, escortée des deux femmes.

Grout annonça : « La voiture est prête, monsieur le comte. »

Pendant le court trajet jusqu'à Belgrave Square, Fitz songea tristement à la nouvelle qu'ils venaient d'apprendre. Le prince Andreï avait toujours très mal administré les terres de la famille. Il prendrait probablement prétexte de sa blessure pour s'en occuper encore moins. Le domaine continuerait à décliner. Mais de Londres, à plus de deux mille kilomètres, Fitz était impuissant. Cela l'ennuyait et le contrariait. L'anarchie n'était jamais bien loin et l'incurie de certains nobles comme Andreï apportait de l'eau au moulin des révolutionnaires.

Quand il arriva chez Silverman, Bonar Law était déjà là – ainsi que Perceval Jones, député d'Aberowen et président de Celtic Minerals. Jones était vaniteux comme un paon, pour ne pas dire plus. Ce soir, il rayonnait d'orgueil à l'idée de se trouver en aussi belle compagnie. Il discutait avec Lord Silverman, les mains enfoncées dans les poches, arborant une énorme chaîne de montre en or en travers de son plastron.

Fitz n'aurait pas dû être surpris. C'était un dîner politique et Jones était une figure montante du parti conservateur : sans doute espérait-il lui aussi un ministère quand Bonar Law serait Premier ministre, s'il l'était un jour. Mais c'était un peu comme s'il retrouvait son valet de chambre au grand bal de la chasse à courre, et Fitz avait la désagréable impression que le bolchevisme pourrait s'imposer subrepticement à Londres sans qu'il soit besoin d'une révolution.

À table, Jones le scandalisa en déclarant qu'il était favorable au vote des femmes.

« Fichtre ! Mais pourquoi ? demanda Fitz.

— Nous avons effectué un sondage auprès des présidents et agents des sections locales, répondit Jones. Deux sur trois sont favorables à cette proposition.

— Des conservateurs ? interrogea Fitz, incrédule.

— Oui, monsieur le comte.

— Mais pourquoi ?

— La loi réservera le droit de vote aux femmes de plus de trente ans qui sont enregistrées comme propriétaires ou locataires ou dont le mari l'est. Cela exclut la plupart des ouvrières d'usine qui sont généralement plus jeunes. Quant à toutes ces abominables intellectuelles, ce sont des célibataires qui vivent sous le toit d'autrui. »

Fitz n'en revenait pas. Pour lui, c'était une question de principe. Il est vrai que les principes ne signifiaient pas grand-chose pour les parvenus comme Jones. Fitz n'avait jamais réfléchi aux conséquences électorales.

« Je ne vois toujours pas...

— Les nouvelles électrices seront pour la plupart des mères de famille d'âge mûr appartenant à la classe moyenne. » Jones se tapotait le nez d'un geste terriblement vulgaire. « Lord Fitzherbert, elles incarnent ce qu'il y a de plus conservateur dans notre pays. Cette loi apportera six millions de voix supplémentaires à notre parti.

— Vous allez donc soutenir le droit de vote des femmes ?

— C'est indispensable ! Nous avons besoin de ces conservatrices. Aux prochaines élections, il y aura trois millions de nouveaux électeurs issus de la classe ouvrière, dont un grand nombre d'hommes tout juste libérés de l'armée, qui ne nous sont pas particulièrement favorables, c'est le moins qu'on puisse dire. Les nouvelles électrices les dépasseront en nombre.

— Et les principes, monsieur ! s'indigna Fitz tout en devinant que la bataille était perdue d'avance.

— Les principes ? répliqua Jones. Nous parlons de politique réaliste. » Il adressa à Fitz un sourire condescendant qui acheva de l'exaspérer. « Si je peux me permettre, il est vrai que vous avez toujours été un idéaliste, monsieur le comte.

— Nous sommes tous des idéalistes, intervint Lord Silverman pour apaiser les esprits en bon maître de maison. C'est pour cela que nous faisons de la politique. Les gens sans idéal ne se donnent pas cette peine. Mais nous sommes obligés de tenir compte des réalités électorales et de l'opinion publique. »

Fitz n'avait pas envie de se voir taxer de rêveur impénitent. Aussi s'empressa-t-il d'approuver : « Bien sûr. Il n'en reste pas moins que la question de la place de la femme touche au cœur de la vie familiale, une préoccupation que je croyais chère aux conservateurs. »

Bonar Law intervint : « La question reste ouverte. Les députés sont libres de voter comme ils l'entendent. Ils agiront en leur âme et conscience. »

Fitz acquiesça docilement. Puis Silverman se mit à parler des mutineries dans l'armée française.

Fitz resta silencieux jusqu'à la fin du dîner. Si cette loi jouissait du soutien d'Ethel Leckwith et de Perceval Jones, l'affaire était mal engagée et ce texte risquait fort d'être adopté. Il estimait que les conservateurs devaient défendre les valeurs traditionnelles, et ne pas répondre à des considérations électorales à court terme. Mais il avait bien senti que ce n'était pas l'avis de Bonar Law et n'avait pas voulu paraître hors du coup. Maintenant il avait honte de n'avoir pas été parfaitement sincère. C'était un sentiment qu'il détestait.

Il quitta la résidence de Lord Silverman immédiatement après Bonar Law. Il rentra chez lui et monta aussitôt. Il se déshabilla, enfila un peignoir de soie et se rendit dans la chambre de Bea.

Il la trouva assise dans son lit avec une tasse de thé. Elle avait pleuré, cela se voyait, mais elle s'était un peu poudré le visage et avait mis une chemise de nuit à fleurs et une liseuse en tricot rose à manches bouffantes. Il lui demanda comment elle allait.

« Je suis effondrée. Je n'ai plus d'autre famille qu'Andreï.

— Je sais. » Elle avait perdu son père et sa mère et n'avait pas d'autres parents proches. « C'est désolant, mais il se remettra. »

Elle posa sa tasse. « J'ai bien réfléchi, Fitz. »

Des mots rares dans sa bouche.

« Prenez ma main, s'il vous plaît. »

Il serra sa main gauche entre les siennes. Elle était jolie et, malgré la tristesse de la situation, il éprouva une bouffée de désir. Il sentait ses bagues sous ses doigts, une bague de fiançailles en diamants et une alliance. Il mourait d'envie de porter sa main à sa bouche et d'enfoncer les dents dans la partie charnue à la base du pouce.

Elle dit : « Je veux que vous m'emmeniez en Russie. »

Il fut si interloqué qu'il en lâcha sa main.

« Que dites-vous ?

— Ne refusez pas tout de suite. Réfléchissez-y. Vous allez me dire que c'est dangereux, je le sais. Il y a pourtant des centaines d'Anglais en Russie en ce moment : des diplomates de l'ambassade, des hommes d'affaires, des soldats et des officiers dans nos missions militaires sur place, des journalistes et j'en passe.

— Et Boy ?

— Je serais désolée de le laisser, mais Jones s'occupe très bien de lui, Hermia l'adore et on peut compter sur Maud pour prendre les décisions qui s'imposent en cas de problème.

— Il va nous falloir des visas...

— Il suffit que vous en touchiez un mot à la bonne personne.

Tout de même, vous venez de dîner avec un membre du gouvernement, sinon plusieurs. »

Elle avait raison. « Le Foreign Office me demandera certainement de rédiger un rapport sur notre voyage, d'autant que nous nous rendrons à la campagne, où les diplomates s'aventurent rarement. »

Elle lui reprit la main. « Le seul membre encore en vie de ma famille est gravement blessé et va peut-être mourir. Il faut que je le voie. Je vous en prie, Fitz. Je vous en supplie. »

En réalité, Fitz n'était pas aussi réticent qu'elle le pensait. Sa perception du danger avait évolué depuis les tranchées. Après tout, la plupart des hommes survivaient aux tirs de barrage. Un voyage en Russie, même s'il n'était pas sans risque, n'était rien par rapport à cela. Pourtant, il hésitait toujours. « Je comprends. Laissez-moi le temps de me renseigner. »

Elle y vit une approbation. « Oh, merci !

— Ne me remerciez pas encore. Je veux d'abord vérifier dans quelle mesure ce serait envisageable.

— Très bien », fit-elle, mais il voyait bien qu'elle ne doutait pas du résultat.

Il se leva. « Il faut que j'aille me préparer pour me coucher, dit-il en se dirigeant vers la porte.

— Quand vous serez prêt... revenez, je vous en prie. J'ai envie que vous me serriez contre vous. »

Fitz sourit. « Bien sûr. »

3.

Le jour où le droit de vote des femmes devait être débattu à la Chambre, Ethel organisa un rassemblement dans une salle proche du palais de Westminster.

Elle travaillait à présent pour le syndicat national des ouvriers du textile qui n'avait été que trop heureux d'engager une militante renommée. Sa mission principale consistait à recruter des membres parmi les femmes surexploitées des ateliers de l'East End, mais le syndicat croyait à l'action politique autant qu'à la lutte sur le lieu de travail.

La rupture de ses relations avec Maud l'attristait. Peut-être y avait-il toujours eu quelque chose d'artificiel dans cette amitié entre la sœur d'un aristocrate et son ancienne intendante. Pourtant Ethel avait cru qu'elles pourraient dépasser cette différence de classe. En réalité, Maud avait toujours été convaincue, inconsciemment peut-être, qu'elle était née pour commander et Ethel pour obéir.

Ethel avait espéré que le vote du Parlement aurait lieu avant la fin du rassemblement pour pouvoir annoncer les résultats, mais les débats se prolongèrent et elle dut lever la réunion à dix heures. Elle se rendit alors avec Bernie dans un pub de Whitehall fréquenté par des députés travaillistes pour attendre l'issue du scrutin.

Il était onze heures passées et le pub s'apprêtait à fermer quand deux députés firent irruption. Apercevant Ethel, l'un d'eux lui lança :

« On a gagné ! Enfin, vous avez gagné. Vous, les femmes. »

Elle n'en revenait pas. « La loi a été votée ?

— À une écrasante majorité : trois cent quatre-vingt-sept voix contre cinquante-sept !

— On a gagné ! » Ethel embrassa Bernie. « On a gagné !

— Bravo, dit-il. Tu peux savourer la victoire. Tu le mérites. »

Impossible de boire un verre pour fêter ça. La nouvelle réglementation en temps de guerre interdisait aux bars de servir au-delà d'une certaine heure. Ces dispositions étaient censées améliorer la productivité de la classe ouvrière. Ethel et Bernie sortirent dans Whitehall pour attraper un bus qui les reconduirait chez eux.

Ethel était euphorique.

« Je n'y crois pas, dit-elle tandis qu'ils attendaient le bus. Après tant d'années... ça y est, les femmes ont le droit de vote. »

Un passant l'entendit, un homme en tenue de soirée qui marchait avec une canne.

Elle reconnut Fitz.

« Ne vous réjouissez pas trop vite. La Chambre des lords rejettera cette loi. »

XXVII

Juin-septembre 1917

1.

Walter von Ulrich se hissa hors de la tranchée et, au péril de sa vie, s'avança dans le no man's land.

L'herbe et les fleurs sauvages repoussaient dans les trous d'obus. C'était une douce soirée d'été dans une région qui avait été jadis polonaise, puis russe, et qui était à présent partiellement occupée par les troupes allemandes. Walter avait enfilé un manteau passe-partout sur un uniforme de caporal. Il s'était sali le visage et les mains par souci d'authenticité. Il arborait une casquette blanche en guise de drapeau blanc et portait un gros carton sur l'épaule.

Il se répétait qu'il n'avait aucune raison d'avoir peur.

Il distinguait confusément les positions russes dans le crépuscule. Les tirs avaient cessé depuis des semaines. Son apparition éveillerait certainement plus de curiosité que de soupçons.

S'il se trompait, il était mort.

Les Russes préparaient une offensive. Les éclaireurs et les avions de reconnaissance allemands signalaient de nouveaux déploiements de troupes sur le front et le déchargement de camions remplis de munitions. Ces informations avaient été confirmées par des soldats russes affamés qui avaient déserté leurs lignes pour se rendre aux Allemands dans l'espoir d'en obtenir un repas.

Les signes de cette offensive imminente avaient profondément déçu Walter. Il avait escompté que le nouveau gouvernement russe serait incapable de poursuivre la guerre. À Petrograd, Lénine et les bolcheviks réclamaient la paix avec véhémence et inondaient le pays de tracts et de journaux – financés par de l'argent allemand.

Le peuple russe ne voulait pas de la guerre. Lorsque le ministre des Affaires étrangères, Pavel Milioukov, l'homme au monocle, avait proclamé que la Russie n'avait pas renoncé à l'objectif d'une « victoire décisive », cette annonce avait déclenché une nouvelle vague de manifestations d'ouvriers et de soldats en colère. Kerenski, le jeune et très éloquent ministre de la Guerre, responsable de la nouvelle offensive en préparation, avait rétabli l'usage du knout dans l'armée et restauré l'autorité des officiers. Mais les soldats russes accepteraient-ils de se battre ? Voilà ce que les Allemands voulaient savoir et Walter était en train de risquer sa vie pour le découvrir.

Les indices étaient contradictoires. Sur certaines parties du front, les soldats russes avaient hissé des drapeaux blancs et unilatéralement déclaré l'armistice. Dans d'autres secteurs, le calme et la discipline semblaient régner. C'était l'un de ces derniers que Walter avait décidé d'explorer.

Il avait fini par quitter Berlin. Monika von der Helbard avait dû annoncer sans ménagement à ses parents qu'il n'y aurait pas de mariage. Et Walter était à nouveau sur le front, occupé à collecter des renseignements.

Il changea son carton d'épaule. Il apercevait à présent une demi-douzaine de têtes qui pointaient au bord de la tranchée. Des têtes coiffées de casquettes : les soldats russes n'avaient pas de casques. Les hommes le suivaient des yeux, mais ne braquaient pas leurs armes sur lui. Pas encore.

Il envisageait la mort avec fatalisme, se disant qu'il mourrait heureux après la nuit d'ivresse qu'il avait passée avec Maud à Stockholm. Bien sûr, il préférerait rester en vie. Il avait envie de fonder un foyer avec Maud et d'avoir des enfants. Et il rêvait de pouvoir le faire dans une Allemagne prospère et démocratique. Mais pour cela, il fallait gagner la guerre, ce qui l'obligeait à risquer sa vie. Bref, il n'avait pas le choix.

Il n'en avait pas moins un nœud à l'estomac lorsqu'il fut à portée de tir des fusils. Il était si facile pour un soldat de viser et d'appuyer sur la détente. Ils étaient là pour ça, d'ailleurs.

Il n'avait pas d'arme. Il espérait qu'ils l'avaient remarqué. Il avait bien un 9 mm Luger coincé à la ceinture, dans son dos, mais ils ne pouvaient pas le voir. Tout ce qu'ils pouvaient repérer, c'était le carton qu'il portait. Et qui, avec un peu de chance, leur paraissait bien innocent.

À chaque pas, il remerciait le ciel d'avoir épargné sa vie, tout en sachant que le suivant le mettrait encore un peu plus en danger. Cela peut survenir à tout moment maintenant, pensa-t-il avec philosophie. Il se demanda si un homme entendait le coup de feu qui l'emportait. Néanmoins, ce qu'il redoutait le plus, c'était d'être blessé et de se vider lentement de son sang ou de succomber à une infection dans un hôpital de campagne sordide.

Distinguant à présent les visages des Russes, il y lisait de l'amusement, de l'étonnement et une franche perplexité. Il guettait anxieusement des signes de peur : c'était le plus grand danger. Un soldat terrifié peut tirer par simple nervosité.

Enfin, il n'eut plus que dix mètres à parcourir, neuf, huit... Il atteignit le bord de la tranchée.

« Salut, camarades », dit-il en russe. Il déposa son carton.

Il tendit la main au soldat le plus proche. L'homme s'en empara machinalement et l'aida à sauter dans la tranchée. Un petit groupe se forma autour de lui. « Je suis venu vous poser une question », annonça-t-il.

Les Russes les plus instruits savaient un peu d'allemand, mais les troupes étaient composées de paysans qui ne connaissaient pas d'autre langue que la leur. Enfant, Walter avait appris le russe dans le cadre de sa formation, sévèrement orchestrée par son père qui le destinait à une carrière dans l'armée et les affaires étrangères. Même s'il n'avait pas beaucoup pratiqué cette langue, ses connaissances devaient être suffisantes pour qu'il puisse mener cette mission à bien.

« D'abord, buvons un coup », proposa-t-il.

Il fit glisser le carton dans la tranchée, l'ouvrit et en sortit une bouteille d'eau-de-vie. Il la déboucha, avala une gorgée, s'essuya la bouche et tendit la bouteille à son voisin, un grand caporal de dix-huit ou dix-neuf ans. L'homme la prit avec un large sourire, but et passa la bouteille au suivant.

Walter observait les environs, mine de rien. La tranchée était construite n'importe comment. Les parois penchaient et n'étaient pas étayées. Le sol était irrégulier, sans revêtement de planches, et donc boueux même en été. Le tracé n'était même pas rectiligne, ce qui n'était peut-être pas plus mal finalement car elle n'était protégée par aucun parapet destiné à faire barrage aux tirs d'artillerie. Il régnait une odeur fétide : les hommes ne devaient pas toujours prendre la peine d'aller jusqu'aux latrines. Quel était le problème avec ces Russes? Tout ce qu'ils faisaient était approximatif, désordonné et mal fini.

Comme la bouteille passait de main en main, un sergent pointa son nez.

« Qu'est-ce que c'est, Feodor Igorovitch? demanda-t-il au grand caporal. Pourquoi discutez-vous avec un salaud d'Allemand? »

Feodor était jeune, mais doté d'une moustache fournie qui rebiquait sur ses joues. Curieusement, il portait un béret de marin planté de travers au sommet de son crâne. Son aplomb frisait l'insolence. « Un petit coup, sergent Gavrik? »

Le sergent but au goulot comme les autres, mais sans afficher la même désinvolture que ses hommes. Il jeta à Walter un regard méfiant. « Qu'est-ce que vous foutez ici? »

Walter avait préparé ses répliques. « Au nom des ouvriers, des soldats et des paysans allemands, je viens vous demander pourquoi vous vous battez contre nous. »

La surprise passée, Feodor rétorqua : « Et vous, pourquoi est-ce que vous vous battez contre nous? »

Là encore, Walter avait une réponse toute prête. « Nous n'avons pas le choix. Notre pays est toujours gouverné par le kaiser. Nous n'avons pas encore fait notre révolution. Mais vous, si. Le tsar n'est plus là et la Russie est maintenant gouvernée par son peuple. Je suis donc venu demander au peuple : pourquoi nous faites-vous la guerre? »

Feodor glissa un regard au sergent et dit : « On n'arrête pas de se le demander. »

Gavrik haussa les épaules. Walter le soupçonnait d'être un traditionaliste qui gardait prudemment ses opinions pour lui.

D'autres soldats arrivèrent le long de la tranchée pour se joindre à eux. Walter ouvrit une autre bouteille. Il observa le cercle d'hommes crasseux, maigres et dépenaillés qui se soûlaient avec empressement.

« Que veulent les Russes? »

Plusieurs réponses fusèrent :

« Des terres.

— La paix.

— La liberté.

— De la gnôle! »

Walter sortit une autre bouteille du carton. Ils avaient surtout besoin d'un morceau de savon, de nourriture copieuse et de chaussures neuves, pensa-t-il.

« Je veux rentrer chez moi, dans mon village, dit Feodor. On est en train de partager les terres du prince et je voudrais m'assurer que ma famille en aura sa part. »

Walter demanda : « Vous soutenez un parti politique ?

— Les bolcheviks ! » cria un soldat.

Les autres poussèrent des hourras.

Walter était ravi. « Êtes-vous membres du parti ? »

Ils secouèrent la tête.

« Avant, répondit Feodor, je soutenais les socialistes révolutionnaires, mais ils nous ont laissés tomber. » D'autres confirmèrent d'un hochement de tête. « Kerenski a rétabli le knout dans l'armée, ajouta Feodor.

— Et il a ordonné une offensive pour l'été », annonça Walter. Il avait sous les yeux un empilement de caisses de munitions, mais il n'y fit pas allusion, de peur qu'à la moindre question trop précise, les Russes ne le soupçonnent d'être un espion. « Nos avions ont repéré les préparatifs d'en haut, précisa-t-il.

— Pourquoi attaquer ? lança Feodor à Gavrik. Nous pouvons tout aussi bien faire la paix de là où nous sommes. » Un murmure d'approbation lui répondit.

« Et que ferez-vous si vous recevez l'ordre d'avancer ? interrogea Walter.

— Il faudra réunir le comité des soldats pour en discuter, répondit Feodor.

— Arrête tes conneries, grommela Gavrik. Les comités de soldats ne sont plus autorisés à discuter les ordres. »

Une rumeur de mécontentement s'éleva. En bordure du cercle, un homme marmonna : « C'est ce qu'on verra, camarade sergent. »

La foule continuait à grossir. Les Russes devaient être capables de sentir l'alcool de loin. Walter brandit deux autres bouteilles. Il expliqua aux nouveaux arrivants : « Le peuple allemand souhaite la paix tout autant que vous. Si vous ne nous attaquez pas, nous ne vous attaquerons pas.

— Buvons à ça ! » s'écria l'un des nouveaux venus, déclenchant une ovation de voix éraillées.

Walter craignait que le bruit n'attire l'attention d'un officier. Il se demandait comment convaincre les Russes de baisser le ton malgré le schnaps. Mais il était déjà trop tard. Une voix forte et autoritaire s'éleva : « Que vous arrive-t-il ? Qu'est-ce que c'est que ce raffut ? »

Les soldats s'écartèrent pour laisser passer un homme de haute taille en uniforme de commandant. Il posa les yeux sur Walter : « Qui êtes-vous, vous ? »

Walter se sentit défaillir. Il était indéniablement du devoir de l'officier de le faire prisonnier. Les renseignements allemands savaient comment les Russes traitaient leurs prisonniers de guerre. Tomber entre leurs mains, c'était être condamné à mourir lentement de faim et de froid.

Il s'obligea à sourire et lui tendit la dernière bouteille intacte.

« Vous voulez boire un coup, commandant ? »

L'officier l'ignora et se tourna vers Gavrik.

« À quoi jouez-vous exactement ? »

Gavrik ne parut pas le moins du monde impressionné.

« Les hommes n'ont pas dîné aujourd'hui, mon commandant. Je pouvais difficilement leur interdire d'accepter un peu d'alcool.

— Vous auriez dû le faire prisonnier ! »

Feodor rétorqua : « Nous ne pouvons pas le faire prisonnier maintenant que nous avons bu ses bouteilles. » Il avait déjà la voix empâtée. « Ce ne serait pas juste ! »

Les hommes braillèrent leur assentiment.

Le commandant s'adressa à Walter.

« Vous êtes un espion. Je devrais vous abattre sur place. »

Il posa la main sur l'étui accroché à sa ceinture.

Les soldats protestèrent bruyamment. Le commandant ne décolérait pas, mais il n'insista pas, préférant manifestement éviter un conflit avec ses hommes.

« Je ferais mieux de m'en aller, leur dit Walter. Votre commandant n'est pas très accueillant. Et puis, il y a un bordel à l'arrière de nos lignes, avec une blonde à gros seins qui doit se sentir un peu seule... »

Les hommes s'esclaffèrent. C'était presque vrai. Il y avait en effet un bordel, mais Walter n'y était jamais allé.

« N'oubliez pas. Si vous ne vous battez pas, nous ne nous battrons pas non plus. »

Il escalada le bord de la tranchée. C'était le moment le plus dangereux. Il se releva, fit quelques pas, se retourna, agita la main et s'éloigna. Leur curiosité était satisfaite et le schnaps épuisé. Ils pouvaient fort bien se rappeler soudain leur devoir et abattre l'ennemi. Il avait l'impression d'avoir une cible dessinée dans le dos.

La nuit tombait, il serait bientôt hors de vue. Il n'était qu'à quelques mètres du salut. Il dut faire un effort de volonté surhumain pour ne pas prendre ses jambes à son cou. Au risque de se prendre une balle. Les dents serrées, il continua d'avancer d'un pas tranquille au milieu des obus qui n'avaient pas explosé.

Il jeta un coup d'œil derrière lui. Il ne voyait plus la tranchée. Ils ne pouvaient plus le voir, eux non plus. Il était sauvé.

Il respira plus librement et poursuivit son chemin. Il avait bien joué. Et appris beaucoup de choses. Même si ce secteur ne brandissait pas de drapeaux blancs, les Russes étaient en piteux état pour des hommes qui étaient censés se battre. Le mécontentement et la révolte grondaient et les officiers maintenaient la discipline à grand-peine. Le sergent avait veillé à ne pas les contrarier. Le commandant n'avait pas osé le faire prisonnier. Un tel état d'esprit ne pouvait inciter les hommes à marcher vaillamment au combat.

Arrivé en vue des lignes allemandes, il cria son nom et le mot de passe convenu. Il se glissa dans la tranchée. Un lieutenant le salua.

« Sortie fructueuse ?

— Oui, merci. Très fructueuse. »

2.

Dans la vieille chambre de Grigori, Katerina était allongée sur le lit, vêtue d'une simple chemise légère. La fenêtre était ouverte sur la douceur de juin et sur le vacarme des trains qui passaient à quelques mètres. Elle était enceinte de six mois.

Du bout du doigt, Grigori parcourut les courbes de son corps, depuis l'épaule en passant par un sein rond, suivant la ligne des côtes, le renflement du ventre, le galbe de la cuisse. Avant Katerina, il n'avait pas connu cette joie simple. Ses rapports de jeunesse avec les femmes avaient été hâtifs et sans lendemain. C'était une expérience émouvante et nouvelle pour lui de rester couché près d'une femme après l'amour pour caresser son corps avec douceur et tendresse, sans précipitation ni convoitise. Peut-être était-ce cela, le secret du mariage. « Tu es encore plus belle quand tu es enceinte », lui dit-il d'une voix assourdie pour ne pas réveiller Vlad.

Pendant deux ans et demi, il avait servi de père au fils de son frère ; cette fois, l'enfant à naître serait le sien. Il aurait aimé lui donner le nom de Lénine, mais ils avaient déjà un Vladimir. La grossesse de Katerina avait radicalisé l'engagement politique de Grigori. Il devait penser au pays dans lequel l'enfant grandirait, et il voulait que son fils soit un homme libre. (Car, dans son esprit, il n'y avait pas de doute que ce serait un garçon.) Il voulait être sûr que la Russie serait gouvernée par son peuple et non par un tsar, un parlement bourgeois ni une coalition d'affairistes et de généraux qui renoueraient avec le modèle d'autrefois, sous des formes nouvelles.

Il n'appréciait pas vraiment Lénine. Cet homme vivait dans un état de colère incessante. Il passait son temps à invectiver les gens. Tous ceux qui le contredisaient étaient des « porcs », des « salauds », des « cons ». Mais il travaillait plus dur que n'importe qui, réfléchissait longuement et prenait toujours les bonnes décisions. Toutes les « révolutions » qu'avait déjà connues la Russie s'étaient perdues en tergiversations. Grigori savait qu'avec Lénine, cela n'arriverait pas.

Le gouvernement provisoire en était parfaitement conscient, lui aussi, et certains signes donnaient à penser que ses membres voulaient la peau de Lénine. La presse de droite l'avait accusé d'être un espion à la solde de l'Allemagne. L'accusation était absurde. Il était vrai pourtant que Lénine disposait d'une source de financement secrète. En tant que bolchevik de la première heure, Grigori appartenait au cercle le plus étroit et n'ignorait pas que l'argent venait d'Allemagne. Si ce secret était éventé, cela attiserait les soupçons.

Il somnolait quand il entendit des pas dans le couloir, suivis de coups violents et insistants frappés à la porte. Il cria en enfilant son pantalon : « Qu'est-ce que c'est ? » Vlad se réveilla et se mit à pleurer.

Une voix masculine demanda : « Grigori Sergueïevitch ?

— Oui. » Ouvrant la porte, Grigori découvrit Isaak. « Qu'est-ce qui se passe ?

— Ils ont émis des mandats d'arrêt contre Lénine, Zinoviev et Kamenev. »

Grigori se figea. « Il faut les avertir !

— Une voiture de l'armée nous attend en bas.

— Je mets mes chaussures. »

Isaak s'en alla. Katerina prit Vladimir dans ses bras pour le consoler. Grigori s'habilla à la hâte, les embrassa tous les deux et dévala l'escalier.

Il grimpa dans le véhicule à côté d'Isaak en disant : « Le plus important, c'est Lénine. » Le gouvernement avait raison de s'en prendre à lui. Zinoviev et Kamenev étaient de fervents révolutionnaires, mais Lénine était le moteur du mouvement. « Il faut le prévenir en premier. Va chez sa sœur. Aussi vite que tu peux. »

Isaak lança le moteur à plein régime. Grigori s'accrocha pendant que le véhicule négociait un virage dans un grand crissement de pneus. Quand la voiture se redressa, il demanda : « Comment l'as-tu su ?

— Par un bolchevik du ministère de la Justice.

— Quand est-ce que les mandats ont été signés ?

— Ce matin.

— Pourvu qu'on y soit à temps. » Grigori avait très peur que Lénine ait déjà été arrêté. Sa détermination inflexible était sans égale. Il était tyrannique sans doute, mais il avait propulsé le parti bolchevique à la première place. Sans lui, la révolution risquait de sombrer dans la confusion et les compromis.

Rue Chirokaïa, Isaak se rangea devant un immeuble bourgeois. Grigori sortit de la voiture d'un bond et alla frapper à la porte des Elizarov. Anna Elizarova, la sœur aînée de Lénine, vint ouvrir. Elle avait une cinquantaine d'années et des cheveux grisonnants séparés par une raie au milieu. Grigori la connaissait : elle travaillait à la *Pravda.* « Il est là ? demanda Grigori.

— Oui, pourquoi, qu'y a-t-il ? »

Grigori poussa un soupir de soulagement. Il n'arrivait pas trop tard. Il entra. « Ils viennent l'arrêter. »

Anna claqua la porte. « Volodia ! cria-t-elle en appelant Lénine par son diminutif. Viens, vite ! »

Lénine surgit, habillé comme toujours d'un costume sombre miteux avec faux col et cravate. Grigori lui exposa rapidement la situation. « Je pars tout de suite, déclara Lénine.

— Tu ne veux pas fourrer deux ou trois choses dans une valise ? suggéra Anna.

— Trop risqué. Tu m'enverras des affaires plus tard. Je te

ferai savoir où je suis. » Il se tourna vers Grigori. « Merci de m'avoir prévenu, Grigori Sergueïevitch. Tu as une voiture ?

— Oui. »

Lénine passa sur le palier sans ajouter un mot. Grigori le suivit dans la rue et lui ouvrit la portière. « Ils ont aussi lancé des mandats d'arrêt contre Zinoviev et Kamenev, annonça Grigori comme Lénine montait dans la voiture.

— Retourne à l'appartement et appelle-les. Mark a le téléphone. Il sait où les trouver. » Il ferma la portière, se pencha en avant et dit à Isaak quelque chose que Grigori n'entendit pas. Isaak démarra.

Du Lénine tout craché : il hurlait des ordres et on lui obéissait parce qu'il avait toujours raison.

Grigori se sentait déchargé d'un grand poids. Balayant la rue du regard, il aperçut un groupe d'hommes qui sortaient d'un immeuble, sur le trottoir d'en face. Certains étaient en civil, d'autres en uniformes d'officiers. Il fut stupéfait de reconnaître Mikhaïl Pinski. La police secrète avait été théoriquement supprimée, mais de toute évidence, Pinski et ses semblables continuaient à sévir au sein de l'armée.

Ils étaient sûrement là pour Lénine. Et venaient de le manquer parce qu'ils s'étaient trompés d'immeuble.

Grigori rentra précipitamment. La porte de l'appartement des Elizarov était toujours ouverte. Anna, Mark, son mari, son fils adoptif Gora et leur domestique, une fille de la campagne prénommée Anouchka l'attendaient. Grigori referma derrière lui. « Il est parti sans problème, expliqua-t-il. Mais la police est dehors. Il faut que j'appelle Zinoviev et Kamenev tout de suite.

— Le téléphone est là, sur la table », lui dit Mark.

Grigori hésita. « Comment ça marche ? » Il ne s'était jamais servi d'un téléphone.

« Oh, pardon », s'excusa Mark. Il prit le combiné, dont il appliqua une extrémité sur son oreille et l'autre sur sa bouche. « Nous ne l'avons pas depuis longtemps, mais nous nous en servons si souvent que ça nous paraît déjà évident. » D'un geste impatient, il secoua la barre métallique à ressort qui surmontait l'appareil. « Oui, s'il vous plaît, mademoiselle ». Et il énonça un numéro.

On frappa à la porte. Grigori posa un doigt sur sa bouche pour leur demander de se taire.

Anna s'éloigna avec Anouchka et l'enfant au fond de l'appartement.

Mark parlait au téléphone d'une voix précipitée. Grigori alla se poster dans l'entrée. Une voix lança : « Ouvrez ou je défonce la porte. Nous avons un mandat ! »

Grigori répondit : « Un instant, j'enfile mon pantalon. »

Les descentes de police n'étaient pas rares dans le genre d'immeuble où il avait vécu toute sa vie, et il connaissait toutes les astuces pour gagner du temps.

Mark secoua de nouveau la barre métallique du téléphone et demanda un autre numéro. Grigori cria : « Qui êtes-vous ? Qui est à la porte ?

— Police ! Ouvrez immédiatement !

— J'arrive. Il faut que j'enferme le chien dans la cuisine.

— Dépêchez-vous ! »

Grigori entendit Mark qui murmurait : « Dites-lui de se cacher. La police est à ma porte. »

Il reposa le combiné sur son support et adressa un signe à Grigori.

Grigori ouvrit la porte et s'écarta.

Pinski entra. « Où est Lénine ? »

Plusieurs officiers le suivirent.

« Il n'y a personne de ce nom ici », répondit Grigori.

Pinski le dévisagea.

« Qu'est-ce que tu fais ici, toi ? Toujours là où il ne faut pas, décidément. »

Mark s'avança et demanda calmement : « Puis-je voir le mandat, s'il vous plaît ? »

Pinski lui tendit de mauvaise grâce une feuille de papier.

Mark l'examina attentivement avant de déclarer : « Haute trahison ? C'est ridicule !

— Lénine est un agent allemand », assura Pinski. Il observa Mark en fronçant les sourcils. « Vous êtes son beau-frère, n'est-ce pas ? »

Mark lui rendit son papier. « L'homme que vous recherchez n'est pas là. »

Pinski sentait qu'il disait la vérité et cela le rendait fou de rage.

« Et pourquoi ? Il habite ici.

— Lénine n'est pas là », répéta Mark.

Pinski s'empourpra. « Quelqu'un l'a prévenu ? » Il saisit Grigori par sa tunique. « Pourquoi es-tu là, toi ?

— Je suis député du soviet de Petrograd, je représente le 1er régiment de mitrailleurs et si tu ne veux pas voir le régiment tout entier rappliquer à ton quartier général, tu as intérêt à ôter tes sales pattes de là. »

Pinski le lâcha. « On va quand même jeter un coup d'œil. »

Il y avait une bibliothèque près de la table du téléphone. Pinski sortit quelques livres d'une étagère et les lança par terre. Il fit signe aux officiers de pénétrer dans l'appartement. « Allez-y, amusez-vous un peu. »

3.

Walter se rendit dans un village situé sur le territoire pris aux Russes et donna une pièce d'or à un paysan stupéfait et ravi en échange de ses vêtements : un manteau crasseux en peau de mouton, une blouse de coton, un pantalon de grosse toile avachie et des sabots en écorce de hêtre tressée. Heureusement, Walter n'avait pas besoin de sous-vêtements, car l'homme n'en portait pas.

Il se coupa les cheveux avec des ciseaux de cuisine et cessa de se raser.

Sur un petit marché, il acheta un sac d'oignons, au fond duquel il dissimula une pochette de cuir contenant dix mille roubles en pièces et en billets.

Une nuit, il se macula le visage et les mains de terre. Vêtu des habits du paysan, son sac d'oignons sur l'épaule, il traversa le no man's land, franchit les lignes russes et gagna la gare la plus proche, où il acheta un billet de troisième classe.

Affichant une mine agressive, il répondait par des grognements à tous ceux qui lui adressaient la parole, comme s'il craignait qu'ils aient des visées sur son sac d'oignons, ce qui était peut-être le cas. Il portait, bien en vue à la ceinture, un grand couteau, rouillé mais effilé. Et, caché sous son manteau malodorant, un pistolet Mosin-Nagant, emprunté à un officier russe prisonnier. Quand, par deux fois, un policier l'aborda, il se contenta de lui offrir un oignon avec un sourire stupide ; les deux fois, le policier considéra d'un air dégoûté ce pot-de-vin minable avant de s'éloigner. Si l'un d'eux avait exigé de fouiller son sac, Walter l'aurait tué sans hésiter, mais cela ne fut pas nécessaire. Il prenait des billets pour de courts trajets, s'arrêtait chaque fois trois ou quatre gares plus loin : un paysan ne parcourait pas des centaines de kilomètres pour vendre ses oignons.

Il était tendu, toujours sur ses gardes. Son déguisement était assez peu convaincant. Si quelqu'un échangeait plus de trois mots avec lui, il s'apercevrait immédiatement qu'il n'était pas russe. Il risquait la peine de mort.

Dans un premier temps, il eut peur. Mais le deuxième jour, la crainte fit place à un profond ennui. Il n'avait aucun moyen d'occuper son esprit. Il ne pouvait pas lire, évidemment. Il se gardait bien d'examiner les horaires affichés dans les gares et regardait à peine les panneaux indicateurs, la plupart des paysans étant analphabètes. Dans les trains qui se succédaient et bringuebalaient avec lenteur à travers les interminables forêts de Russie, il se laissa aller à un rêve éveillé complexe, imaginant l'appartement dans lequel il vivrait avec Maud après la guerre. Il serait aménagé dans un style moderne, tout en bois clair et en couleurs neutres, comme la maison des von der Helbard, à l'opposé du décor sombre et chargé qui dominait chez ses parents. Tout serait facile à entretenir, en particulier la cuisine et la buanderie, pour qu'ils puissent se contenter d'un nombre réduit de domestiques. Ils auraient un bon piano, un piano à queue Steinway, car ils aimaient jouer l'un et l'autre. Ils achèteraient une ou deux toiles modernes spectaculaires, d'expressionnistes autrichiens pourquoi pas, pour horrifier leurs aînés et asseoir leur réputation de couple progressiste. Ils auraient une chambre claire et spacieuse, dormiraient nus dans un lit moelleux, s'embrasseraient, bavarderaient et feraient l'amour.

Il finit ainsi par rejoindre Petrograd.

L'organisation mise au point avec un socialiste révolutionnaire de l'ambassade de Suède prévoyait qu'un membre du parti bolchevique viendrait tous les soirs à six heures attendre Walter et son argent à la gare de Varsovie, à Petrograd. Il resterait une heure puis repartirait. Walter arriva à midi et en profita pour aller faire un tour en ville dans l'idée d'évaluer la capacité du peuple russe à poursuivre la guerre.

Il fut consterné par ce qu'il vit.

Dès qu'il mit le pied hors de la gare, il fut assailli par des prostitués, hommes, femmes, adultes et enfants. Il franchit un pont enjambant un canal et parcourut deux ou trois kilomètres à pied avant d'atteindre le centre-ville, au nord. La majorité des magasins étaient fermés, souvent barricadés par des planches, parfois simplement abandonnés, leurs vitrines fracassées formant un tapis de verre brillant sur le trottoir. Il croisa de nombreux ivrognes et assista à deux bagarres. Parfois, une voiture à cheval ou une automobile passait à vive allure, dispersant les piétons, ses passagers dissimulés derrière des rideaux. La plupart des gens étaient maigres, dépenaillés, pieds nus. C'était bien pire qu'à Berlin.

Il aperçut aussi des soldats, seuls ou en groupes, dont le comportement révélait un manque de discipline flagrant : incapables de marcher au pas, ou avachis à leur poste, l'uniforme déboutonné, bavardaient avec les civils et n'en faisaient apparemment qu'à leur tête. Ces observations confirmaient l'impression que lui avait laissée sa visite sur le front russe : ces hommes n'étaient absolument pas d'humeur à se battre.

Excellente nouvelle, se dit-il.

Personne ne l'accosta et la police l'ignora. Il n'était qu'un loqueteux parmi tous ceux qui traînaient dans cette ville en déliquescence.

À six heures, il retourna à la gare de fort bonne humeur et repéra très vite son contact, un sergent qui avait noué un foulard rouge au canon de son fusil. Avant de se manifester, il prit le temps de l'étudier. C'était un personnage imposant, non par sa taille, mais par sa large carrure et sa puissante constitution. Il lui manquait l'oreille droite, une incisive et le majeur gauche. Il attendait avec la patience d'un soldat aguerri, mais rien n'échappait à la vigilance de ses yeux bleus. Bien que Walter ait tenté de l'observer à la dérobée, le soldat surprit son regard, lui fit signe, tourna les talons et s'éloigna. Comprenant ce qu'il attendait de lui, Walter le suivit. Ils pénétrèrent dans une grande salle pleine de tables et de chaises. Walter demanda : « Sergent Grigori Pechkov ? »

Grigori acquiesça. « Je sais qui vous êtes. Asseyez-vous. »

Walter regarda autour de lui. Un samovar sifflait dans un coin. Une vieille femme enveloppée dans un châle vendait des poissons fumés et marinés. Une vingtaine de personnes occupaient les tables. Personne ne prêtait attention au soldat et au paysan qui espérait manifestement lui vendre ses oignons. Un jeune homme en tunique bleue d'ouvrier entra derrière eux. Walter croisa brièvement son regard et le vit s'installer à une table, allumer une cigarette et ouvrir la *Pravda* : « Vous croyez que je pourrais manger quelque chose ? demanda Walter. Je meurs de faim, mais je suppose que les prix sont trop élevés pour un simple paysan. »

Grigori commanda une assiette de pain noir et de harengs et deux tasses de thé sucré. Walter se jeta dessus. Après l'avoir observé un moment, Grigori se mit à rire : « Je m'étonne que vous ayez pu vous faire passer pour un paysan. J'ai tout de suite vu que vous étiez un bourgeois.

— Comment ?

— Vous avez les mains sales, mais vous mangez par petites bouchées et vous vous essuyez les lèvres avec un chiffon comme si c'était une serviette de table. Un vrai paysan enfourne la nourriture et aspire son thé avant de l'avaler. »

Cette réflexion condescendante agaça Walter. J'ai quand même survécu trois jours dans leurs satanés trains, songea-t-il. J'aimerais t'y voir, en Allemagne. Il était temps de rappeler à ce gaillard qu'il devait mériter son argent.

« Dites-moi comment ça se passe pour les bolcheviks.

— Dangereusement bien, répondit Grigori. Des milliers de Russes ont adhéré au parti au cours des derniers mois. Léon Trotski a enfin annoncé qu'il nous soutenait. Vous devriez l'entendre. Il remplit le Cirque moderne presque tous les soirs. » De toute évidence, Grigori idolâtrait Trotski. Les Allemands eux-mêmes reconnaissaient ses talents d'orateur. Un homme de cette trempe était une prise de choix pour les bolcheviks. « En février, nous avions dix mille membres. Aujourd'hui, nous en avons deux cent mille, conclut Grigori fièrement.

— C'est remarquable. Mais est-ce que vous pouvez faire évoluer les choses ?

— Nous avons de bonnes chances de gagner les élections à l'assemblée constituante.

— Quand auront-elles lieu ?

— Elles ont été repoussées plusieurs fois...

— Pourquoi ? »

Grigori soupira. « Le gouvernement provisoire a d'abord instauré un conseil des représentants qui a fini par décider, au bout de deux mois, de constituer un deuxième conseil de soixante membres, chargés de rédiger la loi électorale...

— Pourquoi? Pourquoi une organisation aussi compliquée ? »

L'expression de Grigori disait assez sa fureur. « D'après eux, il faut que le résultat des élections soit absolument incontestable – mais la vraie raison, c'est que les partis conservateurs traînent les pieds parce qu'ils savent parfaitement qu'ils vont perdre. »

Pour un sergent, son analyse était fine, remarqua Walter. « Alors, quand les élections auront-elles lieu ?

— En septembre.

— Et qu'est-ce qui vous fait penser que les bolcheviks l'emporteront ?

— Nous sommes toujours le seul parti à prôner énergiquement la paix. Et tout le monde le sait, grâce aux journaux et aux tracts que nous distribuons.

— Pourquoi disiez-vous tout à l'heure que les choses vont "dangereusement bien" pour vous ?

— Parce que, aux yeux du gouvernement, cela fait de nous l'ennemi à abattre. Il a lancé un mandat d'arrêt contre Lénine, qui a dû se cacher. Mais il continue à diriger le parti. »

Walter voulait bien le croire. Si Lénine avait pu garder la mainmise sur son parti depuis son exil zurichois, il pouvait certainement le faire depuis une planque en Russie.

Walter avait fait sa livraison et obtenu les informations qu'il voulait. Il avait accompli sa mission. Il était soulagé. Ne lui restait plus qu'à rentrer chez lui.

Il poussa du pied vers Grigori le sac d'oignons contenant les dix mille roubles.

Il termina son thé et se leva. « J'espère que vous apprécierez les oignons », dit-il avant de se diriger vers la porte.

Du coin de l'œil, il aperçut l'homme en vareuse bleue qui repliait son numéro de la *Pravda* et quittait son siège.

Il prit un billet pour Louga et monta dans le train. Entrant dans un compartiment de troisième classe, il se fraya un passage parmi des soldats qui fumaient en buvant de la vodka, une famille juive qui transportait tous ses biens dans des ballots fermés par des ficelles, des paysans encombrés de cageots vides qui venaient sans doute de vendre tous leurs poulets. Arrivé au fond du wagon, il se retourna.

La vareuse bleue monta.

Walter le vit bousculer les passagers, jouant des coudes sans scrupule. Seul un policier pouvait se comporter ainsi.

Walter sauta du train et quitta la gare en toute hâte. Se rappelant son exploration de l'après-midi, il prit la direction du canal. En cette période d'été, les nuits étaient courtes. Il faisait encore jour malgré l'heure tardive. Il espérait avoir semé son poursuivant, mais jetant un coup d'œil derrière lui, il vit que l'homme à la vareuse le suivait toujours. Il avait dû filer Pechkov et s'être mis en tête d'en apprendre un peu plus sur son ami paysan vendeur d'oignons.

L'homme avançait maintenant au pas de course.

S'il se faisait prendre, Walter serait fusillé pour espionnage. Il savait ce qui lui restait à faire.

Il se trouvait dans un quartier plus que modeste. Toute la ville de Petrograd suait la pauvreté. Ici, il était entouré des hôtels bon marché et des bars miteux qui pullulent aux abords des gares du monde entier. Walter se mit à courir lui aussi. L'homme en bleu accéléra pour ne pas se laisser distancer.

Walter arriva à proximité d'un dépôt de briques au bord du canal. Il était fermé par un grand mur et par une grille, mais jouxtait un entrepôt délabré qui n'était protégé par aucune clôture. Walter s'écarta de la rue, traversa l'entrepôt au pas de course et escalada le mur du dépôt de briques.

Il aurait dû y avoir un gardien, Walter n'en vit pas. Il chercha un endroit où se cacher. Quel dommage qu'il fasse encore aussi clair. Le dépôt était équipé d'un quai donnant sur le canal, avec un petit appontement de bois. Walter était environné de tas de briques à hauteur d'homme. Il fallait qu'il puisse voir sans être vu. Il s'approcha d'un tas incomplet : une partie des briques avaient dû être vendues. Il le reconstitua rapidement de façon à pouvoir surveiller les alentours par une brèche tout en se dissimulant. Puis il dégagea le Mosin-Nagant de sa ceinture et arma le chien.

Quelques instants plus tard, il vit la vareuse bleue franchir le mur.

L'homme était de taille moyenne, mince, avec une petite moustache. Il n'avait pas l'air très rassuré : il venait de comprendre qu'il ne se contentait plus de poursuivre un suspect. Il s'était engagé dans une chasse à l'homme et ne savait pas très bien s'il était le chasseur ou la proie.

Il sortit une arme.

Walter visa la tunique bleue à travers la brèche de son mur de briques, mais il était trop loin pour être sûr d'atteindre sa cible.

L'homme resta un moment immobile. Il regardait autour de lui, visiblement indécis. Puis il se retourna et se dirigea vers l'eau d'un pas hésitant.

Walter le suivit. Il avait renversé la situation.

L'homme passait d'un tas de briques à l'autre, scrutant les environs. Walter l'imita, s'embusquant derrière les briques chaque fois que l'autre s'arrêtait, se rapprochant progressivement de lui. Walter tenait à éviter un échange de coups de feu qui risquerait d'alerter la police. Il fallait abattre son ennemi d'une ou deux balles et déguerpir au plus vite.

Quand l'homme arriva au bord de l'eau, il n'était plus qu'à trois mètres de distance. Il inspecta le canal des deux côtés, comme si Walter avait pu prendre le large en bateau.

Sortant de sa cachette, Walter lança un caillou dans son dos. L'homme se retourna et ses yeux se posèrent sur Walter.

Il poussa un hurlement.

Un cri aigu, féminin, de surprise et de terreur. Walter sut à cet instant qu'il ne l'oublierait jamais.

Il pressa la détente, le coup de feu partit et le cri s'éteignit.

Une seule balle avait suffi. Le policier s'effondra, sans vie.

Walter se pencha sur le corps. Les yeux regardaient le ciel sans le voir. Il ne sentit ni souffle ni battement de cœur.

Il tira le corps jusqu'au bord du canal. Il mit des briques dans les poches du pantalon et de la blouse de l'homme pour le lester. Puis il le fit passer par-dessus la rambarde et le laissa tomber dans l'eau.

Il coula. Walter s'éloigna.

4.

Grigori assistait à une séance du soviet de Petrograd quand la contre-révolution débuta.

Il en fut contrarié, mais pas étonné. La réaction n'avait cessé de se durcir au fur et à mesure que la popularité des bolcheviks grandissait. Le parti obtenait de bons résultats aux élections locales et prenait le contrôle d'un soviet provincial après l'autre. Il avait remporté trente-trois pour cent des voix au conseil municipal de Petrograd. Le gouvernement, dirigé par Kerenski, avait riposté en arrêtant Trotski et en repoussant une fois de plus les élections nationales à l'assemblée constituante. Les bolcheviks n'avaient cessé de dire que le gouvernement provisoire n'organiserait jamais de scrutin national et ce nouveau report renforçait leur crédibilité.

C'est alors que l'armée entra en jeu.

Le général Kornilov était un Cosaque au crâne rasé doté d'un cœur de lion mais d'une cervelle de mouton, selon le mot célèbre du général Alexeïev. Le 9 septembre, Kornilov donna ordre à ses troupes de marcher sur Petrograd.

Le soviet décida sur-le-champ de constituer un comité de lutte contre la contre-révolution.

Un comité ? À quoi bon ? se dit Grigori, agacé. Il se leva, ravalant sa peur et sa colère. En tant que délégué du 1er régiment de mitrailleurs, on l'écoutait avec respect, surtout sur les questions militaires.

« Un comité ne sert à rien si ses membres ne font qu'aligner les discours, déclara-t-il avec ferveur. Si les rapports que nous venons d'entendre disent vrai, les forces de Kornilov sont aux portes de Petrograd. On ne les arrêtera que par la force. » Il portait toujours son uniforme de sergent, et était armé d'un fusil et d'un pistolet. « Le comité ne sera utile que s'il mobilise les ouvriers et les soldats de Petrograd contre la mutinerie de l'armée. »

Seuls les bolcheviks avaient le pouvoir de rassembler le peuple, c'était une évidence aux yeux de Grigori. L'ensemble des autres délégués, tous partis confondus, le savaient également. Finalement, on décida que le comité serait formé de trois mencheviks, trois socialistes révolutionnaires et trois bolcheviks, dont Grigori. Mais personne n'ignorait que les bolcheviks étaient les seuls qui comptaient.

Dès cette décision prise, le comité de lutte quitta la salle de conférences. Depuis six mois désormais, Grigori jouait un rôle politique et les rouages du système n'avaient plus de secret pour lui. Passant outre à la composition officielle du comité, il invita une dizaine de personnes compétentes à les rejoindre, parmi lesquelles Konstantin des usines Poutilov et Isaak du 1er régiment de mitrailleurs.

Le soviet s'était déplacé du palais de Tauride pour siéger à l'institut Smolni, une ancienne école de filles. Le comité se réunit dans une salle de classe tapissée de broderies encadrées et d'aquarelles mièvres.

« Avons-nous une motion à débattre ? » demanda le président.

Ce n'était que du verbiage, mais Grigori fréquentait les assemblées depuis assez longtemps pour savoir comment contourner la difficulté. Il prit immédiatement la direction des opérations pour obtenir que le comité oublie la rhétorique et se concentre sur l'action.

« Oui, camarade président, si je peux me permettre. Il me semble qu'il y a cinq mesures à prendre. » Il était toujours bon de présenter une liste de points : les gens se sentaient obligés d'écouter jusqu'au bout. « Numéro un : mobiliser les soldats de Petrograd contre la mutinerie du général Kornilov. Comment ? Je suggère que le caporal Isaak Ivanovitch dresse la liste des principales casernes avec les noms des responsables révolutionnaires dignes de confiance qui s'y trouvent. Quand nous aurons identifié nos alliés, nous leur enverrons une lettre leur donnant instruction de se placer sous les ordres de ce comité et de se tenir prêts à repousser les mutins. Si Isaak s'y met tout de suite, il pourra nous soumettre la liste et la lettre dans quelques minutes. »

Grigori se tut un instant pour laisser le temps aux auditeurs d'opiner et, considérant leurs hochements de tête comme une approbation, il reprit la parole.

« Merci. Vas-y, camarade Isaak. Numéro deux : il faut adresser un message à Cronstadt. » La base navale de Cronstadt, une île située à une trentaine de kilomètres de la côte, était connue pour les mauvais traitements qu'y subissaient les marins, et plus particulièrement les jeunes recrues. Six mois plus tôt, les marins s'étaient retournés contre leurs bourreaux et avaient torturé et tué plusieurs officiers. Depuis, la base était devenue un bastion radical. « Les marins doivent s'armer, débarquer à Petrograd et se placer sous nos ordres. » Grigori désigna un député bolchevique qu'il savait proche des marins. « Camarade Gleb, tu veux t'en charger, avec l'approbation du comité ? »

Gleb acquiesça. « Si tu veux bien, je vais rédiger une lettre à faire signer par notre président et je l'apporterai moi-même à Cronstadt.

— Je t'en prie. »

Les membres du comité avaient l'air un peu déconcerté. Tout se passait si vite. Les bolcheviks étaient les seuls à ne pas être surpris.

« Numéro trois : il faut organiser les ouvriers en unités défensives et les armer. Nous prendrons les armes dans les arsenaux et les usines d'armement. La plupart des ouvriers devront être formés au maniement des armes et à la discipline militaire. Je propose que cette tâche soit assurée conjointement par les syndicats et les gardes rouges. » Les gardes rouges étaient des ouvriers et soldats révolutionnaires, armés. Ils n'étaient pas tous bolcheviks, mais obéissaient généralement aux ordres de leurs comités. « Je suggère de confier cette mission au camarade Konstantin, représentant des usines Poutilov. Il connaît les syndicats majoritaires des principales usines. »

Grigori savait qu'il était en train de transformer la population de Petrograd en armée révolutionnaire. Tous les bolcheviks du comité en étaient conscients, eux aussi, mais les autres s'en rendaient-ils compte ? Quand tout serait terminé, en supposant que la contre-révolution soit vaincue, les modérés auraient beaucoup de mal à désarmer la force qu'ils auraient contribué à constituer et à rétablir l'autorité du gouvernement provisoire. S'ils s'en avisaient, ils tenteraient sans doute d'atténuer ou de contrer les propositions de Grigori. Pour le moment, leur principal souci était d'éviter un coup d'État militaire. Comme toujours, les bolcheviks étaient les seuls à avoir une stratégie.

Konstantin répondit : « Oui, bien sûr, je vais dresser une liste. »

Il ferait la part belle aux responsables syndicaux bolcheviks, naturellement, mais c'étaient les plus efficaces de toute manière.

Grigori poursuivit : « Numéro quatre : le syndicat des cheminots doit tout faire pour entraver l'avancée de l'armée de Kornilov. » Les bolcheviks, qui s'étaient donné beaucoup de mal pour s'imposer dans ce syndicat, disposaient désormais d'au moins un sympathisant par hangar à locomotives. Et les syndicalistes bolcheviques se portaient toujours volontaires pour être trésoriers, secrétaires, présidents. « Même si certains soldats arrivent par la route, le gros des hommes et de l'approvisionnement devra être acheminé par train. Les syndicats veilleront à les retarder et à les dévier. Camarade Viktor, peut-on compter sur toi ? »

Viktor, représentant des cheminots, signifia son assentiment. «Je vais créer un comité *ad hoc* au sein du syndicat pour ralentir l'avance des mutins.

— Enfin, il faut inciter d'autres villes à constituer des comités comme celui-ci, continua Grigori. La révolution doit être défendue partout. Peut-être certains membres ici présents pourraient-ils nous proposer des villes à contacter ? »

La diversion était calculée et tous se laissèrent prendre. Heureux d'avoir quelque chose à faire, les membres lancèrent des noms de villes où il serait utile de constituer des comités de lutte. Cela détournait leur attention des principales propositions de Grigori, qui pouvaient ainsi être adoptées sans débat ; et cela évitait qu'ils envisagent les conséquences à long terme de la décision d'armer les citoyens.

Isaak et Gleb rédigèrent leurs lettres et les firent signer par le président qui s'exécuta sans discussion. Konstantin dressa sa liste de responsables syndicaux dans les usines et commença à leur envoyer des messages. Viktor partit organiser la résistance des chemins de fer.

Le comité se mit à discuter de la formulation de la lettre à adresser aux villes voisines. Grigori s'éclipsa. Il avait obtenu ce qu'il voulait. La défense de Petrograd et de la révolution était en marche. Et les bolcheviks avaient la haute main sur cette opération.

Il fallait maintenant qu'il se procure des informations solides sur la position de l'armée contre-révolutionnaire. Des troupes en marche approchaient-elles vraiment des faubourgs sud de la ville ? Le cas échéant, il faudrait agir vite, plus vite que le comité de lutte n'en était capable.

En quittant l'institut Smolni, il franchit le pont pour rejoindre sa caserne toute proche. Les hommes se préparaient déjà à combattre les mutins de Kornilov. Il prit une voiture blindée, un chauffeur et trois soldats révolutionnaires de confiance et traversa la ville en direction du sud.

Ils sillonnèrent les faubourgs dans la pénombre du jour d'automne finissant, à la recherche de l'armée d'invasion. Au bout de deux heures de quête stérile, Grigori se dit que les rapports sur la progression de Kornilov étaient certainement exagérés. Il risquait tout au plus de tomber sur une escouade d'éclaireurs. Par précaution, il continua ses recherches.

Ils finirent par découvrir une brigade d'infanterie cantonnée dans une école.

Il envisagea de retourner à la caserne et de revenir avec le 1er régiment de mitrailleurs pour attaquer. Mais peut-être pourrait-il arriver à ses fins autrement. C'était risqué, néanmoins en cas de succès, cela éviterait des effusions de sang.

Il allait essayer de les convaincre.

Ils passèrent devant une sentinelle apathique et pénétrèrent dans la cour de récréation. Grigori descendit du véhicule. Par précaution, il déplia la baïonnette de son fusil et la fixa en position d'attaque avant de glisser le fusil à son épaule. Il se sentait vulnérable et s'efforça d'avoir l'air détendu.

Plusieurs soldats s'approchèrent de lui. Un colonel demanda : « Que faites-vous ici, sergent ? »

Grigori l'ignora et s'adressa à un caporal. « Je voudrais parler au chef de votre comité de soldats, camarade. »

Le colonel intervint : « Il n'y a pas de comité de soldats dans cette brigade, *camarade*. Remontez en voiture et dégagez. »

Le caporal prit alors la parole, d'un ton provocant qui dissimulait mal sa nervosité : « J'étais le chef du comité de ma section, sergent... avant l'interdiction des comités, naturellement. »

La colère assombrit le visage du colonel.

C'était la révolution en miniature, se dit Grigori. Qui aurait le dernier mot, le caporal ou le colonel ?

D'autres soldats se rapprochèrent pour écouter.

« Dans ce cas, pourquoi combattez-vous la révolution ? demanda Grigori au caporal.

— Mais non, répliqua le caporal, nous sommes ici pour la défendre.

— On a dû vous mentir. » Grigori se tourna et éleva la voix pour s'adresser aux autres. « Le Premier ministre, le camarade Kerenski, a révoqué le général Kornilov, mais Kornilov refuse de partir. Voilà pourquoi il vous envoie attaquer Petrograd. »

Un murmure indigné parcourut le groupe.

Le colonel avait l'air mal à l'aise. Il savait que Grigori disait vrai.

« Assez de mensonges ! fulmina-t-il. Partez immédiatement, sergent, ou je vous abats sur place.

— Ne touchez pas à votre arme, colonel. Vos hommes ont le droit de savoir la vérité. » Il regarda la foule de plus en plus nombreuse. « N'est-ce pas ?

— Oui ! lancèrent plusieurs voix.

— Je ne suis pas d'accord avec tout ce qu'a fait Kerenski, reprit Grigori. Il a rétabli la peine de mort et les châtiments corporels. Mais il est le chef de notre révolution. Alors que votre général Kornilov veut détruire la révolution.

— Mensonges ! cria le colonel, bouillant de colère. Vous ne comprenez pas ? Ce sergent est un bolchevik. Tout le monde sait qu'ils sont à la solde de l'Allemagne !

— Comment savoir qui nous devons croire ? s'interrogea le caporal. Tu dis une chose, sergent, et le colonel en dit une autre.

— Rien ne vous oblige à nous croire, ni l'un ni l'autre. Allez vous informer par vous-mêmes. » Grigori haussa encore le ton pour être sûr d'être entendu de tous. « Pourquoi rester terrés dans cette école ? Allez à l'usine la plus proche, interrogez les ouvriers, discutez avec les soldats que vous croiserez dans la rue : vous saurez vite la vérité. »

Le caporal hocha la tête. « Bonne idée.

— Il n'en est pas question, protesta le colonel. Je vous interdis à tous de sortir d'ici. »

C'était une grossière erreur, songea Grigori, qui enfonça le clou : « Votre colonel refuse que vous vous informiez par vous-mêmes. N'est-ce pas la preuve qu'il vous trompe ? »

Le colonel posa la main sur son pistolet. « C'est de l'incitation à la mutinerie, sergent. »

Les hommes regardaient alternativement le colonel et Grigori. C'était l'instant critique. Grigori n'avait jamais été aussi proche de la mort.

Il se rendit soudain compte qu'il était en position d'infériorité. Pris dans le feu de la discussion, il n'avait pas prévu ce qu'il ferait ensuite. Il avait son fusil à l'épaule, mais il lui faudrait plusieurs secondes pour le prendre en main, ôter le cran de sûreté et placer l'arme en position de tir. Le colonel mettrait beaucoup moins de temps pour dégainer son pistolet et tirer. La peur s'empara de lui et il dut se raisonner pour ne pas détaler comme un lapin.

« Mutinerie ? dit-il pour gagner du temps, en s'efforçant d'affermir sa voix. Quand un général révoqué marche sur la capitale mais que ses troupes refusent d'attaquer le gouvernement légitime, qui sont les mutins ? Pour moi, c'est le général et les officiers qui exécutent ses ordres de traître. »

Le colonel sortit son pistolet de son étui. « Partez, sergent. » Il se tourna vers ses hommes. « Vous, rentrez dans l'école et regroupez-vous dans le vestibule. Rappelez-vous que la désobéissance à l'armée est un crime et que la peine de mort a été rétablie. J'exécute le premier qui refuse d'obtempérer. »

Il pointa son arme sur le caporal.

Grigori comprit que les hommes étaient sur le point d'obéir à l'officier autoritaire et armé. À son grand désespoir, il ne voyait plus qu'une solution. Il devait tuer le colonel.

Il savait comment faire. Il fallait agir très vite, mais cela devait être possible.

Sans quoi, il était mort.

Il décrocha son fusil de son épaule gauche et, sans prendre le temps de le glisser dans sa main droite, il le projeta en avant de toutes ses forces, le ficha dans le flanc du colonel. La pointe effilée de la longue baïonnette déchira l'étoffe de l'uniforme et Grigori la sentit pénétrer dans la chair tendre du ventre. Le colonel poussa un cri de douleur mais ne tomba pas. Malgré sa blessure, il pivota sur lui-même, décrivant un arc de cercle avec son arme. Il tira.

La balle se perdit.

Grigori enfonça encore la baïonnette vers le haut pour atteindre le cœur. Le visage du colonel se crispa de souffrance. Il ouvrit la bouche, aucun son n'en sortit, et il s'effondra, la main toujours serrée sur son pistolet.

Grigori retira la baïonnette d'un mouvement brusque.

Les doigts du colonel laissèrent échapper le pistolet.

Tous les hommes le regardaient se tordre de douleur en silence sur l'herbe desséchée de la cour d'école. Grigori dégagea le cran de sûreté de son fusil, visa le cœur et tira deux fois à bout portant. L'officier s'immobilisa.

« Comme vous le disiez, mon colonel. La peine de mort. »

5.

Fitz et Bea prirent le train à Moscou. Ils n'étaient accompagnés que de Nina, la femme de chambre russe de Bea, et du valet de chambre de Fitz, Jenkins, un ancien champion de boxe qui avait été réformé parce qu'il ne voyait pas à plus de dix mètres.

Ils descendirent à Boulovnir, la minuscule gare qui desservait le domaine du prince Andreï. Les experts que Fitz avait consultés avaient conseillé à Andreï d'y construire un embryon de commune, avec un hangar en bois, des silos à céréales et un moulin. Mais rien n'avait été fait et les paysans continuaient à transporter leurs récoltes en charrette jusqu'au marché de la ville, à trente kilomètres de là.

Andreï avait envoyé un cabriolet à leur rencontre, et son cocher revêche avait regardé Jenkins ranger les malles à l'arrière sans bouger. Alors qu'ils traversaient la campagne sur un chemin de terre, Fitz se souvint de sa dernière visite, après son mariage avec la princesse, et des villageois alignés au bord de la route pour les acclamer. L'atmosphère était bien différente à présent. Les hommes qui travaillaient aux champs levaient à peine les yeux sur leur passage et, dans les villages et les hameaux, les habitants leur tournaient ostensiblement le dos.

Cette attitude exaspérait Fitz et le mettait de fort mauvaise humeur, mais il se dérida en apercevant la vieille demeure, dorée par la lumière douce de l'après-midi. Un essaim de domestiques impeccables jaillit de la porte d'entrée comme un vol de canards accourant pour recevoir leur pitance et s'empressa autour de la voiture, ouvrant les portières, déchargeant les bagages. Le majordome d'Andreï, Gueorgui, baisa la main de Fitz et lui débita en anglais une formule qu'il avait sans doute apprise par cœur : « Heureux de vous revoir dans votre demeure de Russie, monsieur le comte. »

Les maisons russes étaient souvent grandioses mais en piteux état. Boulovnir ne faisait pas exception. Le vestibule ouvert sur deux niveaux aurait eu besoin d'un bon coup de peinture, le lustre majestueux était couvert de poussière et un chien s'était oublié sur le sol de marbre. Le prince Andreï et la princesse Valeria les attendaient sous un immense portrait du grand-père de Bea qui posait sur eux un regard sévère.

Bea se précipita vers Andreï pour l'embrasser.

Valeria était une beauté classique aux traits réguliers et aux cheveux noirs rassemblés en une coiffure sage. Elle serra la main de Fitz et lui dit en français : « Merci d'être venus. Nous sommes tellement contents de vous voir. »

Quand Bea s'écarta d'Andreï en s'essuyant les yeux, Fitz tendit la main à son beau-frère. Andreï lui offrit sa main gauche : sa manche droite flottait sur un membre absent. Il était pâle et amaigri, comme s'il souffrait d'une maladie insidieuse, et sa barbe noire était parsemée de gris alors qu'il n'avait que trente-trois ans.

« Vous ne pouvez pas savoir combien je suis soulagé de vous voir », murmura-t-il.

Fitz demanda : « Quelque chose ne va pas ? » Ils parlaient français, une langue qu'ils maîtrisaient tous parfaitement.

« Accompagnez-moi dans la bibliothèque. Valeria va conduire Bea à l'étage. »

Ils laissèrent les femmes pour se retirer dans une pièce poussiéreuse, tapissée de livres reliés de cuir qui n'avaient pas dû être souvent ouverts.

« J'ai commandé du thé. Nous n'avons pas de xérès malheureusement.

— Ce sera parfait. » Fitz s'installa dans un fauteuil. Sa jambe le faisait souffrir après ce long voyage. « Alors, que se passe-t-il ?

— Êtes-vous armé ?

— Oui, il se trouve que oui. J'ai mon arme de service dans mes bagages. » Fitz possédait un Webley Mark V qui lui avait été remis en 1914.

« Gardez-la à portée de main. Je ne me sépare plus de la mienne. »

Andreï écarta sa veste, révélant un étui de revolver.

« Expliquez-moi pourquoi.

— Les paysans ont créé un comité de la terre. Des socialistes révolutionnaires les ont endoctrinés et leur ont fourré des idées ridicules dans la tête. Ils réclament le droit d'occuper les terres que je ne cultive pas et de les partager entre eux.

— Avez-vous déjà connu une situation de ce genre ?

— Du temps de mon grand-père, oui. Nous avons alors pendu trois paysans et cru que la question était réglée. Mais ces idées pernicieuses couvent sous la braise et resurgissent des années plus tard.

— Qu'avez-vous fait, cette fois-ci ?

— Je les ai sermonnés, je leur ai montré que j'avais perdu mon bras en les défendant contre les Allemands et ils se sont calmés... jusqu'à ces derniers jours, lorsque plusieurs hommes du coin sont revenus de l'armée. Ils prétendent avoir été libérés, mais je suis sûr qu'ils ont déserté. Impossible de vérifier, hélas. »

Fitz hocha la tête. L'offensive Kerenski avait été un échec ; les Allemands et les Autrichiens avaient contre-attaqué. Les Russes avaient été mis en pièces et les Allemands marchaient maintenant sur Petrograd. Des milliers de soldats russes avaient fui les champs de bataille et regagné leurs villages.

« Ils ont gardé leurs fusils et ils ont aussi des pistolets qu'ils ont dû voler aux officiers ou prendre aux prisonniers allemands. Toujours est-il qu'ils sont armés et ont la tête farcie d'idées subversives. Il semblerait que leur meneur soit un caporal, un certain Feodor Igorovitch. Il a dit à Gueorgui qu'il ne comprenait pas pourquoi je revendiquais encore la propriété de la moindre terre, et surtout celle des jachères.

— Ces soldats ! Décidément, je me demande ce qui leur prend, lança Fitz d'un ton furieux. On aurait pu croire que l'armée leur inculquerait le sens de l'autorité et de la discipline, mais apparemment, c'est tout le contraire.

— La situation s'est envenimée ce matin. Le plus jeune frère du caporal Feodor, Ivan Igorovitch, a mené son troupeau dans mes pâtures. Quand Gueorgui s'en est aperçu, nous sommes allés, lui et moi, faire la leçon à Ivan. Nous avons commencé à faire sortir ses bêtes. Il a tenté de fermer la barrière pour nous en empêcher. J'avais un pistolet. Je lui ai donné un coup de crosse à la tête. Ces culs-terreux ont généralement le crâne dur, mais pas celui-là. Il s'est effondré et il est mort. Les socialistes exploitent l'incident pour exciter les esprits. »

Fitz dissimula poliment son écœurement. Il désapprouvait l'habitude qu'avaient les Russes de frapper leurs inférieurs et n'était pas surpris que cela finisse par se retourner contre eux.

« Vous avez prévenu quelqu'un ?

— J'ai expédié un courrier en ville pour signaler la mort du paysan et demander l'envoi d'un détachement de police ou de soldats pour maintenir l'ordre, mais mon messager n'est toujours pas revenu.

— Si bien que, pour le moment, nous ne pouvons compter que sur nous-mêmes.

— En effet. Si la situation empire, il faudra renvoyer les femmes. »

Fitz était anéanti. La situation était bien plus grave qu'il ne l'avait craint. Ils risquaient tous de se faire tuer et n'auraient jamais dû venir ici. Il fallait mettre Bea à l'abri au plus vite.

Il se leva. Se souvenant que les Anglais se vantaient volontiers devant les étrangers de leur flegme dans les moments de crise, il déclara : « Je vais me changer pour le dîner. »

Andreï l'accompagna à sa chambre. Jenkins avait sorti sa tenue de soirée et l'avait repassée. Fitz commença à se dévêtir. Il n'était pas fier de lui. Son imprudence les avait mis, Bea et lui, en grand danger. Ce voyage lui avait permis de se faire une bonne idée de la situation qui régnait en Russie, mais le rapport qu'il rédigerait ne valait pas les risques qu'il avait pris. Il s'était laissé convaincre par sa femme, ce qui était toujours une erreur. Il décida qu'ils repartiraient par le premier train le lendemain matin.

Son revolver était posé sur la commode, à côté de ses boutons de manchettes. Il vérifia le mécanisme et l'ouvrit pour charger des cartouches .455 Webley. L'habit n'était pas fait pour qu'on porte une arme, et il finit par l'enfoncer dans une poche de son pantalon, où il dessinait une bosse assez disgracieuse.

Il appela Jenkins pour qu'il range sa tenue de voyage et passa dans la chambre de Bea. Elle était devant sa coiffeuse, en sous-vêtements. Elle essayait un collier. Sa silhouette présentait des contours plus voluptueux que d'ordinaire, ses hanches et sa poitrine semblaient plus opulentes, et Fitz se demanda soudain si elle n'était pas enceinte. Elle avait souffert de nausées le matin même à Moscou, dans la voiture qui les conduisait à la gare. Il se rappelait sa première grossesse. Une époque qui lui paraissait maintenant paradisiaque : il avait alors Ethel et Bea, et il n'y avait pas de guerre.

Il s'apprêtait à lui dire qu'ils repartiraient le lendemain quand, jetant un coup d'œil par la fenêtre, il resta pétrifié.

La chambre, située sur la façade de la maison, donnait sur le jardin et les champs qui s'étendaient jusqu'au village voisin. Le regard de Fitz avait été accroché par une horde. Envahi d'un sombre pressentiment, il s'approcha du carreau pour mieux voir.

Une centaine de paysans traversaient le parc, venant vers la maison. La nuit n'était pas encore tombée, mais un grand nombre d'entre eux brandissaient des torches. Certains agitaient des fusils d'un air menaçant.

« Nom de Dieu ! » lança-t-il.

Bea sursauta. « Fitz ! Auriez-vous oublié ma présence ?
— Venez voir. »
Bea étouffa une exclamation. « Oh non !
Fitz appela : « Jenkins ! Jenkins, où êtes-vous ? » Il ouvrit la porte qui séparait les deux chambres et aperçut son valet qui, occupé à accrocher ses vêtements sur un cintre, se figea de surprise. « Nous sommes en danger de mort. Nous partons dans moins de cinq minutes. Courez aux écuries, attelez la voiture et garez-la devant la porte de la cuisine. Vite ! »
Jenkins lâcha les vêtements et fila.
Fitz se tourna vers Bea. « Enfilez un manteau, n'importe lequel, mettez des chaussures dans lesquelles vous pouvez marcher et allez m'attendre à la cuisine en empruntant l'escalier de service. »
Elle obtempéra sans la moindre manifestation d'hystérie. C'était tout à son honneur.
Sortant de la chambre, Fitz se précipita, malgré sa claudication, vers celle d'Andreï. Son beau-frère n'y était pas, Valeria non plus.
Fitz descendit dans le vestibule où il trouva Gueorgui accompagné de quelques domestiques, uniquement des hommes. Ils avaient l'air terrifié. Fitz avait peur, lui aussi. Il espérait que cela ne se voyait pas.
Il trouva le prince et la princesse au salon. Une bouteille de champagne était ouverte dans un rafraîchissoir et ils s'en étaient servis deux coupes, mais ils ne buvaient pas : Andreï se tenait devant la cheminée et Valeria surveillait la foule hostile par la fenêtre. Fitz s'approcha d'elle. Les paysans étaient presque à la porte. Certains avaient des armes à feu, et la plupart brandissaient des couteaux, des masses et des faux.
« Gueorgui va tenter de les raisonner, dit Andreï. S'il n'y parvient pas, il faudra que j'aille leur parler moi-même.
— Pour l'amour du ciel, Andreï, répliqua Fitz, il n'est plus temps de discuter. Il faut partir immédiatement. »
Avant qu'Andreï ait pu répondre, des clameurs leur parvinrent depuis le vestibule.
Fitz se dirigea vers la porte qu'il entrouvrit à peine. Gueorgui était en train de parlementer avec un jeune paysan, un grand gaillard à la moustache hirsute qui lui barrait les joues : Feodor Igorovitch, sans doute. Ils étaient entourés d'hommes et de femmes, dont certains tenaient des torches enflammées.

D'autres se bousculaient pour franchir le seuil. Leur accent local les rendait difficilement compréhensibles, mais la même phrase revenait sans cesse : « Nous voulons parler au prince ! » hurlaient-ils.

En l'entendant, Andreï bouscula Fitz pour rejoindre le vestibule. Fitz cria : « Non ! » Mais il était trop tard.

Quand le prince apparut en tenue de soirée, il fut accueilli par des sifflets et des huées. Il éleva la voix : « Si vous partez tout de suite sans faire d'histoires, vous n'aurez pas d'ennuis. »

Feodor rétorqua : « Les ennuis, c'est vous qui les avez – vous avez tué mon frère ! »

Fitz entendit Valeria dire tout bas : « Ma place est auprès de mon mari. »

Avant qu'il ait pu réagir, elle avait rejoint Andreï dans le vestibule.

Andreï reprit : « Je n'avais pas l'intention de tuer Ivan, mais il ne serait pas mort à l'heure qu'il est s'il n'avait pas enfreint la loi et défié son prince ! »

D'un geste prompt, Feodor retourna son fusil et en abattit la crosse sur le visage d'Andreï.

Celui-ci chancela en portant la main à sa joue.

Les paysans crièrent leur joie.

Feodor brailla : « C'est ce que vous avez fait à Ivan ! »

Fitz posa la main sur son revolver.

Feodor leva son fusil au-dessus de sa tête. Pendant un instant qui parut interminable, le long Mosin-Nagant resta suspendu en l'air comme la hache du bourreau. Puis, abaissant l'arme, il assena un coup violent sur le crâne d'Andreï. On entendit un craquement sinistre et le prince s'effondra.

Valeria hurla.

Toujours posté dans l'embrasure de la porte, Fitz déverrouilla son arme d'un coup de pouce sous le barillet et visa Feodor, mais les paysans regroupés autour du paysan lui faisaient un rempart. Ils se mirent à frapper Andreï, qui gisait inconscient sur le sol, et à le rouer de coups de pied. Valeria ne put s'interposer, la cohue l'en empêchait.

Maniant une faux, un paysan lacéra le portrait du grand-père à la mine sévère. Un homme tira sur le lustre qui explosa en une pluie de fragments cristallins. Plusieurs tentures s'enflammèrent soudain. Quelqu'un avait dû y mettre le feu avec sa torche.

Fitz avait appris sur les champs de bataille que le courage doit parfois s'effacer devant la raison froide. Seul, il lui était impossible de soustraire Andreï à la meute déchaînée. Mais il pouvait peut-être sauver Valeria.

Il remit son arme dans sa poche.

Il s'aventura dans le vestibule. L'attention générale était concentrée sur le prince. À l'arrière de la foule, Valeria bourrait de coups inutiles les épaules des paysans dressés devant elle. Fitz la saisit par la taille, la souleva et se replia avec elle dans le salon. Sous son poids, sa jambe blessée lui faisait mal à hurler, mais il serra les dents.

« Lâchez-moi ! cria-t-elle. Il faut que j'aille aider Andreï !

— Nous ne pouvons plus rien pour lui ! »

Il fit basculer sa belle-sœur sur son épaule pour soulager sa jambe. À cet instant, une balle passa si près qu'il l'entendit siffler à son oreille. Il se retourna et aperçut un soldat hilare qui pointait son arme sur eux.

Il entendit un deuxième coup de feu et ressentit un impact. Il crut d'abord qu'il avait été touché, mais n'éprouvait aucune douleur. Il se précipita vers la porte qui ouvrait sur la salle à manger.

Le soldat cria derrière eux : « Elle s'échappe ! »

Fitz franchit le seuil au moment où une balle se fichait dans l'encadrement. Les simples soldats n'étaient pas formés au maniement des pistolets et ne savaient pas toujours qu'ils étaient beaucoup moins précis que les fusils. Mi-courant mi-claudiquant, il dépassa la table dressée avec un raffinement d'argenterie et de cristal pour le dîner de quatre aristocrates opulents. Il entendait derrière lui les pas de plusieurs poursuivants. Au fond de la pièce, une porte menait aux pièces de service. Il s'engagea dans un étroit couloir et déboucha dans la cuisine. La cuisinière et plusieurs domestiques avaient interrompu leur travail. Elles se tenaient là, figées, visiblement terrorisées.

Fitz se rendit compte que ses poursuivants étaient trop près. Ils l'abattraient à la première occasion. Il fallait absolument les ralentir.

Il remit Valeria sur ses pieds. Elle vacilla. Il vit alors du sang sur sa robe. Elle avait été atteinte par une balle, mais elle était vivante et consciente. Il la fit asseoir sur une chaise et retourna dans le couloir. Le soldat hilare arrivait vers lui, suivi par d'autres, étirés en file indienne à cause de l'étroitesse du passage. Derrière eux, Fitz entrevit des flammes dans le salon et la salle à manger.

Il sortit son Webley, un revolver à double action qui n'avait donc pas besoin d'être réarmé. Prenant appui sur sa jambe valide, il visa soigneusement le ventre du soldat qui courait sur lui. Il pressa la détente, le coup partit, l'homme s'affaissa par terre à ses pieds. Dans la cuisine, les femmes hurlèrent de terreur.

Fitz tira aussitôt sur le suivant, qui s'écroula lui aussi. Une troisième balle eut le même résultat. Le quatrième homme battit en retraite dans la salle à manger.

Fitz claqua la porte. Ses poursuivants allaient se montrer plus prudents, ne sachant comment vérifier s'il était encore à l'affût. Leurs tergiversations lui donneraient juste le temps nécessaire.

Il souleva à nouveau Valeria, qui semblait perdre conscience. Il n'était jamais entré dans les cuisines de cette maison, mais se dirigea vers l'arrière. Un nouveau couloir le mena dans une série de réserves et de buanderies. Enfin, il ouvrit une porte donnant sur l'extérieur.

En sortant, hors d'haleine, la jambe traversée par une douleur insoutenable, il vit la voiture qui attendait. Jenkins était assis sur le siège du cocher, Bea à l'arrière avec Nina qui pleurait toutes les larmes de son corps. Un garçon d'écurie terrorisé tenait les rênes.

Il allongea Valeria inconsciente à l'intérieur de la voiture, y monta à son tour et cria à Jenkins : « Allez ! Allez ! »

Jenkins fouetta les chevaux, le garçon d'écurie s'écarta d'un bond et la voiture s'ébranla.

« Tout va bien ? demanda Fitz à Bea.

— Non, mais je n'ai rien et je suis en vie. Et vous ?...

— Rien de cassé. En revanche, je crains pour la vie de votre frère. » En réalité, il était certain que Andreï était mort à présent, et il hésitait à le lui dire.

Bea regarda la princesse inconsciente. « Qu'est-il arrivé ?

— Elle a dû être touchée par une balle. » Fitz l'observa plus attentivement. Le visage de Valeria était blanc et figé. « Oh mon Dieu, murmura-t-il.

— Elle est morte, c'est cela ? dit Bea.

— Soyez courageuse.

— N'ayez crainte, je le serai. » Bea prit la main inerte de sa belle-sœur. « Pauvre Valeria. »

L'attelage dévala l'allée, laissant derrière lui le petit manoir où avait vécu la mère de Bea après la mort de son mari. Fitz se retourna vers la grande maison. Un petit groupe de poursuivants déçus se tenaient devant la porte de la cuisine. L'un d'eux pointait un fusil. Fitz obligea Bea à baisser la tête et fit de même.

Quand il regarda à nouveau, ils étaient hors de portée. De toutes les ouvertures de la maison s'échappaient domestiques et paysans. Une étrange clarté brillait aux fenêtres. Fitz comprit que la demeure était en feu. Un nuage de fumée se formait devant la porte d'entrée. Une flamme orange jaillit d'une fenêtre et embrasa la vigne vierge qui grimpait sur les murs.

La voiture aborda alors une côte et redescendit sur l'autre versant. La vieille demeure disparut de leur vue.

XXVIII

Octobre-novembre 1917

1.

Walter grommela : « L'amiral von Holtzendorff nous avait promis qu'il ne faudrait que cinq mois pour réduire les Anglais à la famine. C'était il y a neuf mois.

— Il s'est trompé », dit son père.

Walter ravala une réplique cinglante.

Ils se trouvaient dans le bureau d'Otto au ministère des Affaires étrangères de Berlin. Otto occupait un fauteuil de bois sculpté derrière une table imposante. Derrière lui, sur le mur, un tableau représentait le couronnement du kaiser Guillaume Ier, grand-père de l'empereur actuel, dans la galerie des Glaces de Versailles.

Walter était exaspéré par les excuses de son père. Elles ne tenaient pas debout. « L'amiral a donné sa parole d'officier qu'aucun Américain ne poserait le pied en Europe, reprit-il. À en croire notre service de renseignements, quatorze mille d'entre eux ont débarqué en France en juin. Sa parole d'officier ! Franchement, bravo ! »

Otto fut piqué au vif. « Il a fait ce qu'il estimait être le mieux pour son pays, rétorqua-t-il, irrité. Qu'aurait-il pu faire de plus ? »

Walter éleva la voix. « Vous voulez le savoir ? Il aurait pu s'abstenir de faire de fausses promesses. Quand on n'est pas absolument sûr de quelque chose, il vaut mieux éviter d'affirmer qu'on en est certain. On peut dire la vérité ou fermer sa grande gueule.

— Von Holtzendorff a donné le meilleur conseil qu'il pouvait. »

L'indigence de l'explication rendait Walter fou de rage. « Cette belle humilité aurait été de mise *avant*. Mais je n'en ai pas vu trace. Vous y étiez, vous étiez au château de Pless, vous savez comment les choses se sont passées. Holtzendorff a donné sa parole. Il a induit le kaiser en erreur. Il a incité les Américains à entrer en guerre. Comment pourrait-on plus mal servir son souverain ?

— Tu voudrais sans doute qu'il démissionne. Mais qui prendrait sa place ?

— Démissionner ? » Walter ne contenait pas sa colère. « Je voudrais qu'il prenne son revolver et se tire une balle dans la bouche. »

Le visage d'Otto se durcit. « On ne doit pas dire des choses pareilles.

— Sa mort ne serait qu'une faible compensation pour toutes celles qu'a coûtées sa stupide vanité.

— Vous, les jeunes, vous manquez de bon sens.

— Vous osez me parler de bon sens ? Vous et toute votre génération, vous avez entraîné l'Allemagne dans une guerre qui nous a paralysés et qui a tué des millions d'entre nous... une guerre que nous n'avons toujours pas gagnée au bout de trois ans. »

Otto détourna les yeux. Il ne pouvait pas nier que l'Allemagne n'avait pas encore gagné la guerre. Les camps adverses étaient enlisés en France. La guerre sous-marine à outrance n'avait pas réussi à couper les vivres aux Alliés. Pendant ce temps, le blocus maritime des Anglais affamait lentement le peuple allemand. « Attendons de voir comment la situation évoluera à Petrograd, dit-il. Si la Russie se retire de la guerre, l'équilibre des forces basculera.

— Effectivement, acquiesça Walter. Maintenant, tout dépend des bolcheviks. »

2.

Au début du mois d'octobre, Grigori et Katerina allèrent consulter une sage-femme.

Grigori passait désormais presque toutes ses nuits dans leur minuscule logement, près des usines Poutilov. Ils ne faisaient plus l'amour : c'était trop inconfortable pour elle. Son ventre était énorme, sa peau tendue comme un ballon et son nombril saillait. Grigori n'avait jamais partagé l'intimité d'une femme enceinte. Il trouvait cela tout à la fois angoissant et exaltant. Il savait que tout se déroulait normalement mais il était affolé à l'idée que la tête d'un bébé puisse forcer l'étroit passage qu'il aimait tant.

Ils se mirent en route pour se rendre chez Magda, la femme de Konstantin. Vladimir était juché sur les épaules de Grigori. L'enfant avait presque trois ans, Grigori le portait encore aisément. Sa personnalité commençait à s'affirmer : malgré son jeune âge, c'était un petit garçon sérieux et intelligent. En cela, il ressemblait plus à Grigori qu'à son père, Lev, le charmeur inconséquent. Grigori se disait : un enfant, c'est comme une révolution; on le met en route, mais on ne sait pas ce que ça va donner.

La contre-révolution du général Kornilov avait été écrasée dans l'œuf. Le syndicat des cheminots avait veillé à laisser moisir les troupes sur des voies de garage, à des milliers de kilomètres de Petrograd. Celles qui parvenaient à approcher de la ville étaient accueillies par des bolcheviks qui les dissuadaient d'intervenir en leur expliquant la vérité, comme l'avait fait Grigori dans la cour d'école. Les soldats se révoltaient alors contre leurs officiers complices de la conspiration et les exécutaient. Kornilov lui-même avait été arrêté et jeté en prison.

Grigori était devenu l'homme qui avait retourné l'armée de Kornilov. Il avait protesté – c'était exagéré –, mais sa modestie n'avait fait que consolider sa réputation. Il avait été élu au comité central du parti bolchevique.

Trotski était sorti de prison. Les bolcheviks avaient obtenu cinquante et un pour cent des voix aux élections municipales de Moscou. Ils comptaient désormais trois cent cinquante mille adhérents.

Grigori avait l'impression grisante que tout pouvait arriver, même le pire. La révolution risquait d'être écrasée à tout instant. Il le redoutait car, le cas échéant, son enfant grandirait dans une Russie qui ne serait pas meilleure que celle qu'il avait connue. Il songeait aux événements qui avaient jalonné son enfance : la pendaison de son père, la mort de sa mère devant le palais d'Hiver, le prêtre qui avait baissé le pantalon de Lev quand il était tout petit, le labeur harassant aux usines Poutilov. Il voulait une autre vie pour son enfant.

«Lénine appelle au soulèvement armé», annonça-t-il à Katerina sur le trajet qui les conduisait chez Magda. Lénine se cachait toujours, mais inondait le parti de lettres incendiaires le poussant à l'action.

«Je crois qu'il a raison, approuva Katerina. Tout le monde en a marre de ce gouvernement qui parle de démocratie mais ne fait rien pour faire baisser le prix du pain.»

Comme toujours, elle exprimait ce que pensaient les ouvriers de Petrograd.

Magda les attendait et avait préparé du thé. «Je suis désolée, il n'y a pas de sucre, s'excusa-t-elle. Cela fait des semaines que je n'en trouve plus.

— J'ai hâte d'accoucher, souffla Katerina. Ce poids m'éreinte.»

Magda palpa son ventre et déclara qu'elle en avait encore pour deux semaines environ.

«Ça a été horrible quand Vladimir est né, raconta Katerina. Je n'avais pas d'amies et la sage-femme était une peau de vache, une Sibérienne revêche qui s'appelait Xenia.

— Je la connais, approuva Magda. Elle est compétente, mais un peu rude.

— Je ne te le fais pas dire.»

Konstantin s'apprêtait à partir pour l'institut Smolni. Même si le soviet ne tenait pas séance tous les jours, il y avait en permanence des réunions de comités et de groupes spécialisés. Le gouvernement provisoire de Kerenski était tellement affaibli que le soviet était devenu l'autorité de fait.

«Il paraît que Lénine est rentré, annonça Konstantin à Grigori.

— Oui, la nuit dernière.

— Où habite-t-il?

— C'est un secret. La police n'a pas renoncé à l'arrêter.

— Qu'est-ce qui l'a décidé à revenir?

— On le saura demain. Il a convoqué une réunion du comité central.»

Konstantin les laissa pour prendre un tramway et rejoindre le centre-ville. Grigori raccompagna Katerina. Il était sur le point de partir pour la caserne quand elle lui dit : «Je suis rassurée de savoir que Magda sera là.

— Tant mieux.»

Grigori ne pouvait s'empêcher de penser qu'un accouchement était plus dangereux qu'un soulèvement armé.

« Toi aussi, tu seras là, ajouta Katerina.

— Pas dans la pièce même, rectifia Grigori, vaguement inquiet.

— Non, bien sûr. Mais tu seras à côté, à faire les cent pas, et ça me tranquillise.

— Alors c'est bien.

— Tu seras là, n'est-ce pas ?

— Mais oui. Quoi qu'il advienne, je serai là. »

Quand il arriva à la caserne une heure plus tard, il y régnait une belle agitation. Sur la place d'armes, des officiers s'efforçaient d'organiser le chargement d'armes et de munitions dans des camions, sans grand succès : tous les comités de bataillon étaient en réunion ou s'apprêtaient à en tenir une.

« Kerenski en a fait une belle ! annonça Isaak d'un air réjoui. Il prétend nous envoyer au combat.

— Qui ça, nous ? s'alarma Grigori.

— Toute la garnison de Petrograd ! Les ordres sont tombés. Nous devons remplacer les soldats qui sont au front.

— Pour quelle raison ?

— Apparemment, c'est à cause de la progression des Allemands. » Les Allemands avaient pris les îles du golfe de Riga et se dirigeaient vers Petrograd.

« Foutaises, grommela Grigori. Ce n'est qu'un prétexte pour tenter d'affaiblir le soviet. » Il reconnaissait que c'était une manœuvre très intelligente. Si les troupes de Petrograd cédaient la place à celles qui revenaient du front, il faudrait des jours, voire des semaines, pour constituer d'autres comités de soldats et élire de nouveaux représentants au soviet. Pire, les nouveaux venus n'auraient pas l'expérience des six derniers mois de lutte politique. Tout serait à recommencer. « Qu'en disent les soldats ?

— Ils sont furieux. Ils veulent que Kerenski négocie la paix, pas qu'il les envoie au casse-pipe.

— Refuseront-ils de quitter Petrograd ?

— Je ne sais pas. Ce sera plus facile s'ils obtiennent le soutien du soviet.

— Je m'en occupe. »

Grigori prit une voiture blindée et deux gardes du corps et traversa le pont Liteïni pour gagner l'institut Smolni. Ce revers apparent, se dit-il, pourrait peut-être tourner à leur avantage. Jusqu'à présent, tous les soldats ne soutenaient pas les bolcheviks, mais la décision de Kerenski de les envoyer au front pouvait convaincre les indécis. Plus il y réfléchissait, plus il se persuadait que Kerenski venait de commettre une grossière erreur.

L'institut Smolni était une grande bâtisse qui avait servi d'établissement scolaire pour jeunes filles de bonne famille. Deux mitrailleuses du régiment de Grigori en gardaient l'entrée. Des gardes rouges prétendaient vérifier les identités, mais Grigori remarqua, non sans un certain malaise, qu'il y avait un tel va-et-vient que leur contrôle manquait singulièrement de rigueur.

La cour était le théâtre d'une activité frénétique. Blindés, motocyclettes, voitures et camions en perpétuel mouvement se disputaient l'espace. Un vaste escalier menait à une galerie d'arcades soutenues par un alignement de colonnades classiques. Grigori trouva le comité exécutif du soviet en séance dans une salle du premier étage.

Les mencheviks appelaient les soldats de la garnison à se préparer à partir au front. Comme toujours, constatait Grigori avec écœurement, les mencheviks capitulaient sans combattre. Dans un sursaut de panique, il se demanda si la révolution n'était pas en train de lui échapper.

Il s'associa à d'autres bolcheviks pour élaborer une résolution plus radicale. « La seule manière de défendre Petrograd contre les Allemands, déclara Trotski, c'est de mobiliser les ouvriers.

— Comme nous l'avons fait lors du putsch de Kornilov, approuva Grigori avec enthousiasme. Il nous faut un nouveau comité de lutte pour coordonner la défense de la ville. »

Trotski rédigea un projet et se leva pour le présenter.

Les mencheviks furent scandalisés. « Vous allez créer un deuxième commandement militaire qui fera doublon avec le quartier général ! s'indigna Mark Broïdo. Personne ne peut servir deux maîtres à la fois. »

Au grand dam de Grigori, les membres du comité se rangèrent majoritairement à cet avis. La proposition des mencheviks fut approuvée et Trotski mis en échec. Grigori quitta le comité complètement désespéré. La loyauté des soldats à l'égard du soviet survivrait-elle à une telle rebuffade ?

Dans l'après-midi, les bolcheviks se réunirent dans la salle 36 et décidèrent de ne pas accepter cette décision. Ils convinrent de soumettre à nouveau leur proposition le soir même à la séance plénière du soviet.

La deuxième fois, les bolcheviks obtinrent gain de cause.

Grigori fut soulagé. Le soviet avait confirmé son soutien aux soldats et instauré un nouveau commandement militaire.

Ils avaient franchi un grand pas en direction du pouvoir.

3.

Le lendemain, gonflés d'optimisme, Grigori et les autres bolcheviks influents sortirent discrètement de l'institut Smolni, isolément ou par deux, en veillant à ne pas attirer l'attention de la police secrète. Ils convergèrent vers le grand appartement de la camarade Galina Flaxerman pour assister à la réunion du comité central.

Grigori n'était pas tranquille et préféra être en avance. Il fit le tour du pâté de maisons, guettant d'éventuels flâneurs qui pourraient être des espions de la police, mais aucun passant ne lui parut suspect. Dans l'immeuble, il repéra les différentes issues – au nombre de trois – et localisa celle qui permettrait la fuite la plus rapide.

Les bolcheviks prirent place autour d'une grande table de salle à manger, tous vêtus du manteau de cuir qui était devenu chez eux une sorte d'uniforme. Lénine n'étant pas là, ils commencèrent sans lui. Grigori s'inquiétait pour lui – il avait peut-être été arrêté –, mais il arriva à dix heures, coiffé d'une perruque qui ne cessait de glisser et lui donnait l'air un peu ridicule.

La résolution qu'il proposa n'avait rien de risible, en revanche : elle appelait à un soulèvement armé sous la houlette des bolcheviks pour renverser le gouvernement provisoire et prendre le pouvoir.

Grigori était aux anges. C'est ce que tout le monde souhaitait évidemment, néanmoins la plupart des révolutionnaires prétendaient que le moment n'était pas encore venu. Et voilà que le plus important d'entre eux déclarait enfin : « Allons-y ».

Lénine parla pendant une heure. Il fut comme toujours véhément, hurlant, frappant la table du poing, accablant ceux qui le contredisaient. Son style ne jouait pas en sa faveur : on n'avait pas envie de voter pour un mufle pareil. Et pourtant il était convaincant. Ses connaissances étaient immenses, son sens politique infaillible et il était difficile de résister à l'implacable logique de ses arguments.

Grigori soutenait Lénine depuis le début. L'essentiel était de s'emparer du pouvoir et de mettre un terme aux atermoiements. On pourrait régler tous les autres problèmes plus tard. Mais les autres se rangeraient-ils à son avis ?

Zinoviev se prononça contre. Plutôt bel homme au naturel, il avait lui aussi modifié son apparence pour échapper à la police. Il s'était laissé pousser la barbe et avait rasé sa belle chevelure noire bouclée. Il trouvait la stratégie de Lénine trop risquée. Il craignait qu'une insurrection ne fournisse à l'aile droite le prétexte d'un coup d'État militaire. Selon lui, le parti bolchevique devait concentrer toutes ses forces pour remporter les élections à l'assemblée constituante.

La faiblesse de son argument mit Lénine en fureur. « Le gouvernement provisoire n'organisera *jamais* d'élection nationale ! rugit-il. Ceux qui croient le contraire sont des dupes et des imbéciles. »

Trotski et Staline appuyèrent le projet de soulèvement, et Trotski hérissa Lénine en suggérant d'attendre le congrès panrusse des soviets, qui devait commencer dix jours plus tard.

Grigori se dit que ce n'était pas une mauvaise idée. Trotski était un homme sensé. Mais il fut stupéfait d'entendre Lénine tonner : « Non !

— Nous avons de bonnes chances de convaincre une majorité de délégués, fit valoir Trotski.

— Si le congrès constitue un gouvernement, ce sera forcément une coalition, répliqua Lénine d'un ton hargneux. Les bolcheviks qui entreront au gouvernement seront des centristes. Qui pourrait souhaiter cela, à part un traître contre-révolutionnaire ? »

Trotski rougit sous l'insulte et ne dit rien.

Grigori comprit que Lénine avait raison. Comme à son habitude, il voyait plus loin que les autres. Au sein d'un gouvernement de coalition, les mencheviks exigeraient avant toute chose que le Premier ministre soit modéré... et ils choisiraient certainement n'importe qui plutôt que Lénine.

Il vint alors à l'esprit de Grigori, et sans doute de tous les membres du comité, que seul un coup d'État pourrait porter Lénine au poste de Premier ministre.

La discussion se poursuivit âprement jusqu'à l'aube. Finalement, ils votèrent à dix contre deux en faveur du soulèvement armé.

Lénine n'avait pourtant pas obtenu tout ce qu'il voulait. Aucune date n'avait été fixée pour le putsch.

À la fin de la réunion, Galina apporta un samovar et posa du fromage, des charcuteries et du pain sur la table pour nourrir les révolutionnaires affamés.

4.

Lorsqu'il était enfant, dans le domaine du prince Andreï, Grigori avait assisté un jour au point culminant d'une chasse au cerf. Les chiens avaient forcé un grand mâle jusqu'aux abords du village et tout le monde était venu voir. Quand Grigori était arrivé, le cerf agonisait et les chiens dévoraient déjà les entrailles qui s'échappaient du ventre béant de l'animal pendant que les chasseurs à cheval buvaient du brandy pour fêter leur succès. À demi morte, la malheureuse bête avait tenté un dernier effort pour riposter. Elle avait redressé sa puissante ramure, empalé un des chiens, éventré un autre et semblé, l'espace d'un instant, vouloir se remettre debout; mais elle était retombée sur la terre baignée de sang et avait fermé les yeux.

Pour Grigori, le Premier ministre Kerenski, chef du gouvernement provisoire, ressemblait à ce cerf. Tout le monde le savait fini, sauf lui.

Alors que le rude hiver russe resserrait son étreinte sur Petrograd, la crise atteignit son apogée.

Le comité de lutte, bientôt rebaptisé « comité militaire révolutionnaire », était dominé par la personnalité charismatique de Trotski. Avec son grand nez, son front élevé et ses yeux exorbités dissimulés derrière des verres sans monture, il n'était pas beau; néanmoins, il débordait de charme et de force de persuasion. Alors que Lénine criait et malmenait les autres, Trotski raisonnait et séduisait. Grigori le soupçonnait d'être aussi intransigeant que Lénine, mais de mieux le cacher.

Le lundi 5 novembre, cinq jours avant la date prévue pour l'ouverture du congrès panrusse, Grigori se rendit à un vaste rassemblement de toutes les troupes de la forteresse Pierre-et-Paul, organisé par le comité militaire révolutionnaire. La réunion débuta à midi et se poursuivit tout l'après-midi : des centaines de soldats discutaient politique sur la place, devant le fort, sous les yeux de leurs officiers, impuissants et furieux. Puis Trotski arriva sous un tonnerre d'applaudissements et, après l'avoir écouté, ils votèrent d'obéir au comité plutôt qu'au gouvernement, à Trotski plutôt qu'à Kerenski.

En s'éloignant de la place, Grigori se dit que le gouvernement ne pourrait pas admettre qu'une unité aussi primordiale que l'armée se soumette à une autre autorité que la sienne. Les canons de la forteresse étaient directement pointés, au-delà du fleuve, sur le palais d'Hiver où le gouvernement provisoire avait établi son siège. Kerenski allait sûrement s'avouer battu et démissionner.

Le lendemain, Trotski annonçait des mesures préventives contre un putsch contre-révolutionnaire de l'armée. Il ordonna aux gardes rouges et aux troupes loyales au soviet de prendre le contrôle des ponts, des gares, des postes de police, ainsi que du central téléphonique et de la banque d'État.

Grigori restait aux côtés de Trotski pour traduire le flot d'ordres du grand homme en instructions précises à l'adresse des différentes unités militaires et les faire transmettre à travers toute la ville par des messagers à cheval, à bicyclette ou en voiture. Il trouvait que les « mesures préventives » de Trotski ressemblaient fort à une prise de pouvoir.

Au grand étonnement de Grigori et à sa grande satisfaction, il n'y eut que très peu de résistance.

Un espion infiltré au palais Marinski rapporta que le Premier ministre avait demandé un vote de confiance au préparlement, l'organe chargé de mettre en place l'assemblée constituante et qui avait si lamentablement failli à sa tâche. Le préparlement refusa. Personne ne s'en soucia vraiment. Kerenski appartenait au passé, rejoignant la liste des incompétents qui avaient vainement prétendu diriger la Russie. Il retourna au palais d'Hiver où son gouvernement impuissant continua à faire semblant de gouverner.

Lénine se cachait dans l'appartement d'une camarade, Margarita Fofanova. Le comité central, craignant son arrestation, lui avait interdit de se déplacer en ville. Grigori était l'une des rares personnes à savoir où il se trouvait. À huit heures du soir, Margarita arriva à l'institut Smolni avec un billet de Lénine ordonnant aux bolcheviks de lancer immédiatement une insurrection armée. Trotski rétorqua avec agacement : « Qu'est-ce qu'il croit que nous sommes en train de faire ? »

Mais Grigori donnait raison à Lénine. En tout état de cause, les bolcheviks ne s'étaient pas encore tout à fait emparés du pouvoir. Lorsque le congrès des soviets serait réuni, il aurait toute autorité et, même si les bolcheviks étaient majoritaires, on aboutirait à un nouveau gouvernement de coalition résultant de compromis.

Le congrès devait débuter le lendemain à deux heures. Lénine était apparemment le seul à comprendre l'urgence de la situation, constatait Grigori non sans découragement. On avait besoin de lui ici, au cœur de l'action.

Il décida d'aller le chercher.

La nuit était glaciale, balayée par un vent du nord qui transperçait le manteau de cuir que Grigori portait par-dessus son uniforme de sergent. Le centre-ville présentait un aspect incroyablement normal : des membres bien habillés de la classe moyenne sortaient des théâtres et se dirigeaient vers des restaurants illuminés, tandis que des mendiants les harcelaient pour quelques pièces de monnaie et que les prostituées affichaient leur sourire aux coins des rues. Grigori adressa un signe à un camarade qui vendait une brochure de Lénine intitulée *Les bolcheviks parviendront-ils à conserver le pouvoir ?* Grigori ne l'acheta pas. Il connaissait déjà la réponse.

L'appartement de Margarita était situé à la limite nord du quartier de Vyborg. Grigori ne pouvait s'y rendre en voiture sans risquer d'attirer l'attention de la police sur l'endroit où Lénine se cachait. Il gagna à pied la gare de Finlande et monta dans un tram. Le trajet était long, et il eut tout le temps de se demander si Lénine accepterait de le suivre.

Mais, à son grand soulagement, Lénine se laissa aisément persuader.

« Je crois que, sans toi, les camarades ne franchiront jamais le pas décisif », lui dit Grigori.

Il n'en fallut pas davantage pour le convaincre.

Lénine laissa un mot sur la table de la salle à manger pour rassurer Margarita : « Je vais là où tu ne voulais pas que j'aille.

Au revoir, Ilitch. » Les membres du parti l'appelaient toujours par son deuxième prénom, Ilitch.

Grigori vérifia qu'il avait bien son pistolet pendant que Lénine enfilait sa perruque, une casquette d'ouvrier et un manteau informe. Puis ils se mirent en route.

Grigori était aux aguets, craignant de tomber sur un détachement de police ou une patrouille de l'armée qui auraient pu reconnaître Lénine. Il se promit de tirer sans hésitation pour empêcher son arrestation.

Ils étaient les seuls passagers du tramway. Lénine demanda à la conductrice ce qu'elle pensait des derniers événements politiques.

Ils descendirent à la gare de Finlande et poursuivirent à pied. Entendant un bruit de sabots, ils se cachèrent pour laisser passer un groupe de cadets loyalistes prêts à en découdre.

À minuit, Grigori déposa triomphalement Lénine à l'institut Smolni.

Lénine se rendit immédiatement à la salle 36 et organisa une réunion du comité central bolchevique. Trotski annonça que les gardes rouges contrôlaient désormais un grand nombre des points clés de la ville. C'était insuffisant aux yeux de Lénine. Il déclara que pour des raisons symboliques, les troupes révolutionnaires devaient investir le palais d'Hiver et arrêter les ministres du gouvernement provisoire. Cette mesure était indispensable pour convaincre le peuple que le pouvoir était définitivement et irrévocablement passé aux mains des révolutionnaires.

Grigori savait qu'il avait raison.

Les autres aussi.

Trotski commença à préparer la prise du palais d'Hiver.

Cette nuit-là, Grigori n'alla pas retrouver Katerina.

5.

Ils n'avaient pas droit à l'erreur.

L'acte final de la révolution devait être décisif, Grigori en était conscient. Il veilla à ce que les ordres soient clairs et parviennent à temps à leurs destinataires.

Le plan n'était pas compliqué, mais Grigori craignait que le minutage prévu par Trotski ne soit trop optimiste. L'essentiel de la force chargée de l'attaque serait constitué de marins révolutionnaires. La plupart partiraient de Helsingfors, capitale de la région finlandaise, par train et bateau dès trois heures du matin ; d'autres arriveraient de Cronstadt, la base navale insulaire située à trente kilomètres de la côte.

L'attaque devait être lancée à midi.

Comme sur les champs de bataille, l'opération commencerait par un tir de barrage : depuis l'autre rive du fleuve, les canons de la forteresse Pierre-et-Paul pilonneraient les murs du palais. Les soldats et les marins occuperaient ensuite le bâtiment. Trotski assurait que tout serait terminé à deux heures, quand devait débuter le congrès des soviets.

Lénine voulait ouvrir la séance en annonçant que les bolcheviks avaient *déjà* pris le pouvoir. C'était la seule façon d'éviter un nouveau gouvernement de compromis, inefficace et indécis – la seule façon d'être sûr que Lénine accéderait au pouvoir.

Cela se ferait-il aussi vite que l'espérait Trotski ?

Le palais d'Hiver n'était pas très bien gardé. À l'aube, Grigori put envoyer Isaak en reconnaissance à l'intérieur. Celui-ci rapporta qu'il y avait à peu près trois mille soldats loyalistes dans l'enceinte du bâtiment. S'ils étaient correctement commandés et se battaient avec courage, les combats seraient rudes.

Isaak découvrit aussi que Kerenski avait quitté la ville. Comme les gardes rouges contrôlaient les gares, il n'avait pas pu prendre le train et avait fini par réquisitionner un véhicule. « Qu'est-ce que c'est que ce Premier ministre qui ne peut pas prendre le train dans sa propre capitale ? demanda Isaak.

— En tout cas, il est parti, répliqua Grigori, ravi. Et je ne crois pas qu'il reviendra un jour. »

Mais son humeur s'assombrit quand midi sonna : aucun marin n'était arrivé.

Il franchit le pont qui menait à la forteresse Pierre-et-Paul pour s'assurer que les canons étaient prêts. Là, il s'aperçut avec horreur que c'étaient des pièces de musée hors d'usage, qui n'avaient qu'une fonction décorative. Il demanda à Isaak de se débrouiller pour trouver des pièces d'artillerie en état de marche.

Il retourna aussitôt à l'institut Smolni pour avertir Trotski que son plan avait pris du retard. Le garde de faction à la porte lui dit : « Quelqu'un te cherchait tout à l'heure, camarade. Une histoire de sage-femme.

— Je n'ai pas le temps. »

Les événements s'enchaînaient très vite. Grigori apprit que les gardes rouges s'étaient emparés du palais Marinski et avaient dispersé le préparlement sans effusion de sang. Les bolcheviks incarcérés avaient été libérés. Trotski avait ordonné à toutes les troupes stationnées hors de Petrograd de ne pas intervenir. Les soldats avaient décidé de lui obéir, au mépris des instructions de leurs officiers. Lénine était en train de rédiger un manifeste qui débutait par ces mots : « Aux citoyens de Russie : le gouvernement provisoire a été renversé ! »

« Mais l'assaut n'a pas commencé, annonça Grigori à Trotski d'un air désespéré. Je ne vois pas comment l'opération pourra être terminée avant trois heures.

— Ne t'en fais pas, lui dit Trotski. Il n'y a qu'à retarder l'ouverture du congrès. »

Grigori regagna l'esplanade du palais d'Hiver. À deux heures, il vit enfin le mouilleur de mines *Amour* – du nom du fleuve russe – s'engager dans la Neva avec des milliers de marins de Cronstadt sur le pont, tandis que les ouvriers de Petrograd s'alignaient sur les berges pour les acclamer.

Grigori se dit que si Kerenski avait songé à truffer l'étroit chenal de mines, il aurait pu empêcher les marins d'entrer en ville et faire échouer la révolution. Mais c'est sans encombre que les marins en caban noir commencèrent à débarquer, fusil à l'épaule. Grigori s'apprêta à les déployer autour du palais d'Hiver.

Néanmoins le plan se heurtait sans cesse à de nouveaux obstacles, au grand désarroi de Grigori. Isaak trouva quelques canons et les fit mettre en place au prix d'immenses efforts avant de s'apercevoir qu'il n'avait pas d'obus. Pendant ce temps-là, les troupes loyalistes du palais dressaient des barricades.

Au comble de l'exaspération, Grigori repartit pour l'institut Smolni.

Une réunion d'urgence du soviet de Petrograd allait s'ouvrir. Des centaines de délégués se pressaient dans le vaste vestibule de l'école de filles, peint en blanc virginal. Grigori monta sur l'estrade et s'assit à côté de Trotski, qui s'apprêtait à ouvrir la séance.

«L'attaque a été retardée en raison d'une série de problèmes», lui dit-il.

Trotski accueillit cette mauvaise nouvelle avec calme. Lénine aurait piqué une crise. «Quand pourrez-vous prendre le palais? demanda Trotski.

— Soyons réalistes : à six heures ce soir.»

Trotski hocha la tête sans se démonter et s'adressa à l'assemblée. «Au nom du comité militaire révolutionnaire, je déclare que le gouvernement provisoire n'existe plus», lança-t-il d'une voix sonore.

Un tonnerre d'applaudissements et de vivats lui répondit. Pourvu que je puisse transformer ce mensonge en vérité, songea Grigori.

Quand le tumulte s'apaisa, Trotski énuméra les exploits des gardes rouges : la prise, pendant la nuit, des gares et d'autres sites clés, et la dispersion du préparlement. Il annonça également l'arrestation de plusieurs ministres. «Le palais d'Hiver n'est pas encore pris, mais son sort va se jouer d'un moment à l'autre!» Les acclamations redoublèrent.

Un dissident protesta : «Vous anticipez la volonté du congrès des soviets!»

C'était un argument de démocrate modéré, que Grigori lui-même aurait avancé, avant de devenir réaliste.

La réponse de Trotski fut immédiate : il avait dû prévoir cette critique. «La volonté du congrès a déjà été anticipée par le soulèvement des ouvriers et des soldats.»

Un murmure parcourut soudain la salle. Des gens se levaient. Grigori se tourna vers la porte, intrigué. Il vit Lénine s'avancer. Les délégués commencèrent à l'acclamer. Au moment où Lénine monta sur l'estrade, le vacarme était assourdissant. Trotski et lui se tenaient côte à côte, souriants, répondant aux ovations par des hochements de tête, face à la foule qui célébrait un coup d'État qui n'avait pas encore eu lieu.

Le hiatus entre la proclamation de la victoire dans ce vestibule et la réalité confuse et désordonnée de la situation à l'extérieur mit Grigori dans un tel état d'angoisse qu'il s'éclipsa.

Les marins d'Helsingfors n'étaient toujours pas arrivés et les canons de la forteresse toujours pas prêts à tirer. La tombée de la nuit s'accompagna d'un crachin glacial. Comme il se trouvait sur l'esplanade, face au palais d'Hiver et tournant le dos au siège de l'état-major général, Grigori vit une unité de cadets sortir du palais. Les insignes de leurs uniformes révélaient qu'ils appartenaient à l'école d'artillerie Mikhaïlovski. Ils quittaient les lieux, emportant avec eux quatre gros canons. Grigori les laissa partir.

À sept heures, il ordonna à un détachement de soldats et de marins d'investir le quartier général de l'état-major et de s'en emparer. Ils ne rencontrèrent aucune opposition.

À huit heures, les deux cents Cosaques qui gardaient le palais décidèrent de regagner leurs casernes. Grigori les laissa passer. Après tout, ces contretemps agaçants n'étaient peut-être pas si catastrophiques : les forces qu'ils auraient à affronter diminuaient d'heure en heure.

Un peu avant dix heures, Isaak annonça que le canon de la forteresse Pierre-et-Paul était enfin prêt à entrer en action. Grigori donna l'ordre de tirer un coup de semonce et d'attendre. Comme il l'avait prévu, d'autres soldats sortirent du palais et prirent le large.

Était-ce aussi simple que cela ?

Une sirène se déclencha alors à bord de l'*Amour*, sur le fleuve. Que se passait-il ? Grigori distingua les feux de bateaux qui approchaient. Son cœur cessa de battre. Kerenski avait-il réussi, au tout dernier moment, à envoyer des troupes loyales à la rescousse de son gouvernement ? Une clameur enfla alors sur le pont de l'*Amour* et Grigori comprit qu'ils saluaient l'arrivée des marins d'Helsingfors.

Quand ils eurent tous jeté l'ancre, il ordonna de commencer le bombardement, enfin.

Les canons tonnèrent. Certains obus explosaient en l'air, illuminant les bateaux et le palais. Grigori en vit un s'abattre sur une fenêtre du troisième étage et se demanda s'il y avait du monde à l'intérieur. Curieusement, tous feux allumés, les tramways poursuivaient leurs va-et-vient sur le pont Trotski et le pont du Palais.

Bien sûr, cela n'avait rien à voir avec un champ de bataille. Sur le front, des centaines, voire des milliers de pièces d'artillerie tiraient en même temps. Ici, il n'y en avait que quatre. Il s'écoulait de longues minutes entre chaque tir et le nombre d'obus qui se perdaient, faisaient long feu ou tombaient dans le fleuve sans causer de dégâts était impressionnant.

Grigori ordonna l'arrêt des tirs puis envoya de petits groupes d'hommes en reconnaissance à l'intérieur du palais. Ils revinrent en assurant que les quelques soldats qui restaient n'opposaient aucune résistance.

Peu après minuit, Grigori entra avec un contingent plus important. Suivant une stratégie préétablie, ils se dispersèrent dans tout le palais, parcourant au pas de course les longs couloirs obscurs pour neutraliser les opposants et chercher les ministres du gouvernement. Le palais ressemblait à une caserne mal entretenue, jonché de matelas éparpillés sur les parquets des grandes salles toutes scintillantes d'or. Les sols étaient tous recouverts d'un amas crasseux de mégots de cigarette, de croûtes de pain et de bouteilles vides aux étiquettes françaises que les soldats avaient dû prélever dans la cave somptueuse du tsar.

Grigori entendit quelques coups de feu disséminés, mais on ne se battait pas beaucoup. Il ne trouva aucun ministre au rez-de-chaussée. Songeant qu'ils s'étaient peut-être échappés, il s'affola un instant : pas question de devoir annoncer à Lénine et Trotski que les membres du gouvernement Kerenski lui avaient glissé entre les doigts.

Avec Isaak et deux autres hommes, il gravit un grand escalier pour aller explorer l'étage supérieur. Ils firent irruption dans une salle de réunion fermée par une double porte et y découvrirent les vestiges du gouvernement provisoire : un petit groupe d'hommes effrayés, en costume et en cravate, assis autour d'une table et dans des fauteuils épars, les yeux écarquillés de peur.

L'un d'eux s'efforça de faire preuve d'un semblant d'autorité. « Le gouvernement provisoire siège ici. Que voulez-vous ? »

Grigori reconnut Alexandre Konovalov, le riche industriel du textile qui était le Premier ministre adjoint de Kerenski.

Grigori rétorqua : « Vous êtes tous en état d'arrestation. »

Ce fut un moment de vive satisfaction, qu'il savoura pleinement.

Il s'adressa à Isaak. « Note les noms. » Il les reconnaissait tous. « Konovalov, Maliantovitch, Nikitine, Terestchenko... » Quand la liste fut complète, il ordonna : « Emmène-les à la forteresse Pierre-et-Paul et enferme-les dans des cellules. Je vais à l'institut Smolni annoncer la bonne nouvelle à Lénine et Trotski. »

Il quitta le palais. Comme il traversait la place, il s'arrêta un instant en pensant à sa mère. Elle était morte là, douze ans plus tôt, sous les balles des soldats du tsar. Il se tourna vers le grand palais, vers ses rangées de colonnes blanches et les centaines de fenêtres dans lesquelles se reflétait la lune. Pris d'une rage soudaine, il tendit le poing vers le bâtiment.

« Bien fait pour vous, bande d'assassins ! lança-t-il à haute voix. Bien fait pour vous qui l'avez tuée ! »

Il attendit d'avoir retrouvé son calme. Je ne sais même pas à qui je parle, pensa-t-il. Il sauta dans son véhicule blindé couleur poussière qui attendait près d'une barricade démantelée.

« À Smolni », dit-il au chauffeur.

Sur le chemin, il se laissa emporter par un sentiment d'exaltation. Cette fois, nous avons gagné, se répétait-il. Nous sommes vainqueurs. Le peuple s'est débarrassé des oppresseurs.

Il monta quatre à quatre les marches de l'institut et déboucha dans le vestibule. La salle était bondée. Il comprit que le congrès des soviets avait commencé. Trotski n'avait pas pu le retarder davantage. C'était fâcheux. Ce serait tout à fait le genre des mencheviks et des autres lavettes qui se prenaient pour des révolutionnaires d'exiger un rôle dans le nouveau gouvernement alors qu'ils n'avaient rien fait pour renverser l'ancien.

Un nuage de fumée flottait autour des lustres. Les membres du présidium étaient assis sur l'estrade. Grigori les connaissait presque tous. Il examina la composition du groupe. Les bolcheviks occupaient quatorze sièges sur vingt-cinq. Le parti disposait donc du plus grand nombre de délégués. Mais il découvrit avec horreur que Kamenev présidait – un bolchevik modéré qui avait voté contre l'insurrection armée ! Comme l'avait prédit Lénine, le congrès s'apprêtait à sanctionner un nouveau compromis.

Grigori observa les délégués assis dans la salle et repéra Lénine au premier rang. Il s'approcha et dit à son voisin : « Il faut que je parle à Ilitch. Laisse-moi ta place. » L'homme maugréa mais finit par se lever.

Grigori murmura à l'oreille de Lénine : « Le palais d'Hiver est entre nos mains. » Il énuméra les noms des ministres qu'ils avaient arrêtés.

« Trop tard », répondit Lénine d'un air sombre.

Les craintes de Grigori se confirmaient. « Que se passe-t-il ici ? »

Lénine avait l'air furieux. « Martov a présenté une motion. » Julius Martov était le vieil ennemi de Lénine. Il avait toujours voulu que le parti ouvrier social-démocrate de Russie s'aligne sur le modèle du parti travailliste anglais et défende la classe ouvrière par des méthodes démocratiques. La querelle qui l'avait opposé à Lénine sur cette question avait abouti à la scission du POSDR en 1903 en deux factions, les bolcheviks de Lénine et les mencheviks de Martov. « Il a plaidé pour la fin des combats de rue et pour l'ouverture de négociations en vue de l'instauration d'un gouvernement démocratique.

— Des négociations? répéta Grigori, incrédule. Mais nous avons pris le pouvoir!

— Nous avons soutenu cette motion, dit Lénine d'une voix blanche.

— Pourquoi? s'étonna Grigori.

— Si nous nous y étions opposés, nous aurions perdu. Nous avons trois cents représentants sur six cent soixante-dix. Nous sommes le parti le plus important, et de loin, mais nous ne disposons pas de la majorité absolue. »

Grigori en aurait pleuré. Le putsch n'avait servi à rien. On allait former un nouveau gouvernement de coalition, dont la composition serait le fruit de négociations et de compromis, et qui continuerait de tergiverser pendant que les Russes mourraient au combat sur le front, et de faim chez eux.

« Ce qui ne les empêche pas de s'en prendre à nous », ajouta Lénine.

Grigori écouta l'orateur du moment, un homme qu'il ne connaissait pas.

« Ce congrès a été réuni pour parler du nouveau gouvernement et qu'en est-il? disait-il d'un ton hargneux. Certains irresponsables ont entrepris de prendre le pouvoir, anticipant la décision du congrès! Nous devons sauver la révolution de cette entreprise insensée. »

Ces paroles soulevèrent une tempête de protestations de la part des délégués bolcheviques. Grigori entendit Lénine pester : « Porc! Fumier! Traître! »

Kamenev réclama le silence.

Le discours suivant était tout aussi hostile aux bolcheviks et à leur coup d'État, et d'autres interventions de la même veine lui succédèrent. Lev Khintchouk, un menchevik, demanda des négociations avec le gouvernement provisoire. Le tumulte indigné qui s'ensuivit fut tel qu'il dut s'interrompre pendant plusieurs minutes. Finalement, hurlant pour couvrir le vacarme, il annonça : « Nous quittons le congrès! » Et il sortit de la salle.

Grigori avait compris leur tactique : ils affirmeraient que le congrès n'avait plus aucun pouvoir après leur départ.

« Déserteurs ! » lança une voix. Le cri fut repris par l'assistance.

Grigori était consterné. Ils avaient tant attendu ce rassemblement. Les délégués incarnaient la volonté du peuple russe. Et voilà que tout s'écroulait.

Il regarda Lénine. À son grand étonnement, il vit que ses yeux brillaient de plaisir. « C'est merveilleux, murmura-t-il. Nous sommes sauvés ! Je n'aurais jamais cru qu'ils feraient une erreur pareille. »

Grigori n'y comprenait rien. Lénine avait-il perdu la tête ?

L'orateur suivant était Mikhaïl Gendelman, un membre éminent du Parti socialiste révolutionnaire. « Prenant acte de la prise de pouvoir par les bolcheviks qu'il tient pour responsables de cette action criminelle et insensée, et se trouvant de ce fait dans l'impossibilité de collaborer avec eux, le groupe socialiste révolutionnaire quitte le congrès ! »

Il sortit, avec tous ses partisans dans son sillage, sous les huées, les sifflets et les quolibets des délégués restants.

Grigori était mortifié. Comment son heure de triomphe avait-elle pu dégénérer aussi vite et se transformer en chahut incontrôlable ?

Lénine, pour sa part, avait l'air plus enchanté que jamais.

Plusieurs délégués soldats vinrent parler en faveur du coup d'État bolchevique. Grigori en fut un peu rasséréné, mais il ne comprenait toujours pas ce qui mettait Lénine en joie. Celui-ci était en train de griffonner sur un bloc-notes. Au fur et à mesure que les discours s'enchaînaient, il corrigeait et récrivait. Finalement, il tendit deux feuillets à Grigori. « Ce texte doit être présenté au congrès pour adoption immédiate », déclara-t-il.

C'était une longue déclaration truffée des formules oratoires d'usage, mais Grigori tomba rapidement sur la phrase clé : « Le congrès décide par la présente résolution de prendre et d'assumer le pouvoir gouvernemental. »

Grigori n'attendait pas autre chose.

« Tu veux que Trotski en donne lecture ?

— Non, pas lui. » Lénine passa en revue les hommes – et l'unique femme – présents sur la tribune et dit : « Lounatcharski. »

Lénine devait trouver que Trotski s'était déjà assez attiré de gloire.

Grigori porta la déclaration à Lounatcharski, qui fit signe au président. Quelques instants plus tard, Kamenev invitait Lounatcharski à prendre la parole. Il se leva et lut à haute voix la résolution de Lénine.

Chaque phrase déclencha une clameur d'approbation.

Le président fit procéder au vote.

Ce ne fut qu'à cet instant que Grigori commença à comprendre pourquoi Lénine était si content : Les mencheviks et les socialistes révolutionnaires partis, les bolcheviks disposaient d'une écrasante majorité. Ils pouvaient faire tout ce qu'ils voulaient. Plus besoin de compromis.

Le vote eut lieu. Seuls deux délégués se prononcèrent contre le texte de Lénine.

Les bolcheviks détenaient le pouvoir et, désormais, la légitimité. Le président leva la séance. Il était cinq heures du matin, le jeudi 8 novembre. La révolution russe était victorieuse. Et les bolcheviks étaient aux commandes.

Grigori quitta la salle derrière Josef Staline, le révolutionnaire géorgien, et un autre homme. Celui-ci portait un manteau de cuir et une cartouchière, comme de nombreux bolcheviks, mais quelque chose en lui déclencha une sonnette d'alarme dans la mémoire de Grigori. Quand il se tourna pour dire quelques mots à Staline, Grigori le reconnut avec un frisson d'horreur.

C'était Mikhaïl Pinski.

Il avait rejoint le camp de la révolution.

6.

Grigori était épuisé. Il prit conscience qu'il n'avait pas dormi depuis deux nuits. Il avait eu tant à faire qu'il n'avait pas vu le temps passer. Il ne connaissait pas de moyen de transport plus inconfortable que la voiture blindée, mais il s'endormit pourtant sur le trajet du retour. Quand Isaak le réveilla, ils étaient devant sa porte. Il se demandait ce que Katerina avait appris des derniers événements. Il espérait qu'elle n'en savait pas trop pour qu'il ait le plaisir de lui raconter le triomphe de la révolution.

Il entra dans l'immeuble et gravit l'escalier en titubant. Une lumière filtrait sous la porte. « C'est moi », dit-il en pénétrant dans la pièce.

Assise dans le lit, Katerina tenait un nouveau-né dans les bras.

Il fut transporté de joie. « Le bébé est né ! Qu'il est beau !

— C'est une fille.

— Une fille !

— Tu avais promis d'être là, dit Katerina d'un ton de reproche.

— Je ne savais pas ! » Il admira l'enfant. « Elle a les cheveux noirs, comme moi. Comment veux-tu qu'on l'appelle ?

— Je t'ai envoyé un message. »

Grigori se rappela le garde qui lui avait annoncé qu'on était venu le chercher : « Une histoire de sage-femme », avait-il dit.

« Oh, flûte ! J'étais tellement occupé...

— Magda aussi était occupée. J'ai eu droit à Xenia. »

Grigori s'inquiéta : « Tu n'as pas trop souffert ?

— Bien sûr que si, répondit sèchement Katerina.

— Je te demande pardon. Mais tu sais, il y a eu une révolution ! Une vraie, cette fois... nous avons pris le pouvoir ! Les bolcheviks vont former un gouvernement. »

Il se pencha pour l'embrasser.

« C'est ce que je me suis dit », murmura-t-elle. Et elle se détourna.

XXIX

Mars 1918

1.

Walter était perché sur le toit d'une petite église médiévale, dans le village de Villefranche-sur-Oise, aux environs de Saint-Quentin. Pendant quelque temps, la région avait servi de lieu de repos et de détente aux échelons arrière des troupes allemandes, et les Français, faisant contre mauvaise fortune bon cœur, vendaient à leurs occupants de l'omelette et du vin, quand ils pouvaient s'en procurer. « *Quel malheur la guerre,* disaient-ils. *Pour nous, pour vous, pour tout le monde.* » Quelques minces progressions des Alliés avaient désormais chassé les habitants français, démoli la moitié des édifices et rapproché le village de la ligne de front. C'était maintenant une zone de regroupement.

En bas, sur la route étroite qui traversait le centre du village, les soldats allemands avançaient en rangs par quatre. Ils défilaient ainsi depuis des heures. Il en était passé des milliers. Ils avaient l'air fatigué mais heureux – ils savaient pourtant qu'ils rejoignaient les lignes. Mais ils arrivaient du front de l'Est. Mieux valait la France en mars que la Pologne en février, se disait Walter, quoi que l'avenir leur réserve.

Ce spectacle lui faisait chaud au cœur. Ces contingents avaient été libérés par l'armistice conclu entre l'Allemagne et la Russie. Quelques jours plus tôt, un traité de paix avait été signé à Brest-Litovsk. La Russie était définitivement sortie de la guerre. Walter y avait contribué en apportant un soutien à Lénine et aux bolcheviks, et il pouvait savourer son triomphe.

L'armée allemande avait désormais cent quatre-vint-douze

divisions en France contre cent vingt-neuf à la même époque un an plus tôt, essentiellement grâce aux unités transférées de l'est. Pour la première fois, les effectifs allemands sur place étaient plus importants que ceux des Alliés qui, d'après les renseignements allemands, disposaient de cent soixante-treize divisions. Depuis trois ans et demi, on avait souvent affirmé aux Allemands qu'ils étaient à deux doigts de remporter la victoire. Cette fois, c'était vrai, Walter en était convaincu.

Il ne croyait pas, comme son père, que les Allemands étaient supérieurs au reste du genre humain, néanmoins il admettait que s'ils prenaient la maîtrise de l'Europe, ce ne serait pas une mauvaise chose. Les Français ne manquaient pas de talents – cuisine, peinture, mode, vins –, mais le gouvernement n'était vraiment pas leur fort. Les fonctionnaires français se prenaient pour une sorte d'aristocratie et jugeaient normal de laisser les citoyens ordinaires attendre des heures. Une petite dose d'efficacité allemande leur ferait le plus grand bien. Il en allait de même des Italiens brouillons. L'Europe de l'Est, surtout, aurait beaucoup à y gagner. Le vieil empire russe en était encore au Moyen Âge, avec ses paysans qui mouraient de faim dans des masures et ses femmes fouettées pour adultère. L'Allemagne apporterait l'ordre, la justice et des méthodes d'agriculture modernes. Elle venait d'ouvrir sa première ligne aérienne régulière. Des avions reliaient Vienne à Kiev aussi aisément que des trains. Quand les Allemands auraient gagné la guerre, on pourrait prendre l'avion pour parcourir toute l'Europe. Et Maud et Walter élèveraient leurs enfants dans un monde d'ordre et de paix.

Pourtant, cette embellie militaire ne durerait pas longtemps. Les Américains avaient commencé à arriver en grand nombre. Il leur avait fallu près d'un an pour constituer leur armée, mais il y avait à présent trois cent mille soldats américains en France et il en débarquait d'autres tous les jours. L'Allemagne devait l'emporter immédiatement, conquérir la France et rejeter les Alliés à la mer avant que les renforts américains ne fassent pencher la balance.

L'assaut imminent avait été baptisé *Kaiserschlacht,* la « bataille de l'empereur ». Quoi qu'il advienne, ce serait sans doute la dernière offensive de l'Allemagne.

Walter avait été renvoyé sur le front. L'Allemagne avait besoin de tous ses hommes pour combattre, d'autant que de nombreux officiers avaient été tués. On lui avait confié le commandement d'un *Sturmbataillon*, un « bataillon d'assaut ». Il avait suivi un entraînement et s'était initié aux tactiques les plus récentes avec ses hommes. Certains étaient des combattants aguerris, d'autres de jeunes garçons et des hommes âgés recrutés en désespoir de cause. Walter avait appris à les aimer, mais il devait veiller à ne pas trop s'attacher à des hommes qu'il devrait peut-être envoyer à la mort.

Il avait retrouvé lors de sa formation Gottfried von Kessel, son ancien rival de l'ambassade d'Allemagne à Londres. Malgré sa mauvaise vue, Gottfried était capitaine dans le bataillon de Walter. La guerre n'avait pas entamé sa suffisance de monsieur je-sais-tout.

Walter observa la campagne alentour à la jumelle. Il faisait un temps magnifique, clair et frais et la visibilité était bonne. Au sud, l'Oise traversait paresseusement une étendue de marais. Vers le nord, les terres fertiles étaient ponctuées de hameaux, de fermes, de ponts, de vergers et de bosquets. À moins de deux kilomètres à l'ouest, on apercevait les tranchées allemandes et le champ de bataille, au-delà. Là, le paysage agricole avait été dévasté par la guerre : les champs de blé dénudés creusés de cratères présentaient un aspect lunaire. Il ne restait des villages que des amas de pierres. Les vergers avaient été soufflés et les ponts détruits. En réglant soigneusement ses jumelles, il distinguait les cadavres pourrissants d'hommes et de chevaux et les carcasses de chars calcinés.

À l'autre extrémité de ce tableau de désolation, il y avait les Anglais.

Un vrombissement puissant attira son regard vers l'est. Le véhicule qui approchait ne ressemblait à aucun de ceux qu'il connaissait. Mais il en avait entendu parler. C'était un canon autopropulsé, un fût gigantesque doté d'un mécanisme de mise à feu monté sur un châssis équipé d'un moteur de cent chevaux. Il était suivi de près par un poids lourd probablement chargé de munitions énormes, proportionnées à cet engin. Un deuxième et un troisième automoteur fermaient la marche. Les artilleurs qui occupaient les véhicules agitèrent leurs casquettes en passant, comme à la parade.

Walter en fut tout revigoré. Ces pièces d'artillerie étaient faciles à déplacer une fois l'offensive lancée. Elles apporteraient un soutien beaucoup plus efficace à l'infanterie pendant sa progression.

Walter avait entendu dire qu'un canon encore plus monumental bombardait Paris à cent kilomètres de distance. Cela paraissait incroyable.

Derrière les canons, il vit s'avancer une Mercedes 37/95 Double Phaeton qu'il lui sembla reconnaître. Elle s'écarta de la route pour venir se garer sur la place, devant l'église. Le père de Walter en descendit.

Que venait-il faire ici ?

Walter franchit la petite porte basse qui conduisait au clocher et descendit à la hâte l'étroit escalier en colimaçon. La nef de la chapelle désaffectée avait été transformée en dortoir. Il se fraya un chemin entre les matelas roulés et les caisses retournées qui servaient de tables et de sièges.

Dehors, le cimetière était encombré de passerelles de tranchées, des plateformes en bois préfabriquées qui permettraient à l'artillerie et aux camions de munitions de franchir les tranchées anglaises qui seraient prises par le bataillon d'assaut. Elles étaient entassées entre les tombes pour ne pas être trop visibles du ciel.

Le flot d'hommes et de véhicules qui traversaient le village d'est en ouest se réduisait maintenant à un mince filet. Quelque chose se préparait.

Otto était en uniforme et lui adressa un salut protocolaire. Walter remarqua que son père frétillait d'excitation. « Nous avons un visiteur exceptionnel », annonça-t-il sans préambule.

C'était donc cela. « Qui est-ce ?

— Tu verras. »

Walter supposa qu'il s'agissait du général Ludendorff, désormais commandant en chef des armées. « Qu'est-ce qu'il veut ?

— Parler aux soldats, évidemment. Rassemble les hommes sur la place de l'église, je te prie.

— Dans combien de temps ?

— Il me suivait de près.

— Parfait. » Walter parcourut la place du regard. « Sergent Schwab, venez ici. Vous et le caporal Grunwald, venez, et vous, les hommes, aussi. » Il envoya des messagers dans l'église, à la cantine qui avait été installée dans une vaste grange et au campement accroché à la butte, au nord. « Je veux tout le monde en tenue devant l'église dans quinze minutes. Vite ! » Ils partirent en courant.

Walter fit le tour du village pour avertir les officiers et distribuer ses ordres aux soldats tout en gardant un œil sur la route. Il trouva son chef de corps en train de terminer un petit déjeuner tardif de pain et de sardines en boîte dans une ancienne laiterie qui empestait le fromage, en bordure du village.

En moins d'un quart d'heure, deux mille hommes étaient rassemblés et, dix minutes plus tard, ils étaient présentables, uniformes boutonnés et casquettes sur la tête. Walter amena un camion à plateau et le rangea devant les hommes, l'arrière tourné vers eux. À l'aide de caisses de munitions, il bricola quelques marches.

Otto prit un tapis rouge dans la Mercedes qu'il étala devant cet escalier improvisé.

Walter fit sortir Grunwald du rang – un grand gaillard aux mains et aux pieds impressionnants – pour l'envoyer sur le toit de l'église avec des jumelles et un sifflet.

L'attente commença.

Une demi-heure s'écoula, puis une heure. Les hommes s'impatientaient, les rangs se disloquaient, les bavardages allaient bon train.

Au bout d'une heure encore, Grunwald siffla enfin.

« Préparez-vous ! aboya Otto. Il arrive. »

Une cacophonie d'ordres fusa. Les hommes se mirent rapidement au garde-à-vous tandis qu'un cortège de véhicules débouchait sur la place.

La portière d'une voiture blindée s'ouvrit et un homme en uniforme de général en surgit. Mais il n'avait pas le crâne rond et dégarni de Ludendorff. Le visiteur de marque avait une étrange allure avec sa main gauche enfoncée dans la poche de sa tunique comme s'il avait le bras mutilé.

Tout à coup, Walter se rendit compte qu'il avait devant lui le kaiser en personne. Le général de division Schwarzkopf s'approcha et salua.

Quand les hommes comprirent qui était leur visiteur, un murmure s'éleva et se transforma bientôt en explosion de joie. Le général fut d'abord scandalisé de cette manifestation d'indiscipline, mais le kaiser esquissa un sourire bienveillant et Schwarzkopf changea aussitôt d'expression, prenant l'air approbateur.

Le kaiser gravit les marches, monta sur le plateau du camion et se laissa acclamer. Quand le tumulte s'apaisa enfin, il prit la parole : « Allemands ! Voici venue l'heure de la victoire ! »

L'ovation reprit de plus belle et cette fois, Walter y joignit sa voix.

2.

Le 21 mars, à une heure du matin, la brigade occupa ses positions avancées en prévision de l'attaque. Walter et ses officiers s'installèrent dans un abri, dans la tranchée de première ligne. Ils discutaient pour mieux supporter la tension de l'attente.

Gottfried von Kessel expliquait à tous la stratégie de Ludendorff. « La poussée vers l'ouest va enfoncer un coin entre les Anglais et les Français, pérorait-il avec toute l'assurance imbécile dont il faisait preuve quand ils travaillaient ensemble à l'ambassade d'Allemagne à Londres. Ensuite, nous poursuivrons vers le nord pour contourner le flanc droit des Britanniques et les repousser vers la Manche.

— Mais, non, rétorqua le lieutenant von Braun, qui était plus âgé. Ce qu'il faut faire, une fois que nous aurons enfoncé leur ligne, c'est continuer jusqu'à l'Atlantique. Vous imaginez ça ? Une ligne allemande déployée sur toute la largeur de la France, pour couper l'armée française de ses alliés !

Kessel protesta : « Mais dans ce cas, nous aurions des ennemis au nord et au sud ! »

Un troisième homme, le capitaine Kellerman, se joignit à la conversation. « Ludendorff prendra vers le sud, pronostiqua-t-il. Nous devons nous emparer de Paris. C'est tout ce qui compte.

— Paris n'est qu'un symbole ! » lança Kessel avec mépris.

Ce n'étaient que des hypothèses. Personne n'en savait rien. Walter était trop nerveux pour écouter des paroles en l'air. Il sortit de l'abri. Les hommes étaient assis au fond de la tranchée, calmes et immobiles. Les heures qui précédaient les batailles étaient des temps de réflexion et de prière. La veille au soir, ils avaient eu de la viande dans leur bouillie d'orge, un luxe rare. Le moral était bon : ils pressentaient tous que la fin de la guerre était proche.

C'était une belle nuit étoilée. Les cuisines roulantes distribuaient le petit déjeuner : du pain noir et un café clair qui avait goût de navet. La pluie s'était éloignée et le vent était tombé. Cela voulait dire qu'ils pourraient tirer les obus à gaz toxique. Les deux camps en utilisaient, mais Walter avait entendu dire que les Allemands disposaient à présent d'un nouveau mélange : du phosgène à effet létal, additionné de gaz lacrymogène. Ce dernier n'était pas mortel, néanmoins il traversait les masques à gaz ordinaires de l'armée britannique. En théorie, l'irritation provoquée par le gaz devait inciter les soldats à enlever leur masque pour se frotter les yeux; ils inhaleraient alors le phosgène et en mourraient.

Les gros canons étaient alignés le long du no man's land. Walter n'avait jamais vu un tel déploiement d'artillerie. Les servants empilaient les munitions. Derrière eux, une deuxième rangée de canons se tenait prête à avancer, les chevaux déjà attelés dans les brancards. Ils assureraient la deuxième vague de feu roulant.

À quatre heures et demie, un grand calme se fit. Les popotes disparurent; les servants des canons s'assirent par terre pour attendre; les officiers se levèrent dans les tranchées pour inspecter les positions ennemies dans l'obscurité du no man's land. Les chevaux eux-mêmes ne bronchaient plus. C'est notre dernière chance de l'emporter, se dit Walter. Il se demanda s'il devait prier.

À quatre heures quarante, un éclair blanc déchira le ciel, effaçant le scintillement des étoiles. Quelques instants plus tard, le canon le plus proche de Walter cracha une flamme accompagnée d'une détonation si violente qu'il chancela comme si on l'avait poussé. Mais ce n'était rien. Aussitôt, l'artillerie entière se déchaîna dans un vacarme plus assourdissant que celui d'un violent orage. Les jets de flammes éclairaient les visages des servants qui manipulaient les lourds obus et la poudre. Une fumée âcre se répandit dans l'air. Walter s'efforça de ne pas respirer par la bouche. Le sol tremblait sous ses pieds.

Il distingua bientôt des explosions et des flammes du côté anglais, les obus allemands tombaient sur des dépôts de munitions ou des réservoirs d'essence. Il avait déjà affronté un tir d'artillerie. Il plaignait l'ennemi et espérait que Fitz n'était pas là-bas.

Les canons chauffaient tellement qu'il devenait impossible de les toucher sans se brûler. La chaleur les déformait suffisamment pour fausser le tir. Aussi, les servants les refroidissaient-ils avec des sacs de toile imbibés d'eau. Pour les aider, les soldats de Walter se portèrent volontaires pour aller remplir les seaux dans les trous d'obus les plus proches. Les fantassins étaient toujours prêts à aider les artilleurs avant les attaques : les ennemis tués par les canons seraient autant de moins à abattre sur le terrain quand ils avanceraient.

Le brouillard se leva aux premières lueurs du jour. Autour des canons, l'explosion des charges dissipait la brume, mais au loin, on ne voyait rien. Walter était ennuyé. Les canonniers allaient devoir tirer au jugé. Heureusement, ils avaient des plans détaillés et précis des positions anglaises, qui avaient été occupées par les Allemands à peine un an plus tôt. Toutefois, rien ne valait l'analyse de l'œil humain. Cela commençait mal.

Le brouillard se mélangeait à la fumée. Walter noua un mouchoir sur son nez et sa bouche. Les Anglais ne ripostaient pas, du moins dans ce secteur. C'était encourageant, estima-t-il. Leur artillerie avait peut-être été détruite. Le seul Allemand à avoir trouvé la mort à proximité de Walter était un servant d'obusier dont la pièce avait explosé. Sans doute l'obus avait-il éclaté dans le fût. Des brancardiers emportèrent le corps et une équipe médicale vint bander ceux qui avaient été blessés par des éclats.

À neuf heures du matin, il mit ses hommes en position d'attaque, les soldats d'assaut couchés sur le sol derrière les canons, les fantassins debout dans les tranchées. Derrière eux étaient rassemblés l'artillerie de la deuxième vague, les médecins et infirmiers, les téléphonistes, les ravitailleurs et les messagers.

Les troupes d'assaut portaient le casque moderne, dit en « seau à charbon ». Elles avaient été les premières à abandonner l'ancien *Pickelhaube,* le « casque à pointe ». Elles étaient armées de carabines Mauser K 98. Leur canon court les rendait imprécises de loin, mais elles étaient moins encombrantes que les longs fusils dans l'espace réduit des tranchées. Chaque homme avait également un sac accroché en bandoulière sur la poitrine, contenant une douzaine de grenades à manche. Les *Tommies* les appelaient les « écrase-patates » parce qu'elles ressemblaient aux presse-purée qu'utilisaient leurs femmes. Il fallait croire qu'il y en avait dans toutes les cuisines de Grande-Bretagne. Walter avait appris ce détail en interrogeant les prisonniers de guerre :

personnellement il n'avait jamais mis les pieds dans une cuisine anglaise.

Walter mit son masque à gaz et fit signe aux hommes d'en faire autant pour éviter de respirer les vapeurs toxiques qu'ils auraient eux-mêmes répandues quand ils atteindraient les lignes ennemies. À neuf heures et demie, il se leva. Il passa son fusil en bandoulière et prit une grenade dans chaque main, comme devaient le faire les troupes d'assaut montant à l'attaque. Ne pouvant pas donner d'ordre oralement, car personne ne l'aurait entendu, il fit un geste du bras et s'élança en avant.

Ses hommes le suivirent dans le no man's land.

Le sol était ferme et sec : il n'y avait pas eu de grosses pluies depuis plusieurs semaines. C'était une bonne chose pour les attaquants, les déplacements des hommes et des véhicules seraient plus faciles.

Ils couraient courbés en deux tandis que l'artillerie allemande tirait au-dessus de leurs têtes. Les hommes de Walter étaient conscients du danger que pouvaient présenter les obus tirés trop court par leur propre camp, surtout par brouillard, quand les observateurs étaient incapables de corriger le tir des canonniers. Mais le jeu en valait la chandelle : ils pourraient ainsi s'approcher si près des tranchées ennemies que, lorsque les bombardements cesseraient, les Anglais n'auraient pas le temps de réagir et de repositionner leurs mitrailleuses avant que les troupes d'assaut ne leur tombent dessus.

Tout en traversant le no man's land au pas de course, Walter espérait que les barbelés d'en face avaient été détruits par l'artillerie. Faute de quoi, ses hommes perdraient du temps à les cisailler.

Il entendit une explosion sur sa droite, suivie d'un cri. Un instant plus tard, un scintillement au niveau du sol accrocha son regard. Il reconnut un déclencheur de mine. Ils se trouvaient dans un champ de mines dont ils ignoraient l'existence. Une bouffée de panique l'envahit à l'idée qu'il pouvait sauter au moindre pas. Il se ressaisit et cria : « Attention où vous mettez les pieds ! » Mais ses mots se perdirent dans le fracas du bombardement. Ils continuèrent à courir droit devant eux. Il fallait laisser les blessés, qui seraient récupérés par les équipes médicales, comme toujours.

À neuf heures quarante, les canons se turent.

Ludendorff avait renoncé à la tactique du pilonnage de

plusieurs jours avant une attaque : cela laissait trop de temps à l'ennemi pour se préparer. On avait calculé que cinq heures suffisaient à troubler et démoraliser l'adversaire sans lui permettre de se réorganiser.

Théoriquement, se dit Walter.

Il se redressa et accéléra l'allure. Il respirait fort mais régulièrement, transpirait à peine, vigilant mais calme. Il allait entrer en contact avec l'ennemi dans quelques secondes.

Il parvint aux barbelés anglais. Ils n'avaient pas été détruits, mais des brèches avaient été ouvertes. Il y fit passer ses hommes.

Les chefs de section et les commandants de compagnie ordonnèrent aux soldats de se déployer à nouveau en s'exprimant par gestes, de peur d'être entendus par l'ennemi peut-être tout proche.

Le brouillard jouait maintenant en leur faveur en les dissimulant aux Anglais, se dit Walter avec un petit frisson de plaisir. À cet instant, ils auraient très bien pu être accueillis par des rafales de mitrailleuse. Heureusement, ils étaient invisibles.

Il arriva dans un secteur qui avait été pilonné par les obus allemands. Au début, il ne vit que des cratères et des monticules de terre. Puis il aperçut une partie de tranchée et comprit qu'il avait atteint la ligne anglaise. Elle était ravagée. L'artillerie avait fait du bon travail.

Restait-il quelqu'un dans cette tranchée ? Aucun coup de feu n'avait été tiré. Mais mieux valait s'en assurer. Walter dégoupilla une grenade et la jeta dans la tranchée. Quand elle eut explosé, il se pencha au-dessus du parapet. Plusieurs hommes étaient allongés à terre, tous immobiles. Ceux qui n'avaient pas été tués par les tirs d'artillerie avaient été achevés par la grenade.

Jusqu'à présent, tout va bien, songea Walter. Ça risque de ne pas durer.

Il longea la ligne en courant pour voir où en était le reste de son bataillon. Plusieurs soldats britanniques se rendaient, les mains posées sur leur casque d'acier en forme de bol renversé, après avoir abandonné leurs armes. Ils avaient l'air bien nourris par rapport aux Allemands. Le lieutenant von Braun pointait son fusil sur eux, mais Walter ne voulait pas que ses soldats perdent leur temps avec des prisonniers. Il ôta son masque à gaz : les Anglais n'en portaient pas. « Allez ! cria-t-il en anglais. Par là, par là ! » dit-il en désignant les lignes allemandes. Les Anglais se mirent en marche, trop contents d'échapper au combat et de sauver leur peau.

«Laissez-les partir, lança-t-il à Braun. Les échelons arrière s'en occuperont. Il faut continuer à avancer.» C'était toute la fonction des troupes d'assaut.

Il s'éloigna en courant. Sur plusieurs centaines de mètres, c'était toujours le même tableau : tranchées détruites, victimes ennemies, peu ou pas de résistance. C'est alors qu'il entendit un tir de mitrailleuse. Quelques instants plus tard, il découvrait une section qui s'était réfugiée dans des trous d'obus. Il se coucha à plat ventre près du sergent Schwab. «Nous ne voyons pas l'emplacement, lui dit celui-ci. Nous tirons en nous dirigeant au bruit.»

Schwab n'avait pas compris la manœuvre. Les troupes d'assaut devaient dépasser les poches de forte résistance et les laisser nettoyer par l'infanterie qui suivait.

«Avancez! lui ordonna Walter. Contournez la mitrailleuse.» Quand le tir s'interrompit, il se leva et leur fit signe. «Allez! Debout, debout!» Ils obéirent. Il les entraîna loin de la mitrailleuse et leur fit traverser une tranchée désertée.

Il tomba à nouveau sur Gottfried. Le lieutenant tenait une boîte de biscuits qu'il enfournait dans sa bouche tout en courant. «Incroyable! s'exclama-t-il. Si vous voyiez ce que les Anglais ont à manger!»

Walter envoya la boîte de biscuits par terre d'un coup de poing. «Vous êtes ici pour vous battre, pas pour vous goinfrer, espèce de crétin! gronda-t-il. Avancez!»

Quelque chose heurta son pied. Il vit un lapin disparaître dans la brume. L'artillerie avait dû détruire leurs terriers.

Pour vérifier qu'il se dirigeait toujours vers l'ouest, il consulta sa boussole. Il ne savait pas si les tranchées qu'il croisait étaient des boyaux de communication ou de ravitaillement et ne pouvait donc se fier à leur orientation.

Les Anglais avaient imité les Allemands en créant de multiples lignes de tranchées. Après avoir passé la première, il s'attendait à en trouver une deuxième solidement défendue, celle qu'on appelait la «ligne rouge», puis, s'il arrivait jusque-là, une troisième, un ou deux kilomètres plus loin, la «ligne brune».

Ensuite, il n'y aurait plus que la campagne jusqu'à la côte.

Des obus explosèrent dans la brume au-dessus d'eux. Cela ne pouvait pas venir des Anglais! Ils ne tireraient quand même pas sur leurs propres défenses ! C'était sans doute la deuxième vague du barrage roulant allemand. Ses hommes et lui risquaient d'être à distance de tir de leur propre artillerie. Il se retourna. Heureusement, la plupart de ses hommes étaient derrière lui. Il leva les bras. « À couvert ! cria-t-il. Passez le mot ! »

Ils ne se le firent pas dire deux fois. Ils avaient compris. Ils revinrent sur leurs pas et sautèrent dans des tranchées vides.

Walter était aux anges : tout se déroulait parfaitement.

Trois soldats britanniques gisaient au fond de la tranchée. Deux ne bougeaient plus, le troisième gémissait. Où étaient les autres ? Avaient-ils fui ? Ou s'agissait-il d'une escouade suicide chargée de défendre une position indéfendable pour permettre à ses camarades de battre en retraite ?

L'un des morts était un homme extraordinairement grand, doté de mains et de pieds énormes. Grunwald entreprit aussitôt de lui retirer ses chaussures. « C'est ma taille ! » dit-il à Walter en guise d'explication. Walter n'eut pas le cœur de l'en empêcher : les godillots de Grunwald étaient troués.

Il s'assit pour reprendre son souffle. En repensant au déroulement de la première phase, il dut admettre qu'elle n'aurait pas pu mieux se passer.

Au bout d'une heure, les canons allemands se turent à nouveau. Walter rassembla ses hommes et repartit.

À mi-pente d'une longue côte, il entendit des voix. Il leva la main pour arrêter ses soldats. Devant, quelqu'un dit en anglais : « J'y vois que dalle ! »

L'accent lui rappelait quelque chose. Était-il australien ? Plutôt indien.

Une autre voix répondit, avec le même accent : « S'ils peuvent pas te voir, ils peuvent pas te tirer dessus ! »

En un éclair, Walter fut transporté quatre ans en arrière, dans la grande maison de campagne de Fitz au pays de Galles. Ses domestiques parlaient de cette façon-là. Ces hommes, perdus au milieu d'un champ français dévasté, étaient gallois.

Loin au-dessus de sa tête, le ciel sembla s'éclaircir un peu.

3.

Le sergent Billy Williams scrutait le brouillard. Les tirs d'artillerie avaient cessé, Dieu merci, mais cela annonçait l'arrivée des Allemands. Qu'était-il censé faire ?

Sa section occupait une redoute, un poste défensif sur une butte, en arrière de la ligne de front. Par temps clair, leur position offrait une vue dégagée sur une longue déclivité aboutissant à un tas de décombres qui avait dû être une ferme autrefois. Une tranchée les reliait aux autres redoutes, désormais invisibles. Les ordres leur venaient normalement de l'arrière, mais aujourd'hui, ils n'en avaient reçu aucun. Le téléphone était muet, la ligne ayant probablement été coupée par les tirs de barrage.

Les hommes se tenaient debout ou assis dans la tranchée. Ils étaient sortis de l'abri quand le bombardement avait cessé. Parfois, en milieu de matinée, la popote envoyait une charrette parcourir la tranchée avec une grande bouilloire de thé chaud. Pourtant ce matin, ils ne voyaient rien venir. Ils avaient mangé leurs rations de survie pour le petit déjeuner.

La section disposait d'une mitrailleuse légère Lewis de conception américaine. Elle se trouvait sur le bord postérieur de la tranchée, au-dessus de l'abri. Elle était servie par George Barrow, le jeune délinquant de dix-neuf ans, un bon soldat mais si inculte qu'il croyait que la dernière invasion de l'Angleterre était due à un certain « Norman le Conquérant ». George était assis derrière sa mitrailleuse, fumant la pipe à l'abri des éclats d'obus sous le bloc de culasse en acier.

Ils avaient aussi un mortier Stokes, une arme très utile qui tirait des projectiles de trois pouces à trois cents mètres. Le caporal Johnny Ponti, frère de Joey Ponti, mort sur la Somme, était devenu d'une efficacité diabolique dans la manipulation de cet engin.

Billy grimpa pour rejoindre George et sa mitrailleuse, mais il n'y voyait pas davantage.

George lui demanda : « Billy, est-ce que les autres pays ont des empires comme le nôtre ?

— Oui. Les Français ont presque toute l'Afrique du Nord. Et puis il y a les Indes orientales des Hollandais, l'Afrique du Sud-Ouest des Allemands...

— Oh, fit George, dépité. On me l'avait dit, mais je l'ai pas cru.

— Et pourquoi pas ?

— Ben quand même, qu'est-ce qui leur donne le droit de régner sur d'autres peuples ?

— Et nous, qu'est-ce qui nous donne le droit de régner sur le Nigeria, la Jamaïque et l'Inde ?

— Nous, on est britanniques, c'est pour ça. »

Billy hocha la tête. George Barrow, qui n'avait jamais vu un atlas de sa vie, se jugeait supérieur à Descartes, Rembrandt et Beethoven. Il n'avait rien d'exceptionnel. Ils avaient tous subi des années de propagande à l'école, où on ne leur parlait que des victoires militaires de la Grande-Bretagne, jamais de ses défaites. On leur expliquait la démocratie qui régnait à Londres, mais jamais la dictature imposée au Caire. Quand on leur enseignait la justice telle qu'elle était pratiquée en Angleterre, on oubliait de mentionner les flagellations en Australie, la faim en Irlande, les massacres en Inde. Ils apprenaient que les catholiques brûlaient les protestants sur des bûchers, et étaient tout étonnés de découvrir, s'ils en avaient l'occasion, que les protestants n'avaient jamais laissé passer une occasion d'en faire autant aux catholiques. Ils n'étaient pas nombreux à avoir un père comme Da, capable de leur expliquer que le monde qu'on leur décrivait à l'école n'était qu'illusion.

Mais Billy n'avait pas le temps aujourd'hui de détromper George. Il avait d'autres soucis en tête.

Le ciel s'éclaircit un peu et Billy se dit que le brouillard allait peut-être se lever. D'un coup, il se dissipa complètement. George s'exclama : « Merde alors ! » Il ne fallut à Billy qu'une fraction de seconde pour comprendre ce qui l'avait effaré : à trois cents mètres d'eux, plusieurs centaines de soldats allemands gravissaient la colline dans leur direction.

Billy sauta dans la tranchée. Quelques hommes avaient eux aussi aperçu les ennemis et leurs cris de surprise avaient alerté les autres. Billy regarda par la fente d'un panneau d'acier inséré dans le parapet. Les Allemands furent plus lents à réagir, sans doute parce que les Anglais étaient moins repérables au fond de leur tranchée. Un ou deux s'arrêtèrent, mais les autres continuèrent à avancer vers eux.

Une minute plus tard, des coups de feu claquèrent d'un bout à l'autre de la tranchée. Plusieurs Allemands tombèrent. Leurs camarades se jetèrent au sol, cherchant à se mettre à l'abri dans des trous d'obus ou derrière des buissons rabougris. Au-dessus de Billy, la mitrailleuse Lewis se déchaîna dans un vacarme de crécelle. On se serait cru sur un terrain de football un jour de match. Les Allemands ne mirent pas longtemps à riposter. Apparemment, ils n'avaient ni mitrailleuse ni mortier, ce qui rassura Billy. Il entendit crier l'un de ses hommes : un Allemand à la vue perçante avait peut-être repéré une tête dépassant au-dessus du parapet ou, plus probablement, un tireur en veine avait touché un Anglais malchanceux.

Tommy Griffiths rejoignit Billy. « Ils ont eu Dai Powell.

— Blessé ?

— Mort. Une balle en pleine tête.

— Saloperie ! » Mrs Powell était une tricoteuse hors pair qui envoyait des chandails à son fils en France. Pour qui tricoterait-elle maintenant ?

« J'ai retiré sa collection de sa poche », ajouta Tommy. Dai avait sur lui un paquet de cartes postales pornographiques qu'il avait achetées à un Français. On y voyait des filles bien en chair avec d'abondantes toisons pubiennes. La plupart des hommes du bataillon les avaient empruntées à un moment ou à un autre.

« Pourquoi ? demanda distraitement Billy qui surveillait l'ennemi.

— Je ne voudrais pas qu'on les renvoie chez lui à Aberowen.

— Ah, oui.

— Qu'est-ce que j'en fais ?

— Bon sang de bois, Tommy, on verra ça plus tard, tu veux bien ? Pour l'instant, j'ai quelques centaines de foutus Allemands sur le dos.

— Pardon, Bill. »

Combien étaient-ils, ces Allemands ? Les évaluations sur le terrain étaient difficiles, mais Billy estimait en avoir vu au moins deux cents, sans compter ceux qui étaient au-delà de son champ de vision. C'était probablement un bataillon. Sa section de quarante hommes ne pourrait pas riposter.

Que faire ?

Il n'avait pas vu d'officier depuis plus de vingt-quatre heures. Il était le plus gradé ici. Il était responsable. Il devait élaborer un plan.

Il avait depuis longtemps renoncé à se fâcher contre l'incompétence des officiers supérieurs – encore un aspect du système de classe que son éducation lui avait appris à mépriser. Pourtant, dans les rares occasions où le poids du commandement reposait sur ses épaules, il n'y prenait aucun plaisir, en éprouvait au contraire toute la charge, et craignait de prendre de mauvaises décisions qui conduiraient ses camarades à la mort.

Si les Allemands attaquaient de front, sa section serait débordée. D'un autre côté l'ennemi ignorait leur faiblesse. Pouvait-il tenter de lui faire croire qu'ils étaient plus nombreux ?

L'idée de battre en retraite lui traversa l'esprit. Mais les soldats n'étaient pas censés fuir à la moindre attaque. Il occupait une position défensive et devait essayer de la tenir.

Il allait résister, provisoirement en tout cas.

Une fois cette première décision prise, les autres suivirent plus facilement. « Envoie-leur encore un coup de grosse caisse, George ! » cria-t-il. Comme la Lewis ouvrait le feu, il remonta la tranchée. « Tirez sans relâche, les gars. Faites-leur croire qu'on est des centaines. »

Il vit le corps de Dai Powell allongé sur le sol, un trou dans la tête au milieu d'une éclaboussure de sang qui noircissait déjà. Dai portait un des pulls de sa mère sous sa tunique d'uniforme : un horrible tricot marron qui lui avait sûrement tenu chaud. « Repose en paix, l'ami », murmura Billy.

Un peu plus loin, il tomba sur Johnny Ponti. « Sers-toi de ton Stokes, Johnny. Fais-les danser.

— D'accord. » Il ajusta le mortier sur son bipied au fond de la tranchée. « Quelle distance ? Cinq cents mètres ? »

Le coéquipier de Johnny, un garçon au visage boursouflé, n'était autre que Graisse-de-rognon Hewitt. Il bondit sur la marche de tir et répondit : « Oui, cinq à six cents. »

Billy jeta un coup d'œil à son tour. Mais Graisse-de-rognon et Johnny avaient déjà souvent travaillé ensemble. Ils étaient les mieux placés pour décider.

« Deux portions alors, et quarante-cinq degrés », dit Johnny. Les obus autopropulsés pouvaient recevoir un complément de charge propulsive par portion pour allonger leur portée.

Johnny rejoignit Hewitt sur la marche de tir pour mieux repérer les Allemands et régla sa visée. Les soldats les plus proches d'eux prirent leurs distances. Johnny lâcha un obus dans le fût. Quand il toucha le fond, un percuteur alluma la charge propulsive et le coup partit.

Trop court. L'obus explosa assez loin des premiers soldats ennemis. « Cinquante mètres de plus et un poil plus à droite », cria Graisse-de-rognon.

Johnny rectifia et tira encore. Le deuxième obus atterrit dans le cratère où des Allemands s'étaient réfugiés. « Dans le mille ! » s'exclama Graisse-de-rognon.

Billy ne pouvait pas voir si des Allemands avaient été touchés, mais le feu continu les obligeait à rester à plat ventre. « Tu leur en envoies encore une dizaine comme ça », dit-il.

Il arriva derrière Robin Mortimer, l'officier dégradé, qui, perché sur la marche, tirait à une cadence soutenue. Mortimer s'interrompit pour recharger et croisa le regard de Billy.

« Faudrait aller chercher des munitions, le Gallois. » Il parlait toujours d'un ton bourru, même quand il donnait des conseils précieux. « Ferait beau voir qu'on tombe tous en panne en même temps. »

Billy acquiesça. « Bonne idée, merci. » La réserve de munitions se trouvait à une trentaine de mètres à l'arrière, dans un boyau de communication. Il désigna deux recrues qui ne tiraient pas bien. « Jenkins et Nosey, allez chercher des munitions, et que ça saute. » Les deux garçons partirent aussitôt.

S'approchant à nouveau de la fente du parapet, Billy vit un Allemand se lever. C'était certainement leur commandant qui s'apprêtait à lancer l'assaut. Son estomac se noua. Ils avaient dû deviner qu'ils n'avaient devant eux que quelques dizaines d'hommes dont ils n'auraient aucun mal à venir à bout.

Il se trompait. L'officier fit signe de battre en retraite puis commença à dévaler la colline. Ses hommes le suivirent. La section de Billy laissa exploser sa joie et tira à feu nourri sur les hommes en fuite pour en abattre encore quelques-uns avant qu'ils ne soient hors d'atteinte.

Les Allemands atteignirent la ferme en ruine et s'abritèrent au milieu des décombres.

Billy arborait un large sourire. Il avait repoussé une unité dix fois supérieure à la sienne ! Je pourrais être général, c'est sûr, pensa-t-il. « Cessez le feu ! ordonna-t-il. Ils sont hors de portée. »

Jenkins et Nosey reparurent avec leurs caisses de munitions. « Allez-y, les gars, leur dit Billy. Ils pourraient revenir. »

Mais un nouveau coup d'œil lui apprit que les Allemands avaient un autre plan. Ils s'étaient séparés en deux groupes et s'éloignaient des ruines, les uns sur la droite, les autres sur la gauche. Billy les vit se déployer autour de sa position et l'encercler, tout en restant hors de portée. « Et merde ! » s'écria-t-il. Ils allaient se glisser entre son poste et les redoutes voisines et foncer sur lui des deux côtés. Ou alors ils le contourneraient et laisseraient leur arrière-garde nettoyer sa tranchée.

Dans un cas comme dans l'autre, sa position tomberait aux mains de l'ennemi. « Descends ta mitrailleuse, George, dit-il. Et toi, Johnny, démonte le mortier. Prenez vos affaires, tous. On se replie. »

Ils passèrent leurs fusils en bandoulière, ramassèrent leurs sacs à dos, se précipitèrent vers le boyau de communication le plus proche et s'y engagèrent en courant.

Après s'être assuré qu'il n'y avait plus personne dans l'allée, Billy dégoupilla une grenade et la lança à l'intérieur pour ne laisser aucun ravitaillement à l'ennemi.

Puis il emboîta le pas à ses hommes.

4.

En fin d'après-midi, Walter et ses hommes avaient pris possession d'une ligne arrière de tranchées britanniques.

Il était fatigué mais triomphant. Le bataillon n'avait essuyé que quelques escarmouches sévères et aucun affrontement nourri. La tactique des troupes d'assaut avait été encore plus efficace que prévu grâce au brouillard. Ils avaient nettoyé les positions faibles, contourné les points forts et gagné beaucoup de terrain.

Walter découvrit un abri et s'y terra. Plusieurs de ses hommes l'imitèrent. Il y régnait une atmosphère chaleureuse, comme si les Anglais y avaient vécu plusieurs mois : des photos de magazines étaient clouées aux parois, une machine à écrire posée sur une caisse retournée, des couverts et de la vaisselle remplissaient de vieilles boîtes à biscuits, et il y avait même une couverture étalée comme une nappe sur une pile de cageots. Un bataillon y avait probablement établi son quartier général.

Ses hommes dénichèrent très vite la nourriture. Des biscuits, de la confiture, du fromage et du jambon. Il ne pouvait pas les empêcher de manger, mais il leur interdit d'ouvrir les bouteilles de whisky. Ils forcèrent la porte d'un placard et trouvèrent du café. L'un des hommes alluma un petit feu à l'extérieur de l'abri et en prépara un pot. Il en donna une tasse à Walter en y ajoutant du lait sucré en boîte. C'était divinement bon.

«J'ai lu dans le journal que les Anglais étaient à court de nourriture, comme nous, dit le sergent Schwab en brandissant le pot de confiture qu'il était en train de vider à la cuillère. Tu parles d'une pénurie ! »

Walter s'était demandé combien de temps ils mettraient à s'en rendre compte. Il soupçonnait depuis longtemps les autorités allemandes d'exagérer les conséquences de la guerre sousmarine sur l'approvisionnement des Alliés. Il savait maintenant ce qu'il en était réellement, et ses hommes le savaient aussi. La nourriture était rationnée en Grande-Bretagne, mais les Anglais ne donnaient pas l'impression de mourir de faim. Contrairement aux Allemands.

Il trouva une carte négligemment abandonnée par les soldats en retraite. En la comparant à la sienne, il constata qu'il n'était pas loin du canal Crozat. Les Allemands avaient donc repris en un jour tout le territoire si chèrement conquis par les Alliés au cours des cinq mois qu'avait duré la bataille de la Somme, un an et demi plus tôt.

Cette fois, la victoire était vraiment à la portée de l'Allemagne.

Walter s'assit devant la machine à écrire britannique et commença à rédiger son rapport.

XXX

Fin mars-avril 1918

1.

Fitz donna une réception à Tŷ Gwyn pour le week-end de Pâques. Il avait une idée derrière la tête. Les hommes qu'il avait conviés étaient aussi violemment hostiles que lui au nouveau régime russe.

Son invité d'honneur était Winston Churchill.

Winston était membre du parti libéral. On aurait pu s'attendre à ce qu'il prenne fait et cause pour les révolutionnaires. Il était aussi petit-fils de duc et manifestait certaines tendances à l'autoritarisme. Fitz l'avait longtemps considéré comme un traître à sa classe, mais il était tout prêt à lui pardonner tant qu'il vouait aux bolcheviks une haine viscérale.

Winston arriva le Vendredi saint. Fitz avait envoyé la Rolls-Royce à la gare d'Aberowen. Il entra dans le petit salon d'une démarche élastique, silhouette trapue, cheveux roux et teint rosé. Ses chaussures étaient trempées par la pluie. Il portait un costume en tweed couleur miel de bonne coupe et un nœud papillon du même bleu que ses yeux. Malgré ses quarante-trois ans, son attitude conservait quelque chose d'enfantin. Il adressa un signe de tête aux invités qu'il connaissait et serra la main aux autres.

Observant les boiseries à décor en plis de serviette, le papier mural à motifs, la cheminée en pierre sculptée et les meubles de chêne sombre, il lança : « On se croirait au palais de Westminster, Fitz ! »

Il avait de bonnes raisons d'être d'humeur exubérante : il était de retour au gouvernement. Lloyd George l'avait nommé ministre des Munitions. Beaucoup se demandaient pourquoi le Premier ministre avait repris un collaborateur aussi agaçant et aussi imprévisible. Sans doute préférait-il l'avoir sous la main pour mieux le tenir.

« Vos mineurs soutiennent les bolcheviks, remarqua Winston, mi-figue mi-raisin, en s'asseyant devant la cheminée et en approchant ses souliers mouillés du feu. Il y avait des drapeaux rouges sur presque toutes les maisons devant lesquelles je suis passé.

— Ils n'ont pas la moindre idée de ce qu'ils encensent », lâcha Fitz d'un ton méprisant. Son dédain dissimulait une réelle inquiétude.

Winston accepta la tasse de thé que lui tendait Maud et prit un muffin beurré sur l'assiette que lui présentait un valet.

« Vous avez subi un deuil personnel, m'a-t-on dit.

— En effet. Les paysans ont tué mon beau-frère, le prince Andreï, et sa femme.

— Je suis profondément navré.

— Nous étions sur place, Bea et moi, lorsque cela s'est passé. Nous en avons réchappé de justesse.

— Oui, c'est ce que j'ai appris !

— Les villageois se sont emparés de ses terres – un immense domaine qui devrait légalement revenir à mon fils – et le nouveau régime a entériné ce vol.

— C'est tout à fait regrettable. Le décret sur la terre a été la première mesure prise par Lénine.

— En toute justice, intervint Maud. Il a également réduit la journée de travail des ouvriers à huit heures et mis en place l'instruction libre et gratuite pour leurs enfants. »

Fitz était agacé. Maud manquait décidément de tact. Ce n'était pas le moment de prendre la défense de Lénine.

Mais Winston était un interlocuteur à sa hauteur. « Ainsi qu'un décret sur la presse qui interdit les journaux d'opposition, rétorqua-t-il. Au temps pour la liberté socialiste.

— Les droits successoraux de mon fils ne sont pas l'unique raison, ni même la raison majeure, de mon inquiétude, reprit Fitz. Si les bolcheviks peuvent agir ainsi en toute impunité, où allons-nous ? Les mineurs gallois estiment déjà que le charbon extrait du sous-sol n'appartient pas au propriétaire de la surface. Tous les samedis soir, on entend chanter "The Red Flag" dans la moitié des pubs du pays de Galles.

— Il faut étrangler le régime bolchevique dans son berceau,

dit Winston. L'étrangler dans son berceau», répéta-t-il, très satisfait de lui-même.

Fitz maîtrisa son impatience. Il arrivait à Winston de croire avoir élaboré une politique quand il n'avait fait qu'inventer une belle formule. «Mais nous ne faisons rien!» s'exclama Fitz, exaspéré.

Le gong résonna, invitant tout le monde à aller se changer pour le dîner. Fitz interrompit la conversation. Il avait deux jours devant lui pour défendre son point de vue.

Comme il se dirigeait vers son cabinet de toilette, il s'aperçut que, contrairement à l'habitude, on ne leur avait pas descendu Boy au petit salon à l'heure du thé. Avant de se changer, il s'engagea dans le long couloir qui menait à la nursery.

Boy avait maintenant trois ans et trois mois. Ce n'était plus un bébé, mais un petit garçon, blond aux yeux bleus comme Bea, qui marchait et parlait. Il était assis près du feu, enveloppé dans une couverture, écoutant la jeune et jolie nurse Jones lui lire une histoire. L'héritier légitime de milliers d'hectares de terres russes suçait son pouce. Il ne bondit pas sur ses pieds pour courir au-devant de Fitz comme il faisait toujours.

«Quelque chose ne va pas? demanda Fitz.

— C'est le ventre, monsieur le comte.»

La bonne d'enfant lui rappelait un peu Ethel Williams, mais elle était loin d'être aussi intelligente. «Soyez plus précise, s'énerva Fitz. De quoi souffre-t-il au juste?

— Il a la diarrhée.

— Où diable a-t-il attrapé cela?

— Je ne sais pas. Les toilettes du train n'étaient pas très propres...»

Elle en rejetait ainsi la responsabilité sur Fitz, qui avait traîné sa famille au pays de Galles pour sa réception. Il retint un juron. «Avez-vous fait appeler le médecin?

— Le docteur Mortimer ne devrait plus tarder.»

Fitz chercha à se rassurer. Les enfants avaient perpétuellement des infections sans gravité. Combien de fois avait-il eu mal au ventre quand il était petit? Mais il arrivait aussi parfois qu'ils meurent de gastro-entérite.

Il s'agenouilla devant le canapé pour être à la hauteur de son fils. «Comment va mon petit soldat?»

Boy répondit d'une faible voix : «J'ai la cliche.»

Il avait dû entendre ce mot vulgaire dans la bouche des

domestiques. D'ailleurs, il avait une vague intonation galloise en le prononçant. Fitz décida de ne pas relever pour cette fois. « Le médecin va bientôt arriver. Il va te soigner.

— Je ne veux pas prendre mon bain.

— On pourrait peut-être t'en dispenser ce soir. » Fitz se leva. « Prévenez-moi quand le médecin sera là, dit-il à la nurse. J'aimerais lui parler moi-même. »

Il les laissa et gagna son cabinet de toilette. Son valet avait préparé sa tenue de soirée, la chemise blanche avec les boutons de diamant sur le plastron et les boutons de manchettes assortis, un mouchoir de fil plié dans la poche de sa veste et une chaussette de soie dans chacune des chaussures en cuir verni.

Avant de se changer, il passa dans la chambre de Bea.

Elle était enceinte de huit mois.

Il ne l'avait pas vue dans cet état quand elle attendait Boy. Parti en France en août 1914 – elle en était alors à quatre ou cinq mois de grossesse –, il n'était rentré qu'après la naissance de Boy. Il n'avait pas encore assisté à cette distension spectaculaire du ventre, ni eu l'occasion de s'émerveiller de l'incroyable capacité du corps à se modifier et s'étirer.

Elle était assise à sa coiffeuse, mais ne se regardait pas dans la glace. Elle était penchée en arrière, les jambes écartées, les mains sur son ventre rebondi. Les yeux fermés, elle était très pâle.

« Je ne sais plus comment me mettre, gémit-elle. Debout, assise, couchée, aucune position n'est confortable.

— Vous devriez faire un saut à la nursery et aller voir Boy.

— J'irai dès que j'en aurai la force. Il n'était pas raisonnable de faire ce voyage. Je n'aurais jamais dû accepter de donner une réception dans cet état. »

Elle avait raison, Fitz en était conscient. « Nous avons besoin du soutien de ces hommes si nous voulons contrer ces bolcheviks.

— Boy a toujours mal au ventre ?

— Oui. Le médecin est en route.

— Vous devriez me l'envoyer tant qu'il est là. Bien qu'un médecin de campagne n'y connaisse probablement rien.

— Je vais prévenir les domestiques. Je suppose que vous ne descendrez pas dîner.

— Comment voulez-vous que je descende ? Je me sens trop mal !

— C'était une simple question. Maud vous remplacera. »

Fitz regagna son cabinet de toilette. Au prétexte qu'on était en guerre, certains hommes avaient abandonné la queue-de-pie et le nœud papillon blanc pour le dîner et ne portaient plus que le smoking et la cravate noire. Fitz ne voyait pas le rapport. Pourquoi la guerre obligerait-elle les gens à renoncer au décorum ?

Il s'habilla et descendit.

2.

Après le dîner, pendant qu'on servait le café au salon, Winston déclara d'un ton provocateur : « Alors, Lady Maud, les femmes ont enfin obtenu le droit de vote.

— Quelques-unes seulement », répondit-elle.

Fitz savait qu'elle était déçue par le caractère restrictif de la loi. Fitz, pour sa part, était furieux que le texte soit passé.

Churchill poursuivit, l'œil malicieux : « Vous pouvez remercier notamment Lord Curzon ici présent qui, curieusement, s'est abstenu quand la loi a été soumise à la Chambre des lords. »

Lord Curzon était un homme brillant dont l'attitude raide et supérieure était encore accentuée par le corset de métal qui soutenait son dos. Il courait un refrain à son sujet :

Je m'appelle George Nathaniel Curzon
Je suis un être supérieur, dit-on.

Ancien vice-roi des Indes, il était maintenant président de la Chambre des lords et l'un des cinq membres du cabinet de guerre. Il était également président de la Ligue contre le suffrage des femmes. Aussi son abstention avait-elle surpris le monde politique et consterné les opposants au vote des femmes, dont Fitz.

« La loi avait été approuvée par la Chambre des communes, expliqua Curzon. J'ai eu le sentiment que nous ne pouvions pas nous opposer aux membres du parlement élu. »

Fitz n'avait toujours pas admis cette position. « Mais les Lords sont là pour réexaminer les décisions des Communes et tempérer leurs excès. C'était un cas exemplaire !

— Si nous avions rejeté cette loi, je crains que les Communes n'en aient pris ombrage et ne nous l'aient renvoyée. »

Fitz haussa les épaules. « Nous en avons déjà discuté.

— Le problème est que la commission Bryce siège actuellement.

— Oh ! » Fitz n'y avait pas pensé. La commission Bryce était chargée d'étudier une réforme de la Chambre des lords. « C'était donc cela ?

— Elle doit remettre son rapport dans les jours qui viennent. Nous ne pouvons pas risquer un violent conflit avec les Communes avant qu'elle l'ait fait.

— En effet. » Fitz devait, à son corps défendant, admettre l'argument. Si les Lords défiaient ouvertement les Communes, Bryce pourrait recommander de limiter les pouvoirs de la Chambre haute. « Nous risquerions de perdre notre influence, définitivement.

— Ce sont ces considérations qui m'ont incité à m'abstenir. »

Fitz jugeait parfois la politique désespérante.

Peel, le majordome, apporta une tasse de café à Curzon et murmura à l'oreille de Fitz : « Le docteur Mortimer est dans le petit bureau, monsieur le comte. Il est à votre disposition. »

Fitz était préoccupé par les maux de ventre de Boy et accueillit cette interruption avec soulagement. « Je vais aller le voir tout de suite. »

Il s'excusa et sortit.

Le petit bureau était meublé de bric et de broc, avec tout ce qui n'avait pas trouvé place ailleurs dans la maison : un fauteuil sculpté de style gothique parfaitement inconfortable, un paysage écossais que personne n'aimait et la tête d'un tigre que le père de Fitz avait tué en Inde.

Mortimer était un médecin des environs, compétent et plein d'assurance, comme s'il estimait que sa profession le hissait au même rang qu'un comte. Il n'en était pas moins d'une politesse irréprochable.

« Bonsoir, monsieur le comte. Votre fils souffre d'une petite infection gastrique qui n'aura probablement pas de conséquences.

— Probablement ?

— J'emploie ce terme à dessein. » Mortimer avait un accent gallois légèrement atténué par son éducation. « La science ignore la certitude, elle ne connaît que la probabilité. Je dis à vos mineurs qu'ils descendent chaque matin dans la mine en sachant qu'il n'y aura *probablement* pas de coup de grisou.

— Hum. » Fitz n'était pas franchement rassuré. « Avez-vous vu la princesse ?

— Oui. Elle n'est pas gravement malade, elle non plus, mais elle est en train d'accoucher. »

Fitz sursauta. « Que dites-vous ?

— Elle pensait être enceinte de huit mois, mais elle s'est trompée dans ses calculs. Elle est à terme et l'enfant ne devrait plus tarder. Quelques heures, tout au plus.

— Qui est auprès d'elle ?

— Toutes ses domestiques. J'ai envoyé chercher une sage-femme qualifiée et vais moi-même l'assister si vous le désirez.

— C'est ma faute, murmura Fitz d'un ton amer. Je n'aurais pas dû l'éloigner de Londres.

— Des enfants en excellente santé viennent au monde quotidiennement hors de Londres. »

Fitz avait la sensation que le médecin se moquait de lui, toutefois il préféra l'ignorer. « Et si cela se passe mal ?

— Je connais la réputation du professeur Rathbone, votre médecin londonien. C'est un médecin de grand renom, j'en conviens, mais je crois pouvoir affirmer, sans risque d'erreur, que j'ai pratiqué plus d'accouchements que lui.

— Des enfants de mineurs.

— Oui, pour la plupart. Mais savez-vous, au moment de la naissance, ils ne sont pas très différents des petits aristocrates. »

Aucun doute, ce médecin de campagne se moquait de lui. « Votre impertinence ne me plaît pas beaucoup », dit-il.

Mortimer ne se laissa pas démonter. « La vôtre non plus. Vous m'avez fait comprendre, sans la moindre courtoisie, que vous me jugiez indigne de m'occuper de votre famille. Je me retire volontiers. » Il saisit sa sacoche.

Fitz soupira. Cette dispute ne rimait à rien. C'était aux bolcheviks qu'il en voulait, pas à ce Gallois ombrageux.

« Ne soyez pas ridicule.

— Je m'y efforce. » Mortimer se dirigea vers la porte.

« N'êtes-vous pas censé tenir compte en priorité de l'intérêt de vos patients ? »

Mortimer s'arrêta sur le seuil. « Fichtre, vous ne manquez pas de toupet, Fitzherbert. »

Peu de gens avaient jamais osé s'adresser à lui sur ce ton. Il ravala la réplique cinglante qui lui montait aux lèvres. Il faudrait des heures pour trouver un autre médecin. Bea ne lui pardonnerait jamais d'avoir laissé partir Mortimer parce qu'il l'avait vexé. « Je préfère oublier ce que vous venez de dire, proposa Fitz. Et même toute cette conversation, si vous voulez bien en faire autant.

— J'imagine que je n'obtiendrai pas d'autres excuses de vous. »

Il avait raison, mais Fitz n'ajouta rien.

« Je monte », dit le médecin.

3.

L'accouchement de la princesse Bea ne se fit pas dans la plus grande discrétion. Ses cris résonnaient dans toute l'aile principale de la maison où était située sa chambre. Maud se mit au piano et joua des ragtimes *fortissimo* pour divertir les invités et couvrir le bruit ; les morceaux se succédaient cependant avec une certaine monotonie et elle abandonna au bout de vingt minutes. Quelques invités partirent se coucher, mais à minuit sonnant, les hommes se rassemblèrent presque au complet dans la salle de billard. Peel leur servit du cognac.

Fitz offrit à Winston un cigare El Rey del Mundo de Cuba. Pendant que Churchill l'allumait, Fitz déclara : « Le gouvernement ne peut pas laisser faire ces bolcheviks. »

Winston regarda autour de lui, comme pour s'assurer qu'il n'était entouré que de gens de confiance. Il se cala dans son fauteuil et dit : « Voilà la situation. Le British Northern Squadron, l'escadrille du Nord de la marine britannique, sillonne déjà les eaux russes, au large de Mourmansk. Théoriquement, sa tâche consiste à empêcher les navires russes de tomber aux mains des Allemands. Nous avons aussi une autre mission de moindre importance à Arkhangelsk. Je fais des pieds et des mains pour que nous fassions débarquer des troupes à Mourmansk. À plus long terme, elles pourraient constituer la base d'une force contre-révolutionnaire dans le nord de la Russie.

— Ce n'est pas suffisant, observa aussitôt Fitz.

— Je suis de votre avis. J'aimerais que nous envoyions des

troupes à Bakou, sur la mer Caspienne, pour éviter que les Allemands, ou même les Turcs, ne s'emparent des vastes réserves de pétrole, et sur la mer Noire où existe déjà un noyau de résistance antibolchevique, en Ukraine. Pour ce qui est de la Sibérie, nous avons à Vladivostok des milliers de tonnes de réserves, d'une valeur approchant le milliard de livres, qui étaient destinées aux Russes quand ils étaient nos alliés. Nous pouvons en toute légitimité envoyer des troupes protéger ce qui nous appartient. »

Partagé entre doute et espoir, Fitz demanda : « Lloyd George acceptera-t-il de le faire ?

— Officiellement ? Certainement pas. Le problème, ce sont tous ces drapeaux rouges qui flottent sur les maisons des mineurs. Il existe dans notre pays un important foyer de soutien au peuple russe et à sa révolution. Je comprends parfaitement pourquoi, bien que j'exècre Lénine et sa clique. Malgré tout le respect que je dois à la famille de la princesse Bea... – il leva les yeux vers le plafond d'où parvenait un nouveau cri – ... on ne peut pas nier que la classe dirigeante russe n'a rien fait pour apaiser le mécontentement de son peuple. »

Winston représentait un drôle de mélange, songea Fitz : aristocrate et homme du peuple, brillant administrateur qui ne résistait pas à la tentation de se mêler des affaires d'autrui, charmeur détesté de la plupart de ses collègues politiciens.

« Les révolutionnaires russes sont des voleurs et des assassins, protesta Fitz.

— C'est vrai. Mais il faut nous faire à l'idée que tout le monde n'est pas de cet avis. Et notre Premier ministre ne peut pas s'opposer ouvertement à la révolution.

— Rien ne l'empêche de s'y opposer intellectuellement, répliqua Fitz d'un ton irrité.

— Un certain nombre de choses peuvent se faire à son insu, officiellement.

— Je vois. » Fitz se demandait si ce n'étaient pas des paroles en l'air.

Maud apparut sur le seuil. Les hommes se levèrent, un peu étonnés. Dans les grandes demeures, les femmes n'étaient pas censées entrer dans la salle de billard. Mais Maud transgressait les convenances quand cela l'arrangeait. Elle s'avança vers Fitz et l'embrassa sur la joue.

« Félicitations, cher Fitz, dit-elle. Tu as un deuxième fils. »

Les hommes applaudirent et entourèrent Fitz pour lui serrer la main ou lui donner des claques dans le dos.

« Bea va bien ? demanda-t-il à Maud.

— Épuisée, mais fière.

— Dieu merci.

— Le docteur Mortimer est reparti. La sage-femme dit que si tu veux, tu peux monter voir le bébé. »

Fitz se dirigea vers la porte.

« Je monte avec vous », fit Winston.

Au moment où il sortait de la pièce, Fitz entendit Maud demander : « Servez-moi un peu de brandy, Peel, je vous prie. »

Winston murmura : « Vous êtes déjà allé en Russie, évidemment. »

Ils s'engagèrent dans l'escalier. « Oui, plusieurs fois.

— Et vous parlez russe. »

Fitz se demandait où il voulait en venir. « Un peu. Rien de bien glorieux, j'arrive à me faire comprendre.

— Connaissez-vous un certain Mansfield Smith-Cumming ?

— En fait, oui. Il dirige... » Fitz hésitait à nommer tout haut les services secrets de renseignements. « Il dirige un bureau un peu particulier. J'ai rédigé un ou deux rapports pour lui.

— Ah, très bien. Quand vous rentrerez à Londres, vous devriez discuter avec lui. »

Voilà qui devenait intéressant. « Je suis prêt à le rencontrer à tout moment, répondit Fitz en s'efforçant de dissimuler son excitation.

— Je lui conseillerai de se mettre en relation avec vous. Il n'est pas impossible qu'il ait une mission à vous confier. »

Ils étaient arrivés à la porte des appartements de Bea. Derrière le battant, on entendait le vagissement d'un nouveau-né. Fitz constata, non sans honte, qu'il avait les larmes aux yeux.

« Il faut que j'y aille, dit-il. Bonne nuit.

— Félicitations et bonne nuit à vous aussi. »

4.

Il reçut le nom d'Andrew Alexander Murray Fitzherbert. C'était un petit bout d'homme coiffé d'une tignasse aussi noire que celle de Fitz. Ils le ramenèrent à Londres enveloppé dans des couvertures, à l'arrière de la Rolls-Royce escortée de deux autres voitures en cas de panne. Ils s'arrêtèrent pour le petit déjeuner à Chepstow, déjeunèrent à Oxford et arrivèrent chez eux à Mayfair à temps pour dîner.

Quelques jours plus tard, par un doux après-midi d'avril, Fitz marchait le long des quais en contemplant les eaux boueuses de la Tamise. Il avait rendez-vous avec Mansfield Smith-Cumming.

Les services secrets s'étaient trop développés pour rester dans leur appartement de Victoria. L'homme qu'on surnommait C. avait transféré son organisation en pleine expansion dans un bâtiment victorien très chic appelé Whitehall Court, situé au bord du fleuve, non loin de Big Ben. Un ascenseur privé conduisit Fitz au dernier étage, où le chef des services secrets britanniques occupait deux appartements reliés par une passerelle aménagée sur le toit.

« Cela fait des années que nous surveillons Lénine, déclara C. Si nous ne parvenons pas à le renverser, ce sera un jour l'un des pires tyrans que le monde ait jamais connus.

— Je crois que vous avez raison. » Fitz était soulagé de constater que C. avait la même opinion des bolcheviks que lui. « Mais que pouvons-nous faire ?

— Parlons plutôt de ce que vous, vous pourriez faire. » C. prit un compas sur son bureau, un de ceux qui servent à mesurer les distances sur les cartes. Feignant la distraction, il en enfonça la pointe dans sa jambe gauche.

Fitz réussit à retenir le cri qui lui montait aux lèvres. C'était un test, évidemment. Il se souvint que C. avait une jambe de bois, conséquence d'un accident de voiture. Il sourit. « Un bon tour, dit-il. J'ai failli me laisser prendre. »

C. posa le compas et regarda fixement Fitz à travers son monocle. « En Sibérie, un chef cosaque a renversé le régime bolchevik local, dit-il. Je veux savoir si cela vaut la peine de le soutenir. »

Fitz cacha mal sa surprise. « Ouvertement ?

— Bien sûr que non. Mais j'ai des fonds secrets. Si nous pouvons maintenir un gouvernement contre-révolutionnaire embryonnaire à l'Est, cela méritera bien que nous dépensions, mettons, dix mille livres par mois.

— Son nom ?

— C'est le capitaine Semenov. Il a vingt-huit ans. Il opère

depuis Mantchouli, à califourchon sur le chemin de fer oriental chinois, non loin de la jonction avec le Transsibérien.

— Ce capitaine Semenov contrôle donc déjà une ligne de chemin de fer russe et pourrait prendre le contrôle d'une seconde.

— Exactement. Et il déteste les bolcheviks.

— Il faut donc en savoir davantage sur lui.

— C'est là que vous entrez en jeu. »

Fitz était ravi d'avoir la possibilité de contribuer à renverser Lénine. Une foule d'interrogations se pressait dans son esprit : comment rencontrer Semenov? C'était un Cosaque et ces gens-là étaient connus pour tirer d'abord et poser des questions ensuite : accepterait-il de parler à Fitz ou le tuerait-il? Semenov jurerait évidemment être en mesure d'écraser les bolcheviks. Fitz serait-il capable d'évaluer la réalité de ses chances? Y avait-il un moyen de s'assurer que l'argent anglais serait dépensé à bon escient?

Il demanda : « Suis-je bien l'homme qu'il vous faut? Pardonnez-moi, mais je suis une personnalité assez en vue, j'aurai du mal à rester incognito, même en Russie...

— Franchement, nous n'avons pas vraiment le choix. Nous avons besoin de quelqu'un qui jouisse d'un certain prestige, dans l'éventualité où vous seriez en mesure de négocier avec Semenov. Et il n'y a pas tant d'hommes dignes de confiance qui parlent russe. Croyez-moi, vous êtes le meilleur dont nous disposions.

— Je vois.

— Je ne vous cacherai pas que c'est une mission dangereuse. »

Fitz se rappela Andreï battu à mort par la meute de paysans. Cela aurait pu être lui. Il réprima un frisson d'effroi.

« Je suis conscient du risque, lança-t-il d'une voix égale.

— Alors, dites-moi : irez-vous à Vladivostok?

— Évidemment », répondit Fitz.

XXXI

Mai-septembre 1918

1.

Gus Dewar eut du mal à s'habituer à la vie militaire. Avec sa longue carcasse dégingandée et maladroite, il ne lui était pas facile de marcher au pas, de saluer et taper des pieds comme un soldat. Quant à l'exercice physique, il n'en avait pour ainsi dire plus fait depuis le lycée. Ses amis, qui connaissaient son goût pour les tables décorées de fleurs et les draps de fil, s'attendaient à ce que son incorporation le mette à rude épreuve. Chuck Dixon, qui avait fait ses classes d'officier avec lui, lui avait fait remarquer : « Gus, chez toi, tu ne fais même pas couler ton bain toi-même. »

Pourtant Gus avait survécu. À onze ans, il avait été envoyé en pension. Il savait ce que c'était d'être persécuté par des petites brutes et de devoir obéir à des supérieurs bornés. Son milieu aisé et ses manières raffinées lui valurent quelques sarcasmes, mais il les supporta sans broncher.

Chuck remarqua avec étonnement que, dans le feu de l'action, Gus manifestait une certaine grâce nonchalante qu'on ne lui avait connue que sur les courts de tennis. « Tu ressembles à une girafe, disait Chuck, mais tu cours aussi vite qu'elle. » Gus ne se débrouillait pas mal non plus en boxe, grâce à sa grande allonge, mais son sergent instructeur lui fit savoir, à son grand regret, qu'il n'avait pas un instinct de tueur.

De fait, il se révéla un tireur déplorable.

Il voulait être un bon soldat, ne fût-ce parce qu'il savait que beaucoup de gens pensaient qu'il ne tiendrait pas le coup. Il tenait à leur prouver, et peut-être à se prouver à lui-même, qu'il n'était pas une mauviette. Mais il avait une autre motivation. Il croyait à ce pour quoi il se battait.

Le président Wilson avait prononcé devant le Congrès et le Sénat un discours qui avait eu un grand retentissement. Il avait prôné rien de moins qu'un nouvel ordre mondial. « Une association générale des nations doit être constituée sous des alliances spécifiques ayant pour objet d'offrir des garanties mutuelles d'indépendance politique et d'intégralité territoriale aux petits comme aux grands États. »

La création d'une Société des nations était un rêve pour Wilson, pour Gus et beaucoup d'autres, parmi lesquels, curieusement, Sir Edward Grey, qui avait été le premier à en suggérer l'idée quand il était secrétaire au Foreign Office de Grande-Bretagne.

Wilson avait présenté son programme sous forme de quatorze points. Il avait parlé de réduction des armements, du droit des peuples colonisés à décider de leur avenir, de liberté pour les États des Balkans, pour la Pologne et les peuples assujettis de l'empire ottoman. Son discours avait été baptisé les « quatorze points de Wilson ». Gus enviait les hommes qui avaient aidé le président à le rédiger. Autrefois, il y aurait lui aussi contribué.

« Un principe évident est présent dans l'ensemble du programme, avait expliqué Wilson. C'est le principe de justice pour tous les peuples et nationalités et leur droit à vivre ensemble sur un pied d'égalité de liberté et de sécurité, qu'ils soient puissants ou faibles. » Gus avait eu les larmes aux yeux en lisant ces mots. « Les citoyens des États-Unis ne pourront agir selon aucun autre principe. »

Pouvait-on vraiment envisager que les nations règlent leurs différends sans guerre ? Paradoxalement, cela valait la peine qu'on se batte pour une pareille idée.

Gus, Chuck et leur bataillon de mitrailleurs partirent de Hoboken, dans le New Jersey, à bord du *Corinna*, un paquebot de luxe converti en transport de troupes. La traversée prit deux semaines. En tant que sous-lieutenants, ils partageaient une cabine sur un pont supérieur. Les rivaux d'autrefois – ils avaient tous deux fait la cour à Olga Vialov – étaient devenus des amis.

Ce navire faisait partie d'un convoi placé sous escorte de la marine, et la traversée se déroula sans incident, hormis le décès de plusieurs hommes emportés par la grippe espagnole, une nouvelle maladie qui se répandait à travers le monde. La nourriture était médiocre : les hommes prétendaient que, après avoir renoncé à la guerre sous-marine, les Allemands cherchaient maintenant à obtenir la victoire en les empoisonnant.

Le *Corinna* attendit un jour et demi au large de Brest, à la pointe nord-est de la France. Ils débarquèrent sur un quai grouillant de monde, envahi de véhicules et de marchandises, dans un bruit assourdissant d'ordres criés et de moteurs vrombissants, au milieu d'officiers énervés et de dockers en sueur. Gus commit l'erreur de demander à un sergent quelle était la raison de leur retard. « Du retard, mon lieutenant ? répondit l'autre en faisant claquer le mot "retard" comme une insulte. Hier, nous avons débarqué cinq mille hommes, avec leurs véhicules, leurs armes, leurs tentes et leurs cuisines roulantes, et nous les avons fait monter dans des trains et des camions. Aujourd'hui, nous allons encore en débarquer cinq mille et autant demain. Il n'y a aucun retard. On fait bigrement vite, vous savez. »

Chuck murmura à Gus d'un air hilare : « Tiens-le-toi pour dit. »

Les débardeurs étaient des soldats de couleur. Partout où des soldats blancs et noirs devaient partager des installations, cela faisait du grabuge, en général du fait des recrues blanches originaires du grand sud des États-Unis. L'armée avait fini par céder. Au lieu de mélanger les races sur le front, elle avait confié les tâches subalternes de l'arrière aux régiments noirs. Gus savait que les soldats noirs s'en plaignaient : ils voulaient se battre pour leur pays comme les autres.

Une bonne partie du régiment quitta Brest en train. Ils ne montèrent pas dans des compartiments de passagers, mais se bousculèrent dans des wagons à bestiaux. Gus amusa les autres en leur traduisant le panneau affiché sur un wagon : « Quarante hommes ou huit chevaux. » Comme le bataillon de mitrailleurs disposait de ses propres véhicules, Gus et Chuck rejoignirent leur camp au sud de Paris par la route.

Aux États-Unis, ils s'étaient entraînés à la guerre de tranchées avec des fusils en bois. Ils avaient maintenant des armes et des munitions réelles. En tant qu'officiers, Gus et Chuck avaient reçu chacun un Colt M1911, un pistolet semi-automatique avec un chargeur de sept cartouches dans la poignée. Avant de quitter leur pays, ils avaient abandonné leur chapeau Montana Peak, un chapeau à quatre bosses dans le style de la police montée, pour adopter un calot, plus commode. Ils avaient aussi des casques en acier en forme de bol de soupe, identique à celui des Britanniques.

Les instructeurs français en uniforme bleu les entraînaient désormais à combattre aux côtés de l'artillerie lourde, un art que l'armée américaine n'avait pas encore eu à maîtriser. Gus parlait français et fut donc tout naturellement chargé d'assurer la liaison. Les relations entre les deux nationalités étaient bonnes, même si les Français se plaignaient de l'augmentation du prix du brandy provoquée par l'arrivée des *sammies*.

L'offensive allemande s'était poursuivie avec succès pendant le mois d'avril. Ludendorff avait progressé si rapidement dans les Flandres, selon le général Haig, que les Anglais étaient dos au mur. La phrase avait déclenché une onde de choc dans les rangs américains.

Gus n'était pas pressé d'aller au combat, alors que Chuck rongeait son frein au camp d'entraînement. Il se demandait pourquoi ils se contentaient de jouer des simulacres de bataille quand ils auraient dû être en train de se battre pour de bon. Le secteur le plus proche du front allemand se trouvait à Reims, la capitale du champagne, au nord-est de Paris. Mais son chef de corps lui assura que, d'après les services de renseignements alliés, il n'y aurait pas d'offensive allemande dans cette zone.

Les services de renseignements alliés se trompaient lourdement.

2.

Walter jubilait. Les pertes étaient élevées, mais la stratégie de Ludendorff était un succès. Les Allemands attaquaient les points faibles de l'ennemi, avançaient rapidement, laissant l'arrière-garde nettoyer les positions les plus fortes par la suite. Malgré quelques habiles manœuvres défensives du général Foch, le nouveau commandant suprême des forces alliées, les Allemands gagnaient du terrain à un rythme que l'on n'avait plus vu depuis 1914.

Seul problème majeur, leur progression était interrompue chaque fois que les troupes allemandes tombaient sur des réserves de nourriture. Les hommes s'arrêtaient pour manger et il était impossible de les faire bouger tant qu'ils n'étaient pas rassasiés. C'était un étrange spectacle : tous ces soldats assis par terre en train de gober des œufs crus, de s'empiffrer de gâteau et de jambon en même temps ou de téter des bouteilles de vin pendant que les obus s'abattaient autour d'eux et que les balles sifflaient au-dessus de leurs têtes. Walter savait que d'autres officiers vivaient la même expérience. Et même si certains tentaient de menacer les hommes de leurs armes, rien ne pouvait les convaincre d'abandonner ces victuailles et d'avancer.

Ce détail excepté, l'offensive de printemps était un triomphe. Walter et ses hommes étaient épuisés au bout de quatre années de guerre, mais les soldats français et anglais qu'ils affrontaient l'étaient tout autant.

Après la Somme et les Flandres, la troisième vague d'attaque de Ludendorff devait avoir lieu dans le secteur situé entre Reims et Soissons. Les Alliés y tenaient un plateau appelé le « chemin des Dames », ainsi baptisé parce que la route qui y passait avait été construite pour les filles de Louis XV qui allaient rendre visite à une amie.

Le déploiement final se fit le dimanche 26 mai, par une belle journée ensoleillée rafraîchie par une petite brise de nord-est. Walter éprouvait toujours la même fierté lorsqu'il voyait les colonnes en marche vers la ligne de front, les milliers de canons disposés sous le feu nourri de l'artillerie française, l'installation des câbles téléphoniques entre les postes de commandement et les positions de batterie.

La tactique de Ludendorff était immuable. Cette nuit-là, à deux heures du matin, des milliers de canons ouvrirent le feu, inondant de gaz, de shrapnels, d'explosifs les lignes françaises positionnées sur le plateau. Walter constata avec satisfaction que la riposte française mollissait immédiatement, ce qui prouvait que les tirs allemands atteignaient leurs cibles. Le barrage était court, conformément à la nouvelle doctrine. Il cessa à cinq heures quarante.

Les unités d'assaut avancèrent.

Malgré leur position basse, les Allemands rencontrèrent peu de résistance. Étonné et ravi, Walter atteignit la route de crête en moins d'une heure. Le jour s'était levé et il put voir les Français se replier en dévalant la pente.

Les troupes d'assaut allemandes les suivirent à une allure

régulière, au rythme des tirs roulants de l'artillerie, et arrivèrent avant midi au bord de l'Aisne, la rivière qui coulait au creux de la vallée. Certains fermiers avaient détruit leurs moissonneuses et brûlé les premières récoltes déjà rentrées dans les granges, mais la plupart avaient dû fuir en toute hâte et les hommes chargés des réquisitions à l'arrière des forces allemandes s'en donnèrent à cœur joie. À la grande surprise de Walter, les Français n'avaient même pas fait sauter les ponts en battant en retraite. Cela donnait une idée de leur état de panique.

Les cinq cents hommes de Walter traversèrent la crête suivante dans l'après-midi et établirent leur camp de l'autre côté de la Vesle. Ils avaient avancé de vingt kilomètres en un seul jour.

Le lendemain, ils se reposèrent en attendant des renforts, mais le surlendemain, ils reprirent leur marche et le quatrième jour, le jeudi 30 mai, ils rejoignaient la rive nord de la Marne, au terme d'une progression impressionnante de cinquante kilomètres depuis le début de la semaine.

C'est là que l'avancée allemande avait été jugulée en 1914, se rappela Walter avec un frisson.

Il jura que cela ne se reproduirait pas.

3.

Le 30 mai, Gus se trouvait avec le corps expéditionnaire américain dans le camp d'entraînement de Châteauvillain, au sud de Paris, quand la troisième division reçut l'ordre d'aller participer à la défense de la Marne. Le gros de la division commença à embarquer dans des trains malgré le piteux état des chemins de fer français qui risquait de leur faire perdre plusieurs jours. Gus, Chuck et les mitrailleuses partirent immédiatement par la route.

L'exaltation de Gus se mêlait à la crainte. Ce n'était pas comme à la boxe où il y avait toujours un arbitre pour rappeler les règles et arrêter le combat s'il devenait trop dangereux. Comment réagirait-il quand on lui tirerait vraiment dessus ? Prendrait-il ses jambes à son cou ? Qu'est-ce qui l'en empêcherait ? En général, il choisissait la solution la plus rationnelle.

Les voitures n'étaient pas plus sûres que les trains et tombaient en panne, mécanique ou d'essence, plus souvent qu'à leur tour. De plus, elles étaient retardées par les civils qui circulaient en sens inverse, fuyant les combats, certains poussant devant eux des troupeaux de vaches, d'autres des brouettes et des charrettes à bras chargées de leurs biens.

Dix-sept mitrailleuses arrivèrent à six heures du soir le vendredi à Château-Thierry, à quatre-vingts kilomètres à l'est de Paris. La petite ville verdoyante était très jolie sous le soleil oblique du soir. Elle était construite de part et d'autre de la Marne, le centre, sur la rive nord, étant relié au faubourg sud par deux ponts. Les Français tenaient les deux berges, mais l'avant-garde allemande avait déjà atteint la limite nord de l'agglomération.

Le bataillon de Gus reçut pour consigne de disposer ses armes le long de la rive sud, de manière à commander les deux ponts. Leur unité était équipée de mitrailleuses lourdes M1914 Hotchkiss, montées sur de solides trépieds et alimentées par des bandes de deux cent cinquante cartouches. Ils avaient également des lance-grenades fixés sur des bipieds, qui tiraient à quarante-cinq degrés, et quelques mortiers de tranchée sur le modèle des Stokes britanniques.

Au coucher du soleil, Gus et Chuck vérifiaient l'emplacement de leurs sections entre les deux ponts. Leur formation ne les avait pas préparés à prendre ce genre de décision et ils devaient faire appel à leur bon sens. Gus repéra un bâtiment de deux étages dont le rez-de-chaussée était occupé par un café aux volets fermés. Il s'y introduisit par la porte de derrière et gravit l'escalier. Une des fenêtres du grenier offrait une excellente vue sur la rivière ainsi que sur une rue qui se dirigeait vers nord, sur l'autre rive. Il y fit installer une mitrailleuse lourde avec ses servants. Il s'attendait à ce que le sergent lui dise que c'était une idée saugrenue, mais l'homme esquissa un hochement de tête approbateur et se mit à l'œuvre.

Gus plaça trois autres mitrailleuses dans des endroits similaires.

En cherchant des positions abritées pour les mortiers, il dénicha un hangar à bateaux en brique au bord de la rivière, sans savoir si celui-ci se trouvait sur son secteur ou sur celui de Chuck. Il se mit donc en quête de son ami. Chuck se trouvait trente mètres plus loin sur la berge, près du pont est. Il observait l'autre rive à la jumelle. Gus fit deux pas vers lui quand une énorme déflagration se produisit.

Il regarda en direction du bruit. D'autres détonations assourdissantes résonnèrent aussitôt. De toute évidence, l'artillerie allemande avait ouvert le feu. Un obus éclata alors dans la rivière, soulevant une immense gerbe d'eau.

Il se tourna à nouveau vers Chuck et le vit disparaître dans une gerbe de terre.

« Merde ! » s'exclama-t-il en se précipitant vers le lieu de l'explosion.

Les obus et les mortiers pleuvaient sur la rive sud. Les hommes se jetaient à terre. Gus arriva à l'endroit où il avait vu Chuck pour la dernière fois et regarda autour de lui, perplexe. Il ne distinguait que des amas de terre et de pierres. Soudain, il aperçut un bras au milieu des décombres. Il écarta une pierre et vit avec horreur qu'il n'y avait pas de corps au bout.

Était-ce le bras de Chuck ? Il existait sûrement un moyen de s'en assurer, mais Gus était trop bouleversé pour réfléchir. Il tenta de repousser la terre du bout du pied, sans grand succès. Il se laissa tomber à genoux et entreprit de déblayer avec ses mains. Découvrant un col brun clair avec un insigne métallique marqué US, il murmura d'une voix rauque : « Oh, mon Dieu ! »

Il dégagea très vite le visage de Chuck. Pas un mouvement, pas un souffle, pas un battement de cœur.

Il essaya de se rappeler ce qu'il devait faire. Qui contacter en cas de mort ? Il fallait faire quelque chose du corps, mais quoi ? Dans la vie normale, on s'adressait à une entreprise de pompes funèbres.

Levant les yeux, il aperçut un sergent et deux caporaux qui le regardaient. Un mortier éclata dans la rue derrière eux. Ils baissèrent la tête machinalement et recommencèrent à le regarder. Il comprit qu'ils attendaient ses ordres.

Il se releva d'un bond et une partie de son entraînement lui revint à l'esprit. Ce n'était pas à lui de s'occuper des camarades tués, ni même blessés. Il était sain et sauf et son devoir était de combattre. Il éprouva soudain une colère insensée contre les Allemands qui avaient tué Chuck. Nom de nom, se dit-il, je vais vous en faire baver. Il se rappela ce qu'il était en train de faire : il positionnait les mitrailleuses. Il devait continuer. Et prendre en charge la section de Chuck.

Il pointa le doigt vers le sergent chargé des mortiers. « Oubliez le hangar à bateaux, lui dit-il, il est trop exposé. » Il désigna une étroite venelle entre un établissement vinicole et une écurie, de l'autre côté de la rue. « Mettez trois mortiers dans ce passage.

— À vos ordres. »

Le sergent s'éloigna.

Gus parcourut la rue du regard. « Vous voyez ce toit plat, caporal ? Installez une mitrailleuse là-haut.

— Pardonnez-moi, mon lieutenant, c'est un garage automobile. Il peut y avoir un réservoir d'essence dessous.

— Oui, vous avez raison. Bien vu, caporal. Le clocher de cette église alors. Il n'y a que des missels là-dessous.

— Oui, mon lieutenant, c'est mieux, merci, mon lieutenant.

— Vous autres, suivez-moi. Allons nous mettre à couvert pendant que je réfléchis aux endroits où nous mettrons les autres. »

Il leur fit traverser la route et les entraîna dans une ruelle latérale. Une allée ou un sentier étroit passait derrière les bâtiments. Un obus atterrit dans la cour d'un établissement qui vendait du matériel agricole, projetant sur Gus un nuage d'engrais en poudre, comme pour lui rappeler qu'il n'était pas hors de portée des tirs.

Il suivit le sentier en essayant de s'abriter derrière des murs quand il pouvait, tout en lançant des ordres à ses sous-officiers pour qu'ils installent les mitrailleuses sur les édifices les plus hauts et les plus solides, et les mortiers dans les jardins entre les maisons. Parfois, ses subalternes faisaient des suggestions ou exprimaient leur désaccord. Il les écoutait puis prenait rapidement une décision.

La nuit tomba très vite, ce qui ne leur facilita pas la tâche. Les Allemands pilonnaient la ville, visant avec précision les positions américaines de la rive sud. Plusieurs bâtiments furent détruits et la rue qui bordait la rivière se mit à ressembler à une rangée de chicots. Gus perdit trois mitrailleuses sous les bombardements des premières heures.

Il était minuit quand il put enfin regagner le quartier général du bataillon, établi dans une usine de machines à coudre, plus au sud. En compagnie de son homologue français, le colonel Wagner étudiait un plan à grande échelle de la ville. Gus annonça que toutes ses mitrailleuses ainsi que celles de Chuck étaient en position. « Bon travail, Dewar, lança le colonel. Tout va bien ?

— Bien sûr, mon colonel, répondit Gus, un peu vexé à l'idée qu'on puisse le croire incapable de mener sa tâche.

— C'est que vous êtes couvert de sang.

— Ah bon ? » Gus baissa le nez et s'aperçut que le devant de son uniforme était effectivement imprégné de sang coagulé. « Je me demande d'où ça vient.

— De votre visage, apparemment. Vous avez une vilaine entaille. »

Gus effleura sa joue et fit la grimace lorsque ses doigts se posèrent sur la chair à vif.

« Je ne sais pas quand c'est arrivé, dit-il.

— Allez à l'infirmerie faire nettoyer ça.

— Ce n'est pas grand-chose, mon colonel. Je préférerais...

— Faites ce qu'on vous dit, lieutenant. Inutile que ça s'infecte, ça pourrait être grave. » Le colonel esquissa un sourire. « Je n'ai pas envie de vous perdre. Vous m'avez l'air d'avoir l'étoffe d'un bon officier. »

Le lendemain matin à quatre heures, les Allemands attaquèrent au gaz. Walter et ses troupes d'assaut abordèrent la limite nord de la ville au lever du soleil, s'attendant à une résistance aussi faible de la part des Français que celle qu'ils leur avaient opposée depuis deux mois.

Ils auraient préféré éviter Château-Thierry, mais c'était impossible. La voie de chemin de fer qui menait à Paris traversait la ville, laquelle comportait deux ponts essentiels. Il fallait la prendre.

Les champs et les grosses exploitations agricoles laissèrent place à de petites maisons et à de modestes fermes, puis à des jardins bordant des rues pavées. Comme Walter s'approchait des premiers bâtiments à étage, une rafale de mitrailleuse en provenance d'une fenêtre surélevée arrosa la rue qu'il remontait, telle une pluie sur une mare. Franchissant d'un bond une clôture basse, il atterrit dans un potager et roula jusqu'à un pommier derrière lequel il s'abrita. Ses hommes se dispersèrent également, sauf deux d'entre eux, qui s'effondrèrent dans la rue. L'un d'eux ne bougeait plus, l'autre poussait des gémissements de douleur.

Walter se tourna et aperçut le sergent Schwab. « Prenez six hommes, trouvez la porte arrière de cette maison et détruisez l'emplacement de la mitrailleuse », lui ordonna-t-il. Il repéra ses lieutenants. « Kessel, décalez-vous d'une rue vers l'ouest et entrez dans la ville par là. Braun, venez avec moi du côté est. »

Évitant la rue, il emprunta des allées et des cours, mais il y avait des tireurs et des mitrailleuses toutes les dix maisons. Quelque chose avait rendu leur combativité aux Français, observa Walter avec nervosité.

Pendant toute la matinée, les troupes d'assaut se battirent de maison en maison, essuyant de lourdes pertes. C'était contraire à leur mode d'opération habituel : ils n'auraient pas dû verser leur sang pour conquérir chaque mètre. Ils avaient été entraînés à progresser là où la résistance était la plus faible, à s'enfoncer profondément derrière les lignes ennemies et à couper les communications pour saper le moral des troupes du front, les priver de commandement et les conduire à se rendre spontanément à l'infanterie qui suivait. Cependant cette tactique ne fonctionnait plus, et ils se heurtaient à un ennemi qui semblait avoir repris du poil de la bête.

Ils avançaient tout de même et, à midi, Walter se dressait au milieu des ruines du château médiéval auquel la ville devait son nom. Ce fort, perché au sommet d'une colline, surplombait l'hôtel de ville. De là, la rue principale s'étirait en ligne droite sur deux cent cinquante mètres jusqu'au pont routier à deux arches qui enjambait la Marne. Le seul autre pont, ferroviaire celui-là, se trouvait à l'est, cinq cents mètres en amont.

Il voyait tout cela à l'œil nu. Il prit ses jumelles et les pointa vers les positions ennemies sur la rive sud. Les hommes restaient à découvert, sans précaution, ce qui montrait qu'ils n'avaient pas l'habitude des champs de bataille. Ils étaient jeunes, pleins d'allant, bien nourris et correctement habillés. Leurs uniformes n'étaient pas bleus mais brun clair, remarqua-t-il, effaré.

C'étaient des Américains.

5.

Dans l'après-midi, les Français se replièrent sur la rive nord du fleuve. Gus put ajuster son armement et pointer les mortiers et les mitrailleuses sur les Allemands en tirant au-dessus des soldats alliés. Les canons américains projetèrent une pluie de projectiles sur les avenues rectilignes nord-sud de Château-Thierry, les transformant en couloirs de mort. Les Allemands continuaient malgré tout à progresser résolument en se dissimulant dans les embrasures de porte, de banque en café, de ruelle en boutique, submergeant les Français sous leur nombre.

Au terme de ces heures sanglantes, alors que le soir tombait, Gus, qui avait pris position à la fenêtre d'un étage, vit les dernières taches bleu horizon des forces françaises décimées refluer vers le pont ouest. Elles livrèrent un dernier combat à l'extrémité nord du pont pour le défendre encore pendant qu'un soleil rouge descendait derrière les collines. Puis, dans la pénombre du crépuscule, elles battirent en retraite, traversant le pont.

Comprenant ce qui se passait, un petit groupe d'Allemands s'élança à leur poursuite. Gus les vit courir sur le pont, à peine visibles dans la lumière déclinante. Alors, le pont explosa. Les Français l'avaient truffé d'explosifs. Des corps volèrent et l'arche nord s'écroula dans la rivière.

Le calme revint.

Gus s'allongea sur une paillasse au quartier général et dormit, pour la première fois depuis près de quarante-huit heures. Il fut réveillé à l'aube par les tirs de barrage allemands. L'œil vague, il quitta l'usine de machines à coudre pour se précipiter sur la rive. À la lumière argentée de ce matin de juin, il découvrit que les Allemands occupaient la rive nord et bombardaient les positions américaines. Ils étaient sacrément près.

Il fit remplacer les artilleurs qui avaient veillé toute la nuit par des hommes qui avaient pu prendre un peu de repos. Puis il passa de position en position, restant toujours derrière les bâtiments bordant le fleuve. Il leur donnait des conseils pour mieux se protéger – en plaçant l'arme devant une fenêtre plus petite, en dressant des panneaux de tôle ondulée pour s'abriter des débris et des éclats ou en entassant des gravats de part et d'autre de la mitrailleuse. Mais la meilleure défense consistait à rendre la vie impossible aux artilleurs ennemis. « Faites-leur-en voir de toutes les couleurs, à ces salauds ! » leur dit-il.

Les hommes obéirent avec enthousiasme. La Hotchkiss tirait quatre cent cinquante coups par minute avec une portée de quatre cents mètres, ce qui lui permettait de marteler efficacement la rive opposée. Les mortiers Stokes étaient moins adaptés : leur tir courbe en hauteur était prévu pour la guerre de tranchées, où le tir tendu était inefficace. Mais les lance-grenades provoquaient des dégâts importants à courte distance.

Les deux camps se pilonnaient comme deux boxeurs au corps à corps, dans un vacarme assourdissant. Les immeubles s'effondraient, les blessés hurlaient de douleur, les brancardiers, couverts de sang, allaient et venaient inlassablement entre la berge et l'infirmerie, les hommes couraient pour apporter des munitions et du café chaud aux artilleurs exténués.

Au fil de la journée, Gus prit vaguement conscience qu'il n'avait pas peur. Il n'y pensait pas souvent : il y avait trop à faire. Pendant un court instant, en milieu de journée, alors qu'il se trouvait à la cantine de l'usine de machines à coudre pour avaler un café au lait sucré en guise de déjeuner, il s'étonna de l'étrange être humain qu'il était devenu : était-ce vraiment Gus Dewar qui courait d'un bâtiment à l'autre au milieu des bombardements en criant à ses hommes de « leur en faire voir de toutes les couleurs » ? Était-ce le même homme qui avait craint de s'affoler et de fuir le combat? Dans le feu de l'action, il oubliait sa propre sécurité pour se préoccuper avant tout du danger encouru par ses hommes. Comment cela était-il possible? C'est alors qu'un caporal vint lui annoncer que son escouade avait perdu la clé qui permettait de changer les canons surchauffés des Hotchkiss. Il engloutit le reste de son café et partit en courant régler le problème.

Dans la soirée, la tristesse l'envahit soudain. Le jour déclinait. Alors qu'il regardait par la fenêtre d'une cuisine démolie, ses yeux se posèrent sur l'endroit où Chuck Dixon était mort. La façon dont Chuck avait disparu dans une explosion de terre ne le retournait plus : il avait vu tant de destruction, tant d'autres morts depuis trois jours. Ce qui le tourmentait à présent, et lui inspirait un autre genre d'émotion, c'était qu'un jour, il faudrait qu'il raconte cet horrible moment aux parents de Chuck, Albert et Emmeline, propriétaires d'une banque de Buffalo, et à sa jeune femme, Doris, qui redoutait tellement l'entrée en guerre des États-Unis, sans doute parce qu'elle craignait précisément ce qui était arrivé. Que leur dirait Gus? «Chuck s'est battu vaillamment»? Il ne s'était pas battu du tout. Il était mort à la toute première minute de son tout premier combat, sans avoir tiré un seul coup de feu. Il aurait aussi bien pu se conduire en lâche. Le résultat aurait été le même. Il était mort.

Pendant que Gus considérait la rive, abîmé dans ses pensées, son œil perçut un mouvement sur le pont ferroviaire.

Son cœur s'emballa. Des hommes s'engageaient sur l'extrémité du pont. Leur uniforme vert-de-gris se voyait à peine dans le demi-jour. Ils couraient maladroitement le long des rails, trébuchant sur les traverses et les graviers. Leurs casques étaient en forme de seau à charbon et ils portaient leurs fusils en bandoulière. C'étaient des Allemands.

Gus se précipita vers le premier emplacement de mitrailleuse, derrière un mur de jardin. Les hommes n'avaient pas remarqué la force qui s'apprêtait à attaquer. Gus tapa sur l'épaule de l'artilleur. «Tire sur le pont! cria-t-il. Regardez... des Allemands!» Le mitrailleur fit pivoter le canon vers cette nouvelle cible.

Gus désigna un soldat au hasard. «Fonce au quartier général pour signaler une incursion ennemie sur le pont est. Vite, vite!»

Il identifia un sergent. «Débrouille-toi pour que tout le monde tire sur le pont, lui dit-il. Allez!»

Il partit vers l'ouest. Les mitrailleuses lourdes ne pouvaient pas être déplacées rapidement – les Hotchkiss pesaient quarante-cinq kilos avec le trépied –, mais il ordonna à tous les porteurs de lance-grenades et à tous les servants de mortiers d'aller prendre de nouvelles positions d'où ils pourraient défendre le pont.

Les premiers Allemands furent fauchés par les tirs; néanmoins, ils étaient déterminés et continuaient à approcher. À la jumelle, Gus repéra un homme de haute taille en uniforme de commandant. Il lui rappelait quelqu'un. Il se demanda s'il ne l'avait pas rencontré avant la guerre. Pendant qu'il le regardait, l'officier fut touché et s'effondra.

Les Allemands étaient soutenus par un barrage d'artillerie impressionnant. On aurait cru que toutes les armes disposées sur la rive nord dirigeaient leur feu sur l'extrémité sud du pont ferroviaire où s'étaient regroupés les Américains qui le défendaient. Gus voyait ses hommes se faire faucher les uns après les autres. Il remplaçait les artilleurs morts ou blessés par de nouveaux, et les tirs ne faiblissaient jamais.

Les Allemands cessèrent de courir et se mirent en position, s'abritant derrière leurs camarades tués. Les plus audacieux s'avançaient, mais ne disposant d'aucune cachette, ils étaient très vite abattus.

La tombée de la nuit n'y changea rien : l'artillerie continuait de donner au maximum des deux côtés. Les ennemis n'étaient plus que des silhouettes confuses éclairées par le feu des obus et des projectiles qui éclataient. Gus fit déplacer quelques-unes de ses mitrailleuses lourdes, quasiment certain que cette incursion n'était pas une feinte destinée à couvrir une autre tentative de traversée ailleurs.

Ils étaient dans l'impasse. Les Allemands finirent par l'admettre et commencèrent à se replier.

Voyant des brancardiers s'engager sur le pont, Gus ordonna à ses hommes de cesser le feu.

L'artillerie allemande se tut à son tour.

« Dieu tout-puissant, lança Gus à la cantonade. Je crois que nous les avons repoussés. »

6.

Une balle américaine avait brisé le tibia de Walter. Il souffrait le martyre, allongé sur la voie de chemin de fer, mais il fut encore plus douloureux pour lui de voir ses hommes battre en retraite et de ne plus entendre les canons. Il sut alors qu'il avait échoué.

Il hurla quand on le souleva pour le poser sur la civière. Ce n'était pas bon pour le moral des hommes d'entendre crier les blessés ; il ne put cependant s'en empêcher. On le transporta le long de la voie et à travers la ville jusqu'à l'infirmerie où on lui administra de la morphine. Il perdit conscience.

Il se réveilla la jambe dans une attelle. Il interrogeait tous ceux qui passaient près de son lit sur le déroulement de la bataille sans obtenir aucune information, jusqu'au moment où Gottfried von Kessel vint, goguenard, constater sa blessure. L'armée allemande avait renoncé à franchir la Marne à

Château-Thierry, lui annonça celui-ci. Ils essaieraient peut-être ailleurs.

Le lendemain, juste avant qu'on ne le mette dans un train pour le renvoyer chez lui, il apprit que l'essentiel de la 3e division américaine était arrivé et avait pris position le long de la rive sud de la Marne.

Un camarade blessé lui parla d'une bataille sanglante qui avait eu lieu à proximité de la ville, dans une forêt qu'on appelait le bois de Belleau. Les deux camps avaient subi des pertes effroyables, mais les Américains avaient gagné.

À Berlin, les journaux continuaient à vanter les victoires allemandes, pourtant, sur les cartes, les lignes ne se rapprochaient pas de Paris et Walter en arriva à la triste conclusion que l'offensive de printemps était un échec. Les Américains étaient arrivés trop tôt.

Il quitta l'hôpital. Pour sa convalescence, il se rendit chez ses parents, où il retrouva son ancienne chambre.

Le 8 août, les Alliés attaquèrent Amiens avec les nouveaux « tanks », au nombre de cinq cents ou presque. Ces véhicules bardés d'acier connaissaient toutes sortes de problèmes, mais on ne pouvait pas les arrêter. Les Britanniques gagnèrent treize kilomètres en un seul jour.

Ce n'était que treize kilomètres ; toutefois, Walter pressentait que le vent avait tourné et, à voir l'expression de son père, le vieil homme partageait cette impression. Plus personne à Berlin ne parlait de gagner la guerre.

Un soir de la fin septembre, Otto rentra chez lui avec la mine sombre de quelqu'un qui vient d'apprendre un décès. Son exubérance naturelle avait disparu. Walter se demanda même s'il n'allait pas fondre en larmes.

« Le kaiser est rentré à Berlin », lança-t-il.

Walter savait que l'empereur Guillaume se trouvait à un quartier général de l'armée, à Spa, une station thermale des collines belges. « Pourquoi est-il revenu ? »

La voix d'Otto se brisa et se perdit dans un murmure, comme s'il ne pouvait se résoudre à annoncer tout haut la nouvelle : « Ludendorff demande un armistice. »

XXXII

Octobre 1918

1.

Maud déjeunait au Ritz avec son ami Lord Remarc, sous-secrétaire d'État aux Affaires étrangères. Johnny arborait un gilet lavande tout neuf. Devant leur *pot-au-feu*, elle lui demanda : « La guerre est-elle vraiment sur le point de finir ?

— Tout le monde le pense, répondit Johnny. Les Allemands ont perdu sept cent mille hommes cette année. Ils ne peuvent pas continuer. »

Maud se demanda, le cœur serré, si Walter était du nombre. Il était peut-être mort. À cette idée, son cœur était pris dans un étau de glace. Elle n'avait pas eu de nouvelles de lui depuis leur seconde lune de miel idyllique de Stockholm. Sans doute son travail ne l'avait-il plus conduit dans un pays neutre d'où il aurait pu lui écrire. L'affreuse vérité était probablement qu'il était retourné au front pour la dernière offensive désespérée de l'Allemagne.

C'étaient des idées morbides, mais réalistes. Tant de femmes avaient perdu ceux qu'elles aimaient : maris, frères, fils, fiancés. Au cours des quatre dernières années, ces tragédies avaient été quotidiennes. On ne pouvait plus être exagérément pessimiste. Le deuil était devenu la norme.

Elle repoussa son assiette. « Y a-t-il d'autres raisons d'espérer la paix ?

— Oui. L'Allemagne a un nouveau chancelier. Il a écrit au président Wilson pour lui proposer un armistice reprenant ses fameux quatorze points.

— Voilà qui est encourageant ! Wilson a-t-il accepté ?

— Non. Il a répondu que l'Allemagne devait d'abord se retirer de tous les territoires occupés.

— Qu'en pense notre gouvernement ?

— Lloyd George est suprêmement agacé. Les Allemands traitent les Américains comme les principaux membres de l'alliance et le président Wilson agit comme s'il pouvait conclure la paix sans nous consulter.

— Est-ce vraiment important ?

— Je le crains. Notre gouvernement n'approuve pas sans réserve les quatorze points de Wilson. »

Maud hocha la tête. « Je suppose que nous sommes hostiles au point cinq, qui affirme que les peuples colonisés ont leur mot à dire dans le choix de leur gouvernement.

— Exactement. Et la Rhodésie, la Barbade, l'Inde ? On ne peut quand même pas imaginer que nous allons demander aux indigènes la permission de les civiliser. Les Américains sont beaucoup trop libéraux. Et nous sommes résolument opposés au deuxième point, la liberté de navigation en temps de guerre comme en temps de paix. La puissance britannique repose sur la marine. Nous n'aurions jamais pu faire plier l'Allemagne en l'affamant si nous n'avions pas été autorisés à bloquer ses voies d'approvisionnement maritimes.

— Quelle est la position des Français ? »

Johnny sourit de toutes ses dents. « Clemenceau a dit que Wilson prétendait surpasser le Tout-puissant. Il a lancé : "Dieu lui-même s'est contenté de dix points."

— J'ai l'impression qu'au sein de la population anglaise, beaucoup de gens apprécient Wilson et ses quatorze points. »

Johnny acquiesça. « Et les dirigeants européens peuvent difficilement demander au président américain de cesser de faire la paix. »

Maud avait tellement envie d'y croire qu'elle s'en effraya. Il ne fallait pas se réjouir trop vite. L'avenir pouvait encore lui réserver tant de déceptions.

Un serveur leur apporta leurs soles Walewska en jetant un regard admiratif au gilet lavande de Johnny.

Maud aborda son autre sujet de préoccupation. « Quelles nouvelles avez-vous de Fitz ? »

La mission de son frère en Sibérie était secrète, néanmoins il lui en avait parlé et Johnny la tenait informée.

« Finalement, le chef cosaque nous a déçus. Fitz a passé un

accord avec lui et nous l'avons payé pendant quelque temps, mais en réalité, ce n'est qu'un petit chef de guerre. Fitz reste tout de même là-bas, dans l'espoir de convaincre les Russes de renverser le pouvoir bolchevique. Depuis, Lénine a déménagé sa capitale de Petrograd à Moscou, où il se sent plus à l'abri d'une éventuelle invasion.

— En admettant que les bolcheviks soient chassés, un nouveau régime reprendrait-il la guerre contre l'Allemagne ?

— Objectivement ? Non. » Johnny avala une gorgée de chablis. « Mais beaucoup de membres très puissants du gouvernement britannique détestent les bolcheviks. C'est aussi simple que cela.

— Pourquoi ?

— Le régime de Lénine est brutal.

— Celui du tsar l'était aussi, pourtant Winston Churchill n'a pas cherché à le renverser.

— Dans leur for intérieur, ils craignent que si le bolchevisme marche là-bas, il ne gagne ensuite notre pays.

— Si ça marche, pourquoi pas ? »

Johnny haussa les épaules. « Un homme comme ton frère ne l'entendrait pas de cette oreille, tu t'en doutes.

— Évidemment, admit Maud. Je me demande comment il s'en tire. »

2.

« Nous sommes en Russie ! s'écria Billy quand le bateau accosta et qu'il entendit les voix des dockers. Qu'est-ce qu'on fout là ?

— Ça ne peut pas être la Russie, rétorqua Tommy Griffiths. La Russie est à l'est et ça fait des semaines qu'on navigue vers l'ouest.

— On a fait la moitié du tour du monde et on est arrivés par l'autre côté. »

Tommy n'était pas convaincu. Il se pencha au-dessus du bastingage.

« Ils ressemblent à des Chinetoques.

— N'empêche qu'ils parlent russe. La même langue que le

type qui s'occupait des chevaux à la mine, Pechkov, celui qui a arnaqué les frères Ponti aux cartes et qui s'est tiré. »

Tommy tendit l'oreille. « Ma parole, tu as raison ! Alors ça !

— On doit être en Sibérie, dit Billy. Pas étonnant que ça caille ! »

Quelques minutes plus tard, ils apprirent qu'ils étaient à Vladivostok.

Personne ne fit vraiment attention au bataillon de copains d'Aberowen quand ils traversèrent la ville au pas. Elle grouillait déjà de milliers de soldats en uniforme. La plupart étaient japonais, mais il y avait aussi des Américains, des Tchèques et d'autres encore. La ville possédait un port très actif, des tramways arpentaient de larges avenues, il y avait des théâtres et des hôtels modernes, des centaines de boutiques. Un peu comme Cardiff, en plus froid, songea Billy.

Quand ils arrivèrent à la caserne, ils y trouvèrent un bataillon de Londoniens d'un certain âge qui avaient embarqué à Hong Kong. Billy jugeait normal qu'on envoie des vieux de la vieille dans ces coins perdus. Mais les copains, malgré les pertes qui avaient éclairci leurs rangs, possédaient un noyau de combattants aguerris. Qui avait tiré les ficelles pour les retirer de France et les expédier à l'autre bout de la planète ?

Ils ne tardèrent pas à le savoir. Après le dîner, le général de brigade, un homme d'allure débonnaire, manifestement proche de la retraite, leur annonça que leur colonel, le comte Fitzherbert, allait s'adresser à eux.

Le capitaine Gwyn Evans, propriétaire de grands magasins, apporta une caisse de bois qui avait contenu des boîtes de saindoux. Fitz grimpa dessus, non sans difficulté à cause de sa jambe blessée. Billy n'éprouva aucune pitié. Il réservait sa compassion à Moignon Pugh et à tous les anciens mineurs estropiés en extrayant le charbon du comte. Fitz était suffisant, arrogant et exploitait sans scrupule les gens ordinaires. Dommage que les Allemands ne l'aient pas touché en plein cœur plutôt qu'à la jambe.

« Notre mission comporte quatre volets, commença Fitz en élevant la voix pour se faire entendre des six cents hommes de l'auditoire. Premièrement, nous sommes ici pour défendre ce qui nous appartient. En venant du port, près des voies de garage du chemin de fer, vous avez peut-être remarqué un important dépôt gardé par des soldats. Ce site de cinq hectares contient six cent mille tonnes de munitions et de matériel militaire livrés ici par la Grande-Bretagne et les États-Unis quand les Russes étaient nos alliés. Maintenant que les bolcheviks ont conclu la paix avec l'Allemagne, nous ne voulons pas que les armes que nos citoyens ont payées tombent entre leurs mains.

— C'est complètement idiot, objecta Billy assez fort pour être entendu de ceux qui l'entouraient. Au lieu de nous amener ici, ils auraient mieux fait de réexpédier tout ça au pays. »

Fitz jeta un regard agacé en direction du bavard et poursuivit : « Deuxièmement, il y a dans ce pays un grand nombre de nationalistes tchèques ; certains sont des prisonniers de guerre, d'autres travaillaient ici avant la guerre. Ils se sont regroupés pour constituer une légion tchèque et essayent d'embarquer sur un navire à Vladivostok pour rejoindre nos forces en France. Les bolcheviks leur mènent la vie dure et nous devons les aider à partir. Les chefs de la communauté cosaque locale nous apporteront leur soutien.

— Les chefs de la communauté cosaque ? fit Billy. Qu'est-ce que c'est que cette blague ? Ce sont des bandits ! »

Son murmure de protestation parvint, là encore, aux oreilles de Fitz. Cette fois, le capitaine Evans parut ennuyé et traversa la salle du mess pour s'approcher de Billy et de ses camarades.

« Il y a ici, en Sibérie, huit cent mille prisonniers de guerre autrichiens et allemands qui ont été libérés depuis la signature du traité de paix. Nous devons les empêcher de regagner les champs de bataille européens. Enfin, nous soupçonnons les Allemands de convoiter les champs pétroliers de Bakou, dans le sud de la Russie. Nous devons les empêcher de s'en emparer.

Billy observa : « Bakou ? Ce n'est pas à deux pas, il me semble. »

Le général de brigade demanda aimablement : « Vous avez des questions ? »

Fitz le foudroya du regard, mais il était trop tard. Billy se lança : « Je n'ai rien vu là-dessus dans les journaux.

— Comme beaucoup d'opérations militaires, rétorqua Fitz, celle-ci est secrète et vous ne serez pas autorisés à révéler où vous vous trouvez quand vous écrirez chez vous.

— Est-ce qu'on est en guerre contre la Russie, mon colonel ?

— Non. » Fitz se détourna ostensiblement de Billy. Peut-être se rappelait-il la façon dont celui-ci l'avait malmené lors de la réunion sur la paix à la chapelle évangélique du Calvaire. « D'autres ont-ils des questions, à part le sergent Williams ? »

Billy insista : « Est-ce que nous cherchons à renverser le gouvernement bolchevique ? »

Un murmure de mécontentement parcourut la foule des soldats : ils étaient nombreux à approuver la révolution.

« Il n'y a pas de gouvernement bolchevique, répliqua Fitz, de plus en plus exaspéré. Le régime de Moscou n'a pas été reconnu par Sa Majesté le roi.

— Notre mission a-t-elle reçu l'aval du Parlement ? »

Le général de brigade eut l'air soucieux – il ne s'attendait pas à *ce genre* de questions. Le capitaine Evans intervint : « Ça suffit, sergent. Laissez les autres s'exprimer. »

Mais Fitz n'eut pas l'intelligence de se taire. Il ne lui était pas venu à l'esprit que l'art du débat contradictoire que Billy avait appris d'un père non conformiste et radical pouvait surpasser le sien.

« Les missions militaires dépendent du ministère de la Guerre, pas du Parlement.

— Ce qui veut dire que nos députés, légitimement élus, n'en sont pas informés ! s'indigna Billy.

— Fais gaffe, mon vieux, murmura Tommy d'une voix inquiète.

— Évidemment », rétorqua Fitz.

Au lieu de suivre le conseil de Tommy, Billy se laissa emporter par son élan. Il se leva et demanda à haute et intelligible voix : « Mon colonel, notre mission est-elle légale ? »

Fitz s'empourpra et Billy comprit qu'il avait marqué un point.

« Cela va de soi, commença Fitz, elle est...

— Si notre mission n'a pas été approuvée par le peuple anglais ni par le peuple russe, comment peut-elle être légale ? » le coupa Billy.

Le capitaine Evans se manifesta : « Asseyez-vous, sergent. Nous ne sommes pas à une réunion du parti travailliste. Un mot de plus et je vous mets aux arrêts. »

Billy s'assit, satisfait. Il avait dit ce qu'il avait à dire.

Fitz conclut : « Nous avons été invités par le gouvernement provisoire panrusse, dont l'exécutif est formé d'un directoire de cinq hommes qui siège à Omsk, à l'ouest de la Sibérie. C'est votre prochaine affectation.

3.

Au crépuscule, Lev Pechkov attendait en frissonnant dans un dépôt de marchandises de Vladivostok, terminus du Transsibérien. Il portait une capote militaire sur son uniforme de lieutenant, mais ne connaissait pas d'endroit plus glacial que la Sibérie.

Il était furieux d'être en Russie. Il avait eu la chance de réussir à en partir, quatre ans plus tôt, et encore plus de chance de se marier dans une riche famille américaine. Et il se retrouvait à son point de départ. Tout ça à cause d'une fille. Qu'est-ce qui cloche chez moi ? se demanda-t-il. Pourquoi est-ce que je ne peux jamais me contenter de ce que j'ai ?

Une grille s'ouvrit et une charrette tirée par une mule sortit du dépôt. Lev sauta sur le siège à côté du soldat anglais qui la conduisait. « Salut, Sid, dit-il.

— 'lut », répondit Sid.

C'était un homme chétif d'une quarantaine d'années, au visage prématurément ridé, qui vivait la cigarette aux lèvres. Il était cockney et parlait anglais avec un accent très différent de celui du pays de Galles ou de l'État de New York. Au début, Lev avait eu du mal à le comprendre.

« Tu as le whisky ?

— Nan, que des boîtes de cacao. »

Lev se pencha vers l'intérieur de la charrette et releva un coin de la bâche. Sid plaisantait, il en était presque sûr. Il vit un carton étiqueté « Fry's Chocolate & Cacao ».

« C'est pas trop le genre de trucs que les Cosaques apprécient, lança-t-il.

— Regarde dessous. »

Lev poussa le carton et déchiffra une autre étiquette : « Teacher's Highland Cream – Perfection Old Scotch Whisky ».

« Combien ? demanda-t-il.

— Douze caisses. »

Il recouvrit le carton. « C'est mieux que du cacao. »

Il donna à Sid les indications pour sortir du centre-ville. Il se retournait souvent pour s'assurer qu'on ne les suivait pas et s'inquiéta en apercevant un officier de l'armée américaine. Mais personne ne leur posa de question. Vladivostok grouillait de réfugiés qui avaient fui le bolchevisme. La plupart avaient emporté beaucoup d'argent. Ils le dépensaient comme s'il ne devait plus y avoir de lendemain, ce qui était sans doute le cas pour beaucoup d'entre eux. Du coup, les magasins étaient bondés et les rues envahies de charrettes bourrées de marchandises comme celle-ci. En raison de la pénurie qui régnait en Russie, la plupart des produits à vendre avaient été importés illégalement de Chine ou, comme le whisky de Sid, volés à l'armée.

Lev vit une femme accompagnée d'une petite fille. Il pensa à Daisy. Elle lui manquait. Elle parlait et marchait à présent. Elle faisait une petite moue qui faisait fondre tout le monde, même Josef Vialov. Il ne l'avait pas vue depuis six mois. Elle avait deux ans et demi maintenant et avait dû changer pendant son absence.

Marga aussi lui manquait. C'était d'elle qu'il rêvait, de son corps nu frétillant contre le sien au lit. C'était à cause d'elle qu'il avait eu des ennuis avec son beau-père et se retrouvait en Sibérie ; pourtant, cela ne l'empêchait pas d'avoir terriblement envie de la voir.

« Tu as un faible pour quelque chose, Sid ? » demanda Lev.

Il éprouvait le besoin de se lier davantage à Sid le taciturne : il fallait pouvoir se fier à son associé dans ce genre de combine.

« Nan, fit Sid. Le fric, c'est tout.

— Et tu es prêt à prendre des risques pour ça ?

— Nan. À part que je vole, évidemment.

— Tu n'as jamais d'ennuis ?

— Pas trop, nan. La tôle, une fois, mais six mois, c'est tout.

— Moi, mon faible, c'est les femmes.

— Ah oui ? »

Lev s'était habitué à cette manie anglaise de poser la question alors qu'on avait déjà donné la réponse.

« Oui, acquiesça-t-il. Je ne peux pas leur résister. Il faut absolument que j'aie une jolie fille à mon bras quand j'entre dans une boîte de nuit.

— Ah oui ?

— Oui. C'est plus fort que moi. »

Ils arrivèrent dans le quartier des docks, constitué de rues sales et d'hôtels de marins sans nom ni adresse. Sid était nerveux.

Lev se tourna vers lui : « Tu es armé, hein ?

— Nan. J'ai que ça. »

Il écarta son manteau pour montrer un énorme pistolet au

canon d'un pied de long coincé dans sa ceinture. Lev n'avait jamais vu d'arme pareille.

« C'est quoi, ce machin ?

— Un Webley-Mars. Le pistolet le plus puissant du monde. Très rare.

— Pas la peine d'appuyer sur la gâchette. T'as qu'à le sortir, les gens seront morts de trouille. »

Dans cette partie de la ville, personne n'était payé pour dégager la neige. La charrette suivait les traces laissées par les véhicules précédents ou dérapait sur la glace des ruelles peu fréquentées. Depuis qu'il était en Russie, Lev ne cessait de penser à son frère. Il n'avait pas oublié la promesse qu'il avait faite à Grigori de lui envoyer le prix de son billet pour l'Amérique. Il gagnait beaucoup d'argent en vendant aux Cosaques des marchandises volées à l'armée. Après l'affaire d'aujourd'hui, il aurait assez pour payer le voyage de Grigori.

Il avait fait beaucoup de choses inavouables dans sa courte existence, mais s'il pouvait se racheter auprès de son frère, il serait plus en paix avec lui-même.

Ils s'engagèrent dans une ruelle et tournèrent derrière un immeuble bas. Lev ouvrit un carton et prit une bouteille de whisky. « Reste ici pour garder la charrette, dit-il à Sid. Sinon, elle aura disparu quand on reviendra.

— T'en fais pas », répondit Sid, qui n'avait pourtant pas l'air rassuré.

Passant la main sous sa capote, Lev effleura le Colt 45 semi-automatique glissé dans un étui à sa ceinture et franchit la porte de service.

C'était un café version sibérienne. Une petite pièce avec quelques chaises et une table. Il n'y avait pas de bar, mais une porte ouvrait sur une cuisine crasseuse où l'on apercevait un tonneau et une étagère couverte de bouteilles. Trois hommes vêtus de fourrures mitées étaient assis près du feu de bois. Lev reconnut celui du milieu, un certain Sotnik. Il portait un pantalon bouffant rentré dans des bottes d'équitation. Il avait les pommettes saillantes, le teint rougi et buriné par le grand air, et les yeux bridés dans un visage orné de favoris et d'une moustache rebiquée. Il pouvait avoir n'importe quel âge, entre vingt-cinq et cinquante-cinq ans.

Lev serra les mains des uns et des autres, puis déboucha la bouteille tandis que l'un des hommes, sans doute le propriétaire du bar, apportait quatre verres dépareillés. Lev versa de généreuses rasades et ils burent.

« C'est le meilleur whisky du monde, dit Lev en russe. Il vient d'un pays froid, comme la Sibérie, où l'eau des torrents de montagne n'est que de la neige fondue. Dommage qu'il soit aussi cher. »

Le visage de Sotnik était impassible. « Combien ? »

Lev n'avait pas l'intention de le laisser reprendre ses marchandages. « Le prix que tu as accepté hier, dit-il. Payable en roubles or uniquement.

— Combien de bouteilles ?

— Cent quarante-quatre.

— Où sont-elles ?

— À côté.

— Tu devrais faire attention. Il y a des voleurs dans le coin. »

Cela pouvait être aussi bien un avertissement qu'une menace. Lev supposait que l'ambiguïté était voulue. « J'en connais un bout sur les voleurs. J'en suis un moi-même. »

Sotnik observa ses deux compagnons et, après un instant de silence, il éclata de rire. Les autres en firent autant.

Lev servit une nouvelle tournée. « Ne vous en faites pas, ajouta-t-il. Votre whisky est en sécurité – derrière le canon d'une arme. » Cette remarque était, elle aussi, ambiguë. Rassurante ou menaçante.

« Très bien », approuva Sotnik.

Lev but son whisky et consulta sa montre. « Une patrouille de la police militaire doit passer dans le quartier dans pas longtemps, mentit-il. Il faut que j'y aille.

— Encore un verre », proposa Sotnik.

Lev se leva. « Vous le voulez, ce whisky, oui ou non ? demanda-t-il sans chercher à dissimuler son agacement. Je trouverai facilement un autre acheteur. » C'était vrai. L'alcool se vendait toujours.

« Je le prends.

— Mets l'argent sur la table. »

Sotnik se baissa, ramassa une sacoche et se mit à compter des pièces de cinq roubles. Le prix convenu était de soixante roubles la douzaine de bouteilles. Sotnik disposa lentement les pièces en piles de vingt et s'arrêta au bout de douze piles. Lev le soupçonnait d'être incapable de compter jusqu'à cent quarante-quatre.

L'opération terminée, Sotnik regarda Lev. Lev acquiesça. Sotnik remit les pièces dans la sacoche.

Ils sortirent, Sotnik portant le sac. Il faisait nuit, mais la lune éclairait suffisamment. Lev dit à Sid en anglais : « Reste sur la charrette. Fais gaffe. » Dans les transactions illégales, le moment où l'acheteur avait l'occasion de s'emparer de la marchandise et de garder l'argent était toujours délicat. Lev n'avait pas l'intention de prendre de risque avec le prix du billet de Grigori.

Lev enleva la bâche et poussa trois boîtes de cacao sur le côté pour faire apparaître le scotch. Il prit une caisse et la déposa aux pieds de Sotnik.

L'autre Cosaque s'approcha de la charrette et tendit les mains vers une autre caisse.

« Non », fit Lev. Il se tourna vers Sotnik. « La sacoche. »

Il y eut un long temps mort.

Assis sur le siège du cocher, Sid écarta son manteau pour montrer son arme.

Sotnik remit la sacoche à Lev.

Lev jeta un coup d'œil à l'intérieur, mais décida de ne pas recompter l'argent. Si Sotnik avait retiré subrepticement quelques pièces, il l'aurait vu. Il la tendit à Sid et aida les Cosaques à décharger la charrette.

Il échangea des poignées de main à la ronde et s'apprêtait à remonter dans la charrette quand Sotnik l'arrêta.

« Dis donc. » Il désigna une caisse ouverte. « Il manque une bouteille. »

La bouteille en question se trouvait sur la table du bistrot et Sotnik le savait parfaitement. Pourquoi cherchait-il la bagarre maintenant ? Ça sentait le roussi.

Lev dit à Sid en anglais : « File-moi une pièce d'or. »

Sid ouvrit la sacoche et lui en tendit une.

Lev la mit en équilibre sur son poing fermé et la lança en l'air en la faisant tournoyer. La pièce scintilla au clair de lune. Pendant que Sotnik se précipitait pour l'attraper au vol, Lev sauta sur le siège de la charrette.

Sid fit claquer son fouet.

« Dieu vous garde ! cria Lev tandis que la charrette se mettait en branle. Et prévenez-moi si vous voulez d'autre whisky. »

La mule quitta la cour en trottinant et bifurqua sur la route. Lev respira.

« On a combien ? fit Sid.

— Ce qu'on avait demandé. Trois cent soixante roubles chacun. Moins cinq. La perte de la dernière pièce est pour moi. Tu as un sac ? »

Sid lui tendit une grande pochette de cuir. Lev y transféra soixante-deux roubles.

Il prit congé de Sid et sauta de la charrette à la hauteur des quartiers des officiers de l'armée américaine. Comme il se dirigeait vers sa chambre, le capitaine Hammond le héla. « Pechkov ! Où étais-tu ? »

Lev aurait préféré ne pas transporter trois cent cinquante-cinq roubles dans une sacoche cosaque. «J'ai fait un tour en ville, mon capitaine.

— Il fait nuit !

— C'est pour ça que je suis revenu.

— On te cherchait. Le colonel veut te voir.

— J'y vais tout de suite. »

Lev se dirigea vers sa chambre où il comptait laisser sa pochette de roubles, Hammond le remarqua : « Le bureau du colonel est de l'autre côté.

— Oui, mon capitaine. » Il fit demi-tour.

Le colonel Markham n'aimait pas Lev. Ce n'était pas un officier mobilisé pour la guerre mais un militaire de carrière. Il avait l'impression que Lev ne partageait pas sa volonté de prouver la supériorité de l'armée américaine et il avait raison... à cent dix pour cent, aurait-il pu dire.

Lev envisagea de déposer la sacoche devant la porte du colonel ; cependant, elle contenait trop d'argent pour qu'il puisse la laisser sans surveillance.

« Où étiez-vous passé ? lança Markham dès que Lev franchit le seuil.

— Je visitais un peu la ville, mon colonel.

— Je vous affecte ailleurs. Nos alliés britanniques ont besoin d'interprètes et ils m'ont demandé de vous détacher chez eux. »

La perspective était assez plaisante. « Bien, mon colonel.

— Vous partez avec eux à Omsk. »

Voilà qui était beaucoup moins plaisant. Omsk se trouvait à six mille kilomètres au cœur de la Russie barbare.

« Pour quoi faire, mon colonel ?

— Ils vous donneront leurs instructions. »

Lev n'avait aucune envie d'aller là-bas. C'était beaucoup trop loin. « Me demandez-vous de me porter volontaire, mon colonel ? »

Le colonel hésita. Lev en déduisit que cette affectation se faisait en effet sur la base du volontariat, dans la mesure où ce mot avait un sens dans l'armée.

« Vous refusez ? répliqua Markham d'un ton menaçant.

— Uniquement s'il s'agit d'être volontaire, bien sûr.

— Je vais vous exposer la situation, lieutenant. Si vous vous portez volontaire, je ne vous ferai pas ouvrir votre sac pour voir ce qu'il contient. »

Lev jura intérieurement. Il était fait. Le colonel était un sacré malin. Et c'était le billet de Grigori qui se trouvait dans ce sac.

Omsk, se dit-il. Merde.

« J'accepte avec plaisir, mon colonel. »

4.

Ethel monta chez Mildred. Son appartement était propre mais en désordre : des jouets traînaient par terre, une cigarette fumait dans un cendrier, une culotte séchait devant le feu. « Tu peux surveiller Lloyd ce soir ? » demanda Ethel. Elle se rendait à une réunion du parti travailliste avec Bernie. Lloyd avait maintenant presque quatre ans et était tout à fait capable de sortir de son lit et d'aller se promener tout seul si on ne l'avait pas à l'œil.

« Bien sûr », répondit Mildred. C'était un service qu'elles se rendaient souvent réciproquement le soir. « J'ai reçu une lettre de Billy, ajouta-t-elle.

— Il va bien ?

— Oui. Mais je crois qu'il n'est plus en France. Il ne parle pas des tranchées.

— Il doit être au Proche-Orient. Il a peut-être vu Jérusalem. » La Ville sainte avait été prise par les forces britanniques à la fin de l'année précédente. « Ça ferait drôlement plaisir à Da.

— Il y a un message pour toi. Il dit qu'il t'écrira plus tard, mais me charge de te dire... » Elle fouilla dans la poche de son tablier. « Attends, je vais te le lire : "Je crois suis mal informé ici à part en nouvelles de Russie." Bizarre comme message.

— C'est un code, expliqua Ethel. Il n'y a qu'un mot sur trois qui compte. Cela veut dire : "Je suis ici en Russie." Qu'est-ce qu'il fait là-bas ?

— Je ne savais pas que nous avions des soldats en Russie.

— Moi non plus. Est-ce qu'il parle d'une chanson ou d'un titre de livre ?

— Oui... comment tu as deviné ?

— C'est aussi un code.

— Il me dit de te rappeler la chanson que vous aviez l'habitude de chanter, "Fred ira trottiner au zoo". Jamais entendu parler.

— Moi non plus. Il faut prendre les initiales. Fred ira trottiner au zoo, c'est... Fitz. Le "au" ne compte pas. »

Bernie entra, portant une cravate rouge. « Lloyd dort à poings fermés », annonça-t-il.

« Mildred a reçu une lettre de Billy, annonça Ethel. Apparemment, il est en Russie avec Lord Fitzherbert.

— Haha ! dit Bernie. Je me demandais combien de temps ils mettraient.

— Qu'est-ce que tu veux dire ?

— Nous avons envoyé des troupes combattre les bolcheviks. Je savais que ça finirait par arriver.

— Nous sommes en guerre contre le nouveau gouvernement russe ?

— Pas officiellement, cela va de soi. » Bernie consulta sa montre. « Il faut y aller. » Il détestait être en retard.

Dans le bus, Ethel reprit leur conversation : « On ne peut pas être officieusement en guerre. Soit on l'est, soit on ne l'est pas.

— Churchill et sa clique savent bien que les Anglais s'opposeraient à une guerre contre les bolcheviks, alors ils essayent de la faire en douce.

— Je suis déçue par Lénine..., confia Ethel, pensive.

— Il fait ce qu'il doit faire ! » l'interrompit Bernie. C'était un farouche partisan des bolcheviks.

Ethel poursuivit : « Il pourrait parfaitement devenir un tyran du même acabit que le tsar...

— C'est ridicule !

— Malgré tout, il faut lui donner une chance de montrer ce qu'il peut faire pour la Russie.

— Voilà au moins un point sur lequel nous sommes d'accord.

— Cela dit, je ne vois pas bien ce que nous pouvons faire.
— Il faudrait être mieux informés.
— Billy doit m'écrire bientôt. Il m'en dira plus long. »

Ethel était scandalisée par la guerre secrète du gouvernement – si c'était bien ce dont il s'agissait –, mais elle était surtout folle d'inquiétude pour Billy. Il ne saurait pas se taire. S'il estimait que l'armée avait tort, il le dirait et risquait d'avoir des ennuis.

La chapelle évangélique du Calvaire était bondée : le parti travailliste avait gagné en popularité pendant la guerre. Il le devait au fait que le chef travailliste, Arthur Henderson, avait été membre du cabinet de guerre. Henderson avait commencé à travailler dans une usine de locomotives à douze ans et ses réalisations au sein du cabinet avaient démenti l'argument des conservateurs selon lequel on ne pouvait pas faire confiance à des ouvriers au gouvernement.

Ethel et Bernie s'assirent à côté de Jock Reid, un jeune homme de Glasgow au visage rougeaud, qui avait été le meilleur ami de Bernie avant son mariage. La réunion était présidée par le docteur Greenward. Le point le plus important de l'ordre du jour touchait aux prochaines élections législatives. Certaines rumeurs prétendaient que Lloyd George organiserait des élections nationales dès la fin de la guerre. La circonscription d'Aldgate devait présenter un candidat travailliste et Bernie était le favori.

Sa candidature fut proposée et appuyée. Quelqu'un suggéra au docteur Greenward de se présenter également mais il répondit qu'il préférait se consacrer à la médecine.

C'est alors que Jayne McCulley se leva. Elle était membre du parti depuis qu'Ethel et Maud avaient protesté contre la suppression de son indemnité de guerre et que Maud avait été conduite en prison dans les bras d'un policier. Jayne prit la parole : « J'ai lu dans le journal que les femmes pouvaient se présenter aux élections. Je propose qu'Ethel Williams soit notre candidate. »

Il y eut un moment de silence stupéfait, puis tout le monde se mit à parler à la fois.

Ethel était ébahie. Elle n'avait pas prévu cela. Depuis qu'elle le connaissait, Bernie voulait être député. Elle s'était faite à cette idée. Jusqu'à présent, d'ailleurs, les femmes ne pouvaient pas être élues. Elle n'était même pas sûre que ce soit possible maintenant. Sa première réaction fut de refuser.

Jayne n'avait pas fini. C'était une jolie jeune femme à l'air doux, mais il ne fallait pas se fier aux apparences. Elle pouvait être redoutable.

«J'ai un grand respect pour Bernie. Mais c'est surtout un organisateur et un homme de débat, continua-t-elle. Aldgate a un député libéral qui est très apprécié et qu'il sera sans doute difficile de battre. Il nous faut un candidat qui ait vraiment des chances de remporter ce siège pour les travaillistes, quelqu'un qui puisse dire aux gens de l'East End : "Suivez-moi vers la victoire !" Il nous faut Ethel.»

Toutes les femmes l'acclamèrent, et quelques hommes joignirent leur voix à ce chœur. D'autres marmonnaient d'un air mécontent. Ethel se rendit compte que si elle se présentait, elle ne manquerait pas de soutiens.

Jayne avait raison : Bernie était probablement l'homme le plus intelligent de l'assemblée, mais ce n'était pas un leader charismatique. Il savait expliquer comment se produisaient les révolutions et pourquoi certaines entreprises faisaient faillite. Ethel, elle, avait le pouvoir d'entraîner les foules dans une croisade.

Jock Reid se leva à son tour : «Camarade président, il me semble que la législation n'autorise pas les femmes à se présenter.»

Le docteur Greenward intervint : «Je peux répondre à cette question. La loi qui a été promulguée au début de l'année et qui accorde le droit de vote à certaines femmes de plus de trente ans ne prévoit pas qu'elles puissent se présenter aux élections. Mais le gouvernement a reconnu qu'il y avait là une contradiction et une nouvelle loi a été rédigée.

— Cependant, insista Reid, la loi telle qu'elle existe aujourd'hui ne permet pas l'élection des femmes et nous ne pouvons donc pas en choisir une pour candidate.» Ethel esquissa un sourire ironique. Ces hommes qui prônaient la révolution mondiale exigeaient de respecter la loi à la lettre – c'était curieux.

Le docteur Greenward poursuivit : «Le projet de texte sur le parlement, c'est-à-dire sur le statut des femmes, doit prendre force de loi avant les prochaines élections législatives. Il me paraît donc tout à fait possible que notre section présente une candidate et non un candidat.

— Mais Ethel a moins de trente ans.

— Apparemment, la nouvelle loi concernera les femmes à partir de vingt et un ans.

— Apparemment? releva Jock. Comment pouvons-nous désigner une candidate si nous ne connaissons pas les règles?

— Peut-être conviendrait-il d'ajourner la désignation jusqu'à la promulgation de la loi», proposa le docteur Greenward.

Bernie chuchota quelque chose à l'oreille de Jock, qui reprit: «Demandons à Ethel si elle veut se présenter. Dans le cas contraire, nous n'aurons aucune raison d'ajourner cette décision.»

Bernie regarda Ethel avec un sourire confiant.

«Très bien, déclara le docteur Greeward. Ethel, si tu es désignée, accepteras-tu d'être candidate?»

Tous les regards se tournèrent vers elle.

Elle hésita.

C'était le rêve de Bernie, et Bernie était son mari. Mais quel serait le meilleur choix pour le parti, elle ou lui?

À mesure que les secondes s'écoulaient, le visage de Bernie prit une expression incrédule. Il avait été convaincu qu'elle refuserait immédiatement.

Cela ne fit que renforcer sa résolution. «Je... je ne l'avais pas envisagé, dit-elle. Et, euh, comme l'a expliqué le président, ce n'est même pas encore légalement possible. Il m'est donc difficile de répondre. Je pense que Bernie ferait un bon candidat... mais, tout de même, il me faut un peu de temps pour y réfléchir. Peut-être devrions-nous effectivement repousser cette décision comme l'a suggéré le président.»

Elle se tourna vers Bernie.

Il lui jeta un regard meurtrier.

XXXIII

11 novembre 1918

1.

À deux heures du matin, le téléphone sonna chez Fitz, dans sa demeure de Mayfair.

Maud n'était pas couchée. Elle était assise au salon avec une bougie, sous le regard d'ancêtres morts, entourée de rideaux tirés comme des linceuls et de meubles à peine visibles, tapis dans l'ombre comme des bêtes dans un champ la nuit. Depuis quelques jours, elle dormait très peu. Un pressentiment superstitieux lui disait que Walter serait tué avant la fin de la guerre.

Elle était seule, une tasse de thé froid dans les mains, les yeux fixés sur le feu de charbon. Elle se demandait où il était et ce qu'il faisait. Dormait-il au fond d'une tranchée humide ou se préparait-il au combat du lendemain ? Ou bien était-il mort ? Peut-être était-elle déjà veuve, après n'avoir passé que deux nuits dans les bras de son mari en quatre ans de mariage. Tout ce qu'elle savait avec certitude, c'était qu'il n'était pas prisonnier. Johnny Remarc épluchait pour elle toutes les listes d'officiers allemands pris par les Anglais. Johnny ignorait son secret : il pensait qu'elle se faisait du souci pour lui parce qu'il avait été un bon ami de Fitz avant la guerre.

La sonnerie du téléphone la fit sursauter. Sa première pensée fut pour Walter, mais Remarc n'avait aucune raison de l'appeler aussi tard à ce sujet. Il pouvait parfaitement attendre le lendemain pour lui donner des nouvelles d'un ami prisonnier. Il devait s'agir de Fitz, pensa-t-elle avec terreur. Avait-il été blessé en Sibérie ?

Elle se précipita dans l'entrée, mais Grout l'avait précédée et elle se rendit compte, avec un pincement de remords, qu'elle avait oublié de donner au personnel la permission d'aller se coucher.

« Je vais voir si Lady Maud est là, monsieur », disait Grout dans l'appareil. Il couvrit le combiné de sa main et chuchota à Maud : « Lord Remarc du ministère de la Guerre, mademoiselle. »

Elle lui prit le téléphone des mains.

« C'est Fitz ? Il est blessé ?

— Non, non, la rassura Johnny. Tranquillise-toi. Ce sont de bonnes nouvelles. Les Allemands ont accepté les conditions de l'armistice.

— Oh, Johnny, Dieu soit loué !

— Ils sont tous dans la forêt de Compiègne, au nord de Paris, dans deux trains stationnés sur une voie de garage. Les Allemands viennent d'entrer dans le wagon-restaurant du train français. Ils sont prêts à signer.

— Mais ce n'est pas encore fait ?

— Non, pas encore. Ils ergotent sur la formulation.

— Johnny, tu veux bien m'appeler quand ils auront signé ? Je veillerai toute la nuit.

— C'est promis. À plus tard. »

Maud tendit le combiné au majordome.

« La guerre va peut-être prendre fin ce soir, Grout.

— Je suis très heureux de l'apprendre, mademoiselle.

— Mais vous devriez aller vous coucher.

— Avec votre permission, mademoiselle, j'aimerais attendre l'appel de Lord Remarc.

— Bien sûr.

— Voulez-vous que je refasse du thé, mademoiselle ? »

2.

Le bataillon des copains d'Aberowen arriva à Omsk dans la matinée.

Billy se rappellerait toute sa vie, jusque dans les moindres détails, les six mille kilomètres à bord du Transsibérien depuis Vladivostok. Le voyage avait duré vingt-trois jours, malgré la présence d'un sergent en arme dans la locomotive pour inciter le conducteur et le chauffeur à maintenir une vitesse maximale. Billy avait grelotté tout le temps : le poêle installé au milieu du wagon ne parvenait pas à atténuer l'extrême froidure des petits matins sibériens. Ils se nourrissaient de pain noir et de corned-beef. Mais chaque aube était une révélation.

Billy ne savait pas qu'il existait au monde des lieux aussi beaux que le lac Baïkal. Il était plus long que le pays de Galles, leur avait appris le capitaine Evans. Depuis le train lancé à vive allure, ils virent le soleil se lever sur ses eaux bleues paisibles, illuminant les sommets des hautes montagnes qui se découpaient au loin, et dont les neiges se paraient d'éclats dorés.

Il garderait à jamais la mémoire de la caravane de chameaux s'étirant interminablement le long des rails, les bêtes lourdement chargées foulant patiemment la neige, indifférentes au XXe siècle qui filait juste à côté d'eux dans un fracas de métal et dans un sifflement de vapeur. Je suis drôlement loin d'Aberowen, songea-t-il alors.

Mais ce fut la visite d'un lycée de Tchita qui lui laissa le souvenir le plus marquant. Le train s'y arrêta deux jours pour laisser au colonel Fitzherbert le temps de parlementer avec le responsable local, un chef cosaque du nom de Semenov. Billy se joignit à un groupe de touristes américains. Le directeur de l'école, qui parlait anglais, leur expliqua qu'un an auparavant, il ne recevait dans son établissement que les enfants de la bourgeoisie aisée ; les Juifs en étaient exclus, même s'ils pouvaient payer les frais de scolarité. Maintenant, sur ordre des bolcheviks, l'éducation était gratuite pour tous. Le résultat était manifeste. Ses salles de classe étaient bondées d'enfants en haillons qui apprenaient à lire, à écrire et à compter, et étudiaient même les arts et les sciences. Quoi qu'ait pu faire Lénine par ailleurs – et il était difficile de distinguer le vrai du faux dans la propagande conservatrice –, il ne plaisantait pas quand il avait promis d'apporter l'instruction à tous les enfants de Russie.

Dans le train, Billy avait retrouvé Lev Pechkov qui l'avait salué amicalement, sans manifester la moindre honte, comme s'il avait oublié qu'il avait dû fuir Aberowen après s'être rendu coupable de vol et d'escroquerie. Lev avait émigré en Amérique et épousé une jeune fille riche. Il était lieutenant et avait été détaché comme interprète auprès des copains.

La population d'Omsk accueillit le bataillon par des acclamations de joie quand il rejoignit ses quartiers depuis la gare. Billy aperçut de nombreux officiers russes dans les rues. Ils portaient d'élégants uniformes un peu démodés, mais leur activité n'avait apparemment rien de militaire. Il y avait aussi beaucoup de soldats canadiens.

Quand leur bataillon rompit les rangs, Billy et Tommy partirent se promener en ville. Il n'y avait pas grand-chose à voir : une cathédrale, une mosquée, une forteresse en brique et une rivière sillonnée par des bateaux de marchandises et de passagers. Ils furent très surpris de croiser beaucoup de gens vêtus d'éléments d'uniformes britanniques : une femme qui vendait du poisson frit derrière un étal portait une veste kaki ; un livreur poussant une charrette à bras arborait un pantalon en serge de l'armée ; un grand écolier chargé d'un cartable déambulait avec aux pieds des bottes anglaises flambant neuves.

« Où est-ce qu'ils ont dégotté tout ça ? s'étonna Billy.

— Nous fournissons des uniformes à l'armée russe, expliqua Tommy, mais Pechkov m'a dit que les officiers les revendaient au marché noir.

— Ça leur apprendra à soutenir le mauvais camp », commenta Billy.

La YMCA canadienne avait ouvert une cantine. Plusieurs de leurs camarades s'y trouvaient déjà : c'était visiblement le seul endroit où aller. Billy et Tommy prirent du thé et une copieuse part de tarte aux pommes, que les Américains appelaient *pie*.

« Cette ville est le quartier général du gouvernement réactionnaire antibolchevique, dit Billy. Je l'ai lu dans le *New York Times*. »

Les informations des journaux américains, qui circulaient à Vladivostok, étaient plus honnêtes que celles de la presse britannique.

Lev Pechkov arriva au bras d'une jolie Russe enveloppée dans un manteau bon marché. Tous le regardèrent avec de grands yeux. Comment faisait-il pour les emballer aussi vite ?

Lev était tout excité. « Eh, les gars, vous avez entendu ce qu'on dit ? »

Lev était sans doute le premier à apprendre toutes les rumeurs, pensa Billy.

« Oui, lança Tommy, il paraît que tu es pédé. »

Ils éclatèrent tous de rire.

« Qu'est-ce qu'on dit ? demanda Billy.

— Ils ont signé un armistice.» Lev ménagea une pause. «Vous comprenez? La guerre est finie!

— Pas pour nous», murmura Billy.

3.

La section du capitaine Dewar attaquait un petit village appelé Aux-Deux-Églises, à l'est de la Meuse. Gus avait entendu parler d'un cessez-le-feu à onze heures, mais son officier supérieur avait ordonné l'assaut et il obéissait. Il avait avancé ses mitrailleuses lourdes à la lisière d'un bosquet. Ils tiraient à travers une clairière sur les bâtiments de la périphérie en laissant à l'ennemi tout le temps de se replier.

Malheureusement, les Allemands n'en profitaient pas. Ils avaient installé des mortiers et des mitrailleuses légères dans des cours de ferme et des vergers et ripostaient énergiquement. Une mitrailleuse en particulier, qui tirait depuis le toit d'une grange, paralysait une bonne partie de la section de Gus.

Gus interpella le caporal Kerry, le meilleur tireur du groupe. «Tu pourrais lancer une grenade sous le toit de cette grange?»

Le jeune garçon de dix-neuf ans, au visage couvert de taches de rousseur, répondit: «Oui, si j'arrive à me rapprocher.

— C'est tout le problème.»

Kerry inspecta le terrain. «Il y a une petite dénivellation à un tiers de la prairie. De là, je pourrais y arriver.

— C'est risqué. Tu as envie d'être un héros?» Il consulta sa montre. «Si la rumeur dit vrai, la guerre sera peut-être finie dans cinq minutes.»

Kerry lui adressa un large sourire. «Je vais essayer, mon capitaine.»

Gus hésita. Il n'avait pas envie de laisser Kerry risquer sa vie. Cependant, ils étaient à l'armée, les combats se poursuivaient, et les ordres étaient les ordres.

«Bon, dit Gus. Quand tu veux.»

Il avait espéré que Kerry prendrait son temps, mais le jeune homme mit aussitôt son fusil à l'épaule et empoigna une boîte de grenades.

Gus cria : « Feu, tout le monde ! Couvrez Kerry du mieux que vous pouvez ! »

Toutes les mitrailleuses crépitèrent et Kerry s'élança.

L'ennemi le repéra immédiatement et les mitrailleuses ne le lâchèrent pas. Il zigzaguait à travers le pré comme un lièvre poursuivi par des chiens. Des obus allemands éclataient autour de lui et, par miracle, le manquaient.

La petite dénivellation dont avait parlé Kerry se trouvait à trois cents mètres.

Il y était presque.

Le mitrailleur ennemi l'avait parfaitement dans sa mire. Il lâcha une longue rafale. Kerry reçut douze balles en l'espace de quelques secondes. Il leva les bras en l'air, lâcha ses armes et tomba, soulevé par le choc avant d'atterrir à quelques mètres de sa levée de terrain. Il gisait au sol, immobile. Sans doute était-il mort avant même de toucher terre.

Les tirs ennemis cessèrent. Presque aussitôt, les Américains arrêtèrent de tirer à leur tour. Gus crut entendre des cris de joie au loin. Tous les hommes se turent autour de lui, l'oreille aux aguets. Gus s'aperçut que les Allemands poussaient des vivats, eux aussi.

Des soldats allemands commencèrent à sortir de leurs abris dans le village lointain.

Gus perçut un bruit de moteur. Une moto Indian, une marque américaine pilotée par un sergent qui transportait un commandant sur sa selle, surgit du bois.

« Cessez le feu ! » cria l'officier.

Le motard le conduisait d'une position à l'autre le long de la ligne. « Cessez le feu ! répétait-il. Cessez le feu ! »

Les hommes de la section de Gus donnèrent libre cours à leur joie. Certains lancèrent leur casque en l'air. D'autres se mirent à danser, d'autres encore se serraient la main. Gus entendit chanter.

Il ne pouvait détacher ses yeux du caporal Kerry.

Il traversa lentement la prairie et s'agenouilla près du corps. Il avait vu assez de cadavres pour savoir que Kerry était mort. Il se demanda quel était son prénom. Il le retourna. Sa poitrine était criblée d'impacts de balles. Gus lui ferma les yeux et se releva.

« Que Dieu me pardonne », murmura-t-il.

4.

Ce jour-là, Ethel et Bernie n'étaient pas au travail, mais chez eux. Bernie était alité. Il avait attrapé la grippe, la nourrice de Lloyd était malade, elle aussi. Ethel s'occupait donc de son mari et de son fils.

Elle n'avait pas le moral. Ils s'étaient âprement disputés sur cette histoire de candidature aux élections législatives. Ce n'était pas seulement la scène la plus violente de leur vie conjugale, c'était la première. Depuis, ils n'avaient pas échangé deux mots.

Ethel savait qu'elle avait raison, ce qui ne l'empêchait pas de se sentir coupable. Il était tout à fait possible qu'elle fasse un meilleur député que Bernie. De toute façon, le choix ne dépendait pas d'eux mais de leurs camarades. Bernie avait ce projet en tête depuis des années, évidemment. Ce n'était cependant pas une raison pour que cette fonction lui revienne de droit. Même si elle n'y avait jamais songé auparavant, Ethel avait maintenant très envie de se présenter. Les femmes avaient beau avoir obtenu le droit de vote, il restait beaucoup à faire. Pour commencer, il fallait abaisser la limite d'âge pour l'aligner sur celle des hommes. Ensuite, il fallait améliorer les salaires et les conditions de travail des femmes. Dans la plupart des branches industrielles, les femmes étaient moins payées que les hommes pour un travail identique. Pourquoi n'obtiendraient-elles pas la même chose ?

Pourtant, elle aimait Bernie et, devant son air blessé, elle était prête à renoncer. « Je m'attendais à être combattu par mes ennemis, lui avait-il dit un soir. Par les conservateurs, les libéraux prêts à tous les compromis, les impérialistes capitalistes, la bourgeoisie. J'avais même prévu des réactions hostiles d'un ou deux membres jaloux du parti. Mais il y avait une personne sur laquelle j'étais sûr de pouvoir compter. Et c'est précisément celle-là qui me tire dans les pattes. » Le cœur d'Ethel se serrait quand elle y repensait.

Elle lui apporta une tasse de thé à onze heures. Malgré l'ameublement modeste, leur chambre était confortable avec ses petits rideaux de coton, sa table à écrire et la photo de Keith Hardie au mur. Bernie déposa son livre, *The Ragged Trousered Philanthopists* (Les Gueux philanthropes), de Robert Tressel, que tous les socialistes lisaient. Il demanda d'une voix glaciale : « Qu'est-ce que tu vas faire, ce soir ? » La réunion du parti travailliste avait lieu le soir même. « Tu as pris une décision ? »

Elle l'avait prise, depuis deux jours, sans avoir eu le courage de la lui annoncer. Puisqu'il lui posait la question, elle allait lui répondre. « Il faut choisir le meilleur candidat pour le parti », lui lança-t-elle d'un ton de défi.

Il accusa le coup. « Je ne comprends pas comment tu peux me faire une chose pareille et continuer à prétendre que tu m'aimes. »

Ce genre d'argument était un peu facile, trouvait-elle. Elle aurait très bien pu lui renvoyer la balle. Mais la question n'était pas là. « Ce n'est pas à nous qu'il faut penser, mais au parti.

— Et notre couple ?

— Je ne te laisserai pas la place simplement parce que je suis ta femme...

— Tu m'as trahi.

— Mais je te la laisse quand même.

— Comment ?

— Tu as bien entendu : je te laisse la place. »

Le visage de Bernie exprima un immense soulagement.

Elle continua : « Ce n'est pas parce que je suis ta femme. Et ce n'est pas parce que tu es le meilleur candidat. »

Il la regarda, perplexe. « Pourquoi le fais-tu, alors ? »

Ethel soupira. « Je suis enceinte.

— Oh, mince !

— Comme tu dis. Juste au moment où une femme aurait pu devenir député, il faut que j'attende un bébé. »

Bernie sourit. « Tout est bien qui finit bien !

— J'étais sûre que tu dirais ça. » En cet instant, elle en voulait à Bernie, à l'enfant à naître et à tout ce qui faisait sa vie. Soudain, elle entendit carillonner les cloches d'une église. Elle regarda la pendule posée sur la cheminée. Il était onze heures cinq. Pourquoi sonnait-on les cloches à cette heure-ci un lundi matin ? Un autre clocher répondit au premier. Elle s'approcha de la fenêtre en fronçant les sourcils. Il n'y avait rien d'anormal dans la rue, cependant toutes les cloches se mettaient à carillonner les unes après les autres. À l'ouest, dans le ciel de Londres, elle vit s'élever un éclair rouge, l'éclat d'une fusée de détresse.

Elle se retourna vers Bernie. « On dirait que toutes les églises de Londres font sonner leurs cloches.

— Il s'est passé quelque chose. Je parie que c'est la fin de la guerre. Elles sonnent la paix !

— Oui, dit Ethel d'un ton amer, ce n'est sûrement pas pour célébrer cette fichue grossesse. »

5.

Pour renverser Lénine et ses bandits, Fitz fondait tous ses espoirs sur le gouvernement provisoire panrusse qui siégeait à Omsk. Il n'était pas le seul. Des hommes puissants, dans la plupart des gouvernements des plus grands pays du monde, comptaient sur cette ville pour lancer la contre-révolution.

Le directoire de cinq hommes logeait dans un train stationné dans la banlieue de la ville. Une suite de wagons blindés, gardés par des troupes d'élite, abritait, Fitz le savait, les vestiges du trésor impérial, une masse d'or de plusieurs millions de roubles. Le tsar était mort, assassiné par les bolcheviks, mais sa fortune était là pour assurer pouvoir et autorité à l'opposition loyaliste.

Fitz se sentait investi d'une mission tout à fait personnelle auprès du directoire. Les hommes influents qu'il avait rassemblés à Tŷ Gwyn en avril formaient un réseau discret dans le monde politique anglais, et avaient réussi à mobiliser un appui secret mais non négligeable en faveur de la résistance russe. Cela avait conduit d'autres pays à apporter leur soutien à cette cause, ou les avait du moins dissuadés de venir en aide au régime de Lénine, Fitz en était convaincu. Mais les étrangers ne pouvaient pas tout faire : c'était aux Russes de se soulever.

Que pouvait vraiment accomplir le directoire ? Son président, Nikolaï Dimitrievitch Avksentiev, bien qu'antibolchevique, était socialiste-révolutionnaire. Fitz le tenait pour quantité négligeable. Les socialistes-révolutionnaires ne valaient pas mieux que les partisans de Lénine. Fitz comptait plutôt sur l'aile droite et sur l'armée. Il n'y avait qu'à elles qu'on pouvait se fier pour restaurer la monarchie et la propriété privée. Il alla voir le général Boldirev, commandant en chef de l'armée sibérienne du directoire.

Le mobilier des wagons occupés par les cinq hommes du gouvernement conservait le souvenir d'une splendeur impériale fanée : sièges de velours usés, marqueteries écornées, abat-jour tachés, et vieux domestiques affublés de versions crasseuses des livrées à dorures et parements en usage à la cour de Saint-Pétersbourg. Dans un des wagons, il aperçut une jeune femme en robe de soie, aux lèvres maquillées de rouge, qui fumait une cigarette.

Fitz était découragé. Il aurait voulu retrouver le monde d'autrefois, mais ce décor était vraiment trop désuet, même pour lui. Il songea avec fureur à la remarque insolente du sergent Williams : « Notre mission est-elle légale ? » Fitz savait que la réponse était incertaine. Il était temps de faire taire ce Williams pour de bon, se dit-il avec hargne : ce garçon était un bolchevik ou tout comme.

Le général Boldirev était un gros homme disgracieux. « Nous avons mobilisé deux cent mille hommes, annonça-t-il fièrement. Vous pouvez les équiper ?

— C'est impressionnant », dit Fitz tout en réprimant un soupir. Cette mentalité avait valu à une armée russe de six millions d'hommes de se faire battre par les forces autrichiennes et allemandes, beaucoup moins nombreuses. Boldirev portait encore les épaulettes ridicules en faveur sous l'ancien régime, de grosses barrettes dorées à franges qui lui donnaient l'air d'un personnage d'opérette de Gilbert et Sullivan. Fitz continua, dans un russe approximatif : « Si j'étais vous, cependant, je renverrais la moitié de ces recrues.

— Pourquoi ? demanda Boldirev, ébahi.

— Nous pouvons équiper cent mille hommes au maximum. Et il faut les former. Mieux vaut avoir une petite armée disciplinée qu'une masse désordonnée qui s'enfuira ou se rendra à la première occasion.

— Dans l'idéal, oui.

— Le matériel que nous vous fournissons doit être remis en priorité aux hommes qui sont en première ligne, pas à ceux de l'arrière.

— Bien sûr. C'est tout à fait raisonnable. »

Fitz avait la fâcheuse impression que Boldirev approuvait sans vraiment écouter. Il tenait tout de même à enfoncer le clou. « Une trop grande partie de ce que nous envoyons est détournée, si j'en crois le nombre de civils que j'ai vus dans la rue vêtus de pièces d'uniforme britannique.

— Oui, absolument.

— Je recommande énergiquement que tous les officiers qui

ne sont plus aptes au service soient priés de rentrer chez eux et de rendre leurs uniformes.» L'armée russe était infestée d'amateurs et de vieux dilettantes qui se mêlaient de tout sans prendre part aux combats.

— Hum.

— Et je suggère que vous accordiez de vastes pouvoirs à l'amiral Koltchak en le nommant ministre de la Guerre.» Le Foreign Office voyait en Koltchak le plus prometteur des membres du directoire.

«Très bien, très bien.

— Êtes-vous prêts à faire tout cela? demanda Fitz, impatient d'obtenir un minimum d'engagement.

— Sans aucun doute.

— Quand?

— En temps voulu, colonel Fitzherbert, en temps voulu.»

Fitz était accablé. Heureusement que des hommes comme Churchill et Curzon ne voyaient pas l'insignifiance des forces dressées contre le bolchevisme, se dit-il sombrement. Mais peut-être reprendraient-elles un peu de consistance avec les encouragements des Britanniques. Quoi qu'il en soit, il devait faire de son mieux avec ce qu'il avait sous la main.

On frappa à la porte. Son aide de camp, le capitaine Murray, entra en brandissant un télégramme.

«Pardon de vous interrompre, mon colonel, dit-il, haletant. Mais j'ai pensé que vous voudriez connaître tout de suite la nouvelle.»

6.

Mildred descendit en milieu de journée et proposa à Ethel : «Allons à l'ouest.» Elle voulait parler du West End de Londres. «Tout le monde y va. J'ai renvoyé les filles chez elles.» Elle employait désormais deux jeunes couturières dans son atelier de modiste. «Tout l'East End ferme boutique. La guerre est finie!»

Ethel ne demandait pas mieux. Son désistement en faveur de Bernie n'avait pas beaucoup amélioré le climat domestique. Il était de meilleure humeur, mais elle sombrait dans l'amertume. Cela lui ferait du bien de sortir un peu.

« Il faut que j'emmène Lloyd, dit-elle.

— Pas de problème, Enid et Lil viendront aussi. Elles s'en souviendront toute leur vie – le jour où on a gagné la guerre ! »

Ethel prépara un sandwich au fromage pour le déjeuner de Bernie, puis elle habilla Lloyd chaudement et elles partirent. Elles réussirent à monter dans un bus, qui ne tarda pas à être bondé ; des hommes et des jeunes garçons s'accrochaient à l'extérieur. Tous les immeubles étaient pavoisés ; il n'y avait pas seulement l'Union Jack, mais le dragon gallois, le drapeau tricolore de la France et la bannière étoilée américaine. Les gens s'embrassaient sans se connaître et dansaient dans les rues. Il pleuvait, cependant, tout le monde s'en moquait.

Pensant à tous les hommes qui se trouvaient enfin à l'abri du danger, Ethel commença à oublier ses soucis et à se laisser aller à la joie du moment.

Alors qu'ils quittaient le quartier des théâtres pour entrer dans celui du gouvernement, la circulation ralentit. Trafalgar fourmillait de gens en liesse. Le bus ne pouvait pas aller plus loin. Elles descendirent. Elles longèrent Whitehall jusqu'à Downing Steet, mais ne purent approcher du numéro 10 à cause de la foule compacte qui se pressait dans l'espoir d'entrevoir le Premier ministre, Lloyd George, l'homme qui avait gagné la guerre. Elles gagnèrent St James Park, envahi de couples qui s'étreignaient dans les buissons. De l'autre côté du parc, des milliers de personnes attendaient devant le palais de Buckingham. Elles chantaient « Keep the Home Fires Burning » – « Gardez les feux allumés chez nous, les gars sont peut-être très loin, mais ils pensent à vous » –, une chanson qui avait connu une grande popularité depuis le début de la guerre. Puis elles entonnèrent « Now Thank We All Our God », un cantique d'action de grâce. Ethel vit une mince jeune fille en tailleur de tweed diriger les chants, perchée sur le toit d'un camion, et se dit que jamais une femme n'aurait osé faire une chose pareille avant la guerre.

Elles traversèrent la rue pour entrer dans Green Park et tenter de se rapprocher du palais. Un jeune homme sourit à Mildred. Voyant qu'elle lui rendait son sourire, il l'enlaça et l'embrassa. Elle se laissa faire avec bonheur.

« Ça a eu l'air de te plaire, remarqua Ethel, avec une pointe d'envie, quand le jeune homme se fut éloigné.

— Oui, je l'aurais bien avalé tout cru.

— Je ne le dirai pas à Billy, promit Ethel en riant.

— Billy n'est pas idiot. Il sait que je suis comme ça. »

Elles contournèrent la foule et débouchèrent dans une rue appelée Constitution Hill. La cohue y était moins dense, mais elles étaient sur le côté de Buckingham Palace. Elles ne verraient donc pas le roi s'il décidait de sortir sur le balcon. Ethel se demandait par où passer quand un détachement de police montée s'engagea dans la rue, obligeant les gens à s'écarter.

Il était suivi d'une calèche ouverte. À l'intérieur, le roi et la reine saluaient et souriaient à la foule. Ethel les reconnut immédiatement : elle avait gardé un souvenir vivace de leur visite à Aberowen cinq ans plus tôt. Elle n'en crut pas sa chance en voyant le carrosse s'avancer lentement vers elle. La barbe du roi était grise : elle était noire quand il était venu à Tŷ Gwyn. Il semblait épuisé mais heureux. Près de lui, la reine tenait un parapluie pour protéger son chapeau, sa célèbre poitrine plus imposante que jamais.

« Lloyd ! Lloyd ! s'exclama Ethel. C'est le roi ! »

L'attelage passa à quelques centimètres d'Ethel et Mildred.

Lloyd cria tout fort : « Bonjour, roi ! »

Le roi l'entendit et sourit. « Bonjour, jeune homme », dit-il. Et il s'éloigna.

7.

Grigori se trouvait dans le wagon-restaurant du train blindé. L'homme assis en face de lui, de l'autre côté de la table, était le président du conseil de guerre révolutionnaire, commissaire du peuple chargé des Affaires navales et militaires. Autrement dit, il commandait l'Armée rouge. Il s'appelait Lev Davidovitch Bronstein, mais comme la plupart des dirigeants révolutionnaires, il s'était choisi un pseudonyme et était connu sous le nom de Léon Trotski. Il avait fêté ses trente-neuf ans quelques jours plus tôt, et tenait le sort de la Russie entre ses mains.

La révolution avait un an et Grigori était terriblement inquiet pour son avenir. Il avait vécu la prise du palais d'Hiver comme un aboutissement. Ce n'était en fait que le début de la lutte. Les gouvernements les plus puissants du monde étaient tous hostiles aux bolcheviks. L'armistice qui venait d'être signé aujourd'hui allait leur permettre d'employer toutes leurs forces à anéantir la révolution. Seule l'Armée rouge pourrait les en empêcher.

Trotski n'était pas aimé des soldats, qui lui reprochaient d'être un aristocrate et un Juif. Il était impossible d'être les deux en Russie, mais les soldats ne brillaient pas par leur logique. Sans appartenir à l'aristocratie, Trotski était le fils d'un riche fermier et il avait reçu une bonne éducation. Mais ses manières policées ne jouaient pas en sa faveur et il avait le mauvais goût de se faire accompagner en voyage par son cuisinier et d'affubler son personnel de bottes flambant neuves et de tenues à boutons dorés. Il faisait plus vieux que son âge, malgré son abondante chevelure bouclée toujours noire et il avait les traits creusés par les soucis.

Il avait accompli des miracles avec l'armée.

Les gardes rouges qui avaient renversé le gouvernement provisoire s'étaient révélés moins efficaces sur le champ de bataille. Ils se soûlaient et étaient indisciplinés. Le principe consistant à décider de la tactique par un vote à mains levées avait révélé ses limites au combat; les résultats étaient pires que lorsque les ordres étaient donnés par des aristocrates dilettantes. Les rouges avaient perdu des batailles capitales face aux contre-révolutionnaires qui commençaient à se donner le nom de « blancs ».

Trotski avait réintroduit la conscription, déclenchant un véritable tollé. Il avait enrôlé de nombreux officiers tsaristes, au titre de « spécialistes », avant de les rétablir dans leurs anciennes fonctions. Il avait également remis en vigueur la peine de mort pour les déserteurs. Grigori n'appréciait pas ces mesures, mais il en comprenait la nécessité. Tout était préférable à la contre-révolution.

La cohésion de l'armée était assurée par un noyau de membres du parti bolchevik. Ils étaient soigneusement répartis dans toutes les unités pour rendre leur action plus efficace. Certains étaient de simples soldats, d'autres occupaient des postes de commandement; quelques-uns, comme Grigori, étaient des commissaires politiques, qui collaboraient avec les commandants militaires et en référaient au comité central bolchevique à Moscou. Ils soutenaient le moral des troupes en leur rappelant qu'ils se battaient pour la plus grande cause de toute l'histoire de l'humanité. Quand l'armée devait se montrer cruelle et intraitable, par exemple en réquisitionnant le grain et les chevaux de paysans qui vivaient déjà dans une misère noire, les bolcheviks expliquaient aux soldats que c'était nécessaire, dans l'intérêt supérieur de tous. Ils signalaient aussi le plus tôt possible les moindres manifestations de mécontentement, afin de les étouffer avant qu'elles ne fassent tache d'huile.

Mais cela suffirait-il ?

Grigori et Trotski étaient penchés sur une carte. Trotski désigna la région transcaucasienne, entre la Russie et la Perse. « Les Turcs contrôlent toujours la mer Caspienne, avec l'aide des Allemands, dit-il.

— Et menacent les champs de pétrole, compléta Grigori.

— Denikine est en position de force en Ukraine. » Des milliers d'aristocrates, d'officiers et de bourgeois fuyant la révolution s'étaient regroupés à Novotcherkassk, où ils avaient constitué une force contre-révolutionnaire placée sous le commandement du général rebelle Denikine.

« La soi-disant Armée volontaire, commenta Grigori.

— Exactement. » Trotski déplaça son doigt vers le nord de la Russie. « Les Anglais ont une escadre à Mourmansk. Il y a trois bataillons d'infanterie américaine à Arkhangelsk. Presque tous les pays ont envoyé des renforts : le Canada, la Chine, la Pologne, l'Italie, la Serbie... on aurait plus vite fait de citer les pays qui n'ont pas de troupes dans le nord gelé de notre pays.

— Et puis il y a la Sibérie. »

Trotski hocha la tête. « Les Japonais et les Américains ont des troupes à Vladivostok. Les Tchèques contrôlent la plus grande partie du trajet du Transsibérien. Les Anglais et les Canadiens sont à Omsk, où ils prêtent main-forte au pseudo-gouvernement provisoire panrusse. »

Grigori savait plus ou moins tout cela, mais n'avait jamais considéré le tableau dans son ensemble. « Autrement dit, nous sommes encerclés !

— Exactement. Et maintenant que les puissances capitalistes impérialistes ont fait la paix, elles ont des millions de soldats disponibles. »

Grigori cherchait une lueur d'espoir à laquelle se raccrocher. « Tout de même, au cours des six derniers mois, l'Armée rouge est passée de trois cent mille hommes à un million.

— Je sais. » Cette remarque ne sembla pas réconforter Trotski. « Mais ce n'est pas assez. »

8.

L'Allemagne était en pleine révolution. Un mouvement qui, aux yeux de Walter, ressemblait dangereusement à la révolution russe de l'année passée.

Tout avait commencé par une mutinerie. Des officiers de marine avaient ordonné à la flotte de Kiel de prendre la mer et d'attaquer les Anglais dans une mission suicide. Mais les marins, sachant qu'un armistice était en cours de négociation, avaient refusé d'obéir. Walter avait fait observer à son père que les officiers s'opposaient aux vœux de l'empereur : c'étaient donc eux, les mutins, et non les marins qui s'étaient montrés loyaux. Cette discussion avait si bien irrité Otto qu'il en avait été au bord de l'apoplexie.

Après que le gouvernement avait tenté de réprimer la révolte des marins, un conseil d'ouvriers et de soldats, calqué sur le modèle des soviets russes, avait pris le contrôle de Kiel. Deux jours plus tard, c'était le tour de Hambourg, Brême et Cuxhaven. Quarante-huit heures plus tôt, le kaiser avait abdiqué.

Walter était extrêmement inquiet. Il voulait la démocratie, pas la révolution. Pourtant, le jour de l'abdication de l'empereur, les ouvriers berlinois avaient défilé par milliers en agitant des drapeaux rouges et l'extrémiste de gauche Karl Liebknecht avait proclamé que l'Allemagne était désormais une République socialiste libre. Walter se demandait comment tout cela allait finir.

L'armistice fut un moment de profond désarroi. Il avait toujours pensé que la guerre était une grave erreur, mais n'éprouvait aucune satisfaction à avoir eu raison. Son pays avait été vaincu et humilié et ses compatriotes mouraient de faim. Assis dans le salon de ses parents, à Berlin, il feuilletait les journaux, trop déprimé pour se mettre au piano. Les papiers peints étaient décolorés et les cimaises couvertes de poussière. Des lattes se détachaient du parquet usé par le temps, mais il n'y avait pas d'artisans pour les réparer.

Walter ne pouvait qu'espérer que le monde retiendrait la leçon. Les quatorze points du président Wilson apportaient une lueur d'espoir qui annonçait peut-être des temps meilleurs. Les plus grandes nations du monde, les géants de la planète, trouveraient-ils le moyen de régler leurs différends pacifiquement ?

Un article d'un journal de droite le fit bondir. « Cet imbécile de journaliste prétend que l'armée allemande n'a jamais été vaincue, dit-il à son père qui entrait dans la pièce. Il raconte que nous avons été trahis par les Juifs et les socialistes de l'intérieur. Il faut combattre ce genre d'absurdités. »

Furieux, Otto répondit d'un ton de défi. « Pourquoi donc ?

— Parce que nous savons que c'est faux.

— Pour ma part, je pense que nous avons effectivement été trahis par les Juifs et les socialistes.

— Comment ? s'exclama Walter, incrédule. Ce ne sont pas les Juifs et les socialistes qui nous ont repoussés sur la Marne par deux fois. Nous avons perdu la guerre !

— Nous avons été affaiblis par le manque d'approvisionnement.

— À cause du blocus anglais. Et à qui la faute si les Américains sont entrés en guerre ? Ce ne sont pas les Juifs et les socialistes qui ont déclaré la guerre sous-marine à outrance et qui ont coulé des navires qui transportaient des passagers américains.

— Ce sont les socialistes qui ont accepté les conditions d'armistice indignes présentées par les Alliés. »

Walter en bégayait presque de colère. « Vous savez parfaitement que c'est Ludendorff qui a demandé l'armistice. Le chancelier Ebert n'est en poste que depuis avant-hier. En quoi est-il responsable ?

— Si l'armée avait encore eu son mot à dire, nous n'aurions jamais signé ce document aujourd'hui.

— Mais vous ne l'avez plus, parce que vous avez perdu la guerre. Vous avez affirmé à l'empereur que vous pouviez la gagner, il vous a crus, et le résultat, c'est qu'il a perdu sa couronne. Comment pourrons-nous tirer la leçon de nos erreurs si vous laissez le peuple allemand gober des mensonges pareils ?

— Il sera démoralisé s'il pense que nous avons été vaincus.

— Il *faut* qu'il le soit. Les dirigeants européens se sont lancés dans une entreprise pernicieuse et stupide. Dix millions d'hommes en sont morts. Laissez au moins le peuple le comprendre pour que cela n'arrive plus jamais !

— Non », répliqua son père.

Troisième partie

Un monde nouveau

XXXIV

Novembre-décembre 1918

1.

Ethel se réveilla de bonne heure le lendemain de l'armistice. Pendant qu'elle attendait en frissonnant que l'eau chauffe dans la bouilloire posée sur la vieille cuisinière, elle décida d'être heureuse. Elle avait quantité de raisons de se réjouir. La guerre était finie et elle allait avoir un bébé. Elle avait un mari fidèle, qui l'adorait. Les choses ne s'étaient pas passées exactement comme elle le souhaitait, mais elle n'allait pas se laisser abattre. Elle allait commencer par repeindre la cuisine d'un jaune lumineux. La mode était aux couleurs vives ces derniers temps.

Avant tout, il fallait sauver son couple. Si sa capitulation avait apaisé Bernie, elle avait continué à lui en vouloir, et l'atmosphère à la maison était restée détestable. Elle était fâchée, mais ne voulait pas d'une rupture. Il fallait qu'ils se réconcilient.

Elle apporta deux tasses de thé dans la chambre et se glissa sous les draps. Lloyd dormait encore dans son petit lit.

« Comment vas-tu ? demanda-t-elle à Bernie qui se redressait et mettait ses lunettes.

— Mieux, je crois.

— Reste encore au lit aujourd'hui pour être sûr d'être complètement guéri.

— C'est une idée. » Il prononça ces mots d'un ton neutre, ni chaleureux ni hostile.

Elle but une gorgée de thé. « Tu voudrais quoi, un garçon ou une fille ? »

Il se tut. Elle crut d'abord qu'il faisait la tête. En réalité, il réfléchissait, comme il le faisait souvent quand on lui posait une question. Il répondit enfin : « Ma foi, nous avons déjà un garçon. Ce serait bien d'avoir un de chaque. »

Elle éprouva un élan d'affection pour lui. Il parlait toujours de Lloyd comme de son propre fils. « Il faut que nous fassions de ce pays un endroit où il fera bon grandir, dit-elle. Où ils recevront un bon enseignement, où ils auront du travail et un logement correct pour élever leurs propres enfants. Et plus jamais de guerre.

— Lloyd George va organiser les élections au plus vite.

— Tu crois ?

— C'est l'homme qui a gagné la guerre. Il voudra se faire réélire avant qu'on commence à l'oublier.

— Je pense que le parti travailliste peut tout de même espérer de bons résultats.

— Dans une circonscription comme Aldgate en tout cas, nous avons nos chances. »

Ethel hésita. « Tu veux que je m'occupe de ta campagne ? »

Bernie prit l'air indécis. «J'ai demandé à Jock Reid de le faire.

— Jock peut régler les questions administratives et les finances. Moi, j'organiserai les meetings, tout ça. Je m'en sortirai beaucoup mieux que lui, tu sais, insista-t-elle avec l'impression que c'était l'avenir de leur couple qui se jouait là, bien plus que l'organisation de la campagne.

« Tu en as vraiment envie ?

— Oui. Si tu prends Jock, il t'enverra faire des discours, c'est tout. C'est nécessaire, bien sûr. Mais ce n'est pas ton point fort. Tu es meilleur dans les débats en petit comité, autour d'une tasse de thé. Moi, je t'emmènerai dans des usines et des entrepôts où tu pourras discuter avec les ouvriers à bâtons rompus.

— Tu as certainement raison », admit Bernie.

Elle vida sa tasse et la posa par terre près du lit. « Donc, tu vas mieux ?

— Oui. »

Elle lui prit sa tasse et sa soucoupe, les posa sur le sol et enleva sa chemise de nuit. Même si ses seins n'étaient plus aussi aguichants qu'avant la naissance de Lloyd, ils étaient encore fermes et ronds.

« Beaucoup mieux ? »

Il la dévora des yeux. « Beaucoup beaucoup mieux. »

Ils n'avaient plus fait l'amour depuis la réunion au cours de laquelle Jayne McCulley avait suggéré qu'Ethel se présente aux élections. Leurs étreintes manquaient beaucoup à Ethel. Elle mit ses mains en coupe sous ses seins. L'air froid de la pièce faisait pointer ses mamelons. « Tu sais ce que c'est ?

— Il me semble que ce sont tes seins.

— Certains disent que ce sont des “nichons”.

— Moi, je dis qu'ils sont beaux. » Sa voix était un peu rauque. « Tu as envie de jouer avec ?

— Toute la journée.

— Ça, je ne sais pas. Commence toujours, on verra après.

— D'accord. »

Ethel poussa un soupir de bonheur. Les hommes n'étaient pas bien compliqués.

Une heure plus tard, elle partait travailler, confiant Lloyd à Bernie. Il n'y avait pas grand monde dans les rues. Londres avait la gueule de bois. Elle arriva au siège du syndicat national des ouvriers du textile et s'assit à son bureau. Comme elle réfléchissait à la journée qui l'attendait, elle s'avisa que la paix allait s'accompagner de nouveaux problèmes dans le monde de l'industrie. Des millions d'hommes démobilisés allaient se mettre à la recherche d'un emploi et tenter d'évincer les femmes qui les avaient remplacés depuis quatre ans. Or ces femmes ne pouvaient se passer de leur salaire. Elles n'auraient pas toutes un homme qui reviendrait de France : beaucoup de leurs maris étaient enterrés là-bas. Elles avaient besoin de leur syndicat. Elles avaient besoin d'Ethel.

Au moment des élections, le syndicat ferait naturellement campagne pour le parti travailliste. Ethel employa une bonne partie de la journée à organiser des meetings.

La presse du soir apporta des nouvelles surprenantes. Lloyd George avait décidé de conserver le gouvernement de coalition. Il ne ferait pas campagne en tant que responsable du parti libéral, mais comme chef de la coalition. Il s'était adressé dans la matinée à deux cents députés libéraux au 10, Downing Street, et avait obtenu leur soutien. Dans le même temps, Bonar Law avait persuadé les conservateurs d'appuyer cette idée.

Ethel était déconcertée. Pour qui les gens étaient-ils censés voter ?

De retour chez elle, elle trouva Bernie vert de rage.

« Ce n'est pas une élection, bougonna-t-il. C'est un couronnement. Le roi David Lloyd George. Quel traître ! Il a l'occasion de mettre en place un gouvernement de gauche radical et qu'est-ce qu'il fait ? Il reste avec ses amis conservateurs ! Dans le genre renégat, il se pose là !

— Ne renonçons pas trop vite », conseilla Ethel.

Deux jours plus tard, le parti travailliste se retirait de la coalition et annonçait qu'il ferait campagne contre Lloyd George. Quatre députés travaillistes qui étaient également ministres du gouvernement refusèrent de démissionner et furent aussitôt exclus du parti. La date des élections fut fixée au 14 décembre. Le temps que les bulletins de vote des soldats soient rapportés de France et comptabilisés, les résultats ne seraient connus qu'après Noël.

Ethel commença à élaborer le plan de campagne de Bernie.

2.

Le lendemain de l'armistice, Maud écrivit à Walter sur le papier à lettres orné des armoiries de son frère et alla déposer l'enveloppe dans la boîte rouge du coin de la rue.

Elle ne savait pas quand les liaisons postales allaient reprendre, mais le jour venu, elle voulait que son message soit en haut de la pile. Elle avait choisi ses mots avec soin, dans l'éventualité où la censure ne serait pas levée : elle ne faisait aucune allusion à leur mariage. Elle disait simplement qu'elle espérait pouvoir renouer leur relation d'autrefois maintenant que leurs pays étaient en paix. C'était tout de même un peu risqué. Mais elle voulait absolument savoir si Walter était vivant et, si oui, le voir.

Elle craignait que les Alliés victorieux ne cherchent à punir le peuple allemand. Le discours que prononça Lloyd George devant les libéraux ce jour-là la rassura. « Nous ne devons laisser aucun esprit de revanche, d'âpreté ni de cupidité l'emporter sur les principes de justice fondamentaux. » Le gouvernement se dresserait contre ce qu'il appelait « une idée de vengeance et d'avidité vile, sordide et nauséabonde ». Cette assurance la réjouit. La vie des Allemands allait déjà être bien assez difficile.

Cependant, le lendemain matin, au petit déjeuner, elle fut horrifiée en ouvrant le *Daily Mail*. L'éditorial s'intitulait : « Les Boches doivent payer ». L'auteur expliquait qu'il fallait envoyer une aide alimentaire aux Allemands – pour la simple raison que « si l'Allemagne meurt de faim, elle ne pourra pas payer ce qu'elle doit ». Il ajoutait que le kaiser devrait être jugé pour crimes de guerre. Le journal attisait la soif de revanche en publiant en tête de son courrier des lecteurs une lettre de la vicomtesse Templetown intitulée « Les Boches dehors ». « Combien de temps allons-nous continuer à nous haïr ainsi ? demanda-t-elle à tante Herm. Un an ? Dix ans ? Toujours ? »

Maud n'aurait pourtant pas dû être surprise. Le *Mail* avait mené une campagne virulente contre les trente mille Allemands établis en Grande-Bretagne au début de la guerre, des résidents de longue date pour la plupart, qui considéraient ce pays comme le leur. À la suite de quoi, des familles avaient été dispersées et des milliers d'individus parfaitement inoffensifs avaient passé des années dans des camps de concentration anglais. C'était idiot, mais les gens avaient besoin de haïr quelqu'un et les journaux étaient toujours disposés à satisfaire ce besoin.

Maud connaissait le propriétaire du *Mail*, Lord Northcliffe. Comme tous les magnats de la presse, il croyait aux imbécillités qu'il publiait. Il savait comme peu d'autres donner aux préjugés les plus stupides et les plus ignorants de ses lecteurs une forme apparemment sensée, qui permettait de faire passer l'ignoble pour respectable – la raison pour laquelle on achetait ce journal.

Elle savait également que Lloyd George avait récemment infligé un camouflet personnel à Northcliffe. Le magnat bouffi de lui-même avait proposé de se joindre à la délégation britannique qui participerait à la conférence de la paix à venir. Le refus du Premier ministre l'avait vexé.

Maud était ennuyée. La politique obligeait parfois à flatter des gens méprisables. Lloyd George semblait l'avoir oublié. Elle se demandait avec inquiétude quels effets aurait la propagande malveillante du *Mail* sur les élections.

Elle obtint la réponse quelques jours plus tard.

Elle se rendit à une réunion électorale dans une salle municipale de l'East End de Londres. Eth Leckwith y assistait avec son mari, Bernie. Maud ne s'était pas réconciliée avec Ethel depuis leur dispute, malgré leurs longues années d'amitié et de collaboration. Maud frémissait encore de rage quand elle repensait à la façon dont Ethel, et d'autres, avait encouragé le Parlement à adopter une loi consacrant l'inégalité des hommes et des femmes en matière électorale. Malgré tout, la gaieté d'Ethel et son sourire si prompt lui manquaient.

L'assistance écouta les présentations avec impatience. Elle était encore composée essentiellement d'hommes, bien que certaines femmes soient désormais autorisées à voter. Selon Maud, beaucoup d'entre elles ne s'étaient pas encore faites à l'idée qu'elles pouvaient s'intéresser à la politique. Elle pensait aussi que la plupart devaient être rebutées par le ton des réunions politiques : des hommes vitupéraient sur l'estrade devant un public qui manifestait bruyamment son accord ou sa désapprobation.

Bernie fut le premier à s'exprimer. Ce n'était pas un bon orateur, remarqua Maud immédiatement. Il parla de la nouvelle constitution du parti travailliste, et plus particulièrement de l'article quatre qui réclamait la propriété collective des moyens de production. Maud trouva cette revendication intéressante, car elle démarquait nettement les travaillistes des libéraux, défenseurs des milieux d'affaires. Mais elle comprit rapidement que son opinion était minoritaire. Son voisin s'agitait de plus en plus et finit par crier : « Allez-vous chasser les Allemands de ce pays ? »

Bernie fut pris de court. Il resta un moment sans voix avant de dire : « Je suis prêt à faire tout ce qui peut servir la cause des ouvriers. » Maud se demanda ce qu'il en était des ouvrières et songea qu'Ethel devait penser la même chose. Bernie poursuivit : « Il ne me semble pas que prendre des mesures contre les Allemands qui vivent dans notre pays soit une priorité. »

Cette réponse fut mal accueillie et suscita même quelques huées.

Bernie reprit : « Pour en revenir aux questions plus importantes qui nous occupent... »

Quelqu'un lança de l'autre bout de la salle : « Et le kaiser ? »

Bernie commit l'erreur de répondre au perturbateur par une autre question : « Comment ça, le kaiser ? Il a abdiqué.

— Est-ce qu'il faut le juger ? »

— Vous ne comprenez pas qu'en le jugeant, on lui permet de se défendre ? s'énerva Bernie. Vous voulez vraiment offrir à l'empereur d'Allemagne une tribune pour proclamer son innocence à la face du monde ? »

Maud jugea que l'argument ne manquait pas de poids, mais

ce n'était pas ce que la salle voulait entendre. Les huées redoublèrent, ponctuées de cris : « À mort le kaiser ! Qu'on le pende ! »

Les électeurs anglais étaient parfaitement répugnants quand ils se mettaient en colère, se dit Maud. Les hommes, en tout cas. Quelles femmes auraient envie d'assister à ce genre de réunion ?

Bernie répliqua : « Si nous pendons nos ennemis vaincus, nous sommes des barbares. »

Le voisin de Maud ajouta : « Est-ce que vous ferez payer les Boches ? »

La question provoqua un immense chahut. « Faites payer les Boches ! hurlèrent plusieurs personnes.

— Dans des proportions raisonnables... », commença Bernie, mais il ne put achever.

« Faites payer les Boches ! » Le cri fut répété aux quatre coins de la salle. Quelques instants plus tard, c'était un chœur à l'unisson. « Faites payer les Boches ! Faites payer les Boches ! »

Maud se leva et se dirigea vers la porte.

3.

Woodrow Wilson fut le tout premier président américain à voyager à l'étranger pendant son mandat.

Il prit le bateau à New York le 4 décembre. Neuf jours plus tard, Gus l'attendait sur le quai, à Brest, à l'extrême pointe ouest de la Bretagne. À midi, la brume se dissipa et le soleil se montra pour la première fois depuis des jours. Dans la baie, des bâtiments des marines française, anglaise et américaine formèrent une garde d'honneur autour du navire qui transportait le président, le *George Washington.* Des canons saluèrent son arrivée et on joua l'hymne américain.

Ce fut un moment solennel pour Gus. Wilson était venu pour veiller à ce qu'il n'y ait plus jamais de guerre comme celle qui venait de se terminer. Ses quatorze points et sa Société des nations devaient transformer définitivement la manière dont les États réglaient leurs conflits. C'était un projet d'ampleur cosmique. Jamais dans l'histoire de l'humanité un homme politique n'avait eu une ambition aussi élevée. S'il réussissait, ce serait l'avènement d'un monde nouveau.

À trois heures de l'après-midi, la première dame, Edith Wilson, descendit la passerelle au bras du général Pershing, suivie du président en chapeau haut-de-forme.

La ville de Brest accueillit Wilson en héros. « *Vive Wilson, défenseur du droit des peuples* », proclamaient les bannières. Le drapeau américain flottait sur toutes les façades. Des foules se pressaient dans les rues, de nombreuses femmes arborant la haute coiffe de dentelle traditionnelle. On entendait partout jouer des binious. Gus s'en serait d'ailleurs volontiers passé.

Le ministre français des Affaires étrangères prononça un discours de bienvenue. Gus se trouvait au milieu des journalistes. Il remarqua une femme de petite taille coiffée d'une grosse toque de fourrure. Elle se retourna. Il reconnut son joli visage déparé par une paupière perpétuellement close. Il sourit, ravi : c'était Rosa Hellman. Il avait hâte d'entendre son point de vue sur la conférence de paix.

Après les discours, le président et son escorte embarquèrent dans le train de nuit qui devait les conduire à Paris, à six cents kilomètres. Le président serra la main de Gus en disant : « Heureux de vous retrouver parmi nous, Gus. »

Wilson avait tenu à s'entourer de proches collaborateurs pour l'assister lors de la conférence de paix de Paris. Il aurait pour conseiller principal le colonel House, le pâle Texan qui depuis des années lui faisait des recommandations officieuses sur les questions de politique étrangère. Gus serait le membre le moins prestigieux de l'équipe.

Wilson paraissait fatigué. Edith et lui se retirèrent dans leur suite. Gus était inquiet. Il avait entendu dire que le président avait des problèmes de santé. En 1906, un vaisseau sanguin avait éclaté derrière son œil gauche, provoquant une cécité temporaire. Les médecins avaient diagnostiqué une pression artérielle trop élevée et lui avaient conseillé de se retirer. Naturellement, Wilson était passé outre et avait poursuivi sa carrière avec énergie, jusqu'à accéder à la présidence. Mais depuis quelque temps, il souffrait de maux de tête, peut-être symptomatiques de ce même problème d'hypertension. La conférence de paix promettait d'être exténuante. Gus espérait qu'il tiendrait le coup.

Rosa était dans le train. Gus vint s'asseoir en face d'elle sur les brocarts du wagon-restaurant. «Je me demandais si je vous verrais», lui dit-elle. Elle semblait enchantée de cette rencontre.

«J'ai été détaché de l'armée, expliqua Gus qui portait toujours son uniforme de capitaine.

— Wilson s'est fait éreinter aux États-Unis sur le choix de ses collaborateurs. Cela ne vous concernait pas, bien sûr...

— Je ne suis que du menu fretin.

— Certains estiment qu'il n'aurait pas dû emmener sa femme.»

Gus haussa les épaules. Ce n'était qu'un détail. Il se rendait compte qu'après ce qu'il avait vécu sur le champ de bataille, il aurait du mal à prendre au sérieux certaines préoccupations des gens en temps de paix.

Rosa continua : «On lui reproche surtout de n'avoir pris aucun républicain avec lui.

— Il a besoin d'amis autour de lui, pas d'ennemis, s'indigna Gus.

— Mais il a aussi besoin d'alliés dans le pays. Il a perdu le Congrès.»

Elle avait raison évidemment, et Gus se rappela alors combien elle était intelligente. Les élections de mi-mandat avaient été désastreuses pour Wilson. Les républicains avaient obtenu la majorité au Sénat et à la Chambre des représentants.

«Comment est-ce arrivé ? demanda Gus. Je n'ai pas suivi cela.

— Tout le monde en a assez des rationnements et des prix élevés. La fin de la guerre est arrivée juste un peu trop tard. Les libéraux sont farouchement hostiles à la loi sur l'espionnage. Elle a permis à Wilson de jeter en prison ceux qui étaient contre la guerre. Et il s'en est servi : Eugene Debs a été condamné à dix ans.» Debs avait été le candidat socialiste à la présidence. Rosa ajouta d'une voix vibrante de colère : «On ne peut pas incarcérer ses opposants tout en prétendant prôner la liberté.»

Gus retrouvait le plaisir des discussions à fleuret moucheté avec Rosa.

«En temps de guerre, on peut être obligé de faire quelques entorses au principe de liberté.

— Apparemment, ce n'est pas l'avis des électeurs américains. Mais ce n'est pas tout : il a pratiqué la ségrégation dans ses bureaux de Washington.»

Gus ignorait si les Noirs pourraient un jour rejoindre le niveau des Blancs mais, comme presque tous les libéraux américains, il estimait que la meilleure manière de le savoir était de leur offrir davantage de chances dans la vie et de voir ce qui se passerait. Mais Wilson et sa femme étaient originaires du Sud et voyaient les choses différemment.

« Edith n'emmènera pas sa femme de chambre à Londres de crainte qu'elle n'y prenne un mauvais esprit, confirma Gus. Elle trouve que les Anglais sont trop polis avec les Noirs.

— Woodrow Wilson n'est plus le chéri de la gauche américaine, observa Rosa. Autrement dit, il aura besoin du soutien des républicains pour son projet de Société des nations.

— Je suppose que Henry Cabot Lodge n'a pas apprécié d'être mis sur la touche. » Lodge était un républicain de l'aile droite du parti.

« Vous connaissez les hommes politiques. Ils sont susceptibles comme des collégiennes, et plus rancuniers. Lodge est président de la commission des Affaires étrangères du Sénat. Wilson aurait dû l'emmener à Paris. »

Gus protesta : « Lodge est hostile à tout le projet de Société des nations !

— Savoir écouter les gens intelligents qui ne sont pas de votre avis est un talent rare, mais nécessaire pour un président. En emmenant Lodge, il l'aurait neutralisé. S'il avait fait partie de la délégation, il n'aurait pas pu rentrer ensuite au pays et critiquer les décisions prises à Paris, quelles qu'elles soient. »

Elle n'avait sûrement pas tort. Mais Wilson était un idéaliste persuadé que la force de la vertu surmonterait tous les obstacles. Il sous-estimait la nécessité de flatter et de séduire.

En l'honneur du président, le repas était particulièrement soigné. On leur servit une sole de l'Atlantique avec une sauce hollandaise. Gus n'avait rien mangé d'aussi bon depuis le début de la guerre. Il regardait avec amusement Rosa s'empiffrer. Elle était si menue ! Où mettait-elle tout ce qu'elle avalait ?

À la fin du repas, on leur apporta un café fort dans de toutes petites tasses. Gus n'avait pas envie de quitter Rosa pour se retirer dans son compartiment couchette. Sa conversation le passionnait. « Wilson sera quand même en position de force à Paris », remarqua-t-il.

Rosa esquissa une moue sceptique. « Comment ça ?

— Eh bien, d'abord parce que nous avons gagné la guerre pour eux. »

Elle hocha la tête. « Wilson a dit : "Nous avons sauvé le monde à Château-Thierry."
— Nous y étions, Chuck Dixon et moi.
— C'est là qu'il est mort ?
— Touché de plein fouet par un obus. Le premier homme que j'aie vu mourir. Pas le dernier, malheureusement.
— Je suis profondément navrée, surtout pour sa femme. Je connais Doris depuis des années. Nous avions le même professeur de piano.
— Je ne sais pas si nous avons sauvé le monde en réalité, poursuivit Gus. Il y a eu beaucoup plus de morts français, anglais et russes qu'américains. Mais nous avons fait pencher la balance. Ce n'est pas rien, j'imagine. »
Elle fit danser ses boucles noires en secouant la tête. « Je ne suis pas d'accord. La guerre est finie et les Européens n'ont plus besoin de nous.
— Des hommes comme Lloyd George semblent penser qu'on ne peut pas négliger la puissance militaire américaine.
— Il a tort », répliqua Rosa. Gus était un peu surpris et intrigué de voir une femme parler avec tant de passion d'un tel sujet. « Supposez que les Français et les Anglais refusent tout bonnement de suivre Wilson, croyez-vous qu'il emploiera la force pour faire admettre ses idées ? Non. Même s'il le voulait, le Congrès républicain s'y opposerait.
— Nous avons le pouvoir économique et financier.
— Il est vrai que les dettes des Alliés à notre égard sont considérables, mais je ne suis pas sûre que cela nous donne un vrai moyen de pression. Vous connaissez sûrement ce proverbe : "Si tu dois cent dollars, la banque te tient, mais si tu dois un million de dollars, c'est toi qui tiens la banque." »
Gus commençait à comprendre que la tâche de Wilson serait sans doute plus difficile qu'il ne l'avait imaginé. « Et l'opinion publique ? Vous avez vu l'accueil qu'a reçu Wilson à Brest. Dans toute l'Europe, les gens comptent sur lui pour bâtir un monde pacifique.
— C'est son plus gros atout. Les gens n'en peuvent plus des massacres. Tous disent : "Plus jamais ça." J'espère simplement que Wilson pourra leur apporter ce qu'ils désirent. »
Ils regagnèrent leurs compartiments et se souhaitèrent bonne nuit. Gus resta longtemps éveillé. Il pensait à Rosa et à leur conversation. Il ne connaissait pas de femme plus intelligente

qu'elle. Et elle était belle. On oubliait très vite son œil. Au premier regard, il apparaissait comme une terrible difformité. Mais au bout d'un moment, Gus ne le voyait même plus.

Elle n'envisageait pas la conférence avec beaucoup d'optimisme. Tout ce qu'elle avait dit était vrai. Wilson allait devoir se battre. Gus était enchanté de faire partie de la délégation et ferait tout son possible pour que les idéaux du président se réalisent.

Aux toutes premières heures du jour, alors que le train traversait la France en direction de l'est, il regarda par la fenêtre. En arrivant dans une ville, il fut stupéfait de voir une foule massée sur les quais et sur la route qui longeait la voie. Malgré l'obscurité, on les distinguait nettement à la lumière des lampadaires. Ils étaient des milliers, hommes, femmes et enfants. Il n'y avait pas d'acclamations. Ils étaient silencieux. Les hommes et les garçons se découvraient au passage du train et ce geste de respect l'émut aux larmes. Ils avaient attendu toute la nuit pour voir le train qui contenait tout l'espoir du monde.

XXXV

Décembre 1918-février 1919

1.

Le dépouillement des votes eut lieu trois jours après Noël. Ethel et Bernie Leckwith se rendirent à l'hôtel de ville d'Aldgate pour assister à la proclamation des résultats, Bernie à la tribune, Ethel dans l'assistance.

Bernie était battu.

Il resta stoïque, mais Ethel pleura. Pour lui, c'était la fin d'un rêve. Un rêve absurde peut-être, mais il n'en était pas moins blessé et elle souffrait pour lui. Le siège avait été remporté par un libéral qui soutenait la coalition de Lloyd George. Les conservateurs n'avaient donc pas présenté de candidat et leurs électeurs avaient voté libéral. Les travaillistes n'avaient pas fait le poids devant une alliance aussi puissante.

Bernie félicita son concurrent vainqueur et descendit de l'estrade. Les autres membres du parti travailliste avaient apporté une bouteille de scotch et voulaient prolonger la soirée pour se consoler, mais Ethel et Bernie rentrèrent chez eux.

«Je ne suis pas fait pour ça, avoua Bernie pendant qu'Ethel préparait un chocolat.

— Tu t'es bien débrouillé. Mais tu t'es fait damer le pion par ce fichu Lloyd George.»

Bernie secoua la tête. «Je ne suis pas un meneur, dit-il. Je suis un penseur, et un organisateur. J'ai essayé de temps en temps de parler aux gens comme tu le fais, de les enflammer pour notre cause, mais je n'y suis jamais arrivé. Quand tu t'adresses à eux, ils t'aiment. Voilà la différence.»

Il avait raison.

Le lendemain matin, la presse leur apprit que les résultats d'Aldgate reflétaient ceux de tout le pays. La coalition avait remporté cinq cent vingt-cinq sièges sur sept cent sept, une des plus fortes majorités de l'histoire du Parlement. Les gens avaient voté pour l'homme qui avait gagné la guerre.

Ethel était amèrement déçue. C'étaient encore les mêmes qui dirigeaient le pays. Les politiciens responsables de millions de morts fêtaient leur succès comme s'ils avaient accompli un exploit extraordinaire. Qu'avaient-ils apporté ? Le chagrin, la faim, la destruction. Dix millions d'hommes avaient péri pour rien.

Il y avait cependant une petite lueur d'espoir : le parti travailliste avait renforcé sa position avec soixante sièges contre quarante-deux auparavant.

C'étaient les libéraux anti-Lloyd George qui avaient le plus souffert. Ils n'avaient remporté que trente circonscriptions et Asquith lui-même avait perdu son siège. « Cela annonce peut-être la fin du parti libéral, remarqua Bernie en préparant une tartine pour son déjeuner. Ils ont déçu. Le parti travailliste est désormais le parti d'opposition. C'est une consolation. »

Le courrier arriva au moment où ils partaient au travail. Ethel y jeta un coup d'œil pendant que Bernie laçait les chaussures de Lloyd. Il y avait une lettre de Billy, écrite en code. Elle s'assit à la table de la cuisine pour la déchiffrer.

Elle souligna les mots clés au crayon et les nota sur un calepin. Elle ouvrit de grands yeux au fur et à mesure qu'elle lisait son message.

« Tu sais que Billy est en Russie, dit-elle à Bernie.

— Oui.

— Eh bien, il raconte que notre armée a été envoyée là-bas pour combattre les bolcheviks. Il y a aussi des soldats américains.

— Ça ne m'étonne pas.

— Oui, mais écoute, Bern. Nous savons que les Blancs ne peuvent pas vaincre les bolcheviks, mais si des armées étrangères s'en mêlent ? Tout peut arriver !

Bernie prit l'air songeur. « Ils pourraient rétablir la monarchie.

— Les gens d'ici ne l'accepteront pas.

— Les gens d'ici ne savent pas ce qui se passe.

— Eh bien, il faut le leur dire. Je vais faire un article.

— Qui le publiera ?

— On verra bien. Peut-être le *Daily Herald.* » Le *Herald* était un journal de gauche. « Tu veux bien accompagner Lloyd chez sa nounou ?

— Oui, bien sûr. »

Ethel réfléchit un instant et écrivit en haut d'une feuille de papier : « La Russie aux Russes ! »

2.

Maud ne put retenir ses larmes en se promenant dans Paris. Les larges boulevards étaient jonchés de gravats laissés par les obus allemands. Les fenêtres brisées des grands immeubles étaient bouchées par des planches et lui rappelaient douloureusement le beau visage de son frère défiguré par son œil blessé. De grands trous béants déparaient les vastes avenues là où les vieux chênes et les nobles platanes avaient été sacrifiés pour leur bois. La moitié des femmes étaient en deuil. Des invalides de guerre mendiaient aux coins des rues.

Elle pleurait aussi pour Walter. Elle n'avait pas reçu de réponse à sa lettre. Elle avait demandé à se rendre en Allemagne, mais c'était impossible. Elle avait déjà eu beaucoup de mal à obtenir l'autorisation de venir à Paris. Elle avait espéré que Walter y serait envoyé avec la délégation allemande, or il n'y avait pas de délégation allemande : les pays vaincus n'étaient pas invités à la conférence de paix. Les puissances victorieuses avaient l'intention de se mettre d'accord entre elles, puis de présenter aux vaincus un traité à signer.

En attendant, le charbon manquait et il faisait un froid de loup dans tous les hôtels. Elle avait une suite au Majestic, où la délégation britannique avait installé son quartier général. Craignant les espions français, les Anglais avaient remplacé tout le personnel par des gens à eux. Résultat : la nourriture était infâme – porridge au petit déjeuner, légumes trop cuits et mauvais café.

Enveloppée dans un manteau de fourrure d'avant-guerre, Maud retrouva Johnny Remarc au Fouquet's sur les Champs-Élysées.

« Merci d'avoir organisé mon voyage à Paris, lui dit-elle.

— Je ne peux rien te refuser, Maud. Mais pourquoi tenais-tu à venir ? »

Elle n'allait pas avouer la vérité, surtout à un bavard invétéré comme lui. « J'avais envie de faire du shopping, répondit-elle. Je ne me suis pas acheté de vêtements depuis quatre ans.

— Oh, ne me raconte pas d'histoire. Il n'y a rien à acheter, ou alors à des prix exorbitants. Quinze cents francs une robe ! Fitz lui-même mettrait son holà. Allons ! Tu as un amoureux français, avoue-le.

— Si seulement ! » Elle changea de sujet. « J'ai récupéré la voiture de Fitz. Sais-tu où je pourrais trouver de l'essence ?

— Je vais voir ce que je peux faire. »

Ils commandèrent à déjeuner. Maud demanda : « Tu crois que nous allons vraiment réclamer aux Allemands des milliards de réparations ?

— Ils sont mal placés pour protester. Après la guerre franco-prussienne, ils ont exigé cinq milliards de francs de la France, qui les a payés en trois ans. Et en mars dernier, au traité de Brest-Litovsk, l'Allemagne a fait promettre un versement de six milliards de marks aux bolcheviks qui, naturellement, ne les payeront pas. Autant dire que les cris indignés de l'Allemagne paraissent un peu hypocrites. »

Maud n'aimait pas qu'on parle durement des Allemands. Comme si leur défaite en faisait des barbares. Et si c'était nous qui avions perdu, avait-elle envie d'objecter, devrions-nous admettre que nous sommes responsables de la guerre et payer pour tout ? « Mais on leur réclame des sommes tellement extravagantes : vingt-quatre milliards de livres. Quant aux Français, ils exigent presque le double !

— Il est difficile de discuter avec les Français. Ils nous doivent six cents millions de livres et encore plus aux Américains. Si nous leur refusons les réparations allemandes, ils nous diront qu'ils ne peuvent pas nous rembourser.

— Les Allemands peuvent-ils payer ce que nous leur demandons ?

— Non. Selon mon ami Pozzo Keynes, ils ne peuvent en payer qu'un dixième : deux milliards de livres, et encore, cela risque de mettre le pays à genoux.

— Tu veux parler de John Maynard Keynes ? L'économiste de Cambridge ?

— Oui. Nous le surnommons Pozzo.
— Je ne savais pas qu'il était... de tes amis. »
Johnny sourit. « Mais si, ma chère, un ami très proche, même. »

Maud envia sur le moment la joyeuse dépravation de Johnny. Elle avait eu tant de mal à réprimer son propre besoin d'amour physique. Il y avait presque deux ans qu'un homme ne l'avait pas touchée. Elle se faisait l'effet d'une vieille nonne, ridée et desséchée.

« Quel air triste ! » Rien n'échappait à Johnny. « J'espère que tu n'es pas amoureuse de Pozzo. »

Elle éclata de rire et ramena la conversation sur le terrain politique. « Si nous savons que les Allemands ne peuvent pas payer, pourquoi Lloyd George insiste-t-il ?

— Je lui ai posé la question. Je le connais bien depuis l'époque où il était ministre des Munitions. Il prétend que tous les belligérants finiront par payer leurs propres dettes et qu'aucun n'obtiendra de vraies réparations.

— Alors pourquoi cette comédie ?

— Parce que, au bout du compte, ce sont les contribuables de tous les pays qui feront les frais de la guerre – et que si les hommes politiques le leur disent, ils ne seront jamais réélus. »

3.

Gus assistait aux réunions quotidiennes de la commission de la Société des nations. Elle était chargée de rédiger la convention qui instituerait la Société. Woodrow Wilson la présidait personnellement et il était pressé.

Wilson avait entièrement dominé le premier mois de la conférence. Il avait écarté un ordre du jour français plaçant les réparations des Allemands en tête de liste et la Société en fin, et déclaré fermement qu'il ne signerait aucun traité qui n'inclurait pas la création de la Société des nations.

La commission se réunissait dans le luxueux hôtel Crillon, place de la Concorde. Les vieux ascenseurs hydrauliques étaient lents et s'arrêtaient parfois entre deux étages, le temps que la pression de l'eau remonte. Gus trouvait que les diplomates européens fonctionnaient selon le même principe : ils adoraient perdre leur temps en parlotes et ne prenaient jamais de décision tant qu'on ne les y forçait pas. Il s'amusait secrètement de voir le président américain s'énerver et maugréer contre la lenteur des diplomates autant que des ascenseurs.

Les dix-neuf membres de la commission siégeaient autour d'une grande table recouverte d'un tissu rouge, accompagnés de leurs interprètes qui, debout derrière eux, murmuraient à leur oreille, et de leurs assistants qui se tenaient en retrait, chargés de dossiers et de bloc-notes. Gus sentait que les Européens étaient impressionnés par la capacité de son patron à faire avancer les choses. Certains avaient prédit que la rédaction de la convention prendrait des mois, voire des années, d'autres que les nations ne parviendraient jamais à un accord. Pourtant, au bout de dix jours, Gus constatait avec grand plaisir qu'ils arrivaient au terme de la rédaction d'un avant-projet.

Wilson devait regagner les États-Unis le 14 février. Il reviendrait rapidement, mais il était décidé à emporter avec lui un projet de convention.

Malheureusement, la veille de son départ, les Français firent surgir un obstacle de taille. Ils suggérèrent que la Société des nations possède sa propre armée.

Wilson roula des yeux, consterné. « Impossible ! » rugit-il.

Gus savait pourquoi. Le Congrès n'accepterait jamais que des troupes américaines soient placées sous l'autorité d'autrui.

Le délégué français, l'ancien président du Conseil Léon Bourgeois, affirmait que, sans moyens pour faire appliquer ses décisions, la Société des nations n'aurait aucun pouvoir.

Gus partageait le dépit de Wilson. La Société des nations disposerait d'autres armes pour faire pression sur les États rebelles : la diplomatie, les sanctions économiques et, en dernier ressort, une force militaire *ad hoc*, constituée en vue d'une mission précise et dissoute aussitôt son objectif atteint.

Bourgeois rétorquait que rien de tout cela n'aurait pu protéger la France de l'Allemagne. C'était l'obsession des Français. On pouvait le comprendre, se disait Gus, mais ce n'était pas ainsi qu'on fonderait un nouvel ordre mondial.

Lord Robert Cecil, qui avait largement contribué à la rédaction, leva un doigt émacié pour demander la parole. Wilson la lui accorda d'un signe de tête : il aimait bien Cecil qui était un fervent partisan de la Société des nations. Ce n'était pas le cas de tout le monde. Le président du Conseil français, Clemenceau, disait que quand Cecil souriait il ressemblait à un dragon chinois. « Pardonnez ma franchise, déclara Cecil. La délégation française semble dire que puisque la Société des nations ne sera pas aussi puissante qu'elle le souhaiterait, elle préfère la rejeter d'un bloc. Permettez-moi de faire observer très honnêtement que, dans ce cas, il se constituera certainement une alliance bilatérale entre les États-Unis et la Grande-Bretagne et que la France n'aura rien à y gagner. »

Gus réprima un sourire. Voilà qui était parlé !

Bourgeois prit l'air outré et retira son amendement.

Wilson adressa un regard reconnaissant à Cecil par-dessus la table.

Le délégué japonais, le baron Makino, voulut s'exprimer à son tour. Wilson acquiesça et consulta sa montre.

Makino évoqua la clause déjà approuvée de la convention qui garantissait la liberté religieuse. Il souhaitait ajouter un amendement précisant que les pays membres traiteraient à égalité les citoyens des autres États membres, sans distinction de race.

Le visage de Wilson se figea.

Même traduit, le discours de Makino ne manquait pas d'éloquence. Il fit remarquer que des hommes de races différentes avaient combattu côte à côte pendant cette guerre. « Un lien réciproque d'amitié et de gratitude s'est établi. » La Société des nations serait une grande famille. Ne serait-il pas normal que les ressortissants des uns et des autres soient traités en égaux ?

Gus fut ennuyé, mais cette intervention ne l'étonna pas. Cette question préoccupait les Japonais depuis huit ou quinze jours. Elle avait déjà semé la consternation chez les Australiens et les Californiens qui ne voulaient pas de Japonais sur leur territoire. Elle avait déconcerté Wilson qui n'avait pas un instant imaginé que les Noirs américains puissent être ses égaux. Mais elle avait surtout troublé les Anglais qui régnaient de façon parfaitement antidémocratique sur plusieurs centaines de millions d'individus de races différentes et n'avaient aucune envie que ces derniers se considèrent comme les pairs de leurs seigneurs et maîtres blancs.

Ce fut encore Cecil qui répondit : « C'est, hélas, un sujet très controversé. » Gus faillit le croire sincèrement attristé. « La seule idée d'en débattre a déjà semé la discorde. »

Il y eut un murmure d'approbation autour de la table.

Cecil ajouta : « Pour éviter de retarder l'adoption du projet de convention, sans doute serait-il préférable de remettre à plus tard la discussion sur... euh, la discrimination raciale. »

Le Premier ministre grec intervint : « La question de la liberté religieuse représente également un sujet délicat. Nous devrions peut-être l'abandonner aussi pour le moment. »

Le délégué portugais rétorqua : « Mon gouvernement n'a encore jamais signé de traité qui ne fasse pas référence à Dieu ! »

Cecil, qui était un homme profondément pieux, répondit : « Nous allons peut-être devoir en prendre le risque pour une fois. »

Une cascade de rire parcourut l'assistance. Visiblement soulagé, Wilson déclara : « Si cette question est réglée, poursuivons. »

4.

Le lendemain, Wilson se rendit au ministère français des Affaires étrangères, quai d'Orsay, et donna lecture de l'avant-projet devant l'assemblée plénière de la conférence de paix, réunie dans le fameux salon de l'Horloge sous les immenses lustres qui ressemblaient aux stalactites d'une grotte arctique. Le jour même, il partait pour les États-Unis. Le lendemain soir, un samedi, Gus alla danser.

Après la tombée de la nuit, Paris faisait la fête. La nourriture était encore rare, mais l'alcool semblait couler à flots. Les jeunes gens laissaient la porte de leur chambre d'hôtel ouverte pour y accueillir les infirmières de la Croix-Rouge en mal de compagnie. La morale traditionnelle avait été mise entre parenthèses. On ne cherchait plus à cacher ses amours. Les hommes efféminés ne tentaient plus de se donner de faux airs virils. Larue devint le restaurant des lesbiennes. On prétendait que la pénurie de charbon était un mythe inventé par les Français pour justifier de coucher les uns avec les autres sous prétexte de se tenir chaud.

Tout était cher, mais Gus avait de l'argent. Il avait également un autre avantage : il connaissait Paris et parlait français. Il alla aux courses à Saint-Cloud, entendit *La Bohème* à l'Opéra et assista à une revue musicale très osée, appelée « Phi Phi ». En tant que proche du président, il était invité partout.

Il passait de plus en plus de temps avec Rosa Hellman. Quand il discutait avec elle, il devait faire attention à ne lui dire que ce qu'il pouvait accepter de voir imprimé, même si la discrétion était devenue chez lui une seconde nature. Cette jeune femme était vraiment brillante. Il l'appréciait énormément, sans que cela n'aille plus loin. Elle était toujours prête à sortir avec lui, mais quelle journaliste refuserait l'invitation d'un collaborateur du président ? Il ne lui prenait jamais la main ni ne l'embrassait quand ils se quittaient, de peur qu'elle n'imagine qu'il profitait de la situation.

Il la retrouva au Ritz pour prendre un cocktail.

« Qu'est-ce que c'est qu'un cocktail ? demanda-t-elle.

— Un alcool fort déguisé pour paraître plus respectable. Je vous assure que c'est très à la mode. »

Rosa aussi était à la mode. Elle avait les cheveux coupés au carré. Son chapeau cloche lui descendait sur les oreilles comme un casque allemand. Les corsets étaient dépassés, on ne soulignait plus les courbes. Sa robe drapée tombait droit sur une taille très basse. En dissimulant ses formes, elle invitait Gus, paradoxalement, à imaginer le corps qui se cachait dessous. Elle mettait de la poudre et du rouge à lèvres, ce qui paraissait encore très audacieux aux Européennes.

Ils prirent un martini et ressortirent. Ils attirèrent de nombreux regards en traversant le long vestibule du Ritz : l'homme dégingandé à la grosse tête et la jeune femme borgne menue, lui en habit, elle en soie bleue argentée. Ils prirent un taxi pour rejoindre le Majestic où les Anglais donnaient tous les samedis soir un bal très couru.

La salle était comble. Les jeunes assistants qui accompagnaient les délégations, des journalistes du monde entier et des soldats revenus des tranchées dansaient avec des infirmières et des secrétaires au son du jazz. Rosa apprit le fox-trot à Gus, puis l'abandonna pour aller danser avec un beau jeune homme aux yeux noirs qui appartenait à la délégation grecque.

Jaloux, Gus se mit à errer dans les salons en bavardant avec des connaissances. Il tomba soudain sur Lady Maud Fitzherbert en robe violette et souliers pointus. « Bonjour ! » lui dit-il, tout étonné.

Elle parut contente de le voir. « Vous avez l'air en forme.

— J'ai eu de la chance. Je suis entier. »

Elle effleura la cicatrice qui lui barrait la joue. « Presque.

— Une égratignure. Voulez-vous danser ? »

Il la prit dans ses bras. Elle était maigre. Il sentait ses os sous sa robe. Ils dansèrent une valse-hésitation. « Comment va Fitz ? demanda Gus.

— Bien, je crois. Il est en Russie. Je ne suis certainement pas censée vous le dire, mais c'est un secret de Polichinelle.

— J'ai vu des journaux anglais titrer "La Russie aux Russes".

— Oui. C'est une campagne menée par une jeune femme que vous avez dû croiser à Tŷ Gwyn, Ethel Williams, qui s'appelle maintenant Eth Leckwith.

— Je ne me souviens pas d'elle.

— C'était notre intendante.

— Alors ça !

— Elle est en train de faire son chemin dans le paysage politique britannique.

— Comme le monde a changé ! »

Maud l'attira plus près et baissa la voix : « Vous n'auriez pas des nouvelles de Walter par hasard ? »

Gus se rappelait l'officier allemand qu'il avait vu tomber à Château-Thierry et qu'il avait cru reconnaître. Mais il n'était pas du tout sûr qu'il s'agissait de Walter. Aussi répondit-il : « Non, je suis désolé. Cela doit être dur pour vous.

— Aucune information ne sort d'Allemagne et personne n'a le droit d'y aller !

— Je crains que vous ne deviez attendre la signature du traité.

— Et ce sera quand ? »

Gus n'en savait rien. « La convention de la Société des nations est en bonne voie, mais il va falloir du temps pour arriver à un accord sur le montant des réparations à faire payer à l'Allemagne.

— C'est ridicule, fit Maud d'un ton amer. Nous avons besoin que les Allemands soient prospères, pour pouvoir leur vendre des voitures, des cuisinières et des aspirateurs. Si nous paralysons leur économie, l'Allemagne se jettera dans les bras des bolcheviks.

— Les gens veulent se venger.

— Vous vous souvenez, en 1914 ? Walter ne voulait pas de la

guerre. La majorité des Allemands non plus. Mais leur pays n'était pas démocratique. Le kaiser s'est laissé convaincre par les généraux. Après la mobilisation des Russes, ils n'ont plus eu le choix.

— Bien sûr, je m'en souviens. Mais presque tout le monde l'a oublié. »

La danse se termina. Rosa Hellmann s'approcha d'eux et Gus fit les présentations. Les deux femmes échangèrent quelques mots, mais Rosa avait soudain perdu sa gaieté coutumière et Maud s'éloigna.

« Sa robe coûte une fortune, remarqua Rosa d'un ton maussade. Elle est de Jeanne Lanvin. »

Gus était perplexe. « Vous n'aimez pas Maud ?

— En revanche, vous semblez l'apprécier beaucoup.

— Que voulez-vous dire ?

— Vous dansiez très près l'un de l'autre. »

Rosa ne savait rien de Walter. Mais Gus n'appréciait pas d'être faussement accusé de flirt. « Elle voulait me parler de quelque chose d'assez confidentiel, expliqua-t-il d'un air vaguement indigné.

— Je n'en doute pas.

— Franchement, je ne sais pas pourquoi vous le prenez comme ça. Vous m'avez laissé en plan pour vous jeter dans les bras de ce Grec gommeux.

— Il est très bel homme et pas du tout gommeux. Et pourquoi ne danserais-je pas avec d'autres ? Vous n'êtes pas amoureux de moi, après tout. »

Gus la regarda fixement. « Oh, fit-il, oh, sapristi. » D'un coup, il ne savait plus où il en était.

« Que vous arrive-t-il encore ?

— Je viens de me rendre compte... Je crois...

— Allez-vous me dire ce que vous avez ?

— Oui, je crois qu'il le faut. » Sa voix tremblait. Il se tut.

Elle attendit. « Eh bien ? insista-t-elle, agacée.

— Je suis amoureux de vous. »

Elle soutint son regard sans rien dire. Après un long silence, elle demanda : « Vous êtes sérieux ? »

Cette idée avait beau lui être venue à l'esprit de façon totalement inattendue, il n'éprouvait pas l'ombre d'un doute. « Oui, je vous aime, Rosa. »

Elle esquissa un pâle sourire. « Voyez-vous ça.

— Je crois qu'en fait, je vous aime depuis un bout de temps sans le savoir. »

Elle hocha la tête, comme si elle venait d'avoir confirmation d'un soupçon. L'orchestre entonna une mélodie langoureuse. Elle fit un pas vers lui.

Il la prit machinalement dans ses bras, mais était trop perturbé pour danser correctement. « Je ne suis pas sûr d'arriver à...

— Ne vous en faites pas. » Elle savait ce qui le tracassait. « Faites semblant. »

Il remua maladroitement les pieds. Il avait le cerveau en ébullition. Elle n'avait rien dit de ses propres sentiments. D'un autre côté, elle ne s'était pas enfuie. Avait-il une chance d'être aimé en retour ? Elle l'appréciait, manifestement, mais ce n'était pas la même chose. Était-elle en train de s'interroger sur ce qu'elle éprouvait pour lui ? Ou cherchait-elle les mots pour l'éconduire gentiment ?

Elle leva les yeux vers lui. Il crut qu'elle allait lui répondre, mais elle murmura : « S'il vous plaît, Gus, emmenez-moi ailleurs.

— Certainement. »

Elle récupéra son manteau. Le portier héla un taxi, une Renault rouge.

« Chez Maxim's », dit Gus. Ce n'était pas loin et ils firent le trajet en silence. Gus aurait donné beaucoup pour savoir ce qu'elle avait en tête. Cependant, il ne voulait pas la brusquer. Il finirait bien par la revoir.

Le restaurant était bondé. Les rares tables libres étaient réservées pour des clients retardataires. Le serveur était *désolé*. Gus prit son portefeuille, en sortit un billet de cent francs et dit : « Une table tranquille dans un coin. »

La carte « *Réservé* » disparut et ils s'assirent.

Ils choisirent un menu léger. Gus commanda une bouteille de champagne. « Vous avez tellement changé, remarqua Rosa.

— Je ne crois pas, protesta-t-il, étonné.

— Vous n'étiez pas le même, à Buffalo. Je crois même que je vous intimidais. Maintenant, vous vous baladez dans Paris comme si la ville vous appartenait.

— Oh, bigre ! Vous me trouvez arrogant ?

— Non, sûr de vous, c'est tout. Vous avez quand même travaillé dans l'entourage d'un président, vous avez fait la guerre... ce sont des choses qui comptent. »

On leur apporta leurs assiettes, mais ils ne mangèrent pas beaucoup. Gus était trop nerveux. Que pensait-elle ? L'aimait-elle, oui ou non ? Elle devait bien le savoir ! Il posa son couteau et sa fourchette, mais au lieu de lui poser la question qui lui brûlait les lèvres, il dit : « Vous, vous avez toujours eu l'air très sûre de vous.

— C'est incroyable, n'est-ce pas ? lança-t-elle en riant.

— Pourquoi ?

— Je crois que j'ai été relativement sûre de moi jusqu'à l'âge de sept ans. Et là... vous savez comment sont les écolières. On préfère être l'amie de la plus jolie. J'en étais réduite à jouer avec les grosses, les laides, les mal fagotées. Cela a continué pendant toute l'adolescence. Même quand je me suis mise à travailler pour le *Buffalo Anarchist*, je me démarquais des autres, d'une certaine façon. C'est quand je suis devenue rédactrice en chef que j'ai recommencé à avoir une meilleure image de moi-même. » Elle but une gorgée de champagne. « Vous m'y avez aidée.

— Moi ?

— Oui. Parce que vous me parliez comme si j'étais la personne la plus intelligente et la plus intéressante de Buffalo.

— Ce qui était probablement la vérité.

— Exception faite d'Olga Vialov.

— Ah. » Gus rougit. Il s'en voulait de sa passion ridicule pour Olga Vialov, mais ne voulait pas l'avouer afin de ne pas la dénigrer, ce qui aurait manqué d'élégance.

Quand il demanda l'addition après le café, il ignorait toujours les sentiments de Rosa à son égard.

Dans le taxi, il lui prit la main et la porta à ses lèvres. Elle murmura : « Oh, Gus, vous êtes adorable. » Il se demanda comment il devait l'interpréter. Pourtant, elle levait le visage vers lui, comme si elle attendait vaguement quelque chose. Voulait-elle qu'il... ? Prenant son courage à deux mains, il l'embrassa.

Un bref instant, elle ne réagit pas et il pensa qu'il n'aurait jamais dû faire cela. Puis, avec un soupir de plaisir, elle entrouvrit les lèvres.

Bon, se dit-il tout heureux. Tout va bien, alors.

Il l'enlaça et ils s'embrassèrent pendant tout le trajet, jusqu'à son hôtel. Un trajet trop court. Déjà un portier ouvrait la portière. « Essuyez-vous la bouche », conseilla Rosa en sortant. Gus prit un mouchoir et se frotta rapidement le visage. Le tissu de fil blanc fut maculé de rouge à lèvres. Il le replia soigneusement et le remit dans sa poche.

Il la raccompagna jusqu'à la porte. « Puis-je vous voir demain ? demanda-t-il.

— Quand ?

— Tôt. »

Elle éclata de rire. « Avec vous, au moins, on sait toujours à quoi s'en tenir. C'est ce que j'aime en vous. »

Bien. « C'est ce que j'aime en vous » ne valait sans doute pas « Je vous aime », mais c'était mieux que rien.

« Tôt, j'y tiens, insista-t-il.

— Que ferons-nous ?

— C'est dimanche. » Il dit la première chose qui lui vint à l'esprit. « On pourrait aller à l'église.

— D'accord.

— Je vous emmènerai à Notre-Dame.

— Vous êtes catholique ? s'étonna-t-elle.

— Non, épiscopalien, à défaut de mieux. Et vous ?

— Aussi.

— Parfait. On s'assiéra au fond. Je vais regarder les horaires des messes et je vous appelle à votre hôtel. »

Elle lui tendit la main. Il la serra amicalement.

« Merci pour cette excellente soirée, dit-elle poliment.

— Ce fut un plaisir. Bonne nuit.

— Bonne nuit. »

Elle tourna les talons et disparut dans le vestibule de l'hôtel.

XXXVI

Mars-avril 1919

1.

Quand la neige fondit, transformant la terre dure comme fer de Russie en boue détrempée, les armées blanches tentèrent un ultime effort pour débarrasser leur pays de la peste bolchevique. Les cent mille hommes de l'amiral Koltchak, équipés vaille que vaille d'armes et d'uniformes britanniques, sortirent en force de Sibérie pour attaquer les rouges sur un front qui s'étirait sur plus de mille kilomètres du nord au sud.

Fitz suivait, à quelques kilomètres derrière les blancs. Il commandait le bataillon des copains d'Aberowen complété de quelques Canadiens et d'une poignée d'interprètes. Son rôle consistait à soutenir Koltchak en assurant les communications, le renseignement et le ravitaillement.

Fitz était animé de grands espoirs. Ce ne serait pas facile, mais il était inimaginable de laisser Lénine et Trotski s'approprier la Russie.

Début mars, il se trouvait dans la ville d'Oufa, du côté européen de l'Oural. Il lisait une liasse de journaux vieux d'une semaine. Les nouvelles de Londres étaient ambiguës. Fitz fut ravi d'apprendre que Lloyd George avait nommé Winston Churchill secrétaire d'État à la Guerre. De tous les hommes politiques en vue, Churchill était le plus fervent partisan de l'intervention en Russie. Mais certains journaux professaient une opinion bien différente. Fitz n'en fut pas étonné de la part du *Daily Herald* et du *New Statesman* qui, de son avis, étaient des publications plus ou moins bolcheviques. Pourtant le *Daily Express* conservateur lui-même titrait : « Retirons-nous de Russie ».

Malheureusement, la presse disposait d'informations très précises sur ce qui se passait. Elle savait même que les Anglais avaient aidé Koltchak à lancer le coup d'État qui avait renversé le directoire et fait de lui le chef suprême. D'où tenait-elle ces renseignements ? Il leva les yeux du journal. Il avait établi ses quartiers à l'école de commerce. Son aide de camp était assis à un bureau en face de lui. « Murray, dit-il, la prochaine fois qu'il y aura un paquet de lettres des hommes à envoyer, apportez-les-moi. »

Ce n'était pas régulier. Murray ne cacha pas sa surprise. « Mon colonel ? »

Fitz jugea préférable de lui donner des explications. « Je soupçonne des fuites. La censure a dû s'endormir.

— Ils pensent peut-être pouvoir relâcher leur vigilance maintenant que la guerre est finie en Europe.

— Certainement. Mais je voudrais être sûr que la fuite ne vient pas de chez nous. »

Le journal publiait en dernière page une photo de la responsable de la campagne « La Russie aux Russes ». Fitz découvrit avec stupeur qu'il s'agissait d'Ethel. Elle avait été intendante à Tŷ Gwyn et voilà que, selon *L'Express*, elle était secrétaire générale du syndicat national des ouvriers du textile.

Il avait couché avec bon nombre de femmes depuis. Dernièrement encore, à Omsk, avec une superbe blonde russe, maîtresse délaissée d'un gros général tsariste trop soûl et trop paresseux pour la baiser lui-même. Cependant le souvenir d'Ethel éclipsait tous les autres. Il se demandait comment était son enfant. Il avait probablement une demi-douzaine de bâtards de par le monde, mais celui d'Ethel était le seul dont il connaissait l'existence avec certitude.

Et c'était elle qui attisait l'opposition à l'intervention en Russie. Fitz comprenait maintenant d'où venaient les informations. Son frère était sergent dans le bataillon des copains d'Aberowen. Ce type avait toujours été un agitateur. Fitz était certain qu'il renseignait sa sœur. Cette fois, je vais le coincer, se promit Fitz, et il le payera cher.

Pendant plusieurs semaines, les blancs avancèrent rapidement, repoussant devant eux les rouges surpris, qui avaient cru le gouvernement sibérien sans consistance. Si les troupes de Koltchak parvenaient à rejoindre leurs partisans d'Arkhangelsk au nord et l'armée de volontaires de Denikine au sud, elles pourraient se déployer en arc de cercle, formant à l'est comme une lame de cimeterre de mille cinq cents kilomètres qui progresserait irrésistiblement vers Moscou.

Fin avril, les rouges contre-attaquèrent.

Fitz était alors à Bougourouslan, une ville morne et appauvrie située dans une région forestière à cent cinquante kilomètres à l'est de la Volga. Quelques églises et bâtiments municipaux en pierre délabrés pointaient au-dessus des toits de maisons basses en bois, comme des mauvaises herbes sur un dépotoir. Fitz se trouvait dans une grande salle de l'hôtel de ville avec l'unité de renseignements, plongé dans la lecture des interrogatoires de prisonniers. Il n'avait pas conscience que le vent avait tourné jusqu'au moment où il aperçut par la fenêtre les soldats dépenaillés de l'armée de Koltchak remonter la rue principale dans le mauvais sens. Il envoya un interprète américain, Lev Pechkov, interroger les hommes qui battaient en retraite.

Pechkov revint leur rapporter une triste histoire. Les rouges avaient attaqué en force depuis le sud, frappant le flanc gauche très étiré de l'armée de Koltchak. Pour éviter que son armée ne soit coupée en deux, le commandant local des blancs, le général Belov, leur avait ordonné de se replier et de se regrouper.

Quelques minutes plus tard, on leur amena un déserteur rouge pour le questionner. Il avait été colonel dans l'armée du tsar. Fitz fut consterné par son récit. Les rouges avaient été surpris par l'offensive de Koltchak, mais s'étaient rapidement rassemblés et réapprovisionnés. Trotski avait déclaré que l'Armée rouge devait poursuivre l'offensive à l'est. « Trotski pense que si les rouges échouent, les Alliés reconnaîtront Koltchak comme chef suprême et inonderont ensuite la Sibérie d'hommes et de matériel. »

C'était exactement ce qu'espérait Fitz. Dans un russe hésitant, il demanda : « Et qu'a fait Trotski ? »

L'homme répondit à toute vitesse et Fitz ne comprit ce qu'il avait dit qu'au moment où Pechkov lui traduisit ses propos.

« Trotski a fait appel au parti bolchevique et aux syndicats pour qu'on lui envoie de nouvelles recrues. La réaction a été incroyable. Vingt-deux provinces ont envoyé des détachements. Le comité provincial de Novgorod a mobilisé la moitié de ses membres ! »

Fitz essaya d'imaginer Koltchak suscitant pareille réaction chez ses partisans. Cela n'arriverait jamais.

Il retourna dans ses quartiers pour faire ses bagages. Il faillit partir trop tard. Les copains se mirent en marche juste avant l'arrivée des rouges et une poignée d'hommes restèrent en arrière. Le soir, l'armée occidentale de Koltchak se repliait intégralement et Fitz reprenait la direction de l'Oural à bord d'un train.

Deux jours plus tard, il se retrouvait à l'école de commerce d'Oufa. Il était fou de rage. Il faisait la guerre depuis cinq ans et savait que la chance avait tourné ; il avait appris à en reconnaître les signes. La guerre civile russe touchait à sa fin.

Les blancs étaient trop faibles, voilà tout. Les révolutionnaires allaient l'emporter. Seule une invasion alliée aurait pu inverser le cours des choses – et il ne fallait pas compter dessus : le peu qu'il faisait avait déjà valu assez d'ennuis à Churchill. Billy Williams et Ethel veillaient à ce qu'on ne leur envoie jamais les renforts dont ils avaient besoin.

Murray lui apporta un sac de courrier. « Vous avez demandé à voir les lettres qu'envoient nos hommes, mon colonel », dit-il non sans une pointe de réprobation dans la voix.

Insensible aux scrupules de Murray, Fitz ouvrit le sac, en quête d'une lettre du sergent Williams. Il ferait payer cette catastrophe à quelqu'un.

Il trouva ce qu'il cherchait. L'enveloppe était adressée à « E. Williams », son nom de jeune fille. Le sergent Williams craignait sans doute que son nom de femme mariée n'attire l'attention sur sa lettre déloyale.

Fitz la lut. Billy avait une grande écriture assurée. Le texte lui parut anodin quoiqu'un peu étrange. Mais Fitz avait travaillé au bureau 40 et s'y connaissait en codes. Il entreprit de déchiffrer celui-ci.

« Par ailleurs, mon colonel, demanda Murray, avez-vous vu l'interprète américain, Pechkov, ces derniers jours ?

— Non. Pourquoi ?

— Il semblerait que nous l'ayons perdu. »

2.

Trotski était épuisé, mais il en fallait plus pour entamer son courage. Les rides creusées par les soucis n'atténuaient pas l'éclat que l'espoir faisait briller dans ses yeux. Grigori constatait, admiratif, qu'il était porté par une foi inébranlable dans sa mission. C'était le cas de tous ces hommes : de Lénine et de Staline également. Ils étaient tous convaincus de détenir la solution, quel que soit le problème, qu'il s'agisse de réforme agraire ou de stratégie militaire.

Grigori n'était pas comme eux. Il essayait, avec Trotski, de contrer au mieux les armées blanches, mais n'était jamais sûr que leur décision ait été la bonne tant que le résultat n'était pas connu. C'était peut-être pour cela que Trotski était mondialement connu alors que Grigori n'était qu'un commissaire comme un autre.

Grigori se trouvait, comme cela lui arrivait souvent, dans le train personnel de Trotski, assis devant une carte déployée sur la table.

« Nous n'avons pas grand-chose à craindre des contre-révolutionnaires du Nord », dit Trotski.

Grigori acquiesça. « D'après nos renseignements, des mutineries se produisent chez les marins et les soldats britanniques.

— Ils ont perdu tout espoir de rejoindre les forces de Koltchak. Ses armées regagnent la Sibérie aussi vite qu'elles le peuvent. Nous pourrions les poursuivre de l'autre côté de l'Oural, mais il me semble que nous avons mieux à faire ailleurs.

— À l'ouest ?

— La situation n'est pas brillante. Les blancs sont soutenus par des nationalistes réactionnaires en Lettonie, en Lituanie et en Estonie. Koltchak a nommé Ioudenitch commandant en chef. Il est appuyé par une flottille anglaise qui bloque notre marine à Cronstadt. Mais le Sud m'inquiète davantage.

— Le général Denikine.

— Il a près de cent cinquante mille hommes, épaulés par des troupes françaises et italiennes et approvisionnés par les Anglais. Nous nous demandons s'il ne projette pas de marcher sur Moscou.

— Si je peux me permettre, je crois que nous ne le vaincrons pas par des moyens militaires mais politiques. »

Trotski eut l'air intrigué. « Explique-toi.

— Partout où il passe, Denikine se fait des ennemis. Ses Cosaques volent tout le monde. Chaque fois qu'il prend une ville, il rassemble tous les Juifs et les exécute. Si les mines de charbon n'atteignent pas les objectifs de production, il abat un mineur sur dix. Et, évidemment, il tue tous les déserteurs de son armée.

— Nous aussi, remarqua Trotski. Ainsi que les villageois qui les hébergent.

— Et aussi les paysans qui refusent de céder leur récolte. » Grigori avait eu du mal à accepter cette dure nécessité. « Mais je connais les paysans. Mon père l'était. Ce qui compte le plus pour eux, c'est la terre. Beaucoup d'entre eux ont acquis d'immenses terrains grâce à la révolution et ils ont bien l'intention de les garder quoi qu'il advienne.

— Et alors ?

— Koltchak a annoncé que la réforme agraire reposerait sur le principe de la propriété privée.

— Autrement dit, les paysans devront rendre les terres prises aux aristocrates.

— Tout le monde le sait. Je voudrais imprimer sa déclaration et l'afficher à la porte de toutes les églises. Quoi que fassent nos soldats, les paysans les préféreront encore aux blancs.

— Vas-y, dit Trotski.

— Autre chose. Annoncez une amnistie pour les déserteurs. Ceux qui regagneront les rangs de l'armée dans les sept jours échapperont à toute sanction.

— Autre geste politique.

— Je ne pense pas que cela encouragera les désertions si ça ne dure qu'une semaine. En revanche, certains hommes seront prêts à revenir, surtout quand ils auront compris que les blancs veulent leur reprendre leurs terres.

— On peut toujours essayer. »

Un aide de camp entra et salua.

« Camarade Pechkov, on a reçu un rapport peu ordinaire. J'ai pensé que ça t'intéresserait.

— Oui ?

— C'est au sujet d'un des prisonniers que nous avons capturés à Bougourouslan. Il était dans l'armée de Koltchak, mais il porte un uniforme américain.

— Les blancs ont des soldats qui viennent du monde entier. Les impérialistes capitalistes soutiennent la contre-révolution, évidemment.

— Ce n'est pas ça.

— C'est quoi, alors ?

— Camarade, il dit qu'il est ton frère. »

3.

Le quai était long et la brume matinale si épaisse que Grigori ne voyait pas le bout du train. Il devait y avoir un malentendu, se disait-il, une confusion de noms ou une erreur de traduction. Il se préparait à une déception, mais ne pouvait s'empêcher d'espérer. Son cœur battait la chamade et il avait les nerfs à fleur de peau. Cela faisait près de cinq ans qu'il n'avait pas vu son frère. Il s'était souvent demandé s'il n'était pas mort. Malheureusement, c'était peut-être la triste réalité.

Il marchait lentement, cherchant à percer du regard les volutes de brouillard blanc. Si c'était vraiment Lev, il aurait changé. Depuis cinq ans, Grigori avait perdu une incisive et les trois quarts d'une oreille. Et il avait dû se transformer à d'autres points de vue sans en avoir conscience. Comment Lev aurait-il évolué ?

Au bout de quelques minutes, deux silhouettes émergèrent de la brume : un soldat russe en uniforme dépenaillé et en chaussures de fortune et, à côté de lui, un homme qui avait l'air américain. Lev? Ses cheveux étaient coupés court et il ne portait pas de moustache. Il avait le visage plein des soldats américains bien nourris et une carrure solide sous son élégante veste neuve. Grigori remarqua, avec une incrédulité grandissante, son uniforme de gradé. Son frère, officier américain? C'était impossible.

Le prisonnier avait, lui aussi, les yeux rivés sur lui et lorsque Grigori s'approcha, il le reconnut. C'était bien Lev. Il avait changé évidemment, et ce n'était pas seulement parce qu'il était robuste et bien portant. C'était toute sa posture, l'expression de son visage et, surtout, son regard. Il avait perdu son air de gamin effronté; son attitude reflétait une prudence nouvelle. En un mot, il était devenu adulte.

En arrivant à son niveau, Grigori repensa à toutes les trahisons de Lev et une foule de récriminations lui montèrent aux lèvres. Mais il n'en formula aucune. Il ouvrit les bras et serra son frère contre lui. Ils s'embrassèrent, se donnèrent des tapes dans le dos, s'étreignirent encore et Grigori ne put retenir ses larmes.

Il entraîna Lev vers le train et le conduisit dans le wagon qui lui servait de bureau. Grigori demanda à son aide de camp d'apporter du thé. Ils s'assirent dans des fauteuils défraîchis.

« Tu es dans l'armée ? s'étonna Grigori.

— Il y a la conscription en Amérique. »

Évidemment. Lev ne se serait pas engagé. « Et tu es officier !

— Toi aussi. »

Grigori secoua la tête. « Nous avons aboli les grades dans l'Armée rouge. Je suis commissaire militaire.

— Mais il y a encore ceux qui commandent le thé et ceux qui l'apportent, remarqua Lev quand l'aide de camp revint avec des tasses. Mamotchka serait drôlement fière !

— Elle en éclaterait d'orgueil ! Pourquoi est-ce que tu ne m'as jamais écrit ? Je te croyais mort.

— Oh, merde, je sais, je suis désolé. J'étais tellement embêté d'avoir pris ton billet que j'attendais de pouvoir te dire que j'avais l'argent de ton voyage. Je n'ai cessé de repousser le moment de t'écrire. Il me fallait plus d'argent. »

C'était une piètre excuse, mais c'était Lev tout craché. Il avait toujours été du genre à n'aller à une soirée qu'à condition d'avoir un beau costume à se mettre et à refuser d'entrer dans un bar s'il n'avait pas de quoi payer la tournée.

Grigori se rappela une autre trahison. « Tu ne m'avais pas dit que Katerina était enceinte quand tu es parti.

— Enceinte ? Je n'en savais rien.

— Bien sûr que si. Tu lui as demandé de ne pas me le dire.

— Oh, j'ai dû oublier ! » Lev avait l'air d'un gamin pris en faute, cependant, il ne tarda pas à se ressaisir et à exprimer ses propres griefs. « Figure-toi que le bateau dans lequel tu m'as fait monter n'allait même pas à New York. Il nous a déposés dans un trou paumé, à Cardiff. J'ai dû trimer pendant des mois pour me payer un nouveau billet. »

Grigori faillit se sentir coupable, puis il se souvint que Lev l'avait supplié de lui donner son billet.

« J'aurais sans doute mieux fait de ne pas te tirer des griffes de la police, dit-il sèchement.

— Tu as fait ce que tu pouvais pour m'aider, c'est sûr »,

admit Lev à contrecœur. Il lui adressa alors le sourire chaleureux qui avait toujours poussé Grigori à lui pardonner. « Comme toujours, ajouta-t-il. Depuis la mort de Mamotchka. »

Grigori sentit sa gorge se nouer. « En tout cas, dit-il en espérant que sa voix ne tremblerait pas, il faut faire payer son entourloupe à la famille Vialov.

— Je me suis vengé. Il y a un Josef Vialov à Buffalo. J'ai mis sa fille enceinte et il a dû me laisser l'épouser.

— Alors ça ! Tu fais partie de la famille Vialov maintenant ?

— Il l'a regretté. Alors il s'est arrangé pour que je sois mobilisé. Il souhaitait que je me fasse tuer à la guerre.

— Tu continues à te laisser guider par ta queue, pas vrai ? »

Lev haussa les épaules. « Faut croire. »

Grigori avait lui aussi quelques révélations à lui faire et il n'était pas très à l'aise. Il commença prudemment : « Katerina a eu un petit garçon, ton fils. Nous l'avons appelé Vladimir.

— Ah bon. J'ai un fils ! » dit Lev, visiblement ravi.

Grigori n'eut pas le courage de lui avouer que l'enfant ne savait rien de Lev et l'appelait papa. Il ajouta simplement : « Je me suis bien occupé de lui.

— J'en étais sûr. »

Grigori sentit monter en lui une indignation familière ; Lev avait toujours trouvé tout naturel de laisser aux autres les responsabilités qu'il refusait d'assumer. « Lev, reprit-il, j'ai épousé Katerina. »

Il s'attendait à une réaction outragée.

Lev répondit calmement : « Ça aussi, j'en étais sûr.

— Qu'est-ce que tu dis ? » Grigori n'en revenait pas.

Lev hocha la tête. « Tu étais fou d'elle et elle avait besoin d'un type solide et sur lequel elle puisse compter pour élever son gosse. C'était couru d'avance.

— Ça m'a torturé ! » protesta Grigori. Tous ses scrupules avaient donc été inutiles ? « J'étais ravagé à l'idée d'être déloyal envers toi !

— Mais non ! Je l'avais plaquée, merde ! Je vous souhaite beaucoup de bonheur à tous les deux. »

Grigori était effaré de la légèreté avec laquelle Lev prenait la chose.

« Tu t'es un peu inquiété pour nous, quand même ? demanda-t-il d'un ton pincé.

— Tu me connais, Gricha. »

Évidemment, il ne s'en était pas fait pour eux.

« Tu n'as même pas pensé à nous.

— Bien sûr que si. Ne fais pas ta sainte-nitouche. Tu la voulais, Katerina. Tu t'es retenu pendant un moment, peut-être des années, mais tu as fini par te l'envoyer. »

C'était la vérité brute. Lev avait le don agaçant de ramener tout le monde à son niveau. « Tu as raison, dit Grigori. Nous avons un deuxième enfant maintenant. Une fille, Anna. Elle a un an et demi.

— Deux adultes et deux enfants. Ça ne fait rien. J'ai assez.

— De quoi parles-tu ?

— Je me suis fait du fric en vendant le whisky des réserves de l'armée britannique aux Cosaques. Une petite fortune. » Lev plongea la main sous sa chemise d'uniforme, détacha une boucle et exhiba une ceinture-portefeuille. « J'ai là-dedans de quoi payer vos quatre billets pour l'Amérique ! » Il tendit la ceinture à Grigori.

Grigori était à la fois surpris et ému. Lev n'avait pas complètement oublié sa famille, finalement. Il avait économisé l'argent de leur voyage. Bien sûr, il fallait qu'il le lui remette de façon ostentatoire ; c'était dans sa nature. Malgré tout, il avait été fidèle à sa promesse.

Quel dommage que ce soit inutile à présent !

« Merci, répondit Grigori. Je suis fier de toi parce que tu as tenu parole. Mais ce n'est plus nécessaire. Je peux te faire libérer et t'aider à reprendre une vie normale en Russie. » Il lui rendit la ceinture. Lev la prit et la regarda fixement. « Qu'est-ce que tu veux dire ? »

Lev avait l'air meurtri. Grigori comprit qu'il était blessé par son refus. Néanmoins il avait un autre souci, bien plus préoccupant, en tête. Qu'arriverait-il quand Lev et Katerina se retrouveraient ? Retomberait-elle amoureuse du plus séduisant des deux frères ? Grigori était pétrifié à l'idée qu'il pourrait la perdre après tout ce qu'ils avaient vécu ensemble. « Nous vivons à Moscou maintenant, expliqua-t-il. Nous avons un appartement au Kremlin, Katerina, Vladimir, Anna et moi. Je peux te procurer un logement sans trop de difficultés...

— Attends. » Le visage de Lev trahissait son incrédulité. « Tu crois que je veux revenir en Russie ?

— C'est déjà fait.

— Mais pas pour y rester !

— Ne me dis pas que tu veux retourner en Amérique ?

— Bien sûr que si ! D'ailleurs, tu ferais bien de venir avec moi.

— Mais ce n'est plus la peine. La Russie n'est plus comme avant. Le tsar n'est plus là !

— J'aime les États-Unis, dit Lev. Ça te plaira à toi aussi, ça vous plaira à vous tous, surtout à Katerina.

— Mais nous sommes en train d'écrire l'histoire ici ! Nous avons inventé une nouvelle forme de gouvernement, le soviet. C'est une nouvelle Russie, un monde nouveau ! Tu ne te rends pas compte de ce que tu rates !

— C'est toi qui ne comprends pas. En Amérique, j'ai une voiture à moi. Il y a plus de nourriture qu'on ne peut en manger. J'ai tout l'alcool que je veux, toutes les cigarettes que j'ai envie de fumer. J'ai six costumes !

— À quoi ça te sert, d'avoir six costumes ? dit Grigori agacé. C'est comme d'avoir six lits. Tu ne peux pas te coucher dans plus d'un à la fois !

— Je ne vois pas les choses comme ça. »

La conversation était d'autant plus exaspérante que Lev semblait persuadé que c'était Grigori qui se fourvoyait. Grigori ne savait plus quoi dire pour convaincre son frère. « C'est vraiment la vie que tu souhaites ? Des cigarettes, des vêtements à ne savoir qu'en faire et une voiture ?

— Tout le monde veut ça. Vous autres, bolcheviks, vous feriez bien de ne pas l'oublier. »

Ce n'était quand même pas Lev qui allait donner des leçons de politique à Grigori. « Ce que veulent les Russes, c'est du pain, des terres et la paix.

— En plus, j'ai une fille en Amérique. Elle s'appelle Daisy. Elle a trois ans. »

Grigori esquissa une moue dubitative.

« Je sais ce que tu penses, fit Lev. Je ne me suis pas occupé de l'enfant de Katerina... comment s'appelle-t-il déjà ?

— Vladimir.

— Tu te dis que puisque je ne m'en suis pas occupé, Daisy ne doit pas compter beaucoup non plus pour moi. Mais ce n'est pas pareil. Je n'ai jamais vu Vladimir. Il n'était pas vraiment réel quand j'ai quitté Petrograd. Mais j'adore Daisy et, surtout, elle m'adore. »

Cela au moins, Grigori pouvait le comprendre. Il était heureux que Lev ait assez bon cœur pour être attaché à sa fille. Et même si son obstination à préférer l'Amérique le stupéfiait, au fond de lui, il était soulagé qu'il n'ait pas l'intention de revenir. Il aurait sûrement voulu faire la connaissance de Vladimir. Tôt ou tard, le petit aurait fini par apprendre que Lev était son vrai père. Si Katerina décidait de le quitter pour Lev et d'emmener Vladimir avec elle, qu'arriverait-il à Anna? Grigori la perdrait-il, elle aussi? Pour lui, il était bien préférable que Lev regagne les États-Unis tout seul. Il l'admettait avec une pointe de culpabilité. «Je pense que tu fais le mauvais choix, mais je ne vais pas te forcer», lui dit-il.

Lev sourit. «Tu as peur que je reprenne Katerina, hein? Je te connais par cœur, mon frère.»

Grigori réprima une grimace. «Oui. Que tu la reprennes, que tu la lâches encore une fois et que tu me laisses de nouveau recoller les morceaux. Je te connais aussi.

— Mais tu vas m'aider à retourner en Amérique?

— Non.» Grigori ne put se défendre d'un sentiment de satisfaction en lisant la peur sur le visage de Lev. Mais il ne prolongea pas son supplice. «Je vais t'aider à retrouver l'armée des blancs. Eux t'aideront à retourner en Amérique.

— Qu'est-ce qu'on va faire?

— On va rejoindre la ligne de front en voiture et même la dépasser un peu. Puis je te laisserai dans le no man's land. Après, à toi de te débrouiller.

— Je risque de me faire tuer.

— Moi aussi. C'est la guerre.

— Ça vaut sans doute la peine de tenter le coup.

— Tu t'en tireras, Lev. Tu t'en tires toujours.»

4.

Billy Williams fut conduit, à travers les rues poussiéreuses de la ville, de la prison d'Oufa à l'école de commerce qui abritait provisoirement l'armée britannique.

La cour martiale siégeait dans une salle de classe. Fitz occupait le bureau du professeur, son aide de camp, le capitaine Murray, à ses côtés. Le capitaine Gwyn Evans se tenait à proximité avec un bloc-notes et un crayon.

Billy était sale et mal rasé. Il avait passé une mauvaise nuit en compagnie des prostituées et des ivrognes de la ville. Fitz portait un uniforme impeccablement repassé, comme toujours. Billy savait qu'il était en fâcheuse posture. La sentence était connue d'avance, l'affaire entendue. Il avait livré des secrets militaires dans les lettres codées adressées à sa sœur. Mais il était résolu à ne pas laisser transparaître sa peur. Décidé à faire bonne impression.

Fitz dit : «Vous êtes en présence d'un conseil de guerre de campagne, autorisé à siéger quand l'accusé est en service actif ou à l'étranger et qu'il n'est pas possible de s'en remettre à une cour martiale régulière. Les officiers faisant office de juges doivent être au nombre de trois, deux s'il ne s'en trouve pas davantage de disponibles. La cour peut juger un soldat quel que soit son grade et quel que soit son délit. Elle est habilitée à prononcer la peine de mort.»

Le seul espoir de Billy était d'infléchir le jugement. Les peines prévues comprenaient les travaux forcés, à perpétuité ou non, et la peine de mort. De toute évidence, Fitz ne serait que trop heureux de faire passer Billy devant le peloton d'exécution ou de lui infliger au moins plusieurs années d'incarcération. Le but de Billy était de semer le doute dans l'esprit de Murray et Evans sur l'équité du procès, afin de les inciter à plaider pour une peine de prison de courte durée.

Il demanda : «Où est mon avocat?

— Il est impossible de vous faire bénéficier d'une assistance juridique, répondit Fitz.

— En êtes-vous sûr, mon colonel?

— Parlez quand on vous donne la parole, sergent.»

Billy continua : «Notez qu'on m'a refusé l'assistance d'un avocat.» Il regarda fixement Gwyn Evans, le seul qui tenait un carnet. Comme Evans ne réagissait pas, Billy reprit : «Les minutes de ce procès ne seront-elles qu'un tissu de mensonges?» Il insista lourdement sur le mot «mensonges» sachant qu'il heurterait Fitz. Le code d'honneur du gentleman anglais exigeait qu'il dise toujours la vérité.

Fitz fit un signe à Evans, qui écrivit.

Un point pour moi, se dit Billy, légèrement rasséréné.

«William Williams, continua Fitz, vous faites l'objet d'une

accusation en vertu de la partie un de la loi sur l'armée. Vous êtes accusé d'avoir sciemment commis, alors que vous étiez en service actif, un acte visant à compromettre les chances de succès des forces armées de Sa Majesté. La sentence prévue est la mort, ou toute autre peine plus clémente que la cour jugera bon de prononcer. »

Cette nouvelle allusion à la peine de mort fit frémir Billy, mais il n'en montra rien.

« Que plaidez-vous ? »

Billy prit une profonde inspiration. Il s'exprima d'une voix claire en chargeant ses paroles de tout le mépris possible. « Comment osez-vous ? Comment osez-vous vous ériger en juge impartial ? Comment osez-vous feindre que notre présence en Russie ait été une opération légitime ? Comment osez-vous accuser de trahison un homme qui a combattu à vos côtés pendant trois ans ? Voilà ce que je plaide.

— Ne sois pas insolent, Bill, mon garçon, intervint Gwyn Evans. Tu vas aggraver ton cas. »

Billy n'allait pas se laisser prendre par la bienveillance de façade d'Evans. « Et moi, si j'ai un conseil à vous donner, lui dit-il, c'est de vous retirer immédiatement et de refuser d'être complice de ce procès irrégulier. Quand ça se saura et, croyez-moi, ce sera en première page du *Daily Mirror*, c'est vous qui serez couverts de honte, pas moi. » Il se tourna vers Murray. « Tous ceux qui auront participé à cette farce seront couverts de honte. »

Evans parut ébranlé. Il n'avait pas pensé que l'affaire pourrait s'ébruiter.

« Assez ! » gronda Fitz d'une voix forte, vibrante de colère.

Parfait, songea Billy. Je lui tape déjà sur les nerfs.

Fitz poursuivit : « Passons aux pièces à conviction, capitaine Murray, s'il vous plaît. »

Murray ouvrit un dossier dont il sortit une feuille de papier. Billy reconnut son écriture. C'était une de ses lettres à Ethel, comme il s'y attendait.

Murray la lui montra et demanda : « Est-ce vous qui avez écrit cette lettre ?

— Comment est-elle arrivée entre vos mains, mon capitaine ? » répliqua Billy.

Fitz aboya : « Répondez à la question !

— Vous avez fréquenté Eton, n'est-ce pas, mon capitaine ?

insista Billy. Un gentleman ne doit jamais lire le courrier des autres, c'est du moins ce qu'on nous apprend. À ma connaissance, seul le responsable officiel de la censure a le droit d'examiner le courrier des soldats. J'en déduis que cette lettre vous a été remise par le responsable de la censure. » Il s'interrompit. Comme il l'avait prévu, Murray hésitait à répondre. Il reprit : « Ou l'avez-vous obtenue par des moyens illégaux ?

— Est-ce vous qui avez écrit cette lettre ?

— Je vous répondrai quand vous m'aurez expliqué comment elle se trouve en votre possession. »

Fitz intervint : « Vous pouvez être sanctionné pour injure à la cour, savez-vous ? »

J'encours déjà la peine de mort, songea Billy. Et Fitz s'imagine qu'il peut encore me menacer ? Quel crétin ! Il dit simplement : « J'assure ma propre défense en signalant l'irrégularité de ce tribunal et l'illégalité de la procédure. Allez-vous me l'interdire... mon colonel ? »

Murray renonça. « L'enveloppe porte l'adresse de l'expéditeur accompagnée du nom du sergent Billy Williams. Si l'accusé veut déclarer qu'il ne l'a pas écrite, qu'il le fasse maintenant. »

Billy se tut.

« La lettre est un message codé, poursuivit Murray. On le déchiffre en conservant un mot sur trois et les premières lettres en majuscules de titres de chansons et de films. » Murray tendit la lettre à Evans. « Une fois décodée, elle dit ceci. »

La lettre de Billy dénonçait l'incompétence du régime de Koltchak, expliquant que, malgré tout son or, il n'avait pas été fichu de payer le personnel du Transsibérien et souffrait en conséquence de problèmes de transport et de ravitaillement permanents. Elle décrivait également l'aide que l'armée britannique tentait d'apporter. Cette information avait été dissimulée à la population britannique qui finançait l'armée avec ses impôts et dont les fils risquaient la mort.

Murray demanda à Billy : « Niez-vous avoir envoyé ce message ?

— Je ne peux pas m'exprimer sur une pièce à conviction obtenue par des moyens illégaux.

— La destinataire, E. Williams, est en réalité Mrs Ethel Leckwith, qui dirige la campagne “La Russie aux Russes”, c'est bien ça ?

— Je ne peux pas m'exprimer sur une pièce à conviction obtenue par des moyens illégaux.

— Lui avez-vous envoyé d'autres messages codés auparavant ? »

Billy ne répondit pas.

« Elle a utilisé les informations que vous lui avez communiquées pour rédiger des articles de presse hostiles qui discréditent l'armée britannique et compromettent la réussite de notre opération dans ce pays.

— C'est faux, répliqua Billy. Si l'armée est discréditée, c'est par les hommes qui nous ont chargés d'une mission secrète et illégale, à l'insu du Parlement et sans son consentement. La campagne "La Russie aux Russes" est une première démarche, une démarche indispensable, pour que nous reprenions notre rôle, lequel consiste à défendre la Grande-Bretagne et non à fournir une armée privée à un petit complot de généraux et de politiciens de droite. »

Le visage de Fitz était rouge de colère. Billy le remarqua avec une certaine satisfaction. « Nous en avons suffisamment entendu, lança Fitz. La cour va maintenant délibérer avant de rendre son jugement. » Murray lui chuchota quelques mots à l'oreille et Fitz acquiesça : « Oui, c'est vrai. L'accusé a-t-il quelque chose à ajouter ? »

Billy se leva. « J'appelle mon premier témoin, le colonel Fitzherbert.

— Ne soyez pas ridicule, dit Fitz.

— Faites apparaître dans les minutes que la cour a refusé que j'interroge un témoin qui était pourtant présent au procès.

— Finissons-en.

— Si on ne m'avait pas refusé le droit de faire appel à un témoin, j'aurais demandé au colonel quelle est sa relation avec ma famille. N'a-t-il pas une vieille rancœur envers moi à cause de mon père, qui a été responsable syndical des mineurs ? Quelles ont été les relations du comte avec ma sœur ? Ne l'a-t-il pas employée comme intendante avant de la renvoyer pour des raisons mystérieuses ? » Billy fut tenté d'en dire plus, mais il ne voulait pas que le nom d'Ethel soit traîné dans la boue. Au demeurant, le sous-entendu que laissaient planer ses paroles était sans doute suffisant. « Je l'interrogerais sur l'intérêt personnel qu'il a dans cette guerre illégale contre le bolchevisme. Sa femme n'est-elle pas une princesse russe ? Son fils n'est-il pas l'héritier de domaines dans ce pays? Le colonel n'est-il pas ici pour défendre ses intérêts financiers? Tous ces éléments ne constituent-ils pas la véritable raison de cette parodie de jugement? Et ne suffisent-ils pas à le disqualifier en tant que juge dans cette affaire?»

Fitz écoutait, le visage de marbre. Mais Murray et Evans étaient manifestement stupéfaits. Ils ignoraient tout de ces histoires personnelles.

Billy n'en avait pas fini : «J'ai encore une remarque à faire. L'empereur allemand est accusé de crimes de guerre. On lui reproche d'avoir déclaré la guerre, à l'instigation de ses généraux, contre la volonté du peuple allemand clairement exprimée par la voix de ses représentants au Reichstag, le Parlement allemand. En revanche, dit-on, l'Angleterre n'a déclaré la guerre à l'Allemagne qu'après un débat à la Chambre des communes.»

Fitz faisait mine de s'ennuyer; Evans et Murray étaient tout ouïe.

«Qu'en est-il de cette guerre en Russie? Le Parlement britannique n'en a jamais débattu. On l'a dissimulée au peuple anglais sous prétexte de sécurité – l'éternelle excuse derrière laquelle l'armée camoufle ses secrets coupables. Nous nous battons, mais il n'y a pas eu de déclaration de guerre. Le Premier ministre britannique et ses collègues sont exactement dans la même situation que le kaiser et ses généraux. Ce sont eux qui sont dans l'illégalité, pas moi.»

Billy s'assit.

Les deux capitaines tinrent un conciliabule avec Fitz. Billy se demandait s'il n'était pas allé trop loin. Il n'avait pas mâché ses mots et avait peut-être irrité les capitaines au lieu de s'attirer leur indulgence.

Mais il semblait y avoir des tiraillements entre les juges. Fitz parlait d'un ton catégorique tandis qu'Evans secouait la tête d'un air désapprobateur. Murray paraissait mal à l'aise. C'était bon signe, songea Billy. Malgré tout, il n'avait jamais été aussi terrifié de sa vie. Quand il avait affronté les mitrailleuses dans la Somme ou assisté à une explosion au fond de la mine, il n'avait pas eu aussi peur qu'en cet instant où sa vie était entre les mains d'officiers malintentionnés.

Ils finirent apparemment par tomber d'accord. Fitz regarda Billy et dit : «Levez-vous.»

Billy obéit. « Sergent William Williams, la cour vous juge coupable des accusations formulées contre vous. » Fitz avait les yeux rivés sur lui, comme s'il espérait lire sur ses traits le désespoir de la défaite. Mais Billy s'attendait à être reconnu coupable. C'était la sentence qu'il redoutait.

Fitz poursuivit : « Vous êtes condamné à dix ans de travaux forcés. »

Cette fois, le visage de Billy se décomposa. Ce n'était pas la peine de mort, mais dix ans ! Quand il sortirait, il aurait trente ans. On serait en 1929. Mildred aurait trente-cinq ans. Ils auraient perdu la moitié de leur vie. Toute bravade disparut de son regard, et ses yeux s'emplirent de larmes.

Fitz affichait un air de profonde satisfaction. « L'audience est levée », déclara-t-il.

Billy fut reconduit en prison pour commencer à purger sa peine.

XXXVII

Mai-juin 1919

1.

Le premier jour de mai, Walter von Ulrich écrivit à Maud et posta sa lettre à Versailles.

Sans nouvelles d'elle depuis Stockholm, il ne savait même pas si elle était encore en vie. Les services postaux ne fonctionnaient toujours pas entre l'Allemagne et l'Angleterre et, depuis deux ans, c'était la première fois qu'il avait la possibilité de lui écrire.

Walter et son père étaient arrivés en France la veille, avec cent quatre-vingts hommes politiques, diplomates et fonctionnaires du ministère des Affaires étrangères qui faisaient partie de la délégation allemande de la conférence de paix. Ils avaient pris un train spécial que les chemins de fer français avaient fait rouler au pas pour traverser les paysages dévastés du nord-est de la France. « Comme si nous étions les seuls à avoir tiré des obus par ici », avait grommelé Otto. À Paris, on les avait fait monter dans un autobus qui les avait conduits dans la petite ville de Versailles et les avait déposés à l'hôtel des Réservoirs. Leurs bagages furent déchargés dans la cour et on leur fit brutalement comprendre qu'ils n'avaient qu'à les porter eux-mêmes. Manifestement, songea Walter, les Français n'allaient pas être des vainqueurs magnanimes.

« Ils n'ont pas gagné, voilà le problème, commenta Otto. Bien sûr, ils n'ont pas vraiment perdu non plus. C'est bien parce que les Anglais et les Américains les ont tirés d'affaire – il n'y a pas de quoi pavaner. Nous les avons battus, ils le savent, et leur orgueil démesuré en souffre. »

L'hôtel était glacial et sinistre, mais dehors, les magnolias et les pommiers étaient en fleurs. Les Allemands étaient autorisés à se promener dans le parc du château et à se rendre dans les boutiques. Une petite foule était constamment massée devant l'hôtel; cependant, la population était moins hostile que les autorités. S'il leur arrivait d'essuyer quelques huées, la plupart des gens étaient simplement curieux de voir la tête des ennemis.

Walter écrivit à Maud dès le premier jour. Il ne fit aucune allusion à leur mariage – il n'était pas encore certain de pouvoir le faire en toute sécurité; de plus, la discrétion était presque devenue chez lui une seconde nature. Il lui expliqua où il était, décrivit l'hôtel et les environs, et lui demanda de lui répondre par retour du courrier. Il se rendit en ville, acheta un timbre et posta sa lettre.

Il attendit sa réponse, dévoré d'espoir et d'angoisse. Si elle était vivante, l'aimait-elle encore? Il en était presque sûr. Mais tout de même, deux ans s'étaient écoulés depuis leur étreinte passionnée dans une chambre d'hôtel de Stockholm. On entendait parler de tant d'hommes qui, à leur retour de guerre, découvraient que leurs fiancées ou leurs épouses étaient tombées amoureuses d'un autre au cours de ces longues années de séparation.

Quelques jours plus tard, les chefs des délégations furent convoqués à l'hôtel Trianon, de l'autre côté des jardins, et on leur distribua en grande pompe des exemplaires du traité de paix rédigé par les Alliés victorieux. Le texte était en français. De retour à l'hôtel des Réservoirs, les délégués les communiquèrent à des équipes de traducteurs. Walter dirigeait l'une d'elles. Il divisa la partie qui lui avait été remise en plusieurs chapitres, les transmit à ses collaborateurs et s'assit pour en lire le contenu.

C'était encore pire que ce qu'il avait imaginé.

Il était prévu que l'armée française occupe la Rhénanie, région frontalière entre la France et l'Allemagne, pendant quinze ans. La Sarre, une province allemande, serait placée sous protectorat de la Société des nations, les houillères étant contrôlées par la France. L'Alsace et la Lorraine reviendraient à la France, sans plébiscite : le gouvernement français craignait en effet que la population ne préfère rester allemande. Le tracé des frontières du nouvel État polonais expropriait trois millions d'Allemands et son territoire comprenait désormais les gisements houillers de Silésie. L'Allemagne perdrait toutes ses colonies : les Alliés s'étaient partagé ce butin comme des voleurs. De surcroît, les Allemands devaient accepter de verser des réparations dont le montant n'était pas précisé – autrement dit, de signer un chèque en blanc.

Walter se demanda quel genre de pays les puissances victorieuses souhaitaient faire de l'Allemagne. Envisageaient-elles de la transformer en un immense camp d'esclaves dont toute la population se nourrirait de rations de survie et trimerait exclusivement au profit de leurs seigneurs et maîtres? Si tel était le sort qui attendait Walter, comment pouvait-il envisager de fonder un foyer avec Maud et d'avoir des enfants?

Mais la clause la plus inacceptable était celle qui imputait à l'Allemagne la responsabilité pleine et entière de la guerre.

L'article 231 disait en effet : «Les gouvernements alliés et associés déclarent, et l'Allemagne reconnaît, que l'Allemagne et ses alliés sont responsables, pour les avoir causés, de toutes les pertes et de tous les dommages subis par les gouvernements alliés et associés et leurs nationaux en conséquence de la guerre, qui leur a été imposée par l'agression de l'Allemagne et de ses alliés.»

«C'est un mensonge, fulmina Walter. Un satané mensonge, stupide, ignorant, malveillant et pervers.»

L'Allemagne n'était pas innocente, il le savait, et il ne s'était pas fait faute de le rappeler à son père, à maintes et maintes reprises. Mais il avait vécu les crises diplomatiques de l'été 1914, et avait suivi pas à pas la marche vers la guerre; aucune nation n'était seule coupable. Les dirigeants des deux camps avaient eu pour souci majeur de défendre leurs pays, et aucun n'avait cherché à entraîner le monde dans la plus grande guerre de l'histoire : ni Asquith, ni Poincaré, ni le kaiser, ni le tsar, ni l'empereur d'Autriche. Gavrilo Princip lui-même, l'assassin de Sarajevo, avait été atterré, disait-on, quand il avait pris conscience de la tragédie qu'il avait déclenchée. Mais il n'était pas, lui non plus, responsable de «toutes les pertes et de tous les dommages».

Walter croisa son père peu après minuit, alors qu'ils faisaient une pause-café pour essayer de rester éveillés et de poursuivre leur travail. «C'est scandaleux! vitupéra Otto. Nous avons accepté un armistice fondé sur les quatorze points de Wilson, or ce traité n'a rien à voir avec les quatorze points!»

Pour une fois, Walter était du même avis que son père.

Au lever du jour, la traduction était imprimée et plusieurs exemplaires déjà partis pour Berlin par courrier spécial – un modèle d'efficacité allemande, songea Walter, plus sensible aux vertus de son pays lorsque celui-ci était foulé aux pieds. Trop épuisé pour dormir, il décida d'aller marcher un peu pour se détendre avant d'aller se coucher.

Sortant de l'hôtel, il se dirigea vers les jardins. Les rhododendrons étaient en bouton. C'était un beau matin pour la France, mais si triste pour l'Allemagne ! Quelles seraient les conséquences de ces propositions pour son gouvernement social-démocrate, dont la tâche était déjà bien difficile ? Et si le peuple, poussé au désespoir, se rangeait sous la bannière du bolchevisme ?

Le grand parc était désert, à l'exception d'une jeune femme en manteau de printemps de couleur claire, assise sur un banc, près d'un marronnier. Plongé dans ses pensées, il souleva légèrement son chapeau mou en passant.

« Walter », dit-elle.

Son cœur s'arrêta de battre. Il connaissait cette voix. Mais c'était impossible. Il se retourna.

La jeune femme se leva. « Oh, Walter ! Tu ne m'as pas reconnue ? »

C'était Maud.

Le sang afflua dans ses veines. Il fit deux pas vers elle et elle se jeta dans ses bras. Il la serra contre lui de toutes ses forces. Enfouissant son visage dans son cou, il respira son odeur, familière malgré toutes ces années. Il posa ses lèvres sur son front, sur sa joue, sur sa bouche. Il parlait tout en l'embrassant, cependant ni les mots ni les baisers ne pouvaient exprimer tout ce qu'il avait dans le cœur.

Elle parla enfin : « Tu m'aimes encore ? » demanda-t-elle.

« Plus que jamais », répondit-il, et il recommença à l'embrasser.

2.

Maud caressait le torse nu de Walter. Ils venaient de faire l'amour et étaient allongés sur le lit. « Que tu es mince », remarqua-t-elle. Il avait le ventre creux, les os des hanches saillants. Elle aurait voulu l'engraisser aux croissants beurrés et au foie gras.

Ils étaient dans une chambre d'auberge, à quelques kilomètres de Paris. La fenêtre ouverte laissait pénétrer une douce brise printanière qui agitait les rideaux jaune paille. Maud avait découvert cet endroit bien des années auparavant, quand Fitz y donnait des rendez-vous galants à une femme mariée, la comtesse de Cagnes. L'établissement, une sorte de grande maison villageoise, sans plus, n'avait même pas d'enseigne. Les hommes y réservaient une table pour déjeuner et une chambre pour l'après-midi. Peut-être existait-il des lieux de ce genre aux environs de Londres, mais cette façon de faire avait quelque chose de typiquement français.

Ils s'étaient présentés sous le nom de Mr et Mrs Woolridge et Maud portait l'alliance qu'elle avait dissimulée pendant presque cinq ans. La propriétaire, une femme discrète, devait être convaincue qu'ils n'étaient pas mariés. Cela n'avait aucune importance tant qu'elle ne soupçonnait pas que Walter était allemand, ce qui aurait pu leur attirer des ennuis.

Maud ne pouvait s'empêcher de le toucher tant elle était soulagée qu'il lui soit revenu entier. Elle effleura du bout des doigts la longue cicatrice qui barrait son tibia.

« Un souvenir de Château-Thierry, dit-il.

— Gus Dewar a participé à cette bataille. J'espère que ce n'est pas lui qui t'a tiré dessus.

— J'ai eu de la chance. Ça a bien cicatrisé. Tant d'hommes sont morts de gangrène. »

Cela faisait trois semaines qu'ils s'étaient retrouvés. Durant tout ce temps, Walter avait travaillé vingt-quatre heures sur vingt-quatre pour préparer la réponse allemande au projet de traité, n'arrivant à s'échapper qu'une demi-heure par jour pour aller se promener avec elle dans le parc ou s'asseoir à l'arrière de la Cadillac bleue de Fitz pendant que le chauffeur leur faisait faire un tour.

Maud avait été aussi offusquée que Walter des conditions de paix draconiennes imposées aux Allemands. L'objectif de la conférence de Paris était de créer un monde différent, juste et pacifique, et non de permettre aux vainqueurs de se venger des vaincus. L'Allemagne nouvelle devait être démocratique et prospère. Elle voulait avoir des enfants de Walter, et ils seraient allemands. Elle songeait souvent au passage du livre de Ruth qui commençait par ces mots : « Où tu iras j'irai. » Tôt ou tard, elle devrait les dire à Walter.

Elle avait été réconfortée pourtant de découvrir qu'elle n'était pas la seule à critiquer les propositions faites aux Allemands. Un certain nombre de membres du camp allié estimaient, eux aussi, que la paix devait passer avant la vengeance. Douze membres de la délégation américaine avaient démissionné en signe de protestation. En Angleterre, lors d'une élection législative partielle, le candidat favorable à une paix sans vengeance était arrivé en tête. L'archevêque de Canterbury avait déclaré publiquement qu'il était « très mal à l'aise » et avait affirmé s'exprimer au nom d'une majorité silencieuse à laquelle une presse qui ne pensait qu'à « bouffer du Boche » refusait de donner la parole.

La veille, les Allemands avaient présenté leur contre-proposition – plus de cent pages solidement argumentées qui s'inspiraient des quatorze points de Wilson. Ce matin, les journaux français étaient au bord de l'apoplexie. Frémissants d'indignation, ils criaient à l'impudence, à la farce odieuse. « Les Français se permettent de nous accuser d'arrogance ! s'écria Walter. Ils ne manquent pas d'air. C'est quoi cette expression à propos d'un hospice ?

— L'hôpital qui se moque de la charité », répondit Maud.

Il se laissa rouler sur le côté, tendit le bras et joua avec les poils de son pubis. Sa toison était sombre, bouclée et luxuriante. Elle lui avait proposé de s'épiler, mais il l'aimait telle qu'elle était. « Qu'allons-nous faire ? demanda-t-il. C'est très romantique de se retrouver à l'hôtel et de passer l'après-midi au lit comme des amants clandestins, mais nous ne pouvons pas faire ça éternellement. Il faut que le monde entier sache que nous sommes mari et femme. »

Il avait raison. Maud attendait avec impatience, elle aussi, de pouvoir passer toutes les nuits à ses côtés, mais elle préféra se taire : elle aimait tant faire l'amour avec lui qu'elle en était un peu gênée. « Nous n'avons qu'à nous installer ensemble. Qu'ils en tirent leurs conclusions.

— Ça ne me plaît pas, objecta-t-il. On pourrait croire que nous avons honte. »

Elle partageait ce sentiment : elle avait envie de crier son bonheur sur tous les toits, elle ne voulait plus se cacher. Elle était fière de Walter : il était beau, courageux et remarquablement intelligent. « Nous pourrions nous marier une seconde fois, suggéra-t-elle. Annoncer nos fiançailles, organiser une cérémonie sans dire que ça fait déjà cinq ans que nous sommes mariés. Il n'est pas illégal d'épouser deux fois la même personne. »

Il prit l'air pensif. « Mon père et ton frère nous feraient une vie d'enfer. Ils ne pourraient pas nous empêcher de nous marier, mais ils pourraient rendre tout cela très déplaisant – et gâcher notre bonheur.

— C'est vrai, reconnut-elle à contrecœur. Fitz dirait que certains Allemands peuvent être de très chic types, mais que de là à en avoir un pour beau-frère...

— Il faut donc les mettre devant le fait accompli.

— Il n'y a qu'à les prévenir, puis faire passer l'information dans la presse. Présenter cela comme un symbole de l'ordre nouveau. Un mariage anglo-allemand, au moment précis de la signature du traité de paix.

— Tu vois ça comment, concrètement? demanda-t-il, dubitatif.

— Je vais parler au rédacteur en chef du *Tatler*. Ils m'aiment bien dans cette revue – je leur ai fourni matière à un certain nombre d'articles. »

Walter sourit et murmura : « Lady Maud Fitzherbert, comme toujours à la pointe de la mode.

— Qu'est-ce que tu dis? »

Il tendit le bras vers la table de chevet, attrapa son portefeuille et en sortit une coupure de presse. « La seule photo que j'aie de toi. »

Elle se pencha vers lui pour la voir. Le papier était devenu friable et avait pris une teinte sable. « Elle date d'avant la guerre.

— Je l'ai gardée sur moi depuis. Comme moi, elle a survécu. »

Les larmes montèrent aux yeux de Maud, brouillant le portrait fané.

« Ne pleure pas », dit-il en la serrant dans ses bras.

Elle enfouit le visage contre son torse nu et sanglota. Certaines femmes pleuraient pour un oui ou pour un non, mais cela n'avait jamais été le genre de Maud. Cette fois pourtant, ses larmes étaient irrépressibles. Elle pleurait sur toutes ces années perdues, sur ces millions de jeunes gens morts, sur ce gâchis stupide, absurde. Elle versait tous les pleurs qu'elle avait bravement retenus pendant cinq ans.

Quand ses larmes furent enfin taries, elle l'embrassa éperdument, et ils refirent l'amour.

3.

La Cadillac bleue de Fitz vint prendre Walter à son hôtel le 16 juin pour le conduire à Paris. Le magazine *Tatler*, s'était dit Maud, voudrait à coup sûr une photographie du couple. Walter portait un costume de tweed qu'il s'était fait faire à Londres avant la guerre. Il était trop large à la taille, mais tous les Allemands flottaient dans leurs vêtements.

Walter avait mis sur pied un petit bureau de renseignements à l'hôtel des Réservoirs. Il y épluchait la presse française, britannique, américaine et italienne et rassemblait les potins recueillis par la délégation allemande. Il savait que les contre-propositions faites par son pays suscitaient d'âpres querelles entre les Alliés. Lloyd George, un homme politique d'une souplesse souvent excessive, était prêt à réexaminer le projet de traité. Mais le président du Conseil français, Clemenceau, estimait s'être déjà montré fort généreux, et la moindre allusion à un éventuel aménagement le rendait fou de rage. Chose étonnante, Woodrow Wilson ne se montra pas moins intraitable. À ses yeux, c'était un règlement équitable ; et lorsqu'il s'était fait une opinion, il restait sourd à toute critique.

Les Alliés négociaient également des traités de paix avec les anciens partenaires de l'Allemagne : l'Autriche, la Hongrie, la Bulgarie et l'Empire ottoman. Ils créaient de nouveaux pays comme la Yougoslavie et la Tchécoslovaquie et découpaient le Proche-Orient en zones, l'une britannique, l'autre française. Ils se demandaient par ailleurs s'il fallait faire la paix avec Lénine. Dans tous les pays, la population était lasse de la guerre, mais une poignée d'hommes influents n'avaient pas renoncé à en découdre avec les bolcheviks. Le *Daily Mail* britannique prétendait avoir découvert une conspiration de financiers juifs internationaux qui soutenaient le régime de Moscou – une des élucubrations les plus extravagantes de ce quotidien.

Wilson et Clemenceau l'emportèrent contre Lloyd George et, un peu plus tôt dans la journée, l'équipe allemande de l'hôtel des Réservoirs avait reçu une note impatiente lui accordant trois jours pour accepter le traité.

Assis à l'arrière de la voiture de Fitz, Walter réfléchissait sur l'avenir de son pays et ruminait des idées noires. L'Allemagne n'aurait rien à envier à une colonie africaine, songea-t-il, dont les habitants primitifs ne travaillaient que pour enrichir leurs maîtres étrangers. Il n'avait pas envie d'élever ses enfants dans un tel endroit.

Maud l'attendait chez le photographe, superbe dans une robe d'été vaporeuse, une création de Paul Poiret, un de ses couturiers préférés.

Le studio était équipé d'une toile de fond peinte représentant un jardin en fleurs, que Maud jugea de mauvais goût. Ils posèrent donc devant les rideaux, miséricordieusement unis, de la salle à manger du photographe. Ils commencèrent par se tenir côte à côte, sans se toucher, comme des étrangers. Le photographe suggéra à Walter de s'agenouiller devant Maud, mais c'était d'un sentimentalisme outré. Finalement, ils trouvèrent une pose qui leur convenait à tous : ils se tenaient les mains et, au lieu de regarder l'objectif, avaient les yeux rivés l'un sur l'autre.

Les tirages seraient prêts le lendemain, promit le photographe.

Ils allèrent déjeuner à leur auberge. « Les Alliés ne peuvent pas ordonner à l'Allemagne de signer, purement et simplement, remarqua Maud. Ce n'est pas ce que j'appelle une négociation.

— Ce n'est pas le genre de chose qui les arrête.

— Et si vous refusez, que se passera-t-il ?

— On ne nous l'a pas dit.

— Qu'allez-vous faire ?

— Certains membres de notre délégation rentrent à Berlin ce soir pour consulter notre gouvernement. » Il soupira. « J'ai bien peur d'être du nombre.

— Dans ce cas, il est grand temps de faire notre annonce. Je partirai pour Londres demain, après être allée chercher les photos.

— Entendu. J'en parlerai à ma mère dès que je serai à Berlin.

Je suis sûr qu'elle le prendra bien. J'en parlerai à père ensuite. Il le prendra mal.

— Je préviendrai tante Herm et la princesse Bea, et j'écrirai à Fitz, en Russie.

— Nous n'allons donc pas nous revoir avant un moment.

— Alors, finis de manger et au lit ! »

4.

Gus et Rosa se retrouvèrent au jardin des Tuileries. Paris commençait à revivre, songea Gus avec bonheur. Le soleil brillait, les arbres étaient verdoyants et des hommes portant œillet à la boutonnière étaient assis, cigare aux lèvres, regardant passer les femmes les mieux habillées du monde. Sur un côté du parc, la circulation des voitures, des camions et des charrettes tirées par des chevaux apportait de l'animation à la rue de Rivoli ; de l'autre, des péniches allaient et venaient sur la Seine. Peut-être le monde se rétablirait-il après tout.

Rosa était ravissante dans sa robe rouge en cotonnade légère, sous un chapeau à larges bords. Si je savais peindre, se dit Gus en la voyant, c'est comme cela que je la représenterais.

Il portait un blazer bleu et un canotier à la mode. Elle éclata de rire en l'apercevant.

« Qu'y a-t-il ? s'inquiéta-t-il.

— Rien. Tu es superbe.

— C'est le chapeau, c'est ça ? »

Elle pouffa. « Tu es adorable.

— J'ai l'air idiot. Je n'y peux rien. Dès que je mets un chapeau, c'est comme ça. C'est à cause de ma grosse tête. »

Elle déposa un baiser furtif sur ses lèvres. « Tu es l'homme le plus séduisant de tout Paris. »

Le plus étonnant, c'est qu'elle le pensait. Gus avait peine à croire à sa chance.

Il lui prit le bras. « Marchons un peu, tu veux ? » Ils se dirigèrent vers le Louvre.

« Tu as vu le *Tatler* ? demanda-t-elle.

— La revue londonienne ? Non. Pourquoi ?

— Il semblerait que ta chère amie, Lady Maud, ait épousé un Allemand.

— Oh ! s'exclama-t-il. Comment l'ont-ils appris ?

— Parce que tu le savais ?

— Je l'ai deviné. J'ai croisé Walter à Berlin en 1916 et il m'a demandé de transmettre une lettre à Maud. Je me suis douté qu'ils étaient fiancés, ou peut-être même mariés.

— Quelle discrétion ! Tu n'en as jamais rien dit.

— C'était un secret dangereux.

— Il l'est peut-être encore. Le *Tatler* est plutôt bienveillant à leur égard, mais rien ne dit que d'autres journaux n'auront pas la dent plus dure.

— Ce ne serait pas la première fois que Maud se ferait égratigner par la presse. C'est une coriace. »

Rosa prit l'air confus. « Je suppose que c'est de ça que vous discutiez le soir où je t'ai surpris en tête à tête avec elle.

— Exactement. Elle voulait savoir si j'avais des nouvelles de Walter.

— Et moi qui te soupçonnais de flirter. Quelle bécasse !

— Je te pardonne, mais je me réserve le droit de te le rappeler la prochaine fois que tu me critiqueras injustement. Je peux te poser une question ?

— Tout ce que tu veux, Gus.

— En fait, j'en ai trois.

— Voilà qui est plutôt inquiétant. On se croirait dans un conte. Si je réponds de travers, serai-je exilée à tout jamais ?

— Es-tu toujours anarchiste ?

— Ça t'ennuierait ?

— En fait, je me demande plutôt si la politique pourrait nous diviser.

— Être anarchiste, c'est être convaincu que personne n'a le droit de gouverner. Toutes les philosophies politiques, de la monarchie de droit divin au contrat social de Rousseau, cherchent à justifier l'autorité. Les anarchistes estiment que toutes ces théories ont échoué et que, par conséquent, aucune forme d'autorité n'est légitime.

— Irréfutable en théorie. Impossible à mettre en pratique.

— Tu comprends vite. En effet, tous les anarchistes sont hostiles au pouvoir établi, mais leurs idées sur le fonctionnement idéal de la société sont loin d'être unanimes.

— Et toi, tu en penses quoi ?

— Je ne vois plus les choses aussi clairement qu'autrefois. Être correspondante à la Maison-Blanche m'a apporté une autre vision de la politique. Toutefois je continue à penser que toute autorité doit se justifier.

— Ça m'étonnerait que nous nous disputions un jour à ce sujet.

— Bien. Question suivante ?

— Parle-moi de ton œil.

— Je suis née comme ça. J'aurais pu me faire opérer, pour ouvrir la paupière. Derrière, il n'y a qu'une masse de tissus inutiles, mais on aurait pu me mettre un œil de verre. Malheureusement, je n'aurais jamais pu le fermer. Je trouve que, tel quel, c'est un moindre mal. Ça te gêne ? »

Il s'arrêta et se tourna pour lui faire face. « Je peux l'embrasser ? »

Elle hésita. « Bon, d'accord. »

Il se pencha et embrassa la paupière close. Le contact de sa peau sous ses lèvres n'avait rien d'insolite. C'était exactement comme s'il lui embrassait la joue. « Merci », dit-il.

Elle murmura : « Personne n'avait encore jamais fait ça. »

Il hocha la tête. Il s'était douté que c'était une sorte de tabou.

« Pourquoi y tenais-tu ? demanda-t-elle.

— Parce que j'aime tout en toi, et que je voulais que tu le saches.

— Oh. » Elle demeura muette un instant, visiblement émue. Puis elle lui adressa un grand sourire et reprit le ton désinvolte qu'elle affectionnait : « Eh bien, s'il y a autre chose de bizarre chez moi que tu as envie d'embrasser, surtout n'hésite pas à me le dire. »

Il ne savait pas vraiment comment réagir à cette offre vaguement émoustillante, mais décida de remettre cette réflexion à plus tard. « Il me reste une dernière question.

— Je t'écoute.

— Il y a quatre mois, je t'ai dit que je t'aimais.

— Je n'ai pas oublié.

— Mais toi, tu ne m'as pas dit ce que tu éprouvais pour moi.

— Ça ne va pas de soi ?

— Je ne sais pas. Je préférerais que tu me le dises. Tu m'aimes ?

— Oh, Gus, tu ne comprends donc pas ? » Son visage se crispa d'angoisse. « Tu es trop bien pour moi. Tu étais le meilleur parti de Buffalo. Moi, j'ai toujours été l'anarchiste borgne. Tu étais censé tomber amoureux d'une jeune femme élégante, belle, riche. Je suis la fille d'un médecin – et je te rappelle que ma mère était bonne à tout faire. Ce n'est pas quelqu'un comme moi que tu dois aimer.

— Tu m'aimes ? » demanda-t-il avec une obstination paisible.

Elle fondit en larmes. « Bien sûr que je t'aime, andouille, je t'aime de tout mon cœur. »

Il la prit dans ses bras. « Alors, c'est tout ce qui compte », dit-il.

5.

Tante Herm reposa le *Tatler*. « C'est très mal de t'être mariée en cachette », dit-elle à Maud. Un petit sourire complice éclaira soudain son visage. « Mais c'est tellement romantique ! »

Elles étaient chez Fitz, à Mayfair, dans le petit salon. Bea avait fait refaire la pièce après la fin de la guerre, dans le style art déco très en vogue, avec des sièges aux formes fonctionnelles et des bibelots d'argent ultramodernes de chez Asprey. Maud et Herm se trouvaient en compagnie de Bing Westhampton, l'ami de Fitz, toujours badin, qui était venu avec son épouse. La saison londonienne battait son plein et ils attendaient Bea pour se rendre à l'opéra. Elle était en train de dire bonsoir à Boy, qui avait désormais trois ans et demi, et à Andrew, qui avait dix-huit mois.

Maud prit la revue et se replongea dans l'article. La photo ne lui plaisait pas beaucoup. Elle s'était imaginé qu'elle montrerait deux amoureux. Malheureusement, on aurait dit une scène de cinématographe. Walter avait la mine vorace, il lui tenait la main et la dévisageait comme un don Juan au pouvoir maléfique ; quant à elle, elle avait tout de l'ingénue sur le point de tomber dans ses rets.

Le texte, en revanche, était tel qu'elle l'avait espéré. Le chroniqueur rappelait à ses lecteurs que Lady Maud avait été une « suffragette à la mode » avant la guerre, qu'elle avait lancé le journal *La Femme du soldat* pour défendre les droits des épouses restées au pays et avait été arrêtée pour avoir défendu Jayne

McCulley. Il expliquait que Walter et elle avaient prévu d'annoncer leurs fiançailles en bonne et due forme, mais que le déclenchement de la guerre les en avait empêchés. Leur mariage clandestin et hâtif apparaissait comme un effort désespéré pour agir au mieux dans des circonstances exceptionnelles.

Maud avait exigé que ses propos soient fidèlement retranscrits et la revue avait tenu parole. «Je sais que certains Britanniques détestent les Allemands, avait-elle expliqué. Mais je sais aussi que Walter et beaucoup de ses compatriotes n'ont pas ménagé leur peine pour essayer d'éviter la guerre. Maintenant qu'elle est finie, il faut instaurer la paix et l'amitié entre les anciens ennemis, et j'espère de tout cœur que notre union apparaîtra comme un symbole du monde nouveau.»

Au cours de toutes ses années de campagnes politiques, Maud avait appris que l'on pouvait parfois obtenir le soutien d'une publication en lui accordant l'exclusivité d'un bon article.

Walter avait regagné Berlin, comme prévu. Les Allemands s'étaient fait conspuer par la foule lorsqu'ils s'étaient rendus à la gare avant de rentrer chez eux. Une secrétaire avait même été assommée par un jet de pierre. Le commentaire des Français avait été laconique : «Rappelez-vous ce qu'ils ont fait à la Belgique.» La secrétaire était toujours à l'hôpital. Et le peuple allemand se montrait farouchement hostile à la signature du traité.

Bing était assis à côté de Maud, sur le canapé. Pour une fois, il ne lui faisait pas de charme. «Je regrette que ton frère ne soit pas là pour te donner quelques conseils», dit-il en pointant le menton en direction de la revue.

Maud avait écrit à Fitz pour lui annoncer son mariage et avait joint la page découpée du *Tatler*, pour qu'il sache que la société londonienne ne s'offusquait pas de ce qu'elle avait fait. Elle ignorait combien de temps mettrait sa lettre pour parvenir à Fitz, et ne s'attendait pas à recevoir de réponse avant de longs mois. Il serait alors trop tard pour que Fitz proteste. Il ne lui resterait qu'à faire contre mauvaise fortune bon cœur, et à la féliciter.

Maud se hérissa en entendant Bing suggérer qu'il serait judicieux qu'un homme lui dicte sa conduite. «Je vois mal ce que Fitz pourrait dire !

— La vie ne sera pas facile dans les prochains temps pour l'épouse d'un Allemand.

— Je n'ai pas besoin qu'un homme me l'apprenne, tu sais.

— En l'absence de Fitz, je me sens investi d'une certaine responsabilité.

— Je t'en prie, ne te donne pas cette peine. » Maud essaya de ne pas se formaliser. Quels conseils Bing pouvait-il donner, sinon sur la façon de jouer et de s'enivrer dans les boîtes de nuit du monde entier ?

Il baissa la voix. « J'hésite à aborder ce sujet mais... » Il jeta un coup d'œil à tante Herm qui comprit l'allusion et alla se resservir de café. « Si tu déclarais que le mariage n'a jamais été consommé, nous pourrions obtenir une annulation. »

Maud pensa à la chambre aux rideaux jaune paille et fit un effort pour réprimer un sourire radieux. « Mais je ne peux en aucun cas...

— Je t'en prie. Je ne veux rien savoir. Je voulais simplement m'assurer que tu étais informée de toutes les solutions possibles. »

Maud lutta contre une indignation croissante. « Je sais que ça part d'un bon sentiment, Bing...

— Tu pourrais aussi demander le divorce. Un homme se débrouille toujours pour fournir des motifs à une femme, tu sais. »

Cette fois, Maud ne put contenir sa colère. « S'il te plaît, je ne veux plus entendre parler de cela, dit-elle en haussant la voix. Je n'ai pas la moindre envie de faire annuler mon mariage, ni de divorcer. J'aime Walter. »

Bing se rembrunit. « Il m'a semblé qu'il fallait que tu saches ce que Fitz, en tant que chef de famille, pourrait te dire s'il était là. » Se levant, il se tourna vers sa femme. « Allons-y, veux-tu ? Inutile que nous soyons tous en retard. »

Quelques instants plus tard, Bea fit son apparition, vêtue d'une nouvelle robe de soie rose. « Je suis prête », annonça-t-elle comme si c'étaient eux qui l'avaient fait attendre. Son regard se posa sur la main gauche de Maud et prit note de l'alliance, mais elle s'abstint de tout commentaire. Quand Maud lui avait annoncé la nouvelle, elle avait réagi avec une prudente neutralité. « J'espère que vous serez heureuse, avait-elle dit sans chaleur. Et j'espère que Fitz ne s'offensera pas que vous vous soyez passée de son autorisation. »

Elles sortirent et montèrent dans la Cadillac noire que Fitz avait achetée lorsqu'il avait dû laisser la bleue en France. Fitz payait tout, songea Maud : la maison où vivaient les trois femmes, les robes hors de prix qu'elles portaient, la voiture, la loge d'opéra. Ses factures du Ritz à Paris avaient été adressées à Albert Solman, l'agent d'affaires londonien de Fitz, et réglées sans la moindre question. Son frère ne protestait jamais. Walter ne pourrait en aucun cas lui assurer un tel train de vie, elle le savait. Peut-être Bing avait-il raison, peut-être aurait-elle du mal à se passer du luxe auquel elle était habituée. Mais elle vivrait avec l'homme qu'elle aimait.

Bea les ayant mises en retard, elles arrivèrent à Covent Garden à la dernière minute. Tout le monde était déjà dans la salle. Elles gravirent rapidement l'escalier recouvert d'un tapis rouge et se dirigèrent vers leur loge. Maud repensa soudain à ce qu'elle avait fait à Walter dans cette même loge pendant une représentation de *Don Giovanni.* Elle en rougit d'embarras : comment avait-elle pu prendre un risque pareil ?

Bing Westhampton était déjà là, avec sa femme. Ils se levèrent et avancèrent un siège pour Bea. Le public était silencieux : le spectacle allait commencer. Observer les autres était un des passe-temps préférés des amateurs d'opéra, et de nombreuses têtes se tournèrent pour voir la princesse s'asseoir. Tante Herm était au deuxième rang, mais Bing proposa à Maud une place devant. Un murmure s'éleva des fauteuils d'orchestre : la plupart des gens avaient sans doute vu la photographie et lu l'article du *Tatler.* Nombreux étaient ceux qui connaissaient personnellement Maud : le public rassemblait la haute société londonienne, aristocrates et hommes politiques, juges et évêques, artistes à succès et riches hommes d'affaires – ainsi que leurs épouses. Maud attendit un instant avant de s'asseoir, heureuse de se faire voir et de leur faire partager sa joie et sa fierté.

C'était une erreur.

La rumeur qui montait du public se transforma. Le murmure s'amplifia. Il était impossible de distinguer ce qui se disait, mais les voix se chargèrent d'une nuance de désapprobation, comme le bourdonnement d'une mouche qui change de timbre lorsqu'elle se heurte à une vitre fermée. Maud fut décontenancée. Puis elle entendit un autre son, qui ressemblait atrocement à un sifflet. Confuse, désemparée, elle s'assit.

Cela n'y fit rien. À présent, tous les yeux étaient braqués sur elle. Les sifflets se répandirent comme une traînée de poudre à travers tout l'orchestre, avant de gagner les balcons. « Enfin, voyons », protesta Bing faiblement.

Maud n'avait jamais affronté une haine pareille, même au plus fort des manifestations pour le droit de vote des femmes. Une douleur lui tenailla le creux de l'estomac, comme une crampe. Elle aurait voulu que l'orchestre se mette à jouer, mais le chef avait, lui aussi, les yeux rivés sur sa loge, la baguette le long du corps.

Elle essaya de leur rendre fièrement leur regard, mais les larmes lui montèrent aux yeux et troublèrent sa vue. Ce cauchemar ne s'arrêterait pas spontanément, elle en était consciente. Elle devait réagir.

Elle se leva. Les sifflets redoublèrent.

Les larmes ruisselaient sur ses joues. N'y voyant presque rien, elle se retourna. Renversant sa chaise, elle se dirigea en titubant vers la porte, au fond de la loge. Tante Herm l'imita en balbutiant : « Oh, mon Dieu, mon Dieu, mon Dieu... »

Bing bondit sur ses pieds et lui ouvrit la porte. Maud sortit, tante Herm sur les talons. Bing leur emboîta le pas. Derrière elle, Maud entendit les sifflets s'évanouir au milieu de quelques éclats de rire, puis, à sa consternation, le public se mit à applaudir, se félicitant de sa victoire ; les applaudissements railleurs la poursuivirent le long du couloir, dans l'escalier et hors du théâtre.

6.

L'allée qui menait de la grille du parc au château de Versailles s'étirait sur un kilomètre et demi de long. En ce jour, elle était bordée de centaines de cavaliers français en uniforme bleu. Le soleil estival se reflétait sur leurs casques d'acier. Ils tenaient des lances ornées de flammes rouge et blanc qui frémissaient sous la brise tiède.

Malgré le scandale de l'opéra, Johnny Remarc avait pu faire inviter Maud à la signature du traité de paix. Mais elle dut voyager à l'arrière d'un camion ouvert, serrée au milieu des secrétaires de la délégation britannique, comme des moutons conduits au marché aux bestiaux.

On avait pu craindre un moment que les Allemands refusent de signer. Le héros de la guerre, le feld-maréchal von Hindenburg, avait déclaré préférer une défaite honorable à une paix déshonorante. Le cabinet allemand avait démissionné en bloc plutôt que d'accepter le traité. Le chef de leur délégation à Paris en avait fait autant. Finalement, le Parlement allemand avait voté de signer l'intégralité du texte, à l'exception de la fameuse clause sur la responsabilité du déclenchement de la guerre. Les Alliés avaient immédiatement fait savoir que cette réserve était inacceptable.

« Que feront les Alliés si les Allemands refusent ? avait demandé Maud à Walter dans leur auberge, où ils vivaient désormais ensemble dans la plus grande discrétion.

— Ils disent qu'ils envahiront l'Allemagne. »

Maud avait secoué la tête. « Nos soldats n'accepteront pas de se battre.

— Les nôtres non plus.

— Ce serait donc l'impasse.

— À cette différence près que la British Navy n'ayant pas levé le blocus, l'Allemagne ne peut toujours pas être ravitaillée. Les Alliés n'auraient qu'à attendre que des émeutes de la faim éclatent dans toutes les villes pour pouvoir occuper l'Allemagne sans difficulté.

— Autrement dit, vous êtes obligés de signer.

— C'est ça ou mourir de faim », avait confirmé Walter amèrement.

Cette conversation avait eu lieu quelques jours plus tôt. C'était aujourd'hui le 28 juin, cinq ans jour pour jour après l'assassinat de l'archiduc à Sarajevo.

Le camion conduisit les secrétaires dans la cour et elles en descendirent aussi gracieusement que possible. Maud pénétra dans le château et gravit le grand escalier flanqué par d'autres soldats français en grande tenue, les gardes républicains cette fois, en casque d'argent à crinière.

Elle entra enfin dans la galerie des Glaces. C'était l'une des salles les plus grandioses du monde, dont les dimensions atteignaient celles de trois courts de tennis mis bout à bout. D'un côté, dix-sept fenêtres tout en hauteur donnaient sur les jardins ; elles se reflétaient sur le mur opposé dans dix-sept arcades ornées de miroirs. Mais surtout c'était là qu'en 1871, à la fin de la guerre franco-prussienne, les Allemands victorieux avaient couronné leur premier empereur et obligé les Français à signer la cession de l'Alsace-Lorraine. Ces derniers avaient certainement été nombreux à rêver du jour où ils pourraient prendre leur revanche. L'humiliation que l'on inflige à autrui revient vous frapper au visage, tôt ou tard, se dit Maud. Cette réflexion traverserait-elle l'esprit de ceux qui, dans les deux camps, participaient à la cérémonie d'aujourd'hui ? C'était peu probable.

Elle trouva la place qui lui était réservée sur un des bancs de peluche rouge. L'événement avait attiré des dizaines de journalistes et de photographes, ainsi qu'une équipe de cinéma armée d'immenses caméras. Les dignitaires entrèrent, isolément ou par deux, et s'assirent devant une longue table : Clemenceau détendu et irrévérencieux, Wilson raide et guindé, Lloyd George ressemblant à un coq nain vieillissant. Maud reconnut Gus Dewar qui chuchotait à l'oreille de Wilson avant de s'approcher des bancs de la presse pour parler à une jeune et jolie journaliste borgne. Elle se rappela l'avoir déjà vue. Gus avait l'air très amoureux d'elle.

À trois heures, quelqu'un réclama le silence et tout le monde se tut respectueusement. Clemenceau dit quelques mots, une porte s'ouvrit et les deux signataires allemands entrèrent. Walter avait expliqué à Maud qu'à Berlin personne n'avait voulu attacher son nom au traité, et qu'en définitive, ils avaient envoyé le ministre des Affaires étrangères et celui des Postes. Les deux hommes étaient pâles ; ils avaient l'air honteux.

Clemenceau prononça un bref discours, puis invita les Allemands à s'avancer. Les deux hommes sortirent de leur poche des stylos à plume et signèrent le document qui se trouvait sur la table. Quelques secondes plus tard, sur un signal invisible, des coups de canon furent tirés à l'extérieur, annonçant au monde la signature du traité de paix.

Les autres délégués s'avancèrent pour signer à leur tour, ceux des grandes puissances, mais aussi de tous les pays parties prenantes du traité. Cela dura longtemps, et les spectateurs commencèrent à bavarder entre eux. Les Allemands restèrent assis, figés, jusqu'à la fin. On les raccompagna alors jusqu'à la sortie.

Maud était écœurée. Nous avons prêché la paix, se disait-elle, et pendant tout ce temps, nous ne pensions qu'à nous venger. Elle quitta le château. Dehors, Wilson et Lloyd George étaient assaillis par des spectateurs en liesse. Elle contourna la foule, regagna la ville et se dirigea vers l'hôtel des Allemands.

Elle espérait que Walter ne serait pas trop abattu : il avait dû vivre une journée effroyable.

Elle le trouva qui faisait ses bagages. « Nous rentrons ce soir, annonça-t-il. Toute la délégation.

— Déjà ! » Elle avait à peine pensé à ce qui se passerait après la signature. C'était un événement d'une importance si colossale qu'elle avait été incapable de voir au-delà.

Walter y avait réfléchi, lui, et il avait une idée. « Accompagne-moi, dit-il simplement.

— Je ne peux pas obtenir l'autorisation de me rendre en Allemagne.

— De quelle autorisation as-tu besoin ? Je me suis procuré un passeport allemand pour toi, au nom de Frau Maud von Ulrich. »

Elle en fut abasourdie. « Comment as-tu fait ? » Ce n'était pourtant pas, et de loin, la question la plus importante qui lui occupait l'esprit.

« Je n'ai eu aucun mal à l'obtenir. Tu es l'épouse d'un citoyen allemand. Tu as droit à un passeport. Je n'ai exercé de pression que pour réduire la durée des démarches à quelques heures. »

Elle le regarda fixement. C'était si soudain.

« Viendras-tu ? » demanda-t-il.

Elle lut dans son regard une peur effroyable. Il craignait qu'elle ne fasse machine arrière au dernier moment. En voyant la terreur qu'il éprouvait à l'idée de la perdre, Maud eut envie de pleurer. Quelle chance elle avait d'être aimée avec une telle passion ! « Oui, dit-elle. Oui, je viens. Évidemment. »

Il n'était pas encore tout à fait convaincu. « Es-tu sûre de le vouloir ? »

Elle acquiesça. « Tu te rappelles l'histoire de Ruth, dans la Bible ?

— Bien sûr. Pourquoi ?... »

Maud l'avait lue maintes fois au cours des dernières semaines, et elle cita alors les versets qui l'avaient tant émue. « "Où tu iras j'irai, et où tu passeras la nuit je la passerai ; ton peuple sera mon peuple et ton dieu mon dieu ; où tu mourras..." » Elle s'interrompit, la gorge nouée ; puis, elle déglutit péniblement et reprit : « "Où tu mourras je mourrai, et là je serai enterrée." »

Il sourit, mais ses yeux étaient embués. « Merci.

— Je t'aime, dit-elle. À quelle heure est le train ? »

XX

Août-octobre 1919

1.

Gus et Rosa regagnèrent Washington le même jour que le président. En août, ils réussirent à obtenir un congé tous les deux et rentrèrent à Buffalo. Le lendemain de leur arrivée, Gus devait présenter Rosa à ses parents.

Il était rongé d'inquiétude. Il tenait tellement à ce que sa mère apprécie Rosa. Or elle se faisait une très haute opinion de la séduction que son fils exerçait sur les femmes. Elle avait critiqué toutes les jeunes filles qu'il lui était arrivé d'évoquer. Aucune n'était assez bien pour lui, socialement surtout. S'il avait voulu épouser la fille du roi d'Angleterre, elle lui aurait probablement demandé : Tu ne peux vraiment pas te trouver une gentille petite Américaine bien élevée ?

« La première chose que tu remarqueras en la voyant, mère, c'est qu'elle est très jolie, dit Gus au petit déjeuner, ce matin-là. Ensuite, tu t'apercevras qu'elle n'a qu'un œil. Au bout de quelques minutes, tu découvriras qu'elle est d'une intelligence exceptionnelle. Et quand tu la connaîtras mieux, tu comprendras que c'est la plus merveilleuse jeune femme du monde.

— Je n'en doute pas un instant, répondit sa mère avec son habituelle et prodigieuse mauvaise foi. Que font ses parents ? »

Rosa arriva en milieu d'après-midi, alors que mère faisait la sieste et que père était encore en ville. Gus lui fit visiter la maison et le parc. Elle demanda, un peu intimidée : « Tu es conscient, j'espère, que je viens d'un milieu beaucoup plus modeste ?

— Tu t'y feras rapidement. De toute façon, nous n'allons

pas vivre dans une splendeur pareille, toi et moi. Mais nous pourrions tout de même acheter une jolie petite maison à Washington. »

Ils jouèrent au tennis. La partie était inégale : avec ses longs bras et ses longues jambes, Gus était trop fort pour elle et elle avait du mal à apprécier les distances. Mais elle se défendit vaillamment, essayant d'attraper toutes les balles, et elle remporta quelques jeux. Et puis elle était si séduisante dans sa robe de tennis blanche – à mi-mollet comme le voulait la mode – que Gus dut faire un effort héroïque pour se concentrer sur ses coups.

Ils rentrèrent prendre le thé, rouges de transpiration. « Mobilise toutes tes réserves de tolérance et de bonne volonté, lui conseilla Gus avant d'entrer au salon. Mère peut être une épouvantable snob. »

Cependant sa mère se conduisit irréprochablement. Elle embrassa Rosa sur les deux joues en lui disant : « Vous avez l'air en pleine forme tous les deux, rien de tel qu'un peu d'exercice pour vous donner bonne mine. Mademoiselle Hellman, quel plaisir de faire votre connaissance, j'espère que nous serons amies.

— C'est très gentil de votre part, répondit Rosa. Ce serait un vrai privilège d'être votre amie. »

Le compliment flatta mère. Elle savait qu'elle était une grande dame de la société de Buffalo et jugeait normal que les jeunes femmes lui manifestent des égards. Rosa l'avait compris en une seconde. Qu'elle est futée, songea Gus. Et généreuse aussi, dans la mesure où, au fond d'elle-même, elle détestait l'autorité.

« Je connais Fritz Hellman, votre frère », reprit mère. Fritz était violoniste dans l'Orchestre symphonique de Buffalo et mère faisait partie du conseil d'administration. « Il a un talent peu commun.

— Merci. Nous sommes très fiers de lui. »

Mère parla de tout et de rien, et Rosa la laissa diriger la conversation. Gus ne put s'empêcher de se rappeler qu'une fois déjà, il avait présenté à ses parents une jeune fille qu'il avait l'intention d'épouser : Olga Vialov. La réaction de mère avait été bien différente : elle s'était montrée courtoise et accueillante, mais Gus avait bien vu qu'elle se forçait. Aujourd'hui, elle paraissait sincère.

Il avait demandé des nouvelles des Vialov à sa mère la veille. Lev Pechkov avait été envoyé en Sibérie comme interprète de l'armée. Olga ne sortait pas beaucoup et paraissait consacrer tout son temps à l'éducation de leur petite fille. Josef était intervenu auprès du père de Gus, le sénateur, pour obtenir un accroissement de l'aide militaire au profit des blancs. « Il semble penser que l'arrivée des bolcheviks au pouvoir pourrait porter préjudice aux affaires de la famille Vialov à Petrograd, avait dit mère.

— Voilà ce que j'ai entendu de plus favorable à leur sujet », avait rétorqué Gus.

Après le thé, ils allèrent se changer. Troublé, Gus imaginait Rosa sous la douche, dans la pièce voisine. Il ne l'avait jamais vue nue. Ils avaient passé ensemble des heures passionnées dans sa chambre d'hôtel parisienne, sans jamais aller jusqu'au bout. «Je regrette d'être aussi démodée, s'était-elle excusée, mais je préfère que nous attendions. » Elle n'était pas aussi anarchiste que cela, après tout.

Les parents de Rosa avaient été invités pour le dîner. Gus enfila une veste de smoking courte et descendit. Il prépara un scotch pour son père, mais n'en prit pas. Il préférait avoir les idées claires.

Rosa le rejoignit, superbe dans sa robe noire. Ses parents arrivèrent à six heures tapantes. Norman Hellman était en habit à queue-de-pie, ce qui ne convenait pas tout à fait à un dîner familial; peut-être n'avait-il pas de smoking. C'était un petit homme à l'allure de farfadet et au sourire charmant. Gus remarqua immédiatement que Rosa tenait de lui. Il prit coup sur coup deux martinis, seul indice d'une éventuelle nervosité, et refusa ensuite tout alcool. La mère de Rosa, Hilda, était une beauté svelte, aux mains magnifiques et aux longs doigts fuselés. On avait peine à l'imaginer en bonne à tout faire. Le père de Gus sympathisa immédiatement avec elle.

Lorsqu'ils s'assirent pour dîner, le docteur Hellman demanda : « Quels sont vos projets de carrière, Gus ? »

La question n'avait rien d'incongru venant du père de la femme que Gus aimait, mais ce dernier n'avait pas de réponse précise à lui donner. «Je travaillerai pour le président aussi longtemps qu'il aura besoin de moi, dit-il.

— Il doit avoir du pain sur la planche en ce moment.

— C'est vrai. Le Sénat renâcle à ratifier le traité de

Versailles. » Gus essayait de dissimuler son amertume. « Après tout ce que Wilson a fait pour convaincre les Européens de créer la Société des nations, je ne comprends pas que les Américains fassent la fine bouche devant ce projet.

— Le sénateur Lodge lui met des bâtons dans les roues. »

Gus estimait que Lodge était un égocentrique et un authentique salaud. « Le président a décidé de ne pas emmener Lodge à Paris avec lui, alors maintenant il se venge. »

Le père de Gus, qui, non content d'être sénateur, était aussi un vieil ami du président, expliqua : « Woodrow a fait figurer la création de la Société des nations dans le traité de paix; il pensait que nous ne pourrions évidemment pas refuser le traité et qu'ainsi, nous serions forcés d'accepter la Société. » Il haussa les épaules. « Lodge l'a envoyé aux pelotes.

— En toute impartialité, reprit le docteur Hellman, il me semble que le peuple américain a raison de s'interroger sur l'article dix. Si nous adhérons à une Société qui s'engage à protéger ses membres contre toute agression, nous obligeons dès à présent les forces américaines à prendre part à des conflits dont nous ignorons encore tout. »

La réponse de Gus fut prompte : « Si la Société est puissante, personne n'osera la provoquer.

— Je suis moins confiant que vous sur ce point. »

Gus n'avait pas envie de s'engager dans un débat avec le père de Rosa, mais la Société des nations était un sujet qui lui tenait à cœur. « Je ne dis pas que nous réussirions à éviter toutes les guerres, convint-il d'un ton conciliant. Mais je pense qu'elles seraient moins nombreuses et plus courtes, et que les agresseurs n'auraient pas grand-chose à y gagner.

— Je serais assez tenté de vous suivre. Cependant de nombreux électeurs ne raisonnent pas comme vous : "Qu'importent les autres pays, disent-ils, tout ce qui nous intéresse, c'est l'Amérique. Ne risquons-nous pas de devenir le gendarme du monde ?" C'est une question raisonnable. »

Gus fit un gros effort pour réprimer son irritation. La Société des nations représentait le plus grand espoir de paix jamais offert à l'humanité, et ce genre d'arguties bornées risquaient fort de la tuer dans l'œuf. « Il est prévu que le conseil de la Société prenne toutes ses décisions à l'unanimité, rappela-t-il. Les États-Unis ne se trouveront donc jamais contraints de faire la guerre contre leur gré.

— Alors à quoi bon créer cette Société si elle n'est pas prête à se battre ? »

Cette attitude était typique des adversaires de la Société des nations : d'abord ils se plaignaient qu'elle doive se battre, puis déploraient qu'elle ne se batte pas. « Ces problèmes sont franchement insignifiants, insista Gus, en comparaison de millions de morts. »

Le docteur Hellman haussa les épaules, trop poli pour poursuivre le débat avec un interlocuteur aussi passionné. « En tout état de cause, conclut-il, un traité ne saurait être ratifié, me semble-t-il, sans le soutien des deux tiers du Sénat.

— Et, pour le moment, nous n'en avons même pas la moitié », murmura Gus tristement.

Rosa, qui couvrait le sujet, précisa : « J'ai dénombré quarante voix en sa faveur, en vous incluant, sénateur Dewar. Quarante-trois de vos collègues émettent des réserves, huit y sont farouchement hostiles et cinq sont encore indécis. »

Le docteur Hellman demanda à Gus : « Selon vous, comment le président va-t-il se tirer d'affaire ?

— Il va s'adresser au peuple en court-circuitant les politiciens. Il a l'intention d'entreprendre une grande tournée à travers tout le pays. Il parcourra dix mille miles et prononcera plus de cinquante discours en quatre semaines.

— Un emploi du temps éreintant pour un homme de soixante-deux ans qui souffre d'hypertension. »

Le docteur Hellman prenait un malin plaisir à le provoquer, comprit Gus. De toute évidence, il cherchait à savoir de quel bois le prétendant de sa fille était fait. « Mais au moins, à la fin de cette tournée, répondit-il, il aura expliqué au peuple d'Amérique que le monde a besoin d'une Société des nations pour éviter que nous ayons à livrer un jour une autre guerre comme celle qui vient de s'achever.

— Pourvu que vous ayez raison.

— S'il est possible de faire comprendre à l'Américain moyen les subtilités de la politique, Wilson est l'homme de la situation. »

On apporta le dessert, servi avec du champagne. « Avant que nous commencions, j'aimerais prononcer quelques mots », dit Gus. Ses parents eurent l'air surpris : il ne faisait jamais de discours. « Docteur Hellman, madame Hellman, vous savez que j'aime votre fille, qui est la femme la plus merveilleuse du monde. C'est un peu démodé, mais j'aimerais vous demander la permission... » Il sortit de sa poche un petit écrin de cuir rouge. « ... la permission de lui offrir cette bague de fiançailles. » Il ouvrit le boîtier. Il contenait un anneau d'or orné d'un unique diamant d'un carat. La bague n'avait rien d'ostentatoire, mais la pierre était blanc pur, la couleur la plus rare, de taille ronde-brillant, et elle était d'une beauté fabuleuse.

Rosa en eut le souffle coupé.

Le docteur Hellman échangea un regard avec sa femme et ils sourirent. « Vous avez notre permission, évidemment. »

Gus fit le tour de la table et s'agenouilla à côté de la chaise de Rosa. « Veux-tu m'épouser, chère Rosa ?

— Oh oui, Gus chéri – dès demain, si tu veux ! »

Il sortit la bague de l'écrin et la glissa à son doigt. « Merci », dit-il.

Sa mère fondit en larmes.

2.

Gus se trouvait dans le train du président au moment où il quitta l'Union Station de Washington, le mercredi 3 septembre, à sept heures du soir. Wilson était vêtu d'un blazer bleu, d'un pantalon blanc et d'un canotier. Il était accompagné de sa femme, Edith, et du docteur Cary Travers Grayson, son médecin personnel. Vingt et un journalistes de la presse écrite étaient également à bord, dont Rosa Hellman.

Gus était persuadé que Wilson pouvait remporter cette bataille. Il avait toujours aimé le contact direct avec les électeurs. Et, après tout, c'était l'homme qui avait gagné la guerre.

Pendant la nuit, le train rejoignit Columbus, dans l'Ohio, où le président prononça son premier discours. De là, il poursuivit sa route – interrompue par quelques visites éclairs – vers Indianapolis, où il prit la parole le soir même devant vingt mille personnes.

Mais à la fin de la première journée, Gus était abattu. Les discours de Wilson avaient été médiocres. Il avait la voix rauque. Il s'était servi de notes – il était toujours meilleur quand il improvisait – et, lorsqu'il s'était engagé dans les détails techniques du traité qui avaient absorbé tout le monde à Paris, il avait donné l'impression de radoter et avait perdu l'attention de ses auditeurs. Il souffrait d'une forte migraine, Gus le savait, si violente que sa vue en était parfois affectée.

Gus était dévoré d'inquiétude. Ce n'était pas seulement l'état de santé de son ami et mentor qui le préoccupait. L'enjeu était bien plus important. L'avenir de l'Amérique et du monde entier se jouerait dans les semaines à venir. Seul l'engagement personnel de Wilson pouvait sauver la Société des nations de l'étroitesse de vue de ses adversaires.

Après le dîner, Gus rejoignit Rosa dans son wagon-lit. Elle était la seule femme journaliste du voyage, et disposait donc d'un compartiment pour elle seule. Presque aussi enthousiaste que Gus à propos de la Société des nations, elle n'en était pas moins objective. « Difficile de trouver quelque chose de vraiment positif à dire sur ce qui s'est passé aujourd'hui », reconnut-elle. Ils restèrent allongés un moment sur sa couchette à échanger baisers et câlineries, puis se dirent bonsoir et se séparèrent. Leur mariage était fixé pour le mois d'octobre, après le voyage du président. Gus aurait aimé en avancer la date, mais leurs parents voulaient avoir le temps de préparer la cérémonie et sa mère avait vaguement marmonné quelque chose à propos d'une hâte indécente. Il avait donc cédé.

Wilson peaufina son discours, tapant sur sa vieille Underwood tandis que les plaines infinies du Midwest défilaient derrière les vitres du train. Ses interventions s'améliorèrent les jours suivants. Gus lui suggéra d'adapter son texte aux différentes villes où il faisait étape. Wilson déclara ainsi aux chefs d'entreprise de Saint Louis que ce traité était nécessaire au développement du commerce international. À Omaha, il fit valoir que, sans le traité, le monde serait comme une communauté dont les titres fonciers ne seraient pas solidement établis et où tous les fermiers seraient assis sur les barrières, fusil à la main. Au lieu de longues explications, il mettait en relief les éléments les plus importants de façon concise.

Gus conseilla également à Wilson de faire appel aux émotions de ses auditeurs. Il ne s'agissait pas seulement de politique, lui dit-il, mais des sentiments qu'ils vouaient à leur pays. À Columbus, Wilson s'adressa aux soldats. À Sioux Falls, il affirma vouloir racheter les sacrifices des mères qui avaient perdu leurs fils au combat. Il évita généralement d'abaisser le débat, mais à Kansas City, fief du venimeux sénateur Reed, il n'hésita pas à comparer ses adversaires aux bolcheviks. Et il insista, encore et encore, sur son message, martelant que si la Société des nations échouait, on ne pourrait éviter une autre guerre.

Partout où le train s'arrêtait, Gus facilitait les relations du président avec les journalistes qui l'accompagnaient et avec leurs homologues locaux. Quand Wilson prononçait un discours improvisé, son sténographe le retranscrivait immédiatement et Gus en distribuait le texte à la presse. Il persuada également Wilson de faire de temps en temps un saut jusqu'au wagon-restaurant pour bavarder à bâtons rompus avec les journalistes.

La méthode porta ses fruits. Le public était de plus en plus réceptif. Les réactions de la presse restaient ambivalentes, mais au moins, le message de Wilson était répété à l'envi, même dans les journaux qui lui étaient hostiles. Et les rapports en provenance de Washington semblaient indiquer un affaiblissement de l'opposition.

Gus n'ignorait pas ce qu'il en coûtait au président. Ses migraines étaient désormais presque incessantes. Il souffrait d'insomnies. Il était incapable de digérer normalement et le docteur Grayson lui faisait absorber des aliments liquides. Il contracta un mal de gorge qui dégénéra en une forme d'asthme ; il avait du mal à respirer et était obligé de s'asseoir pour essayer de dormir un peu.

La presse et Rosa elle-même ne savaient rien de tout cela. Wilson continuait à prononcer des discours, mais sa voix manquait de puissance. Quand des milliers de personnes vinrent l'acclamer à Salt Lake City, il avait les traits tirés et ses mains se serraient spasmodiquement, en un geste étrange qui évoquait aux yeux de Gus l'image d'un mourant.

Dans la nuit du 25 septembre, Gus fut réveillé par du remue-ménage. Il entendit Edith appeler le docteur Grayson. Il enfila sa robe de chambre et rejoignit le compartiment du président.

Le spectacle qu'il y découvrit l'attrista et l'horrifia. Wilson avait une mine épouvantable. Il respirait à grand-peine et avait le visage agité d'un tic nerveux. Il ne voulait cependant pas renoncer. Il fallut toute la force de persuasion de Grayson pour le convaincre d'annuler le reste de sa tournée.

Le lendemain matin, le cœur gros, Gus annonça à la presse que le président venait d'être victime d'une grave attaque et qu'on avait dégagé les voies pour lui faire franchir le plus rapidement possible les quelque trois mille kilomètres qui le séparaient de Washington. Tous les engagements présidentiels furent annulés pour les deux semaines à venir, notamment une réunion avec les sénateurs favorables au traité, destinée à préparer la lutte en faveur de la ratification.

Ce soir-là, Gus et Rosa, assis dans le compartiment de cette dernière, regardaient par la fenêtre, désespérés. Dans toutes les gares, les gens s'étaient massés pour voir passer le président. Le soleil se coucha, mais la foule restait là, dans la pénombre, le regard fixe. Gus se rappela le train de Brest à Paris et le cortège silencieux qui s'était formé le long des rails, en pleine nuit. Cela remontait à moins d'un an, et déjà, tous leurs espoirs étaient réduits à néant. « Nous avons fait de notre mieux, dit-il. Mais nous avons échoué.

— Tu en es sûr ?

— Quand le président faisait campagne à plein temps, le succès ne tenait déjà qu'à un fil. Wilson malade, les chances de ratification par le Sénat sont nulles. »

Rosa lui prit la main. « Je suis navrée, dit-elle. Pour toi, pour moi, pour le monde entier. » Elle s'interrompit avant de demander : « Que vas-tu faire ?

— Je vais essayer d'entrer dans un cabinet juridique de Washington spécialisé dans le droit international. J'ai quelques compétences dans ce domaine, après tout.

— Si tu veux mon avis, ils vont se bousculer pour te proposer un poste. Et peut-être un futur président aura-t-il besoin de ton aide. »

Il sourit. Elle avait tendance à le surestimer ridiculement. « Et toi ?

— J'aime ce que je fais. J'espère pouvoir rester correspondante à la Maison-Blanche.

— Tu voudrais avoir des enfants ?

— Oui !

— Moi aussi. » Gus regarda par la fenêtre, songeur. « J'espère simplement que Wilson se trompe.

— Au sujet de nos enfants ? » La gravité de son ton ne lui avait pas échappé et elle ajouta, inquiète : « Que veux-tu dire ?

— Il prétend qu'une autre guerre mondiale les attend.

— Que Dieu les en préserve », murmura Rosa avec ferveur.

Dehors, la nuit tombait.

XXXIX

Janvier 1920

1.

Daisy était à table, dans la salle à manger de la maison ultramoderne des Vialov à Buffalo. Elle portait une robe rose. Elle était engloutie sous la grande serviette de lin nouée autour de son cou. Elle avait presque quatre ans, et Lev l'adorait.

«Je vais me préparer le plus gros sandwich du monde», annonça-t-il, et elle éclata de rire. Il découpa deux carrés de pain de mie d'un centimètre de côté, les beurra soigneusement, ajouta une portion microscopique des œufs brouillés que Daisy refusait de manger et superposa les deux tranches miniatures. «Il manque encore quelque chose. Ah, oui, du sel!» déclara-t-il. Il secoua la salière au-dessus de son assiette, puis ramassa délicatement du bout du doigt un unique grain de sel qu'il déposa sur le sandwich. «Ah, voilà! Maintenant, je peux le manger!

— Je le veux, dit Daisy.

— Vraiment? Mais c'est un sandwich géant pour un papa!

— Mais non! pouffa-t-elle. C'est un petit sandwich pour une petite fille.

— Ah bon, très bien, dit-il en le fourrant dans la bouche de Daisy. Tu n'en voudras sûrement pas d'autre.

— Si!

— Mais il était énorme!

— Non, il était tout petit!

— Très bien, je vais t'en préparer un autre.»

Lev était au sommet de la vague. Sa situation était encore plus florissante qu'il ne l'avait dit à Grigori quand ils s'étaient rencontrés, dix mois plus tôt, dans le train de Trotski. Il vivait chez son beau-père dans le plus grand confort. Vialov lui avait confié la gérance de trois boîtes de nuit et lui versait un confortable salaire auquel s'ajoutaient quelques extras comme les commissions des fournisseurs. Il avait installé Marga dans un appartement de luxe et la voyait presque tous les jours. Elle était tombée enceinte moins d'une semaine après son retour, et venait d'accoucher d'un petit garçon qu'ils avaient appelé Gregory. Lev avait réussi à ne pas ébruiter l'affaire.

Olga entra dans la salle à manger, embrassa Daisy et s'assit. Lev aimait follement Daisy, mais n'éprouvait aucun sentiment pour Olga. Marga était plus sexy, et beaucoup plus amusante. De plus, ce n'était pas les filles qui manquaient, comme il avait pu s'en convaincre vers la fin de la grossesse de Marga.

« Bonjour, maman ! » s'écria Lev d'un ton enjoué.

Daisy l'imita, répétant ce qu'il venait de dire.

« Papa te donne à manger ? » demanda Olga.

Ils dialoguaient presque toujours ainsi ces derniers temps, par l'intermédiaire de leur fille. Ils avaient couché ensemble plusieurs fois quand Lev était rentré de la guerre ; toutefois l'indifférence avait vite repris le dessus et ils faisaient désormais chambre à part, expliquant aux parents d'Olga que Daisy se réveillait la nuit, ce qui était rare en réalité. Olga avait la mine d'une femme frustrée, mais cela laissait Lev parfaitement froid.

Josef entra. « Voilà grand-papa ! lança Lev.

— Bonjour, fit Josef sèchement.

— Grand-papa veut un sandwich, dit Daisy.

— Certainement pas, protesta Lev. Ils sont beaucoup trop gros pour lui. »

Daisy adorait que Lev dise des bêtises. « Mais non, fit-elle. Ils sont trop petits ! »

Josef s'assit. À son retour de guerre, Lev avait trouvé son beau-père changé. Il avait grossi, et son costume à rayures était trop étroit. Le simple fait de descendre l'escalier l'essoufflait. Ses muscles s'étaient transformés en graisse, ses cheveux noirs grisonnaient, son teint rose avait viré à la couperose malsaine.

Polina arriva de la cuisine avec un pichet de café et en versa une tasse à Josef. Il ouvrit le *Buffalo Advertiser.*

« Comment vont les affaires ? » demanda Lev. Ce n'était pas une vaine question. Le *Volstead Act,* qui était entré en vigueur le 16 janvier à minuit, interdisait la fabrication, le transport et la vente de boissons alcoolisées. L'empire Vialov reposait sur les bars, les hôtels et le commerce en gros des spiritueux. La prohibition était le serpent tapi dans le paradis de Lev.

« On est en train de crever, lança Josef avec une franchise inhabituelle. J'ai fermé cinq bars en une semaine, et ce n'est qu'un début. »

Lev hocha la tête. « Je propose de la bière légère dans les boîtes de nuit, mais personne n'en veut. » La nouvelle loi autorisait la vente de bière titrant moins d'un demi-degré. « Il faut en boire un gallon pour s'éclater.

— On peut toujours refiler un peu de gnôle sous le comptoir, mais on n'en trouve pas assez et, de toute façon, les gens ont la trouille d'en acheter. »

Olga était consternée. Elle ne suivait pas leurs affaires de très près. « Mais papa, qu'est-ce que tu vas faire ?

— Je ne sais pas », répondit Josef.

C'était un autre changement. Autrefois, une crise de ce genre n'aurait pas pris Josef au dépourvu. Or cela faisait trois mois que le *Volstead Act* avait été voté et il n'avait pris aucune mesure pour s'adapter à la situation. Lev avait cru qu'il sortirait un lapin de son chapeau. Il commençait à comprendre, avec consternation, que son beau-père n'en ferait rien.

C'était préoccupant. Lev avait une femme, une maîtresse et deux enfants, qui vivaient tous des revenus des entreprises de Vialov. Si son empire s'effondrait, il faudrait que Lev arrive à se retourner.

Le téléphone sonna. Polina appela Olga qui passa dans l'entrée. Lev l'entendit parler. « Salut, Ruby. Tu es bien matinale. » Elle se tut. « Comment ? Je ne te crois pas. » Un long silence suivit. Puis Olga se mit à pleurer.

Josef leva les yeux de son journal et dit : « Bordel, qu'est-ce que... ? »

Olga raccrocha brutalement et les rejoignit dans la salle à manger. Les yeux pleins de larmes, elle tendit le doigt vers Lev. « Espèce de salaud !

— Qu'est-ce que j'ai fait ? se défendit-il, tout en craignant de connaître la réponse.

— Toi, toi... tu es vraiment le dernier des salauds ! »

Daisy braillait à pleins poumons.

« Olga, ma chérie, que se passe-t-il ? demanda Josef.

— Il lui a fait un gosse ! » cria Olga.

Lev jura tout bas. « Et merde ! »

« Qui ? À qui est-ce qu'il a fait un gosse ?
— À sa pute ! Marga ! Celle qu'on a vue au parc. »

Josef s'empourpra. « La chanteuse du Monte Carlo ? *Lev* lui a fait un gosse ? »

Olga hocha la tête en sanglotant.

Josef se tourna vers Lev. « Espèce de fumier.
— Restons calmes, voulez-vous », murmura Lev.

Josef se leva. « Bordel, je croyais t'avoir donné une leçon. Ça ne t'a pas suffi ? »

Lev repoussa sa chaise et bondit sur ses pieds. Il resta à distance respectueuse de Josef, bras tendus dans un geste défensif. « Allons, calmez-vous, Josef.
— Toi, tu ferais mieux de la boucler », rétorqua Josef. Avec une agilité surprenante, il bondit vers lui, serra ses gros poings et frappa. Lev ne fut pas assez rapide pour esquiver et le coup l'atteignit au sommet de la pommette gauche. La douleur fut atroce, et il fit un pas en arrière en titubant.

Olga prit dans ses bras Daisy qui hurlait et recula en direction du seuil. « Arrêtez ! » cria-t-elle.

Josef frappa du poing gauche.

Cela faisait longtemps que Lev ne s'était pas battu, mais il avait grandi dans les bas quartiers de Petrograd et n'avait pas perdu tous ses réflexes. Il bloqua le crochet de Josef, s'approcha tout contre lui et se mit à lui marteler le ventre des deux poings. Josef en eut le souffle coupé. Puis Lev lui envoya de courts directs au visage, lui meurtrissant le nez, la bouche et les yeux.

Josef était un costaud doublé d'une brute, et ceux à qui il avait affaire avaient trop peur de lui pour riposter ; cela faisait longtemps qu'il n'avait pas eu à se défendre. Il chancela, levant les bras dans une vaine tentative pour se protéger.

Les bagarres de rue avaient appris à Lev à ne pas s'arrêter tant que son adversaire restait debout, et il ne lâcha pas Josef, le bourrant de coups au corps et à la tête, jusqu'à ce que l'autre tombe à la renverse, faisant basculer une chaise, et se retrouve au tapis.

La mère d'Olga, Lena, arriva précipitamment. Dans un hurlement, elle s'agenouilla à côté de son mari. Polina et la cuisinière pointèrent le nez depuis la porte de la cuisine, l'air terrifié. Le visage de Josef était couvert d'hématomes et de sang, mais il se redressa sur un coude et chercha à écarter Lena. Puis, comme il voulait se relever, il poussa un cri et retomba.

Sa peau vira au gris, et il cessa de respirer.

« Merde ! » lança Lev.

Lena se mit à pleurnicher. « Josef, oh ! Joe chéri, ouvre les yeux ! »

Lev posa la main sur le torse de Josef. Le cœur ne battait plus. Il prit son poignet et ne sentit pas le pouls.

Ce coup-ci, je suis vraiment dans le pétrin, se dit-il.

Il se leva. « Polina, appelez une ambulance. »

Elle gagna le couloir et souleva le combiné.

Lev regarda le corps. Il fallait qu'il prenne une décision, et vite. Rester ici, protester de son innocence, feindre le chagrin, essayer de s'en tirer ? Non. Les chances étaient trop minces.

Il fallait partir.

Il monta à l'étage quatre à quatre et retira sa chemise. Le scotch qu'il avait vendu aux Cosaques durant la guerre lui avait rapporté beaucoup d'or. Il en avait tiré un peu plus de cinq mille dollars américains et avait caché les billets dans sa ceinture-portefeuille, qu'il avait collée derrière un tiroir au papier adhésif. Il passa la ceinture autour de sa taille et remit sa chemise et sa veste.

Il enfila son pardessus. Au-dessus de son armoire, un vieux sac marin contenait son pistolet semi-automatique d'officier de l'armée américaine, un Colt 45 modèle 1911. Il fourra l'arme dans la poche de son manteau. Il jeta une boîte de munitions et quelques sous-vêtements dans le sac, et redescendit.

Dans la salle à manger, Lena avait glissé un coussin sous la tête de Josef, qui avait l'air plus mort que jamais. Olga était au téléphone dans l'entrée : « Faites vite, je vous en prie, je crois qu'il va mourir ! » disait-elle. Trop tard, chérie, pensa Lev.

« L'ambulance va mettre trop longtemps, annonça-t-il. Je vais chercher le docteur Schwarz. » Personne ne lui demanda pourquoi il emportait un sac.

Il se rendit au garage et fit démarrer la Packard Twin Six de Josef. Il sortit de la propriété et s'engagea vers le nord.

Il n'avait pas l'intention d'aller chercher le docteur Schwarz.

Il prit la direction du Canada.

2.

Lev roulait à fond de train. En dépassant les faubourgs nord de Buffalo, il se demanda de combien de temps il disposait. Les ambulanciers préviendraient la police, cela ne faisait pas de doute. Les flics comprendraient immédiatement que Josef était mort au cours d'une bagarre. Olga n'hésiterait pas un instant à leur dire qui avait assommé son père : si elle ne détestait pas Lev avant, cette fois, c'était chose faite. Dès cet instant, il serait recherché pour homicide.

Le garage des Vialov contenait généralement trois véhicules : la Packard, la Ford T de Lev et une Hudson bleue dont se servaient les hommes de main de Josef. Il ne faudrait pas longtemps aux cognes pour déduire que Lev avait pris la Packard. Dans une heure, estima-t-il, la police se mettrait à la recherche de la voiture.

À ce moment-là, avec un peu de chance, il aurait quitté le pays.

Il s'était rendu plusieurs fois au Canada avec Marga. Toronto n'était qu'à cent cinquante kilomètres, trois heures de route, en roulant bien. Ils se faisaient enregistrer à l'hôtel sous le nom de Mr et Mrs Peters et sortaient en ville, tirés à quatre épingles, sans avoir à s'inquiéter que quelqu'un les surprenne et aille tout raconter à Josef Vialov. Lev n'avait pas de passeport américain, mais il connaissait plusieurs passages où la frontière n'était pas surveillée.

Il arriva à Toronto à midi et descendit dans un hôtel tranquille.

Il commanda un sandwich à la cafétéria puis s'assit quelques minutes pour examiner la situation. Il était recherché pour assassinat. Il n'avait plus de toit et ne pouvait rejoindre aucune de ses deux familles sans risquer de se faire arrêter. Peut-être ne reverrait-il plus jamais ses enfants. Il possédait cinq mille dollars dans une ceinture-portefeuille et une voiture volée.

Il se rappela les fanfaronnades auxquelles il s'était livré devant son frère, dix mois auparavant seulement. Que penserait Grigori maintenant ?

Il mangea son sandwich, puis erra sans but dans le centre-ville, profondément abattu. Il entra dans un magasin de vins et spiritueux et acheta une bouteille de vodka à emporter dans sa chambre. Il ne lui restait qu'à passer la soirée à se soûler. Il nota que la bouteille de whisky était à quatre dollars. À Buffalo, elle en coûtait dix, à condition encore qu'on puisse s'en procurer. À New York, les tarifs atteignaient quinze ou vingt dollars. Il le savait, car il avait essayé d'acheter de l'alcool de contrebande pour ses boîtes de nuit.

Il regagna l'hôtel et demanda des glaçons. Sa chambre était poussiéreuse, le mobilier fané, et la fenêtre donnait sur des arrière-cours, au-delà d'une rangée de boutiques bon marché. La nuit tombait de bonne heure dans le Nord, et il était plus déprimé qu'il ne l'avait jamais été. Il envisagea de sortir et de ramasser une fille, mais il n'avait même pas le cœur à ça. Allait-il devoir fuir ainsi de tous les endroits où il s'installait ? Il avait dû quitter Petrograd à cause de la mort d'un policier, il était parti d'Aberowen avec un pas d'avance à peine sur ceux qu'il avait arnaqués aux cartes, et voilà qu'il venait de décamper de Buffalo.

Il fallait faire quelque chose de la Packard. La police de Buffalo pouvait en envoyer le signalement à Toronto par télégraphe. Il devrait changer les plaques, ou changer de voiture. Mais il n'avait plus la force de réagir.

Olga devait être contente d'être débarrassée de lui. Tout l'héritage de son père lui reviendrait. Pourtant, l'empire Vialov se dépréciait de jour en jour.

Il se demanda s'il pourrait faire venir Marga et le petit Gregory au Canada. Marga accepterait-elle ? L'Amérique était sa Terre promise, comme elle l'avait été pour Lev. Le Canada n'était pas la destination rêvée des chanteuses de cabaret. Elle aurait peut-être suivi Lev à New York ou en Californie ; elle ne le rejoindrait pas à Toronto.

Ses enfants lui manqueraient. Les larmes lui montèrent aux yeux quand il songea que Daisy grandirait sans lui. Elle n'avait pas tout à fait quatre ans : elle risquait de l'oublier complètement. Au mieux, elle conserverait de vagues souvenirs. Elle ne se rappellerait certainement pas le plus gros sandwich du monde.

Au bout du troisième verre, il s'était convaincu qu'il était la malheureuse victime d'une injustice. Il n'avait pas eu l'intention de tuer son beau-père. C'était Josef qui avait frappé le premier. En tout état de cause, Lev n'était pas directement responsable de sa mort : son beau-père avait succombé à une sorte d'attaque ou de crise cardiaque. Ce n'était pas de chance, voilà tout. Malheureusement, personne ne le croirait. Olga était le seul témoin, et elle serait trop heureuse de se venger.

Il se versa encore une vodka et s'allongea sur le lit. Qu'ils aillent tous au diable, se dit-il.

Comme il sombrait dans un sommeil alcoolisé et agité, l'image des bouteilles dans la vitrine lui revint à l'esprit. «Canadian Club, $ 4.00», indiquait l'étiquette. C'était important, il en avait vaguement conscience, mais pour le moment, il était incapable de préciser sa pensée.

Quand il se réveilla le lendemain matin, la bouche pâteuse et la tête lourde, il savait que le Canadian Club à quatre dollars la bouteille pouvait le sauver.

Il rinça son verre de vodka et but la glace fondue au fond du seau. Au troisième verre, son plan était prêt.

Un jus d'orange, un café et quelques aspirines le remirent d'aplomb. Il pensa aux dangers qui l'attendaient. Mais il ne s'était jamais laissé décourager par le risque. Autrement, se dit-il, je serais mon frère.

Son projet se heurtait à un inconvénient de taille. Il dépendait de sa réconciliation avec Olga.

Il prit sa voiture, se dirigea vers un quartier populaire et entra dans un restaurant bon marché qui servait le petit déjeuner aux ouvriers. Il s'assit à côté d'un groupe d'hommes qui avaient l'air de peintres en bâtiment et dit : «Il faut que j'échange ma bagnole contre un camion. Vous connaissez quelqu'un que ça pourrait intéresser?

— C'est réglo?» demanda l'un des types.

Lev lui adressa son sourire de séducteur. «Arrête ton char, tu veux? Tu crois que je la vendrais ici si c'était réglo?»

Il ne trouva pas preneur dans ce bistrot, ni dans les suivants, mais finit par aboutir dans un atelier de réparation automobile que dirigeaient un père et son fils. Il échangea la Packard contre une camionnette Mack Junior de deux tonnes avec deux roues de rechange. Une transaction sans argent, ni papiers. Tant pis s'il se faisait rouler, il n'avait pas le choix; le garagiste l'avait compris.

Tard dans l'après-midi, il se rendit chez un grossiste en alcools dont il avait noté l'adresse dans l'annuaire de la ville. «Il me faut cent caisses de Canadian Club. Quel prix vous me faites?

— Pour cette quantité, trente-six dollars la caisse.

— Marché conclu. » Lev sortit son argent. « J'ouvre un bistrot à l'extérieur de la ville et...

— Te fatigue pas, mon gars », coupa le grossiste. Il tendit le bras vers la fenêtre. Sur le terrain vague voisin, une équipe de manœuvres avait entrepris des travaux de terrassement. « Mon nouvel entrepôt, cinq fois plus grand que celui-ci. Merci, Seigneur, pour la prohibition. »

Lev comprit qu'il n'était pas le premier à avoir eu cette brillante idée.

Il paya l'homme et ils chargèrent le whisky dans le Mack.

Le lendemain, Lev retourna à Buffalo.

3.

Lev rangea la camionnette pleine de whisky dans la rue, devant la maison des Vialov. L'après-midi d'hiver s'achevait déjà, il faisait presque noir. Il n'y avait pas de voiture dans l'allée. Il attendit un moment, tendu, impatient, prêt à prendre la fuite, mais ne perçut aucun mouvement.

Les nerfs à vif, il sortit du camion, se dirigea vers la porte et entra avec sa propre clé.

Tout était silencieux. Il finit par percevoir à l'étage la voix de Daisy et les réponses chuchotées de Polina. Il n'entendait rien d'autre.

Se déplaçant sans bruit sur le tapis épais, il traversa le vestibule et jeta un coup d'œil dans le salon. Toutes les chaises avaient été poussées contre les murs. Au centre, sur un catafalque drapé de soie noire, reposait un cercueil d'acajou verni aux poignées de laiton rutilantes. Le cadavre de Joseph Vialov était allongé dans la bière. La mort avait adouci ses traits pugnaces, et il avait l'air inoffensif.

En robe noire, Olga veillait, seule, la dépouille de son père. Elle tournait le dos à la porte.

Lev entra dans la pièce. « Bonjour, Olga », dit-il tout bas.

Elle faillit hurler, mais il posa la main sur sa bouche pour l'en empêcher.

« N'aie pas peur. Je suis venu te parler. » Lentement, il relâcha la pression.

Elle ne cria pas.

Il se détendit un peu. Le premier obstacle était franchi.

« Tu as tué mon père ! lança-t-elle avec colère. De quoi veux-tu me parler ? »

Il prit une profonde inspiration. Il fallait jouer serré. Le charme ne suffirait pas. Il faudrait aussi de la cervelle. « De l'avenir. » Il parlait d'un ton bas, intime. « Le tien, le mien, celui de la petite Daisy. Je suis dans le pétrin, je sais – mais toi aussi. »

Elle refusa de l'écouter. « Je ne suis absolument pas dans le pétrin. » Elle se détourna et contempla le corps.

Lev prit une chaise et s'assit à côté d'elle. « L'affaire dont tu as hérité va à vau-l'eau. C'est la dégringolade, elle ne vaut plus tripette.

— Mon père était très riche ! protesta-t-elle, indignée.

— Il possédait des bars, des hôtels et une entreprise de vente de boissons alcoolisées en gros. Toutes ces boîtes perdent de l'argent, et ça ne fait que quinze jours que la prohibition est en vigueur. Il a déjà fermé cinq bars. Bientôt, il ne restera plus rien. » Lev hésita, avant de brandir l'argument massue : « Tu n'es pas seule en cause. Il faut que tu saches avec quoi tu vas élever Daisy. »

Elle eut l'air ébranlé. « Tu crois vraiment qu'on va faire la culbute ?

— Tu as entendu ce que ton père m'a dit au petit déjeuner avant-hier.

— Je ne me souviens pas bien.

— Écoute. Tu n'es pas obligée de me croire. Vérifie. Demande à Norman Niall, le comptable. Pose la question à qui tu veux. »

Elle lui jeta un regard dur, et décida de prendre ses paroles au sérieux. « Pourquoi est-ce que tu es venu me dire ça ?

— Parce que j'ai trouvé le moyen de sauver la boîte.

— Comment ?

— En important de l'alcool du Canada.

— C'est illégal.

— Je sais. Mais c'est ta seule chance. Si tu n'as pas de gnôle à vendre, tu peux fermer boutique. »

Elle releva la tête. « Je n'ai besoin de personne.

— C'est sûr. Tu peux vendre cette baraque et en obtenir un

joli paquet, investir l'argent et aller t'installer dans un petit appartement avec ta mère. Avec ce que ton père t'a laissé, tu devrais avoir de quoi vous tirer d'affaire, Daisy et toi, pendant quelques années, mais tu risques de devoir prendre un boulot.

— Je ne peux pas travailler ! objecta-t-elle. Je n'ai aucune formation. Qu'est-ce que tu veux que je fasse ?

— Allons, tu peux te faire embaucher comme vendeuse dans un grand magasin, tu peux bosser à l'usine... »

Il n'était pas sérieux, elle le savait. « Ne sois pas ridicule, lança-t-elle.

— Dans ce cas, je ne vois qu'une solution. » Il tendit la main vers elle.

Elle s'écarta. « Pourquoi est-ce que tu te soucies de moi ?

— Tu es ma femme. »

Elle lui jeta un regard étrange.

Il afficha l'air le plus sincère qu'il pouvait. « Je sais que je me suis mal conduit avec toi, mais on s'aimait avant. »

Elle émit un petit bruit de gorge méprisant.

« Et nous avons une fille dont nous devons nous occuper.

— Mais toi, tu seras en tôle.

— Pas si tu dis la vérité.

— Comment ça ?

— Olga, tu as vu ce qui s'est passé. C'est ton père qui m'a agressé. Regarde-moi – j'ai un œil au beurre noir pour le prouver. J'ai été obligé de riposter. Il avait certainement un problème cardiaque. Cela faisait peut-être un certain temps qu'il était malade – cela expliquerait qu'il n'ait pris aucune disposition pour faire face à la prohibition. Quoi qu'il en soit, c'est l'effort qu'il a fait pour me rosser qui l'a tué, pas les quelques coups que je lui ai donnés pour me défendre. Il suffit que tu dises la vérité aux flics, c'est tout.

— Je leur ai déjà dit que c'était toi qui l'avais tué. »

Lev retrouva toute sa combativité : il progressait. « Ça ne fait rien, la rassura-t-il. Tu as fait une déposition sous le coup de l'émotion, alors que tu étais accablée de chagrin. Maintenant que tu as repris ton sang-froid, tu te rends compte que la mort de ton père a été un tragique accident, provoqué par son état de santé précaire et par son accès de colère.

— Ils me croiront ?

— Un jury te croira, c'est sûr. Mais avec un bon avocat, on

pourra éviter le procès. Pourquoi engager une procédure si l'unique témoin jure que ce n'était pas un meurtre ?

— Je ne sais pas. » Elle changea de sujet. « Et où vas-tu trouver l'alcool ?

— Pas de problème. Ne t'en fais pas pour ça. »

Elle pivota sur sa chaise pour lui faire face. « Je ne te crois pas. Tu racontes ça pour que je retire ce que j'ai raconté aux flics, c'est tout.

— Enfile ton manteau. J'ai quelque chose à te montrer. »

Tout se jouait en cet instant. Si elle le suivait, c'était gagné.

Elle hésita un moment. Puis se leva.

Lev dissimula un sourire de triomphe.

Ils quittèrent la pièce. Dehors, dans la rue, il ouvrit les portières arrière du camion.

Elle resta longuement silencieuse avant de demander : « Canadian Club ? » Son ton avait changé, nota-t-il. Le pragmatisme l'avait emporté sur l'émotion.

« Cent caisses. Trois dollars la bouteille. Je peux en tirer dix ici – plus même, si on le vend au verre.

— Il faut que je réfléchisse. »

C'était bon signe. Elle était prête à céder, mais ne voulait pas se précipiter. « Je comprends. Le problème, c'est que le temps presse. Je suis recherché par la police et j'ai un camion plein de whisky de contrebande. Il faut que tu te décides tout de suite. Je suis désolé de te bousculer comme ça, tu vois bien que je n'ai pas le choix. »

Elle hocha la tête, pensive, sans rien dire.

Lev poursuivit : « Si tu refuses, je vends mon whisky, j'empoche l'argent et je disparais. Il faudra que tu te débrouilles toute seule. Je te souhaiterai bonne chance et je te dirai adieu pour toujours. Je ne t'en voudrai pas. Je comprendrai.

— Et si j'accepte ?

— On va trouver les flics tout de suite. »

Il y eut un long silence.

Enfin, elle acquiesça. « D'accord. »

Lev se détourna pour cacher son visage. Tu y es arrivé, se dit-il. Tu étais assis avec elle à côté du cadavre de son père et tu es arrivé à la récupérer.

Vieille fripouille.

4.

« Il faut que je mette un chapeau, dit Olga. Et toi une chemise propre. Il vaut mieux faire bonne impression. »

Parfait. Elle était vraiment de son côté.

Ils rentrèrent à l'intérieur de la maison et se préparèrent. En l'attendant, il appela le *Buffalo Advertiser* et demanda à parler à Peter Hoyle, le rédacteur en chef. Une secrétaire lui demanda à quel sujet. « Dites-lui que je suis l'homme recherché pour l'assassinat de Josef Vialov. »

Quelques instants plus tard, une voix aboya. « Ici Hoyle. Qui êtes-vous ?

— Lev Pechkov, le gendre de Vialov.

— Où êtes-vous ? »

Lev ignora la question. « Si vous pouvez avoir un journaliste sur les marches du commissariat central dans une demi-heure, j'aurai une déclaration pour vous.

— Nous y serons.

— Monsieur Hoyle ?

— Oui ?

— Envoyez aussi un photographe. » Lev raccrocha.

Olga assise à côté de lui à l'avant de la camionnette, il se rendit d'abord à l'entrepôt de Josef, sur les quais. Des caisses de cigarettes volées s'empilaient le long des murs. Ils trouvèrent le comptable de Vialov, Norman Niall, dans le bureau du fond, avec la bande habituelle de gros durs. Norman était malhonnête mais pointilleux, Lev le savait. Il trônait dans le fauteuil de Josef, derrière le bureau de Josef.

Ils furent tous surpris de voir Lev et Olga.

« Olga a hérité de la boîte, annonça Lev. C'est moi qui la dirige maintenant. »

Norman ne bougea pas. « C'est ce qu'on va voir », fit-il.

Lev lui jeta un regard glacial et garda le silence.

Norman reprit, avec un peu moins d'assurance. « Il faut d'abord que le testament soit homologué, et tout ça. »

Lev secoua la tête. « Si on attend que toutes les formalités soient réglées, la boîte sera coulée. » Il s'adressa à un des hommes de main. « Ilia, va dans la cour, jette un coup d'œil dans le camion et reviens dire à Norm ce que tu auras vu. »

Ilia sortit. Lev fit le tour du bureau pour s'approcher de Norman. Ils attendirent en silence le retour d'Ilia.

« Cent caisses de Canadian Club. » Il posa une bouteille sur la table. « On peut le goûter, pour voir si c'est du vrai.

— Je vais faire marcher la boîte avec de la gnôle importée du Canada. La prohibition ? C'est la plus grande chance de notre vie. Les gens seront prêts à payer n'importe quoi pour avoir de l'alcool. On va faire fortune. Tire-toi de ce fauteuil, Norm.

— Tu crois ça, petite tête ? » répliqua Norman.

Lev dégaina prestement et frappa Norman des deux côtés du visage avec la crosse de son pistolet. Norman poussa un cri. Lev braqua négligemment le colt en direction des deux brutes.

Il observa qu'Olga n'avait pas crié, ce qui était tout à son honneur.

« Espèce de trouduc, dit Lev à Norman. J'ai buté Josef Vialov – tu t'imagines que j'ai la trouille d'un comptable de mes deux ? »

Norman se leva et fila, la main sur sa bouche ensanglantée.

Lev se tourna vers les autres, tenant toujours son pistolet vaguement pointé sur eux : « S'il y en a d'autres qui n'ont pas envie de bosser pour moi, c'est le moment de se tirer, et sans rancune. »

Personne ne bougea.

« Parfait, fit Lev. Parce que, "sans rancune", c'était juste une façon de parler. » Il désigna Ilia. « Toi, tu nous accompagnes, Mrs Pechkov et moi. Tu sais conduire. Les autres, déchargez le camion. »

Ilia les conduisit au centre-ville dans la Hudson bleue.

Lev comprit qu'il avait peut-être fait une bourde au hangar. Il n'aurait pas dû dire « J'ai buté Josef Vialov » devant Olga. Elle pouvait encore changer d'avis. Si elle lui en parlait, il expliquerait que c'était du flan, que c'était juste pour effrayer Norm. Mais Olga n'aborda pas la question.

Devant le commissariat central, deux types en pardessus et chapeau attendaient à côté d'un grand appareil photo posé sur un trépied.

Lev et Olga descendirent de voiture.

Lev s'adressa au journaliste. « La disparition de Josef Vialov est une tragédie pour nous, pour sa famille et pour notre ville. » L'homme griffonna en sténo dans un carnet. « Je suis venu expliquer à la police ce qui s'est passé. Mon épouse Olga, la seule autre personne présente au moment de son malaise, est ici pour témoigner de mon innocence. L'autopsie établira que mon beau-père a succombé à une crise cardiaque. Nous avons l'intention, mon épouse et moi-même, de poursuivre le développement de la grande entreprise que Josef Vialov a créée ici, à Buffalo. Je vous remercie.

— Regardez par ici, s'il vous plaît », dit le photographe.

Lev prit Olga par les épaules, l'attira contre lui et se tourna vers l'objectif.

Le journaliste demanda : « Comment vous êtes-vous fait ce cocard, Lev ?

— Ça ? dit-il en montrant son œil. Oh, c'est une autre histoire ! » Il décocha son sourire le plus charmeur et le flash au magnésium du photographe se déclencha dans un éclair aveuglant.

XL

Février-décembre 1920

1.

La prison militaire d'Aldershot était sinistre, constata Billy, mais c'était toujours mieux que la Sibérie. Aldershot était une ville de caserne située à une soixantaine de kilomètres au sud-ouest de Londres. Le centre pénitentiaire, un bâtiment moderne, comportait trois étages de cellules en galeries entourant un atrium. Un toit en verrière y laissait pénétrer des flots de lumière, ce qui lui avait valu d'être surnommé « la Serre ». Avec son chauffage central et son éclairage au gaz, il était plus confortable que la plupart des lieux où Billy avait couché au cours des quatre dernières années.

Billy n'en était pas moins inconsolable. Cela faisait plus d'un an que la guerre était finie, et il était toujours sous les drapeaux. La plupart de ses amis avaient été démobilisés, ils gagnaient bien leur vie et allaient au cinéma avec des filles alors qu'il continuait à porter l'uniforme, à saluer, à dormir dans un lit de camp et à manger la nourriture de l'armée. Il passait toute la journée à fabriquer des paillassons, le travail imposé aux détenus. Pire encore, il ne voyait jamais de femme. Quelque part, dehors, Mildred l'attendait – sans doute. Peut-être était-elle tombée amoureuse d'un autre ?

Il n'avait aucun moyen de communiquer avec elle, ni avec personne d'autre de l'extérieur. Normalement, les prisonniers – les « soldats condamnés » comme on les appelait officiellement – étaient autorisés à envoyer et à recevoir du courrier, mais Billy était soumis à un régime spécial. On lui reprochait d'avoir trahi des secrets militaires dans ses lettres, aussi les autorités confisquaient-elles toute sa correspondance. Cela faisait partie de la vengeance de l'armée. Il n'avait plus aucun secret à trahir, évidemment. Qu'aurait-il pu dire à sa sœur ? « Les patates à l'eau ne sont jamais assez cuites » ?

Mam, Da et Gramper avaient-ils au moins été informés de cette affaire de cour martiale ? Il supposait que les proches d'un soldat étaient prévenus, cependant il n'en était pas certain, et personne ne répondait à ses questions. De toute manière, Tommy Griffiths leur aurait certainement raconté ce qu'il savait et il espérait qu'Ethel aurait pu leur expliquer de quoi il retournait vraiment.

Il ne recevait aucune visite. Peut-être sa famille n'avait-elle même pas été avertie de son retour de Russie. Il aurait aimé contester l'interdiction qui lui était faite de recevoir du courrier, mais ne savait pas comment joindre un avocat – d'ailleurs, il n'avait pas d'argent pour le payer. Il se consolait en se disant que cette situation ne pouvait pas durer éternellement.

Il avait appris par les journaux ce qui se passait à l'extérieur. Fitz était rentré à Londres et prononçait des discours réclamant des renforts militaires pour les blancs, en Russie. Billy se demandait si cela signifiait que les copains d'Aberowen étaient rentrés.

Fitz menait un combat d'arrière-garde. La campagne d'Ethel « La Russie aux Russes ! » avait remporté un grand succès et le parti travailliste s'y était associé. Malgré les discours antibolcheviques hauts en couleur de Winston Churchill, le ministre de la Guerre, l'Angleterre avait retiré ses troupes de la Russie arctique. À la mi-novembre, les rouges avaient chassé l'amiral Koltchak d'Omsk. Tout ce que Billy avait affirmé à propos des blancs et qu'Ethel avait répété dans sa campagne s'était révélé exact ; Fitz et Churchill s'étaient trompés sur toute la ligne. Et pourtant, Billy était en prison et Fitz à la Chambre des lords.

Il avait peu de points communs avec ses codétenus. Ce n'étaient pas des prisonniers politiques. La plupart avaient commis des crimes et délits de droit commun, vols, agressions, meurtres. C'étaient des durs, mais Billy ne l'était pas moins et ils ne lui faisaient pas peur. Ils le traitaient avec une déférence méfiante, sentant vaguement que le motif qui l'avait conduit parmi eux n'était pas du même registre que ce qui leur avait valu la prison. Il leur parlait plutôt gentiment, et comprit qu'aucun d'eux ne s'intéressait à la politique. Ils ne portaient aucun regard critique sur la société qui les avait incarcérés ; ils étaient simplement bien décidés à ne pas se faire prendre la prochaine fois.

Il profitait de la demi-heure de pause-déjeuner pour parcourir le journal. La plupart des autres détenus ne savaient pas lire. Un jour, en ouvrant le *Daily Herald*, il eut l'impression de reconnaître un visage familier. Après quelques instants de perplexité, il se rendit compte que c'était son propre portrait.

Il se rappelait quand cette photo avait été prise. Mildred l'avait traîné, en uniforme, chez un photographe d'Aldgate. «Je poserai les lèvres dessus tous les soirs», avait-elle murmuré. Cette promesse ambiguë lui était souvent revenue à l'esprit durant tout le temps qu'il avait passé loin d'elle.

L'article était intitulé : «Pourquoi le sergent Williams est-il en prison ?» Billy lut le texte qui suivait avec une fièvre croissante.

William Williams du 8e bataillon de chasseurs gallois (les «copains d'Aberowen») purge une peine de dix ans de prison militaire pour trahison. Cet homme est-il un traître ? A-t-il trahi son pays, est-il passé à l'ennemi, a-t-il fui les combats ? Non, bien au contraire. Il s'est battu vaillamment sur la Somme et a continué à servir en France pendant les deux années suivantes, ce qui lui a valu d'être promu sergent.

Billy était tout excité. On parlait de lui dans le journal et on disait qu'il s'était bien battu !

Il a ensuite été envoyé en Russie. Nous ne sommes pas en guerre contre la Russie. Le peuple britannique n'approuve pas forcément le régime bolchevique, mais nous n'attaquons pas tous les régimes que nous désapprouvons. Les bolcheviks ne représentent pas une menace pour notre pays ni pour nos alliés. Le Parlement n'a jamais approuvé la moindre opération militaire contre le gouvernement de Moscou. On peut sérieusement se demander si la mission que nous menons là-bas ne constitue pas une violation du droit international.

En fait, pendant quelques mois, le peuple britannique a été tenu dans l'ignorance; il ne savait pas que son armée se battait en Russie. Le gouvernement a accumulé les déclarations fallacieuses donnant à entendre que des troupes n'y avaient été envoyées que pour protéger nos biens et organiser un retrait discipliné; il a aussi déclaré qu'elles étaient simplement prêtes à intervenir. Il a clairement fait comprendre qu'elles ne se battaient pas contre les forces rouges.

C'est en grande partie à William Williams que l'on doit la dénonciation de ce mensonge.

«Hé, les gars, lança-t-il à la cantonade. Regardez ça : “C'est à

William Williams que l'on doit la dénonciation de ce mensonge" ! »

Les hommes de sa tablée se rassemblèrent pour regarder par-dessus son épaule. Son compagnon de cellule, une brute du nom de Cyril Parks, s'écria : « Il y a une photo de toi ! Qu'est-ce que tu fous dans le journal ? »

Billy lut la suite à haute voix.

Il a commis le crime de dire la vérité, dans des lettres adressées à sa sœur, rédigées dans un code très simple pour échapper à la censure. Le peuple britannique doit lui en être reconnaissant.

Mais son initiative a déplu aux membres de l'armée et du gouvernement qui se permettaient d'utiliser secrètement des soldats britanniques à leurs propres fins politiques. Williams a été traduit en conseil de guerre et condamné à dix ans de détention.

Son cas n'est pas unique. Un grand nombre des militaires qui ont protesté quand on a voulu les obliger à participer à cette tentative de contre-révolution ont fait l'objet de procès extrêmement douteux en Russie et ont été condamnés à des peines d'une durée scandaleuse.

William Williams et les autres ont été victimes d'hommes animés d'un esprit de vengeance qui occupaient des positions de pouvoir. C'est intolérable. La Grande-Bretagne est un pays de justice. N'est-ce pas, après tout, pour cela que nous nous sommes battus ?

« Qu'est-ce que vous dites de ça ? demanda Billy. Je suis la victime d'hommes puissants, voilà ce qu'ils écrivent.

— Moi, c'est pareil », intervint Cyril Parks, qui avait violé une fille de quatorze ans dans une grange de Belgique.

Quelqu'un arracha soudain le journal des mains de Billy. Levant les yeux, il vit la face stupide d'Andrew Jenkins, un des gardiens les plus détestables. « T'as peut-être des amis foutrement haut placés, Williams, mais ici t'es qu'un con de détenu comme les autres, alors retourne au boulot.

— Tout de suite, monsieur Jenkins », dit Billy.

2.

En cet été 1920, Fitz fut outré d'apprendre qu'une délégation commerciale russe arrivait à Londres et allait être reçue par le Premier ministre, David Lloyd George, au 10, Downing Street.

Les bolcheviks étaient encore en guerre contre la Pologne reconstituée depuis peu, et Fitz estimait que son pays devait se ranger du côté des Polonais. Cependant il rencontrait peu de soutien. Les dockers londoniens se mirent en grève, refusant de charger des cargaisons de fusils destinées à l'armée polonaise et la confédération des syndicats britanniques brandit une menace de grève générale en cas d'intervention militaire anglaise.

Fitz commençait à se résigner à ne jamais entrer en possession des domaines du défunt prince Andreï. Ses fils, Boy et Andrew, avaient perdu tous leurs droits patrimoniaux en Russie, c'était une réalité.

Mais il ne put garder le silence quand il apprit ce que les Russes Kamenev et Krassine se permettaient de faire pendant leur voyage en Angleterre. Le bureau 40 existait toujours, sous une forme un peu différente, et les services secrets britanniques interceptaient et déchiffraient les télégrammes que les Russes envoyaient chez eux. Lev Kamenev, président du soviet de Moscou, se livrait à une propagande soviétique éhontée.

Fitz était si scandalisé qu'il admonesta Lloyd George, au début du mois d'août, au cours d'une des dernières soirées de la saison londonienne.

Elle était donnée par Lord Silverman, à Belgrave Square. Le dîner n'était pas aussi somptueux que ceux que Silverman donnait avant la guerre. Les plats étaient moins nombreux, on renvoyait moins de nourriture intacte à la cuisine et la table était décorée plus sobrement. Pour le service, des bonnes avaient remplacé les valets de pied. Plus personne ne voulait être valet, de nos jours. Fitz devinait que les extravagantes réceptions edwardiennes avaient disparu pour toujours. Mais Silverman attirait toujours dans sa demeure les hommes les plus puissants du pays.

Lloyd George demanda à Fitz des nouvelles de sa sœur, Maud.

C'était un autre sujet qui faisait bouillir Fitz. «Je regrette d'avoir à vous annoncer qu'elle a épousé un Allemand et qu'elle est partie vivre à Berlin», dit-il. Il n'eut pas le courage d'ajouter qu'elle avait déjà donné naissance à son premier enfant, un garçon prénommé Eric.

«J'en ai été informé, en effet, répondit Lloyd George. Je me demandais seulement comment elle allait. Quelle délicieuse jeune femme!»

Le faible du Premier ministre pour les délicieuses jeunes femmes était connu, pour ne pas dire célèbre.

« La vie en Allemagne a l'air bien difficile », ajouta Fitz. Maud lui avait écrit, le suppliant de lui accorder une rente, qu'il lui avait refusée catégoriquement. Elle ne lui avait pas demandé l'autorisation de se marier, comment pouvait-elle avoir le front de lui demander de l'aide ?

« Difficile ? reprit Lloyd George. À quoi pouvaient-ils s'attendre après ce qu'ils ont fait ? Tout de même, j'en suis navré pour votre sœur.

— Pour changer de sujet, monsieur le Premier ministre, ce Kamenev est un bolchevik juif : vous devriez l'expulser. »

Une coupe de champagne à la main, Lloyd George était d'humeur débonnaire. « Mon cher Fitz, dit-il d'un ton affable, le gouvernement ne s'inquiète guère de cet endoctrinement russe, grossier et violent. Vous ne devriez pas sous-estimer la classe ouvrière britannique : ces gens sont parfaitement capables de faire la part des choses. Croyez-moi, les discours de Kamenev font davantage pour discréditer le bolchevisme que tous les discours que nous pourrions prononcer, vous ou moi. »

Fitz ne voyait là qu'inepties complaisantes. « Il est allé jusqu'à donner de l'argent au *Daily Herald* !

— Il est discourtois, j'en conviens, qu'un gouvernement étranger subventionne un de nos journaux – mais sérieusement, faut-il avoir peur du *Daily Herald* ? La situation serait différente si nous n'avions pas notre propre presse, nous, les libéraux et les conservateurs.

— Mais il noue des contacts avec les groupes révolutionnaires les plus enragés de ce pays, des fanatiques décidés à détruire tout ce qui fait notre mode de vie !

— Plus les Anglais en sauront sur le bolchevisme, moins il les séduira, faites-moi confiance. Il n'est redoutable qu'à distance, vu à travers des brumes impénétrables. J'irais jusqu'à dire que le bolchevisme constitue un rempart pour la société britannique, car il inspire à toutes les classes sociales une véritable horreur de ce qui pourrait advenir si l'ordre social actuel était renversé.

— Cela ne me plaît pas, voilà tout.

— En outre, poursuivit Lloyd George, si nous les expulsons, cela pourrait nous obliger à expliquer comment nous avons été informés de leurs manigances – et si l'on apprend que nous les espionnons, cela pourrait nous aliéner l'opinion ouvrière bien plus efficacement que tous leurs discours indigestes. »

Fitz n'appréciait pas de se faire sermonner sur les réalités politiques, même par le Premier ministre, mais il était tellement irrité qu'il s'obstina à argumenter. « Enfin, tout de même, cela ne nous oblige pas à faire du commerce avec les bolcheviks !

— Si nous refusions de faire des affaires avec tous ceux qui utilisent leurs ambassades à des fins de propagande, nous n'aurions plus beaucoup de partenaires commerciaux. Allons, allons, Fitz, nous commerçons bien avec les cannibales des îles Salomon ! »

Fitz était sceptique – les cannibales des îles Salomon n'avaient pas grand-chose à offrir, après tout –, pourtant il ne releva pas. « Sommes-nous en si fâcheuse posture que nous devions vendre nos marchandises à ces assassins ?

— J'en ai bien peur. J'ai discuté avec un certain nombre d'industriels, et leurs perspectives pour les dix-huit mois à venir ne sont pas réjouissantes. Les commandes n'arrivent pas. Les clients n'achètent pas. Nous sommes peut-être à la veille de la pire période de chômage que nous ayons connue, vous et moi. Les Russes ne demandent qu'à acheter – et ils payent en or.

— Je n'accepterais cet or pour rien au monde !

— Ah, Fitz, lança Lloyd George, c'est ce que vous en avez déjà tant ! »

3.

Tout Wellington Row était en fête le jour où Billy revint à Aberowen avec sa jeune épouse.

C'était un samedi d'été, et pour une fois, il ne pleuvait pas. Billy et Mildred arrivèrent à la gare à trois heures de l'après-midi avec les enfants de la jeune femme, les nouvelles belles-filles de Billy, Lilian et Enid, qui avaient à présent sept et huit ans. À cette heure-là, les mineurs étaient remontés du fond, ils avaient pris leur bain hebdomadaire et enfilé leurs costumes du dimanche.

Les parents de Billy étaient venus le chercher à la gare. Il les trouva vieillis et diminués ; ils ne dominaient plus ceux qui les entouraient. Da lui serra la main en disant : «Je suis fier de toi, fiston. Tu leur as tenu tête, exactement comme je te l'avais appris.» La remarque fit plaisir à Billy, qui appréciait pourtant moyennement que Da ne voie en lui qu'une réussite de plus à son actif.

Ses parents avaient déjà fait la connaissance de Mildred au mariage d'Ethel. Da serra la main de la jeune femme et Mam l'embrassa.

«Quel plaisir de vous revoir, madame Williams, dit Mildred. Je peux vous appeler Mam, maintenant?»

Elle n'aurait pu trouver mieux, et Mam fut enchantée. Billy était sûr que Da finirait par l'aimer, à condition, bien sûr, qu'elle s'abstienne de jurer.

Les questions insistantes de députés à la Chambre des communes – abondamment informés par Ethel – avaient contraint le gouvernement à prononcer des remises de peine au bénéfice d'un certain nombre de soldats et de marins condamnés pour mutinerie et autres délits par des cours martiales en Russie. La peine de Billy avait été réduite à un an. Il avait donc été libéré et démobilisé. Il avait épousé Mildred dès qu'il l'avait pu.

Il avait du mal à reconnaître Aberowen. L'endroit n'avait pourtant pas tellement changé, mais son regard était différent. La ville lui paraissait petite et morne, les montagnes qui l'entouraient lui faisaient l'effet de murailles destinées à empêcher les gens de partir. Il ne s'y sentait plus vraiment chez lui. C'était comme lorsqu'il avait remis son costume d'avant-guerre. Il lui allait toujours, mais il avait l'impression d'être engoncé. Rien de ce qui arriverait ici ne changerait jamais le monde, il s'en rendait parfaitement compte.

Ils gravirent la colline jusqu'à Wellington Row où ils découvrirent toutes les maisons pavoisées : l'Union Jack côtoyait le dragon gallois et le drapeau rouge. Une banderole tendue en travers de la rue portait ces quelques mots : «Bienvenue chez toi, Billy Deux-fois». Tous les voisins étaient sortis dans la rue où l'on avait dressé des tables sur lesquelles étaient posés des pichets de bière et des bouilloires de thé, des plats couverts de tartes, de gâteaux et de sandwichs. Dès que Billy apparut, tout le monde entonna «We'll Keep a Welcome in the Hillsides», le chant gallois traditionnel de bienvenue.

Billy pleura.

On lui tendit une pinte de bière. Une foule de jeunes gens

admiratifs entouraient Mildred. Elle leur faisait l'effet d'une créature exotique avec son accent cockney, ses vêtements londoniens et son chapeau à bords démesurément larges, qu'elle avait garni de fleurs de soie. Même quand elle faisait un gros effort pour bien se tenir, elle ne pouvait s'empêcher de tenir des propos un peu grossiers comme «J'en avais gros sur la patate, passez-moi l'expression».

Gramper avait l'air plus vieux, il était légèrement voûté, mais avait toujours l'esprit alerte. Il amusa Enid et Lilian, faisant surgir des bonbons des poches de son gilet et leur montrant comment il pouvait faire disparaître une pièce de monnaie.

Billy dut parler de ses camarades disparus à toutes les familles en deuil : il évoqua Joey Ponti, Prophète Jones, Grêlé Llewellyn et tous les autres. Il retrouva Tommy Griffiths, qu'il avait vu pour la dernière fois à Oufa, en Russie. Le père de Tommy, Len l'athée, était émacié ; il était atteint d'un cancer.

Billy devait reprendre la mine lundi, et tous les mineurs tenaient à lui expliquer les changements intervenus depuis son départ : de nouvelles galeries creusées plus profondément dans les exploitations, davantage de lumières électriques, des mesures de sécurité plus efficaces.

Tommy monta sur une chaise pour prononcer un discours de bienvenue, auquel Billy dut répondre. «La guerre nous a tous changés, dit-il. Je me rappelle le temps où l'on disait que Dieu avait mis les riches sur cette terre pour nous gouverner, nous, les petits.» Cette phrase fut accueillie par des rires goguenards. «Bien des hommes sont revenus de cette illusion en combattant sous le commandement d'officiers de la haute, à qui on n'aurait même pas dû confier la responsabilité d'une excursion de patronage.» Les autres anciens combattants hochèrent la tête d'un air entendu. «Ce sont des hommes comme nous qui ont gagné la guerre, des hommes ordinaires, sans éducation, mais pas stupides.» Ils approuvèrent par des *Bien dit!* et des *Bravo, bravo!*

«Nous avons le droit de vote, maintenant – et nos femmes aussi, pas toutes encore, comme ma sœur Ethel s'empresserait de vous le rappeler.» Les femmes réagirent par quelques acclamations. «La Grande-Bretagne est notre pays, et nous devons prendre les choses en main, comme les bolcheviks l'ont fait en Russie et les sociaux-démocrates en Allemagne.» Les hommes applaudirent. «Nous avons un parti ouvrier, le parti travailliste, et nous sommes assez nombreux pour le porter au gouvernement. Lloyd George nous a joué un sale tour aux dernières élections, mais il ne s'en sortira pas comme ça une deuxième fois. »

Quelqu'un cria : « C'est sûr !

— C'est pour ça que je suis rentré. Les jours de Perceval Jones, député d'Aberowen, touchent à leur fin. » On l'ovationna encore. «Je veux qu'un travailliste nous représente à la Chambre des communes ! » Le regard de Billy croisa celui de son père : le visage de Da était rayonnant. « Merci pour votre merveilleux accueil. » Il descendit de la chaise et tous applaudirent frénétiquement.

«Joli discours, Billy, remarqua Tommy Griffiths. Mais qui sera ce député travailliste ?

— Tu sais quoi, Tommy? Essaie de deviner. »

4.

Le philosophe Bertrand Russell s'était rendu en Russie cette année-là et avait écrit un petit ouvrage intitulé *Théorie et pratique du bolchevisme.* Ce livre faillit provoquer un divorce dans la famille Leckwith.

Russell s'y déclarait violemment hostile aux bolcheviks. Pire encore, il les condamnait en se plaçant dans une optique de gauche. À la différence des critiques conservateurs, il ne contestait pas le droit du peuple russe à déposer le tsar, à distribuer les terres des nobles aux paysans et à prendre le contrôle des usines. Il approuvait au contraire toutes ces mesures. Il ne reprochait pas aux bolcheviks d'avoir des idéaux erronés, mais d'avoir des idéaux justes et d'être incapables de les respecter. Il était donc impossible d'écarter ses conclusions d'un revers de main en les taxant de pure propagande.

Bernie fut le premier à lire ce livre. En bon bibliothécaire, il détestait qu'on annote les ouvrages, pourtant, il fit une exception, maculant les pages de commentaires furieux, soulignant des phrases et notant « Sottises ! » ou « Argument nul et sans effet ! » au crayon dans la marge.

Ethel le lut en allaitant leur petite fille, qui avait un tout petit peu plus d'un an. Elle s'appelait Mildred, mais ils la surnommaient Millie. La première Mildred était allée s'installer à Aberowen avec Billy et attendait déjà leur premier enfant. Elle manquait à Ethel, qui était tout de même contente de pouvoir utiliser les chambres de l'étage. La petite Millie avait des cheveux bouclés et, déjà, un petit regard mutin qui rappelait Ethel à tout le monde.

Elle apprécia beaucoup le livre. Russell était un écrivain plein d'esprit. Avec une désinvolture tout aristocratique, il avait demandé une entrevue à Lénine et passé une heure avec le grand homme. Ils s'étaient entretenus en anglais. Lénine avait fait remarquer que Lord Northcliffe était son meilleur propagandiste : les récits d'atrocités que le *Daily Mail* publiait à propos des Russes qui dépouillaient l'aristocratie pouvaient bien terrifier la bourgeoisie, mais ils exerçaient, selon lui, l'effet inverse sur la classe ouvrière britannique.

Pourtant, Russell montrait clairement dans son essai que les bolcheviks n'avaient rien de démocratique. La dictature du prolétariat était une dictature en bonne et due forme, affirmait-il, mais ses dirigeants étaient des intellectuels issus de la classe moyenne, à l'image de Lénine et Trotski, et n'acceptaient pour collaborateurs que les prolétaires favorables à leurs vues. « Cela me paraît très préoccupant, observa Ethel en reposant le livre.

— Bertrand Russell est un aristo ! répondit Bernie avec irritation. Je te rappelle que son père était comte.

— Cela ne lui donne pas obligatoirement tort. » Millie cessa de téter et s'endormit. Du bout du doigt, Ethel caressa sa joue veloutée. « Russell est un socialiste. Ce qu'il reproche aux bolcheviks, c'est de ne pas appliquer le socialisme.

— Comment peut-il dire ça ? La noblesse a été écrasée.

— La presse d'opposition aussi.

— Une nécessité temporaire...

— Comment ça, temporaire ? La révolution russe a déjà trois ans !

— On ne fait pas d'omelette sans casser des œufs.

— Il dénonce les arrestations et les exécutions arbitraires et soutient que la police secrète est encore plus puissante que sous le tsar.

— Mais elle s'en prend aux contre-révolutionnaires, pas aux socialistes !

— Le socialisme, c'est la liberté, même pour les contre-révolutionnaires.

— Non !

— Si, moi, je trouve que si. »

Ils avaient élevé la voix et Millie se réveilla. Sentant la tension qui l'entourait, elle se mit à pleurer.

« Et voilà, dit Ethel avec ressentiment. Tu vois ce que tu as fait ? »

5.

Quand Grigori rentra chez lui après la guerre civile, il retrouva Katerina, Vladimir et Anna dans leur agréable appartement à l'intérieur de l'enclave gouvernementale, dans l'ancienne forteresse du Kremlin. Ce logement était trop confortable à son goût. Tout le pays souffrait de disette, le combustible manquait, mais l'abondance régnait dans les boutiques du Kremlin. Ce quartier réservé disposait de trois restaurants dont les chefs avaient été formés en France, et Grigori constata, consterné, que les serveurs claquaient des talons devant les bolcheviks comme ils l'avaient fait devant les nobles d'autrefois. Katerina déposait les enfants à la garderie pour pouvoir aller chez le coiffeur. Le soir, les membres du Comité central allaient à l'opéra dans des voitures avec chauffeur.

« J'espère que nous ne sommes pas en train de devenir la nouvelle noblesse », dit-il à Katerina.

Elle s'esclaffa. « Dans ce cas, où sont mes diamants ?

— Enfin, tu vois bien : on va à des banquets, quand on prend le train on voyage en première classe, tout ça.

— Les aristocrates n'ont jamais rien fait de bon. Vous, vous trimez tous douze, quinze, dix-huit heures par jour. On ne peut pas vous demander d'aller ramasser des bouts de bois sur les tas d'ordures pour vous chauffer, comme les pauvres.

— On trouve toujours des excuses pour accorder des privilèges à une élite.

— Allons, dit-elle. Viens là. Je vais t'accorder un privilège tout à fait spécial. »

Après l'amour, Grigori resta éveillé. Malgré ses scrupules, il ne pouvait s'empêcher d'être secrètement soulagé de savoir sa famille à l'abri du besoin. Katerina avait pris du poids. La première fois qu'il l'avait vue, c'était une sensuelle jeune fille de vingt ans; c'était désormais une mère de famille de vingt-six ans un peu empâtée. Vladimir avait cinq ans, il allait à l'école où il apprenait à lire et à écrire avec les enfants des nouveaux dirigeants de la Russie; Anna, qu'ils appelaient le plus souvent Ania, était une petite fille espiègle et bouclée de trois ans. Leur appartement avait appartenu autrefois à une dame d'honneur de la tsarine. Il était bien chauffé, sec et spacieux, avec une deuxième chambre pour les enfants, une cuisine et même un salon – il aurait été suffisamment vaste pour loger vingt habitants de l'ancien immeuble de Grigori à Petrograd. Un tapis réchauffait le sol devant l'âtre, les fenêtres étaient tendues de rideaux, ils prenaient le thé dans des tasses de porcelaine et une peinture à l'huile représentant le lac Baïkal était accrochée au-dessus de la cheminée.

Grigori s'endormit enfin. Il fut réveillé à six heures du matin par des coups frappés à la porte. Il ouvrit et découvrit une femme d'une maigreur squelettique, pauvrement vêtue, dont le visage lui parut familier. «Je suis désolée de déranger Votre Excellence d'aussi bonne heure», dit-elle en employant l'ancienne formule de politesse.

Il reconnut avec surprise la femme de Konstantin. «Magda! Tu as tellement changé. Entre! Que se passe-t-il? Vous habitez Moscou maintenant?

— Oui, nous avons déménagé ici, Votre Excellence.

— Arrête de m'appeler comme ça, voyons. Où est Konstantin?

— En prison.

— Comment? Pourquoi?

— Comme contre-révolutionnaire.

— C'est impossible! protesta Grigori. C'est une grossière erreur, forcément.

— Oui, monsieur.

— Qui l'a arrêté?

— La Tcheka.

— La police secrète. Voyons, elle travaille pour nous. Je vais tirer ça au clair. Je prends mon petit déjeuner et je vais me renseigner.

— Votre Excellence, s'il vous plaît, je vous en supplie, il faut agir tout de suite : on doit l'exécuter dans une heure!

— Bon sang! lança Grigori. Attends-moi ici, je m'habille.»

Il enfila son uniforme. Malgré l'absence d'insignes de grade, il était de bien meilleure qualité que celui d'un simple soldat et révélait clairement son rang de commandant.

Quelques minutes plus tard, il quittait avec Magda le quartier du Kremlin. Il neigeait. Ils parcoururent à pied la courte distance qui les séparait de la place Loubianka. Le siège de la Tcheka était un immense bâtiment baroque de brique jaune, qui abritait autrefois les bureaux d'une compagnie d'assurances. Le garde de faction à la porte salua Grigori.

À peine entré, il se mit à hurler. « Qui est de service ici ? Faites venir l'officier de permanence immédiatement ! Je suis le camarade Grigori Pechkov, membre du Comité central bolchevique. J'exige de voir le détenu Konstantin Vorotsintsev sur-le-champ. Qu'est-ce que vous attendez ? Allez ! » Il avait découvert que c'était le meilleur moyen d'obtenir satisfaction, mais cela lui rappelait désagréablement le comportement irascible d'un aristocrate choyé.

Pendant quelques minutes, les gardes coururent en tous sens, affolés, puis l'officier de permanence arriva dans le vestibule. Grigori n'en crut pas ses yeux. Il le connaissait : Mikhaïl Pinski.

Grigori fut frappé d'horreur. Quand il était dans la police tsariste, Pinski était un tyran et une brute : était-il devenu un tyran et une brute au service de la révolution ?

Pinski lui adressa un sourire onctueux. « Camarade Pechkov, quel honneur !

— Tu avais un autre ton, dis-moi, le jour où je t'ai cassé la figure parce que tu harcelais une malheureuse petite paysanne.

— Les choses ont bien changé, camarade – pour tout le monde.

— Pourquoi a-t-on arrêté Konstantin Vorotsintsev ?

— Menées contre-révolutionnaires.

— C'est ridicule. Il était président du groupe de discussion bolchevique aux usines Poutilov en 1914. Il a été un des premiers députés du soviet de Petrograd. Il est plus bolchevik que moi !

— Ah, vraiment ? » demanda Pinski d'une voix où perçait une trace de menace.

Grigori l'ignora. « Fais-le venir.

— Tout de suite, camarade. »

Konstantin apparut quelques instants plus tard. Il était sale, mal rasé et il émanait de lui une odeur de porcherie. Magda fondit en larmes et se jeta dans ses bras.

«Je veux avoir un entretien privé avec le détenu, dit Grigori à Pinski. Conduis-nous dans ton bureau.»

Pinski secoua la tête. «Mon humble...

— Ne discute pas. Ton bureau.» Pour affirmer son pouvoir, il ne devait pas laisser Pinski relever la tête.

Celui-ci les fit monter à l'étage, dans une pièce qui donnait sur la cour intérieure. D'un geste preste, il ramassa un coup-de-poing américain qui traînait sur une table et le fourra dans un tiroir.

Regardant par la fenêtre, Grigori vit le jour se lever. «Attends dehors», ordonna-t-il à Pinski.

Ils s'assirent et Grigori s'adressa à Konstantin : «Bon sang, mais qu'est-ce qui se passe ?

— On est venus à Moscou quand le gouvernement a déménagé, expliqua Konstantin. Je pensais devenir commissaire. Mais je me suis trompé. Je n'ai aucun soutien politique ici.

— Alors qu'est-ce que tu as fait ?

— J'ai repris un boulot normal. Je bosse à l'usine Tod, je fabrique des pièces détachées de moteur, des dents d'engrenage, des pistons, des bagues de roulement.

— Mais pourquoi est-ce que la police te prend pour un contre-révolutionnaire ?

— L'usine doit élire un député au soviet de Moscou. Un des ingénieurs a annoncé sa candidature au nom des mencheviks. Il a organisé une réunion et je suis allé l'écouter. Nous n'étions qu'une douzaine. Je n'ai pas pris la parole, je suis parti avant la fin et je n'ai pas voté pour lui. Le candidat bolchevique l'a emporté, évidemment. Mais après l'élection, tous ceux qui avaient assisté à cette réunion menchevique ont été virés. Et puis, la semaine dernière, on nous a tous arrêtés.

— On ne peut pas faire ça, protesta Grigori, désespéré. Pas même au nom de la révolution. On ne peut pas arrêter des ouvriers parce qu'ils cherchent à s'informer des différentes opinions.»

Konstantin lui jeta un regard intrigué. «Tu as été absent un moment ou quoi ?

— Oui, bien sûr. Je suis allé me battre contre les armées contre-révolutionnaires.

— Voilà pourquoi tu ne sais pas ce qui se passe.

— Tu veux dire que c'est déjà arrivé ?

— Gricha, ça arrive tous les jours.

— Je ne te crois pas. »

Magda intervint : « Et la nuit dernière, j'ai reçu un message d'une amie qui a épousé un policier. Elle voulait me prévenir que Konstantin et tous les autres seraient fusillés à huit heures ce matin. »

Grigori regarda sa montre-bracelet de l'armée. Il était presque huit heures. « Pinski ! » cria-t-il.

Le policier entra.

« Il faut empêcher cette exécution.

— Je crains qu'il ne soit trop tard, camarade.

— Tu veux dire qu'ils ont déjà été fusillés ?

— Pas tout à fait. » Pinski s'approcha de la fenêtre.

Grigori l'imita. Konstantin et Magda le rejoignirent.

En bas, dans la cour enneigée, un peloton d'exécution s'était rassemblé dans la pâle lumière du matin. En face des soldats, se tenaient une douzaine d'hommes aux yeux bandés, frissonnant dans leurs vêtements légers. Un drapeau rouge flottait au-dessus de leurs têtes.

Sous les yeux de Grigori, les soldats épaulèrent leurs fusils.

Grigori hurla : « Non ! Arrêtez ! Ne tirez pas ! » Mais la vitre étouffa sa voix et personne ne l'entendit.

Un tir en rafale éclata presque aussitôt.

Les condamnés tombèrent. Grigori regardait, atterré.

Autour des corps effondrés, des taches de sang s'élargirent dans la neige – rouge vif, comme le drapeau qui flottait dans le ciel.

XLI

11-12 novembre 1923

1.

Maud avait dormi dans la journée et se leva en milieu d'après-midi, quand Walter revint du catéchisme avec les enfants. Eric avait trois ans, Heike deux, et ils étaient si mignons dans leurs plus beaux vêtements qu'elle eut l'impression que son cœur allait éclater d'amour.

C'était la première fois qu'elle éprouvait une telle émotion. Sa passion torride pour Walter elle-même n'avait pas été aussi irrépressible. Mais à sa tendresse pour ses fils se mêlait une angoisse torturante. Comment arriver à les nourrir, à les réchauffer, à les protéger des émeutes et de la révolution ?

Elle leur donna du pain et du lait tiède parce qu'ils avaient froid, et commença à préparer la soirée. Ils organisaient une petite fête de famille pour célébrer les trente-huit ans du cousin de Walter, Robert von Ulrich.

Robert n'avait pas été tué à la guerre, en dépit des craintes – ou des espoirs ? – des parents de Walter. Toujours est-il que ce dernier n'était pas devenu le *Graf* von Ulrich. Robert avait été fait prisonnier et avait passé plusieurs années dans un camp en Sibérie. Quand les bolcheviks avaient conclu la paix avec l'Autriche, Robert et Jörg, qui avait été son compagnon pendant la guerre, avaient décidé de rentrer chez eux. Ils avaient fait le voyage à pied, en train de marchandises ou en voiture, quand quelqu'un acceptait de les prendre. Il leur avait fallu un an pour arriver à Berlin, où Walter leur avait trouvé un appartement.

Maud enfila son tablier. Dans la minuscule cuisine de sa

petite maison, elle prépara une soupe avec du chou, du pain rassis et des navets. Elle confectionna aussi un petit gâteau, mais dut ajouter quelques navets pour compléter ses ingrédients.

Elle avait appris à faire la cuisine, et bien d'autres choses encore. Une gentille voisine, une femme d'un certain âge, avait eu pitié de cette aristocrate empotée et lui avait montré comment on faisait un lit, comment on repassait une chemise et on nettoyait une baignoire. Tout cela était si nouveau pour elle !

Ils habitaient une maison bourgeoise. Faute de moyens, ils n'avaient pas pu l'aménager à leur goût et ne pouvaient engager les domestiques auxquels Maud avait toujours été habituée. Ils vivaient au milieu de meubles de récupération que Maud jugeait, en son for intérieur, « affreusement petits-bourgeois ».

Contrairement à ce qu'ils avaient espéré, la situation s'était aggravée depuis la fin de la guerre : son mariage avec une Anglaise avait définitivement compromis toute possibilité d'ascension de Walter au ministère des Affaires étrangères. Il aurait dû se décider à changer de métier, mais la crise économique était telle qu'il pouvait déjà s'estimer heureux d'avoir un emploi. Quant aux frustrations initiales de Maud, quatre ans de pauvreté les faisaient paraître désormais bien négligeables. Les tissus d'ameublement avaient été rapiécés là où les enfants les avaient déchirés, les vitrées brisées étaient remplacées par du carton et la peinture s'écaillait dans toute la maison.

Pourtant Maud ne regrettait rien. Elle était libre d'embrasser Walter quand elle voulait, de glisser sa langue dans sa bouche, de déboutonner son pantalon et de se coucher avec lui dans leur lit, sur le canapé ou même par terre, et cela rachetait tout.

Les parents de Walter arrivèrent chargés d'un demi-jambon et de deux bouteilles de vin. Otto avait perdu son domaine familial de Zumwald, désormais rattaché à la Pologne. L'inflation avait réduit ses économies à néant. Mais le grand jardin de sa maison berlinoise produisait des pommes de terre et il lui restait une grande partie de sa cave d'avant-guerre.

« Du jambon ? Où avez-vous déniché cela ? » demanda Walter, incrédule. Ce genre de denrée se payait habituellement en dollars américains.

« Je l'ai échangé contre une bouteille de champagne », expliqua Otto.

Les grands-parents couchèrent les enfants. Otto leur raconta une vieille légende. Maud entendit vaguement qu'il était question d'une reine qui faisait décapiter son frère. Elle haussa les épaules, sans intervenir. Puis Susanne chanta des berceuses d'une voix flûtée et les petits garçons s'endormirent, fort peu émus apparemment par l'histoire sanguinolente de leur grand-père.

Robert et Jörg arrivèrent, arborant des cravates rouges identiques. Otto les accueillit chaleureusement. Il semblait ne rien soupçonner de la nature de leurs relations et être convaincu que Jörg partageait simplement un appartement avec Robert. C'était du reste ce qu'affectaient les deux jeunes gens en présence de leurs aînés. Maud pensait que Susanne avait probablement deviné la vérité. Les femmes étaient plus difficiles à abuser. Heureusement, elles étaient aussi plus tolérantes.

Robert et Jörg se conduisaient bien différemment dans un environnement plus large d'esprit. Lors des fêtes qu'ils donnaient chez eux, ils ne faisaient aucun mystère de leur idylle. Ils avaient beaucoup d'amis comme eux. Au début, Maud avait été déconcertée : elle n'avait encore jamais vu d'hommes s'embrasser, s'extasier réciproquement sur leurs tenues et flirter comme des écolières. Mais ce comportement n'était plus tabou, à Berlin en tout cas. De plus, Maud avait lu *Sodome et Gomorrhe* de Proust, qui donnait à penser que cela avait toujours existé.

Ce soir-là, cependant, Robert et Jörg furent d'une discrétion exemplaire. Au dîner, la conversation porta sur les récents événements de Bavière. Le jeudi précédent, une ligue rassemblant des formations paramilitaires, le Kampfbund, avait proclamé la révolution nationale dans une brasserie de Munich.

Ces derniers temps, la lecture de la presse inspirait à Maud un profond malaise. Les ouvriers se mettaient en grève, et des brutes de droite tabassaient les grévistes. Des mères de famille défilaient pour protester contre la pénurie alimentaire, et leurs manifestations dégénéraient en émeutes de la faim. En Allemagne, tout le monde s'en prenait au traité de Versailles, que le gouvernement social-démocrate avait accepté in extenso. On était convaincu que les réparations paralysaient l'économie, alors même que l'Allemagne n'avait payé qu'une fraction du montant réclamé et n'avait manifestement aucune intention de s'acquitter de la totalité.

Le putsch de la brasserie munichoise avait déchaîné les passions. Erich Ludendorff, le héros de la guerre, était son défenseur le plus en vue. Des membres des sections d'assaut en chemises brunes et des élèves de l'école d'infanterie s'étaient emparés des principaux bâtiments publics. Des conseillers municipaux avaient été pris en otages et d'éminents Juifs arrêtés.

Le vendredi, le gouvernement légitime avait riposté. Quatre policiers et seize membres des groupes paramilitaires avaient été tués. Les informations dont on disposait à Berlin ne permettaient pas à Maud de savoir si l'insurrection avait été définitivement jugulée. Si les extrémistes s'emparaient de la Bavière, le pays tout entier tomberait-il entre leurs mains ?

Walter était furieux. « Nous avons un gouvernement démocratiquement élu, observa-t-il. Il faut le laisser faire son travail, un point c'est tout.

— Ce gouvernement nous a trahis, objecta son père.

— C'est votre avis personnel. Et après ? En Amérique, quand les républicains ont remporté les dernières élections, les démocrates n'ont pas provoqué d'émeutes !

— Les États-Unis ne sont pas victimes des manœuvres de subversion des bolcheviks et des Juifs.

— Si ce sont les bolcheviks qui vous inquiètent, dites aux gens de ne pas voter pour eux. Et qu'est-ce que c'est que cette hantise des Juifs ?

— Ils exercent une influence pernicieuse.

— Il y a des Juifs en Angleterre. Père, ne vous rappelez-vous pas que Lord Rothschild, à Londres, a fait tout ce qu'il pouvait pour éviter la guerre ? Il y a des Juifs en France, en Russie, en Amérique. Ils ne conspirent pas contre leurs gouvernements. Qu'est-ce qui vous fait penser que les nôtres puissent être plus malfaisants ? La plupart n'ont pas d'autre objectif que de gagner de quoi nourrir leurs familles et envoyer leurs enfants à l'école – comme tout le monde. »

Maud fut surprise par l'intervention de Robert : « J'approuve oncle Otto, dit-il. La démocratie est débilitante. L'Allemagne a besoin d'un pouvoir fort. Nous avons d'ailleurs adhéré aux nationaux-socialistes, Jörg et moi.

— Oh, Robert, pour l'amour du ciel ! s'écria Walter écœuré. Comment avez-vous pu faire ça ? »

Maud se leva. « Qui veut une part de gâteau d'anniversaire ? » lança-t-elle d'un ton enjoué.

2.

Maud quitta la réception à neuf heures pour aller travailler. « Où est ton uniforme ? » demanda sa belle-mère quand elle prit congé. Susanne était convaincue que Maud était employée comme infirmière par un vieux monsieur fortuné.

« Je le laisse sur place et je me change en arrivant », répondit Maud. En réalité, elle jouait du piano au Nachtleben, une boîte de nuit. Mais il était parfaitement exact qu'elle laissait sa tenue sur son lieu de travail.

Il fallait qu'elle gagne de l'argent et on ne lui avait jamais appris grand-chose, sinon à s'habiller avec chic et à courir les mondanités. Son père lui avait laissé un petit héritage qu'elle avait changé en marks à son arrivée en Allemagne et il ne valait plus rien. Fritz refusait de l'aider financièrement parce qu'il lui en voulait encore de s'être mariée sans son autorisation. Le salaire de Walter au ministère avait beau être augmenté tous les mois, il ne rattrapait jamais la courbe de l'inflation. En contrepartie, le loyer de leur maison était devenu insignifiant et le propriétaire ne prenait même plus la peine de venir le toucher. Mais ils étaient bien obligés d'acheter de quoi manger.

Maud arriva au cabaret à neuf heures et demie. Avec sa décoration et son mobilier neufs, l'endroit présentait bien, même sous une lumière crue. Des serveurs essuyaient des verres, le barman pilait de la glace et un aveugle accordait le piano. Maud se changea, enfilant une robe du soir décolletée ornée de bijoux fantaisie et se maquilla, forçant sur la poudre, l'eye-liner et le rouge à lèvres. Elle était à son piano pour l'ouverture, à dix heures.

Le club ne tarda pas à se remplir d'hommes et de femmes en tenue de soirée, qui dansaient et fumaient. Ils sirotaient des cocktails au champagne et prisaient discrètement de la cocaïne. Malgré la misère et l'inflation, la vie nocturne berlinoise était trépidante. Les gens qui se pressaient dans ce genre d'endroits ignoraient les problèmes d'argent. Certains touchaient des revenus de l'étranger, d'autres possédaient des biens plus précieux que l'argent : des stocks de charbon, un abattoir, un entrepôt de tabac ou, mieux encore, de l'or.

Maud faisait partie d'un orchestre exclusivement féminin qui jouait une musique nouvelle, le jazz. Fitz en aurait été horrifié, mais elle aimait bien ce travail. Elle s'était toujours révoltée contre son éducation étouffante. Seriner les mêmes airs tous les soirs pouvait être lassant, sans doute, elle avait toutefois l'impression de s'être libérée d'un carcan. Elle se trémoussait sur son tabouret de piano et regardait les clients en battant des cils.

À minuit, elle se produisait en soliste; sous le nom de Mississipi Maud, elle chantait et jouait des chansons popularisées par des interprètes noires comme Alberta Hunter, qu'elle avait apprises en écoutant des disques américains sur le gramophone du patron du Nachtleben.

Entre deux morceaux, un client s'approcha du piano en titubant : « Vous voulez bien jouer "Downheart Blues" ? »

Elle connaissait cette chanson, un grand succès de Bessie Smith. Elle plaqua quelques accords de blues en *mi* bémol. « Pourquoi pas ? Vous me donnez combien ? »

Il brandit un billet d'un milliard de marks.

Maud rit. « Vous n'aurez même pas la première mesure avec ça. Vous n'avez pas de devises étrangères ? »

Il lui tendit un billet d'un dollar.

Elle prit l'argent, le fourra dans sa manche et interpréta *Downheart Blues*.

Maud était enchantée à l'idée d'avoir gagné un dollar, qui valait près de mille milliards de marks.

Cela ne l'empêchait pas d'être un peu cafardeuse, et son humeur était à l'unisson du blues qu'elle jouait. Avoir appris à empocher des pourboires n'était pas un mince exploit pour une femme de son milieu, mais l'humiliation n'en était pas moins réelle.

Après son numéro, le même client l'aborda comme elle regagnait sa loge. Posant la main sur sa hanche, il proposa : « Et si on prenait le petit déjeuner ensemble, chérie ? »

Elle se faisait peloter presque toutes les nuits. Pourtant, à trente-trois ans, elle était la plus âgée des filles qui travaillaient ici; la plupart avaient dix-neuf, vingt ans. Quand un client se montrait un peu pressant, il ne fallait pas faire d'histoires. Elles étaient censées sourire aimablement, retirer gentiment la main baladeuse et dire : « Pas ce soir, monsieur. » Mais ce n'était pas toujours assez dissuasif, et les autres filles avaient appris à Maud une méthode plus efficace. « J'ai de drôles de petites bêtes dans les poils de ma chatte, lança-t-elle alors. Tu crois que c'est embêtant ? » L'homme s'éclipsa.

Au bout de quatre ans, Maud parlait allemand avec aisance, et les mots les plus vulgaires n'avaient plus aucun secret pour elle depuis qu'elle travaillait au cabaret.

La boîte fermait à quatre heures du matin. Maud se démaquilla puis se changea. Elle fit un saut à la cuisine et mendia un peu de café. Un cuisinier, qui l'aimait bien, lui en fourra quelques grains dans un cornet de papier.

Les musiciens étaient payés en liquide tous les soirs. Les filles venaient avec de grands sacs pour emporter leurs liasses de billets.

En sortant, Maud ramassa un journal qu'un client avait laissé. Walter le lirait. C'était un luxe qu'ils ne pouvaient pas se permettre.

Elle quitta le cabaret et se dirigea vers la boulangerie. Il n'était pas raisonnable de garder de l'argent : le salaire touché le matin pouvait n'être plus suffisant pour acheter une miche de pain le soir. Plusieurs femmes attendaient déjà dans le froid devant la boutique. À cinq heures et demie, le boulanger ouvrit la porte et nota les prix à la craie sur une ardoise. Aujourd'hui, la miche de pain noir coûtait cent vingt-sept milliards de marks.

Maud acheta quatre miches. Ils ne mangeraient pas tout dans la journée, mais cela n'avait pas d'importance. Contrairement aux billets de banque, le pain rassis pouvait servir à épaissir la soupe.

Elle arriva chez elle à six heures. Elle habillerait les enfants un peu plus tard et les conduirait chez leurs grands-parents où ils passeraient la journée, pour qu'elle puisse dormir. En attendant, elle disposait d'environ une heure seule avec Walter. C'était le meilleur moment de la journée.

Elle prépara le petit déjeuner et apporta un plateau dans leur chambre. « Regarde, dit-elle. Du pain frais, du café... et un dollar !

— Bien joué ! » Il l'embrassa. « Qu'achèterons-nous ? » Il grelottait dans son pyjama. « Il nous faut du charbon.

— Rien ne presse. Nous pouvons le mettre de côté, si tu préfères. Il vaudra tout autant la semaine prochaine. Si tu as froid, je peux te réchauffer. »

Il sourit. « Alors, viens. »

Elle se déshabilla et le rejoignit.

Ils mangèrent le pain, burent le café et firent l'amour. C'était toujours aussi délicieux, même s'ils y passaient moins de temps que la première fois.

Walter lut ensuite le journal qu'elle avait rapporté. « Le putsch de Munich est terminé.

— Pour de bon ? »

Walter haussa les épaules. « Le meneur a été arrêté. C'est Adolf Hitler.

— Le chef du parti auquel Robert a adhéré ?

— Oui. Il est accusé de haute trahison. Il est en prison.

— Tant mieux, soupira Maud, soulagée C'est fini, Dieu soit loué ! »

XLII

Décembre 1923-janvier 1924

1.

À trois heures de l'après-midi, la veille des élections législatives, le comte Fitzherbert monta sur une estrade installée devant l'hôtel de ville d'Aberowen. Il portait jaquette et pantalon rayé, et était coiffé d'un haut-de-forme. Les conservateurs du premier rang l'acclamèrent, mais la majorité de l'assistance le hua. Quelqu'un lui jeta une boule de papier journal et Billy intervint : « Arrêtez ça, les gars, laissez-le causer. »

Des nuages bas assombrissaient l'après-midi d'hiver, et les réverbères étaient déjà allumés. Il pleuvait, mais la foule était nombreuse, deux ou trois cents personnes, essentiellement des mineurs en casquette, avec quelques chapeaux melons à l'avant et une poignée de femmes abritées sous des parapluies. Des enfants jouaient à côté, sur les pavés mouillés.

Fitz faisait campagne en faveur du député sortant, Perceval Jones. Il commença à parler tarifs douaniers. Cela convenait parfaitement à Billy. Fitz pouvait discourir sur le sujet toute la journée sans toucher les cœurs des habitants d'Aberowen. En théorie, c'était le grand thème des élections. Les conservateurs se proposaient de réduire le chômage en augmentant les droits d'importation afin de protéger l'industrie britannique. Cette initiative avait soudé les libéraux dans l'opposition, car ils étaient traditionnellement attachés au libre-échange. Les travaillistes estimaient eux aussi que les tarifs douaniers n'apportaient aucune réponse ; ils proposaient pour leur part de lancer un programme de chantiers nationaux qui donnerait des emplois aux désœuvrés, et de prolonger la scolarité, ce qui éviterait que des jeunes de plus en plus nombreux n'arrivent sur un marché du travail déjà saturé.

Mais la vraie question était de savoir qui gouvernerait.

« Soucieux d'encourager l'emploi agricole, le gouvernement conservateur accordera une prime d'une livre l'acre à chaque fermier – à condition qu'il paye ses ouvriers agricoles au moins trente shillings par semaine », déclara Fitz.

Billy secoua la tête, tout à la fois amusé et indigné. Pourquoi donner de l'argent aux agriculteurs ? Ils ne mouraient pas de faim, contrairement aux ouvriers au chômage.

À côté de Billy, Da murmura : « Ce n'est pas avec ce genre de discours qu'il va gagner des voix à Aberowen. »

Billy l'approuva. Cette circonscription avait été dominée autrefois par les agriculteurs des collines, mais cette époque était révolue. Maintenant que la classe ouvrière avait le droit de vote, les mineurs étaient bien plus nombreux que les cultivateurs. À l'issue des élections mouvementées de 1922, Perceval Jones n'avait conservé son siège qu'à quelques voix près. On pouvait espérer que, cette fois, il se ferait balayer.

Fitz concluait. « En votant travailliste, vous donnez votre voix à un homme au passé militaire douteux... » La remarque fut assez mal reçue du public : tout le monde connaissait l'histoire de Billy, et il passait pour un héros. Un murmure de réprobation s'éleva, et Da cria : « Vous devriez avoir honte ! »

Fitz ne se laissa pas démonter. « À un homme qui a trahi ses compagnons d'armes et ses officiers, à un homme qu'une cour martiale a condamné pour déloyauté et envoyé en prison. Je vous le dis : ne déshonorez pas Aberowen en envoyant un homme pareil au Parlement. »

Fitz s'assit, salué par quelques applaudissements noyés sous les huées. Billy avait les yeux rivés sur lui, mais Fitz évita son regard.

Billy monta sur l'estrade à son tour. « Vous vous attendez probablement à ce que j'insulte Lord Fitzherbert comme il m'a insulté... », dit-il.

Dans la foule, Tommy Griffiths cria : « Vas-y, fais-lui sa fête, Billy !

— ... mais ce n'est pas une bagarre de carreau de mine, poursuivit Billy. Ces élections sont trop importantes pour qu'on en décide par des invectives absurdes. » L'excitation du public retomba. Billy savait que son approche raisonnable déplairait.

Les gens n'avaient rien contre les invectives absurdes. Mais il vit son père hocher la tête, approbateur. Da comprenait ce que Billy voulait faire. Évidemment. C'était lui qui avait appris tout cela à son fils.

« Il a fallu du courage au comte pour venir ici présenter son point de vue à un public de mineurs, continua Billy. Il a peut-être tort – il a tort –, mais ce n'est pas un lâche. Je l'ai connu comme ça pendant la guerre. Beaucoup de nos officiers étaient comme lui. Courageux mais butés. Leur stratégie était inefficace, leur tactique mauvaise, leurs communications médiocres et leur pensée dépassée. Et ils ont refusé de changer d'avis avant que des millions d'hommes n'aient été tués. »

Le public se taisait. Ils étaient captivés, maintenant. Billy aperçut Mildred, toute fière, un bébé dans chaque bras – les deux fils de Billy, David et Keir, qui avaient un an et deux ans. Mildred ne se passionnait pas pour la politique, mais elle mourait d'envie que Billy devienne député pour qu'ils rentrent à Londres et qu'elle puisse rouvrir son atelier.

« Pendant la guerre, aucun ouvrier n'a jamais obtenu de grade supérieur à celui de sergent. En revanche, les anciens élèves des écoles privées sont systématiquement entrés dans l'armée avec le rang de sous-lieutenant. La vie de tous les anciens combattants qui sont parmi nous aujourd'hui a été inutilement mise en péril par des officiers imbéciles, et nous sommes nombreux à avoir eu la vie sauve grâce à un sergent intelligent. »

Un brouhaha d'approbation lui répondit.

« Je suis venu vous dire que ce temps-là est révolu. Dans l'armée et dans les autres métiers, les gens devraient obtenir de l'avancement grâce à leur cerveau, pas à cause de leur naissance. » Il éleva la voix et reconnut dans son timbre le frémissement de passion de son père, lorsqu'il prononçait des sermons. « Cette élection décidera de l'avenir et du pays dans lequel nos enfants grandiront. Nous devons veiller à ce qu'il soit différent de celui où nous avons nous-mêmes grandi. Le parti travailliste n'appelle pas à la révolution – nous l'avons vue à l'œuvre dans d'autres pays, et nous avons constaté son échec. En revanche, nous appelons au changement : un changement sérieux, un changement majeur, un changement radical. »

Il s'interrompit un instant, puis haussa à nouveau le ton pour sa péroraison. « Non, je n'insulterai ni Lord Fitzherbert ni Mr Perceval Jones, dit-il, en désignant les deux hauts-de-forme du premier rang. Je n'ai qu'une chose à leur dire : "Messieurs, vous appartenez au passé." » Des acclamations retentirent. Billy porta le regard, au-delà du premier rang, sur la foule des mineurs – des hommes solides, courageux qui étaient nés dans le dénuement et n'en avaient pas moins gagné leur vie, et celle de leurs familles. « Ouvriers, mes frères, s'écria-t-il. Nous sommes l'avenir ! »

Il descendit de l'estrade.

Quand les bulletins de vote furent comptés, il put se flatter d'avoir remporté une victoire écrasante.

2.

Ethel aussi.

Les conservateurs constituaient le parti le plus important du nouveau Parlement, mais ils ne disposaient pas de la majorité absolue. Les travaillistes arrivaient en deuxième position avec cent quatre-vingt-onze députés, parmi lesquels Eth Leckwith d'Aldgate et Billy Williams d'Aberowen. Les libéraux étaient troisièmes. Les prohibitionnistes écossais avaient obtenu un siège. Le parti communiste aucun.

Quand le nouveau Parlement se réunit, les députés travaillistes et libéraux firent cause commune pour renverser le gouvernement conservateur et le roi fut contraint de prier le chef de file du parti travailliste, Ramsay MacDonald, de devenir Premier ministre. Pour la première fois de son histoire, la Grande-Bretagne s'était dotée d'un gouvernement travailliste.

Ethel n'était pas entrée au palais de Westminster depuis ce jour de 1916 où elle en avait été expulsée pour avoir conspué Lloyd George. Elle siégeait à présent sur le banc de cuir noir, vêtue d'un manteau et d'un chapeau neufs; elle écoutait les interventions, levant de temps en temps les yeux vers la tribune du public d'où elle avait été chassée plus de sept ans auparavant. Elle passait dans le vestibule pour voter avec les membres du cabinet, de célèbres socialistes qu'elle avait toujours admirés de loin : Arthur Henderson, Philip Snowden, Sidney Webb et le Premier ministre lui-même. Elle disposait d'un petit bureau, qu'elle partageait avec une autre députée travailliste. Elle se rendait à la bibliothèque pour feuilleter des livres, grignotait des toasts beurrés dans le salon de thé et ramassait les sacs de courrier qui lui étaient adressés. Elle faisait le tour du vaste bâtiment, apprenant à se repérer, essayant de se convaincre qu'elle avait le droit d'être là.

Un jour de la fin du mois de janvier, elle emmena Lloyd pour lui faire visiter les lieux. Il avait presque neuf ans, et n'était jamais entré dans un édifice aussi vaste ni aussi somptueux. Elle chercha à lui expliquer les principes de la démocratie, mais il était encore un peu jeune.

Dans un étroit escalier couvert d'un tapis rouge, à la limite entre les secteurs réservés aux Communes et aux Lords, ils croisèrent Fitz. Il était, lui aussi, en compagnie d'un jeune invité – son fils George, surnommé Boy.

Ethel et Lloyd montaient, Fitz et Boy descendaient, et ils se rencontrèrent sur un palier intermédiaire.

Fitz la regarda comme s'il s'attendait à ce qu'elle lui cède le passage.

Les deux fils de Fitz, Boy et Lloyd, l'héritier du titre et le bâtard, avaient le même âge. Ils se dévisagèrent avec un intérêt non dissimulé.

À Tŷ Gwyn, se rappela Ethel, chaque fois qu'elle croisait Fitz dans un couloir, elle devait se ranger contre le mur, les yeux baissés.

Cette fois, elle resta au milieu du palier, tenant fermement Lloyd par la main, et fixa Fitz, « Bonjour, Lord Fitzherbert », dit-elle en relevant le menton d'un air provocant.

Il lui rendit son regard. Ses traits étaient crispés de colère et de ressentiment. Il marmonna enfin : « Bonjour, madame Leckwith. »

Elle se tourna vers le fils de Fitz. « Vous devez être le vicomte d'Aberowen, dit-elle. Comment allez-vous ?

— Très bien, madame, et vous ? » répondit l'enfant poliment.

Elle s'adressa à Fitz : « Et voici mon fils, Lloyd. »

Fitz refusa de le regarder.

Ethel n'avait pas l'intention de laisser Fitz s'en tirer à aussi bon compte. Elle se pencha vers Lloyd : « Dis bonjour à monsieur le comte, Lloyd, veux-tu ? »

Lloyd tendit la main en disant : « Je suis enchanté de faire votre connaissance, monsieur le comte. »

Repousser un enfant de neuf ans aurait singulièrement manqué d'élégance. Fitz fut obligé de lui serrer la main.

C'était la première fois qu'il touchait son fils Lloyd.

« Nous vous souhaitons une bonne journée », dit alors Ethel d'un ton hautain et elle s'avança.

Fitz était blême de rage. Il s'écarta à contrecœur avec son fils et ils attendirent, dos au mur, qu'Ethel et Lloyd soient passés devant eux pour s'engager dans l'escalier.

Plusieurs personnages historiques réels apparaissent dans ces pages et les lecteurs me demandent parfois comment je trace la frontière entre histoire et roman. C'est une question légitime, et voici la réponse.

Dans certains cas, par exemple quand Sir Edward Grey s'adresse à la Chambre des communes, mes personnages de roman assistent à un événement qui s'est véritablement produit. Les paroles que Sir Edward prononce dans ce roman figurent dans les procès-verbaux des séances du Parlement, à cette différence près que j'ai abrégé son discours, sans avoir, je l'espère, rien omis d'essentiel.

Il arrive qu'un personnage réel se rende dans un lieu fictif, comme lorsque Winston Churchill vient en visite à Tŷ Gwyn. Dans ce cas, j'ai vérifié qu'il n'était pas inhabituel qu'il séjourne dans des maisons de campagne et qu'il aurait parfaitement pu le faire aux environs de la date en question.

Quand des personnes réelles s'entretiennent avec mes personnages romanesques, elles tiennent généralement des propos qu'elles ont effectivement tenus à un moment ou à un autre. L'explication que donne Lloyd George à Fitz des raisons pour lesquelles il ne veut pas expulser Lev Kamenev s'inspire de ce que Lloyd a écrit dans une note citée dans la biographie que Peter Rowland lui a consacrée.

Ma règle est la suivante : la scène s'est passée ou aurait pu se passer; ces mots ont été prononcés ou auraient pu l'être. Et si je trouve une raison quelconque pour laquelle cette scène n'aurait pas pu avoir lieu en réalité ou pour laquelle ces mots n'auraient pas pu être prononcés – si, par exemple, le personnage en question se trouvait dans un autre pays à la date en question –, j'y renonce.

Remerciements

Mon principal conseiller historique pour cet ouvrage a été Richard Overy. Parmi les autres historiens qui ont lu des versions préliminaires de ce texte et y ont apporté des corrections, je peux citer John M. Cooper, Mark Goldman, Holger Herwig, John Keiger, Evan Mawdsley, Richard Toye et Christopher Williams. Susan Pedersen m'a aidé à traiter le sujet des indemnités de séparation versées aux femmes de soldats.

Comme toujours, un grand nombre de ces conseillers m'ont été proposés par Dan Starer de l'agence new-yorkaise Research for Writers.

De nombreux amis m'ont aidé, dont Tim Blythe qui m'a fourni des ouvrages essentiels, Adam Breth-Smith qui m'a renseigné sur le champagne, Nigel Dean, à l'œil acéré, Tony McWalter et Chris Manners, deux critiques sagaces et perspicaces, Geoff Mann, passionné de trains, qui m'a éclairé sur la fabrication des roues de locomotive, sans oublier Angela Spizig, qui a lu ma première version et l'a commentée d'un point de vue allemand.

Les éditeurs et agents qui ont lu mon manuscrit et m'ont donné des conseils ont été Amy Berkower, Leslie Gelbman, Phyllis Grann, Neil Nyren, Imogen Taylor et, comme toujours, Al Zuckerman.

Enfin, je remercie les membres de ma famille qui ont lu mon texte et m'ont donné leur avis, et plus particulièrement Barbara Follett, Emanuele Follett, Marie-Claire Follett, Jann Turner et Kim Turner.

Achevé d'imprimer par N.I.I.A.G.
en novembre 2012
pour le compte de France Loisirs, Paris

N° d'éditeur : 70481
Dépôt légal : juin 2011

Imprimé en Italie